GOLDMANN

W0088272

Buch

Anne Ford, eine schöne Engländerin, stammt aus jenem westlichen Milieu, das im materiellen Wohlstand seine ideellen Werte verloren hat. Als sie nach Nepal kommt, wird ihr dieses Königreich im Himalaja, dieses »Land der Götter« zu einer Offenbarung, durch seine Menschen, durch seine grandiose Natur. Und in einer ungewöhnlichen Liebesbeziehung erfährt sie den Sinn des Lebens ganz neu.
Han Suyin erzählt in diesem packenden Roman von einem Land, wo noch alles »in den Geburtswehen der Schöpfung liegt« und der Übergang vom Feudalstaat zur Moderne erst vor kurzer Zeit begonnen hat. Der Leser begegnet Nepalesen und Europäern, die ihm in ihren genau geschilderten Eigenheiten, ihren unterschiedlichen Leidenschaften unvergeßlich bleiben werden.

Autorin

Han Suyin (eigentlich Elizabeth Comber) wurde am 12. September 1917 in Honan (China) als Tochter eines Chinesen und einer Belgierin geboren. Sie studierte in Peking, Brüssel und London Medizin. 1938 heiratete sie General P. H. Tang, der 1947 starb. In zweiter Ehe ist sie seit 1952 mit C. F. Comber verheiratet. In ihren englisch geschriebenen Werken schildert sie vor allem das Zusammentreffen der europäischen und der fernöstlichen Welt und die sich daraus ergebenden Konflikte. Einen Welterfolg hatte sie zuerst mit ihrem Roman »Alle Herrlichkeit auf Erden«. Sie lebt in der Schweiz.

Außer dem vorliegenden Band sind von Han Suyin
als Goldmann-Taschenbücher erschienen:

Alle Herrlichkeit auf Erden. Roman (8889)
Bis der Tag erwacht. Roman (6853)
Die Zauberstadt. Roman (8915)

Han Suyin
Wo die Berge jung sind
Roman

Aus dem Englischen
von Harry Kabo

GOLDMANN VERLAG

Ungekürzte Ausgabe
Titel der Originalausgabe: The Mountain Is Young
Originalverlag: Jonathan Cape, London

Der Goldmann Verlag
ist ein Unternehmen der Verlagsgruppe Bertelsmann

Made in Germany · 3. Auflage · 7/90
© 1977 der Originalausgabe bei Han Suyin
Alle Rechte für die deutsche Ausgabe
bei der Albert Langen – Georg Müller Verlags-GmbH, München und Wien
Umschlagentwurf: Design Team München
Druck: Elsnerdruck, Berlin
Verlagsnummer: 9095
MV · Herstellung: Heidrun Nawrot/Voi
ISBN 3-442-09095-4

INHALT

EINIGE PERSONEN

JOHN FORD	ein pensionierter Kolonialbeamter
ANNE FORD	eine hübsche Engländerin und eigenwillige Schriftstellerin auf der Suche nach sich selbst
LEO BIELFELD	UNO-Fachmann für gute Beziehungen zwischen den Völkern
FRANÇOIS LUNEVILLE	ein Photoreporter
UNNI MENON	eine moderne Inkarnation des Gottes Krishna
PAUL REDWORTH	Britischer Resident in Katmandu
MARTHA REDWORTH	Sachverständige für Wickenzucht
WASSILI	Geschäftsführer des Hotel Royal
HILDE	eine nordische Göttin
GENERAL KUMAR	ein Anhänger der »natürlichen« Lebensweise
SEINE MAHARANI	die heiterste Frau der Welt
DIPAH	beider Sohn
LAKSHMI	beider Tochter
SHRI RANCHIT	ein schöner, mattgesichtiger Schurke
RUKMINI	seine Maharani, die zweitschönste Frau der Welt
DER FELDMARSCHALL	ein Philosoph
SEINE MAHARANI	die schönste Frau der Welt
FATHER MACCULLOUGH	der unvermeidliche, unverwüstliche verständnisvolle Priester
ISOBEL MAUPRATT	Leiterin des Töchter-Instituts in Katmandu
MISS NEWELL	die Geschichtslehrerin
MISS POTTER	die Erdkundelehrerin
SURAGAMY MCINTYRE	die Turnlehrerin
MUTTI ARUVAYACHELIVARAMGAPATHY	ihr Verlobter, ein christlicher Kaufmann
DR. FREDERIC MALTBY	Chefarzt des Krankenhauses von Katmandu
EUDORA MALTBY	Komponistin

DER RAMPOCHE VON BONGSOR	der größte Hochstapler im Himala-jagebiet
DEAREST	seine Tochter
MARIETTE VALPORT	eine Französin, Verfasserin von »Männer in fünf Erdteilen«
OBERST JAGANATHAN	Straßenbau-Ingenieur
PEMBERTON	Major bei den Gurkhas
ENOCH P. BOWERS	Präsident des Valley Clubs
MIKE YOUNG	ein amerikanischer Ingenieur
MICHAEL TOAST	ein englischer Impresario
SHARMA	ein nepalesischer Revolutionär
DER INDISCHE DICHTER	ein Dichter
PAT	eine amerikanische Künstlerin mit schmutzigen Fingernägeln
DR. KORLA	»gelernter Schneider und Näher«
MITA ⎱ REGMI ⎰	Dienstboten des Generals, leih-weise Anne Ford überlassen
PROFESSOR RIMSKOW	ein Kenner Tibets
SURIYAH	eine Hure von Katmandu
DER SWAMI VON BIDAHARI	der keine Silbe sagt

Erster Teil
EBENE

Und Morgen weint in einem verhangenen Käfig
. . . .
aber Dunkel ist ein langer Weg

DYLAN THOMAS

»Einen Augenblick, Sar, bitte! Madam, bitte sehr! Sahib! Sahib!«
Der Wahrsager lief ihnen mit großen Sprüngen nach; unter den Sohlen seiner braunen Sandalen wirbelte der Staub auf. Sein Rohrstock
glänzte, nicht weniger der Schweiß auf seinem bärtigen Gesicht. Rot
und üppig hob sich sein lächelnder Mund aus dem schwarzen Ge-
strüpp seines Bartes.
»Was ist denn jetzt wieder?« fragte John Ford, der sich umgesehen
hatte, aber nicht stehenblieb. »Was will denn der Esel? Weißt du es
vielleicht?«
Anne sagte: »Du hast ihn doch gestern abend gesehen.«
»Ich habe ihn gestern gesehen? Ich? Was redest du denn daher?«
Der erstaunte Tonfall war bei John ebenso gang und gäbe wie das
Hochziehen der Augenbrauen; es war der überraschte Tonfall, den er
gewohnheitsmäßig anwandte, wenn er zwar wußte, was Anne meinte, von ihr aber, um überhaupt seine Existenz anerkannt zu sehen,
eine Antwort erpreßte, die sich allerdings seit längerer Zeit schon auf
ein »Ja« oder »Nein« oder eine widerstrebende, so kurz wie nur möglich gehaltene Erklärung beschränkte. Der Schweigsamkeit, die sie
ihm zukehrte wie einen glatten Rücken, rang er so die jeweilige Bestätigung ihrer Zusammengehörigkeit ab. Er war bemüht, über eine
Brücke aus Silben zu ihr zu gelangen, indem er sie zwang, die Einsamkeit, die sie ihm durch das Nebenihmherleben auferlegte, durch das
gesprochene Wort zu sprengen.
Er wollte, daß Anne sagte: »Das ist der Sikh-Wahrsager, der gestern
zu uns heraufgewatschelt kam, als wir nach dem Abendessen unterm
Ventilator auf der Veranda saßen.« Sie jedoch verschwand gleichsam
unter Wortlosigkeit, wie ein Stein unter der Wasseroberfläche. Es ärgerte und ängstigte ihn. Er mußte allein fertig werden mit nicht in
Worte gefaßten, nie wieder zur Sprache gebrachten Vorfällen wie
dem im Schlafzimmer am heutigen Morgen. Er vermochte sich nur
Luft zu machen durch gehässig-nörgelnde Fragestellerei, indem er die
Bagatellen des äußeren Alltagslebens aufgriff, zu Worten ballte und
sie Anne ins Gesicht schleuderte, wie ein Kind Kieselsteine gegen ein
geschlossenes Fenster wirft.
»Wann soll ich diesen Kerl gesehen haben? Wo?«
Wenn Anne doch gewesen wäre wie im ersten Jahr ihrer Ehe, gleich

nach der Hochzeit! Damals, wenn er fragte »Was soll das heißen? Was meinst du damit?« (stets schroff und scharf hingeworfen mit einem Hochzucken des Kopfes, um seinen männlichen Genauigkeitstrieb zu unterstreichen, und mit einem Blitzen der Augen, wie sich das bei seiner fünfzehn Jahre langen Verwaltungstätigkeit in einer afrikanischen Kolonie, die sich nunmehr selbst regierte, bewährt hatte), damals hatte sie mit einem fast kichernden Lachen geantwortet, einer verlegenen, mädchenhaften, unsicheren Lustigkeit, mit der sie auf Scherze reagierte, die sie nicht verstand. Diese Schüchternheit, die auf ängstlicher Unsicherheit, Anstoß zu erregen, beruhte, hatte ihm gefallen, wie es manchen Männern gefällt, wenn ihre Ehegefährtinnen ständig ein einfältig-versöhnliches Lächeln zeigen, so wie sie von ihrem Hund erwarten, daß er mit dem Schwanz wedelt, wenn sie heimkommen. Es machte ihm Vergnügen, sie mit plötzlich herausgebrüllten Fragen zu erschrecken, zu sehen, wie sie zusammenfuhr; denn laute Geräusche, heftige Stimmen, zugeschlagene Türen, kurz, alles was menschlicher Gewalttätigkeit entsprang, erschreckte sie stets ungemein. Dabei jagten ihr Donner und Blitz keine Angst ein. Er hatte das kurze, entschuldigende Lachen, das sie dann von sich gab, sehr gern gehabt. Dieses, wie alles Lachen, nahm mit der Zeit ab, verflüchtigte sich immer mehr, verschwand schließlich ganz, und an seine Stelle trat eine unwirsche Gereiztheit – wie eine Staubschicht, die sich immer fester auf einem Spiegel ansetzt und seinen Glanz zum Verlöschen bringt.

»Bitte, frage mich nicht noch einmal: Du weißt das genauso gut wie ich. «

Später dann, im dritten Jahr ihrer Ehe, begann sie die Ruhe zu verlieren, die Hände im Rücken zu verschränken, um ihre Gespanntheit zu verheimlichen, während ihre Augen sich weiteten und ihre Kinnbacken sich vorschoben. Dies hatte ihn fasziniert, ihn in gehobene Stimmung versetzt, ja, geradezu seine Manneskräfte erregt. »Schrei nicht. Eben jetzt hast du geschrien. Ich nenne das schreien. Deine Stimme wurde immer höher. Liebes Kind, du wirst höchst erregbar. Du solltest dich wirklich mehr zusammennehmen. Du magst eine Künstlerin sein und Gott weiß was, aber das ist kein Grund, so überspannt zu sein. Das macht das Alter und die Umgebung, scheint mir. Du siehst sehr mitgenommen aus. «

Einige Male hatte er noch hinzugefügt: »Schließlich bin ich dein Ehemann, vergiß das nicht. «

Während des letzten Jahres hatte sie nun mit einem Verhalten begonnen, das er als eine ausgesprochen zu seiner Verärgerung erfundene Taktik erachtete: Schweigen; Verstummen.

Jetzt wartete er also wieder auf eine Antwort, mit einer Erbitterung, die ihm den Schweiß aus den Poren trieb. Ein Netzen der Lippen, ein leichtes Erzittern der Kehlmuskeln, als ob sie Worte artikulieren wollten. Doch keinerlei Veränderung in dem ausdruckslosen, sich entziehenden Gesicht. Nichts. Und nun hatte der Wahrsager sie eingeholt, seine Hand mit dem Stock, mit einem dünnen Eisenreif am Gelenk, hob sich über den hellgrünen Turban, als wolle er ein Taxi anhalten.

John blieb stehen, und dann, die Fäuste leicht geballt, den Kopf vorgestreckt, die Unterlippe vorgeschoben, die großen blauen Augen auf die samtig braunen geheftet, drehte er sich zu dem Sikh um. Aber ebenso plötzlich wie er sich in Boxkämpferpositur geworfen hatte, verfiel er jetzt in eine Wiedererkennungsszene: Seine Stirn glättete sich, er streckte seine Hand aus, merkte zwar, daß Anne diese Komödianterei zuwider war, konnte sich aber nicht mehr zurückhalten, sich selbst in ihrer Gegenwart reden zu hören.

»Wahrhaftig, du bist es, Meister.« (John rühmte sich, mit jedem Eingeborenen in der gehörigen Form reden zu können. »Ich konnte stets mit ihnen sprechen; hatte nie Schwierigkeiten.«) »Ich hatte dich zuerst nicht erkannt«, dann drehte er sich zu Anne um und sagte: »Dieser Herr ist der Wahrsager, den wir gestern abend sahen, meine Liebe.«

Bei der Erwähnung seiner Kunst stand der Sikh stramm und salutierte militärisch.

»Ja, Sar, doch ich mehr als Zukunft sagen. Ich auch Yogi, Weiser. Seht her.«

Damit holte er aus einer Seitentasche einen Rosenkranz aus braunen Kugeln, ließ diese rasch durch die Finger laufen und stieß dabei wimmernde Laute aus, die ein Gebet sein sollten, worauf er den Rosenkranz wieder einsteckte.

»Und dies.«

Aus einer andern Tasche brachte er eine zerfranste Photographie zum Vorschein: Darauf war ein Greis mit langem weißem Bart, der jesusähnlichen Stirn und Nase des indischen Asketen und dem von feinem, lockigem, weißem Haar wie einem Heiligenschein umgebenen Kopf zu sehen; in der Lotuspose der Meditation saß er zwischen Vasen mit Blumen, die wie Papierzinnien aussahen.

»Das, Sar, Swami Narayanda, mein Lehrer, großer Guru, berühmter

Heiliger, in allen Landen bekannt, Swami Narayanda.« Darauf zog er aus der Innentasche des Rocks seinen kostbarsten Schatz hervor: ein Päckchen von Briefen auf abgegriffenem Papier.

»Dies hier Brief vom britischem General, sehr berühmter, bedeutender Mann, A, D und C beim letzten Vizekönig von Indien. Bitte zu lesen.«

»Dieser Herr hat Vertrauen zu seinen eigenen Voraussagungen«, las John. »Hahaha.«

»Vertrauen zu seinen eigenen Voraussagungen«, wiederholte der Wahrsager, von Schweiß und Stolz glänzend. »Britische Generäle lügen nicht, ganze Welt weiß das. Wort eines Engländers. Jetzt aber, Sar, Madam, ich will Ihnen helfen, jawohl Ihnen, will nicht Geld, Geld gleichgültig, kein Geld geben, ich nur helfen wollen. Ihre rechte Hand, Verzeihung, Madam ... aaaaaah.«

Er nahm Annes rechte Hand in seine Rechte und betrachtete die Innenfläche mit hochgespannter Aufmerksamkeit, drückte dann seine Augen so fest zu, daß die braune Haut an den Außenwinkeln sich in Falten legte.

»Ich sage Ihnen ...« (mit der freien Hand beschrieb er einen großen Halbkreis in der Luft), »alles, etwas, was Ihr ganzes Leben ändert, für nur zwanzig Rupien«, sagte er, schlug die Augen auf und ließ Annes Hand los.

»Zwanzig Rupien, hast du zwanzig gesagt, Meister? Ach, das ist zuviel, viel zuviel.«

Und nun fing John mit der in den letzten Zeiten der Kolonialverwaltung vielfach angewandten spöttischen Bonhomie an, mit dem Sikh zu unterhandeln, beglückt darüber, daß er, während er dauernd »Sar« tituliert wurde (»Aber, Sar, ist billig ... alles wahr ... nein, Sar, ich betrüge nie ... können Swami fragen ... General ...«), dem Wahrsager mit Lächeln und List, Redensarten und Vorwürfen langsam Rupie für Rupie abzwackte. Hinter ihm stand, wie er merkte, Anne noch ruhig da; er hoffte, sie verfolge die Szene aufmerksam. Doch auf einmal bewegte sie sich, ging ein paar Schritte am Straßenrand entlang, stützte sich an einen Baumstamm, schaute in dessen Laub hinein: Die Blätter sahen aus wie aufmerksam gespitzte Ohren. Sie wurden ihr nur so bewußt, als ob eine nüchterne, harte Stimme sagte: »Dies ist ein Baum mit Blättern. Du hast nach seinem Namen gefragt und ihn vergessen. Die Inder verwenden den Saft seiner Äste, mit Salz gemischt, zur Reinigung ihrer Zähne.« Sie sah nicht mehr das grüne saftige Pflanzenfleisch prall in der Blatthaut, lebendig, kühl, in der grünen Haut. Das ist der und der Baum, sagte ihr Verstand. Dürre Worte. Sachwissen. Die Inder verwenden die Zweige …

»Anne, Anne, um Himmels willen, antworte doch, wenn man mit dir spricht.«

Wütend blickte John zu ihr hin. Sie drehte ihm den Kopf zu, dann wieder ab. In verändertem Ton sagte er:

»Ich habe ihn auf sechs Rupien heruntergehandelt. Soll er dir die Zukunft weissagen oder nicht?«

Sie kam zurück und streckte dem Wahrsager die Innenfläche der rechten Hand hin, während John zu dem Baum hinüberging, an dem sie vorher gestanden hatte. Der Wahrsager beugte den Kopf mit dem Turban über ihre Hand und starrte darauf. Sie nahm den Geruch seines untersetzten Körpers wahr: Er roch nach Hühnern, Butter und Schweiß, weiter nichts. Er hätte auch ein Baum sein können. Sie wurde sich seiner nicht mehr und nicht weniger bewußt. Das ist ein Sikh. Das ist ein Turban. Lindengrün. Da in dem Turban steckt ein Männerkopf. Sie war so müde, daß sie am liebsten die Augen geschlossen und im Stehen geschlafen hätte.

»Aaah«, sagte der Sikh leise, verstohlen, ohne nach dem zehn Schritt entfernt stehenden John hinzublicken. »Ihr Herz, Memsahib, Ihr Herz, wie Schmetterling. Leute meinen, Sie seien nett, vernünftige Dame, immer gut, immer recht, aber Sie nicht so. Sie wie rinnendes Wasser. Sie wie Schmetterling, der nach Blume sucht, sucht und begehrt.«

»Sie sind ganz im Unrecht«, sagte Anne, die jedes Wort, das sie sprach, glaubte. »Ich suche nichts, ich begehre nichts.«

»Das möchten Sie gern glauben, sich glauben machen«, sagte der Sikh unnachgiebig. »Sie möchten: ich nicht fühlen, ich ganz okay, ich glücklich. Ist aber nicht wahr. Ist nicht wirkliche Frau. Eines Tages Sie finden. Sie jetzt haben Augen, nicht sehen Sie selbst, Ohren, nicht hören eigenes Herz, sehen andere Dinge, andere Menschen, hören allen andern zu, immer sehr gescheit, aber nicht Sie selbst. Doch dieses Jahr Sie sehen und hören. Noch dieses Jahr«, wiederholte er laut.

Das Ehepaar Ford ging, sich im Schatten der Banyan- und Goldmohurbäume haltend, zum Hotel zurück. Agra war früher Garnison gewesen, und es lagen noch ziemlich große, etwas verwahrloste Bungalows und Gärten zu beiden Seiten der Landstraße. Sie bogen nach rechts in die Straße ein, die zum Hotel führte; vor den Juweliergeschäften und Läden mit Saris und Lederwaren für die Touristen standen braune, magere Verkäufer, die Jacketts nach westlichem Schnitt, aber weiße Dhotis an den Beinen hatten. Sie prüften die Fremden mit scharfen Augen und sprachen sie mit weichen, leisen Stimmen an: »Sahib, Memsahib, kommen, treten Sie ein, das kostet Sie nichts. Kommen Sie, werfen Sie einen Blick auf meine Waren: Rubine, Saphire, Diamanten, Topase, kommen Sie, treten Sie näher, Sie werden finden, was Ihr Herz begehrt.«

Auf der Hotelveranda mit ihren Topfpalmen in Messingbehältern, ihren Rohrstühlen und verstaubten, fliegenbedreckten Öldrucken von Engeln und Schweizer Landschaften war eine neue Ladung Touristen eingetroffen: die übliche, ganz aus typischen Amerikanern und Amerikanerinnen älteren Jahrgangs bestehende Weltreisegesellschaft, in zu dicker Kleidung und außerdem beladen mit Reisedecken, Mänteln, Regenmänteln, Schirmen, Necessaires, die Füße geschwollen in Stiefeln, die für große Fußmärsche angebracht gewesen wären, die Frauen in Strohhüten mit Schleiern und Blumen. Die Augen glasig vor Müdigkeit, die Glieder steif vom Sitzen, unter dem auf vollen Touren laufenden, knarrenden Ventilator schwitzend, hockten sie da, tranken größtenteils Coca-Cola, bis auf einige Wagemutige, die Orangensaft bestellt und sich erkundigt hatten, ob das hier ungefährlich sei, ob sie Eis dazu haben könnten, ob die Gläser sterilisiert seien und es zutreffe, daß in Agra Cholera herrsche, eine Frage, auf die der Hotelangestellte erwiderte: »Nein, nein, Madam, Cholera gibt es *nur* in Kalkutta, vielleicht noch in Delhi, aber nicht in Agra; hier haben wir die Blattern.«

»Trinke deinen Orangensaft, ohne die Lippen an das Glas zu bringen, Lieber«, sagte eine weißhaarige alte Dame zu ihrem Mann, der einen Hörapparat am Ohr hatte.

Auf der einen Seite der Veranda, den Touristen gegenüber und langsam auf den gekreuzten Beinen auf sie zurutschend, hockte ein Rudel von Händlern mit bemalten Armreifen aus Glas und Holz, Gongs, Tabletts und Glocken aus Messing, mit Perlmutter eingelegten Zigarettendosen, Elfenbeinminiaturen von Pfauen, Elefanten und dem unvermeidlichen Taj Mahal, Statuetten von Tänzerinnen mit nackten Brüsten und gemalten Augen. Im Garten standen, begehrliche Blicke zu den Amerikanern hinaufwerfend, flötenblasende Schlangenbeschwörer sowie Wahrsager, die auf die orientalische Manier – Handfläche nach außen, die Finger daran abwärts bewegend – winkten. Auf zwei Tischen, die mit Seiden- und Brokatstoffen vollgehäuft waren, ließen zwei fette Bengalis Ellen von blitzenden und leuchtenden blauen, grünen, gelbbraunen Saris hochauf in die Luft flattern.

Anne und John setzten sich auf Rohrsessel an einem Tischchen etwas abseits von den Touristen, deren Geschwätz aber doch hörbar blieb:
»Wo waren wir denn gestern?«
»War das Karatschi oder Colombo, wo ich die chinesische Bluse gekauft habe?«
»Auf dem Programm steht: Vormittags Besichtigung des Taj Mahal, Lunch im Hotel, nachmittags Einkäufe und abends Delhi.«
»Benares. Ist das die Stadt, wo wir die Kuh sahen?«
»Ist das handgemacht?«
»Selbst die Eiswürfel sind warm in diesem Nest.«
»Ich muß es aber handgemacht haben.«
»Na, zum Donnerwetter, die sind ja in New York billiger.«
»Der dritte Touristenhaufen in zwei Tagen, der Teufel hol sie!« sagte John. »Püh, ist das heiß.« Er ließ sich in seinen Sessel zurückfallen, setzte eine wehleidig-verdrossene Miene auf, posierte den Erschöpften. Hinter der schmalen Stirn, den hübschen schmollenden Zügen zeigte sich etwas wie Schmerz. In Anne stieg das ihr bekannte, aus Mitleid und Ekel gemischte Gefühl, die tief eingefressene Mischung aus Reue und Abscheu, auf und veranlaßte sie, ihre Hand auf seinen Arm zu legen.
»Nicht hier, vor all den Leuten da.« Unwirsch zog er seinen Arm weg. Sie nahm ihre Hand zurück. Also wieder einmal. Im ersten Jahr ihrer Ehe hatte sie sich einmal ein neues Kleid gekauft. »Wie steht es mir?« hatte sie – sie hörte sich noch – vergnügt ausgerufen (denn damals war sie noch vergnügter), als er am Mittag vom Amt heimgekommen war, hatte ihn bei den Schultern gefaßt und war mit ihm herumgetanzt. »Ach, doch nicht jetzt, vor den Leuten«, hatte er stirnrunzelnd gesagt und ihre Hände von den Schultern geschüttelt. Erst dann hatte sie bemerkt, daß er in Begleitung zweier Kollegen war.
Die Hand wieder im Schoß, ganz in sich selbst zurückgezogen und befreit von Schuldgefühl, konnte Anne auf den Morgen zurückkommen, ihn durchdenken, in stumme Worte fassen. Debakel. Ihre Schuld. Natürlich war es ihre Schuld. Jawohl. Sie konnte nichts dafür, wie sie nun einmal geschaffen war. Frigidität. John hatte das gesagt. Der Arzt hatte es gesagt. Es gab eine Menge Frauen wie sie. Geschlechtsleben bedeutete ihnen nichts. Kalt, frigid war sie, hatte keinerlei Geschlechtsdrang oder was immer sie eigentlich hätte haben sollen. Vielleicht wurde sie alt.
Auch das hatte schon vor langer Zeit angefangen, die Verminderung des ehelichen Zusammenseins; immer seltener kam es dazu: einmal

im Monat, einmal alle sechs Wochen, in zwei Monaten, im Vierteljahr. Heute früh hier in Agra zum ersten Mal wieder nach einem Zeitraum von fünf Monaten. Aber trotzdem hatte sie kein Bedürfnis danach verspürt. Sie fand sich ruhig damit ab, daß sie dessen nicht bedurfte. Es war also ihre Schuld, wie John sagte. Aber sie hatte keineswegs den Wunsch, etwas dagegen zu tun. Sie war sogar ein wenig befriedigt gewesen, als der Doktor von Frigidität gesprochen hatte. Es war eine Abwehrkraft.

Heute früh war John in dem Bett neben dem ihren aufgewacht. Sie war ebenfalls erwacht und hatte gemerkt, daß er sie anblickte; dann hatte er sich herumgewälzt, war mit dem üblichen leisen Auflachen zu ihr unter die Bettdecke gerutscht und hatte seinen Körper an den ihren gedrückt. Darauf war wieder das Herumtasten an ihrem Busen gekommen, eine reizlose, keinerlei Lust erregende, mechanische Berührung, deren unverkennbare Flüchtigkeit ihr immer das Gefühl gab, ihre Brüste seien zu klein. Dann seine Worte, immer dieselben, dann das Aufstehen, um nachzusehen, ob die Tür verschlossen sei, den Fenstervorhang fester zuzuziehen und ins Badezimmer zu gehen; darauf das Zurückkommen zu ihr, die wartete, immer wartete, ihr Körper wartend steif, starr, reglos, kalt, von stummen Schreien erfüllt. Ein hastiges Zerren an dem Pyjamas noch, während ihr Kopf sich abkehrte, um seinem Mund auszuweichen, und dann …

Es war auch früher zuweilen vorgekommen, daß sein Versuch der Vereinigung nicht gelungen war und er sich in sein Bett zurückgezogen hatte. Aber am heutigen Morgen war es ihm geglückt, sie in Besitz zu nehmen. Es war lange her, daß sie sich verhielt, wie die Frauen in schal gewordenen Ehen und wie die Prostituierten bei ihren Kunden in der gleichen Absicht, die Mühe zu verringern und abzukürzen: sich zu verstellen, mit den Fäusten mechanisch auf das Bett zu schlagen, zu ächzen und sich dabei völlig angeödet zu fragen, wann der Körper über ihnen endlich Ruhe geben würde … Diesmal war er zum Ziele gekommen, ja, er hatte auch ihr Haar noch mit Speichel benetzt; dann war sie aufgesprungen, ins Badezimmer gegangen und hatte sich von Kopf bis Fuß gewaschen.

Doch die Erklärung, daß sie frigid sei und deshalb nichts dafür übrig hatte, war immerhin annehmbar, ja, sogar in gewissem Sinn befriedigend. Es gab John Sicherheit: Anne war keine der Frauen, die jedem X-Beliebigen ihre Beine öffneten. Eine jugendliche Liebesgeschichte von ihr lag weit zurück. John fühlte sich sicher.

Sie befanden sich jetzt wieder in ihrem feuchtheißen, leicht nach Lysol riechenden Hotelzimmer; das Geschehen vom Morgen war ausgelöscht durch die gestreiften Steppdecken auf den Betten.

»Herrgott, ist es hier stickig.« John ließ laut aufseufzend den Ventilator laufen. In den feuchten dunklen Ecken surrten, selbst jetzt am Tag, die Moskitos.

Anne setzte sich auf einen Stuhl.

»Du siehst ganz erschöpft aus, als hättest du Kopf- oder Rückenschmerzen«, sagte John. Mit einem Male zeigte er Besorgnis, holte die Kopfkissen aus beiden Betten, veranlaßte sie, sich hinzulegen, hob ihre Füße hoch. Er tat sehr eifrig, drängte darauf, daß sie ein Aspirin nehme, klingelte nach dem Hausdiener, um ein Glas Wasser bringen zu lassen.

»Es ist Wasser in der Thermosflasche«, sagte Anne.

Er ist immer glücklich, wenn mir nicht wohl ist, dachte sie.

»Ich werde vor dem Mittagessen noch eine Dusche nehmen«, sagte er. Er fing an, sich auszuziehen. Als er sich hinsetzte, um seine Schuhe aufzubinden, lief ein Schweißbächlein über seine weiße, mit dunklen Haaren bewachsene Brust. Vor dem Spiegel hob er, die Muskeln spielen lassend, seine Arme. Seine Beine waren behaart, Bauch und Gesäß waren bleich. Er war einmal schlank und sehr sportlich gewesen; er sah sich im Geiste immer noch als den kraftvollen Athleten und nicht als den schlappen Mann von dreiundvierzig Jahren, den der Spiegel ihm zeigte.

Seine Achselhöhlen strömten einen süßlichen Geruch aus, der völlig anders war als der des Wahrsagers.

»Ich werde eine Dusche nehmen«, sagte er noch einmal laut. Er ging zum Badezimmer, die Tür knarrte, das Wasser fing an, mit allerhand knallenden Geräuschen in die Röhren zu strömen; Johns Körpergeruch war zurückgeblieben und wurde vom Ventilator im Zimmer herumgewirbelt.

Ich glaube nicht, daß ich das noch längere Zeit aushalten kann, ging es Anne durch den Kopf. Sie sah die Worte, wie auf einen weißen Bogen gedruckt, vor sich. Sie wirkten theatralisch, ohne Sinn. Was konnte sie nicht mehr aushalten? Sie machte die Augen zu. Was hatte der Wahrsager gesagt? Sie wußte es nicht mehr genau.

Am Abend gingen sie mit ihrem guten Freund Leo Bielfeld den Taj Mahal bei Mondschein betrachten.

Leo Bielfeld brachte sie zum Lachen. Sie lachten gleichzeitig, wenn Leo einen Witz machte; es klang, als wenn sie zusammen lachten.

John konnte bis spät in die Nacht mit Leo zusammensitzen, Whisky trinken und lachen. Leos schmales Gesicht verzerrte sich, er fuchtelte mit den Händen, er spielte seine lustigen Anekdoten mehr, als er sie erzählte, er imitierte Akzente, kopierte Tonfälle, vom arroganten Genäsel einer »Daugther of the American Revolution« bis zum unverständlichen Gefistel eines mit vielen Gesten englischsprechenden Singhalesen.

Leo hatte einen gut bezahlten Posten bei der UNO, der ihm außer den Barmitteln so viel Raum und Zeit gewährte, daß er tun konnte, was ihm beliebte. Er führte den Titel »Technischer Berater für zwischenstaatliche gute Beziehungen«, was sich auf seiner Visitenkarte so ausnahm:

LEO BIELFELD
United Nations Organisation
Technical Adviser
in
International Goodwill
New York, London, Rome and Asia

Er reiste in der Welt herum, blieb wochen- oder monatelang, wo er wollte und förderte Berichte von erstaunlichem Umfang zutage. Diese Elaborate waren gewürzt mit Tabellen und Tafeln, die steigende Kurven von »Goodwill« aufwiesen, berechnet nach Dezimalstellen von Einheiten von igw (eine Maßeinheit, die sich Leo vor zehn Jahren hatte patentieren lassen). So hatte er in einem Gutachten, dem eine entsprechende Untersuchung zugrunde lag, eine Zunahme von 0,4 igw pro Kopf der 38796 Unberührbaren in 21 Gemeinden von Cochin und Travancore in Südindien nachgewiesen. Seine Statistiken galten als sehr aufschlußreich. Unter anderem hatte er beispielsweise eine bemerkenswerte Zunahme der Anschaffung von einheimischem Toilettenpapier in den sieben größten Hotels von Kalkutta festgestellt, was ihn zu der Schlußfolgerung einer ausgesprochenen Steigerung der Anzahl von amerikanischen Touristen führte, welche ihr leibliches Wohl indischen Erzeugnissen anvertrauten, denn die Inder selbst sind keine Anhänger von Toilettenpapier, sintemalen sie sich mit Wasser abzuspülen pflegen.

»Goodwill wächst in der Welt.« Ein der »New York Times« gegebenes Interview unter diesem Stichwort hatte heftigen Meinungsstreit hervorgerufen: Zwei amerikanische Senatoren beschuldigten Leo, ein »Fellow-traveller« – ein Mitläufer des Kommunismus – zu sein; die afro-asiatische Völkergruppe feierte ihn als Förderer des Weltfriedens. Jetzt war Leo also mit Anne und John Ford zusammen in Agra. Diese hatten ihn vor vier Monaten abgeholt, als er auf dem Dumdum-Flughafen Kalkuttas in einer drückend schwülen Novembernacht um drei Uhr gelandet und als eine verschwommene Gestalt aufgetaucht war, deren Umrisse sich durch die Wolken von Nachtinsekten, die ihn und die Neonlampen umschwirrten, nur ungewiß erkennen ließen.

»Mr. Ford, Mrs. Ford ... aber ich bin hocherfreut, entzückt ... zu gütig von Ihnen, mich abzuholen ...« Leo hatte einen charmanten österreichischen Akzent. »Ja, Ihr Freund François Luneville hat mir so viel von Ihnen erzählt ... aber deshalb hätten Sie sich doch nicht herbemühen müssen, um mich abzuholen ... es ist ja so spät ... ich meine ... so früh ...«

Seine springlebendige Heiterkeit um drei Uhr morgens versetzte sie ebenfalls in einen Zustand von Leichtigkeit, Wohlgelauntheit und Liebenswürdigkeit. Leo blinzelte, dann schlug er sich mit der flachen Hand aufs Auge. Es war ein Insekt hineingeflogen. Er nieste. Anne lächelte mit freundlich geschürzten Lippen. »Diese grünen Fliegen sind eine wahre Pest. Da ist ein Taschentuch, kommen Sie, ich hole sie Ihnen heraus.«

»Grüne Fliegen, grüne Fliegen«, sagte John, »das ist auch das erste Mal, daß ich Flügelameisen grüne Fliegen nennen höre.« Sein Ton war nachsichtig-gutmütig.

Im Taxi nach Kalkutta, zur komfortablen Wohnung der Fords, wo er als »paying guest« wohnen sollte, redete Leo die ganze Fahrt über. Zungenfertig, witzig, blendete er die beiden mit seinen beredsamen Händen und seiner kaleidoskopartig wechselnden Stimme. Am nächsten Morgen bereits fing er an, Anne den Hof zu machen.

Sie saß an ihrem Schreibtisch in dem großen Wohnzimmer, eine Schreibmaschine mit einem noch leeren Bogen Papier vor sich. Durch die Fenstertüren mit den kleinen Balkons davor, die auf eine der breiten Alleen Kalkuttas hinausgingen, kam der dumpfe, dunstige Verkehrslärm der breit hingelagerten, verschlampten Stadt herauf wie ein dauerndes Gerumpel in einem vollen Bauch.

»»Nur vierunddreißig Cholerafälle in der letzten Woche, noch keine Epidemie, erklärt der Minister für Volksgesundheit««, las Leo, der auf einem runden Lederpuff zu Annes Füßen saß, aus der »Times of India« vor. »*Et cette paisible rumeur*, wie können Sie bei diesem Lärm arbeiten, Anne?«

»Ich mag ihn gern«, sagte Anne.

»Für Ihre reizende Prosa ist selbstverständlich kein Komfort groß genug«, sagte Leo. – Anne fuhr zusammen, und Leo kam sich vor, als habe er ein Kind geschlagen.

»Ich wollte Ihnen nicht weh tun, Anne«, sagte er.

»Sie haben mir nicht weh getan. Ich weiß ja, daß ich nicht schreiben kann.«

»Ach, Unsinn, Anne … Ihr Buch …«

»Das war vor zehn Jahren. Seitdem habe ich nichts geschrieben als Magazinartikel.«

»Aber, Anne, zu Kurzgeschichten bedarf es einer eigenen Begabung.«

»Bitte«, sagte sie.

Da hatte Leo auch schon, diesmal in einer unbeabsichtigten Aufwallung, die Arme um sie geschlungen und sagte:

»Anne, liebe Anne, bitte, sprechen Sie doch nicht so. Ich war begeistert von Ihrem Buch. Ich habe auch Ihre Erzählungen sehr gern. Bitte, weinen Sie nicht.«

Sie weinte gar nicht. Ihr Gesicht zeigte einen verlegenen, erstaunten und dabei störrischen Ausdruck. Leos Beschützertrieb war geweckt, und damit sein Liebesdrang. Es war immer so: Die Frauen bekamen es mit der Wehleidigkeit, und die ganze Geschichte endete im Bett. Dann war wieder alles gut.

Er suchte ihr Gesicht mit Küssen zu bedecken, was ein Teil seiner Damen gern gehabt hatte. Frauen ließen sich gern ihre Tränen wegküssen. Aber da Anne nicht weinte, versuchte er, sie auf den Mund zu küssen, den sie jedoch mit der Hand bedeckte. So küßte er die Hand, worauf sie aufstand. Da schlang er die Arme um ihre Taille und schmiegte seinen Kopf an ihren Leib. Er spürte, daß sie auch hier schlank war, daß ihre Schenkel lang, fest, weder zu mager noch zu dick waren. Sich in eine Leidenschaft hineinsteigernd, die halb echt, halb künstlich war, sprang er auf. Die eine Hand noch um ihre Taille geschlungen, fuhr er mit der andern über ihre Brüste, die hochangesetzt, klein und irgendwie jungfräulich waren. Ei, ei, dachte er, die Person hat eine verflixt gute Figur; keine auffallend hervortretenden Rundungen; wahrscheinlich fabelhaft im Bett.

»Liebste«, flüsterte er, »ach, Liebste.«

»Nicht«, sagte sie.

Er saß mit einmal wieder auf dem Lederpuff und wischte sich die Hände mit seinem Taschentuch ab.

Sie reichte ihm eine Zigarette. Er nahm sie, zündete sie an, blies einen Rauchring in die Luft und fühlte sich etwas als komische Figur.

»Zum Donnerwetter, Anne, Sie regen einen schön auf.«

»Tut mir leid«, sagte sie. Ihr Ton war erbitternd farblos.

»Sie sind verdammt anziehend.«

»Danke sehr.«

Er beugte sich vor, um noch einmal einen Versuch zu machen, riß die Augen groß auf und spitzte die Lippen wie zum Kuß. »Liebste, Liebste, einen Kuß, nur einen einzigen.«

»Sie scheinen nicht zu verstehen«, sagte Anne. »Ich bin Ihnen nicht böse. Keineswegs. Es ist ja eine ganz natürliche Sache, scheint mir, aber ich glaube Ihnen nicht.«

»Was glauben Sie nicht? Daß ich Sie liebe?«

Mit einer Handbewegung wischte sie diese Worte beiseite. »Das bitte nicht. Fangen wir gar nicht erst an mit dem Wort Liebe. Das gehört durchaus zu einer anderen Dimension Ich kann eben nicht glauben ...« Sie stockte. »Ich kann einfach nicht glauben, daß ein Mann mich wirklich begehrt, als Frau begehrt, daß er sich von mir angezogen fühlt.«

»Aber das ist ja lächerlich, Anne. Sie sind doch eine schöne Frau. Nicht eine hübsche, eine schöne.«

»Ich weiß nicht. Ich weiß gar nichts. Ich habe einfach keinen Glauben daran. Ich habe keinen Wunsch. Ich habe nicht den Wunsch, daß mich jemand anrührt. Bitte, mißverstehen Sie mich nicht. Es ist nicht persönlich gemeint und richtet sich nicht gegen Sie. Es liegt nicht an Ihnen. Es liegt an mir. Es ist wohl an dem, daß mir das erotische Gefühl abgeht ... Ich bin nun einmal nicht dafür geschaffen.«

Wenn sie danach weggegangen wäre, wäre er ihr nachgelaufen, weil er gemeint hätte, es sei das auch nur Koketterie (Frauen verfügten ja über so viele Mittel und Wege, um ihre Wünsche auszudrücken. Er hatte Frauen erlebt, die zu ihm gekommen waren und gesagt hatten, sie seien ohne alles Gefühl, Frauen, die noch im Augenblick, da sie sich neben ihn ins Bett legten, sagten: »Ich mache dich darauf aufmerksam, daß ich frigid bin.« Das hatte ihn zu größerer Kraftentfaltung gereizt ... die dann auch gewirkt hatte). Aber in der Ruhe, mit der Anne das geäußert hatte, lag viel echte Überzeugung. Sie ging auch nicht fort; sie blieb auf dem Sessel sitzen, rauchte und schaute gleichgültig-unbeschwert zum Balkon hinüber, als ob nichts geschehen wäre.

Er machte jedoch weitere Versuche. Da er mit Fords zusammenwohnte, war das nicht schwierig. John arbeitete zwar nichts, aber er machte sich immer allerhand zu schaffen. »Muß diesen Brief aufgeben«, sagte er etwa, »muß ihn selbst zur Hauptpost bringen, sonst geht bestimmt etwas schief damit. Kommen Sie mit, Leo?« Dieser brachte irgendeine Ausrede.

»Bedaure, ich muß mich beeilen, ich habe ein Interview mit dem Bürgermeister« oder dergleichen.

Daß Anne ihn mit etwas wie müder Gleichgültigkeit abwies, weder Ärger noch Freude darüber kundgab, ihm danach auch nicht auswich, verminderte sein Verlangen, sie zu erobern, nicht. Denn er war ein kampflustiger kleiner Mann, dessen über das übliche Maß hinausgehende Wahl- und Bedenkenlosigkeit mehr auf Eitelkeit als auf Schürzenjägerei beruhte. Zunächst vermochte er überhaupt nicht zu glauben, daß Annes Verhalten keine Pose sei; er suchte, durch wiederholte, verdoppelte Bestürmung mittels Wortschwall und Handgreiflichkeiten eine Änderung herbeizuführen, stieß aber immer wieder nur auf die gleiche, halb entschuldigende Abweisung. Ich weiß, du willst mir Freude machen, mich überzeugen, ich sei anziehend, indem du mich so stürmisch umwirbst, schien sie zu sagen, wenn sie ihn wegstieß, um ihn dann auf der Stelle zu vergessen, auf den Balkon hinauszugehen und von dort, wie in einem zu Eis geronnenen Traum befangen, in die Ferne hinauszustarren.

»Zum Donnerwetter, Anne, brauchen Sie denn nie einen Mann?«

»Nein.«

»Was ist mit John?«

»John ist mein Ehemann.«

»Woraus ich schließen kann, daß er sich nicht sehr darauf versteht«, sagte Leo eines Tages.

»Ich habe John sehr gern«, entgegnete sie mit einer Stimme, die anmutete wie grauer Stein.

»Mag John es auch gern so, wie es ist?«

Sie blieb stumm, als ob er nicht vorhanden wäre.

Nach den Freudschen und Jungschen Theorien war alles erklärbar, und Leo erklärte des langen und des breiten. Sie hörte mit höflicher, schließlich mit unbeteiligter Miene zu. Er lieh ihr Bücher. »Gefällt Ihnen das nicht auf Seite dreiundzwanzig, wo er …«

»Ich verstehe nicht.«

»Sie verstehen nicht, was die treiben?«

»Nein, ich verstehe nicht, was das alles soll, was der Aufwand bedeutet.«

Eines Tages schrie er geradezu: »Aber, Anne, das ist nicht normal« – also dasselbe, was der Doktor und John gesagt hatten.

»Vielleicht bin ich nicht normal«, meinte Anne in fast erleichtertem Ton. Da wußte Leo nicht mehr, was er sagen sollte.

Als Leo auf seiner Reise nach Indien durch Paris gekommen war, hatte ihm François Luneville, der Photoreporter, von den Fords erzählt. »In Kalkutta mußt du bei ihnen wohnen. Das heißt, wenn ihr Gastzimmer frei ist. Sie haben eine nette Wohnung, viel gemütlicher und bequemer als im Hotel, außerdem billiger. Anne Ford ist eine nette Person.«

Sie hatten dann ausführlich über Anne gesprochen; denn Leo wollte nicht, wie er sagte, aus reiner Höflichkeit den Kopf in eine Schlinge oder eine Gastgeberin in sein Bett bringen.

»Nichts zu machen«, hatte François gesagt. »Gute Figur, schlank, aber kein Sex-Appeal. Doch es ist da etwas … wie Flamme unter Eis, *un je ne sais quoi*. Wir Berufsphotographen, die wir rund um die Welt sausen, um Bilder aufzunehmen, ständig damit beschäftigt, Sensationen nach dem Leben zu produzieren für unsere Leser – ich sage: Leser, denn die meisten Leute lesen bloß die Bilder, aber nicht den Text, der dabeisteht –, wir haben keine Zeit, ein eigenes Erlebnis bis zum Ende zu durchleben, irgendein Ereignis unseres Privatlebens vollkommen auszukosten. So war ich mir nach zweimonatelangem Zusammenleben mit ihnen noch nicht recht im klaren über die beiden.«

»Was ist der Gatte für ein Mensch?«

»Durchaus in Ordnung. Was die Engländer einen ›*decent chap*‹, einen anständigen Kerl, nennen. Soviel ich weiß, war er im Kolonialdienst und hat sich ziemlich früh pensionieren lassen. Die Wohnung gehört seinem Bruder, der, wie John angedeutet hat, Baronet oder dergleichen ist und, von der Steuerbehörde ausgesogen, auf einem Landgut in Surrey lebt. John tut weiter nichts als seine Pension einzukassieren, die, wie mir schwant, nicht gar so hoch ist. Auf seine englische Art ist er Anne sehr zugetan, versucht sich vor ihr aufzuspielen, redet laut und hört sich gern reden; nichts, was er tut oder sagt, hat Hand und Fuß, und verfängt auch bei ihr nicht, weil sie dauernd in einer Traumwelt lebt, ihn nicht ansieht und nicht mit ihm spricht.«

»Schlafen sie miteinander?« fragte Leo.

François hob die Hände zu der bekannten französischen Gebärde. »*Mon cher, qui connaît les mystères d'un couple marié?* Wer weiß, was im legitimen Schlafzimmer vor sich geht? *Terriblement morne et terne* wahrscheinlich; aber ich muß sagen, ich habe mich eigentlich nicht besonders darum gekümmert.« Nachträglich war ihm noch eingefallen: »Anne hat einen schönen Mund. Man muß ein Bild immer verkehrt, von unten nach oben, betrachten, dann erkennt man die Harmonie in der Komposition. So ist es auch mit ihren Lippen; deren Schönheit kommt erst heraus, wenn sie auf dem Rücken liegt und man sie von oben betrachtet.

Nein, nein, Leo, alles *parfaitement comme il faut* ... es war bei einem Ausflug mit vielen Leuten, da lag sie ausgestreckt im Gras und hatte die Hand über die Augen gedeckt. Darum, wie gesagt, *un je ne sais quoi.*«

Leo verbrachte den November und den Dezember bei den Fords in Kalkutta, abwechselnd beschäftigt mit dem Studium dessen, was er »den Fall Anne« nannte und mit mehr oder minder befriedigenden Schäferstunden bei flüchtigen Begegnungen mit den zugänglicheren Angehörigen der kosmopolitischen Gesellschaft der Stadt. Von seinen Erfolgen berichtete er Anne in voller Offenheit. Zwischen krampfigen Versuchen, ihr die Cour zu machen, redete er ihr stundenlang unentwegt von sich selber vor, ohne von ihr unterbrochen oder gar von ihr dagegen ins Vertrauen gezogen zu werden.

»Ich muß wohl an die tausend Frauen gehabt haben in meinem bisherigen Leben, Anne. Kürzlich zählte ich nachts einmal nach. Zum Beispiel voriges Jahr in New York binnen sechs Wochen acht, in London rund ein Dutzend, und hier bin ich jetzt bei meiner siebzehnten. Es kamen alles in allem neunhundertneunundsechzig heraus, und dabei habe ich wohl die eine oder andere vergessen ...«

In Agra nun, wo er die Fords nach einem Abstecher von zwei Monaten nach Südindien verabredungsgemäß wieder getroffen hatte, spazierte er jetzt mit Anne am Marmorrand des Taj Mahal-Teichs einher, einem schwarzen Spiegel, darin das bleiche Bauwerk mit den Zwiebelkuppeln sein Abbild narzißtisch zu sich selbst emporleuchten sah. Es erinnere ihn, sagte Leo, an ein schwedisches Mädchen mit drallen und prallen weißen Brüsten. »Buchstäblich schneeweiß. Nach einer Weile wurde das unausstehlich. Ich hatte die Empfindung, zwei Iglus zu umschlingen.«

Anne lehnte sich an die marmorne Brüstung. Von dem genau darüber stehenden Mond beschienen, strahlte die Mittelkuppel des Taj Mahal einen fahlen, glühwürmchenartigen Glanz aus. In den blauen Schatten zu ihren Füßen standen kleine Gruppen verschleierter Freudenmädchen, deren Arm- und Fußreifen klirrten. Die Terrasse herauf und hinunter schlenderten, im Vollbewußtsein ihrer Männlichkeit, die glänzenden Haare triefend von Brillantine, das Weiße ihrer Augen grell leuchtend, indische Männer. Hinter dem Bau, unter der

Stelle, wo Anne stand, sickerte das winterlich seichte Rinnsal des Flusses zwischen den Sandbänken.

Als John in dem von Frauengezwitscher erfüllten Schatten etwas zurückblieb, legte Leo auf einmal den Arm um Anne.

»Ach bitte …«, machte sie und stieß ihn mit größerer Heftigkeit als bisher zurück.

»Mein Gott, ist denn das so unangenehm?«

Sie blickten einander an, die Gesichter erfüllt von Zorn und beinahe Haß.

»Schön«, sagte er, wie er das schon vielfach gesagt hatte, »ich werde Sie nicht mehr belästigen.« Sie ist nicht einmal mein Typ, dachte er voller Wut, denn sein Geschmack waren eigentlich die vollbusigen Prachtweiber, wie sie an den Zeitungsständen der Flughäfen zu sehen waren, in denen er ein- und ausreiste. Der Teufel hol' dieses Gänschen, sie ist ganz blöd, hat ja nicht einen Funken im Leib!

John trat wieder zu ihnen heran und verkündete, es werde spät. So wandten sie der kalten Herrlichkeit, zu deren Besichtigung sie hergekommen waren, den Rücken und fuhren mit dem Taxi, vom Mondlicht übergossen, zurück zum Hotel und einem verspäteten Abendessen in dem scheußlichen Speisesaal, einem brunnenartigen Raum mit Säulen, Ventilatoren, Tischen, Aufwärtern, alles in dem gleichen staubig-grauen weißen Ton gehalten.

»Bergschaf mit grünen Bohnen«, las Leo vom Menü ab. »Zum Lunch gab es Wildschaf mit Kohl, nicht? Die Küche ist unbedingt ein Überbleibsel des englischen Kolonialismus. Was ist eigentlich der Unterschied zwischen Bergschaf und Wildschaf?« fragte er den Oberkellner.

»Beides ist australischer Hammel, Gefrierfleisch, Sar«, sagte der Oberkellner.

»Einschreibebrief für Sie, Sahib.« Ein Aufwärter war neben John hingetreten und reichte ihm ein Tablett mit einem Brief darauf.

»›Mrs. John Ford, 134 Hoggly Avenue, Calcutta‹ hierher nachgesandt«, las John und wollte das Kuvert aufmachen, als Anne über den Tisch hinüber danach griff und sagte:

»Der Brief ist ja wohl für mich.«

Während sie das Kuvert öffnete, vermied John sie anzusehen. Leo bemühte sich, den Moment der Verlegenheit zu überbrücken, indem er sich wortreich darüber verbreitete, daß auch die Inder Unterschiede in den Hautfarben machten.

»Sie geben genauso viel auf Pigment wie wir, alter Freund. Sehen Sie sich die Heiratsannoncen in den Zeitungen an: ›Gesucht junges Mädchen aus guter Familie, helle Haut Bedingung.‹ Überall dieses Wertlegen auf helle Haut; selbst in den Ministerien sieht man es nicht gern, wie ich höre, daß die Südinder so viele Posten übernehmen. Sie sind gescheiter, gebildeter, aber dunkel.«

Anne las den Brief. Er lautete:

»Liebe Mrs. Ford, Ihre Bewerbung um die Stelle der englischen Lektorin am Nepalesischen Töchter-Institut von Katmandu ist dem Kuratorium vorgelegt worden, und wir sind hocherfreut, Ihnen mitteilen zu können, daß Sie, auf Empfehlung der Direktorin, Miß Isobel Maupratt, die ja wohl ehemals in Shanghai Ihre Schulkameradin war, für die Stelle in Aussicht genommen sind.

Miß Maupratt hat uns über Ihr Buch berichtet. Es ist uns ein besonderes Vergnügen, eine regelrechte Schriftstellerin zu unserem Lehrpersonal zählen zu dürfen.

Der Vertrag läuft einstweilen auf ein halbes Jahr ab 15. März und ist nach Ablauf des Semesters erneuerbar. Wir sind nicht in der Lage, eine längere vertragliche Verpflichtung einzugehen, da dies der Politik der nepalesischen Regierung zuwiderläuft.

Das Gehalt ...«

»Nun«, sagte John, »das ist ja ein langer Brief. Deine Suppe wird kalt.«

Jetzt mußte sie davon sprechen; jetzt, im Beisein Leos. Wenn sie erst wieder im Zimmer mit John allein war, ging das nicht mehr.

»Ich habe mir eine Stelle besorgt«, sagte sie, den Blick auf den Suppenteller gesenkt. Gleichzeitig nahm sie den Löffel und begann zu essen.

»Eine Stelle?« fragte John ungläubig und so erstaunt, daß er den Löffel hinlegte.

»Eine Stelle«, sagte auch Leo, der zunächst verblüfft und verlegen schien, dann aber rasch seine Fassung wiedergewann und in schallendes Lachen ausbrach. »Meine liebe Anne, das ist ja entzückend und geradezu phantastisch. Was denn für eine Stelle?«

»Als Lehrerin für Englisch im Töchter-Institut von Katmandu.«

»Was ist das? Was hast du gesagt? Lehrerin? In ... Katmandu? Wo ist denn Katmandu, zum Donnerwetter? Ist ja unglaublich! Das erste Wort, das ich darüber höre!« brach John aus.

Auch Anne wurde heftig; es war wieder die halberstickte, nur leise aufbegehrende Heftigkeit wie auf der mondbeschienenen Terrasse des Taj Mahal, mit der sie sagte:

»Natürlich habe ich nicht davon gesprochen.«

»Willst du mir bitte erklären ...«, herrschte John sie an.

»Da ist nichts zu erklären. Ich habe hingeschrieben und angefragt.«

»Du willst damit sagen, du hast hingeschrieben und dich beworben? Um eine Stelle ... In Katmandu ... Und mir nicht ein Wort davon gesagt ... Katmandu? Wo ist denn das überhaupt, Leo? In Nepal? Nepal im Himalaja-Gebirge? Gleich bei Tibet?«

Kopfüber stürzte sich Leo hinein, als wenn er einen Ertrinkenden aus dem Wasser ziehen müßte:

»John, das ist einfach zu herrlich, zauberhaft. Anne wollte Sie doch damit überraschen, natürlich ... Es ist ein Scherz, ein glänzender Scherz. Sie hat sich um eine Stelle beworben und bekam sie ... haha ... ungemein reizend, großartig weiblich ... hahaha ...«

»Es ist kein Scherz«, sagte Anne. »Ich habe mich beworben, und ich gehe nach Katmandu. Nach Katmandu ...« wiederholte sie nachdrücklich.

»Nun, ich muß ja sagen ...«, fing John an, stockte aber und sah Leo an. Dieser blickte auf Anne. Sie schaute nur auf ihren Teller und führte mechanisch den Löffel zum Munde, während ihre andere Hand, den Brief umkrampfend, auf dem Tisch lag.

Himmel nochmal, dachte Leo, Flamme unterm Eis. Da haben wir's. Er mußte an den Haßausbruch auf der Terrasse, die gespannte, gestaute Heftigkeit denken. Es überkam ihn auf einmal etwas wie Angst vor ihr. »Nun, Anne, ich wünsche Ihnen alles Gute für Katmandu«, sagte er etwas gepreßt.

»Danke sehr«, sagte Anne. »Wie kommt man eigentlich nach Katmandu?«

Zweiter Teil
TAL

Am Abhang des Himalaja-Gebirges, zwischen Indien und Tibet, erstreckt sich das Königreich Nepal. Reines Binnenland, und von der übrigen Welt durch die gewaltigen Bergzüge abgeschieden, vermochten die Herrscher Nepals lange Zeit, ausländische Besucher und fremdländische Lebensgewohnheiten von ihrem Gebiet fernzuhalten. Dies änderte sich im Jahre 1951, mit vielem anderen. Bis dahin hatte in Nepal Despotismus geherrscht. Von 1850 bis 1950 übten erbliche »Hausmeier« – nach westlichem Vorbild Premierminister genannt – aus dem Geschlecht der Rana unter der nominellen Regierung von Königen die Herrschaft aus. Im Gefolge einer Palastrevolution gewann der König seine Machtstellung zurück, die Herrschaft der Rana wurde abgeschafft und ein volkstümliches Ministerium gebildet.

Oberflächlich gesehen, zerfällt Nepal in drei verschiedene Landesteile: das Himalaja-Hochland, die Vorberge und das sumpfige, malariaverseuchte Tiefland des Terai, ein von Tiger- und Rhinozerosjägern bevorzugtes Dschungelgebiet.

Das Gebirgsvorland, in dem der Großteil der Bevölkerung lebt, enthält einige fruchtbare Täler, deren umfangreichstes das auf einer Meereshöhe von etwa 1500 Metern gelegene Katmandutal ist, das das Verwaltungs-, Wirtschafts- und Kulturzentrum des Königreichs bildet. Seine Bewohner sind größtenteils Newaris, die sich durch hohes handwerkliches Können auszeichnen.

Die drei bedeutendsten Städte des Tals, Katmandu, Patan und Bhadgaon, haben eine alte ruhmreiche Geschichte. Ihre Kunst und Architektur haben die chinesischen Künstler und Kunsthandwerker beeinflußt; Baumeister aus Nepal sollen die Tempel und Klöster von Lhasa, der Hauptstadt Tibets, errichtet haben.

Bis 1951 war Nepal nur auf schmalen Saumpfaden zu erreichen, die häufig zu steil für Pferde waren. Heutzutage verbindet eine von indischen Pionieren gebaute Autofahrstraße das Katmandutal mit Indien. Bis zur Fertigstellung dieser Straße gegen Ende 1956 war das einzige verläßliche und schnelle Verkehrsmittel nach Nepal das Flugzeug.

Im Jahre 1955 brach auch für Nepal das Touristenzeitalter an, in Form einer von Cook veranstalteten und geleiteten Reisegesellschaft, die aus zehn Nordamerikanern und zwei Brasilianern bestand. Im gleichen Jahr wurde Nepal Mitglied der Vereinten Nationen.

Im Mai 1956 fand mit fabelhaftem Gepränge die Krönung des Königs statt, der sechzig ausländische Berichterstatter beiwohnten und die durch einen Cinerama-Film festgehalten wurde.

Auszug aus »Focus«, herausgegeben von der American Geographical Society.

Erstes Kapitel

Isobel Maupratt reckte den Hals vor und suchte mit den Augen den Himmel ab. Die Arme hatte sie auf das Geländer gelegt, das die Landebahn des Flugplatzes umschloß; über die Unterarme wölbten sich ihre schweren, vollen Brüste vor, was ihr ein angenehmes Gefühl bereitete. Sie senkte den Kopf etwas und betrachtete den Spalt zwischen ihnen: wie zwei Tauben waren sie, zwei ruhende Tauben. Kosend schwebten die Worte in jenem nebelhaften Dämmerbezirk ihrer Seele, wo die siebenunddreißig Jahre alte – Jungfer Isobel eine andere Persönlichkeit war als Miß I. Maupratt, Dr. phil., Sproß einer Missionarsfamilie und Leiterin des Töchter-Instituts von Katmandu.

Alltäglich, ausgenommen samstags – Samstag war in Nepal der Ruhetag –, ging von Patna in der indischen Tiefebene eine Dakota ab, beladen mit Passagieren, Post und Fracht, schwang sich hin über die südlichen Hügel- und Talzüge Nepals, um auf dem neuen Flugplatz der Hauptstadt Katmandu, Gaucher-Airport genannt, zu landen. Der Flug dauerte fünfzig Minuten. Heute standen Wolkenballen, gewölbt wie windgebauschte Segel, mit einem seidenen Schimmer von zurückgeworfenem Sonnenlicht über den niedrigeren Bergen, die die höheren Ketten und Schneegipfel dahinter verbargen. Der Himmel klaffte als eine scharf gezackte blaue Spalte über den Tälern. In der Wolkenmasse befand sich wohl das Flugzeug, dessen Lenker jetzt das Tal anzusteuern suchte, indem er im Kreise flog, bis er eine Wolkenlücke erspähen mochte, durch die sich ihm Katmandu zeigen würde mit seinen goldenen Spitztürmen, seinen vieldachigen Pagoden, die im Sonnenlicht blitzten, und dem weißen Turm, der – »Bhim Sengs Tolly« geheißen – sich wie ein mahnender Finger zum blauen Himmel hob.

»Anne«, murmelte Isobel Maupratt vor sich hin. »Nach all den Jahren, Anne.«

Im goldenen Sonnenschein schwebend, umgab sie das herrliche Tal, eine Cézanne-Landschaft in den reinen blauen, grünen, rosa und gelben Tönen des Frühlings am Himalaja. Die sanft ansteigenden Berge, die das Tal abgrenzten, liefen mit wellenförmigen, baumgefiederten Kämmen dahin, die Hecken hingen schwer von Blüten, in der Luft lag eine helle Apfelfrische von neuem Saft, jungem Gras und schwellenden Knospen und die in die Tiefe gedrungene Frische von Gebirgsschnee. Über das grüne Gelände, das zum heiligen Tempel von Pashupatinath, nicht weit entfernt vom Flugplatz, führte, wanderte ein endloser Zug nepalesischer Männer und Frauen, mit Blumen im Haar oder hinter den Ohren, zur Andacht. Zwei Tibetaner – mit herunterhängenden Schnauzbärten, kurz geschnittenen Haaren, die Filmkameras über den dicken lilablauen Gewändern baumelnd, deren einer Ärmel leer über ihre Rücken herunterhing, mit roten und gelben Schärpen um die Hüften und Schaftstiefeln – lehnten, ebenfalls auf das Flugzeug wartend, ein paar Meter entfernt von Isobel am Geländer. Ein paar Bettelkinder, von Schmutz starrend, die weichen, im Haus gewebten Nepalkappen lustig schief (wie alle Kappen in Nepal) auf dem verlausten Kopf, betrachteten Miß Maupratt von hinten und von der Seite und machten ebenso vergnügte wie treffende Bemerkungen über sie. Miß Maupratt, die das eine oder andere Wort aufgefangen hatte, schloß die Arme fester über dem Busen zusammen. Diese widerwärtigen, ekelhaften Bälger! Die Nepalesen waren doch alle gleich. Immer nur das eine im Kopf. Selbst die Kinder. Auf die Mädchen im Institut mußte man aufpassen wie ein Habicht, sonst standen sie in den Ecken herum und tuschelten, streichelten die Ehereifen an ihren Armen und gaben unaufhörlich das hellklingende Gelächter von sich, das ihr so sinnlos schien … als ob das Leben stets und ständig wunderbar sei, als ob es nicht Dinge gäbe wie Seelenrettung, Sünde und Leiden um des eigenen Heiles willen. Es kam von den überall zu sehenden … jawohl, den gemeißelten und gemalten Scheußlichkeiten, dachte Isobel Maupratt, die jedesmal von einem sonderbaren Beben befallen wurde, wenn sie an diese Dinge dachte, diese scheußlichen, schauerlichen Dinge. Es kostete schwere Mühe, ihnen niemals auch nur *einen* Blick zu schenken. Wenn Miß Maupratt an einem Tempel in Katmandu vorbeiging, setzte sie ihre Sonnenbrille fest auf die Nase und schritt ihres Weges. Nicht aufschauen, nur nicht aufschauen! »Ekelhaft, ekelhaft«, sagte sie mit zitternder Stimme halblaut vor sich hin.

Jetzt erzitterte auch der Boden um sie herum, und es dauerte ein paar Sekunden, ehe Miß Maupratt erkannte, daß dieses Beben nicht mehr auf ihre Gedanken zurückging, sondern eine äußerliche Vibration war, des Bodens und der Luft, infolge der Annäherung des Flugzeugs an das Tal. Man vernahm sein Geräusch, sah es jedoch noch nicht. Die zwei wackeligen Zelte, die für die Paß- und Zollkontrolle auf dem Rollfeld errichtet waren, schienen zu schüttern; aus ihren offenstehenden Eingangsklappen traten jetzt zwei hübsche junge Nepalesen mit weichen schwarzen Mützen auf dem Kopf und in Amtskleidung: zugeknöpften schwarzen Röcken und weißen Jodhpurs. Versonnen blicken sie zum Himmel auf, wo gleich einem großen, langsam schwebenden Göttervogel, einem silbernen Garuda, das Flugzeug in Sicht kam. Die Tibetaner schrien auf, winkten mit den Händen und wiesen sich gegenseitig die rasch näherkommende Maschine. Diese, eine Dakota, kreiste, in einer großen Schleife niedergehend, über dem Flugplatz, hatte auf einmal aufgesetzt und verschlang nun den Teerbetonstreifen mit dem weißen Strich darauf, geradewegs auf Miß Maupratt zurasend. Einen wahnwitzigen Augenblick lang hatte Isobel Maupratt die Vorstellung, sie werde durch die Wucht des sich über sie wälzenden beflügelten Körpers rücklings auf den Boden gestreckt.

Das Flugzeug hielt an, drehte sich langsam, schwerfällig; seine Propeller schienen sich in entgegengesetzter Richtung zu bewegen. Miß Maupratt richtete sich straff auf. »Bin neugierig, ob ich sie erkenne«, dachte sie. Nepalesische Arbeiter in grauen Wämsern aus hausgemachtem Wollstoff, die Beine bis zum Gesäß nackt, schoben eine Treppenleiter zu der sich jetzt öffnenden Tür des Flugzeugs, eine Verrichtung, der sie sich unter Lachen und allerhand anzüglichen Witzen unterzogen. Indische Bedienstete der Fluggesellschaft, große, dunkle Leute in marineblauen Hosen und weißen Hemden, schlenderten mit dem nonchalanten Gang von Männern, die sich ihrer Männlichkeit und der damit verbundenen Anziehungskraft bewußt sind, die Treppe hinauf. Sie kamen dann wieder herunter, nach ihnen einer hinter dem andern die Fluggäste: fünf Nepalesinnen, grün und schweißgebadet vor Übelkeit, die sich auf die Säume ihrer Saris traten; eine Tibetanerin mit kupferrotem Gesicht, herrlichen schweren, dicken Zöpfen und umfangreichem, mit Türkisen besetztem Goldschmuck, die ein Baby, eine große Plastik-Reisetasche sowie einen elektrischen Ventilator trug und umringt war von einem Grüppchen halbwüchsiger Mädchen in Klostertracht und Jungen in grünsamtenen Windjakken. Auf sie hatten die zwei Tibetaner gewartet; sie riefen ihr jetzt mit vielen Kehllauten zu; die Jungen und Mädchen schrien auch und winkten. Dann ein britischer Gurkha-Offizier mit dickem Schnauzbart in Form einer Fahrradlenkstange; nach ihm zwei nepalesische Beamte mit schwarzen Regenschirmen, die hinten in die Kragen ihrer Mäntel eingehängt waren, und hinter diesen vierzehn amerikanische Touristen mit Mänteln, Taschen, Kameras und Spazierstöcken, die Herren mit halbsteifen, die Damen mit blumengeschmückten Hüten auf dem Kopf. »Amerikaner« ... Ehrerbietiges Gemurmel ging durch die inzwischen vielfach verstärkten Reihen der Bettler jeglichen Geschlechts und Alters. Wie von einem plötzlichen Windstoß getrieben, wogte ihre Menge vorwärts, überflattert von einer Schaumkrone von Händen, die sich nach dem über die Treppe herabflutenden Reichtum ausstreckten.

»Zwanzig Jahre ist's her ... Ob ich sie noch erkennen werde?« ging es Isobel durch den Kopf. Vor zwanzig Jahren hatten Isobels Eltern ein Missions-Internat in Shanghai geleitet. Anne war einer der dortigen Zöglinge, und zwar gehörte sie zu dem Häuflein von Eurasiern, Weißrussen und unehelichen Kindern, die über die Ferien nicht heimgingen. Isobel sah noch das gespitzte Mündchen ihrer Mutter vor sich und hörte noch ihre Stimme, wenn sie sagte: »Wir müssen lieb sein zu Anne, Kind, ihre Mutter ist Schauspielerin.«

Eines Tages war Annes Mutter zum Besuch des Töchterchens gekommen; Isobel erinnerte sich gut des rosa Seidenkleides, der mattgrauen Federboa, der Schuhe mit Schnallen und der Rikscha, die vor dem Pförtchen hielt; es war gerade in der Pause gewesen; Anne lief, lief weg, und Isobel sah den mageren braunen Beinen nach und dann wieder zu der Dame in Rosa hin, die mit vier Pralinéschachteln auf den Armen (Isobel erinnerte sich noch der glänzenden Gold- und Silberbändchen darum) steifbeinig aus der Rikscha stieg.

Und jetzt, ausgerechnet in Katmandu, sahen sie sich wieder, sie und Anne ... Anne, die jetzt die Treppe herunterkam, in einem mattbraunen, zu ihrer schlanken Figur passenden Kleid, die braunen Beine in Sandalen, das dunkle Haar vom Wind zerzaust, Anne, die genau aussah wie einst, immer noch nach außen hin den Eindruck ganz besonderer Bieg- und Schmiegsamkeit machte, die gefügige Anne mit den plötzlichen Wutausbrüchen und den langen Stummheitsperioden, die kam jetzt gerade auf sie zu.

»Anne«, schrie Isobel. »Juhu-u, Anne, A-anne!«

Und dann hatte sie Anne schon an der ausgestreckten Hand gefaßt und sie an sich gezogen, und sie hörte sich selbst in höchster Stimmlage sagen:

»Meine Liebe, wie nett, wie wundervoll, wie gar zu herrlich nach den vielen Jahren ... ich hatte nicht im Traum gedacht ... Hast du meinen Brief bekommen? Ach, ja, natürlich, du hast ja geantwortet, wie dumm von mir ... Aber du hast dich nicht im geringsten verändert ... ist ja zu wunderbar ...«

»Du hast dich auch nicht viel verändert, Isobel«, sagte Anne. Sie hatte noch immer die merkwürdige Gewohnheit, jedes Wort genau für sich auszusprechen, sozusagen die Interpunktion mitzusprechen, als wenn sie auf der Maschine schriebe, und damit eine Distanz herzustellen. Sie sah Isobel nicht an, sie warf einen Rundblick auf das Tal, indem sie den Kopf drehte und mit den Augen – etwas gegen die goldene Sonnenpfütze anblinzelnd – den Konturen der Berge folgte.

»Katmandu«, sagte sie ein bißchen gepreßt und öffnete den Mund weit, als falle ihr das Atmen schwer.

»Meine Liebe, das ist die Höhe, wir sind hier vierzehnhundert Meter überm Meeresspiegel; das ist für jeden zuerst etwas anstrengend. Ist dein Herz ganz in Ordnung? Meines nicht ganz, weißt du ja; ich hatte schon im letzten Jahr in Shanghai Rheumatismus, du entsinnst dich?«

Anne nickte, und ihr Gesicht wurde plötzlich wieder verschlossen, als Isobel Maupratt ihr liebevoll den Arm etwas fest drückte.

»Ich fühle mich durchaus wohl; ich fand es nur so wunderschön. «

»Ich wußte, daß du das sagen würdest; Gott segne dich dafür, daß du es so reizvoll findest. Es ist ja wirklich ein recht schönes Tal; im Winter kannst du den ganzen Tag die Schneegipfel sehen, aber nach der Mittagszeit bezieht es sich gewöhnlich. Aber die Menschen«, fügte sie leise hinzu, »meine Liebe, du wirst hier eine ganz andere Welt finden; sie sind unwissend, man bemüht sich gewiß, ihnen zu helfen … sich selbst helfen wollen sie überhaupt nicht.«

»Das ist John, mein Mann«, sagte Anne. John war aufgehalten worden durch ein Sikh-Ehepaar, dessen siebenjähriges Bübchen sich schreiend weigerte, die Treppe hinunterzusteigen. Wie alle verzogenen Kinder in Asien hatte man ihn so lange mit Schmeicheleien, Liebkosungen und Bitten überhäuft, bis der Junge sich dazu verstanden hatte, Stufe für Stufe die Treppe hinunterzugehen, die sein von einem Riesenvollbart umwallter Vater versperrte, um dem Söhnchen bei jeder überwundenen Stufe Beifall zu spenden.

Isobel wechselte einen Händedruck mit John, der eine großgewachsene, vollbusige Dame mit einer römischen Kinnpartie und gebieterischem Gesichtsausdruck vor sich sah.

»Das ist Isobel Maupratt«, sagte Anne. Eine tüchtige, gediegene, vernünftige Dame, dachte John. Von dem Schlag, wie man sie in den Fürsorgeämtern oder als Leiterinnen von Krankenhäusern in den Kolonien antrifft.

»Nun«, sagte John in liebenswürdigem Ton. »Wir brauchen ja wohl nicht den ganzen Tag hier zu stehen. Wollen mal sehen, ob wir unser Gepäck auffischen können, wenn die Brüder in Patna es nicht ins falsche Flugzeug verladen haben. Ein Durcheinander wie in Patna habe ich noch nie erlebt; wie da überhaupt etwas zustande kommt, ist mir schleierhaft. Ach richtig, die Pässe. Wo wird die Paßkontrolle vorgenommen? In den Zelten dort? Mein Gott, ist das primitiv hier, nicht wahr? Ja, wo sind denn die Pässe, Anne? Ich habe sie? Deinen bestimmt nicht, das möchte ich beschwören .. aha, da ist er ja, nun ja, man muß immer alle Papiere zusammenhalten.«

Dann wurde die an sich einfache Prozedur des Wartens auf die Sortierung der Gepäckstücke durch die Übertüchtigen und die Ungeduldigen erschwert. John und die Touristen tummelten sich auf dem ganzen Flugplatz herum, brüllten nach ihrem Gepäck, verlangten, daß ihre Pässe kontrolliert würden, zerkrümelten den breiten Schwung des Ankunftserlebnisses zu winzigen Partikeln von Befürchtungen, Ängsten, Fragen, bis der so scharf umrissene Ortswechsel, der jähe Aufstieg von dem heißen Tiefland zum kühlen Bergtal eine form- und geschmacklose Masse geworden war wie Kaugummi.

Anne blieb untätig stehen, was John wie Isobel verstimmte, denn sie hatte sich nicht von ihnen zurückgezogen, sondern, auf der Stelle bleibend, von ihnen entfernt. Sie betrachtete die Berge, die Felder, die Bettler. Mit der klappernden, gegen seinen Brustkasten schlagenden Kamera begab sich John zu den Zelten, ging hinein und kam wieder heraus. Kein Stück Gepäck war bisher ausgeladen, und die Pässe befanden sich noch, zu einem bedenklich schwankenden Stoß aufgeschichtet, am Busen der Stewardeß, eines großen, schlanken Mädchens, dessen Sari vom Wind so prall an den Körper gepreßt wurde, daß seine Formen plastisch hervortraten.

»Hier ist immer alles sehr schlecht organisiert«, sagte Isobel. »Ich sehe, John ist ein tüchtiger Mann. Dem Himmel sei Dank, daß ein Mann da ist, der hier ein bißchen Ordnung schafft, sonst könnten wir die ganze Nacht über hier bleiben.« Da merkte sie, daß Anne ihre Schreibmaschine und ihre Handtasche auf dem Boden abgestellt hatte. »Ach, sei vorsichtig, liebes Kind. Komm, ich halte dir die Sachen. Hier hat man sehr lange Finger. Niemals etwas herumliegen lassen; immer alles einschließen.«

»Ich schließe nie etwas ein«, sagte Anne trotzig.

»Nun, du wirst dich in Katmandu daran gewöhnen müssen. Selbst im Royal-Hotel mit seinem ausgesuchten und genau überwachten Personal hat eine Touristin einen in ihrem Zimmer zurückgelassenen

Brillantring eingebüßt. Sie hatte eben nicht abgeschlossen.« – »Wahrscheinlich hat sie den Ring dann später in ihrer Handtasche gefunden«, sagte Anne.

Isobel warf Anne einen scharfen Blick zu. Sie hatte sich nicht verändert; gefügig, nachgiebig, ja folgsam, und dann auf einmal aufflammend, Blitz und Donner aus heiterem Himmel. Zwanzig Jahre war es her ... merkwürdiges Gefühl, es tat weh und wohl zugleich, sich die Schule wieder ins Gedächtnis zu rufen; sie sah es vor sich, das Schulzimmer, Anne darin, die zur Strafe in die Ecke hinter die Schultafel gestellt worden war, eine Papiermütze auf dem Kopf mit der Inschrift: Ich habe den Teufel im Leib. Und Miß Maupratts spröde Stimme, herüberhallend über den Zwischenraum von zwanzig Jahren: »Ich begreife dieses Kind nicht. Ich habe für sie gebetet, mit ihr gebetet. Ich weiß, meine Gebete wurden erhört. Vorige Woche noch tat es ihr furchtbar leid, daß sie so schlecht gewesen ist, und dann begeht sie wieder eine Sünde nach der andern. Ich habe ihr ins Gewissen geredet, habe ihr zu bedenken gegeben, welche Schmerzen sie Jesum bereitet durch ihr sündiges Wesen, und weißt du, was sie geantwortet hat? Das sei ihr gleich! Aus diesem Kind spricht Satan mit deutlicher Stimme. O Isobel, wir müssen für sie beten, mit aller Kraft beten.«

Und Isobel hatte nach Kräften für Anne gebetet. Sie erinnerte sich nicht mehr, welche Sünden Anne begangen, deutlich jedoch daran, wie sie, Isobel, gebetet, wie erhoben sie sich von dem Gebet für Anne gefühlt hatte – und wie weh ihr die Knie getan hatten.

Inzwischen war mit wichtiger, erschöpfter, aber doch zufriedener Miene John wiedergekommen und verkündete: »Alles in Ordnung, das Gepäck wird endlich ausgeladen. Herrgott, was für ein Wirrwarr. Kein Mensch hat hier von irgend etwas eine Ahnung.«

Vor den Zelten waren zwei Tischchen aufgestellt worden, an die sich jetzt die nepalesischen Beamten setzten. Es waren liebenswürdige schlanke Jünglinge, ihrem Aussehen nach etwa neunzehnjährig, mit glatten gewellten Haaren und schmalen langen, leicht geschlitzten Augen. Die Züge ihrer ovalen Gesichter zeigten eine Mischung von indischem und mongolischem Typus; die Nasen waren gerade, die Brauen gewölbt, Zähne und Teint wunderbar.

»Das sind Newaris«, erklärte Isobel, sich an John wendend, »Ureinwohner des Katmandutals. Gutaussehende Leute, nicht? Es wird behauptet, sie seien die künstlerisch begabtesten Menschen der Welt. Nun, Sie werden ja ihre Tempel, Pagoden und Wohnhäuser sehen. Sie können hier gar nicht daran vorbeigehen; alles ist nur so übersät mit Reliefs. Ich persönlich habe nichts dafür übrig. Es ist ein Jammer, daß ein so nettes, gutaussehendes Volk so abstoßendes Zeug hervorbringt. Ich kann nichts Schönes daran finden. Aber ich möchte Ihr Urteil nicht beeinflussen, wo Sie gerade erst angekommen sind …«

John warf ihr einen anerkennenden Blick zu. »Das ist doch sehr interessant«; dabei nickte er mit dem Kopf, als stünde eine Gott weiß wie wichtige Angelegenheit zur Debatte, und faßte dann die jungen Nepalesen ins Auge. »Ich wollte gerade auch schon sagen: diese Leute haben kein Rückgrat, sie sind verweichlicht, vermutlich durch Inzucht, wie?« Isobel bejahte durch heftiges Kopfnicken. »Sonderbar, wenn man bedenkt, daß wir so gute Soldaten aus ihnen gemacht haben … die Gurkhas stammen doch auch von hier, nicht?«

»Aber die Gurkhas sind eine ganz andere Rasse«, entgegnete Isobel. »Die Gurkhas sind Gebirgler aus dem westlichen Nepal; viele von ihnen sind noch nie in Katmandu gewesen. Nepal enthält in Wirklichkeit eine ganze Anzahl verschiedener Volksgruppen: Tibetaner, Botthyas, Gurungs, Limbus, die sich sämtlich stark voneinander unterscheiden. Im Katmandutal ist die Urbevölkerung vom Stamm der Newaris. Sie sind natürlich eine unterworfene Rasse; seit Jahrzehnten stehen sie unter der Herrschaft der Ranas. Die Ranas sind eigentlich nur eine einzige große Familie, die von den kriegerischen Radschputen Indiens abstammt. Sie sind jetzt nicht mehr an der Regierung, aber sie sind noch immer sehr mächtig.«

»Jaja, keine Kraft und kein Saft«, fing John wieder an. »Ich merke jetzt tatsächlich, daß diese Newaris da ganz anders wirken wie unsere Gurkhas, die kleine, stramme Kerle sind und zäh wie nur sonstwas. Sehr interessant jedenfalls«, sagte er wiederum.

Mit unerschütterlich heiterer Ruhe füllten die nepalesischen Jünglinge die Formulare vierfach aus. Die amerikanischen Touristen rannten stummwütend vor ihnen auf und ab wie Tiger im Käfig. Eine Schar von Trägern, zerlumpt wie Bettler, nur mit dem Unterschied, daß sie überhaupt keine Hosen anhatten, liefen mit viel Gelächter zwischen dem Flugzeug und den Zelten hin und her, schleppten Kisten und Kasten, Koffer und Taschen herbei und warfen sie auf gut Glück um die zwei Beamten herum ab. Die erbosten Aufschreie der Touristen hatten bloß zur Folge, daß die Burschen sich ihrem Spiel »Kopf oder Schrift«, das sie zwischen Flugzeug und Boden ausführten, mit noch größerer Begeisterung hingaben. Zwischen ihren prallen, schlanken Gesäßbacken lief ein Strick, der ein Stück Zeug über der Scham festhielt wie eine Kinderwindel, die nur eine Seite hatte. So unbewegt wie ihre Steingötter fuhren die jungen Zollbeamten in ihrer Tätigkeit fort, schrieben, prüften jeden Paß und gaben ihn mit liebenswürdigem Kopfnicken zurück, warfen auch einen flüchtigen Blick auf den Inhalt der um sie herum gehäuften Gepäckstücke.

»Meine Tasche, ach, meine Tasche!« schrie eine Frauenstimme. Sie gehörte einer kleinen rundlichen Dame in einem hellblauen Mantel und einem federbuschgeschmückten Hut auf dem gefärbten blonden Haar, die sich mit einem nacktbeinigen Nepalesen von der Größe eines zwölfjährigen Knaben herumschlug, weil er anscheinend ihre ziemlich große Handtasche hatte wegtragen wollen.

John ging auf den Jungen zu, durchbohrte ihn mit dem energisch vorgestreckten Zeigefinger und herrschte ihn mit Kommandostimme an: »Hinstellen ... hinstellen, sage ich!«

Der Junge grinste, ließ die Tasche mit einmal vor Annes Füße fallen und schlenderte lachend, von seinen sämtlichen Freunden mit Beifall bedacht, davon. Anne bückte sich, um die Tasche aufzuheben und der Eigentümerin zu übergeben. Mit schwarzer Schrift war in das Leder geprägt: EUDORA MALTBY, Dozentin für Inspirative Musik, New York und London.

»Ach, danke, danke vielmals«, wimmerte Eudora Maltby. »Ach, du großer Gott, das ist aber ein schlechter Anfang. Ich weiß wirklich nicht, wie ich nun meinen Geist auf all die mir gegebene Schönheit sammeln soll, die diesen Menschen zu vermitteln ich hierhergekommen bin, nachdem sie in dieser Weise mit meinem Gepäck umgegangen sind.«

Isobel faßte sie ins Auge. »Man tut, was man kann, nach besten Kräften«, bemerkte sie. »Man kann natürlich nicht verlangen, daß alles gleich bis zum I-Tüpfelchen stimmt. Wir haben alle kein leichtes Leben hier draußen am Himalaja. Unsere nächsten Nachbarn sind Tibet und Rot-China.«

»Ich hoffe, das Hotel ist sauber. Ich habe mich speziell noch einmal durch ein Kabeltelegramm erkundigt, ob moderne sanitäre Einrichtungen vorhanden sind. Ich wäre sonst nicht gekommen.«

Auf einmal war dann doch alles in der Reihe. Die Träger schoben Johns und Annes Gepäck in den bereitstehenden Jeep Isobels. Andere Jeeps, Taxis und Privatwagen brachten die Touristen ins Royal-Hotel.

Freundlich um sie besorgt, warf Isobel ihren Mantel über Annes Schultern und sagte:

»Hier ist's kalt, liebes Kind; man fröstelt, sobald die Sonne untergegangen ist … und du hast nur ein Kleid an. Wo hast du deinen Mantel?«

»Irgendwo im Gepäck«, sagte Anne. »Ich vergaß, ihn herauszunehmen.«

»Das ist echt Anne«, sagte John. »Sie würde ihren Kopf vergessen, wenn er nicht angewachsen wäre. Ich wüßte nicht, was sie anfangen würde, wenn sie allein reisen müßte. War sie in der Schule schon so, Miß Maupratt?«

»O nein, Anne vergaß nie etwas, nicht wahr, Anne?« sagte Isobel, treu für Anne eintretend.

»Sagen Sie mal, wo ist der Mount Everest?« fragte John. »Ich schaute vom Flugzeugfenster nach ihm aus, als wir über die Südketten kamen, konnte aber nicht das geringste entdecken. Sehr enttäuschend.«

»Vom Katmandutal aus können Sie den Mount Everest nicht sehen«, sagte Isobel. »Andre Gipfel schon, aber den Everest nicht.«

»Sehr schade«, sagte John. »Ich hatte mich so darauf gefreut, den Everest von hier aus zu sehen und vielleicht selbst sogar ein paar Ausflüge dahin zu machen. Ich war zu meiner Zeit kein schlechter Bergsteiger, müssen Sie wissen.«

Mit viel Gekratze und Geknirsche der Gänge setzte sich der Jeep schließlich in Bewegung und schlug die ungepflasterte Straße vom Gaucher-Flughafen nach der Stadt Katmandu ein, die etwa sechs Meilen entfernt lag. Die Sonne sank hinter den Bergen immer tiefer, immer rascher schrumpfte und schwand das Licht von allen Dingen, und es wurde sehr kalt.

Zweites Kapitel

Anne schrieb:
Katmandu – ein Wort gleich Glockengeläut, süß und schwer, Klang von Bronzeglocken, herrlich, gewaltig widerhallend zwischen den Bergen. Zum ersten Mal schlug es an mein Ohr in Kalkutta bei einer Cocktail-Party, die der französische Konsul für unseren damaligen »paying guest«, den Photoreporter François Luneville, gab.

»Katmandu«, sagte der Konsul.

»Wie bitte?« fragte ich. Etwas wie der Hauch eines Vorgefühls surrte durch meine Haare, und ich spürte ein Prickeln wie von einer ungewohnten Gänsehaut.

»Katmandu«, wiederholte der Konsul.

»Wo liegt das?«

»In Nepal, dem Land der Götter. Sie sollten dorthin reisen. Dort ist noch immer Shangri-la. Schneegipfel und Tempel, Tiger und Rosen, Paläste und Götter – Götter, Götter. Alles und jedes ist dort Gott: Mensch und Tier, Stein und Baum.«

Katmandu. Klang und Widerklang von Glocken im Gebirge, schallend, hallend, läutend, geworfen und zurückgeworfen von Hang zu Hang, von Wand zu Wand. Ein paar Tage darauf, siehe, da war das Echo zum gedruckten Wort geworden, stand es schwarz auf weiß in einem Inserat des »Statesman« von Kalkutta: »Zu vergeben Stelle als Lehrerin für Englisch am Töchter-Institut Katmandu (Nepal).«

Dem Wort Katmandu konnte ich nicht widerstehen: Ich schrieb hin und bewarb mich. John sagte ich nichts davon. François reiste zu einer Photoreportage nach Indochina; an seiner Stelle zog sein Freund Leo Bielfeld bei uns ein. Dann gingen wir alle nach Agra, und dorthin wurde mir der Brief nachgesandt.

An Katmandu hatte ich bisher etwa so geglaubt wie an den Knecht Ruprecht, als ich sechs Jahre alt war: Ich wußte, daß eine solche Person nicht existierte, trotzdem wurde heftig gebetet und gehofft, daß der Rentierschlitten mit dem Sack voll Spielzeug komme, wurde eifrig Ausschau danach gehalten, wurde nach Anzeichen von ihm gespäht. »Wenn ich heute einen Schimmel sehe, dann ist es wahr, dann gibt's den Weihnachtsmann.« In Agra spielte ich dieses Spiel mit Leo: Wenn Leo mich heute in Ruhe läßt, dann stimmt es mit Katmandu. Leo ließ mich nicht in Ruhe, aber der Brief kam dessenungeachtet. In den Wochen des untätigen Wartens war der Klang nur zurückgetreten, ein Traum von Glocken, und – auf einmal waren die Glocken da, läuteten, riefen, tief und süß. Es gab Katmandu: Es gehörte doch nicht zu den Dingen, die die Großen einem vormachen und die die Kinder nicht als Unwahrheit bezeichnen dürfen; eines von den Dingen, die uns so lange beigebracht werden, bis sie zu Bestandteilen von uns werden und die die Großen dann wieder in Stücke schlagen (»Ein großes Mädchen wie du, und glaubt noch an den Weihnachtsmann!«), in scharfe zackige Stücke, an denen man sich schneidet und wehtut, wenn man sie anrührt, wie an Glasscherben.

Ich konnte ja John und Leo nicht sagen, daß ich nur wegen des Wortes hingeschrieben hatte, daß ich nur wegen seines Namens an einen bestimmten Ort gehen wollte. Leo hätte dafür kein Verständnis gehabt und John noch weniger. Gewiß, John ist mein Mann, ich habe ihn gern, und ich nehme an, er hat mich auch gern, und wir sind jetzt sechs Jahre verheiratet … aber, ach, was hat es für einen Sinn? Ich sehe nicht ein, warum ich mir, selbst schriftlich, etwas vorlügen soll. Wie dem auch sei, als ich es getan hatte, bekam ich es mit der Angst zu tun. John würde wieder anfangen mit seinen üblichen Reden, die ich nicht mehr aushalten kann (immer wieder sage ich das und halte es dabei immer wieder aus!). Ich legte mir allerhand Begründungen zurecht: Das Gehalt scheine reichlich; ich müsse etwas zu tun haben; in Katmandu fände ich wohl Stoff für ein paar gute Kurzgeschichten, mit denen ich auch Geld verdienen könne; Kalkutta sei so heiß im Sommer, warum also nicht einmal eine Zeitlang Katmandu. Wir könnten ja jederzeit nach Kalkutta zurückkehren.

Als wir Leo gute Nacht gesagt hatten, ging ich rasch ins Badezimmer und schloß mich dort ein, um all meinen Mut zusammenzunehmen. Als ich wieder ins Schlafzimmer kam, hatte sich John bereits ausgezogen. Wir legten uns schlafen, ohne ein Wort zu wechseln, wie es in unserm abgestumpften, unliebenswürdigen Zusammenleben üblich geworden ist. Ich dürfte das eigentlich nicht sagen, aber ich kann nicht mehr lügen, sonst werde ich wieder leblos, wie ich es so lange gewesen bin, bis ich das Wort »Katmandu« hörte. Ich darf mich nicht in ein allzu theatralisches Licht setzen. Es stimmt jedoch, daß ich plötzlich wieder den Wunsch habe zu schreiben, immerzu zu schreiben, nachdem ich monatelang vor der Schreibmaschine gesessen, darauf gestiert und abgedroschene, möglichst gut verkäufliche Worte für Magazine herausgequetscht habe, vergeudete Worte jedoch, denn die Erzählungen taugten nichts, nur dazu, gleich der Gebärde in einem Schattenspiel, die Pose der Schriftstellerin aufrechtzuerhalten.

Und jetzt schreibe ich, die ich seit drei Jahren keine Zeile geschrieben habe, die mir am Herzen lag, plötzlich wieder zum Vergnügen, für mich selbst, ein Tagebuch, um mein Leben aufzuzeichnen, mich selbst zu betrachten. Ich bin ein wenig ungelenk geworden, ein bißchen ungewohnt des Verkehrs mit mir selbst, mich mit mir auseinanderzusetzen; und doch verlangt mich danach, muß ich es jetzt tun; ich will das Ich aufspüren und zu finden suchen, das ich verloren hatte, und es rasch zu Papier bringen, indes es mir, während ich es niederschreibe, entschlüpft. Rasch, rasch … auf einmal jetzt will ich beobachten, wie ich lebe, will ich wissen, will ich … denn nichts ist wirklich, nichts ist wahr, nichts ereignet sich, ehe es beobachtet, aufgezeichnet, niedergeschrieben ist in Worten gleich Glocken, die den Wechsel von Liebe und Haß, Schönheit, Glück und Elend läuten. Wieviel von uns ist wahrhaft vorhanden ohne Worte? Vielleicht ist alles Leben nur Echo, Fortsetzung von Ton in Symbol, sobald die Ursache, der erste Anstoß, mit dem der schöne Ton begonnen hat, nicht mehr da ist. Rasch, rasch ... auf einmal an diesem halben Tag ist so viel passiert, daß ich wohl die ganze Nacht damit zubringen werde, es niederzuschreiben und doch nicht damit zu Rande komme. Und ich muß das alles packen, pressen, zusammenfassen zu einem einzigen Gekritzel, denn es ist furchtbar wichtig, wenn ich auch nicht weiß, warum. Denn mit Namen, mit Worten ist die Welt, wie wir sie kennen, aus dem Nichts heraus geschaffen. In Worten, die in Staub geschrieben sind, über den Wurm und über die Sterne, sie können alle die gleiche Unsterblichkeit beanspruchen. Unsterblichkeit, Widerhall ... Echo, Echo.

Ja, in diesem halben Tag, seit dem Aufstieg vom Tiefland um zwei Uhr nachmittags, hat sich so viel ereignet, oder besser: was sich ereignete, war so bedeutsam, so lebens- und sinnvoll, so aus Freud und Leid gemischt, daß ich es kaum erwarten kann, alles niederzuschreiben. Eine tiefe Heiterkeit hat mich überkommen; mir ist, als müßte ich platzen vor Fülle, da ich hier sitze und schreibe nach kaum fünf Stunden in Katmandu und nicht weiß, wo ich anfangen soll, es sei denn wie ein Kind mit dem Beschreiben des Raumes, in dem ich sitze, mit den lachenden grünen und rosenfarbenen Sittichen an der Wand zwischen den gemalten goldenen Sonnenblumen ... Aber ich greife vor.

Patna im flachen, gelben Tiefland, an dem der riesige Ganges seine breiten Fluten vorüberwälzt; der flache Flugplatz mit dem ewigen Durcheinander auf seiner Veranda, wo an zwei Tischen Pässe und Gepäck der Passagiere gleichzeitig kontrolliert werden; die überarbeiteten, gereizten Beamten der Indian Airline; das ständig klingelnde Telephon; der heiße Märzwind, der spitze Sandkörner daherwirbelt ... Patna ist der eigentliche Anfang.

»Wissen Sie bestimmt, daß wir nach Katmandu fliegen?« fragte ich die indische Stewardeß, als wir in das Flugzeug stiegen.

»Aber bestimmt«, erwiderte sie lachend, »und nächstes Jahr fliegen wir wohl auch nach Lhasa. Wer weiß?«

Wie zur Bekräftigung ihrer Worte ging vor mir eine Tibetanerin mit wie poliert glänzendem Gesicht, in den dichten schimmernden Haaren Gold- und Türkisenschmuck, die einen elektrischen Ventilator und einen Säugling trug sowie von weiteren fünf Kindern umgeben war. Im Flugzeug dann saß sie neben mir auf der andern Seite des

Zwischengangs. Sie erzählte mir, Töchter von ihr gingen auf die Klosterschule in Darjeeling. »Meine Älteste hat gerade ihr Cambridge-Examen gemacht« ergänzte sie stolz.

»Sie wohnen in Tibet?« fragte ich.

»Ja, einen Teil des Jahres in Lhasa, aber wir gehen öfters mal nach Kalkutta zum Einkaufen oder nach Katmandu, um Freunde zu besuchen«, sagte sie, als wenn sie zu einer Nachbarin Tee trinken ginge.

Von Patna bis Katmandu ist eine Himmelsreise von fünfzig Minuten. Die andern Fluggäste drängten sich an die Fensterscheiben, um einen Blick auf die Schneegipfel zu werfen, doch wir waren inmitten eines Wolkentreibens, eines Konditortraums von Zuckerguß und Schlagsahne, wie zu einem üppigen olympischen Geburtstagsfest; die Schneegipfel blieben unsichtbar. Dann teilten sich mit einmal die Wolken, und drunten lag ein wildverworrenes Stück Erde, nicht mehr die flache, schachbrettartig eingeteilte, grenzenlose indische Tiefebene, sondern Gebirge mit schmalen Graten, durcheinandergeschlungen wie eine zusammengeworfene Perlenkette, in Knäueln und Knoten, gekrümmt und gewinkelt, sich türmend und tauchend, sich ballend und verschmelzend, wirre Kuppen und Kämme, gewundene Schluchten und enge Täler, eine dauernd sich hebende und senkende, rast- und ruhelose Landschaft, als seien die Berge noch in steter Bewegung, wie die Wogen des Meeres hin- und zurückflutend, ein riesenhafter Aufruhr, ein Stoßen und Schieben, als seien sie noch nicht endgültig auf ihren Platz gelangt. Dann wieder Wolken, auf denen sich der Schatten des Flugzeugs abzeichnete; und darauf abermals eine Lücke und da – unter uns, grün und golden, golden und grün, von Bergen eingekreist, breitete sich anmutig ein Tal hin, in dessen Mitte ein helles, klares Wasserband und daran eine Stadt, eine Stadt blitzend von goldenen Türmen und Dächern, juwelenbesetzt wie ein Schwertgriff.

»Katmandu!« schrie die Tibetanerin, sich herüberbeugend, mir ins Ohr.

»Ich weiß«, schrie ich zurück.

Wir verloren Höhe. Grüne und gelbe Felder wie die Zeichnung auf einem Bienenflügel; ockergelbe kleine Bauernhäuser, vieldachige Pagoden, Gruppen von hellroten Ziegelhäusern, weitläufige Herrenhäuser mit Säulengängen und Ziergärten darum. Es wirkte ganz ungereimt: Man fliegt zum Himalaja und findet ein goldenes Tal, als ob man über der Schweiz oder Norditalien wäre, und eine Stadt darin, die aussieht, wie man sich in Hollywood das antike Cathay vorstellt.

Man kann es nur mit den Klischeeworten der Reiseprospekte schildern: das lächelnde Katmandu, das sonnenbeglänzte Nepal und natürlich Shangri-la, Shangri-la.

Der Flugplatz breitete sich unter uns hin; wir setzten auf, hielten; die Tür wurde geöffnet, wir stiegen aus, da stand an der Schranke Isobel Maupratt und sah aus, als könnte sie überhaupt nicht woanders sein als in Katmandu, um mich abzuholen. Sie wirkte umfangreicher als ich sie im Gedächtnis hatte, ein massiges Gebilde, wie für Zeit und Ewigkeit gebaut, imposant, majestätisch, gerade, fest, gediegen in Braun; die Nepalesen so klein in grauem selbstgesponnenem Wollstoff um sie herum: Boadicea, die Arme über dem Busen verschränkt und ihr Kleid vom Wind prall an den Körper gedrückt, daß es einem glänzenden Kettenpanzer glich. Doch als ich dann auf sie zuging, sah ich unter ihrem trockenen braunen, in der Mitte gescheitelten und sorgfältig gelockten Haar ihre Augen: verzweifelte Augen blickten mir aus ihrem massigen Gesicht entgegen, Augen, die auf etwas zu warten schienen, etwas, was nie geschehen war und niemals geschehen würde, wenn sie dauernd mit diesen hungrigen, hoffnungslosen Blicken danach ausstarrte.

Bevor ich ein Wort sagte, hatte sie gerufen: »Juhu, Anne!« und mich umfangen mit einer Leidenschaft, die kaum zur Hälfte der Gelegenheit angemessen war. Und dann die üblichen verlogenen Redensarten: Du hast dich nicht verändert, und so weiter. Schließlich besann sie sich wohl auf sich selbst, wurde bestimmt und entschieden, während ich abgespannt meine Blicke in die Runde gehen ließ.

Katmandu ...

Es ist also Wirklichkeit. Es heißt, es gibt etwas, was man Höhenrausch nennt: daß einen auf großen Höhen eine seltsam gehobene Stimmung überkommt, die der Verzückung oder dem Wahnsinn verwandt ist. Wir sind hier im Tal von Katmandu auf fast eintausendfünfhundert Metern überm Meer. Aber ich war ja schon durch den Klang des Namens berauscht ... und nun zu finden, daß man wirklich hingelangt, daß es da ist, daß es dies gibt, die Mitte des Frühlings selber, goldenes Sonnenlicht, das sich von den Kuppeln dunkler Berge ergießt, Weichheit in der Luft wie von Blütenblättern, die zusammengehäuft, zerdrückt in Luft übergegangen sind; die rosa Flammen der Mandel- und Pflaumenblüten gleich brennenden Büschen, leuchtender noch, sobald der Abend blau und dunkel wird. Eine staubige, ungeteerte Straße, darauf hupende Jeeps, dauernd hupend, schwenkend und kurvend, wie es ihren Lenkern einfällt, überfüllt von Fahrgästen. Kleine stolze Menschen mit herrlichen Gesichtern und langen, schmalen, schräg stehenden Augen, eingehüllt in weiße oder graue Schals, selbstversunken, arm; plötzlich Trompetenblasen, eine Kompanie Spielzeugsoldaten in roten Waffenröcken mit goldenen Litzen und Achselstücken kommt anmarschiert ... Häuser, vom Dachfirst bis zur Türschwelle mit Schnitzereien bedeckt ... eine Straße zwischen hellroten Backsteinmauern, an deren Ende, wie von ihnen aufgefangen, eine ungeheure Orange schwebt, die Sonne ... Und Freude, Freude am Dasein, Freude einfach, am Leben zu sein ...

Isobel hat sich wohl geärgert, daß ich während der sechs Meilen Fahrt zum Töchter-Institut kein Wort sprach; aber ich brachte es nicht fertig, denn in dieser halben Stunde der einsetzenden Dämmerung lernte ich wieder sehen und hören.

Zunächst sollten wir ein paar Tage bei Isobel im Institut wohnen, bis im Royal-Hotel ein Zimmer frei werde. »Es ist das einzige Hotel, wo man wirklich wohnen kann«, sagte Isobel. Aber im Augenblick war es voll besetzt mit amerikanischen Touristen. »In zwei Monaten, zur Königskrönung im Mai, wird es noch schlimmer werden«, sagte Isobel.

*

Es hielt schwer, sich umzuschauen, denn Isobel und John redeten und redeten: wie unzulänglich und schwierig hier alles sei und wie teuer, weil jedes einzelne Stück mittels Flugzeug herangeschafft werden müsse.

»Den Flugplatz haben die Inder gebaut; jetzt bauen sie den Nepalesen auch noch eine Landstraße. Eine Straße nach Indien. Alles, was nach Nepal geht, muß über Indien. Einen andern Weg gibt es nicht, höchstens über Tibet. Ende des Jahres soll die Straße fertig sein, dann wird hier wohl alles billiger.«

Dann fing Isobel mit »Weißt du noch?« und »Erinnerst du dich noch?« an und wollte wissen, was sich »in diesen zwanzig langen Jahren« alles begeben hatte. John erzählte ihr von unserer Heirat, unserer Bekanntschaft in Indien.

»Ich muß mir unbedingt dein Buch kommen lassen«, sagte Isobel im Brustton begeisterter Überzeugung, »es wird mir bestimmt gefallen.« Bald warf sie mir einen ihrer Spanielblicke zu, bald wandte sie sich wieder ab, wurde statuenhaft, herrisch, Boadicea im Jeep, und verbreitete sich über den Undank der Nepalesen, geradezu als wolle sie eigentlich meiner Schweigsamkeit Undank vorwerfen. »Das kommt von ihrer scheußlichen Religion; in beinahe drei Jahren haben wir keine Bekehrung aufzuweisen gehabt.«

Der letzte Schein des Tageslichts war geschwunden, als wir zum Rubin-Palast gelangten. So hieß das Gebäude, in dem das Töchter-Institut untergebracht war, wie viele andere öffentliche Gebäude ein früherer Palast der Rana-Familie. Eine Monumentaltreppe aus geädertem Marmor führte zu einem Vestibül mit Spitzbogenfenstern und Zinnplattendecke, beleuchtet vom bräunlichen gebrochenen Schein eines halben Dutzend riesiger Kronleuchter mit elektrischen Birnen zwischen den Behängen; Bronzebüsten von Ranas, Ölgemälde von Ranas in roten, goldbetreßten, ordenbepflasterten Uniformen, mit bärtigen Gesichtern, juwelenbesetzten Säbeln, auf dem Kopf die phantastischen Ranahelme, die, von einem Busch aus Federn des Paradiesvogels überragt, gänzlich aus Edelsteinen bestehen und angeblich hergestellt wurden aus den geraubten Schätzen des nach Nepal geflohenen und dort verschollenen Führers der von den Engländern niedergeschlagenen indischen Aufstandsbewegung im Jahre 1857. Die Marmortreppe führte nach oben weiter, und dort sah man Schatten huschen, dunkle Köpfe sich abheben von den farbigen Glasfenstern im Hintergrund, hörte man jugendliches Gekicher.

Isobel klatschte in die Hände und rief unnötig laut und gellend: »He, Mädchen, ihr Mädchen, hört mit dem Lärm auf, aber augenblicklich!«, worauf das Gekicher – schade, schade – langsam verebbte wie Vogelsang beim Einbruch der Nacht.

Wir tranken Tee in Isobels Wohnzimmer, einem Raum, so undefinierbar und unpersönlich wie jedes x-beliebige Wohnzimmer in England, die Sofas und Sessel mit einem cremegelben Stoff mit verblaßtem Blumenmuster bezogen; nur die gewundenen Säulen zwischen den Fenstern, die mit weißen Lilien auf grünem Grund bemalte Zinnplattendecke, die an den Seiten regellos hineingeschlagene Löcher aufwies (zu Ventilationszwecken, wie Isobel erklärte), ein monumentaler Marmor- und Eisenkamin, zwei kolossale Brüsseler Spiegel erinnerten an die Ranas, deren überkommenen Reichtum und ihre Erwerbungen während der viktorianischen Zeit.

»Ihr werdet ja noch andere Paläste sehen … sie sind zum Schreien«, sagte Isobel, das Kaminfeuer aufschürend. »Alles das hier brachten die Ranas natürlich von ihren Reisen in Europa während des vorigen und der ersten beiden Jahrzehnte unseres Jahrhunderts mit: Kronleuchter, Spiegel, Flügel, Billards und griechische Plastiken. Alles auf den Rücken von Trägern über die steilen Gebirgspfade. Selbst Rolls-

Royces wurden so hergeschafft, hierher, wo es überhaupt keine Straßen gab, auf denen sie fahren konnten. Sechzig Mann schleppten die Karosserie auf einem aus Bambusrohr hergestellten Traggerät über das Gebirge. Eines möchte ich immerhin zugunsten der Ranas sagen: Sie erlaubten die Newari-Reliefs nicht. Gott sei Dank betrachteten einige von den Ranas diese Dinge als ebenso unflätig wie wir.« Dabei errötete sie bis tief in den Busenausschnitt und zu den Unterarmen hinab.

Nach dem Tee führte uns Isobel zu unserem einstweiligen Schlafzimmer; auch dies wies noch die Ausstattung der Ranas auf: an allen Wänden Spiegel, zwei Kronleuchter, gestickte Fußschemel und ein weitläufiges geschnitztes Himmelbett, überdacht von einem violetten Atlasbaldachin mit vergoldeten Quasten und zwei kolossalen vergoldeten, ballspielenden Drachen darauf.

»Die neue Möblierung des ganzen Hauses können wir nicht erschwingen; wir müssen deshalb mit dem vorlieb nehmen, was vorhanden ist. Wir benutzen nur den ersten Stock; die Räume im zweiten und dritten sind abgeschlossen«, sagte Isobel; dann plötzlich zu mir gewandt: »Komm einmal mit. Ich muß dir etwas zeigen.«

Ich ging mit ihr. John blieb im Schlafzimmer.

Über ihre Schulter weg sagte Isobel, während wir durch den steinernen Korridor zum rückwärtigen Teil des Gebäudes gingen: »Der Strom ist sehr knapp und schwach.« Tatsächlich konnte ich kaum die Glühfäden in den Birnen erkennen, die in Abständen von fünf Metern aufgehängt waren. »Zur Krönung wird jetzt ein funkelnagelneues Kraftwerk errichtet, mit Dieselturbinen; dann wird die Beleuchtung besser werden.«

Während wir uns vorsichtig die Treppe hinuntertasteten und dann zu einer Hintertür hinausgingen, erklärte Isobel: »Das hier war einmal der rückwärtige Garten, der nur von den Frauen betreten wurde.« In blaues Abenddämmerlicht getaucht, wirkte er wie ein verschollener elisabethanischer Garten: ein Springbrunnen, eine Laube aus Kletterpflanzen, der Duft nach Rosen, ein Rasen und am äußersten Ende ein weißgetünchtes pavillonartiges Häuschen. Wir gingen in dieses hinein.

»Es ist hier keine Lichtleitung«, sagte Isobel, »aber oben sind Kerzen.«

Die Treppe war aus Holz! Isobels Absätze klapperten auf den Brettern; sie stieß eine Tür auf und trat mit gewohnheitsmäßiger Sicherheit ein. Darauf zündete sie erst eine, dann noch zwei Kerzen an, deren Flammen zuerst niedrig, danach immer höher brannten und den Raum erleuchteten.

»Ach ... Isobel«, entfuhr es mir. Ich glaube, es waren meine ersten Worte, seit ich aus dem Jeep gestiegen war.

Ein schieres Wunder ... Ein kleines Zimmer mit zwei großen Fenstertüren und vor diesen schmale schmiedeeiserne Balkone mit Sitzen. Ein Kinderschreibtisch mit Holzstuhl, ein Liegesofa mit einer in leuchtenden orangefarbenen und blauen Tönen gehaltenen Steppdecke. Die Wände in tiefem, wie von Sonnenlicht gesättigtem Orange getüncht. Über den Fenstern zwei kindliche Sonnen, mit Kreide gezeichnete Kreise nebst einigen dicken weißen Strahlen; die Tür aus braunem Holz mit einem Muster aus schimmernden Kupfernagelköpfen. Zu beiden Seiten der Tür war je ein Auge gemalt, das Weiße mit Kreide aufgetragen, die Iris dunkelblau, die langen Wimpern schwarz. An der Wand gegenüber den Fenstern zwei große gemalte Stiche mit grünem und rosa Gefieder und roten, wie zum Lachen aufgesperrten Schnäbeln zwischen gelben, lebensgroßen Sonnenblumen.

»Es soll dein sein«, sagte Isobel. »Ich dachte, es würde dir gefallen, Anne. Ich kam manchmal her, aber jetzt soll es dir gehören.«

»Ach, Isobel«, brachte ich nur wieder ganz dumm heraus. »Es ist wunderschön.«

Ich begreife es nicht. Warum überläßt Isobel mir dieses Wunderding? Was hat sie dazu veranlaßt, vor mir herzustelzen, weg von der kaum überbietbaren Häßlichkeit des Palastes in dies Paradies, das, glühend wie eine selbständige kleine Sonne, für sich in einem eigenen abgeschiedenen Garten liegt und hinausblickt in die Nacht zum Gebirge hin (wie ich wenigstens annehme)?

Wer hat diese Vögel gemalt, die Augen, die Sonnen? Was bedeuten sie? Ich habe Isobel nicht danach gefragt. Ich hatte Angst.

Wir gingen dann wieder hinaus, und als Zeichen der Besitzergreifung schloß ich die Tür hinter mir, nahm die Streichholzschachtel an mich und blies die Kerzen aus. Dieses Zimmer gebe ich ihr niemals wieder. Es gehört mir.

Da sitze ich nun, ein verlassenes Kind, wach, in einem Rausch des Wohlbefindens, der leichtfertigen Heiterkeit der großen Höhen. Ich habe Fuß gefaßt im Unbekannten, im Neuen. Mein Körper fällt in die Risse und Hänge der dort im Dunkeln erratenen Berge. Ich bin lebendig nach einem lange währenden, mißmutigen Totsein.

Das Kind in mir weiß, daß sich etwas Wunderbares begibt, wenn denn der Wunsch, wieder zu schreiben, das Gefühl, wieder am Leben zu sein, wunderbar ist. Vielleicht kommt es vom Mangel an Sauerstoff in dieser Höhe ... Der recht nette Doktor, den Isobel nach dem Abendessen zum Kaffee herüberbat, sagte: »Alles wirkt farbiger, bedeutsamer, gefühlsschwerer, wenn man sich vierzehnhundert Meter überm Meeresspiegel befindet. Alle werden hier in überschwenglicherem Maße sie selbst.«

Es ist so. Isobel wurde beinahe zu ihrer eigenen Karikatur, obwohl jener Blick einer Ausgehungerten in ihre Augen kam und sie eine andere wurde. Auch der Doktor wirkte, wenn er sich in die Rolle des philosophierenden Arztes hineinsteigerte, ein bißchen grotesk. »Die Nepalesen machen auf uns den Eindruck, als ob sie höchst glücklich wären; immer lachen sie, singen und erzählen gepfefferte Geschichten. Sie wirken wie ein Volk ohne Hemmungen, das werden Sie bald herausfinden, Mrs. Ford. Ihre Euphorie könnte meines Erachtens auf Unterernährung zurückzuführen sein. Je weniger Protein ein Mensch zu sich nimmt, desto größer werden sein Schmerbauch und seine leichtherzige Fröhlichkeit.«

Isobel widersprach heftig, schob alles auf den Volkscharakter der Eingeborenen, »wie Kinder, ohne jeden Gedanken an die Zukunft« und so weiter. Was es auch sein mag, Proteinmangel oder Höhenrausch, ich finde mich verändert und die Welt neu. Die zerlumpten, stillen Gestalten, die die schlechten Straßen entlangschlurfen; die niederen höhlenartigen Hütten, eingeklemmt zwischen hellroten Backsteinhäusern; der Schein einer Öllampe, die ein schlitzäugiges Gesicht vergoldet; ein Ohr mit Messingmünzen darin ... eine einzige Fahrt im Jeep genügt, um zu erkennen, daß das hier keineswegs Shangri-la ist, sondern nichts als ein weiteres unterentwickeltes Land Asiens, dem es möglicherweise noch schlechter geht als vielen anderen, mit entsetzlich armem Volk und einer kleinen schwerreichen Adelsschicht; Massenelend, keinerlei Hygiene, Seuchenherde, herumlungernde Hunde, Schmutz, fettgefressene heilige Kühe und hungrige Kinder. Ich weiß das alles, weiß auch, daß ich ebenfalls verlockt und verstrickt bin ins Getriebe des sogenannten Fortschritts, indem ich mir einbilde, ich könne an den Zuständen etwas ändern, wenn ich hierherkomme und einem Häuflein nepalesischer »höherer Töchter« englischen Unterricht erteile. Doch das einzige, was ich in diesem Augenblick wirklich weiß, ist, daß ich wieder eine Beziehung zu mir selbst habe, daß ich selbst lebendig, wach, bewußt bin und den Wunsch habe zu schreiben.

Die Kerzen brennen rasch herunter. Ich muß ins Schlafzimmer gehen, wo die spielenden Drachen um uns herum grinsen und springen, während wir in dem Doppelbett liegen.

Drittes Kapitel

Dr. Frederic Maltby ging nicht gern mit andern Leuten spazieren. Mit andern Leuten mußte man sich unterhalten, ihre Zungen bewegten sich so eifrig wie ihre Beine; ihre Wortemacherei bereitete dem Doktor einen heftigen Schmerz, der die Glücksstimmung seines Tages beeinträchtigte. Der Morgenspaziergang im Katmandutal war für ihn ein Vergnügen, dessen Nachklang während des Tageslaufs ihn über die Mühen und Enttäuschungen seiner Arbeit hinaus auf einen Gipfel von Erinnerungsfreude hob. O das kühle, frostige Frühlicht, hauchfein wie eine Seifenblase, die nahrhafte Luft, berauschend vom Duft der aufgehenden Sonne, und der scharfe Umriß von allem, was sich regte! Er bekam Lust zu singen und auf der vom Rauhreif noch knisternden Straße in Laufschritt zu fallen. Gleich Diamantengespinst hingen Tausende von Spinnweben an den Hecken und füllten die Risse an den roten Backsteinmauern der Rana-Paläste und der Newari-Häuser aus. Die zauberhaft verschwenderische Sonne ergoß ihr Licht überallhin, und die Bäume waren voller noch eng zusammengeschlossener, erst halb entsproßter Blättchen und blütengleicher Finken, Pirole und Sonnenvögel, die aus voller Kehle sangen.
Selbst im Morgengrauen waren bereits Menschen unterwegs: in langen grauen Reihen Lastträger mit ihren ovalen geflochtenen Weidenkörben, die mittels eines Faserngurts über der Stirn befestigt waren. Mit dem ersten Frühlicht begann es sich in den Häusern zu rühren; vom Oberstock strömte die hochrote Flut der Fuchsienblüten herab; im Erdgeschoß wurden zwischen feinen geschnitzten Holzsäulen Frauen sichtbar, die einander die Haare kämmten. Andere Frauen gingen zu den Schreinen und läuteten Glocken, um sich den Göttern bemerkbar zu machen. Diese Frauen hatten Blumen im Haar, Kettchen aus Kugeln um den Hals, Reifen an den Handgelenken, und in den Händen hielten sie Tragbretter mit den Opfergaben für die Götter. Still und andachtsvoll schritten sie dahin, warfen Körner oder legten Blumen auf die Götterbilder und Lingams und wuschen dann die Opfergabe mit Wasser weg.
Frederic Maltby kannte genau die Straßenbiegung, wo er, plötzlich

und immer mit dem gleichen schlagartig ihn überkommenden Glücksgefühl, die Schneegipfel zu Gesicht bekam, rosig erglühend im Frühlicht, aufragend über die Berge der nächsten Umgebung. Obschon er sie von seinem Schlafzimmer ebenso gut sehen konnte, machte es ihm immer wieder doppelte Freude, ihnen just an dieser Ecke zu begegnen, sie in die Rosenglut des Morgenhimmels sich auftürmen zu sehen, die gewaltigen Herrscher über Schnee und Eis. Morgen werde ich sie abermals hier sehen, dachte er und empfand etwas wie wahre Daseinserfüllung. Seit fünf Jahren lebte er hier im Hochtal. Nie wieder wollte er es verlassen, nie wieder hinunter ins Tiefland gehen. Er wollte hier bleiben bis an sein Lebensende, an jedem Morgen und noch oftmals während des Tages die Augen erheben zu den Bergen.

Wenn er, Verse auf den Lippen, dahinging, dünkte er sich der glücklichste Mensch auf dem Erdenrund; in der rauschhaften Verzückung aller seiner Sinne vergaß er alles außer dem, was ihm Lust und Herrlichkeit des Lebens bedeutete: Sonnenwärme und Schneeduft; seliger Vogelschrei und der Anblick der königlichen Herren, der unnahbaren Herrscher, der Himalajas, all der Götter mit wunderbaren Namen: Annapurna und Manaslu, Dhaulaghiri und Himalchuli, und der hohe, hehre, erhabene Gosainthan, der erste der im Tal wieder sichtbar wurde nach dem Sommermonsun. Dr. Maltby hatte manchen Streifzug in ihren unteren Bereichen gemacht, aber noch keinen ihrer Gipfel zu erklettern versucht; das erschien ihm als etwas wie Tempelschändung. Er wußte zwar von den Expeditionen zur Eroberung dieses oder jenes Berges, er unterhielt sich auch mit den Kletterern und besuchte die Bergsteiger, die auf dem Gelände des Royal-Hotels von Katmandu kampierten, bevor sie zur Bezwingung des einen oder andern berühmten Gipfels aufbrachen; allein es war ihm dann oft, als müsse er Vergebung erflehen für diese Menschen und die allzumenschliche Entweihung, die sie begingen, eine Empfindung, über die er nur zu seinen nepalesischen Freunden sprach. Die Leute seiner eigenen Rasse würden darüber gelächelt haben; sie hatten wenig Ehrfurcht vor der Erde, auf der sie lebten; sie wollten sie bezwingen und beherrschen, sie und die ganze Schöpfung, und selbstverständlich die letzten Trutzfesten der Götter, die Berge des Himalaja.

Frederic Maltby war einmal verheiratet gewesen, ein Zustand, dem er vor nun fast achtzehn Jahren durch seine Flucht ein Ende gemacht hatte. Nach vielen Jahren unsteten Wanderns hatte er sich in Katmandu niedergelassen, wo er sich, vom ersten Tage des Höhenrauschs an, sicher, unverfolgt und glücklich gefühlt hatte. Er war jetzt Chefarzt des vor kurzer Zeit in einem der Paläste der Stadt errichteten Krankenhauses von Katmandu. Seit im Jahre 1952 der Flugplatz eröffnet worden war, erhielt er Heilmittel, Bücher und sonstiges medizinisches Material ohne viel Mühe und Zeitversäumnis, wenn auch mit ziemlichen Kosten. Hin und wieder fuhr er nach Delhi oder Kalkutta, um Ärztekongresse mitzumachen, Kollegen zu treffen oder auch neue Apparate zu erwerben; aber im Tiefland war er immer nervös und reizbar, blickte sich immer um oder schaute über die Schulter zurück, wenn er über eine moderne Straße ging, als ob er meine, alle möglichen Leute folgten ihm mit den Blicken.

Seit er angekommen war, im Jahre 1951, also seit fünf Jahren, hatte er so gut wie täglich seinen Morgenspaziergang gemacht. Isobel Maupratt, die drei Jahre später zur Einrichtung des Töchter-Instituts nach Katmandu gekommen war, hatte sich alsbald beim Tee im Royal-Hotel mit frisch-fröhlichem Draufgängertum auf ihn gestürzt und erklärt, das wäre doch famos, wenn man sich zum Frühmorgenspaziergang gemeinsam »in Trab« setzte. »Ich wage es einfach nicht, hier allein auf die Straße zu gehen, Dr. Maltby. Sie wissen doch, wie die Menschen hier sind.« Dabei weiteten sich ihre Nasenflügel, und ihr ganzer Bau geriet in Wallung. Dr. Maltby kannte das auf dem Marktplatz umgehende Gerücht (und in Katmandu trafen Gerüchte meistens zu): sie sei in die Kehrseite gekniffen worden, während sie sich vorbeugte, um einige Tontöpfe auf dem Hauptplatz zu bewundern, von Hand auf einer steinernen Scheibe gedrehte Tontöpfe, ganz gewöhnliche Tontöpfe, die die Touristen, zum großen Staunen der nepalesischen Töpfer, immer wieder bewunderten. Das Gerücht vermeldete auch noch allerhand Ausschmückungen des Falles, zum Beispiel, daß Isobel Maupratt sich bei Paul Redworth, dem britischen Residenten, beschwert hatte, der, mit den Gewohnheiten des Tals und seiner zugreifenden Sinnlichkeit vertraut, ihr einen Vers von Kipling zitiert hatte:

»Denn die Welt ist wundersam weit – sieben Meere lang und sieben Meere breit –

Drin gibt's Menschen tausenderlei;

Was phantastischer Traum in Kew, ist alltäglich in Katmandu,

Was in Martaban gilt als fein, kann in Clapham Sünde sein.«

»Aber das ist eine Beleidigung; ich verlange, daß dagegen vorgegangen wird«, hatte Isobel gesagt. Und Paul Redworth hatte erwidert: »Meine Verehrteste, es ist keine Beleidigung; hierzulande ist das ein

Kompliment für Sie.« – Als Isobel auf ihn zugetreten war und ihm den gemeinsamen »Trab« vorgeschlagen hatte, war Dr. Maltby von einem ihm nur zu wohlbekannten Schrecken gepackt worden, einem Schrecken, den er als das sozusagen klinische Symptom jenes Lähmungszustandes erkannte, in den er einst in Anwesenheit seiner Frau zu verfallen pflegte. »Ach, ich bummle bloß so vor mich hin. Sie würden das sicher ganz stumpfsinnig finden«, sagte er kleinlaut, aus einer Hilflosigkeit heraus, vor der er sich vor so vielen Jahren bereits nur durch die Flucht hatte retten können.

Isobel jedoch, in grauen Flanell gekleidet und mit einem Alpenstock ausgerüstet, lauerte ihm eines Morgens ganz früh am wappengeschmückten Tor des Töchter-Instituts auf, den Blick scharf auf die andere Straßenseite hinüber nach dem einstigen Palast, der jetzt Krankenhaus war, gerichtet.

Angetan mit einem gelb-grauen Pullover und einem indischen Seidenschal (beides Geschenke Amritas, seiner nepalesischen Frau, die ihn betreut und sehr glücklich gemacht hatte, aber nun schon verstorben war), war Fred herausgekommen; versunken in Vorfreude und zerstreut, war er der auf ihn zutänzelnden, den Kopf hochwerfenden und im Wieherton einer freudig erregten Stute »Ah, da sind Sie ja!« ausrufenden Isobel erst ansichtig geworden, als es schon zu spät war, den Rückzug anzutreten.

Umsonst flehte Fred in dieser Minute sämtliche Götter Katmandus um einen plötzlichen Regenschauer an, betete er zum Donnergott und der Blitzgöttin um einen jäh einsetzenden Monsunsturm: Die Sonne schien und verschwendete eine geradezu unverschämte Lichtfülle. In der, gleich dem Tod, nicht nach Minute und Sekunde abschätzbaren Pause, da Isobel und ihr Alpenstock sich neben ihm, zwecks Antretens zum Spaziergang, aufpflanzten, hatte ihn Verzweiflung befallen.

Sich mühsam auf endloser Straße dahinschleppend, hatte er alles um sich herum gesehen, doch ohne es wahrzunehmen, ohne die dunkle wortlose Versenkung und Vermischung mit dem eigenen Wesen, die die echte Wahrnehmung und dabei Stärkung ist: das wie grüne Flammen aufzüngelnde Grün an den Spitzen der Walnußbäume; die langen steifen Peitschenstiele der Plumeria mit ihren knolligen rosa Knospen; die goldenen Knöpfe der Nimmbäume und die vielen, vielen Töne von Grün, Blau und Rosa des runden, sanft abfallenden Tals, weich, flaumig, strahlend wie von innen her erleuchtet; die Stoppeln auf den Äckern, weich wie Kinderhaar, waren an ihm vorübergeglitten, die hackenden Frauen, ihre glänzenden Gesichter, ihre fröhlich dahinstapfenden nackten Beine mit den blau darauf tätowierten Schlangen und Lotusblumen, ihre schweren dunklen rotgesäumten Röcke, die um sie schwangen wie Glocken. Isobel war neben ihm hergegangen und hatte alles seines Sinnes entleert, hatte, unermüdlich wie die Spinne am Morgen, eine Hülle von Geschwätz um ihn gesponnen, hatte das Wesen der Dinge verdeckt, indem sie laut zu ihrer Beachtung aufforderte mit: »Ach, sehn Sie nur das gelie-iebte Vögelchen da, was ist es eigentlich?«, dann sich wieder über die Nepalesen verbreitete, ihren mit Neugier vermischten Abscheu vor den Tempeln ausdrückte mit ihren blumengeschmückten Lingams, ihren Göttern, deren Gesichter so verwittert und abgewetzt waren durch das Streicheln und Einreiben mit Zinnoberpuder, daß sie nur noch schmierige rote Flecken bildeten. »Gräßlich, wie große offene Wunden, wie kann man solche Greuel anbeten?«

Selbst die hohen Herren des ewigen Schnees hatte er heute nicht beachtet, weil Isobel aufgejauchzt hatte über das, was sie deren »herrliche Konturen« nannte und ihn gedrängt hatte, doch aufzublicken und sie anzusehen. Mit bleischweren Füßen heimgekehrt, flüchtete er alsbald zu seinen nepalesischen Freunden, und am Tag darauf erhielt Isobel einen Brief des Inhalts, Dr. Maltby ziehe es vor, allein spazierenzugehen.

Ein Vierteljahr lang hatte Isobel nicht mit ihm gesprochen. Bei den Teegesellschaften des britischen Residenten hatte sie ihn völlig geschnitten, was ihm, der die größte Angst davor hatte, von ihr angeredet zu werden, eine Erleichterung war. So energisch und tüchtig er als Arzt war, so kühn und kraftvoll er auftrat, wenn er mit weißem Kittel und Stethoskop gerüstet war, ein so kleinlauter, schüchterner Mensch war er an sich, und wenn ihm jemand Beachtung schenkte, so fand er das in der Bescheidenheit des guten Handwerkers unverdient. Entlastet dadurch, daß sie ihn nicht beachtete, sprach er sie eines Tages einmal ganz selbstverständlich an, was ihr die Gelegenheit verschaffte, ihm in echt christlichem Geiste seine Ungezogenheit zu verzeihen, wenn sie ihm auch nicht das verzieh, was sie sein »Privatleben« nannte.

Am Tage nach dem Eintreffen der Fords kam Dr. Maltby am Morgen aus dem Krankenhaus und sah am Tor des Rubin-Palastes eine Frau stehen; da er meinte, es sei Isobel, machte er, zu schleunigster Umkehr bereit, eine halbe Kehrtwendung. Bei diesem kurzen Stutzen merkte er, daß die Frau in Flanellhosen, Hemdbluse und rosa Strickjacke nicht Isobel, sondern Anne Ford war. Sie wird sich aufdrängen, dachte er entsetzt; alle diese verdammten Weiber drängen sich einem auf; er sah sie schon, wie alle Frauen seiner eigenen Rasse, unentwegt, atemlos schwatzend, hinter ihm dreinstelzen mit dem sonderbaren, federnden Gang von Sportlerinnen und siamesischen Katzen, mit lieblosen Sohlen über die Erde trottend und mit ruheloser Zunge Fragen stellend. Alle Frauen stellten immer Fragen und machten Bemerkungen über die Dinge, statt sie einfach sein zu lassen, was sie waren: Blumen, Vögel und Berge, still und friedlich für sich; und das tiefe, zärtliche Wissen um sie, das mit der Ehrfurcht, der Ehrerbietigkeit allem Lebenden gegenüber kommt, in liebevollem Schweigen in sich einsickern zu lassen.

Anne bog rechts ein und ging die Straße hinunter. Dr. Maltby atmete auf. Um nur ja sicher zu sein, daß er sie nicht einholen oder ihr begegnen könne, ging er nach der entgegengesetzten Richtung. Es war ein Samstag, der Ruhetag für die Nepalesen, und er hatte keinen Dienst. Er hatte vor, zunächst zum Marktplatz, dem Tempelplatz, zu gehen, dort eine Zeitlang dem Treiben zuzusehen und dann weiterzuspazieren nach Pashupatinath, dem großen Shiva-Tempel von Katmandu, der von den Hindus in ganz Indien verehrt und besucht wird.

Die Fords hatte Dr. Maltby am Abend vorher kennengelernt; Isobel hatte ihn durch eine Zeile dringend aufgefordert, zu einer Tasse Kaffee zu kommen, um sie kennenzulernen. »Sie werden Ihnen gefallen«, hatte sie vorausgesagt. Überzeugt, daß sie ihm nicht gefallen würden, war er zwar hingegangen, hatte aber den überbeschäftigten, am Ende eines langen Arbeitstages unnahbaren Arzt gespielt. Er entsann sich, daß ihm die schweigende Anne, allerdings im Schein des gegen sonst noch schwächeren elektrischen Lichtes, wie eine zu magere, abgespannte und ziemlich dumme Frau vorgekommen war. Isobel unterhielt sich mit John Ford; wie gewöhnlich redete sie über die Nepalesen und den übrigen Missionarsblödsinn. Erbost hatte er gar nicht hingehört, sondern John beobachtet. Ein gutmütiger, langweiliger, friedfertiger Geselle mit der üblichen nervösen, egozentrischen, überspannten Frau. Nur mit sich beschäftigt, schrieb angeblich. Hielt vermutlich ihr Geschreibsel für das Wichtigste, was es auf der Welt gab. Ganze Haufen von Leuten kamen auf eine oder zwei Wochen hierher nach Katmandu, um darüber »ein Buch zu schreiben«. Er hatte die Nepalesen gegen Isobel verteidigt, hatte gesagt, mehr denn wo immer sonst bringe einen hier die Fühlungnahme mit Menschen, die Berührung einer Menschenhand, der Blick in ein Menschenauge dazu, an Gott oder an die Götter zu glauben. – »Wirklich?« hatte John in tiefem Ernst gefragt und ein wenig so wie ein Richter, der die Glaubwürdigkeit eines Zeugen bezweifelt. »Ich verstehe nicht recht, was Sie meinen. In all dem ist doch wohl nichts Göttliches. Es erscheint mir bloß unanständig.«

Danach hatten sie alle einen Schluck Cognac getrunken, weil Isobel sagte, es sei kalt im Hochtal und auf vierzehnhundert Metern anstrengend fürs Herz. Sie habe schon als junges Mädchen Gelenkrheumatismus gehabt; abends genehmige sie sich hin und wieder einen Tropfen Cognac. »Als wenn ich nicht über den Cognac Bescheid wüßte«, dachte der Doktor bei sich.

Dann hatten sie, gelangweilt, verworren und gezwungen über die Armut und Unterernährung im Tal hier gesprochen. Die Leute redeten anscheinend immer frisch-fröhlich von Hungersnot, wenn sie sich gerade sattgegessen hatten. Erbittert und ausfällig hatte Fred Maltby gesagt, zwischen seelischem Elend und körperlicher Not bestehe kein Zusammenhang, eine These, die er abstrakt gerade darum so eifrig verfocht, weil ihn konkrete Armut und Krankheit als Arzt so tief empörten. Es hörte sich, zu seinem eigenen Entsetzen, ganz zynisch an, als er behauptete, daß die spitzbäuchigen, rothaarigen Kleinkinder mit den überlangen Wimpern und der kupfrigen Haut (eine auf Proteinmangel zurückgehende ausgesprochene Krankheitserscheinung), die auf ihren verkümmerten Beinchen teilnahmslos unter den geschnitzten Schlangen, Pfauen und Göttern der düsteren mittelalterlichen Häuser hockten, sich nicht eigentlich unzufrieden fühlten; daß die euphorische Stimmung der Gebirgler, die man blau vor Frost im beißend kalten Wind lachen und singen hörte, davon käme, daß ihre Schmerzempfindlichkeit durch chronische Unterernährung abgestumpft sei. Er entsann sich, daß Anne bei diesem Gerede weder einen Ausruf des Erstaunens noch ein Wort des Widerspruchs von sich gegeben hatte. Schön lächerlich gemacht habe ich mich gestern abend, dachte der Doktor, nahm es sich aber nicht weiter zu Herzen.

Er war nun am Gebäude des britischen Residenten sowie an dem neuen Palast vorbei, in dem der König jetzt wohnte, und ging am Rana Pokhra entlang, einem großen rechteckigen Teich inmitten der Stadt, in den bis zum Sturz des Rana-Regimes 1951 Menschen von Kopf bis Fuß untergetaucht worden waren, um Schuld oder Unschuld festzustellen, ein Verfahren, ebenso unlogisch und ebenso praktisch wie die Feuerproben des Mittelalters. Der Doktor hatte nepalesische Freunde, die behaupteten, es sei ein viel zweckdienlicheres Mittel zur Feststellung, wer lüge und wer nicht lüge als die modernen demokratischen Gerichtshöfe, die ebenso unzulänglich wie korrupt seien. Ein schlechtes Gewissen laste furchtbar schwer auf der Brust und steigere die Empfindung des Erstickens, die das Untertauchen hervorrufe. Die unbedingte Folge sei, daß der Schuldige rascher nach Luft schnappen und daher früher hochtauchen müsse als der Unschuldige, der mit der Götter Hilfe den Atem unter Wasser länger anhalten könne.

Die Straße war mit hellroten Scherben übersät, Bruchstücken der Ziegel, aus denen die Mauern und Häuser Katmandus gebaut wurden und die man im grauen Rohzustand auf den umliegenden Feldern trocknen sah; es ging sich darauf, als ob man Sprungfedern unter den Sohlen hätte. Er wanderte weiter durch erwachende Straßen mit zweistöckigen, von Schnitzereien bedeckten Häusern; die Oberstöcke hatten vorspringende Balkone, die eine einzige feste Masse von Schnitzwerk bildeten; die Fenster, runde oder viereckige Maueröffnungen ohne Glas, waren von geschnitzten Rahmen umgeben wie Bilder.

Das Geviert, das Marktplatz und Tempelbezirk zugleich war, enthielt einen Wirrwarr von Tempeln, Schreinen, Göttern, Tieren und offenen Buden. Umsäumt war es von den Häusern der Buddhapriester in tibetanischer Bauart; weiße Mauern, schwarze Masse von geschnitzten Pfeilern und Balken, von Schnitzwerk umrahmte Fenster mit vorspringenden vergitterten Balkonen und Innenhöfen. Rechter Hand lag die Hanuman Dhoka, der jetzt verwahrloste und zerfallende große alte Königspalast. An dessen vergoldetem Kupfertor bekleideten Frauen die Steinfigur des Affengottes Hanuman, der einen Dreizack in der Hand hielt und dessen Gesicht zu einer einzigen roten Wunde abgegriffen war, mit einem neuen Mantel. Mit vielen Dächern erhoben sich große und kleine Pagoden, Tempel und Schreine; nach vorne und oben sich schrägende Balken trugen die übereinandergeschichteten Dächer der Pagoden; jeder Balken zeigte vielköpfige, vielarmige geschnitzte Götterfiguren. Zu Füßen eines jeden Gottes sah man auf eine Holzplatte geschnitzte Gestalten von Menschen in allen möglichen Stellungen des Liebesaktes. Merkwürdig, dachte Dr. Maltby, während er ohne Schamgefühl noch Erregtheit (Prüderie wie Lasvivität hatte ihm der Aufenthalt im Tal abgewöhnt) die Figuren betrachtete, daß die Europäer von Katmandu diese Schnitzereien nie auch nur mit einer Silbe erwähnten, es sei denn höchstens, um die in ihrer Unverblümtheit und Genauigkeit großartig beobachteten Darstellungen menschlichen Verhaltens mit dem abgedroschenen und hier in Katmandu geradezu albern wirkender Wort »obszön« zu verdammen. Die Nepalesen schenkten ihnen gar keine Beachtung. Für sie waren das, wie alles andere, geweihte Dinge, die ihre rituelle Bedeutung und Bestimmung hatten, nämlich die Häuser vor dem Blitz zu bewahren. Denn die Göttin des Blitzes war eine Jungfrau und ergriff die Flucht vor derartigen Schilderungen. Und der Liebesakt war wie alles auf Erden heilig und geschaffen von Gott, der sich in seiner Schöpfung wiederfand.

Rings um die Tempel und anderen Heiligtümer waren auf der engen Straße Gemüse, Getreide, Pfannen, Töpfe und Tongeschirr zum Verkauf ausgebreitet, umgeben von einem Wirrwarr von Hökern, Kühen, Hunden und Kindern. In der Mitte des Platzes erhob sich das große schwarze Steinbild der Kala Durga, der furchtbaren dämonenbesiegenden Gottheit. Kala Durga war eine andere Inkarnation, die Gegengestalt der Göttin Parwati, der lächelnden, freigebigen, gütigen Göttin der Liebe und der Fülle. Denn gleich den Menschen hatten auch die Götter viele Naturen, viele Verkörperungen und Offenbarungen, teils gute, zeugende, schöpferische, teils böse, furchtbare, zerstörende.

»Schizophrenie ist keine Krankheit, sondern ein bei Göttern und Menschen im Grunde natürlicher Zustand«, hatte Dr. Maltby einmal zu Pater MacCullough, dem römisch-katholischen Priester von Katmandu, gesagt. »Selbst Sie, Pater, glauben ja an Gott und den Teufel.«

»Aber das ist doch etwas ganz anderes«, hatte Pater MacCullough gesagt, »wir machen uns doch keine Bilder vom Teufel.«

Gleichviel, hier stand sie nun, Kala Durga, die Vernichterin der Dämonen und Herrin des Todes, schwarz, wüst anzusehen, mit einem Kranz von Schädeln geschmückt, den Fuß auf einen Dämon gesetzt und ein Schwert in der Hand; viele Andächtige traten bereits zu ihr hin mit Opfern von Milch und Körnern oder auch einem Kranz von blauschwarzen Anemonen, wie ihn gerade ein kleines Mädchen, das eine schwere Last Holz auf dem Rücken trug, um den hochgehobenen Fuß der Göttin schlang.

»Wollen doch sehen, was mein Freund, der Dr. Korla, treibt«, sagte Dr. Maltby zu sich selber und überquerte den Platz.

Etwa zweihundert Meter, fünfzig Bildstöcke, ein Dutzend Garuda-Göttervögel und drei Dutzend Lingams weit von der Kala Durga, drunten in einer belebten Straße von schnitzwerkbedeckten Häusern mit vorspringenden Oberstöcken und schmutzigen Innenhöfen (die als Abtritt und Senkgrube zugleich dienten), hauste Dr. Korla, ein Nepalese, den Fred Maltby sich als zweites Ich, sozusagen als Kala Durga zu seiner Parwati, als Hyde zu Dr. Jekyll, zugelegt hatte, in einem Haus, das sich innerhalb eines Tempels befand. Am Eingang stand eine zierliche buddhistische Halbsäule, ganz als Lotusblume – Blatt, Stengel und Blüte – gebildet, zu beiden Seiten der Tür wachten Dämonenfiguren, halb Löwe, halb Hund. An diesem Morgen waren sie mit Wäsche zum Trocknen drapiert von ein paar Frauen, die sich gerade selbst an dem bronzenen Wasserspeier, der die Form einer siebenköpfigen Nagaschlange aufwies, wuschen.

Dr. Maltby schritt in den gepflasterten Hof hinein, in dessen Mitte sich der Tempel erhob, ein dreidachiger Bau, halb buddhistischen, halb indischen Stils, mit buddhistischen Fahnen und Glocken, die von den Dachtraufen herunterhingen, und hundertundzwölf geschnitzten Balken. An den vier Ecken des untersten, breitesten Daches waren die massiven Stützbalken biblische Widder in voller Brunst mit bemalten hochgerichteten Gliedern. Der Hof war vollgestopft mit unzähligen buddhistischen Stupas, Lingams, Kindern, einer griechischen Najadenstatue, einem großen weißen Steinblock, der als Inkarnation von Ganesch, dem Elefantengott der Weisheit, galt und von einem darüber aufgespannten silbernen Schirm gegen Regen geschützt war, Krähen, Ziegen, Kühen, Tauben, Betern sowie dem nepalesischen »Doktor«, der gerade einen von einem halben Dutzend Helfern festgehaltenen Patienten operierte.

»Hei, Doc«, rief Korla munter, mit unverkennbar amerikanischer Aussprache.

»Hei«, rief Dr. Maltby zurück.

»Doc« Korla war ein hübscher, schlanker junger Mann mit schwarzgelocktem Haar unter seiner flott aufgesetzten Kappe, leuchtenden Augen und einer brennenden Zigarette im Mundwinkel. Sein Opfer, das zu seinen Füßen lag wie die Dämonen unter denen der Schwarzen Göttin, war ein seiner Hosen entblößter Lastträger mit einem riesigen Abszeß auf der einen Hinterbacke; aus einem weiten Einschnitt flossen Blut und Eiter. In die Wunde stopfte Korla in Jod getränkte Gaze. Der Operierte hob den Kopf und riß einen zotigen Witz, der mit schallendem Gelächter aufgenommen und von Korla mit einem noch saftigeren überboten wurde, so daß das Menschengemisch im Hof sich schier wälzte vor Vergnügen. Tauben schwirrten herum, Hunde schnüffelten an der Wunde, Glocken läuteten, ein Stier schritt schwer vorbei, Beter gingen dem Uhrzeiger nach, in den Händen tibetanische

Gebetsmühlen drehend, rund um den Tempel, Kinder ließen Drachen steigen, und Dr. Maltby stand da und sah äußerlich lächelnd, aber innerlich stöhnend der Operation zu.

»Mein Patient muß über die Berge nach Lamidanda gehen, um seine Frau zu … beruhigen«, sagte Dr. Korla, ein bißchen entschuldigend, »deshalb habe ich ihn operiert, obschon es Samstag war.«

»Schlimm«, sagte Dr. Maltby. »Aber ich würde nicht zu viel Zeug in die Wunde da stopfen, sonst wird er nicht die dreißig Meilen bis Lamidanda laufen können.«

Korla schnickte die Asche von seiner Zigarette, nahm aus einem Weidenkorb noch eine lange Rolle Gaze, schnitt ein Stück davon ab und umwickelte damit das Gesäß des Lastträgers.

»Nun«, sagte Dr. Maltby, »ich gehe jetzt.«

»Adieu, Doc«, sagte der Newari-Doktor in herzlichem Ton. »Und Dank auch«, fügte er noch hinzu.

An der Tür seines hübschen, wunderschön geschnitzten, aber vollkommen verschmutzten Hauses hing ein Schild, worauf in englischer Sprache zu lesen war: »Hier wird erstklassig geschnitten und genäht von westlich studiertem und diplomiertem Wissenschaftler.«

Dieser Junge ist eine Gefahr, dachte Dr. Maltby. Es war nicht das erste, sondern das hundertste Mal, daß ihm das durch den Kopf ging. Um Gottes willen, warum habe ich ihn eigentlich ausgebildet? Korla war einer von den ehemaligen Assistenten im Krankenhaus, die nach ein paar Monaten bei Maltby eine Praxis als »westlich studierte Wissenschaftler, im Schneiden und Nähen erfahren« eröffnet hatten. Dr. Maltby hatte sich die Seele aus dem Leib geredet, um nepalesische Regierungsbeamte, reizende, witzige, achselzuckende Leute, auf die Gefahr dieser »Doktoren« für die Allgemeinheit hinzuweisen. Ganz umsonst. Jetzt, nach vier Jahren, freundete er sich mit ihnen an oder doch mit den besten von ihnen wie Korla, die sich an nichts Schwereres wagten als an einen Abszeß am Gesäß. Sie ihrerseits schickten ihm dafür ihre schlimmeren Fälle zu oder kamen hin und wieder sogar selbst, um sich bei ihm Rat zu holen. Es war etwas wie Koexistenz, eine zwar unbefriedigende, aber immer besser als gar keine. Gott sei Dank vergriffen sie sich nie an einer Frau im Kindbett, was immerhin ein erfreulicheres Verhalten war als das der Ärzte im Europa des Mittelalters. Doch sie verabreichten den Gurkhasoldaten, die von den britischen Regimentern in Malaya und Hongkong nach Absolvierung der Bordelle von Singapur und Kalkutta über Katmandu auf Urlaub fuhren, unzulängliche Penicillininjektionen. »Wenn man allen Irrtümern die Tür verschließt, bleibt auch die Wahrheit draußen«, zitierte Dr. Maltby sich zum Trost ein nepalesisches Sprichwort. Er durfte nicht in Harnisch geraten, weil »Doc« Korla sich vor einer Operation weder die Hände wusch noch sein Skalpell sterilisierte und während der Operation die Zigarette im Munde behielt. Nepal hatte noch einen langen Weg zurückzulegen vom elften bis zum zwanzigsten Jahrhundert.

Er ging aus dem Tempel hinaus und ein paar Straßen weiter, die Geldwechsler streifend, die, säuberlich aufgeschichtete Häufchen von indischen und nepalesischen Rupien vor sich, dahockten; an den Kupfer- und Messingschmieden mit herrlichen schimmernden Drachen und verknäuelten Schlangen auf Kannen und Schüsseln vorbei; über die Straßenkreuzungen mit den heiligen Feigenbäumen, Lingams und Wasserspeiern, bis zum Fluß, dem heiligen Bhagmati, der zwischen blattförmigen, weißkiesigen Sandbänken mit winterlich seichtem Wasserstand dahinlief. In den Strömungsrinnen lagen, vom heiligen Wasser hervorgespült wie ein weiß-und-roter Teppich, Rettiche in zusammengeballten Bündeln. In der Mitte des Flusses standen, braun schimmernd, Saddhus, heilige Männer, die sich mittels runden Kupfergefäßen Wasser über die Schultern gossen.

Immer mehr näherte er sich Pashupatinath, dem größten und heiligsten Shiva-Tempel nicht nur Nepals, sondern ganz Indiens. Straßen mit Kopfsteinpflaster liefen unebenmäßig hin zwischen wipfelüberschatteten Wiesen und Häusern mit Geranien auf den Balkonen und Körben voll zum Trocknen hingestellten Blumenkohls auf den Treppenschwellen. Der Tempelbau zog sich am Flußrand hin; er war eine gewaltige Anhäufung von großen und kleinen Baulichkeiten: Schreinen, Pavillonen, schattigen kreuzgangähnlichen Galerien für Pilger, Treppen und Plattformen, teils zum Baden, teils zum Verbrennen von Leichen, sogenannte »Ghats«. Der Fluß, zwischen den Steinufern eingezwängt, die die Ghats bildeten, verschmälerte sich hier; eine kleine Brücke führte hinüber zum andern Ufer, auf dem der heilige Hügel Pashupati lag, ein sanft ansteigender Vorsprung, zu dem es über behauene Steinplatten emporging. Der zum Fluß abfallende Hang und der Tempel waren übersät mit Hunderten von Lingam-Bildstöcken.

Fred Maltby kam zum Haupttempel heran. Als Weißer und Christ durfte er die Pforte nicht durchschreiten; er mußte am Eingang stehenbleiben und durfte nur von der Schwelle aus in den Hof hineinschauen und alles darin betrachten, soweit die Aussicht nicht von der goldenen Kruppe des auf einem Sockel stehenden, zweieinhalb Meter hohen Stiers, des Reittiers Shivas, versperrt wurde. Es war Shivas gewaltiger ausgehauener Lingam, den der große Mittelbau mit seinen blitzenden Dächern, Kreuzblumen aus vergoldetem Kupfer und breiten goldenen Toren barg, der dem Tempel Pashupatinath die überragende Heiligkeit verlieh.

Und hier nun wurde Frederic Maltby auf einmal in sein früheres Leben zurückgerissen. Er stand noch am Haupttor, als er das Geräusch eines Jeeps hörte und dann das Gefährt aus einem Seitenweg, auf dem es geparkt gewesen war, herauskommen sah. Es fuhr die leicht ansteigende Straße hinauf auf ihn zu. Er war schon drauf und dran, einen Begrüßungsruf auszustoßen, denn er hatte Pater MacCulloughs Vehikel erkannt; er lächelte auch schon bei dem Gedanken daran, wie er den Pater fragen würde, was er, ein katholischer Priester, zu dieser Stunde in einem Hindutempel zu schaffen habe, als er neben dem Pater eine andere Person erkannte, eine korpulente kleine Dame, auf deren blondem Haar ein Blumenhut sich wiegte wie ein Vogel auf einem gelben Busch.

Der Jeep hatte Linkssteuerung, und Pater MacCullough, auf dessen Brillengläsern die Sonne funkelte, lenkte den Wagen im ersten Gang hinauf; als er den Doktor erspähte, wollte er ihm »Recht schön guten Morgen, Herr Doktor« zurufen; der Gruß blieb ihm jedoch in der Kehle stecken, als er sah, wie Frederic Maltby seinen tibetanischen Pullover beim Kragen packte, ihn über Kinn und Nase hochzog und, durch den Torbogen stürmend, auf die Terrasse der Ghats hinausrannte, wo nur noch die Füße einer Leiche der Verzehrung durch das Feuer harrten, dann über die Brücke und die Treppe des heiligen Hügels hinauf.

»Was war denn das?« fragte die Dame, als der Jeep mit einem Ruck anhielt und Pater MacCullough sich umdrehte, um seinem flüchtenden Freund nachzuschauen.

»Tja, nun ... eh ...«, machte Pater MacCullough. Dann gewann seine jesuitische Schulung die Oberhand über ihn: Wenn der gute Doktor davonlief, dann stand etwas Ernstes auf dem Spiel. »Ach, das muß ein Mann mit einem dringenden Geschäft gewesen sein«, sagte er gutgelaunt und ließ den Jeep wieder an.

Während er den heiligen Hügel hinaufsprang, fiel es Dr. Maltby ein, daß er gesehen werden konnte, darum bog er mittendrin auf den Hang ab und lief zwischen den dort zusammengedrängten, in dichten Reihen bis zum Fluß hinunter stehenden fünfzehnhundert Bildstök- ken hin. Zwischen diesen verzierten Schilderhäuschen aus Ziegeln und bearbeitetem Stein – den »Lingamwald« nannte sie der Doktor selbst –, mit einem anbetenden Steinstier vor einem jeden, rannte Dr. Maltby wie gehetzt dahin; als er dabei wieder etwas zur Seite bog, um einer großen Glocke mit einem Fries von Garudavögeln und Naga- schlangen am Rand auszuweichen, stieß er unversehens mit einer Person, die dort, selbst reglos wie aus Stein, gestanden hatte, so heftig zusammen, daß sie beide hinfielen.

»O … ich bitte vielmals um Verzeihung … Ich bedaure unendlich«, stotterte Dr. Maltby, sich aufrappelnd und dann dem Opfer seiner Hast, das sich als ein weibliches Wesen erwies, ebenfalls hochhelfend. »Ist schon gut«, sagte Anne. »Hoffentlich haben Sie sich nicht weh getan?« Sie klopften sich beide den Tau von den Kleidern und sahen dann einander an.

»Nein. Aber das hätte ich Sie fragen sollen«, sagte der Doktor.
Anne lächelte. Hinter ihrem Kopf befand sich das bronzene Gittertür- chen, das die frommen Beter öffneten, um ihre Opfergaben auf den schimmernden schwarzen Steinzylinder zu werfen, der mit einem Blumenkranz bekrönt, von darauf geschmiertem Öl und Wasser fet- tig glänzend, aufrecht in dem Schrein stand.

Nach Atem ringend und sich bemühend, das Zittern seiner Stimme und seines ganzen Körpers zu beherrschen, erklärte Dr. Maltby: »Ich habe gerade einen furchtbaren Schreck gehabt. Ich habe Eudora gesehen.« – »Eudora?«

»Meine Frau.«

»Ach so«, sagte Anne kurz auflachend.

»Siebzehn … nein, achtzehn Jahre … Habe sie auf der Stelle erkannt, obschon sie natürlich jetzt etwas dicker ist.«

»Natürlich.« Anne lachte wieder auf. Dann schwiegen beide. Hibis- kusblüten im Haar, ein Tragbrett in der rechten Hand, kam eine Ne- wari-Frau daher, öffnete die Gittertür, warf Blumen und Körner auf den Lingam, blieb, unhörbar die Lippen bewegend, stehen, goß aus einem Zinnkrüglein Milch auf die Steinröhre, dann aus einem andern reines Wasser und wusch die Milch wieder ab, schloß die Gittertür und ging dann zu dem nächsten Schrein, nachdem sie die Glocke geläutet hatte.

»Es ist nett hier«, sagte Anne.

»Jawohl«, sagte der Doktor. Er hatte sich etwas erholt und vermochte freier zu sprechen. »Vor undenklichen Zeiten habe ich Eudora in London verlassen. Warum ich so erschrak, weiß ich eigentlich nicht. Als ich sie im Jeep sah, lief ich einfach davon. Sie kam mit Pater MacCullough daher. Den haben Sie noch nicht kennengelernt. Sie lernen ihn schon noch kennen.«

»Ach, jetzt weiß ich, wer sie ist. Ja, Eudora Maltby, Komponistin für Inspirative Musik. Ich habe das am Flughafen auf ihrer Handtasche gelesen.« – »Dann ist sie wohl noch meine Frau. Sie hat sich nicht einmal die Mühe genommen, sich scheiden zu lassen. Ich möchte bloß wissen, wie lange sie hier in Katmandu bleibt.«

»Weshalb haben Sie solche Angst vor ihr?« fragte Anne. »Verzeihen Sie«, fügte sie rasch hinzu, als sie des Doktors bestürztes Gesicht sah.

»Es macht nichts«, sagte Frederic Maltby. »Ich habe nichts dagegen, Ihnen das zu erklären, vielleicht tut es mir sogar gut, psychologisch, meine ich.«

Wieder lachte Anne auf, und Doktor Maltby stimmte in ihr Lachen ein. Gestern abend, da war es anders mit ihnen gewesen; sie war abgespannt, er gereizt gewesen; hier zwischen den Lingams an diesem verschwenderisch strahlenden Morgen war nicht der Platz für dergleichen. Sie waren durch Zufall aufeinander gestoßen und merkten nun, daß sie beide ganz umgängliche Leute waren.

Frederic Maltby zog seine Zigarettendose aus der Tasche und bot Anne eine Zigarette an. Sie nahm eine. Dann setzten sie sich ins taufeuchte Gras.

»Warum ich Ihnen das eigentlich erzählen soll, weiß ich nicht. Ich will Sie nicht langweilen … Aber nun, gleichviel. Tja, Eudora und ich. Wir hätten einander nie heiraten dürfen. Das sagt ja wohl jeder, bei dem es mit der Ehe schiefgegangen ist. Ich hatte damals gerade im Krankenhaus als Assistent eine schwere Zeit hinter mir und bildete mir ein, ich sei in eine der Pflegerinnen verliebt, bis ich sie im Bett meines Chefs erwischte – eines dicken kleinen Kerls, der leitender Chirurg war, immer im Spital herumlief und uns anschnauzte. Dann kam Eudora daher, und ich war ganz geblendet von ihr. Sie pfuschte in Politik und Kunst herum, hatte auch ein bißchen eigenes Vermögen, kurz, schien mir die Weltdame, wie sie leibt und lebt. Ich war damals noch recht unerfahren und ungeschliffen, eben weiter nichts als ein Mediziner, der gerade die studentischen Eierschalen abgestreift hatte. Wir heirateten also.

Jetzt, hier in der prallen Sonne, klingt das lächerlich, was ich sage, aber: die Person hat mich glattweg zerrüttet. Nicht auf einmal, wohlverstanden. Nein, Schritt für Schritt. Ich kann das gar nicht so im einzelnen schildern. Nichts konnte ich ihr recht machen. Dauernd kam ich mir als Tölpel vor. Ich wußte nicht, wozu diese oder jene Gabel gebraucht wurde. Wenn ich mich ihr nähern wollte – wobei ich mich ja wohl reichlich plump benahm –, sagte sie, das sei ungeistig, und wenn ich es unterließ, dann nörgelte und schimpfte sie. Sie verlangte, daß ich ihr, ihrer Musik, ihren Freunden dauernde Aufmerksamkeit widme. Ich tat mein Bestes, aber ich hatte viel zu tun, da ich ein höheres Diplom erreichen wollte, auch in meiner Praxis arbeiten mußte. Wenn ich mir Arbeit mit heimnahm, fand ich das Haus voll verrückter Frauenzimmer mit Zigeunerohrringen und unermüdlichem Geschwätz und schmachtlappige begabte Jünglinge, die Romane und Theaterstücke schrieben oder komponierten. Schließlich bekam es Eudora mit fixen Ideen und Modenarreteien. So wurden wir für eine Zeitlang Vegetarier, und wenn ich ein Beefsteak essen wollte, hieß sie mich einen Kannibalen. Mit der Zeit bekam ich richtige Angst vor ihr. Alles, was *sie* tat, war richtig; ich war der Ungeistige (so nannte sie mich immer), der Bauer, der Tölpel, dessen Benehmen sie verletzte. Für sie, die schöpferische Künstlerin, war ich ein Hemmschuh. Ich versuchte, das alles nicht ernst zu nehmen, aber es setzte mir zu, es zerrüttete mich. Als der Krieg ausbrach, war ich glücklich darüber, wie das wohl vielen Leuten gegangen ist. Er bot in vielerlei Hinsicht eine Erlösung: vom Kleinkram, von der Fron des Broterwerbs, für mich von dieser Kette, der Ehekette, der längsten Reise, der ödesten Freundschaft … Ich kam nach Burma, dann in japanische Gefangenschaft. Man sollte meinen, diese Jahre wären die Hölle gewesen; für mich nicht; ich war glücklich. Keine Eudora. Meine Angst vor ihr ließ nicht nach. Im Gegenteil: sie steigerte sich. Als der Krieg aus war, brachte ich es nicht über mich, heimzugehen. Ich machte mich dünn. Ich blieb in Indien, reiste ein bißchen kreuz und quer, kam schließlich hierher. Hier war ich glücklich. Ich hatte Eudora sogar vergessen. Jetzt, nach so vielen Jahren, taucht sie auf einmal auf. Es war geradezu anormal, ich meine, klinisch gesehen, wie mich die Angst packte, sofort wieder in der gleichen Heftigkeit wie früher über mich herfiel, so daß ich völlig kopflos das Weite suchte. Ich begreife es eigentlich nicht; es ist irrsinnig. Was sollten meine Schwestern sagen, meine

Patienten, wenn sie mich hätten davonlaufen sehen, so wie ich das vorhin tat?«

Vor ihnen auf der Ufertreppe wurde auf einer leicht schwankenden, schmalen Tragbahre, mit einem grauen Schleier verhüllt, wieder eine Leiche zum Verbrennen hergebracht. Eine Frau, die seit Stunden in einem der Tempelhöfe gelegen hatte, freudig den Tod erwartend, um in Pashupatinath zu sterben und auf dessen Ghat verbrannt zu werden, sollte für immer versammelt werden zu dem Einen, der sich selbst offenbart durch die Vielen, um erlöst zu werden von der mühsamen unsterblichen Reise ewiger Wiedergeburt. Nun lag sie, das Gesicht verhüllt und die Füße hinausragend über den um sie geschichteten Scheiterhaufen, steif da, und ihre Anverwandten sangen ihr ein gar nicht sehr trauriges Lied zum letzten Geleit.

Etwas weiter flußabwärts wuschen ein paar Weiber allerhand Wäschestücke, die sie auf den flachen Steinen plattschlugen, und bei jedem Schlag hüpften die roten Holzperlen, die sie um die Hälse trugen.

»Im Fluß habe ich vorhin Rettiche gesehen«, sagte Anne. »Wie ein Bucharateppich sah es aus, der im Sonnenschein gewaschen wird.«

»Die habe ich auch gesehen«, sagte der Doktor. Die Luft um sie roch nach Rauch und Gras. Frederic Maltby betrachtete Anne. Am Abend gestern mußte die Beleuchtung wirklich schlecht gewesen sein. Sie war zart und leicht gebaut wie eine Nepalesin, auch hatte sie dunkles, sanft gewelltes Haar, und ihre Haut an den Armen war glatt. Aber sie hatte Fältchen an den Mundwinkeln, zwei abwärts laufende Striche, ebenso auch an den Augenwinkeln, und ihr Hals wirkte zu schmal und hatte etwas Müdes, was den Doktor rührte.

»Wissen Sie, daß ich Sie heute früh schon gesehen habe?«

»Ja, ich Sie auch«, sagte Anne. »Ist schon in Ordnung; ich wollte allein spazieren gehen. Ich nehme an, es ging Ihnen ebenso.«

»Es ist wegen der Unterhaltung«, sagte der Doktor. »Ich kann es nicht ausstehen, wenn all das hier mit Worten überkleistert wird ... dieses Wunder hier, das Tal ... und alles schal und unersprießlich gemacht wird.«

»Katmandu ...«, sagte Anne. »Ein ebenso liebliches wie herbes Wort.«

Wieder regte sich in Frederic Maltby etwas wie hauchartiges, zartes Mitleid. Jetzt hätte er Anne gern von Amrita erzählt.

»Möchten Sie nicht mit mir kommen? Wir könnten einen Morgenkaffee trinken. Ich möchte auch, daß Sie meinen Freund, den General

Kumar, kennenlernen.« – »Ich muß nach Hause«, sagte Anne. »Mein Mann und Isobel werden sonst vielleicht unruhig.«

»Ach, ich werde ihnen durch einen Diener ein Zettelchen schicken; wir können sie dann später zum Morgenkaffee treffen. Aber kommen Sie, daß ich Sie dem General vorstelle. Der Palast, in dem ich wohne, gehört ihm. Er bewohnt mit seiner Familie den nicht von meinem Spital eingenommenen Teil. Er wird Ihnen gefallen. Er ist ein Rana, ein Gentleman. Übrigens«, sein Gesicht verdüsterte sich wieder, »ich muß ihm über Eudora Bescheid sagen. Falls sie auf mich Jagd macht. Vielleicht weiß der General, wie man sie verscheuchen kann. Frauen kennt er aus dem ff; er hat ja deren genügend gehabt.«

Fünftes Kapitel

Der Palast – der sogenannte »Heitere Palast« –, der das Hospital beherbergte, war noch größer als der »Rubin-Palast«, in dem das Töchter-Institut untergebracht war. Er wies noch mehr Säulenhallen, mehr Pfeiler, mehr Najaden auf, die über verfallenen Springbrunnen trauerten; er war von einem viel umfangreicheren Grundbesitz umgeben, der zur Hälfte aus verwahrlosten Reis- und Maisfeldern und zur Hälfte aus unkrautüberwucherten Gärten bestand. Das ganze Gelände war gesprenkelt mit kleinen Bungalows, weiß und ockerfarben gestrichenen, strohgedeckten Bauernhäuschen, und um das Ganze zog sich eine stellenweise abgebröckelte rosa Backsteinmauer, die getreu allen Senkungen und Erhebungen folgte.

Einen viereckigen Block der Baulichkeit nahm das Hospital ein; einen andern hatte sich der Besitzer, General Kumar Sham Behadur Rana, vorbehalten und bewohnte ihn mit seiner engeren und weiteren Familie, Freunden und Bekannten sowie gelegentlichen Gästen. Einer der kunterbunt um das Hauptgebäude herumstehenden Bungalows war Dr. Maltbys Behausung, in einem andern wohnten zwei Missionsschwestern. Der »Heitere Palast« verfügte über ein richtiges Schloßtor aus Schmiedeeisen, das im vorigen Jahrhundert aus England importiert worden war; Bronzegreifen, Wellblechdächer über herrlich geschnitzten Holztraufen, die Windhunde oder Hirsche darstellten und mit gemalten Butterblümchen gesprenkelt waren; Treppen aus dem bei den Ranas so beliebten rötlichen geäderten Marmor; Rundpfeiler mit Trauben und Flügelwesen als Kapitälen; lange Korridore, riesige Zimmer mit Spiegelwänden und aus Italien importierten, mit Blumengirlanden bemalten Zinnplattendecken, in die an den Seiten mit einem gewöhnlichen Meißel Luftlöcher in unregelmäßigen Abständen geschlagen waren. Überdimensionierte geschmacklose Möbel wiesen die Räume auf, durch die Anne und der Doktor sich zum Hauptsalon begaben.

»Da empfängt die Familie mit Vorliebe ihre Gäste«, sagte der Doktor. »Es ist doch seltsam, festzustellen, daß die Ranas, die das künstlerisch und handwerklich so hochbegabte Volk der Newaris beherrschten, vollkommen ohne Geschmack waren, nicht?«

Sie gingen durch eine Galerie, wo zwischen kanellierten Säulen mit Göttervogel- und Schlangenkapitälen, in Rahmen aus Sandelholz mit geschnitzten Pfauen und Rehen inmitten Laub und Lotus oder in Rahmen aus massivem Silber, Ölporträts der Ranas hingen. An den vielfarbigen Wänden ragten sie empor, wohlhabende Gentlemen der Zeit König Eduards VII., die braunen Augen vortretend aus rosigen Gesichtern mit braunen Schnurr-, Backen- oder Vollbärten, in scharlachroten, von Orden und Goldlitzen überhäuften Waffenröcken, die manikürten Hände auf den ebenso von Edelsteinen übersäten Degengriffen. Ihre gelegentlich mit dargestellten Maharanis trugen weitgebauschte Kleider, Brillantdiademe, fünf oder sechs Smaragd- und Rubinencolliers um den Hals und einige Broschen in der Größe von Untertassen auf dem Busen.

»Das sind die Vorfahren und Zeitgenossen meines Hauswirts, des Generals Kumar«, sagte Dr. Maltby. »Isobel hat Ihnen vielleicht erzählt, daß alle Ranas untereinander verwandt sind. Sie haben Nepal ein Jahrhundert lang, um ganz genau zu sein: von 1850–1951, regiert, als wenn es ihr privater Familienbesitz wäre. Der Generalstitel ist bei ihnen genauso erblich wie das Amt des Premierministers. Nun, also, da haben wir den großen Salon. Gestatten Sie, daß ich Sie für ein paar Minuten allein lasse, während ich den General aufzutreiben versuche. Er ist vielleicht noch bei seiner Morgenandacht.«

Anne blieb also allein in dem weiten Raum, der wie ein Audienzsaal wirkte, mit elf Spiegeln, einem mit rosa Brokatstoff bezogenen riesigen Sofa, einem dazu passenden dreisitzigen Bänkchen für ein Liebespaar mit Anstandsperson, ein jeder der Sitze nach einer andern Richtung, sechs Polstersesseln, vier Tischen mit Marmorplatten, zwei Flügeln und fünf Kronleuchtern mit birnenförmigem Glasbehang. Vier große Fenstertüren gingen auf den Balkon hinaus, und die Sonne strömte herein über die Tiger- und Bärenfelle, die auf dem wie mit Krampfadern durchzogenen Fußboden lagen.

General Kumar trat ein und verbeugte sich vor Anne, die aufstand. Er faltete die Hände zum indischen Gruß, und Anne tat es ihm nach. Er war ein schöner alter Mann, außergewöhnlich groß und schlank, mit jungen braunen Augen in einem wie von Greco gemalten Christusgesicht, darüber ein Schwall von schneeweißem Haar, das unter seiner weichen nepalesischen Kappe nach allen Richtungen wirr zum Vorschein kam. Er trug Jodhpurs und einen nepalesischen Kittel nach altem chinesischem Muster, darüber noch einen europäischen Jagdrock aus Harris-Tweed. Seine nackten Füße steckten in dazu passenden braun-weißen Schuhen.

Er setzte sich auf einen der gepolsterten Lehnsessel, zog ein Päckchen Lucky Strike heraus und bot es Anne an. Als strenggläubiger Hindu steckte er die Zigarette nicht in den Mund, sondern hielt sie zwischen Handfläche und kleinem Finger fest, während die übrigen Finger eine Röhre bildeten, durch die er den Rauch einsog. So blieben seine Lippen unbefleckt vom Tabak.

In seinem höflichen nepalesischen Englisch sagte der General: »Sie sind in meinem Hause willkommen, Madam.«

»Es ist eine große Ehre für mich, Herr General«, erwiderte Anne.

Der General fuhr fort: »Wir haben durch Miß Maupratt von Ihrem Kommen gehört. Der Feldmarschall, mein Vetter, fand Ihr Buch in seiner Bibliothek. Wir waren darüber hocherfreut, daß eine Dame mit Verstand und Vernunft unsern Töchtern Unterricht erteilen wird. Miß Maupratt ist eine energische Dame, ihr Geist ist jedoch zu sehr umnebelt von christlichem Aberglauben.« Er sog einen Zug Rauch ein und fuhr fort: »Eine sehr tatkräftige Dame. Es ist nicht unnütz, wenn man als ledige Dame tatkräftig ist; sonst lauert der Wahnsinn.« Während Anne sich noch überlegte, was sie darauf antworten könne, fügte der General versonnen hinzu: »Tätigkeit vertreibt sexuelle Anwandlungen.«

Ein etwa vierzehnjähriges Mädchen, eine Gebirglerin aus dem Norden mit stumpfen tibetanischen Zügen, dicken Zöpfen groben schwarzen Haars und Goldschmuck in Nase und Ohren, brachte eine Kaffeekanne, ein blechernes Teesieb, zwei Tassen, etwas nicht sehr sauberen Zucker auf einem Schüsselchen und Kondensmilch in einem Kännchen sowie eine Flasche Black-and-White-Whisky nebst einem Glas.

Anne goß den Kaffee ein, während der General sich ein halbes Glas puren Whisky einschenkte und darauf sagte:

»Sie gehören einem Gatten an, Madam? Ist er ebenfalls hier?«

»Jawohl, Herr General.«

»Ach, du großer Gott«, rief Dr. Maltby aus, »an ihn habe ich ja gar nicht mehr gedacht! Ich schicke gleich einen Diener mit einem Zettel hin.«

»Ei, lieber Freund, wozu wollen Sie denn den Gatten der Dame veranlassen, hierherzukommen? Sie ist hier bei uns doch nicht gefährdet?«

»Ganz und gar nicht, Herr General«, sagte Anne, »aber ich bin heute sehr früh zu einem Spaziergang weggegangen, und mein Mann ist vielleicht beunruhigt.«

»In diesem Falle, Madam, habe ich nichts dagegen einzuwenden, daß sofort nach ihm geschickt wird«, sagte der General zu Anne, dann ein paar Worte zu der kleinen Dienerin, die verschwand, um alsbald zurückzukehren mit einem barfüßigen Diener, der gebückt hereinschlich und beim Herantreten zu dem General den Mund mit der hohlen Hand bedeckte – die uralte Grußgebärde des Leibeigenen vor einem Rana.

»Er bringt Ihre Nachricht hin«, sagte der General zu Dr. Maltby, der rasch etwas auf ein Stück Papier schrieb.

Ohne daß sie recht gemerkt hatte, wie sie auf das Thema gekommen war, unterhielt sich Anne mit dem General auf einmal über ihr Zimmer. »Ich weiß gar nicht, warum Miß Maupratt mir dieses Zimmer überlassen hat«, sagte sie. »Vielleicht ganz ohne bestimmten Grund.« »Nur sind alle derartigen kleinen Züge doch bezeichnend«, wollte sie erst hinzufügen, unterließ es dann aber.

»Sie hat Ihnen Unni Menons Zimmer gegeben«, sagte der General.

»Wer ist Unni Menon?«

»Ein schöner Mann«, sagte der General, »mit kühlem Kopf über einem verständnisvollen Herzen. Sie werden ihn kennenlernen. Wußten Sie«, wandte er sich an Dr. Maltby, »daß Madam Unnis Zimmer bekommen hat?«

»Das wundert mich. Ich hätte gedacht, sie habe es in Brand stecken oder übertünchen lassen oder Gott weiß was sonst.«

»Ich glaube, Miß Maupratt ist immer noch in ihn verliebt«, sagte der General. »So munkelt wenigstens das Gerücht. Und Gerüchte sind in unserm Tal stets wahr.«

»Sonnen und Sonnenblumen, Sittiche und wunderbare Augen sind beidseits neben der Tür zu sehen.«

»Blütenköpfige Sittiche, Madam, gemalt von meiner Nichte Rukmini«, sagte General Kumar. »Ein höchst unglückseliges Mädchen. Schön, aber unglücklich, und süß wie der Mond. Sie hegt eine echte

Liebe für Unni, wirft sich ihm jedoch nicht an den Hals, wie gewisse ausländische Frauen es tun. Ihr Vater war nicht damit einverstanden, und so ist sie jetzt mit einem ausgemachten Narren verheiratet. «

»Rukmini ist ein wunderschönes junges Mädchen«, sagte Dr. Maltby in bedauerndem Ton. »Sie ist aber von einer seltsamen Hilflosigkeit, einer Wehrlosigkeit ohnegleichen. Das ist die Schwierigkeit bei ihr. Sie ist zu gütig, zu großmütig und zu schön. «

»Alle Nepalesinnen, die ich bisher gesehen habe, waren schön«, sagte Anne.

»Das kommt davon, daß ihr Leben in Einklang steht mit unseren Tälern und Bergen«, sagte der General. »Und weil sie tugendhaft sind und frühzeitig verheiratet werden. Unsere Mägdlein und unsere Berge sind jung und lebensvoll; und mit zwölf Jahren zu heiraten, gilt in unserm Land nicht als zu früh. «

»Ihr Land, General«, sagte der Doktor, »ist wunderbar mittelalterlich. Jünglinge heiraten mit vierzehn, Mädchen mit zwölf, Generäle und Staatsmänner mit neunzehn. «

Der General lächelte, als fühle er sich geschmeichelt. »Möchten Sie einmal eine Rana-Hochzeit sehen?« fragte er Anne. »März bis April ist ›Chait‹, der Monat für die Hochzeiten bei uns in Nepal. Sie haben ja wohl schon den einen oder anderen Hochzeitszug auf den Straßen gesehen, vielleicht würden Sie nicht ungern einer Hochzeit beiwohnen; sagen wir: morgen nachmittag?«

»Das würde ich sehr gern tun. «

»Lassen Sie mich das also in die Wege leiten«, sagte der General. »Ich werde für Sie und Ihren Gatten eine Einladung besorgen. Morgen heiratet meine Nichte. Sie war zwei Monate lang Schülerin in Ihrem Institut. «

»Sie ist die Tochter des Oberkommandierenden«, sagte der Doktor. »Es wird ein öffentlicher Festtag sein. Das ganze diplomatische Corps wird zugegen sein. «

»Sie werden auch Unni Menon sehen«, sagte General Kumar. »Er ist noch im Gebirge, aber er wird bestimmt morgen da sein. «

Dr. Maltby stellte jetzt seine Kaffeetasse hin, räusperte sich und sagte:

»Übrigens, General … ich habe heute früh meine Frau gesehen. Sie ist in Katmandu. «

»In Katmandu?« fragte der General. »Das kann eine ernste Wendung für Ihre Seele nehmen, mein Freund. «

»Ich bekam einen solchen Schreck, daß ich einfach ausriß«, sagte Dr.

Maltby. »Ja, ich lief drauflos und rannte Mrs. Ford um. Meine Frau saß mit Pater MacCullough zusammen in dessen Jeep. Er fuhr sie in der Stadt herum.«

»Wenn sie bei dem Mann in Weibergewändern ist«, sagte der General, »dann wird sie auch morgen zur Hochzeit kommen. Der Mann im Weibergewand ist ein Wichtigtuer, immer muß er Leute herumführen, muß ihnen alles mögliche über unser Tal erzählen, als verkörpere er in seiner Person ein ganzes großmächtiges Reisebüro. Er wird wohl einmal in seinem Vaterland als Fachmann für unser Tal gelten und zu Vorträgen aufgefordert werden. Alle Fachleute sind solche Wichtigtuer. Er wird ihr schon eine Einladung beschaffen, um seinen Einfluß bei uns zu beweisen.«

»Über kurz oder lang wird sie Wind von mir kriegen. In Katmandu weiß doch jeder über jeden Bescheid. Es ist geradezu ein Wunder, daß noch niemand bei ihr mit der Frage herausgeplatzt ist: ›Maltby? Mrs. Maltby? Sind Sie verwandt mit unserem Dr. Maltby?‹ Und im Handumdrehen sehen wir sie dann hier die Anfahrt heraufkommen …«

»Ich werde Sie beschützen, mein Freund«, sagte der General. »Sie wird den Fuß nicht in mein Haus setzen. Ich erinnere mich, wie Sie gelitten haben, als Miß Maupratt Ihre Seele verletzte bei einem Spaziergang. Möchten Sie, daß Ihre Frau mit dem nächsten Flugzeug wieder nach Patna verfrachtet wird? Ich könnte das beim Außenminister anregen. Er ist mein Neffe.«

»Ich bezweifle, daß das jetzt noch geht«, sagte Dr. Maltby.

»Sie haben recht«, meinte der General, das weiße Haupt schüttelnd. »Wir sind ja, ach, jetzt eine ›damn-ocracy‹, Madam; infolgedessen haben die Dummköpfe zu bestimmen und die Ranas keine Macht mehr. Ich kann meinem guten Freund nicht beistehen, wie ich möchte. Vor fünf Jahren … ein Wort von mir, und …« – er schnalzte mit den Fingern – »aber wir sind ja jetzt eine ›damn-ocracy‹.«

Da trat der Diener wieder ein und sagte dem General etwas auf nepalesisch.

»Ihr Mann und Isobel machen gerade einen Besuch beim britischen Residenten«, übersetzte Dr. Maltby für Anne. »Sie können also nicht zum Kaffee herkommen. Aber Sie, Madam, können doch noch ein wenig bleiben, nicht? Ich möchte Ihnen gern das Spital zeigen.«

»Ich möchte doch lieber gehen«, sagte Anne, plötzlich nervös geworden und verstimmt. »Isobel hat heute früh etwas von Einschreiben beim Residenten gesagt; ich hatte das ganz vergessen. Ach, du meine Güte.«

»Ihr Gatte wird das tun, falls er schreiben kann«, sagte General Kumar. »Bleiben Sie hier bei uns, Madam, und überlegen Sie mit uns, wie man verhindern kann, daß jenes schreckliche Weib die Seele meines Freundes auf unmenschliche Weise peinigt.«

Maltby lächelte. »Nun, es ist nicht ganz so schlimm, General. Ich muß mich wohl entschließen, mit ihr zusammenzutreffen. Einmal muß es ja sein.«

»Da fällt mir etwas ein«, sagte der General. »Fragen wir doch Unni um Rat, sobald er zurückkommt. Er wird vielleicht einen Ausweg ersinnen. Er hat einen kühlen Kopf über dem Herzen.«

»Was kann Unni tun?« fragte Anne.

»Das weiß ich nicht«, antwortete der General. »Aber er versteht mit Menschen umzugehen, mit Männern und auch mit Frauen, selbst mit solchen, denen er nicht den Hof machen will. Vielleicht spricht er mit der Dame und wandelt ihre Seele. Also, warten wir es ab, mein Freund, bis Unni zurück ist.«

Sechstes Kapitel

Anne ist meine Frau, und ich liebe sie trotz allem.

John lag eingetaucht in den zwei Eimern heißen und zwei Eimern kalten Wassers, die er sich von seinem Zimmerdiener hatte bringen und in die Betonwanne schütten lassen. Die Wasserleitung im Rubin-Palast war nicht ganz auf der Höhe der Zeit. Allerdings sollten demnächst Röhren gelegt werden, hatte Isobel am Abend vorher versichert. »Spätestens bis zum Krönungstag im Mai. Aber die müssen mittels Flugzeug hergeschafft werden. Es wird alles besser werden, wenn die Straße erst fertig ist. Dann bekommen wir es leichter. Zur Zeit müssen sogar noch Dampfwalzen und die Fässer mit Teer zum Bau der Straße und des Flugplatzes von Indien hergeflogen werden.«

Die Betonwanne war lang und breit; wohlig ließ sich John von dem weichen Wasser mit seinem leichten Seifenschaum umspülen. Bloß sein Kopf schaute heraus; ansonsten war er vollkommen vom Wasser bedeckt. Von seinem Brustkasten, dicht unter der Oberfläche, trieben die Haare im Wasser hin wie Tang. Er massierte sich energisch den Bauch. Seit er am gestrigen Morgen von Kalkutta abgereist war, war er konstipiert. Wie bei vielen Leuten, die an modernen hygienischen Komfort gewöhnt sind, war seine Verdauung gehemmt, wenn er sich primitiveren Einrichtungen gegenüber befand. Nach einem heißen

Bad und einem tüchtigen Frühstück würden sich die inneren Funktionen wieder von selbst regeln, hoffte er.

Sein Ärger gegen Anne vom gestrigen Abend stellte sich wieder ein, versetzt mit Selbstgefälligkeit, die, nicht weniger angenehm als das seifige Wasser, in leichten Wellen an ihn heranplätscherte. Er hatte Anne die Meinung gesagt, hatte dabei jedoch seine Würde gewahrt. Er hatte sich nichts vergeben. Es war ihre Schuld, ganz offensichtlich ihre Schuld. Immer machte sie das so, daß sie plötzlich verschwand. Aber er liebte sie doch. Wahrhaftig, das tat er. Zuerst waren sie zum Abendessen bei Isobel gewesen. Er hatte Appetit gehabt; das Essen war auch nicht schlecht. Man redete vom Wetter, ein gemütliches, erprießliches Thema, bei dem man immer ein sicheres Gefühl hatte, weil man wußte, man werde da seinen Mann stellen. Hierzulande fiel die Temperatur ganz plötzlich. Man mußte einen Pullover anziehen; er hatte auch Isobel um Wärmflaschen gebeten, woran Anne natürlich nicht gedacht hatte. Dann kam dieser Mensch da, der Doktor, zerstreuter Kerl, redete weitschweifig daher; John hatte ihn natürlich ein bißchen zusammengestaucht, ihm die Leviten gelesen, von Isobel unterstützt. Dann hatten sie gute Nacht gesagt, waren in ihr Schlafzimmer gegangen, und während er im Badezimmer sein Glück versuchte, war Anne verschwunden und erst dreiviertel Stunden darauf mit ihrer Schreibmaschine wieder erschienen.

»Wo bist du denn um diese Zeit noch gewesen?« hatte er gefragt.

»Ach, nur im Garten«, hatte sie geantwortet, will sagen: gelogen, ihren Pyjama und ihren Schlafrock genommen und war darauf ins Badezimmer gegangen, um sich auszuziehen.

Er hatte sie sehr hart angelassen, als sie zurückgekommen war. Hinters Licht führen lasse er sich nicht. Sie sei ja wohl noch einmal zu Isobel gegangen, um wieder einen ihrer verdammten Pläne zu schmieden, damit sie in Katmandu bleiben konnten. Nun, daran sei nicht zu denken. Von Hierbleiben keine Rede. Ein elendes Nest sei das hier, kalt und dreckig, ohne Licht, ohne fließendes Wasser, ohne WC. Die Menschen jedenfalls der bare Abschaum; man sehe doch, wie sie sich mit den Hunden und den Kühen um den Jeep herumdrückten. Kalkutta sei schon schlimm genug gewesen. Auch daran sei sie schuld, daß sie dort hingegangen waren. Hätte er bloß nicht auf sie gehört, dann besäße er heute fünftausend Pfund mehr. »Fünftausend Pfund, hörst du!« hatte er sie, die reglos, abgewandt auf der Seite im Bett gelegen hatte, angeschrien. Und nun hierherzufahren, das war auch wieder so einer ihrer glänzenden Einfälle gewesen, für die er bezahlen mußte. Dann war er eingeschlafen. – Als er aufgewacht war, hatte er gemerkt, daß er allein war. Er hatte sich aufgesetzt, um sich in dem langen großen Brüssler Spiegel gegenüber zu betrachten, war aber erschrocken beim Anblick des grünen Moskitonetzes, das an einer Schnur von dem purpurseidenen, bequasteten Betthimmel herunterhing, den sich krümmenden Drachen hinter seinem Rücken, er selbst struppig, stoppelbärtig, das Gesicht wächsern und eingefallen von den Schlaffalten auf beiden Wangen.

Erst war er gar nicht weiter besorgt gewesen. Anne war vielleicht wieder unten bei Isobel. Er hatte, nach der Szene vom Abend vorher, ein leichtes Schuldgefühl: Sie hatte gar so starr dagelegen. Aber es war doch wirklich ihre Schuld. Er stand auf, drückte auf den Klingelknopf. Der kleine Diener kam herein.

»Heißes Wasser, aber viel, rasch!« Er hörte seiner eigenen Stimme zu; sie klang männlich; er reckte die Schultern. Dann hatte er sich wieder ins Bett gelegt. »Kuschle dich an mich«, flüsterte er sich selbst zu, »liebkose mich«, und rundete seinen Rücken nach einer eingebildeten Anne. Wie er das in den ersten paar Jahren immer getan hatte, als sie noch lieb zu ihm war, bevor sie angefangen hatte, ihn zu zerrütten, ihm das Mark aus den Knochen zu saugen, ihn geradezu impotent zu machen. Nein, das traf nicht zu, impotent war er nicht, obschon sie ihr Möglichstes getan hatte, ihn zu entmannen, gefühlsmäßig. Bei andern Frauen war alles mit ihm in Ordnung. Er war ein sehr sinnlicher Mensch, das durfte er nicht vergessen; in der Kolonie damals, wo er gewesen war, hatte er sich einen ganzen Stall gehalten. Ja, geradezu einen Stall, dachte er, sich mit Genugtuung seiner Junggesellenzeit erinnernd. Mindestens zwei oder drei Mädchen, auch eingeborene, und ein, zwei weiße Mädchen. Da und dort, wie es gerade so kam, einige davon hatten ihn recht gern gehabt. Aber Anne, nun ... ihr Fehler. Kalt wie ein Fisch. »Kuschle dich, schmiege dich an mich«, hatte er geflüstert. Und sie hatte sich an ihn gekuschelt, ihren Körper um seinen Rücken geschmiegt, und dann war er in ihren Armen eingeschlafen, ein umhüllter Embryo, ihr Leib dem seinen angepaßt, ihre Beine unter seinen gekrümmten Beinen, den Rücken gegen sie gedrückt, beschützt wie von der Wandung des Mutterschoßes. Es war herrlich gewesen. Damals hatte sie ihn geliebt, wußte er, so wie er geliebt sein wollte. Sie war lieb und weiblich zu ihm gewesen. Er erinnerte sich, wie tief er damals geschlafen hatte, traumlos, sättigend, erquickend. Und obschon es damals sogar selten zum Liebesakt kam, weil er diesen Schlaf, diese Geborgenheit vorzog, merkte er jetzt, daß er sie damals mehr als alles auf der Welt geliebt hatte. Dann jedoch, eines Tages, hatte sie die Hände unter den Kopf gelegt, zur Zimmerdecke hinaufgeblickt und gesagt: »Ich bin müde« – in dem bewußten stumpfen Tonfall –, als er sich an ihren Brüsten zu schaffen gemacht und die stereotypen aneifernden Worte geflüstert hatte, die für ihn zur Einleitung des Liebesakts unumgänglich waren. »Du bist nicht lieb zu mir«, hatte er in vorwurfsvollem Ton gesagt. Damit hatte er sie sonst immer herumgekriegt. »Tut mir leid, Darling. Ich bin nur reizbar, weiter nichts.« Und dann, eines andern Tages, hatte sie überhaupt keine Antwort mehr gegeben.

»Macht dir deine Schreiberei so zu schaffen?« hatte er gefragt, obschon er genau wußte, daß ihr Gespräche über ihre Schriftstellerei zuwider waren. So hatte sie ihn denn auch in einer Weise angeblickt, daß er hinterher bereute, was er gesagt hatte. Aber Anne lähmte ihm geradezu den Verstand, so daß er, sobald er mit ihr zusammen war, immer wieder in die gleiche Redeweise, ja in die gleiche Ausdrucksweise verfiel, dieselben Worte gebrauchte, wobei er genau wußte, daß er damit alles nur verschlimmerte. »Du bist kalt, du bist nicht normal.« Das war seine Formel, seine Erklärung. Es war die Wahrheit. Ganz einfach. Seine Schuld war es nicht. Sie war so geschaffen: kalt von Geburt an. Damit waren sie beide freigesprochen … und obschon er manchmal noch ihre Stimme in dem stumpfen Ton sagen hörte: »Ich bin müde«, zog er sich hastig zurück von dieser Erinnerung und begab sich wieder zu seinen Beschwerden, ihrer Kälte, ihrer schmerzlichen physischen Kargheit. Natürlich war das alles anormal. Ganz recht hatte er. Und es war von ihm durchaus rücksichtsvoll, daß er sie nicht mehr damit plagte.

Der Diener kam mit dem heißen Wasser. John ging ins Badezimmer. Im Bad, im sanften, weichen Wasser, wurde ihm selbst sanft und weich zumute, und er beschloß, nett zu ihr zu sein, wenn er sie beim Frühstück sah. Er hoffte, Isobel werde dabei sein; in ihrem Beisein würde sich alles anders anlassen. Es würde leicht sein. Es war immer leichter, wenn andere Leute um sie herum waren.

Er hörte ein Geräusch im Schlafzimmer. Sein Herz hüpfte vor Freude; er sprang aus der Wanne und fing an, sich kräftig trocken zu reiben. Sie war wieder da, lief dort herum. Aber sie hatte doch nicht das Recht, einfach so wegzulaufen, ihn allein zu lassen, auch noch am ersten Tag in einem neuen Wohnort. Wenn sie doch ganz neu hätten anfangen können. Wenn er sie vielleicht wieder einmal … Er warf das Handtuch weg, und von Groll wie von einer plötzlichen Blindheit geschlagen und erfüllt, verließ er das Badezimmer, gefaßt auf das leichte Zucken, das vor dem plötzlichen Anblick seines nackten Körpers über ihr Gesicht ging, und ebenso vorbereitet auf seine eignen Worte: »Was ist denn los, was ist denn nicht in Ordnung? Man meint ja gerade, du habest deinen Mann noch nicht ausgezogen gesehen.« (»Nichts«, würde sie darauf, wegblickend, antworten, und dann würde er wohl ein wenig auf- und ablaufen, ein paar Freiübungen machen, während sie den Kopf gesenkt hielt und eine kleine Ader an ihrer Schläfe anschwoll.)

Aber es war gar nicht Anne, die er im Schlafzimmer gehört hatte, sondern der kleine Diener, der das Bett machte; der seine Augen herumgehen ließ und sie dann wieder schräg zudrückte, als er sich umdrehte, auf nackten Sohlen hinausging und leise die Tür hinter sich schloß.

John war wieder allein.

Da, mit einmal, sah er das weiße Blatt Papier, das auf der Marmorplatte des Tisches inmitten des Zimmers gegen die Bronzestanduhr mit dem Kupido gestellt war.

»Mache einen Spaziergang. Anne«

Er setzte sich auf den fein ausgeführten Ledersessel mit dem Polstersitz in Kreuzstichstickerei. Plötzlich wurde ihm kalt, er zog wieder seinen Schlafrock an. Der Wandspiegel zeigte ihn, wie er, den Gürtel zur Schleife knotend, sich selbst anblickte. Es war ihm, als müsse er weinen; aber seine Augen liefen nur rot an. »Anne«, flüsterte er, »Anne«. Sie war nicht da. Immer ließ sie ihn allein, wenn ihm das Alleinsein zuwider war. Aber wie er sich auch anstellte, was er auch versuchte, sie wich ihm stets aus, ergriff vor ihm die Flucht. Stets.

»Himmelherrgott, dieses Luder!«

Immer war es so gewesen. Seit Jahren. »Ich bin nicht glücklich gewesen«, sagte er jetzt laut vor sich hin. Es war ihre Schuld. Jede einzelne Stunde war ein Grund zur Klage gegen sie gewesen. Es war ihre Schuld. Er dachte zurück bis zu jenem Tag, da er sie kennengelernt hatte, fasziniert gewesen war von etwas, was in ihr zu leuchten, zu brennen schien, ein Frohsinn ... dann auch, daß sie Schriftstellerin war und überhaupt anders als alle Frauen, die er bisher gekannt hatte; zudem wirkte sie so distinguiert, war sie so schlank und so gar nicht grobknochig. Er liebte sie, und er wollte, daß sie ihm Beachtung schenke, seinen Wünschen nachkomme, mit ihm lache und ihn hätschele (sah sie denn nicht, hörte sie denn nicht, wie sehr er sich danach sehnte?); allein, sie tat das nicht. Es war ihre Schuld, ihre Schuld, nur ihre Schuld. Wie oft hatte er ihr das gesagt, indem er sie unversehens überfiel, wenn sie an der Schreibmaschine saß und ins Leere starrte, hatte sich vor sie hingepflanzt und zu reden angefangen, zu reden, wie es seine Art war, um ihre Aufmerksamkeit auf sich zu lenken, wiewohl er wußte, daß er sie damit in Harnisch brachte. Jetzt aber, jetzt ließ sie ihn einfach sitzen, floh, flüchtete – wohin? in sich hinein oder Gott weiß wohin –, ließ ihn sitzen, ließ ihn allein.

Er knüllte den Zettel in der Hand zusammen; im Rahmen des Fensters, durch das sich die Morgensonne ergoß, konnte er das Innengeviert des Palastes sehen. Es befand sich ein Tennisplatz darin; der Zementboden schien glitschig. Ein Taubenschwarm schwirrte herzu, flatterte wieder weg.

»Mache einen Spaziergang. Anne«

Allein ging sie spazieren, ohne ihn, der sich doch so danach sehnte, mit ihr spazierenzugehen. Er, der sich vorgenommen hatte, noch einmal einen Versuch zu machen, noch einmal anzufangen. Zusammen. Aber sie ging allein. Mit Fleiß; aus Trotz.

So machte sie es immer; ständig hatte sie es auf seine Zerrüttung abgesehen, mit allen Mitteln, mit kleinen wie großen.

Mechanisch nahm er Kleidungsstücke aus dem gediegenen Eichenholzschrank, in den Anne sie am gestrigen Abend gehängt hatte, und zog sich ebenso mechanisch an. Die Schlafzimmertür geräuschvoll ins Schloß werfend, ging er dann auf den Korridor hinaus, ließ seine Schuhe fest auf den Fliesen hallen und schritt steif dahin, die Brust übertrieben herausgestreckt und die Hände auf- und niederschwingend – wie er das zu tun pflegte –, über die sonnbestrahlte Veranda in den Speisesaal des Lehrpersonals, wo sie am Abend zuvor gegessen hatten.

*

Das Lehrpersonal des Instituts bestand – neben Isobel Maupratt – aus zwei blassen alten Jungfern von einigen dreißig Jahren, die stets aussahen, als ob sie mit einer Schicht staubfeinen Seifenpulvers überzogen wären, so trocken und dünn wirkten ihre Haare, Augenbrauen und Wimpern. Dazu waren sie mit bläßlichen Sommersprossen übersät. Am gestrigen Abendessen hatten sie teilgenommen, waren jedoch gleich danach entschwunden, um zu einer Gebetsstunde zu gehen, und John merkte jetzt, daß er nicht mehr wußte, welche von beiden Miß Potter und welche Miß Newell war. Die beiden – die eine für

Geschichte, die andere für Erdkunde zuständig – saßen jetzt, mit dem Verspeisen von gebratenen Kippers beschäftigt, auf der einen Seite des langen viereckigen Tisches, an dem Isobel, hochaufgerichtet über Tee- und Kaffeekanne sowie zwei Wickensträußen in dunkelgelben Glasvasen, den Vorsitz führte.

»Guten Morgen, guten Morgen«, rief sie John, überquellend vor Herzlichkeit, zu. »Ich sehe, Sie sind ein Frühaufsteher. Morgenstunde hat Gold im Munde. Hoffentlich haben Sie gut geschlafen und sich schön ausgeruht. Es war nicht zu kalt, nicht wahr, und wir haben Ihnen die wärmsten Razas gegeben, die wir haben. So heißen nämlich die hier hergestellten Steppdecken, wissen Sie. Ich nehme an, Anne schläft noch, das arme Wurm, sie muß ja todmüde gewesen sein von der Reise.«

John setzte sich Geschichte und Erdkunde gegenüber und entfaltete langsam seine Serviette (noch Tomatenflecken drauf von der Sauce zu den gestrigen Makkaroni). »Anne scheint zu einem Spaziergang aufgebrochen zu sein«, sagte er.

»Zu einem Spaziergang, allein?« kreischte Isobel.

»Ach, du mein Gott, allein«, wiederholte Geschichte (beziehungsweise Erdkunde).

»Allein zu einem Spaziergang, höchst ungewöhnlich«, sagte Erdkunde (beziehungsweise Geschichte).

Sie hatten fast die genau gleichen Stimmen; ihre blassen Lippen blieben immer ein wenig offen. Ihre Zungen waren auch blaß, und ihre feuchten blassen Zähne wirkten leblos, wie unecht. Trotzdem ging von diesen Lippen eine seltsame Anziehung aus. John stellte sich vor, wie er die seinen auf diese blaßlippigen, trockenen, etwas kühlen Münder mit dem schmalen weißen Speichelstreifen auf der Unterlippe drücken würde, und dabei fiel ihm wieder ein, wie Anne ihren Kopf abkehrte, wenn er sie küssen wollte. Das hatte sie nicht immer getan; es begann erst nach dem Kind.

Er nahm sich ein Stück des viel zu weichen Toasts, der auf einem Tellerchen lag, und bestrich es mit Butter. Der Diener goß kochendes Wasser über das Nescafé-Pulver in seiner Tasse. »Ich kann mir gar nicht denken, wo sie hingegangen sein mag«, sagte er. »Ich hoffe doch, daß die Gegend hier sicher ist.«

»Na, ich hoffe, daß ihr nichts passiert«, sagte Geschichte, »aber hierzulande kann man nie wissen.«

»Vielleicht geht sie mit Dr. Maltby spazieren«, meinte Erdkunde. Isobels Blick blitzte die beiden mit sanftem Schein an, worauf die beiden Damen mit vollkommen gleichzeitiger und gleichförmiger Bewegung ihre Tassen zum Munde führten, einander den weichen Toast und die weißlich-graue Butter reichten, von der Isobel behauptete, sie sei eine Gabe Gottes; ein Schweizer Meiereifachmann stelle sie nämlich für das Royal-Hotel her und beliefere auch alle Diplomaten, alle Leute, die mit dem Punkt-Vier-Programm der Amerikaner zu tun hatten, das Töchter-Institut sowie Pater MacCullough. Alle diese erfreuten sich des Genusses von echt Schweizer Butter.

Der Bummelzug des Tischgesprächs rollte weiter bis zur Station Wetter.

»Im März ist's noch kalt im Tal.«

»Aber gegen Mittag wird's schon ganz warm.«

»Wußten Sie, daß der März in Nepal der Hochzeitsmonat ist?«

»Überall, Tag und Nacht, sehen Sie jetzt die Hochzeitszüge.«

»Morgen ist tatsächlich eine große Hochzeit in der Ranafamilie. Sehr schade, daß ich keine Einladung für Sie bekommen konnte«, sagte Isobel zu John. »Wären Sie nur ein paar Tage früher angekommen, so hätte Mr. Redworth, unser Resident, Ihnen vielleicht noch eine besorgen können. Apropos, wir müssen ihm heute am Vormittag einen Besuch machen. Ich hoffe, Anne ist rechtzeitig zurück. Wir müssen um zehn Uhr dort sein.«

»Sie kann ja nicht sehr weit weggegangen sein.«

»Auf dem Weg zum Residenten werden wir wohl einen Hochzeitszug sehen.«

»Gestern sah ich einen. Die Braut war winzig, wie ein Püppchen, das reine Kind noch.«

»Sie heiraten ja hier so jung.«

»Mit zwölf Jahren«, sagten Geschichte und Erdkunde wie aus einem Munde und mit dem gleichen empörten Tonfall. »Einfach gräßlich!«

Worauf die Unterhaltung sich dem nicht ganz so bedenklichen Gebiet der entsittlichenden Ernährung der Nepalesen zuwandte, die Isobel als »absolutes Gift« bezeichnete, während die Diener außer weiteren Bratkippers und durchweichtem Toast Eier mit Schinken auftischten.

Vor Freude hüpfend wie kleine Mädelchen, verkündeten Geschichte und Erdkunde, sie würden einen Besuch bei den Amerikanern im Punkt-Vier-Palast machen. »Es ist dort so reizend, gar nicht wie Katmandu.«

»Ja, es ist dort wie in Amerika. Alles ist von dort importiert.«

»Ja, ja, die haben ja das Geld dazu«, sagte Isobel aufstehend.

»Sie haben dort wundervolle Badezimmer.«

John ging ihr nach zur Veranda mit den Rohrmöbeln.

»Herrgott, ist die Sonne warm«, sagte Isobel, während sie sich setzte. Unter ihnen breitete sich auf der einen Seite der nach französischer Manier geometrisch angelegte und gestutzte Garten hin. Am äußeren Ende, hinter Bäumen, deren grünes Laub sich sachte regte, lag der weiße Bungalow, in den Isobel am Abend vorher Anne geführt hatte. Aber es war nicht das einzige dieser kleinen Gebäude. Da und dort verstreut lagen noch andere ähnliche, ohne erkennbaren Stil, auch solche, die sich bereits im Verfall befanden. Um den Garten herum lief die übliche geschlängelte, rosafarbene Backsteinmauer, die das gesamte Grundstück des Rubin-Palastes einschloß; jenseits davon lief die Straße, auf der jetzt ein Hochzeitszug vorbeikam unter Getön von Flöten, Trommeln und kleinen Trompeten, knapp ein halbes Dutzend Männer in Kappen, kurzen Kitteln und Jodhpurhosen; hinter diesen wurde, auf einem Tragsessel zwischen zwei Stangen und einem rotseidenen Sonnenschirm über seinem Haupt, der vierzehnjährige Bräutigam dahergeschleppt.

»Das ist eine Armeleute-Hochzeit«, sagte Isobel. »Die meisten unserer Mädchen vom Institut sind bereits verheiratet, die andern warten bloß darauf.« Sie sah auf die Uhr. »Nun, wir können nicht länger auf Anne warten.«

»Sollte man nicht nach ihr suchen?«

»Es war sehr leichtsinnig von ihr, allein auszugehen; vor Frauen hat man hierzulande wenig Achtung.«

»Meinen Sie, es könnte ihr etwas Ernstliches zustoßen?« fragte John angstvoll.

»Hoffentlich nicht. So jung ist Anne ja auch nicht mehr, wie?« sagte Isobel. »Daß sie entführt wird oder dergleichen, glaube ich nicht; da sie sich nirgends auskennt, kann sie ja auch nicht so weit weggegangen sein. Anne war immer ein bißchen eigenwillig und halsstarrig. Ich meine, in der Schule. Aber wir waren ja *so* befreundet. Ich hatte gedacht, ich könnte mit ihr ein schönes ruhiges Plauderstündchen verbringen, wenn wir heute beim Residenten gewesen wären, und die Erinnerung an die alten Tage in Shanghai mit ihr auffrischen. Meine Mutter hatte sie sehr gern. Wir nahmen uns ihrer sehr an. Sie verbrachte auch ihre Ferien immer bei uns.«

»Ich weiß«, sagte John gewichtig. »Sie waren sehr gut zu ihr. Sie weiß Ihnen sicher auch sehr herzlichen Dank dafür. Für all die Hilfe und Sorge, die Sie ihr als Kind angedeihen ließen.«

»Ach«, sagte Isobel, »ich bin überzeugt, Mutter wäre glücklich, wenn sie Anne jetzt sähe, wenn sie sähe, wie gut alles mit ihr ausgegangen, wie sie mit ihrer Schriftstellerei und auch sonst vorangekommen ist. Es wäre ein großer Trost für sie, sie im sicheren Hafen der Ehe zu sehen, wo sie einen Ankergrund für ihr unstetes Wesen hat. Denn meines Erachtens braucht Anne unbedingt jemanden, der auf sie aufpaßt. Ich bin auch froh, daß sie hierhergekommen ist. Gestern hat sie sehr abgespannt und blaß ausgesehen. Sie ist an sich nicht sehr kräftig, wie? Na, wir werden sie hier stärken. Die Hauptsache im Leben ist doch unbedingt, daß man leistungsfähig und gesund bleibt, sowohl geistig wie leiblich. Es sind sehr begabte Menschen hier; Miß Potter und Miß Newell zum Beispiel stehen einer Gruppe für Bibelstudium vor. Ich selbst habe doch etwas zu viel zu tun, um zu all diesen Versammlungen zu gehen, aber ich bin überzeugt, daß Anne das zusagen wird. Hier draußen ist dergleichen wesentlich, man sieht dadurch die Welt richtig und behält seinen Glauben. Ach, du meine Güte, es ist ja schon halb zehn«, rief sie aus, nachdem sie wieder auf die Uhr gesehen hatte.

John betrachtete sie mit einer Mischung aus Belustigung und Beängstigung. Ihre Haare leuchteten, ihr Körperbau war fest, kurzum: alles in allem eine gute Erscheinung, eine tatkräftige, von gesundem Menschenverstand strotzende Dame.

Er wartete ab, ob sie sich noch weiter über Anne verbreiten würde. Sie sagte jedoch nichts mehr, nur, nachdem sie mit den Blicken die Straße und die Umgegend abgesucht hatte:

»Hoffentlich taucht sie doch bald wieder auf; wir müssen spätestens um zehn Uhr beim Residenten sein. Hier draußen in der Fremde bemüht man sich, möglichst pünktlich zu sein. Das ist eine so gute Gewohnheit, nicht? Die Ranas sind furchtbar heikel mit derlei. Allerdings schicken sie ihre Einladungskarten immer erst am Tag des betreffenden Anlasses selbst, der dann manchmal schon vorbei ist, wenn man die Einladung erhält; aber man weiß ja immer Bescheid … irgendwie ist man auf dem laufenden … man erfährt alles auf die oder jene Weise. Es gibt hier eine Art unterirdisches Nachrichtensystem. Deshalb muß man sich besonders vorsichtig benehmen.«

Damit griff sie nach einer Strickerei, die auf einem Stuhl in einem Beutelchen lag, und fing an zu arbeiten. Sie strickte zum Besten der Überschwemmungsgeschädigten. Die schweren Monsunregen des Sommers richteten in Nepal stets große Verheerungen an. Jede Schlinge, die ihre Stricknadel machte, jeder Blick auf die Uhr, den sie tat, war ein weiterer Vorwurf gegen Anne, ihre Flucht vor ihnen, ihr

Entweichen ins Tal, in die Abseitigkeit, die Andersartigkeit, die sie alle hier umgab und von der sie sich fernhielten, indem sie auf der Veranda sitzen blieben wie in einer belagerten Festung, fern von den tückischen, schmelzenden Widerhallen in der zu weichen Luft, dem spöttischen Flötengedudel der Hochzeitszüge, den Knaben in ihren Tragsesseln mit den roten Schirmen, dem Morgen um sie herum, dem Morgen, den sie zwar ebenfalls, seinem Sonnenschein ihren salbungsvollen Beifall spendend, begrüßten, der jedoch in ihrem Rücken noch über ganz andre Dinge glitt, wollüstig ausschweifende, gänsehauterregende unerfreuliche Dinge, vor denen sie sich bewahrten durch ihre wohlverschanzte gegenseitige Billigung und Schätzung, ein kameradschaftliches Sicherheitsgefühl, das noch verstärkt wurde durch Isobels Erzählungen von Überschwemmungen und Hungersnöten im Bergtal – gerechte Vergeltung für ein zucht- und gottloses Volk (obschon man eigentlich die Kindlichkeit dieser Menschen – »stets lachen sie« – gern haben müsse). Und John hörte das alles als gegen Anne gerichtet: Anne war es, die gezüchtigt, deren Haltlosigkeit beklagt, deren Zuchtlosigkeit gescholten wurde.

»Nun, dann werden wir eben ohne sie gehen müssen; wir sind schon zu spät dran«, sagte Isobel plötzlich.

Da erschien der kleine Diener, der John das Badewasser gebracht hatte, und überreichte, Fältchen vom Lachen um die Augenwinkel, Isobel einen Brief. Isobel las ihn und bekam einen roten Kopf.

»Was ist denn, was steht denn drin?« fragte John.

»Ach, er ist von Dr. Maltby«, sagte Isobel. »Ihre Frau trinkt Kaffee bei ihm, und er bittet uns, auch zu ihm zu kommen. Doch wir müssen leider zuerst zur Residentschaft gehen und uns einschreiben; ich kann mir auf keinen Fall gestatten, Mr. Redworth warten zu lassen, und Telephon gibt es hier ja nicht. «

Der Jeep fuhr die Hauptstraße von Katmandu entlang am Heiteren Palast vorbei, dem Isobel und John keinen Blick schenkten; vorbei am Standbild eines langbärtigen Rana-Premierministers zu Pferde, einer schweren Bronzefigur, die aus einer Londoner Gießerei stammte und auf den Rücken von Gott weiß wieviel Menschen über die Gebirgspässe ins Tal hier geschleppt worden war; vorbei am Uhrturm, dessen Zeit John mit der seiner Taschenuhr verglich und als richtig befand; am Rana-Pokhra vorbei, jenem für die Gottesurteile benützten Teich, der jetzt nur noch der Turmuhr und den Bergen dahinter als grüner Spiegel diente; an seinem Rand wuchsen Iris und Hyazinthen, und ein heiliger Mann wusch sich auf der Treppe die Füße; dann am Hotel Royal vorbei, das auch ursprünglich ein Palast gewesen war.

»Der einzige Ort, wo man wirklich wohnen kann, außer in der Residentschaft oder bei den Amerikanern«, sagte Isobel.

Weiter zur Front des Königspalastes, einer vergrößerten Kopie des Buckingham-Palastes, mit weißen Säulenhallen und Springbrunnen und Gurkhasoldaten in Khakiuniform, von denen einer rauchte, während kleine Buben um die wappengeschmückten Eisengitter an kurzen Schnüren Papierdrachen fliegen ließen.

»Donner und Doria«, rief John aus, der in der Tiefe seiner Seele vom Anblick des im Dienst rauchenden Soldaten aufgewühlt war, »das wäre bei dem alten Pickle – das war unser letzter Gouverneur, bevor wir den Eingeborenen das Selbstverwaltungsrecht einräumten, mit dem sie nur Wirrwarr anrichten – nicht gegangen. Der alte Pickle kannte sich aus mit den Gurkhas. Seine ganze Familie stand bei denen. Ein Onkel war Oberst bei den Fünfern, räucherte in Malaya die Roten aus dem Dschungel raus. Der hatte immer ein paar Kukris – Sie wissen, das sind die Gurkhadolche – im Regierungsgebäude rumliegen, erinnere ich mich.«

»Einige hübsche Stücke werden Sie beim Residenten auch sehen«, sagte Isobel.

Die Residentschaft war ein großes, zweistöckiges Gebäude, das geräumig und behaglich aussah, über eine schöne Torfrasenfläche sowie über die größten und schönsten Blumen von Katmandu verfügte.

»Die Wicken von Martha Redworth sind wirklich sehenswert, aber die Amerikaner im Punkt-Vier-Palast kommen ihr schon ganz nahe.« John schaute das Pastellbild der Wickenbeete an und bekam einen Augenblick lang Heimweh. »Genau wie in Kent«, sagte er.

»Nur daß wir in Kent Schneestürme haben«, sagte Isobel. »Hat mir meine Schwester mitgeteilt. Der Brief brauchte drei Tage, was immerhin ganz schnell ist. Die Flugzeuge sind in letzter Zeit recht pünktlich gewesen. Wenn der Himmel bewölkt ist, sind wir von der Welt abgeschnitten. Während des Sommermonsuns ins Tal einzufliegen, ist sehr gefährlich, weil es so eng ist.«

Der Resident machte ihnen eigenhändig die Tür auf. »Habe Ihren Jeep vorfahren sehen. Bitte nur einzutreten.«

Paul Redworth war ein stattlicher umgänglicher Mann mit einem rosigen Engelsgesicht. (Er selbst sagte, es sehe aus wie »der Popo eines preisgekrönten Säuglings«). An der Wand des Wohnzimmers hingen schwere silbergetriebene Kukris und Porträts von Inhabern des Viktoria-Kreuzes aus den Gurkhatruppen. Zu beiden Seiten des Kamins waren auf Rhinozerosfüßen Messingtabletts für Visitenkarten angebracht. Die sehr englischen Möbel waren in dunklen Farben und ruhigen, ruhespendenden Formen gehalten. In großen Schalen lagen ganze Büschel von Rhododendron- und Plumeriablüten; auf einem Schreibtisch stand eine Remington bejahrten Modells.

Darauf hinweisend sagte der Resident:

»Ich schrieb gerade ans Foreign Office. Es will sich nicht überzeugen lassen, daß der Umfang der Arbeit in Katmandu in den letzten Jahren beträchtlich zugenommen hat. Dauernd mache ich darauf aufmerksam, daß Nepal ein modernes Staatswesen geworden ist, das einen Fünf-Jahres-Plan hat. Jedes asiatische Land muß ja heutzutage seinen Fünf-Jahres-Plan haben; ohne das geht es nicht. Und London antwortet mir, wenn ich eine Stenotypistin anfordere, einer solchen hätte es im Jahre 1945 nicht bedurft, wozu dann jetzt eine solche gebraucht würde?«

»Wir kommen, um uns einzuschreiben«, sagte John.

»Ach so, in das Buch, jawohl«, sagte Redworth. »Hier ist es. Wir konnten es nicht gut draußen lassen, wie man das in andern Teilen der Welt tut. Obwohl wir einen Posten dabei aufstellen, war es immer bekritzelt, meist mit höchst einfallsreichen Zeichnungen, in gleichem Sinn und gleicher Absicht wie die Blitzschutzfiguren, die man um die Tempel herum sieht. Haben Sie sie gesehen? Noch nicht? Nun, sie stellen allerhand dar, was ein gemütvoller alter amerikanischer Tourist als intime Familienszenen bezeichnete. Hahaha.«

»Mr. und Mrs. Ford sind erst gestern abend hier eingetroffen«, versetzte Isobel steif.

»Ach so, na, jedenfalls müssen Sie mal daran vorbeigehn und einen Seitenblick darauf werfen. Ich höre, alle Tempel sollen demnächst für die Krönung frisch gestrichen und ausgemalt werden; da sehen Sie dann viel mehr von den kleinen Feinheiten, als das sonst möglich ist«, sagte Redworth liebenswürdig. »Es heißt nämlich, die jungfräuliche Göttin des Blitzes bekomme einen Schreck, sobald sie diese Bilder sehe, und verschone daher das betreffende Gebäude. Es gibt noch eine andere Theorie: daß sie zur Förderung der Selbstbeherrschung da sind. Das heißt: wenn man ein Heiliger ist oder auf dem Weg dazu, ein Gott zu werden (und hier wie in Indien ist jedermann ein Gott oder ein Heiliger oder wird es doch eines Tages werden), dann kann man derlei Zeug mit dem vollkommensten Gleichmut ansehen. Wirklich eine höchst ansprechende, ja anziehende Theorie, nicht?

Nun, wie dem auch sei, das Buch haben wir weggenommen; seine Seiten waren einfach unreproduzierbar, und das Foreign Office begriff nicht, wieso wir hier so oft ein neues brauchten, und über den Grund konnten wir uns doch mit dem Amt nicht in ausführliche Erklärungen einlassen. Da hätte man dort lauter falsche Anschauungen über Land und Leute hier bekommen. Und nun kriegen wir nächsten Monat oder so hier eine höchst prominente Persönlichkeit auf den Hals. Der Herr macht eine Reise um die Welt, und wir haben die Aufgabe, für seine Unterhaltung und seinen Schutz in Katmandu zu sorgen; daß er sich amüsiert, ihm aber nichts passiert. Ich hoffe, er will nicht unbedingt auf einem Elefanten reiten; als wir das letzte Mal einen solchen Knaben hier hatten, besorgten wir ihm einen Elefanten; der Elefant legte sich auch brav hin, damit der Herr ihn besteigen konnte, aber dann weigerte er sich steif und fest – der Elefant, meine ich – wieder aufzustehen. War eine recht mißratene Veranstaltung«, endete der Resident resigniert.

Um seinen eigenen Gleichmut, der angesichts dieses so ungewohnt unkonventionellen britischen Diplomaten ins Wanken geraten war, wiederzuerlangen, gab John die Erklärung ab, seine Frau sei durch die lange und aufreibende Flugzeugreise ganz erschöpft, aber der Resident kehrte sich gar nicht an diese stockend vorgebrachte Entschuldigung, sondern sagte:

»Ich freue mich, daß Ihre Frau bereits die Stimmung dieser Örtlichkeit hier erfaßt hat. Habe sie heute früh beim Gaucher-Flugplatz, wohin ich jemand zur Abreise begleitete, herumschlendern sehen. Wissen Sie, woher ich sie erkannte? Von dem Bild auf dem Schutzumschlag ihres Buchs. Sie können ihr sagen, ich sei ein großer Verehrer von ihr. Die letzte Kurzgeschichte im Magazin gefiel mir auch gut. Aber sie sollte viel mehr schreiben. Wann kommt ihr nächstes Buch heraus?«

»Aber um Gottes willen«, schrie Isobel auf, »wenn ich gewußt hätte, daß Sie Annes Buch besitzen … Sie müssen es mir leihen.«

»Ich habe es nicht da«, sagte Redworth. »Der Feldmarschall hat sich's von mir ausgeborgt. Wir haben nämlich hier einen Feldmarschall aus dem Hause Rana, der eine fabelhafte Sammlung von alten Handschriften, aber auch eine große moderne Bibliothek besitzt. Demnächst werden Sie ihn kennenlernen. Reizender alter Knabe. Und wenn Ihre Frau Fußtouren liebt, kommen Sie mal einen Sonntag mit uns; wir gehen dann meistens ins Gebirge. Martha würde sich herzlich freuen. Sie ist zur Zeit recht betrübt, weil unser lieber Freund

Sharma im Kittchen sitzt. Er kam immer mit uns, meistens barfuß, und deklamierte dauernd Eliot und Housman. Er ist die letzten vierzehn Tage eingelocht worden; zusammen mit Wassili, dem Geschäftsführer des Hotel Royal. Sie sitzen zusammen in einer Zelle«, sagte Redworth und warf einen Blick auf die Schreibmaschine.

Höchst nachdenklich bestieg John den Jeep. »Der Geschäftsführer vom Hotel Royal und dieser Nepalese, der mit dem Residenten und seiner Frau Touren macht ...«, fing er an.

»Das ist alles gemeine Intrige, wenigstens soweit es Wassili angeht«, ereiferte sich Isobel. »Er ist einfach ein Goldschatz und seine Frau ebenso. Ohne Wassili und seine Frau kämen überhaupt keine Touristen nach Katmandu. Sie betreiben das Hotel Royal, und das ist das einzige Hotel, wo man wohnen kann.«

»Was ist das doch für eine Stadt!« sagte John.

»Jawohl, vollkommen hoffnungslos«, fiel Isobel ein. »Alles ein einziges Durcheinander, lauter Pfuschwerk, nichts wird geschafft. Und in sieben Wochen soll hier eine Krönung stattfinden. Katmandu wird von Fremden gesteckt voll sein; die müssen untergebracht und verpflegt werden, aber es ist nur *ein* anständiges Hotel da, und dessen Geschäftsführer sitzt im Gefängnis. Kein Mensch tut etwas, keiner kümmert sich auch nur darum. Es wird nichts zu essen da sein und kein Wasser zum Trinken, geschweige zum Waschen. Merken Sie sich, was ich Ihnen voraussage: Das Ganze wird ein einziges großes Durcheinander werden.«

Der Jeep bog durch das Gittertor des Rubin-Palastes ein und knirschte die Anfahrt hinauf. Auf der Vordertreppe stand Anne mit zwei Männern, einem hochgewachsenen Nepalesen und Dr. Maltby. Alle drei lachten, und das Lachen war noch in ihren Augen und auf ihren Lippen erkennbar, als sie sich umdrehten, während der Jeep anhielt und Isobel mit John ausstieg.

*

Anne schrieb:

Samstag; mein zweiter Tag in Katmandu. Gestern ein Tag, ein Jahrhundert seitdem. Eine andere Welt, die Welt des Verrückten Märzhasen, die Welt jenseits des Kaninchenlochs, und ich bin Alice im Wunderland. Hier ist alles wahr, weil es *ist*, nicht von der Realität abstrahiert durch Worte, zum Symbol dessen verblaßt, was sein müßte, sein sollte, aber nicht ist. Ich komme mir vor wie ein Mensch, der zu

lange im Dunkeln vor einem Film gesessen hat und den, da er herauskommt, alles brutal, real, solid anspringt, in Sicht und Sein tritt. Die
gestern zweidimensionale Welt ist unheilbar vieldimensional, Sinn in
Sinn geschachtelt, bizarr, phantastisch, aber irgendwie tief befriedigend, als böte sie wirklich den Schlüssel zu vielen Rätseln. Der
»Furchtbare Schneemensch« spukt in diesen Breiten, und wenn ich an
einen Stein stoße, bin ich versucht, um Entschuldigung zu bitten. Es
ist mir ziemlich sicher, daß ich wahnsinnig werde, aber welch ein
köstlicher Wahnsinn wird es werden! Ich weiß jetzt, daß ich am Leben
bin, während ich mich gestern noch für eine hübsche Tote hielt.

Stummes Aufstehen noch vor der Dämmerung; eiskalte Dusche, An-
kleiden, dann Weggehen aus dem Zimmer, indes John die ganze Zeit
fest schlief, worum ich mich nicht einmal kümmerte. Ich warf einen
Blick auf seinen hingestreckten Körper, wobei ich überhaupt nichts
fühlte, gleichgültig, ob er aufwache oder nicht. Gang durch den Korridor, die Treppe hinunter, zum Tor hinaus, das mir der verschlafene
Pförtner in dem Schilderhaus auftat, als ob das die selbstverständlichste Sache von der Welt wäre; hinaus in den milchigen kalten Nebel,
der über der Erde lag, daraus singend hintereinander die schwerbela-
denen Träger mit den schwingenden ovalen, am Stirnband hängenden Körben auftauchten.

So wie Träume lebendiger sind als Wirklichkeit – vielleicht weil wir
die Wirklichkeit zerreden oder vielleicht weil wir uns mittels unseres
Geredes eine eigene unwirkliche Welt geschaffen haben, unter der,
tief begraben im Schlamm unseres Geschwätzes, all das verborgen
liegt, was wir über uns und unsere Welt nicht zu wissen begehren –,
so ist dieser einsame Spaziergang hinaus in die Kälte etwas, was ich
niemals vergessen werde.

Ich ging, indes die Sonne langsam emporstieg, die Vögel geräuschvoll
erwachten, ebenso herrlich wie schrecklich in kaltem rötlichem
Schein die Schneegipfel auftauchten. Ich hatte den Wunsch zu beten.
Ich wußte nicht, wo ich mich befand; es war auch gleichgültig. Eine
Brücke, ein Fluß, darin rosa die Sonne schwamm und in dessen Wasser Frauen reihenweise Rettiche versenkten. Viele Menschen waren
bereits da, auch Jeeps und Kühe, alles in einem; ich brauchte mich
nicht mit gefräßigem Touristen-Interesse und mit Gier nach dem
Fremdartigen daraufzustürzen, denn ich gehörte dazu, wir hatten alle
teil aneinander. Eine Straße lag da, ich folgte ihr. Ein Flugplatz dehnte sich vor mir hin; bei und auf den Flugzeugen tummelten sich Menschen. Ich betrachtete alles eine Zeitlang, als hätte ich nie in meinem

Leben ein Flugzeug gesehen; dann folgte ich einigen Frauen, die, Rhododendronblüten im Haar und kleine Tragbretter für die Andacht in den Händen, über ein Feld gingen; darauf waren wir inmitten der Lingam-Schreine, wo Männer und Frauen beteten und Opfer darbrachten; die Sonne strahlte stärker, ich befand mich auf dem Hang inmitten der Bildstöcke, und es war ein großer Tempel da, der von goldenen Götterbildern blitzte, am andern Ufer eines schmalen, aber starkgehenden Flusses, der sich wie ein festes Tau am Fuß des Hanges hinwand, und Glockenerz verkündete die Stunde eines nicht endenden Morgens unvergänglicher Zeit.

Ich setzte mich nieder und schaute, nicht genug konnte ich schauen; die Sonne ergoß sich in schenkender Glorie über uns alle; ein Leichnam brannte; ein paar Leute wuschen sich auf den abgewetzten weißen Treppenstufen, und dann kam auf einmal Dr. Maltby dahergerannt und prallte gegen mich, und das war auch nur, wie es sein mußte. Er erzählte mir von seiner Frau. Wir gingen zu Fuß zurück, bis uns ein mit Nepalesen vollgepfropfter Jeep mitnahm, und wir lachten alle ganz grundlos zusammen.

Dann teilte mir der General mit, es sei Unni Menons Zimmer, das ich bewohne. Warum hat mir Isobel diesen Bungalow, dieses Zimmer zugewiesen? Vielleicht kann man das nur mit den Begriffen des schwärmerischen Wahnsinns begründen, der in dem Tal hier umgeht. Ich hätte eigentlich denken sollen, daß ich, die ihm so rasch unterlag, den Grund hätte verstehen können. Und Isobel, die nach zwei oder mehr Jahren so unempfänglich scheint für Zauberwesen und beseligenden Wahnwitz, ist mir gerade darin ein Rätsel, daß sie etwas dergleichen tun konnte. Und sie mag mich nicht. Vielleicht mochte sie mich gestern noch, aber heute mag sie mich schon nicht mehr. Die Tür zwischen uns ist ins Schloß gefallen.

Denn Isobel und John werden die Einstellung ihres Fühlens und Sprechens bewahren; ihre Seelen, stark und steinern geformt, gehören ihnen, während ich mich verliere, anderswo »werde«, meine Bewußtheit wächst mit und in die jeweilige Umgebung hinein, wird von ihr verändert, ich selbst … Aber wer bin ich?

Isobel weiß das, erachtet es als furchtbar gefährlich für mich. Sie versuchte, mich zu warnen.

Wir standen auf der Treppe, Fred Maltby, General Kumar und ich. Es wäre schlimmer gekommen, wenn Isobel nicht sofort zu reden angefangen hätte, herrisch, gebieterisch, wie in Panzerrüstung geschient, die hungrigen, wehrlosen Augen von eiserner Maske geschirmt.

»Ei, ei«, schwatzte sie drauflos, »du amüsierst dich ja gut, meine Liebe. Wir waren schon etwas besorgt um dich, weißt du.« – »Ich habe
einen Spaziergang gemacht«, sagte ich. Der Augenblick eines Wun-
ders währt ewig. Kann man das Sonnenlicht einfangen, kann man
einen Stern festhalten? Ich hätte sagen mögen: »Ich bin durch das
Kaninchenloch geschlüpft«; aber das hätte einen Fingerzeig geboten,
eine Blöße gegeben, und ich muß mich hüten, Isobel zuviel mitzuteilen. Mit gewissen Menschen sprechen, heißt, ihnen ein Marien-
käferchen bringen, das sie einem aus der Hand nehmen, um es zu
zertreten.

»Du bist ja sehr, sehr unternehmungslustig« (die Stimme wie mit
Glasscherben bestreut). »Ich hätte nicht den Mut dazu. Dein Mann
und ich machten Besuch beim Residenten, um uns einzuschreiben.
Du entsinnst dich wohl, daß ich gestern abend davon sprach?«

»Das habe ich ganz vergessen.«

Zaudernd, verlegen blieben wir auf der Treppe stehen. Fred Maltby
und der General sagten, sie müßten gehen. Der General befand sich,
gleich der Sonne, über dem Ganzen, ein verstaubter, magerer, weiß-
haariger Engel, dessen Augen in weiter Ferne weilten.

Die beiden hatten schon ein paar Schritte gemacht, als der General
noch einmal zurückkam und sagte: »Ich werde Ihnen Karten zu der
morgigen Hochzeit beschaffen«, und dann wieder fortging. »Du
gehst also auch zu der Hochzeit?« fragte Isobel. »Der General kann
das natürlich in die Wege leiten. Die Braut ist seine Nichte. Die Ranas
sind sämtlich untereinander verwandt.«

»Hoffentlich bin ich miteingeladen?« sagte John.

»Natürlich.«

»Danke«, machte er in etwas spöttischem Ton, um dann mit seinem
auftrumpfenden Paradeschritt vor mir herzustelzen, über den ich
mich schon immer geärgert hatte, eines jener Momente der übertrie-
benen ehelichen Verärgerung, aus dem heraus kleine Unstimmigkei-
ten eine ständige grollende Mißstimmung erzeugen. Ja, ich ärgerte
mich darüber, denn jetzt war ich wieder in ihrer Welt, in Isobels und
Johns Welt, entleert und mit staubtrockener Zunge.

Im Schlafzimmer stellte er mich gleich zur Rede, natürlich mit den
Worten, die ich für ihn hätte aufsagen können:

»Ich verlange eine Erklärung für dein Betragen, Anne.«

»Mein Betragen?«

»Du weißt, was ich meine. Es war gröblich egoistisch, um nicht zu sagen, unmanierlich. An mich hast du überhaupt nicht gedacht, auch

nicht an Isobel. Ich gestatte mir, darauf hinzuweisen, daß du bereits einen sehr schlechten Eindruck gemacht hast. Das bedeutet einen schlechten Anfang für uns, was mir sehr unangenehm ist. Ich möchte nicht persönlich werden, aber ich bin überzeugt, daß der Resident es als höchst sonderbar empfunden haben muß ...«

»Ach, der hat gar nichts empfunden«, sagte ich. »Fred Maltby sagt, er sei ein sehr intelligenter Mensch, und wir würden gut miteinander auskommen.«

»Ich habe weder den Wunsch noch lege ich Wert darauf, Dr. Maltbys Ansicht über den Residenten kennenzulernen. Ich bin vielleicht ein altmodischer Mann, aber ich habe kein Verständnis dafür, daß eine Ehefrau, meine Ehefrau, stundenlang mit einem andern Mann verschwindet. Ich wollte keine Szene machen, aber ich werde mir den Dr. Maltby vorknöpfen und ihn fragen, welches seine Absichten dir gegenüber sind.«

»Das ist aber wirklich gar zu albern«, sagte ich.

Da fing John zu schreien an, haspelte aus dem Ziehbrunnen seiner Seele den vollen Eimer seiner Gefühle herauf, um sie in einen jener Stürme von Gebrüll zu ergießen, die er mitunter losläßt. Ich sah und hörte erst einigermaßen fasziniert zu, indem ich mir einredete, nach dem Strahlenglanz des Morgens könne mich nichts mehr ängstigen; aber langsam wurde ich doch von Angst, ja, von Übelkeit befallen. Ich hatte mich für stärker gehalten; aber das war nicht der Fall: Der Sklave war nicht freigelassen, wenn auch seine Kette lose herunterhing. Frederic Maltby war beim Anblick Eudoras davongelaufen; ich, ich zitterte jetzt innerlich, meine Seele erbleichte, die Bitterkeit stieg in mir hoch, ich war noch immer die von mir selbst dazu ernannte Gefangene.

»Ich dulde das nicht. Ich bin dein Mann. Jawohl, dein Ehemann, auch wenn es dir nicht recht sein mag. Ich lasse mich nicht beiseiteschieben, während du versuchst, mit diesem Doktor herumzusumpfen. Ach, ich habe keine Angst, daß du mit ihm ins Bett gehst. Wenn er das versuchte, würde dir wahrscheinlich übel. Ich hätte gute Lust, gleich nach dem Mittagessen hinüberzugehen und dem Saukerl zu sagen, was ich von einem Mann halte, der sich an die Frau eines andern heranmacht und nicht den Anstand besitzt, sich mit ihm auseinanderzusetzen. Ich werde Maßnahmen ergreifen müssen, daß sich dergleichen nicht wiederholt.« Er ging kurz im Zimmer auf und ab. »Wir werden Katmandu wohl mit dem nächsten Flugzeug verlassen. Du solltest zu packen anfangen.«

Warum soll ich mir das eigentlich gefallen lassen? dachte ich. Ich öffnete den Kleiderschrank. Ich mußte mich zum Essen umziehen. Ich nahm ein Kleid heraus, legte es über den Arm und ging zum Badezimmer.

»Wo gehst du hin? Wieso kannst du dich nicht hier umziehen? Anne, ich spreche mit dir, Anne …«

Als ich die Tür geschlossen hatte, keuchte ich vor Übelkeit. Es ist eine Schwäche, die John kennt: Aufregung erzeugt bei mir diese Überempfindlichkeit. Es war genau so, als Jimmy starb. Ich jammerte nicht und weinte nicht. Jimmy … Seit Jahren habe ich den Namen nicht mehr geschrieben. Es scheint jetzt so fern, doch ganz natürlich, fast glücklich, hier in diesem gelbroten Sonnenzimmer, Unni Menons Zimmer, Jimmys Namen hinzuschreiben …

Dann Hände- und Gesichtwaschen, Umziehen, John entgegentreten, Türaufmachen, ruhig, so straff von Kopf bis Fuß zusammengenommen, daß das Gehen wehtut.

John hatte seine Flanellhosen ausgezogen. Das Hemd über den Unterhosen saß er da, die Socken von den braunen Haltern hochgezogen, die ich ihm gekauft hatte; rund und kahl wie zwei Glatzköpfe wirkten seine Kniescheiben über den behaarten Beinen.

Fast scherzhaften Tones fragte er: »Na, ist dir jetzt besser?«

Genau wie er das immer nach dem Geschlechtsakt fragt.

Er schlug die Beine übereinander, um mir beim Haarmachen zuzusehen; auch das ist etwas, was ich seit Jahren erlebe und weshalb ich immer die größte Lust habe, ihn anzuschreien. John schlägt die Beine stets zu hoch übereinander, bis er dasitzt, daß sein Gesicht gerade über der Barrikade von Wade und Knie zu sehen ist, der Körper dahinter zusammengesackt, während seine Blicke anormal gespannt und wachsam, als ob kein Zittern, keine Gebärde diesem doppelläufigen Augenmerk entgehen könne, beobachten. Ich weiß, ich weiß ja, ohne je darüber gesprochen zu haben, daß er gar nichts sieht, gar nichts beobachtet, weil er viel zu sehr damit beschäftigt ist, den Eindruck gesammelter Aufmerksamkeit zu erwecken, und so sieht er nichts als ein Bild seiner selbst, ein Bild von Energie und »Désinvolture« in einem, gleich dem eines Superdetektivs.

»Du kannst dich nicht einmal mehr vor mir umziehen! Meine liebe Anne, du wirst recht neurasthenisch. Schau dich doch an, mager, ausgetrocknet«, er lachte auf, »ich kann mir nicht vorstellen, daß du mit Maltby etwas anfängst … Hahaha … Jawohl, schau mich an. Ich bin nicht angezogen. Was ist dabei? Tu nicht so, als hättest du mich noch nie ohne Hosen gesehen.«

Er war glücklich; ein Schauspieler, der einen Auftritt zum besten gegeben hatte. Da öffnete, nach einem schüchternen Klopfen, unser Zimmerdiener die Tür. »Lunchong«, sagte er. Er warf auch einen Blick auf John. Er drückte die Augen zu, das Lächeln auf seinem Gesicht wurde breiter, und dann schlich er auf Zehenspitzen hinaus.

»Ich hoffe, du hast so lange Geduld, bis ich meine Hosen angezogen habe«, sagte John. Ich wartete das ab, und dann gingen wir zusammen über den Korridor zum Lunch.

Nun habe ich dies also niedergeschrieben. Es ist das erste Mal, daß ich über John und mich nicht gelogen habe. Ich habe das Häßliche, meine Kehrseite, zu Papier gebracht, und ich spüre eine seltsame innere Ruhe. Es ist beinahe etwas wie Rache. Meine einzige Rache, die einzige Art und Weise, wie ich mit etwas, was er oder sonstwer mir antut, fertig zu werden vermag: indem ich es in Worte fasse, ihm in Worten Gestalt, Sinn und etwas wie eine absonderliche Art von Leben gebe.

Das Mittagessen zog sich eine widerwärtige Stunde lang hin. Beim Kaffee auf der Veranda schlug Isobel eine Spazierfahrt vor, die wir denn auch unternahmen. Wir fuhren durch überfüllte, stinkende, von Schmutz strotzende Straßen, kurze Blicke in unbetretbare Gassen werfend, die wie lauter Senkgruben waren – »alles wird aus den Oberstöcken hinuntergeworfen, genau wie im England des elften Jahrhunderts«, erklärte Isobel –, zu dem schlanken weißen Turm, den der Rana-Minister Bhim Seng zu unterschiedlichen Zwecken errichtet hat und um den sich allerhand phantastische Erzählungen ranken. So heißt es etwa, Bhim Seng sei selbst zu Pferde von der Turmspitze gesprungen und unversehrt davongekommen. Isobel hatte die Erlaubnis erwirkt, die Turmspitze zu ersteigen, und von dort überschauten wir das Tal. John und Isobel machten mich und einander mit großem Wortaufwand auf die Landschaft, die Berge, die klare Luft, die Nähe der Schneeberge aufmerksam. Ich selbst sah nichts, fühlte nichts, während ihre Worte auf den üblichen Geleisen neben mir ratterten und donnerten. Von der kleinen Plattform auf der Turmzinne wiesen sie mir die Welt des Tals und ihre Herrlichkeiten; ich hatte Mitleid mit ihnen und nickte nur schweigend.

Ich nehme an, Isobel wußte, daß ich nichts mit ihnen gemein haben wollte, merkte es auf die namenlose, wortlose Weise, wie man hier in diesem Tal die Dinge zu wissen bekommt. Ist es die Reinheit der Luft, die ansteckende Durchsichtigkeit, die uns einander so unmittelbar nah, so sichtbar macht, oder liegt es nur an meiner Phantasie? Sie versuchte jetzt, mich in großem Stil wiederzugewinnen. Nach dem Tee war John so verständnisvoll zu sagen, er werde uns jetzt allein lassen, wir hätten ja wohl viel miteinander zu reden; er werde einen kleinen Pirschgang mit der Kamera unternehmen. Ich ging in Unnis Zimmer (da der General es so genannt hat, bezeichnete ich es so für mich), hierher kam Isobel mir nach, und ich mußte mich wohl oder übel mit ihr abfinden. Sie hielt ein unförmiges Strickgebilde an sich gedrückt; es war ein halbfertiger Pullover, in dem zwei lange weiße Nadeln staken. Sie setzte sich auf den Diwan, von den leuchtenden orangefarbenen und blauen Wellen der gesteppten Raza umflossen. Draußen lag die Sonne in goldenen Streifen mit blauen Schattenstreifen dazwischen, und die laut krächzenden Krähen, diese fliegenden Klatschweiber, machten sich nach und nach auf die Heimwanderung zu ihren Schlafplätzen auf den Bäumen. Isobel hatte kein Ohr für die Vögel; sie sprach, sie redete drauflos – weil sie mir näherkommen wollte, aber keinen andern Weg dazu wußte – von ihrer Arbeit, der Arbeit, die getan werden mußte, dem Jammer, daß man ins Himalajagebirge kommen mußte, um den armen, lieben, kleinen Mädchen Lesen und Schreiben beizubringen und sie zu lehren, sich sauber zu halten und nicht allzuoft den jungen Männern zuzulächeln.

Sie wollte, daß sie es aufgäben, sich Blumen ins Haar zu stecken, zu tanzen, auf ihre tiefe, liebliche, unbewußte Weise zu leben, die Leiber im Einklang mit den Falten der Berge und das Lachen der Sonne in den Augen.

In das goldene Gespinst des Zimmers ergoß sie ihre fliegenschwarze Tüchtigkeit und summte daher von Mittelalterlichkeit, Fortschritt und Hygiene. Es war mir, als habe sie gesagt: Wir wollen unsere Stühle an den Rand des Abgrunds rücken und ihn mit unserm Geschrei erfüllen.

Plötzlich aber kam sie zu dem eigentlichen Punkt, auf den dies alles hinauslief: mein Betragen. Sie wollte mich nicht tadeln, aber es sei so unvorsichtig, in Katmandu klatsche man, und John und ich, unsere glückliche Ehe … Dr. Maltby, ein ausgezeichneter Arzt, aber ich sei eine Dame von Welt, und ich müsse doch begreifen. Er habe mit einem Nepalesenmädchen, einer Dienerin, die er vom General … geschenkt bekommen, zusammengelebt, bis sie im vorigen Jahr, es heiße an Tuberkulose, gestorben sei. Ja, natürlich, es komme die Bergluft hinzu. Sie mache einen zeitweise zu erregt, jawohl, es sei eben die Höhenlage.

»Da ist zum Beispiel ein Fall in unserm Personal vorgekommen, nun, ich kann dir die Sache ja erzählen, du mußt sie doch einmal erfahren …«

Es war eine groteske, jammervolle Geschichte: Ein in Puritanismus und China ergrautes Missionarsehepaar kam nach Nepal; er um Bibelkurse abzuhalten, sie um Literaturstunden zu geben. Binnen einem Vierteljahr war er vollständig in, wie Isobel sich ausdrückte, »glatten, platten, tollen Wahnsinn« verfallen, hatte sich zum Hinduismus bekehrt und war mit ihrer Dienerin, einem Weib aus dem Gebirge, durchgegangen. Kein Mensch hatte je mehr etwas von ihm gesehen oder gehört. Seine Frau war allein heimgefahren; dadurch war die Stelle für mich frei geworden.

Natürlich war ja John ein so gesunder, ausgeglichener Mann, sie wolle auch nicht im entferntesten andeuten … Alles werde schön und gut ausgehen, aber, wie gesagt, es werde eben geklatscht. Und eines Tages müßten wir uns einmal zu einem langen, langen Plauderstündchen über unsere Schuljahre und alles, was seitdem passiert ist, zusammensetzen. Damit stand sie auf. Es war Dämmerung geworden. Sie blickte aus dem Fenster; auf ihrem Gesicht lag wieder der Ausdruck jenes furchtbaren Hungers.

Dann ging sie fort, und damit fiel ich zurück in meine Stimmung des Hinnehmens, versank ich in die zusammenschlagenden Falten der einbrechenden Nacht, meinte die Sittiche in der Stille singen zu hören und die spöttischen Augen, die so viel weiser waren als Menschenaugen, mich bewachen zu sehen, daß ich mich sicher fühle. Ich war glückselig, alles war vollkommen, die Worte strömten mir zu und aufs Papier, eines nach dem andern, und entführten mich … Gott weiß wohin.

Siebtes Kapitel

Die Veranda des Royal-Hotels ging nach Osten hinaus. Allmorgendlich überströmte verschwenderischer Sonnenschein die weißgedeckten Tische und die daran sitzenden Touristen.

Das Hotelgebäude war auch ein ehemaliger Rana-Palast. Im pfeilergetragenen Marmorvestibül standen auf dem Marmorfußboden vier ausgestopfte Krokodile herum, deren aufgesperrte Kiefer mit den vielen scharfen Zähnen gierig auf Touristenwaden zu lauern schienen. Zwei Rhinozerosschädel auf geschnitzten Sockeln zeigten ihre guillotinierten Hälse, auf deren Rückseite die durchschnittenen Luftröhren und Muskeln realistisch in Papiermaché nachgebildet waren. In den Gesellschaftsräumen zu ebener Erde wie im ersten Stock hingen, mit den Rachen nach unten, Tigerfelle an den Wänden, und in den meisten Zimmern bildeten Hirsch- und Bärenfelle den Bodenbelag. An den Wänden einer Galerie im Oberstock hingen reihenweise die üblichen Bildnisse der Rana-Familie. Als sie mit Isobel und John daran vorbeiging, erkannte Anne in einigen davon dieselben, die sie am Tag vorher bei General Kumar gesehen hatte. Der General hatte diese Herrschaften in feierlichem Ton vorgestellt, etwa: »Dies hier ist mein jüngerer Onkel, Madam, ein ganz vertrackter Kerl, den Gott mit vielen nichtsnutzigen, häßlichen Töchtern gestraft hat.« Oder: »Mein Bruder, jetzt Führer einer politischen Partei, der elende Trottel.« Auch hier glotzten Onkel und Bruder in vollem Kriegsschmuck aus den allerdings vergoldeten und wappengeschmückten Rahmen.

Der übliche große Salon war mit imitierten Louis-Quinze-Möbeln mit blau-silbernen Brokatbezügen sowie mit Kronleuchtern und Konsolen mit Spiegelplatten ausgestattet. Wie alle herrschaftlichen Wohnhäuser war auch dieses um ein großes Hofgeviert herumgebaut, das einmal einen – jetzt grün und glitschig überwucherten – Tennisplatz enthalten hatte. Oben und unten reihten sich lange Folgen von Zimmern aneinander; im ganzen Haus war Gehämmer und Gesäge sowie ein dumpfes Poltern wie von herumgeschobenen und -geworfenen Möbelstücken zu hören.

»Die Badezimmer werden eingerichtet«, erklärte Hilde, die Frau Wassilis, des zur Zeit im Gefängnis sitzenden Geschäftsführers des Hotel Royal.

Siebenundzwanzig vollständige Badezimmer-Garnituren zum Preis von je siebenundzwanzigtausend Rupien waren mit Flugzeug eingetroffen und wurden gerade eben montiert. Es werde nicht mehr lange dauern, bis es im Royal-Hotel kein Zimmer ohne Bad mehr gebe. Schon strömten amerikanische Touristen herein, als ob ein Instinkt sie treibe. »Bis Juni ist schon alles bei uns belegt, ebenso von Oktober bis über Weihnachten hinaus«, sagte Hilde. Die einzige flaue Jahreszeit sei die des Monsun von Juni bis September. »Aber wo wir nächsten Winter die Touristen unterbringen werden, das weiß ich nicht. Und was die Gäste und andere Leute angeht, die im Mai zur Krönung kommen, so muß ein großer Teil von ihnen wohl in Zelten übernachten.«

Hilde war schön. Schön war das gegebene Adjektiv für sie. Mit keinem andern Wort konnte man ihr echtes goldblondes, natürlich gelocktes Haar bezeichnen, dessen sonnbestrahlte Wellen, wenn sie ihr über den Rücken strömten, alle Vorstellungen von van Goghschen Kornfeldern in einem gemäßigten Europa heraufbeschworen, von einem wiederauferstandenen Chersones, davon junge Männer leidenschaftlich träumen mochten, wenn sie am Abend über die Veranda hin- und wiederging und der Strahlenglanz ihres Haares nicht einmal in der rauchig-braunen Ausdünstung verblaßte, die in Katmandu fälschlicherweise als elektrisches Licht bezeichnet wurde.

Angetan mit einem Pullover und knallroten Manchesterhosen, verzehrte Hilde ruhig eine Omelette aus vier Eiern; von Zeit zu Zeit hob sie die großen blauen Augen mit der Seelenruhe ausgezeichneter Gesundheit und blickte ein Gesicht nach dem andern an. Sie war unstreitig eine skandinavische Göttin, eine Heidin im heidnischen Katmandu und darum ganz zu Hause im Tal der Götter. In atemloser Verehrung umdrängten sie junge und alte Männer, Touristen jeglicher Altersstufe, und stießen ebenso sehnsüchtige wie vergebliche Seufzer nach ihr aus.

»Wassili kann im Gefängnis nicht schlafen, weil es Frühling ist und alle Hunde in der Umgebung liebestoll sind«, sagte Hilde mit ihrer Kinderstimme.

»Ach, du meine Güte«, sagte Martha Redworth, »ich bringe ihm morgen ein paar von meinen Schlaftabletten.«

»Das hat keinen Wert«, sagte Hilde. »Wassili darf wegen seiner Leber keine Schlafmittel nehmen. Der Fürst hat ihm welche aus Kalkutta mitgebracht. ›Nimm die‹, hat er gesagt, ›mit Cognac schlucken sie sich ausgezeichnet. Wassili.‹ Aber Cognac darf der Arme auch nicht trinken wegen seiner Leber.«

»Er kann sie doch mit Wasser trinken«, sagte die mütterlich besorgte Mrs. Redworth.

»Er darf auch kein Wasser trinken«, sagte Hilde und blickte mit ihren dunkelbefransten Riesenaugen zu Martha Redworth hoch.

Anne, die Finger der einen Hand um ihren Bierkrug gelegt, lehnte sich in ihren Stuhl zurück. Alle tranken geeistes, moussierendes Bier, dessen Farbe golden war wie Hildes Haar ... alle: Martha und Paul Redworth, Isobel, John und Major Pemberton mit dem Walroßschnurrbart, der bei den Gurkhas stand. Alle überströmte, schwer wie Geißblattduft, der Sonnenschein. Anne hätte sich am liebsten die Kleider vom Leib gerissen, sich irgendwo, fern von allen Menschen, nur der Sonne preisgegeben, niedergelegt zum Schlaf, unergründlich tiefem Schlaf. Über die hellroten Ziegelwände her tönte von einem neuerlichen Hochzeitszug leise Trommel- und Pfeifenmusik und ließ das Blut in ihren Schläfen lustvoll schlagen.

Über die Veranda ergoß sich ein Getümmel von kamerabewaffneten Touristen; dann erschien eine amerikanische Malerin mit Roß- schweiffrisur und zu prall sitzenden Hosen, Zeichenblock und Farb- stiften, gefolgt von einem schönen Nepalesen mit blaßgelbem Teint, einem koketten Schnurrbärtchen und unverkennbarer Einbildung auf sein Äußeres.

»Das ist Ranchit, der bei Pat ist. Er ist ein Rana. Sie malt ihn und schläft mit ihm«, sagte Hilde zu Anne nicht ganz *sotto voce*. »Dabei hat er eine so hübsche Frau. Dr. Maltbys Frau ist auch da, haben Sie schon gehört?«

»Was höre ich da über Dr. Maltbys Frau?« sagte John. Dabei schärfte er seinen Blick, als bereite er sich auf eine genaue Prüfung dessen vor, was man ihm sagen werde.

»Dr. Maltby ist vor vielen Jahren seiner Frau durchgegangen«, ant- wortete Hilde; »jetzt ist sie in Katmandu aufgetaucht; er hat eine furchtbare Angst vor ihr, und wir müssen alles tun, daß sie nicht zu- sammentreffen.«

»Danke sehr«, sagte John. »Endlich einmal jemand, der mir mitteilt, was hier vorgeht.«

»Sie komponiert Inspirationsmusik«, sagte Paul Redworth.

»Sie wohnt hier«, sagte Hilde. »Pater MacCullough hat sich ihrer an- genommen und führt sie herum, weil sie Sozialistin ist oder derglei- chen.«

»Na, da kommen sie ja gerade«, sagte Paul, der über das schmiede- eiserne Geländer der Veranda hinweggeschaut hatte. »Hallo, Pater.«

Pater MacCullough schüttelte allen reihum herzlich die Hand und stellte Eudora vor. »Well, well, well«, sagte er zu Hilde, auf ihre Omelette deutend, »immer noch beim Frühstück?«

»Das kommt von meinen drei kleinen Hemmschuhen«, sagte Hilde. »Die haben eine Ewigkeit für ihr Frühstück gebraucht, und so muß ich meines zur Abendschoppenzeit einnehmen.«

»Und wie geht's meinem Freund Wassili?« fragte Pater MacCul- lough. »Morgen besuche ich ihn und trinke ein Gläschen mit ihm und Sharma.«

»Kann nicht schlafen, weil die Hunde in der Gegend die ganze Nacht über ihren Liebesgeschäften nachgehen.«

»Na, das ist ja zu arg«, sagte Pater MacCullough. »Ich muß mal über eine Abhilfe nachdenken.«

Eudora hatte Hosen an und einen großen Sombrero auf dem Kopf. Sie strotzte nur so von Lebhaftigkeit. Sie und Isobel hatten sich mit Blikken gemessen wie zwei siamesische Boxer, die drauf und dran sind, einander Fußtritte ins Gesicht zu versetzen.

»Ach, diese armen, armen, notleidenden Nepalesen«, rief sie aus. »Entsetzlich, schlechterdings entsetzlich, diese Armut … Heute früh sah ich eine alte Frau, nichts als Haut und Knochen, ein Gerippe, und da wirft sie doch ganze Hände voll Reis auf eins von diesen steinernen Dingern da. Ich wollte ihr Einhalt tun. Meine liebe Frau, sagte ich zu ihr, Sie täten doch wohl besser daran, den Reis für sich zu behalten und ihn zu essen. Da lächelte sie bloß, die Arme, und schüttete aus einem Becher Milch über das Götzenbild, oder was immer es sein soll. Ich sagte zu Pater MacCullough: Und Sie machen sich die Unwissenheit der Leute zunutze. Sie nehmen ihnen ihre alten Götter weg, bloß um sie durch einen neuen zu ersetzen, statt die Menschen wahrhaft geistig freizumachen.«

Isobels Augen schossen Blitze, ihr Busen wogte hochauf. »Wie können Sie denn das vergleichen …?« fing sie empört an, doch der Resident, der eine scharfe religiöse Auseinandersetzung befürchtete, legte sich ins Mittel, und zwar mit dem gleichen Takt, den er bewies, wenn er den Außenminister Nepals besuchte.

»Ich höre, Miß Maltby, Sie interessieren sich für Musik?«

»Mein Name ist *Missis* Maltby, und ich interessiere mich nicht lediglich für Musik, ich schaffe Musik.«

»Ich muß Sie einem meiner Freunde vorstellen, einem nepalesischen Sänger, der auch ein hochberühmter Dichter ist. Freilich ist er nicht eigentlich Nepalese, sondern stammt aus dem südlichen Indien. Wie Sie wissen, kommt der größte Teil der Sakralmusik Nepals aus Südindien.«

»Hochinteressant«, sagte Eudora. »Gestatten Sie, daß ich mein Notizbuch hole. Ich möchte mir den Namen aufschreiben.«

»Und dann gibt es auch die Gurkha-Lieder«, sagte der Resident ein bißchen ins Blaue hinein und schaute Major Pemberton an, der gerade seinen Schnauzbart in den dritten Krug Bier tauchte. »Hier, der Major Pemberton, der dem Erziehungsdepartement für die Gurkhas vorsteht (Sie wissen, wir rekrutieren die Burschen hier, nicht wahr?), wird Ihnen mehr darüber sagen können.«

»Wer, ich?« sagte der Major verdutzt.

»Er mag mir von ihrer Musik erzählen«, sagte Eudora mit königlicher

Würde, »aber ich muß zuvor mit aller Klarheit feststellen, daß ich den Imperialismus, der diese armen, unwissenden Gebirgler aus ihrer Heimat reißt, um sie zum Besten fremder Plutokraten Kolonialkriege führen zu lassen, durchaus mißbillige, jawohl, voll und ganz.«

Da sagte jemand hinter ihr:

»Plutokraten, Madam? Wissen Sie, daß Lenin im Katmandutal geboren ist? Waren Sie mitverschworen?«

Ein von Kopf bis Fuß zitternder kleiner Nepalese stand hinter Eudoras Stuhl. Er hatte ein sehr mageres, brennendes Gesicht mit mandelförmigen braunen Augen darin und trug über Kittel und Jodhpurs einen recht schmuddeligen Rock; in der Hand hielt er eine große, abgenutzte Aktentasche.

»Jawohl, Lenin und ich sind hier geboren, wir sind Zwillinge«, teilte er Eudora mit. »Das ist kein Geheimnis. Guten Abend, Madam«, setzte er, an Hilde gewandt, hinzu. »Ist mein Freund Wassili noch im Gefängnis?«

»Jawohl, Eure Exzellenz Herr Premierminister, danke der Nachfrage.«

»Sagen Sie ihm«, sagte der kleine Nepalese, auf seine Aktentasche klopfend, »ich habe hier alle Beweise hinsichtlich des gegen ihn geschmiedeten Komplotts. Ich werde ihm den Ganesch-Orden verleihen, sobald er entlassen wird … mit Glanz und Glorie entlassen.«

»Danke sehr, Herr Premierminister«, sagte Hilde.

»Die Dame hier«, sagte der Herr, sich nach Eudora umdrehend und einen seiner mageren Finger schüttelnd, »weiß über Lenin Bescheid?«

»Ob ich über Lenin Bescheid weiß?« sagte Eudora. »Gestatten Sie mir, Ihnen mitzuteilen, Verehrtester …«

»Sie ist gerade erst angekommen«, unterbrach sie der Resident. »Eine Touristin.«

»Dann sei ihr vergeben«, sagte der Nepalese. »Guten Tag allerseits.« Mit einer leichten Kopfneigung ging er weiter und setzte sich an einen runden Tisch. Er legte die Aktentasche vor sich hin, starrte darauf und bewegte lautlos die Lippen.

»Er bildet sich ein, er sei Premierminister«, sagte Hilde, sich den Mund abwischend und nach einem Bierkrug greifend. »Seit wir das Hotel eröffnet haben, ist er hier. Er meint, Lenin sei sein Zwillingsbruder und Stalin sein Onkel. Beide seien in Katmandu geboren und gehörten zur Ranafamilie; ihre wahren Namen seien General Ganesch und Feldmarschall Indera Sham Sher Rana.«

»Dagegen müßte doch eingeschritten werden«, sagte Eudora entrüstet. »Sie können doch nicht einen Wahnsinnigen hier herumlaufen und sich unter normale Leute mischen lassen. Was ist, wenn er gewalttätig wird?«

»Die andern Touristen haben anscheinend keine derartigen Bedenken«, sagte Isobel spitz.

Eudoras Busen wogte, und ihr Mund tat sich auf, doch bevor sie etwas sagen konnte, erschien ein Diener mit einem großen, aus dem seidenartigen, kornährenfarbigen, handgeschöpften nepalesischen Papier angefertigten Kuvert, das er unbeirrt Eudora überreichte und hinter ihm, so lang, daß er an den Lüster zu stoßen schien, die Kappe schief auf dem weißen Haar, General Kumar.

Mit Freude und nicht ohne einige Erleichterung begrüßte ihn der Resident, während Pater MacCullough aufsprang und ihm einen Stuhl anbot. Die Hände zum respektvollen Gruß vor Hilde zusammenlegend, sagte er: »Wie geht es Wassili, Madam Hilde? Und Ihren drei wackeren Sprößlingen?«

»Sehr gut, Herr General, nur kann Wassili wegen der Hunde nicht schlafen.«

»Ja, ja«, sagte Pater MacCullough, »einen Augenblick bitte, ich war gerade im Begriff, darüber nachzudenken, was sich gegen die Hunde tun ließe.«

Eudora gab einen Laut des Erstaunens von sich. »Swami Bidahari bittet mich zu Tisch«, sagte sie. »Heute, sofort. Ach, du meine Güte … Den kenne ich doch gar nicht. Wer mag denn das sein?«

»Swami bedeutet Weiser Mann, Madam. Swami Bidahari ist der größte Musiker Nepals«, sagte der General. »Ich bin mit ihm befreundet, und er äußerte sich mir gegenüber, daß er es nicht erwarten könne, mit Ihrem Besuch beehrt zu werden.«

Sich etwas in die Brust werfend, sagte Eudora: »Wohl von meiner Tätigkeit in London her. Ich glaube mich jetzt zu entsinnen, daß wir einander einmal begegnet sind …«

»Der Swami ist am ganzen Unterkörper gelähmt«, sagte der General, »er bittet Sie daher, ihn aufsuchen zu wollen.«

»Ja, aber«, fing Pater MacCullough ein bißchen verwirrt an, »der Swami …«; da er jedoch in diesem Moment unter dem Tisch einen Fußtritt Paul Redworths erhielt, versenkte er sein Gesicht in den Bierkrug.

»Ich soll zum Lunch nach Bidahari Mahal kommen. Mahal bedeutet Schloß, nicht? Wo liegt das denn?«

»Zwölf Meilen von hier«, sagte Major Pemberton, schien jedoch ebenfalls mit einem plötzlichen Tritt auf das Schienbein bedacht worden zu sein, denn sein Schnauzbart verschwand alsbald in seinem Bierkrug.

»Zwölf Meilen?« rief Eudora aus. »Dann kann ich ja gar nicht mehr recht kommen, und ich versäume am Nachmittag die Hochzeit.«

»Der Major hat nepalesische Meilen gemeint, zwölf nepalesische sind drei englische Meilen, Madam«, sagte der General. »Also gar nicht weit, mit dem Jeep höchstens eine halbe Stunde; ich habe meinen eigenen Jeep und meinen ältesten Sohn mitgebracht: Der wird Sie hinfahren.«

Er deutete auf einen bildhübschen Jüngling mit den niedergeschlagenen, nach den Winkeln schräg zulaufenden Augen der steinernen Götter. »Dies ist mein Sohn Dipah, Madam, der Sie in meinem Jeep zum Swami geleiten wird. Er ist achtzehn Jahre alt, sehr stark und wird Sie gegen Gewalttaten jeder Art beschützen.«

Übers ganze Gesicht lächelnd stand Eudora auf. »Wenn es so ist und ich zur Hochzeit zurück sein kann, so nehme ich mit großem Vergnügen die Einladung an«, sagte sie gnädig. »Aber, um Gottes willen, ich muß mich ja anziehen; die Einladung lautet auf ein Uhr, und so viel ist es schon beinahe.«

»Der Swami pflegt um zwei Uhr zu speisen«, sagte der General. »Sein Herz wird des Jubels voll sein, wenn Sie ihn beehren.«

Als Eudora gegangen war, fragte Pater MacCullough den General: »Was soll denn all das mit dem alten Bidahari, Herr General? Heilige Mutter Gottes, ich hatte gemeint, der Mann sei taub und verkalkt und er wohne meilenweit von hier.«

»Sein Zustand hat sich gebessert«, sagte der General tiefernst.

»Nun, der General muß es ja wissen«, sagte Paul Redworth.

»Madam Eudora wird eine wunderschöne Spazierfahrt machen mit meinem Sohn, der sie unterhalten wird, und sie wird das Landschaftsbild, das jetzt im Frühling besonders herrlich ist, höchlichst bewundern«, ließ sich der General vernehmen.

»Ich hoffe, sie kommt rechtzeitig zu der Hochzeit«, murmelte Pater MacCullough.

»Für ihr körperliches Wohlergehen übernehme ich die volle Verantwortung«, sagte der General von oben herab.

»Wenn Wassili bloß ein Mittel gegen die Hunde hätte«, sagte Hilde, um auf ein anderes Thema zu kommen.

»Keine Angst«, versetzte Pater MacCullough. »Ich glaube, ich habe genau das gefunden, was er braucht.«

»Nur keine Schlaftabletten«, sagte Hilde, »die muß man mit Wasser einnehmen, und Wassili trinkt kein Wasser.«

»Nein, keine Tabletten, sondern eine Schleuder. Etwas in der Art, was David gegen den Goliath benutzte. Sie wissen schon, so: peng, peng, peng! Ich besorge eine für Wassili und bringe sie ihm morgen mit.«

»Sie sind ein Genie«, sagte der General. Dann flüsterte er dem neben ihm sitzenden Residenten etwas ins Ohr.

»Ich werde es meinem Personal mitteilen«, sagte Paul Redworth, durch das Gerede der andern Anwesenden gedeckt, ebenso leise. »Der arme Fred. Macht ihm das wirklich solche Sorge?«

»Er ist außer sich vor Angst«, flüsterte der General zurück. »Aber wir wollen nicht ganz den Mut verlieren. Sie bleibt nur zwei Wochen, teilt mir mein Neffe mit.«

»Zwei Wochen ... Ich bezweifle, daß wir das Geheimnis so lange bewahren können. Von uns wird natürlich nichts verraten werden. Ich werde die entsprechenden Anweisungen geben; aber zwei Wochen lang werden wir es nicht verheimlichen können.«

»Nur ein paar Tage«, sagte der General, »bis mein Freund sich zur Gegenwehr gewappnet hat.«

»Gut denn«, sagte Paul Redworth, da gerade Eudora wieder in Besuchskleid und Blumenhut auf der Bildfläche erschien, »nach der Hochzeit werden wir einmal sehen.«

Achtes Kapitel

Die Hochzeitsfeierlichkeiten sollten an diesem Sonntagnachmittag um vier Uhr ihren Anfang nehmen, einer vom Obersterndeuter festgesetzten glückbringenden Stunde; doch da seine Berechnungen in den letzten Augenblicken durch unvorhergesehene Launen des Schicksals beeinträchtigt werden konnten – etwa ein Gewitter ohne Regen oder eine Vogelleiche im Garten oder andere mißgünstige Vorzeichen –, so wurde Pater MacCullough, der sich auf der Veranda des Royal-Hotels niedergelassen hatte, erst um die Mittagsstunde davon in Kenntnis gesetzt, daß an dem auf vier Uhr anberaumten Beginn der Feier festgehalten wurde.

»Ich gehe jetzt und hole noch einige Leute zusammen«, sagte er in seiner sachlichen Art und stand auf. »Auf Wiedersehen. Will jemand noch mitgenommen werden?«

Pater MacCullough hatte eine angenehm verlaufene Mahlzeit hinter sich, während der man ihm viel Aufmerksamkeit geschenkt hatte. Nicht nur hatten die Fords, Isobel Maupratt, Major Pemberton und das Ehepaar Redworth vom Nebentisch her ihm Beachtung gezollt, sondern es waren auch immer wieder Gruppen von Touristen zu ihm herangetreten, denen er durch Hilde vorgestellt wurde. Er hatte sich über die Geschichte, die Geographie, die Religion, die demographischen Verhältnisse Nepals verbreitet, »dieses einst weltabgeschiedenen Reiches, das sich nun anschickte, einen Himalaja-Sprung vom elften geradewegs ins zwanzigste Jahrhundert zu machen«, wie er sich ausdrückte. Einzelne Besucher waren von seinen Ausführungen so stark beeindruckt, daß sie eiligst Notizblöcke hervorholten und sich Stichworte aufschrieben.

»Der Mann ist doch großartig«, tuschelten sie einander zu.

»Ja, der weiß wirklich genau Bescheid über das Land hier. Was der nicht weiß, das braucht man nicht zu wissen.«

»Ein Glück, daß ich dem begegnet bin. Jetzt kann ich einen richtigen Artikel schreiben.«

»Die Stadt hier ist der erste mir bekannte Ort auf der Welt, wo es keine Führer gibt.«

»Komisches Volk, dem gar nichts daran liegt, seine Tempel und so weiter sehen zu lassen.«

Seiner geistlichen Demut ungeachtet, nahm Pater MacCullough sich sehr wichtig, wenn er sein Wissen zum besten gab. Er geriet dann leicht in eine bombastische Ausdrucksweise, die die anwesenden Nepalesen, ohne eine Miene in ihren freundlich lächelnden Gesichtern zu verziehen, mitanhörten, während ihre leuchtenden Augen sich gelassen auf den Ausländer in ihrer Mitte richteten, der sich rühmte, so gut über sie Bescheid zu wissen. »Sie müssen den Soundso kennenlernen. War früher im Gefängnis; ist jetzt die rechte Hand des Königs, Busenfreund von mir. Hört auf alles, was ich ihm sage.« Was das Gerücht im Bazar dahin auslegte: »Aha, der Soundso kriegt Geld von den Ausländern durch den Mann im Weiberrock.«

»Wollen Sie den Bhim-Seng-Turm besichtigen?« rief der Pater fröhlich in seinem schallenden irisch-amerikanischen Tonfall aus. »Überlassen Sie das nur mir; ich arrangiere das schon.«

Als er sich nun verabschiedet hatte, schickten sich auch Isobel und die Fords zum Gehen an, um sich für die Hochzeitsfeier umzuziehen. Die

Redworths boten Hilde an, sie mitzunehmen, was diese jedoch ablehnte.

»Unni Menon holt mich ab«, sagte sie.

»Aber er ist doch noch nicht zurück«, wandte Paul Redworth ein.

»Er kommt schon noch«, sagte Hilde. »Er bringt mich hinterher zum Besuch Wassilis ins Gefängnis.«

»Also, wir dürfen uns nicht verspäten«, sagte Isobel. »Wir sollten um dreiviertel vier Uhr dort sein. Sonst marschieren sie in voller Uniform auf und erwarten einen am Eingang, wenn man zu spät kommt. Höchst unangenehme Sache.«

Der Palast des Kommandeurs lag etwas vor der Stadt. Die Landstraße lief zwischen Feldern mit saftiger schwarzer Erde hin, darauf sich der erste Flaum jungen Pflanzenwuchses zeigte: leuchtend gelb blühender Raps, rosigweiß oder hellgrün die Erbsen, Bohnen und Gerste in Blust. Da und dort verstreut standen moderne, von Gärten umgebene Bungalows, die in den letzten sechs Jahren errichtet worden waren, häßliche, weißgetünchte Zweckbauten. John ereiferte sich über ihre Häßlichkeit. Allenthalben verloren die Menschen in Asien ihren Schönheitssinn, stopften ihre Städte voll mit scheußlichen Neubauten, Lampenschirmen aus Plastik, Massenfabrikaten von Tischgerät, Alpdrücken von Aschenbechern, kunstgewerblich dekorierten Radioapparaten, Spitzendecken aus Japan und Pin-up-Girls aus amerikanischen Filmzeitschriften. »Sie haben es zu eilig mit dem Fortschritt; sie büßen dabei alle Tradition ein.«

Isobel pflichtete ihm bei durch die Klage über den Untergang der weiblichen Handarbeit. »Alles stirbt aus; alle wollen sie bloß noch Maschinen, Fortschritt.«

»Nun«, meinte Anne – sie mußte sich anstrengen, um das Getöse des Jeeps zu überschreien –, »den haben wir ihnen doch auch gebracht, oder nicht?«

Aber die beiden hörten nicht zu. Sie hätte sagen mögen: »Die Geschmacksschwankungen, dieses plötzliche Aussetzen des Sinns für das Schöne, das ist eine zeitweilige Abirrung, eine Entfremdung, aber kein Anzeichen dauernder Verdummung. Dieselben Geschmacksverirrungen haben wir auch durchgemacht; man braucht sich bloß in den Rana-Palästen den viktorianischen Kram anzusehen, mit dem wir uns vor fünfzig Jahren umgaben.« Aber sie wußte, es wäre vergebliche Liebesmüh gewesen, das Isobel und John zu erklären; schon bog auch der Jeep in den ungepflasterten Fahrweg ein, der zum Palast des Kommandeurs führte.

Zu beiden Seiten hingen flatternde rote Fähnchen, zwischen denen sich Bogen aus abgeschnittenen grünen Zweigen schwangen. Das übliche Eisenportal führte in einen Park von bescheidenem Umfang und zu einem »Palast«, der mehr einem behaglichen großen Landhaus aus Eduards VII. Zeit in Südengland glich Über den oberen Rand des Tors hing ein besticktes Stück Atlas herunter. Auf dem Rasen stand eine Militärkapelle in roten Waffenröcken mit Posaune, Trommel und Saxophon; nach und nach erkannte Anne die Melodie, die sie spielten: »Daisy, Daisy«.

Auf der Schwelle der Haustür stand der Kommandeur, umgeben von einem Häuflein Generälen in goldbetreßter Uniform. Der Kommandeur war ein außerordentlich schöner Mann, groß, wohlproportioniert, mit feinen männlichen Gesichtszügen, einem rahmgelben nepalesischen Teint, weich und glatt wie aus Sandelholzseife, gewölbten Brauen und glänzenden Augen. Er hatte keine Uniform an, sondern einen in Savile Row gearbeiteten schwarzen Cutaway, der ihm unter den Armen etwas zu eng war, dazu feingestreifte Hosen und schwarze Schuhe. Auf seiner Brust flimmerte eine Reihe riesiger, mit Brillanten, Smaragden, Rubinen und Saphiren besetzter Ordenssterne. Auf dem Kopf trug er einen Rana-Helm, ebenfalls mit Brillanten, Perlen und Rubinen besetzt, um dessen Rand eine Einfassung von hundertsechsundzwanzig ovalen Smaragden lief, die aussahen wie Wachteleier. Über seine Stirn streckte ein aus Gold und Rubinen gefertigter Vogel seinen brillantenbesetzten Schnabel herunter, sein Körper war aus ellenlangen geschweiften Federn des Paradiesvogels aus Neuguinea gebildet. Die Ranas um ihn herum, Vettern, Onkel, Brüder, Neffen, alle sahen sie aus, als seien sie gerade aus dem Rahmen der Familienbilder getreten. Auch General Kumar war da, doch als der Eigenbrötler der Familie trug er einen gewöhnlichen Nachmittagsanzug und das nepalesische Käppchen. Mit seinem zärtlichen, versonnenen, geistvollen Lächeln auf dem Gesicht trat er vor und geleitete die Fords und Isobel in den Oberstock.

»Sie, Mr. Ford«, sagte er ernst zu John, »werde ich Seiner Exzellenz dem Herrn Wirtschaftsminister vorstellen, da Sie, wie ich höre, für diese Fragen Interesse haben.« Mit bewundernswerter Gewandtheit steuerte er John auf ein Häuflein von Herren zu: Amerikaner von der Punkt-Vier-Kommission, ein Schweizer Geologe sowie ein paar nepalesische Beamte mit schwarzen Kappen, in schwarzen Anzügen und weißen Jodhpurs; alle hielten sie Whiskygläser in den Händen und warfen aus Mangel an Gesprächsstoff verlegene Blicke um sich.

»Ihre Frau Gemahlin werde ich einigen Damen vorstellen«, sagte er zu John und führte Anne in einen langen rechteckigen Saal mit Marmorgetäfel in halber Wandhöhe, herunterhängenden Tiger- und Leopardenfellen und darüber an Holzscheiben angebrachten Geweihen und Hörnern. Stühle, Sofas, Sitzbänke, Lehnsessel waren an beiden Seiten in zwei Reihen aneinandergerückt, so daß die Saalmitte freiblieb bis zur andern Schmalseite wie der Mittelgang in einer Kirche; hier war unter dem größten Kronleuchter ein mit Goldstoff überdecktes Sofa aufgestellt. Auf dieses sollten sich später König und Königin niederlassen, neben ihnen der Bräutigam, der bisher noch nicht eingetroffen war. Die Hochzeitsgäste warteten alle auf ihn; die Männer standen in Gruppen im Vestibül, in den Vorräumen und im Garten herum; die Frauen saßen größtenteils hier zusammen, die Saris um sich geschlungen, deren schillernde Seidenstoffe bei jeder Bewegung einen sanften Schimmer des wechselnden Spiels der Falten und des aufgefangenen Lichts aufglänzen ließen, während die Juwelen – Smaragde, Brillanten, Rubine in Ketten, Strängen, Einzelstücken – ihre Flammenblitze dazwischenwarfen. Die Gesichter der Frauen waren gepudert, ihre Augen mit »kohl« ummalt, in ihren langen, geölten, zu hochstehenden Schleifen und Knoten gebundenen Haaren staken Blumen: rosa Kamelien und duftende Jasminblüten. Einige Frauen zeigten völlig indischen Typus, andere hatten ausgesprochen mongolische Züge; viele auch wiesen die feinen, zarten Züge, die makellose, durchsichtige Haut und die langen schrägen Augen der für das Katmandutal charakteristischen Mischung aus indischen und mongolischen Elementen auf.

Der General führte Anne zu einem Sofa, um die Frau des Feldmarschalls zu begrüßen, »ohne Frage die schönste Frau der Welt, Madam«. Sie hatte ein ovales, vollendet regelmäßiges Gesicht, schön gewölbte Augenbrauen, eine feine, gerade genügend lange Nase, einen kleinen Mund, dessen geschweifte Lippen leicht vortraten, um an den Ecken wieder nach innen zu gehen wie bei den Statuen der Göttinnen, mit einem schwebenden Lächeln darauf. Lang, schmal, geschmeidig war ihr Oberkörper. Sie lächelte, den Kopf graziös wendend, Anne wohlwollend zu, als fordere sie sie auf, neben ihr auf dem Sofa Platz zu nehmen. Anne bewunderte vor allem den Fall der über den langen schmalen Hals herabflutenden blauschwarzen Haare und den Rundbogen der Wangen – es dünkte sie dies das Schönste, was sie je bei einer Frau gesehen hatte.

»Und hier, Madam, ist meine Nichte Rukmini, Ranchits Frau«, sagte der General.

Rukmini saß neben der Frau des Feldmarschalls, kleiner und mit runderem Gesicht. Wenn die Feldmarschallin einer Kamelienblüte glich, so Rukmini einer Rosenknospe, die, einmal gereift, vielleicht nicht mehr so bezwingend sein mochte wie jetzt, da noch etwas Zurückhaltendes, Unerschlossenes an ihr war, ihr Gesicht noch irgendwie im Halbschlaf zu liegen schien, dessen Ausdruck, sobald sie sich bewegte, wechselte, unfaßbar gleich jenem herzergreifenden Augenblick im Frühling, wenn das erste grüne Beben durch die Bäume geht, flüchtig gleich dem Windhauch der Dämmerung. Rukmini hatte dasselbe blauschwarze Haar wie die Feldmarschallin, es war jedoch kurz geschnitten und in weichen Locken um ihr Gesicht herumgelegt. Ihre Augen waren schräggestellt, und ihre Pupillen sahen einen nicht gerade an, sondern immer ein wenig von der Seite; sie waren von langen Wimpern überschattet, die sich außergewöhnlich stark wölbten, sobald die Lider sich senkten. Über ihrer ganzen Person lag Unschuld, und doch war ihr Wesen erfüllt von den Verheißungen der Liebe, und dieser Zwiespalt übte einen unwiderstehlichen Reiz aus. Ihr Sari war aus blauem Stoff mit silbernen Sternen darin; in den Ohren und um den Hals trug sie Schmuck aus Brillanten und Saphiren.

Rukmini schaute auf, streifte Anne mit einem raschen, scheuen Blick, der dann von Anne aus weiterglitt; dabei ging über Rukminis Gesicht ein so leuchtender Glanz, daß Anne sich umdrehte, um zu erkennen, wem dieses Strahlen galt; doch sie sah nur eine ganze Anzahl Männer, die miteinander redend am Eingang standen; dann trat Hilde mit Mrs. Redworth und dem Kommandeur ein. Der General stellte darauf Anne der Frau des Oberbefehlshabers vor, die mit geschäftigem, vogelartigem Gehabe zwischen dem Saal und den inneren Gemächern, wo die Braut angekleidet wurde, ab- und zuging; dann brachte er sie zu seiner eigenen Frau, die so rundlich war wie er mager, doch mit ihrem heiteren Lächeln auf dem Buddhagesicht eine Dame von großer Würde war.

»Meine Frau ist eine sehr gute Musikerin«, sagte der General stolz. »Sie spielt die Sitar und studiert die *Bhagavad-Gita*, den Sang Gottes, um den Geist der Liebe in ihrer Musik zu stärken. Denn ohne Liebe gibt es keine Schönheit.«

Hilde und Mrs. Redworth traten hinzu; sie setzten sich mit Anne zusammen und tauschten lächelnde Blicke mit den nepalesischen Damen. Auch Rukmini gesellte sich zu ihnen, sprach aber nichts, sondern träumte nur vor sich hin. Anne wußte nicht, wie sie es anstellen sollte, sie in ein Gespräch zu ziehen; sie konnte ja nicht gut von den

Wellensittichen anfangen. Zwei schöne Jünglinge, Söhne des Kommandeurs, boten in schweren, silbergetriebenen Kästen Zuckerzeug und Gewürze an: Datteln, kleine Bonbons, Nägelein, Acajounüsse, Kardamom, geschälte und ungeschälte Mandeln, Betelnüsse, Kopra und Kokosschnitze.

Der Saal war bald von Gästen, männlichen und weiblichen, gedrängt voll. Isobel stand jetzt mit John auf dem Balkon in eifriger Unterhaltung; auch der junge Mann mit dem Schnurrbärtchen namens Ranchit und die amerikanische Malerin, die jedermann nur Pat rief, waren bei ihnen. Pat hatte ein Dirndlkleid mit schulterfreier Bluse und Sandalen an, war somit in demselben Aufzug wie vor dem Mittagessen.

»Sie sieht aus, als hätte sie ein tüchtiges Bad nötig«, flüsterte Martha Redworth Anne zu. »Schauen Sie sich ihre Nägel an. Widerlich. Arme Rukmini. Ich mache eine Wette, Ranchit kommt hierher und stellt die Person seiner Frau vor. Da, er kommt schon.«

Da begriff Anne erst, daß Ranchit Rukminis Gatte war, der »ausgemachte Narr«, von dem der General gesprochen hatte.

Pflichtbewußt, zierlich stand Rukmini auf. Anne sah, wie jung sie war mit ihrem schmalen Kinderhälschen unter dem schweren Schmuck, den Löckchen im Nacken. Ihr schönes Gesicht blieb unbeweglich, fast wie leicht erstarrt, doch sie neigte den Kopf, gab der Amerikanerin die Hand und setzte sich dann wieder hin.

»Sie ist erst sechzehn oder siebzehn«, flüsterte Martha Redworth. »So alt wie meine jüngste Tochter, die in Devonshire auf der Schule ist. Ah, guten Abend, Herr Feldmarschall.«

Ein kleiner gedrungener Mann in grauem Überwurf und Jodhpurs mit dem europäischen Allerwelts-Jackett und der nepalesischen Kappe stand vor ihnen. Sein rundes Gesicht mit den hochangesetzten Backenknochen war in freundliche Falten gelegt, seine runden Augen blickten klug und scharf in die Welt. Martha Redworth stellte ihn Anne vor, und er sagte:

»Ja, ich wollte gerade zu Ihnen kommen, um Ihnen zu sagen, daß ich Sie seit Jahren kenne, Mrs. Ford, durch Ihr Buch.«

»Ich danke Ihnen«, sagte Anne.

»Sie müssen mich in meinem bescheidenen Hause besuchen«, sagte der Feldmarschall. »Meine Frau wird sich sehr freuen, Ihre Bekanntschaft zu machen. Und ich muß Ihnen meine Bücher zeigen.«

Da tauchte General Kumar neben ihnen auf und sagte: »Kommen Sie, Madam, ich nehme Sie mit auf die Runde.«

Anne ging mit ihm. Nach einer kurzen Pause begann die Kapelle vor dem Hause heftig zu spielen. – Der General sog die Luft ein. »Es wird Regen geben«, sagte er. »Das ist ein gutes Omen. – Ich habe Sie mit mir gebeten, Madam, weil ich wollte, daß Sie Unni Menon kennenlernen; ich wollte ihn aber nicht in die Nähe Rukminis bringen, aus Angst, daß es Krach gibt. Mir scheint, Ranchit ist heute streitsüchtiger Laune.«

Sie gingen aus dem Saal, durch das Vestibül, das angefüllt war mit Elefantenstoßzähnen und Hörnern, Rhinozerosköpfen, ausgestopften Bären und Stühlen mit Tigerfellen darauf, in einen kleinen Raum, wo gegen einen Flügel gelehnt ein Herr im Gespräch mit Fred Maltby stand.

»Unni«, sagte der General. Der Herr drehte sich um, und Anne mußte denken: Wie groß er ist! dann: Wie dunkel er ist! Sie gab ihm die Hand, die in der seinen verschwand.

»Ah, hallo, Anne«, rief Fred Maltby aus, »nett von Ihnen, zu uns zu kommen. Es ist hier ruhiger als im großen Saal.«

Der General fragte: »Haben Sie Unni von Ihrer Frau erzählt?«

»Noch nicht«, sagte Fred und machte ein saures Gesicht.

Der General bot Zigaretten an. Jeder nahm. Anne lehnte sich gegen den Flügel, da erscholl plötzlich eine grelle Stimme: »Ach, da bist du!« Es war Isobel; hinter ihr kamen Ranchit und die Amerikanerin, die auf Unni zuging, dabei ihren Dirndlrock so heftig herumschwenkte, daß er an Anne streifte, durch ein Schulterzucken die Bluse noch etwas tiefer rutschen ließ und ihre Hand auf seinen Arm legte. Dabei schaute sie ihm mit einer dreisten Grimasse ins Gesicht und sagte: »Darling, du bist wieder da aus deinen Bergen? Warum hast du mir nichts davon mitgeteilt?«

»Hätte ich das gesollt?« fragte er liebenswürdig. Seine Stimme war sehr tief, so wie ein ganz tiefer Glockenton. Wie dunkler Honig, dachte Anne; wie im Schatten eines riesenhaften Baums während der Mittagshitze. Eine dunkle Stimme. Eine Stimme, die nicht zu brüllen braucht, gar nicht brüllen kann. Sie warf einen Blick auf ihren Arm hinunter, der auf dem Deckel des Flügels ruhte und – staunte; er war von einer leichten Gänsehaut überzogen

»Nun«, sprach jetzt Ranchit, und seine Stimme klang im Gegensatz zu der Unnis in lächerlichem Falsett, »wie steht's mit der Arbeit, Unni? Ich höre, du bringst eine ganze Anzahl unserer Leute bei dem Damm ums Leben.«

Donner rollte, ein leichter Regen setzte draußen ein, fiel auf die Fahnen, den Kies, die Autos und Jeeps, auf die Soldaten. Leute, die auf dem Balkon gestanden hatten, flüchteten in das Zimmer. Aber der flimmernde Wasserguß hielt nur ein paar Minuten an, dann drang erfrischende Kühle herein, die Kapelle fing von neuem an zu spielen, und die Sonne trat wieder aus den Wolken hervor.

»Regen vor Eintreffen des Bräutigams«, sagte Unni. »Das ist ein gutes Omen.«

»Jawohl«, bekräftigte der General. »Wundervoll glückliche Vorbedeutung, wenn der Regen den Staub vor des Bräutigams Füßen niederdrückt.«

»Wollen wir auf den Balkon hinausgehen?« forderte Unni Anne auf, die denn auch, von Unni, dem General und Dr. Maltby gefolgt, nach vorne ging. Im Rahmen einer offenen Fenstertür über dem Garten blieben sie stehen. Die Straße entlang kam, sich windend und von einer Seite zur andern schwankend, unter einem vom Wind weitergetragenen Radau aus Musik und Gelächter der Bräutigamszug daher wie eine kurze, bunte Schlange.

Paul Redworth gesellte sich zu ihnen: »Hallo, Unni. Wie geht's mit dem Damm voran?«

»Sehr gut«, antwortete Unni. »Immer noch die gleiche Schwierigkeit, sonst aber gut.«

»Und die Kapriziöse?«

»Sie rumort immer weiter. Vor einer Woche stieß sie plötzlich einen lauten Schrei aus, fetzte einen Brocken am linken Hang ab, zerschlug einen großen Teil der Böschung und ein Stück der Straße und riß sie ein paar hundert Meter hinunter. Beinahe hätte sie auch ein Dutzend Arbeiter mitgerissen, die aber gerade noch rechtzeitig beiseite sprangen. Sie wird uns dies Jahr während des Sommermonsuns noch allerhand Streiche spielen.«

»Ob Sie es glauben oder nicht, er spricht nur von einer Bergkuppe«, erklärte der Resident Anne. »Die macht ihm mehr Schwierigkeiten als jede Frau, scheint mir.«

»Dennoch …«, sagte Unni. »Es ist eben Mana Mani, die Kapriziöse, die Launenhafte. Sie ist schön und jung und will sich nicht bändigen lassen. Sie müssen bald einmal hinaufkommen. Wunderschön sind die Rhododendren jetzt an den Hängen.«

»Ich würde gern mitkommen und Ihren Damm ansehen«, sagte der Resident.

»Ich fliege morgen wieder zurück«, sagte Unni.

»Das ist zu früh«, sagte Paul Redworth. »Sie haben versprochen, mich nächste Woche über die neue Indienstraße zu bringen, erinnern Sie sich?« Dann zu Anne gewandt: »Apropos, Anne, möchten Sie und Ihr Mann nicht nächste Woche mitkommen nach der neuen Straße?«

»Die Rhododendren blühen herrlich an den Hängen«, sagte Unni noch einmal, »und alle Vögel sind wiedergekommen. Als die indischen Pioniere vor zwei Jahren im Gebirge zu sprengen begannen, ergriffen die Vögel die Flucht. Jetzt haben sie aber keine Angst mehr vor den Sprengungen.«

Der Hochzeitszug kam jetzt, die Musik an der Spitze, durchs Tor marschiert; Trommeln, Trompeten, Zymbeln erschollen laut. Als sie auftauchten, fing die auf dem Rasen wartende Kapelle an, einen Marsch zu schmettern, und die Nepalesen lachten laut auf über das akustische Duell, das die beiden Kapellen ausfochten. Hinter den Musikern kam das Gefährt des Bräutigams, ein Landauer, der von zwei Braunen gezogen wurde.

»Ein Landauer aus König Eduards Tagen, der Schwarm meiner Jünglingsjahre!« rief Paul Redworth begeistert aus. »Martha! Wo ist denn das Weib? So einen hatten wir doch damals in Dublin auf unserer Hochzeitsreise!« Und er lief fort, um seine Frau zu suchen.

Hinten auf dem Landauer standen zwei Lakaien in scharlachroter Livree mit goldenen Epauletten und Tschakos auf dem Kopf, die über den Insassen des Wagens einen Riesensonnenschirm aus roter, mit goldenen Quasten befranster Seide hochhielten. Hinter dem Wagen kam ein Schweif von männlichen Verwandten und Freunden des Bräutigams, einige darunter in Radschputen-Turbanen mit kokett abstehenden Gazeschleifen, gold-und-karmesinroten Tuniken, Schärpen, edelsteinbesetzten Kurzschwertern und weißen Jodhpurs. Der Bräutigam in dem Wagen schimmerte und flimmerte nur so in seinem Gewand aus Scharlach- und Goldstoff, seinem mit Edelsteinen besetzten geflochtenen Hut und dem Schwert im Gürtel. Langsam bewegte sich der Zug um den Rasen. Aus dem säulengetragenen Vestibül kam nun eine dritte, aus Flöten, Trommeln und Zymbeln bestehende Musikkapelle, die eine alte klassische Willkommensweise spielte, über die Treppe heruntergewankt. Worauf alle Gäste in neues fröhliches Lachen ausbrachen.

»Musik ohne Grenzen«, rief Pater MacCullough aus, in dem allgemeinen Freudentaumel übers ganze Gesicht grinsend.

Die drei Kapellen spielten zusammen drauflos und bemühten sich wacker einander zu übertönen, so daß ihre gemeinsame Lautstärke immer mehr anschwoll. Vor dem Eingang hielt nun der Bräutigamswagen; der Kommandeur und die Anverwandten setzten sich in Marsch, um feierlich dreimal um ihn herumzuschreiten, wobei sie den Bräutigam mit Blütenblättern bewarfen und aus einer goldenen Kanne mit feiner Tülle mit Wasser bespritzten.

»Das ist doch sehr hübsch und lustig«, sagte Fred Maltby lächelnd, der für den Augenblick nicht mehr an seine Frau dachte. »Was kommt jetzt?«

»Die Bewillkommnung und Segnung des Bräutigams«, sagte Unni. »Der Vater der Braut bringt jetzt die ›Tika‹, das rote Zeichen des Willkommens, auf der Stirn des Bräutigams an.«

Der Bräutigam stand nunmehr von seinem Wagensitz auf, um ins Haus zu gehen. Er trug rote Stoffschuhe mit nach oben gekehrten Zehen. Pater MacCullough gab eine Erklärung über die Bedeutung und Zusammensetzung der »Tika« ab: Sie bestehe aus Sandelholz, Asche und Heiligkeit. »Die weitere Empfangszeremonie spielt sich nun im Mittelhof ab«, sagte er. »Wir wollen hinuntergehen, nicht?« Er ging mit Anne die Treppen hinunter, wobei er sich mit Behagen über die an der Wand hängenden Köpfe ausließ. »Lauter Jagdtrophäen ... die Ranas waren und sind große Jäger, wie Sie wissen. Der Feldmarschall hat das größte Tigerfell erbeutet, das je gesehen wurde; er erlegte das Tier im Terai-Dschungel, dem umfangreichsten Jagdgebiet für Großwild auf der Welt. Wenn Sie ihm gefallen, wird er Sie schon einmal mit hin nehmen. Haben Sie seine Gattin kennengelernt?«

Von seiner Mitteilsamkeit etwas benommen, nickte Anne nur. »Apropos: Gattin«, fuhr er ein wenig verlegen fort, »über unsern Freund, den Doktor, wußte ich nicht Bescheid. Sie waren doch mit ihm zusammen, als die Sache passierte, nicht? War schon gut, daß ich meinen Mund nicht aufgetan habe, als sie mir ihren Namen nannte. Allerdings, müssen Sie wissen, höre ich auf dem einen Ohr ein bißchen schwer. Ich verstand Maubrey statt Maltby; und als ich unsern alten Fred weglaufen sah wie einen Hasen, schnappte es daher nicht ein bei mir. Mein Gott, wie der alte Knabe lief! Für manche Leute hier bedeutet das einen ziemlichen Schlag, daß sie von der Ehe des Doktors nichts wußten. Höchst erfreulich, daß General Kumar sie weggebracht hat. Aber das ist natürlich nur vorübergehend, eine Atempause, während der Fred sich darauf vorbereiten muß, sich ins Unvermeidliche zu schicken ... Ich muß mit ihm sprechen ... Vielleicht kann ich ihm irgendwie behilflich sein.«

»Ich dachte, es gehe auf Mr. Menon zurück, daß sie am heutigen Nachmittag aus dem Weg geschafft wurde«, sagte Anne.

»Auf Unni? Nein. Das hat der General veranlaßt«, sagte Pater Mac-Cullough. »Unni war noch gar nicht zurück. Es ist ja harmlos, aber immerhin etwas wie Betrug, und Unni ist ein anständiger Kerl, ein hochanständiger Kerl«, ereiferte sich der Pater. »Glauben Sie nicht all das Zeug, was Sie über ihn hören. Eine ganze Menge Leute sind eifersüchtig. Wie dem auch sei, er hätte die Sache anders angefangen. Ich hoffe stark, daß Unni eines Tages das Licht erkennt und sich auf unsere Seite schlägt«, fuhr der Pater sehr ernst fort. »Er ist ein seltener Mensch, eine große Seele. Berge hat er lieber als ... na, Sie wissen schon ... Aber die Menschen hier sind recht ... erdhaft, wenn Sie wissen, was ich damit sagen will, Mrs. Ford. Es gibt hier so wenig zu tun ... es sind keine Theater da, kein Lokal, in das man gehen kann, nicht viel geistige Kultur, eine kleine Gemeinschaft ... das ist eine starke Versuchung, wenn ich auch sagen muß, daß die nepalesischen Damen sehr tugendhaft und sittsam sind. Sehr sogar. Die Touristen sind eigentlich die schlimmsten Schädlinge. Sie kommen daher und erwarten hier ...«

» ... was sie in London und Paris finden«, sagte Anne.

»Nun ja, drücken wir es so aus. An jedem Ort ist es so ziemlich dasselbe, nicht? Aber sie lernen die Nepalesen gar nicht richtig kennen, weil sie viel zu kurz hierbleiben.«

Pater MacCullough und Anne waren auf einer Galerie stehengeblieben, die rings um den mittleren Binnenhof herumlief; ein Teil davon bestand aus einer Rasenfläche, in deren Mitte ein zementierter Tennisplatz lag; dieser war jetzt mit gelber Tonerde überzogen, und mit feinem farbigem Sand waren darauf nach indischer Manier wunderschöne Blumen- und Früchtemuster gestreut. Bogen aus grünen Zweigen umgaben ihn. In der Haltung eines Mogulbildes, die Hand auf der edelsteinbesetzten Schwertscheide, barfüßig, stand darin der Bräutigam, während die Verwandten der Braut ihm unter den vorgeschriebenen Zeremonien Reis und Mais sowie Wasser in einer goldenen Kanne darbrachten.

Neben ihm stand ein Priester, ein Newari, ein kleiner, von dem großgewachsenen Rana überragter Mann, in einer zerrissenen Jacke, deren Futter ihm hinten über die Oberschenkel hing, verschossenen Jodhpurs, mit einem dicken Wollschal um den Hals und einem lustigen Schnüffeln, das er in das halb gesungene, halb gesprochene, aus einem abgegriffenen gelben Buch mit dünnen Blättern abgelesene Gebet einstreute. Nun trat auf den Bräutigam eine Frau zu, die aussah wie eine Dienerin, klein, untersetzt, mit flachem breitem Mongolengesicht, einem hausgewebten Sari und Ohrläppchen, die durch schwere Goldknöpfe verlängert waren (»das ist eine Gurung aus einem andern Gebirgsstamm, sehen Sie sich den schweren Goldschmuck an«, sagte Pater MacCullough). Die Füße der Frau hatten auseinanderstehende, greiffähige Zehen wie die der barfüßigen Feldarbeiter. Mit beiden Händen trug sie etwas, was aussah wie eine der Mützen, die man aus Weihnachts-Knallbonbons herausholt; es war ein Dreieck aus roter Seide, das auf irgendeiner versteifenden Einlage aufsaß, mit Gold übersät und an zwei Ecken mit gedrehten roten Schnüren und an der dritten mit einer Quaste versehen war. Sich auf ihre kurzen Zehen stellend, machte sich die Frau daran, dieses Gebilde auf dem Kopf des Bräutigams über dessen Hut anzubringen; der junge Mann selbst blieb reglos wie eine Steinfigur stehen und starrte vor sich hin. Mit den hochgestreckten Armen erreichten die Hände der Frau gerade seine Stirn, und da er den Kopf nicht vorbeugte, klammerte sie sich an ihn wie ein Specht an seinen Stamm und versuchte das Dreieck auf der Spitze seines roten und goldenen Hutes festzubinden. Er selbst durfte ihr wohl nicht helfen, hätte auch gar nicht gekonnt, da er keine Hand frei hatte: In der einen hielt er ein goldenes Zepter, in der andern eine mit Wasser gefüllte goldene Kanne. Das Dreieck rutschte ein paarmal über das Gesicht des Jünglings, der sich nicht bewegte; die Frau schob es wieder hinauf, wieder rutschte es herunter. Schließlich kamen ihr zwei Männer zu Hilfe, aber auch sie konnten das Dreieck nicht an Ort und Stelle bringen; nach zehn Minuten standen alle drei von ihrem nutzlosen Beginnen ab. Lachend schlenderte die Frau, lustig die Schnüre hin- und herschwenkend und mit den Gästen scherzend, davon. Inzwischen waren dem Bräutigam Reis in einem Sieb, Stoff, Korn, Obst, auf Matten zusammengehäuft, dargeboten worden, um ihm zu beweisen, daß alles, was das Haus an Köstlichem und Kostbarem enthielt, ihm übergeben sei. Die ganze Zeit über spielten die drei nepalesischen Kapellen eine Melodie, die sich anhörte, als werde sie von schottischen Dudelsäcken hervorgebracht.

Von den Balkonen darüber und aus den offenen Fenstern betrachteten Frauen den Vorgang; jedoch nur Frauen; denn die nepalesische Männerwelt und die Fremdenkolonie (von Paul Redworth mit dem Spitznamen »*Tout*-Katmandu« belegt) befanden sich unten im Hof. Pater MacCullough kargte nicht mit weiteren Erklärungen: »Hier in Nepal sind die Frauen keine verschüchterten, in Harems verbannte Geschöpfe wie in den mohammedanischen Ländern. Hier sind sie glücklich und frei, lachen viel, und keine nepalesische Witwe ist jemals auf dem Scheiterhaufen verbrannt worden. Die Nepalesen sind ein wunderbar duldsames Volk; die Herbheit und Grausamkeit des Hinduismus hat in ihren Feiern und Festen keinen Platz mehr. An ihren Festtagen sitzen die Frauen auf den pyramidenförmig angeordneten Mauerleisten der Pagoden, Stufe für Stufe übereinander, daß die ganze Pagode aussieht wie ein lebender Frauenturm. Die Männer bleiben indessen unten auf den Straßen stehen. Die Frauen waschen sich auch auf den Straßen an öffentlichen Hähnen, sind aber selbst dabei immer in anständiger Weise bedeckt. Meines Erachtens könnte sich manche unserer Damen daheim an dieser Keuschheit und Sittsamkeit ein Beispiel nehmen.«

Der Kommandeur winkte nun den Gästen zu, sich näher an die Einfriedung heranzubegeben, um die Zeremonie mitanzusehen. Isobel und John, dieser mit der Kamera über der Brust, traten vor. Was für einen komischen Hut Isobel aufhat, dachte Anne. Sie hatte ihn bisher nicht bemerkt. Er war von knallroter Farbe und hatte die Form eines Admirals-Dreimasters; es steckten zwei Riesennadeln darin mit Knöpfen wie übergroße Mückenaugen. Im Licht der untergehenden Sonne, das über den Hof sickerte, erschien der Hut wie ein auf ihrem Schädel hockender lebendiger Vogel, der mit vielfacettierten Insektenaugen umherglotzte.

Plötzlich wurde es kalt, eine kühle Luftschicht legte sich wie ein Mantel über aller Schultern. Anne zog ihre Wollstola fester um sich. In der Nähe befanden sich auch »Geschichte« und »Erdkunde«; sie redeten miteinander, begrüßten da und dort Leute, lachten, warfen die Köpfe hoch und die Blicke herum. In einer Ecke der Galerie stand, der sich in die Länge ziehenden Zeremonie keine Beachtung schenkend, Fred Maltby, in ernster Unterhaltung mit Unni begriffen, der dabei mit einer Münze spielte, die er in die Luft warf und auffing, ohne den Blick von Fred wegzuwenden. Der Bräutigam verließ nun den Hofraum und ging ins Haus, die Gäste taten desgleichen.

Es wurden Getränke herumgereicht: Whisky, Cognac, Grenadine und Coca-Cola. Man ging auf und ab und unterhielt sich. John, Ranchit, Pat und Isobel standen wieder zusammen; Isobel redete laut mit erhitztem Kopf. Sie verschüttete den Inhalt eines Glases; ein Diener brachte ihr sofort auf einem Tablett ein frisches Glas. Die Lampen wurden angedreht; der bräunliche, rauchige Schein, der von den Lüstern sickerte, ließ die Schatten tiefer und die Hörner an den Wänden bedrohlich erscheinen. Die meisten Nepalesinnen hatten sich in die inneren Gemächer zurückgezogen; einige wenige nur, umhüllt von ihren glänzenden Saris, waren geblieben. Ein paar Jeeps und Wagen fuhren ab, andere fuhren vor. Hilde kam zu Anne heran.

»Wollen Sie eine Spazierfahrt machen, Anne? Unni bringt mich zum Gefängnis, und die Redworths gehen auch weg. Paul verträgt das Essen nicht, deshalb nehmen sie zu Hause einen kleinen Imbiß zu sich. Es dauert noch ein paar Stunden, bis Seine Majestät kommt; und das Bankett beginnt auch erst um Mitternacht.«

»Ich komme mit«, sagte Anne. Sie ging durch den Saal hinüber zu John. Er hatte sie herankommen sehen, brach daher in lautes Lachen aus, um darzutun, wie gut er sich amüsiere.

»Ich mache eine Spazierfahrt mit Hilde, John. Bin bald wieder zurück.«

»He? Ja ja, gewiß«, sagte er, sich umdrehend. Er war glücklich, weil er Geschichten aus seinen Jugendtagen hatte zum besten geben können. Pat hörte zu und lachte an den richtigen Stellen. Desgleichen Isobel. Wenn Anne dabei war, konnte er seine Geschichten nicht so gut vom Stapel lassen. Die Art, wie sie sich abschloß, nicht mehr vorhanden war, ihm sozusagen die Türe der Beachtung vor der Nase zuwarf, machte die witzigsten Sachen unwitzig. Sie hatte überhaupt keinen Sinn für Humor.

Hilde und Anne gingen zum Jeep und kletterten, sich an den Handriemen haltend, hinein. Unni ließ den Motor an, und dann fuhr der Wagen leise brummend zum Garten hinaus; das Licht der Scheinwerfer glitt auf und ab über Felder und Hecken, erfaßte hin und wieder einen die Schultern in seine Wolldecke mummelnden, barfüßigen Newari, der mit grinsendem Gesicht stracks ins Licht hineinsah. Die Nacht war kühl und mondlos. Um eine Ecke herumbiegend, stießen sie auf eine rund um einen Schrein lagernde Gruppe von Pilgern, die mit ihren Faltengewändern an Bibelbilder erinnerten; runde Kinderköpfe drückten sich schlafend in die Schöße der Mütter; ein hagerer nackter Saddhu fuhr, von seiner wirren Haarmähne umwallt, hoch wie das struppige Leittier eines Wolfsrudels und starrte den Jeep an.

»In zehn Tagen ist das Fest des Shiva«, sagte Unni. »Die Pilger kommen dazu von Südindien her. Hunderte und Aberhunderte von Meilen legen manche zu Fuß zurück, um das Fest im Tempel von Paschupatinath zu begehen.«

»Hoffentlich ist Wassili bis dahin aus dem Gefängnis entlassen«, sagte Hilde, in ihre eigenen Gedanken versunken.

Sie langten bei einem dunklen Gebäudekomplex mit hohen Mauern an. Zwei Soldaten in Khakiuniform und mit aufgepflanzten Bajonetten kontrollierten den Jeep, leuchteten mit Taschenlampen Unni und die beiden Frauen ab und öffneten dann ein Seitenpförtchen. Mit einem »Adieu, Anne; danke, Unni« stieg Hilde aus und ging in das Lichtviereck hinein. Man hörte ihre Schuhe auf den Steinfliesen; die Soldaten schlossen das Pförtchen wieder. Als er eingestiegen war, bot Unni Anne eine Zigarette an.

»Wollen wir ins Royal fahren, dort etwas trinken und ein Sandwich essen? Das wäre viel gemütlicher.«

»Gern.«

Im Royal-Hotel saßen ein paar Touristen an der Bar und tranken, andere spielten Billard. Anne ging sich die Hände waschen und das Haar richten. Aufseufzend vor Wohlbefinden ging sie zur Veranda zurück; sie fühlte sich körperlich erholt und selbstsicher. Plötzlich gingen die Lichter aus. Sie tat, blind um sich tastend, einen Schritt vorwärts, merkte mit einmal, ohne daß sie einander berührt hatten, daß Unni neben ihr war. Im Hintergrund riefen die Hotelbediensteten nach Kerzen. Unni nahm Anne bei der Hand.

»Erlauben Sie, daß ich Sie zu einem Tisch führe.«

Außer dem V-förmigen Ausschnitt des weißen Hemdes war er nur als dunkle Schattenmasse neben ihr wahrzunehmen. Als er dann lächelte, erkannte sie seine Zähne.

Darauf wurden Kerzen gebracht und aufgestellt, deren Licht ihrer beider Gesichter mit einem matten Kupferglanz überzog. Anne trank einen Sherry, der ihr zu süß war; sie aßen mit Hühnerfleisch belegte Brote, rauchten schweigend, befriedigt, völlig in sich geschlossen, ohne jedes Unbehagen; in dieser neuen ruhigen Heiterkeit einander fast kaum gewahr werdend, sprachen sie miteinander:

»Es war eine wunderschöne Hochzeit. Alles gefiel mir, das ich sah.«

»Hier prägt sich mir alles, was ich sehe, tief ein.«

»Mir ebenso. Ich bin hier seit vier Jahren und finde immer noch Neues.«

»Sie sind also nicht aus Nepal?«

»Nicht ganz. Mein Vater war Inder, meine Mutter Nepalesin.«

»Sie bauen einen Damm?«

»Wir nennen ihn einen Damm. Der Fluß, mit dem wir es zu tun haben, richtet durch Überschwemmungen viel Schaden an. Aber alles das, Dämme, Straßen, ist eine sehr schwere Aufgabe in den Bergen hier.«

»Wieso?«

»Weil die Berge so jung sind. Sie sind jung und lebendig, sie bewegen sich noch, sind in Tätigkeit. Sie werden es kaum glauben, aber die beste Stelle für unseren Damm ist auch das Epizentrum eines Erdbebengebiets.«

»Das klingt ja hochinteressant.«

»Es ist eine aufreibende und zeitweise auch gefährliche Arbeit. Aber sie wird für das Volk in wenigen Jahren einen bedeutenden Umschwung herbeiführen: hydroelektrische Energie, gute Straßen, bessere Ernten, keine Überschwemmungen mehr. Sie müssen einmal hinaufkommen und sich unseren Damm ansehen.«

»Sehr gern.«

»Ich bringe Sie hin. Aber inzwischen könnten Sie nächste Woche einmal mit Paul Redworth und mir die Straße ansehen, die sich im Bau befindet. Sie stellt einen Teil des indischen Hilfsprogramms für Nepal dar. Alle sind ganz erpicht darauf, Nepal zu helfen ... Die Amerikaner haben eine spezielle Punkt-Vier-Hilfskommission hier, um Krankenhäuser und Schulen zu bauen, neue Gewerbe einzuführen, Handwerker anzulernen, Bienenzucht, Sägemühlen, alles, um das Volk aus dem Armutszustand herauszubringen. Sie beabsichtigen auch, eine Straße zu bauen und einige Täler zu erschließen. Wahrscheinlich werden später auch die Chinesen sich erbieten, Nepal zu unterstützen. Nepal ist neuerdings etwas wie eine Dame mit vielen Verehrern, die nur allzu bereit sind, sie mit Geschenken zu verwöhnen.«

»Der kalte Krieg.«

»Ja, Angst macht freigebig. Der kalte Krieg, der in Katmandu ebenso vor sich geht wie in allen andern Hauptstädten der Welt. Nepal ist ein rückständiges, unterentwickeltes Land, und alle unterentwickelten Gebiete sind gegebene Ausbeutungsobjekte für den Kommunismus, und somit muß man sich darauf stürzen und etwas tun, bevor die Gegenseite etwas tut.«

»Kommt dabei etwas heraus?«

»Nicht immer. Und zwar aus verschiedenen Gründen, vornehmlich deshalb, weil das, was als Hilfe bezeichnet wird, häufig in Form und Inhalt nicht zu dem Land paßt, für das sie bestimmt ist. Unsere Freunde, die Amerikaner, sündigen in dieser Hinsicht am schlimmsten: Sie errichten ein fabelhaft ausgestattetes Krankenhaus, dann überlassen sie die ganze Sache sich selbst, natürlich geht im Handumdrehen alles in Stücke; sie entwerfen ein Straßenbauprogramm, das Millionen kosten soll, und schicken haufenweise Sachverständige und tonnenweise Maschinen daher, vergessen aber, gleichzeitig die gewöhnlichen Durchschnittstechniker mitzuschicken zur Instandhaltung der Maschinen, die deshalb einfach verkommen; so haben wir ein paar großartige Erdbagger hier, die bereits in die Brüche gehen. Man bewilligt Millionen Dollar für Hilfe an fremde Länder, aber mehr als zwei Drittel dieser Beträge gehen für die Bezahlung der riesigen Gehälter und den Bau von Unterkünften mit allen Annehmlichkeiten für das Personal drauf, und dann wundert man sich, daß die Länder, denen man die Hilfe zukommen läßt, nicht von Dank überfließen.«

»Und die Chinesen?«

»Ach, die werden auch kommen, aber sie sind keine wirkliche Konkurrenz, obschon die Amerikaner immer vor ihnen zittern. Zur Krönung wird eine chinesische Abordnung eintreffen. Sie haben in Tibet ein paar gute Straßen gebaut; sie sind ein Volk, das mit Ernst an die Dinge herangeht. Aber sie haben einstweilen genug mit sich selbst zu tun. Bisher hat für das Land hier Indien am meisten geleistet; es ist ja auch stärker daran interessiert als jedes andere, da Nepal sein Bollwerk gegen Norden ist. Die Straße von Indien herauf nach Katmandu wird im Tal hier wie auch in der andern Tälern, durch die sie läuft, einen vollständigen Umschwung herbeiführen. Wie gesagt, Sie müssen sie einmal ansehen ... aber natürlich auch die Rhododendren und die Vögel.«

»Wenn John und ich dazu kommen«, sagte Anne. »Ich muß Isobel fragen. Ich lehre Englisch am Töchter-Institut, wissen Sie.«

»Ja, ich weiß«, sagte Unni lächelnd, »und Sie haben ein Buch geschrieben, aber ich habe es nicht gelesen.«

»Nicht«, sagte Anne lässig, »tun Sie's nicht.« Das eine Glas Sherry war ihr ein wenig zu Kopf gestiegen. »Die Sandwiches sind gut«, sagte sie ernst.

»Jawohl«, sagte Unni.

Man hörte rasche Schritte herankommen, und dann wurden auf einmal die weißen Haare und darunter die besorgten Gesichtszüge des Generals sichtbar. »Ach, da sind Sie«, sagte er, setzte sich zu ihnen an den Tisch und redete auf Nepalesisch daher. Unni hörte zu, lachte einmal auf, lehnte sich mit dem Stuhl hintenüber, der General lachte auch, jedoch begleitet von einem spöttischen Achselzucken.

»Verzeihen Sie«, sagte Unni zu Anne. »Dem General fällt es manchmal leichter, nicht Englisch zu sprechen. Er hat mir gerade erzählt, daß Mrs. Maltby auch zur Hochzeit gekommen ist.«

»Ach, du meine Güte«, sagte Anne, »das kann eine ernste Sache werden.« Der General, der den von ihm selbst gesprochenen Satz wieder hörte, mußte lächeln, schüttelte dann verzweifelt den Kopf, stöhnte und fuhr sich mit den Fingern in die weiße Haartolle.

»Sie kam zusammen mit dem Rampoche von Bongsor, den sie unterwegs getroffen hat. Ich kenne ihn gut: Er ist einer der begabtesten und bezauberndsten Gauner im Himalajagebiet«, sagte Unni. »Sie trat großartig herein und sagte: ›Ich möchte Dr. Maltby sprechen.‹ Die Jagd geht also los. Der General sah sie hereinkommen, suchte eiligst nach Fred, konnte ihn aber nicht finden. Eudora ist noch bei der Hochzeit und redet auf Paul und Martha ein, sie habe ein Recht, ihren Gatten zu sehen. Die Majestäten müssen jeden Augenblick eintreffen. Einstweilen ist Martha noch Herrin der Lage.«

»Was sollen wir also tun?«

»Der General möchte, daß wir wieder hingehen. Er meint, wir könnten ihr gut zureden und sie vielleicht besänftigen.«

»Ja, Sie reden, und ich werde beten«, sagte der General. »Wir können unterwegs am Padmani-Schrein anhalten. Ich möchte mit meinen Gebeten dort beginnen.«

»Also auf, gehn wir beten und dann mit Eudora sprechen«, sagte Unni.

Neuntes Kapitel

Frederic Maltby zu überreden, zur Hochzeit zu gehen, war nicht leicht gewesen. Gegen Mittag, während Anne und John, das Ehepaar Redworth und Isobel im Royal-Hotel waren, hatte Fred, von panischer Angst ergriffen, General Kumar in dessen Gemächern aufgesucht und ihm erklärt, er gehe nicht zur Hochzeit.

»Nicht zur Hochzeit?« Der General saß rauchend, seinen Morgenwhisky schlürfend und mit seinem siebzehnten – einstweilen letzten – Kind spielend, auf dem Fußboden. Er starrte den Doktor an und sagte: »Mein lieber Freund, Sie wissen doch, daß Sie einer der Ehrengäste unserer Demokratie sind ... Sie dürfen dabei nicht fehlen.«

»Ich könnte doch krank sein«, sagte Fred.

»Kommt gar nicht in Frage«, sagte der General. »Sie sind so stark wie der Stier des Gottes Shiva; Sie waren noch keinen Tag lang krank, seit Sie vor fünf Jahren hierher ins Tal gekommen sind. Ihre plötzliche Heimsuchung durch Krankheit würde von schlechter Vorbedeutung für die Heirat sein. Der Oberstdeuter müßte die Hochzeit aufschieben und inzwischen die Sterne von neuem befragen.«

»Ach, gehn Sie doch …«, sagte Fred.

»Wenn nicht die Astrologie, so verbietet Ihnen die Courtoisie, heute krank zu sein«, sagte der General streng. »Heute krank zu werden, wäre sehr unhöflich von Ihnen, sehr ›schlechter Ton‹, mein Freund. Nein, ich warte noch auf Unni, der einen klareren Kopf hat als Sie und ich. Doch wenn er nicht binnen einer halben Stunde eintrifft, so habe ich meinerseits einen bescheidenen Feldzugsplan.« Dabei streckte er der tibetanischen Magd, die um ihn herumschlurfte, das leere Glas hin, das diese sofort aus einer auf dem Tisch stehenden Flasche Whisky nachfüllte. »Wassili hat mir dreißig Flaschen überlassen, ehe er vorigen Monat ins Gefängnis mußte«, sagte der General kummervoll. »Es ist die letzte.«

Fred lief im Zimmer auf und ab. »Ich glaube nicht …«, fing er an, wurde jedoch sofort vom General unterbrochen:

»Nur schlechte Tänzer beklagen sich darüber, daß der Boden schräg sei«, sagte der General. »Die Person saugt Ihre Seele aus, und Sie können ihr nur entgehen, wenn Sie gleich dem göttlichen Buddha so losgelöst von der Welt werden, daß keine Erscheinung und kein Teufel Ihnen etwas anhaben können. Doch wir sind ja nur Menschen, und selbst ein Hund sucht Schutz vor dem Gewitter. Nun, ich werde all meine Tatkraft für Sie aufbieten, mein Freund. Rufe meinen Sohn Dipah«, sagte er zu der Magd.

Der Plan, Eudora zum Besuch des Swami Bidahari fortzuschicken, hatte Fred nicht sehr zugesagt. Er hatte den Swami zum letzten Male vor drei Jahren gesehen, und schon damals war er senil gewesen. Dabei lag Bidahari Mahal, der Palast, in dem er hauste, volle zwanzig Kilometer weit, fast die halbe Länge des Katmandutals, entfernt. Eudora würde die Hochzeit versäumen, und daß ihr dafür der Swami genügenden und genußreichen Ersatz bot, das bezweifelte er.

»Der Swami war einmal ein bedeutender Musiker«, sagte der General.

»Ja, vor fünfundzwanzig Jahren, als er noch zu reden vermochte«, erwiderte Fred Maltby. »Als ich das letzte Mal bei ihm war, war er schon völlig verkalkt.«

»Mein Sohn Dipah ist ein junger Mann, der sich stets zu helfen weiß; er wird den Dolmetscher machen«, sagte der General, jede weitere Diskussion abschneidend.

Fred Maltby zuckte die Achseln und lachte. Warum regte er sich eigentlich so auf? Für Eudora war auf jeden Fall gesorgt, auch wenn sie das Mittagessen versäumte und eine Hochzeit … plötzlich, wie mit

einem Schlage, überfiel ihn etwas wie Beschützergefühl ... es
schmerzte ihn, ihr das anzutun. Er schämte sich. Aber es war jetzt alles schon zu weit gediehen. Es war seine Schuld, weil er so feig gewesen war. »Ich muß mit ihr aus freien Stücken morgen zusammenkommen.«

Auf der Hochzeit wurde ihm leichter ums Herz. Er hatte Unni mit
Hilde ankommen sehen; dann hatte er Unni dazu veranlassen können, mit ihm in eine Ecke der Galerie zu gehen, wo er ihm unter vier
Augen sein Herz ausschütten konnte. Fred hatte den General sehr
gern, und er war auch gut befreundet mit manch anderem Mann in
Katmandu, aber das Band, das ihn mit Unni verknüpfte, war enger
und fester als alle andern. Vielleicht deshalb, weil Unni gleich ihm ein
Baumeister war, einer der Menschen, die das Antlitz der Erde verändern, ohne daß man von ihnen weiß. Unni baute Brücken und Dämme, versetzte Berge, und Fred Maltby vollbrachte medizinische Wundertaten; beide waren sie Zeitraffer, verlegten sie ein Land des elften
Jahrhunderts binnen einem Jahrzehnt ins zwanzigste Jahrhundert,
indem sie neunhundert Jahre in zwei Fünf-Jahres-Pläne zusammenballten. Wenn Unni nach Katmandu kam, was ein- oder zweimal im
Monat der Fall war, dann wohnte er bei Fred Maltby. Sie tranken viele Gläser zusammen, lauschten Freds Langspielplatten, rauchten, redeten. Es war eine ungeschriebene, unfragwürdige Männerfreundschaft, die keiner Nachhilfe bedurfte und keiner Veränderung unterworfen war.

Es war ihm leichter zumute, froher und glücklicher, nachdem er sich
mit Unni ausgesprochen hatte, der ihn, geräuschlos mit seiner Münze
spielend, stumm angehört hatte, während die Gäste in die Säle hineinströmten, wo Getränke angeboten wurden. Er hatte das Gefühl, er
sei einer Auseinandersetzung mit Eudora jetzt gewachsen. Er wollte
sie deshalb nicht absichtlich aufsuchen, das wäre ja kindisch, aber
wenn sie ihn sprechen wollte, dann würde er zu ihr gehen. Er würde
sich höflich und natürlich benehmen, »Guten Tag, Eudora« sagen, als
wenn es das Selbstverständlichste von der Welt wäre, daß Ehemann
und Ehefrau einander nach achtzehnjähriger Trennung in Katmandu
begegneten. Während es immer dunkler und die Hochzeitsfeier zu
einem geduldigen Warten auf den König wurde, ging Fred Maltby
von Gruppe zu Gruppe, ein Glas in der Hand, das er zwar unberührt
ließ, das ihn jedoch vor den eifrigen Dienern bewahrte, die sich auf jeden stürzten, bei dem sie ein leergetrunkenes Glas zum Nachfüllen
vermuteten.

Der Brautvater, der Oberkommandierende, hatte sich nunmehr in volle Galauniform geworfen. Er war ein vollendeter Gastgeber, liebenswürdig und tadellos wohlerzogen; umschichtig ließ er über jeder Gruppe seiner Gäste seinen rahmgelben Teint und seine heiter-beschauliche Buddhamiene leuchten – über die Amerikaner des Punkt-Vier-Palastes in korrekter Kleidung, die Damen mit Hüten und Handschuhen; die nette, rothaarige englische Ärztin aus dem Pokhratal, das zwei Wochen zu Fuß und zwanzig Minuten mit Flugzeug von Katmandu entfernt lag; über Erdkunde und Geschichte, die miteinander kicherten und verschämt behaupteten, sie könnten nichts trinken; Martha Redworth, die bei ein paar stumm lächelnden, Kokosschnitzchen kauenden Nepalesinnen saß. Isobel, John Ford, Ranchit und die amerikanische Malerin bildeten noch immer ein Grüppchen für sich. Der komische Hut Isobels fiel auch Fred Maltby auf; mit den zu beiden Seiten herausstehenden Nadeln kam er ihm vor wie das Haupt eines Opferstiers auf dem Altar oder der Hals eines Kampfstiers voller Banderillas, wie er solche in spanischen Arenen gesehen hatte. Isobel redete laut und keuchend drauflos, ganz ohne ihre sonstige überlegene Würde, als hätte sie keine Zeit, Atem zu holen, als wäre es etwas unvorstellbar Wichtiges, was sie ausdrücken wolle, aber nicht von sich gebe; einen kurzen Augenblick lang schwebte in bernstein- und wachsfarbener Aufmerksamkeit das Antlitz des Kommandeurs über ihr und löste sich zu einem liebenswürdigen Lachen auf, während seine Blicke scharf und klug den Zeitpunkt abschätzten, da sie gleich andern Gästen in eines der inneren Gemächer abgeführt werden mußte, wo sie ihrem Übelbefinden freien Lauf lassen konnte.
Fred Maltby lachte sich ins Fäustchen, als er wahrnahm, wie Major Pemberton in eine gewichtige Auseinandersetzung mit dem Kommandeur über die Verdienste der Gurkhas hineinschlitterte. Er sah den Feldmarschall vorbeikommen, der in eine Unterhaltung mit dem Kurator des Museums und dem Unterrichtsminister vertieft war. Er bemerkte, wie die Redworths ohne Aufhebens zu ihrem kleinen Imbiß verschwanden, sah Hilde und Anne mit Unni fortgehen und auch, wie Rukmini ihnen, schön wie immer und mit ihren Schmuckstücken spielend, resigniert nachschaute. Welch ein Narr dieser Ranchit ist, dachte Fred, treibt sich mit jedem hergelaufenen Frauenzimmer herum, weil sie eine »Touristin«, eine »Weiße« ist, und weil er sich einbildet, mit einer weißen Frau zu schlafen, sei ein Akt der Überlegenheit, etwas wie eine Revanche des farbigen Mannes, ein Bumerang für die Zeiten, da die Weißen in Asien die Herren gewesen waren, sich

nach ihrem Belieben farbiger Frauen bemächtigten und ihre eigenen Frauen unerreichbar und unantastbar machten. Aber die Welt hatte sich inzwischen verändert: Neuer Reichtum in Asien, neue Armut in Europa – und die Frauen, die über eine raschere Wandlungs- und Anpassungsfähigkeit verfügen als die Männer, wurden vom Reichtum angezogen und gaben ihm nach. In den Nachtlokalen von Kalkutta, Singapur und Saigon zogen sich weiße Frauen nackt aus und tanzten vor braunen, gelben und schwarzen Männern, die ihnen Beifall klatschten. Ranchit hielt sich selbst für einen raffinierten »modernen« Don Juan. Er führte Listen, etwas wie eine »Streckenstatistik«, und rühmte sich offen seiner Jagderfolge. Rukmini hätte einen Mann wie Unni heiraten sollen, dachte der Doktor. Nun, Ranchit würde eines schönen Tages schon noch ein Licht aufgehen. Rukmini war sechzehn Jahre alt und in vieler Hinsicht noch ein Kind, aber eines Tages würde sie sich einen Liebhaber nehmen und Ranchit heimzahlen. Freilich würde es dann nicht Unni sein, sondern wahrscheinlich irgendein nichtsnutziger Leichtfuß oder ein ausländischer Künstler, der, als Tourist dahergekommen, ihr das Herz brechen und sie sitzenlassen würde. Sie war zu gefügig, zu nachgiebig und lieb, sie war zu sehr bemüht, sich gefällig zu erweisen. Da sah er einen Mann quer durch den Raum auf Rukmini zugehen und dann mit ihr sprechen; es war ein großgewachsener Amerikaner mit freien, offenen Zügen.

»Mike Young. Von der Punkt-Vier-Kommission. Ein Ingenieur«, hörte Dr. Maltby den Feldmarschall neben sich sagen. »Ein munterer, braver Geselle, aber sehr jung.« Dem Feldmarschall entging nichts. Er saß in seiner Bibliothek, vergraben in seine Bücher, seine nepalesischen und tibetanischen Handschriften, seine französischen, deutschen und englischen Erstausgaben, zwischen seinen alten Bronzen und den Bildern, die ihn auf der Jagd im Terai-Dschungel darstellten, aber er wußte Bescheid über sämtliche Wünsche und Gedanken der Bewohner des Tals. Fred, der sich Bücher bei ihm borgte, hatte oft genug schon gestaunt über eine hingeworfene Bemerkung des Feldmarschalls, die ihm mit einer kunstvoll gedrechselten Wendung eine der vielen verzwickten politischen Machenschaften des Tales erhellt hatte.

In mildem Ton sagte der Feldmarschall jetzt zu ihm: »Mein lieber Doktor, Sie schienen ein wenig verstimmt, als Sie anlangten. Ich hoffe, Sie hatten die Arznei dafür gleich bei der Hand.«

»Es verstimmt eben immer, wenn man sich einer unerfreulichen Situation gegenüber sieht«, erwiderte der Doktor.

»Ach«, sagte der Feldmarschall erinnerungsverloren, »ja, ja ... so ist es. Ähnliche Situationen haben sich schon früher bei Freunden von mir ergeben ... Kommt nicht viel von dieser Unerfreulichkeit daher, daß wir historisch mit Menschen leben? Daß wir uns im Geiste Bilder von ihnen konstruieren, auf die wir mit Gereiztheit, Schmerz oder Ekel reagieren? Wenn sie oder wir uns geändert haben, so begreifen wir das nicht, sondern halten sie noch immer in unserm Gedächtnis fest, wie sie einmal waren, mit ihren Mängeln, die uns ärgern, und ihren Vorzügen, die uns sogar noch mehr ärgern, und die beide vielleicht gar nicht mehr vorhanden sind. Ich fragte mich schon – wohlgemerkt, nichts weiter –, ob die Dame Ihrer Erinnerung die gleiche Dame ist wie die, die Sie gestern gesehen haben; und ob Sie, falls auf Grund einer Fügung der Götter die Möglichkeit bestünde, daß sie zur schönsten und tugendsamsten Frau im Lande verwandelt würde, sagen wir: zu einem Geschöpf, das meiner eigenen Frau ähnelte, die für mich, wie Sie wissen, das Musterbild der Schönheit, Zauberhaftigkeit und Weiblichkeit ist, ob Sie dann glücklich und zufrieden wären, sie wiederzusehen, oder ob Sie es nicht vorziehen würden, sie sich weiterhin als die abstoßende Person vorzustellen, die sie für Sie seit vielen Jahren gewesen ist.«

»Ich weiß nicht«, sagte Dr. Maltby. »Jedenfalls ist das eine psychologisch interessante Frage; andererseits aber glaube ich nicht daran, daß Menschen sich so sehr verändern. Meines Erachtens bleiben sie sich im Wesen gleich.«

»Trotzdem jedoch sind Sie vor einem Erinnerungsbild von ihr davongelaufen, nicht vor ihr selbst«, beharrte der Feldmarschall, »denn Sie wissen ja tatsächlich nicht, wie sie jetzt ist.«

»Schon ...«, meinte Dr. Maltby, »aber ich fürchte doch, das Original wird dem Bild, vor dem ich davonlief, sehr stark gleichen. Trotzdem bin ich durchaus willens, mit ihr zusammenzutreffen. Die ganze Geschichte ist ja eigentlich lachhaft ... wirklich, wie müssen Sie über mich lachen, Herr Feldmarschall!«

»Im Gegenteil, mein Freund, ich verstehe Sie wahrlich sehr gut«, erwiderte der Feldmarschall mit großem Ernst, »und ich werde die weitere Entwicklung nicht aus dem Auge lassen.« Er wandte den Blick wieder nach Rukmini hin. Zwei junge Leute hatten sich noch zu Mike Young gesellt, die nun Rukmini wie ein kleiner Hofstaat umstanden: ein indischer Offizier von der indischen Hilfskommission in blendender Uniform und ein junger Engländer namens Michael Toast, der verkündete, er sei »Impresario« und schreibe einen großen Roman

über Nepal. Der werde verfilmt, erklärte er weiter, er habe die Star-
rolle bereits einigen nepalesischen Damen angeboten, die er auf Gesellschaften kennengelernt habe, und zwar nur unter der geringfügi-
gen Bedingung, daß sie mit ihm schliefen. Bisher hätten sich dafür jedoch keinerlei Interessentinnen gezeigt; sein Angebot sei einhellig
mit solchem Gelächter aufgenommen worden, daß er einfach nicht
mehr recht wisse, was er denken solle und sich frage, ob sie überhaupt
verstanden hätten, was er mit seinem »Na, Kindchen, wie wär's mit
dem Bett? Wir könnten uns doch ein bißchen zusammen amüsieren«
eigentlich gewollt hatte. Sobald er sich wieder einmal einen solchen
Korb geholt hatte, kam er zu Hilde (die er zu seiner Vertrauten gemacht hatte) und sagte mit seinem hier doppelt komisch klingenden
Oxford-Akzent: »Die Frau kann nicht normal sein. Ich fürchte, sie ist
eine Lesbierin.«
»Wie die Motten um eine schöne Flamme«, sagte der Feldmarschall
mit dem Blick auf Rukmini leise vor sich hin. »Je nun ...«, und
schlenderte weiter.
Fred gesellte sich nun zu der Gruppe, die aus dem Kurator des Museums, einem winzigkleinen Newari, der während der despotischen
Rana-Herrschaft viele Jahre im Gefängnis verbracht hatte, einem indischen Dichter sowie einigen Kabinettsmitgliedern bestand. Sie alle
lauschten dem Hindupoeten, der Tagore-Verse zitierte:

>   »O Schönheit, finde dich in der Liebe wieder,
>   doch nicht im schmeichelnden Spiegel ...«

»Ist das nicht wunderschön?« sagte Pater MacCullough, der die ganze
Zeit über bei Geschichte und Erdkunde hängengeblieben war und sich
danach sehnte, mit jemand anderem ins Gespräch zu kommen.
Der Dichter beachtete sie nicht, sondern fing an, von ihm in Hindi
übertragene Verse von Blake aufzusagen.
»Herr Doktor, Herr Doktor«, hörte Fred Maltby und spürte, wie ihn
jemand am Ärmel zupfte. Es war ein Dienstmädchen. »Die Maharanis bitten Sie zu kommen.«
Dr. Maltby ging dem Mädchen nach. Der Titel »Maharani« war auf
alle anwesenden Damen anwendbar. Um welche mochte es sich handeln? Die Dienerin führte ihn zu einem der kleineren Privatgemä-
cher. Dort lag auf einem Sofa, schwer wie ein Sack, flach auf dem
Rücken und mit offenem Mund, Isobel.
»Sie kam hier durch auf der Suche nach der Toilette«, sagte die Frau
des Feldmarschalls, die neben dem Sofa stand. »Mit einmal fiel sie zusammen. Wir legten sie aufs Sofa und ließen Sie holen.«

Isobels Augen waren starr und glasig; ihr Atem ging röchelnd.

Dr. Maltby rüttelte sie; sie regte sich nicht. Er wußte nicht recht, was er mit ihr machen sollte. »Sie wird wohl richtig krank werden, wenn ich nicht gleich etwas tue«, sagte er.

»Das erste Mal, daß es mit ihr so schlimm wurde«, sagte die Marschallin.

Die früheren Male – selten und in großen Abständen – hatte sie nur dummes Zeug dahergeredet und mit dem ausladenden Gebärdenspiel der männlichen Übertreibung, die sich zu solch gewichtigem Überlegenheitsgefühl steigern konnte, drauflos getrunken. Aber da war immer jemand dabei gewesen, Paul Redworth oder Wassili oder auch Maltby selber, der ihr beizeiten Einhalt geboten hatte. Diesmal war sie nun glatt bewußtlos umgefallen.

»Ich muß sie wohl ins Krankenhaus bringen«, sagte Dr. Maltby, »ihr den Magen auspumpen und sie dort in ein Bett stecken. Hier, bei all dem Kommen und Gehen, kann sie nicht bleiben; das wäre nicht gut für sie.«

»Wir helfen Ihnen tragen«, sagte die Frau des Oberkommandierenden. Diese erwies sich jetzt als ungewöhnlich robust und praktisch; zunächst richtete sie ihren Sari und sicherte ihre Rubine und Smaragde, dann steckte sie die Blumen im Haar fest und schließlich packte sie mit ihren festen Armen an, während die Frau des Generals die herunterbaumelnden Beine Isobel Maupratts hochnahm, und so stolperten sie unter Beihilfe von vier Dienstmädchen mit ihrer Last durch die Türe und langsam tastend den Korridor hinunter nach der Rückfront des Hauses.

»Fahren Sie mit dem Jeep hier hinten vor«, flüsterten sie dem Arzt zu.

Fred wußte genau, daß nichts der Aufmerksamkeit des Feldmarschalls entgangen war, der ihm leutselig zulächelte und zunickte, während er durch das Vestibül ging und den ihn anhaltenden Gästen flüsternd erklärte, er müsse nur zu einem dringenden Fall und komme wieder zurück.

Isobel wurde auf den Rücksitz des Jeeps gelegt; ihr Kopf hing herunter, ihr Atem roch säuerlich. Die Feldmarschallin hatte eine Steppdecke mitgebracht und Isobel damit eingehüllt. »Sie sind großartig, Maharani«, sagte Dr. Maltby. »Sie denken an alles. Welch eine gute Krankenschwester könnten Sie sein.«

Alle Maharanis lächelten und wurden wieder schüchtern und scheu, ließen aber nicht nach mit ihrem festen Zupacken, bis Isobel richtig

auf dem Rücksitz des Jeeps verstaut war und ihr Kopf nicht mehr hin-
und herrollte, als habe sie das Genick gebrochen.

Und auf diese Weise entging Fred Maltby Eudora, denn als der Jeep
um die Ecke herumbog zur Hinterfront, kam Eudora gerade im Jeep
Seiner Herrlichkeit des Rampoche von Bongsor am Vordereingang
angefahren. Als er ihrer ansichtig wurde, fiel dem General fast das
Whiskyglas aus der Hand; eilends lief er, Fred zu warnen, merkte jedoch, daß dieser bereits verschwunden war.

Zehntes Kapitel

»Hübsch, hübsch«, flüsterte Eudora vor sich hin. Der Jeep holperte
auf der Straße nach Bidahari dahin, wie ein Kork auf den Wellen
hüpft. Die Straße war bei Regen ein einziger Sumpf; in der trocknen
Jahreszeit hatte er Schlaglöcher in der Größe kleiner Autos. Der Pri-
vatchauffeur des Generals nahm alle Hindernisse mit Vorliebe in di-
rektem Ansturm, und Eudora, die dafür war, daß man stets seine Gedanken auf die Schönheit der Welt richtete, fiel es recht schwer, ihrer
Maxime zu folgen. Der Ausruf »hübsch, hübsch«, der der Landschaft
galt, bot einige Hilfe. Während sie dahinhopsten, schütteten die Hek-
ken ihren Jasmin- und Rosenduft auf den Weg; der strahlend schöne
Frühling schwankte um sie auf und nieder mit dem plötzlichen hellroten Aufflammen von Mandelbäumen, Schwalbenflügen, Sittich-
schwärmen. Über das Rund der umliegenden Vorberge breitete sich
der Riesenbogen der Schneegipfel in den reinen blauen Himmel.
»Schön, schön«, seufzte Eudora, dabei darum betend, der Jeep möchte
weniger hopsen. In ihr schien sich etwas zu regen beim Anblick der
Firne. Etwas Neues, das keinen Namen hatte, das ihr nicht geheuer
war. Rein den Worten nach war sie auf die Himalajaberge, die
Schneegipfel gefaßt gewesen; aber vor diesem Anblick nun wurden
alle Worte schal und klein. Sie konnte nur schauen, während sie von
dem dahinholpernden Vehikel in jähem Wechsel auf- und niederge-
schleudert wurde.

Der sanfte Luftzug strich ihr das Haar zurück, drückte ihr das
Schleierchen gegen das Gesicht; es kam sie die Lust an, ihren Hut ab-
zunehmen, ihn zu schwenken, zu singen. Vor ihr war ein freundlich
wirkender Hügel, der aussah wie ein sitzendes Mädchen, um das die
Falten seines blaugrünen Rockes ausgebreitet lagen. Neben Eudora
saß, schlank, elegant, mit seinen wundervollen Augen wie ein schö-

ner Faun des Tales, der junge Dipah. Eudora fühlte sich aufgewühlt, unruhig und doch verträumt. Sie hatte ihr Haar gewaschen, es mit dem Shampoo für Blonde, das sie zu benutzen pflegte, nachgespült. Das Wasser hier war weich, so weich. Gebirgswasser. Mir gefällt es hier, entdeckte sie auf einmal. Im Hotel gestern abend hatte sie, als sie, aus dem Bad steigend, sich umblickte, durch die Milchglasscheibe der Halbtüre zwischen Badezimmer und Korridor, den Schatten einer schiefen Kappe und ein schwarzes Auge gesehen, das sich an eine kleine durchsichtige Stelle drückte. Sie hatte aufgeschrien, ihr Handtuch ergriffen und sich später bei Hilde beschwert. Hinterher hatte sie sich dann in dem langen Spiegel betrachtet. Eudora, vierzig … Eudora, vierzig … sie war eigentlich gar nicht so übel, ein bißchen dicklich vielleicht; sie hatte ihre Schenkel und Hüften befühlt und gezwickt. Da läßt es bei allen Frauen zuerst nach. An den Oberschenkeln sinkt das Fleisch ein, da das Fett sich in kleinen Maulwurfshügeln zwischen den strafferen Geweben zusammenballt.

Während einer Ferienreise in Frankreich mit ihren reichen Eltern war Eudora als Fünfzehnjährige im Schlafzimmer des teuren Hotels, wo sie wohnten, überwältigt worden; damit hatte ihre Vergeistigung begonnen. Es war ein eleganter, schlanker, frühreifer Junge gewesen, der Sohn des Ehepaars in dem nächsten Appartement. Er war zu ihr hereingekommen, während ihre Eltern ein Museum besuchten. Er mußte beobachtet haben, daß diese weggingen. Sie hatten kein Wort miteinander gesprochen, denn sie konnte nicht Französisch und er nicht Englisch. Mit einmal hatte er seine schlanken dunklen Hände an sie gelegt und sie sanft auf den Bettvorleger niedergezwungen. Sie hatte gemurmelt: »Nicht, nicht!« und hatte eine kurze Zeit lang ihr Gesicht in den Händen vergraben. Im Jeep jetzt entsann sie sich wieder der Hände, des Blumenmusters auf dem Bettvorleger und der harten schlanken Schenkel, die sich gegen die ihren preßten. Wie merkwürdig, daß sie sich *jetzt* daran erinnerte! Wie *furchtbar!*

Ein heftiger Stoß ließ sie von Kopf bis Fuß erzittern und brachte sie zur Gegenwart zurück. Sie sah auf ihre Uhr. Es war zwei. »Wo sind wir denn jetzt? Sind wir nicht bald dort?«

Dipah lächelte, wobei die Reihe seiner weißen Mädchenzähne sichtbar wurde. Dazu wiegte er den Kopf von einer Seite zur andern, mit jener völlig unbestimmten Gebärde, die bei den Indern Bejahung ausdrückt. Und er sagte: »Bald.«

Stoßend, hopsend, kurvend, wendend ging es weiter über Stock und Stein, bis der Jeep endlich eine Berglehne hinauffratterte. Droben befand sich eine Anhäufung von Häusern und Straßen sowie ein verwüsteter, mit Trümmern und Bildstöcken übersäter Marktplatz.

»Kirtipur«, ließ sich Dipah triumphierend vernehmen.

»Ist das Bidahari?«

»Nein, Kirtipur. Hier, Madam, zu sehen Kaiser Asokas Stupas, von diesem gelegentlich seines Besuchs in Nepal viele Jahre vor Christi Geburt errichtet.«

»Ach, sehr interessant«, sagte Eudora, die langsam Hunger bekam.

»Und hier, Madam, viel schöner als alle Stupas neue Polizeistation«, sagte Dipah, der, wie alle Halbwüchsigen in Asien, nur Sinn hatte für das Moderne.

»Ach ja ...«, sagte Eudora. »Aber wo ist Bidahari?«

»Wir hier haltmachen, Madam, paar Minuten. Wir hier nehmen Imbiß, ich mitgebracht von daheim«, sagte Dipah, indes der Jeep am Rand einer Wiese mit einem riesigen Feigenbaum darauf zum Stehen kam. »Hier, Madam, wir ausruhen und bewundern Landschaft.«

»Aber der Swami erwartet uns doch zum Lunch?«

»Der Swami alter Mann, Madam, nicht viel essen, nur bei Sonnenaufgang, und Milch bei Sonnenuntergang.« Dipah schlug die Lider über seine wunderschönen Augen nieder, schlug sie dann wieder auf und blickte Eudora voll an, deren Entrüstung davor zerschmolz.

»Ach«, sagte sie schwach, »das wußte ich nicht. Essen wir also vorher.«

Im Handumdrehen kamen jene übereinandergeschachtelten zylindrischen Blechbüchsen zum Vorschein, die in China erfunden wurden und jetzt in ganz Asien in Gebrauch sind. Jede enthielt ein anderes Gericht: gebratenes Huhn, Currygemüse, in Currysauce eingeweichte Brotfrucht, Broccoli und Blumenkohl, ein mit Schnittlauch und Tomaten angemachter Rettichsalat, grüne Bohnen. Die Küche im Hause des Generals war berühmt. Auch Teller, Bestecke, weiße Servietten sowie Kaffee und Eiswasser in Thermosflaschen waren vorhanden. »Gemüsecurry, Madam, wenn's beliebt«, sagte Dipah.

»Das ist ja reizend«, sagte Eudora. »Aber woher wußten Sie, daß ich Vegetarierin bin? Ich bin aber davon abgekommen. Ich nehme etwas Brathuhn.«

»So etwas errät man«, sagte Dipah und wiegte sein junges Haupt hin und her.

Sämtliche Kinder von Kirtipur – so kam es Eudora wenigstens vor – hatten sich im Nu um sie gesammelt. Buben in Lumpen, aber mit Kappen auf dem Kopf, drängten sich an sie heran, um sie anzurühren,

anzugaffen oder vor ihr vorbeizulaufen. Der Tempelplatz von Kirtipur (alle Ortschaften des Tals hatten ihren Tempelplatz) war mit
Kopfsteinen gepflastert und jetzt von der Sonne überschüttet; er
wimmelte von herumflatternden Vögeln und auf den Treppenpyra-
miden der Schreine hockenden Pilgern, die inmitten eines Gemischs
von Glanz und Schmutz aus großen runden Kupferschalen ihre Mit-
tagsmahlzeit verzehrten. Viele von ihnen hatten auf der Stirn drei
mit Asche gezogene waagerechte graue Striche. »Das Zeichen Shivas,
Madam«, sagte Dipah, »denn in zehn Tagen ist das große Shiva-
Fest.«
Sie aßen also unter dem Feigenbaum zu Mittag. Zu den Buben hatten
sich jetzt kleine Mädchen, manche darunter mit Zöpfen, gesellt. Sie
gafften Eudora an und kicherten. Ein paar von ihnen trugen winzige
Wickelkinder auf dem Rücken. Eines von diesen fing an zu weinen, da
schwang das kleine Mädchen das Kind herum, öffnete den Kittel, warf
die Kugelkette, die sie um den Hals trug, über die Schulter nach hinten und gab dem Säugling die Brust.
Fassungslos schrie Eudora auf.
»Mutter des Kindes«, sagte Dipah, ihr zu Hilfe kommend. »Die Newaris oft sehr klein. Diese hier voll dreizehn. Ich weiß bestimmt.«
Stolz das Kind im Arm haltend, lächelte die kleine Mutter. Im durch-
bohrten einen Nasenflügel trug sie ein kleines Messingschmuck-
stück. Sie hatte ein ebenso schmutziges wie anmutiges Gesichtchen
mit übergroßen Mandelaugen darin.
Nach dem Essen streckte sich Dipah unter dem Feigenbaum aus. Den
Kopf hatte er auf den Sockelfuß einer der Statuen und Lingams gelegt, die unter dem Baum aufgestellt waren. Der Bildstock, ein auf-
rechtstehender phallischer Gott mit gelb und blau umrissenen Gliedmaßen, war etwa einen Fuß hoch. Dipah beachtete ihn gar nicht. Er
schaute durch das Laub des Baumes hinauf in den Himmel; er schien
sich äußerst wohl und zufrieden zu fühlen.
Da ihr Hunger gestillt war, bemächtigte sich Eudoras wieder das unruhige Gefühl. »Es ist halb drei«, sagte sie, »wir müssen unbedingt
weiterfahren zum Swami.«
»Jeep kaputt, Madam.«
»Wa-as?« rief Eudora aufspringend.
»Jeep läuft nicht«, sagte Dipah. Er begab sich zu dem Wagen und setzte sich hinein, während der Chauffeur die Haube hob und, zwischen
den Lippen ein Gänseblümchen, den Motor besah.
Eudora riß der Geduldsfaden. Sie stampfte mit dem Fuß auf. »Das ist

ja unerhört«, schrie sie. Die Kinder machten es ihr nach, stampften und tanzten unter Lachen auf einem Fuß. Eudora ging nun ebenfalls zu dem Jeep und tat einen Blick unter die Haube. »Was ist denn nicht in Ordnung? Es war doch alles in Ordnung, bis wir hier anhielten. Lassen Sie mich einmal sehen; ich kann auch chauffieren.« Sie sagte noch einiges zum Chauffeur; dieser schaltete die Zündung ein. Es spuckte etwas, hörte aber dann wieder auf.

»Kein Öl mehr«, sagte Dipah strahlend.

»Sie meinen: kein Benzin? Warum haben Sie denn nicht genügend mitgenommen?«

»Tank leckt«, sagte Dipah.

»Ach, du meine Güte, du meine Güte!« rief Eudora aus. »Das ist ja entsetzlich. Wie sollen wir denn nun zum Swami kommen, wie sollen wir rechtzeitig zur Hochzeit zurückkommen?«

»›Laßt Ungeduld nicht wölken Eure Stirn‹, Shakespeare, Madam«, sagte Dipah. »Der Chauffeur wird Benzin aufzutreiben suchen. Inzwischen wollen wir hier auf dieser weichen Höhe rasten.« Damit legte er sich wieder unter den steinernen Gott, schloß die Augen und gab sich anmutig dem Schlafe hin.

»Mir scheint, das ist eine abgekartete Sache«, äußerte Eudora mit lauter, zornbebender Stimme. Der Chauffeur spazierte nun langsam davon, pflückte Blumen von den Hecken und steckte sie sich an die Kappe. Der Jeep blieb einsam stehen, die Nadel des Treibstoffmessers zeigte auf Null.

Eudora blickte sich rundum; sie kam sich mutterseelenallein, zum Verzweifeln verlassen vor. Dipah schlief fest. Die Kinder saßen um sie herum; sie hatten nichts anderes zu tun, als Eudora anzugaffen. Es war ein schöner Nachmittag; vom Hang schrägten sich bereits die goldenen Sonnenkeile. Es wehte ein leichter Wind; von irgendwoher tönte ein wenig verschlafen das Läuten von Glocken. Eudora bekam nachgerade Angst; sie hätte am liebsten aufgeschrien. Doch sie ging statt dessen zu Dipah hin und rüttelte ihn. Er schlug die Augen auf.

»Bringen Sie mich sofort zurück«, schrie sie ihn an, »bringen Sie mich augenblicklich zurück.«

»Gern«, sagte er freundlich und machte die Augen wieder zu.

»Augenblicklich, habe ich gesagt.«

Dipah blickte sie erstaunt an und setzte sich aufrecht. Bisher war alles ein Spiel gewesen, ein hochkomisches Spiel, die Erfüllung einer übernommenen Pflicht. Er hatte keineswegs die Absicht, den Jeep seines Vaters zwanzig Kilometer weit über diese scheußliche Straße hinzujagen, das kostbare teure Benzin seines Vaters (es kostete fünfmal soviel wie in Indien, da es hergeflogen werden mußte) aufzubrauchen und dabei noch einen wunden Rücken zu kriegen. Der General hatte gesagt: »Mache eine Spazierfahrt mit ihr und bringe sie nicht vor Einbruch der Nacht zurück. Aber vergiß nicht, ihr etwas zu essen zu geben.« Diese väterlichen Weisungen hatte er pünktlich ausgeführt. Es bekümmerte und erstaunte ihn, daß Eudora tatsächlich von Angst erfaßt schien.

»Madam«, sagte er, »bitte beruhigen Sie sich.« Warum konnte sie sich nicht auch ausstrecken, zufrieden ruhen und in den Tag hinein träumen? Tagträumen – das war eine beliebte geistige Beschäftigung hier im Tal, zumal im Frühling unter der warmen Sonne. Während der Fahrt im Jeep hatte er beobachtet, daß Eudoras Augen sich verschleierten; sie mußte also ebenfalls einen Tagtraum gehabt haben, einen erfreulichen sogar, das hatte er unbedingt an ihrem Gesichtsausdruck gemerkt. Warum hatte sie jetzt Angst, wo doch eigentlich gar nichts passiert war? Gemächlich und zufrieden gleich schönen Frauen zogen die Stunden dahin und erheischten nichts, als angenehm und in Muße dahinzufließen.

»Ich wünsche zurückzufahren«, kreischte Eudora noch lauter. »Bringen Sie mich zum Royal-Hotel zurück, und zwar auf der Stelle. Wie weit ist es bis zum Royal-Hotel?«

»Drei Meilen, Madam.«

»Nepalesische oder englische?« Eudora wollte nicht wieder hereingelegt werden.

Dipah richtete sich gekränkt auf. »Das Königreich Nepal ist ein souveräner Staat, Madam. Alle unsere Meilen sind nepalesische Meilen; in Nepal ist kein Platz für englische Meilen.«

»Ich dulde das nicht«, sagte Eudora. »Sie wollen mich entführen, merke ich. Kidnappen. Aber ich habe kein Geld. Aus mir können Sie nichts herausschlagen. Ich werde mich beim Residenten beschweren, und Sie werden lebenslängliches Zuchthaus bekommen, junger Mann. Ungestraft kommen Sie nicht davon.«

Dipah betrachtete sie. Er begriff weder ihre Drohungen noch ihre Ängste. Er wußte nicht, daß jede Frau in fremdem Land sich stets stärker der Gefahr der Vergewaltigung ausgesetzt fühlt als im eigenen. Das gehört zu dem Mythos, andere Völker seien anders als wir. Er ahnte jedoch, daß sie dergleichen befürchtete; der Gedanke daran nötigte ihm ein Lächeln ab. Sie sah zwar gar nicht so übel aus, sie war nicht so großmächtig wie viele dieser weißen Frauen, sondern angenehm rundlich; aber ihr Haar war gefärbt, und vom Standpunkt seines gefestigten Jünglingsalters gesehen, wirkte sie unvergleichlich alt, älter als seine Mutter, die Maharani, deren Haar noch ebenholzschwarz war und deren Finger so wundervoll die Sitar spielten. Allerdings, es gab da mancherlei: gewisse Rundungen, auch eine Neugier, wie es sich abspielen würde; aber Dipah würde nicht im Traum daran gedacht haben, dergleichen mit einer seiner Obhut anvertrauten Frau zu versuchen. Er hatte Frauen besessen, willige Mägde im Elternhaus, aber jetzt war er glücklicher Ehemann und Vater von zwei Kindern. Er fühlte sich nachgerade beleidigt über die Angstvorstellungen Eudoras. Er setzte eine hochmütige, abweisende Miene auf.

Eudora geriet inzwischen immer mehr aus der Fassung. »Bringen Sie mich zurück, bringen Sie mich zurück!« schrie sie immer wieder. Die Berge, die freundlichen Berge, dunkelten mit dem Weiterrücken der Sonne. Auch der Feigenbaum wurde düster, es war wie eine Warnung. Die wenigen schmutzigen Kinder, die sich noch in der Nähe herumtrieben, schienen widerwärtige kleine Teufel, die mit den nach ihr ausgestreckten Klauen sie zerreißen und zerfetzen würden. Da erkannte sie zu ihrer unsagbaren Erleichterung einen anderen Jeep, der knirschend und mit dem eigenartigen Geräusch der Schaltung, das nepalesische Chauffeure beim Gangwechsel mit Wonne hervorbringen, auf sie zukam.

»Hilfe, zu Hilfe!« schrie Eudora und stürzte, zwei kleine Buben umrennend, nach vorne. Die Buben rappelten sich auf und liefen, ihren Hilferuf nachäffend, hinter ihr her.

»Zu Hilfe, bitte helfen Sie mir.« Der Jeep hielt an. »Helfen Sie mir!« rief Eudora noch einmal, daß es durch die Stille hallte.

»Jawohl, Madam, womit kann ich Ihnen behilflich sein?« sagte der Insasse des aufgetauchten Jeeps. Es war ein kleiner dicker Mann mit einem runden Gesicht; unter einem gelben runden Seidenhut in der Form eines Pagodendachs mit aufgestülptem Rand und einem in Gold gefaßten Amethysten auf der Spitze hingen die langen Ohrläppchen. Er hatte schrägstehende Augen, ein glattrasiertes Kinn und sehr schwarz glänzendes, steif hochstehendes Haar. Er trug ein geschlitztes Mantelgewand aus orangegelber Seide darunter, hohe Stiefel und hielt in seiner kleinen weichen Hand eine Gebetsmühle aus Gold und Silber.

»Ei, Sie sind ja ein Chinese«, rief Eudora ungläubig aus.

Der Mann im Jeep drehte seine Gebetsmühle. »Ich bin der Groß-Rampoche von Bongsor. Meine Ahnen waren unzählige Generatio-

nen lang Chinesen; ich bin jedoch schon immer hier, mein Vater und
meines Vaters Vater und dessen Vorväter bereits seit zehn Dyna-
stien. Meine Güter liegen genau zwischen Tibet und Nepal; meine
Lehnspflicht schulde ich jedoch Seiner Majestät dem König von Nepal. Sie kennen den Spruch, Madam, man gebe dem Kaiser, was des
Kaisers ist.« Mit einer geschmeidigen Kniebeuge sprang er jetzt hur-
tig aus dem Wagen. Unter seinem Gewand trug er ein europäisches
Hemd und schwarze, in die verzierten schwarzen Seidenstiefel ge-
steckte Atlasbeinkleider.

Vorne im Jeep saßen drei Gebirgler, Sherpas aus dem Hochgebirge,
mit Pelzkappen, Schaffellmänteln, Kukris in den Gürteln und bis zum
Knie reichenden Schaftstiefeln. In den Ohren hatten sie goldene Ringe; zwei von ihnen trugen lang herabhängende Schnurrbärte. Auch
sie sprangen sofort vom Wagen herunter, sausten dahinter und erschienen mit drei starken Maschinenpistolen wieder; diese auf Eudora richtend, nahmen sie hinter dem Rampoche Aufstellung.

»Das sind meine Leibwächter und mein Chauffeur. Ich bin im Begriff,
meine Pachtbeträge einzukassieren«, erklärte der Rampoche. »Aber
der junge Mann da«, fuhr er fort, »ist doch Dipah, der Sohn meines
lieben Feindes General Kumar?«

Dipah ging nun, die Hände ehrerbietig gefaltet, auf den Rampoche zu
und machte eine tiefe Verbeugung vor ihm; dieser seinerseits legte
die Hand segnend an die Stirn. Einige Männer und zwei alte Weiber
aus dem Dorf erschienen und wurden ebenfalls mit dem Segen bedacht.

»Bitte, Mr. Rampoche«, sagte Eudora, »dieser unverantwortliche
junge Mensch schleppte mich hierher und behauptete dann auf einmal, der Jeep sei nicht mehr in Ordnung. Ich sollte zum Swami Bidahari hinausgebracht werden, um mit ihm über Musik zu sprechen.«
»Mit dem Swami? Was Sie nicht sagen!« rief der Rampoche aus. »Ich
wußte nicht, daß der überhaupt noch sprechen kann. Nun, vielleicht
kann mein Chauffeur den Jeep ausbessern, Madam, damit Sie weiterzufahren vermögen.«

»Ich will jetzt nicht mehr hin«, sagte Eudora. »Es ist viel zu spät. Ich
muß meine Verabredung mit ihm leider absagen. Außerdem werde
ich zu einer Hochzeit erwartet. Zumindest hat mir Pater MacCullough – kennen Sie ihn? – eine Einladung verschafft. Aber hierzulande ist ja alles so … so sonderbar«, rief sie wieder. »Jedenfalls muß ich
unbedingt ins Royal-Hotel zurück und mich erholen …« Sie legte die
Hand an die Stirn.

»Und wer sind Sie, wenn ich fragen darf, Madam?« sagte der Rampoche.

»Ich bin Mrs. Eudora Maltby, eine bekannte Komponistin von inspirativer Musik.«

»Aha, soso«, machte der Rampoche, übers ganze Gesicht strahlend, »sollten Sie vielleicht verwandt sein mit meinem lieben Freund Dr. Frederic Maltby, dem Chefarzt des Krankenhauses von Katmandu?«

»Ei, gewiß«, rief Eudora aus, ›inspirativ‹ die letzten achtzehn Jahre überspringend. »Das muß mein Mann sein.«

»Das ist ja zum Schießen«, rief der Rampoche, plötzlich aus seinem nepalesischen Englisch in den Jargon der Gurkha-Offiziere fallend, die in den von ihm beherrschten Gebieten Rekruten anwarben. »Hören Sie … und bei Zeus, ich möchte sagen, ich wußte nicht, daß der alte Fred unter der Haube ist. Er hat mir meine Hämorrhoiden wegkuriert, wissen Sie. Aber bitte, mißverstehen Sie mich nicht, Madam; diese Ausdrücke und Ausrufe habe ich von meinen britischen Freunden aufgeschnappt. Ich hoffe, sie sind der Sachlage angemessen.«

Eudora sah sich jetzt nach Dipah um, der sich jedoch wieder zu seiner Götterfigur zurückgezogen hatte und ins Leere schaute. Das Schicksal hatte nun einmal den Rampoche von Bongsor des Weges hergeführt, um die Dame aufzuklären. Somit blieb ihm nichts zu tun übrig.

»Wohin immer Sie wünschen, bringe ich Sie und den Sohn meines lieben Feindes, Madam«, sagte der Rampoche. »Ich begebe mich ebenfalls zu der Hochzeit, aber zuerst muß ich noch einige Pachtsummen einkassieren. Unser Kloster«, fügte er salbungsvoll hinzu, »besitzt eine beträchtliche Anzahl Häuser sowie ziemlich viel Land im Tal. Einstmals gehörte die halbe Ernte uns, aber nun haben wir ja leider Demokratie hier« (wie alle Leute in Nepal sprach er das Wort wie »damn-ocracy« mit starker Betonung der ersten Silbe aus), »und es steht uns nur noch ein Drittel der Ernten zu. Steuerfrei.«

»Ach, das ist mir gleich«, sagte Eudora, »wenn wir nur vor dem Dunkelwerden im Royal-Hotel zurück sind.«

»Dann steigen Sie in meinen Jeep«, sagte der Rampoche, sich vor Lachen schüttelnd und seine Gebetsmühle drehend, »ich bringe Sie zurück.«

»Also, was tun wir jetzt?« sagte General Kumar. »Sie ist bei der Hochzeit.«

»Ich sagte Ihnen ja, daß dabei nichts herauskommt«, erwiderte Unni seelenruhig. »Es wäre gescheiter gewesen, Fred zu überreden, daß er mit ihr zusammentrifft. « – »Aber sie ist doch ein Werwolf weiblichen Geschlechts«, sagte der General.

»Sie benehmen sich wie die Kinder, Sie und Fred«, sagte Unni. »Wieso haben Sie solche Angst vor einer Frau?«

»Sie haben mit Ihren Frauen immer Glück gehabt, Unni«, sagte der General, »deshalb haben Sie kein Verständnis für die Leiden anderer Männer. Seine Frauen, Madam«, wandte er sich an Anne, »haben sich ihm an den Hals geworfen und nicht einmal Treue verlangt. «

»Ich bin kein gewerbsmäßiger Sammler von Frauen, das wissen Sie«, sagte Unni.

»Ja, weil Ihnen nicht leicht eine zusagt«, erwiderte der General.

»Bitte, hören Sie nicht auf ihn, Mrs. Ford«, sagte Unni zu Anne.

»Nun, Sie können ja mit Frauen machen, was Sie wollen; gehen Sie doch hin und machen Sie aus Eudora eine andere«, sagte der General. »Bezaubern Sie sie, veranlassen Sie sie fortzugehn, verführen Sie sie … kurz, tun Sie etwas, damit sie meinen Freund nicht behelligt, ich bitte Sie sehr darum. «

»Ich werde auf der Hochzeit mit ihr sprechen«, sagte Unni. »Vor Mitternacht wird nicht gegessen. Es bleibt mir also genügend Zeit, bis dahin alles in die Reihe zu bringen. «

Elftes Kapitel

Als ich von der Hochzeit zurückkam – schrieb Anne –, fiel mir ein, daß Unni und ich gar nicht über das Zimmer mit den Sittichen gesprochen hatten.

Ein Psychoanalytiker würde diese Unterlassung wohl als eine typische Fehlleistung bezeichnen und ihr eine subtile, profunde Motivierung unterlegen, da ja alle unsere Fehlleistungen Symbolisierungen, entstellte Außenprojizierungen innerer Zustände sind, die wir vor uns selbst verheimlichen. Doch ich glaube nicht, daß es sich hierbei um einen unbewußten »Dreh« der Seele handelte, sondern um das Ergebnis einer so tiefen Bewußtheit, daß sie unausgesprochen blieb. Unni wußte, daß ich sein Zimmer innehatte; eine Unterhaltung darüber war überflüssig.

Als wir zu der Hochzeit zurückkehrten, betrachtete ich Rukmini. Das ist die junge Frau, die die Augen und die Sittiche gemalt hat. Welche Liebe zum Schönen, welche ungetrübte Glückseligkeit, welche Sehnsucht hatte ihre Hand geführt? Es war demütigend, daß ich, die von fern her Gekommene, Zeugin solch unverkennbarer Liebe, daß ich eingeweiht wurde in jene tief verborgene und empfindliche Qual, die das Gefühl einer Frau für einen Mann darstellt. Da sitzt Rukmini, übersät von ihren sämtlichen Juwelen, ihre wundervoll kindlichen Augen schauen, ohne etwas zu sehen, nach ihrem geckenhaften, albernen und doch gefährlichen Ehemann hin, und dann blicken sie Unni an. In all ihrer Schönheit sitzt sie da, aber Unni blickt sie nicht an. Daß er nicht nach ihr hinschaut, ist herzzerreißender, als wenn er sie anblickte, denn es ist eine stärkere Anerkennung ihres Vorhandenseins, als Lächeln oder Worte wären. Unni ging geradewegs durch den Saal, um Eudora zu suchen; ohne einen Blick, ohne ein Wort ging er an Rukmini vorbei. Ich konnte keine Tränen um die beiden vergießen, ich konnte mich nur damit abfinden, daß das, was ich sah, das Bestmögliche war. Ich sah, daß auch Rukmini sich damit abfand, denn sie strahlte noch immer, zufrieden, daß er da war, und verlangte weiter nichts ... Er brauchte bloß zu sagen: Komm, und sie würde ihm folgen bis ans Ende der Welt.

Durch das nächtliche Dunkel wurde das Geknatter von Motorrädern hörbar; die Begleitmannschaften des Königs, die in den Park einfuhren; Musik brach los: die Nationalhymne Nepals. Und dann traten unter dem bräunlichen Lichtschein, dunkle Sonnenbrillen vor den Augen, die beiden Majestäten ein und schritten zu dem mit Goldbrokat überzogenen Sofa, ein ruhiges, dunkel gekleidetes, leise, still, fast verstohlen, mit unaufdringlicher Grazie daherkommendes Paar. Wir setzten uns, und nun schleppten sich die Stunden hin. Wir unterhielten uns, während wir auf den Beginn des späten Banketts warteten, umherschlendernd mit diesem und jenem. Eine ganze Zeitlang saß ich bei dem Feldmarschall, einem entzückend liebenswürdigen, gebildeten und geistreichen Manne, dessen Konversation mit Zitaten von Chaucer bis Joyce gewürzt war. Auch der indische Dichter gesellte sich zu uns und erzählte in reizender Art von Büchern, die er gelesen, und Schriftstellern, die er getroffen hatte. In den Händen hatten wir Teller, vollgehäuft mit Reis und vielen kleinen Portionen verschiedener Gerichte, die auf langen Tischen in einem mit Tigerfellen ausgeschmückten Bankettsaal aufgestellt waren.

»Das ist köstlich«, sagte ich. »Was ist es?«

»Das Mark eines kastrierten Ziegenbocks«, gab der Feldmarschall zur Antwort. »Allerdings eine große Delikatesse.«

Dann aß ich ein Stück von einem im Terai-Dschungel erlegten Wildschwein, verzehrte Reh und Fasan, Rebhuhn und Wachtel aus den Bergen sowie Huhn und Ente von den Bauernhöfen im Tal.

»Ich hab so was ja gern«, sagte Martha Redworth, als wir uns gleichzeitig am Buffet mit neuem Proviant versahen, »aber für Paul ist es das schiere Gift. Er hat seinen Imbiß zu sich genommen, und wir sind rechtzeitig wiedergekommen. Eudora war gerade im Begriff, Krach zu schlagen. Aber sie hat jetzt ihren Meister gefunden.«

Ich blickte um mich und sah, wie Unni Eudoras Teller füllte. Seit unserer Rückkehr war er ihr nicht von der Seite gewichen. Eudoras Augen waren etwas gerötet, aber sie hielt sich tapfer, lächelte, ja lachte den Mann an, dessen Aufmerksamkeit ihr Freude zu machen schien.

»Schneidiges Frauchen«, sagte jemand. Es war der Feldmarschall. Es stimmte: Sie war ein schneidiges, schnurriges Frauchen, aber dabei ein ganz liebes Ding.

Heute früh kam ich bei Tageslicht in Unnis Zimmer. Ganz weit hinaus fällt mein Blick durch die Fenster, viel weiter in die Ferne, als ich meinte, über Felder und aber Felder hinweg, goldgelb vom Raps; hellrote Baumreihen, Bauernhäuser, der Oberstock in hellerem Braun gehalten als das Erdgeschoß, und noch weiter, bis dorthin, wo gleich Wächtern die Vorberge aufragen und hinter ihnen die Schneegipfel Schildwache stehen. Der Bungalow hat zu ebener Erde ein praktisches, modernes Badezimmer, das Isobel und manchen auf Hygiene eingeschworenen Touristen in Begeisterung versetzen würde. Es ist auch ein Gästezimmer mit allerhand ausrangierten Möbelstücken vorhanden. Vor dem Bungalow ist eine kleine Rasenfläche mit einer Rosenlaube um einen Springbrunnen herum, am Rand steht eine Reihe Walnußbäume. Die Rasenfläche fällt vom Bungalow aus ab und verläuft in Feldern, eines hinter dem andern, denen der Blick weit, weit folgt, anscheinend quer übers Tal weg zu den Bergen hin. Lange blieb ich unter den Nußbäumen auf einem Stein sitzen. Wie mit kühlen Kinderhänden griff der Wind in mein Haar.

Ich kam zu spät zum Frühstück. John wischte sich, nicht sehr gut gelaunt, bereits den Mund ab. Ich war natürlich schuld an seiner Verstimmung. Isobel war nicht zugegen. Geschichte und Erdkunde brachten zu ihrer Entschuldigung vor:

»Sie hat von der gestrigen Hochzeitsfeier schweres Kopfweh.«

»Schrecklich, wirklich, was sie mit diesen Zeremonien hermachen. Einfach erschlagend.«

»Dabei ist es noch keineswegs zu Ende damit. Die Hochzeit geht noch einen oder zwei Tage weiter.«

»Wir müssen unbedingt für sie beten.«

»Da Isobel nicht wohl ist, werde ich Sie in Ihr Schulzimmer bringen«, sagte Geschichte. »Sie sollten jetzt mal anfangen, nicht? Genug gebummelt, meinen Sie nicht auch?«

»Natürlich«, sagte ich. »Ich bin bereit anzufangen.«

»Na, heute wird nicht viel zu tun sein. Unterricht ist nur morgens. Am Nachmittag werden in der Regel Aufgaben gemacht. Aber heute nicht, solange noch die Hochzeit im Gang ist.«

Ich ging also mit ihr.

»Irgendein Fest oder dergleichen ist hier immer«, sagte sie. »In meinem Leben habe ich so etwas von Festefeiern noch nicht gesehn wie bei den Leuten hier. Immer musizieren sie, spielen Flöte, tanzen, beschmieren ihre Götzenbilder, Tag und Nacht. Bei uns käme überhaupt nichts vom Fleck, wenn wir solch ein Leben führten. Sie haben hundertfünfundsechzig amtlich anerkannte Festtage im Jahr, dabei sind all die privaten Feiern nicht eingerechnet wie Geburtstage, Hochzeiten, Einweihung eines neuen Hauses oder Erwerbung einer Nebenfrau.«

Das Institut hatte vierunddreißig Schülerinnen im Alter von neun bis neunzehn Jahren. Zwanzig davon waren verheiratet, erwarteten oder hatten bereits Kinder. »Sie übernehmen die Oberklasse für Englisch und Aufgabenüberwachung. Miß Suragamy McIntyre übernimmt die Jüngeren und die Leibesübungen. Sie ist Inderin; gehört aber ganz zu uns. Sie hat eine schöne Seele«, sagte Geschichte.

An Miß Suragamy McIntyre war alles grün: ihr Teint, ihr Sari wie der Mantel, den sie über dem Sari trug. Sie war Christin, ledig, hatte eine schlechte Verdauung und sah auch so aus. Unter heftiger gegenseitiger Abneigung wechselten wir einen Händedruck.

»Miß Suragamy ist für uns von höchstem Wert«, sagte Geschichte. »Sie überbrückt die Kluft. Ohne sie wüßten wir nicht, was wir anfangen sollten. Sie vermag uns so vieles über die Menschen hier mitzuteilen, was wir sonst nicht zu wissen bekämen.«

Wir gingen dann ohne Miß McIntyre weiter den Korridor entlang. Die Fenster gingen auf den Hof: plötzlich stürzte Geschichte auf eines von ihnen zu. Auf dem unvermeidlichen Tennisplatz drunten spielten ein Mädchen und zwei Knaben; lachend, Bälle kreuz und quer schlagend, liefen sie, die Schläger schwenkend, herum.

»Devi, Devi«, rief Geschichte hinunter, »komm her, auf der Stelle.«

Die Kinder hörten nichts. Sie lachten und liefen weiter herum, leichtfüßig, graziös, geradezu tänzerisch graziös; mit den geschmeidigen

Gelenken schwenkten sie die Schläger wie Bänder. Die Stimme von Geschichte nahm einen anderen Klang an; hart, scharf kam sie aus einem wie zwischen zwei Hautfalten eingeklemmten Mund heraus:

»Devi, ich habe dich gerufen. Komm her. Komm herauf. Augenblicklich!«

Das Mädchen blickte jetzt auf. Es war in der modernen indischen Kleidung: Hosen, langer, an den Seiten geschlitzter Kittel, ein dünner Schal, der aus Keuschheitsgründen die Brüste zu verhüllen bestimmt war, jedoch gerade das Augenmerk auf ihre Hufeisenrundung lenkte. Die beiden mit ihr spielenden Jungen schauten ebenfalls hoch.

»Kommt herauf, alle zusammen!«

Die drei kamen die Hoftreppe herauf, blieben, ihre Schläger in den Händen und auf dem Gesicht ein entwaffnendes Lächeln, oben stehen.

»Devi, geh sofort in mein Zimmer und stricke, wie ich dich geheißen habe.«

»Ja, Miß Newell.«

»Und ihr zwei, ihr wißt, daß ihr nicht hier hereindürft, außer mit besonderer Erlaubnis der Vorsteherin. Ich möchte euch keine Minute mehr hier sehen. Dieses Mädchen nimmt sich in der letzten Zeit ein bißchen viel heraus«, sagte sie zu mir, während wir weitergingen.

»Wie meinen Sie das?« fragte ich.

»Immer spielt sie mit Jungens ... sagt, es seien ihre Vettern. Ich weiß, was sie eigentlich will.« Ihre Stimme bekam einen gemeinen, stumpfen Beiklang. »Das, was sie alle wollen. Weiter haben sie nichts im Sinn. Ich nenne das schmutzig. Bringt diese Jungens auf Gedanken ... veranlaßt sie, herzukommen und zu spielen ... Gott sei gepriesen, ich werde ihr das austreiben und sie arbeiten lassen ... Die wird Satan nicht bekommen, dafür werde ich sorgen ... Sie wird schon die Blumen aus dem Haar nehmen, dafür werde ich sorgen ...«

Ich blieb stehen.

»Was ist?« fragte die Lehrerin. »Fehlt Ihnen etwas?«

»Nein.«

»Sie sehen ganz krank aus. Das kommt von der Hochzeit und dem Essen zu solch ungehörigen Zeiten ... Kommen Sie, wir wollen uns irgendwo niedersetzen. Um Gottes willen, es wird Ihnen doch nicht schlecht, Sie werden doch nicht ohnmächtig werden?«

Sie sah mich verschmitzt an; ich konnte ihre Gedanken erraten: Schwangerschaft, meinte sie.

»Mir fehlt gar nichts«, sagte ich ...

Im Zimmer für den Englischunterricht der Oberklasse (aus dem die Lüster und Spiegel herausgerissen waren) befinden sich acht Mädchen, die Saris anhaben, Blumen im Haar, Glasreifen an den Armen und Goldknöpfe in den Nasenflügeln tragen, deren Lippen rot und deren Augen schwarz ummalt sind. Sie sitzen an kleinen Pulten und stehen auf, als wir eintreten.

»Nun, Mädchen«, sagt Geschichte frisch, »dies ist Mrs. Ford, eure neue Englischlehrerin. Da Mrs. Ford selbst Schriftstellerin ist, würdet ihr gut daran tun, all den Verstand, den Gott euch verliehen hat, fest zusammenzunehmen und zur Anwendung zu bringen.«

Höfliches Gekicher der Mädchen. Ich bemühe mich, ein nicht gar zu einfältiges Gesicht zu machen.

»Wollen Sie nicht vergessen, vor und nach jeder Unterrichtsstunde ein Gebet sprechen zu lassen«, sagt sie zu mir.

Beinahe entschlüpft mir: Wozu? Es sind doch keine Christinnen.

Als Geschichte draußen ist, sage ich zu der Klasse: »Nun, wir wollen uns zunächst miteinander bekannt machen. Ich würde gern eure Namen hören. Fangen wir bei der letzten Reihe an.«

»Bitte sehr, Mrs. Ford«, meldet sich eine Stimme, »die andern haben immer mit der vordersten Reihe angefangen.«

Die Eigentümerin der Stimme hat ein rundes Gesicht, Schlitzaugen und Grübchen und trägt ein ungewöhnliches Gewand, das einem Lampenschirm gleicht, mit einem hellrosa Seidenrock mit weiten Reifen, der über ein Paar gelbe Atlashosen bis zum Boden niedergeht. Dazu Zöpfe, dick wie Schiffstaue, bis zur Taille herunter.

»Schön«, sage ich, »fangen wir bei dir an.«

Das hat Rundgesicht offenbar gewollt. Unterm Rauschen ihrer Gewänder steht sie auf.

»Ich heiße Dearest«, sagt sie, »und ich bin die Tochter des Groß-Rampoche von Bongsor.«

Ich entsinne mich des am gestrigen Abend bei der Hochzeit gesehenen wohlbeleibten Herrn mit seinem breitlachenden, ausdruckslosen, aber mächtigen Gesicht, der die Pläne des Generals zur Fernhaltung Eudoras vereitelt hat.

»Ich werde Ihnen die andern vorstellen«, sagt Dearest. »Das tue ich immer, wenn neue Missionare kommen. Also hier haben wir …«

»Einen Augenblick«, sage ich. »Ich bin zur Abwechslung mal keine Missionarin, und vielleicht möchten die andern das lieber selbst tun?«

»O nein«, sagt die Tochter des Groß-Rampoche selbstsicher, »das möchten sie nicht.«

Darauf zustimmendes Gekicher; mehrere Mädchen richten sich die Blumen im Haar und schieben ihre Armreifen hin und her.

»Mit mir ist das etwas anderes«, sagt Dearest. »Ich habe eine sehr gute Erziehung genossen. Ich habe im Kloster von Darjeeling Englisch gelernt. Ich spreche auch Tibetanisch, da meine Mutti die beste Freundin von der Mutti des Dalai Lama ist. Ich spreche außerdem Sherpa, Newari, Hindi und lerne jetzt auch Chinesisch. Als voriges Jahr der chinesische Botschafter da war, sagte er zu mir, ich müsse auch Chinesisch lernen, weil alle unsere Vorfahren Chinesen gewesen seien. Ich will Medizin studieren.«

»Danke für all deine Mitteilungen, Dearest«, sage ich. Ich wende mich an das nächste Mädchen: »Also, ich möchte, daß du mir selbst deinen Namen sagst.«

Das Mädchen kichert und verbirgt sein Gesicht im Sari. »Also, wie ist dein Name?«

»Sie sehen«, sagt Dearest, »sie lachen immer bloß.«

Ich merke, daß die praktische, intelligente, talentierte Veranlagung der Chinesen in Dearest sie die weniger Begabten verachten läßt. Dearest wird die Klasse für mich leiten. Sie ist ein Genie, das man mit fester Hand leiten muß.

»Sag du ihnen also«, sage ich, »sie sollen mir ihre Namen nennen.«

Auf diese Weise erhalte ich zunächst die Namen von vier meiner Schülerinnen, Namen von Göttinnen: Sita, Suchila, Amanda, Rada. Sie sind alle hübsch oder sogar schön; ihre Glasreifen sind vergoldet und mit grellen, blauen, roten und gelben Punkten getüpfelt. Einige Mädchen haben einen roten Fleck auf der Stirn aufgemalt; andere wirken mehr wie Inderinnen; wieder andere haben mongoloide Züge, zarten gelblichen Teint und schlaffe Augen. Dearest selbst ist nicht Vollblut-Chinesin, trotz der kolossalen Vitalität, die sie ausstrahlt; ihre Augen sind zu rund. Ich weiß, was sie denkt, wenn sie diese Augen auf mich richtet: Warum vergeudest du deine Zeit an dieses Mädchengelächter, das ja gar nichts lernen will, auch nie etwas anderes lernen wird, als wie man Kinder bekommt – wo ich hier bin, ich, die ich lernen will und nach Wissen hungere?

Ich komme zur zweiten Reihe. Ein Mädchen steht auf. Sie hat keinen Schmuck an, nur eine Rose im Haar. Es ist Rukmini. Sie lächelt, nennt ihren Namen, schlüpft wieder hinter ihr Pult. Ich gehe weiter. Keschur, Amrita ... Eines der Mädchen, ein großes, schmales Ding in einem herrlichen blaßgrünen Sari mit goldenen Blumen, hat ihr Pult weit von den andern weggeschoben, so daß sie auf dem marmornen

Außenstreifen sitzt statt auf dem großen Teppich, der fast den ganzen Fußboden bedeckt.

»Wie heißt du?«

»Lakshmi.«

»Sie hat fünf Kinder und ist lungenkrank, wenn Sie erlauben, Mrs. Ford«, sagt Dearest, die nicht mehr an sich halten kann.

»Ach … Und wie alt bist du, Lakshmi?«

»Neunzehn.«

Der große Wuchs und die Schlankheit des Mädchens erinnern mich an jemanden. »Bist du mit General Kumar verwandt?«

»Ich bin seine Tochter.«

Lakshmi hüstelt leise, ihr Taschentuch vorhaltend. »Auf dem Steinboden ist es kalt, Lakshmi. Willst du dein Pult nicht auf den Teppich rücken?«

»Es ist verboten«, antwortet sie lächelnd.

»Aber nicht doch. Wenn es wegen der Tuberkulose ist, kannst du auch weiter hinten sitzen; da ist noch viel Platz auf dem Teppich, und du bist noch immer weit weg von den andern.«

Lakshmi kichert, lacht. Alle lachen sie.

Ich fange an, die Gereiztheit der beiden Lehrerinnen und Isobels zu begreifen. Ich komme mir vor wie eine Dame, die mit einer Lampe in ein sonnenlichterfülltes Zimmer tritt und allseitige Heiterkeit erregt. Fortschritt, rufe ich mir zu, Aufklärung. Dazu bist du hier, du, Isobel und Fred Maltby und sogar Unni Menon. Auch er ist zwanzigstes Jahrhundert, das ins elfte hineintritt, tapfer die Lampe hochhält und zuweilen recht lächerlich wirkt.

»Mrs. Ford.« Dearest springt mir wieder bei. »Ich möchte Sie davon in Kenntnis setzen, daß Lakshmi im Augenblick unrein ist. Deshalb darf sie nicht auf den Teppich treten, denn sonst würden die Fasern die Unreinheit auf uns übertragen, Madam.«

Ich brauche zehn Sekunden, um zu begreifen. Ach so, jaja. Hierzulande sind Frauen jeden Monat einige Tage lang »unrein«, dürfen dann nicht mit andern in die Sonne, nicht auf ein und derselben Matte stehen noch mit ihnen zusammen essen.

»Dürften wir unter diesen Umständen, Mrs. Ford«, sagt Dearest, »vielleicht daheim bleiben, solange wir unrein sind? Das wäre so praktisch. Miß Maupratt lehnt es ab, aber es ist so höllisch unbequem für uns.«

»Miß Maupratts Entscheidungen sind leider nun einmal maßgebend«, sage ich. »Nun fangen wir an.«

Wo soll ich anfangen? Geschichte hatte den Mädchen vorige Woche einen Aufsatz zu schreiben aufgegeben.

»Die Aufsätze«, sage ich.

Dearest steht auf und legt einen Stoß Bogen vor mich hin. »Montags haben wir in der Regel Grammatik.«

»Ich weiß. Könnt ihr Sätze zergliedern? So, gut also. Ich schreibe euch ein paar Sätze auf die Tafel zum Zergliedern.« Aber zunächst geht mir nichts durch den Kopf als lauter Kinderreime, der Rampoche von Bongsor, Alices Cheshire Cat …

Ich schreibe an: »Ich habe oftmals eine Katze ohne Grinsen gesehen, aber noch nie ein Grinsen ohne Katze! Das ist das Merkwürdigste, was ich je erlebt habe.« Und ich sage: »Zergliedert das.«

Selbst Dearest bleibt ruhig beim Lesen der Worte; dann lacht die ganze Klasse; es wird zu einem stürmischen Gelächter. Es läßt dann nach, verebbt in leisen Seufzern, in Geklingel von Armreifen, mit Zurechtrücken von Ohr- und Nasenschmuck; und dann fangen die Mädchen an, ihre Federn kratzen, Rukminis Kopf ist gesenkt, auch sie scheint zu schreiben. Alle schreiben, bis auf Lakshmi, denn Lakshmi muß husten, blickt durch das Fenster in den hellen Morgen voller Sonne hinaus und spielt mit ihren Ringen, Armreifen und den Blumen in ihrem Haar.

*

Mit gerunzelten Brauen sah John hinter seiner Frau her, die mit Geschichte das Speisezimmer verließ, während Erdkunde sich ein zweites Mal mit Kaffee bediente. Er dankte, als sie auch ihm einschenken wollte, und blieb nachdenklich vor seiner leeren Tasse sitzen. Er wünschte, daß Isobel jetzt hier wäre. Das arme Wesen! Sie waren am vergangenen Abend zusammen auf jener Hochzeit gewesen, mit Ranchit und Pat, Ranchits amerikanischer Freundin. Bei einem freimütigen Männergespräch in der Herrentoilette hatte Ranchit sich sehr enthusiastisch über Pats erotische Qualitäten ausgelassen. »Mir liegen die Europäerinnen«, hatte er wiederholt versichert. »Sie lieben laut, und das schätze ich. Manche wollen geschlagen werden. Das liebe ich nicht immer. Von Pat kann ich verlangen, was ich will. Sie kneift die Augen zu und tut's. Sie sagt, ich sei der beste Liebhaber, den sie je gehabt hat.«

Als sie nach diesem pikanten Intermezzo zu den Damen zurückkehrten, war Isobel verschwunden. Inzwischen waren viele neue Hochzeitsgäste eingetroffen. John hatte sich einige Drinks genehmigt und war im Begriff gewesen, sich wohl und beschwingt zu fühlen, als er entdeckte, daß Anne wieder da war. Doch er hatte ihr ostentativ den Rücken gekehrt, um zu zeigen, daß er erhaben war über ihre Launen. Sie war zurückgekommen von dort, wohin sie Hilde begleitet hatte, und hatte den Rest des Abends im Gespräch mit Frauen, dem Feldmarschall oder Paul Redworth verbracht. Sie war nicht ständig von einem Schwarm von Männern umgeben gewesen wie Pat und eine andere Frau, eine junge, vollbusige Irin, die sehr bekannt und beliebt zu sein schien bei der Männerwelt Katmandus. Trotz der starken Konkurrenz war es ihm gelungen, sich ihr vorstellen zu lassen und sie während des Dinners mit Beschlag zu belegen.

Man hatte nicht an einer gemeinsamen Tafel gegessen. Die auf großen Platten angerichteten, überscharf gewürzten warmen Speisen waren auf verschiedenen Tischen zusammengestellt, an denen man sich stehend nach Belieben bedienen konnte. Zu trinken gab es roten Champagner. »Immer gibt es roten Champagner bei diesen Parties«, hatte die vollbusige Irin zu ihm gesagt und ihm erklärt, warum sie ihn nicht vertrage. Sie sei streng erzogen worden, und ihre Mutter habe ihr eingeschärft, nie Champagner zu trinken, und dieses mütterliche Verbot bewirke selbst über die Jahre hinweg, daß Champagner jedweder Farbe sie schwindlig mache.

Vielleicht war es auch der rote Champagner gewesen, der eine gewisse Wirkung bei John gezeitigt hatte. Im Morgengrauen war er aus einem unruhigen Halbschlaf aufgewacht, hatte Anne auf der äußersten Kante des häßlichen Doppelbetts liegen sehen und kichernd die Hand nach ihr ausgestreckt.

Anne war unter der Berührung erwacht, hatte seine Hand gepackt und sie mit außergewöhnlicher Heftigkeit weggeschleudert. Dann war sie aufgesprungen und ging ins Badezimmer, nahm ihre Kleider mit, zog sich an und ging aus dem Schlafzimmer.

»Wo gehst du hin? Komm zurück!« hatte er ihr heiser nachgerufen, nicht sehr laut, gehemmt durch ein Gefühl der Endgültigkeit, als wäre etwas, das er im Traum befürchtet hatte, jetzt wache Wirklichkeit geworden.

Eine Weile hatte er überlegt, ob er im Bett bleiben und sich krank stellen sollte, um so Annes Rückkehr zu erzwingen. Doch dann war er aufgestanden, hatte sich langsam angezogen, angestrengt nach draußen lauschend, ob sich auf dem Korridor nicht ein anderer Laut nähere als das Tap-Tap des Dieners, der das heiße Wasser brachte. Der

Diener, ein Mann aus den Bergen, ging selbst auf den Steinen des ebenen Korridors mit flach aufgesetzten Füßen und leicht gebeugten Knien, als ob er einen Hang hinaufsteige. John hatte dies nicht bemerkt, bis Anne es vor der Hochzeit bei einem Glas Bier im Royal-Hotel zu Paul Redworth gesagt hatte, und jetzt fühlte er sich verfolgt von dem Bild, das Anne von dem Gang des Dieners gegeben hatte, und ertappte sich dabei, daß er ihm immer wieder lauschte, um sich die Richtigkeit dieses Bildes bestätigen zu lassen. Im Grunde ärgerte ihn Annes Art, die Dinge zu sehen und zu beschreiben, und dennoch waren ihre Worte auch für ihn von einer zwingenden Anschaulichkeit, und er bemühte sich vergeblich, aus innerem Protest einen besseren Vergleich für den stampfenden Gang des Dieners zu finden.

Zum Frühstück war Anne nicht erschienen, und auch Isobel nicht. Die anderen Damen, Geschichte und Erdkunde, hatten ihm mitgeteilt, daß Isobel unter bösen Kopfschmerzen leide. »Das kommt nur von dem Lange-Aufbleiben.« Ihre Münder waren seltsam verkniffen gewesen und die blasse Puderschicht auf ihren Gesichtern noch dikker. Sie hatten lange, zurückhaltende Schweigepausen eingeschoben zwischen den einzelnen Bissen Toast. Hatte er irgend etwas Verkehrtes gesagt oder getan? John war unbehaglich zumute gewesen, und er hatte sich gefragt, ob ihre sichtliche Verstimmung etwas mit ihm zu tun hätte, ob er in der vergangenen Nacht irgend etwas zu Ranchit gesagt haben könnte, was jemand mitangehört hatte. Dann war Anne hereingekommen, strahlend, frisch, und Geschichte hatte sie mitgenommen zu den Klassenzimmern, und er war allein geblieben mit Erdkunde, die, wie ihm zum ersten Male auffiel, ein Grübchen im Kinn hatte, das bei Geschichte fehlte. Und soeben hatte Erdkunde ihren Stuhl etwas vorgerückt und tief aufgeseufzt.

»Warum seufzen Sie?« fragte John, dankbar für diesen Seufzer, den er als eine Bitte um Teilnahme deutete.

Erdkunde war sich bewußt, daß sie nicht sagen sollte, was sie dann doch sagte, aber er war ja ein Mann, ein verläßlicher Mann, und für eine Frau war dieses Wissen eine zu schwere Last. Und so erfuhr John, daß die arme Miß Isobel noch im Bett lag, weil ... nun weil sie das Trinken nicht vertragen konnte, die Arme, die doch sonst so eine wundervolle Person war, aber gestern von Dr. Maltby ins Krankenhaus gebracht werden mußte, wo er ihr den Magen ausgepumpt hatte.

Erdkunde wiederholte den letzten Satz zweimal, um sicher zu sein, daß John ihn verstanden hatte. Und jetzt lag Isobel im Bett mit gräßlichen Kopfschmerzen. Ja, manchmal war sie ein wenig unvorsichtig. Sie hatte eine Herzgeschichte, und ein Tröpfchen Alkohol tat ihr gut, aber sie konnte ja nicht wissen, wieviel Brandy diese elenden Nepalesen in ihre Drinks getan hatten, und in Wirklichkeit war sie nicht sehr widerstandsfähig, trotz ihrer Figur.

John hörte zu, nickte verstehend, fühlte sich innerlich bewegt von warmer Anteilnahme, die sich mit seinem Mitleid mit sich selbst zu schmerzlicher Melancholie verband. Die arme Isobel! O, er hatte vollstes Verständnis für ihre Schwäche, die natürlich nicht ihr Fehler war. Selbstverständlich würde er den Damen beistehen, wo immer er von Nutzen sein könnte. Erdkunde beteuerte ihm, wie glücklich sie wären, ihn in Katmandu zu haben. Die Kolonie westlich-zivilisierter Menschen wäre zu klein, und wirklich vertrauenswürdige Männer wie John gäbe es nur sehr wenige. Gewiß, Touristen aus der Heimat gab es auch, aber sie kamen und gingen. »Drei Tage in Katmandu ist das höchste, was die Reiseagenturen für ihre Kunden vorsehen.« Da waren noch die Künstler, Maler und Schriftsteller, aber die führten meistens ein Leben à la Bohème, von dem man sich distanzieren mußte. Erdkunde seufzte wieder und wurde beinahe hübsch dabei. Man sollte natürlich christliche Nachsicht üben, aber ... John hätte doch gewiß Verständnis für eine solche Zurückhaltung. Er sähe ja wohl selbst, wie manche Vertreter der weißen Rasse sich hier benähmen. Und man müßte doch zu dem stehen, was man für recht hielt, nicht wahr? Und es gab ja so viel zu tun hier, nicht nur unterrichten, den Fortschritt verbreiten, die selbstverschuldete Armut lindern, sondern den Heiden vor allem zeigen, durch das Beispiel zeigen, da das Predigen kaum erlaubt sei, was es hieß, ein Christ zu sein, die wirkliche Wahrheit zu besitzen, die wahre Religion, ihnen vorleben, daß man nur wahrhaft gut und glücklich sein konnte im Herrn. Diese hehre Aufgabe durfte man nie aus den Augen verlieren, zumal man ja nicht ohne Konkurrenz war. Da war Pater MacCullough. Gewiß, der römische Katholizismus war immer noch besser als Heidentum, doch die Römisch-Katholischen waren eben nicht im Besitz der reinen Wahrheit. Aber dafür hatten sie mehr Geld und waren besser organisiert. John mußte zu ihrem Hymnus-Singen kommen, unbedingt. Bitte, bitte, bitte ...

Bedacht mit einem letzten dankbaren Blick aus Erdkundes Augen, die seltsam flatterten unter den sandfarbenen Wimpern, verließ John das Institut und ging zu Fuß zum Royal-Hotel. Zuerst wollte er Hilde fragen, wann ihr Zimmer frei würde. Dann würde er sich auf die Terrasse setzen, zu Ranchit oder Pat oder zu irgend jemand anderem, und ein Bier trinken. Die Terrasse des Royal-Hotels mit den kommenden und gehenden, immer neuen Gästen zog ihn unwiderstehlich an. Wenn man dort saß, konnte man alles erfahren, was in Katmandu geschehen war und geschehen würde. Es war der Knotenpunkt aller Beziehungen, der Umschlagplatz für alle Gerüchte. Er hatte Glück; Hilde stand inmitten einer Schar soeben angekommener Touristen, ihre goldene Mähne in der Sonne schüttelnd und Listen schwenkend. Eine Expedition war eingetroffen und kampierte in Zelten im Garten des Hotels. Der indische Botschafter gab einen Kindertee, und ein Riesenberg Kuchen war angefahren worden, Merinken, Creme-Blätterteig, Mokkaschnitten, Rum-Babas, geliefert von dem Schweizer Konditor, der auch die einzige eßbare Butter in Katmandu herstellte.

Eine Stimmung angenehm prickelnder Unruhe lag über der Terrasse, und John fühlte sich glücklich, als er sich an einen Tisch setzte und überlegte, ob er Bier – dazu war es vielleicht zu früh – oder noch eine Tasse Kaffee trinken sollte. Ein amerikanisches Ehepaar, das mit dem gleichen Flugzeug wie er gekommen war, ging vorbei, begrüßte ihn und setzte sich zu ihm. Sie seien leidenschaftliche Großwildjäger, erzählten sie ihm. Sie hätten schon an vielen Safaris in Süd-Afrika teilgenommen und kämen eben von einer Tigerjagd bei dem Maharadscha von Lagawore.

»Und jetzt sind wir unterwegs zur Jagd im Terai«, sagte die Frau.

»Wo liegt das?« fragte John.

»Der Terai ist ein Dschungelgebiet im Süden von Nepal, kurz bevor man nach Indien kommt. Es ist einer der besten Jagdgründe der Welt.« Ein Rana, ein früherer Generalissimus, hatte ihnen gute Abschüsse versprochen. »Stellen Sie sich vor, wie mächtig der Gissimo ist; selbst die Prinzen des königlichen Hauses von Nepal kommen, um ihm zu huldigen, wenn er in Katmandu Hof hält.«

»Und wir haben gedacht, die Ranas wären erledigt, wie die Aristokraten nach der Französischen Revolution«, erklärte der Mann, »aber sie scheinen quicklebendig zu sein und rühren sich wieder mächtig. Ich habe mir sagen lassen, sie hätten eine eigene Partei gebildet für die ersten Wahlen.«

»Warum nicht?« sagte die Frau. »Ich halte es für eine gute Sache, wenn die Aristokraten ein Land regieren. Sonst bekommen die Roten die Übermacht, besonders hier. Ich hoffe, Seine Hoheit der Gissimo berechnet uns nicht zuviel für eine Safari im Terai. Diese Leute scheinen zu glauben, wir verrückten Amerikaner zahlten jeden Preis.«

»Ja, zweitausend Dollar haben wir letztes Jahr gezahlt, um einen Tiger schießen zu dürfen, und es war nicht einmal ein gutes Exemplar, ein magerer kleiner Bursche, der von den Treibern regelrecht geprügelt werden mußte, bevor er vor unsern Anstand kroch und abgeschossen werden konnte.«

»Nebenbei, wie lang war der größte Tiger, den Sie je geschossen haben?« fragte der Amerikaner John.

»Ich muß gestehen, ich habe überhaupt noch keinen geschossen«, erwiderte John.

»Das hätte ich mir denken können«, meinte der Amerikaner. »Wir haben nicht viele britische Großwildjäger kennengelernt auf unseren Safaris. Eigentlich gar keine.«

»Das kommt wohl daher, nehme ich an, daß wir Amerikaner den Engländern diese Aufgabe abgenommen haben wie so viele andere internationale Verantwortungen«, erklärte ihm seine Frau.

»So ist es, meine Liebe«, sagte der Mann.

Und dann kam Pat an den Tisch. Sie sah sehr mitgenommen aus. Sie begrüßte John mit einem »Hallo!« und fragte ihn: »Wo ist Ihre Frau?«

»Sie unterrichtet heute morgen«, antwortete John und hatte das Gefühl, als ob Anne sehr fern wäre.

Pat begann, von der »exklusiv-hocharistokratischen« Hochzeitsfeier zu schwärmen, an der sie teilgenommen hatte, und die Tigerjäger, die nicht eingeladen worden waren, parierten, indem sie das Gespräch wieder auf Seine Hoheit, den Generalissimus, brachten, der von seinen Freunden kurz Gissimo genannt wurde und eine viel prominentere Persönlichkeit sei und aus einer viel älteren Aristokratenfamilie stamme als der König. Die Prinzen hatten ihm ihre Aufwartung machen müssen, als er das letzte Mal in Katmandu war, und er hatte ihnen selbst gesagt, daß er ihr Onkel sei. Die Unterhaltung nahm jenen rivalisierenden Charakter an, den solche Unterhaltungen immer annehmen, wenn Touristen, Journalisten und Auch-Experten des Fernen Ostens zusammentreffen. Die Tigerjäger erwähnten die Namen einiger Rajahs, Fürsten und Maharadschas, die sie kennen wollten, und Pat übertrumpfte sie. »Die? Aber diese Leute spielen heute doch überhaupt keine Rolle mehr. Als ich vor drei Monaten in Lagawore war, gab es nur einen, den es lohnte kennenzulernen, und das war Shim Shikah Derr! … Sie haben Shim nicht kennengelernt? Mein Gott, er ist doch der mächtigste Mann im Lande. Er hat alle Fäden in der Hand, und der Maharadscha tanzt nach seiner Pfeife.«

Und als der Gissimo wieder in Verbindung mit der exklusiven, sehr teuren Tigerjagd im Terai, zu der nur sehr schwer eine Einladung zu erhalten sei, zitiert wurde, sagte Pat: »Aber er ist doch nur ein Rana der C-Klasse.«

»Was meinen Sie damit?« fragte John, der sich ziemlich verloren vorkam bei diesem Gespräch, zu dem er nichts beisteuern konnte.

»Du meine Güte, ich dachte, das wüßte jeder. Die Ranas der A-Klasse sind die, deren Mütter auch aus einer hohen Kaste stammen, also auch Rana-Frauen sind oder brahmanische Aristokratinnen. Sie nennen sich nicht Aristokraten, aber in Wirklichkeit sind sie es. Die Ranas der B-Klasse haben keine so hochgeborenen Mütter, und die C-Klasse sind die, deren Mutter nur eine Newari-Frau oder eine Frau aus den Bergen war, das sind die Frauen, die sonst die Dienstmädchen abgeben. Im Grunde genommen sind sie Sklaven. Zu Hause würden wir sie als illegitim bezeichnen, aber hier kann ein Rana so viele Frauen und Konkubinen haben, wie er will. So etwas wie Bastarde gibt es überhaupt nicht in Nepal.«

Für einen Augenblick herrschte betretenes Schweigen. Dann machte John einen Versuch, die Situation zu retten und sagte: »Das ist sehr interessant.« Doch seine Bemerkung verfehlte ihre beabsichtigte Wirkung. Die Tigerjäger blieben moralisch entrüstet.

Der Verrückte kam vorbei, blieb stehen, fixierte sie, zuckte die Achseln, murmelte: »Spione«, ging weiter und setzte sich an seinen Tisch.

»Mein Freund Ranchit zum Beispiel«, fuhr Pat fort, auf ihrem Stuhl schaukelnd, »ist ein A-Rana. Übrigens, er meint, man müßte hier einen Club gründen. Das sollten einige von uns in die Hand nehmen, die mit den Verhältnissen in Katmandu gut vertraut sind. Ich denke mir, es müßte ein Club sein, der seine Mitglieder selbst auswählt und niemanden aufnimmt, der nicht erwünscht ist. Mein Freund Enoch P. Bowers ist begeistert von der Idee. Ein echt kosmopolitischer Club müßte es sein, mit demokratischen Grundsätzen.«

»Das ist ein wunderbarer Gedanke«, rief John begeistert aus. »Das ist genau das, was hier in Katmandu fehlt. Wir haben seinerzeit einen solchen Club in Mynah organisiert … ich war Club-Sekretär, nebenbei bemerkt … und es war ein großer Erfolg. Alles, was Namen und Rang hatte, trat bei. Es war eine ausgezeichnete Brücke zu den Eingeborenen. Doch ich fürchte, jetzt ist der Club etwas heruntergekommen, seit wir nicht mehr dort sind. Sie nehmen jetzt Kreti und Pleti auf.«

»Lassen Sie uns doch einen Club für Tigerjäger gründen«, schlug der Amerikaner vor. »Verstehen Sie ... nur wer einen Tiger geschossen hat, kann Mitglied werden.«

»Nichts zu machen«, widersprach Pat. »Wir wollen, daß die Einheimischen sich beteiligen. Unser Ziel ist es, hier für die Demokratie einzutreten, und dazu brauchen wir fähige Köpfe, Künstler, Schriftsteller und auch Leute von der Regierung. Die fähigsten Köpfe hier im Tal sind aber meistens Newaris, und von ihnen hat noch keiner einen Tiger geschossen, denn solange die Ranas hier herrschten, war den Newaris das Jagen überhaupt verboten. Es wäre nicht demokratisch, sie auszuschließen. John, vielleicht könnten Sie Ranchit und mir und Mr. Bowers bei der Organisation helfen, da Sie ja Erfahrung in der Verwaltung eines Clubs haben?«

»Gewiß, mit dem größten Vergnügen«, antwortete John.

Sie bestellten Bier. John ließ seinen Blick über die Veranda schweifen und hatte das Gefühl, daß er hierher gehörte. Man brauchte ihn hier. Zweimal an diesem Morgen war er um Hilfe angegangen worden. Zuerst von Erdkunde und jetzt von Pat und ihren Freunden. Er hatte Menschen gefunden, die ihn schätzten, und der Club war gerade das Richtige für ihn. Er begann, Pat von seinem Club in Mynah zu erzählen. Er war glücklich, sehr glücklich.

Zwölftes Kapitel

Zwei Tage später zogen die Fords ins Royal-Hotel.

Das Zimmer hatte Doppelbetten, eine getäfelte Decke und ein funkelnagelneues Badezimmer.

Es war für sie beide eine Erleichterung. Nicht nur, weil die erzwungene körperliche Nähe damit ein Ende hatte, sondern auch in anderer Beziehung. Sie schliefen beide besser in der ersten Nacht, und am nächsten Morgen gelang es ihnen, beim Anziehen und bei der Toilette ohne jede mündliche Absprache so aneinander vorbeizukommen, wie es dem inneren Abstand zwischen ihnen entsprach. Anne stand als erste auf und ging zum Frühstück auf die Veranda hinunter, wo John erst erschien, wenn sie bereits unterwegs war zum Institut. Abends kam sie spät nach Hause, die Arme beladen mit Schulheften. Nach dem Dinner saß John auf der Terrasse und besprach mit Ranchit, Pat und Enoch P. Bowers die Pläne für den Club. Bowers war ein hagerer Mann aus Kansas, der wie Abraham Lincoln aussah, nur trauriger. John machte es sich zur Gewohnheit, sich mit den Touristen zu unterhalten, die nach Katmandu kamen und alle sehr gesprächig waren. Anne sah er sehr wenig und vermißte sie auch nicht. Entweder sie unterrichtete im Institut, unternahm mit Bekannten Spazierfahrten und Besichtigungen, besuchte Martha Redworth und kam erst zur Schlafenszeit nach Hause, wenn John im Bett lag, unbeweglich und mit geschlossenen Augen, auch wenn er noch nicht schlief. Oder er war es, der nach einer Party in Ranchits Palast Anne sich schlafend stellend vorfand. So gelang es ihnen, mehrere Tage nebeneinanderherzuleben, ohne miteinander sprechen zu müssen.

John war zunächst ehrlich erschrocken gewesen über Annes verändertes Wesen. Der erste Schock hatte einem Gefühl der Verwirrung Platz gemacht. Zum ersten Mal in seinem Leben, seit jenem Morgen, da sie seine Hand weggeschleudert hatte und aus dem Zimmer gegangen war, hatte er versucht, sie zu verstehen, zu verstehen, warum sie es getan haben könnte. Doch Denken war unerfreulich und unbequem. Es zwang zur Aufgabe der eigenen Gewichtigkeit und zum Verzicht auf gewohnte Worte, die sich so leicht zu Sätzen formten, zu Grundsätzen, die wiederum das Denken vereinfachten, es brauchbar machten zur Selbstberuhigung, zur Selbstbestätigung. Diese Worte, wenn sie einmal vorgedacht waren, ersetzten eine nur undeutlich wahrgenommene Wirklichkeit, vor der er sich fürchtete, weil er fühlte, daß sie anders war. Meine Frau ... mein Recht als Gatte ... es ist die Pflicht des Weibes ... eheliche Verpflichtungen ... wie Blasen aus dem Mund eines Ertrinkenden stiegen diese Worte an die Oberfläche seines Bewußtseins, wurden ausgesprochen und breiteten sich aus, um etwas zu verbergen, zu ersticken, das er weder kannte noch erkennen wollte.

Wenn Anne morgens gegangen war, fühlte er sich noch immer einsam, doch nicht mehr so sehr wie früher, denn die Fremdenkolonie in Katmandu war so klein, daß man sich dauernd traf, vor dem Lunch in der U.S.I.S.-Bibliothek, oder im Hotel Royal beim Morgenkaffee, bei einem Drink oder zum Essen und auf den häufigen Abendgesellschaften. Weil das Touristenpublikum im Hotel Royal so schnell wechselte, hatte er die Illusion, viele Menschen kennenzulernen und zahlreiche interessante Verbindungen aufgenommen zu haben, auch wenn er nie wieder von ihnen hörte. Er machte sich ein Vergnügen daraus, bei jedem neuen Schub Gäste den Bärenführer zu spielen, ihnen die Sehenswürdigkeiten der Stadt zu zeigen, den goldschimmernden Tempel der Könige mit seinen Glocken, die im Wind schaukelten und anschlugen, oder das Oberfenster an einem ockergelb gestrichenen, in der Form eines tibetanischen Hauses gehaltenen Altar, aus dem zwei lebend wirkende Holzfiguren herausschauten, die grüngekleidete und goldgegürtete Göttin Parvati in den Armen des Gottes Mahadeo, einer anderen Inkarnation Vishnus, oder Kala Durga, die auf den Leichen ihrer gemordeten Dämonen tanzte, und zuletzt den riesigen Kopf der Bhairab, die hinter Gittern und mit dem Königspalast als Hintergrund zwischen kupfernen Zähnen die bluttriefende Zunge bleckte und auf ihrer Stirn als Mal das Bild Yamas, des Gottes des Todes, trug. Bhairab war der Schutzengel von Katmandu.

Sehr bald erlebte John, ebenso wie Anne und viele andere neu nach Katmandu Gekommene, seine eigene, durch die Atmosphäre des Tals bewirkte Veränderung. Weil die anthropozentrische Starrheit der Zivilisation, die ihn geformt hatte, nicht gemildert war durch die Aufgeschlossenheit einer persönlichen Selbstentfaltung, hatte dieser Wechsel bei ihm fast gegenteilige Wirkung. Er führte nicht wie bei Anne zu einer befreienden inneren Entspannung und einer Aufweichung verhärteter Vorurteile, zu einem Verstehen durch innere Bereitschaft, die es leicht machte, in die phantastische Welt der Menschen und der Götter des Tales einzudringen und mit ihr zu verschmelzen. John erfuhr eine Aufblähung seines eigenen Ichs, eine Erscheinung, die bei vielen anderen Mitgliedern der Fremdenkolonie von Katmandu zu beobachten war. Da diese Menschen an keine anderen Götter wirklich glaubten als an sich selbst – Religion war für sie eine unpersönliche Angelegenheit, eine langweilige sonntägliche Übung, die man sorgsam von dem Alltagsleben der Woche trennte –, verwandelte sich in ihren Seelen der entfesselte Überschwang des Lebens, von dem auch sie erfaßt wurden, wenn sie in das Tal kamen, in ein Gefühl eigener Wichtigkeit. Sie wurden groß vor sich selber, wuchsen in ihrer Einbildung über sich selbst hinaus, und sie fanden keinen Weg, diese Selbstüberschätzung, die leicht zu einem Rausch des Größenwahns führte, einzudämmen oder auszugleichen durch Demut und Bescheidenheit wie jene, die das Göttliche in allen Erscheinungen sahen und im gleichen Augenblick, da sie sich ihrer Gottesverwandtschaft bewußt wurden, auch erkannten und anerkannten, daß im Tal der Götter jeder Baum, jeder Stein, jeder Hund, jede Kuh und jeder zerlumpte Träger auch Gott war, göttlichen Ursprungs und Wesens, gleich und eins mit ihm selbst.

Solcher Demut konnten John und Isobel nicht fähig sein, denn ihre Art von Christentum machte es ihnen unmöglich. Und für Pater

MacCullough verbot sie sich von selbst, denn er mußte sich als treuer Diener seiner Religion für den Vertreter der *einen* Wahrheit halten. John, der seit seiner Pensionierung unter einem Gefühl der Nutzlosigkeit gelitten hatte, empfand sich jetzt als wichtige Persönlichkeit, als Menschen von geistigem Wert, der im Begriffe war, ein Experte für Nepal zu werden, ein Mann, dem die Touristen andächtig lauschten und zu dem sie sagten: »Sie scheinen eine Menge zu wissen über dieses Land. Werden Sie nicht ein Buch darüber schreiben?« – »Ich denke, das werde ich eines Tages tun«, antwortete er dann mit Ernst und Würde und glaubte selbst daran. Die Idee des Clubs gewann immer größere Bedeutung in seinem Denken. Der Club würde das fehlende Glied, das magische Band darstellen, das die freiheitliebenden Menschen Nepals mit den andern freiheitliebenden Menschen der Welt verbinden sollte. Es würde eine Quelle westlicher Kultur werden, eine Stätte, an der abendländisches Wissen und Fühlen frei zugänglich war in Form von belehrenden und unterhaltenden Zeitschriften, wo Bildung und Erziehung, vermittelt durch Vorträge, Führungen und Geselligkeit, die Besten der Nepalesen zusammenführten mit den Besten des Westens. Er würde ein Bollwerk, eine Phalanx gegen den Kommunismus bilden. Manchmal empfand John, wenn er an den Club dachte, eine fast heilige Scheu vor der Großartigkeit dieses Unternehmens und der Rolle, die er in ihm spielen würde. Und jetzt hatte er Freunde, eine ganze Reihe von Freunden: Enoch P., dieser würdevolle, ernste Mann, der Präsident des Clubs werden würde; Professor Rimskow, der sich rühmen konnte, als einziger Europäer fünf Jahre in einem geheimnisvollen Tal in Tibet verbracht zu haben – Professor Rimskow besaß ein riesiges Hinterteil, keine Haare auf dem Kopf und eine sehr hohe Stimme. Er saß jeden Abend auf der Veranda und erzählte den Touristen Schauergeschichten über das sagenhafte Tal, das er entdeckt hatte. Auch am Vormittag saß er hier, einen Bleistiftstummel in der Hand, einen Bogen Papier, mehrere Mappen und ein großes Glas helles Bier vor sich. Dies war eine vertraute Pose auf der Terrasse des Royal-Hotels, wo mehr sogenannte Autoren und Künstler auf den Quadratmeter kamen als sonst irgendwo in der Welt. –

Pater MacCullough; ihn schätzte John mit Vorbehalt. Auch bei dem Priester glaubte er, inneres Wesen mit äußerem Verhalten identifizieren zu müssen. Eine Religion, die zu hohe dogmatische Anforderungen stellt, erzeugt auf dem Menschen eine Kruste, umgibt ihn mit einem harten Panzer, der das weiche Innere in der Entfaltung behindert. Eine Kirche, die sich als standhafter Fels im Sturm der Zeiten bewährt hat, übt auch auf die Menschen, die sich ihr anvertrauen, eine versteinernde Wirkung aus, neigt dazu, die schützende Verhärtung ihres anfälligen Fleisches und ihres anfechtbaren Geistes zu fördern, so wie ein Mensch, der glaubt zu herrschen und sich für berechtigt und verpflichtet hält, weniger Starke zu führen, leicht dazu verleitet wird, das Bild, das er von sich geschaffen hat, für sein wahres Selbst zu halten. Doch Pater MacCullough war diesem äußeren Verhärtungsprozeß nur in geringem Maße unterworfen, denn die Kirche ist sehr alt und hat viele Erneuerungen erlebt. Die einsichtige Erinnerung an ihre historischen Schwächen befähigt sie trotz ihres Unfehlbarkeitsanspruches zu einer klugen Duldsamkeit gegenüber ihren Gläubigen.

John hatte auch lange Gespräche mit Isobel Maupratt, Gespräche, die ihn immer wieder in seiner guten Meinung von sich selbst bestätigten. Sie glaubte an ihren Gott ebenso unerschütterlich, wie sie sicher war, als Leiterin des Töchter-Instituts immer das Rechte zu tun.

Es war ein Gott, geschaffen nach ihrem eigenen Bild, ein Monolith der Vollkommenheit, ohne Widersprüche, ohne Sünde, klar und mitleidlos unterscheidend zwischen Gut und Böse. Ihr Gott und Johns Gott, der aussah wie ein höherer Kolonialbeamter, im Dienst ergraut, aber noch straff und rüstig, in weißen Shorts unterwegs, um im Himalaja einen Club von Aposteln zu gründen, kamen sehr gut miteinander aus.

Aber keiner dieser Freunde, nicht einmal Isobel, bereiteten ihm die erregende Genugtuung, die er bei Ranchit fand. Und auch dies war ein neues Moment in seinem Leben, denn nie zuvor hatte John sich einen »Eingeborenen« als seinen Freund vorstellen können.

Sein Bedürfnis nach der Gesellschaft Ranchits war von ganz anderer Art als das nach der Nähe Isobels und, in geringerem Maße, von Erdkunde. Ranchit war reich und tat und sagte Dinge, die John gerne auch gesagt und getan hätte. Ranchit hatte ihm sogar Pat angeboten. »Wann immer Sie wollen, alter Junge.« Ein Tag ohne Ranchit war leer, war ohne das Stimulans des Kontrastes. Von Ranchit und den zweifelhaften Parties in seinem Palast ging John immer wieder zurück in das Töchter-Institut, um mit ganz anderen Gefühlen die puritanischen Teestunden mit Isobel und die nicht zu übersehende, aber eindeutig keusche Bewunderung von Erdkunde zu genießen. Wenn er die Damen verließ, um zu Ranchit zurückzukehren, murmelte er: »Sie sind doch prachtvolle Frauen.« Ranchits Verderbtheit kam nicht nur seiner eigenen Lüsternheit entgegen, sondern gab ihm auch ein Gefühl eigener Rechtschaffenheit und moralischer Überlegenheit. »Dieser Bursche kennt überhaupt keine Hemmungen«, pflegte er zu Enoch P. zu sagen. Und er fand es interessant, einen Freund zu haben, den er zugleich beneiden und verurteilen konnte.

Annes Metamorphose vollzog sich in entgegengesetztem Sinne. Auch sie fühlte sich über sich selbst hinausgehoben, doch nicht in einem Rausch persönlicher Selbsterhöhung, sondern ergriffen und mitgerissen von der allgemeinen Hochstimmung des Tales. Bei ihr war es keine Emanzipierung, sondern eine Integration, eine Verschmelzung mit ihrer neuen Umgebung. Und diesen ihren Zustand versuchte sie dem Feldmarschall zu erklären, den sie jetzt häufig besuchte. Der Feldmarschall saß in einem Lehnsessel vor einem großen, polierten Mahagoni-Tisch und rauchte eine Wasserpfeife, deren langer Schlauch sich wie eine gezähmte Kobra um seinen linken Arm wand und, an der Seite des Sessels herabhängend, zu dem am Boden stehenden Behälter führte.

Der Feldmarschall nickte zustimmend: »Sie sind gesegnet mit wahrer Demut, Mrs. Ford. Diese Demut ist unentbehrlich, wenn wir die Wahrheit sehen und hören wollen. Sie ist die Bereitschaft, Augenzeuge zu sein, die Bereitschaft, Gefäß der Götter zu werden. Mangelnde Demut ist mangelnde Erkenntnis Gottes, oder der Götter, wie immer Sie diesen Begriff formulieren wollen. Und diese mangelnde Erkenntnis hat ihre Wurzel in der Sprache des Menschen, im falschen Gebrauch dieser Sprache, in der Neigung, das gesprochene Wort zu überschätzen, es für das Ding an sich zu halten, das es doch nur bezeichnet. Wieviele unserer Gefühle sind nur leere Konvention, entstanden durch den Mißbrauch der Sprache. Worte«, sagte der Feldmarschall, »sind nicht reine Kommunikation, nicht echter Dialog, sie sind nur Notbehelfe, Zeichen ähnlich Notsignalen, und wir wissen nie genau, wieviel der andere von dem versteht, was wir ihm sagen wollen, ob er den vollen Umfang und Inhalt unserer einsamen Not begreift. Und wenn wir beginnen, das Symbol für die Wirklichkeit zu setzen, das Wort für das zu halten, was es bedeutet, dann verfallen wir dem geistigen Hochmut, verlieren den Maßstab für die Bedeutung der Worte und somit auch den Sinn für die Wirklichkeit. Wie wahr ist es doch, daß die Welt, in der wir leben, geschaffen wird durch die Sprache, die wir sprechen, und auch unser Himmel und unsere Hölle.«

»Ich glaube«, sagte Anne, »Worte und Symbole unterliegen einem

Alterungs- oder Veränderungsprozeß und nehmen in den verschiedenen Stadien verschiedene Bedeutung an. So empfinde ich es wenigstens und bin immer hoffnungslos unsicher in der Wahl meiner eigenen Worte. In mir ist ein ständiges Verlangen, eine krankhafte Besessenheit, das Symbol in Einklang zu bringen mit dem Gedanken, das Wort zu prüfen, ob es aussagt, was ich meine. Ich kann mich nicht so ausdrücken, wie ich möchte, und das erfüllt mich mit ewiger Unruhe.«

»Aber es ist diese Unruhe, dieses Wissen um die Fallgruben der Sprache, die Sie demütig macht und daher dem Göttlichen näherbringt«, sagte der Feldmarschall. »Weil Sie eine Künstlerin sind und die Bedeutung hinter dem Wort suchen, wissen Sie in jedem Augenblick, wie unvollkommen Ihr Wissen ist, wie begrenzt Ihre eigenen Ausdrucksmöglichkeiten sind und vermuten vielleicht manchmal hinter den Worten anderer Gedankentiefen, deren diese sich überhaupt nicht bewußt sind, was zur Folge hat – wenn ich mir eine persönliche Bemerkung erlauben darf –, daß Sie sich immer selbst unterschätzen, was wiederum nicht hoch genug zu schätzen ist.«

Der Raum war ringsum ausgeschmückt mit Geweihen und Hörnern, aber eindrucksvoller für Anne waren die Bücher, die in verglasten Regalen die Wände bedeckten. Doch sie standen nicht nur zur Schau da. »Ich habe ein wenig hineingesehen«, bemerkte der Feldmarschall bescheiden. Sie gingen durch einen langen Korridor, und hier reihten sich an den Wänden hohe Stahlschränke voller Bücher aneinander, alle katalogisiert und nach Sachgebieten geordnet. Als Anne den Namen einer Blume nannte, die sie in der Nähe des für das mittelalterliche Gottesurteil benutzten Teiches gesehen hatte, öffnete der Feldmarschall einen dieser Schränke und nahm ein Botanik-Buch heraus; er zeigte ihr das Bild der Blume und las ihr die wissenschaftliche Beschreibung vor. Sie sprachen über die Gold-Tautropfen-Hecken und die Australischen Flaschenbürsten-Bäume, die entlang der Straßen des Tales angepflanzt waren. Der Feldmarschall kannte ihre lateinischen Namen. In vier besonderen Fächern waren die Sonderausgaben von Buchgesellschaften untergebracht, und andere enthielten Enzyklopädien und Nachschlagewerke verschiedener Fachgebiete. Auf dem großen Tisch, an dem der Feldmarschall saß, lag ein dickes, in Leder gebundenes Buch, in das alle, die ein Buch entliehen, ihren Namen und den Titel des Bandes eintrugen. Der König hatte vier Werke über Nationalökonomie entliehen. Es folgte Paul Redworths Name mit den gesammelten Ausgaben von zwei Dichtern. Auch Anne schrieb sich ein; sie nahm ein in deutscher und französischer Sprache geschriebenes Buch über Alpenpflanzen mit.

»Ich glaube nicht, daß ich mich unterschätze«, sagte Anne. »Ich habe früher einmal angefangen zu schreiben, aber ich bin kein Genie, und ich glaube, der Funke ist schon erloschen.«

»Warum etwas benennen und begrenzen mit einem Wort, das ohne jede echte Bedeutung ist und so Ihre Fähigkeiten herabsetzen und verringern, welcher Art sie auch immer sein mögen?« sagte der Feldmarschall. »Bemühen Sie sich nicht, allem, was Sie tun, einen Namen zu geben. Genügt es nicht, daß Ihnen etwas gegeben wurde, das Sie nicht vergraben, sondern nutzen sollen? Nutzen Sie es, ohne an Erfolg oder Mißerfolg zu denken. Doch wozu sage ich Ihnen etwas, das Sie besser wissen als ich.«

»Nein«, erwiderte Anne, »ich weiß nicht immer, was ich tun muß, um richtig zu handeln.«

»Vor diesem Problem stehen wir alle. Ein Problem, das, wie es scheint, nur durch Glauben zu lösen ist, durch Glauben an eine Wahrheit, die Sie in aller Demut in den Tiefen Ihres eigenen Ich suchen müssen«, sagte der Feldmarschall, der wie ein kleiner Buddha aussah. Sein Kopf war mit einem Tuch umwickelt, sein Leib zum Schutz gegen die Kälte mit einer breiten roten Flanellbinde. Er zog an seiner Pfeife und fuhr fort: »Sie sollen tun, was Sie nach solcher Prüfung für richtig halten, aber ohne an Erfolg oder Mißerfolg Ihrer Handlungen zu denken, mit andern Worten: Sie sollen erhaben sein über die Früchte Ihres Tuns. Dies ist das Geheimnis des Lord Krishna, des Herrn des Lebens. Das ist das wahre Leben.«

»Es ist schwer, nicht an den Erfolg zu denken und trotzdem mit dem gleichen Eifer weiterzuarbeiten.«

»Im Gegenteil, es ist leichter zu arbeiten, wenn Sie glauben, daß Sie ein Werkzeug des göttlichen Willens und selbst göttlich sind, als wenn Sie heuchlerisch bekennen, daß Sie kein Gott sind, sich damit die Freiheit der menschlichen Schwäche einräumen und andern gegenüber doch so handeln, als wären Sie Gott selbst. Überlassen Sie Gott, der die Welt erschaffen hat, die Sorge, was richtig ist. Ihre Pflicht ist es zu handeln und so das Leben, das er Ihnen geschenkt hat, zu ehren.«

Der Feldmarschall legte seine Wasserpfeife beiseite und zeigte Anne alte nepalesische Handschriften, künstlerisch ausgeführte goldene Lettern auf handgeschöpftem Papier. »Ich habe eines von diesen Blättern einem weißen Mann geliehen, der mir erzählte, er wäre ein berühmter Professor an einer europäischen Universität und mir versprach, er würde es zurückbringen. Doch er ist nie wieder erschienen, und er hat das Manuskript behalten. Doch wir sollen nicht verallgemeinern. Dieser Mann mag seinem Lande und seinem Lehrstuhl Schande gemacht haben, doch mein Herz hat diesem Manuskript nicht nachgetrauert, denn er muß sehr an ihm gehangen haben, um es zu seiner eigenen Unehre zurückbehalten zu können. Es war der Wille der Götter, oder Gottes, daß ich es verliere. Und wer weiß, vielleicht taucht es eines Tages doch wieder auf.«

Sie gingen zurück durch den langen Korridor, vorbei an den Reihen der Bücherschränke. Über den Schränken hingen Jagdbilder. Sie zeigten den Feldmarschall neben erlegten Rhinozerossen, Bären, Tigern und Büffeln. Trotz seiner hageren Figur war er in seiner Jugend ein berühmter Jäger gewesen. Zwischen den Schränken standen seltene Newari-Bronzen, die er gesammelt hatte. Und dann schenkte der Feldmarschall Anne ein Buch, die *Bhagavad-Gita*. Auf das erste Blatt hatte er unter die übliche Widmung geschrieben: »Ihr Gebet soll sein: O Krishna, Herr der Liebe und des Lebens, gib meinen Wurzeln Regen.« »Sie haben es gewiß in einer Übersetzung gelesen«, sagte er. Anne hatte es nicht gelesen, aber er ließ ihr keine Zeit zu widersprechen und fuhr fort: »Sie werden erkannt haben, daß dieses Gedankengut Ihrer Kultur nicht fremd ist. Erinnern Sie sich an die Worte Herberts: ... Denn jetzt in meinem Alter lebe ich noch einmal, rieche wieder den Tau und den Regen ...? Dies muß uns allen widerfahren, immer wieder, so daß wir nie vergessen, daß Leben alles ist und der Tod nur ein Durchgang. Leben ist alles, und es ist Krishna, der Gott des Lebens, der in diesem Buch spricht. Krishna ist der meistgeliebte von all unsern Göttern oder Manifestationen des Einen. Krishna ist das Leben selbst, Leben mit Hingabe gelebt in all seiner Vielfalt, in Arbeit und Spiel und Liebe, Trauer und Zorn, Freude und Leidenschaft, Irrtum und Weisheit. Ich glaube, Krishna wäre ein guter Gefährte für Sie, meine Freundin. Er hat so viele Gestalten, so viele Leben, daß selbst Ihre reiche Sprache ihn nicht umfassen kann. In diesem Buch sehen Sie ihn nur in einer dieser Gestalten, doch Sie werden, denke ich, ihm auf vielen andern Wegen begegnen ... und besonders, wenn Sie sich wieder verlieben sollten«, fügte er lächelnd hinzu. Und dann stand Anne allein in dem großen, gepflegten Garten, wo der schwarze Magnolienbaum, der Stolz des Feldmarschalls, in voller Blüte stand.

Sie ging zum Rubin-Palast in ihren Bungalow, legte die *Gita* und das

Botanik-Buch auf ihren Tisch. Es lagen noch einige andere Bücher auf dem Tisch und auf Stühlen. Sie brauchte ein Regal, um sie aufzustellen. Vielleicht finde ich unten etwas Passendes, dachte sie. Sie ging hinunter in den unbenutzten Parterreraum, suchte unter den abgestellten Möbeln nach einem Wandbrett oder Gestell. Sie fand nichts, was sie hätte verwenden können. »Ich muß Hilde um eine alte Kiste oder irgend etwas Ähnliches bitten.« Gedankenlos zog sie die Schubladen einer alten Kommode heraus. In einer von ihnen lag zwischen alten nepalesischen Zeitungen ein vergilbtes Photo, eine Amateuraufnahme auf Glanzpapier, scheinbar achtlos weggeworfen.

Es zeigte eine Gruppe von Personen, die unter Bäumen auf einer Wiese saßen. Im Hintergrund erhob sich ein Berg. Anne ging mit dem Bild zum Fenster, und im helleren Licht erkannte sie Rukmini, auf einer Sitar spielend, und Lakme, die sich Blumen ins Haar steckte, und drei andere Mädchen, die ausgelassen lachten, und Dipah, den Sohn des Generals, der zwei Trommeln schlug, wohl um Rukmini zu begleiten, und Unni Menon, mit einer Mütze auf dem Kopf und einer Blume über dem Ohr, auf dem Schoß ein kleines pausbäckiges Kind, ein Mädchen, das lachte und in die Hände klatschte.

Anne wischte mit ihrem Taschentuch den Staub von dem Bild, glättete die zerknitterten Ecken und legte es in die *Gita*, die ihr der Feldmarschall geschenkt hatte. Sie trat zum Fenster, sah hinaus mit verlorenem Blick. Dann seufzte sie, setzte sich an den Tisch, schlug ein Schulheft auf und begann es zu korrigieren. Doch der Nachmittag war zu wunderbar, um so vergeudet zu werden. Die Luft war erfüllt von den Rufen der Vögel. Dann lag sie auf der gelb und blau gemusterten Raza, die Hände unter dem Kopf, mit offenen Augen träumend. Und durch das Fenster wehte ein leichter Wind herein. Die Sittiche pickten in lebendiger Stummheit nach den Sonnenblumen, und sie fühlte das Blut in ihren Adern das Lied von der Leidenschaft des Lebens singen.

Und dann kamen Schritte die Treppe herauf, feste, selbstbewußte Schritte, und es klopfte hart an die Türe.

»Kann ich hereinkommen?«

Ich möchte wissen, was geschehen würde, wenn ich jetzt sagte: »Nein, du kannst nicht«, dachte Anne, als Isobel den Kopf durch den Spalt steckte und mit hungrigem Blick ins Zimmer schaute. Und die zu beiden Seiten der Türe aufgemalten Augen sahen Anne ironisch an, als wollten sie sagen: »Nun, was wirst du jetzt antworten?«

»Komm herein, Isobel«, sagte Anne.

»Ich komme nur, um dich zu einer Tasse Tee zu bitten. Wir Damen vom Lehrkörper setzen uns einmal in der Woche gemütlich zusammen, um zu plaudern. Wir dachten, du würdest dich uns gewiß gerne anschließen.« Sie sagte es ohne Ironie.

»Ich komme«, antwortete Anne und folgte Isobel, die im Hinausgehen ihre Augen durch das Zimmer schweifen ließ und dabei die Sittiche und Sonnenblumen mit der gleichen tödlichen Nichtbeachtung übersah, mit der sie Dr. Maltby nach dem unseligen gemeinsamen Spaziergang geschnitten hatte. Ihr Blick fiel auf das Buch.

»O, ein Buch«, rief sie aus, trat schnell einen Schritt näher. »Kann ich es mal ansehen?«

»Es ist nichts Besonderes«, sagte Anne, der es weh tat, daß Isobels Finger das Buch berührten. »Es hat mir jemand geschenkt.«

»Aber der Einband ist entzückend«, rief Isobel aus. »Er muß ziemlich alt sein. So etwas Solides machen sie hier heute nicht mehr. Alles ist irgendwie degeneriert. Man kann kaum noch eine nette Brosche finden oder ähnliche Dinge. Paß gut darauf auf. Am besten schließt du es ein, damit es dir nicht gestohlen wird. Die Nepalesen sind nämlich leider sehr wenig vertrauenswürdig, mußt du wissen.«

Sie stiegen die Treppe hinunter, die unter ihren hallenden Schritten leicht schwankte, und gingen über den Rasen, an den Nußbäumen vorbei. Und Anne erblickte zwischen den Stämmen einen Hügel mit sanft geschwungenen Hängen, und jetzt wußte sie, wo das Photo, das sie gefunden hatte, aufgenommen worden war. Vor dem Bungalow, im Schatten der Nußbäume, mit dem Berg als Hintergrund.

Bei dem Tee – schrieb Anne – kam es zu einer offenen Aussprache. Als ich dieses Tagebuch mit dem Wort »Katmandu« begann, dachte ich, es werde eine einzige Sage der Freude werden. Wenn ich jetzt die Bogen durchblättere, merke ich, daß ich, im Bestreben, die Wahrheit niederzuschreiben, auch Sätze zu Papier bringe, die ich mich scheue wieder zu lesen. Dieses Zaudern davor, der Vergangenheit ins Auge zu sehen, ist eine Schwachheit von mir. Ich bin mutig der Gegenwart und der Zukunft gegenüber. Die Vergangenheit jagt mir Schrecken ein. Ich nehme Leiden tapfer auf mich, ruhig wie ein stummes Tier, lasse mich nicht beirren, wenn ich sie ahne, ja stürze mich ihnen mit offener Brust entgegen. Das Schwert dringt ein, die Stichwunde wird ein Teil von mir, sie verblaßt, aber verheilt nicht, und wenn dann der Tag kommt, an dem ich das Schwert herausschneiden muß, fühle ich es erst wirklich, und es erweist sich dann, daß die Wunde größer war, als ich meinte. Eines Tages, sage ich mir, werde ich sehr tapfer sein, werde ich allem ins Auge sehen, selbst dem Vergangenen. Bis dahin kann ich nur aufzeichnen und zum Zukünftigen übergehen, zum nächsten Weh, dem Schmerz von morgen.

In Isobels Wohnzimmer saßen Geschichte, Erdkunde und Suragamy McIntyre bei Tee, Sandwiches und Kaffeekuchen. Als ich eintrat, merkte ich, daß sie gerade über mich gesprochen hatten. Sie überschütteten mich mit solcher Herzlichkeit und so viel Eßbarem, als ob ich von einer Expedition zu den Schneegipfeln zurückkäme.

Sie brauchten nicht lange nach einem Gesprächsthema zu suchen. Ein solches bot ohne weiteres ganz natürlich unsere Übersiedlung ins Royal-Hotel. Ob mir das Zimmer gefalle?

»Für Mr. Ford muß es angenehm sein«, sagte Erdkunde, »sich ›im Herzen der Dinge‹ zu befinden. Ich höre, Ihr Gatte schreibt ein Buch.«

»So? Das erste, was ich höre.«

»Es wäre ja eine großartige Sache«, sagte Geschichte, »wenn eine *wirklich* sachverständige Person hier Material sammelte und ein wirklich ernsthaftes Buch über das Land schriebe.«

»Es kommen haufenweise Leute her, die sich einbilden, sie müßten hier Bücher schreiben«, warf Suragamy McIntyre ein.

»Aber das sind doch nur Romanciers«, sagte Erdkunde. »Ich höre, Ihr Gatte ist im Begriff, einen Club zu gründen. Wirklich eine großartige Idee.«

»Unsere Kollekten zur Unterstützung bei Überschwemmungen würden sicher bessere Resultate ergeben, wenn ein anständiger Club da wäre, um sie in die Wege zu leiten.« Die Sprecherin war Isobel.

Mechanisch sah ich mich im Zimmer nach ihrer Strickerei um und sah sie auch als schlappe, halbfertige kleine Mißgeburt neben einem Kissen liegen.

»Noch etwas Kuchen? Wie gefällt Ihnen Ihre Klasse?« fragte Geschichte munter.

»Sehr gut«, sagte ich.

Isobel räusperte sich. »Du hast viele verheiratete Frauen in deiner Klasse. Ich fürchte, es macht ziemlich Mühe, mit denen umzugehen.«

»Ach, ich finde das nicht«, sagte ich unvorsichtigerweise.

»Bisher haben noch alle, alle den letzten Jahrgang recht schwierig gefunden«, sagte Isobel spitz. »Es ist noch zu früh für dich, um darüber vollkommen im Bilde zu sein; jedenfalls dürfen die bisherigen Normen keine Senkung erfahren.« – »Zum Beispiel die Gebete«, sagte Geschichte aggressiv.

»Leider dachte ich nicht an das Gebet.«

Darauf trat eine Stille ein, die nur dadurch unterbrochen wurde, daß Suragamy McIntyre ihren Sari hochnahm und fester um sich schlang. Ihr war immer kalt; ihre Zirkulation war schlecht; das Tal lag zu hoch für sie.

Dann ergab sich ein kleines Durcheinander, da Isobel und Geschichte fast zugleich zu reden begannen.

»Nun, selbstverständlich ...«, fing Isobel an, und Geschichte sagte: »Es besteht immer eine Neigung ...« Die beiden Damen baten einander um Verzeihung, und es wurde Isobel überlassen, mir den Standpunkt klarzumachen.

»Ich weiß«, fing sie an, »das Pater MacCullough sich mit derselben Frage auseinanderzusetzen hatte. In seiner Knabenschule. Gebet nach Schluß des Unterrichts. Einige Eltern erhoben Einwendungen. Pater MacCullough erwiderte darauf jedoch, daß diejenigen, die nicht gläubig seien, das Gebet nicht zu sprechen, sondern bloß dabeizustehen und zuzuhören brauchten. So halten wir es ebenfalls jetzt. Das Kuratorium hat es ausdrücklich so angeordnet. Niemand vor den Kopf stoßen, doch am Glauben festhalten.«

»Außerdem«, sagte Erdkunde, »kann es ihnen nur guttun, wenn man vor ihnen betet. Satan hat sie beim Genick.«

»So kommen Bekehrungen zustande. Ganz plötzlich. Gott wird ihre verhärteten, in Ruchlosigkeit versunkenen Herzen anrühren und sie von ihren bösen Heidenwegen hinweg zum Lichte führen und ihre Seelen reinwaschen.«

»Also gut«, sagte ich. »Ich werde an das Gebet denken. Doch wohl das gleiche, das wir seinerzeit in Schanghai sprachen, Isobel?«

»Richtig, meine Liebe«, sagte Isobel.

Ich ging nunmehr zum Angriff über. »Wie hat Ihnen die Hochzeit gefallen?« fragte ich Geschichte und Erdkunde.

»Ach, gar nicht so schlecht«, sagten sie, starr vor sich hinglotzend, ohne Isobel anzusehen.

»Mir gefiel es nicht, wie sich Rukmini, diese Mrs. Ranchit, benahm«, sagte Suragamy McIntyre in unheilverkündendem Ton.

»Was hat sie denn getan?« fragte ich.

»Wie sie die Männer anblickt«, sagte Suragamy, noch giftgrüner anlaufend, soweit das möglich war. »Das gehört sich nicht. Ich habe jetzt noch viele Schwierigkeiten mit ihrer Schwester Devi.«

»Ich wußte nicht, daß Devi ihre Schwester ist«, sagte ich, mich des kleinen Mädchens entsinnend, das mit den zwei Knaben Tennis gespielt hatte, und wie die drei dann vor uns gestanden hatten, drei furchtlose, keineswegs scheue Gazellen, die sich leicht auf ihren Füßen hielten und wußten, was sie mit ihren Händen und Augen anfangen sollten; dann war das rundliche kleine Mädchen in Unnis Armen auf der Photographie wohl Devi?

»Sie macht einem schön zu schaffen«, sagte Geschichte. »Beide eigentlich machen einem zu schaffen. Und eingebildet sind sie!«

»Wenn ich ihr Mann wäre, würde ich sie übers Knie legen und ihr eine tüchtige Tracht Prügel verabreichen. Das hätte sie nötig«, sagte Erdkunde in kaltem, grausamem Ton.

In mir stieg Zorn auf. »Sprechen Sie von Rukmini? Für meine Begriffe ist sie eine schöne Frau.«

»Aber sie hat keine schöne Seele«, sagte Erdkunde erbittert.

»Ich möchte wirklich wissen, was Sie gegen sie vorzubringen haben«, sagte ich.

»Das werde ich dir mitteilen«, mischte sich Isobel, ebenso erbitterten Tones ein. »Es ereignete sich sehr bald, nachdem ich hierhergekommen war. Der Palast hier gehörte Rukminis Vater, der ihn der Regierung verkaufte, welche ihn dann uns zu Schulzwecken überließ. Wir wohnten jedoch schon hier und hielten Unterricht ab, während die Verhandlungen noch im Gange waren. Jener Man, der Menon, sowie noch einige andere, wohnten hier als Gäste von Rukminis Vater.« Geräuschvoll nahm sie einen Schluck Tee zu sich. »Sehr bald merkte ich, was da vorging«, fuhr sie, die Augen aufgerissen und die Nasenflügel gebläht, fort. »Es ist wahrhaftig so entsetzlich, daß ich es kaum schildern kann. Eines Morgens war keines der Mädchen vorhanden. Nicht ein einziges war zum Unterricht gekommen. Ich ging auf die Suche nach ihnen und fand sie auch. Alle miteinander. Sie saßen auf dem Rasen vor dem Zimmer jenes Mannes, hatten Blumenkränze auf, spielten und sangen. Und er spielte auf den Trommeln, nach deren Takt sie sich im Tanze drehten. Es war schlechthin schandbar.« Sie war blaß geworden. »Er hätte das nicht tun dürfen, ein erwachsener Mann in hoher Stellung, alt genug, um der Vater der Mädchen zu sein – und führt sie in Versuchung! …«

»Auch noch vor seinem Zimmer«, sagte Geschichte empört.

»Ich veranlaßte, daß er auf der Stelle ausziehen mußte«, sagte Isobel.

»Aber sie treiben's immer weiter«, sagte Suragamy McIntyre in rohem Ton. »Jedenfalls glaube ich das.«

Mir wurde ziemlich schlecht, Brechreiz kam mich an. Ich mußte mich richtig zusammennehmen. So wird man hysterisch.

»Nun, warum hast du dann *mir* Unni Menons Zimmer gegeben?«

»Ich ... tja ... ei ... ich ...« brachte sie heraus.

»Warum«, sagte ich und spielte mich plötzlich, wie das John zu machen pflegt, theatralisch auf, indem ich vom Stuhl hochsprang und meinen Zeigefinger anklagend gegen sie ausstreckte (oh, diese zwingende Gewalt von Gebärden, von Worten, die gar nicht vorhandene Gefühle aus dem Nichts schaffen!), »warum hast du sein Zimmer nicht niedergebrannt oder übertünchen lassen oder sonst was? Warum hast du *mich* da hineingesetzt?« Verächtlich jede Antwort ablehnend, ging ich zur Tür. Und dann übernahm ich mich mit dem großen Tragödienstil, indem ich ihnen zum Abgang ihre Gemeinheit an den Kopf warf, als handelte es sich um eine Dilettantenvorstellung zu meinen Gunsten, die mir jedoch nicht gefallen hatte. Ich wandte mich an Suragamy McIntyre und fragte: »Apropos, wissen Sie etwas von Krishna, dem Herrn des Lebens?«

»Ach«, machte sie, »Krishna ... Ja, natürlich weiß ich, daß er einer der Götter ist; es gibt eine Menge Geschichten über ihn. Ich bin aber Christin«, ergänzte sie abwehrbereit. »Das Ganze ist ein Aberglaube. Krishna gibt es nicht.«

»Ich verstehe«, sagte ich in einem Ton, der dem des Feldmarschalls sehr ähnlich war und ging.

Ich begab mich zu meinem Bungalow und schloß die Tür des Zimmers im Oberstock ab; dann ging ich hinaus und schloß auch die Haustüre ab. Es waren uralte nepalesische Schlösser, die am untern Ende jeder Tür an einem Ring im Stein befestigt waren. Sie waren in Form von Tieren ausgeführt, oben ein Greif, unten ein Salamander. Ich rührte sie mit Liebe, mit frommer Ehrerbietung an. Ich lerne die Verehrung eines jeden Dinges, denn ein jedes hat Leben; die Schlösser sind lebendig um ihrer Schönheit willen, der Sorgfalt und Geschicklichkeit geweckter Hände und um der verständnisvollen Herzen der toten Handwerker willen, die sie geschaffen haben. Sie zu erwerben, wäre Schändung; mit ihnen umzugehen, ist Reichtum genug. Ich hatte mich ihrer bisher nicht bedient, da ich mich in Sicherheit fühlte. Aber nach dieser Teegesellschaft bei Isobel merkte ich, daß die Sittiche in Gefahr waren und das Zimmer bedroht von diesen Weibern mit ihren fahlen glanzlosen Haaren, ihren dünnen, sehnigen Hälsen, ihren dikken, hängenden oder kleinen, trockenen Brüsten, bedroht von ihnen, die eingebüßt hatten – falls sie es überhaupt je besessen –, was die

Lust uns gibt und nimmt: die Geschmeidigkeit des Handgelenks, den Blick der Gazelle, die blumenartige Gebärde.

*

Vor dem Royal-Hotel, im Halbdunkel am Fuß der Treppe, die zu der mit Rhinozerosköpfen und Krokodilhäuten ausgeschmückten Halle hinaufführte, glänzte die goldene Mähne von Hilde auf, die eben zu Unni in einen Jeep kletterte.

»Hallo«, rief sie, als sie Anne erblickte. »Kommen Sie mit uns, Anne. Wir fahren zum Gefängnis, Wassili besuchen.«

»Gerne«, sagte Anne und stieg ein.

Unni lächelte ihr vom Führersitz aus zu. »Nett, Sie wiederzusehen«, sagte er.

»Ich komme eben vom Institut«, antwortete sie. Das Zwielicht der Dämmerung war zwischen ihnen, und sie fühlte sich sehr mutig. Ihr Herz schlug wild, ihr Gesicht glühte.

Hilde sah sie an und sagte: »Anne, Sie sehen wunderbar aus. Katmandu tut Ihnen gut.«

»Ja, das tut es«, erwiderte Anne.

Es war fast wie eine Wiederholung der Szene am Abend der Hochzeit, als die düsteren, stacheldrahtbewehrten Mauern und hohen Wachttürme des Gefängnisses auftauchten und die Posten ihnen in munterer Eilfertigkeit die kleine Seitenpforte öffneten. Sie überquerten den mit Fliesen ausgelegten Hof, und eine wunderschöne Frau kam ihnen entgegen, mit blonden, lose bis zu den Hüften herabwallenden Haaren, ein Kettengeflecht von Rubinen um Nacken und Handgelenke, mit dem ovalen Gesicht, dem Schwanenhals und den grünen Augen der Venus von Botticelli. Sie trug einen weißen, golddurchwirkten Sari und goldene Sandalen, die von einem um die große Zehe geschlungenen Riemen gehalten wurden. Die Nägel ihrer Zehen waren rot bemalt. Als sie Hilde und Unni erblickte, lächelte sie und hob winkend eine Hand, die sehr weiß war und geschmückt mit einem auffallend großen Ring – zwei in Platin gefaßte, aus Diamanten und Smaragden zusammengesetzte Herzen. Und jetzt wurde hinter ihr Pater MacCullough sichtbar, der sofort auf Hilde zueilte.

»Hallo, Hilde! Sie wollen sicher zu Wassili. Ich komme eben von ihm. Es geht ihm gut. Ich habe ihm die Schleuder gebracht. Er wird sie gut gebrauchen können. Unni, ich wußte nicht, daß Sie wieder in Katmandu sind. Ich möchte gerne bei Ihnen vorbeikommen morgen,

oder wollen Sie mich nach der Messe im Royal-Hotel treffen? Es ist
wegen der Fahrt zur Paßstraße.«

»Paul Redworth wird mich begleiten, wenn ich übermorgen hinfah-
re«, antwortete Unni. »Ich bin erst seit ein paar Stunden von Bongsor
zurück. Kommen Sie doch mit, wenn Sie frei sind.«

»Wir werden uns morgen darüber unterhalten.«

»Morgen bin ich nicht hier«, sagte Unni. »Ich fliege für einen Tag
nach Simra. Seien Sie übermorgen um acht Uhr im Royal-Hotel. Ich
hole Sie dort ab.«

»Wie lange werden wir unterwegs sein?« fragte Pater MacCullough.

»Zwei Tage.«

»Gut. Also, ich warte auf Sie übermorgen um acht Uhr im Royal-Hotel«, rief Pater MacCullough, während er sich wieder in Bewegung
setzte und der Frau nachlief, die langsam weitergegangen war.

»Das war die Freundin des Prinzen. Ist sie nicht schön? Und sehr
freundlich ist sie«, sagte Hilde zu Anne. »Der Prinz mag Wassili gut
leiden. Er hat sie wahrscheinlich gebeten, ihn zu besuchen. Vielleicht
wird er bald entlassen.« Sie schritt jetzt schneller aus, während sie
durch die einzelnen Höfe des Gefängnisses gingen. Auf den rund um
die Höfe laufenden Galerien machten in Khaki gekleidete und mit Gewehren bewaffnete Soldaten ihre Runden vor den schweren Holztü-
ren der Zellen. Sie erreichten einen Hof, der von schallendem Gelächter widerhallte. Aus einer offenen Türe fiel ein Lichtschein auf zwei
Wachtposten, die mit untergeschlagenen Beinen, ihre Waffen über
den Knien, am Boden hockten, die grinsenden Gesichter der offenen
Zelle zugewandt. Und dann hörten sie eine scharfe Stimme sagen:
»… ein Tunichtgut und ein Nichtsnutz, ein verdammt guter Poker-
spieler, aber sonst zu nichts zu gebrauchen.«

»Der General!« sagte Hilde und trat in den Lichtkreis.

Die Zelle war groß, denn Wassili erhielt Gefangenenbehandlung erster Klasse. Sie erinnerte mit ihren Doppelbetten vage an die Schlafzimmer des Royal-Hotels, bis auf die Fenster, die sehr klein, hoch und
vergittert waren. Die Betten bestanden aus Holzpritschen und dünnen Strohmatratzen, doch sie waren beide weiß bezogen, und auf jedem lag eine bunte Decke. Der Raum schien überfüllt von Menschen,
die auf den Betten und am Boden saßen und auf den ersten Blick im
erstarrten Spiel der bräunlichen Schatten und Lichtreflexe den Eindruck einer Personengruppe auf einem modernen Gemälde machten,
bis die Gesichter aus ihrer verschwommenen Anonymität hervortraten und sich mit Namen verbanden. Da saß auf einem der Betten der

General, in der einen Hand ein Glas Whisky, in der andern ein Glas Milch. Hinter ihm stand Dipah, sein Sohn. Rukmini und Devi, in leuchtenden Saris, saßen mit gekreuzten Beinen am Boden. Rukmini unterhielt sich mit einem großen, sehr hübschen jungen Mann, den Anne nicht kannte.

Und da war Wassili, mit dem Kopf eines gutmütigen Film-Neros, freundlichen blauen Augen, der stattlichen Figur eines römischen Patriziers, mit seinen großen, starken Händen, die Annes Hände ergriffen und schüttelten, während er lächelte, ein warmes, vergnügtes Lächeln, ansteckend in seiner überströmenden russischen Lebensbejahung.

»Also Sie sind Mrs. Ford? Hilde, du Hexe, warum hast du sie nicht früher mitgebracht? Das ist lieb von Ihnen, mich im Gefängnis zu besuchen. Kommen Sie, setzen Sie sich neben mich auf das Bett. Es ist mein Bett, nicht das meines verlausten und verwanzten Freundes Sharma. Sharma, du Flegel, dreh dich um, damit ich dich Mrs. Ford vorstellen kann.« Der hübsche junge Mann wandte sich um und verbeugte sich. »Dieser junge Mann heißt Sharma und ist ein Dichter«, sagte Wassili, »und deshalb haben sie ihn zu mir gesteckt, um mich für meine Sünden zu strafen. Die ganze Nacht deklamiert er Verse, so daß ich nicht schlafen kann.«

»Ich dachte, es wären die Hunde, die Sie nicht schlafen lassen«, bemerkte der General.

»Die Hunde und Sharma gemeinsam«, rief Wassili aus. »Aber jetzt habe ich das hier.« Er schwang das kleine Katapult, das die Form eines Gabelknochens hatte. »Ein Geschenk der heiligen Kirche. Als ich ein Kind war, habe ich mir aus Lehm kleine Kugeln gemacht und damit geschossen. Ich traf einen Spatzen im Flug. Hast du mir die Murmeln mitgebracht, Hilde?«

»Ja, Wassili«, antwortete Hilde und öffnete ihre Handtasche, »alle, die ich auf dem Markt finden konnte.«

»Jetzt werde ich hiermit schießen, doch vorher werde ich sie mit Ton einschmieren, damit sie besser haften bleiben«, erklärte Wassili. »Jetzt habe ich auch etwas, womit ich meinen Freund Sharma beschäftigen kann, damit er nicht die ganze Nacht herumrennt und Verse fabriziert. Er muß mir helfen schießen.«

»Die armen Hunde«, sagte Sharma. »Ich finde es sehr grausam von Wassili, sie bei ihrem Privatvergnügen zu stören.«

»Gibt's was Neues über die Krönung, Unni?« fragte Wassili. »Berichten Sie, Sie lebendes Auskunftsbüro.«

»Die Krönung findet am 2. Mai statt«, antwortete Unni. »Sie werden aber früher entlassen werden, viel früher, fürchte ich.«

»Schade«, sagte Wassili. »Ich habe gerade angefangen, mich hier wohlzufühlen. Keine Touristen. Keine Gäste, die nie zufrieden sind. Keine Bücher zu führen. Und dreimal in der Woche mein teures Weib zu Besuch. Ich wollte schon ein Sofa für sie herbringen lassen. Ein wunderbares Leben. Und gesund für meine Leber. Kein Alkohol und keine Versuchungen.« Er seufzte und schielte nach dem Whisky des Generals.

Der General sagte: »Ich weiß, daß Sie nächste Woche rauskommen. Das sagen alle Beamten in der Regierung, selbst diejenigen, die nicht miteinander sprechen. Also muß es wahr sein.«

»Oh«, fragte Wassili interessiert, »bringen die öffentlichen Arbeiter und das Innere sich immer noch gegenseitig ins Gefängnis, indem sie anonyme Briefe an den Vizepräsidenten schreiben?«

»Nein, sie haben sich wieder versöhnt, doch jetzt sind ein paar andere Ministerien böse miteinander«, erwiderte der General und nickte in gespieltem Kummer mit dem Kopf. »Ja, Madam«, wandte er sich an Anne, »eine der Früchte der Demokratie in meinem Vaterland ist die Bürokratie. Wenn in früheren Zeiten, als die despotischen Ranas noch ihr Schreckensregiment führten, der Premierminister, mein Vater, Geld brauchte, dann schickte er einfach seine Leute aus, die es eintrieben. Er sagte nur, er brauche soundsoviele Millionen, und er bekam sie. Was die Steuereintreiber bekamen, ging niemanden etwas an. Er verschloß das Geld in einem großen Raum, und wenn er welches benötigte, nahm er sich ein paar Händevoll und gab es aus. Doch jetzt haben wir eine Regierung und verschiedene Ministerien mit Abteilungen und Unterabteilungen und Akten und Büros, und sogar Schreibmaschinen mit nepalesischer Schrift haben wir. Jetzt ist alles organisiert und in einem herrlichen Durcheinander. Aber die Leute tun trotzdem ihre Arbeit wie früher, kümmern sich nicht um Befehle und Gegenbefehle, sondern tun, was sie für richtig halten.«

»Ja, so ist es«, sagte Unni. »Letztes Jahr gab ein Abteilungschef einen Befehl heraus, in dem er allen seinen Untergebenen verbot, weder mündlich noch schriftlich noch telephonisch noch sonst irgendwie mit den Beamten einer andern Abteilung zu verkehren. Für uns war das eine schwierige Situation, denn wir hatten mit beiden Abteilungen zu tun. Doch bald benutzten sie mich als eine Art Geheimkurier. Es war eine wundervolle Zeit. Ich bekam alles, was ich wollte, indem ich jedem sagte, was der andere mir gegeben hatte. ›Wie, dieser

Soundso hat Ihnen nur zwei Lastwagen gegeben, um den Sand vom Fluß heraufzuschaffen?‹ sagte der eine Abteilungschef. ›Ich leihe Ihnen meine sämtlichen drei. Holen Sie sie morgen ab.‹ Dann ging ich zurück zu dem ersten und holte zwei weitere aus ihm heraus. Es gab damals nur zehn Lastwagen in ganz Nepal und nur vier, die betriebsfähig waren; doch wir brachten die übrigen in Ordnung und benutzten sie alle.«

»Und was geschah dann?« fragte Wassili.

»Sie versöhnten sich eines Tages feierlich, und wir mußten alle Lastwagen zurückgeben, einen nach dem andern. Doch die Arbeit war beendet, und jedermann war zufrieden. Sie haben es mit Humor aufgenommen, daß ich sie hereingelegt hatte, gaben eine große Party und machten mich zur Strafe betrunken.«

»Das ist Demokratie«, sagte der General.

»Sie sollten etwas für mich tun«, sagte Wassili. »Ich bin im Gefängnis wegen Ihrer famosen Demokratie. Auch du, Sharma. Obwohl du es verdienst, du lausiger Poet.«

»Sie werden bald rauskommen«, sagte der General. »Und bedenken Sie, wie interessant Ihre Biographie durch diese Zeit im Gefängnis werden kann, wenn Sie einmal eine schreiben sollten. Bald beginnen die Krönungsfeierlichkeiten, und wer soll dann für die vielen tausend Gäste sorgen, mein Freund, wer sie füttern, tränken und betten und sich ihre Beschwerden über unser Land anhören, wenn nicht Sie?«

»Der elende Bastard, der mich hierher gebracht hat, soll sich um sie kümmern«, schrie Wassili in einem Ausbruch seines russischen Temperamentes. »Ich werde mit Hilde nach Kalkutta gehen, wenn ich hier raus bin, und dort einen Club aufmachen und den stinkenden Staub dieser verdammten Stadt von meinen Füßen schütteln, für immer. Ja, das werde ich tun.«

»Sie werden es nicht tun«, sagte Unni. »Das Tal hat Sie und läßt Sie nicht mehr los, Wassili.«

»Wenn nicht meine Leber wäre«, brummte Wassili mürrisch, »dann ... dann würde ich gerne einen Whisky trinken, Unni.«

Zwei livrierte Diener mit roten Schärpen brachten ein Tablett mit Getränken herein und auf einem anderen Curry-Gebäck, Anchovis, Eier und Kaviar auf kleinen Toastscheiben und mit rotem Pfeffer gefüllte Oliven. Sie waren geschickt von dem Prinzen und seiner Freundin, die ihnen auch drei Flaschen Whisky mitgegeben hatte. »Was für ein süßes Geschöpf«, sagte Wassili. »Ich muß ihr einen Kuß geben, wenn sie mich das nächste Mal besucht.«

»Dann wirst du bis an dein Lebensende hier bleiben«, bemerkte Sharma. »Dafür wird der Prinz dann sorgen.«

Plötzlich erscholl von draußen ein langgezogenes Heulen.

»Diese verdammten Köter«, schrie Wassili, lief zum Fenster und stieg auf einen Stuhl, die Schleuder in der Hand. »Reich' mir eine Murmel, Hilde.« Er zielte, ließ los. Von draußen kam ein wütendes Kläffen. »Die hat gesessen«, rief er aus. »Ich schieß noch genauso gut wie als Junge. Man reiche mir mein Glas.« Er stand auf dem Stuhl, trank und strahlte vor Glück. »Anne, nehmen Sie auch einen Drink. Sie haben doch nichts dagegen, daß ich Anne zu Ihnen sage? Der Name steht Ihnen. Und Sie, Rukmini, Sie sind so still, meine Schöne. Nein, ich glaube, Ihre kleine Schwester bleibt besser beim Ginger Ale. Wollen Sie noch einen Whisky, General, Unni?«

Wassilis Lebhaftigkeit steckte alle an, die in der Zelle waren. Jeder lachte, ohne zu wissen, warum. Sharma redete mit verzücktem Gesicht auf Rukmini ein, die jedoch den Kopf gesenkt hielt und kein einziges Mal zu ihm aufblickte, so daß er immer trauriger wurde. Er war offensichtlich verliebt in sie. Unni ging hinaus und brachte den Wachtposten etwas zu trinken. Sie kamen herein, um sich zu bedanken, leerten ihre Gläser in einem Zug und blieben grinsend stehen.

»Nein, ihr bekommt nichts mehr«, sagte Unni, »sonst fangt ihr an zu schwanken und laßt euch erwischen.«

Es wurde kühl, und ein anderer Wachtposten brachte eine Pfanne herein, die mit glühenden Kohlen gefüllt war. Die Sturmlampe gab ein dauerndes Summen von sich. Anne fühlte sich wie betrunken, halb betäubt von einem Glücksgefühl, das zugleich schmerzte, und dem Rauschen ihres Blutes, dem sie lauschte wie einem verheißenden Lied.

Wassili erzählte ihr, wie er verhaftet wurde, und sie lachte Tränen. Er war festgenommen und verhört worden, und obwohl die Vernehmungen Stunden und Tage gedauert hatten, wußten weder die vernehmenden Beamten noch er selbst, was sie herausfinden wollten, noch wußte er, was er antworten sollte, denn alles, was er wußte, war, daß er verhaftet worden war, und als er wissen wollte, warum, antworteten sie ihm listig, aber ehrlich: »Das ist es ja gerade, was wir aus Ihnen herausbekommen wollen.«

Dann kam es zwischen Wassili und Sharma zu einer erregten, aber launigen Debatte über Demokratie. »Wir alle glauben, wir reden über die gleiche Sache, aber wir tun es nicht, weil wir zwar die gleichen Worte benutzen, aber jeder etwas anderes meint«, sagte Sharma.

»Das klingt wunderbar, Sharma, aber es hilft dir nicht, denn auch du bist hier, ohne zu wissen warum.«

»O doch, ich weiß es«, erwiderte Sharma. »Ich bin das Opfer einer politischen Intrige. Die Lieblingsbeschäftigung meiner Landsleute besteht im Schreiben von anonymen Briefen oder Anklageschriften, in denen sie behaupten, ihre Frauen seien entführt und vergewaltigt worden. Und deswegen bin ich hier ... wegen angeblicher Entführung und Vergewaltigung ... obwohl ich das Mädchen überhaupt nie gesehen habe. Aber das Ganze ist nur ein politischer Schachzug«, fügte er hinzu.

»Nein, das ist Demokratie«, sagte der General, hob sein Milchglas, das noch immer voll war, rümpfte die Nase, schüttelte sich und goß sich einen Whisky ein.

»Seien wir friedlich«, sagte Unni. »Hier, Sharma, trinke lieber noch ein Glas und vergiß die Politik.«

»Ja, trinken wir und singen wir!« rief Wassili aus. »Meine Schöne«, wandte er sich an Rukmini, »singen Sie uns ein Lied und füllen Sie unsere Herzen mit Freude.«

»O ja, bitte, singen Sie, Rukmini«, sagte Hilde und fügte, zu Anne gewandt, hinzu: »Rukmini hat eine sehr schöne Stimme.«

Rukmini schüttelte den Kopf, ohne ihn zu heben, aber plötzlich blickte sie auf und sah Unni an, und der rote Punkt auf ihrer Stirn glänzte im Licht wie ein Blutstropfen. Ihre Augen bettelten, ergeben und doch mit einem feinen Schimmer von Stolz, weil er hier war, und Anne verstand diesen Stolz in ihrer Unterwerfung, als Unni dann, nachdem der Lärm verebbt war, mit seiner tiefen schweren Stimme, die, obwohl er leise sprach, wie eine bronzene Glocke klang, ohne Rukmini anzuschauen, sagte: »Singe nur, Rukmini.« Und sie begann zu singen:

> »Die Sonne ist aufgegangen über den Bergen,
> und die Wolken des Lichts rollen von den Hängen.
> Warum hast du mich verlassen, gebettet in Trauer,
> bist fortgegangen in ein anderes Tal?«

Davi fiel ein, und die beiden Schwestern sangen zweistimmig weiter. Sie saßen am Boden, mit untergeschlagenen Beinen, die Hände im Schoß, verloren in die Ferne schauend wie die kleinen Mädchen auf den Öldrucken in den Häusern der Ranas. Ihre Stimmen stiegen und fielen wie die sich kreuzenden Himmelslinien zweier hintereinanderliegender sanfter Hügelketten. Rukmini hatte eine weiche Altstimme, Devis Kinderstimmchen klang wie Vogelgeträller, und die Melodie hing schwer und süß von Trauer und Liebe im Raum. Bald sangen auch der General und Sharma mit, Wassili und Hilde summten, und Unni begann leise zu pfeifen. Und die Wachtposten im Hof klatschten im Takt in die Hände, während sich andere mit schimmernden Augen, Zähnen und Bajonetten vor dem Eingang drängten, lächelnd, bewegungslos lauschend.

Es war kalt im Freien. Der Nachtwind schien die Sterne fortblasen zu wollen. Anne war ohne Pullover gekommen, und als sie in den zugigen Hof trat, legte Unni ihr seine Lederjacke, noch warm von seinem Körper, über die Schultern. Hilde, die noch bei Wassili zurückgeblieben war, holte sie ein. Rukmini und Devi gingen an ihnen vorbei, in ihre Schals eingehüllt, und legten als Abschiedsgruß die Hände ineinander. Rukminis Fußringe schlugen leise klingend gegeneinander.

»Kommen Sie mit mir und essen Sie in meinem Hause zu Nacht«, sagte der General, »und Sie auch, Hilde.«

»Ich kann nicht«, erwiderte Hilde. »Ich muß im Hotel sein, falls ein Gast einen besonderen Wunsch hat. Heute ist ein neuer Schub Touristen angekommen. Und dann wollen meine drei kleinen Frösche von ihrer Mammi zu Nacht geküßt werden. Sonst schlafen sie ein wie Engelchen, aber wenn ich Daddy besuchen gehe, dann wollen Sie wach bleiben, bis ich zurückkomme und ihnen alles von ihm erzähle.«

»Aber Sie können doch mitkommen?« sagte der General zu Anne. »Wir werden auch Dr. Maltby bitten.« Anne schwieg, sie kämpfte mit sich. Sie müßte, trotz allem, John Bescheid sagen. Der General fuhr fort: »Wir fahren selbstverständlich am Hotel Royal vorbei und nehmen Ihren Gatten mit.«

Doch als sie zum Hotel kamen, war John nicht da, und der Portier sagte ihnen, er sei mit Pat und Ranchit weggegangen, und Anne fühlte sich plötzlich befreit und froh. »Ich bin in einer Minute wieder da«, sagte sie, eilte in ihr Zimmer, nahm ihren Wollschal, kam zurück und gab Unni, der in Hemdsärmeln war, die Kälte aber nicht zu empfinden schien, seine Lederjacke zurück. »Ich danke Ihnen vielmals«, sagte sie. Er nahm die Jacke und zog sie wieder an, ohne ein Wort zu erwidern.

Es war nur ein kurzer Weg zum Heiteren Palast. Sie kamen an dem Bungalow der Krankenschwestern vorbei. Er war erleuchtet. Drinnen sangen, von einem Pianola begleitet, Männer- und Frauenstimmen einen Hymnus. Dann standen sie vor dem Bungalow des Doktors. Fred kam ans Fenster. »Oh, Sie sind's Unni!« rief er aus. »Und Sie auch, Anne! Das ist aber reizend.«

Der Raum war groß. Außer Büchern, ein paar Stühlen, einem schweren Ledersessel und einem Tisch enthielt er nichts. Durch eine offene Doppeltüre konnte man in das Schlafzimmer sehen, in dem in der Mitte ein großes Bett und an der Wand ein Feldbett stand; denn Unni wohnte bei Fred.

»Wir sind gekommen, um Sie zu bitten, daß Sie mit uns essen«, sagte der General, »doch zuerst wollen wir uns setzen und ein Gläschen mit Ihnen trinken.« Er sprach mit dem Diener, und kurz darauf erschien das tibetanische Hausmädchen mit einem Tablett, auf dem eine Flasche Whisky und Gläser standen.

»Nur ein Glas«, sagte Fred, der den General kannte. »Ich bin sicher, Mrs. Ford ist es nicht gewohnt, so spät zu essen.«

»Ich gehe hinauf in die Küche und sage Bescheid, daß sie das Essen richten sollen«, sagte Unni.

»In die Küche hinauf?« fragte Anne.

»Ja, in einem Brahmanen-Haushalt ist die Küche auf dem Dach«, erwiderte Unni, »um eine Befleckung zu vermeiden.«

»Nicht so eilig«, sagte der General, »wir haben viel Zeit.« Wie viele Ranas seiner Generation liebte er es, um Mitternacht oder noch später zu speisen und die halbe Nacht hindurch zu trinken.

Von dem benachbarten Bungalow drang wieder Musik herüber, und dann sang der Hymnus-Chor:

»Wenn du glaubst, werden alle deine Träume wahr.

Vertrau' auf Gott, und er wird dir helfen immerdar.«

»Oh«, sagte der General, wiegte schwer und unsicher den Kopf und griff wieder nach seinem Whiskyglas, das Milchglas ignorierend, das er immer neben sich stehen hatte, aber nie berührte, »hübsch.«

Anne war so müde, daß sie die Augen nicht mehr offen halten konnte. Sie saß halb schlafend in dem Lehnstuhl. Unni trank stetig; er hatte schon sechs oder sieben Whisky getrunken, doch es war ihm keine Wirkung anzumerken.

»Sie sind müde«, sagte er zu ihr.

»Ja, sehr«, erwiderte sie.

»Legen Sie sich nebenan auf das Bett. Es wird noch mindestens eine Stunde dauern, bis das Essen fertig ist. Ich werde Sie wecken, wenn es soweit ist. Kümmern Sie sich nicht um uns Männer.«

»Gerne.«

Er führte sie in das Schlafzimmer, und sie legte sich auf das Feldbett, zu müde, um sich bewußt zu werden, daß es sein Bett war, und er deckte sie zu mit der bunten Wolldecke. »Noch ein Wort, bevor Sie einschlafen«, sagte er. »Wollen Sie übermorgen auch mitkommen auf die Paßstraße? Mit Pater MacCullough und den Redworths?«

»Gerne«, sagte sie.

»Gut«, sagte er. »Wir sprechen noch darüber.«

Dann schlief sie ein. Doch ihre Gedanken kamen nicht zur Ruhe. Als sie aufwachte, fühlte sie sich zerschlagen, konnte kaum etwas essen, und Unni fuhr sie bald zum Hotel. Es war ihr nur halb bewußt, daß John nicht in seinem Bett lag, als sie sich niederlegte und in einen Schlaf versank, der voller Abgründe, Gefahren, Furcht und Haß war; und als eine Glocke läutete, war es Tag. John war nicht nach Hause gekommen in dieser Nacht.

Dreizehntes Kapitel

Wenn später einmal für Anne die Zeit gekommen sein würde, ihr Gedächtnis zu befragen, welches der schönste Tag ihres Lebens gewesen war, dann würden in ihrer Erinnerung dieser Freitag und der Samstag, der ihm folgte, auftauchen mit dem ganzen Zauber ihrer bis in die letzte Sekunde mit Glück prall gefüllten Stunden.

Als sie erwachte, erblickte sie, das Gesicht noch zur Wand gekehrt, aus den Winkeln ihrer blinzelnden Augen über den Vorhängen der französischen Fenster den leuchtend grünen Streifen der verheißungsvoll nahenden Dämmerung. Dann beobachtete sie, wie sich die gewaltige Kuppel des Himmels rasch füllte mit dem klaren Türkisblau eines Morgens, der wie ein Lied zwischen den blauen Schatten der Berge aufstieg, zusammen mit den Tauben, die sich flügelklappernd vom Dach des Hotels aufschwangen, den Tag zu begrüßen.

Anne stand auf, ging ins Badezimmer, wusch sich, stellte sich unter die kalte Brause, bürstete ihre Zähne, und jede dieser Handlungen vollzog sie wie eine von Vorfreude erfüllte Zeremonie, die der Vorbereitung auf ein wunderbares Ereignis dienen soll. Was sie mitnahm, lag bereit: die Tasche mit Wäsche und Kleidern zum Wechseln, ihr Tweedmantel. Für die Fahrt trug sie lange Hosen, Bluse und Pullover. Als sie die Tasche aufnahm, fiel ihr Blick auf John, der regungslos in dem zweiten Bett lag und ihr den Rücken zukehrte. Sie stellte die Tasche wieder ab. Sie mußte sich von ihm verabschieden, irgend etwas sagen.

»Willst du wirklich nicht mitkommen?«

Ihre Bewegungen wurden schwer und langsam. Unwillkürlich verzögerte sie ihren Aufbruch, ging zum Spiegel, um ihr Haar noch einmal durchzukämmen, und als sie es in Gedanken näher betrachtete, entdeckte sie die weißen Haare. Es waren zwei oder drei. Sie ragten, sich leicht sträubend, aus dem Wirbel hervor. Sie nahm die Pinzette und riß sie heraus.

John hatte sich nicht bewegt inzwischen. Er schien wirklich zu schlafen. »Auf Wiedersehen«, sagte sie und ging hinaus. Sie ging hinunter in das Frühstückszimmer, bestellte Kaffee und beobachtete die Diener, die am Ende des Ganges zwischen den Tischreihen am Boden hockten und auf Holzkohlen-Öfen Toast rösteten. Sie saß noch nicht lange, als Pater MacCullough hereinkam und mit ihm Unni. Pater MacCulloughs Gesicht war blaß und seine Nase rot von der kalten Morgenluft; er rieb sich erschauernd die Hände. Er hatte sich zwei Kameras kreuzweise umgehängt, trug einen Mantel, einen Hut mit einer Feder und sah aus wie ein unternehmungslustiger Pfadfinder-Führer.

»Guten Morgen! Da sind Sie ja schon. Aber wo ist Ihr Gatte?«
John hatte übernächtigt, um nicht zu sagen leicht verkatert, ausgesehen, als er am Vormittag des vorangegangenen Tages wieder im Hotel aufgetaucht war, und beim Mittagessen hatte er Anne verstohlen beobachtet. Da sie ihn nicht fragte, wo er die Nacht verbracht habe, hatte er Hilde, die am Nebentisch saß, des langen und breiten erzählt, daß er, weil unvorhergesehen Ausgangssperre angeordnet worden war, bei Ranchit hatte übernachten müssen, aber in einem überraschend bequemen Bett geschlafen habe. Anne hatte sich jeder Bemerkung enthalten, bis Hilde, sehr zu Annes Verdruß, zu John und ihr gewandt, sagte: »Ich finde es sehr großzügig von Anne, Sie mit Ranchit ausgehen zu lassen.«

»Warum?« hatte Anne gefragt.

»Nun, er ist ein ganz schöner Casanova.«

»Da fällt mir ein«, hatte Anne gesagt und zum ersten Mal an diesem Tage das Wort an John gerichtet, »ich wollte dich fragen, ob du Lust hast, morgen die neue Paßstraße zu besichtigen. Paul Redworth und Pater MacCullough fahren hin, mit Mr. Menon, und wir sind auch eingeladen.«

»Oh, das ist eine wunderbare Fahrt«, hatte Hilde gesagt. »Wir haben sie gemacht, bevor Wassili ins Gefängnis mußte. Wir haben in Zelten übernachtet, bei den Madrassi-Pionieren, die die Straße bauen. Sie haben uns einen wunderbaren südindischen Curry serviert.«

»Ich glaube nicht, daß ich Lust habe mitzukommen«, hatte John erwidert. »Ich habe genug Curry gegessen, als ich vor zwanzig Jahren in Madras war.«

»Wie du willst«, hatte Anne gesagt.

Und so sagte Anne jetzt, am nächsten Morgen, zu Pater MacCullough: »John kann leider nicht mitkommen. Er hat eine ältere Verabredung.«

Und dann kam John herein, in einem wollenen Anzug, frisch rasiert, einen Koffer in der Hand. »Guten Morgen«, sagte er, »freut mich, Sie zu sehen, Pater. Würden Sie uns die Ehre geben, mit uns zu frühstükken?« Unni übersah er.

»Nein, danke. Ich habe schon gefrühstückt«, erwiderte Pater MacCullough, dem buchstäblich die Kinnlade heruntergefallen war vor Überraschung über Johns Erscheinen. »Und Sie, Unni?«

»Ich nehme Kaffee«, antwortete Unni und setzte sich. Auch Pater MacCullough setzte sich. Das zu erwartende betretene Schweigen trat nicht ein, denn Unni rief den Diener, um zu bestellen, und dann sagte er: »Ich glaube, wir werden einen klaren Tag haben. Ich hoffe, Sie haben Ihre Kamera nicht vergessen, Mr. Ford. Vielleicht können Sie ein paar schöne Aufnahmen machen.« Er plauderte weiter, während John seine Schinkeneier aß, sprach über das Hotel, von der Geflügelfarm, die von der amerikanischen Mission betrieben wurde, und der Bienenzucht, die man fallengelassen hatte, »weil den hiesigen Bienen die aufgestellten Körbe nicht zu gefallen schienen, obwohl sie nach wissenschaftlichen Gesichtspunkten gebaut waren und für jede Bienenart geeignet sein sollten«. Gewandt und beiläufig brachte er Pater MacCullough dazu, einige seiner Anekdoten zu erzählen, würzte die oberflächlich dahinplätschernde Konversation mit interessanten Einzelheiten und Informationen, die John veranlaßten zuzuhören, beherrschte die kleine Tischgesellschaft unbemerkt mit der subtilen Kunst seiner Menschenbehandlung, zwang John seine Gegenwart auf, ohne aufdringlich zu erscheinen. Er sah dabei Anne nicht an, doch als sie ihren Kaffee ausgetrunken hatte, bot er ihr eine Zigarette an, gab ihr Feuer mit der eleganten Sicherheit seiner langen Finger und nahm dann ihre Tasche an sich und sagte, man müsse jetzt aufbrechen, um Paul Redworth in der Residenz abzuholen.

Draußen warteten zwei Jeeps. In dem zweiten saß ein Fahrer, und Unni wandte sich liebenswürdig lächelnd an John und sagte: »Der Resident wird mit Ihrer Gattin in meinem Jeep sitzen. Ich hoffe, Sie haben nichts dagegen, mit Pater MacCullough in dem zweiten Platz zu nehmen?« Und wie hypnotisiert antwortete John: »Oh, keineswegs.«

Er und Pater MacCullough kletterten auf den Vordersitz des zweiten Jeeps, während der Fahrer ihr Gepäck auf dem Rücksitz verstaute. Unni stellte Annes Tasche ebenfalls auf den Rücksitz seines Jeeps und deckte sie mit einer Zeltplane zu.

Als sie in die Residenz kamen, trafen sie Martha Redworth, die noch im Morgenrock war, im Gespräch an mit General Kumar, der sich über seinen üblichen saloppen Straßenanzug eine rote Flanellbinde um den Leib gewickelt hatte. Der General erzählte eben Martha und Paul, daß Sharma und Wassili am nächsten Tage aus dem Gefängnis entlassen würden. »Nach zuverlässigen Informationen, Madam«, sagte er.

»Wie wunderbar!« rief Martha aus. »Oh, ich hoffe, dieses Mal ist es wahr. Wäre das nicht herrlich, Paul? Hilde muß es sofort erfahren. Ich gehe gleich zu ihr, um es ihr zu sagen.«

»Dann könnten wir vielleicht am Sonntag gemeinsam zu einem Picknick auf den Mount Phulchoah fahren, wenn Sharma wieder auf dem Damm ist«, sagte Paul. Paul trug echte Tiroler Lederhosen und handgestrickte Kniestrümpfe. Auf einem Stuhl lag ein mit Federn geschmückter Tirolerhut. »Ich hoffe nur, daß es auch wahr ist. Von wem haben Sie es, General Kumar?«

»Von meinem Feind, dem Groß-Rampoche von Bongsor«, erwiderte der General. »Ich verachte ihn, aber er hat fast immer den richtigen Riecher, der gemeine Bandit.«

»Oh, Sie übertreiben!« rief Pater MacCullough aus. »Sie müssen Toleranz üben, General. Er ist kein schlechter Kerl. Er hat mich und einige meiner Freunde aus Minnesota letztes Jahr oben in Bongsor sehr gastfreundlich aufgenommen.«

»Der Schuft wird schon seine Hintergedanken gehabt haben«, erwiderte der General. »Ihm ist nichts heilig. Fragen Sie Oberst Jaganathan von den indischen Pionieren, wenn Sie mir nicht glauben. Er versuchte, ihm eine seiner Nichten zu verkaufen gegen einen Vertrag auf Lieferung von Steinen für die Straße.«

»Es ist wahr, daß der Groß-Rampoche vor nichts zurückschreckt, wenn es ums Geld geht«, sagte Paul Redworth. »Unni weiß wahrscheinlich mehr über ihn als irgend jemand anderes. Das Kloster von Bongsor liegt nicht weit von dem Damm, den Sie bauen, Unni, nicht wahr?«

»Nur wenige Meilen von unserer Baustelle. Ich habe oft mit dem Groß-Rampoche zu tun. Er ist ein sehr mächtiger Mann.«

»Hat er noch nicht versucht, Ihnen eine seiner Nichten anzudrehen?«

fragte der General. »O doch, dreimal«, erwiderte Unni. »Zwei von ihnen waren sehr hübsch. Die letzte war blond und hatte blaue Augen.«
»Er besitzt ein öffentliches Haus in Kalkutta«, sagte der General.
»Und die Lamas, die für ihn ständig über die Pässe nach Tibet wechseln, sind eine zu große Verlockung zum Schmuggel, als daß er ihr
widerstehen könnte. Er ist mein Feind«, sagte der General, »seit unsere Väter sich vor zwanzig Jahren bekriegt haben.«
»Wegen einer Nichte natürlich«, bemerkte John.
»O nein«, sagte der General verächtlich. »Mein Vater hatte alle Frauen, die er brauchte. Es ging um den Kieferknochen eines Walfischs.
Mein Vater und der Groß-Rampoche waren damals zusammen in
London. Sie hörten von einem Wal, der von einem Walfischfänger
nach Liverpool gebracht worden war, und sie gingen hin, um ihn zu
sehen. Mein Vater war begeistert von dem Kieferknochen des Wals
und bot eine große Summe für ihn. Er wollte ihn mitnehmen nach
Nepal, und wie Sie wissen, gab es damals noch keine Drahtseilbahn
über die Berge, sondern die Träger schleppten für uns, die Ranas, alles
auf dem Rücken über die steilen Pfade des Gebirges. Mein Vater
suchte zum Tragen der Kieferknochen und der vielen anderen Dinge,
die er im Ausland gekauft hatte, die besten Männer aus. Aber als die
Träger in Katmandu ankamen, war alles da, nur der Kieferknochen
war verschwunden. Mein Vater hatte sofort den Groß-Rampoche im
Verdacht, und obwohl er die Träger zweimal auspeitschen ließ, konnte er nichts aus ihnen herausbekommen. Da zog mein Vater mit einer
kleinen Armee nach Bongsor, aber der Groß-Rampoche hatte auch
eine Armee, und so kam es zu einem Gemetzel. Doch der Kieferknochen blieb verschwunden. Seither sind wir Feinde.«
»Welch ergreifende Geschichte!« rief Paul Redworth aus.
»Mein Vater war ein großer Kunstliebhaber«, fuhr der General fort,
»und seine schlimmste Befürchtung war, daß der Groß-Rampoche,
dem der Nutzen vor der Schönheit kam, den Kieferknochen in kleine
Stücke zerkleinern lassen und diese in China als Rhinozeroshorn verkaufen würde, und Sie wissen, wie hoch die Preise für Rhinozeroshorn noch heute sind. Es ist das wirksamste Aphrodisiakum, wenn es
zermahlen und in Wein getrunken wird, und das beste Heilmittel für
Impotenz. Und deshalb sind der jetzige Groß-Rampoche, der Sohn
des damaligen Groß-Rampoche, und der Sohn meines Vaters Feinde«, schloß der General und schüttelte allen die Hände zum Abschied.
»Er ist doch ein prachtvoller Bursche, unser General«, sagte Paul Redworth begeistert, als er mit Unni und Anne in den ersten Jeep stieg.

»Ich wünschte, ich besäße die Unbekümmertheit, eine rote Flanellbinde über der Hose zu tragen. Wenn ich sie darunter trage, bekomme ich Nesselfieber.« »Auf Wiedersehen, altes Mädchen«, rief er,
Martha zuwinkend. »Morgen sind wir wieder zurück. Die Brave, sie
ist so glücklich, wenn ich einmal weggehe und sie dann nach Herzens-
lust im Garten wühlen kann.«

Sie fuhren über die hellroten Straßen, vorbei an hellroten Backsteinhäusern und bunten Gärten. Königskrähen saßen auf den Bäumen,
Eisvögel auf Altären und rote Paradiesvögel auf Telephondrähten.
Auf den Feldern waren die noch grauen Backsteine in Formen zum
Trocknen ausgelegt, auf Wiesen, Äckern und von den Hecken leuchteten die zarten und doch so verheißungsvoll drängenden Farben des
Frühlings in bunter Abwechslung. Sie kamen durch Kirtipur, wo Dipah Eudora einen Nachmittag lang festgehalten hatte, und nachdem
sie sich fünf Meilen lang durch einen Wirrwarr von Trägerkolonnen,
wallfahrenden Frauen, Ziegen, Schafen, Kühen, Hunden, Hochzeits-
prozessionen und mitten auf dem Wege meditierenden heiligen Männern hindurchgeschlängelt hatten, erreichten sie Thankot, wo das
Vorgebirge und die neue Straße von Katmandu nach Indien begannen.

Nach wenigen Minuten waren sie von einem Meer von Hügeln umgeben, einem Chaos von steigenden und fallenden Kämmen weicher,
krümeliger Felsen, zwischen denen sich die Straße, ständig steigend,
in langen Schleifen und scharfen Kurven hindurchwand. Zuerst waren die Hänge mit Feldern bedeckt, die, in Staffeln angelegt, wie riesige Stufen in das enge Tal hinabstiegen, in dem noch der Morgennebel
schwelte. Als sie in größere Höhen kamen, traten an die Stelle der
Felder Büsche, die abgelöst wurden von Bäumen, die immer höher
und dicker wurden, und als sie um eine steile Felsenecke bogen, waren
die Hänge, so weit das Auge reichte, bedeckt von großen Flächen roter
Blumen, die auf Wellen von dunkelgrünen Blättern zu schwimmen
schienen. Es waren Rhododendronbäume. Und zwischen den Hügeln
führten gewundene, mit losen Steinen bestreute Pfade so steil in die
Höhe, daß sie über ihnen zu hängen schienen, als sie vorbeifuhren,
und auf diesen Pfaden sahen sie vereinzelt Holzfäller, meist Frauen
und kleine Mädchen, die ovale, durch ein Stirnband gehaltene, mit
Holz gefüllte Körbe trugen. Und oben auf dem Holz lag eine Schicht
roter Rhododendronblüten.

»Mit den Blüten erleichtern sie ihre Last«, sagte Unni zu Anne.
Arbeiter saßen in kleinen Gruppen am Straßenrand und zerkleiner-

ten Steine. An einigen Stellen war die Straße mit diesen Steinen
frisch aufgeschüttet worden. Unter den nepalesischen Arbeitern sahen sie dunkle Südinder in Khaki, frühere Übersee-Soldaten der indischen Armee. Die Vorarbeiter und Aufseher waren Gurungs aus den
Bergen; man erkannte sie an ihren goldenen Ohrringen und ihren bestickten schwarzen Käppchen. Die Straße schwang sich immer höher,
oft steil in den Fels geschnitten, und auf der rauhen Oberfläche des
Schnittes waren die einzelnen Schichten sichtbar, graues poröses Gestein mit Glimmer durchsetzt. Es sah aus, als lägen Luftkissen zwischen den Schichten, und die Schichten selbst schienen in sich zer-
bröckelt zu sein. Eine kurze Strecke war die Straße mit grauen Steinen gedeckt, die wie Granit aussahen, doch als die Räder des Jeeps darüber hinwegrollten, gaben sie nach wie Schlamm.

»Mein Gott, diese Felsen sind ja krümelig wie Kuchen!« rief Anne
aus.

Unni sagte »ja« und nickte. Er fuhr schnell, nahm die Kurven scharf,
gewandt und sicher, und bald sahen sie hinunter auf unzählige Hügel,
die sich wie Schafe aneinanderdrängten, und zwischen ihnen schlängelte sich die Straße wie ein fliegendes Lasso. Es war seltsam, auf diese helle Linie hinabzublicken, die der Mensch in den Fels gezeichnet
hatte und die nun Fuß und Gipfel des Gebirges verband. Sie sah aus,
als habe eine ungeschickte Hand mit einem Messer Figuren in einen
Klumpen Butter schneiden wollen. Die Falten im Gestein, um die sich
die Straße herumschwang, schienen so zufällig in ihrer Lage, daß man
fürchtete, ein starker Windstoß könnte sie verwehen und die Straße
unter ihnen verschwinden lassen. Es war deutlich zu erkennen, daß es
sehr schwierig sein mußte, eine Straße in dieses Gelände zu schneiden. Der Fels war krümeliger Staub in der trocknen Jahreszeit und
breiiger Schlamm zur Zeit des Monsuns. Jetzt konnte er jeden Augenblick als feine Asche auf sie herunterregnen oder niederrieseln als
Kies oder in schweren Blöcken über sie hinwegpoltern, Blöcken, die
hart waren und doch in Staub zerbröckeln mußten, wenn sie auf-
schlugen. Und später, nach dem Regen, konnte ein ganzer Hügel zu
fließen beginnen, sich über die Straße wälzen, über die fruchtbaren
Felder, in das Tal, eine rotbraune Schlammasse, die die Wiesen bedeckte, die ockergelben Bauernhäuser und einfach alles. Und dahinter
würde ein neuer Hügel sich aufrichten.

Auf einer schmalen Paßhöhe machten sie halt und sahen hinunter ins
jenseitige Tal, auf Felder und Farmhäuser, und tief unten lag das stei-
nige, trockene Flußbett, in dem bald, wenn der Monsun kam, ein rei-

ßender Strom fließen würde. Anne hob etwas auf, das aussah wie ein Stück Granit, und zerkrümelte es ohne Anstrengung in der Hand.

»Diese Berge sind nichts als riesige Schlammkuchen«, sagte Pater MacCullough.

Sie stiegen alle aus, John machte einige Aufnahmen, und Pater MacCullough befiel das dringende Bedürfnis, einige seiner geologischen Kenntnisse an den Mann zu bringen. »Das ist verwitterter Gneis. Sehen Sie, was die Pioniere tun mußten, damit die Wand dort nicht auf sie herabstürzt.« Er zeigte auf eine fürfzig Meter hohe, sehr breite Stützmauer aus guten Steinen, die vor einem angeschnittenen Hügel errichtet war, um ihn am Abgleiten zu hindern. »Diese Steine mußten etwa vierzig Meilen von hier gebrochen und herangeschafft werden«, sagte Pater MacCullough.

»Oberst Jaganathan wird Ihnen erklären, daß das Geheimnis einer guten Straße in ihrer Entwässerung besteht«, sagte Unni. »Entwässern, entwässern und wieder entwässern. Das Wasser darf sich nie und nirgends ansammeln. Er hat Abzugskanäle angelegt, wo es überhaupt nur irgend möglich war. Denn nach dem Regen schwellen diese Hügel an und explodieren … Ich glaube, ein Schluck Bier würde uns jetzt guttun.«

Das Bier war eiskalt, und sie tranken es, während sie auf- und abgingen.

»Auf dem Rückweg werde ich einige Rhododendronzweige mitnehmmen für Martha«, sagte Paul.

Unter ihnen schossen Schwalben lautlos durch das Tal, Schwärme kleiner Sonnenvögel flogen schwirrend auf, und Kuckucke riefen und antworteten einander.

Sie fuhren weiter, und es war, als hafte der Jeep an der sich immer höher hinaufwindenden Straße, die er mit stetig und kraftvoll dröhnendem Motor hartnäckig erkletterte, seine kleine Staubfahne hinter sich herziehend. Sie stießen auf größere Gruppen von Arbeitern, die das Straßenbett legten und Stützmauern bauten. Und während sie weiterfuhren, fühlte sich Anne mehr und mehr hypnotisiert von der Straße, die wie ein gewundenes Band unter ihnen hinwegglitt, sich drehte und schlängelte, und von Unni, der, schnell und sicher den Bewegungen der Straße folgend, mit dieser und dem Jeep verwachsen zu sein schien. Und sie empfand sich selbst, sich ihr hingebend und mit ihr verschmelzend, als zugehörig zu der Landschaft wie er. Er kannte die Hügel, bezwang sie spielerisch, schmiegte sich an ihre Hänge, stürmte ihre Höhen, nahm sie, sanft drängend und nachgebend, wie den Körper einer geliebten Frau mit der unbewußten Souveränität, die nur innerer Instinkt, gepaart mit Wissen, einem Manne verleiht. Und so wurde sie sich seiner bewußt als eines Mannes, als des Mannes, der neben ihr in diesem Jeep saß und sich ihn mit leichter Hand gefügig machte wie ein Reiter sein Pferd. Manchmal schwankte der Jeep, und dann wurde sie gegen ihn geworfen, und sie fühlte seine Hüfte, die hart und federnd war wie die eines Reiters, und sie, der seit Jahren graute vor dem physischen Kontakt mit Männern, gab sich ihm hin. Jedes Mal überließ sie sich der Empfindung des Zusammenprallens mit geschmeidiger Straffheit, und einmal glaubte sie, einen sanften Gegendruck seines Armes gegen ihre Schulter zu verspüren; doch schnelle Scham vor sich selbst befiel sie, und sie errötete verstohlen, als sie sah, daß seine Hand das Steuer fest umschlossen hielt und daß die Berührung nur Zufall und ihre Empfindung nur Einbildung gewesen war. Und von jetzt an hielt sie sich krampfhaft gerade und lehnte sich gegen Paul, um Unni nicht wieder berühren zu müssen. Der Jeep fuhr schmatzend über eine lange Schleife, auf die kürzlich ein Erdrutsch niedergegangen war. Ein Bulldozer schob die breiigen Schutt- und Schlammassen vor sich her zur Talseite hin, wo sie zäh wie Lava hängenblieben oder den Hang hinunterpolterten. Auf der Bergseite klaffte da, wo der Fels sich gelöst hatte, eine große, rote, frische Wunde im Gestein. Und sie dachte: Wenn sich jetzt ein neuer Erdrutsch in Bewegung setzt, werden wir beide, Unni und ich, es sofort erkennen. Zuerst würde ein feiner Staubregen fallen, dann würde es im Innern des Berges grollen, und dann würde der halbe Berg herunterdonnern. Und es packte sie die Lust zu lachen, denn war es nicht ein lustiger Gedanke, daß einem ein Berg auf den Kopf fallen sollte? Doch es war schon oft geschehen und würde wieder geschehen, und die winzigen Männchen, die, mit Pickel und Schaufel arbeitend, an den Hängen klebten, und die Männer, die in Gruppen am Straßenrand saßen und Steine klopften, oder die dunkelhäutigen Madrassi-Aufseher, die ihre Arbeiter, aber auch den Berg nicht aus den Augen ließen, sie kannten das leise Geräusch rollender Steinchen, das für sie das Signal zu einem warnenden Aufschrei und zu einem Rennen auf Leben und Tod bedeutete.

Die Steigung hörte auf, sie fuhren hinunter in ein kleines Tal und erblickten das erste Lager der indischen Pioniere, eine Ansammlung von Zelten und kleinen Steingebäuden auf einer eingeebneten Terrasse, an deren Rand Lastwagen parkten und einige Jeeps. Ihr Jeep rollte in das Lager.

»Hallo, Jaganathan!« rief Unni.

»Guten Morgen«, sagte Oberst Jaganathan, »haben Sie das Bier mitgebracht?«

»Drei Kisten«, erwiderte Unni.

Wenn Anne geglaubt hatte, Unni sei dunkel, dann war der Oberst schwarz, schwarz wie klares, seidiges Ebenholz. Die Sonne schimmerte auf der Haut seines Gesichts, und seine nackten Arme schillerten in den Farben des Regenbogens. Er strahlte einen fast bläulichen Glanz aus. Neben ihm stand ein großer, schlanker junger Mann, Mike Young, der sich bei der Hochzeit mit Rukmini unterhalten hatte. Er war der leitende amerikanische Ingenieur beim Bau der Straße, die von einer amerikanischen Firma gebaut wurde und weiter unten im Terai begann und durch andere Täler führte.

»Ich dachte, ich komm' mal rüber und seh' mal zu, was ihr hier treibt«, sagte er in seinem gemütlichen amerikanischen Tonfall. »Ich hatte gehofft, Sie könnten nächstes Jahr auf unserer Straße Rhododendron pflücken«, sagte er zu Paul, der eine Rhododendronblüte an seinen Tirolerhut gesteckt hatte, »doch unsere Straße ist buchstäblich im Wasser. Jawohl, die amerikanische Straße verläuft zur Zeit genau im Bett des Flusses. Der ganze Hang ist mit ihr ins Tal gerutscht.«

»*Atcha*«, sagte Unni, »das habe ich nicht gewußt.«

»Welch ein Unglück«, sagte Pater MacCullough.

»Es wäre eins, wenn wir nicht in Nepal wären«, sagte Mike Young. »Hier bedeutet es nur, daß wir wieder von vorne anfangen. Nicht wahr, Oberst?«

Oberst Jaganathan grinste, führte sie zu einigen Stühlen, die um einen Tisch herum standen, bot ihnen Bier und Gin an und sagte ihnen, wo sie sich waschen konnten. »Uns hat es auch in Raten heimgesucht«, sagte er, »und Unni kann Ihnen erzählen, wie es ihn kürzlich ein schönes Stück seiner bisherigen Arbeit an seinem Damm gekostet hat.«

»Das war wieder einmal das Werk von Mana Mani, der Eigensinnigen«, sagte Unni. »Doch eines Tages werden wir sie gezähmt haben.«

Die Sonne spann ein leichtes, warmes Gewebe geselliger Freude um sie. Mehrere andere Offiziere, alles junge Leute, setzten sich zu ihnen, und die Männer sprachen über die Straße.

»Mein Gott«, sagte Pater MacCullough und schlug mit der flachen Hand auf den Tisch, »ich werde nie den Tag vergessen, an dem der Oberst die Dampfwalze im Flugzeug anbrachte. Es war ein herrlicher Spaß.«

»Und erinnern Sie sich noch daran, wie der Transportminister in einen Erdrutsch geriet und zwanzig Meilen in seiner Galauniform durch den Schlamm waten mußte?«

»Nebenbei, haben Sie hier irgendwelche Schwierigkeiten mit Ihren Arbeitern?« fragte Pater MacCullough vorsichtig, den Kopf zur Seite neigend.

»Im Augenblick nicht. Doch im Anfang hat es einige gegeben. Erinnern Sie sich, Mike?«

»Meinen Sie die Nepalesen, die auf dem Flugplatz mit Steinen nach Ihnen warfen?« sagte Mike Young zu Unni Menon.

»Warum hätten sie es nicht tun sollen? Es ist ihr gutes Recht, es übel zu nehmen, wenn man ihnen helfen will.«

»Es sind immer einige politische Agitatoren unter den Arbeitern«, sagte Pater MacCullough zu Anne. »Sie versuchen auf jede mögliche Weise, anti-indische und anti-amerikanische Gefühle in ihnen zu wecken. Sie sagen, alle diese Projekte dienten nur dazu, die nepalesischen Männer umzubringen und die Frauen nach Indien zu entführen. Sie wollten keine Straßen oder Dämme oder Schulen, da es nur bedeute, daß wir Nepal besetzen wollen. Sie sagen, auf dem Umweg über diese Hilfsmaßnahmen wollten wir das Land annektieren und es in eine amerikanische Flugbasis oder in eine indische Kolonie verwandeln.« – »Sie verstehen sich gut auf die Psychologie des kalten Krieges«, bemerkte Unni.

»Zuerst hatten die Leute Angst, für uns zu arbeiten«, sagte Oberst Jaganathan. »Sie nannten uns Kaffern und sagten, wir wären Schwarze und würden Menschenfleisch essen wie die Göttin Kala Durga.«

»Letztes Jahr«, sagte Unni, »als wir anfingen zu sprengen, hatten wir großen Ärger. Sie sagten, wir wollten ihnen das Wasser abschneiden und sie aushungern. Und der Groß-Rampoche von Bongsor erzählte ihnen, die Götter des Flusses würden sich rächen und außer der Flut auch noch die Pest über sie schicken. Wir hatten es mit einer richtigen Meuterei zu tun.«

»Als wir mit der Straße über den Chandragiri-Paß vorstießen«, sagte der Oberst, »mußte ich ein Opfer darbringen, damit die Arbeiter mir nicht davonliefen. Sie sagten, die Götter des Passes wären sonst beleidigt und würden sie töten. So mußte ich ein Huhn öffentlich enthaupten.«

»Das ist mir bis jetzt erspart geblieben«, sagte Mike Young.

»Sie werden auch noch an die Reihe kommen«, sagte der Oberst.

»Von Ihnen werden sie wahrscheinlich verlangen, daß Sie einen Wasserbüffel opfern. Es ist nicht leicht, einem Büffel den Kopf mit einem Streich abzuschlagen. Sie fangen am besten gleich an zu üben, Mike.«

»Aus dem Huhn des Obersten waren, bis die Nachricht Katmandu erreichte, zwanzig bedauernswerte Jungfrauen geworden«, sagte Paul.

So ging die Unterhaltung weiter, halb Ernst, halb Spaß, bis sie sich dann rein technischen Problemen zuwandte. Sie sprachen über Maschinen und Arbeiter, Erdrutsche und Bulldozer, verwittertes Gestein, die verschiedenen Arten, Zement zu mischen, und die Gefahr des Erfrierens in der eisigen Kälte der Paßhöhen, und darüber, daß die nepalesische Regierung den Bauern keine Entschädigung zahlte für das enteignete Land, und wie unzufrieden die Arbeiter waren, obwohl die indische Regierung ihnen das Dreifache der normalen Löhne zahlte und tausend Rupien an die Familie jedes tödlich verunglückten Arbeiters ... »doch was sein wird, wenn die Straße fertig ist und tausend Arbeiter wieder brotlos werden, das weiß niemand.« Und wenn die Straße einmal in Betrieb genommen war, mußten Instandhaltungskolonnen bestellt werden, sonst war sie nach drei Monsunen wieder verschwunden, und die Nepalesen hatten niemanden, der sich auf diese Arbeiten verstand.

Anne lauschte aufmerksam den Männern, erschüttert über das, was sie sagten, glücklich darüber, daß sie sie vergessen hatten. Ihre Augen wanderten von einem Sprecher zum andern, und Unni sah sie an, und sie lächelte ihm zu, um ihm zu zeigen, wie wohl sie sich fühlte, und er lächelte zurück.

Doch dann erhob sich Paul Redworth und sagte: »Wir müssen sehen, daß wir weiterkommen.«

Sie stiegen in ihre Jeeps und kletterten wieder die Hänge hinauf. Ein kleiner Regenschauer ging nieder, und die Arbeiter, an denen sie vorbeifuhren, drängten sich in Gruppen von fünf oder sechs Mann wie Affen unter große Schirme, die Rücken nach außen gekehrt und die Köpfe zusammengesteckt, während einer in der Mitte den Schirm über sie hielt. Und jetzt wandelte sich der Charakter der Landschaft. Hier, in der größeren Höhe, wuchsen Kiefern und Eichen auf Matten von Flechten und Moos, und in den Bäumen pfiff ein starker Wind, und es wurde kälter, bis sie in dreitausend Meter Höhe einen Paß überquert hatten und wieder abwärts fuhren unter den Strahlen einer goldenen Abendsonne. Bald sichteten sie das Lager, in dem sie übernachten sollten. Es lag in der Nähe eines Ortes, der Lamidanda hieß. Und als sie zwischen den Zelten hindurchfuhren, wurde es plötzlich sehr kalt. Ein wütender Wind fiel sie an mit heulendem Gekläff und Sandböen.

»Gerade zur rechten Zeit«, sagte Unni, »bevor das Gewitter losbricht.«

Paul, John, und Pater MacCullough sprangen aus den Jeeps. Der Wind warf ihnen Sand und Kies ins Gesicht.

»Hierher«, rief ihnen ein junger indischer Offizier zu, und dann standen sie in dem einzigen Raum eines kleinen Betonhäuschens, der nichts enthielt als einen Kamin, einige Lehnstühle und ein Regal, auf dem Zeitungen und Magazine lagen. Es war der Gemeinschaftsraum für die Offiziere der Pionier-Abteilung, die in dem Lager untergebracht war. Die Fenster wurden geschlossen. In dem Kamin wurde ein Holzfeuer angezündet. Durch die Scheiben konnte Anne sehen, wie sich das Türkisblau des Himmels plötzlich in ein Bronzegelb verwandelte, und dann war es, als würde ein riesiger schwarzer Teppich ausgerollt, der alle Farben auslöschte, und durch die pechschwarze Finsternis zuckten nicht abreißende Ketten von Blitzen und rollte ununterbrochen der Donner.

Der junge Offizier, der mit ihrer Betreuung beauftragt zu sein schien, fragte sie, ob sie nicht in ihre Zelte gehen wollten, um sich zu waschen und umzuziehen. Unni war bereits verschwunden. Als Anne hinausging, konnte sie seine Stimme in der Dunkelheit hören. Er schien zu telephonieren. Sie gingen alle hintereinander her. Jeder von ihnen hatte ein kleines Zelt. Der Wind hatte Sand hineingeblasen, und es war bitter kalt. Eine Ordonnanz brachte Anne einen Krug heißes Wasser, und sie wusch sich, vor Kälte erschauernd, Gesicht und Hände. Sie hatte ihren Mantel mitgebracht und Kleider zum Wechseln; doch es war zu kalt, um sich auszuziehen, und so lief sie, ohne sich umgekleidet zu haben, zu dem Gemeinschaftsraum zurück. Es war noch keiner von den andern anwesend; sie kauerte vor dem Feuer nieder und wärmte sich. An der Decke schaukelte eine Sturmlampe. Dann öffnete sich die Türe, und Unni kam herein, und im gleichen Augenblick stürzte draußen der Regen donnernd wie ein Wasserfall vom Himmel und wehte herein durch die offene Türe.

»Ein wunderbarer Sturm«, sagte Unni, trat zu dem eben geschlossenen Fenster und riß es weit auf. Durch die Türe drängten sich Regenschirme und hinter ihnen Pater MacCullough und John.

»Um Himmels willen, warum ist dieses verdammte Fenster nicht zu?« rief John aus.

»Ich habe es soeben geöffnet«, sagte Unni nur. Er blieb vor dem offenen Fenster stehen, den Abglanz eines starken Glücksgefühls auf seinem dunklen Gesicht. Es war, als ob mit Beginn des Regens die leichte Zurückhaltung und Förmlichkeit plötzlich von ihm abgefallen wäre, die ihn bei der Hochzeit und auf dem Weg hierher in seinem wahren Wesen gedämpft zu haben schien. Anne rückte noch näher an das Feuer und versuchte zu verbergen, daß sie fror. Der Regen hörte ebenso plötzlich, wie er gekommen war, wieder auf und entfernte sich grollend.

»Das Gewitter wandert auf Katmandu zu«, sagte Unni. »Man sagt, ein Regensturm um diese Zeit, kurz vor dem Shiva-Fest, sei ein gutes Vorzeichen.«

»Ach, wirklich«, sagte Pater MacCullough höflich. Auch er fror und ließ sich den Rücken an dem Feuer rösten. »Morgen ist doch die große Feier?«

»Ja. Wir werden rechtzeitig zurück sein.«

Anne rieb unwillkürlich ihre Hände.

»Sie frieren«, sagte Unni überrascht. »Entschuldigen Sie. Ich habe nicht daran gedacht.« Er schloß das Fenster. »Ich liebe Gewitter so sehr und vergaß, daß Sie nicht an diese Kälte gewöhnt sind.«

»O bitte, das macht nichts«, erwiderte Anne. Ihr Gesicht begann zu brennen. Ich muß mir einen Sonnenbrand unterwegs geholt haben, dachte sie.

Mehrere Offiziere kamen herein, mit ihnen Paul, der, durch einen Whisky und das Feuer wieder zum Leben gebracht, sich mit Unni über die Gewohnheiten von Elefanten ereiferte. Und dann trafen auch Oberst Jaganathan und Mike Young ein. Sie waren in das Gewitter geraten und hatten es vorbeiziehen lassen.

»Es war, als ob der Himmel herunterkommen wollte«, sagte der Oberst. Der Regen war nur kurz, doch sehr heftig gewesen, und sie waren froh, daß ihnen kein Erdrutsch den Weg zum Lager abgeschnitten hatte, »obwohl man nicht wissen kann, was hinter uns passiert ist«.

Anne war müde und Pater MacCullough ebenso. John sah grau und verfallen aus und verhielt sich sehr schweigsam. Doch Unni und der Oberst waren nach echt indischer Art jetzt vollkommen munter und bereit, die ganze Nacht weiterzuplaudern. Dann kam das Essen, Huhn mit Curry, sehr scharf, nach südindischer Art.

»Oh, mein armer Magen«, klagte Paul Redworth und war erleichtert zu hören, daß es ein zweites Gericht zur Auswahl gab, Hammelkotelett und Omelette, und auch eine süße Nachspeise. Anne war sehr hungrig. Sie genoß das Brennen des Pfeffers in ihrem Innern, und während sie aß, verschwand ihre Müdigkeit, und sie scherzte und lachte mit den jungen indischen Offizieren. Bald nach dem Essen gab Paul Redworth ein verstohlenes Zeichen, daß es an der Zeit sei, sich zurückzuziehen.

In jedem Zelt stand ein schmales eisernes Soldatenbett mit einer bezogenen Matratze und einer dünnen Armee-Wolldecke. Die Eingangsklappen des Zeltes waren geschlossen, doch es war kälter im Innern als vorher. Anne erschauerte und kämpfte eine Weile mit sich, ob sie nicht um eine zweite Decke bitten sollte. Sie trat vor das Zelt. Es war stockfinster geworden nach dem Gewitter, trotz glitzernder hoher Sterne und einer hart glänzenden Mondsichel. In dem Zelt neben dem ihren hörte sie Unni und den Oberst und Mike Young sprechen. Es war niemand zu sehen. Eine plötzliche Scheu befiel sie. Sie brauchte nur vor dem Zelt zu husten und zu sagen: »Entschuldigen Sie, kann ich eine zweite Decke haben?« ... oder sich im Dunkeln zu dem Gemeinschaftsraum tasten ... doch sie fühlte, daß sie es nicht tun konnte, und schließlich tat sie keines von beiden, obwohl sie später nie verstand, warum sie so schüchtern gewesen war. Sie legte Mantel und Tasche auf das Bett, breitete alle ihre Kleidungsstücke darunter aus und kroch fröstelnd im Pyjama, über den sie einen Pullover gezogen hatte, in ihr Bett. Zuletzt erinnerte sie sich an ein Paar wollene Socken in ihrer Tasche und streifte sie über ihre eisigen Füße. Es dauerte lange, bis ihr etwas wärmer wurde, und während der ganzen Nacht wachte sie immer wieder auf, geweckt durch die Kälte. Doch zuletzt fiel sie in einen tiefen Schlaf, aus dem sie erst erwachte, als der Diener um halb sieben mit dem Tee hereinkam, die Zeltklappen hochschlug und ihr den Ausblick öffnete auf eine Welt von schmerzhaft strahlender Helle.

Sand bedeckte das Eisengestell des Bettes; Leintücher, Mantel, Tasche, alles war bestreut mit dem feinen, braunen Sand.

Sand schwamm auch in dem heißen Wasser, das man ihr brachte. Jetzt konnte sie sich endlich ausziehen, sich waschen, ihre Kleider wechseln, während das Wasser, das auf den Zeltboden getropft war, Löcher in den Sandteppich fraß, der ihn bedeckte. Ihr Gesicht war rot und brannte. Also doch ein Sonnenbrand! Ihr Haar war steif vor Sand, und als sie sich frisierte, wurde ihre Bürste braun.

Und draußen leuchtete die Sonne auf angewehten, hellen Sandhaufen und auf den weißen Zelten, und gegen den vergißmeinnichtblauen Himmel hoben sich dunkel die Konturen der umliegenden Hügel und die Silhouetten der grünen Kiefern ab. Zu ihren Füßen lag ein breites Tal, in dem sich ein sandiger Fluß zwischen kleineren Erhebungen hindurchwand, bis er in der Ferne in einem blaugrünen Nebel, der den Horizont verwischte, verschwand. Dort zog sich der Dschungel- streifen des Terai, des besten Jagdgrundes der Welt, an der Grenze In- diens entlang.

Der Oberst war schon lange auf den Beinen und saß auf der sonnen- überfluteten Terrasse vor dem Gemeinschaftshaus mit Paul Red- worth, Pater MacCullough, der seinen Feldstecher umgehängt hatte, und John um einen Tisch, an dem das Frühstück eingenommen wer- den sollte. John näherte sich ihr mit gefühlvollem Lächeln und sagte: »Beinahe wäre ich in dein Zelt gekommen, um zu sehen, ob du schla- fen kannst.« Sein Gesicht war eingefallen und blaß, als ob er über- haupt nicht geschlafen hätte.

Anne dachte: Ich hatte ihn seit dem Gewitter vollkommen vergessen. Es geschah jetzt öfter, daß seine Existenz aus ihrem Bewußtsein schwand – wenn sie im Papageienzimmer schrieb oder die Mädchen unterrichtete oder durch die von Sonne und Sinnlichkeit erfüllte Luft des Tals spazierenging –, doch nie war es ihr in der Nacht geschehen, denn sie kehrte jeden Abend zurück in das gemeinsame eheliche Schlafzimmer. Bald werde ich vergessen haben, daß ich mit John ver- heiratet bin, dachte sie, und der Gedanke belustigte sie mitleidlos. Sie empfand seine Gegenwart weniger deutlich als die Pauls oder des Pa- ters, als ob John ein Fremder wäre, mit dem sie nie ein Gefühl verbun- den hatte. Sie sah ihn an, kühl und abschätzend, und fragte sich, ob er wohl je wieder in ihr den Aufruhr jener hilflosen und sinnlosen Ge- fühle erregen würde, die sie an ihre Ehe fesseln sollten. Und dann kam Unni die Stufen herauf, in einem Buschhemd, mit bloßen Ar- men, und er sah ihr ins Gesicht und sagte mit teilnahmsvoller Überra- schung: »Sie schälen sich.«

Und plötzlich begannen alle um sie herum zu lachen und lachten und lachten. Und in den befreienden Ausbruch dieses Lachens schien al- les, was sie umgab, mit einzufallen, die Berge und der Himmel und das Lager und das ferne Dröhnen von Lastwagen-Motoren und noch ferner das Echo von Sprengungen, das wie ein tiefes Gelächter der Berge klang. Sie hielt still in diesem Sturm entfesselter Heiterkeit, der von ihr ausgegangen war und wieder zu ihr zurückbrandete, und wiederholte immer wieder: »Jetzt verstehe ich ... jetzt weiß ich«, und sie fühlte, daß sie auf der Schwelle einer großen, frohen Erkenntnis stand, kurz vor der Begegnung mit einem unerhörten Glück, das sich in den Glockentönen dieses Lachens, dem Echo ihres eigenen inneren Frohlockens, ankündigte.

Zum Frühstück gab es indische *Dhosis*, flache Kuchen, gebacken aus Mehl und Zwiebeln, leicht und saftig. Doch Paul Redworth bestand auf seinem englischen Standard-Frühstück und bekam es. John hatte sich erholt, wurde gesprächiger und lachte öfter. Auch sein Gesicht begann sich zu röten. Er stellte dem Oberst Fragen über die Straße und das Lager, wandte sich auch einige Male an Anne.

»Wir könnten zur Abwechslung mal ein Stück zu Fuß gehen«, sagte er, »vielleicht diesen Bergpfad hinunter, und unten wieder in die Wagen steigen.«

»Im Winter«, sagte Oberst Jaganathan, »setzen sich unsere Arbeiter auf ihre Schaufeln und rutschen die Hänge hinunter.«

Dann wurde es Zeit zum Aufbruch, und als sie zu den Jeeps gingen, sagte Unni zu Anne: »Würden Sie gerne fahren?«

»Lieber nicht. Ich habe noch nie einen Jeep gefahren.«

»Dann ist es Zeit, daß Sie es versuchen.« Er ging um den Jeep herum. »Steigen Sie ein. Setzen Sie sich hinter das Steuer.«

»Soll Anne jetzt fahren?« fragte John und begann zu lachen.

»Jawohl, jetzt fährt Mrs. Ford«, erwiderte Unni lächelnd.

»Na, na«, sagte Paul Redworth, während er zögernd einstieg. »Haben Sie schon einmal einen Jeep gefahren?«

»Nie«, antwortete Anne laut und deutlich, »doch jetzt werde ich es tun.«

Unni saß zwischen Redworth und Anne. »Die Straße ist in Ordnung«, sagte er. »Hupen Sie, wenn Sie um unübersichtliche Kurven fahren, da Sie nie wissen, ob Ihnen nicht ein Lastwagen entgegenkommt, und diese nepalesischen Fahrer hupen nie. Das ist alles, was Sie vorher wissen müssen. Der Rest ergibt sich von selbst.«

»Aber der Jeep hat doch Linkssteuerung, und sie hat nie etwas anderes gefahren als Rechtssteuerung, und außerdem ist sie keine sehr sichere Fahrerin«, sagte John, immer noch lachend, doch jetzt schon leicht gereizt.

Unni warf ihm einen fragenden, fast herausfordernden Blick zu und sagte zu Anne: »Fahren Sie nur.«

Auf der Herfahrt, als Unni fuhr, hatte die Straße auch sehr schwierig und gefährlich ausgesehen, doch sie waren förmlich über die rauhen, unfertigen Strecken und die Schlaglöcher und Buckel hinweggeflogen, aber jetzt, da sie selbst am Steuer saß, spürte Anne jedes Steinchen. Der Jeep geriet öfters ins Hüpfen und neigte sich manchmal zur Seite, und sie hatte ständig das Gefühl, sich nach innen werfen zu müssen, weg von dem, was sie bis jetzt nicht bemerkt hatte, den mehrere hundert Meter tiefen Abgrund, an dem die Straße entlangführte.

»Es hat nicht so tief ausgesehen gestern«, vermochte sie schließlich zwischen zusammengebissenen Zähnen zu bemerken, und Unni erwiderte: »Ich bin einmal fünfzig Meter hinuntergerollt und sitze trotzdem neben Ihnen.«

Sie nahm eine Kurve zu scharf, und Paul Redworth, der auf der anderen Außenseite saß, stieß einen Angstschrei aus, als seine Schulter einen überhängenden Felsen leicht streifte.

»Keine Aufregung. Es waren noch fünf Zentimeter Zwischenraum«, sagte Unni. Er selbst schien sich vollkommen sicher und restlos glücklich zu fühlen. Er hatte keinen Hut auf dem Kopf, sein dunkles Haar war zerzaust, seine Lederjacke stand offen, und seine beiden Arme lagen hinter Anne und Paul Redworth auf den Rückenlehnen der Sitze. »Ich finde das herrlich«, sagte er. »Es ist so entspannend.« Er schloß die Augen.

»Um Himmels willen, lassen Sie die Augen offen«, flehte Anne, »sonst komme ich um vor Angst.«

»Ich dachte, es macht Ihnen Spaß«, sagte Unni.

»Schon. Aber Angst habe ich trotzdem.«

»Können Sie singen?«

»Nicht sehr gut.«

»Es ist wunderbar, singen zu hören, wenn man eine Bergstraße hinauffährt. Dann will ich Ihnen etwas vorsingen.« Und plötzlich begann er mit weicher, müheloser Stimme ein nepalesisches Lied zu singen. Es war das Lied, das Rukmini im Gefängnis gesungen hatte. Dann sang er ein anderes Lied, und dann pfiff er es, und als er es beendet hatte, sah er Anne lächelnd an und sagte: »Sie machen Ihre Sache ausgezeichnet.«

Sie hatten jetzt die Paßhöhe erreicht, und nach einer Biegung rief Paul aus: »Ah, da sind sie, die Schneegipfel.«

»Wo?« fragte Anne.

»Schauen Sie jetzt nicht hin«, sagte Paul. »Nehmen Sie um Gottes willen die Augen nicht von der Straße, Mädchen.«

»Etwas weiter unten werden wir halten und etwas essen und die Schneeriesen in Ruhe bewundern«, sagte Unni.

Kurz darauf hielten sie, stiegen aus, gingen einen kleinen Hang hinauf, und oben auf der Kuppe stand, senkrecht in den Boden eingelassen, eine Betontafel mit der eingravierten Inschrift:

ZUM GEDENKEN
AN DIE OFFIZIERE UND MANNSCHAFTEN
DES INDISCHEN PIONIER-CORPS
DIE BEIM BAU DIESER STRASSE
DEN TOD FANDEN

Und um sie herum, in einem riesigen Bogen das Dach der Welt begrenzend, erhoben sich die Schneekönige mit ihren Graten und Schluchten in der drohenden Unnahbarkeit ihrer Gipfel und der Majestät ihrer Namen.

»Atemberaubend, wirklich atemberaubend«, murmelte Pater MacCullough ehrlich ergriffen, und dann begannen er und Paul Redworth mit ihren Ferngläsern um die Wette die einzelnen Gipfel zu identifizieren und ihre Namen zu nennen: Dhaulaghiri, Manaslu, Nanda Devi, Himalchuli, Annapurna, Gosainthan, und plötzlich rief Paul aus: »Sehen Sie, sehen Sie, dort ist der Everest!«

Klein und grau, zwischen zwei näheren und mächtiger erscheinenden Gipfeln, war in der weißen Schaumwolke des vom ewigen Wind aufgewirbelten Schnees die Spitze des Chomolungma, des Everest, zu erkennen. Sie aßen Sandwiches und Curry aus den mitgenommenen Wärmebehältern und tranken Kaffee, den man ihnen in Thermosflaschen mitgegeben hatte.

»Ich muß bekennen, die Gastfreundschaft der indischen Armee ist überwältigend«, sagte Pater MacCullough. »Ich bin froh, daß ich mitgekommen bin, um mir die Straße anzusehen. Ich bin sicher, es wird sich alles grundlegend ändern in Nepal, wenn es einmal diese Verbindung mit der übrigen Welt haben wird, anstatt wie bisher nur die tägliche Dakota. Ich nehme an, daß dann die Preise für Lebensmittel beträchtlich sinken werden. Ist es nicht unglaublich, daß in dem reichen Tal von Katmandu eine ständige Knappheit an Nahrungsmitteln herrscht? Nebenbei, ich habe heute morgen für die Offiziere die hl. Messe gelesen und ihnen die hl. Kommunion gereicht. Eine ganze Reihe von ihnen sind Katholiken. Wußten Sie das, Unni?«

»Nein«, erwiderte Unni. »Doch ich weiß, Sie hoffen, daß ich einer werde.«

»Selbstverständlich tue ich das«, sagte Pater MacCullough. »Aber ich bin sicher, unser Herr wird für Unni ein Hintertürchen zum Himmel finden, gleichgültig, ob er katholisch geworden ist oder nicht.«

Unni lag lang ausgestreckt in der Sonne. »Rücken Sie ein bißchen nach vorne«, sagte er zu Anne, die neben ihm saß, »damit Ihr Schatten auf meine Augen fällt. Danke. Ist es nicht wunderbar hier oben?«

Über ihnen blies ein schneidender Wind, doch hier am Hang, wo sie lagen und saßen, wehte kein Lüftchen, die Sonne schien prall auf sie herunter und drang wärmend bis in das Mark ihrer Knochen. Paul deckte seinen Tirolerhut über sein Gesicht. John, der sich in den Schatten eines nahen Steckpalmengebüschs zurückgezogen hatte, tauchte jetzt wieder auf, blaß und grün im Gesicht.

»Um wieviel Uhr werden wir in Katmandu sein?« fragte er.

»Gegen Abend«, sagte Pater MacCullough. »Was fehlt Ihnen?«

»Ich glaube, es ist eine Magenverstimmung, oder es kommt von der Sonne«, erwiderte John. »Ich würde gerne möglichst früh zu Hause sein. Ich denke, es ist besser, du läßt jetzt wieder Mr. Menon fahren«, sagte er, sich an Anne wendend. »Wir haben auf dieser Strecke viel Zeit vergeudet.«

»Aber ich wünsche nicht zu fahren«, sagte Unni, liebenswürdig protestierend. »Ich möchte lieber gefahren werden. Wenn Sie früher zu Hause sein wollen, warum lassen Sie sich nicht von dem Chauffeur sofort zurückbringen? Wir kommen dann nach.«

»Ja«, sagte Paul schnell. »Ich glaube, das ist eine gute Idee, wenn Sie sich wirklich nicht wohl fühlen.«

»Oh, bitte«, sagte Anne zu Unni, »ich möchte nicht mehr fahren, wirklich nicht. Ich habe zu große Angst.«

»Unsinn, meine Liebe«, widersprach ihr Paul ritterlich. »Es macht mir Spaß, die Felsen mit meiner rechten Schulter zu streifen.«

»Mrs. Ford ließ immer mindestens zehn Zentimeter zwischen dem Rad und dem Abgrund«, sagte Unni mit ernstem Gesicht. »Wir sind vollkommen sicher in Ihrer Hand, Mrs. Ford, und außerdem werden Sie vielleicht nie wieder Gelegenheit haben, einen Jeep über eine unfertige Paßstraße zu steuern.«

»Ich habe keine Lust, hier herumzustehen und mir dieses überflüssige Gerede anzuhören«, sagte John erregt. »Kommst du mit mir, Anne? Ich möchte so schnell wie möglich nach Hause. Ich fühle mich sehr schlecht.«

Anne maß ihn mit einem eisigen Blick. »Gut«, sagte sie.

Doch schon war Unni aufgesprungen. »Wenn Sie sich wirklich so schlecht fühlen, dann fahre ich Sie selbstverständlich sofort nach Hause, mein armer Freund«, sagte er, und es gelang ihm, eine Welt von Verachtung in seinen teilnahmsvollen Worten mitklingen zu lassen. »Sie können sich auf den Rücksitz meines Jeeps legen.«

»Ich wünsche nicht zu liegen«, erwiderte John scharf. »Ich kann sehr gut sitzen.«

»Dann haben Sie vielleicht nichts dagegen, mit Pater MacCullough weiterzufahren, Mrs. Ford«, sagte Unni. »Ihr Gatte wird dann mit Mr. Redworth und mir auf dem Vordersitz Platz nehmen.«

»Gut«, sagte Anne.

Jetzt flitzte Unni mit Vollgas um die Ecken und Kurven, mit unglaublich schnellem Reaktionsvermögen wich er Schlaglöchern, Steinen und entgegenkommenden Lastwagen aus und hatte bald den zweiten Jeep weit hinter sich gelassen, dessen Fahrer stolz lächelte, als er zu Anne sagte: »Sahib guter, bester Fahrer, schöner, starker Mann.«

Die Felsen leuchteten jetzt in einem tiefen Rot, das sich langsam in ein Violett verwandelte, und die Täler füllten sich mit blauen Schatten, als sie sich Thankot näherten und in einen Strom von Pilgern gerieten, die nach Katmandu strömten; sie kamen von allen Seiten und überschwemmten die Straße.

»SIVARAHI«, rief der Fahrer gellend.

»Das Shiva-Fest«, erläuterte Pater MacCullough überflüssigerweise. Während der nächsten zwei Stunden erging er sich in Bemerkungen über die Geologie und Geschichte Nepals, über Persönlichkeiten in Katmandu, die er kannte, und die von ungeheurer Bedeutung seien als Steine in dem so wichtigen Damm gegen die kommunistische Flut und vielleicht auch dankbare Objekte für Annes Feder. Wie viele Amerikaner, die im Ausland lebten, neigte auch Pater MacCullough dazu, Menschen eines bestimmten geistigen und sozialen Niveaus nicht als menschliche Wesen, sondern als Personen zu betrachten, die man entweder als Bollwerke gegen die rote Aggression zuvorkommend behandeln oder als Vorposten des Kommunismus in Asien meiden mußte.

Doch während er sprach, schien ihn irgend etwas innerlich zu beunruhigen. Auf seiner sonnverbrannten Stirne zeigten sich Falten einer beherrschten Verlegenheit. Anne war wieder in jenen Zustand wacher Betäubung verfallen, in jenes verschlossene und fast feindselige Schweigen, das sie so oft einhüllte, sie selbst unsichtbar machte und ihren einsilbigen Äußerungen den Beiklang mürrischer Ablehnung verlieh. Doch in ihrem Innern tobte ein Sturm nicht mitteilbarer Empfindungen, geheimer Freuden und Schmerzen, ausgelöst durch die Erinnerung an die Farben, Linien und Laute der Hügel und das Schweigen der Berge und jetzt unmittelbar genährt durch ein neues unerhörtes Erlebnis der Sinne, mit dem sie sich beschenkt fühlte, während der Jeep hupend langsam in der Flut der Pilger weiterschwamm. Pilger in Grau und Safrangelb und Grün, Gold, Braun und Rot, mit Ohrringen und Nasenschmuck, mit Stöcken in den Händen und Verzückung auf den Gesichtern, die Augen auf Katmandu gerichtet. Und die Schleier und Gewänder der Frauen fielen lieblich wie die Hänge der Hügel, die letzten Strahlen der Sonne spiegelten sich in schaukelnden Kupferpfannen, und der Abend sank blau hernieder. So wanderten sie, eine Armee auf nackten Füßen, durch den kupfernen Staub auf ein gemeinsames Ziel zu, und zwischen ihnen stolperten kleine Herden von Ziegen, von niemandem gehütet, mit ängstlichen Augen und zitternden Hufen über den Weg. Und Anne empfand es als beschämend und entheiligend, inmitten dieser frommen Fußgänger auf einem Jeep zu thronen.

Eines Tages, dachte sie, werde ich meine Schuhe ausziehen und mich diesen Pilgern anschließen.

Getragen von der gleichen Begeisterung, beseelt vom gleichen Glauben? fragte eine spottende Stimme in ihr.

Ich weiß nicht, antwortete sie.

»Ich kann mir denken, daß Sie sich Sorgen machen um John«, sagte Pater MacCullough, nichts ahnend von Annes stummem Zwiegespräch mit sich selbst. »Ich bin sicher, er wird bald wieder in Ordnung sein. Beten hilft immer.«

»Ich mache mir keine Sorgen um ihn«, erwiderte sie der Wahrheit gemäß.

Pater MacCullough glaubte ihr nicht. Es gehörte zu seinem Weltbild, daß Eheleute einander innerlich verbunden blieben, auch wenn sie entzweit waren. Selbst Eudora hing noch an ihrem Fred. Sie war vor zwei Tagen zu ihm gekommen, hatte offen um ihren Fred geweint. Sie hätte vorher ein langes Gespräch mit »Mr. Menon, diesem reizenden Menschen«, geführt. Und er hätte sie gut verstanden, sie mit indischen Sängern zusammengebracht und sich bereit erklärt, ihr Visum verlängern zu lassen. Doch er hätte sie gebeten, während der nächsten Tage nicht zu versuchen, ihren Gatten zu treffen. »Ich würde Fred so gerne erklären …«, hatte sie gesagt, »… aber ich fürchte, er wird mich nicht verstehen … er ist vor mir geflohen, davongerannt, als er mich sah …«, und die Tränen waren ihr über das Gesicht gelaufen. Doch sie hätte Mr. Menon versprochen, Geduld zu haben, zu warten, bis Fred von selbst zu ihr zurückkäme …

»Die Ehe ist eine wundervolle Sache«, sagte Pater MacCullough. »Nichts kann die heilige Bindung zwischen Mann und Frau lösen, was auch immer die Leute sagen mögen oder tun. Hierin liegt der große

Irrtum der Menschen, Mrs. Ford. Sie glauben, wenn alles vorüber ist, wie sie sich ausdrücken, könnten sie sich scheiden lassen … doch es gibt Dinge, die trotz aller gesetzlichen Urteile nichts trennen kann als der Tod. Ich hoffe, Sie nehmen Anteil am Schicksal von Mrs. Maltby und helfen ihr, wenn Sie Zeit haben.«

»Gewiß«, antwortete Anne geistesabwesend und wußte, daß sie nichts von dem tun würde, was der Pater von ihr erwartete. Und sie sprachen nicht weiter, denn sie hatten Katmandu erreicht, und der Jeep drohte überschwemmt zu werden von dem Strom der Pilger, der sich jetzt in der Enge der Straße staute, und langsamer als im Schritt fahrend, kamen sie vor dem Royal-Hotel an.

Als Anne zwischen den Rhinozerosköpfen und Krokodilhäuten zur Halle hinaufging, kam Fred Maltby ihr entgegen.

»Hallo, Anne«, sagte er. »Mein Gott, Sie sind aber schön verbrannt.«

»Ja, mir scheint auch so.«

»Ich komme gerade von Ihrem Gatten«, sagte er leichthin. »Sie brauchen sich keine Sorgen um ihn zu machen. Nur eine vorübergehende Magenstörung. In ein paar Tagen ist er wieder munter wie ein Fisch. Übrigens, Unni bat mich, Ihnen etwas auszurichten. Wenn Sie Lust hätten, heute abend zum Shiva-Fest nach Pashupatinath zu gehen, würde er Sie abholen.«

»Ich weiß nicht, ob ich kann«, antwortete Anne unsicher, »wenn John krank ist.«

»Ach was«, sagte Fred, fast ärgerlich, »sie sollen ihn nicht so verhätscheln.«

»Tue ich das?« fragte Anne überrascht.

»Nun, ich hoffe nicht, aber ich sehe nicht, was er dagegen haben könnte, daß Sie für ein oder zwei Stunden weggehen, um zuzuschauen, wie die Pilger in den Tempel strömen. Ein tolles Schauspiel. Bestimmt sehr interessant für Sie. Ich meine als Schriftstellerin. Nur schade, daß Sie selbst nicht in das Innere des Tempels hinein dürfen. Für Christen ist es verboten.«

»Ich weiß nicht genau, ob ich Christin bin. Ich besitze keinen Taufschein.«

»Auf alle Fälle versuchen Sie es, und werden Sie nicht weich. Es lohnt sich. Und noch eins, Anne.«

»Ja, Fred?«

Er legte eine Hand auf ihren Arm. »Erinnern Sie sich an unser Gespräch«, sagte er. »Wir brauchen alle manchmal Hilfe. Wir werden nicht immer allein fertig. Dann brauchen wir die andern. Ich glaube, ich habe ein Anrecht darauf, Ihnen helfen zu dürfen.« Sie sah ihn an, halb lächelnd. »Ich fürchte, ich gehöre zu jener Gattung, die man die stumme Kreatur nennt.«

»Oh, ich weiß, Sie beißen sich lieber die Zunge ab, als zu sagen, wie es in Ihnen aussieht. Aber manchmal müssen wir reden, wenn wir nicht ersticken wollen. Was haben Sie im Sinn, Anne? Wollen Sie sich selbst strafen? Für was?«

»Ich habe zwei wundervolle Tage erlebt«, erwiderte Anne ungerührt. »Daran will ich mich halten.«

»Sie haben recht. Und wie komme ich überhaupt dazu, andern zureden zu wollen, wo Unni mir meine Frau vom Halse halten muß?« sagte Maltby mit Bitterkeit. »Ich muß weiter.« Und er ließ sie stehen.

John saß im Bett. Er hatte ein Bad genommen und sah frisch und ausgeruht aus, keineswegs wie ein Kranker. Er begrüßte Anne mit einem vollen Blick seiner blauen Augen und einem unsicheren Lächeln, und Anne witterte sofort eine Hinterlist in seinem Benehmen.

»Dr. Maltby sagte mir, du hättest eine Magenverstimmung.«

»Ja, aber nur eine sehr leichte. Davon lasse ich mich nicht umwerfen. In ein paar Tagen werde ich wieder munter sein.«

»Das hat Fred auch gesagt.«

»Ich muß sagen, Dr. Maltby hat mir sehr schnell geholfen. Ich habe ein Bad genommen, und meine Eingeweide haben prompt funktioniert. Dieser Curry und das ölige Zeug zum Frühstück waren das reinste Gift für mich. Ich habe etwas Leichtes gegessen, und jetzt nehme ich meine Schlaftabletten, und dann wird geschlafen wie ein Murmeltier. Ich habe kein Auge zutun können gestern nacht in diesen verdammten Zelten. Alles war voll Sand.«

Anne erhob sich. Mein Gott, dachte sie, es ist schlimmer als je zuvor. Ich kann ihn nicht einmal mehr richtig ansehn; ich hasse ihn, ich verabscheue ihn, dachte sie bewußt und mit Ingrimm, und die konkrete Formulierung dieses Gedankens gab ihr Rückhalt und hartnäckigen Mut.

»Nimm ein Bad. Du siehst schmutzig aus, hast das ganze Haar voll Sand«, sagte John aufgeräumt. »Ich denke, wir beide haben es nötig, früh ins Bett zu gehen. Du machst einen vollkommen erschöpften Eindruck.«

»Ich hatte daran gedacht, noch einmal wegzugehen und mir die Shiva-Feier anzusehen.«

»Noch einmal ausgehen? Meine liebe Anne, du bist unersättlich. Wir kommen eben zurück von einer Fahrt über zweihundert Meilen einer elenden Straße, und gleich willst du dich wieder unter diese verlausten Pilger mischen.« Er lachte so künstlich, daß Anne sich fragte, was sein seltsames Benehmen bedeuten könnte. »Warum jetzt nicht einmal wieder gemütlich ausschlafen in einem guten Bett?«

Er klopfte tätschelnd auf die Kissen, ließ sich mit einem genießerischen Seufzer auf den Rücken sinken, schloß die Augen und tat so, als fiele er in einen seligen Schlummer.

Mein Gott, dachte Anne, wurde sich aber im gleichen Augenblick bewußt, daß sie nie zuvor so oft den Himmel angerufen hatte und betete um so inbrünstiger weiter, bitte, bitte, laß mich nicht nachgeben dieses Mal. Nicht, wenn es das ist, was er von mir will. Wie oft muß ich es noch über mich ergehen lassen, bis ich den Mut finde einzusehen, daß ich es nicht ertragen kann, bis an das Ende meines Lebens an einen Mann gefesselt zu sein, der mir Ekel einflößt in jeder Sekunde, mit jedem Wort, jeder Geste, ob gut gemeint oder böse?

»Ich gehe zu dem Fest«, sagte sie, selbst für ihr eigenes Gefühl etwas zu herausfordernd.

Johns Augen öffneten sich langsam. Er hielt den Blick zur Decke gerichtet. »Schrei' nicht so«, sagte er. »Ich verstehe dich auch, ohne daß du schreist. Du gehst also zu dem Fest. Du bist eben erst nach Hause gekommen, ich bin krank, liege im Bett, habe eine Injektion bekommen, jeden Augenblick können Komplikationen eintreten, ich könnte sterben – und alles, wonach dich verlangt, ist noch einmal auszugehen, wahrscheinlich mit diesem Dr. Maltby. Du hast ihn auf dem Flur getroffen und es mit ihm abgekartet.«

»Sei doch nicht albern«, war alles, was Anne zu erwidern wußte. Wie kam es, daß sie bei diesen sinnlosen und widerlichen Szenen, zu denen es zwischen John und ihr immer häufiger kam, auf einmal nur solche hilflos dummen Antworten geben konnte? Es war fast automatisch. Wie bei zankenden Kindern. Du warst es … nein, ich war es nicht … doch, du warst es.

»Laß dir gesagt sein«, brüllte John in dem üblichen Wutausbruch, mit dem er diese Szenen zu beenden pflegte, »wenn du jetzt gehst, brauchst du nicht mehr zurückzukommen, dann will ich nichts mehr von dir sehen. Ich will keine Dirne zur Frau.«

Anne ging aus dem Zimmer. Kaum hatte sie die Türe hinter sich zugemacht, als etwas hart gegen die Füllung schlug. John hatte ihr seinen Schuh nachgeworfen.

Sie ging langsam den dunklen Flur hinunter zur Damentoilette, dem häufigsten Zufluchtsort während ihrer Pensionatsjahre, und schloß die Türe ab. Es dauerte eine Weile, bis ihr Herzschlag sich beruhigt hatte, doch als sie wieder gleichmäßig atmen konnte, fühlte sie sich stark und mutig. Sie würde zu dem Shiva-Fest gehen. Und sie konnte sich jetzt Zeit lassen, und sie würde sich Zeit lassen. Und morgen … Ich werde Hilde um ein zweites Zimmer bitten, dachte sie. Ich frage nicht danach, was die Leute denken. Ich werde nicht länger mit John in einem Zimmer bleiben.

Die Beleuchtung war schlecht, und als sie die Damentoilette verlassen hatte und den Speisesaal betrat, um nach Hilde zu suchen, stieß sie mit jemandem zusammen, der sagte: »Ich bitte um Verzeihung.«

Es war Ranchit. Er war allein.

»Oh, Mrs. Ford, wie reizend, Sie zu treffen. Ich hörte weibliche Schritte und kam heraus, um zu sehen, wer es sei. Wissen Sie, daß Wassili heute abend entlassen wird? Wir wissen noch nicht die genaue Stunde, doch Hilde ist zum Gefängnis gefahren, um ihn abzuholen. Ich glaube, es wird ziemlich spät werden. Meine Regierung zieht es vor, ihre Gefangenen erst gegen Mitternacht zu entlassen. Das verursacht weniger Unruhe in der Familie und bei den Verwandten.«

»Ich habe schon davon gehört«, sagte Anne. »Ich freue mich sehr für Wassili und Hilde.«

»Darf ich Sie zu einem Drink einladen? Ich errate, wo Sie herkommen. Von unserem armen Patienten. Darf ich Ihnen sagen, daß Sie bezaubernd aussehen? Ein wenig verwirrt, aber bezaubernd. Küsse, o küsse diese Tränen fort …«

»Tut mir leid«, sagte Anne zurückweichend. »Ich bin in Eile.«

»Oh, doch nicht jetzt«, sagte Ranchit überrascht. »John wird seine schöne Frau für einige Zeit vernachlässigen müssen. Gewiß war es ein Schock für Sie. Doch Sie sind ja eine Dame von Welt. Ich glaube, ich werde diese Frau hart bestrafen lassen«, sagte er feierlich, »sehr hart. Ich bin nämlich ein sehr mächtiger Mann, Mrs. Ford. Ich verfüge immer noch über die Dienste vieler ergebener Anhänger. Sie wird ausgepeitscht werden.«

Anne starrte ihn an. Er packte sie beim Arm und führte sie in den leeren Speisesaal zu dem Tisch, an dem er gesessen hatte. Auf einem Tablett standen eine Flasche Whisky und mehrere kleine Flaschen Sodawasser.

»Sie dürfen nicht zu streng mit ihm ins Gericht gehen, Anne … darf ich Sie Anne nennen? In meinem Herzen nenne ich Sie schon seit vielen Tagen so. Sie bezaubern mich, Anne, wissen Sie das? Wissen Sie auch, daß ich in meinem Herzen ein Dichter bin? Ich mache mir nichts aus diesen närrischen jungen Weibern. Dagegen eine Frau wie Sie, wissend, reif …«, seine Hand glitt mit der Routine-Bewegung des Verführers an ihrem Arm hinauf, und dann tasteten seine Finger hinter ihrem Ohr nach dem empfindlichen Nerv, der sie erregen sollte.

Anne bewegte sich nicht, sie schien die Hand auf ihrem Nacken nicht zu spüren. »Wollen Sie damit sagen, daß John bei einer Frau war und jetzt krank ist?«

»Ja. Vor fünf Tagen und vor drei Nächten noch einmal. Doch glauben Sie mir, es handelt sich nur um eine Erkrankung leichterer Art. Normalerweise genügt eine Spritze, und es ist alles wieder in Ordnung. Bitte, geben Sie nicht mir die Schuld. Ich habe ihn vor Suriyah gewarnt. Sie ist letzte Klasse, aber … doch wozu über solche Dinge sprechen, jetzt, da vor mir eine der lieblichsten Blumen …«

Er zog seine Hand zurück, die offensichtlich nicht die gewünschte Wirkung erzielt hatte, legte sie wieder um sein Glas, trank einen Schluck und sah sie an mit einem wollüstigen Blick, der scheinbar erreichen sollte, was die Hand nicht vermocht hatte.

»Guten Abend«, sagte Anne, stand auf und ging hinaus, so schnell, daß sie die Treppe hinuntergeeilt war und schon durch den Garten zur Straße lief, bevor er sich von seiner Verblüffung erholt hatte und sich erheben konnte. Einen Augenblick lang dachte er daran, ihr nachzulaufen, in seinen Wagen zu springen und dem Fahrer zu befehlen, ihr zu folgen, um sie zurückzuholen … Doch er hatte Zeit abzuwarten, und außerdem wäre es in dem Gewimmel der Pilger, die jetzt die Straßen füllten, vielleicht schwierig, sie einzuholen … sie überhaupt zu finden. Er griff nach der Flasche, schenkte sich einen Whisky ein.

Anne ging durch das Tor des Töchter-Instituts. Das Gebäude sah verlassen aus, nur wenige Lichter brannten. Sie machte einen Bogen um das Haus und erreichte den kleinen Garten, der hinter der Rosenlaube lag. Sie schritt über den Rasen und sah eine dunkle Gestalt vor der Türe des Bungalows stehen.

»Unni?« sagte sie.

»Ja, Anne.« Er wirkte noch größer im Dunkeln, und von dort, wo er stand, fühlte sie die Wärme seines Körpers zu sich herüberstrahlen. Und plötzlich war alle Not und Pein geschwunden, die Zeit stand still, und ihr Herz schlug wieder rascher, doch jetzt vor Glück.

»Woher wußten Sie, daß ich kommen würde?«

»Mein Freund General Kumar würde sagen: ›So etwas errät man‹«, erwiderte Unni und bewegte den Kopf langsam hin und her, wie der General es zu tun pflegte. Anne mußte lachen.

»Wollen Sie mich nicht auffordern einzutreten?« fragte Unni. »Ich versichere Ihnen, ich hege keine sündigen Absichten, es wäre nur, damit der Diener und die Bedienerin, die ich für Sie eingestellt habe, mit ihren Pflichten beginnen können.«

»Woher wissen Sie …«, begann Anne, doch dann schüttelte sie den Kopf. »Welche Pflichten?«

»Das Haus sauber machen, in Ordnung halten, für Sie sorgen, kochen, Tee oder Kaffee bereiten, Ihre Kleider waschen, Besorgungen machen. Ich weiß, daß Sie im Royal-Hotel wohnen, doch Sie kommen oft hierher, am Tage, auch am Abend, um zu arbeiten, nehme ich an. Der General schätzt Sie zu sehr, um nicht darauf zu bestehen, daß auf das allerbeste für Sie gesorgt wird. Fragen Sie mich nicht, woher er es weiß. Wir vergessen zu leicht, daß die dienstbaren Geister, Diener, Hausmädchen, Kellner, von denen wir ständig umgeben sind, ohne sie zu beachten, auch Menschen sind und nicht so denken wie die drei berühmten Affen: Nichts sehen, nichts hören, nichts sagen.«

»Das ist ja unheimlich«, sagte Anne.

»So ist es überall in der Welt«, erwiderte Unni. »Hier ist es nur schlimmer. Das Tal ist klein, alles ist einander näher, Götter und Menschen. Von jetzt an werden Sie davor bewahrt bleiben, glaube ich. Diese beiden …«, er zeigte auf zwei graue Gestalten, die wartend an der Wand des Bungalows kauerten, »gehören zur Dienerschaft des Generals und sind absolut vertrauenswürdig. Er wünscht, daß sie Ihnen zur Verfügung stehen. Sie müssen sie natürlich bezahlen, zehn Rupien im Monat für jeden.«

»Zehn Rupien«, sagte Anne, »mein Gott, das ist ja lächerlich billig.«

»Menschliche Arbeit ist so billig hier. In Nepal erhält ein Arbeiter nur vier Annas pro Tag. Als die Inder beim Straßenbau zwölf und sechzehn Annas pro Tag zahlten, gab es große Aufregung. Man beschuldigte sie, sie würden die Arbeiter verwöhnen. Und ab morgen wird Ihnen ein Jeep mit einem Fahrer zur Verfügung stehen. Wenn Sie ihn benötigen, sagen Sie nur ›Jeep‹, mit einem sehr langen I, und der Diener oder das Mädchen wird ihn rufen.«

»Ich kann das nicht annehmen von Ihnen, oder vom General«, sagte Anne.

»Warum nicht? Dies war mein Bungalow«, erwiderte Unni, »und er gehört mir immer noch. Ich bin der rechtmäßige Besitzer und nicht Miß Maupratt, bis zu jenen Bäumen, unter denen Sie so gerne sitzen, wie ich mir habe sagen lassen. Ich wünsche, daß das Haus in Ordnung gehalten wird und immer jemand hier ist, der für Sie sorgen kann. Sie brauchen vielleicht einmal heißes Wasser für ein Bad, oder Sie wollen eine Freundin zum Tee einladen, hier auf dem Rasen, wo es so schön ist, im Frühling und im Herbst unter den Nußbäumen zu sitzen und die Berge zu betrachten. Vielleicht werden Sie eines Tages auch in Erwägung ziehen, *mich* zum Tee hierher einzuladen.«

Anne saß auf der Schwelle. Unni stand gegen die Türe gelehnt. Er nahm etwas aus der Tasche und begann es hochzuwerfen und wieder aufzufangen.

»Ist das eine Münze?«

»Eine alte Münze, ein Amulett. Ich habe es, seit ich ein kleiner Schuljunge war. Ich trage es immer bei mir. Ich spiele damit, wenn ich scharf nachdenken muß. In diesem Augenblick denke ich sehr scharf nach.«

Wieder mußte Anne lachen. »Sie reden über so einfache Dinge«, sagte sie, »und ich finde sie komisch und lache. Jedoch …«

»Jedoch was?«

»Nichts. Ich bin vollkommen durcheinander.«

»Ich kann nichts Ungewöhnliches an Ihnen entdecken«, sagte Unni, »außer etwas Sand in Ihrem Haar, und den errate ich eher, als daß ich ihn sehe. Es wird bald sehr kalt werden, und Sie sind ohne Mantel gekommen. Sollen wir jetzt aufbrechen zu dem Fest, da Sie nicht die Absicht zu haben scheinen, den Bungalow feierlich zu eröffnen?«

»Ich habe die Schlüssel nicht bei mir. Ich habe sie im Hotelzimmer liegenlassen.«

»Dann erlauben Sie mir, daß ich dem Diener einen zweiten Schlüsselsatz gebe.« Er zog einen Schlüsselbund aus der Tasche und rief den Diener, der herankam und begann, die Türe aufzuschließen. »Welch ein Schock wäre es für Isobel, wenn sie wüßte, daß ich die ganze Zeit im Besitz des Schlüssels ihres Bungalows war. Ihre so fruchtbare Phantasie würde sich in den schlimmsten Vermutungen ergehen. Und nun gehört der Bungalow nur noch Ihnen. Wollen wir jetzt zu dem Heiligen Tempel Pashupatinath gehen?«

Er half ihr aufstehen, zog seine Lederjacke aus und legte sie ihr um die Schultern. Er trug einen weichen wollenen Pullover.

»Sie denken an alles«, sagte Anne.

»Beinahe«, sagte Unni. Sie sahen einander an. Dann nahm er ihre Hand in die seine, hob sie feierlich hoch.

»Darf ich Sie zu meinem Jeep geleiten?«

In dem goldenen Schattenspiel der flackernden Fackeln boten die Massen der Pilger einen schönen und zugleich erschreckenden Anblick. Sie verstopften die Straßen und die Durchgänge zwischen den Häusern. Der Jeep bewegte sich nur langsam vorwärts, nicht schneller als ein Fußgänger. Zuerst hielten die Pilger scheuen Abstand von dem Jeep, der zwischen ihnen eingekeilt war, doch als sie sahen, daß ein Mann am Steuer saß, begannen einige der jüngeren Burschen, die Hand auf das neben ihnen herrollende Fahrzeug zu legen.

»Steigt ein«, sagte Unni, und im nächsten Augenblick war der Jeep eine wandelnde Traube von Pilgern, die sich lachend auf dem Rücksitz drängten oder auf den Trittbrettern standen. Über den Köpfen der Pilger flackerten viele Fackeln, und viele andere Jeeps mit grell aufgeblendeten Scheinwerfern bahnten sich hupend und zögernd ihren Weg durch die dichte Menge. Sie fuhren in einen holprigen Seitenweg und parkten den Wagen, obwohl sie noch ein Stück von dem Tempel entfernt waren, denn es war jetzt unmöglich geworden, weiterzufahren.

Sie gingen zu Fuß, geschoben von den Pilgern, die sie dicht umdrängten, bis sie das Goldene Tor des Tempelbezirks von Pashupatinath erreichten, das gleiche Tor, an dem Fred Maltby beim Anblick von Eudora die Flucht ergriffen hatte.

Es schien unmöglich, durch das Tor hindurchzukommen. Die Menge, die zu ihm hindrängte, wogte vor und zurück. Zwei Soldaten bewachten den schmalen Durchgang, um eine Entheiligung durch Christen oder Touristen zu verhüten, die etwa versuchen sollten, in die heiligen Bezirke des Tempels einzudringen. Der Innenhof war erleuchtet von Fackeln und Feuern, und der riesige goldene Bulle, das Reittier des Lord Shiva, auf seinem zwei Meter hohen Marmorsockel glänzte und schimmerte in ihrem Schein wie die Hunderte von geschnitzten und vergoldeten Göttern auf den Balken und Giebeln, auf den Wandreliefs und den kupfernen Toren. Auf dem Vorplatz, zu dem die Haupttreppe des Tempels führte, staute sich ein dichter Knäuel von Pilgern, und die Luft war erfüllt von dem Doppelschlag der Trommeln, dem Wehklagen der Flöten und den hellen und dunklen Glokkentönen singender Stimmen. Und über allem lag der Schein der Fakkeln und der Feuerbecken. Man glaubte, in einem Ozean zu schwimmen, in einem Ozean von Musik und goldenem Licht, in einem Meer, das nicht von dieser Erde war.

»Gehen wir hinein«, sagte Unni. »Doch zuerst eine Frage: Sind Sie Christin?«

»Ich weiß es nicht.«

Er zögerte.

»Oh«, sagte Anne, »ich will kein Sakrileg begehen.«

In diesem Augenblick tauchte wie ein Geist General Kumar neben ihnen auf. Auch er war gekommen, um den Gott zu ehren, und er sagte zu ihnen, wie es seine Art war, ohne jede Einleitung:

»Das ganze Tal ist hier, und fast einhunderttausend Pilger aus Indien sind durch den Tempel gegangen in den letzten drei Tagen. Möchten Sie auch hineingehen, Madam? Es würde Ihnen Segen bringen für Ihr ganzes Leben.« Anne blickte Unni fragend an.

»Sind Sie Christin, Madam?«

»Ich weiß es nicht«, erwiderte Anne. Sie sah ihre Mutter in einem rosafarbenen Kleid aus der Rikscha steigen. Sie sah Isobels Mutter, hörte die Stimme von Geschichte ...

»Ich weiß wirklich nicht, ob ich eine bin oder nicht.«

»Sie besitzt den Geist der Demut«, sagte der General zu Unni. »Sie soll ihre Schuhe ausziehen und mit Ihnen hineingehen.«

Der Soldat versperrte Anne den Weg. »Sie ist eine Weiße«, sagte er zu Unni und dem General.

»Sie ist meine Frau«, sagte Unni. Der Soldat warf einen schnellen Blick in Annes Gesicht, sah Unni an und zögerte.

»Gut«, sagte er dann, »wenn sie Ihre Frau ist.«

Anne zog ihre Schuhe aus. Sie trug keine Socken. Das einzige Paar, das sie besaß und das sie in der vergangenen Nacht angezogen hatte wegen der Kälte, lag in ihrer Tasche im Hotel. Der Boden war feucht und schlammig von den zertretenen Blumen und Blütenblättern. Sie gingen durch das Tor, über die hohe Schwelle hinwegsteigend, und im gleichen Augenblick fühlte sich Anne verloren, versunken in jenen Zustand, dessen nur Menschen ihrer Herzenseinfalt fähig sind und der, wenn er sie überkam, von ihrer Umgebung als Geistesabwesenheit und kindliche Träumerei bezeichnet wurde. Sie war eingetaucht in dieses andere Bewußtsein, in dem Sehen und Hören alles ist, in dem das Ich sich selbst vergißt und der Körper sich bewegt, ohne es zu wissen, und sie war erfüllt von dem gleichen Geist und wurde getragen von der gleichen Verzückung wie die Tausende um sie herum, mit denen sie eins geworden war. Sie vergaß Unni und den General, ihre nackten Füße und wohin sie gingen. Dies war der Augenblick Shivas, Gott des Todes, aber auch der Geburt, der schwebte zwischen Traum und Wirklichkeit, erhaben über Zeit und Raum, selbst Ewigkeit und Allgegenwart war, Anfang und Ende, der

Augenblick, in dem Erkenntnis Selbsterkenntnis wird, da man nur Augenzeuge und nicht Mitspieler des Lebens ist und mit leidenschaftslosem Herzen das Alltägliche genauso gelassen betrachtet wie das Ungewöhnliche, da man eins wird mit dem, was einem widerfährt und das Unvergängliche vom Vergänglichen zu unterscheiden weiß und erkennt, daß der Glaube an persönliche Unsterblichkeit des Menschen nur das trügerische Echo seines eigenen Wunsches ist.

Und so ging sie weiter, ohne die Steine unter ihren Sohlen zu spüren, durch einen kleinen Irrgarten von Lingams, alle mit Blumen bestreut und mit Wasser begossen von den Pilgern, die in Schlangen anstanden, um jedem ihr Opfer darzubringen. Unter steinernen Säulengängen saßen Gruppen von Frauen und sangen, während andere tanzten und ihre schweren Armbänder und Fußringe im Rhythmus erklingen ließen. Wie eine dunkel glänzende Bronzestatue stand ein nackter Mann im Schein eines Feuers von brennenden Kiefernzweigen. Sein langes Haar war gelb gefärbt und hing wie eine Löwenmähne über seine Schultern. In der Hand hielt er einen Dreizack, und er starrte, selbst das Standbild eines jungen Gottes, in Verzückung auf den großen Tempel Shivas. In einer mit Reliefs ausgeschmückten Nische saß ein Mann, der am ganzen Körper blau bemalt war, und spielte auf einer Flöte, denn er hielt sich für eine Inkarnation des Gottes Krishna, des blauen Gottes der Liebe und des Lachens, und die Pilger, die ihn umstanden, lächelten ihm zu. In der Nähe des goldenen Stieres, der sein Haupt gegen den Tempel erhob, saßen Männer in weißen Lendentüchern um ein großes Feuer und sangen, schlugen kleine Trommeln, klingelten mit Stahlringen, klapperten mit hölzernen Instrumenten und bliesen auf Schalmeien, und der Widerschein des flackernden Feuers spielte unwirklich auf ihren bärtigen Apostelgesichtern, während sie ihr »Ram, Ram, Sitaram« sangen und ihre Arme schwangen, die sich in ihren Schatten gespenstisch verlängerten. Die Luft war erfüllt von dem Geruch, dem Knistern und Zischen der brennenden Holzscheite, die noch getränkt waren vom Lebenssaft der Bäume.

Und obwohl sie sich zu Tausenden in dem Tempelhof drängten, war jeder für sich allein in seiner Andacht, in sich selbst vertieft, hingegeben an die Gegenwart des Gottes in seinem Innern, verloren an seine Anbetung. Und in jedem von ihnen glühte wie die einzelne Lampe einer Festbeleuchtung die Flamme seines Glaubens, und sie schlugen alle zusammen zu einem Feuersturm und umbrandeten den Tempel des Gottes wie die ewigen Gezeiten des Meeres, dessen Wellen nicht untergehen, wenn sie zerschellen, sondern wieder eines werden mit dem Ganzen, dem Einen. Die Masse der Pilger wogte und ebbte und wirbelte in dem weiten Hof, und Anne wurde ein Teil in dieser Bewegung, eine Welle in der großen Strömung, die sie weiterzog und -schob, zuerst im Kreise, dann unwiderstehlich zu dem Tempel hin, langsam die Stufen hinauf und unausweichlich auf den gähnenden Schlund des kupfernen Tores zu.

Und auf sie herab schauten die vergoldeten Götter, und die Vielzahl ihrer Gesichter und Arme und Hände war jetzt für sie nur eine überwältigende Einheit, denn alles, was einzeln und geteilt war, war nicht ein Teil des Ganzen, sondern das Ganze selbst. Anne hatte erkannt, daß, ebenso wie der einzelne Mensch, das Individuum, eine Vielzahl von Gesichtern und Charakterzügen besitzt, die dem einen als gut, dem andern als böse erscheinen, auch die Vielfältigkeit alles dessen, was lebt, eine große Einheit ist. Denn wir kennen andere nur so, wie sie unserem Blick erscheinen, und dieses Bild ist unvollständig und veränderlich; es enthüllt uns nur einen zufälligen Aspekt ihrer Totalität, der bestimmt und begrenzt wird durch unser persönliches Verhältnis zu ihnen und uns in Unwissenheit läßt über alles, was außerhalb unseres schmalen Gesichtsfeldes liegt. Der Mensch ist kein Monolith, kein versteinertes, unveränderliches Wesen, und seine wechselnde Vielgesichtigkeit, seine undurchdringliche Mehrschichtigkeit, seine Abgründe und Widersprüche nicht wahrhaben wollen hieße, seine lebendige Wirklichkeit leugnen. Während sie die Stufen hinanstieg, sah sie alle, die sie gekannt hatte und kannte, ihre Mutter, Jimmy, John, Isobel, alle im Blitzlicht dieser Erkenntnis ebenso schillernd in ihrer Menschlichkeit wie die verwirrende Buntheit der Götterbilder über ihr. Sie erkannte, daß ihre scheinbare Einheit zusammengesetzt war aus unzähligen Einzelbildern, ähnlich dem Bild, das die Abertausende von Facetten im Auge der Fliege auf ihrer Netzhaut widerspiegeln. Das Leben erzeugt nie zweimal das gleiche Blatt, die gleiche Ameise, den gleichen Stein, das gleiche Gesicht, und Dauer war nur die Beständigkeit des Wechsels, wie Ewigkeit nur die Geburt des Neuen aus dem Alten, dem Gestorbenen war. Vielleicht war es eine optische Täuschung des Christentums, die Unsterblichkeit als die statische, unzerstörbare Fortdauer des einzelnen und gleichen Seins und nicht als einen Fluß des Daseins zu interpretieren, dachte Anne, während sie, in sich versunken, sich willenlos der Flut, die sie trug, überließ und Stufe um Stufe höher stieg. Doch plötzlich erwachte sie;

umringt von Pilgern, die Blumen warfen und in Rufe überquellender Freude ausbrachen, sah sie sich vor dem offenen Tore stehen. Wie von schlechtem Gewissen gepackt, trat sie zur Seite. Getrieben von einem Gefühl der Achtung und inneren Scham vor denen, die wirklich glaubten, während sie selbst nicht wußte, wessen Glaubens sie war, zwängte sie sich aus dem Gedränge. Sie hatte kein Recht, den Tempel zu betreten. Nur für den Bruchteil einer Sekunde sah sie die große ragende Steinsäule, ringsum mit ausgemeißelten Relieformamenten verziert, mit Blumen bestreut und triefend und glänzend von dem Wasser, das die Pilger über sie gossen, und dann war sie wieder unten am Fuß der Treppe unter den tanzenden und singenden Männern und Frauen, immer noch berauscht von der Symphonie der Farben, Töne und Gerüche, die das Leben und seine Unsterblichkeit pries, ein Leben, zu dem der Tod nur ein neues Tor war. Und so sang es auch in Anne, bis es plötzlich ruhiger um sie wurde, und der General und Unni neben ihr hergingen und schweigend mit ihr die Schwelle des Tores überschritten.

Sie fanden ihre Schuhe, wo sie sie zurückgelassen hatten, und zogen sie wieder an. Bevor Anne nach ihren Schuhen greifen konnte, war Unni vor ihr niedergekniet und wischte ihr mit einem sauberen Taschentuch, das er eigens für diesen Zweck mitgebracht haben mußte, den Schmutz von den Füßen. Sie wollte sagen: »Sie denken an alles«, doch er sagte: »beinahe«, bevor sie es aussprechen konnte, und sie lächelte über seine Antwort auf ihren stummen Gedanken, während sie in ihre Schuhe schlüpfte.

Der General fuhr ein kurzes Stück mit ihnen, dann verabschiedete er sich. »Ich habe noch eine Verabredung, um die Verlobung der Tochter meines Freundes mit ihrem Baum zu besprechen«, sagte er und verschwand in der Dunkelheit ebenso geisterhaft, wie er vorher neben ihnen aufgetaucht war.

»Wieder eine Hochzeit?« fragte Anne.

»Eine Verlobung. Vielleicht sogar wichtiger als eine Trauung. Bei den Newaris werden Mädchen von etwa acht Jahren mit einem Baum verlobt, dem Bel-Baum, so daß sie niemals Witwen werden können. Deshalb kennen sie auch nicht den grausamen Brauch der Witwenverbrennung, denn wenn der erste Gatte eines Mädchens oder einer Frau ein Baum ist, zählen die andern nicht. Und das Absterben verhindert man dadurch, daß man ihn fällt und in den Fluß wirft.«

»Eine sehr begrüßenswerte Lösung.«

»Ja. Leider befolgen die Ranas, ihre Herrscher, den Hindu-Brauch, und ihre Frauen haben nicht das gleiche Glück. Doch die Newaris scheinen hier im Tal alle Probleme der gegensätzlichen Religionen und ihrer grausamen Vorurteile und Sitten ziemlich gut gelöst zu haben. Daher rührt auch dieses unbekümmerte Nebeneinander und fröhliche Durcheinander von Tempeln und Göttern. In buddhistischen Tempeln werden Hindu-Götter verehrt und buddhistische Heilige in Hindu-Tempeln, und viele Schreine und Götterbilder stellen mehrere Gottheiten dar und haben mehrere Namen. Diese Toleranz macht das Leben leichter und fördert den gesunden Menschenverstand. Worte, Namen und ihre symbolische Bedeutung sind nicht länger geistige Fesseln, sondern werden auswechselbar, und man kann für Wirklichkeit halten, was man will. Ich hoffe, daß ein Volk von so großherziger Duldsamkeit fähig sein wird, die Errungenschaften des modernen Fortschritts sich anzueignen, ohne das Gefühl des Humors für deren Sinnlosigkeit zu verlieren.«

Sie fuhren weiter. Unni begann das Lied zu pfeifen, das er gesungen hatte, während Anne den Jeep über die Paßstraße steuerte, das Lied Rukminis, eine zarte Melodie, die die Stille der Straßen unterstrich, die jetzt, nachdem alle Pilger ihr Ziel, den Heiligen Tempel von Pashupatinath, erreicht hatten, verlassen dalagen.

»Es ist seltsam«, sagte Anne.

»Was ist seltsam?«

»Daß hier an einem einzigen Tag so viel geschehen kann. Ich habe früher ganze Wochen, ganze Monate erlebt, in denen nichts geschah ... und jetzt erscheint mir jede Minute prall gefüllt mit ihrer eigenen Bedeutung. Nehmen Sie nur den heutigen Tag!«

Eine Weile hielt er mit seiner Antwort zurück, als erwarte er, daß sie weiterspreche. Doch als auch sie schwieg, sagte er ruhig: »Das menschliche Zusammenleben ist eine unerschöpfliche Quelle lebenspendender Kraft. Es ist der einzige Weg, einander zu bereichern.«

Sie näherten sich dem Royal-Hotel. Die unteren Räume waren hell erleuchtet, Lärm, Lachen und Musik einer ausgelassenen Feier drangen heraus. Wassili war aus dem Gefängnis entlassen worden, und alles, was sich in Katmandu zur Gesellschaft zählte, war zu seiner Begrüßung erschienen.

»Wassili liebt es, Feste zu feiern, und er versteht es wunderbar.«

»Ich bin jetzt nicht in der Stimmung zu feiern«, sagte Anne, »so gerne ich auch Wassili mag.«

»Sind sie müde?«

»Ja ... nein.«

Wie sollte sie es ihm erklären? Das wunderbare Gefühl der Entrükkung, das sie im Tempel erlebt hatte, war gewichen, doch es hatte sie verändert. Oder richtiger gesagt: Die Veränderung, die mit dem Wort Katmandu begonnen hatte, war in ihr entscheidendes Stadium getreten, war unwiderruflich weit fortgeschritten, daß Anne jetzt selbst fühlte, sie würde nicht mehr umkehren können. Ein anderes Ich, mein wahres Ich, will geboren werden, dachte sie. Wie die Götter und die ebenfalls vielarmigen und vielgesichtigten Göttinnen war sie ein anderes Selbst ihres Ich geworden. Und diesem neuen Ich wollte sie treu bleiben. Sie dachte an John. Es widerstrebte ihr, neben ihm im Bett zu liegen und Schlaf vorzutäuschen, doch diese Nacht würde sie es tun. Es gab keine andere Möglichkeit. Heute konnte es noch nicht umgangen werden, aber es berührte sie nicht mehr, denn sie wußte um das Morgen.

»Wollen wir noch ein wenig spazierenfahren?« fragte Unni.

»Nein, Sie müssen müde sein.«

»Ich bin nie müde.«

So war es. Er war nie müde.

»Es ist besser, ich gehe jetzt«, sagte Anne. Morgen, dachte sie, werde ich umziehen in das Papageienzimmer. Morgen.

Sie wandte sich ihm zu, um sich zu verabschieden. Unni sah starr vor sich hin.

»Ich danke Ihnen.«

»Keine Ursache. Ich gehe morgen wieder zum Damm.«

»Ja?«

»In etwa drei Wochen werde ich zurück sein. Ich fliege. Mit dem Flugzeug braucht man fünfzig Minuten. Über die Bergpfade würde es zwei Wochen dauern. Darf ich Sie besuchen, wenn ich zurückkomme?«

»Ja.«

Er sprang aus dem Jeep und half ihr aussteigen.

»Auf Wiedersehen«, sagte sie. Er nickte und blieb einen Augenblick stehen, während sie die Treppe hinaufging. Sie sah sich nicht um.

Als sie die Halle betrat, wurde sie überfallen von Lärm, Lachen, Stimmen und Musik vom Sender Nepal und einem Grammophon. Wie durch einen Nebel sah sie Isobel mit Geschichte und Erdkunde, Major Pemberton, alle Amerikaner Katmandus, das irische Mädchen, Pat und Ranchit, Martha Redworth und Paul, Hilde, in einem blauen Sari prangend, und Wassili, der ihr strahlend vor Glück entgegeneilte, sie umarmte und ihr ein Glas in die Hand drückte. Alle schienen durcheinanderzuschreien, ihr Worte zuzurufen, die sie nicht verstand. Isobel trat mit festem Schritt vor sie hin. »Wo bist du gewesen?« fragte sie. Sie zitterte vor Autorität und Entrüstung.

»Beim Shiva-Fest im Tempel von Pashupatinath.«

»Aber John liegt oben im Zimmer und ist krank. Ich ging hinauf, um dich zu holen, und fand ihn leidend im Bett.«

»Ja.« Was hatte es für einen Sinn zu erklären, sich zu verteidigen, sich zu rechtfertigen? Isobels Augen maßen sie mit Verachtung. Dann drehte sie sich auf dem Absatz um und ließ sie stehen.

»Schätze«, sagte Major Pemberton, »muß ein tolles Gedränge gewesen sein im Tempel.«

»Ja.«

»Ach, sind Sie in den Tempel hineingegangen?« fragte Geschichte.

»Ja. Ich habe meine Schuhe ausgezogen.«

»Wirklich? Welch ein Einfall! Und sie sind nicht gestohlen worden?« fügte sie ungläubig hinzu. »Ich hätte gedacht, sie würden im Handumdrehen verschwinden, wenn man sie aus den Augen läßt.«

»Ich glaube, ich muß jetzt gehen«, sagte Anne und wandte sich zur Treppe.

Wassili rief ihr nach: »Anne, Anne, kommen Sie zurück!« Doch sie schüttelte den Kopf und ging weiter. Sie würden das wunderbare Erlebnis dieses Abends beschmutzen, zerstören mit ihren von Neugier und Niedrigkeit triefenden Fragen. Nicht Wassili und Hilde, denen sie ihr Glück gönnte, aber die andern. Und sie fragte sich, wie es möglich war, daß die Welt der Blinden und Toren die Macht besaß, das Paradies des Schönen und wahrhaft Lebendigen zu entweihen. Doch es war so, und während Anne sich die Treppe hinaufschleppte, zu dem Zimmer, in dem John im Bett lag, erkannte sie, daß es immer so gewesen war, daß sie selbst sich versündigt hatte, indem sie einen Kompromiß eingegangen war mit der Herde der Nie-Verzauberten und Ewig-Dumpfen, die sich fürchteten vor dem Großen, Einfachen, Wahren, Schönen und die die Welt auf ihr erbärmliches, geiziges Mittelmaß beschneiden wollten. Sie mußte aufhören, mit ihnen gemeinsame Sache zu machen, oder sie würde werden wie sie. Morgen, morgen, dachte sie verbissen, morgen. Es war eine Zufluchtsstätte für sie bereitet, wie durch ein Wunder ihr zugefallen im gleichen Augenblick, da sie ihrer bedurfte, und dort mußte sie hingehen, in aller Offenheit, sie durfte nur auf die Stimme in ihrem Innern vertrauen und nicht auf das Gerede der andern achten. Sie würde dorthin gehen, wo Sittiche zwischen Sonnenblumen lachten, wo sie den mahnenden, traurigen

Blick der allsehenden Augen auf sich ruhen fühlte, die sahen, was die Menschen vor sich selbst zu verbergen suchten. Wenn auch eine schmerzliche Ironie des Schicksals darin anklang, würde sie sich nicht daran stören, daß eine andere Frau sie gemalt hatte und sie das Werk einer enttäuschten Liebe, vielleicht einer verzweifelten Hoffnung waren. Die Götter in ihrer schlichten Weisheit hatten ihr dieses Geschenk gemacht, und sie mußte es annehmen.

»Morgen werde ich umziehen.«

Sie ging zu Bett. John rührte sich nicht. Erst als sie im Morgengrauen aufwachte, fiel ihr ein, daß sie sich nicht einmal die Füße gewaschen hatte, und sie waren mit einer Kruste von getrocknetem Schlamm und zertretenen Blütenblättern und weiß Gott sonst noch was bedeckt, dachte Anne und ihr fiel ein, wie shocking Isobel dies finden würde, und das Geschichte und Erdkunde entsetzt von Bazillen und Schmutz und Speichel und noch Schlimmerem sprechen würden und daß machte sie so glücklich, daß sie wieder einschlief und traumlos weiterschlief, bis die Sonne in den Schacht des Hotelhofs fiel und das Gurren und Flügelklappern der Tauben sie vollends weckte.

Dritter Teil
AUFSTIEG

»Vor meinem höchsten Berge stehe ich hier
und vor meiner längsten Wanderung:
darum mußte ich erst tiefer hinab,
als ich jemals stieg.«

NIETZSCHE: »ALSO SPRACH ZARATHUSTRA«

Der April war in das Tal gekommen, mit steigenden Säften und Blätterdomen, mit Rosen, Hyazinthen, Schwertlilien und Bienenorchideen, Enzian und gelbem gefülltem Jasmin, mit dem Spiel zarter Schatten auf den Bergen und dem Aufruhr der Liebe unter den Vögeln; und mit den Wehen des Frühlings hatte unter den Menschen und Göttern die fieberhafte Tätigkeit eingesetzt, die den Vorbereitungen der auf den 2. Mai festgelegten Krönung des Königs von Nepal galt.

Vielleicht waren die Vögel als erste zu nennen; denn sie hatten den Ton des Überschwangs angegeben und die mitreißende Kraft ausgelöst, die alle andern Lebewesen in ihrem erwachten Eifer befeuerte. Sie erfüllten das Tal mit den schluchzenden Lamentis ihrer Sehnsucht, den Arien ihrer stürmischen Leidenschaft, und ihre Gesänge ließen die Worte der Menschen schal und leer erscheinen, leblos wie das kalte Bild des Spiegels, das die Schönheit der lebendigen, bergumsäumten, sonnendurchfluteten und vogelverzauberten Welt einfängt, ohne sie wieder auszustrahlen.

Am lautesten waren die Krähen, die Krakeeler der Lüfte, ewig umhergejagt von Freßgier und Zanksucht; doch ihr krächzendes Geschrei konnte die Harmonie des Tales nicht stören. Den ganzen Tag riefen die Sittiche ihr helles Tschi-tschi, flöteten die Pirole ihre trunkenen Läufe. In der Nähe des Flugplatzes schmetterte der silberschwänzige Paradiesvogel seine übermütigen Weisen. Kolibris, bunt wie das Geschmeide um Hals und Handgelenke der Maharanis, schwirrten lärmend durch die Büsche. Königskrähen und Eisvögel spreizten eitel ihr Gefieder. In den Rhododendren zwitscherten die Meisen fröhlich durcheinander, und in allen Winkeln sangen Nachtigallen ihre einsamen Lieder. In den Peepulbäumen des Marktplatzes vor dem Tor des Taleju-Tempels standen, auf ihren langen dünnen Beinen leise schwankend, fünfzig junge Reiher, und der leichte Wind, der die Glocken zum Tönen brachte, spielte in den weißgoldenen Federn ihrer Kämme und Halskrausen. Falken und Adler schwebten wie kleine dunkle Sonnen in dem blauen Himmel. Mit erregtem Gekreisch flatterten die Papageien wie vom Wind getriebene Blätter durch die Gärten. Und nirgends war Furcht unter den Vögeln, sie ließen sich durch nichts in den Liedern und Spielen ihrer Liebe stören.

Mit dem April war auch die Zeit der Gipfelbesteigungen gekommen. Wassili, der Freiheit und dem Royal-Hotel zurückgegeben, war von früh bis spät auf den Beinen. »Wenn ich die Bergsteiger und die Invasion der Frühjahrstouristen hinter mir habe, werden die Zeitungskorrespondenten und Photoreporter kommen und die offiziellen Gäste der Krönungsfeierlichkeiten. Ich glaube nicht, daß ich das alles lebend überstehe. Vielleicht ist es das beste, ich gehe zurück ins Gefängnis. Doch dieses Mal nehme ich ein weiches Sofa mit für Hilde.«

Sprache, Kleidung und Benehmen der Bergsteiger waren von der gleichen bunten Verschiedenartigkeit wie der Gesang und das Gefieder der Vögel. Da waren Japaner, die den Manaslu bezwingen wollten, Argentinier, Schweizer, Franzosen und Engländer auf der Suche nach neuen Gipfelabenteuern, eine Expedition aus Texas, verschwenderisch ausgerüstet und angeführt von einem spleenigen Ölmillionär, der es sich in den Kopf gesetzt hatte, den sagenhaften Schneemenschen zu finden und seines Erfolges so sicher war, daß er sich einen Reklamechef mitgebracht hatte, der einen Nerzmantel und hohe Absätze trug. Da war der Schwarm der großsprecherischen Auch-Bergsteiger, die auf eigene Faust und Rechnung klettern wollten, sich von Wassili auf Vorschuß beherbergen und beköstigen ließen, aber hinterher regelmäßig das Zahlen vergaßen.

»Was soll ich machen?« pflegte Wassili in solchen Fällen zu sagen. »Die armen Burschen waren wirklich abgebrannt.«

»Wassili, so werden wir niemals reich«, sagte dann Hilde.

Und Wassili tröstete sie mit den Worten: »Laß gut sein, Kleines. Es wird uns dreifach vergolten werden im Tal des Paradieses.«

An den Tischen auf der Veranda des Royal war kein Stuhl mehr frei bei den Mahlzeiten, und in der beschwingten Verdauungsstimmung, in die gutes Essen satte Gäste versetzt (die *canetons à l'orange*, *méringues*, *soufflés* und *bombes Alaska* der beiden neuen Madrassi-Köche des Royal waren besser als das Beste, was sämtliche Restaurants östlich des Suez-Kanals einschließlich Saigon zu bieten hatten), und unter den warmen Gönnerblicken des glücklichen Wassili wurde laut und heftig debattiert über Grate und Gletscher, Steigeisen und Kletterschuhe; der Berufsklatsch blühte, und auch der neidlose Humor kam auf seine Kosten, als die Geschichte von den nüchternen Schweizern die Runde machte, die nach der Eroberung eines Gipfels von einer Reportermeute überfallen wurden und auf deren Fragen, unerschüttert gleichmütig auch im Triumph, nichts anderes zu erwidern wußten als die unsterblichen Worte: »Oh, es war ziemlich hoch.«

Die Japaner hatten mehr Kameras als Hände und mehr Brillen als Augen, waren liebenswürdig, höflich, und zahlten unaufgefordert, was Wassili zu der Bemerkung veranlaßte: »Das habe ich schon lange nicht mehr erlebt.«

Die Irin und einige andere der in Katmandu lebenden kunstbeflissenen Damen, die im Augenblick nicht in festen Händen waren, suchten und fanden Anschluß bei den Argentiniern und Franzosen, und hitzige Leidenschaften flammten auf und starben wie bei den Eintagsfliegen – und so ganz anders als unter den Vögeln – nach wenigen Stunden.

Es fehlten auch nicht die in jedem Frühling fälligen Zugvögel, Künstler mit Zukunft und ohne Geld, verliebte Paare mit sonnenverbrannten Gesichtern und leeren Taschen, Erfinder und Wissenschaftler, die sich Professoren nannten und einen Finanzier suchten. Wassili nahm sie auf, fütterte sie, vergaß die Rechnungen, lieh ihnen Geld, und manchmal hinterließen sie ihm Pfänder in Form von eigenen Gemälden, unveröffentlichten Manuskripten und anderen Geistesprodukten und Kunstwerken, die zusammen mit Rana-Bildern, Tigerfellen, Jagdphotos, unbezahlten Rechnungen und unbestellbaren Briefen irgendwo im Royal-Hotel verstaubten.

Doch alles Leben in Katmandu wurde überschattet von den Vorbereitungen für die Krönung des Königs.

In den diplomatischen Kreisen Katmandus sah sich jeder in Tragödien des Protokolls, des Vorrangs und politischer Imponderabilien verstrickt. Wer würde die einzelnen Länder bei der Krönung vertreten? In welcher Rangordnung würde man aufmarschieren? Auf welchem Elefanten und in wessen Gesellschaft würde man bei dem Prunkzug nach der Krönungszeremonie reiten? Wo würde man sitzen bei den einzelnen Banketten und Veranstaltungen? Welche Orden, Medaillen, Dekorationen, Titel würden wem und wann und wo verliehen werden? Und bei wem und mit was mußte man sich revanchieren? Wer würde wo untergebracht werden und für wieviel Tage, und war überhaupt genug zu essen da für alle?

Alle Diplomaten und ihre Ersten, Zweiten, Dritten und Handels- und Kultur-Attachés liefen umher mit dem verzweifelt-gespannten Gesichtsausdruck von Vogelmännchen, die verspätet nach einer Gefährtin Ausschau halten. Zauberkunststücke an vorsichtiger Planung und Koordinierung waren zu vollbringen.

Ein Vize-Premierminister und ein Botschafter des, wie man es in Katmandu nannte, »wahren China« würden ihr Land als offizielle Gäste vertreten, denn Nepal hatte inzwischen Peking anerkannt, und der chinesische Botschafter würde im Durbar-Palast Seiner Majestät dem König sein Beglaubigungsschreiben überreichen; die fünfzig Personen starke Punkt-Vier-Mission der Vereinigten Staaten durfte sich bei keiner der Feierlichkeiten und Dinners, Cocktail- und Gartenparties in der Nähe der chinesischen Delegation sehen lassen. Das Staatsbankett mußte ein Nachtmahr an Protokoll, Etikette und Plazierung werden. In Kreisen, die den Amerikanern übelwollten, wurde erzählt, die Nepalesen fühlten sich gekränkt, denn sie wären der Meinung, daß nur ein Vizepräsident der USA einem Vize-Premierminister Chinas ranggleich sein könnte, und außer dem Namen wußten sie nichts von dem amerikanischen Vertreter, der nur ein Universitätsprofessor sein sollte, und Professoren gab es im Überfluß auf der Veranda des Royal-Hotels. Dagegen gingen in der Umgebung der Bibliothek des US-Informationsdienstes Gerüchte um, nach denen die Nepalesen auch verärgert seien über die Chinesen, weil diese den Dalai Lama und den Panchen Lama, die zur Krönung eingeladen worden waren, nicht reisen lassen wollten, angeblich wegen ihrer schwachen Gesundheit, die eine Überquerung der tibetanischen Pässe bei dieser rauhen Jahreszeit nicht erlaubte.

Anderen Berichten zufolge war die Botschaft eines anderen westlichen Landes ebenfalls in tiefe Ungnade gefallen, und zwar wegen eines religiösen *faux pas*. Zunächst hatte es geheißen, Seine Majestät, der König von Nepal, sollte von diesem westlichen Land durch einen sehr hohen Orden geehrt werden, doch dies wurde dann in höchst taktloser Weise rückgängig gemacht, weil der betreffende Orden nur für Christen bestimmt war und unmöglich einem Heiden verliehen werden konnte, und der König von Nepal war ein Hindu-König. Dies genügte, um die schlummernden Leidenschaften rassischer und religiöser Gegensätze zu wecken. War nicht eine Religion so gut wie die andere, genauso wie ein Mensch ebensoviel wert war wie alle anderen, gleichgültig, wieviel Pigmente seine Haut enthielt? »Wir sind keine primitiven Heiden«, sagte einer der Sekretäre des Außenministeriums laut auf der Terrasse des Royal-Hotels, ohne zu wissen, daß er Swinburne zitierte. Der unglückselige Vertreter des betreffenden Landes legte sich mit einer schweren diplomatischen Krankheit ins Bett, bis eine Formel zur Bereinigung des Zwischenfalls gefunden würde.

Paul Redworth sah bekümmert aus und hatte Ringe um die Augen. »Meine Liebe«, sagte er zu Anne, »wie sehr wünsche ich mir jetzt, der französische Botschafter zu sein, unser glücklicher, liebenswürdiger, weltweiser Comte Ostrorog, den seine gallische Kultur befähigt, überall zu Hause zu sein und besonders in diesem Tal. Denn gerade hier sind Sachlichkeit und Prüderie – ich nenne nur Kinsey und Freud und all die anderen Auswirkungen des teutonischen Eifers in uns Angelsachsen – ein besonders schweres Hindernis. Wir sind niemals und nirgendwo zu Hause, weil wir in uns selbst nicht zu Hause sind. Der gute D. H. Lawrence – Gott sei seiner Seele gnädig – hatte nur allzu recht, wenn er von ›unserer moralischen Lüsternheit und unserer geheuchelten Keuschheit‹ sprach.«

Compte Ostrorog kannte solche Handicaps nicht. »Ich bitte die Götter darum, in meiner nächsten Inkarnation ein Nepalese sein zu dürfen«, hatte er einmal in ehrlicher Begeisterung ausgerufen, und die Nepalesen hatten ihn sofort als einen Bruder im Geist und im Fleisch anerkannt und schätzten ihn besonders hoch wegen seiner Vorliebe für ihre Speisen, seines Verständnisses für ihre Schnitzereien und ganz allgemein wegen seiner Toleranz, seiner Höflichkeit und seiner Bildung.

»Er ist ein Mann von Kultur«, sagten sie.

Und Compte Ostrorog würde nicht in Schwierigkeiten kommen wegen des Unterschieds zwischen christlichen und nichtchristlichen Orden. Er würde die *Légion d'Honneur* überreichen, und alle wären glücklich.

Drei Wochen vor der Krönung hatte das diplomatische Fieber den Höhepunkt der Verwirrung erreicht. Trotz des Drängens aller Botschaften und Missionen hatte die nepalesische Regierung, deren Minister in einem riesigen Palast, dem Singha Durbar, einem ammoniak-verpesteten Labyrinth von Sälen, Kammern und Korridoren, amtierten, noch kein Datum, keine Stunde noch irgend etwas bekanntgegeben, das einem Programm für die Krönung auch nur vage ähnlich gewesen wäre. Nichts schien festgelegt oder geplant zu sein.

»Sie verschicken ihre Einladungen zu offiziellen Veranstaltungen nie vor dem Tage der Veranstaltung selbst, und dann kommt die Einladung manchmal erst an, wenn die Veranstaltung schon vorüber ist«, sagte Enoch P. Bowers, Isobel zitierend. Enoch hatte sich selbst zum Präsidenten des Valley Clubs ernannt (John war Schriftführer, Ranchit Schatzmeister und Pat Vizepräsidentin), und in dieser Eigenschaft verschaffte er sich Einladungen zu allen offiziellen Veranstaltungen, sogar zum Staatsbankett.

Die einzigen Diplomaten, die sich nicht aus der Ruhe bringen ließen, waren die Inder. Selbst Fatalisten, wußten sie, daß der beste Plan nie sicher war vor Regen oder Naturkatastrophen und immer abhängig von den Astrologen, die eifrig die Sterne beobachteten, um den günstigsten Zeitpunkt für die Krönung zu errechnen. Es lag kein Grund vor, sich unnötig aufzuregen; alles würde seinen vorbestimmten Lauf nehmen. Und die spannungsgeladene Ungewißheit, von der die näherkommende Krönung umhüllt war, so wie die letzte Wirklichkeit vor uns verhüllt ist durch den Nebel der Erscheinungen, berührte sie nicht. Doch die westlichen Diplomaten teilten nicht den Optimismus ihrer indischen Kollegen, sondern fanden es höchst peinlich, daß sie nicht in der Lage waren, für ihre Regierungen genaue Zeitpläne aufzustellen, und deshalb wurde das kleine indische Post- und Telegraphenamt in ungewöhnlichem Maße und sehr überflüssigerweise in Anspruch genommen durch aufgeregte Kabel und Antwortkabel, durch chiffrierte Meldungen über festgelegte und verschobene Veranstaltungen und neue Meldungen, die alle früheren widerriefen, bis selbst die asiatische Geduld der indischen Beamten erschöpft war.

»Wartet, bis die Zeitungskorrespondenten kommen, dann wird es noch hundertmal schlimmer«, tröstete sie Wassili.

Niemand wußte, was die Chinesen im Schilde führten; denn obwohl ihr traditioneller Ordnungssinn jetzt fanatisiert war durch eine politische Theorie, die glaubte, die Gehirne ebenso drillen zu können wie die Körper, schienen sie seltsam unbesorgt zu sein. Es war bekannt geworden, daß die chinesischen Regierungsvertreter einige Tage vor der Krönung ankommen und im Royal-Hotel absteigen würden. Und es war kein Geheimnis, daß die Punkt-Vier-Mission jeden Kontakt mit ihnen vermeiden wollte, ein Vorhaben, das nur schwer, wenn überhaupt, zu verwirklichen war. Wassili überlegte, ob er einen chinesischen Koch aus Kalkutta kommen lassen sollte.

»Wenn er aber ein Nationalist ist, und es passiert etwas?« sagte Hilde. Und Wassili gab den Gedanken auf.

»Nehmen Sie das Leben nicht so schwer, liebe Freunde«, sagte der indische Botschafter zu seinen Kollegen. »Alles wird gehen wie am Schnürchen. Ich kenne unsere nepalesischen Freunde. Sie werden sehen, in der letzten Minute wird sich alles einrenken.« Und seine zarten Hände machten eine sanfte Bewegung der Beruhigung. Doch die Abendländer ließen sich nicht beruhigen, sie jammerten weiter über ihre eigene Ohnmacht, schimpften auf die Sorglosigkeit der Asiaten, ihren Mangel an Organisation, über das Chaos im ganzen Tal und prophezeiten eine Katastrophe.

»Der Mai ist der trockenste Monat des Jahres. Es wird kein Wasser da sein, nicht einmal zum Trinken.« – »Noch kein Stück Möbel steht im Regierungs-Gästehaus, nicht ein einziges Bett.«

»Es ist kein Benzin da.«

»Und wie soll der verstärkte Verkehr bewältigt werden? Es gibt nur zehn Taxi-Jeeps in Katmandu.«

»Auf der Straße ist wieder ein Erdrutsch niedergegangen. Die Nachschubtransporte werden für Tage ausfallen.«

»Nein, sie haben die Straße wieder geräumt, aber sie lassen nur zehn Lastwagen durch pro Tag.«

»Wir haben ohnehin nur zehn Lastwagen in ganz Nepal.«

»Es wird keinen Tropfen Trinkwasser geben«, behauptete Isobel.

Sie schwatzte Wassili eine Badezimmereinrichtung von seiner letzten Zuteilung ab. Geschichte und Erdkunde hamsterten auf dem Markt, was zu hamstern war, schrieben an Freunde nach Kalkutta und fuhren täglich zum Gaucher-Flugplatz, um Sendungen von Konserven in Empfang zu nehmen. »Die Preise werden in die Höhe schnellen, meine Lieben, alles wird entsetzlich knapp werden.« Miß Suragamy brachte einen Verlobten an, der Christ war (er sang mit im Hymnuschor), sehr krauses fettiges Haar hatte und Isobel anbot, ihr für das Institut Benzin zu besorgen, denn es würde bald keins mehr zu haben sein.

»Ich möchte ungefähr fünfzig Gallonen. Ich denke, das wird genügen für uns alle«, sagte Isobel und gab ihm ein Schreiben, das ihn ermächtigte, beim Ministerium die fünfzig Gallonen zu beantragen.

Der Verlobte hängte vorausschauend eine Null an und besorgte fünfhundert Gallonen. Isobel bekam ihre fünfzig, und Suragamy McIntyre hortete vierhundertfünfzig, in der Hoffnung, sie während der Krönungsfeierlichkeiten zu inflationistischen Preisen verkaufen zu können.

Zweites Kapitel

Anne schrieb:

Die Nepalesen reinigen ihre Tempel und Schreine; Eimer voll Wasser schütten sie über die goldenen Türen, die Bronzelöwen und die Steinfiguren und bemalen die Götter frisch, alles für die Krönung des Königs. In Katmandu und ebenso in den drei andern Städten des Tals, Patan, Bhadgaon und Kirtipur, gibt es mehr Tempel und Schreine als

Häuser, mehr Götter als Menschen, und jede Straßenecke ist besät mit Lingam-Symbolen und phallischen Götterbildern. Und inmitten der Felder liegen noch die Heiligtümer der schwarzen Tantra-Göttinnen, eines uralten Kults, der Blutopfer vorschrieb.

Hier ist das Land der Götter; hier ist Gottesdienst die übliche Beschäftigung des einzelnen. Während in andern Teilen der Welt Arbeit und Vergnügen, die Verfolgung und Erfüllung menschlicher Wünsche und Begierden den Gang des tätigen Lebens bestimmen, nimmt hier die Andacht die erste Stelle ein. Hier wird den Göttern mehr Nahrung zugeführt als den Menschen, und trotz ständiger Lebensmittelknappheit im Tal sind die Kühe und Stiere fettgefressen, und die Kinder hungern. Hier ist Religion nicht nur ein integrierender Bestandteil des Lebens, sondern der vornehmlichste, an den die meiste Kraft und Zeit gewendet wird. Alles menschliche Tun ist einer auf das Göttliche zielenden Deutung unterworfen, die jeder Handlung innewohnt. Geburt, Paarung und Tod bilden nicht den Kreislauf des anthropozentrischen, vernunftbegabten Tierwesens, sondern sind die materiellen, unbeabsichtigt menschlichen Manifestationen eines ewigen göttlichen Kreislaufs, von dem alle Begebenheiten im Weltall nur Spiegelungen sind, im Wind des Seins dahinwehende Strohhalme. Und darum wohnt allem eine über die Bedeutung für den Menschen hinausgehende Bedeutung inne. Diese Anschauung eben, daß alles heilige Handlung ist: jedes Essen ein Abendmahl, jeder Geschlechtsakt ein Ehegelöbnis und Sterben nur die letzte, die verzückteste Anbetung, dies ist uns abhanden gekommen. Vielleicht tut es not, daß wir uns zuweilen daran erinnern.

Michael Toast, der junge Engländer, der mit seinen erotischen Angeboten so wenig Erfolg hat, drückt das in der Sprache unserer der Göttlichkeit nicht mehr bewußten Welt so aus: »Der Ort trieft von Sexualität und Religion, und die beiden gehen wirklich ineinander über.« Diese Frühjahrsputzerei für die Krönung ist also in erster Linie eine Säuberung der Götter. Die ganze Bevölkerung scheint sich damit zu befassen, soweit sie nicht mit Lastentragen beschäftigt ist. Denn fast die Hälfte der Menschen, denen man im Tal begegnet, scheinen Lastträger zu sein; Männer und Frauen, die ovalen Körbe an einem Stirnriemen, laufen in langen Reihen irgendwo anders als in ihrem Heimatort herum wie Ameisen auf der Wanderschaft, in deren wandernden Reihe jedoch auch immer solche sind, die nach der entgegengesetzten Richtung laufen. Die Ladung der Körbe besteht einmal aus zwei Kanistern Petroleum – von je vierzig englischen Pfund Gewicht –, ein andermal aus Papier, Stoff, Salz oder Wolle. Die Träger kommen die Steilpfade von Indien herauf, genau so wie ihre Väter das im Dienste der Ranas taten. Es gibt aber auch andere, die man Flüchtlinge nennen könnte, heimatlose Bauern, deren Äcker unter der letztjährigen Überschwemmung versunken sind und die nun die Heerscharen der Vertriebenen und Besitzlosen aus aller Herren Länder vermehren, ihre Habseligkeiten an Stirnriemen auf dem Rücken tragen, hungernd und Arbeit suchend die Kreuz und die Quer wandern.

Die übrige Bevölkerung ist eifrig dabei, die Götter mit Wasser zu begießen, auf lebensgefährlichen Gerüsten die Tempel zu reinigen und das Balkenwerk mit etwas zu verschmieren, was aussieht wie ein Gemisch aus Stroh, Schlamm und Kuhmist – das, wie der Sohn des Generals mir erklärt, fabelhafte Reinigungseigenschaften hat, »von Newarifrauen sogar zum Haarewaschen benutzt wird« –, sowie alles zu bemalen, was nur Farbe halten kann. Diese Malerei ist der erfreulichste Teil der Instandsetzung. In herrliche Farben gewandet – Zinnober und Safran, Enzianblau, Seegrün, Ocker und Magenta sowie chinesisches Weiß – prangen die Dachfirstgötter und -göttinnen und schauen bunt und warmbelebt auf uns herab. Und es werden Glocken und Gebetsmühlen, Löwen und Nagaschlangen blankgerieben: Auch die vergoldeten, auf hohen Säulen von behauenem Marmor knienden einstigen Mallal-Könige von Nepal, mit Hüten auf dem Kopf wie der Bräutigam bei der Hochzeit, werden auf Glanz poliert. Die Stiere, die Reittiere Shivas, die Göttervögel – Garudas –, die Reittiere Vishnus, die Elefanten, die Widder, alle, alle werden sie geschrubbt und frisch gemalt. Und die herrlichen, berühmten goldenen Tore, mit denen die Newaris ihre Städte schmückten, glänzen wie die Himmelspforten am Ende der Tage.

»Wie Sie wissen«, sagt der Feldmarschall (der genau weiß, daß ich es nicht weiß und mich auf diese Art unterrichtet, ohne daß ich als dumm zu erscheinen brauche), »ist der König von Nepal für uns ein Gott – so wie wir das alle in gewissem Maße sind. Seine Majestät ist die Verkörperung des Gottes Vishnu, der zweiten Person unserer Heiligen Dreifaltigkeit, die aus Brahma, Vishnu und Shiva besteht, er ist der Bewahrer des Lebens, er führt es fort.«

An den mit Schnitzwerk verzierten Häusern auf den Straßen, die zum Marktplatz laufen, enthüllt der neue Anstrich verborgene Schönheit. Kein Fenster, kein Tor, kein Pfeiler gleicht dem andern; kein geschnitztes Ornament habe ich je zweimal gesehen. All diese Oberbalken, Pfeiler, Giebelfriese, Türpfosten, Fensterrahmen werden zunächst ockerfarben oder schwarz getüncht, und dann werden die Reliefs in Weiß herausgebosselt, bis das Ganze aussieht wie gestärkte, steif hochstehende Spitzenkragen auf einem Renaissanceporträt. Und durch die viereckige oder runde Lücke in der Mitte schauen lächelnd die schönen Frauen und Kinder der Newaris heraus.

All dieses Bildwerk jedoch ist von Newari-Handwerkern mit einfachen, groben Meißeln und Sticheln hergestellt. »Die Newaris waren immer große Künstler«, erzählt mir der Feldmarschall. »Im zwölften Jahrhundert wurden unsere berühmten Newari-Baumeister mitsamt Bildhauer- und Malergruppen vom mongolischen Groß-Khan nach China berufen, um dort Pagoden, Tempel und Tore zu errichten. In Nordchina steht noch ein Tor nach nepalesischem Entwurf, und die meisten der Tempel, die den Schmuck der tibetanischen Hauptstadt Lhasa bilden, sind das Werk nepalesischer Künstler.«

Ich will nicht unterlassen, das Moment zu erwähnen, das unsere hiesige Fremdenkolonie dadurch aus der Welt zu schaffen sucht, daß sie nicht davon spricht: die Erotik in den Bildmotiven. Auch all dies wird mit größter Sorgfalt frisch gemalt. Auf Gerüsten hockend, die mit Strohseilen zusammengebunden sind, ein paar Farbtöpfe neben sich auf einem flachen Brett, Palette und Reservepinsel im Mund, malt der Künstler (angesichts der Liebe, mit der er arbeitet, kann man ihn nicht anders nennen) Wimpern an Augen, Lächeln auf schmachtende Lippen, erdbeerfarbene Brustwarzen und vergißt auch nicht die weißen Fleckchen auf Finger- und Zehennägeln. Ich sah einem dieser Maler lange zu, und er, ein kleiner, nicht sehr reinlicher, beweglicher munterer Newari, lächelte mir, über mein Interesse erfreut, zwischen seinen Pinseln freundlich zu und fuhr, das Gesicht glühend vor Konzentration, mit seiner Arbeit fort.

Zu Füßen der glänzenden Gottheiten werden die in ihren Liebesverrichtungen begriffenen Menschen sichtbar. Über einiges von dem, was hier dargestellt ist, habe ich Beschreibungen in den pseudowissenschaftlichen Ausdrücken jener unvergänglich beliebten Bücher gelesen, die unsere westliche Zivilisation als Hinweise auf unsere Unwissenheit über uns selbst immer wieder hervorbringt: »*Die glückliche Ehe*«, »*Wissenschaft und Geschlecht*«, »*Technik des ehelichen Lebens*« und wie sie alle heißen. Rezepte über Rezepte, Rezepte für Erfolg, für Leistungsfähigkeit im Geschlechts- und Geschäftsleben, Rezepte zum Kindererzeugen und Kinderverhüten, zum Geldverdienen usw. Tu dies, tu jenes; denk dies, denk das; iß dies, iß das; paare dich so oder so, dann kann's dir nicht mißlingen, reich zu werden, glücklich zu werden, zum Erguß oder – am Ende deiner Laufbahn – zu einer Pension, kurz: so oder so in den Himmel zu kommen. Immer wieder die Wichtignehmerei von Veranstaltungen, rituellen Gebärden, die, bar jedes göttlichen Sinnes, nur den Begierden des Menschen und nicht dem Dienst der Götter geweiht sind. Immer stärkere und bessere, angeblich wirksamere Zaubermittel und -formeln werden uns beigebracht, aber ich erkenne keinen Unterschied, außer daß unsere Art von Ritual der Religion des Menschen gewidmet ist, während die andere, die nepalesische Form des Rituals, das wir unwirksam und mittelalterlich nennen, noch den Göttern gewidmet ist, die sich überhaupt nicht um den Menschen scheren. Ich sehe keinen Unterschied zwischen der Frau, die an einem steinernen Lingam reibt, ihn mit Milch und Wasser begießt und mit Blumen bekränzt und der Frau, die sich mit einem funkelnagelneuen Stift die Lippen schminkt, denn beide sind des Glaubens, daß ihnen das zu dem verhilft, was ihr Herz begehrt; ich sehe keinen Unterschied zwischen den Zaubersprüchen in bombastischem Wissenschaftskauderwelsch, das als Gelehrsamkeit gilt, und der Blütenlese von herrlichen, phantasiereichen Fabeln über die Gottheiten; keinen Unterschied zwischen der »modernen Einstellung zur Sexualität« – die unsern Sinnenkitzel unter einem dicken Dunstschleier von Antisepsis einschmuggelt und ihn in der einzigen Vermummung darbietet, die wir für ein Erlebnis als zulässig empfinden: daß es sachgemäß und zweckdienlich ist sowie einen festgesetzten moralischen und finanziellen Wert hat – und diesen Skulpturen, außer daß sie weitaus fröhlicher sind. Wir können Lust und Schönheit nicht mehr um Gottes willen oder um der Lust willen hinnehmen. Sie muß moralisch nützlich sein, sonst erweckt sie ein Schuldgefühl in uns. Die Nepalesen haben den Geschlechtstrieb in eine Funktion der Gottesverehrung umgewandelt; aber ist das auch ein Weg, um dem geheimen Schuldgefühl zu entgehen?

Wie dem auch sei, diese lächelnden, geschmeidigen, rosigen Leiber erregen das Entsetzen Isobels und ebenso fast aller andern. Touristen drücken sich verlegen um die Tempel herum, rücken verstohlen ihre Sonnenbrillen zurecht, benehmen sich nervös, unruhig, entrüstet, geringschätzig oder über alles erhaben tuend:

»Recht ... eindeutig« (Kichern), »leider habe ich für dergleichen nichts übrig ... Sie etwa?« – »Natürlich nicht.«

Die weiblichen Touristen gehen daran vorbei gleich den Königinnen von Spanien, nur vom Hals aufwärts vorhanden, ohne Eingeweide, ohne Unterleib und selbstverständlich ohne ... »all das«. Doch unter den Händen des Künstlers tritt es hervor, Stellung um Stellung, manche davon unstreitig widernatürlich. An einem Seitentempel in Patan etwa gibt es mehrere lesbische Szenen, an der Fassade des alten Königspalastes von Katmandu, der in schlimmem Verfall ist, auch solche polygamer Art. Aber Darstellungen männlicher Homosexualität gibt es nicht.

Ich bin davon weder entsetzt noch erregt. Vielleicht weil ich eine Frau bin, berührt mich die sichtbare Vorführung erotischer Szenen nicht; gewisse Gelehrte behaupten, nur der Mann sei durch visuelle Eindrücke reizbar. Bei der Frau stellt sich wohl zuerst etwas wie eine psychische Wallung ein, verändert sich der seelische Zustand, bevor die physische Erregung erfolgt. Ich weiß nicht, was eine Frau, die oder jene Frau, veranlaßt, einen Mann zu lieben; aber mir scheint wie vermutlich den meisten Frauen, daß ohne Liebe Geschlechtsverkehr undenkbar oder ein peinliches, beschämendes Erlebnis ist, das man mehr über sich ergehen läßt als genießt.

Außer dem Scheuern und Säubern von Tempeln und Göttern wird noch allerhand sonst vorgenommen, wenn es auch nicht so auffällig geschieht. Da ich jetzt über einen Jeep, sogar mit Chauffeur (aber ich lenke lieber selbst), verfüge, mache ich an den Abenden, auch in der Nacht, viel größere Ausflüge, als ich zu Fuß fertigbrächte. Gestern abend fuhr ich zum Flugplatz hinaus. Es bot sich ein flammenbeleuchtetes Freskogemälde von nepalesischen Arbeitern, die Steine feststampften, Lastwagen, die Fässer voll Asphalt heranfuhren, Holzscheitern, die unter zylindrischen Teerkesseln loderten, Dampfwalzen, die mit dem bekannten malmenden Geräusch Steine zu einer glatten Fläche zusammen- und niederdrückten; Geruch und Geflimmer von flüssigem Teer, der darüber geschüttet wurde. An Stelle der beiden bei unserer Ankunft im Wind knatternden Zelte stand jetzt ein kleiner weißer Betonbau. Und mitten in dem ganzen Getriebe stand Oberst Jaganathan, unser Gastgeber auf der Landstraße Katmandu-Indien. Er hob einzelne Steine auf; er probierte sie in der Hand und machte eine mißbilligende Gebärde.

Ich rief ihn an. Er drehte sich um; ein Lächeln blitzte in seinem Gesicht auf, und er sagte:

»Ah, guten Abend. Was tun Sie hier bei nachtschlafender Zeit?«

»Ich mache eine Spazierfahrt. Und Sie?«

»Arbeiten, wie Sie sehen. Wir vergrößern den Flugplatz. Wir müssen uns beeilen, um damit bis zur Krönung fertig zu werden. Gerade bin ich jetzt darauf gekommen, daß falsches Steinmaterial angefahren

worden ist. Die Steine hier sind so weich und brüchig, daß eine mit ihnen geschotterte Fläche im Handumdrehen voller Schlaglöcher ist.«
Ich stieg aus und machte einen Rundgang mit ihm. Er erwies sich als ein liebenswürdiger Mensch, mit dem man leicht ins Gespräch kam.
»Wir müssen noch die Flughalle für den Empfang der ›großen Tiere‹ zur Krönung fertigstellen, außerdem fünf Meilen Fahrstraße nach Patan asphaltieren und sonst noch allerlei. Haben Sie das neue elektrische Kraftwerk gesehen?«
»Nein.«
»Ich muß dort vorbei. Wollen wir mal hineingehen? Alle Maschinen sind jetzt eingetroffen und an Ort und Stelle gebracht. In ein paar Tagen haben wir besseres elektrisches Licht. Es ist, meines Erachtens, freilich albern, hier im Tal eine elektrische Kraftstation zu errichten.«
»Warum?«
»Weil wir so viel Treibstoff einführen müssen, um die Dieselmaschinen in Gang zu halten, die erst die Elektrizität erzeugen, und dieser ganze Treibstoff muß über die Straße oder durch die Luft herangeschafft werden, und der Transport ist furchtbar kostspielig ... während wir bloß durch Anlegen eines Kabels elektrischen Strom von einem großen Kraftwerk gerade über den Bergen drüben in Indien beziehen könnten. Aber der nepalesische Nationalstolz läßt das nicht zu. Wie gewöhnlich haben sich die Politiker eingemischt. Nepal sei ein unabhängiges Königreich und müßte daher auch in seiner Stromerzeugung unabhängig sein.
Tja, so ist das nun einmal. Die Ehre ist gerettet um einen ruinösen Preis. Immerhin dürften wir, wenn erst Menons Damm in ein paar Jahren fertig dasteht, im eigenen Lande über hydroelektrische Energie verfügen.«
Die kleinen, stämmigen Nepalesen umdrängten uns schmunzelnd. Sie standen alle um das Kraftwerk herum und starrten die grauen Maschinen an, die Dynamos, die wie Bestien hinter ihren Gittern lagen, und die blonden deutschen Techniker, die sie montierten. Denn das waren die neuen Tempel, die neuen Schreine, die neuen Götter; nicht Orte der Andacht, sondern Orte der Arbeit: Dämme und Straßen, Brücken und Fabriken und Flugplätze. Vielleicht war Arbeit die neue Form der Verehrung der Lebensgötter. Wenn wir doch nur so denken könnten!

In einem Theaterstück würde mein Fortgehen von John die letzte Steigerung, die letzte Zuspitzung des Handlungsablaufs darstellen. Aber hier handelt es sich um wirkliches Leben; im wirklichen Leben ereignen sich die schrecklichsten Dinge, und kein Mensch weiß etwas davon. Die Leute stutzen, schauen hin und – machen weiter: kauen ihr Essen, jäten ihren Garten, lesen ihre Zeitung. Oder liegt es vielleicht doch an mir? Es fehlt mir der Sinn für Dramatik, ebenso wie mir der Wille zum Selbstschutz, und damit eine Panzerung, abgeht, so daß ich hinterher erstaunt merke, daß ich eine Wunde davongetragen habe. Es ist ein groteskes Handicap. Da ich zur üblichen Steigerung nicht die hohen Operntöne anschlagen kann, erfüllt mich dann ein Schuldgefühl, als ob Reaktion zu unrichtiger Zeit auch ein Anzeichen von Treulosigkeit, von Hartherzigkeit wäre. Es verhielt sich so, als das Kind da war. Ich hatte kein Gefühl, außer dem einer unbestimmten Schuld wegen des Kindes, bis heute. Wie seltsam: Johns und mein Kind, da John mir nun vollkommen fremd ist. Und es dauerte fast eine Woche, bis ich imstande war, etwas über die Trennung von John niederzuschreiben.

Ich will versuchen, jenen Sonntagmorgen vor sechs Tagen zu schildern, an dem ich von meinem Mann fortging. Es war der Sonntagmorgen nach dem Shiva-Fest in Paschupatinath. Oh, wie mich die Erinnerung an jene Stunde fern vom eigenen Ich, unter den Lichtern, inmitten der Flammen und Pilger, wieder in Begeisterung versetzt, mich mit Pfeilen des Entzückens durchbohrt! An jenem Morgen stand ich auf, wusch mich im Badezimmer, erst mit kaltem, dann mit warmem Wasser und dann wieder mit kaltem; immer weiter ließ ich das Wasser plätschern, das wunderschöne fließende Wasser, das wie ein silberner Fisch über die Haut meiner Arme und meines Unterleibs hinschwamm; und so wurde ich mit jedem Teilchen meines Körpers vertraut wie nie zuvor. Dies war mein Körper, eigen, einzeln und einzigartig, mir verliehen, die einzige Behausung, die ich je haben würde. So lange hatte ich ihn vergessen. Dies war mein Körper, und während ich ihn trockenrieb, begriff ich, daß er wach und ungestüm war. Keinen trügerischen Halbschlaf durfte es mehr geben, keine künstliche Beschwichtigung. Dies ist mein Körper. Mich abtrocknend, stellte ich mich vor den Spiegel und betrachtete ihn. Ich sah, daß er noch jung war, daß Ellbogen, Schlüsselbein und Hüftknochen mit täuschend jugendlicher Eckigkeit hervortraten ... aber wie flach auch der

Bauch, wie glatt auch die Schenkel sein mochten, es lag etwas wie ein Lackglanz darüber, ein beginnendes Verdorren. Die schmale weiße Narbe in der Mitte des Unterleibs war kaum mehr zu sehen. Wohl erhalten, nirgends schlaff, kein Fettansatz und beim Gehen in der Sonne ein Hauch von Amazonentum. Doch hinblickend sagte ich: »Ich bin ausgetrocknet.« Trockenheit im Innern. Dies war mein Körper, mein Haus. Vielleicht hatte ich eine Seele irgendwo, aber nicht getrennt von diesem meinem Körper. Gesondert von diesem gespiegelten Fleisch vermochte sie sich nicht zu bestätigen, aber über den Spiegel hinaus wollte ich nicht mehr schauen. Ich zog mich an, ging ins Schlafzimmer und fing an zu packen.

John lag regungslos da; die Regungslosigkeit war jedoch für Schlaf zu ausgeprägt. Ich packte zwei Handkoffer und meinen Reisesack. Ich machte die Tür auf und stellte die Handkoffer auf den Korridor hinaus. Darauf schloß ich wieder die Tür. Im Korridor stand der Zimmerdiener. Wortlos ergriff er die Handkoffer. Wie auf die Minute pünktliche Verschwörer, die nicht einmal vorher etwas abgekartet hatten, gingen wir zusammen ins Erdgeschoß hinunter. Es war noch sehr früh am Tag, keine Touristen zu sehen, nur die Diener, mit Händen und Füßen, Augen und Ohren, und alle wußten, daß ich fortging. Sie saßen um die Wände herum bei ihren Holzkohlenpfannen zum Brotrösten und lasen in englischen Sprachlehren für Anfänger (denn sie wollten jetzt alle Englisch können) und lächelten mir zu. Einige saßen auch im Speisesaal und hörten den Nepal-Sender. Sie fragten mich leise, ob ich Kaffee wollte.

»Nein, keinen Kaffee«, sagte ich zu einem von ihnen, einem bildhübschen Jungen, »aber ich möchte ein Taxi.«

»Ihr Jeep wartet doch, um Sie zu Ihrem Hause zu bringen, Memsahib«, sagte der Junge erstaunt.

Selbstverständlich. Mein Jeep, mein Haus. Ich hätte doch wissen müssen, daß, wie im Märchen, »meine« Kutsche da war, um mich rechtzeitig wegzubringen, aber statt mich zu einer herben Aschenbrödelwirklichkeit zu fahren, würde ich, wenn ich ausstiege, in das Phantastische, will sagen: in den Traum hineinschreiten, bewußt wählend, meinen Körper, mich selbst wählend.

So fuhren wir denn in den frischen Morgen hinein; die Schneegipfel waren bereits schöne, lebendige, zum Himmel aufzüngelnde Flammen aus Eis und Feuer, Feuer und Eis. Wir kamen am Tor des Heiteren Palastes vorbei, und ich erhaschte gerade noch mit einem Blick Fred Maltby, der nach Absolvierung seines Morgenspaziergangs im

Hospital verschwand. Unbestimmt kam mir Eudora in den Sinn, verflüchtigte sich aber alsbald wie alles andere auch. Pater MacCullough hatte mich gebeten, ihr behilflich zu sein. Aber wie denn? Ich hatte doch gerade das begangen, was Fred vor Jahren getan hatte: den angetrauten Lebensgefährten, das eheliche Lager verlassen.

»Meine« Diener waren da; sie hatten sich bei Tageslicht keineswegs in Mäuse verwandelt. Im Badezimmer war heißes Wasser, ja sogar mit dem Stempel »Government Issue« versehenes Toilettenpapier vorhanden, das wohl auf dem schwarzen Markt »organisiert« war, denn die so abgestempelten Rollen waren ausschließlich für die Baderäume der britischen Residentschaft bestimmt.

Die ausrangierten Möbel im Erdgeschoß waren verschwunden. Statt dessen waren ein Tisch, worauf ein »Royal-Hotel« gestempeltes Tischtuch lag, sowie drei Stühle und eine kleine Kohlenpfanne vorhanden. Regmi, mein Diener, schmunzelte mir zu und begab sich eilends zu der Kohlenpfanne, um Brot zu rösten.

Das Zimmer im Oberstock war gelüftet, die Fenster standen offen, und die Couch war als Bett hergerichtet. Man hatte gewußt, daß ich kommen würde.

Ich zog mich wieder aus und legte mich sofort ins Bett. Dies war mein Zimmer, mein Bett und darin mein Körper. Ich betrachtete die Sittiche. Der Sonnenschein spielte auf ihnen. Ich schlief ein und träumte, bis meine Dienerin Mita mit leiser, munterer Stimme von der Tür her mich anrief und Röstbrot, Eier und Kaffee brachte. Ich aß, schlief wieder ein und erwachte von Stimmen, die von unten heraufdrangen.

Auf dem Rasen sah ich Isobel und John. Vor der Haustür stand Regmi und verwehrte ihnen den Eintritt. John wurde ärgerlich, schrie: »Laß mich ein, du Hund«, aber die Tür blieb, von innen verriegelt, geschlossen. John fing an dagegenzuschlagen und nach mir zu rufen: »Anne, Anne!« Isobel blickte mit ihrem Ausdruck qualvollen Hungers in den Augen zu dem Fenster empor, hinter dem ich stand. Ich trat zurück; ob sie mich gesehen hat, weiß ich nicht. Auch sie fing an, »Anne! Anne!« zu rufen, dann sagte sie etwas zu John. Die beiden blieben noch eine Zeitlang stehen und gingen dann zusammen weg.

Das Zimmer glühte, funkelte um mich herum. Ich lag auf dem Bett; mein Körper bebte wie ein Trommelfell vor Angst, Hochgefühl und Haß. Ich lag da und schaute mit starrem Blick, schaute auf mein Leben, auf das, was vergangen war und das, was kommen sollte. Hier war mein Körper, er war lebendig. Unablässig, unaufhaltsam schließlich kam die Vergangenheit angerauscht, überschüttete, überflutete mich wie der Wind bei jenem Sturm in Lamidanda an der Straße übers Gebirge vor zwei Tagen. Und nun, da ich all mein Mißgeschick überschaute, weinte ich ein wenig vor Weh über die verlorene Vergangenheit; doch das Bewußtsein, daß ich getan hatte, was ich tun mußte, gab mir Sicherheit. Ich hatte dieses Weh nicht sehen wollen, denn ich wollte unsentimental, vernünftig, meiner selbst gewiß bleiben. Aber es gibt keinen sicheren Ankerplatz für mich, keinen Hafen. Ich muß ins Leben hinaus, allein. Während der Übergangszeit von der alten Anne zur neuen werden Schmerz und Zweifel, Schuldgefühl und Angst sich einstellen. Und natürlich auch Reue. Gleichviel, ich werde alles überwinden. Mit dem Blick auf die Sittiche, die Sonnenblumen, die die unsterblichen Augen an der Tür bewachten, weinte ich ein bißchen – aber nicht lange.

*

Dr. Maltbys Sprechtag für ambulante Patienten war der Montag, ein Glückstag in Nepal. Der Dienstag galt als Unglückstag für Unternehmen jeder Art, und wenige Frauen wären an einem solchen Tage zur Sprechstunde gekommen.
Erdkunde stand abwartend in der Türe, reserviert, einen Ausdruck großmütiger Duldung in ihrem blaßgepuderten Gesicht, der Fred zeigen sollte, daß sie sein Tun zwar mißbilligte, aber bereit war, ihm weiterhin zu helfen.
»Keine Patienten mehr, Miß Potter?« fragte Dr. Maltby und schob die Krankenkarten zusammen, mit gerunzelten Brauen nachdenklich vor sich hinstarrend, um sie nicht ansehen zu müssen.
»Nur eine Besucherin, Doktor«, erwiderte sie, »Mrs. Ford.«
»Oh …« Frederic Maltby blickte auf. Ein Lächeln erhellte jetzt sein Gesicht. »Anne. Lassen Sie sie herein.« Und bevor Erdkunde sich umdrehen konnte, ging er an ihr vorbei zur Türe und rief: »Kommen Sie herein, Anne! … Wie nett von Ihnen, hier hereinzuschauen.« Er war so erfreut über ihren Besuch, daß er den leichten Knall überhörte, mit dem Erdkunde die Türe schloß.
»Danke.« Anne sah sich um. »Sie waren gerade sehr beschäftigt …«, begann sie.
»Sehr. Was für ein Schäfchen Sie doch sind! … Ich bin eben fertig und frei bis morgen früh. Bleiben Sie, und leisten Sie mir ein bißchen Gesellschaft. Seit Urzeiten habe ich keinen so reizenden Besuch mehr gehabt.«

»Ich wußte nicht, daß Erdkunde Ihre Krankenschwester ist«, sagte Anne.

»Erdkunde? Ach, ich verstehe, Miß Potter. Nur montagnachmittags. Wir waren sehr knapp mit Personal, und sie hat einige Erfahrung in der Krankenpflege. Sie ist eine gute Seele und kümmert sich sehr um die Patienten. – Ich habe eben Nachricht erhalten von Unni«, sagte Fred Maltby, um Konversation zu machen. »Er kommt wieder her, in etwa vierzehn Tagen, schreibt er, so um den 20. April herum, zur Krönungsfeier. Ich hoffe, es hat Ihnen Spaß gemacht, mit ihm über die Paßstraße zu fahren?«

»O doch«, erwiderte Anne, »es war wundervoll.«

»Ich habe gehört, Paul, wir nennen ihn Tiddlywinks, ist vor Angst fast gestorben, als Sie den Jeep fuhren«, sagte der Doktor lachend. »Ach, es ist wirklich nett, daß Sie gekommen sind. Meine Patienten sind alle versorgt, um die Station kümmert sich Miß Potter, Ihre Erdkunde, eine dringende Operation liegt nicht vor, also lassen Sie uns in aller Ruhe Tee trinken.«

Nachdem der Tee gebracht worden war und einige feucht aussehende Biskuits, sagte er in der nüchternen Art des Arztes: »Ich habe auch gehört, Anne, daß Sie nicht mehr im Royal wohnen.«

Anne lächelte. »Sie machen es mir leicht, einen Anfang zu finden. Ich bin vor einer Woche ausgezogen. Erinnern Sie sich, wie Sie zu mir sagten: Wir alle brauchen Hilfe, jemanden, bei dem wir uns aussprechen können? … Nun, dieses Mal bin ich dran, ich habe das Bedürfnis, mich auszusprechen.«

»Über John?« – »Ja, natürlich.«

»Es bleibt nichts lange verborgen in Katmandu. Manchmal wissen die Leute hier etwas von einem, bevor man es selbst erfährt. Sie tun mir leid, Anne, doch John wird bald wieder vollkommen in Ordnung sein. Aber ich kann mir denken, daß es Sie sehr getroffen hat. Es war unverzeihlich von ihm.«

»Nein«, sie schüttelte den Kopf. »Nein, wenn Sie davon reden, daß er sich die Gonorrhoe geholt hat. Das hat nichts damit zu tun, daß ich ihn verlassen habe. Ich wäre auch gegangen, wenn er das geblieben wäre, was man treu nennt. Natürlich glaubt John, daß es deswegen geschah, und so denken auch alle andern. Nein, es ist viel komplizierter. Alles hat viel früher begonnen, vor Jahren schon. Das Ganze klingt vielleicht tragisch, doch das ist es nicht. Ich glaube, die Lebensgeschichte eines jeden Menschen kann eine Komödie oder eine Tragödie sein, je nachdem, wie man sie erzählt, genauso wie die Götter in

Nepal mit ihren verschiedenen Biographien und ihren zahlreichen Inkarnationen, guten und bösen. Also, um es kurz zu machen: Ich bin kalt, ich bin frigide, ich bin gefühllos. Es verlangt mich nicht danach, mit meinem Mann zu schlafen. Es ist mir zuwider, ganz zuwider, es ist mir ekelhaft mit ihm. Und deshalb habe ich ihn verlassen. Ich werde nie wieder zu ihm zurückgehen. Nicht als seine Frau. Auch nicht, wenn er der letzte Mann auf der Erde wäre. Ich kann es nicht ertragen, daß er mich anrührt. Mir schaudert bei dem Gedanken. Lieber bringe ich mich um.«

Fred Maltby fragte: »Gab es einen anderen Mann vor John, jemanden, den Sie liebten?«

»Ja. Sonst, so glaube ich, hätte ich John nicht geheiratet. Ich war zweiundzwanzig. Es war 1944. Wir liebten uns sehr. Doch es dauerte nur wenige Monate. Jimmy kam um bei einem Flugzeugunglück während des Krieges. Aber das ist es nicht. Mit Jimmys Verlust habe ich mich schon lange abgefunden. Ich weiß nicht, ob Sie erfahren haben, wie das ist. Zuerst klammert man sich an die Erinnerung, genießt seinen Schmerz, vielleicht inniger als das verlorene Glück, dem er gilt. Dann beginnt das Bild des Toten zu verblassen, bis es sich ganz aufgelöst hat und nichts mehr übrigbleibt, oder das, was nicht mehr ist als nichts, gleichmütige Hinnahme, Ergebung in das Schicksal. Ich wurde in Asien geboren, in Shanghai. Auch das hat mich geprägt, hat es leichter für mich gemacht, hier zu leben, und vielleicht auch schwerer, John zu verstehen. Meine Eltern habe ich kaum gekannt. Mein Vater starb, als ich noch sehr klein war. Meine Mutter soll Tänzerin gewesen sein. Sie arbeitete schwer, uns beide zu unterhalten und mich in Shanghai auf eine Schule zu schicken, die Internatsschule für Kinder europäischer Eltern. Isobel war die Tochter der Schulleiter, Mr. und Mrs. Maupratt. Sie waren Missionare. Dann brach der Krieg aus in China, und ich wurde nach England geschickt, um dort die Schule zu beenden. Später arbeitete ich als Sekretärin bei einer Behörde und dann im Kriegszivildienst. Dort lernte ich Jimmy kennen. Wir waren jung und selig. Wir wollten heiraten. Plötzlich entdeckte ich, daß ich schreiben konnte. Ich schrieb Kurzgeschichten. Dann starb Jimmy. Aus meinem Schmerz heraus schrieb ich ein Buch, das gedruckt wurde, aber auch später, als ich seinen Tod schon überwunden hatte, schrieb ich weiter. Die Gabe, Worte aneinanderzureihen, die mir meine Liebe zu Jimmy geschenkt hatte, blieb auch, nachdem er gestorben war. Aber ich selbst muß mich verändert haben. Ich fühle mich innerlich ausgetrocknet wie eine Mumie in einem

Sarkophag, mit äußerlich erkennbaren Zügen, aber innen hohl. Als ich John heiratete, war ich noch lebendig und lebenshungrig, begierig, etwas zu tun, wer zu sein. Ich war nicht verliebt in John. Er sagte. unsere Ehe würde auf Vernunft und Freundschaft gegründet sein, die dauerhafter wären als Liebe, und ich glaubte ihm. Doch diese Illusion einer Ehe ohne Liebe war nur kurz, und ihr Ende war grausam und bitter wie eine Strafe. Ich litt, aber ich war zu jung, um zu verstehen, daß es nicht die Liebe war, die weh tat, sondern ihr Fehlen. John war ungefähr zehn Jahre älter als ich. Er redete, als ob er Bescheid wüßte über das Leben. Er gebrauchte Wendungen, von denen ich heute weiß, daß sie nur Klischees waren, aus Büchern entnommene Phrasen. Doch damals hielt ich ihn für einen soliden, beständigen und anständigen Menschen, dem ich meine Zukunft anvertrauen konnte. ›Du wirst es lernen, mich zu lieben. Wir werden glücklich miteinander sein. Ich werde dir ein sehr verständnisvoller Gatte sein‹, versprach er mir.

Sie haben zu mir gesagt, Sie hätten Eudora nicht heiraten sollen. Nun, ich sage Ihnen, ich hätte John nicht heiraten sollen, eben weil jeder beteuerte, er sei verläßlich, sicher, freundlich, gutherzig, auch klug, nicht geistvoll oder überdurchschnittlich intelligent, doch tüchtig in seinem Beruf, vertrauenswürdig. Ihn zu heiraten, war von meiner Seite ein Akt der Feigheit, ein Rückzug in die Sicherheit. Ich hätte es nicht tun dürfen.«

»Jeder Mensch ist wenigstens einmal in seinem Leben ein Feigling«, sagte Maltby. »Es ist so schwierig, immer genau zu wissen, was das Richtige ist. Manchmal scheinen wir mit dem, was wir aus innerster Überzeugung als das Rechte ansehen, andern grausam Unrecht zu tun. Bei Frauen spielt das Bedürfnis nach Sicherheit, Geborgenheit immer eine sehr große Rolle. Die Frauen haben Jahrtausende der Unterwerfung hinter sich. Auch die besten unter ihnen heiraten immer noch, weil sie Sicherheit suchen, oder weil sie einsam sind, aus keinem anderen Grund.«

»Eine hat es nicht getan«, sagte Anne. »Meine Mutter. Ich habe sie kaum gekannt, habe nie mit ihr zusammengelebt. Zuerst war ich in der Schule der Maupratts in Shanghai, dann in England, doch immer war sie es, die das Geld für meine Erziehung schickte. Dann war Krieg, und dann kam Jimmy. Manchmal machte ich mir Sorgen um sie. Sie war während des ganzen Krieges in Hongkong geblieben, durch die Ereignisse dort festgehalten, doch ich dachte an sie mehr wie an eine entfernte Verwandte. Als der Krieg zu Ende war, hatte ich plötzlich den Wunsch zu wissen, was für ein Mensch sie war, und ich sagte zu mir: ›Sobald ich mein Buch beendet habe, werde ich hinfahren.‹ Dann kam der Brief des Rechtsanwalts mit der Nachricht, daß meine Mutter gestorben war.

Ich wußte, daß meine Mutter Tänzerin war. Das war etwas, dessen ich mich schämen zu müssen glaubte, und in der Maupratt-Schule weinte ich ganze Nächte hindurch, weil ich mich für ein uneheliches Kind hielt. Noch jetzt sehe ich sie vor mir, Isobel und einige andere Mädchen, wie sie im Schlafsaal um mein Bett herumtanzten, mir die Zunge herausstreckten und sangen: ›Du bist ein Bastard, du bist ein häßlicher, kleiner, gelber Bastard.‹ Als ich entdeckte, daß ich es nicht war, als ich bei den Papieren meiner Mutter ihren Trauschein und meine Geburtsurkunde fand – ich erinnere mich genau, denn in der Spalte Religion stand das Wort ›keine‹ –, war ich fast enttäuscht, denn ich hatte mich damals schon an den Gedanken gewöhnt und mich mit ihm abgefunden. Ich fand auch die Photographien meines Vaters, eines Mannes mit einem verträumten Blick, und meiner Mutter, einer kleinen, dunklen Frau mit einem offenen, fast herausfordernden Gesicht. Ich fand auch die Briefe, die sie einander geschrieben hatten, vergilbt und verblaßt, las, daß sie sich geliebt hatten, wie ich geglaubt hatte, daß nur Jimmy und ich lieben könnten. Doch ihre Liebe war die größere gewesen. Das Tagebuch meiner Mutter, obwohl knapp und sachlich, bezeugte es. Als sie Witwe geworden war, blieb sie allein, arbeitete schwer, um mir eine gute Erziehung geben zu können. Sie hat sich nicht wieder verheiratet. Sie glaubte, mir die Bitterkeit des Lebens ersparen zu können, indem sie mich aus dem ihren entfernte und in eine ›bessere‹ Schule gab, die Schule der Maupratts, eine sehr teure Schule, in der ich gezwungen wurde, mich meiner Mutter zu schämen und zu jenen wenigen Schülerinnen gehörte, die die Maupratts im Namen der Barmherzigkeit aufnahmen, um sie den Besuchern zeigen zu können … ›Diese armen Mädchen … Sie verstehen …‹ Und die Besucher sagten: ›Wir sind sicher, daß sie es sehr gut haben bei Ihnen‹, und Mrs. Maupratt (sie hatte keine Ähnlichkeit mit Isobel, sah eher aus wie Erdkunde) schürzte dann ihre blassen Lippen und sprach mit ihrer schleppenden, salbungsvollen Stimme: ›Ich versuche, ihnen die Mutter zu sein, die sie nicht haben‹ oder ›Dies ist für sie das Heim, das sie zu Hause entbehren müssen‹, und die gerührten Besucher betrachteten uns mit scheuen, mitleidigen Blicken, während ihre Kinder sich an sie klammerten und uns entsetzt anstarrten. Wir aber glaubten, sie alle ermorden zu müssen.

Im Tagebuch meiner Mutter fand ich eine Eintragung, die mir weh tat, so wie sie ihr weh getan haben mußte, als sie sie niederschrieb. Sie lautete: ›Heute um drei Uhr ging ich, um Anne zu besuchen.‹ Sie war ohne Engagement damals. ›Habe mir Mantel und Schuhe geliehen. Kaufte etwas Schokolade. Fuhr in einer Rikscha vor. Anne lief vor mir weg. Sie ist sehr scheu. Sie wird ein erwachsenes Mädchen. Ich habe auf sie im Besuchszimmer gewartet. Sie kam nicht. Ich habe die Schokolade dagelassen und bin wieder gegangen.‹ Das habe ich ihr angetan, und es muß furchtbar gewesen sein für sie.«

Anne weinte jetzt vor sich hin, und Maltby, sehr verlegen, lieh ihr sein Taschentuch, bot ihr eine Zigarette an. Sie faßte sich wieder und fuhr fort: »So hat sie noch viele Dinge geschrieben, die mir weh taten, über die Jahre hinweg. Von meinen Ferien an der See, während meine Mutter in den Nachtclubs von Shanghai, Hongkong und Singapur tanzte. Von dem Geld, das sie für die Schule, für meine Reise nach England zahlte, für Bücher und für einen warmen Mantel … und dann kein Wort mehr während des ganzen Krieges. Sie war nicht interniert worden. Die Japaner schienen sich nicht um sie gekümmert zu haben. Doch ich fand viele nach dem Krieg geschriebene Dankbriefe von Menschen, denen sie geholfen hatte, Briefe und Essen in die Internierungslager zu schmuggeln. So lernte ich meine Mutter erst wirklich kennen, nachdem sie gestorben war.«

»Sie muß eine wunderbare, eine tapfere Frau gewesen sein«, sagte Fred Maltby, »sie hat vielleicht nur den einen Irrtum begangen, daß sie versuchte, Ihnen ihre eigene harte Lebensschule zu ersparen. Man sollte seine Kinder nie vor allem Unangenehmen bewahren wollen. Sie hat sich von Ihnen getrennt in der Absicht, Ihnen eine bessere Erziehung zu geben, als sie selbst gehabt hatte, um Ihnen den Weg zu ebnen in ein Leben, das schöner sein sollte als das ihre.«

»Ich weiß es«, erwiderte Anne. »Ich habe alles noch einmal durchlebt, habe alles niedergeschrieben, eine ganze Sammlung von Kurzgeschichten. Und ich habe auch Isobels Mutter hineingebracht. Ich habe mir alles und alle von der Seele geschrieben, und als ich dann glaubte, leer zu sein, leer von der Vergangenheit, den Maupratts, meiner Mutter, Jimmy, habe ich John geheiratet.

Worte als Mittel der Selbstentäußerung, wie sie sich auch in der christlichen Beichte und in der kommunistischen Selbstanklage vollzieht, erleichtern nur, tilgen nicht die Schuld. Und ich war schuldig. Ich war vor meiner wunderbaren Mutter davongelaufen. Dunkel fühlte ich, daß ich auch an Jimmys Tod schuld war, hielt es für eine mir vom Schicksal auferlegte Strafe, daß er sterben mußte. Dann lernte ich John kennen. Ich hatte einiges Einkommen aus Tantiemen. Zu tun hatte ich nichts mehr, nachdem ich aufgehört hatte zu schreiben. Ich wollte eine achtbare Frau werden, ein anständiger Mensch, ein neues, sauberes Leben beginnen. So sprach ich zu mir, ohne zu wissen, daß ich nichts wollte als Sicherheit, Befreiung von der Leere, die ich als einen ständigen Vorwurf empfand. John machte mir einen Antrag, und nach einer Weile und nicht ohne ihn davor zu warnen, daß ich ihn nicht liebte, heiratete ich ihn. Ich erzählte ihm von Jimmy, andere Männer hatte es in meinem Leben nicht gegeben, und er nahm es auf ganz wie der Mann von Welt, der er sein wollte. Später allerdings war es gerade das, was er mir von Zeit zu Zeit immer wieder vorhielt. Er sagte dann, Jimmy müsse einen schwacher, weibischer Bursche gewesen sein, weil er Gedichte schrieb, kein richtiger Mann. ›All diese Leute von der Air Force sind unstabile Charaktere. Dies ist meine wohlüberlegte Meinung‹, pflegte er zu sagen. ›Es war vielleicht ein Glück für dich, daß er fiel. Du wärst kreuzunglücklich geworden in einer Ehe mit ihm.‹

Ich war voll guter Vorsätze. Ich wollte John eine treue, ergebene Ehefrau und Gefährtin sein, ein ruhiges, zufriedenes Leben mit ihm führen, wie meine Mutter es mit meinem Vater geführt hatte. Meine Mutter sollte sich im Himmel darüber freuen, daß ich glücklich war und gut verheiratet.«

»Als ob die Ehe notwendigerweise eine Garantie für Glück sein müßte«, sagte Fred. »Das ist die große Lüge, in der wir erzogen werden. Und in Ihrer Ehe fehlte die Hauptsache, die Liebe, die Liebe der Seele und des Körpers.«

»Ich hielt das Fehlen der Liebe für eine Garantie der Beständigkeit«, sagte Anne. »Ich wollte nie wieder so getroffen werden, wie Jimmys Tod mich getroffen hatte. Und John hatte ja gesagt: ›Oh, du wirst es lernen, mich zu lieben. Gib mir nur eine Chance‹, und dabei hatte er sich in den Schultern gereckt und mich voll angeschaut mit jenem herablassenden Blick, der mir damals noch wohltat, mir heute aber unerträglich ist.«

»Es war falsch und ein Unrecht an ihm, daß Sie ihn heirateten, und er hätte es wissen müssen, doch Sie waren beide sich selbst gegenüber nicht ehrlich.«

»Und dann kam unsere Hochzeitsnacht. Zwischen uns war etwas, dem ich keinen Namen geben konnte, etwas, das ich kaum zur Kenntnis nahm, eine unendliche gegenseitige Unerreichbarkeit. Ich redete mir selbst ein, ich sei glücklich, spielte die willige und glückliche Braut. So habe ich mich die ganzen Jahre selbst belogen, mit stetig nachlassendem Erfolg ... bis ich nach Katmandu kam. Und das ständige Lügen ließ mich innerlich absterben. Im Anfang gab es nichts, das ich nicht überwinden konnte durch mein Verlangen, meine Besorgnis zu gefallen, Frau, Freundin, Gefährtin zu sein ... weder geistig noch körperlich zu enttäuschen. Eine Woche nach unserer Hochzeit jedoch wußte ich schon, daß der Vorhang zwischen uns sich nicht lichtete, sondern dichter wurde.

Ich glaubte, es sei meine Schuld. Ich hatte mich nie für besonders begehrenswert gehalten. Der Geist der Maupratt-Schule war nicht dazu angetan, sich seines Körpers bewußt zu werden, höchstens als eines ungelenken Etwas in einer schlechtsitzenden Uniform. Frauen fühlen sich nur schön und sind nur schön, wenn sie geliebt werden, wenn sie in einem Klima gehalten werden, das von der Liebe bestimmt wird, und John war nicht der Mann, mir das Gefühl zu geben, ich sei schön. Von Anfang an kam ich am besten mit ihm aus, wenn ich ihn bemutterte. Einen Mann zu bemuttern, kann angenehm sein, doch mich ließ es kalt, es machte mich reizbar. Selbst das Vorspiel zum Liebesakt mußte bei ihm diesen Charakter haben. Er wollte liebkost werden wie ein Kind. Ich sollte zu ihm sprechen wie zu einem Baby, und das war mir zuwider. Ich wollte, daß er die Initiative übernehme, daß er mein Liebhaber sei. Ich haßte dieses alberne, kindische Getue.

Zwei Monate nach unserer Hochzeit wurde ich schwanger. Ich wartete drei Wochen, um sicher zu sein, dann sagte ich es ihm. ›John, ich bekomme ein Kind. Ist das nicht wundervoll?‹

›Wie?‹ rief er aus. ›Wie? Wie war das?‹

›Wir werden ein Kind haben, John. Ich freue mich so sehr darauf. Du nicht auch?‹

Er schleuderte seine Zeitung auf den Boden. ›Bist du verrückt geworden?‹ schrie er mich an und kam auf mich zu. ›Willst du alles verpfuschen? Ich will dieses Kind nicht. Du wirst es wegnehmen lassen.‹

Ich konnte es zuerst nicht glauben und lachte. ›Hör auf zu lachen‹, brüllte er. ›Bist du denn nicht einmal fähig, einen Gummischutz oder etwas anderes zu benutzen, damit du nicht schwanger wirst? Unser ganzes Leben wird dadurch über den Haufen geworfen. Ich sage dir, ich will dieses Kind nicht.‹

›Es ist unser Kind, John‹, sagte ich wie betäubt.

›Dann werde ich es dir aus dem Leibe schlagen‹, rief er wütend und ballte die Fäuste über meinem Kopf. John hat mich niemals geschlagen. Er liebt es, den wilden Mann zu spielen, doch er macht nie Ernst. Damals wußte ich das noch nicht. Jede Äußerung menschlicher Gewalt entsetzt mich, schon laute Stimmen, zugeschlagene Türen. Zu Tode erschrocken, sprachlos saß ich da, unfähig, mich zu rühren. Er hob seine Zeitung auf und las weiter, als sei nichts gewesen. Am Abend brachte er mir Blumen. Am nächsten Tag verlor ich das Kind. Die Fehlgeburt hatte nichts mit John zu tun. Die Frucht war in einer der Muttertuben steckengeblieben. Es war eine ektopische Schwangerschaft gewesen. Plötzlich spürte ich einen heftigen Schmerz, mir wurde übel, ich mußte mich erbrechen, bekam einen Schwindelanfall und wurde ohnmächtig. Man brachte mich in das Krankenhaus, wo ich sofort operiert wurde. John benahm sich vorbildlich, wich nicht von meinem Bett während seiner dienstfreien Stunden, bot sich den Ärzten als Blutspender für mich an. Keine Frau hätte sich einen zärtlicheren Gatten wünschen können.

Seinen Kollegen erzählte er, daß er nur für mich lebe, daß er alles opfern würde, um mich glücklich zu machen. Und hinterher mußte ich mir von aller Welt sagen lassen, wie froh ich sein könnte, einen Mann zu haben, der mich so liebte.

Als er am fünften Tag zu mir kam, sah er bedrückt aus. Ich selbst war unter der Nachwirkung der Operation in einer fast rauschhaften Hochstimmung, erfüllt von Zärtlichkeit, Schwäche und Glück. Ich hatte gelitten. Vielleicht sind wir erzogen worden, bei solchen Gelegenheiten so zu empfinden. Wir glauben, der Schmerz selbst sei etwas Adelndes, Reinigendes, ohne uns zu fragen, warum.«

»Das ist nur eine menschliche Annahme«, sagte Maltby, als Anne eine Pause machte in ihrem Bericht, um sich innerlich auf den nächsten, schmerzlichen Teil vorzubereiten. »Nur Menschen können so töricht sein, der Entsagung, der Geduld und der Großmut absolute Werte zuzuschreiben. In Wirklichkeit haben diese Tugenden in sich selbst keinen moralischen Wert, sind aber wesentlich für die Erreichung höherer Ziele, und oft verwechseln wir die Mittel mit dem Zweck.«

»Sprechen Sie weiter«, sagte Anne.

»Ich drücke mich vielleicht zu wissenschaftlich aus«, fuhr Fred fort, »aber wir glauben oft, wenn wir Worte gebrauchen, die frei von Gefühlen sind, wir hätten uns selbst frei gemacht von diesen Gefühlen. Wir Menschen haben uns einen konditionellen Leidensreflex zugelegt. Wir besteigen einen Berg lieber zu Fuß, anstatt die Seilbahn zu benutzen, wählen für alles den schwierigsten Weg, so daß schließlich eine unmittelbare und spontane, von Hindernissen und Komplikationen freie Befriedigung unserer Wünsche uns anstößig, sinnlos und unmoralisch erscheint. Und weil unsere Freunde, die Nepalesen, als bessere Wilde sich ihrem Vergnügen unbeschwert hingeben, nennen wir sie unmoralisch. Ich sage mir oft, unser Lebensgefühl muß im Grunde masochistisch sein. Der Mensch ist ein leidenssüchtiges Wesen geworden, das eine Freude nur genießen kann, wenn ihr ein Schmerz vorausgegangen ist. Und in der Liebe spielt diese Leidenssucht eine größere Rolle als in allen übrigen Bereichen unserer Empfindungswelt. Je größer die Lust, um so zufriedener sind wir, wenn sie mit Leid gemischt ist. «

Anne fuhr in ihrem Bericht fort: »John saß also mit finsterem Gesicht an meinem Bett, und ich sagte zu ihm: ›Bitte, Lieber, mach dir keine Sorgen um mich. Es geht mir wieder ausgezeichnet. Und später, wenn du willst, werden wir ein anderes Kind haben. Es war noch ein bißchen zu früh …‹

Ich hatte es gesagt, um die Vergangenheit zu bereinigen, und an die Zukunft denkend, tat ich ein Übriges und fügte hinzu: ›Oder wir werden gar keins haben, ganz wie du willst.‹

›Jetzt‹, antwortete er, ›wird sich vieles in unserem Verhältnis ändern.‹

Ich sagte: ›Ja‹, glücklich, weil ich glaubte, daß wir nun doch etwas miteinander geteilt hätten, einen gemeinsamen Schmerz, nachdem unser gemeinsames Vergnügen so fragwürdig gewesen war. Ich ahnte nicht, was sich hinter seiner gewandelten Haltung, hinter seinen ungewohnten Worten verbarg. ›Jetzt wird sich vieles in unserem Verhältnis ändern‹, höre ich ihn noch immer sagen, und ich weiß heute noch, daß ich mich fühlte wie ein Vogel, der nach einem Regen in der Sonne seine Federn schüttelt, aber dann trafen mich wie ein Donnerschlag seine Worte: ›Es war alles so unappetitlich. Es hat alle meine Gefühle für dich zerstört. Und dann die Operation. Die fürchterliche Narbe, die bleiben wird. Ich habe das Gefühl, daß du keine Frau mehr bist. Ich glaube nicht, daß ich dich je wieder berühren kann.‹

Ich hauchte nur: ›Wie?‹ Es lag sicher an meinem Gehör, am Heulen des Windes, an dem durch das Morphium verursachten Alpdruck … oder es war ein großer, gewaltiger Scherz.

Doch dann hörte ich ihn jammern: ›Ach, warum muß gerade mir so etwas widerfahren?‹

Wenige Tage darauf wurde ich aus dem Krankenhaus entlassen. Ich fühlte mich noch etwas schwach und hatte Rückenschmerzen. Doch ich war entschlossen, mich durch nichts stören zu lassen. Und John schlief wieder mit mir, doch nicht, ohne daß ich ihn vorher unter Tränen beschworen hatte, die Operation als ungeschehen zu betrachten. Ich hatte mich wieder in das Gefühl geflüchtet, daß alles nur meine Schuld gewesen sei. Die Narbe wurde zu einem feinen, weißen Strich. Der Chirurg war sehr zufrieden mit ihr. ›Praktisch kaum zu sehen‹, sagte er. Und es war auch so. Ich schrieb mir das Ganze von der Seele in einer Kurzgeschichte, der letzten, die ich – es war vor fünf Jahren – geschrieben habe. Die Narbe verlegte ich in das Gesicht irgendeines Menschen. So wurde ich auch damit fertig.«

»Eine glückliche Gabe«, sagte Maltby lächelnd. »Man schreibt etwas nieder und ist es los. Ich wollte, ich könnte das auch.«

»Ich kann es nicht immer«, sagte Anne. »Ich konnte kleine Äußerlichkeiten herausgreifen und sie in eine Geschichte verweben, wie zum Beispiel die Narbe, doch ich wagte es nicht, der Sache auf den Grund zu gehen, mir selbst ins Herz zu schauen und mich der Wahrheit zu stellen. Bis jetzt. Ich belog mich selbst und tötete damit alles Lebendige in mir ab. In jeder Beziehung.«

»Ich verstehe, Sie wurden frigid«, sagte Dr. Maltby. »So viele Frauen werden es in der Ehe. So viele, viele … es ist immer die gleiche Geschichte.«

Es wurde dunkel im Zimmer, und Maltby stand auf, um das Licht einzuschalten. Als er auf dem Weg zum Schalter am Fenster vorbeiging, sah er jemand unten im Garten stehen und glaubte, Erdkunde zu erkennen. Dann flammte das Licht hell auf (das neue Elektrizitätswerk war in Betrieb) und machte die Fensterhöhlung zu einem schwarzen Loch.

»Ist das alles?«

»Fast alles. Wir schliefen immer seltener miteinander. Die medizinischen Auswirkungen können Sie selbst ermessen. Meine unwirkliche Einstellung zu allem Geschlechtlichen überwucherte alle meine Gefühle und machte jeden Verkehr zu einer Tortur für mich. John sagte, ich sei kalt und unnatürlich. Natürlich nahm ich das Urteil an, fast mit Dankbarkeit. Doch ich fühlte mich menschlich verantwortlich für meine Ehe und konsultierte eine Ärztin, eine Gynäkologin. Sie war eine robuste Frau von maskuliner Schönheit, sehr intelligent und selbstbewußt. Sie erklärte mir, sie hätte schon eine Menge Ehen ›geflickt‹, die im Begriff waren, in die Brüche zu gehen. Sie untersuchte mich. Ich litte an Verengung, stellte sie fest. Manchmal würde eine kleine Operation helfen, doch mein Fall sei psychischer Natur. ›Ihr

Schriftsteller seid alle etwas überspannt‹, meinte sie. Sie gab mir zu verstehen, daß für sie alle schreibenden Frauen, wie für die Maupratts alle Tänzerinnen, notwendigerweise verschrobene und unausgeglichene Menschen seien und eine feste Hand brauchten, damit sie keine Dummheiten machten. ›Sie haben ein Prachtstück von einem Gatten. Engländer sind immer etwas langsam und zurückhaltend, müssen erst in Trab gebracht werden. Ich sage immer zu Edward: Komm jetzt, hopp, voran damit.‹ Die Art, wie sie es sagte, erinnerte mich an ein Pferderennen. Sie gab mir Pillen. Ich verließ sie, durchdrungen von einem Gefühl der Schuld, der Unzulänglichkeit, des Versagens. Warum sollte nicht auch ich mich hinlegen können und sagen: ›Komm jetzt, hopp, voran damit!‹ Ich wußte nicht, wie man einen Mann behandelt. Ich hatte nicht die richtigen Gefühle. In jener Nacht versuchte ich, es besser zu machen. Ich parfümierte mich. John kam zu mir. Ich heuchelte wie gewöhnlich, was ich nicht empfinden konnte. In meiner Not wünschte ich mir, daß mir schlecht werden sollte. Ich mußte mich erbrechen. Jetzt kommt mich ein Brechreiz an, wenn ich ihn nur sehe.

Einige Tage später ging ich wieder zu der Ärztin. ›Nun‹, fragte sie, ›wie haben die Pillen gewirkt?‹ ›Oh, wunderbar, wunderbar‹, sagte ich ebenso herzlich wie sie, ›es ist alles wieder in Ordnung.‹ ›Das freut mich sehr‹, beglückwünschte sie mich, und sie strahlte vor Stolz und Mitgefühl. Sie hatte wieder eine Ehe gerettet, und ich hatte wieder einmal gelogen.

Heute weiß ich, daß ich log, mich selbst belog, und das ist schlimmer als andere zu belügen. Jetzt weiß ich, daß ich einen Mann will, aber nicht John, nie wieder John. Ich mußte von ihm gehen. Ich hielt es nicht länger aus in seiner Nähe.«

Fred fragte, sehr bedachtsam: »Ist da jemand, Anne, für den Sie ... begonnen haben, sich zu interessieren?«

»Nein«, erwiderte Anne, »nicht, daß ich mir dessen bewußt wäre. Eigentlich fing ich wieder an zu leben, als ich das Wort Katmandu hörte. Ich wünschte mir, hierher zu kommen, und ich kam. Und alles andere geschah dann zwangsläufig. Sie sehen also, es hat nichts zu tun mit Johns Krankheit oder mit einem anderen Mann. Es geht nur mich selbst an.«

»Johns Krankheit ist eine höchst willkommene Erklärung für ganz Katmandu.«

»Es ist, wie wenn ich aufgewacht wäre, als ich das Tal betrat. Es muß die Bergluft sein.«

»Das ist möglich«, meinte Fred. »Es stimmt wirklich, daß man sich hier verändert. Man findet zu sich selbst. Auch ich ...« Er sprach nicht weiter.

»Ich habe Sie lange in Anspruch genommen«, sagte Anne und erhob sich. »Ärzte kommen wohl nie zur Ruhe?«

»Ärzte«, antwortete Maltby, »schöpfen neue Kräfte aus den Krankheiten und Gebrechen anderer Menschen. Sich selbst aber können sie nicht helfen. Ich kann nicht einmal das tun, was Sie so gut können: mit Problemen fertig werden, indem Sie sie sich von der Seele schreiben. Und was Ihr jetziges Problem betrifft, da weiß ich nicht recht, was ich Ihnen raten soll, bis auf das eine. daß Sie sich nicht belügen dürfen. Im übrigen glaube ich, Sie werden sich selbst kurieren. Sie haben bereits damit begonnen. Sie sind stark, Anne, wissen Sie das? Sehr stark. Ich habe keine Angst um Sie. Mir scheint, Sie haben das Richtige im richtigen Augenblick getan, Sie haben sich selbst Zeit und Raum gegeben, um die Dinge ausreifen zu lassen.«

Anne wandte sich zur Türe. »Eins ist mir noch rätselhaft. Warum hat Isobel mir Unnis Bungalow zur Verfügung gestellt? Ohne ihn wäre es mir nicht möglich gewesen, John zu verlassen.«

»Vielleicht wird sie von ihrem christlichen Gewissen geplagt«, sagte Fred. »Sie ist eine gehemmte Frau mit starkem Sexualdrang ohne Gelegenheit zur Befriedigung. Haben Sie nicht so etwas wie Angst oder Furcht empfunden, als sie hörten, daß Isobel in Katmandu ist? Nein? Dann sind Sie tatsächlich über sie hinausgewachsen und haben den ganzen Komplex der Maupratt-Schule überwunden. Doch Isobel hat immer noch Angst vor Ihnen, weil sie Sie einen Bastard genannt hat und um Ihr Bett getanzt ist; sie fühlt sich gedrängt, Sie mit Liebesbeweisen zu überschütten. Eine heimliche Geste der Versöhnung. Es sollte mich nicht überraschen, wenn das eines Tages plötzlich in Haß umschlüge. Es muß ihr sehr schwer gefallen sein, Ihnen das Haus zu geben. Wegen Unni, natürlich.«

»Wieso?«

»Wegen der Wirkung, die er auf sie ausgeübt hat. Von ihm geht eine magnetische Kraft aus, ein animalisches oder erotisches Fluidum, wenn Sie es so nennen wollen, von dem die Menschen entweder angezogen oder abgestoßen werden, ihm erliegen oder es übelnehmen. Doch er selbst ist sich dieser Anziehungskraft als männlicher Partner nicht immer bewußt. Er erinnert mich an die Worte Shakespeares: ›Sie, die Gewalt haben zu verletzen und es nicht tun, die nicht tun, was der Schein befürchten läßt.‹ Unni liebt die Frauen, und die Frauen beten ihn an. Isobel konnte sich nicht selbst eingestehen, daß sie ihm verfallen war. Unni wohnte in dem Bungalow, als Isobel das Hauptgebäude des Palastes für ihre Schule mietete. Bald erzählte man sich in Katmandu, daß Isobel darauf aus war, mit Unni zu schlafen. Sie sieht nicht schlecht aus mit ihrem rötlichen Haar, ihrer imposanten Figur. Sie erschienen zwei- oder dreimal zusammen auf Parties. Isobel legte es darauf an, ihn wie einen Pagen hin- und herzujagen, und Unni ist eine gutmütige Natur. Es wurden Wetten abgeschlossen, ob er oder ob er nicht. Sie dürften inzwischen auch gemerkt haben, daß die Leute in Katmandu nicht viel mehr zu tun haben als an die Liebe zu denken, über sie zu reden und sie zu praktizieren. Es gibt hier kein Theater, kein Kino, nichts, was uns von uns selbst ablenkt, was uns das Primitive in uns vergessen läßt. So kommt es, daß unser sexuelles Ich, das wir anderswo unterdrücken, sich frei macht und wir uns dessen bewußt werden, was wir zu vergessen versuchen. Und dann ist da natürlich noch diese vielgepriesene Bergluft.

Nach wenigen Wochen begann Isobel, Unni böse Dinge nachzusagen ... er habe Frauen in seinem Zimmer gehabt, er habe ihr unsittliche Anträge gemacht. Jetzt wußten wir alle, daß er sie abgewiesen hatte. Unni war nicht oft hier. Er erschien immer nur für ein oder zwei Tage und ging dann wieder zurück zu der Baustelle des Wasserkraftwerkes bei Bongsor, doch wenn er kam, war der Bungalow immer voll von seinen Freunden. Sie kamen, um zu plaudern, zu essen, auf dem Rasen zu sitzen, Musik zu machen, zu singen und zu tanzen. Es war wie ein ununterbrochenes Fest, in der Sonne, unter dem Mond. Sie kamen mit ihren Familien, mit ihren Kindern. Die Mädchen waren alle ein wenig in ihn verliebt. Auch Rukmini war unter ihnen. Rukmini nannte ihn Krishna, Lord Krishna. Und Rukmini, damals ein Kind von dreizehn Jahren, malte die Sittiche in seinem Zimmer, als eines Tages die ganze Schar der Besucher sich einen Spaß daraus machte, die Wände des Bungalows zu streichen und zu dekorieren. Vor ihrer Hochzeit mit Ranchit sagten alle, sie hätte Talent und sollte nach Europa oder Indien gehen, um Malerei zu studieren. Eines Tages fand wieder einmal ein Picknick statt, auf dem Rasen vor dem Bungalow. Der General war da mit seiner Frau, der Maharani. Verwandte fanden sich ein, Brüder und Vettern, auch Rukmini und andere Mädchen. Sie kamen auf den Gedanken, den Tanz des Lord Krishna mit den Melkerinnen zu tanzen, den Tanz Krishnas, des geliebtesten aller Götter, des treuen und treulosen Liebhabers aller Frauen. Als Krishna noch ein Knabe war, stahl er Milch aus den Kübeln der Melkerinnen und tanzte mit jeder von ihnen, um sie zu trösten, als sie weinten. Sie spielten und sangen die Musik, und Devi, die damals etwa zehn Jahre alt war, tanzte. Die anderen Mädchen tanzten nicht, denn das wäre als unmoralisch angesehen worden. Rukmini spielte die Sitar und Unni die Trommel. Ich war auch dabei, lag auf dem Rücken in der Sonne, klatschte Beifall, wenn ein Tanz zu Ende war. Da stürmte vom Schulgebäude her Isobel auf uns zu, mit verzerrtem Gesicht, wüste Beschimpfungen ausstoßend. Die Schleusen waren geöffnet, und was herauskam, war so unmissionarisch, daß Rukmini sich die Ohren zuhielt und in Tränen ausbrach. Ich versuchte, Isobel zu beruhigen, doch dann fiel sie auch über mich her. Unni stand dabei, hörte mit unbewegtem Gesicht zu, und als sie geendet hatte, spuckte sie ihm ins Gesicht, drehte sich auf dem Absatz um und schritt davon. Unni zog aus und wohnt seither bei mir im Heiteren Palast. Der Zwischenfall wurde vertuscht, um Isobels willen.«

»Warum hat sie den Bungalow nicht von oben bis unten neu tünchen lassen oder ihn abgebrannt oder sonst etwas getan, um …«

»Er ist nicht ihr Eigentum. Eigentlich hatte sie kein Recht, ihn Ihnen zu überlassen. Er gehört immer noch Unni und niemand anderem. Ich glaube, in Isobels Seele besteht ein geheimer Zusammenhang zwischen ihrer Person und Isobels Empfindungen gegenüber Unni.« Anne wich seinem Blick aus. »Ich muß jetzt gehen«, sagte sie. Ihre Stimme klang gezwungen, förmlich. »Auf Wiedersehen, Fred. Und vielen Dank.«

»Auf Wiedersehen«, sagte Fred. »Erlauben Sie mir wenigstens, daß ich Sie hinausbegleite, Anne.« Er fragte sich, was er gesagt haben könnte, daß sie so plötzlich aufbrach. Er sah ihr forschend ins Gesicht, fand aber keine Antwort.

Anne kletterte in ihren Jeep, und Fred ging nachdenklich ins Haus zurück. Ich brauche mir keine Sorgen um sie zu machen, beruhigte er sich. Sie wird mit ihren Problemen fertig werden. Es sind John und Isobel, für die man fürchten muß. Sie sind die Schwächeren, außen hart wie Küchenschaben, innen weich. Bei Anne ist es umgekehrt. Unter ihrer scheinbaren Sanftheit und Stille verbirgt sich eine starke, ja rücksichtslose, bestimmt ruhelose Natur, die sich durchsetzen wird. Anne braucht man nicht zu bemitleiden, im Gegenteil. Mir tut jeder leid, der ihren Weg kreuzen muß, dachte Fred. Wie bei den Göttern, so ist es auch bei den Menschen. Und so wie Parvati die huldreiche, zärtlich lächelnde Göttin der Fruchtbarkeit und zugleich Kala Kurga, die schwarze, grausame Töterin ist, so kann eine Frau wie

Anne einen schwachen Mann wie John seelisch zugrund richten und dennoch für einen anderen eitel Liebe und Hingabe sein. »Des einen Tod ist des andern Brot«, sprach Fred laut vor sich hin, als wollte er sich selbst trösten mit dieser Spruchweisheit. Dann zündete er seine Pfeife an und schaltete das Licht aus. Er saß im Dunkeln und überließ sich seinen Gedanken.

Viertes Kapitel

Pater MacCullough fühlte sich in diesen Tagen bedrängt von tausend Ängsten und bösen Ahnungen. Wie alle andern war auch er halb überzeugt, daß etwas schiefgehen mußte bei der Krönung, und sein Leben stand im Zeichen einer wachsenden Katastrophenstimmung. Besorgt fragte er jedermann nach Neuigkeiten über die Paßstraße. »Hat es nicht wieder einen bösen Erdrutsch gegeben? Hat man die Straße wieder frei gemacht? Werden die Transporte darunter leiden?« Und er sprach immer wieder im Royal-Hotel vor, um sich zu erkundigen, »ob man inzwischen weitergekommen war«. »Keinen Schritt«, pflegte dann Wassili zu antworten. »Ich warte immer noch auf das Geld, mit dem ich den Whisky kaufen soll. Ohne Whisky fällt die Krönung ins Wasser.«

Pater MacCulloughs Sorge um seine Mitmenschen war echt. Trotz seiner kleinen Schwäche, des Guten oft zuviel zu tun, war er uneigennützig in seiner Anteilnahme. Er teilte Isobels Befürchtungen über eine drohende Knappheit an Wasser, Lebensmitteln und Benzin, doch nicht aus Angst, selbst Not leiden zu müssen. Seine Besorgnis galt allen, die im Tale lebten. Und er lag den saumseligen, liebenswürdig ausweichenden Beamten der nepalesischen Regierung ständig in den Ohren, sie sollten etwas tun gegen den Schwarzhandel mit Benzin, Lebensmitteln, Bier und Filmen, der bereits zu blühen begonnen hatte.

Doch so wie jeder seine Lieblingssorge hat, so sorgte sich Pater MacCullough, der sich für alle von dem *einen* Gott geschaffenen Seelen verantwortlich fühlte, besonders um die Seele von Mrs. Anne Ford. Auch um Eudora hatte er sich Sorgen gemacht, wenn auch nicht in gleichem Maße. Unni Menon, für den Pater MacCullough eine tiefe Zuneigung hegte, hatte ihr Schicksal in die Hand genommen. Eudora hatte beschlossen, das Tal noch nicht zu verlassen; sie hatte ihren Aufenthalt um vier Wochen verlängert und würde bis nach der Krönung in Katmandu bleiben. Wie es möglich gewesen war, daß sie und Dr. Maltby sich während dieser Wochen in dem kleinen Tal nicht begegnet waren, grenzte an ein Wunder.

Fred Maltby unternahm weiterhin seine Morgenspaziergänge, kürzere als sonst, operierte und versorgte seine Patienten. Doch er kam nicht mehr ins Royal-Hotel. Statt dessen gingen Wassili und Hilde und auch Pater MacCullough gelegentlich, ein- oder zweimal in der Woche, zu ihm ins Krankenhaus, um ihm Gesellschaft zu leisten und ihn über die umgehenden Gerüchte auf dem laufenden zu halten. Hilde und die Damen vom Punkt-Vier-Palast, die Irin – auch eine von Pater MacCulloughs Schutzbefohlenen, trotz oder vielleicht wegen der zerstörerischen Wirkung ihres weitherzigen Hanges für Ehemänner – und Martha Redworth hatten ihr Bestes getan, um Eudora zu beschäftigen, und sie wiederholt zum Tee oder zum Essen eingeladen. Der Hindu-Dichter und Sharma hatten sie mit der einheimischen Musik und ihren Vertretern bekanntgemacht. Eudora war geblieben, und Pater MacCullough war beruhigt.

Pater MacCullough hatte eine Besichtigung des Museums organisiert, ausschließlich für Damen. Es gab eine Menge sehenswerter Dinge im Museum, doch einige von ihnen waren nicht geeignet, jedermann gezeigt zu werden. Manche der Statuen verharrten in heiterer Beschaulichkeit, andere feierten in einem Furioso wirbelnder Arme und stampfender Füße die Herrlichkeit der Welt. Doch grauenvoll waren die steinernen Stiergötter, die, *phallo erecto*, auf Frauen losstürmten, welche in ekstatischer Verzückung ihre Umarmung erwarteten, und jene tibetanischen Malerein, die dazu bestimmt waren, die Lamas abzuhärten gegen die Versuchungen des Fleisches, die sie zu diesem Zweck in ihren rosigsten und verführerischsten Formen darstellten. Der Kurator des Museums war ein kleiner, liebenswürdiger Newari, der von den Ranas jahrelang wegen »falscher« Erziehungsmethoden eingesperrt worden war, wobei er noch Glück gehabt hatte, denn vier seiner Kollegen waren gehängt und geviertelt worden, während er, weil er Rana-Blut in den Adern hatte und Brahmane war, nicht getötet werden konnte, und so nur acht Jahre hinter Gitter gesetzt wurde. Er hatte nach dem Rundgang Pater MacCullough zum Tee eingeladen und ihn zu seinen Kenntnissen über Nepal beglückwünscht. Der Museumsbesuch war ein Erfolg gewesen. Auch Eudora war erschienen, bekleidet mit etwas, das einem Sari glich, wohl um eine geistige Verwandtschaft zu demonstrieren, doch Anne war nicht gekommen. Und Pater MacCullough fühlte sich gemieden.

Sollte er bei Anne vorbeigehen? Er lauerte ihr auf im Royal-Hotel, wo sie täglich mit John zu Mittag aß. Pater MacCullough schöpfte Hoffnung aus diesem Zugeständnis an die öffentliche Moral; es zeigte, daß noch nicht alles aus war zwischen den Ehegatten. Sie konnten immer noch zusammen eingeladen werden zu Parties und Cocktails. Er spürte sofort, daß Anne sich verändert hatte. Sie strahlte eine rätselhafte Unruhe aus, die ansteckend wirkte, wenn man bei ihr saß; es war, als ob in ihr etwas lauerte, das jeden Augenblick ausbrechen konnte. Die seichte Unterhaltung, die endlosen und ewig gleichen Diskussionen über Nepals politisches Schicksal, Professor Rimskows Schauergeschichten über Tibet, die wilden Vermutungen über den schrecklichen Schneemenschen, die stereotypen Fragen der Touristen, die überlauten Stimmen exaltierter Frauen, Gerüchte und Klatsch, das alles prallte ab an ihrer höflichen Unnahbarkeit und feierlichen Reserviertheit. Alle hatten das Gefühl, als ob sie niemandem zuhörte, sondern immer in sich hineinlauschte.

Anne wurde Gegenstand allgemeinen Interesses. Ihr unerklärliches Benehmen lieferte Stoff zu lauten Diskussionen und geflüsterten Unterhaltungen. Man mied sie nicht, im Gegenteil, viele suchten ein Gespräch mit ihr, und während sie mit ihr sprachen, empfanden sie plötzlich das Bedürfnis, über sich selbst zu sprechen und ihr Innenleben vor Anne auszubreiten. Es gab auch Menschen, die anders reagierten auf die Tatsache, daß Anne zum Hauptgesprächsthema des Tales geworden war. Erdkunde und Geschichte vermuteten, das Anne mannstoll sei. »Wahrscheinlich hat sie Affären mit *zahllosen* Männern«, sagte Erdkunde.

»Wahrscheinlich ist sie außerdem Kommunistin«, sagte Geschichte. Isobel aber schürzte nur die Lippen und lud John zweimal wöchentlich ostentativ zum Tee ein.

Pater MacCullough glaubte zu wissen, warum Anne weggegangen war von ihrem Gatten. Daß John diesen »Unglücksfall« gehabt hatte und daß Anne sich in berechtigter Entrüstung für einige Tage von ihm trennen wollte, das paßte in Pater MacCulloughs Anschauungen über die menschliche Natur im allgemeinen und die Problematik ehelicher Beziehungen im besonderen. Doch irgendwie ahnte er, daß dies nicht die ganze Wahrheit war.

Er hatte Anne von Anfang an als ein Objekt der Bekehrung betrachtet, denn wenn auch alle Seelen gleich sind, manche reizen den Eifer eines Priesters mehr als andere. Eudora war vielleicht auch zur Konversion zu bewegen, aber Pater MacCullough empfand kein sonderliches Interesse daran, ob sie katholisch wurde oder nicht. Nicht daß er sich nicht gefreut hätte, wenn sie es geworden wäre, aber er fühlte sich mehr dazu gedrängt, sich um Anne zu bemühen oder um Unni Menon. Dies waren Seelen, die einzufangen sich lohnte, glaubte er, doch wenn er nach dem Grund gefragt worden wäre, hätte er ihn nicht nennen können. Es hatte nichts zu tun mit Wichtigtuerei oder Anmaßung, es war nur das Bedürfnis, sich Anne zu nähern und mit ihr zu sprechen. Doch als sie sich trafen und er auf sie einredete, war es, als hätte sie eine Schere in der Hand und schnipselte ihm die Worte einzeln vom Munde weg, so daß sie ins Leere flatterten. So erging es vielen, die mit ihr sprachen. Es lag nicht in ihrer Absicht, unhöflich zu sein, sie war einfach nicht daran interessiert, was die andern über sie dachten. Ihre Gedanken waren anderswo. Aus Verlegenheit, weil er nicht wußte, was er anderes tun sollte, um den gesuchten Kontakt herzustellen, lieh er ihr Bücher. Leider gab es in Katmandu nicht viele Bücher außer denen des Feldmarschalls. Schließlich wählte er einige aus, von denen er hoffte, daß sie nicht als ein Hinweis auf seine eigene Bildung, sondern als ein Zeichen seiner Sorge für ihr Seelenheil aufgefaßt würden: *Katholische Schriftsteller, Schreiben für Gott, Heilige sind nicht traurig*, Chestertons Werke.

»Ich fürchte, es ist vielleicht etwas zuviel Christentum auf einmal«, versuchte er zu scherzen, als er ihr die Bücher gab. »Aber versprechen Sie mir, sie zu lesen.«

»Ich verspreche es«, sagte Anne ernst.

Am nächsten Tag, er hielt es für einen verspäteten, aber guten Einfall, brachte er ihr ein weiteres Buch: *Das Heilige Sakrament der Ehe*. Anne nahm das Buch wortlos in Empfang. Pater MacCullough hatte das Gefühl, plump gehandelt zu haben, und seine Sorge um Anne war größer als zuvor.

»Nun, wie steht's« fragte John.

»Gut«, erwiderte Dr. Maltby. »Es scheint alles in Ordnung zu sein. Trotzdem möchte ich noch einmal einen Bluttest machen, sagen wir in etwa zwei Monaten, und später noch einen. Wir müssen sicher sein, daß nichts zurückgeblieben ist.«

»Natürlich«, sagte John. »Ich verstehe.« Er versuchte zu lachen. »Das erste Mal, daß mir so etwas passiert. Und das in diesem gottverlassenen Nest. Höchst unerfreulich, so etwas.«

»Jaja«, murmelte Fred Maltby. Etwas in seiner Stimme veranlaßte John, ihn mit jener prüfenden Aufmerksamkeit anzuschauen, die Iso-

bel und Erdkunde an ihm so einnehmend fanden. Erst gestern beim
Tee hatte Erdkunde, während Isobel für einen Augenblick hinausge-
gangen war, Gelegenheit gehabt festzustellen, was für ein wundervoll
männlicher Mann er war. Sie hatte geseufzt, einen Blick in den Park
hinaus geworfen, wo Annes Bungalow stand, der jetzt durch das
Frühlingslaub der Sicht entzogen war, und John angelächelt. Leider
war dann Isobel wieder hereingekommen und Erdkunde in ihre Unterwürfigkeit zurückgesunken und mit demütig gesenkten sandfarbenen Wimpern dagesessen, während Isobel und John sich über die
Krönungsfeier unterhielten und das Chaos, das sie bringen würde.

»Da wäre noch etwas, wenn Sie eine Minute Zeit übrig hätten, Dr.
Maltby«, sagte John und ließ das Gesicht des Doktors, der mit einem
silbernen Brieföffner spielte, nicht aus den Augen.

»Gewiß. Bitte«, antwortete Fred Maltby.

»Ich möchte mit Ihnen ein paar Worte über meine Frau sprechen«,
sagte John. »Ich mache mir, ehrlich gesprochen, Sorgen um Anne.
Um ihren Geisteszustand. Ich will mich nicht beklagen oder mich entschuldigen, aber was geschehen ist, war teilweise ihre Schuld. Sie
scheint nicht ganz normal zu sein als Frau.«

»Wollen Sie damit andeuten, Sie wären dazu gezwungen worden, mit
einer anderen Frau zu schlafen und sich eine Geschlechtskrankheit zu
holen, weil Ihre eigene Frau nicht mit Ihnen schlafen wollte?« fragte
Fred.

»Nun, ganz so möchte ich es nicht ausdrücken. Doch ich stehe nicht
an zu sagen, daß es letzten Endes darauf hinauskommt. Ich bin ein
normaler Mensch. Ich bin kein Heiliger.«

Er zögerte. Fred betrachtete verloren den Brieföffner in seiner Hand.

»Wenn man aber eine Frau hat, die kalt ist wie ein Eisberg, nun,
dann … Anne stößt mich zurück, vorsätzlich und in einer brutalen,
höchst unfraulichen Art. Ich liebe meine Frau sehr, doch ich bin der
Ansicht, daß sie mitverantwortlich ist für das, was geschah. Ich kann
mich irren, aber ich sehe die Dinge nun einmal so.«

»Haben Sie sich schon einmal überlegt«, fragte Fred Maltby, »ob diese Kälte bei Ihrer Frau, über die Sie sich beklagen, nicht vielleicht auf
Ihre eigene Haltung zurückzuführen ist?«

John wurde rot. »Ausgeschlossen«, erwiderte er. »An mir kann es
nicht liegen. Natürlich, wir sind schon einige Jahre verheiratet. Anne
ist zwar sehr romantisch veranlagt, sie kann aber von mir nicht verlangen, daß ich mich für Gedichte oder ähnliches Zeug interessiere.
Ich bin ein einfacher, normaler Mensch. Ich weiß nicht, was meine

Frau zu Ihnen gesagt hat. Ich fürchte, sie hat es sich angewöhnt, hinter meinem Rücken über mich zu reden. Sie ist sehr nervös und reizbar. Es mag damit zusammenhängen, daß sie keine Kinder hat. Ich glaube, sie kann überhaupt keine mehr bekommen. Ich bin kein Arzt und kann Ihnen nicht sagen, was schiefgegangen ist mit dem ersten, doch es muß bei ihr etwas nicht in Ordnung gewesen sein.«

Dr. Maltby schwieg weiter.

»Ich liebe es nicht«, fuhr John fort, »über Anne zu sprechen. Ich finde es unfair. Wenn jemand sie angegriffen hat, habe ich immer mein Bestes getan, sie zu verteidigen. Sie ist nie mit andern Frauen ausgekommen. Sie hält sich für etwas Besseres, weil sie schreibt. Über Menschen wie sie wird immer geklatscht. Das hat mich in der Vergangenheit so manches Opfer gekostet. Anne scheint das aber nicht begriffen zu haben. Fünftausend Pfund haben mich ihre Launen gekostet, wenn Sie es wissen wollen. Wenn ich noch zwei Jahre länger im Dienst geblieben wäre, wie ich es wollte, dann hätte ich fünftausend Pfund mehr bekommen als nur meine Pension, weil die Kolonie zu diesem Zeitpunkt ihre Autonomie erhielt. Ich bin früher gegangen, und ich muß sagen, daran war nur Anne schuld.«

»Ich nehme an, Sie haben Anne das alles gesagt?«

»Ich habe es ihr nie vorgeworfen«, sagte John, »nie. Aber als ihr Ehegatte habe ich Anspruch auf gewisse Rücksichten. Ich meinerseits habe viele Opfer für sie gebracht. Sie aber scheint sich dessen überhaupt nicht bewußt zu sein. Ich frage mich manchmal, ob es sich bei ihr nicht um einen verfrühten Eintritt der Wechseljahre handelt.« Er zögerte wieder, wartete darauf, daß Maltby sich dazu äußerte. Doch Maltby schwieg, und John fuhr fort: »Sie können sich vorstellen, daß so etwas nicht gerade angenehm ist für mich als ihren Mann. Ich nehme an, Sie wissen auch, daß sie nicht mehr bei mir im Hotel wohnt, sondern in den Bungalow beim Institut umgezogen ist. Nun, mir soll's recht sein. Es kümmert mich nicht, was die Leute sagen, aber der Ruf meiner Frau leidet darunter.«

»Sie hat wahrscheinlich das Bedürfnis, eine Weile allein zu sein, um über bestimmte Dinge nachzudenken.«

»Aber sie ist doch immer am Nachdenken«, rief John unwillig aus, »und ich bin der letzte, der sie daran hindert. Es steht ihr vollkommen frei zu denken und zu schreiben, was sie will, und sie hat es ja auch immer getan, ist den ganzen Tag wie im Traum herumgelaufen und hat mich allein gelassen. Ich will sie nicht zwingen, etwas zu tun, was sie nicht tun will, aber auch ich habe einige Rechte, als ihr Mann, als ihr Gatte. So kann es nicht endlos weitergehen. Ich halte das nicht aus. Ich dachte, als Arzt und als ihr Freund könnten Sie ihr vielleicht helfen, ihr inneres Gleichgewicht wiederzufinden, die Dinge auch von meiner Seite aus zu sehen, wie eine Ehefrau es tun sollte.«

»Ich glaube nicht, daß der Zeitpunkt schon gekommen ist, mit ihr über diese Dinge zu sprechen«, erwiderte Dr. Maltby. »Wenn ich Sie wäre, würde ich nichts forcieren. Anne hat sich lange Zeit sehr unglücklich gefühlt. Sie braucht ...« Er brach plötzlich ab.

»Und was ist mit mir?« rief John erregt aus. »Glauben Sie, ich habe nicht auch das Bedürfnis nach ... nach Mitgefühl? Ich mag altmodisch sein, aber nach meiner Ansicht habe ich von meiner Frau nicht die Liebe und die Achtung erfahren, auf die ich als ihr Gatte ein Anrecht habe. Nicht ein einziges Mal. Glauben Sie, es ist angenehm für mich zu fühlen, wie sie sich immer mehr von mir zurückzieht, zu spüren, wie sie durch mich hindurchschaut, ohne mich zu sehen? Ich bin ein sehr geduldiger und verträglicher Mensch. Ich verlange nur, was mir zusteht. Ich bitte Sie, Anne zu beeinflussen, daß sie sich auf ihre ehelichen Pflichten besinnt. Ich kann nicht glücklich sein ohne sie, und ich bin sicher, wenn sie sich einmal diesen Unsinn mit dem Alleinseinwollen aus dem Kopf geschlagen hat, wird sie sehr glücklich sein mit mir.«

»Tut mit leid«, sagte Dr. Maltby und erhob sich. »Ich fürchte, ich kann im Augenblick nichts für Sie tun.«

»Dann nicht«, sagte John schroff und fuhr sarkastisch fort: »Ich hätte es mir denken können. Sie haben ja zur Zeit genug eigene Sorgen am Hals. Guten Tag, Dr. Maltby.«

Fred seufzte tief auf, fuhr sich mit den Fingern durch die Haare, sah auf seine Uhr. »Der arme Kerl«, murmelte er. »Er ist zu bedauern. Kein übler Bursche. Im Grund gut zu leiden. Die Sache mit Anne geht ihm verdammt nahe.«

Und in seine Gedanken über Anne und John drängte sich wieder Eudora.

Eudora kam über den Rasen auf den Bungalow zu, ihre Füße, die in mexikanischen Pantoffeln steckten, hoch über das Gras hebend. Sie trug einen jener breitrandigen Strohhüte, wie sie die chinesischen Kulis tragen, aber auch viele Touristen zwischen Tokio und Italien. Eudora war merklich schlanker geworden in den vier Wochen ihres Aufenthalts im Tal. Ihr Haar, das bei ihrer Ankunft sehr blond gewesen war, zeigte jetzt mausgraue und weiße Streifen an den Wurzeln.

»Ich hoffe, ich komme nicht ungelegen mit meinem Besuch«, sagte sie zu Anne, die unter den Nußbäumen saß. »Sooo lange schon wollte ich einmal bei Ihnen vorbeikommen. Oh, was für ein reizendes Plätzchen haben Sie hier! Und das süße kleine Bauernhäuschen! Und dieser Berg drüben, jenseits der Felder! Wie heißt er?«

»Phulchoah«, antwortete Anne. »Es ist eigentlich nur ein Hügel.«

»Er ist wunderbar«, hauchte Eudora. »Wie glücklich sind Sie, einen Bungalow ganz für sich allein zu haben.« Versonnen und neugierig zugleich ließ sie ihren Blick über das kleine weiße Gebäude, den Rasen, die Rosenlaube und den kleinen Brunnen schweifen, um ihn dann wieder dem Phulchoah zuzuwenden.

»Paul Redworth würde Ihnen erklären, daß er kein Berg ist, sondern eine Göttin, wenigstens in den Augen der Nepalesen«, sagte Anne. Sie war nicht verärgert durch den Besuch Eudoras, doch sie wäre lieber allein geblieben. *Je ne parlerai pas, je ne penserai rien ...* es war wunderbar, hier zu sitzen, ohne zu denken, ohne zu sprechen. Rimbauds Gedichte wurden Wirklichkeit in der Harmonie dieser stillen Landschaft ... *mais l'amour infini me montera dans l'âme.* Liebe, dieser drängende, stumme Aufruhr. Liebe oder Sehnsucht?

»Oh, erzählen Sie mir davon«, rief Eudora aus.

»Die Göttin soll eine der beiden Frauen eines Gottes sein, ich habe vergessen, wie er heißt, und Schutzpatronin der Handwerker. Die Newari-Frauen bringen ihre neugeborenen Töchter auf den Hügel und nehmen Blumen und Weberschiffchen mit, um sie der Göttin zu opfern, und sie bitten sie, die Mädchen tüchtige Haushälterinnen und gute Weberinnen werden zu lassen.«

»Wirklich? Das ist allerliebst«, sagte Eudora nachdenklich. »Ich finde, diese Umgebung übt eine sonderbare Wirkung auf einen aus. Finden Sie nicht auch? Man fühlt sich wie in einer anderen Welt, .. wenn Sie verstehen, was ich meine. Man gerät vollkommen durcheinander. Alles, was man gedacht oder getan hat, erscheint einem in einem ganz anderen Licht, vollkommen verändert, ins Gegenteil verkehrt. Das früher Unwichtige wird wichtig, und das, was man für wichtig hielt, ist es nicht mehr.«

»Vielleicht bedeutet es, daß man im Begriffe ist, sich selbst zu finden«, sagte Anne.

»Ja! Genau das hat Unni Menon auch gesagt. Ich hatte so wunderbare, lange Gespräche mit ihm. Ich war so unglücklich, verzweifelt ... wegen Fred. Seltsam, jeder weiß von Fred, doch niemand erwähnt ihn mir gegenüber ... aber Unni ist wirklich ein reizender Mensch. Den ganzen Abend hat er sich mir gewidmet am ersten Tag jener Hochzeit ... und hat mich später oft besucht. Auch in der Nacht im Royal-Hotel, als Wassili aus dem Gefängnis entlassen worden war und wir alle feierten und ich es einfach nicht mehr aushalten konnte und auf mein Zimmer lief, um mich auszuweinen, da folgte mir Unni und tröstete mich. Er ist wirklich eine Seele von einem Menschen«, sagte Eudora, und ihre Augen leuchteten, »und was für ein Mann. Und dennoch habe ich nie Angst vor ihm, nicht ein bißchen. Ich meine ... ein- oder zweimal, nach einer Party, gingen Männer vor meiner Tür auf und ab. Und da ist besonders einer ... nun, ich brauche keinen Namen zu nennen ...«

»Ich weiß, Michael Toast«, sagte Anne. »Kommt auf einen zu und fragt ohne Einleitung: ›Wie wär's, wenn wir beide mal zusammen ins Bett gingen, altes Mädchen?‹ Und wenn man nein sagt ...«

»Sagt er: ›Sie müssen Lesbierin sein.‹« Eudora kicherte. »Ja. Und ein paar andere sind auch noch da, die glauben, weil sie hier weit von zu Hause weg und unter Fremden sind, könnten sie sich alles erlauben. Das ist es, was die Asiaten so auf uns herabblicken läßt«, eiferte sich Eudora. »Bei Unni habe ich nie Angst gehabt, obwohl er so dunkel ist, wirklich nicht. Wissen Sie, was ich getan habe? Bin ihm um den Hals gefallen«, kicherte Eudora und wurde rot. »Nur ihn zu sehen, ist schon eine so wunderbare Erleichterung. Er kommt doch bald wieder zurück, nicht wahr? Er hat mir versprochen zu kommen und sich um mich zu kümmern.«

Anne antwortete nicht. Ihre Hand lag im Gras, und sie zog an den Halmen, die sanft, wie gezähmt, nachgaben, um sich dann in spielerischem Gegenzug zu wehren. Seltsam war dieser Eindruck der Wechselwirkung zwischen allen Dingen. Sie hatte ihn nie empfunden, bevor sie in das Tal kam und fühlte, wie ihr Körper eins wurde mit dieser Welt und den Bergen, die sie umgaben. Es war, als ob die Natur und alle Kreatur, die Hunde und die Kühe, die mit den Menschen die Straße und die Luft teilten, das Gras unter ihr und die Bäume über ihr, ineinander verwoben wären zu einem einzigen unentwirrbaren Muster, aufeinander abgestimmt zu einer großen Harmonie des Lebens. Und auch Eudora gehörte dazu und ihre Worte, mit denen sie neue Zeichen beschworen hatte, das Bild, die Melodie zu bereichern, Eudora, die in ihre Stille eingedrungen war und sich plump neben ihr niedergelassen hatte wie eine dieser frechen und furchtlosen Krähen, die sich ihres Rechts, Luft und Nahrung und Leben mit den Menschen zu teilen, unerschrocken bewußt sind.

»Aber jetzt werde ich artig sein. Ich habe es Unni versprochen«, fuhr Eudora fort, wieder in ihre mädchenhafte Geziertheit verfallend. »Es ist schwer, doch ich fange jetzt an zu verstehen, wie wichtig es ist, Geduld zu üben … Finden Sie nicht auch, daß Geduld heutzutage etwas sehr Wichtiges ist?« Sie sah Anne forschend an, die verlegen nickte. »Ich habe sooo reizende Menschen hier kennengelernt, die einem wirklich helfen, das Leben schön zu finden trotz, ja, trotz privater Sorgen. Ich nenne nur den Hindu-Dichter, und diesen ganz entzükkenden Jungen, Sharma. Ja, Sharma … finden Sie ihn auch so hübsch? Ach, ich wollte, ich wäre zwanzig Jahre jünger«, rief Eudora aus, von ehrlicher Begeisterung überwältigt.

»Würden Sie eine Tasse Tee mit mir trinken?« fragte Anne.

Die Dienerin brachte Tee und kleine Kuchen, die von dem Schweizer Bäcker stammten und jetzt Anne an drei Tagen in der Woche geschickt wurden, abwechselnd mit Biskuits, an deren besonderer Zartheit Anne erkannte, daß sie aus des Generals Palast, der auf der anderen Seite der Straße lag, kamen.

»Nebenbei«, sagte Eudora, »ich möchte Sie und Ihren Mann, wenn er kommen will, zu einer kleinen Party einladen, die ich in den nächsten Tagen veranstalten will. Ich finde, die Ausländer, die hier wohnen, bemühen sich nicht genügend darum, die Nepalesen und ihre wahren Werte wirklich kennenzulernen. Wie überall schließen sie sich von dem Leben ihres Gastvolkes vollkommen ab.« Eudora verbreitete sich noch weiter über dieses Thema. Sie fand, daß sie allein in die Herzen der Asiaten eingedrungen wäre. Vor allem hätte sie es immer verstanden, sich ihnen politisch richtig zu nähern. »Schon in Londen wimmelte es in meiner Wohnung von diesen reizenden asiatischen Studenten. Jeden Donnerstag war großer *jour* bei mir. Ich war befreundet mit so vielen jungen Menschen, die später in ihre Heimat zurückgekehrt sind und geholfen haben, ihrem Land die Unabhängigkeit zu erkämpfen. Wissen Sie, wie manche von ihnen mich zu nennen pflegten? Mutter Asien! Ist es nicht süß, mich so zu nennen?« rief Eudora aus und gab wieder das nervöse, schrille Kichern von sich, das, so fühlte Anne jetzt, eines der Dinge gewesen sein mußte, vor denen Fred Maltby davongelaufen war. Sie griff wieder in das Gras. Die Zauberstimmung des Nachmittags, der so schwere- und gedankenlos begonnen hatte, war zerstört durch diese Stimme, dieses Kichern, diese gräßliche kleinmädchenhafte Betulichkeit und Sucht, das Rechte zu tun … und dann fühlte sich Anne von einer Welle des Mitleids erfaßt. Arme Eudora. Mit der Klarheit jener, deren Instinkt die Herrschaft über den Verstand gewonnen hat, erkannte sie, daß Eudora Fred nicht vergessen hatte. Sie war, so unmöglich es auch scheinen mochte, immer noch in Fred verliebt. So viele Jahre waren inzwischen vergangen, und hier saß sie, im gleichen Tal wie Fred, und wartete, wartete auf ein Zeichen, auf ein Wort … es war gräßlich und grotesk, tragisch und komisch zugleich. Und sie, Anne, wußte nichts anderes zu tun, als gläserne Wände aufzurichten zwischen sich und dieser anderen, die eine Frau war wie sie …

»Ich habe mich von meinem Mann getrennt«, sagte sie, zu unvermittelt. »Ich wohne hier allein. Man wird es Ihnen gesagt haben.«

»Natürlich hat man mir's gesagt«, antwortete Eudora, jetzt menschlich werdend, mit weicher Stimme. »Pater MacCullough hat es mir erzählt. Deshalb wollte ich auch zu Ihnen kommen und mit Ihnen darüber sprechen. Ich habe es versucht, aber ich konnte nicht … irgendwie wollen einem hier die Worte nicht so über die Lippen, wie man es sich vorgenommen hat. Finden Sie nicht auch?«

»Ja, das stimmt. Pater MacCullough bat mich, Sie aufzusuchen. Das war noch, bevor ich John verließ, und ich fürchte, inzwischen bin ich noch egoistischer geworden. Ich sitze hier, lasse mir den Wind um die Nase wehen und denke nicht daran, mich um Sie zu kümmern!«

»Mir erging es ähnlich. Nur dachte ich, Sie brauchen keine Hilfe. Was Sie tun, halte ich eigentlich für verkehrt, und trotzdem fühle ich, daß Sie recht haben. Genauso wie ich glaube, daß das richtig ist, was ich tue … nämlich nur warten. Und ich weiß nicht einmal, warum.«

»Hätten Sie Lust, ein wenig spazierenzufahren?« fragte Anne nach einem kurzen Schweigen. Sie hatten sich alles gesagt, was zu sagen war. Jedes weitere Wort wäre müßig gewesen, hätte das alles verstehende, alles sagende Schweigen zwischen den beiden einsamen Frauen zerstört.

»Das wollte ich gerade vorschlagen«, rief Eudora aus und sprang auf. »Lassen Sie uns zum Flugplatz fahren, es wird jetzt Zeit sein für die Maschine aus Bongsor. Dort ist nämlich der Damm, an dem Unni Menon arbeitet.«

»Ich wußte nicht, daß jeden Nachmittag eine Maschine aus Bongsor hier eintrifft.«

»Nicht jeden Tag. Nur einmal in der Woche, oder alle zehn Tage, und überhaupt keine, wenn es zu wolkig ist. Es ist nur ein kleines Flugzeug, eine alte DC.3, aber vielleicht ist eine Nachricht von Unni da für mich. Ich habe ihn gebeten, mir zu schreiben, damit ich hier nicht verrückt werde vor Einsamkeit.«

»Gut, fahren wir zum Flugplatz«, sagte Anne.

*

Anne schrieb:
Eudora und ich fuhren zum Flugplatz. Für Eudora war ein Brief in
einem blauen Luftpostkuvert da. Die Handschrift darauf war schräg,
regelmäßig, schwer zu definieren; die Großbuchstaben kaum höher
als die übrigen. Von Unni Menon.
Am Morgen darauf kam Dearest über den Rasen daher mit ihrem Vater, Seiner Herrlichkeit dem Rampoche von Bongsor.
Dieser, ein asiatischer Churchill, hatte einen um ihn herumschlot-
ternden Swingboy-Anzug an. Dearest war in einen Sari aus mattrosa
Organdy gewickelt. Beide hatten dicke schwarze Sonnenbrillen auf.
Sonnenbrillen sind die große Mode im Tal. Ihre Majestäten tragen sie
so gut wie dauernd. Es soll Leute geben, die mit Sonnenbrille zu Bett
gehen und schlafen.
»Hello, Mrs. Ford!« rief Dearest überschwenglich und übereifrig wie
immer. »Das hier ist mein Daddy; ich habe Daddy von Ihnen erzählt;
mein Daddy wollte Sie schon seit einiger Zeit einmal besuchen und
will Sie heute zum Lunch einladen.«
Ich bemühe mich, die unersprießliche, schmachtende Apathie, diesen
bewußten, halbbewußten Dämmerzustand, der mich befallen hat, abzuschütteln. Ich sage mir, ich müsse gehen. Ich müsse gehen. Ich
müsse mit Menschen umgehen. Allein, ich begehre nichts als unter
diesen Nußbäumen zu liegen und den Berg gegenüber anzuschauen.
*Je ne sentirai pas, je ne penserai rien, je laisserai le vent baigner ma
tête nue.* Stark und stetig weht der Wind hier durch mein Haar; eine
unwiderstehliche Liebkosung. Hier kann ich der Leidenschaft des
Friedens mit mir selbst frönen, derer ich nie überdrüssig werde.
Nachts fahre ich stundenlang allein aus; Alleinsein ist mir Bedürfnis …
Dearest hat die »Bhagavad-Gita« im Gras liegen sehen. Sie beugt sich
vor zu dem Buch, rührt es jedoch nicht an; höfliche Asiatin, die sie ist,
läßt sie die Hände davon.
»Ach, das ist ja wunderschön, Mrs. Ford Daheim haben wir so etwas
auch. Mein Daddy sammelt alte Bücher.«
»Das da gehört dem Feldmarschall.«
Der Rampoche nickt. Dearest führt allein das Gespräch, während die
schwarzen Knopfäuglein des Rampoche (funkelnd, als wären sie gera-

de einer Spezialpolitur unterworfen worden) umherschweifen und flink, scharf, genau die Dinge erfassen wie ein pickender Vogel ...

Seine Herrlichkeit hat in Katmandu ein Haus in tibetanischem Stil, das eine zierliche Fassade mit schöngeformten Gesimsen und nicht allzuvielen Reliefs zeigt. Die Familie bewohnt die »fleckenlosen« Räume (wir ziehen die Schuhe aus, als wir sie betreten) im Unterstock. Die Bretter des Fußbodens sind mit einer dicken Lage Linoleum bedeckt, und darauf liegen handgewobene tibetanische Teppiche und Matten. An den Wänden das übliche Kunterbunt von Photographien, Öldrucken, das Erhabene und das Lächerliche fröhlich nebeneinander. Bilder von lebenden Buddhas, Dalai Lamas und anderen prominenten Tibetanern, von Dearest mit einigen Pinselstrichen koloriert (»Daddy sagt, ich bin künstlerisch veranlagt«), palmzweigtragende Engel, goldene Buddhastatuen, ein heiliges Herz, die Potala von Lhasa; ein paar halbwegs bekleidete Pin-up-Girls, »Daddy« in vollem Ornat mit verschiedenen Standespersonen, der König, Botschafter, Bergsteiger, Porträts mit Widmungen von Leuten, die bei Seiner Herrlichkeit geweilt haben, mit Ausdrücken der Hochschätzung, der Erkenntlichkeit, geziemender Gefühle in französischer, englischer, deutscher, spanischer, holländischer Sprache. Eine Galerie großer Männer Asiens: Nehru, König Mahendra von Nepal, Mao-Tse-Tung, der Präsident der Philippinen. Aber keine Stoßzähne, keine Tigerfelle – der Rampoche ist kein Jäger.

In Vitrinen, auf Tischen »objets d'art«: die üblichen scheußlichen Pariser Pendulen neben wundervollen Pekinger Jadeschnitzereien; eine gute Schweizer Uhr; Meißner Figuren, kleines Schmuckzeug aus Londoner Warenhäusern, unbezahlbare Kostbarkeiten und wertloser Kitsch, stil- und schamlos nebeneinander. Dolche mit in Silber oder Gold getriebenen, mit Türkisen und Achaten eingelegten Scheiden. Daneben Silberschalen und billige rosa Gläser aus Hongkonger Fabriken.

Durch die Tür lugt ein Frauenkopf, und ich erkenne die Tibetanerin, die mit mir im Flugzeug hier ankam. Die Frau, die Dearest »Tantchen« nennt, lächelt mir, schöne eckige Zähne entblößend, zu. Ihre Kinderschar drängt herein, um die Hände zum Gruß zu falten und »hello« zu sagen. Dearest jagt sie hinaus, läßt sich an meiner Seite nieder und fährt zu reden fort. Ohne Punkt und Komma redet sie immer weiter, weiter plätschert, ein unversiegbarer Bach, ihr Geplapper. Es bleibt nichts anderes übrig: Ich muß mich auch hinsetzen und den Wortwasserfall über mich ergehen lassen; der Rampoche bleibt ebenfalls sitzen und nickt nur. Er scheint auch von der Zungenfertigkeit seiner Tochter übermannt.

»Und sehn Sie als ich zu meiner Base der dritten Stiefschwester des Durchlauchtigen Lama sagte die in Lhasa wohnt und auch mit meinem Tantchen verwandt ist du solltest dir aber nicht das Haar abschneiden denn schon in Goldshmiths ›Essays‹ steht geschrieben daß das Haar die Bekrönung der weiblichen Schönheit ist und sie sagte aber ich bin jetzt selbständig und gleichberechtigt da hörte sie nicht auf mich und ihre Ehemänner waren sehr dagegen und sagten alle sie hätten lange Haare gern aber meine Base ist schlau und sie bekam ihren zweiten Mann herum daß er sagte er hätte auch kurzes Haar gern und er sei ein moderner Mensch und sie gingen ins Kino zusammen und als es dann zur Abstimmung in der Familie kam ergab sich fünfzig zu fünfzig und jetzt heiratet sie einen vierten der kurze Haare mag aber sie müssen in ein größeres Haus ziehen weil das alte zu klein für alle fünf ist aber ich sagte zu meiner Base du wirst eines schönen Tages alle deine Ehemänner verlieren weil du kurze Haare hast aber sie hört nicht auf mich weil sie überzeugt ist daß sie unbedingt recht hat aber ich meine das nicht sondern mein langes Haar ist die Krone der Schönheit und selbst wenn ich später einmal Doktor bin dann lasse ich mein Haar lang wenn es auch mehr Arbeit macht sagt mein Daddy und manchmal zu schwer ist und mir Kopfweh macht Mrs. Ford glauben Sie nicht daß ich Ärztin werden könnte ich weiß nur nicht wo ich Medizin studieren soll in Peking oder Kalkutta ich spreche ja auch Hindi aber das ist für Medizin nicht erforderlich weil die in Kalkutta auf Englisch ist mein Daddy sagt wenn ich möchte könnte ich vielleicht auch in Amerika studieren und nun versucht er für mich ein Stipendium für Amerika zu bekommen Mr. Bowers kennen Sie Mr. Enoch P. Bowers er hat eine große Figur und Falten im Gesicht aber ich mag seine Hautfarbe nicht die ist zu rosig ich bin ganz verschossen in William Holden der ist ein viel schönerer Mann als Mr. Bowers ich habe ihn in einem Film gesehen er ist ganz sonnverbrannt wir mögen die Männer nicht zu weiß aber eine Frau soll meines Erachtens einen blassen Teint haben meinen Sie nicht auch das ist wenigstens hier die allgemeine Ansicht und mein Daddy sagt in Lhasa benutzen sie jetzt alle Gesichtspuder und Lippenstift sowie Parker-Füllfedern denn alle mögen Parkerfedern wie stellen Sie sich dazu wie gesagt Mr. Bowers hat mir seine Unterstützung wegen des Stipendiums versprochen und deshalb hat mein Daddy versprochen in den

Club einzutreten dessen Präsident wie Sie wissen Mr. Bowers ist und natürlich hätten wir auch gern Ihre Hilfe da Ihr Gatte Mr. Ford Clubsekretär ist also Mrs. Ford könnten Sie mir behilflich sein daß ich ein Stipendium für Amerika bekomme?«

Sie hat so plötzlich einen Punkt gemacht, daß ich überrumpelt bin und nur sagen kann: »Hm?« Der Rampoche lächelt sanftmütig und sagt zu seiner Tochter etwas, Gott mag wissen, ob in nepalesischer, tibetanischer, Sherpa- oder Hindisprache oder sonst einem der von ihr beherrschten Idiome. Offenbar hat er heute sein ganzes Englisch vergessen, das ihm bei der Hochzeit doch so fließend von den Lippen ging. Dearest erwidert; sie diskutieren erregt miteinander, dann sagt Dearest zu mir:

»Mein Daddy sagt Stipendium hin oder her aber wenn Sie wieder Bücher schreiben könnten Sie doch vielleicht eins über mich schreiben und dabei einflechten wie sehr wir hier im Himalajagebiet alle für amerikanische Stipendien eingenommen sind und wie glühend wir die Demokratie lieben und Mrs. Ford da ist noch eine andere Kleinigkeit auf die ich auf Wunsch meines Daddy Ihre Aufmerksamkeit lenken soll denn er meint bitte entschuldigen Sie ihn da ich Ihre Schülerin bin würden Sie mir doch selbstverständlich Ihre Unterstützung leihen wenn Sie meinen daß ich zu Hoffnungen berechtige und wir wissen daß die Amerikaner überall nach begabten jungen Menschen Ausschau halten tüchtiges Material das sie nach den Vereinigten Staaten schicken können damit sie durch und durch demokratisch geschult werden so könnte man vielleicht später ein Stipendium arrangieren aber im Augenblick sagt mein Daddy hat das noch Zeit aber es ist noch etwas anderes sagte mein Daddy was er mit Ihnen besprechen möchte da er überzeugt ist Sie als großzügige hochstehende edle Dame helfen gern allen Menschen zum gegenseitigen Verständnis und es handelt sich um Unni Menon.«

Pause. Wieder tritt sie so jählings ein, daß ich noch in den ablaufenden Wellen der Sturzflut zappele. Diesmal brauche ich zwei Sekunden, um zu reagieren. Und zwar besteht meine Reaktion in einem Abwehrreflex. »Was ist mit Mr. Menon?« frage ich. Und siehe da: unerbittlich, gegen mein Wissen und Wollen, erröte ich langsam, erröte vom Scheitel bis zur Sohle, wort- und wehrlos, feierlich und wütend. Ich kenne den Mann nicht; ich bringe ihm bestimmt keine Gefühle entgegen. Bestimmt nicht. Ich befrage mich selbst jetzt, da ich gehalten, kühl bin vor diesem weißen Bogen, der dazu dienen soll, in Worten das neue Ich aufzuzeichnen, von dem ich kurze Blicke erhasche.

Was fühle ich für Unni Menon? Ich kann darauf nur antworten: Ich weiß es nicht. Sehne ich mich danach ihn wiederzusehen? Ich weiß es nicht. Ärger kommt mich an, weil Eudora auf Unni Menon wartet und nun der Rampoche auch.

»Ich habe nicht das geringste mir Mr. Menon zu tun«, sagte ich spröd. »Ich kenne ihn überhaupt nicht gut.«

»Ach Sie sind die Freundin von seinem guten Freund er vertraut Ihnen sehr Mrs. Ford er behandelt andere Frauen nicht wie Sie«, sagt Dearest und macht Glupschaugen. »Wir alle bewundern so sehr die schöne Freundschaft Mr. Menon ist ein sehr schöner großer Mann ein richtiger Herzensbrecher ein bißchen zu dunkel sonst ganz wie William Holden nur hat er schlankere Hüften weil er nicht Amerikaner ist sondern Inder und alle Amerikaner sind ein bißchen zu dick weil sie sehr reich sind Inder aber können sich nicht leisten so viel zu essen aber in der Regel ist Mr. Menon wie alle Männer sind soviel Frauen um ihn herum er nimmt sie gerade einmal ins Bett wenn sie mir verzeihen wollen und dann vergißt er sie jedenfalls kein Interesse mehr aber er ist ein guter Arbeiter und mein Daddy versucht ihm zu helfen aber Mr. Menon versteht manchmal nicht wie mein Daddy ihm zu helfen bemüht ist und darum wenn Unni zurückkommt können Sie mit ihm hierher kommen und mein Daddy erklärt ihm wie er ihm zu helfen versucht ja?«

»So leid es mir tut«, erwidere ich, »ich kann nicht versprechen, Mr. Menon irgendwo hinzubringen.« (Mir fallen jetzt die Nichten ein.) »Ich habe mit seiner Arbeit nicht das geringste zu tun.«

»Lunch«, ruft der Rampoche auf einmal unvermittelt aus, steht auf, klatscht in die Hände und lacht laut, hahaha. Wir stehen auf, werden in ein anderes Zimmer geführt, setzen uns auf eine mit Kissen belegte Bank, und jeder von uns bekommt ein Tischchen, auf dem große Teller aus getriebenem Silber in Form von Lotusblättern stehen. Darauf häuft Tantchen Speisen. Gleich Dearests Wortschwall ist das Essen viel zu ausgiebig: Reis, Curry, zwei verschiedene Hühnergerichte, drei andere Fleischgerichte, viererlei Gemüse, eines aus einem seltenen tibetanischen Pilz, Quark. Der Rampoche, Anhänger der tibetanischen Richtung des Buddhismus, ist kein Vegetarier. Die Tante erklärt mir, der Titel Rampoche entspreche dem eines Bischofs, während das Wort Lama nur den gewöhnlichen Priester bezeichne.

Dearest spricht von ihrer Schule, ihren Zukunftsplänen; die Tante erzählt von ihren drei Männern und ihren Kindern; zwei ihrer Gatten und sämtliche Kinder hat sie zur Krönung ins Tal mitgebracht; den dritten Ehemann hat sie daheimgelassen, um »auf das Haus und die Möbel aufzupassen«. Der Rampoche sieht mich schmunzelnd an, während er ißt. Nach dem Mahl gehe ich, zum Platzen satt, nach Hause mit einem Beutel voll der berühmten tibetanischen Pilze, und Dearest winkt mir von der Tür aus nach.

»Bye bye Mrs. Ford so lieb von Ihnen daß Sie gekommen sind vergessen Sie nicht wir sind alle Ihre Freunde echte Freunde nicht wie gewisse Leute jawohl wir klatschen nie über andere Leute auf baldiges Wiedersehen wenn Mr. Menon zurück ist.«

Seltsam, daß ich Rukmini Unterricht geben muß. Mit der gleichen herzergreifenden Gefügigkeit, mit der sie bei der Hochzeit dasaß, sitzt sie an ihrem Pult in der Klasse. Sie tut, was sie geheißen wird. »Lies, Rukmini.« Dann steht sie mit müheloser Grazie auf, so wie sie aufstand, als ihr Ehemann Ranchit mit Pat, der amerikanischen »Künstlerin«, zu ihr trat, um ihr seine Geliebte vorzustellen. Die Augen gesenkt, liest sie gehorsam, pflichteifrig. Ich sehe sie wieder in Wassilis Zelle auf dem Fußboden sitzen und höre Unni mit seiner dunklen, tiefen Stimme sagen: »Singe, Rukmini«, und sie singt. Sie ist sich des Vermögens an Schönheit, Zauber, Anmut, das sie besitzt, nicht bewußt. Sie versteht nur zu geben, zu schenken, sich zu verschenken, ihr Lächeln, ihren Liebreiz, und nimmt es hin, daß andere ihr befehlen. Die Tochter des Rampoche, Dearest, kommandiert und kujoniert sie. Rukmini richtet ihr den Putz her, bindet ihr dickes, sprödes Haar (das so sehr verschieden ist von Rukminis eigenem, weichen, welligen Haar) zu einem schönen schweren Knoten. Rukminis Hände gehen geschickt mit Blumen, Seidenstoffen und Schmuckstücken um, und daß sie keinen englischen Satz ohne einen orthographischen Fehler zustande bringt, darauf kommt es überhaupt nicht an.

»Dieses Mädchen kann noch nicht die einfachste Landkarte zeichnen«, schreit Erdkunde verzweifelt.

Gestern gab ich als englisches Aufsatzthema: »Beschreibt eine Hochzeit in eurer Heimat.« Der Vorschrift entsprechend hätte ich hinzufügen müssen: »in nicht mehr als dreihundert Worten.«

»Mrs. Ford, bitte, mit wieviel Worten?« fragte Dearest sogleich.

»So viele ihr wollt.«

Die Atlasgewänder von Dearest gerieten in zitternde Bewegung, und ihr rundes, bebrilltes Gesicht verriet beträchtliche Aufregung. »Aber, Mrs. Ford, die früheren Missionarinnen haben immer ...«

»Ihr sollt diesen Aufsatz einmal ganz so schreiben, wie ihr wollt.«
Das Experiment verlief nicht erfolgreich. Dreihundert Worte geben immerhin eine Grenze, schränken von vornherein die Schreiberei auf ein nicht zu ermüdendes Maß ein. Der Freiheit, die ich ihnen ließ, vermochten die Mädchen sich nicht zu bedienen, außer Dearest und Rukmini. Dearest deponierte, mit gewichtigem Ernst wie immer, auf meinem Pult ein umfangreiches Konvolut mit dem Titel: »Eine vergleichende Studie der Hochzeitsgebräuche bei den Völkerschaften Nepals.« Eine höchst interessante Arbeit, für die Dearest nur Lob verdient. Sie muß die ganze Nacht daran geschrieben haben; schlecht geschrieben ist sie auch nicht. Ich beglückwünschte sie vor der ganzen Klasse; sie bekam einen roten Kopf, hüpfte von einem Fuß auf den andern und warf mir über die Brille hinweg einen Blick von so höchster, stärkster Verehrung zu, daß mich Reue und Scham befielen, weil ich versucht hatte, sie zu ducken. Sie kann nicht anders; ihre Begabung, ihr Überlegenheitsgefühl, ihre geistige und körperliche Kraft müssen sich geltend machen; was bei ihr nottut, ist, daß ihre überströmenden Verstandeskräfte in die richtigen Kanäle geleitet werden.
Lakshmi fehlt in der Schule. »Sie ist wieder schwanger, bitte, Mrs. Ford«, sagte Dearest, »sie bittet um Entschuldigung, denn sie muß sich andauernd übergeben.«
Rukmini, das geborene Opferlamm, stand auf und legte einen kleinen Zettel vor mich hin, auf dem geschrieben stand: »Mrs. Ford, ich habe meine Aufsatz nicht geschrieben. Verzeihung. Rukmini.« Nach der Stunde rief ich sie noch zu mir und sagte: »Wenn du nicht gern Worte schreibst, möchtest du dafür lieber etwas anderes tun?«
Sie sah mich verlegen, betreten, ja etwas verängstigt an.
»Zeichnen oder Malen, zum Beispiel«, sagte ich und errötete dabei bis in die Haarwurzeln, da ich damit sie und mich bloßgestellt hatte. Wir blickten einander groß an, zwei Frauen in einem Aufruhr der Gefühle, die unausgesprochen zwischen uns standen. »Du weißt, ich wohne in dem Zimmer, das du früher einmal ausgemalt hast, Rukmini ... Die Sittiche sind wundervoll ... zeichnest oder malst du noch?«
»Ja«, sagte Rukmini, »bisweilen.«
»Rukmini«, sagte ich, »wenn ich helfen kann, so tue ich es gern.«
Sie scheint nicht zu verstehen, lächelt und zieht sachte den Sari über den Kopf, bis unter die Augen, und geht dann so, verschleiert und verstummt, aus dem Schulzimmer.

Isobel ist überzeugt, in den Krönungstagen werde Wassermangel eintreten und läßt deshalb die Betontanks im Garten schon jetzt vollfüllen.

»Das tut sie bloß, weil sie genügend Cognac hat, sonst würde sie sich darüber Sorgen machen«, sagt Hilde ruhig und sachlich.

Wassili zerbricht sich den Kopf nicht wegen des Wassers, sondern wegen der Spirituosen. »Mehr als hundertfünfzig ausländische Korrespondenten, Photographen, Reporter und Filmleute, und dann womöglich nur Coca-Cola zu trinken und die rosa Grenadine, die man in Kalkutta an alkoholfreien Tagen bekommt und die sie dort Obstsaft nennen! Ich brauche ein halbes Dutzend Dakotas voll mit Whisky und Bier.«

Und wenn der indische Lyriker – der eine Ode zu Ehren der Krönung zu schreiben gedenkt und als orthodoxer Brahmane am Samstag fastet und nur Wasser oder Tee trinkt – mit sanfter Stimme mahnt, daß es der Seele zuträglicher sei, nur Fruchtsaft zu trinken, dann sagt Wassili mit Nachdruck:

»Genosse, man sieht, daß du ein Idealist bist. Du kennst die Gurgeln der Presse nicht. Man kann tun, was man will; wenn man nicht für alkoholisches Schmieröl sorgt, dann wird nicht einmal der richtige König gekrönt.«

Schließlich wird Wassili in den Palast zitiert und teilt mir danach mit, daß er demnächst dreißigtausend Rupien erhalten werde, um damit nach Kalkutta zu fliegen und Spirituosen einzukaufen, »sobald das Geld in Form von Steuern beim Volk eingetrieben ist. Aber behalten Sie für sich, was ich Ihnen da sage, sonst muß ich sämtlichen Ranas Whisky abgeben, bevor die Presseleute noch ihr Visum bekommen haben.«

Heute bekomme ich ein paar Briefe; darunter einen von Leo Bielfeld, der mir mitteilt, daß er und unser Freund François Luneville, der französische Photoreporter, zur Krönung nach Katmandu kommen. *»Anne, ma sœur Anne, ne vois-tu rien venir?«* schreibt Leo. »Ich habe immer die Geschichte von Blaubart gern gehabt, aber es ist mir eigentlich nur eine Szene davon genau im Gedächtnis geblieben: wie Anne, die Schwester von Blaubarts Frau, oben auf dem Turm steht und die Landstraße nach Hilfe absucht. Und ihre hoffnungslose, jammervolle Antwort: ›*Je vois le soleil qui poudroie et la poussière que tournoie* ...‹ Ihr ferner, abseitiger Blick ruft mir dies ins Gedächtnis. Werden Sie mich mit diesem kalten und doch prüfenden Blick ›vom hohen Turm herab‹ begrüßen, wenn ich in Katmandu eintreffe?«

Der liebe gute Leo! In Kalkutta damals nötigten mir seine erotischen Possenreißereien regelrechtes Erstaunen ab. Sie waren für mich nichts weiter als eine unerklärliche äußerliche Aufregung, etwas Sinnloses, zu dem ich überhaupt keine Einstellung und das gar nichts mit mir zu tun hatte. Und jetzt? Anne, Anne, siehst du nichts kommen? Wie kann ich davon sprechen, wie kann ich dieses leis murmelnde Aufsteigen der Säfte in mir schildern, das noch ohne Namen ist, sich noch nicht zu einem einzigen Namen, zu einer einzelnen Gestalt verdichtet hat? Aber ich weiß jetzt davon, ich weiß jetzt wieder um die unnennbare Wonne des Begehrens, die Qual, die die Welt erneuert ... aber ich darf nicht daran denken. Ich will noch eine kleine Weile wachend und wartend hoch oben auf meinem Turm bleiben.

Ein Agrarwissenschaftler aus der Schweiz hält im Royal-Hotel einen Vortrag über die entsetzlichen Überschwemmungen des letzten Jahres. Ganze Täler sind verschwunden. Hunderttausende von Menschen leiden Hunger, und die Flüchtlinge werden nach Katmandu strömen. Es ist so gut wie ausgeschlossen, sie fernhalten zu wollen. Obwohl die Straße nach Indien noch nicht fertiggestellt ist, kommen jeden Tag zwanzig bis dreißig Lastwagen voll Lebensmitteln für die Talbewohner von Indien herauf. »Sonst gibt es Hungersnot und Aufruhr, was nicht gerade schön ist bei einer Krönung.«
Ich war zum Tee bei den Amerikanern im Palast der Vier-Punkte-Kommission. Erdkunde schwärmt davon: »So gemütlich. Und sooo sauber. Ein Traum. Wahrhaftig Amerika im kleinen.«
Pater MacCullough läuft dauernd hin und her; er tut so überbürdet mit Verantwortung, daß man meint, Erfolg und Mißerfolg der bevorstehenden Krönung hingen gänzlich von seiner Betätigung ab. Dabei ist er ein liebenswerter, hilfreicher, gütiger Mensch. Er fährt hinauf zu der anderen, von ihm auf zweitausend Meter Höhe im Gebirge geleiteten Schule. »Denken Sie an die Messe um acht Uhr morgens am Sonntag hier im Hause; kommen Sie, wenn Sie können«, sagt er zu mir. Er liest nämlich zwischen Kronleuchtern und Spiegeln im großen Salon des Royal-Hotels die Messe.
Ein riesengroßer Amerikaner mit langer weißen Hosen und weißem Hemd (seine Wäscherechnung muß schön hoch sein) beschwert sich bei Hilde über die nepalesische Regierung. Er sei seit fast fünf Wochen hier, um eine Bewilligung zur Aufnahme der Himalajakette aus der Luft zu erhalten. Er habe sich an die höchsten Stellen gewandt: an den König, den Feldmarschall, den Premierminister ... an alle. Fünf

Wochen ... Wassili lacht herzlich über die Erfahrungen des Amerikaners mit nepalesischen Regierungsbeamten.

»Morgen«, sagen sie, »morgen werden wir sehen, ob wir Ihnen eine Bewilligung zukommen lassen können.«

Und wenn er drängt, dann heben sie nur ganz überrascht die Hände hoch und sagen sehr höflich: »Aber warum denn heute? Morgen ist auch noch ein Tag.«

»Das ist die Devise der Regierung«, sagt Wassili. »Warum denn heute? Morgen ist auch noch ein Tag.«

Als sich der Amerikaner getrollt hat, sagt Wassili zu mir: »Die Bewilligung kriegt er nie. Ist ja der reine Wahnsinn, eine zu verlangen. Was denn? Er will vom Flugzeug aus Aufnahmen von der Himalajakette machen? Das heißt: die chinesische Grenze. Glauben Sie, eine nepalesische Regierung, die ihre fünf Sinne beisammen hat, wird einem Amerikaner erlauben, aus dem Flugzeug die chinesische Grenze aufzunehmen?«

»Der Mann muß verrückt sein«, sagt Hilde. »Oder harmlos.«

»Keins von beiden«, sagt Wassili. »Auf alle Amerikaner in Nepal scheinen die Gebirgspässe im Norden eine fabelhafte Anziehungskraft auszuüben. Ständig beantragen sie Bewilligungen, um da droben zu ›wandern‹ oder im Grenzgebiet Krankenhäuser und Schulen zu errichten. Deshalb sind die Nepalesen so mißtrauisch gegen die amerikanische Hilfsaktion. Die Amerikaner verbinden mit dem Begriff dieser Hilfe immer von vornherein den Gedanken, daß das Geld zur Bekämpfung der Kommunisten oder der Chinesen bestimmt ist, und so argwöhnt jedermann, daß sie eigentlich keine Hilfe, sondern militärische Zwecke im Auge haben.«

Der Irre tritt ein, schwätzt und schmunzelt in sich hinein, verbeugt sich vor Wassili, der sich auch vor ihm verneigt. »Der würde mir fehlen, wenn er nicht mehr käme«, sagt Wassili mit einem liebevollen Blick auf den Mann. »Hoffentlich wird man hier nie so modern, daß man ihn in eine Irrenanstalt steckt.«

Ich frage Wassili, ob François und Leo auch wirklich im Royal-Hotel Platz finden werden. Alle Zimmer seien doppelt vorbestellt, erwidert mir Wassili, hundertfünfzig Zeitungskorrespondenten hätten sich gemeldet, und in dem Gebäude, wo die Regierung ein paar Dutzend offizielle Gäste unterbringen wolle, sei noch nicht das kleinste Möbelstück. Wassili gedenkt in einem Anbau des Royal-Hotels zusätzlich Betten und im Garten Zelte aufzustellen. Er ist im Begriff, achtzig Aufwärter von Kalkutta kommen zu lassen. Sie könnten aber nicht auf dem Landweg über die Straße kommen, meint er, weil nicht genug Lastwagen vorhanden sind. »Ich werde mir von Unni ein Flugzeug ausleihen müssen, wenn ich ihn erwische.«

Hilde sagt, es seien Garnelen, Forellen und andere Fische von Kalkutta eingetroffen. Fische gelten in Nepal als große Delikatesse. Sharma, der Jüngling, der mit Wassili im Gefängnis saß, kommt mit trostlosem Gesicht auf die Veranda geschlendert. Wir trinken ein Bier zusammen und warten auf das Mittagessen.

Mit seinen großen leuchtenden Augen und seinem schönen Mund ist Sharma ein sehr gutaussehender junger Mensch. Wenn er spricht, sprudeln ihm die Worte rasch, in einem fröhlichen Sturzbach, von den Lippen. Er erzählt mir, er habe einen reichen Vater, der vor der Einkommensteuer in Nepal, die gerade jetzt erst Gesetz geworden ist, nach Zürich geflohen sei. Noch andere Ranas leben im Ausland und legen ihr Geld in der Schweiz und in Amerika an. Dann spricht er von Rukmini. »Ich liebe sie seit undenklichen Zeiten, aber ihr Vater ist ein alter Reaktionär. Er hat sie aus politischen Gründen mit Ranchit verheiratet. Sie hätte mich heiraten sollen. Oder Unni. Aber gescheiter doch mich. Denn ich glaube nicht, daß sie mit Unni glücklich geworden wäre. Er liebt nur die Arbeit und die Berge; Frauen gegenüber hegt er eine seelische Gleichgültigkeit. Nur eine seelische; er ist kein Dichter wie ich.«

Sharma ist ein Dichter, was besagt, daß er an Menschenliebe, Gleichheit, Freiheit glaubt, daß er in die Liebe verliebt ist und sich viel revolutionärer gibt, als er in Wahrheit ist.

Wassili sagt zu ihm: »Du bist ein lausiger Dichter, und von Politik verstehst du keinen Deut.«

Sharma wehrt sich dagegen ungestüm: »Wie kann ich ein Dichter sein, wie soll ich Dichtung schaffen, wenn ich sehe, wie meine Landsleute um mich herum mit Füßen getreten und dem Hungertod preisgegeben werden? Nein, ich bin Sozialist, ich bin politisch fortschrittlich gesinnt. Kein Schriftsteller Asiens kann in seinem Elfenbeinturm sitzen bleiben. Wir alle müssen das Volk mitreißen und anführen zum Kampf um unsere Zukunft.«

Das junge Asien sei didaktisch, idealistisch, der gesellschaftliche Roman müsse hier zum politischen Roman, der Schriftsteller zum Kämpfer werden; eine Begabung, die lediglich der Kunst dienen wolle, sich in l'art pour l'art erschöpfe, sei als schmachvoll, eigennützig, abwegig zu erachten. Sharma sieht sich als Anführer revolutionärer Volksmassen, obschon er ein echter Dichter ist und vor dem Mut (oder der Feigheit) zurückschreckt, der nötig ist, um in eigennütziger Einsamkeit, fern von der gemeinen Wirklichkeit der Wirtschaft und der Volksbedürfnisse den Eingebungen Gestalt zu verleihen, von denen seine Seele heimgesucht wird.

»Du solltest deinen Mund halten, Sharma, sonst spazierst du wieder ins Gefängnis«, sagt Wassili.

Sharmas Augen schleudern Blitze. »Ha«, ruft er aus, »sie möchten uns gar zu gern unterkriegen; aber wartet, wartet nur ab, ihr werdet schon sehen. Wartet die Wahlen ab. Bei der Krönung muß der König versprechen, Wahlen abhalten zu lassen. Aber die Regierung ist ja bis ins Mark korrupt. Korruption, Nepotismus, Bestechung … Zwanzig Meilen von hier gibt's überhaupt keine Regierung. Ein Freund von mir ist gerade von einer Rundreise durch die Täler im Westen zurückgekommen. Dort verhungern die Menschen. Sie haben nicht einmal genug Saatgut für die Aussaat der Frühlingsernte. Und die Grundherren behandeln sie weiter wie Sklaven. Hundertundfünfzig Tage im Jahr müssen sie umsonst arbeiten für den Aufseher und die Priester. Es herrscht absolute Tyrannei, genau wie zur Zeit der Ranas.«

»Du kriegst wieder Scherereien«, sagt Wassili, einen Schluck Vichywasser trinkend, das er seit seiner Freilassung statt gewöhnlichem Wasser trinkt, weil es gut für die Leber sei. Bisher kam es mit dem Flugzeug, aber jetzt ist die erste Lieferung von Flaschen auf dem Landwege angelangt, und Wassili gibt sich der Hoffnung hin, daß das auch mit dem Bier, oder wenigstens mit einem Teil davon, der Fall sein wird. »Das heißt, wenn Oberst Jaganathan es nicht beschlagnahmt und selber säuft.«

Jetzt erscheint John mit Enoch P. Bowers auf der Bildfläche. Bowers ist jetzt endgültig zum Präsidenten des Valley-Clubs ausersehen, mit John als Sekretär. Der Club soll, wie Enoch es ausdrückt, »planmäßig zur Krönung ins Leben treten«. Damit könne der Club dann »seine offiziellen Vertreter zu allen offiziellen Veranstaltungen entsenden«. Sharma tuschelt, Enoch hoffe, als Clubpräsident am Staatsbankett teilnehmen zu können.

Dann Lunch mit Wassili, Sharma und Hilde: zuerst Bouchés à la Roi Boris, deren Füllsel aus Hühnerfleisch, Pilzen, Pfefferschoten und saurem Rahm besteht. Der feine Blätterteig zergeht im Mund. Danach gibt es Fisch, köstlichen Bekti aus Kalkutta, mit Ingwerscheiben gebacken und mit einem Spritzer ganz trocknen Weißweins gewürzt. Zuletzt Ananaseis. Ich habe kaum je besser gegessen als im Royal-Hotel. Wassili und ich erfinden während des Mittagsmahls neue Gerichte. – »Aber was hat die ganze Kochkunst hier für einen Sinn?« sagt Wassili. »Sie, Anne, verstehen etwas vom Essen. Aber damit sind Sie eine unter zehntausend. Die Touristen ... wenn man denen etwas vorsetzt, was sie nicht kennen, dann machen sie ein mißtrauisches Gesicht, stochern mit den Gabeln drin herum und bilden sich ein, es enthalte womöglich Cholerabazillen. Im Bett wie am Tisch ist der Durchschnitts-Angelsachse noch ein Steinzeitmensch. Die Amerikaner gar sind abergläubisch und essen nur Sachen, denen ihrer Meinung nach magische Eigenschaften innewohnen: gesundheitsfördernd, vitaminhaltig, schlankmachend, und wie die Schlagworte alle heißen.«

Sharma sagt:

»Es ist doch merkwürdig, daß hier im Tal keine Fische vorkommen, denn es war, wie Sie wissen, einmal ein Binnensee, wie es deren viele im Himalajagebiet gibt; fünf allein im und um das Pokhratal, ein sehr schöner auch bei Bongsor, wo Unni seinen Damm zu bauen im Begriff steht. Die alten nepalesischen Chroniker berichten, in grauer Vorzeit sei das Katmandutal ein großer Binnensee voller Schlangen gewesen. In seiner Mitte sei von selbst eine Lotuspflanze emporgewachsen, die später, als sie blühte, zu der kleinen Anhöhe wurde, auf der jetzt unser heiliger buddhistischer Swajambudnath-Tempel steht. Um dieser Lotuspflanze willen, eines wahrhaften Gottes, der in Blütengestalt auf Erden erschien, wurden Buddhas und Götter in das Tal gelockt, und als sie gekommen waren, bekamen sie Lust, es bewohnbar zu machen. Damals bildeten die Berge noch einen großen Kreis um das Tal, der das Wasser einschloß, so daß es nicht abfließen konnte; doch da kam der Riesengott Manjusri aus China, hatte Mitleid, zog sein Schwert und hieb eine klaffende Scharte ins Gebirge, so daß das Wasser einen Ausgang fand. Die Stelle kann man noch zehn Meilen von hier sehen; sie heißt Choba, das ist: Schwertstreich; in einer kaum mehr als zehn Meter breiten Felsschlucht braust der Fluß Baghmati zwischen zwei Höhenzügen dahin. So lautet die buddhistische Überlieferung; aber unsere indischen Chroniken fügen hinzu, daß Vishnu, der Bewahrer des Lebens, da er nach dem Abfluß des Wassers die vielen zurückgebliebenen Schlangen sah, von Mitleid erfaßt, auf seinem Reittier Garuda, dem Göttervogel, herkam, und dieser den Schlangen den Garaus machte. Deshalb wird er immer mit einem Halsband von Schlangen auf den Steinbildern dargestellt. Das Tal aber wurde bewohnbar, hell und schön, ein von hinduistischen wie buddhistischen Göttern, Heiligen und Weisen gern besuchter Ort.«

»Ist nicht Buddha in Nepal geboren?« fragt Hilde.

»Jawohl«, antwortet Sharma. »Zu Lumbini wurde vor zweitausend-
fünfhundert Jahren das Licht der Welt, der göttliche Gautama, geboren. Und deshalb gibt es hier, wo alle Götter miteinander befreundet
sind und miteinander Umgang pflegen, keine Trennung in den Tempeln und Schreinen und auch keine Unberührbaren wie in Indien.«

»Aber es gibt hier den Tantrakult«, sagt Enoch. »Der ist doch wirklich
primitiv, nicht?«

»Das ist eine ältere, primitive Religionsform. Die Tantra-Gottheiten
sind weiblichen Geschlechts, und dies ist bekanntlich rachsüchtig und
blutdürstig und fordert Blutopfer, und zwar stets das Blut von jungen
männlichen Tieren.«

»Für ernstliche Forschung ist die Lage hier sehr enttäuschend«, sagt
John wichtigtuerisch. »Die Leute erzählen hier alle möglichen, einander widersprechenden Geschichten. Heute früh fragte ich bei einem
Bildstock: ›Wie heißt der Gott da?‹ und erhielt zur Antwort drei verschiedene Namen und fünf verschiedene Geschichten. Höchst unersprießlich.«

»Keineswegs«, sagt Sharma. »Was liegt an einer Geschichte? Das ist
doch nur eine Darstellung, eine Zusammenstellung von Worten, um
unsere Gefühle bei einem Ereignis auszudrücken. Von den Andächti-
gen verehren die einen den Gott unter dieser Inkarnation oder Benen-
nung und die andern unter jener. Weil so viele Kultmischungen zustande kommen, weiß man nie, was sich im nächsten Augenblick ergeben wird. Das ist höchst schöpferisch und anregend.«

»Ich finde es völlig unzulänglich«, sagt John. »Eine ernsthafte wissenschaftliche Arbeit über die religiösen Verhältnisse in Nepal zu
verfassen ist hoffnungslos. Alles ein einziges Durcheinander. Und je
tiefer man eindringt, auf desto mehr Entartung und Unzucht stößt
man. Schlimmer als in Indien.«

John scheint mit einem ganz bestimmten Plan umzugehen. Nach dem
Essen, als die Tischgenossen aufbrechen, fragt er mich wieder wie gestern: »Also, Anne, wann gedenkst du zu mir zurückzukommen und
mit diesem kindischen Wesen Schluß zu machen? Es ist recht mißlich
für alle unsere Bekannten ... Ich mußte Isobel um Geduld *anflehen*,
sonst hätte sie dich auf der Stelle hinausgeworfen.«

Und wieder antworte ich: »Ich glaube nicht, daß ich zurückkomme.«

Da tut er höchst gutgelaunt, bricht in Lachen aus und sagt: »Ach, du
lieber Gott, rede doch nicht so theatralisch. In ein paar Tagen wirst du
über diese Stimmung hinaussein und dann zu mir zurückkommen.«

Martha Redworth kam über den Rasen stolziert, und Wassili trottete gutmütig hinter ihr her. Bei der Rosenlaube blieben sie stehen, und Wassili pflückte eine Rose und steckte sie sich hinters Ohr. Martha warf einen kritischen Expertenblick auf die Rosenbüsche, murmelte etwas von Beschneiden und stapfte weiter durch das nasse Gras, das ihr raschelnd gegen die Schuhe schlug.

»Meine liebe, liebe Anne, verzeihen Sie mir, daß ich Sie beim Frühstück überfalle. Ja, danke, ich trinke gern noch eine Tasse Kaffee. Ich war unterwegs nach dem Flugplatz, und da dachten wir, wir könnten ja einmal bei Ihnen hereinsehen. Wie kommt es, daß es uns anderswo immer besser schmeckt als zu Hause? Dieser Kaffee ist köstlich. Und Sie sehen wunderbar aus, Anne. Tiddlywinks ist für zwei Tage unterwegs mit Major Pemberton – wegen der Gurkhas, Sie wissen schon –, und da dachte ich, ich fange einmal an mit meinen Vorbereitungen für die Krönung. Es ist ja noch so viel zu tun. Wir werden sieben Gäste haben, alles Leute, die bei uns wohnen und essen werden, und da heißt es, die Menüs zu planen für jeden Tag, denn ich kann ihnen ja nicht dasselbe zweimal vorsetzen. Tiddlywinks und ich begnügen uns oft mit kaltem Fleisch und Salat, aber das können wir natürlich nicht unserem distinguierten Besuch anbieten. Wassili hilft mir beim Zusammenstellen der Menüs.«

Und so plapperte sie weiter, munter wie ein Wasserfall, bemüht, ihren kleinen Sorgen ein Air von offizieller Wichtigkeit zu geben. Wassili betrachtete interessiert das Tischtuch. Vielleicht hatte er den Verdacht, daß es aus seinem Hotel stammte.

»Und da ist jetzt auch noch die Gartenparty, die wir geben müssen. Ich weiß beim besten Willen nicht, was ich machen soll wegen der Beleuchtung. Letztes Jahr, am Geburtstag der Königin, hat Unni mir so wunderbar geholfen. Er hatte entzückende bunte Lampen und elektrische Girlanden aufgehängt. Ich fahre jetzt zum Flugplatz, um dem Piloten nach Bongsor einen Brief für Unni mitzugeben. Ich schrieb ihm, daß Tiddlywinks und ich in der Klemme sitzen mit der Gartenparty. Ich hoffe, er kommt bald.«

»Das hoffe ich auch«, sagte Wassili. »Bei mir im Hotel sitzt eine Französin mit einem Empfehlungsschreiben an ihn. Ein Wesen ohne Anhang. ›Où est Monsieur Menon‹ liegt sie mir in den Ohren. ›Isch 'aben ein Brief von ein Freund von ihn in Bombay. Er muß mich 'erumführen.‹

Es scheint, sie hat ein Buch geschrieben oder will eins schreiben. *Männer von fünf Kontinenten* soll es heißen und so etwas sein wie eine klassische Enzyklopädie über die unterschiedlichen Liebespraktiken der Männer auf der ganzen Erde. Ich nehme an, sie hat die Absicht, Unni ihrer Kollektion einzuverleiben. Er ist kein Kostverächter, und sie sieht ganz appetitlich aus. Es wäre für ihn eine nette Abwechslung von seinem Staudamm.«

»O pfui«, rief Martha Redworth aus, »wie verdorben seid Ihr Männer, und schon so früh am Morgen. Ich glaube, Unni ist trotz allem ein echter Kavalier. Für mich ist er der einzige Mann, mit dem ich meine eigene Tochter überall alleinlassen würde.«

»Es geht nicht um das, was er tut, sondern um das, was die Frauen von ihm verlangen«, bemerkte Wassili grinsend.

»O weh, ich muß aufbrechen«, sagte Martha nach einem Blick auf ihr Handgelenk. »Meine Uhr ist schon wieder stehengeblieben. Ich muß noch einen kurzen Besuch im Krankenhaus machen und dann pünktlich auf dem Flugplatz sein. Eine Journalistin kommt an, die mich interviewen will für einen Artikel über Katmandu. Sie hat den Wunsch geäußert, einige von unseren berühmten Tontöpfen zu sehen. Wenn ich an den Kummer denke, den uns diese Tontöpfe schon bereitet haben! Ich habe Sharma gebeten, uns zu begleiten und sich dicht hinter sie zu stellen, wenn sie sich bückt. Wir können es nicht riskieren, daß sie jemand in den Popo kneift.«

»Warum nicht?« fragte Wassili und fügte schmunzelnd hinzu: »Isobel hat es überlebt.«

»Aber diese Frau ist vom *Manchester Guardian*«, erwiderte Martha.

*

Anne schrieb:
Wieder ein Tee mit Geschichte, Erdkunde und Isobel. Diese Zusammenkünfte finden jeden Mittwoch in Isobels Salon statt.
Als ich eintrete, verstummt das leise Stimmengesumm, das ich schon auf dem Korridor hören konnte. Geschichte und Suragamy McIntyre sitzen auf dem Sofa. Isobel, die Arme über dem Boadiceabusen verschränkt, steht aufrecht da. Drei Gesichter blicken mir entgegen. Diesmal mit offen zur Schau getragener Mißbilligung; Suragamy grinst unverhohlen grünlich-hämisch. Trotz der Hitze hat sie einen dunkelbraunen Pullover an.
Erdkunde kommt, etwas verstaubt, hereingeschusselt. »Ach, Verzei-

hung«, sagt sie, »daß ich zu spät komme. Ich machte einen Spaziergang zu Pater MacCullough. Ich dachte, ich würde noch rechtzeitig
hier sein. Ta«, sagt sie, als Isobel ihr eine Tasse Tee reicht.

Es folgen drei gräßliche Minuten schelmischer Unterhaltung.

»Sie sind spazierengegangen? Soll das etwa heißen, daß Sie den ganzen Weg hin und zurück zu Fuß gegangen sind?«

»Allerdings. Ich gehe gern zu Fuß.«

»Bei dem Staub und allem Sonstigen?«

»Der Staub macht mir nichts aus. Der ist natürlich«, sagt Erdkunde
großzügig. »Zu Fuß gehen ist bei diesem Wetter eine vortreffliche
Leibeserziehung. Mit all den Pagoden und was sonst im Wege steht.
Immerhin waren keine Pilger mehr da, die sind alle weg, seit die Shi-
va-Geschichte zu Ende ist.«

»Gott sei Dank, daß sie vorbei ist«, sagt Geschichte hitzig. »Das war ja
der Tanz ums Goldene Kalb, weiter gar nichts.«

»Schiere Ruchlosigkeit«, sagt Isobel in noch empörterem Ton als
sonst.

»Sie waren im Paschupatinath, wie ich höre«, sagt Suragamy McIntyre. »Wieso hat man Sie hineingelassen?« Sie hält die Teetasse mit
abgespreiztem kleinem Finger.

»Ich weiß nicht«, sage ich möglichst obenhin.

»Dem Herrn sei Lob und Preis«, sagt Erdkunde, »es gibt noch solche
unter uns, deren Seelenheil unversehrt ist.«

»Ich wundere mich, daß man Sie hineingelassen hat«, bohrt Suragamy McIntyre weiter. »Christen oder Weiße werden sonst nie zum
Tempel zugelassen, niemals.«

Ich habe keine Lust, den Kampf aufzunehmen; ich lächle also nur und
bediene mich mit Kuchen.

»Nun, hoffentlich war es ein besonderes Erlebnis für dich«, sagt Isobel. »Du wirst ja wohl einen Zeitschriftenartikel oder dergleichen
daraus machen.«

»Ja, ich denke schon«, gebe ich demütig zur Antwort.

Ich ahme sogar Rukminis Tonfall nach bei meinem Rückzug in die
Sanftmut.

Wir trinken weiter Tee. Sie sind alle erbost gegen mich, wagen aber
nicht auszusprechen, was sie sagen möchten. Wir unterhalten uns
statt dessen über die Schule. Wir sollen Isobel eigentlich jede Woche
Bericht erstatten.

»Lakshmi ist zu häufig vom Unterricht weggeblieben«, sagt Isobel
scharf. »Weißt du weshalb?«

»Ja. Ich glaube, sie ist schwanger.«

Isobel läßt die Hände bestürzt auf den Tisch fallen. »Was? Schon wieder? Es ist hoffnungslos.«

»Sie waren übrigens noch nicht bei einer unserer Zusammenkünfte zu gemeinsamem Gesang von Kirchenliedern«, sagt Geschichte. »Wie wär's mit morgen? Sie sind doch frei, nicht?«

In einem Moment der Schwäche sage ich zu.

Das Gewitter hat sich bei meinem Fortgehen noch nicht entladen.

*

»Nun, was sagen Sie dazu?« wandte sich Erdkunde an Geschichte.

»Ich bin enttäuscht von der Chefin«, erwiderte Geschichte, »aufs höchste enttäuscht. Ich finde, sie hätte ihr hier, auf der Stelle, die Meinung sagen sollen. Finden Sie nicht auch?«

»Ich finde die Situation unmöglich, einfach unmöglich«, entrüstete sich Erdkunde mit Genuß. »Nicht zu vergessen das schlechte Beispiel für die Mädchen.«

»Und dann hat sie die Stirne, hier hereinzukommen, als ob nichts gewesen wäre. Und dabei ist sie ihrem Mann erst vor acht Tagen davongelaufen!«

»Vor zehn Tagen, meine Liebe. Sie verließ ihn am vorletzten Sonntag, und heute ist Mittwoch. Und vergessen Sie nicht, ... am Abend vorher war sie bei Fred Maltby, und mindestens eine Stunde lang ging das Licht nicht an, nachdem es dunkel geworden war.«

»Oh«, rief Suragamy McIntyre aufgeregt vom Fenster her. »Schauen Sie, Miß Maupratt geht auf den Bungalow zu.«

»Ja? Wirklich! Lassen Sie mich sehen«, sagten Geschichte und Erdkunde gleichzeitig und sprangen auf.

Sie drängten sich alle drei vor dem Fenster, drückten ihre Nasen an der Scheibe platt. Isobel war vor dem Bungalow angelangt, und jetzt entzog das dichte Laub des Nußbaums sie ihren Blicken.

»Gott sei Dank«, triumphierte Erdkunde, »endlich wird diesem Frauenzimmer einmal der Star gestochen, ... so hoffe ich wenigstens.«

»Ich habe das Gefühl, als ob wir bald eine neue Dozentin für Englisch bräuchten«, erklärte Geschichte mit spitzem Mund.

»Der Herr möge es geben«, flötete Suragamy McIntyre.

»Komm herein, Isobel«, sagte Anne.

Isobel trat ins Zimmer. Sie setzte sich nicht. Sie blickte um sich. Es hatte sich nichts verändert, außer daß eine kleine Bronzelampe von der Decke herabhing, die Streifen von Licht und Schatten auf Boden, Wände und Decke zeichnete und den Eindruck, man sei hier in eine andere Welt eingetreten, noch verstärkte. Der Raum schimmerte in einem heimeligen, matten Gold, während draußen der blaue Nebel des Abends das Haus umdrängte wie die See ein einsames Schiff.

»Hm, ich sehe, du hast dich hier häuslich eingerichtet.« In einer Mauervertiefung hingen hinter einem halbvorgezogenen Vorhang aus handgewebtem, grau, blau und gelb gemustertem nepalesischem Tuch Annes Kleider. Isobel bedachte sie mit einem langen, anklägerischen Blick. »Ich hoffe, du nimmst es mir nicht übel, wenn ich es dir sage, Anne, doch in der letzten Zeit ist zu viel darüber geredet worden, nämlich, daß du von John weggehen willst. Ich hoffe, es ist nicht wahr.«

»Es ist wahr«, erwiderte Anne. »Ich bin vom ihm weggegangen. Vor zehn Tagen, um genau zu sein.«

»Darf ich mich setzen?« sagte Isobel in gespielter Betroffenheit. »Ich muß sagen, das erschüttert mich. Ich hoffe, du weißt, was du tust. Ich will nicht richten ... ich weiß nicht, was zwischen dir und John vorgefallen ist ... doch ich habe das Gefühl, du handelst voreilig.«

Anne saß auf der orangefarbenen Raza, die Beine unter sich gekreuzt, wie es die indischen Mädchen taten. Die Finger ihrer rechten Hand betasteten spielerisch, zärtlich das Buch, das neben ihr lang. Es war die *Bhagavad-Gita*, die ihr der Feldmarschall geschenkt hatte, der Gesang Gottes, des Lord Krishna. In dem Buch lag, mit einer Ecke herausragend, das Photo, das auf dem Rasen vor dem Bungalow aufgenommen worden war: Unni, eine Nepalesenmütze auf dem Kopf, eine Blume über dem Ohr ... die lächelnde Rukmini, die kleine Devi, Lakshmi, Dipah ... alle Heiden in ihrer sorglosen Schönheit ... Vielleicht hatte Fred Maltby diese Aufnahme gemacht.

»Anne, du mußt Vertrauen haben zu deinen Freunden, die dir helfen wollen, und besonders zu Gott. Es gibt nichts, das er nicht vollbringen kann in seiner unendlichen Barmherzigkeit.«

»Ja«, sagte Anne. »Vertrau' auf Gott, und er wird dir helfen immerdar.« Es waren die Worte der Hymne, die nach ihrem Besuch bei Wassili im Gefängnis, als sie sich so entsetzlich müde fühlte, durch die Abendluft an ihr Ohr gedrungen war. Doch welcher war der Gott, an den man glauben sollte? Christus oder Krishna? Und welcher war der Gott, den Isobel beschworen hatte? Und wer er auch immer war, dieser Gott, was hatte er zu schaffen mit den kleinlichen Sorgen der

Menschen? Sie fühlte sich gereizt, laut zu protestieren: Was ich brauche, ist ein Mann, nicht ein Gott. Ein lebendiger, großer, schlanker Mann ... mit einer dunklen Stimme, dunkel wie eine Glocke ... und mit dunkler Haut ... und plötzlich sah sie diesen Mann, sein Gesicht, seine Hände, hörte seine Stimme, und es war Unni Menon, so lebendig, so nah und wirklich, daß Anne beide Hände vors Gesicht schlug, um nicht aufschreien zu müssen.

»Meine Liebe«, sagte Isobel sanft, stand auf, setzte sich neben Anne und legte den Arm um sie. »Ich verstehe, du mußt vollkommen durcheinander sein durch diese Sache, vollkommen. Aber wir müssen uns zusammenreißen, dürfen nicht die Kontrolle über uns verlieren. Das führt ins Verderben und zur Hölle, glaube mir.«

Doch die Schultern unter ihrem Arm wurden nicht von Schluchzen geschüttelt, wie sie erhofft hatte. Anne nahm die Hände vom Gesicht. Sie sah jung aus, schmal, hatte dunkle Schatten unter den Augen.

»Du Ärmste«, sagte Isobel, »du siehst wirklich mitgenommen aus. Ich bin sicher, du leidest sehr, aber ich glaube, wir quälen uns oft selbst unnötig, weil wir kein Vertrauen haben zu unseren Freunden, besonders zu dem *einen wahren* Freund. Ich bin sicher, wenn du das Ganze noch einmal reiflich überlegst heute nacht und zu ihm betest, dann wirst du dich besser fühlen morgen früh und ins Royal-Hotel zurückgehen.«

»Nein«, sagte Anne, »ich glaube nicht, daß ich je wieder zurückgehen werde.«

»Warum?« rief Isobel aus. »Was ist geschehen? Was kann geschehen sein, daß du so etwas tun willst? Ein solcher Entschluß ist eine sehr ernste Sache, meine Liebe. Ich kann nicht glauben, daß John etwas getan hat, das deinen Schritt rechtfertigen könnte. John hat einen sehr edlen Charakter. Ich kam mit ihm hierher an jenem Sonntag. Aber du schliefst noch, und deine Dienerin wollte die Türe nicht öffnen. John war vollkommen verzweifelt. Er war zu mir geeilt, der arme Mensch, sobald er entdeckt hatte, daß du gegangen warst, und flehte mich an, ihm zu helfen.« Isobels Nasenflügel bebten vor Mitleid, ihre Gestalt reckte sich in Verantwortung, als trüge sie Johns ganzes Elend auf ihren Schultern. »Er war zutiefst erschüttert. Du weißt, daß er sich ohnehin nicht wohlfühlte. Die gräßliche Fahrt über die Paßstraße hatte ihn sehr mitgenommen. Ich kann ihn nicht dafür tadeln, daß er die Beherrschung verlor, als du an dem gleichen Abend noch einmal ausgehen wolltest. Aber er hatte bestimmt nicht erwartet, daß du auf diese Weise von ihm weglaufen würdest, ihn verlassen, ausgerechnet in einem Augenblick, da er so krank war und nur deshalb, weil er zu dir gesagt hatte, daß du nicht zu dieser obszönen Shiva-Feier gehen solltest ... wahrlich, Anne, du hast dich benommen wie ein ungezogenes Kind. Findest du nicht auch?«

»Vielleicht«, antwortete Anne. In Wirklichkeit hatte sie nicht zugehört, während Isobel sich für John ereiferte. Ihr Herz schlug schmerzhaft gegen die Rippen. Unni Menon. Unni. Ja, er war es. Unni. Seine Stimme, seine Hände ... Fieberschauer liefen über ihre Schultern, Hüften und Schenkel, sie spürte die Feuchte des Verlanges in ihrem Mund, das Feuer der Sehnsucht im Mark ihrer Knochen. Es war nicht zu benennen, aber es war da. Wenn nur diese Frau gehen würde, sie alleinlassen mit dem Unbeschreiblichen, mit dieser grausamen und ach so süßen Lust, die wie ein Blitz den Himmel ihres Herzens zerrissen hatte, um ihr eine neue Welt zu zeigen.

»Wie dem auch sei«, lenkte Isobel ein, »mein Motto ist: Vergessen und Vergeben. Laß es auch das deine sein. Vielleicht hat John dich wirklich verletzt, ohne es zu wollen, und du glaubst, einen Grund zu haben, dich von ihm zu trennen und hierher zu kommen. Aber auf die Dauer geht das nicht. Es gibt den Leuten Anlaß zu allerlei Gerede, und das ist nicht gut für deinen Ruf noch für den des Instituts, und deshalb schlage ich vor, ich schicke John ein Briefchen, er soll dich abholen kommen, sagen wir, morgen früh. Einverstanden?«

»Ich treffe John morgen zum Mittagessen«, sagte Anne. »Ich gehe jeden Tag zum Essen ins Royal-Hotel. Wir essen zusammen. Wir reden miteinander.«

»So?« Isobel war ehrlich verblüfft. »Das habe ich nicht gewußt. Nun, wenn das so ist, dann verstehe ich dich überhaupt nicht mehr. Findest du es nicht selbst absurd, diesen Zustand noch länger aufrechtzuerhalten?«

»Ich gehe nicht zu ihm zurück. Ich muß allein sein. Ich habe über vieles nachzudenken.«

»So«, sagte Isobel schroff und erhob sich. »Es tut mir leid, dies hören zu müssen. Ich muß ehrlich sagen, ich hatte mir diese Angelegenheit viel einfacher vorgestellt. Was ist schon geschehen? John fühlte sich nicht wohl, verlor die Nerven, und du liefst davon. Ihn konnte ich wieder beruhigen«, fuhr sie fort, »redete ihm zu, Geduld zu haben, dir eine Woche Zeit zu geben, bis du dein Gleichgewicht wieder zurückgewonnen hättest.« Anne lächelte. Sie erinnerte sich, daß John gesagt hätte, er wäre es gewesen, der Isobel zur Geduld ermahnt hatte. »Du zwingst mich zu bedauern, daß ich dir diesen Bungalow überlassen habe, Anne. Er wird im Augenblick zu etwas mißbraucht, was ich nicht billigen kann. Ich hatte mir gedacht, daß du als Schriftstellerin einen Ort brauchst, wo du allein bist. Ich hatte nicht im Sinn, daß du hier wohnen solltest. Ich war sehr überrascht zu entdecken, daß du die Räume im Parterre verändert und zwei Bedienstete ins Haus genommen hast, ohne mich zu fragen. Wirklich sehr überrascht war ich.«

»Bedaure, Isobel, doch der Bungalow gehört nicht dir«, antwortete Anne. »Er gehört jemand anderem. Du hattest eigentlich kein Recht, ihn mir zu überlassen.«

»Wer«, zischte Isobel wütend, »zum … Oh, ich kann mir denken, wer dir das gesagt hat. Dieser Unhold Unni Menon. Wenn er es wagt, sich hier zu zeigen, werde ich ihn verhaften lassen. Rennt hinter jeder Frau her, die ihm zu Gesicht kommt. Kann keine in Ruhe lassen. Laß dir von mir sagen, daß dieses ganze Gelände mit allen Baulichkeiten von unserer Schule gemietet ist und daß ich ein Recht habe auf diesen Bungalow. Ich werde die Sache vor die Regierung bringen, dann werden wir sehen.«

Sie stand da mit vor Wut und Ohnmacht verzerrtem Gesicht und versuchte, ihre Niederlage durch Bluff zu vertuschen. »Ich denke, ich habe dir nichts mehr zu sagen. Du rennst in dein Unglück, Anne. Ich warne dich. Ich fürchte, wenn du in deinem Eigensinn beharrst, werden wir nicht in der Lage sein, dich zu behalten. Es wäre in höchstem Maße abträglich für den Ruf des Instituts.«

Anne antwortete nicht, und Isobel ging festen Schrittes unter Annes starrem, nur ganz unmerklich lächelndem Blick zur Türe und die Treppe hinunter.

Wie die sickernde Quelle zum reißenden Bach und zuletzt zum mächtigen Strom wird, der seine Ufer überflutet, so wuchs während der nächsten Tage in Anne die einsame Qual ihrer Sehnsucht.

Ihr Tagebuch, das sie begonnen hatte, um sich in geheimer, stummer Zwiesprache selbst zu erkennen, verlor für sie den Charakter eines Vertrauten, und sie wurde ihm gegenüber genauso zurückhaltend wie zu den Menschen, schrieb nieder, was geschah, doch nicht, was ihr widerfuhr. Und deshalb vergilbte der letzte Bogen in ihrer Schreibmaschine, während sie auf der orangefarbenen Decke lag, entspannt, doch wach, abwesend, doch mit offenen Sinnen, nicht mehr erfüllt von rauschhafter Erwartung, die sie aus der Dumpfheit der Ebene hierhergeführt hatte, sondern gelähmt von der Gewißheit der nahenden Erfüllung. Doch langsam und unmerklich vollzog sich eine Änderung auf dem Grunde ihres Schweigens. Wenn sie, liegend oder sitzend, das Kinn in die Hände gestützt, zwischen den Stämmen der Nußbäume hindurch zu dem sanften Hügel hinübersah, dann war ihre Untätigkeit kein leeres, hoffnungsloses Starren ins Nichts, es wurde zur Bewegungslosigkeit eines Menschen, der hilflos, bestürzt, weiter und weiter getragen wird von einem Strom, dem er nicht mehr fähig ist zu widerstehen.

Ringsum schimmerten die Tempel und die Schreine, die zur Krönung gereinigt und frisch gestrichen wurden und täglich mehr von ihrer Schönheit enthüllten. Die Schneeriesen über den Hügeln glühten und loderten, wenn die Sonne hinter ihnen aufstieg oder unterging, leuchteten weiß und blau bis zum Mittag und wurden dann verhüllt von Wolken, die sich wie wuchernde Himmelspilze um sie legten.

Der Anblick der Sittiche in ihrem Zimmer wurde ihr schmerzhaft wie der von Wesen, die ihre Pein nicht hinausschreien können, gleich geschnittenen Blumen oder unter Schlägen stumm erstarrten Tieren. Die gemalten, bewegungslosen Augen waren ihr eine Herausforderung, sich selbst anzuschauen. Es war unmöglich, ihrem Blick auszuweichen. Selbst in ihren Träumen fühlte sie sich von ihnen beobachtet. Sie schienen darüber zu wachen, daß sie sich nicht selbst entfloh. Sie waren das allsehende Gewissen, das Auge im Grabe, das den Mörder Kain anstarrt. Die überschwenglichen Zeilen Victor Hugos, die sie in der Maupratt-Schule widerwillig auswendig gelernt hatte, wurden ihr in neuer Bedeutung wieder gegenwärtig: *L'œil était dans la tombe, et regardait Cain.*

Seit jenem Tage, da sie mit Suragamy und Isobel, Geschichte und Erdkunde auf den Lotoshügel gestiegen war und die schmerzliche Prüfung innerer Einsicht für sie begonnen hatte, hatten die Augen sie nicht mehr aus ihrem Bann entlassen.

Vier Tage nach ihrem Zusammenstoß mit Anne hatte Isobel dem Lehrkörper verkündet, daß für den nächsten Sonntag ein gemeinsames Picknick angesetzt sei. Die Beteiligung war obligatorisch. Man würde Sandwiches in einem Korb mitnehmen, den Swayambudnath besteigen, auf dem ein buddhistischer Tempel stand, den man besichtigen würde – »er ist der am wenigsten anstößige von allen« –, dann ein Stück weiter ins Tal hineinfahren, an einem netten Plätzchen das Mitgebrachte verzehren und nach Hause zurückkehren.

»Der Swayambudnath soll früher eine Lotosblume gewesen sein und sich dann in einen Berg verwandelt haben. Finden Sie diese abergläu-

bischen Vorstellungen der Heiden nicht auch ein bißchen sehr naiv?
Wie Kindermärchen …«, hatte Suragamy zu Anne gesagt. (In den
vergangenen vier Tagen hatten die Kolleginnen, einschließlich Isobel,
Anne mit überströmender Liebenswürdigkeit behandelt. Christliche
Nächstenliebe oder weibliche Verschlagenheit?)
Anne fiel Sharmas Geschichte vom lebendigen Lotos ein, der auf den
Wassern schwamm, als das Tal noch ein Binnensee war, und ein Hü-
gel wurde, als die Götter das Tal zu ihrem Wohnsitz machten. Der
Swayambudnath lag etwa drei Meilen vor der Stadt, und die goldene
Turmspitze des Tempels, die leuchtend aus seinen grünen Bäumen
hervorragte, war weithin zu sehen.
Auch Suragamys Verlobter, triefend von Unterwürfigkeit und Bril-
lantine, kam mit ihnen. Er brüstete sich damit, daß er immer sehr
früh aufstehe und schon eine Menge »Geschäfte« getätigt hätte an
diesem Morgen. Er und Erdkunde unterhielten sich über das letzte
Hymnussingen.
»Übrigens, Sie versäumten es, obwohl Sie versprochen hatten zu
kommen«, bemerkte Geschichte vorwurfsvoll zu Anne. Das nächste
Mal müsse sie aber mitmachen.
»Es findet statt in dem Bungalow, der hinter dem von Dr. Maltby
liegt. Zwei unserer Krankenschwestern wohnen dort«, ergänzte Erdkunde.
Man benutzte den Jeep des Instituts, und der Verlobte hatte sich erbo-
ten, ihn zu steuern. Man saß in fürchterlicher Enge, Suragamy, ihr
Verlobter und Anne vorne, Isobel, Geschichte und Erdkunde hinten,
und das Gequietsche und Kichern der Damen über den unzulängli-
chen Raum für ihre Sitzflächen nahm erst ein Ende, als Isobel in gutmütiger Strenge ausrief: »Mehr Würde, meine Damen.«
Der Jeep rumpelte auf dem holprigen Feldweg durch die morgendli-
che Aprillandschaft, vorbei an Bäumen, in deren fettem Laub Dros-
seln lärmten, an Äckern, auf denen winzige Gestalten in erdfarbe-
nem, selbstgesponnenem Tuch hackend zwischen langen Pflanzen-
reihen sich langsam vorwärtsbewegten, an Hütten, vor deren Schwellen Körbe grünen und weißen Kohls in der Sonne leuchteten und von
deren Dachrinnen dicke Zöpfe Zwiebeln herabhingen … eine friedli-
che Welt, gebettet und geborgen in dem Kelch der nahen Hügel. Die
Sonne stieg und begann zu stechen, und Geschichte und Erdkunde
wurden unruhig unter ihren Strahlen; sie bedachten alles, was sie sahen, mit erregten Kommentaren. »Ach, sehen Sie nur, das Kind dort
mit dem Krug … er ist größer als es selbst! Das arme Ding!«

»Warum in aller Welt waschen diese Frauen ihr Haar mit Schlamm, Suragamy?«

»Oh, da ist wieder so eine Prozession. Ich möchte nur wissen, wozu sie das machen …«

Und so ging es weiter.

Die Wirkung der Sonne auf Suragamy erinnerte Anne an feuchtes Moos und stickigen Schlamm. Ihre Kleider strömten einen Geruch von Salz und Galle aus.

Isobel saß steif und aufrecht, eine Statue herablassenden Wohlwollens.

»Ich wage zu behaupten, daß ich dieses Mal die gräßliche Treppe bewältigen werde, ohne eine Pause zu machen«, gab sie bekannt. »Ich fühle mich in großartiger Form heute morgen.«

»Das letzte Mal haben Sie es nicht geschafft, meine Liebe«, erlaubte sich Geschichte kokett zu bemerken. »Sie gerieten schon nach den ersten Stufen außer Atem.«

»Heute werde ich sie im Fluge nehmen«, erwiderte Isobel und wölbte ihren Busen. »Ich werde Sie alle schlagen, meine Damen. Sie werden es erleben.«

Sie hatten den steinigen, mit spärlichem Gras bewachsenen und von großen, alten Bäumen beschatteten Hügel bald erreicht. An seinem Fuß saßen zwei riesige steinerne Buddhas und lächelten mit dem entrückten Blick innerer Ausgeglichenheit über die Köpfe der Menschen hinweg. Über den sanften Hängen lagerte eine feierliche Stille, die auch dem Trivialen den Glanz des Ewigen verlieh. Auf beiden Seiten der Treppe reihten sich, getreu dem verwirrenden Nebeneinander der Religionen, elefanten- und vogelköpfige Gottheiten des Hindu-Glaubens, von Opfern verschmiert und mit Blumen geschmückt, und Figuren meditierender Buddha-Heiliger aneinander bis zur Kuppe des Hügels. Die Rüssel der Elefantengötter, die unter den streichelnden Berührungen der Opfernden grotesk dürn geworden waren, erinnerten an die von demütigen Küssen abgewetzten Füße des hl. Petrus in Rom. Und überall, auf den Götterbildern, in den Bäumen und auf den Stufen, wimmelte es von kratzenden, Flöhe fangenden, fressenden, spielenden und kopulierenden Affen, die den Menschen keine Beachtung schenkten.

»Hu!« schrie Suragamy entsetzt auf, »Affen! Sie beißen, und dann muß man sterben. Ich hatte eine Freundin, die gebissen wurde und nach siebzehn Tagen starb.«

»Seien Sie nicht albern, Suragamy«, sagte Isobel tapfer, während sie selbst zitterte. »Sehen Sie, ich habe auch keine Angst vor diesen Tieren, obwohl ich sie gräßlich finde.«

Doch Suragamy umklammerte den Arm ihres Verlobten, der sie an sich zog, genauso blaß wie sie selbst.

Sie begannen die Stufen hinaufzusteigen, Isobel, kühn voranschreitend, an der Spitze, Anne in einigem Abstand hinter den andern, deren Rücken die Bilder ihres schmerzlich-süßen Wachtraumes störten, doch ihr lieber waren als ihre süffisant lächelnden Gesichter. Plötzlich hatte sie das Gefühl, daß jemand sie anstarrte, und als sie die Augen hob und über die Affen und ihre Gefährlichkeit hinwegsah, erblickte sie die eiförmige, riesige Kuppel, auf der ein großer goldener Würfel ruhte, nein, schwebte wie ein Gesicht über einer Wolke, und dieses Gesicht war gekrönt von einem hohen, schlanken, goldenen Kegel, und zwei große aufgemalte Augen schauten unter nachdenklich geschwungenen Brauen auf sie herunter. Das eine, das allsehende, das allumfassende Bewußtsein umfing mit seinem schützenden Blick Menschen, Tiere und Götter des Tales von Katmandu.

Von der Spitze des Kegels über dem Würfel wehten lange weiße, mit buddhistischen Gebeten beschriebene Bänder im Wind. Die Treppe stieg immer höher und höher, wurde immer enger und steiler und immer dichter umdrängt von Schreinen und Altären, den phallischen Symbolen Shivas, buddhistischen Reliefs. Zwischen ihnen spielten die Affen, rosafarben an den Händen und im Gesicht, beknabberten die Blumen und die Opfergaben, warfen sie achtlos wieder weg und erfüllten die Luft mit ihren kehligen Schreien.

Immer höher stiegen sie, Stufe um Stufe. Anne blieb stehen, wandte sich um und ließ ihren Blick über das Tal schweifen, das die Augen bewachten, über das im milchigen Sonnenlicht brodelnde Rosa der Dächer, den weißen Turm von Bhim Sengs Folly, die Silhouetten der Pagoden, die Konturen des Horizonts.

»Oh, weiß der Himmel«, rief Isobel keuchend aus, »diese Treppe hat es in sich.«

Der letzte Teil der Treppe, etwa vierzig Stufen, war in der Mitte geteilt durch ein Geländer und sehr steil. Die Augen waren jetzt ganz nahe, blickten starr und unbewegt auf sie herunter. Zwischen ihnen, auf der goldenen Stirne, war ein dunkler Punkt aufgemalt, und darunter, in der Form eines Fragezeichens, die Nase. Lachend und durcheinanderschreiend kam eine Gruppe von Tibetanern die Treppe heruntergestürmt. Vor ihnen her hüpfte ein Affenbaby, und Suragamy kreischte vor Angst. Die Affenmutter tauchte auf, bleckte die Zähne.

Die Tibetaner umringten sie, schnippten mit den Fingern, riefen ihr
»he, he!« zu wie einem Hund. Die Mutter packte ihr Kind, das sich an
ihrem Bauch festkrallte, und flüchtete in die Bäume.

»So kommen Sie doch«, rief Erdkunde, »kommen Sie doch, wo bleiben Sie denn?« Die Arme in die Hüften gestemmt, die Beine ge-
spreizt, stand sie oben, die Augen unmittelbar über sich, und sah Isobel und Geschichte entgegen, die prustend die letzten Stufen erklet-
terten.

Sie befanden sich jetzt auf der runden marmornen Terrasse, die das
eiförmige Hauptgebäude umgab. Die Terrasse war übersät von einem
Wirrwarr an Schreinen, Altären, Glocken, Säulen und Statuen aller
Größen und Formen. Rund um das Gebäude standen in zwei Reihen
Hunderte von tibetanischen Gebetsmühlen, bronzene Zylinder, auf
denen die Worte *Om Mani Padme Hum* eingraviert waren. Auch hier
schnüffelten die unvermeidlichen Affen an den Opfergaben, Reis auf
Blättern, Blumen und versprengter Milch, lärmten Schwärme von
Tauben und Krähen über den Köpfen, und überall, mitten unter den
Menschen und Göttern, kratzten, zankten und begatteten sich Affen.
Männer und Frauen, viele von ihnen aus den buddhistischen Tälern
des Nordens, Sherpas, Bottyas und Tibetaner, schritten feierlich um
die Gebetsmühlen, drehten sie mit einer Hand, so ihr Gebet verrich-
tend, brachten an den kleineren Altären ihre Opfer dar, indem sie
Marigold und Hibiskus über sie ausstreuten und sie mit Wasser besprengten.

Langsam wanderten sie um das Rund der Terrasse, ereiferten sich laut
über alles, was sie sahen. Anne blieb zurück. Sie fand das Benehmen
ihrer Kolleginnen plump und ehrfurchtslos und schämte sich, zu ihnen zu gehören.

Hinter dem Hauptaltar stießen sie auf einen kleineren Schrein, der in
seinem Innern ein in Schwarz und Silber gemaltes Bild barg und mit
Trauben von Glocken, großen und kleinen, behangen war. Hier knieten ein Mann und eine Frau, Gurungs aus den Bergen. Mit Türkisen
besetzte, große goldene Ringe hingen an den Ohrläppchen der Frau,
und das durch ihr Gewicht verursachte große Loch erschien Anne wie
ein weiteres, leeres, starrendes Auge. Im Schoß der Frau lag ein Bündel, ein gewickeltes Kind, dessen Gesicht mit einem kleinen, schmut-
zig-grauen Tuch bedeckt war. Neben den beiden kniete ein kleiner,
zerlumpter Newari-Priester. Vor ihnen, auf einem niedrigen Tisch,
standen Zinngefäße, lagen Blumen und in Blätter eingewickelte Opfergaben.

»Was hat das Kind?« rief Erdkunde aus und beugte sich über die Mutter. »Fragen Sie, was es hat«, wandte sie sich an den Verlobten.

Der Verlobte sprach mit dem Priester, der die Zeremonie mit der üblichen Gleichgültigkeit zu vollziehen schien und grinsend herüberschaute, sichtlich erfreut über sein zusätzliches Publikum.

»Das Kind hat die Blattern gehabt und ist blind, und die Eltern sind mit ihm hierher gekommen, um zu der Göttin der Blattern zu beten«, erklärte der Verlobte, auf das schwarzsilberne Bild zeigend.

Die Mutter hob das Gesicht, sah Erdkunde an und lächelte. Ihr Blick fiel auf die Augen des goldenen Würfels, und sie deutete zu ihnen hinauf und dann auf das Kind.

Erdkunde handelte. Sie ging neben der Mutter in die Hocke, hob das Tuch über dem Gesicht des Kindes an und enthüllte es ganz. Aus einer Schicht von Schorf und Eiter starrten zwei weiße Steine in den Himmel.

»Oh, wie fürchterlich, wie entsetzlich«, kreischte Isobel und bedeckte ihr Gesicht mit beiden Händen. Geschichte gab Laute der Empörung von sich. Suragamy schlug ihren Mantel eng um sich und tat drei Schritte zurück. Doch Erdkunde beugte sich über das Kind, betrachtete es mit einem Blick flammender Entrüstung und brennenden Mitleids. Sie nahm das stinkende Bündel auf den Arm trotz des Sträubens der Mutter. Erregt drängte sie den Verlobten zu übersetzen. Die Eltern müßten das Kind ins Krankenhaus bringen, unten im Tal, jetzt sofort. Sie gab nähere Anweisungen, erklärte, an wen sie sich wenden sollten.

Widerwillig, mit dem erbärmlich resignierten Achselzucken des von der westlichen Zivilisation verdorbenen Inders, der seine Landsleute verachtet, spielte der Verlobte den Dolmetscher. Flehentlich sah Erdkunde die Mutter an. Die Mutter lächelte, sagte weder nein noch ja. Der Priester fuhr fort zu singen. Der Vater erhob sich, ging zu dem schwarzsilbernen Schild, streichelte und küßte die Hände und goß Milch über das Haupt.

Geschlagen richtete sich Erdkunde auf. Ihre Lippen zitterten. Sie schien den Tränen nahe. Sie trug Sandalen. An beiden Füßen waren die Gelenke der großen Zehen gerötet und geschwollen. Jeder Schritt mußte sie schmerzen. Und jetzt schämte sich Anne vor sich selbst. Sie hatte Erdkunde belächelt, verachtet, hatte sie für plump und engstirnig gehalten, und jetzt war sie es, mit ihren schmerzenden Füßen, die versucht hatte, etwas für das Kind zu tun. Und sie würde es sein, und Menschen wie sie, die eines Tages andere Mütter überreden und lehren würden, ihre Kinder nicht blind werden zu lassen ... Anne konnte nur stehenbleiben, zusehen und weitergehen »und vielleicht niederschreiben, was sie gesehen hatte, sich das Unbehagen von der Seele schreiben«.

Isobel übernahm jetzt wieder das Kommando und stellte fest, daß es unmöglich sei, hier auf dem Hügel, mitten unter diesen gräßlichen Affen, zu essen. Sie verließen auf einem schmutzigen Pfad, der zwischen zerfallenen Priesterhütten hindurchführte, den Tempelbezirk, stiegen auf der Rückseite des Hügels hinunter ins Tal. Vor ihnen schimmerte jetzt ein langer, schwarzer, schneegeäderter Grat, und hinter ihm ragte, weiß und klar wie eine Offenbarung des Ewig-Reinen, ein Schneeriese in den blauen wolkenlosen Himmel. Der Pfad machte eine Biegung, und unter ihnen lag Katmandu im weichen Licht der Abendsonne wie ein bunter, silber- und golddurchwirkter Teppich.

Der Blick eines anderen Augenpaares des allsehenden Bewußtseins, einem anderen Gesicht des goldenen Würfels gehörend, folgte ihnen, als sie hinunterstiegen. Und als Anne nach Hause kam, fand sie diesen Blick in ihrem eigenen Zimmer wieder, und er verschmolz mit der Erinnerung an die weißen Steine, die sie aus den Augenhöhlen des Kindes angestarrt hatten.

Der General kam über den Rasen, groß und schlank wie ein Flaggenmast auf einem hohen Hügel.

»Ich hoffe, die Diener sorgen gut für Sie, Madam?«

»Ich bin sehr glücklich hier«, sagte Anne.

»Glücklich sein ist nicht leicht; denn es bedeutet Wunschlosigkeit, Madam, losgelöst sein von allem, wie der Lord Krishna uns in der *Bhagavad-Gita* lehrt, und das ist sehr schwer.«

»Es ist schwer, seine Wünsche zu zähmen«, erwiderte Anne nachdenklich.

»Wer spricht von Zähmen? Der Mensch, der sich kasteit, ohne sich zu kennen, ist ebenso übel dran wie der, der sich dem Übel selbst ergibt. Steht es nicht geschrieben im Gesang Gottes:

›Der Enthaltsame läuft davon vor dem, was er begehrt,
doch er trägt seine Wünsche mit sich;
und unerfüllte Wünsche vergiften das Herz.‹

Doch der Weg zur Wunschlosigkeit ist steil und schwierig, steiler und schwieriger als der Aufstieg zum höchsten Gipfel. Deshalb, so glaube ich, muß einer das Tal und die Niederungen durchwandert, viele

Freuden des Lebens gekostet haben und ein mutiges Herz besitzen, bevor er aufbricht.«

»Mein Herz scheint zusammengeschrumpft zu sein in den letzten Jahren.«

»Das kann geschehen«, antwortete der General. »Denn wir sind schwach, sind nur Menschen. Das Herz, das geschlagen wird, zieht sich zusammen, schrumpft und stirbt. Doch dann, o Wunder, beginnt es wieder zu blühen, aber furchtsam und scheu, und dies ist der gefahrvolle Augenblick, der Augenblick der Wahl und der Entscheidung.«

Als Anne aufsah, war der General gegangen.

> »Zeit der Erneuerung, wenn ich zurückkomme von da,
> wo ich hingehe,
> werde ich wissen,
> was ich als nächstes tun werde, ich, Echse,
> die ihre Haut abwirft,
> mich erneuernd, die alte bleibend.«

Woher in aller Welt, dachte Anne, kenne ich diese Verse? Und dann sah sie Rukmini durch den sonnigen Nachmittag über den Rasen kommen, eine Zeichenmappe unter dem Arm.

Rukmini ließ sich im Gras nieder, die Beine unter sich kreuzend mit der fließenden Bewegung, die Anne geübt hatte und nun auch beherrschte. Sie zog einige große Blätter aus der Mappe.

»Das habe ich gemalt.« Es waren Bilder von der Hochzeit.

»Sie waren dabei«, sagte Rukmini.

»O Rukmini, wie wunderbar!« Anne hielt die Bilder von sich. Es war die Hochzeit in ihrem strahlenden Glanz und ihrer heiteren Unbeschwertheit. Die Musikanten bliesen, sich wiegend, ihre Flöten, flinke braune Hände schlugen ein Ta-la auf den Trommeln. Der Bräutigam in einem Schimmer von Silber, die Maharanis umflossen von Samt und Seide und Geschmeide, mit großen, lächelnden Augen und Blumen im Haar. Und hier stand Anne, die Hand erwartend ausgestreckt.

»Es ist ausgezeichnet, Rukmini. Du wirst eines Tages eine große Künstlerin sein.«

Sie saßen nebeneinander im Gras. Rukmini sprach nicht. Sie sah um sich mit einem gleitenden Blick, der, ohne seinen Ausdruck zu ändern, kurz auf den Feldern, den Bäumen, dem Bungalow und den Bergen verweilte. Dann entnahm sie ihrer Handtasche einige Bleistifte und begann, Anne zu zeichnen. Anne las die *Bhagavad-Gita*. Sie hatten sich nichts zu sagen, das nicht zerstört hätte, was sie verband. Sie verstanden einander ohne Worte. Sie warteten auf die Rückkehr des gleichen Mannes ...

Und dann kam eine bleiche Nacht, und Anne wachte auf und hörte draußen seine Stimme rufen: »Anne«. Sie ging zum Fenster, das halb geschlossen war wegen der abendlichen Kühle, beugte sich hinaus, starrte ins leere Dunkel, am ganzen Leib erschauernd in der Erinnerung an seine Stimme. Dann ging sie nach unten, vorbei an Regmi und Mita, die in ihre Mäntel eingehüllt im Flur vor der Küche schliefen, schob den schweren Riegel der Türe zur Seite und trat hinaus in die silbergraue Finsternis, in der nichts Lebendiges war als der schlaflose Mond ...

Und dann kam der Abend, der dunkler war als alle Nächte, in denen sie vergeblich gewartet hatte. Sie kehrte heim von einem Besuch bei den Redworths, und da sah sie vor der Schattenwand der Rosenlaube einen Schatten, der noch dunkler war, und sie erkannte ihn, als könnten ihre Augen die Mauer der Nacht durchdringen. Sie ging über den schmalen Rasenstreifen, die Füße schlafwandlerisch durch das nasse Gras schleifend, schwer wie eine Frucht, angefüllt mit Süße und Dunkel und mit dem Neuen, das plötzlich übermächtig war in ihr, und dann stand sie vor ihm, und sie sahen einander mit nachtblinden Augen in die unsichtbaren Gesichter, die nicht lächelten, denn jetzt waren sie Feinde, die in einer Schlacht ihre Kräfte messen sollten. Und dann sprach als erste Anne, nicht Worte, die aus dem bewußten Selbst, das Anne hieß, kamen, sondern aus den Tiefen eines Seins, das tiefer war, als die Wurzeln der Sprache reichten, Worte einer Frau, die hungrig war und litt.

»Wollen Sie mir helfen, Unni?« sagte sie. »Unni, helfen Sie mir, bitte!«

Vielleicht sah er sie an, doch sie konnte sein Gesicht nicht entziffern, konnte den Schmerz nicht sehen, der in ihm war, als er antwortete: »Ich soll mich also gefangengeben, mich fesseln lassen ... Sie fordern mich selbst von mir.«

»Ich will leben, lebendig sein, nicht halbtot wie jetzt.«

»Ach, ich weiß«, sagte er, doch es war keine Bitterkeit in seiner Stimme, »und jetzt soll zuvor Liebe Leidenschaft werden und den unvermeidlichen Umweg über das Spiel unserer Körper gehen.«

»Wollen Sie nicht, daß es so sei, Unni?«

Er schwieg, überlegte.

»Doch, ich glaube, ich will es.«

Er nahm ihre Hand wie damals im Tempel. Sie lauschte ihren eigenen Schritten auf der Treppe, doch hörte nicht die seinen, bis sie in der sanften Flut des goldenen Lichtes standen, und plötzlich fürchtete sie sich vor ihm, denn er war ein Fremder.

»Löschen Sie das Licht«, bat sie, »löschen Sie es.«

Er hob den Arm mit jenem kraftvoll-schönen Ernst, der allem, was er tat, eigen war. Im Dunkeln ging sie zu ihrem Bett, und er legte sich neben sie, und um sie war nichts anderes mehr als diese neue Welt, ihre Welt, in der nichts war als Dunkelheit und Wonne.

Sie wachte auf, glaubte sich auf hoher See, noch träumend. Der Wind heulte vor dem Fenster wie ein Meeressturm. Die Lampe an der Decke schaukelte wie in einer Schiffskabine, und ihr Licht huschte im Takt über die Augen der Sittiche. Selbst das Bett unter ihr schien zu schwanken.

O Wind, Befreier, du hast mich reingewaschen mit Regen, blase, blase!

»Es zieht weiter«, sagte Unnis Stimme. »Es ist bald vorbei.«

Die Wasserfluten rauschten und donnerten und verstummten, und ihr war, als spürte sie, wie das Gras und die Blätter sich wieder aufrichteten, und langsam füllte sich der Raum mit dem Geruch von Erde und Regen.

Dann erblickte sie ihn. Er saß in einem Sessel, jetzt nur in Hose und Hemd, noch größer, noch schlanker. Er rauchte, sah zu ihr hinüber. Schon hatte sich das Gesicht des Zimmers verändert; es schien sich zu freuen über die heitere Unordnung, die es nun erfüllte. Seine Lederjacke lag auf dem Fußboden, achtlos fallengelassen. Auf dem Tisch standen Flasche und Gläser, in der Luft hing der Duft seiner Zigarette und breitete sich die Größe, Wärme und Stärke seines Körpers aus, als er, der Erwachten zulächelnd, aufstand, zum Tisch hinüberging und Whisky und Soda in ein zweites Glas goß.

Glied für Glied kehrte das Gefühl ihres eigenen Körpers zurück und erfüllte sie mit prickelnder Müdigkeit. Sie streckte sich, sank mit einem Seufzer des Wohlgefühls in sich zusammen. Unni trat an das Bett, reichte ihr das Glas.

»Wie kommst du um diese Zeit zu Whisky und Soda und Eis, Unni?«

»Ich habe Regmi zum Royal-Hotel hinübergeschickt.«

»Mitten in der Nacht?«

Er nickte, und Anne lachte und konnte nicht mehr aufhören zu lachen, mußte ihr Glas auf dem Fußboden abstellen, um ihr Gesicht in dem Kopfkissen zu vergraben und ihr Lachen zu ersticken. Unni ließ seine Finger durch ihr Haar gleiten, und ihr Lachen verebbte, doch nun liefen Schauer, ausgelöst durch seine Berührung, über ihre Haut; ihre Muskeln spannten sich schmerzend im neuen Begehren ihres Körpers.

»O nicht, Unni«, bat sie. »Was tust du mit mir? Ich verstehe mich selbst nicht mehr. Man hat mir gesagt, ich sei kalt. Bin ich kalt, Unni?«

»Du bist flüssiges Feuer, und auch ich erschaure, wenn ich dich ansehe. Doch ich will es so. Ich will, daß du mich begehrst. Und ich will dir gefallen … und hoffe, es ist so.«

»Ich weiß, es ist unrecht, was ich tue«, sagte Anne, »doch ich frage nicht danach.«

»Gewiß ist es unrecht, was wir tun, doch wir sind Mann und Weib … und die Götter sind barmherzig. Sie werden uns verstehen.«

»Du scheinst sie gut zu kennen, deine Götter.«

»Die Haut deines Gesichtes ist sehr zart«, antwortete er, »zart wie Seide.«

»Sie hat sich soeben geschält, nach den zwei Tagen auf dem Paß. Dies ist meine neue Haut. Erinnerst du dich an unsere Fahrt zum Paß?«

»Ob ich mich daran erinnere? Ich habe an nichts anderes mehr gedacht in den drei Wochen, seit wir uns das letzte Mal sahen. Auch an die Shiva-Feier habe ich gedacht; denn damals habe ich zum ersten Mal gefühlt, daß ich dir helfen müßte.«

»Du hast mich den Jeep steuern lassen. Es war Irrsinn, es zu tun, Unni. Tiddlywinks war zu Tode erschrocken. Ich glaube, er hat es mir bis heute noch nicht verziehen. Warum hast du das getan?«

»Hast du es nicht gespürt? Ich vertraute mein Leben deinen Händen an, gab dir mich selbst.«

»Du machst dich lustig über mich, Unni«, erwiderte sie unsicher, fast traurig.

Er antwortete nicht. Nachdenklich ließ er ihr Haar durch seine Finger gleiten.

»Ich frage mich, was nun werden wird«, sagte sie. »Wie lange wird dies dauern? Wie …«

»Sprich nicht weiter«, unterbrach er sie. »Es hat eben erst begonnen. Es ist noch zu früh, unser anderes Ich zu Worte kommen zu lassen, Zeit genug, uns zu quälen mit Bedenken, Befürchtungen, Rücksichten und Vorurteilen, die wir am Ende doch überwinden müssen. Tugenden erwachsen nur aus Leidenschaften, und ich hoffe, auch die sündigen Engel unserer Liebe werden eines Tages zu rechtschaffenen Teufeln werden. Doch diese Nacht gehört dir, deinem Körper und dem Herzen in dir, das nach Zärtlichkeit verlangt. Sieh, der Regen hat aufgehört, bald ist diese Nacht zu Ende, und bevor es Tag wird, laß uns nicht mehr denken.«

»O Unni, wenn ich dir nur sagen könnte …«

»Eines Tages wirst du es können. Doch jetzt zu leugnen, was ist, wäre Lüge. Sich vor der Liebe zu fürchten, ist Flucht vor sich selbst. Wer Angst hat, zuviel zu geben, ist ein Geizhals seines eigenen Lebens. Ich selbst scheue mich nicht, mich zu verschwenden, doch ich tue es mit offenem Herzen und offenen Augen, und wenn du mich nur als ein Männchen benutzt, dann werde ich es eines Tages erkennen, denn ich will nicht mißbraucht werden, am allerwenigsten von dir. Aber ich glaube nicht, daß du es tust, Anne. Jedenfalls will ich jetzt nicht an das Später denken.«

»Nimm mich«, sagte Anne, »behalte mich.« Sie fühlte, daß sie jetzt nichts mehr sagen durfte, nicht versuchen durfte, mit Worten zu beschwören, was schon Wirklichkeit geworden war. Er war hier, hielt sie in seinen Armen, und sie erinnerte sich des Augenblicks unerhörter Überraschung, des Aufschreis bestürzender Seligkeit, als er sie nahm, wissend, sanft und stark, und sie fühlte, daß sie sich ihm geben konnte, widerstandslos, drängend und verlangend, sich rückhaltlos, jubelnd dem überlassen konnte, nach dem sie sich bis jetzt in Furcht und Sehnsucht vergeblich verzehrt hatte, dem befreienden Akt der körperlichen Liebe. Sie wußte, daß es nur dies war, doch dies allein schon, die physische Erfüllung, war ihr, die verdorrt zu sein glaubte, beglückende Gewißheit und kostbarer Besitz genug. Ich darf nicht mehr verlangen, nicht fragen, was die Zukunft bringt und die Ewigkeit birgt, jetzt, da mir das höchste zeitliche Glück geschenkt wird. Und das Glück währte, bis der Schrei des Hahns es unterbrach und der neugeborene Tag mit der Sonne von den Bergen ins Tal hinabstieg.

Sechstes Kapitel

Wie Zugvögel im Frühling, zuerst einzeln und dann in Schwärmen, trafen die Korrespondenten, die Reporter, die Photographen und die Gäste zur Krönung des Königs Mahendra in Katmandu ein.
Unter den ersten war Leo Bielfeld.

»Leo kommt heute an«, sagte Anne zu John beim Mittagessen im Royal-Hotel. »Willst du mich zum Flugplatz begleiten, um ihn abzuholen?«

»Tut mir leid, ich kann nicht«, erwiderte John wichtigtuerisch. »E. P., Pat und ich müssen uns heute nachmittag um die Leute von der Filmgesellschaft kümmern.«

»Jawohl, Mrs. Ford«, sagte Enoch P., »das stimmt. Die Filmgesellschaft ist eingetroffen mit ihrer ganzen Ausrüstung. John und ich wollen sehen, ob wir ihnen helfen können, die notwendigen gesellschaftlichen Kontakte herzustellen.«

Die Filmgesellschaft – die Megalorama – war, wie E. P. erklärte, eine phantastische Sache. Sie hatte ihre eigenen Leute, Techniker und Maschinen selbst eingeflogen. In einem gecharterten Spezialflugzeug, einer phantastischen Maschine, waren sie aus den Staaten herübergekommen. Da der Flugplatz in Katmandu zu klein war für diesen riesigen Luftkreuzer, war er in Delhi gelandet, und die Megalorama-Leute hatten ihr Gepäck in eine Reihe kleinerer Maschinen umladen lassen und es so nach Katmandu gebracht. Das gesamte Team wohnte in eigenen Zelten außerhalb der Stadt und fern jeder möglichen Ansteckung durch die Bevölkerung.

»Sie haben an alles gedacht. Sie tragen bei der Arbeit eine Spezialkleidung aus einem mit Antibiotika gegen Blutegel, Moskitos, Käfer und Fliegen imprägnierten Stoff, die ihre Füße und ihren Körper vollständig bedeckt, so daß die Gefahr einer Ansteckung mit irgend etwas gleich null sein wird. Sie sind alle geimpft worden gegen Blattern, Cholera, Gelbes Fieber, Sandfloh-Fieber, Polio, Typhus, Parathyphus, und sie bekommen täglich zusätzlich Vitaminspritzen. Sie haben auch ein eigenes Verpflegungswesen organisiert. Ihre sämtlichen Mahlzeiten werden in Delhi vorgekocht und durch einen Spezial-Flugdienst in sterilen Behältern täglich hierhergebracht. Die Kosten hierfür betragen pro Kopf und Tag zweihundert indische Rupien, das sind vierzig US-Dollar.«

»Zweihundert Rupien pro Tag und Kopf!« rief Anne entgeistert aus.

»Jawohl, Madam«, bestätigte Enoch stolz. »Sie sind phantastisch organisiert, diese Leute. Sie wollen nur mit den allerwichtigsten hiesigen Persönlichkeiten zusammentreffen, und wir haben es uns zur Aufgabe gemacht, ihnen dabei zu helfen. Doch wir müssen schnelle Arbeit leisten. Es sind nur noch sechs Tage bis zur Krönung.«

Und jetzt wandte sich das Gespräch, wie immer in diesen Tagen, der Unfähigkeit der Nepalesen zu. John und Enoch P. hatten beide versucht, bei den »prominenten Persönlichkeiten« vorzusprechen, um Zusammenkünfte mit den Leuten der Gesellschaft zu arrangieren, die eine vom State Department »zu Hause« aufgestellte Liste der ihnen wichtigen Personen mitgebracht hatten.

»Aber diese Nepalesen scheinen nicht zu realisieren, wie wichtig das für sie selbst ist«, beklagte sich Enoch. »Stellen Sie sich vor, wir waren dreimal beim Ministerpräsidenten, und er war nicht zu Hause. Nicht ein einziges Mal. Obwohl wir unsere Visitenkarten dagelassen hatten mit einer entsprechenden Dringlichkeitserklärung.«

Und obwohl die Krönungsfeierlichkeiten in weniger als einer Woche beginnen sollten, war noch kein einziger Termin bekanntgegeben, noch kein offizielles Programm veröffentlicht worden, stand noch kein Möbelstück im Regierungshotel, hatte man noch kein Personal engagiert.

»Das alles ist nicht schlimm. Schlimm ist, daß noch kein Whisky da ist«, sagte Wassili. »Wo steckt nur dieser Unni? Den ganzen Vormittag warte ich schon auf ihn. Er hat mir versprochen vorbeizukommen, um mir zu helfen, daß ich endlich Whisky und Personal ins Haus kriege.«

»Wahrscheinlich ist er wieder hinter irgendeinem Rock her«, bemerkte John. »Diese Inder können keine Frau sehen, ohne ...«

»Er war heute morgen hier, schon in aller Frühe«, unterbrach ihn Wassili, »um Miß Valport zu einer Rundfahrt abzuholen. Miß Valport ist die französische Schriftstellerin. Sie hat ein Empfehlungsschreiben an Unni von einem Freund in Bombay. Aber sie können in diesem Augenblick nicht zusammen im Bett liegen, denn Miß Valport sitzt mit dem indischen Botschafter beim Mittagessen.«

»Das ist wahrscheinlich nur ein Ablenkungsmanöver. Das kennt man«, sagte John, Anne zuzwinkernd. Das Wort »französisch« hatte selbst in Katmandu für ihn einen zweideutigen Beiklang.

»Wenn wir ihn sehen, werden wir ihm sagen, daß Sie auf ihn warten«, versprach Enoch P. »Wir müssen aufbrechen, John. Wir haben noch viel zu erledigen heute.«

»Ich fahre zum Flugplatz, um Leo abzuholen«, sagte Anne und erhob sich.

»Einen Augenblick, Anne«, sagte John. »Ich möchte noch etwas mit dir besprechen.«

Enoch ging, um Pat zu rufen, und die beiden Eheleute saßen jetzt allein einander gegenüber an dem Tisch auf der Veranda des Hotels.

»Ich möchte dir nur kurz folgendes sagen«, begann John. »Es handelt sich um die Krönungsfeierlichkeiten. Die Stadt wird überschwemmt werden von Zeitungskorrespondenten, Journalisten und allen möglichen anderen Leuten. Unter ihnen werden nicht nur Leo und François, sondern eine ganze Reihe von anderen Personen sein, die uns beide kennen. Es hat sich nun ergeben, daß ich als Sekretär des Valley-Clubs eine wichtige und verantwortliche Stellung in Katmandu einnehme. Und in kurzer Zeit wird ein großes Gerede über uns im Gange sein, es hat schon begonnen, vermute ich. Obwohl ich mein Bestes getan habe, es zu verhindern.«

»Und was reden die Leute?«

»Versuche nicht, dich dumm zu stellen«, erwiderte John schroff. »Ich habe nicht die Absicht, mich jetzt in eine Diskussion über Recht und Unrecht unseres Falles einzulassen. Ich habe zu arbeiten, und ich brauche alle meine Energie, um mich auf unsere sehr wichtige Aufgabe zu konzentrieren, die darin besteht, so schnell wie möglich die notwendigen Verbindungen herzustellen, damit die Krönung ein großer Erfolg wird und nicht ein Fiasko. Du siehst selbst, wie unfähig die Menschen hier sind, unfähiger als die Inder, wenn es gilt, eine Sache richtig zu organisieren. Ich habe schlechterdings jetzt einfach nicht die Zeit, dich zu einer besseren Einsicht zu bewegen. Wenn die Wahrheit bekannt würde, wären die meisten auf meiner Seite. Du zürnst mir, weil du glaubst, ich habe dich mit einer anderen Frau betrogen. Ich kann dir nur das eine sagen: So wie du mich behandelt hast, hätte das kein Mann ausgehalten. Und ich denke, wenn du gerecht sein willst, mußt du einsehen, daß du allein schuld bist an dem, was geschehen ist, und im Grunde ist es auch deine Schuld, daß ich krank geworden bin.«

»Ich weiß«, sagte Anne gelassen. »Immer war ich an allem schuld in den letzten Jahren. Immer nur ich.«

»Das habe ich nicht behauptet«, brauste John auf, »und will es auch von dir nicht hören. Du willst nur die Märtyrerin spielen. Du entstellst und verdrehst alles, was ich sage. Doch wir wollen nicht streiten. Ich frage dich jetzt in aller Ruhe und Versöhnlichkeit: Willst du zu mir zurückkehren als meine Frau, so daß wir zusammen zur Krönung gehen können, wie es sich gehört, und willst du endlich diesen unsinnigen Gedanken aufgeben, allein im Institut zu wohnen?«

Und als Anne mit ernstem Gesicht vor sich hinstarrte, ohne zu antworten, fuhr er fort: »Dieser Doktor hat gesagt, mit mir sei alles wieder in Ordnung. Da kannst du vollkommen beruhigt sein, wenn du an diese leidige Geschichte denken solltest.«

Anne stand auf, wandte sich zum Gehen. John legte eine Hand auf ihren Arm.

»Nein, so läufst du mir nicht davon, ohne mir zu antworten. Ich verlange eine Antwort, und zwar auf der Stelle. Ich ertrage es nicht länger, daß du mich wie Luft behandelst.« Er zitterte, und Anne hielt es für Wut; doch es war Angst. Er starrte sie an mit weit geöffneten Augen, und sie konnte nicht ahnen, daß dieser wilde Blick nichts anderes war als ein Betteln um ein einziges Wort der Zuneigung, um ein kleines Zeichen der Versöhnung. Sie sah an ihm herab, kalt, tödlich, abmessend, vergleichend, und lächelte.

John ballte die Fäuste. »Du bist eine gemeine Hure«, zischte er. »Ja, eine Dirne bist du. Und ich weiß, wer dich gegen mich aufgehetzt hat. Dieser verdammte Doktor war es. Warte nur, wenn der Kerl mir über den Weg läuft, schlage ich ihm den Schädel ein und dir auch.«

»Uhu, John«, sagte die Stimme Pats, der Vizepräsidentin des Valley-Clubs. »Uhu, kommst du, John?«

»Uhu, ja, ich komme!« rief John aufgeräumt, und ein Lächeln wischte alle Wut aus seinem Gesicht.

Anne fuhr zum Gaucher-Flugplatz hinaus, um Leo abzuholen.

»Ja, Anne«, rief Leo aus, »ich hätte Sie beinahe nicht wiedererkannt.

»Habe ich mich so sehr verändert?« fragte Anne.

»Ich kann es nicht beschreiben. Sie haben etwas … etwas … ich weiß«, sagte Leo und umarmte Anne. »Sie haben eine Liebesaffäre.«

Auf ihrem Gesicht lag ein Glanz, ein Glanz von innen, und auch ihr Körper strahlte etwas aus, das ihn sofort tief berührte. Während er sie früher automatisch begehrt hatte, fühlte er sich jetzt verwirrt, war bestürzt, fast schüchtern. Sie ist schön, dachte er erstaunt, schöner, als ich begriffen hatte.

»Anne«, sagte er, bewegt von seinem eigenen Gefühl ihr gegenüber. »Sie sind schön. Wissen Sie das?«

»Ich bin froh, es zu hören«, erwiderte Anne. »Ich will es sein.«

»Wer ist der Glückliche?«

»Ich kann es Ihnen nicht sagen. Ich weiß nicht einmal, ob ich verliebt bin.«

»Liebe«, sagte Leo, »ist eine Angelegenheit der Drüsen. Und Höhenluft ist wunderbar für die Drüsen. Eine Frau vibriert mehr in den Bergen. Ich denke mit Wonne an meine Skiferien in Österreich … ich pflegte mit meinen Lieblingsfreundinnen, wenn es möglich war, immer in Höhen von mindestens fünfzehnhundert Meter zu gehen …

dort vibrierten sie viel stärker.« Seine Augen glänzten. Er drückte ihren Arm. Anne war von ihrem Sockel heruntergestiegen. Sie hatte ein Verhältnis, dachte vernünftig darüber, gab es offen zu, machte kein romantisches Geheimnis daraus. Er glühte vor Begierde. »Was es auch sein mag, Anne, es ist toll, wie es Sie verändert hat«, fuhr er begeistert fort. »Wie lange dauert es schon?«

»Ich bin nicht verliebt«, erwiderte Anne, mehr zu sich selbst sprechend. »Ich glaube es wenigstens nicht. Dazu fühle ich mich zu frei, zu ungebunden ...«

»Das sieht man Ihnen an. Lassen Sie Ihr Herz aus dem Spiel, Anne. Genießen Sie die Liebe als angenehmen Zeitvertreib. Ist sie nicht ein sehr angenehmer Zeitvertreib?«

»Ich weiß nicht, Leo.«

Sie passierten die Zollsperre ohne Verzögerung. Die Beamten verzichteten lächelnd auf eine Kontrolle der Koffer. Anne brachte Leo in ihrem Jeep zum Royal-Hotel.

»Oh«, schwärmte Leo während der Fahrt, »was ist das für ein wunderbares Fleckchen Erde hier oben, ein Paradies, ein Märchenland. Und diese weiche Luft ... wie ein kühles Bad, wenn man aus der Ebene kommt. In Kalkutta war es schon zum Ersticken heiß. Ich nehme an, Sie haben Ihre Wohnung weitervermietet?« Anne nickte. »Und wie geht es John? Ich bin ein paar Tage früher gekommen, als es nötig war, und zwar nicht zuletzt Ihretwegen, Anne. Ich mußte Sie wiedersehen.«

Er ging über zum Bericht über seine letzte Eroberung.

Er hatte Kisha in einem Hotel in Delhi, wo sie Empfangsdame war, getroffen. Sie war sofort auf ihn angesprungen, hatte sich ihm mit dem explosiven, beängstigenden Temperament der Inderinnen an den Hals geworfen. Und ihr Körper war von so entwaffnender sinnlicher Vollkommenheit, daß er ihr in das weniger vollkommene Gesicht, dessen Haut etwas zu fettig war, schauen mußte, um sich nicht zu übersättigen.

»Aber Sie kennen ja Delhi und seine strengen Sitten. Für unsere Schäferstündchen mußte ich mit ihr aus der Stadt herausfahren in die Hügel, wo die heulenden Schakale unsern Wagen umkreisten, und jetzt haben sie sogar Sittenschnüffler angestellt, die mit Fackellichtern im Gebüsch nach der Sünde suchen. Delhi wird unerträglich puritanisch wie alle Großstädte in Asien.«

Kisha hatte angefangen, ihn tagsüber stündlich anzurufen und war nachts in sein Hotelzimmer gekommen, und nach Mitternacht wurde sie hungrig, und dann sprang sie aus dem Bett und aß Bananen. »Sie ist ein wollüstiges kleines Biest«, sagte Leo und lächelte selbstgefällig, »erotomanisch bis zum Exzeß, und sie macht kein Hehl daraus.«

Der Hotelmanager hatte Bemerkungen gemacht, und so mußte er wieder seine Zuflucht im Dschungel suchen und die heulenden Schakale und die zweibeinigen Schnüffler der Sittenpolizei mit in Kauf nehmen.

Die Reise nach Nepal war für Leo eine willkommene Gelegenheit gewesen, dem Alpdruck, zu dem ihm Kishas Unersättlichkeit geworden war, zu entfliehen. Er hatte sich selbst ein dringendes Telegramm geschickt und sich zur Krönung eingeladen. Sie hatte ihn zum Flugplatz begleitet, war in ihrem Sari neben ihm hergetrippelt, bleich und mit verheulten Augen. Ihm selbst war es entsetzlich peinlich gewesen. Sie waren aufgefallen. »Die Inder halten ihre Frauen noch immer unter Verschluß ... sie wissen mit der Gleichheit der Geschlechter, die sie jetzt selbst predigen, nichts anzufangen.« Man hatte sie beide sehr schroff behandelt auf dem Flugplatz. Leo hoffte, daß Kisha nicht eines Tages in Katmandu auftauchte.

Leo war begeistert von seinem Zimmer, das nur sehr klein war, und von Hilde, die er umwerfend schön fand. Er wollte sofort bei einigen Persönlichkeiten der Regierung vorsprechen und bei Paul Redworth, dem britischen Residenten. »Ich versuche immer, diese unvermeidlichen Besuche in den ersten vierundzwanzig Stunden hinter mich zu bringen. Aber heute abend werden wir zusammen essen.«

»Heute abend bin ich beschäftigt«, antwortete Anne, »doch ich will gerne jetzt noch ein bißchen bleiben und eine Tasse Tee mit Ihnen trinken, wenn Sie wollen.«

Kaum hatten sie auf der Veranda Platz genommen, als Mariette Valport, die Französin, auftauchte, mit nackten Schultern und flammendem Haar, sprühend vor Leben, gefolgt von Ranchit und Professor Rimskow.

»Wassili«, rief Mariette, »mais où est-il ce Wassili? Se'en Sie, was ich 'ier 'abe.« Sie hielt die Bronzestatue einer Göttin in die Höhe. »N'est-ce pas que c'est beau?«

Professor Rimskow eilte auf Leo zu mit Ausrufen freudiger Überraschung. Die beiden schienen sich schon einmal begegnet zu sein.

»In Genf«, behauptete Professor Rimskow, »ich bin sicher, es war in Genf. Vor zwei Jahren. Bevor ich nach Tibet ging.«

»Ach ja, natürlich«, sagte Leo, »jetzt erinnere ich mich.«

Anne und Mariette kamen nebeneinander zu sitzen. Mariette hatte eine glatte Haut über festem Fleisch, ihre Augen funkelten, und ihre Stimme war fröhlich und laut. Sie strömte eine gesunde Sinnlichkeit aus mit ihren lebhaften schwarzen Augen, ihrem üppigen Mund, ihrem wohlgerundeten Busen und ihren Hüften, die aber nicht so weit ausluden wie bei den meisten Französinnen.

»*Et puis, moi, je dégringole, je monte, je descends* ... ich sserreisse mich selbst, um photographieren ssu können ... doch was für eine Triumph, wenn ich ssurückkomme nach Paris, alle Professoren von die Sorbonne sind verrückt vor Freude. Sie kommen in meine Wohnung ... ich mache kleine Party und sseige meine Bilder und oh ... *ils en sont tout paf. Ils restent là à regarder* ...«, sie wandte sich an Anne, »*et vous, madame*, Sie photographieren auch?«

»Nein«, sagte Anne, »ich photographiere nicht.«

»Oh, was für ein Sakrileg, *quel sacrilège*«, rief Mariette Valport aus, »keine Bilder ssu machen von die schönen Sachen 'ier. Aber Sie können ihre Schön'eit nicht genießen, Madame, wenn sie kein Photo von ihnen machen. Oh, ich kann nicht leben ohne meine Kamera, und ich verkaufe alle meine Bilder an die besten Magazine. Ich werde auch ein Buch schreiben über meine Reisen, und ich bin sicher, es wird werden ein phantastischer Erfolg. Ich kann nicht die Leute verste'en, die nicht verrückt sind auf Bilder machen. Sie müssen wissen, ich reise allein, und in Siam und in Indochina 'abe ich immer so kleine *patelins* gesucht, *des tout petits patelins de rien du tout*, und dann 'abe ich immer gesagt: Das wird werden ein wunderbares Bild, und ich 'abe immer recht ge'abt. *Et comme ça, j'en ai eu, moi, des bonnes prises* ...«

Die Männer begannen unruhig zu werden. Professor Rimskow wünschte über Tibet zu sprechen und Leo von sich selbst, worüber auch die liebenswürdige Zuhörermiene, die er aufgesetzt hatte, nicht hinwegtäuschen konnte. Und Ranchit, der zuerst, eine neue Eroberung witternd, die Augen gerollt hatte, schaute jetzt um sich, als sehnte er sich nach der weniger wortreichen Gegenwart Pats. Pat war in diesen Tagen voll in Anspruch genommen durch ihre Tätigkeit für den Valley-Club und Enoch P. Bowers. Mariette aber gab die Zügel der Unterhaltung nicht aus der Hand, sprang im Galopp, sich mit lauten Ausrufen begleitend, von einem Thema zum andern.

» ... und ich wollte so gerne nach Nepal kommen. Und was für ein Glück, ich 'abe bekommen einen Empfehlungsbrief von ein Freund für Mr. Menon. Er hat mir alles gesagt über ihn, daß er mir wird helfen. Und jetzt heute morgen werde ihn se'en. Ich will ge'en se'en die

Berge und den Damm, den er baut. Er ist so 'übsch wie ein Apollo aus Bronze, seine Schultern, seine 'üften und besonders seine langen, langen *cuisses*, wie Stahl. *Magnifique. Et tellement froid, brrr ... c'est tellement excitant, un homme froid.*«

Diese Bemerkung genügte, die Aufmerksamkeit der Männer wieder wachzurufen, die unter dem Geplätscher ihrer Worte eingeschlafen war. Ranchit zwirbelte seinen kleinen Schnurrbart. »Verschwenden Sie keine Zeit an ihn, Madam«, sagte er. »Er ist ein Barbar. Er ist unfähig, die Schönheit einer Frau zu schätzen.«

»*Oh, vous croyez?*« sagte Mariette, heiser lachend. »Nun, Monsieur Ranchit, ich kann Sie beru'igen, Mr. Menon weiß sehr ssu schätzen eine schöne Frau.«

»In Tibet«, begann Professor Rimskow mit seiner hohen Fistelstimme, »werden die Frauen ...«

Anne murmelte etwas von Zu-spät-Kommen und entschuldigte sich. Leo begleitete sie zu ihrem Jeep.

»Was für ein reizendes und erfrischendes Mädchen, diese Mariette Valport«, begeisterte sich Leo. »Das wäre die richtige Abwechslung von Kisha.«

Und im Geiste sah Anne Leo zu dem Tisch zurückgehen, sich neben Mariette setzen, ihr andächtig zuhören, ein lauerndes Lächeln auf den Lippen. Das übliche Spiel, das unausweichliche Spiel. Und plötzlich fühlte sie sich überschwemmt von dem Verlangen, Unni zu sehen, ihn zu fühlen in der Dunkelheit. Sie fuhr schneller. Sie fuhr an dem Hauptgebäude des Instituts vorbei, ohne zu bremsen. Eine Gestalt beugte sich über das Geländer der Veranda. Isobel, oder wer? Sie sah keinen Schatten unter dem Walnußbaum und auch nicht auf dem Rasen.

Sie betrat den Bungalow, und da war er, saß auf der Treppe, hatte auf sie gewartet. Und ihr war, als würde eine schwere Last, die sie den ganzen Tag getragen hatte, von ihren Schultern gleiten.

»Da bist du ja«, sagte er lächelnd und stand auf.

»Ja, ich bin wieder zu Hause, Unni«, antwortete sie, legte ihre Hand in die seine, und sie gingen nebeneinander die Treppe hinauf.

Sie hatten sich ihrer Liebe überlassen, sich dann durch ein Bad erfrischt, hatten von dem Curry-Huhn gegessen, das ihnen Regmi, lautlos wie ein Geist auftauchend und verschwindend, serviert hatte, während Mita in ihrer dunklen Küche, die Anne, weil dies Befleckung bedeutet hätte, nicht betreten durfte, ein schwermütiges Lied sang.

Alles, was von Annes Essen übrig blieb, streute Mita aus für die Vögel, denn sie war eine Brahmanentochter, wenn auch keine sehr strenggläubige.

»Schon beim ersten Blick, den wir tauschten, fing mich die Liebe im Netz seiner Augen«, sang Mita.

»Wie sie die Liebe lieben«, sagte Anne.

Sie lagen nebeneinander, rauchten, sprachen, ohne sich anzusehen, sahen sich an, ohne zu sprechen, hatten schon die kleinen Gewohnheiten Liebender angenommen, die Bewegung des Kopfes, der eine Schulter sucht, sich in ihre Beuge zu schmiegen, so und nicht anders, das Spiel der vier Hände, die sich, wenn einer dem andern Feuer für seine Zigarette gab, zu einem Kelch von verflochtenen Fingern formten, das Leben der Streichholzflamme zu verlängern, die stumme Nachbarschaft der Körper, die, nach der Erfüllung voneinander gelöst, nebeneinander lagen in der schwebenden Ruhe der Erwartung neuen Begehrens. Und jetzt konnte Anne sprechen, ohne sich selbst mit kritischem Ohr zu lauschen, und Unni hörte ihr zu, als läge er nicht neben ihr, zwang sie nicht durch seine Gegenwart, ihre Worte zu wägen.

»Es ist mir ein Rätsel ... ich habe in diesen wenigen Tagen mit dir öfter geschlafen als in den drei letzten Jahren mit meinem Mann, ganz davon abgesehen, daß ich dabei nur Ekel empfunden habe und schon glaubte, ich sei untauglich geworden zur Liebe ... leer und ausgetrocknet ... doch ich weiß, du kannst mir nicht glauben.«

»Ich glaube es dir«, sagte Unni.

Er erhob sich, um ihr einen Drink einzuschenken. Er hatte einen weißen leinenen Lendenschurz umgebunden, und Annes Augen folgten den Bewegungen seiner Schultern und Hüften und Schenkel und dem Spiel des Lichtes auf seiner dunkel schimmernden Haut mit dem Blick der durch die Liebe für die Schönheit des männlichen Körpers empfänglich gewordenen Frau. Was sie am stärksten zu diesem Körper hinzog, war die spielerische und doch ungezierte Sicherheit und Mühelosigkeit, mit der er sich selbst bewegte und tote Dinge, sie belebend, und lebendige Wesen, ohne sie zu verletzen, anfaßte, mit ihnen umging, sie beherrschte. Und er zog sich an und entkleidete sich mit der unauffälligen Geschicklichkeit seines Volkes, das öffentlich in den Flüssen badete und dabei die Kleider wechselte, ohne den Körper zu entblößen. Der Schleier einer ernsten Nachdenklichkeit lag jetzt über den Stunden ihres Zusammenseins, bestimmte das Klima ihrer Liebe und ihres Alleinseins, verdüsterte das Wetter ihrer Seelen, überschattete die Landschaft ihrer neuen Freiheit, die ja im Grunde nichts anderes war als ein freiwilliges Aneinander-Gefesseltsein. Nur schwer konnten sie sich jetzt eine Zeit vorstellen, da es nicht so gewesen war. Und Annes Verwunderung über das jauchzende Ja ihres Körpers, fast unglaublich nach so vielen Jahren eines flammenden Vetos, hatte sich schon zu grüblerischen Überlegungen ernüchtert, in denen sich die anderen Ichs, die in ihr als einem menschlichen Wesen wohnten, bald zu Wort melden würden mit ihren geistigen Vorurteilen, moralischen Skrupeln, religiösen Bannsprüchen, mit dem kalten Seziermesser psychologischer Analysen und der Ernüchterung philosophischer Relativierung. Die körperliche Offenbarung war Wirklichkeit geworden, war freudig hingenommene Tatsache, doch das Staunen über ihr Wunder blieb.

»Und ich schäme mich dessen nicht einmal, wenigstens nicht, wenn ich mit dir zusammen bin, obwohl ich weiß, daß es Unrecht ist, was ich tue. Ich bin John untreu.« Sie sagte es in einem Ton fast spöttischer Selbstzufriedenheit, die das Wort »untreu« in ihr auslöste.

»Du bist dir selbst lange genug untreu gewesen«, erwiderte Unni und reichte ihr ein Glas, in das er nur wenig Whisky gegossen und es mit Sodawasser aufgefüllt hatte. Früher hatte sie eine Abneigung gegen Whisky gehabt, doch er trank manchmal viel, ohne daß sich eine Wirkung zeigte, und jetzt liebte sie es, ein Glas zwischen beide Hände zu nehmen, es langsam zu drehen, zu beobachten, wie die Blasen hochstiegen und zu einem Nichts zerplatzten, wenn sie in ihr eigenes Element zurückkehrten, selten am Rand zu nippen, immer mehr als die Hälfte übriglassend. Und während die Zeit um sie stillstand und fruchtbar wurde, suchten sie einander mit der Seele, um die erreichte körperliche Harmonie auch geistig zu vertiefen.

»Das ist keine Entschuldigung für meine eheliche Untreue«, sagte Anne. »John ist mein Mann. Eine Ehe wird geschlossen für die guten und die bösen Tage.«

»Ich suche nicht nach Entschuldigungen. Seit wann lassen sich die Seichtheiten des Ehebruchs mit den Schalheiten der Ehe rechtfertigen?« Er sah sie über das Glas, aus dem er trank, ironisch lächelnd an, dann setzte er es nieder, drückte seine Zigarette in dem mit Amoretten verzierten Aschenbecher, der aus der viktorianischen Zeit des Generals stammte, aus und legte sich wieder an ihre Seite.

Seine Worte hatten einen Stachel in ihr hinterlassen. »Ich habe es verdient, daß du so sprichst«, sagte sie. »Ich habe mich dir an den Hals geworfen, genauso wie alle die andern.«

»Welche andern?« Er war ehrlich überrascht. Er hatte nicht geglaubt, sie verletzen zu können durch seine unpersönlich gemeinte Bemerkung.

»Die anderen Frauen, Unni. Überall, wo ich hinkomme, höre ich deinen Namen in Verbindung mit dem Namen irgendeiner Frau.«

»Welcher zum Beispiel?« Seine Finger tasteten das erhabene Muster der Decke ab, auf der sie lagen.

»Nun, um das letzte Beispiel zu nehmen: diese Französin, Mariette Valport.«

»Sonst noch jemand?«

Rukmini, dachte Anne. Er wartet darauf, daß ich Rukmini nenne. Und wenn ich es tue, dann ist alles aus. Sie erschauerte, sah den schmalen, gefährlichen Grat, auf den sie sich begeben hatte. Ich gefalle ihm, durchzuckte es sie in enttäuschender Erkenntnis, und eines Tages ist es vorbei, und er ist gegangen.

»Darum geht es nicht. Ich habe nicht gesagt, daß mich die anderen Frauen stören.«

»Du störst dich nicht an meinen polygamen Neigungen? Wie großmütig von dir!«

»Nicht die Spur«, erwiderte Anne lachend, durch seinen Humor wieder eingefangen in die versöhnliche Stimmung nachklingender sinnlicher Erfüllung.

»Ich liebe dein Lachen. Lachen reinigt die Zähne, und alle Gegensätze versöhnen sich im Bogen eines lächelnden Mundes.«

»Wie wunderbar du das gesagt hast. Stammt es von dir?«

»Es ist ein Sprichwort meiner Heimat.«

»Oh, höre auf, mich nicht ernst zu nehmen, und nimm deine Hand aus meinem Haar. Du bringst mich um das bißchen Vernunft, das ich aufzubringen versuche. In unserer Zivilisation muß eine Frau, die etwas auf sich hält, den Gedanken der Polygamie verabscheuen. Doch mich scheint er gleichgültig zu lassen, wenigstens, was dich betrifft. Ich weiß nicht, woher das kommt. Und trotzdem mache ich mir Vorwürfe wegen John ... darüber, daß ich ihn betrüge. Die Leute nehmen an, ich bin von ihm weggegangen, weil er mich mit einer andern Frau betrogen hat. Mein Handeln könnte durch nichts besser gerechtfertigt werden in ihren Augen. Und Johns Entschuldigung, daß ich ihn durch meine Kälte zu anderen Frauen getrieben habe, wird man auch gelten lassen. Aber alle diese Erklärungen und gegenseitigen Beschuldigungen können nichts an der Tatsache ändern, daß ich im Begriffe bin, Ehebruch zu begehen, und dieses ist ein häßliches Wort.«

»Jawohl«, sagte Unni, »es ist ein häßliches Wort. Belassen wir es dabei.«

»Ich werde es John eines Tages sagen müssen«, erwiderte Anne. »Es wäre unfair, es nicht zu tun.«

»Ja«, sagte Unni, »wir werden es tun, wir beide gemeinsam. Aber erst, wenn es an der Zeit ist ... wenn ich glaube, daß wir es tun sollen. Diese Entscheidung mußt du mir allein überlassen.«

Und dies war genau das, was Anne gewünscht hatte, obwohl sie sich dessen nicht bewußt gewesen war, bevor er es aussprach. »Ich überlasse es dir, Unni.«

»Und übrigens, ich war auch auf Ranchits Party an jenem Abend, als John dort war.«

»Oh«, sagte Anne und richtete sich starr auf.

»Errege dich nicht«, sagte Unni. »Ich will dich in meinen Armen halten, während ich es dir erzähle. Komm, lege dich wieder hin. Ich war da und John und noch andere. Ranchit ist verderbt auf eine niedrige Art. Er veranstaltet diese sogenannten Herrenabende nur, um später Frauen kommen zu lassen, und dann ist er nicht eher zufrieden, als bis seine Gäste genießen, was er ihnen geboten hat.«

»War John deshalb so unfreundlich zu dir an dem Morgen, bevor wir zu der Fahrt über den Paß aufbrachen?«

»Ich nehme es an. John läßt sich leicht aus der Fassung bringen. Er glaubt, ein guter Mensch zu sein, weil sein besseres Ich nicht wahrhaben will, was sein niederes tut. Ranchit lag nichts daran, John zur Ausschweifung zu verleiten. Er wollte *mich* erniedrigen, auf sein Niveau herabziehen. ›Prost, Menon, du trinkst ja nichts.‹ Und dann später: ›Los, Menon, du großer Ladykiller, jetzt zeige, was du kannst.‹ Er prahlte mit seinen eigenen Eroberungen. ›Ich esse nicht aus einem Spucknapf‹, sagte ich zu ihm. Das machte ihn rasend. ›Weil du nicht kannst ... du bist impotent‹, schrie er. ›Ich weiß, daß alles nur Bluff ist bei dir. Ich habe alle Frauen gehabt, bei denen du es versucht hast‹, sagte er. ›Ich weiß Bescheid. Sie haben es mir erzählt. Du bist ein Versager. Du bist kein Mann. Du bist impotent.‹ Ranchit wollte mich schon immer in allem schlagen, beim Tennis, beim Fliegen, an gesellschaftlichem Ansehen und jetzt mit Sexualpotenz. Wir sind zusammen in die Schule gegangen. Wir sind auch entfernt verwandt. Er ist ein A-Rana, ich habe nur vage Ansprüche auf eine viel niedrigere Kaste. Doch in der Welt von heute gelte ich viel mehr als er, und das einzige, was ihm geblieben ist, um mich zu schlagen, sind die Frauen. Und dann kam die Sache mit Rukmini.«

Unni trank einen Schluck aus seinem Glas, zündete sich eine neue Zigarette an, ging zum Fenster, schob die Vorhänge einen Spalt weit auseinander und blickte in die Nacht hinaus. Die Vorhänge waren eines Tages angebracht worden, ohne daß Anne sie bestellt hatte. »Ich habe sie gekauft«, hatte Unni gesagt, als er Annes Überraschung bemerkte, »du brauchst sie jetzt, da ich zu dir komme.«

»Ich habe Rukmini nie berührt.« Unni hatte sich umgedreht. »Sie war immer ein Kind für mich gewesen, eine schöne Kusine; denn auch mit ihr bin ich verwandt. Alle Ranas sind miteinander verwandt. Inzucht ist bei ihnen Gesetz. An dem Tag ihrer Reife wurde sie für zwei Wochen in einen dunklen Raum eingesperrt, wie es der Brauch verlangt. Nachher habe ich sie nie wieder allein gesehen. Es war ihr nicht erlaubt, nach Belieben das Haus zu verlassen oder mit Männern zusammenzukommen, nicht einmal mit Angehörigen ihrer eigenen Familie. Drei Monate später wurde sie an Ranchit verheiratet. Ihr Vater brauchte Geld. Aus diesem Grund hat er auch seinen Palast verkauft, in dem sich jetzt das Töchter-Institut befindet, denn es gilt als Schande, wenn ein Rana sein Eigentum vermietet. Das war vor drei Jahren.«

»Arme Rukmini«, sagte Anne, »arme kleine Rukmini.«

»Ich spreche nicht gerne darüber«, sagte Unni, »und deshalb wollen auch wir jetzt nicht mehr darüber sprechen.« Es war ein Befehl, und Anne gehorchte. »Was die anderen Frauen betrifft ...«, fuhr er nachdenklich lächelnd fort, als ließe er im Geiste alle Frauen Revue passieren, die er vor Anne in den Armen gehalten hatte, und Anne sah sie, sah ihn, wie er sich ihrer, einer nach der anderen, erinnerte. »Es ist mir unmöglich, die Liebe nur als eine Angelegenheit der Drüsen zu betrachten, wie Leo sich ausdrückt. Die Jagd nach erotischen Eroberungen, die so viele Männer mit Eifer und Ehrgeiz betreiben, liegt mir nicht, würde mich langweilen. Gewiß, ich habe nicht wenige Frauen gehabt, wenn auch lange nicht so viele wie Leo. Liebe nach Quantität gemessen, das ist es, was Ranchit und Leo, der übrigens sonst ein kluger Kopf ist, sich wünschen. Wie Jäger, die stolz sind auf ihre Rekordstrecke. Ich glaube, sie handeln so, weil sie Angst haben, mit dem Herzen zu lieben. Sie ziehen es vor, Gefühlskastraten zu werden und trennen ihre körperliche Lust von ihren seelischen Empfindungen. Sie fürchten sich davor, leiden zu müssen, verstrickt, gefesselt zu werden, und emanzipieren sich geistig und seelisch von ihren Handlungen, und so wird die Liebe zum ›angenehmen Zeitvertreib‹. Wir aber glauben, daß niemand handeln kann, ohne verstrickt zu werden.

Wir wissen, daß jeder Mensch der Gefangene seiner eigenen Taten ist, und ihre Art seelenloser geschlechtlicher Vermischung ist eine traurige und öde Entartung der Liebe und wirkt ebenso verdorrend wie die Enthaltsamkeit, der du unterworfen warst.«

»Woher weißt du«, fragte Anne, »ob ich nicht auch so bin und nur mit dir schlafen will und sonst nichts?«

»Ich glaube nicht, daß du so bist. Der Gedanke ist mir nicht gekommen. Und ich bin auch nicht so, Anne. Ich liebe dich.«

»Liebe«, sagte Anne, »war in meiner Vorstellung immer mit einem gut Teil Leid und Schmerz verbunden. Was zwischen uns ist, ist zu heiter und unbeschwert, zu frei von Furcht und Hindernis.«

»Wer sagt dir, daß du nicht eines Tages entsetzlich leiden mußt um meinetwillen?«

Und immer wieder in diesen Tagen und Nächten suchte Anne in ihrem Herzen, wenn in den Tälern ihrer Leidenschaft der Nebel der Gedanken aufstieg, die Stachel, die sie noch immer spürte in ihrem Glück, zerlegte ihre Skrupel und Befürchtungen bis in die letzten Fasern, bewegte sich im Kreise ihrer Für und Wider wie ein Raubtier, das, mit der Schulter die Gitterstäbe streifend, in seinem Käfig auf- und abläuft. Und wenn sie gegen die Wortbarrieren des Sollens und des Müssens anrannte, dann wußte sie, daß sie nur nach Gründen, nach andern Worten suchte, die ihr erlauben sollten, mit ruhigem Gewissen weiter mit Unni zu schlafen.

In Augenblicken nüchterner Klarheit, so glaubte sie, bemühte sich ihr bohrender Verstand, Makel in ihren Beziehungen zu Unni zu entdecken, das Unvollkommene und Unreine ihrer Motive und Absichten zu entlarven, prüfte ihre Entstehung, befragte ihre Zukunft mit kalter Logik. »Es geschah nur, weil ich zu lange gedarbt hatte«, sagte sie zu ihm in verbissener Offenheit, nachdem sie aus einem Taumel ihrer Sinne erwacht war, dessen sie sich nie für fähig gehalten hatte. »Ich brauchte ganz einfach einen Mann. Ich war ausgehungert.«

»Gewiß«, antwortete Unni. »Aber warum hast du dann gewartet, bis ich kam? Was immer dein Freund Leo auch denken mag, unsere Liebe ist keine Angelegenheit der Drüsen. Sonst läge jetzt Leo neben dir oder Ranchit.«

An der schlichten Einfalt seines Glaubens zerschellten ihre Argumente, und in der Unbefangenheit seiner Liebe lösten sich ihre Widersprüche, und so wie ihr erwachter Körper sich allmählich in liebendes Fleisch verwandelte und in seinen Armen zu neuer Schönheit erblühte, wurde es auch in ihrem Inneren immer heller, und eines Nachts wußte sie nichts mehr gegen ihre Liebe vorzubringen, und brach in Lachen aus.

»Ich bin es so müde, gegen mein eigenes Glück zu kämpfen, es in Worte zu fassen und abzuwägen, Unni. Von nun an will ich nicht mehr fragen, ob ich recht tue oder unrecht. Bitte, Unni, verbiete mir, darüber nachzudenken.«

»Ich werde auf dich aufpassen.«

»Würdest du mich heiraten«, fragte Anne, »wenn John sich scheiden ließe?«

»Nein.«

»Warum nicht?«

»Es ist nicht die Farbe, die den Rumpf des Schiffes zusammenhält. Du mußt dich eine Weile von der Ehe erholen. Ich will mit dir zusammenleben, zu dir halten und dir gehören. Vielleicht nach ein oder zwei Fünf-Jahres-Plänen werde ich dich heiraten, doch nicht früher.«

Obwohl sie lachte und wußte, daß er recht hatte, war Anne sich ihrer selbst nicht sicher. Sie zweifelte daran, daß sie fähig wäre, offen und stolz zu sagen: Ich liebe diesen Mann …, ohne daß ihre Verbindung vorher in eine legale Form gebracht worden war. Doch gleichzeitig schreckte sie vor dem Gedanken an eine Ehe zurück, weil er noch mit ihrer physischen Abneigung gegen John verbunden war. Die Wirklichkeit, das war jetzt Unni und vor allem die Entdeckung ihres Körpers und seiner Fähigkeit, Freude zu geben und zu empfangen in einem Maß, das ihr unbekannt gewesen war. Dies waren unleugbare, lebendige Tatsachen der Welt des Seienden, an denen die Welt der Worte nichts verdrehen, verfälschen und nichts ändern konnte.

»Mir scheint, ich suche die Wahrheit im Labyrinth der Worte.«

»So scheint es mir auch. Suche sie in dir selbst. Und halte es wie die Götter: Suche nicht immer, recht zu behalten.«

Und so begann Anne, in Unnis Armen sich selbst zu suchen, zögernd, tastend, obwohl sie noch nicht an sich glaubte.

Siebentes Kapitel

Eudora beschloß, die kleine musikalische Party, die sie seit einigen Tagen plante, nun zu geben, und zwar auf dem Rasen vor Annes Bungalow.

»Ich möchte so gerne eine kleine musikalische Soirée veranstalten, jetzt, da Unni wieder da ist«, sagte sie zu Anne. In ihrer zu jugendlichen Munterkeit war sie über den Rasen herangetrippelt, und das helle Kichern, mit dem sie jeden ihrer Sätze beendete, empfand Anne jetzt als das, was es war, als Äußerung einer erschreckenden Unsicherheit, die Schutz suchte und Mitleid erweckte.

»Selbstverständlich, Eudora«, sagte Anne mit der warmen Herzlichkeit, die so oft in Frauen nach sinnlicher Erfüllung neu erwacht. »Ich werde Isobel um ihre Einwilligung bitten.«

Es war nur eine Formsache, doch Anne hielt es genau mit diesen kleinen Dingen, so wie sie auch Wert darauf legte, täglich mit John zu Mittag zu essen.

Anne klopfte bei Isobel an, und sie hörte das Klirren von Glas, bevor die Türe ziemlich heftig aufgerissen wurde und Isobel mit finsterem Gesicht vor ihr stand.

»Oh, du bist es«, sagte sie. Ihr Atem roch stark nach Brandy. Doch sie sah monumentaler und herrischer aus denn je.

»Kann ich dich einen Augenblick sprechen, Isobel?« fragte Anne.

»Um was handelt es sich?« antwortete Isobel, ohne Anne hereinzubitten.

»Eudora, Mrs. Maltby, möchte gerne eine kleine Party im Bungalow geben. Es werden nicht mehr als ein Dutzend Personen kommen und einige Musiker. Morgen abend.«

»Ach«, sagte Isobel und sah Anne mit kleinen Augen an. »Ein merkwürdiger Einfall. Warum gibt sie ihre Party nicht im Royal-Hotel?«

»Dort ist es jetzt zu sehr überfüllt.«

»Immerhin, es ist seltsam genug, daß sie ausgerechnet zu dir kommt mit dieser Bitte«, antwortete Isobel und verzog das Gesicht zu einem hämischen Grinsen. »Ich meine … angesichts der Situation, in der sie sich befindet.«

»In welcher Situation?« fragte Anne.

»Nun, ich nehme an, einige Leute werden etwas unternehmen in dieser Sache«, erwiderte Isobel. »Nein, ich habe nichts dagegen. Der Bungalow ist weit genug vom Institut entfernt, und ich hoffe, daß ich nicht gestört werde.«

»Vielen Dank«, sagte Anne. »Sehr liebenswürdig von dir.«

»Warum war Isobel so sehr erstaunt darüber, daß Eudora ihre Party hier bei mir geben will?« sagte Anne später, in der Nacht, zu Unni. Er war auf dem gleichen Wege zu ihr gekommen wie jeden Abend, über die zerbröckelnde, rote Backsteinmauer, die das Institutsgelände umgab. Und Regmi hatte als idealer Mitverschworener wie immer, ohne aufgefordert zu sein, Wache gestanden mit dem gleichen Instinkt und Eifer, als befände er sich selbst auf geheimen Liebespfaden.

»Sie glaubt, du hast ein Verhältnis mit Fred.«

»Mit Fred? Warum mit Fred?«

»Weil du am ersten Tag, nachdem du angekommen warst, einen Spaziergang mit ihm gemacht hast – so erzählt man sich – und stundenlang unterwegs warst mit ihm, mit Fred, von dem jedermann weiß, daß er ein verworfener Mensch ist, denn er hat früher einmal mit einer nepalesischen Frau zusammengelebt, die inzwischen gestorben ist. Als nächstes bist du von deinem Mann weggegangen, kurz nachdem du Fred auf der Treppe getroffen hattest und während John krank im Bett lag, an den Folgen seines kleinen Mißgeschicks, bei dem es sich, wie Isobel sich selbst glauben macht, um einen Sonnenstich handelte. Eine Woche später hast du dich mit Fred eingeschlossen, und nachdem es dunkel geworden war, ging das Licht lange nicht an … Du siehst, wie gut ich über dich informiert bin.«

»Eines Tages werden sie wissen, daß du es bist.«

»Sicher. Und ich will, daß alle es erfahren … doch nicht vor der Krönung. Paul Redworth als Resident wäre ein Skandal in diesem Augenblick sehr unangenehm. Später werden wir dann sehen … Vielleicht wirst du auch deine Stellung im Institut verlieren. Würde dich das sehr treffen?

»Müßte ich dann Katmandu verlassen?« fragte Anne.

»Du würdest nach Bongsor kommen«, erwiderte Unni. »Ich würde dich mitnehmen zu meinem jungen Berg. Ich muß ihn dir zeigen. Er ist sehr schön.«

Und Anne wollte fragen: schöner als ich? … doch sie lächelte nur und überließ sich seinen Armen.

Am nächsten Tag, es war ein Freitag und der vierte Tag vor der Krönung, sah es immer noch so aus, als wären nur die Götter bereit, die Weltkinder, die von draußen in das Tal kommen sollten, zu empfangen.

Das Regierungs-Gästehaus war immer noch bar jeden Möbelstücks, das Royal-Hotel ein Hexenkessel. Weder die Alkoholika noch das Aushilfspersonal waren eingetroffen. Wassili wechselte das Hemd dreimal am Tage und hatte das Vichy-Wasser aufgegeben, weil, wie er sagte, sein Gehirn mit diesem Zeug als einzigem Betriebsstoff nicht durchhalten würde.

Die achtzig Diener, die von Kalkutta eingeflogen werden sollten, um die offiziellen Gäste zu betreuen, und ihre Reise angeblich schon angetreten hatten, waren verschwunden – wie berichtet wurde, irgendwo im Vorgebirge des Himalaja –; es fehlte jede Nachricht von ihnen. Siebzehn Kisten Whisky waren von der Zollbehörde beschlagnahmt worden. Eine große Sendung Bier aus Indien war auf der Paßstraße unterwegs, und Wassili äußerte laute Befürchtungen, daß es nie ankommen würde: »Oberst Jaganathan wird es austrinken.« Fünfhundert lebende Hühner in Käfigen hatten zwei Tage in Patna darauf gewartet, mit dem Flugzeug ins Tal gebracht zu werden, und es hieß, die Hälfte von ihnen sei bereits am Hitzschlag oder vor Durst gestorben. Durch die Straßen von Katmandu trotteten in ihrem schweren Paßgang, trompetend ihrer Freiheit sich freuend, die königlichen Elefanten. Den roten Kies der Straßendecke unter ihren breiten Füßen zermahlend, bahnten sie sich ihren Weg durch den dichten Verkehr, der sich vor ihnen teilte. Sie taten sich gütlich an dem Blumenkohl und den Radieschen, die in Körben vor den Häusern lagen. Sie brachen junge Zweige von den Straßenbäumen oder fraßen das Laub von den Ästen, die über die Gartenmauern der Rana-Paläste herüberhingen. Jeden Morgen konnte man beobachten, wie einige von ihnen sich mit Wasser aus dem Teich des Gottesgerichts bespritzten. Mit vergoldeten Zehennägeln, buntbemalten Gesichtern und Ohren und bedeckt mit samtenen, gold- und silberbestickten Schabracken würden sie im Krönungs-Festzug die Gäste des Königs tragen.

Leo saß auf der Veranda, an einem Martini nippend und vor sich hinbrütend, soweit seine unbeschwerte Natur eine solche Gemütsverfassung zuließ. Trotz der erotischen Atmosphäre von Katmandu und der stimulierenden Wirkung, die Mariette Valport auf ihn ausübte, fühlte er sich unzufrieden und unbehaglich. Der Grund seiner Melancholie war Anne. Er hatte Anne zweimal gesehen … als sie ihn abholte und am nächsten Tag beim Mittagessen mit John. John sprach unaufhörlich über den Club und hielt Leo Vorlesungen über die Religionen des Tales. Er machte einen gesunden, ja robusten Eindruck, war sehr selbstbewußt und schien überhaupt nicht davon berührt zu sein, daß Anne ausgezogen war. Das alles war so merkwürdig, fast komisch, dachte Leo, besonders das gemeinsame Essen und getrennte Schlafen.

»Du 'örst mir nicht zu, *chéri*«, beschwerte sich Mariette.

»Ich habe sehr gut zugehört. Du hast davon gesprochen, daß du nach Patan fahren willst, um die Nackttänzerinnen zu sehen. Ich kann dir versichern, daß es keine Nackttänzerinnen gibt in Nepal.«

»Aber dieser *Monsieur* hat gesagt, es gibt welche.« Dieser *Monsieur* war Suragamys Verlobter, jetzt selbstbestallter Fremdenführer und sehr gefragt bei den Touristen, da die Einwohner von Katmandu keine Erfahrung im Umgang mit Fremden zu haben schienen. Er besorgte Jeep-Taxis und Benzin, Isobels Benzin, das er zu Preisen verkaufte, die selbst die Amerikaner als phantastisch bezeichneten. Er organisierte »heilige Tänze« mit Tempeljungfrauen, die nichts anderes waren als Prostituierte, die auf ägyptische Art mit dem Bauch wackelten, was neu war für Katmandu.

Anne ging vorbei, strahlend, jung, aber wie geistesabwesend in ihrem Glück. Leo sprang auf und rief: »Hallo, Anne! Kommen Sie! Setzen Sie sich zu uns, und erzählen Sie mir etwas. Ich habe noch nichts von Ihnen gehabt.«

»Ich weiß, ich war nicht nett zu Ihnen.« Anne setzte sich zu ihnen, schwieg, schaute sie lächelnd an, ohne sie zu sehen. Der Verlobte krümmte sich vor Verlegenheit, versicherte, die Tänze, die er zeigen würde, seien rein sakraler, ritueller Natur, und Mariette freute sich darauf, sie photographieren zu können. *Les rites sacrés de Katmandu* würde sie ihre Bildserie nennen.

Anne sah Mariette an mit einem Blick, den Leo nicht an ihr kannte, einem langen, wissenden, abschätzenden Blick, aus dem weibliche Selbstsicherheit, geschlechtliche Rivalität, ja fast eine Herausforderung sprach. Sein Unbehagen wuchs. Sie ist ein richtiges arrogantes Biest geworden ... verachtet uns wie Parias ... es kann nicht nur diese Affäre sein, die sie innerlich und äußerlich so verändert hat. Diese neue, um ihre Macht wissende Schönheit und dieses erotische Selbstvertrauen reizte in ihm jetzt nicht nur von neuem den Instinkt des Jägers und Sammlers, sondern verwirrte auch seine Gedanken und Gefühle auf eine ihm bisher unbekannte Weise, die ihn wütend machte und zugleich lähmte. Er fühlte, er würde nie wieder den Mut aufbringen, sich ihr auf eine bei andern Frauen so bewährte Art zu nähern. Seine Begierde nach ihr aber war gewachsen mit ihrer eigenen Selbsteinschätzung. Und Anne erschien ihm jetzt als etwas so Kostbares und Seltenes, daß er glaubte, ohne sie nicht weiterleben zu können, während alle seine Eroberungen ihm in der Erinnerung schal und wertlos vorkamen, als habe er in allen anderen Frauen nur Anne gesucht.

»Ich bin sicher«, sagte Anne zu Mariette, »Sie werden große Freude haben an den Tänzen.«

»Ich muß Sie sprechen, Anne«, sagte Leo. »Sie haben mich sträflich vernachlässigt, wo ich doch nur Ihretwegen so viel früher als notwendig nach Katmandu gekommen bin.«

»Ich hatte zu tun.«

»Ich weiß, mein Engel. Aber schenken Sie mir einen Abend. Lassen Sie uns heute zusammen soupieren, Anne.«

»Wir haben heute eine musikalische Soirée.« Anne sah ihn lächelnd an. »Sie findet in dem Bungalow statt, in dem ich jetzt wohne, aber die Gastgeberin ist Mrs. Maltby. Doch ich glaube, sie wird nichts dagegen haben, wenn Sie kommen wollen.«

»Gut«, antwortete Leo, die spontane Art der Einladung und ihre befremdende Wirkung auf Mariette nicht beachtend. »Ich komme.«

»John wird nicht da sein«, bemerkte Anne noch und ging.

Als sie außer Sicht war, wandte sich Mariette an Leo: »Du willst mich allein lassen 'eute abend, *mon ami?* Eine frühere Maitresse von dir?«

»Nein.«

»Oh, *alors,* ich verstehe … *l'attrait de l'inconnu*«, erwiderte Mariette gutmütig. »Man sagt, sie 'at ein Verhältnis mit dem Doktor, mit Mr. Maltby. Ehrlich gesagt, ich weiß nicht, was ihr Männer an ihr findet. Sie sagt nie etwas, sie hat kein *esprit,* keinen Witz, *elle a l'air de dormir debout.*«

*

»*Méfie-toi de l'eau qui dort*«, sagte Leo.

Leos Begeisterungsausbrüche über den Bungalow, den Park und den Blick auf die Berge gingen unter in dem ohrenbetäubenden Lärm eines Schwarmes von Krähen, die krächzend ihren Schlafplätzen zuflogen. Anne bot ihm einen Drink an, und sie warteten auf Eudora und die Gäste. Anne trug ein Kleid aus matter, handgewebter Seide. Plötzlich hatte sie sich neue Kleider gewünscht. Es war Unni gewesen, der dieses Verlangen in ihr ausgelöst hatte, durch seine Gewohnheit, seine Finger über den Stoff ihrer Kleider gleiten zu lassen. Er hatte zu ihr gesagt, er liebe es, Gewebe mit geschlossenen Augen zu befühlen, der Tastsinn sei der unbestechlichste.

»Meine Kleider gefallen dir wohl nicht, Unni?«

»Doch aber …«, er hatte gezögert, dann fast schwärmerisch erklärt: »Ich will deine Schönheit in Seide und Gold sehen. Ich werde die richtige Seide für dich kaufen und auch Schmuck.«

»O nein, Unni, das sollst du nicht tun.«

Doch sie hatte angenommen, was er ihr schenkte, weil sie wußte, daß es ihm Freude bereitete, sie schmücken zu dürfen, und nachdem sie seine Leidenschaft für schöne Dinge an ihr entdeckt hatte. Die silbergraue Seide, sehr teuer und so fein, daß sie gewichtlos war, hatte ein befreundeter Pilot aus Benares mitgebracht. Martha Redworth hatte ihnen einen kleinen, indischen Schneider empfohlen, der ein Kleid in zwei Tagen anfertigen konnte, und Unni hatte eine Stunde lang mit ihm überlegt, wie das Kleid geschnitten werden sollte. Die beiden Männer hatten Anne immer wieder prüfend gemustert, den Stoff um sie gelegt, während sie geduldig stillhielt wie ein Mannequin, was sie früher nie gekonnt hatte.

Leo beobachtete sie, während sie ging oder saß, mit selbstquälerischer Genugtuung. Er kannte sie nur zu gut, die Zeichen erfüllten Begehrens, und an ihr sah er sie alle vereint und offen zur Schau gestellt: die blühende Frische der Haut, die gelassene, heitere Ruhe und die fast provozierend anmutende Unbefangenheit, mit der sie ihren straffen, geschmeidigen Körper bewegte. Ihre Hüften und ihre Taille waren schmaler geworden, ihre Schultern, ihre Brüste und Arme voller, runder. Leo mußte sie unverwandt anschauen, und sie ließ es unbekümmert geschehen, nahm lächelnd seine Bewunderung hin, schien ihn bewußt, aber absichtslos mit ihrer Schönheit zu verhöhnen, aufreizend sicher, daß er nicht wagen werde, sie zu berühren, und entschlossen, ihn nie zu erhören. Nun, sagte sich Leo grimmig, wir werden sehen.

»Sie werfen einen um, wie Sie aussehen«, sagte er zu ihr.

»Das freut mich«, erwiderte sie ihm, an Unni denkend; doch er haßte sie, weil sie es gesagt hatte.

Während er ihr Komplimente machte, fühlte er sich hilflos und verloren und fürchtete sich zum ersten Mal in seinem Leben vor einem Mißerfolg. Diese grausam-sinnliche Göttin in Silber soll Anne sein, *ma sœur* Anne? Was geht in mir vor …, schrie es in seinem Herzen.

»Der glückliche Schurke«, sagte er laut. »Ich bin traurig, daß ich nicht der Märchenprinz sein konnte, der Sie aus dem Schlaf, aus dem Schlaf Ihrer Sinne, wecken durfte. So schwer es mir auch fällt, Anne, ich trinke auf Ihr Glück. Auf die Gegenwart und die Zukunft!«

»Denken wir nicht an die Zukunft«, erwiderte sie, »die Gegenwart genügt mir.«

Sie nippte an ihrem Glas, sah ihn über den Rand kurz an und kehrte ihren Blick wieder nach innen. Sie trank Whisky, stellte er überrascht fest, zwar mit sehr viel Soda gemischt, aber sie trank ihn. Und er erinnerte sich jetzt sehr deutlich, daß sie immer gesagt hatte, sie hasse den

Geschmack des Whiskys. Der Mann mußte ein Whiskytrinker sein. Die Redworths kamen jetzt mit Eudora durch die Dämmerung über den Rasen und hinter ihnen Sharma und der Hindu-Dichter und dann Unni. Eudora fand es reizend, Leo kennenzulernen, und Leo, der wußte, daß sie die Frau des Arztes war – war er der Liebhaber Annes? –, war reizend zu Eudora. Er hatte den Redworths einen offiziellen Besuch in der Residenz gemacht, war entzückt, sie wiederzusehen und stürzte sich in eine Diskussion über die Rekrutierung der Gurkhas. Sharma schaltete sich ein und vertrat die Forderung, daß Nepal diese Männer nicht in die britische Armee eintreten und in Übersee kämpfen lassen, sondern für seine eigene Verteidigung verwenden sollte.

»Doch ohne das Geld, das sie einbringen, wären die armen Distrikte, aus denen sie kommen, noch ärmer«, entgegnete ihm Paul.

Eudora hatte den Wunsch geäußert, mit Anne in ihr Zimmer hinaufzugehen, um ihr Make-up aufzufrischen, obwohl das Royal-Hotel, wo sie wohnte, mit dem Jeep nur fünf Minuten entfernt war. »Oh, ich hoffe so sehr, daß der Abend ein Erfolg wird. Es war mein sehnlichster Wunsch, eine musikalische Soirée in dieser bezaubernden Atmosphäre zu veranstalten. Aber ich bitte Sie, selbstverständlich habe ich nichts dagegen, daß Sie Leo eingeladen haben. Ich hatte Sie ja gebeten, einige von Ihren Freunden einzuladen. Es war mein Ernst. Ich habe gehört, der indische Sänger soll ganz wundervoll sein. Ich freue mich so sehr auf ihn. Wie sehe ich aus?«

»Sie sehen prachtvoll aus«, erwiderte Anne.

Eudora trug wieder einen Sari, mit einem breiten goldenen Saum. Er kleidete sie gut, gab ihr Charme und ihrem Körper eine schlankere Linie.

»Unni hat einige Saris von Kalkutta schicken lassen. Er forderte mich auf, mir einen auszusuchen. Er ist so aufmerksam ...« Sie drehte und wendete sich, so mit ihrem eigenen Aussehen beschäftigt, daß sie die Sittiche übersah, obwohl sie zum ersten Mal hier war. Sie setzte sich an den Tisch, nachdem sie vergeblich nach einem Spiegel Ausschau gehalten hatte, um ihre Lippen nachzuschminken. »Er ist im Badezimmer«, hatte Anne zu ihr gesagt, ohne ihr zu erklären, daß ein Spiegel in diesem Raum zwischen den Augen und den Vögeln nicht am Platz wäre.

»Gibt es etwas Neues mit Fred?« fragte Anne. Seit ihrem Gespräch auf dem Rasen war keine verlogene Zurückhaltung mehr zwischen ihnen.

»Noch nicht«, sprach Eudora in den Spiegel ihrer Puderdose, während sie ihre Lippen aufwarf und prüfend betrachtete und den Lippenstift in sein Etui zurückschob. »Ich hatte ein langes Gespräch mit Unni über Fred. Es ist unvermeidlich, daß wir uns auf irgendeiner der Veranstaltungen der Krönungsfeier begegnen. Es ist wirklich albern, wie Fred sich benimmt, wie ein Vogel Strauß. Aber so war er immer gewesen, er ist immer auf irgendeine Art vor den Dingen davongelaufen.«

»Tun wir das nicht alle?« sagte Anne.

»Vielleicht, in einem gewissen Sinne«, sagte Eudora, »ich meine, es ist schwer, sich immer selbst ehrlich ins Gesicht zu schauen. Wenn Unni nicht gewesen wäre, hätte ich … oh, ich weiß nicht, was ich getan hätte. Sofort nach der Krönung reise ich ab. Ich muß wieder an meine Arbeit gehen und kann nicht ewig hier warten.«

»Sie lieben Fred noch immer«, sagte Anne.

»Ich weiß es nicht«, erwiderte Eudora, auf die Sittiche schauend, ohne sie zu sehen. »Vielleicht ist es nur Neugierde, ein Bedürfnis, die Vergangenheit zu bereinigen. Ich möchte wissen, was damals mit uns nicht in Ordnung war … oh, ich habe Liebhaber gehabt seither, aber ich habe nie daran gedacht, mich von Fred scheiden zu lassen. Ob ich ihn noch liebe, werde ich erst wissen, wenn wir uns getroffen haben. Übrigens, Unni liebt Sie sehr«, sagte sie unvermittelt. »Bitte, tun Sie ihm nicht weh, Anne.«

»Ihm weh tun?« fragte Anne erstaunt. »Wie sollte ich ihm weh tun?«

»Oh, ich meinte nur so ganz allgemein«, erwiderte Eudora. »Aber es ist wahr, er liebt Sie wirklich. Welch ein schöner Raum«, rief sie aus, »so originell, so süß. Sie müssen sehr glücklich sein, Anne.«

Draußen auf dem Rasen war jetzt auch Pater MacCullough eingetroffen. Er unterhielt sich mit Leo über die Überschwemmungen und »die Situation« in den andern Tälern Nepals. »Irgend etwas muß getan werden, sonst wird der Kommunismus hier Fuß fassen«, erklärte er und entwickelte seine Strategie, wie man die Kommunisten überlisten könne. Als letzte der erwarteten Gäste kamen der General und die Maharani, seine Frau. Auf dem runden, makellosen Gesicht der Maharani lag ein ständiges Lächeln. Sie konnte sich mit niemandem unterhalten, sie verstand kein Englisch, doch es bedrückte sie nicht. Sie lächelte freundlich mit jedermann und rauchte wie auch der General durch die hohle Hand, sie als Zigarettenspitze benutzend.

Plötzlich glomm weiches Licht auf, das von einer Flutlichtlampe stammte und Martha hell anstrahlte. Am Rande des Lichtkreises neben der Lampe kauerte ein Schatten, Unni, der an dem viereckigen Scheinwerfer hantierte. »Zu hell«, sagte er und hängte ein Stück Seidenpapier über die Scheibe.

»Ja, so ist es wunderbar«, rief Martha begeistert aus. »Ich sagte eben zu Unni«, erklärte sie, »ich möchte mindestens zwei von diesen Lampen für meine Gartenparty haben. Ich brauche sie unbedingt, um zu verhüten, daß die amerikanische Mission in allzu nahe Berührung kommt mit den chinesischen Delegierten. Das wäre doch entsetzlich, nicht wahr?«

Unni richtete sich auf, sagte: »Jetzt möchte ich einen Whisky haben«, und ging zu dem Tisch, auf dem Regmi Flaschen, Gläser und eine Schüssel mit Eiswürfeln bereithielt, und Anne sagte: »Ich habe ihn soeben eingeschenkt«, und reichte ihm das Glas. Sie sahen einander an, und jetzt erkannte Leo die Wahrheit, und zunächst überraschte sie ihn nicht einmal. Unni war es also. Und langsam, ganz langsam begann dieses Wissen zu schmerzen.

»Kommen Sie«, sagte Pater MacCullough, »ich glaube, Sie kennen sich noch nicht«, führte Leo zu Unni und stellte die beiden einander vor. Leo bemühte sich, jene übersprudelnde Beredsamkeit an den Tag zu legen, mit der er in Asien immer Erfolg hatte, und sein Wunsch zu glänzen wurde noch verstärkt durch die quälende Neugierde und den bohrenden Schmerz, die ihn befielen, als er dem Mann gegenübertrat, dem es gelungen war, Anne einzufangen. Eingefangen war das richtige Wort. Sie war gefangen mit Leib und Seele, denn bei Frauen, selbst bei den intelligentesten, waren Körper und Geist viel enger miteinander verschmolzen als beim Mann, und der sicherste Weg, das Herz einer Frau zu gewinnen, war, ihren Körper zu erobern, wie der zynische Boswell sagte. Wie weit war sich Anne dessen bewußt, was mit ihr geschehen war? Ein guter Hengst ..., war Leos Urteil, nachdem er Unni gemustert hatte, und er fühlte sich tief befriedigt durch diese treffende Formulierung.

»Mr. Menon? O ja ... ich habe von Ihnen gehört. Und von Ihrem Damm natürlich. Ich würde ihn furchtbar gerne besichtigen ... wie, da gibt es nichts zu besichtigen? ... Sie belieben zu scherzen, ha ha ha ... vielleicht nach der Krönung? ... Was mich besonders interessiert, ist Ihr Verhältnis zu den Arbeitern, die Arbeitsmoral der einheimischen Bevölkerung und andere verwandte Probleme, das Verhalten der enteigneten Grundbesitzer und so weiter ... Manchmal bringen diese fortschrittlichen Projekte und Hilfsmaßnahmen eine nicht gern gesehene Veränderung in den traditionellen Lebensgewohnheiten des betreffenden Volkes mit sich ...« – »Das tun sie«, sagte Pater MacCullough und begann Leo aufzuklären über die bedauerliche Tatsache, daß die Bauern von der nepalesischen Regierung nicht entschädigt wurden für die Enteignung des Landes, das man zum Bau der neuen Straße nach Indien benötigte. »Die Inder zahlen den Arbeitern dreimal so hohe Löhne wie die Nepalesen in Katmandu, und das ist immer noch weniger als eine Rupie pro Tag.«

»Beim Damm ist es das gleiche. Auch bei uns bekommen die Arbeiter die gleichen hohen Löhne«, sagte Unni. »Und auch die Grundbesitzer sind ein Problem. Der Rampoche von Bongsor ist der größte Grundbesitzer in der Nähe unserer Baustelle. Er verbreitet Gerüchte, wir beleidigten die Götter, und diese würden Plagen über die Täler schikken.«

»Könnten Sie nicht die Gurkhas oder ausgediente Soldaten oder ähnliche Leute verwenden?«

»Das tun wir. Die intelligentesten von ihnen machen wir zu Vorarbeitern und Aufsehern. Doch im großen und ganzen sind die Gurkhas langsam und stur. Es fehlt ihnen an eigener Initiative und Geschicklichkeit. Sie geben gute Soldaten ab, aber keine guten Techniker.«

»Aber im Grunde sind sie doch ein glückliches Völkchen«, bemerkte Paul, der sich gelegentlich in der für Briten typischen Einstellung gefiel, die Einfältigen höher einzuschätzen als die Gerissenen und sie als unverdorbene Naturkinder zu bezeichnen.

In einem Jeep trafen jetzt die Musikanten ein, der Sänger und drei Instrumentalisten. Teppiche wurden auf dem Rasen ausgelegt. Sie gehörten dem General. Seine Diener hatten sie, in einer langen Reihe hintereinandergehend, aus dem Palast herübergebracht.

Eudora war entzückt. »O General, Sie verwöhnen mich.«

»Madam, es ist meinem Herzen eine Wonne, es zu tun«, erwiderte der General galant.

Sharma und der Hindu-Dichter legten nahe, noch mehr Teppiche auszulegen. »Damit auch wir uns setzen können. Es ist nicht schicklich, auf einem Stuhl zu sitzen, während man der Musik lauscht.« Es wurden noch mehr Teppiche herangeholt, und dann nahmen die Musikanten ihre Plätze ein. Sie ließen sich mit gekreuzten Beinen, ihrem Publikum das Gesicht zuwendend, auf dem Teppich nieder, und es trat Stille ein, während sie im Gebet ihre seelischen Kräfte sammelten, um sie in der göttlichen Harmonie der Musik zu verströmen.

Pater MacCullough versuchte vergeblich, sich auf seine untergeschlagenen Beine zu setzen. »Wie bringen sie das fertig?« fragte er Anne.

»Training.«

Leo saß neben Anne, die Knie unter das Kinn gezogen. »Es muß ein ziemlich schmerzhaftes Training gewesen sein. Man muß sich doch die Hüftknochen verrenken, wenn man so sitzt.«

»Im Anfang tut's etwas weh, aber jetzt kann ich es schon ganz gut.« Alle Anmaßung der ihrer Wirkung sich bewußten Frau war jetzt verschwunden. Ihr Gesicht war sanft, rein. Sie lächelte Leo verloren zu, und sie erschien ihm zugänglicher, doch als er näher zu ihr hinrückte, fühlte er, daß sie abwesend war, nicht berührt von seiner Gegenwart. Seine Augen schweiften umher, um Unni zu suchen, und es war ein neuer Schock für ihn, als er entdeckte, daß er unmittelbar hinter Anne saß. Der Hengst bewacht seine Stute, dachte er zynisch.

Sharma kündigte an: »Das erste Lied erzählt von Lord Shiva, der den Tanz der Welt tanzt.«

»O ja«, hauchte Eudora verzückt, faltete die Hände, und ihr Gesicht spannte sich, um tiefe geistige Konzentration anzuzeigen.

Der Sänger war ein wohlbeleibter Mann von etwa vierzig Jahren. Sein Gesicht glänzte im Schein der Lampen wie Kupfer. Seine Augen und sein dicker Schnurrbart waren schwarz. Rechts und links neben ihm und hinter ihm saßen die drei Musikanten: ein Mann mit einer Sitar, einer Art übergroßer Guitarre mit sechs Stahlsaiten, einem langen Griff und einem Resonanzkörper, der aus zwei Kürbissen angefertigt war, dann ein Mann mit einer länglichen, kannelierten Trommel, die an beiden Enden mit den Fingern geschlagen wurde, und ein dritter mit einer Laute. Der Sänger schloß die Augen, faltete die Hände zum indischen Gruß, verneigte sich tief vor seinen Zuhörern, und während er mit der erhobenen rechten Hand eine Bewegung machte, als pflückte er eine Blume, sang er den ersten Ton, als habe er ihn aus der Luft geholt, und ihm folgte schnell und emsig wie eine Spinne, die ihren Faden schwingt und ins Leere spinnt, die Melodie, Note an Note hängend, ihr Wundergebilde aus Tönen webend. Die geschmeidige Stimme stieg und fiel, eilte und verhielt, wand sich in Wellen und Schleifen, zeichnete Schnörkel und Figuren in die Luft und warf den Faden der Melodie in Schlingen um die Seelen der Lauschenden. Und sie wob sich um die feierlichen, vollen Klänge der Sitar, vorangetrieben von dem steten Herzschlag der Trommel und dem Zirpen der Laute, und der Sänger ließ sich von der Musik der Instrumente tragen, rief sie zurück und holte sie ein, wenn sie seiner Stimme entflohen, entfloh ihnen selbst, um sich wieder mit ihnen im Gleichklang der Akkorde zu vereinen. Bald waren die Zuhörer ein Teil der Musik, wurden selbst zu Noten und von dem Sänger eingewoben in das unsichtbare Gewebe, das er mit seiner Stimme aus der Stille beschworen hatte, und ihre verzauberte Phantasie schenkte ihnen mannigfaltige Gesichte. Sie fühlten sich davongetragen auf einem Meer von Nebel, sahen wundersame Gestalten und Gebilde auftauchen, vorübergleiten und sich wieder auflösen, fühlten sich mitgezogen und gelockt von dem Faden der Töne, begierig, den Weg zu gehen, den er sie führte. Und auf diesem Weg erfuhren sie alles, was einem Menschen, der sich selbst sucht, je widerfahren kann: Schmerz, jung wie die Berge, und Freude, unermeßlich und ewig, staunendes Fragen und überwältigendes Erkennen und demütiges Anerkennen und eine Ahnung von dem, was jenseits alles Begreifens und Erlebens liegt, auch für den, der sich ihm in blindem Gehorsam nähert. Denn Shiva tanzte in diesem Lied, und unter seinen Füßen wurde das Universum geboren, hervorgebracht aus dem Nichts in einem gewaltigen urweltlichen Schöpfungsakt, von dem die Musik nur ein ohnmächtiges Echo war. Irgendwo in der Leere donnerte ein Hammer, und unter seinen Schlägen sprühten Funken, die zu Sonnen zerbarsten und in glitzernde Sterne zersplitterten, und die neugeschaffenen Welten wirbelten durch das neugegründete All, sich in ewigem Kreißen vermehrend und erneuernd, und nichts konnte ihre unendliche kosmische Wiedergeburt aufhalten, so wie keine Kraft das Kräuseln der Blätter einer sich öffnenden Blume, den zartesten Vorgang der Natur, aufhalten kann. Und keiner von ihnen, die in der weich erhellten Abendluft saßen, konnte sich der Magie dieser Musik entziehen, und selbst Pater MacCullough blieb trotz seiner unbequemen Stellung bis zum letzten Ton in ihrem Bann, um sich dann laut zu schneuzen, bevor er sich dem Beifallsklatschen der andern anschloß.

»Oh, es war wundervoll, wundervoll«, sagte Eudora leise. Sie war echt ergriffen.

Es trat eine kleine Pause ein, doch sie unterhielten sich nur flüsternd, noch halb benommen von der gemeinsamen Verzauberung, der sie sich hingegeben hatten, bemüht, das Bewußtsein ihrer eigenen Persönlichkeit wiederzugewinnen. Der General sprach mit dem Sänger, und dann kam einer der Musikanten mit der Sitar über den Rasen auf die Gäste zu und überreichte das Instrument der Maharani, die sich auf einem besonderen Teppich neben dem Sänger niederließ. Sittsamkeit verbot ihr, mit einem anderen Mann als dem ihren auf einem Teppich zu sitzen.

»Meine Frau wird jetzt die Sitar spielen«, sagte der General. Er tat damit Eudora eine große Ehre an, denn die Maharani hatte bis jetzt noch nie in der Öffentlichkeit gespielt. »Sie hat gebetet und die *Gita* gelesen, daß ihr Geist der Musik würdig werden möge. Sie hofft, die Götter haben ihr Gebet erhört.«

Der Sänger setzte ein und sang die Hymne der Rada und ihrer Liebe zu Lord Krishna.

»Rada war die erste Gattin Krishnas«, erklärte der General seiner Umgebung. »Rukmini war die zweite.«

Die sehnsuchtsvolle Melodie verklang. Die Sitar der Maharani sandte ihren letzten, tiefen, vibrierenden Ton in das Dunkel des Parkes. Die Hände des Sängers legten sich zum Gruß aneinander. Das Konzert war zu Ende.

Unni beugte sich vor. Anne wandte den Kopf nach hinten. Er gab ihr eine Zigarette, reichte ihr Feuer, das Streichholz mit dem Kelch seiner Hände umschließend und die kleine Flamme schützend, länger als es nötig war, damit er Annes Gesicht in ihrem Schein betrachten und ihr gleichzeitig das seine darbieten konnte. Doch Anne sah ihn nicht an, zufrieden, daß er sie anschaute, und den Überfall des Begehrens fürchtend, das ein getauschter Blick oder eine zufällige Berührung so leicht in ihr auslöste.

»Wie schön du bist«, sagte er unbedacht und fügte, sich seiner Unvorsichtigkeit bewußt werdend, hinzu: »Und ich bin dumm.«

Sie antwortete ihm nicht, drehte den Kopf langsam wieder nach vorne, ihm Gesicht und Nacken darbietend, und als sie sich erhob, war es, als erschauerte ihr gesamter Körper unter seiner Hand, die sich, ihr helfend, um ihren Unterarm geschlossen hatte. Und Leo sah und verstand dies alles, wie sie sich zwischen den andern bewegten, scheinbar ohne Ziel, doch in Wirklichkeit einander umkreisend umhergingen, bis sie sich wieder begegneten, um für einen Augenblick beieinander stehenzubleiben und sich dann von neuem zu trennen, doch nur um das gleiche Spiel wie in einem Tanz zu wiederholen, jeder des andern Drehpunkt, Zentrum und Knotenpunkt seines Begehrens, beide einander anziehend wie Pol und Gegenpol einer unsichtbaren Spannung, die sich trotz der scheinbaren Gleichgültigkeit, die sie zeigten, dem wissenden Augen enthüllen mußte. Leo wurde nichts erspart. Er fragte sich verzweifelt, ob die andern nichts sahen oder nur so taten, als sähen sie nichts. Auch er umkreiste sie, bald Anne, bald Unni, versuchte sie in ein Gespräch zu ziehen, ihre Beachtung zu erzwingen. Er näherte sich Unni, der neben Eudora saß und lächelnd zuhörte, wie sie sich mit dem General über Polygamie unterhielt.

»O nein, Madam, zwei Frauen für Lord Krishna, das ist nicht zuviel. Polygamie für die Götter und die Männer, Monogamie für die Frauen, das ist ein Naturgesetz. Für die Frau ist das Wichtigste das Kind. Und der Mann, von dem sie das Kind empfängt, nimmt mit ihrem Körper gleichzeitig auch ihre Seele. Deshalb kommt für sie nur Monogamie in Frage«, sagte der General.

»Oh, das ist wieder einmal typisch männlich. So eingebildet können nur Männer sein«, rief Eudora aus. »Dieser Standpunkt ist etwas, das mir sehr mißfällt an euch asiatischen Männern, so modern ihr auch in anderen Dingen sein mögt. Ihr fühlt euch alle generell den Frauen überlegen, sagt, der Platz der Frau sei im Bett und in der Küche, und gebt euch das Recht, mehrere Frauen zu nehmen und sie zu behandeln, wie es euch gefällt.«

»Nicht, wie es uns gefällt, Madam«, verbesserte sie lächelnd der General, »sondern wie es ihnen gefällt.«

»Sie haben alle die Idee der Gleichheit nicht begriffen. Die Polygamie ist der Fluch Asiens«, sagte Eudora.

»Es gibt keine Gleichheit der Geschlechter« antwortete ihr Sharma, der unter der Wirkung der Musik und eines Glases Whisky »asiatischer« fühlte als sonst und aufgrund allgemeiner Ressentiments gegen die Weißen die Polygamie verteidigen zu müssen glaubte, nicht weil er für sie eintreten wollte, sondern weil sie ihm als ein Prinzip erschien, das den Anschauungen des doktrinär monogamen Westens konträr war. »Sehen Sie nur, was die Monogamie aus den Amerikanern gemacht hat. Ich war letztes Jahr in den Staaten, und ich sage Ihnen, ich habe nicht eine einzige Frau getroffen, mit der ich nicht hätte schlafen können, wenn ich gewollt hätte. Unsere Frauen hingegen sind keusch geblieben, und zwar deshalb, weil wir Männer unsere Überlegenheit aufrechterhalten haben als Männer.«

»Dem Manne in reiner Liebe zu gehorchen, das ist das wahre Glück der Frau, die Erfüllung ihres Lebens auf der Erde. Die Frauen lieben es nicht, wenn ihre Männer Schwächlinge sind«, sagte der General. »Die Frauen aller Länder und Rassen wollen in dem Mann ihren Herrn und Meister sehen. Und wenn die Männer auf ihre Vorherrschaft verzichten, werden die Frauen zu Tyranninnen und die Männer ihre Sklaven.«

»Das ist auch meine Ansicht«, sagte Paul. »Ich glaube, wir im Westen haben unsern Frauen zuviel Gleichheit zugebilligt. In England gibt es erschreckend viele emanzipierte, maskuline Frauen, und sie sind alle unglücklich in ihrer Unabhängigkeit.«

»Wie unlogisch du bist, Tiddlywinks«, sagte Martha nachsichtig. »Du weißt doch sehr gut, daß du es warst, der wollte, daß ich unabhängiger werden und im Kriegshilfsdienst arbeiten und alles mögliche machen sollte, während ich lieber meinen Garten gepflegt und für dich gesorgt hätte.«

Jetzt schaltete sich Leo ein. Er sprach mit der belehrenden Überheblichkeit des Europäers, der seinen eigenen Gefühlen mit wissenschaftlicher Logik zu Leibe gegangen ist. »Liebe ist ein stark überschätztes und falsch verstandenes Phänomen. In Wirklichkeit ist sie nur ein Erguß der Drüsenhormone, doch wir machen uns gerne vor, sie sei eine Vereinigung der Seelen. Besonders die Frauen neigen dazu, der Liebe eine zu große Bedeutung beizumessen, und deshalb leiden dort, wo die Monogamie Gesetz ist, die Frauen an einem sentimentalen Komplex, der sie die körperliche Hingabe als einen mystischen und sakralen Akt empfinden läßt.« Den letzten Satz hatte er mit erhobener Stimme gesprochen, hoffend, daß Anne, die eben vorbeiging, ihn hörte.

Doch Sharma hatte seine Attacke gegen das widernatürliche Laster der Monogamie noch nicht beendet, das, wie er und der General behaupteten, die Fundamente der moralischen Gesellschaftsordnung zerstörte. »Die Amerikaner sagen, sie haben die schönsten Frauen der Welt, doch sie wissen nicht, was sie mit ihnen anfangen sollen. Sie können sie seelisch nicht befriedigen, denn die wahre Beglückung des Geschlechtsaktes, sooft ihn einer auch wiederholen mag, liegt nicht im physischen Orgasmus, sondern in der geistigen Ekstase. Eine Frau bleibt so lange unbefriedigt, bis sie fühlt, daß sie von einem Gott umarmt wird und nicht von einem niedrigen Geschlechtswesen, das ihr untertan ist, das sie verachten und hassen muß, wenn sie spürt, daß es ihren Körper nur mißbraucht. Es sind die psychischen Schwingungen und das seelische Nachklingen, die der Liebe ihren Wert und wahren Sinn geben, nicht die erotische Technik und die sinnliche Lust. Und ihr weißen Männer mißachtet nicht nur die Seelen eurer Frauen, sondern auch ihren Leib, indem ihr ihn kaufmännisch ausbeutet, was kein sogenannter Barbar je zu tun wagte. Es gibt kein Land in der Welt, in dem die Erniedrigung der Frau als menschliches Wesen einen solchen Grad erreicht hätte wie in den Vereinigten Staaten. Kein asiatisches Volk würde die Verehrung seiner Künstlerinnen abhängig machen von der Größe ihres Brustumfanges. Nur im Westen wird das Geschlecht der Frau als sogenannter Sex-Appeal ständig erniedrigt und ihr Busen, ihre Hüften und ihre Beine mißbraucht, sei es um

Zahnpasta zu verkaufen, sei es, um für einen Präsidentschaftskandidaten zu werben.«

»Die Methoden«, sprach leise und verträumt der Hindu-Dichter, »fordern zu einem interessanten Vergleich heraus mit unseren tantrischen Riten. Um zur Priesterschaft zugelassen zu werden, müssen die Adepten durch eine Türe gehen, die die Form einer weiblichen Scheide hat. Und in Bhadgaon gibt es einen Tempel, in dem das Fenster, durch welches die Opfergaben gereicht werden, die gleiche Form hat und rot bemalt ist. Viele Touristen fühlen sich hierdurch abgestoßen, doch sie kaufen ihre Zigaretten praktisch unter den gleichen Auspizien.«

»Und so sind die Männer des Westens zu geschlechtslosen Kaufleuten geworden, die mit Sex-Appeal handeln, und zu Ehemännern, die ihre Frauen fürchten, anstatt sie zu lieben«, ergänzte Sharma bissig. »Sie werden impotent, seelisch und auch physisch. Denn die Frau rächt sich an dem Mann, der sie unbefriedigt läßt, durch Kälte und Verweigerung und wird zänkisch, tyrannisch und maskulin.«

»So ist es«, bestätigte der General nickend und fuhr fort: »Und unsere Frauen bleiben echte Frauen, weil wir echte Männer sind und unsere Liebe und ihre Lust nicht nur einer Frau, sondern vielen schenken. Beschränkt man die Lust eines Mannes auf die Ehe mit einer einzigen Frau, dann beschneidet man dem Geist seiner Liebe die Flügel und erstickt das Feuer seiner Sinne in der Langeweile der Monotonie. Deshalb ist die Polygamie auch ein Segen für die Frau, denn sie erhält ihren Ehemann geistig jung und verhindert, daß er als Liebhaber erkaltet.«

»O diese grausame Blindheit der Männer«, rief Eudora aus. »Glauben Sie denn wirklich und ehrlich, daß die asiatischen Frauen begeistert sind von der Polygamie? Ist Ihnen denn nie bewußt geworden, welch ungeheure Summe von verborgenem Leid für sie damit verbunden ist? Sie selbst, General, können Sie mit gutem Gewissen sagen, daß Ihre Frauen sich freuen, wenn Sie eine neue Konkubine in Ihren Palast mitbringen?«

»Nein, Madam, sie freuen sich nicht darüber, aber sie sind daran gewöhnt und denken nicht daran, sich zu beschweren.«

»Ja, sie sind daran gewöhnt, sie wagen es nicht, etwas zu sagen, sie erdulden es, weil sie kein Recht haben, sich dagegen zu wehren, weil sie Ihr Eigentum sind. Sie sind im Käfig gefangengehaltene, stumm leidende Tiere«, rief Eudora dramatisch aus.

»Die Seele des Mannes«, erwiderte ihr der General ruhig, »verlangt nach vielen Frauen. Sie sucht und findet sich selbst in der Liebe, zuerst in der Liebe zu vielen, dann in der Vereinigung mit der einen. Ein Mann muß durch viele Leidenschaften gehen, um zu der Freiheit vom Begehren zu gelangen. Für den Mann ist die Frau eine Versuchung und für seine Seele ein Hindernis auf dem Pfad zur Vollendung, doch er muß durch das Tal der Leidenschaften hindurchgehen, um den Gipfel der Erkenntnis zu erreichen.«

»Und die Frauen haben demnach keine Seelen?« fragte Unni. »Und sie können nicht im Manne die Erfüllung ihres eigenen Ichs finden, nicht nach dem Göttlichen streben?«

»Die Seelen der Frauen«, erwiderte der General, »sind anders als die unseren. Sie sind irdischer als wir, und selbst wenn sie nach Gott streben, dann ist es nicht ein Gott, wie wir Männer ihn sehen, sondern ein Liebhaber, der sie mit Sehnsucht erfüllt und mit Pfeilen des Begehrens durchbohrt. Mit anderen Worten, mein Freund, und wie Sie sehr gut wissen«, fügte der General listig hinzu: »Frauen finden ihren Gott in dem Manne, den sie dazu machen. Alle Götter der Frauen sind idealisierte Liebhaber, und ihre Gebete zu ihnen verrichten sie im Namen der Liebe. Deshalb lieben alle Frauen Krishna, den Herrn der Liebe. Und auch bei den Christen geloben die Nonnen Keuschheit, weil sie sich ihrem Gott vermählt haben und keinem sterblichen Mann mehr angehören können.«

»General, Milton und Blake dachten darüber genauso wie Sie«, rief Sharma begeistert aus.

Und der Hindu-Dichter, der auf diese Gelegenheit gewartet hatte, begann seinen Lieblingsdichter Blake zu zitieren:

»Die Jungfrau, die nach dem Manne sich sehnt, soll ihren Leib den Freuden der Seele weihen im Geheimnis und Dunkel ihrer Kammer. Ihre Jugend, der Freude der Lust sich versagend, beschwöre kein Bild ihrer Liebe aus dem Zwielicht der Vorhangfalten und dem Schweigen ihrer Kissen. Geschieht dies nicht im Dienste des Gottes, der die Keuschheit belohnt und größere Freude dem Herzen schenkt, das sich selbst verleugnet?«

»Ach«, sagte Eudora, »Blake war ein Mystiker.«

»Mr. Blake war Polygamist«, sagte der General, »und auch Mr. Milton war einer, und selbst dieser Taugenichts Shelley, der so sehr meinem ersten Vetter gleicht. Polygamie für die Männer, Monogamie für die Frauen ... denn die Frau hat das Kind, und der Sinn ihres Daseins besteht darin, ihrem Manne Kinder zu schenken.«

»Nicht mehr, seit es so etwas gibt wie Geburtenregelung«, sagte Martha Redworth. »Die moderne Frau ist nicht nur noch Gebärmaschine.«

»Wir sind keine Freunde der Geburtenregelung in Asien«, antwortete der General.

Pater MacCullough, der sich schon mehrere Male heftig geräuspert hatte, bekam jetzt einen Hustenanfall, und Paul Redworth wechselte taktvoll das Thema und begann über die Krönungsfeierlichkeiten zu sprechen, die am 1. Mai, einem Dienstag, mit einer Reinigungszeremonie beginnen sollten. Eine Abteilung Gurkhas unter Major Pemberton würde an einem Durbar teilnehmen, einem Staatsempfang, den der König am Nachmittag des 2. Mai in seinem Palast geben würde. Paul und seine Diplomatenkollegen mußten am Krönungstag in fürchterlicher Enge, auf fünfunddreißig Elefanten verteilt, in dem großen Prunkzug zu Hofe reiten.

*

Leo sah auf seine Uhr und sagte in einem Ton gespielter Überraschung:

»*Déjà minuit?*« Er hätte geschworen, daß es später war.

Mariette gab ein gurrendes Lachen von sich und sprang aus dem Bett mit einem Schwung, der die schattigen Grübchen ihres verlängerten Rückens hüpfen ließ. Sie schritt in gelassener, bewußter Nacktheit zum Toilettentisch, setzte sich rittlings auf den Hocker, zog ihre Lippen nach und ging, vor sich hinsummend, langsam zum Bett zurück. Ihre Brüste saßen noch hoch und ihr Nabel noch genau in der Mitte des klassisch leicht gewölbten Leibes, dessen dunkles V dicht-gelockt im Schatten nicht zu üppiger Schenkel verlief. Leo begann, sie mit Kisha zu vergleichen, die er in Delhi zurückgelassen hatte.

»Sie war wie eines jener scharf gewürzten indischen Gerichte, die man leicht über wird, wenn man zuviel von ihnen ißt, obwohl sie einen dazu reizen. Trotz ihrer Jugend hatte sie den Appetit eines ausgewachsenen Raubtiers, und ihr Körper war von so überwältigender animalischer Vollkommenheit, daß ich in ihr weniger vollkommenes Gesicht schauen mußte, um mich nicht zu übernehmen. »*Mais toi, tu es tout à fait charmante. Tout à fait*«, sagte Leo und küßte Mariette auf die in neuem Rot prangenden Lippen, um es zu bestätigen.

»*Bien, mon chérie*«, sagte Mariette und schlüpfte wieder ins Bett, bereit zu einem nächtlichen Plauderstündchen. »Oh, es war nicht immer leicht für mich, mit meinen vielen Reisen. Viele Reisen, viele Männer ... und die meisten von ihnen ... *complètement impossibles.* Doch mit dir kann man sich unterhalten. Man ist nicht allein bei dir.«

»*Mais tu les a tous, les hommes,* sie laufen dir alle nach ... *et maintenant, avec tous ces journalistes ...*«

»*Je sais bien. Mais ce n'est pas ça que je veux. Il a un type ... celui-là, si je ne l'ai pas, je me sentirai flancher.*«

»*Qui donc?*« fragte Leo und wußte es, bevor sie es sagte, und er spürte wieder den Stachel, den er für nur kurze Zeit in Mariettes Bett vergessen hatte.

»*Celui qu'on appelle Menon, le grand brun. Ce qui est le plus rigolo, j'ai une lettre d'un de ses amis, me recommandant à ses soins ...* Stelle dir vor. Ich komme 'ier mit diesem Brief. Natürlich will dies Mann sofort se'en. Ich 'öre viel über ihn, seine Arbeit, und wie gut er aussieht, aber ihn se'e ich nicht. Ssuerst ist er nicht 'ier in Katmandu. Dann kommt er ssurück, und ein Morgen kommt er auch ssu mir, sehr 'öflich. Ich 'atte ihm geschrieben. Ich war gerade bei mein *petit déjeuner.* Ich se'e ihn kommen 'erein ... du kennst ihn ja ... *six pieds, et ce teint, ces épaules, ces jambes.*«

»Du hast natürlich dein Bestes getan«, sagte Leo in bitterer Ironie.

»Natürlich«, erwiderte Mariette, ihr reiches, sattes Lachen lachend.

»*Donc* er sagt: ›Ich stehe Ihnen zur Verfügung, Madame.‹ Ich schaue ihn an und sage: ›Und ich Ihnen, Monsieur.‹ Er sagt: ›Wollen Sie eine Spazierfahrt machen?‹ Ich sage: ›Mit Vergnügen.‹ Wir fahren spassieren. Er sseigt mir die Tempel, die schon gese'en 'abe, aber *je m'extasie. On revient.* Ich sage: ›Kommen Sie mit auf mein Ssimmer. Ich will Ihnen einige Photo sseigen, die ich in Siam gemacht 'abe.‹«

»*Et alors*«, fragte Leo, »*rien du tout?*«

»*Pas encore*«, erwiderte Mariette. »*Mais je ne me décourage pas pour si peu.* Am nächsten Tag ich versuche wieder. Sehr früh am Morgen, nach dem Frühstück. Ich frühstücke in mein Morgenrock natürlich. *Je me penche sur lui,* um ihn die Photo bewundern zu lassen. Er sagt: ›Darf ich Ihnen eine Ssigarette anbieten?‹ Ich fordere ihn auf, sich neben mir ssu setzen, auf das Sofa. Er tut es. Dann sagt er, er 'at ssu tun, will wiederkommen, wenn ich ihn brauche. Und geht.«

Leo lachte und sagte: »Das nächste Mal mußt du es nach dem Mittagessen versuchen. Nach dem Frühstück ist es vielleicht zu früh für ihn.« Der Grund, weshalb sie zusammen ins Bett gingen, überlegte Leo, war eigentlich nur der, weil er und Mariette Gefallen daran fanden, ihre erotischen Erfahrungen auszutauschen wie zwei Partner, die sich für überdurchschnittliche Vertreter ihres Faches halten. Und wenn sie sich genug über ihre Tüchtigkeit im Bett unterhalten hatten, blieb als Thema nur Mariettes photographisches Talent übrig, und darüber zu sprechen, fand Leo langweilig.

»*Moi*«, sagte Mariette nachdenklich, den Kopf auf die Brust gestützt, so daß ihr leichtes Doppelkinn wie ein Kragen um ihr Gesicht lag, »*je crois que c'est un pur ... c'est très excitant, un homme pur et sensuel quand-même.*«

»*Il est probablement impuissant*«, sagte Leo.

Je n'en crois rien. Ranchit dit ça. Mais moi, je crois qu'il a toutes les femmes qu'il veut, et je m'y connais, mais il joue froid. Il y a du feu dans ce glaçon-là.«

Feuer im Eis, dachte Leo und fühlte sich wieder getroffen in seinem Schmerz. Anne, Anne war Feuer im Eis. Und wie dumm von Mariette, es von Unni zu sagen. Sie ist wirklich dumm, dachte Leo, Mariette betrachtend. Und zu fett. Die meisten Frauen waren zu fett. Wonach ihn verlangte, war ein schlanker, straffer und geschmeidiger Körper ohne üppige Kurven, belebt von einer Leidenschaft, die dieses quellende Fleisch grotesk unbeholfen machen würde.

»*Je le trouve lourd et vaniteux ... un poseur. Je le crois bête.*«

»*C'est possible qu'il soit bête, mais c'est une bien belle bête.*«

»*Eh bien*«, sagte Leo, »*si tu le veux, je t' aiderai.*« Ja, dachte er, es wäre amüsant, Unni zu Mariette ins Bett zu lotsen. Was würde Anne dann sagen oder tun? Der Gedanke erregte Leo, und in einem Anfall seiner Leidenschaft für Anne küßte er Mariette, erklärte sich vor sich selbst für *tout à fait remis* und stillte seinen Hunger nach Anne in Mariettes williger Umarmung, die schon nach so kurzer Zeit ihren eigenen Reiz verloren hatte.

»Es war eine ganz reizende Party. Anne sieht wunderbar aus seit einigen Tagen«, sagte Paul zu Martha in dem riesigen Doppelbett ihres ehelichen Schlafzimmers in der Residenz.

»Grau ist eine Farbe, die ihr sehr gut steht«, sagte Martha vorsichtig.

»Ja, ich finde auch. Ich freue mich für sie. Du nicht auch?«

»Doch, Tiddlywinks. Ich hoffe, es hält an.«

»Ich habe nie viel für ihren Mann übriggehabt«, sagte Paul. »Und trotzdem wäre es sehnlichst zu hoffen, das es nicht zu einem Eklat kommt vor der Krönung. Es wäre einfach fürchterlich. Es würde unsere Gartenparty und alles andere verderben. Wir könnten sie dann doch nicht alle zusammen einladen. Denkst du nicht auch?«

»Nein, das ginge nicht. Es ist schon schwierig genug mit Eudora und Fred.«

»Oh, die müssen wir beide einladen, unbedingt, natürlich getrennt. Unni hat versprochen, daß alles in Ordnung sein wird bis zur Krönung.«

»Das bezweifle ich«, erwiderte Martha. »Fred hält sich immer noch im Krankenhaus versteckt.«

»Unni muß sich beeilen, wenn er sie rechtzeitig zusammenbringen will«, sagte Paul. »Er hat nur noch vier Tage Zeit und ist jetzt ohnehin sehr beschäftigt.«

»Und da ist noch Anne«, sagte Martha.

»Ja, Anne«, sagte Paul und legte sich auf seine Schlafseite.

*

Auf ihrem Heimweg von Eudoras musikalischer Soirée besuchten der General und die Maharani Fred Maltby in seinem Bungalow.

Fred war noch nicht zu Bett gegangen. Er hatte eine Notoperation vornehmen müssen. Das schmale Gesicht des Generals und das runde der Maharani tauchten lächelnd aus dem Dunkel vor der offenen Türe.

»Stören wir Sie?« fragte der General.

»Nein, durchaus nicht. Kommen Sie herein.«

»Wir wollen nicht lange bleiben«, sagte der General und schickte nach seinem Whisky. »Ich möchte mit Ihnen über Ihre Frau sprechen, mein Freund. Wir kommen soeben von ihrer musikalischen Party.«

»So«, sagte Fred und blickte auf seine Uhr. »Mir wäre lieber, Sie würden es nicht tun. Ich meine, ... von ihr sprechen.«

»Es geht nicht«, sagte der General, »daß Sie sich ewig vor ihr verstecken.«

»Es gab eine Zeit«, antwortete Fred, »da haben Sie alles getan, mir dabei zu helfen.«

»Das war vor Wochen«, sagte der General, »doch als Ehrenmann können Sie sich nicht länger so verhalten. *Noblesse oblige.*«

»Ich habe zuviel zu tun.«

»Sie haben Angst«, erwiderte der General, sich in den Knien wiegend.

»Ich habe keine Angst«, entgegnete Fred mürrisch. »Es ist mir unangenehm, das ist alles.«

»Ich mag sie gerne«, sagte der General. »Sie ist einfältig, doch sie hat echtes Verständnis für Musik. Und sie liebt Sie. Wenn Unni hier wäre, würde er Ihnen sagen, Sie sollten zu ihr gehen. Doch er ist selbst liebeskrank in der letzten Zeit.«

»Da ist er ja«, sagte Fred überrascht. »Guten Abend, Unni.«

»Guten Abend«, sagte Unni, setzte sich und schenkte sich einen Schluck Whisky ein. Verblüfft sah der General zuerst ihn und dann die Maharani an, öffnete den Mund, doch die Maharani zupfte ihn heftig am Ärmel.

»Wir sprachen gerade über die Frau des Doktors«, sagte die Maharani. »Glauben Sie nicht auch, daß es an der Zeit wäre, eine Zusammenkunft zwischen den beiden zu arrangieren?«

»Doch«, sagte Unni und hob sein Glas an den Mund.

Der General blickte wieder die Maharani an, und die Maharani, seinen Blick verstehend, stand auf und sagte, es sei Zeit, zu Bett zu gehen, und sie zogen sich diskret zurück.

Die beiden Männer, die nun allein waren, sprachen aber nicht miteinander. Unni ging ins Badezimmer, brauste sich ab, kam zurück, sein Lendentuch um die Hüften geschlungen, warf sich auf sein Feldbett und schwieg weiter.

Fred sah nicht zu ihm hinüber. Irgend etwas mußte nicht stimmen mit Unni, denn dies war die erste Nacht, die er in seinem eigenen Bett verbringen würde; doch sie hatten nie miteinander über Frauen gesprochen, und Worte konnten jetzt nicht helfen. Anne und Unni, Unni und Anne. Zwei Namen, zwei Worte, zwei Menschen. Ein Naturereignis. Ein Naturereignis, das ihn nicht überrascht hatte, als er es erfuhr, und er hatte es früh erfahren, in seinem Beginn, an jenem ersten Nachmittag, als Unni vom Damm zurückgekehrt war. Er war hereingekommen, hatte mit dem Doktor Tee getrunken, hatte kaum gesprochen, war unruhig umhergegangen und ohne Erklärung verschwunden, um erst am nächsten Morgen wieder heimzukommen. Fred kannte Unni jetzt gut genug, um ihn ohne Worte verstehen zu können. »Es ist eine Frau.« Er wußte es sofort. Und am nächsten Tag hatte der General zu ihm gesagt: »Es ist Anne, mein Freund. Unni war die ganze Nacht bei ihr.«

»Ich freue mich«, hatte Fred gesagt.

»Glauben Sie, Mrs. Ford wird wieder zu ihrem Gatten zurückgehen, später, wenn Sie ihn kuriert haben?« hatte der General in aller Unschuld gefragt.

»Ich weiß nicht«, hatte Fred geantwortet. Der General wußte, daß Anne nicht zu John zurückkehren würde. »Ich glaube es allerdings kaum«, hatte Fred hinzugefügt.

Als er nun auch zu Bett ging, wußte er, daß es nicht so einfach war zu sagen: Unni und Anne. Unni war ein Mensch von Substanz, klaren Geistes, intelligent und von heiterem Naturell, tief und echt in seinen Empfindungen, schnell, doch sicher in seinen Reaktionen, keiner Selbstquälerei hingegeben, frei von Vorurteilen und Zweifeln und unfähig zu hohem Gefühlsüberschwang. Und er liebte Anne. Er liebte sie so, wie er alles tat, rückhaltlos, unerschrocken, alles gebend, was er war. Fred hatte nie mit ihm darüber gesprochen. Ich weiß es, ich spüre es …, dachte Fred. Und genauso war es bei dem General. Doch wie war es mit Anne?

»Auch sie liebt ihn«, hatte der General gesagt. »Welche Frau wäre nicht glücklich, einen solchen Mann lieben zu dürfen? Und sie darf sich glücklich schätzen, von ihm geliebt zu werden, denn viele andere Frauen haben versucht, seine Liebe zu gewinnen, doch er hat ihnen offen gesagt, daß er ihre Liebe nicht erwidern könne. Diese Frau aber paßt zu ihm, und er wird sie glücklich machen, und sie wird für ihn die Erfüllung sein.«

»Ich bin nicht sicher«, hatte Fred geantwortet. »Sie dürfen nicht vergessen, daß sie Schriftstellerin ist. Das macht das Ganze schwieriger. Künstlernaturen gehorchen auf die Dauer ihren Dämonen.«

Der General hatte ihm widersprochen, hatte gesagt, daß eine Frau immer zuerst Frau sei. Und Unni sei Mann genug, Anne zu halten, sie zur glücklichen Mutter seiner Kinder zu machen und sie ihre Schriftstellerei vergessen zu lassen. »Warum soll sie noch das Bedürfnis haben zu schreiben, wenn sie einen Mann hat, der ihr Leben ausfüllt?«

Fred hatte es dabei belassen, doch seine Zweifel waren geblieben. Und jetzt, da er Unni auf seinem Feldbett liegen sah und fühlte, daß er unglücklich war, hatte er Angst um ihn. Anne war eine Frau, und Frauen waren egoistische Triebwesen, im Grunde nur in sich selbst verliebt. Kriege, Heldentaten und Genie des Mannes, Aufstieg und Fall von Reichen und das Blut von Revolutionen waren für sie nur Hintergrund und Kulisse, Spiegel ihrer Eitelkeit, ein Gewand, sich damit zu schmücken und es nach Laune abzulegen und zu wechseln, Schmuck ihrer Schönheit und Waffe ihrer Herrschsucht, eine Szenerie, vor der sie die Theatralik ihrer Gefühle und Gefühlchen entfalten konnten. Würde Anne Unni für ihre Zwecke, welcher Natur oder Unnatur sie immer waren, gebrauchen und ihn dann wegwerfen, das, was sie für ihn empfand, ummünzen in Worte, sich ihn von der Seele schreiben in einer Kurzgeschichte, einem Roman, einer selbstgefälligen, pikant verschlüsselten Beichte? Würde sie das reiche Leben, die lebendige Liebe, alle Schönheit und Zärtlichkeit, die dieser Mann ihr schenken konnte, aufgeben für die schale Befriedigung durch die schattenhaften Wortgebilde eines Buches?

Ich werde wunderlich, dachte er, warf sich auf die Seite und schlief ein.

*

Anne schrieb:

Zehn Tage lang habe ich nicht ein Wort geschrieben. Soll ich wieder anfangen? Wie soll ich wieder zu schreiben anfangen? Seit zehn Tagen habe ich einen Geliebten. Ich kam nicht zum Denken. Die Entdeckung meiner selbst überwältigte mich, löschte alle Worte aus. Aber der Drang, mir selbst Auge in Auge gegenüberzustehen, stieg wieder in mir auf, und so sprach ich heute nach Eudoras Gesellschaft, mit Unni. Er wartete noch, als die andern gegangen waren, wartete meine Entscheidung ab, ob er bleiben dürfe oder nicht. Das tut er immer, fordert nicht, drängt nicht, was ich hocherfreulich finde. Diesmal aber sagte ich – und zwar rasch, weil es mir wehtat, meine Einsamkeit wiedererlangen zu wollen, dies aber geschehen mußte –, sagte ich zu ihm: »Unni, ich möchte heute nacht allein sein.«

Es schien kein Mond; es war ganz dunkel; außer uns war nur Regmi da, der leise die Stühle ins Haus brachte. Ich wartete darauf, was Unni sagen oder tun würde. Hätte er den Grund wissen, streiten wollen, dann wäre wohl etwas gerissen, wäre zwischen uns etwas zu Ende gegangen; so anspruchsvoll bin ich geworden, so verwöhnt, daß ich jetzt unbedingt von meinem Geliebten verlange, daß er meine leiseste Stimmung errät. Auf Messers Schneide schwankend, bereit, die geringste falsch klingende Silbe, die kleinste Gebärde wahrzunehmen, unerbittlich Unni gegenüber, wo ich mich bei John mit so viel kleinen Unanständigkeiten, so viel dummen Rührseligkeiten abgefunden habe … Das ist ungerecht, denn Unni ist wie er ist, stark, unverwundbar; weil ich hilfesuchend zu ihm kam, soll er mich jetzt auf unmerkliche Weise für die jämmerlichen Plumpheiten und Nachlässigkeiten, Rechenfehler und Stümpereien entschädigen, die ich früher hingehen ließ. Kann man das Liebe nennen?

Unni fragte nicht nach dem Grund. Er erging sich nicht in Mutmaßungen, konstruierte sich nichts zusammen, verlangte keine Erklärungen, äußerte keine Zweifel. Er blieb ruhig stehen, rauchte seine

Zigarette zu Ende und trank sein Glas aus. Er bat mich nicht einmal stumm um eine Erklärung; er hatte sich bereits abgefunden. Aber gerade Stummheit übt ja einen Zwang aus. Da er keine Begründung verlangte, war ich zu einer Erklärung gezwungen. (Jetzt endlich begreife ich John, den armen John, der seine Gefühle so wenig zu bemeistern vermag – während Unni und ich in dieser Hinsicht wie Präzisionsinstrumente aufeinander eingestimmt sind –, der gezwungen ist, mir Fragen zu stellen, weil ich stumm bleibe, gezwungen, durch lächerliche Wiederholungen sich zu demütigen, und todunglücklich ist, weil ich ihn nicht einmal ansehe.)

»Bitte, Unni, verstehe mich nicht falsch« (er verstand nicht falsch). »Ich möchte allein sein, weil … ich eben allein sein will.«

Er hätte aufstehen können und sagen: »Gewiß«, oder »Natürlich, ich verstehe das«, um den Schlag, den diese Abweisung etwa seinem Stolz versetzte, mit einer »angemessenen« Redensart zu verdecken; oder hätte hinausstolzieren können mit einem »Auf Wiedersehen morgen«; hätte den Gentleman oder den Flegel oder Gott weiß was sonst herauskehren können. Nichts von alledem tat er. Sondern er nahm aus der Tasche den Talisman, mit dem ich ihn schon öfter hatte spielen sehen, fing an, im Dunkeln die Münze hochzuwerfen und aufzufangen, immer auf und nieder, und da nicht ein Wort gesprochen wurde, blieben wir einfach sitzen, und mich kam der Wunsch an, das, was ich gesagt hatte, zurückzunehmen, doch ich brachte es nicht über mich. Ich war vollkommen berückt, verzaubert. Ich wartete ab, was sich ereignen würde. Feuer- oder Wasserprobe. Wenn er das glühende Eisen anfaßte, würde er sich versengen? Wenn er untergetaucht würde, würde er speiend und spritzend, unfähig den Atem anzuhalten, an die Oberfläche kommen?

Er sagte: »Du bist meine größte Liebe.« Er sagte es in glückseligem Tonfall. Und damit ging er.

Und jetzt hätte ich gewollt, daß er geblieben wäre, daß er wiederkäme; jetzt liebte ich ihn, ach, wie ich ihn liebte, und seine Stimme, seine Hände, wie konnte ich auf sie verzichten? Wiederum, wie schon so oft in den letzten zehn Tagen, hatte er das Richtige, nicht das auf der Hand Liegende, Übliche, das Falsche gesagt und getan. »Stecke mich ins Feuer, sagt das Gold, ich glänze nur um so heller. Aber bitte miß mich nicht am Unwert anderer Dinge.« Das ist ein nepalesisches Sprichwort, das er mir einmal gesagt hat. Ich hielt es damals für einfältig. Aber seine glückselige Stimme hat mich von jedem Schuldgefühl erlöst, und nun bin ich allein.

Ich bin allein; um mich in Ruhe zu sammeln, indem ich seine Gegenwart, seine rein physische Gegenwart, für etwas im Augenblick Wichtigeres opfere (aber in Wahrheit doch nicht opfere), für eine Gesamtsumme des Wissens von Unni. Ich muß den Blick von ihm abwenden. Und das kann ich nicht, wenn er bei mir ist. Wäre er diese Nacht geblieben, hätte er mich dazu überredet, hätte er nach dem Grund meines Wunsches nach Alleinsein gefragt, so wäre dieser Augenblick nicht der Augenblick, da ich das Wort »wir« schreiben will zur Bezeichnung von Unni und mir, indem ich ihn so als zu meinem Leben gehörig anerkenne; »wir«, schreiben, »wir« denken und schließlich »wir« sein, ohne ein Zurück.

Zunächst einmal ist nicht alles richtig, was ich schrieb, als ich in Katmandu ankam und im ersten Begeisterungsausbruch über die Entdeckung einer neuen Welt in Erregung geriet. Das war nur der äußere Schimmer, die in poetischem Glanz strahlende Hülle dessen, was jetzt ist. Dieser Urtrieb, der (mich und all meine Worte verlachend) mich unablässig, unerbittlich hindrängte zum Heute, zu Unni. Eine Linienführung, so klar und einfach wie die der Straße durch die Vorberge, in einheitlicher stetiger Richtung, mit Windung und Wendung, Kehren und Schleifen, und doch immer die Richtung einhaltend.

Und nun, nach zehn Tagen, schaue ich mit erfahrenem Blick die Menschen um mich herum an und messe sie mit keinem anderen Maß als diesem echten Instinkt, der mir genauen Aufschluß über das gibt, was die Menschen sind: nicht über die intellektuellen Masken geistreichen Geschwätzes, die sie sich vorbinden, sondern über die kleinen nackten unverstellten Züge, die Körper, die sie im Bett sind, den Embryo im Panzer mit seinen Lüsten und Ängsten, seinen Freuden und Begierden, all den Selbstbelügungen. Ich sehe Leo jetzt mit seinen tausend Frauen, tausend Sackgassen, eine bloße Ziffer, eine anödende Wiederholung, intensive, exzessive, unaufhörliche Betätigung seiner Geschlechtsfunktion, um sich vor sich selbst zu beweisen. Ich sehe ihn, wie Unni sagt, ausgelaugt, vertrocknet durch seine Wahllosigkeit wie andere durch Enthaltsamkeit, denn es war immer nur Trieb und Betrieb, aber niemals Liebe.

Aber dieser echte Instinkt sagt mir noch etwas Beunruhigenderes. Er sagt mir, daß innerhalb meines komplizierten Ichs auch ein anspruchsvoller kleiner Dämon haust, eine Eitelkeit, ein Schöpfertrieb, der alles in Worte umsetzt, der sich des hellen, schönen, lebendigen Lebens bemächtigt und es erbarmungslos zu bleibenden Symbolen, zu Mumien unserer Gedanken und Gefühle macht. Und es war dieser

Dämon, der mich vorhin veranlaßt hat, Unni zu sagen, ich wollte allein sein. Ich wollte schreiben. Ich hätte ihm das sagen können. Ich hätte zu ihm sagen können: »Heute nacht will ich schreiben«. Aber ich mochte es ihm nicht sagen. Ich wollte, daß er verstehe ohne Worte. Wenn er ohne Worte versteht, dann werde ich glauben. Er ist der Sichere von uns beiden. Nun denn, dann soll er auch verstehen, ohne daß ihm etwas gesagt wird. Er gebraucht das Wort Liebe, als wisse er alles, was es besagt. Er scheint sich in jedem Augenblick völlig dessen sicher zu sein, was er tut und sagt, während ich immer noch Angst habe vor einem Gefühl, einer Behauptung, Angst, das Wort Liebe auszusprechen, Angst vor der Schaffung einer anderen, aus Worten gemachten Welt. Nun also, da er glaubt, mag er das Wunder vollbringen: Mag er mich dazu bringen zu glauben.

Gestern sagte ich zu ihm: »Du wirst meiner überdrüssig werden. Meines Zweifels an unsern Gefühlen oder an dem, was wir für unsere Gefühle halten, meines Analysierens, Argumentierens, Diskutierens, meines Zerpflückens und Zerfetzens.«

Und er erwiderte darauf: »Fahre nur fort damit, ich habe das sehr gern. Du bist genau wie Mana Mani, der junge Berg, den ich eines Tages schon unterkriegen werde.«

Diese volkstümliche, prahlerische Ausdrucksweise reizte mich so auf, daß ich sagte: »Wie eingebildet du bist!«

Und darauf erwiderte er mit dem gefährlichen weichen Klang, den er seiner Stimme gibt, wenn er am stärksten ist: »Die Männer in meiner Heimat sind eingebildet, weil sie Männer sind.«

Achtes Kapitel

An diesem Samstagmorgen beruft uns Isobel zusammen und bringt mit Miene und Gehaben wohlausgekosteten Triumphes ein Blatt Papier zum Vorschein: das Programm der Krönungsfeierlichkeiten. Sie liest vor:

»Sonntag, den 29. April, also morgen, Investitur im Durbar-Saal.«

»Dazu haben wir keine Eintrittskarten«, sagt Erdkunde.

»Hat nichts zu sagen«, beschwichtigt Isobel, »niemand hat noch welche bekommen. Ich habe den Residenten darum gebeten und werde ihn noch einmal erinnern. Sie wissen doch, wie diese Nepalesen sind. Die Karten werden kommen, wenn die Feier vorbei ist. Wir können auch so hingehen.«

»Bei Ihnen ist damit ja wohl alles in Butter«, sagt Erdkunde zu mir, »Ihr Mann hat doch Karten bekommen, nicht?«

»Ich weiß nichts davon.«

»Natürlich hat er welche bekommen«, sagt Erdkunde. »Er ist doch Sekretär des Valley Clubs. Die Nepalesen würden es nicht wagen, ihn bei offiziellen Anlässen zu umgehen … für Mr. und Mrs. Ford sind selbstverständlich Karten da.«

Die Gespräche im Töchter-Institut drehen sich nach wie vor, gleich denen in einer belagerten Festung, um die bevorstehende Entziehung aller Annehmlichkeiten des Lebens, obschon es Wassili, der mehr als tausend offizielle Gäste – Standespersonen und Berichterstatter – zu verpflegen hat, gelungen ist, von Patna her dreihundert Hühner (nur ein Teil ging unterwegs ein), zwanzig ausgeweidete und tiefgekühlte Wildschweine, Unmengen Rebhühner, Wachteln und Fasanen, Kaviar und Fische für das Staatsbankett und die verschiedenen diplomatischen Diners mittels Flugzeug heranzuschaffen.

»Im Unterkunftsgebäude der Regierung ist noch immer kein einziges Möbelstück«, sagt Isobel theatralisch. Dann liest sie weiter vor: »Das Programm ist also folgendes: 1. Mai Läuterungsfeier, neun Uhr vormittags. Ich bezweifle, daß es mit dieser Stunde seine Richtigkeit hat, wir wollen uns lieber noch einmal genau erkundigen. Krönung: 2. Mai, neun Uhr vormittags. Einsegnung zehn Uhr dreiunddreißig Minuten vormittags. Diese Minute haben jedenfalls die Hofastrologen für die Krönung bestimmt. Die Feier findet in der Hanuman Dhoka, dem früheren Königspalast, statt, vor dem der scheußliche Steinklumpen steht, der angeblich ein heidnischer Affengott oder dergleichen ist.«

»Ich mache eine Wette, daß der ganze Stundenplan in der letzten Minute noch geändert wird«, sagt Erdkunde. »Das machen diese Astrologenbrüder immer so; gucken in die Sterne, danach ändern sie die Stunden, oder sie befragen ihre Vögel. Sie halten Sittiche in Käfigen, die ihnen angeblich Rat erteilen.«

So geht das Geschwätz weiter; ich koche innerlich. Ich begreife, weshalb wir Christen so unbeliebt sind. Wir benehmen uns ungemein grob und roh gegenüber der Religion anderer Menschen. Nur unserem eigenen Glauben bringen wir Achtung entgegen. Von andern Göttern sprechen wir voll Verachtung, Spott und ohne auch nur die oberflächlichste Höflichkeit in der ungezogensten, unflätigsten Weise. Das muß man Pater MacCullough zugute halten: Was er auch über die religiösen Anschauungen seiner Gastgeber denken mag, die alte, tiefe Weisheit der katholischen Kirche bringt ihn dazu, sich in der Öffentlichkeit aller Urteile zu enthalten. Aber hier im Töchter-Institut, zwischen den verschossenen Sofablumen und den Weibern mit dem fahlen Teint, den faltigen Hälsen und dem undefinierbaren antiseptischen Geruch herrscht nichts als Unduldsamkeit und Engstirnigkeit.

(Isobel allerdings ist nicht verschossen und antiseptisch: Sie hat kräftige Haare und einen festen, robusten Körper. Sie wäre die richtige Bettgenossin für einen handfesten Bauern gewesen, dem sie gesunde Kinder geschenkt hätte. Ihrem Herrgott sei's gedankt, daß sie trinkt. Sonst stünde es wohl noch schlimmer mit ihr.)

»Der König ist doch angeblich Vishnu, nicht?«

»Ja. Sie haben da so etwas wie eine Dreieinigkeit: Brahma und, einen Augenblick, ja, Vishnu und Shiva. Shiva ist der Schlimmste.«

»Ja, ja, Shiva, das ist er, all diese Steine und so weiter« (das Wort ›Lingam‹ ist nie über diese fahlen Lippen gekommen), sagt Erdkunde.

»Deshalb erlauben sie einem nicht, die Tempel zu betreten, wenn man wie ein Christ aussieht. Viehische Sachen gehen dort vor.«

»Dem Herrn sei Preis und Dank dafür. Ich bin froh, daß ich wie eine Christin aussehe.«

Erdkunde bringt nun ihrerseits einige mit Maschinenschrift bedeckte Bogen zum Vorschein. Das Konvolut trägt den bescheidenen Titel *Mountain Peeks* und ist in jenem ungewöhnlichen, munteren, derben, ach-so-aufgekratzten Stil geschrieben, für den das moderne, muskelkräftige Missionarschristentum im ehemaligen China eine Vorliebe hat.

»Möchten Sie nicht einmal einen Blick hineinwerfen?« sagt Erdkunde und reicht es mir, ohne meine Antwort abzuwarten. »Es ist ganz ausgezeichnet. Das klärt einen erst so richtig auf über das, was vorgeht.«

(Kommt es davon, daß Erdkunde jetzt immer vor dem Lunch im Royal-Hotel ist und sogar mitunter eine Zitronenlimonade mit den Korrespondenten trinkt?)

Ich lese also:

»Eileen Potter ist eine von unsern jüngeren Krankenschwestern. Eileen sagt, sie habe sich schon, als sie noch mit Puppen spielte, für Krankenpflege interessiert. Sie ist immer für weite offene Räume gewesen und geht jetzt alle Wochen ins Gebirge hinauf zur Poliklinik für die Bauern in Patan ...«

»Der Hymnus-Chor und Hilfsverein hielt vorige Woche im Schwesternheim eine Versammlung ab. Neun Damen waren anwesend;

von der Gastgeberin, Miß Spockenweiler, wurde Kaffee und Kuchen geboten.«

»Miß Spockenweiler erhielt zum Geburtstag viele schöne Geschenke …«

»Jedermann beim Kontertanz. Jawohlja. Hoffe, Sie dort zu sehn. Zieht eure blauen Hosen und euer buntestes Hemd an und bringt die beste Stimmung mit. Immer fröhlich herumgeschwenkt.«

»Danke vielmals«, sage ich und gebe die Bogen zurück.

»Es ist noch ein wundervoller Artikel drin über die Krönung, alles Wissenswerte, drei Seiten lang, in der Mitte«, sagt Erdkunde unbeirrt. Aus dem verschämten Blick, mit dem Geschichte ihre Hände besieht, schließe ich, daß dies ihr Beitrag zu den *Mountain Peeks* ist.

»Ich habe eine Allergie gegen Klischees«, sage ich, so höflich ich vermag.

Ich kenne, o wie gut kenne ich die Löblichkeit, das wahrhafte Heldentum ihrer Bemühungen. Die Hingabe, der Missionsgeist, das Wohltätertum, der Kampf gegen die Krankheit … das letzte scheint ein überwältigender Grund zu sein, um den Glauben an unsere Überlegenheit zu erzwingen, denn wir haben jetzt einen materialistischen Glauben, und die Ethik unseres Zeitalters hat ein anderes Ziel. Wenn es das Ziel der ethischen Spekulation des Mittelalters war, den Weg zum Himmelreich zu finden, indem man die Gebote Mosis erfüllte und sich nicht um die gemeine Leiblichkeit kümmerte, so wird in unserem Jahrhundert das Ziel erreicht, indem man die Gesundheit seiner Mitmenschen fördert, eine Aufgabe, für die sich alle unsere christlichen Kirchen einsetzen. Und diese anthropozentrische Zielsetzung unserer Religion scheint uns zu berechtigen, auf andere Menschen herabzusehen, die nur für ihre Seelen Sorge tragen, wie wir das vor neunhundert Jahren taten. Das, was wir da tun, erscheint edel, selbstlos; oder handelt es sich dabei nur um eine größere Selbstsucht, die Befriedigung unseres geistigen Hochmuts, wenn wir etwas für geringere Sterbliche tun? Allein, es ist nun einmal ein soziales Ideal, das wir jetzt christlich nennen, weil unser modernes Christentum ihm die Dogmen des Fortschritts aufgepfropft hat, ohne die die Armut, das Elend dieses Landes sich niemals ändern würde. Ach, warum müssen die Gefäße dieser Lehre selbst so unerfreulich, so grobschlächtig, so hochmütig, so unbegabt für Schönheit sein?

Die Korrespondenten sind jetzt da.

Gestern und heute brachten die Flugzeuge, die an beiden Tagen je fünf Pendelflüge ausführten, die Horden der Presseleute herbei. Mit ihnen zugleich die Photoreporter, von denen die meisten im Royal-Hotel untergebracht werden sollen.

Der erste Zeitungsmann, der ankam, war, wie mir Wassili erzählt, der einzige chinesische Berichterstatter; er wurde unauffällig allein in einem Einzelzimmer untergebracht. Mit dem nächsten Flugzeug hielt die *New York Times* ihren Einzug, dicht gefolgt von *Time*, *Life* und *Newsweek*. Um die Mittagsstunde schwirrt die Luft von Konkurrenz und Rivalität; die Tische sind voll besetzt mit Männern und Frauen, die der Sonne und dem Tal unentwegt ihre Rücken zukehren, indes sie ihre Gesichter wie hypnotisiert einander zuwenden. Die Krönung ist plötzlich etwas, worüber geschrieben werden muß, etwas, das von allen Seiten beleuchtet, in sämtlichen Adjektiven und Substantiven erörtert wird.

Von Indien sind zwanzig Taxidroschken eingetroffen; wie sie das geschafft haben, verstehe ich nicht. Die chinesische Abordnung hat eine Suite im Royal-Hotel bezogen. Die elektrische Beleuchtung setzt aus. Die Pumpen desgleichen. Heißes Wasser gibt es nicht. Aber was das Allerschlimmste ist: es sind keine Spirituosen da.

Die Korrespondenten trinken Orangensaft, Coca-Cola und Grenadine. Dann geht auch das Coca-Cola aus. Schließlich ist nur noch Grenadine vorhanden, die süßliche, pappige Grenadine.

»Ich kann nicht mehr ... ich glaube, ich gehe wieder ins Gefängnis«, sagt Wassili. Er sitzt, den Kopf auf die Hände gestützt, in seinem Zimmer und diktiert Hilde einen Brief an den Feldmarschall, der die Leitung des Krönungsprogramms innehat.

»Eure Exzellenz«, schreibt Wassili, »meine Geduld ist erschöpft. Die Korrespondenten trinken Wasser ...« (»Wasser!« schreit Wassili verzweifelt auf und bearbeitet seine Stirn mit den Fäusten), »und ich fürchte, die Krönung wird eine vollkommene Katastrophe. Fünfundzwanzig Gäste der Regierung kommen morgen an; sie werden mit den Fingern essen und auf dem Fußboden schlafen müssen.«

Die Korrespondenten stellen Fragen über Fragen, Forderungen über Forderungen. Sie wollen Führer; sie wollen den Weg dahin und dorthin wissen. Hilde tut ihr Menschenmöglichstes. Die kleine Irin hilft willig mit. Die Künstlerinnen sind wieder aufgetaucht. Pat scherzt mit den englischen Presseleuten.

Die Korrespondenten bleiben einander auf den Fersen. Sie unternehmen alles zusammen, laufen immer in geschlossenen Gruppen herum, aus Angst, der eine könnte etwas ergattern, was dem anderen entgeht.

»Wo ist Blumenfeld? Habe ihn seit einer Stunde nicht mehr gesehen.«

»Schreibt«, sagt »Newsweek«, ein junger Mann, der immer ein erbostes Gesicht macht.

»Schreibt?« (Blick auf die Uhr) »Wir sind doch erst eine Stunde da!«

»Der schreibt immer in der ersten Stunde gleich dreitausend Worte. Das nennt er einen vorläufigen Überblick.«

Da erscheint, groß, kahlköpfig, die Kamera um den Hals hängend, ein halbes Dutzend Telegrammformulare in der Hand, Blumenfeld und fragt in klagendem Ton: »Kann mir einer von euch hier sagen, wer, zum Teufel, Vishnu ist?«

Lunch wird in Etappen serviert. Da der elektrische Strom versagt, fließt das Speiseeis davon.

Die Presse organisiert sich. *Newsweek* läuft herum und verteilt Handzettel. Täglich zweimal wird ein Mitteilungsblatt ausgegeben und durch einen Dreierausschuß an die Korrespondenten verteilt werden. Es wird genaue Vorschriften enthalten, was sie zu tun, wann und wohin sie zu gehen haben. »Können uns nicht auf die Nepalesen verlassen. Wir nehmen das selbst in die Hand.«

»Auf Ehre, es wird fabelhaft werden« sagt Enoch P. Bowers und teilt mir mit, John sei beim Residenten, um ein Datum für die offizielle Eröffnung des Valley Clubs festzusetzen. »Wir wollen das während der Krönungswoche vornehmen.«

Leo ist nirgends zu sehen. Hilde erzählt mir, Mariette Valport sei am Morgen mit dem Flugzeug nach Pokhra abgereist, um Aufnahmen zu machen.

Unten ertönt auf einmal starker Motorenlärm. Wir gehen alle auf die Veranda, um nachzusehen. Mehrere Lastwagen sind eingetroffen. Bier, Bier ist angekommen! Auch einige Kisten Whisky. Waren von der Zollbehörde beschlagnahmt, sind aber nun freigegeben worden. Wassili ist glückselig. Er ruft:

»Meine Herren von der Presse, es gibt zu trinken!«

Jetzt sind wir alle überzeugt, daß die Krönung einen großartigen Verlauf nehmen wird.

Nach dem Tee im Royal-Hotel gehe ich Fred Maltby im Hospital besuchen.

(Ach, Anne, du Lügnerin! Du gingst nicht hin, um Fred Maltby zu besuchen, sondern um Unni zu suchen. Wie du ihn überall und jederzeit suchst. Treibst dich im Royal-Hotel herum, vor- und nachmittags, wartest, redest, lachst mit den Presseleuten, tust, als wärst du gern mit ihnen zusammen, wartest, zögerst, bummelst herum, hoffst immer, daß er komme ... und da er nicht kam, gingst du zu Fred Maltby, weil Unni bei ihm wohnt, wenn er in Katmandu ist, wie du weißt. Du hungerst und dürstest nach ihm und hattest auch Angst, weil du die Nacht vorher so selbstsicher, so unverschämt gesagt hattest: »Ich möchte allein sein.« Und jetzt hast du Angst gekriegt, er werde nicht wiederkommen ...

Aber wenn er nicht wiederkommt, dann ist er oberflächlich, dumm, wenn er nicht begreift.

Du tust das ja schon seit Tagen, streitest dich laut mit dir herum, zerpflückst alles, was er dir gegeben hat, schüttelst die Bruchstücke, läßt sie auf Stein klingen, um zu prüfen, ob sie echt sind. Du hast Angst davor, verletzt zu werden, Anne.

Ich will nie wieder verletzt werden.

Sagte er nicht zu dir: »Mach nur weiter, du bist wie mein junger Berg?« Und du wußtest darauf nichts zu sagen als: »Wie eingebildet du bist.«

Aber er ist ja auch eingebildet. Er ist so selbstsicher. Er sagt: »Ich liebe dich«, als wisse er, was Liebe ist.

Warum sollte er es nicht wissen? »Wie kannst du mir sagen, was ich fühlen und was ich nicht fühlen soll?« Erinnerst du dich nicht, daß er das gesagt hat?

Ich glaube nicht.

Du glaubst nicht ... gibt dir das das Recht zu sagen, er lüge?

Du bist ein Geizhals, Anne, ein Geizhals des Herzens.

Das hat Unni gesagt. Und jetzt habe ich Angst, daß er nicht wiederkommt.

Du fürchtest dich zu geben und fürchtest dich zu nehmen. Was ist, wenn er dieser Komplikation überdrüssig wird? Wenn er das bereits ist und ... wegbleibt?

Ach, lieber Gott, bitte, das nicht. Bitte ...

Es ist dann deine Schuld.

Meine Schuld, wie immer. Wir sind die Eigentümer unserer Taten und die Erben unserer Handlungen, verkrochen in unsere Gebärden und geflüchtet in unsere Worte.

Du lebst ja nur Worte, statt zu leben, Anne.)

Und so, dem Zusammenbruch ganz nahe, inmitten dieser Selbstgespräche, mit denen ich nicht aufhören kann, wenn ich einmal angefangen habe, auf dem Gesicht einen Blick spürend, der wie der Isobels ist – vielleicht hilft Trinken doch –, gehe ich zu Fred Maltby in den Heiteren Palast hinüber.

Der Garten ist weitläufig, und ich habe keinen Ortssinn. Fast verlaufe ich mich, finde aber schließlich doch den Bungalow. Die Türe steht offen, Fred sitzt am Schreibtisch und schreibt Maschine. Zuerst sieht er mich nicht, und mein Blick schweift über das Arbeitszimmer weg zum Schlafzimmer, dessen Flügeltüre offensteht, fällt auf Unnis Bett, das schmale Feldbett an der Wand des großen Schlafzimmers, das er mit Fred Maltby teilt. Warum hat er kein eigenes Zimmer? Vielleicht braucht er keines. Er hält sich wohl stets, wenn er in Katmandu ist, im Schlafzimmer irgendeiner Frau auf. Ich starre wie gebannt auf sein Bett, als wenn Unnis Gestalt in ihrer ganzen Länge mit den schmalen Hüften und den langen harten Beinen, unter denen jede Frau unfehlbar erschlaffen muß, plötzlich auf der Raza-Steppdecke Fleisch und Blut annehmen könne. Aber es ist nichts von ihm vorhanden, nicht einmal sein Lendentuch, nicht einmal seine Pantoffeln. Er ist nicht da.

»Ach, Anne, herein, nur herein!« ruft Fred. Er macht einen beklommenen Eindruck. Es ist wegen Eudora.

Gestern abend sagte der General unter vier Augen zu mir: »Es wird Zeit, daß mein Freund aufhört, sich im Spital hinter Schwestern, Patienten und Operationen zu verstecken. Ich hatte gedacht, Unni würde ihn zur Vernunft bringen, Madam, aber Unni tut auch nichts.«

»Was kann er denn tun?«

»Jeder kluge Mensch hat ein Stück Narretei in sich. Das muß gewaltsam entfernt werden wie ein hohler Zahn.«

»Das wäre Dr. Maltby wohl nicht recht, General. Es handelt sich um sein Privatleben. Wir dürfen uns da nicht wirklich einmischen.«

»Sein Privatleben?« erwiderte der General erstaunt. »Eben deshalb muß ich mich einmischen. In seinem Privatleben muß ich meinem Freund bis zum Allerletzten zu Hilfe kommen.«

Es fiel mir ein, daß die asiatische Anschauung über die Privatsphäre des einzelnen nicht die gleiche ist wie unsere. Es gehört zu unseren alten Mißverständnissen, daß das Private nicht zur Gemeinschaft gehöre. Ich bat den General um Verzeihung, die er mir auch gewährte, um sich darauf wieder mit seinem Whisky zu beschäftigen.

Fred ist über meinen Besuch hocherfreut, und wir sind bald in ein kameradschaftliches Gespräch über Eudora verwickelt.

»Ich weiß«, sagt Fred, »ich müßte jetzt mit Eudora zusammenkommen. Ich habe auch die Absicht, es zu tun, jawohl. Nur … es hat so wenig Sinn, meinen Sie nicht auch? Sie hat noch nicht den Wunsch dazu geäußert. Sie will mich also wohl nicht sehen.«

Ach, wie typisch männlich: dieses Hinauszögern, Ad-acta-Legen, Sich-vor-der-Entscheidung-Drücken. Es wird schon bald Eudoras Schuld sein, wenn sie nicht zusammenkommen. Ich sage ironisch: »Sie müssen aber bald mit ihr zusammentreffen wegen der Krönung.«

»Ja, das meine ich auch«, sagt Fred erleichtert, aber doch besorgt. »Es hat doch keinen Sinn, jetzt etwas zu tun, wie? Sie möchte das in Wahrheit auch nicht. Wirklich, ich bin überzeugt, sie möchte wahrscheinlich überhaupt nicht belästigt werden.«

Nachdem er sich somit zu seiner Zufriedenheit Eudora aus dem Kopf geredet hat, wird er ein anderer, wird ernst, streng, ganz ruhige Überlegenheit und Weisheit: heilender Arzt.

Wir sprechen nicht von mir. Allmählich kommt das Gespräch auf weibliche Frigidität. »Wissen Sie, daß ich bisher noch nie bei Nepalesinnen einen Fall dieser Art hatte? Ich habe jedoch in praxi schon eine ganze Menge solcher Fälle gesehen … Das Land, in dem ich die meisten erlebt habe, war wohl Australien. Auch in England habe ich natürlich eine ganze Anzahl erlebt, aber das war vor achtzehn Jahren, als wir es noch Nerven- oder Muskelkrämpfe nannten, noch nicht so viel von der Psychoanalyse hermachten und die Frauen einfach noch in heiße und kalte einteilten. Sich überhaupt mit dem Gebiet zu befassen, galt als anstößig. Aber als ich vor sechs Jahren in Australien war, durfte schon davon gesprochen werden. Es kamen Frauen zu mir, die sich darüber beklagten. Sie wußten, daß Sexualität in mehr bestehen solle als in Schmerz und passiver Duldung. Es gab allerdings auch eine große Anzahl Frauen der andern Art unter meinen Patientinnen: »Mein Bill ist in dieser Hinsicht sehr anständig, er belästigt mich nicht viel« oder »Schließlich hat der Mann den Genuß davon« und dergleichen. Diese Einstellung fand ich sehr verbreitet unter den Frauen von Kolonialoffizieren. Eine altmodische, von Vorschriften gehemmte Gesellschaft. Bei den asiatischen Frauen erhebt sich ein anderes Problem: Vernachlässigung. In vielen asiatischen Ländern herrscht noch Polygamie. Und infolge der Polygamie haben viele verheiratete Frauen einfach überhaupt kein Sexualleben. Sexuell sind sie beiseitegeschoben, obwohl sie offiziell immer noch Ehefrauen sind. Zum mindesten aber schienen sie alle zu wissen, um was es sich bei der Sexualität handelt und daß sie davon Genuß haben sollten, und

nahmen es nicht so wichtig damit. Das kommt davon, weil den asiatischen Männern durchweg beigebracht wird, sie müßten der Frau Lust bereiten, während ein Großteil unserer Männer das nicht einmal weiß oder sich nicht den Kopf zerbricht über die ›Kälte‹ ihrer Frauen.«
Fred zieht tief den Atem ein; vom medizinischen Gesichtspunkt gibt ihm das Sexualproblem viel zu denken.

»Über das, was die Asiaten denken und empfinden, scheinen wir uns nicht viel den Kopf zu zerbrechen«, fährt er fort. »Und die wissen sehr viel mehr über uns als wir über sie. Wir brauchten zum Vergleich einen asiatischen Kinsey. Heute früh sagte ich zu Unni« (ich horche auf, richte mich hoch, dies lohnt allein weiteres Zuhören in der Hoffnung, sein Name werde wieder fallen .. Unni hat also die Nacht bei Fred verbracht, war noch am heutigen Morgen dagewesen … o Trost, o Wonne, o du närrische Anne, daß du beim Klang seines Namens hüpfst wie ein schwärmerischer Backfisch), »in ganz Asien läßt sich ein verändertes Bild der *mores* feststellen. Aber Gedanken und Gefühle halten nicht Schritt mit der materiellen Entwicklung. Da ist Unni, der einen Damm baut, etwas, was in diesem Land eine weit unerbittlichere Umwälzung hervorrufen wird als jede politische Theorie. Das wird das ganze Lebensschema von Hunderttausenden von Menschen verändern, aber das Denken, die Formen der Empfindung werden allermindestens um ein Jahrzehnt nachhinken. Die Völker Asiens machen etwas wie eine Revolution mit umgekehrtem Vorzeichen durch … nicht von innen nach außen, nicht vom Gedanken zum Gerät, sondern von außen nach innen, von der Maschine zur Idee, und deshalb scheinen sie die Dinge, die ihnen gebracht werden, falsch zu behandeln und anzuwenden. Weil sie, psychologisch gesehen, die Geräte, die wir ihnen in die Hand gegeben, sich noch nicht zu eigen, zum wahren Eigentum gemacht haben. Unni und ich sind heute die größten Revolutionäre in Katmandu. Er mit seinem Damm und ich mit meinem Krankenhaus. Ich wollte, wir könnten das Ausmaß der Veränderung, die wir hervorgerufen, in gewissen Schranken halten … aber das können wir nicht.«
»Unni«, sage ich – es über mich gewinnend, das Wort in der Öffentlichkeit auszusprechen, obwohl mein Herz so laut schlägt, daß ich mich selbst nicht sprechen hören kann, – »ist doch keineswegs Sozialtheoretiker. Er ist ein Techniker.«
»Genau wie ich«, sagt Fred. »Täter, nicht Denker. Wir haben so viel zu tun, daß wir überhaupt nicht denken … genau wie die Wissenschaftler, die so viel mit der Herstellung der Atombombe zu tun hat-

ten, daß sie an deren Folgeerscheinungen und wie sie die ganze Kriegsführung und die Zukunft verändern werden, nicht dachten. So meine ich das. Dauernd reden wir davon, Ideen seien gefährlich, und quatschen dummes Zeug über Eindämmung des Kommunismus, wo der Kommunismus doch nichts als eines der logischen Nebenprodukte der materiellen, technisch-medizinischen Revolution ist, die schon bis nach Nepal und Tibet vorgedrungen ist. Wenn es sich um die Ideen allein handelte, die könnten draußen gehalten werden, bis sie von selbst eingehen wie Pflanzen ohne Boden und Wasser; was den Wandel im Land herbeiführt, das sind die Erdbagger, die Dampfwalzen, die Jeeps, die Flugzeuge, die Staudämme, die Kraftwerke, die Straßen, der materielle Aufbau, den wir Fortschritt nennen. Und der läßt sich nicht fernhalten.«

Dann kommt er wieder auf Medizinisches zu sprechen, auf die Frigidität und schließlich auf seine Londoner Studentenzeit. »Noch vor zehn Jahren galt die Operation als das einzig Richtige bei einer Erscheinung, die Vaginismus hieß. Das bedeutet eine krampfartige Verengung bei der Frau, die die Beiwohnung verhindert. Heute behandeln wir das mit Hormonen und Psychoanalyse.« Er habe damals noch nie eine nackte Frau gesehen gehabt, und dann, am ersten Tag, hätten da zwanzig in einer Reihe wie Schweine nebeneinander gelegen; das heißt, er habe sie gar nicht wahrgenommen, sondern nur die freiliegende Vulva, die Knie verhüllt wie zwei weiße Säulen und die Pforten des Geschlechts dazwischen wie eine Reihe von Türen. »Es war ein furchtbarer Schreck, aber wir taten, als sei uns das alles bekannt ...

Und deshalb vielleicht ging es mit Eudora schief. Sie war ungeduldig und ich so ungeschickt ...« Das Weitere verläuft in einem Gemurmel. Dann fährt er fort. »Sie wurde kalt ..., Eudora, meine ich ... und für mich war es auch eine Erleichterung, mir einbilden zu können, sie sei kalt. Ich möchte wissen, wieviele gerade an diesem Punkt sich selbst ein X für ein U vormachen wie John und ich, sich vorreden, ihre Frauen seien kalt von Natur. Ich weiß nun, daß das die Art von passiver Resistenz ist, das Abwehrmittel, zu dem die Frau immer greift, indem sie sich in ein geschlechtsloses Wesen verwandelt. Vielleicht wegen der Jahrhunderte weiblicher Unterwürfigkeit, die hinter ihr liegen. Wie dem auch sei, es ist nun so. Sie ist einfach kalt, bis eines schönen Tages ... Sie haben großes Glück, Anne, wissen Sie, mit Unni ... Sie haben doch nichts dagegen, daß ich das sage, wie?«

348

»Nein«, sage ich. »Ich möchte sogar, daß Sie es sagen. Wo ist Unni? Ich suche ihn.«

»Unni? Ich weiß nicht. Er ging am Morgen früh weg. Wir tranken Kaffee zusammen und schwatzten ein bißchen. Der General müßte es wissen.«

Doch der General ist ausgegangen, und so komme ich, als es schon dämmert, nach Hause; ich erwarte halb und halb, auf dem Rasen einen Schatten zu sehen, doch es ist keiner zu sehen; auch die Treppe, wo ich ihn ebenfalls zu finden hoffe, ist leer.

Schiefergraue Dämmerung. Ich kenne sie, ohne aus dem Fenster zu sehen. Er wird nicht kommen.

Daß ich dies durchmachen muß, diesen unendlich demütigenden, von lauter Klischees beherrschten Zustand, ist schon grotesk. Ich beobachte, wie ich in sämtliche Phasen des unbegreiflichen Possenspiels verfalle: Qual des Wartens, Einbildung, Schritte oder ein Auto zu hören, das Ausspähen ... Bei all dem erwische ich mich selbst, ärgere mich darüber und – tue es doch.

Wie jämmerlich, wie lächerlich, wie verächtlich ..., doch auch große Dichter haben das durchlitten, denn niemand entgeht der Kleinlichkeit bei der Begeisterung, der Prahlerei beim Leiden, der leeren Geste, die ein großartiges Gefühl zusammenfallen läßt wie einen aufgestochenen Ballon ...

Wie Kinder und Psychoanalytiker Tintenflecke betrachten und daraus verrückte Bilder oder phantastische Theorien ableiten, so will ich mich selbst betrachten. Bestandsaufnahme meiner Fahrt. Wie ein Bergsteiger nach der Zusammenstellung seiner Expedition die Träger zählt, die Ladungen besichtigt, das Gerät nachprüft und dann den Blick dem Gipfel zuwendet ... doch es ist ja Unni, der von Bergen und Gipfeln spricht, nicht ich. Ich habe bisher meine Tiefen noch nicht ausgelotet.

Wie die Königin im Märchen vor ihren Spiegel tritt und die Wahrheit zu wissen begehrt, so habe ich mich vor den Spiegel im Erdgeschoß gestellt. Ich sehe eine noch junge Frau, deren Anmut ich mit Wohlgefallen betrachte. Ich habe mich verändert: schimmernde Haut, glänzendes Haar, strahlende Augen; jede Pore haucht das beseligende Wissen darum aus, daß ich schön bin. Aber die Jahre vergehen, das laufende Grab der Zeit, mein eigener Schatten, bleibt mir auf den Fersen, und was habe ich getan? Versucht, gut, ehrbar und tot zu sein. Mich zum nahen Tod in meinen Kokon von Ehrbarkeit eingewickelt. Sonst nichts.

Ich suche in der Schädelmitte nach weißen Haaren. Gestern fand ich zwei und riß sie aus. Heute entdecke ich noch eins. Ich betrachte die feine Narbe, die über die untere Hälfte des Bauches läuft. Sie ist kaum erkennbar. Ich weiß, daß Unni sie bemerkt hat. Natürlich. Ich vermag zu spüren, wie er mich Zoll für Zoll zur Kenntnis nimmt. Die Erinnerung an seine Hände, wie sie vor zwei Tagen meine Taille zwischen Daumen und Finger faßten, zu sich heranzogen ... Und dann höre ich das Geräusch eines Jeeps.

Es gibt einen Jeep, der anders als alle andern ist. Man kann stets einen Jeep vom andern unterscheiden ... Ich horche, lausche. Doch das leise Brummen verhallt. Und das ist die letzte Wendung, der Stich in den Ballon. Plötzlich ist mein Gefühl vollkommen seines Inhalts entleert wie ein umgestülpter Eimer, nichts ist geblieben, kein noch so feiner Reiz, kein noch so kleiner Schmerz.

Unni: ein Wort, hohl, ohne Sinn. Die lächerliche, lehrhafte Art und Weise, wie er, ohne zu erröten, selbstbewußt von Liebe spricht! Während ich die Treppe zu meinem Zimmer hinaufgehe, fühle ich mich ganz und gar verwirrt von diesem Umschlag, diesem Verlust jeglichen Gefühls. Gott sei Dank, es ist alles aus. Ich bin frei, frei, wieder ich selbst und glücklich. An den Wänden spotten die Sittiche. Helle, strahlende Leidenschaft? Nichts als die langsam verblassende schieferfarbene Grauheit, schiefergrau das Bett.

Neuntes Kapitel

Sonntag, 29. April 1956. Um die Stunde des Mittagessens herrschte auf der Terrasse des Royal-Hotels die Atmosphäre eines überfüllten Bahnhofsrestaurants. Die schläfrige, sonnentrunkene Stimmung, die sonst um diese Zeit hier in der Luft lag, war verschwunden und hatte einer dampfenden, hektischen Betriebsamkeit Platz gemacht, die wie eine Wolke von Lärm und Schweißdunst über den von Korrespondenten und Photoreportern dicht besetzten Tischen lagerte.

An diesem Morgen hatte in der Durbar-Hall, der königlichen Audienzhalle, die erste offizielle Veranstaltung der Krönungswoche stattgefunden. Die Durbar-Hall war ein weißes Stuckgebäude von unbestimmbarem »westlichem« Stil, das sich an die Hanuman Dokha, den alten, weitläufigen Königspalast, anschloß, in dem der König aber nicht mehr wohnte. Seine »moderne« Residenz war eine säulenreiche und stucküberladene Kopie des Buckingham-Palastes, die alte ein Gewirr von ineinandergeschachtelten Trakten, Höfen und Türmen, deren Pagodendächer vor Alter und Schwäche einsackten, während die geschnitzten Stützbalken über den gedeckten Höfen langsam verfaulten. Als Schauplatz der Krönungszeremonien war der alte Palast nun der Öffentlichkeit – vertreten durch eine erlesene Versammlung – zugänglich gemacht worden, und zwar »zum ersten Mal in der Geschichte Nepals«. So hatte ein Artikel in den *Mountain Peeks* begonnen, der eine Fülle von historischen und architektonischen Details über das verwahrloste Bauwerk gebracht hatte. Nicht erwähnt worden war, daß sich in dem Palast auch die wertvollste und originellste Sammlung erotischer Schnitzereien und Steinplastiken des Tales befand. Geschichte war die Verfasserin des Artikels.

Sonst barg die Durbar-Hall in ihrer frischgetünchten calvinistischen Häßlichkeit nichts außer einigen Dutzenden von Kronleuchtern, dem goldenen Thron, der in dem mit Marmorfließen ausgelegten Audienzsaal unter einer neunköpfigen Schlange stand, und, an einer Wand des Audienzsaales prangend, die üblichen Ölporträts von Ranas, mildernd durchsetzt mit den Bildern einiger demokratischer Ministerpräsidenten, Eduards VII. und der Königin Alexandra und sogar einiger nepalesischer Könige.

An diesem Morgen war auch die *Megalorama* zum ersten Mal öffentlich in Erscheinung getreten. Eine Kamera auf Rädern, umringt von vielen Technikern und Helfern, war an einem prosaischen Strick auf einer vor dem Eingang der Durbar-Hall errichteten schiefen Ebene hin- und hergezogen worden, um die vorfahrenden Würdenträger zu filmen, von dem Augenblick an, da sie ihren Wagen entstiegen bis zu jenem, da sie im Tor der Durbar-Hall verschwanden. Botschafter, Rana-Generäle und die anderen Ehrengäste waren in das Blickfeld des kalten, runden Zyklopen-Auges der Kamera hineingeschritten, bis ihre Gesichter allein seinen Rahmen füllten. Sie waren sich alle dieses mechanischen Blickes bewußt, der schärfer und gefährlicher war als das Auge Buddhas, das ihnen nur in ihre unsichtbare Seele schaute, während das Auge der Kamera das Bild ihrer um so viel höher geschätzten sterblichen Züge auf die Netzhaut Millionen anderer übertragen würde, und alle strafften sie ihre Schultern und legten ihre Gesichter in feierliche Falten, als sie vor dem allmächtigen Apparat vorbeidefilierten.

Auch Anne hatte der Zeremonie beigewohnt, in Begleitung Johns, der Zutritt zur Diplomaten-Galerie hatte, eine Tatsache, deren er und Enoch P. sich laut rühmten. »Unsere Aufgabe ist die der Herstellung von Verbindungen, der Förderung gesellschaftlicher Kontakte zwischen den Nepalesen und uns«, hatte der letztere den zahlreichen Korrespondenten mehrfach erläutert, die sich immer wieder um ihn und Pater MacCullough scharten, da sie beide als Experten von orakelhafter Weisheit für Nepals Geschichte und Kultur galten.

»Hallo, T. S.!« rief Enoch P. einem wohlbeleibten Nepalesen in prunkvoller Generalsuniform zu. »Das ist General Torula Sham Sher, ein prachtvoller Bursche, soeben unserem Club beigetreten«, erklärte er in einem lauten *à part* den Journalisten. »Hat mich seiner Maharani – das ist seine Frau – vorgestellt. Eine große Ehre. Es bedeutet, daß sie einem vertrauen, wenn sie einem ihre Frauen zeigen.«

Tout-Katmandu war anwesend. Was sich zur Gesellschaft zählte, konnte kaum vermeiden, sich hier zu treffen. Anne sah alle, die sie kannte, würde sie in den nächsten Tagen täglich mehrere Male wiedersehen, mit ihnen jedes Mal die gleichen konventionellen Phrasen gegenseitiger Wertschätzung austauschen, und der Gedanke an diese Komödie im Verein mit der feuchten Hitze der Diplomaten-Galerie brachte sie dem Ersticken nahe. Zu allem Überfluß näherte sich ihr jetzt auch noch Michael Toast.

»Sie haben etwas, was die andern nicht haben«, leitete er dieses Mal seinen Vorschlag zur gemeinsamen Benutzung eines Bettes ein.

»Und was sollte das sein?« fragte Anne, halb verdrossen, halb belustigt.

»Sie sind normal. Ich glaube kaum, daß ich es mit andern Worten besser ausdrücken kann. Die meisten Frauen hier ...«, sein Blick schweifte über die Galerie, bedachte mit einem verächtlichen Lächeln die großbehüteten und langbehandschuhten Amerikanerinnen, den in geschlossener Formation erschienenen Lehrkörper des Töchter-Instituts, Geschichte und Erdkunde in zugeknöpftem Schwarz, Suragamy in rotgesprenkeltem Silberlamé, Isobel in grellfarbigem, großblumigem Seidenpanzer, ihr zur Seite John, an ihr klebend wie eine Muschel am Felsen, ein Opfer der Anziehungskraft der Masse ... und er fuhr, die Augen in Annes Busenausschnitt versenkend, fort: » ... alle diese Frauen haben kein Künstlerblut.«

Das Gespräch näherte sich dem üblichen Schluß, und um ihm zu entgehen, sagte Anne: »Normal bin ich schon, aber nicht zu haben«, ließ ihn unter dem Porträt Eduards VII. stehen und wurde bald von ihm getrennt durch die Frauen und Dolmetscher der chinesischen Delegation, die jetzt in der Galerie schwärmten, alle lächelnd, ohne jemanden anzusehen.

Trotz der am hellen Tage feierlich brennenden Kronleuchter und der Invasion durch Presse und Film herrschte eine heitere, unbekümmerte, echt nepalesische Stimmung unter den Ehrengästen, eine gelassene Zuversicht, daß alles gutgehen würde, wenn nicht aufgrund menschlicher Bemühung, dann durch übernatürliche Fügung.

»Sehen Sie«, sagte der indische Botschafter zu seinem Kollegen, »alles klappt wunderbar.«

Der chinesische Botschafter überreichte unter dem Klicken vieler Kameras seine Beglaubigungsschreiben, der indische Missionschef ein Schwert, und beiden reichte der König die Willkommensgaben, wobei der chinesische Botschafter ein sehr sauberes, sehr neues Taschentuch entfaltete, um das symbolische Geschenk, duftendes Wasser und Betelsaft, vom König in einer goldenen Schale dargeboten, in Empfang zu nehmen.

Ins Royal-Hotel zurückgekehrt und nicht mehr unter dem beruhigenden Charme der unverbindlich lächelnden nepalesischen Beamten, ihrer ausweichenden Antworten, ihrer besänftigenden Versprechungen und ihres ansteckenden *Laissez-aller*, gaben sich die Zeitungsleute wieder dem Fieber ihres Berufes hin. Von neuem unter sich und wieder vereint in der nervösen Spannung kollegialer Konkurrenz, die ihnen so unentbehrlich war wie Treibhausluft den Orchideen, spielten diese Männer der gewandten Zungen und schnellen Augen, die es so gut verstanden, das aufregende Leben ihrer Zeit in möglichst hohe Schlagzeilen zu verwandeln, ohne sich von dem berühren zu lassen, was sie schrieben, das übliche Katz-und-Maus-Spiel, das sie immer spielten, wenn sie von der Flut eines Ereignisses an einen Ort zusammengeschwemmt wurden. Sie warfen einander kleine Brocken echter und falscher Informationen zu oder hielten sie zurück, bis sie Gleichwertiges dagegen eintauschen konnten.

Anne saß, ein Opfer des Unbehagens, das die Erregung anderer, an der man nicht teilhat, in uns auslöst, an einem Tisch zusammen mit Leo, Michael Toast und mehreren Journalisten, deren Unterhaltung sich ausschließlich um Blumenfeld drehte, den unverbesserlichen Blumenfeld, der sich wieder einmal das Monopol der Nachrichtenübermittlung erlistet und über die Zeremonie des Vormittags allein fünftausend Worte zu kabeln hatte. Seine Kollegen spülten ihren Ärger mit Bier hinunter und machten ihren Herzen Luft in Verwünschungen über Blumenfeld.

»Der Kerl schnappt noch über.«

»Ist er schon. Wissen Sie, was der arme Irre gestern zu mir gesagt hat? ... Er packte mich beim Hals und fragte mich: ›Wußten Sie, daß Krishna nur eine weitere Inkarnation von Vishnu ist?‹ ... ›Ach nee?‹ konnte ich nur antworten.«

»Er soll sich mal lieber in acht nehmen, sonst verliert er wirklich noch den Verstand vor lauter Göttern.«

»Ja, es ist wahr. Sie haben so viele, daß man schwindlig wird, wenn man sie auseinanderhalten will.«

»Im Augenblick vertieft er sich in die hinduistische Weltentstehungs-lehre. Ich wette, wenn er damit durch ist, fängt er an, Yoga zu trei-ben.«

»Das wäre wunderbar. Es könnte uns nichts Besseres passieren. Dann würde er zu Hause bleiben und seinen Nabel betrachten, anstatt zu te-legraphieren.«

Der elegante junge Mann von *Newsweek* gab laut seinen Unwillen kund über die nepalesische Schlamperei. Sein Jeep war noch nicht an-gekommen, an drei Tagen hintereinander hatte er versucht, einen einflußreichen Politiker zu sprechen und hatte ihn beim ersten Mal im Gebet, beim zweiten auf einer Hochzeit und beim dritten mitten in einem Schäferstündchen angetroffen. »Nachmittags um drei«, em-pörte er sich, »stellen Sie sich so etwas vor.«

Wassili war glücklich. Er schimpfte wortreich, aber gutgelaunt auf Oberst Jaganathan. Von hundert Kisten Bier waren neunundsiebzig angekommen. Wassili war überzeugt, daß die fehlenden einund-zwanzig auf ihrem Weg über die Paßstraße von den indischen Pionie-ren abgezweigt worden waren. »Sie kennen den Burschen nicht. Ich wette, in diesem Augenblick sitzt er in seinem Zelt, säuft mein Bier und hält sich den Bauch vor Lachen. Warten wir ab, bis er hierher kommt zur Krönung. Ich werde ihm seine Bierrechnung vom letzten Jahr unter die Nase halten, und dann vergeht ihm das Lachen.« In-zwischen waren sechzig der vermißten achtzig Diener aufgetaucht, und der Feldmarschall hatte wie durch Zauberei Möbel, Bett- und Tischwäsche und Geschirr ans Tageslicht gefördert. »Es wird ein Triumph«, prophezeite Wassili.

Hilde, von früh bis spät auf den Beinen, um Extrabetten aufzutreiben, Wäsche und Speisen zu kontrollieren, mußte sich gleichzeitig der Be-lagerung durch zwei hartnäckige Reporter und drei Photographen er-wehren, die darauf bestanden, daß die Feinheiten einer Pagode erst dann richtig zur Geltung kämen, wenn Hilde als Vordergrund diente.

Leo war in Panik wegen eines Telegramms, das er soeben erhalten hatte: ANKOMME ESTRE MAG DANKE ZVUIEL AN DICH

KANN NICHT ESSEN KÜSSE KISHA. Obwohl der Text verstümmelt war, bestand kein Zweifel, was ihm drohte. Kisha kam an, am ersten Mai, am Vorabend der Krönungsfeier, also schon übermorgen. Wohin konnte er verschwinden, wo sich verbergen in diesem handtuchgroßen Tal, wo? Einen Augenblick lang hatte er erwogen, nach Pokhra zu gehen. Mariette war am Tag zuvor nach Pokhra geflogen und wollte am Montag zurückkommen. Sie hatte einen rundlichen, kurzbeinigen Schweizer mitgenommen, einen Asienforscher von eigenen Gnaden, der sie in den letzten Tagen mit einer stummen stieläugigen Verehrung verfolgt hatte, die Leo veranlaßte, ihn mit den im Anblick der Lingams erstarrten Stieren Shivas zu vergleichen. Beladen mit vierzig Pfund Photogerät, hatte er heroisch gelächelt, als Leo Mariette auf dem Flugplatz zum Abschied küßte. Auf dem Flugplatz hatte dann Leo auch Unni gesehen, der mit einer Gruppe von Männern ein anderes Flugzeug bestieg. Wo flog Unni hin? Er hatte die Zollbeamten gefragt, die alle Unni kannten. Nach Pokhra, hatten sie geantwortet, und Leo hatte befriedigt gelächelt. Mariette und Unni mußten sich in Pokhra treffen, das war unvermeidlich. Ob sie mit ihm verabredet war? Nein, das hätte sie ihm bei ihrer sportlichen Einstellung in Liebesdingen nicht verheimlicht. »Wir werden sehen, wir werden sehen«, hatte er zu sich selbst gesagt, den Zufall begrüßend, der seinen Wünschen entgegenkam. Doch Kishas Telegramm hatte ihn Mariette und Unni vergessen lassen.

Anne saß Leo gegenüber, blaß, nervös, sie sah mit unruhigen Augen um sich und gab nur kurze Antworten. Jedes Mal, wenn ein Jeep vor dem Hotel hielt, hob sie lauschend den Kopf und warf einen verstohlenen Blick über das Geländer der Terrasse. Nur mit halbem Ohr hörte sie Michael Toast zu, der sie mit banalem, schlüpfrigem Geschwätz über die Sitten der Newaris zu unterhalten versuchte.

»Amüsante Bräuche haben sie, diese Newaris ... Sie sind viel origineller in der Kunst und auch in der Liebe als die Ranas, die nur die Inder kopieren ... Eine Newari-Frau kann sich von ihrem Mann scheiden, indem sie ihm nachts einfach eine Betelnuß unter das Kissen schiebt. Das Gesicht von so einem Ehemann möchte ich sehen, wenn er eine Nuß statt einer Frau in seinem Bett findet ...«

»Alle Newari-Mädchen werden in ihrer Jugend mit Bäumen verheiratet«, bemerkte Anne nicht ohne Sarkasmus. »Ehen mit Männern sind nur notwendige Übel. Als richtiger Gatte zählt nur der Baum.«

»Ich muß schon sagen, das ist verdammt bequem für die Frauen. Möchten sie nicht auch eine Newari-Frau sein?«

Anne gab ihm nicht die bissige Antwort, die ihr auf der Zunge lag, denn im gleichen Augenblick hörte sie Schritte und Stimmen auf der Treppe, und sie wandte den Kopf, und ihre Augen leuchteten auf, doch nur um sich jäh enttäuscht wieder zu verdüstern. Zwei hochgewachsene, dunkelhäutige indische Piloten betraten die Terrasse zu einem kurzen Drink zwischen der Ebene und dem Tal. Die Piloten schimpften auf die Plackerei, stürzten ihre Drinks hinunter, riefen Hilde ein paar Scherzworte zu, klopften Wassili im Vorbeigehen auf den Rücken und kletterten wieder in ihren Jeep, um zum Flughafen hinauszufahren und ihre Maschinen nach Patna sofort wieder zurückzufliegen.

»Sie sollten sich ausruhen und entspannen, anstatt hierherzurasen in dieses Narrenhaus«, bemerkte Leo, der selbst wie auf glühenden Kohlen saß, sich aber nicht losreißen konnte von der prickelnden Atmosphäre der Terrasse. Ich weiß, was mit Anne los ist, dachte er. Sie wartet, sie wartet darauf, daß ein ganz bestimmter Mann auftaucht. Er überlegte, ob er ihr sagen sollte, daß Unni nach Pokhra geflogen war, wo sich auch Mariette für zwei Tage aufhielt. Er genoß ihre Unruhe als eine Erleichterung in seiner Angst vor Kisha.

Mehrere Reporter kamen von einer Rundfahrt zurück. Sie hatten Aufnahmen von den Tempeln gemacht. Suragamys Verlobter hatte sie geführt und ging nun, nach Schweiß und Tüchtigkeit riechend, von Tisch zu Tisch und redete auf die Gäste ein wie ein verschworener Aufwiegler. Annes Ohr erreichten Fetzen seiner Suada: » ... Tempeltänzerinnen ... rituelle Zeremonien ...« Seine Augen versprachen Wunder an kurvenreichen Genüssen.

Der Irre erschien, seine Aktentasche unter dem Arm, und sah sich um nach einem Tisch, denn der seine war besetzt. Wassili rief einen Befehl, und die Diener brachten einen Tisch und einen Stuhl und zwängten sie in eine schmale Lücke zwischen die anderen Tische. Der Irre nahm hoheitsvoll Platz, trommelte mit den Fingern auf der Tischplatte und blickte huldvoll um sich. Die Zeitungsleute begannen neugierig zu werden ... ein Nepalese ... offensichtlich ein Mann von Bedeutung, denn er trug eine Aktentasche mit sich herum und bekam einen Extratisch, und als Einheimischer mußte er vollstecken von Informationen. Langsam vollzog sich eine einkreisende Bewegung, angeführt von *Time* und *Life*, denen Schulter an Schulter *New York Times* und *Newsweek* folgten, um diese geheimnisvolle wichtige Persönlichkeit in die Zange zu nehmen.

Die chinesische Delegation, deren Mitglieder sich sämtlich als Antialkoholiker entpuppt hatten, kam vorbei, steif, reserviert und uniform in Kleidung und Haltung, und verschwand in Richtung auf ihre Zimmerflucht, verfolgt von den unverhohlen neugierig starrenden Blicken der Presseleute. Die Chinesen waren infolge ihrer Unnahbarkeit das Objekt wilder Spekulationen, wurden bestaunt wie Wesen einer nichtmenschlichen Rasse, von denen man nicht glauben wollte, daß sie aßen und tranken und redeten wie gewöhnliche Sterbliche, und hinter allem, was sie getan oder gesagt haben sollten, suchte man verborgene Absichten. Der einzige chinesische Korrespondent, ein liebenswürdiger, gutaussehender junger Mann, der ein ausgezeichnetes Englisch sprach, saß mit einigen indischen Journalisten an einem separaten Tisch und brachte, selbstverständlich nur mit Fruchtsaft, Toasts aus auf die Koexistenz. Blumenfeld hatte ihn tags zuvor gestellt und ihn auf den Kopf zu gefragt: »Hat die kommunistische Regierung in Peking die Absicht, der Regierung von Nepal finanzielle oder andere sogenannte Hilfe zu gewähren?«

Der Chinese hatte ihn gedankenvoll angesehen und dann seine Spitze pariert mit den Worten: »Wenn wir ihr etwas geben, wird es das Doppelte sein von dem, was sie von Ihnen bekommt.«

»Dann kriegt sie von uns keinen Cent mehr«, hatte Blumenfeld wütend prophezeit.

Jetzt erschien auch John im Schlepptau Ranchits. Seit vierundzwanzig Stunden sah man Ranchit häufig in Begleitung einer Journalistin, deren Haupt ein mächtiger Aufbau gelber Haare krönte. Als er Anne erblickte, kam er sofort auf sie zu, und an der höhnisch verzogenen Linie seines schmalen Schnurrbarts erkannte Anne, daß er versuchen würde, ihr weh zu tun.

»Nun, wie geht es Ihnen, Sie alter Schwerenöter«, begrüßte John Leo aufgeräumt. »Er trägt seine gute Laune ebenso betont zur Schau wie seinen neuen Anzug«, dachte Anne. Auch sie hatte ein neues Kleid an. Sein Anzug war ihr schon in der Durbar-Hall aufgefallen, und sie fragte sich, ob er überhaupt gemerkt hatte, daß sie ein Kleid trug, das er nicht kannte. Es war ein Kleid aus schwerer gelber Seide, hochgeschlossen und mit langen Ärmeln, eng auf ihren Körper modelliert, nur im Rücken leicht gerafft. Der kleine indische Schneider schien sich selbst zu übertreffen, seit er mit Unni alle Einzelheiten ihrer Garderobe, von der Stoffauswahl bis zur letzten Naht, eifrig diskutierte. Und sie selbst begann sich in den Kleidern, die Unni für sie entwarf, wohlzufühlen wie in einer neuen Haut ... oh, wenn er nur bald kommen würde, wenn er nur schon hier wäre. Verzweifelt und verstohlen ließ sie ihre Blicke über das immer dichter werdende Gedränge der Gäste schweifen. Selbst wenn er unter ihnen wäre, würde es für sie beide schwer sein, einander zu entdecken ...

Ranchit beobachtete sie mit lauerndem Lächeln, während er sich mit Leo über die Vereinten Nationen unterhielt. »Ich sehe nicht, wozu sie gut sein sollen. Sie können nicht verhindern, was sie verurteilen ...«, sagte er, während sein höhnischer Blick zwischen Anne und John hin- und herging. »Dieser Ranchit ist genau im Bilde über Anne«, dachte Leo, »und John, ihr Mann, der arme Teufel, weiß von nichts.« John gab sich ungeheuer selbstbewußt und sicher, sprach laut und lachte häufig, unterbrach sich wichtigtuerisch, um immer wieder neue Leute zu begrüßen, ihnen zu versprechen, daß er sie nicht vergessen würde bei der Verteilung der Einladungskarten für die Krönungsfeierlichkeiten, die der Club erhalten hatte. »Wir sind sehr großzügig bedacht worden; auch was die Plazierung betrifft, dürfen wir zufrieden sein, nur vorderste Reihen. Der F. M.« – John nannte den Feldmarschall, der für das Programm der Krönungsfeierlichkeiten verantwortlich war, nur noch den F. M. – »hat mir zugesagt, daß wir beste Plätze bekommen.«

Ranchit packte plötzlich Hilde, die vorbeikam, beim Arm und hielt sie fest. Er liebte es, den Eindruck zu erwecken, als gehörten alle Frauen ihm.

»Hilde, meine blonde Schöne, haben sie diesen Knaben Unni nicht gesehen?«

»Unni?« sagte Hilde, sich aus seinem Griff befreiend. »Nein, er ist mir nicht begegnet. Fragen Sie Wassili.«

Ranchit lachte satt. »Dann muß er noch in Pokhra sein, wohin er sich, ha, ha, auf Französisch empfohlen zu haben scheint«, sagte er und zwinkerte zu John hinüber, der in sein Lachen einstimmte. »Warum sollte er auch nicht«, fuhr er fort, »Miß Valport ist eine bezaubernde Frau und außerdem eine sehr begabte Schriftstellerin.« Er maß Anne mit einem verächtlich abschätzenden Blick von oben bis unten. »Sie ist wirklich höchst attraktiv in jeder Beziehung. Ich schätze, Unni wird sich bestimmt nicht langweilen in Pokhra.«

»Ha, ha«, röhrte John.

Auch Ranchit lachte lauthals, Anne mit offenem Hohn übergießend, und schlug John klatschend auf die Schulter. »Es geht nichts über eine Französin. Wenn sie zurückkommt, wird sie schnurren wie eine Katze, die eine volle Untertasse Milch leergeschleckt hat.«

In dem Schweigen, das nun folgte, hörten sie den Irren laut zu den

Journalisten sprechen, die sich inzwischen an seinen Tisch herangepirscht hatten. Hier, so schienen ihre Gesichter zu sagen, ist endlich einmal ein Einheimischer, der etwas weiß und mit sich reden läßt. Abgesehen von seiner konfusen Begeisterung für Lenin und Stalin, war der Irre bei klarem Verstand und hellwach für alles, was in seiner Umgebung vor sich ging.

»Jawohl, meine Herren, der Thron des Königs, der große goldene Löwenthron, steht auf sieben Häuten, auf der eines Bären, eines Löwen, eines Wildschweins, eines Tigers, eines Elefanten, eines Rhinozerosses und eines Menschen.«

»Eines Menschen?« fragten die Journalisten im Chor.

»Seine Majestät ist unumschränkter Herrscher über alle Kreatur. Die Menschenhaut darf nicht fehlen«, sagte der Irre gewichtig. »Beim letzten König hat man sie weggelassen, und Seiner Majestät Regierungszeit war nur kurz und unglücklich. Wenn König Mahendra auf die Menschenhaut verzichtet«, sprach der Irre mit unheilschwangerer Stimme, »geht er bösen Zeiten entgegen.«

»François«, rief Leo und erhob sich.

François Luneville kam auf sie zu. Er war soeben mit der siebten Maschine dieses Vormittags eingetroffen.

Entsetzlich, dachte Leo, alle, aber auch wirklich alle, die ich kenne, werden zur Krönung in Katmandu sein.

François küßte Anne die Hand, begrüßte etwas förmlich John und wurde Michael Toast und Ranchit vorgestellt. Er war ein kleines schmächtiges Männchen mit einem großen schmalen Kopf, einer langen traurigen Nase und sehr intelligenten Augen. »*Vous avez tellement changé, Anne*«, sagte er in seiner gemessenen Art. Er stammte aus Lyon, war sehr wortkarg und hatte eine Scheu vor neuen Bekanntschaften. Die vielen Menschen auf der Terrasse verursachten ihm Unbehagen. »Ich gehe auf mein Zimmer, um mich frischzumachen. Wenn Sie gestatten, Anne, komme ich später wieder, um mit Ihnen zu essen.«

Anne antwortete: »Ja, tun Sie das.« Wozu blieb sie hier sitzen und wartete, wartete, und Unni war in Pokhra, wo auch Mariette war. Und plötzlich hatte sie das Gefühl, nach Hause gehen zu müssen, auf der Stelle ... Vielleicht war er bei ihr zu Hause, war nicht in Pokhra ... Ranchit hatte gelogen, und Unni wartete auf sie im Bungalow, und sie saß hier, vergeudete die kostbare Zeit unter diesen Menschen, während er auf sie wartete ...

»Ich muß noch einmal nach Hause«, murmelte sie, sich erhebend. »Ich habe etwas vergessen.«

Ranchit packte sie beim Arm, preßte ihr die Finger ins Fleisch, als wollte er ihr nun auch körperlich weh tun. »Ohne Lunch? Nein, Anne, Sie müssen bleiben und mit uns essen. Sie werden zu mager. John, Sie dürfen Ihre Frau nicht so schwer arbeiten lassen. Ist es wirklich so wichtig, was Sie vergessen haben? Wenn nicht, dann schicken Sie doch mich, um es zu holen, oder holen Sie es später. Wir sitzen jetzt gerade so gemütlich beisammen. Seien Sie keine Spielverderberin, trinken Sie vorher noch ein Glas mit uns.«

»Sie kennen meine Frau noch nicht«, sagte John. »Ihr gefällt es nie da, wo andere Leute sich wohlfühlen. Übrigens, bist du sicher, daß du das, was du vermißt, nicht im Krankenhaus liegengelassen hast?« wandte er sich mit kaltem Blick an Anne.

»Im Krankenhaus?« erwiderte Anne betroffen. »Warum im Krankenhaus?«

»Weil du in der letzten Zeit sehr oft dort gesehen wirst.«

»Ich gehe gelegentlich vorbei, um mit Fred eine Tasse Tee zu trinken. Ich mag Fred. Ich schätze ihn.«

»Ich kann einen Mann, der sich vor seiner eigenen Frau versteckt«, erwiderte John in offener Gehässigkeit, »nur verachten.«

»Der König«, erklärte der Irre den Journalisten mit lauter Stimme, »wird zur Salbung mit Wasser aus den sieben Seen übergossen, und seine Haut wird berührt mit Erde von den fünf heiligen Bergen.«

»Es dürfte wohl Freds eigene Angelegenheit sein, ob er mit Eudora zusammenkommt oder nicht«, sagte Anne schroff.

»Ich begreife nicht, warum du dich verpflichtet fühlst, Dr. Maltby zu verteidigen«, erwiderte John. »Wir alle halten ihn für einen Feigling.«

Der General kam in seinem gleitenden Gang die Treppe herauf.

»Der General«, rief Leo überschwenglich laut und fröhlich, um der aufkommenden Mißstimmung zu wehren. Weiß Gott, ich spiele hier den Butler, der die Ankunft der Gäste meldet, dachte er, und als nächste werde ich Kisha ankündigen oder Unni und Mariette.

»Und sieben Schwestern werden anwesend sein«, tönte die feierliche Stimme des Irren herüber, »sieben Frauen von schlechtem Ruf, die Sie, meine Herren, als Huren bezeichnen würden. Sie sollen den König daran erinnern, daß er ebenso Herr ist über die Niedrigsten wie über die Höchsten.«

»Guten Tag, Madam«, sagte der General zu Anne. »Ich ging zu Ihrem Bungalow, doch Sie waren nicht zugegen. Und so bin ich, einer inneren Eingebung folgend, hierhergekommen. Ich habe einen Brief für

Sie.« – »Oh«, stieß Anne hervor, jäh errötend. Es war ein großer, gelber, nepalesischer Umschlag. Sie nahm ihn zögernd in Empfang, erfüllt von Angst und Hoffnung.

»Er ist vom Feldmarschall«, sagte der General. »Er bedauert, Sie in den letzten Tagen nicht gesehen zu haben, sonst hätte er ihn persönlich ausgehändigt.«

»Kann ich mal sehen?« sagte John und beugte sich vor.

Anne öffnete den Umschlag. Er enthielt Einladungskarten, die gleichen, die John bekommen hatte. Der Schauer der Ungewißheit verflog und ließ sie in dumpfer Enttäuschung zurück.

»Ihre Gattin«, wandte sich der General an John, »erhält in ihrer Eigenschaft als Schriftstellerin außer den auf Sie beide ausgestellten, ihre eigenen Zulassungskarten zu den Feierlichkeiten.«

»Eine ungewöhnliche Praktik«, bemerkte John bissig. Er nahm die Karten an sich, blätterte sie durch und prüfte die Nummern, um festzustellen, ob Anne nicht etwa auch noch bessere Plätze bekommen hätte als er.

Unterdes zog der General in wortloser Beiläufigkeit einen kleinen blauen Umschlag aus der Tasche und reichte ihn Anne; nur eine einzige Zeile stand da, in der Handschrift, die ihr so vertraut war, obwohl sie ihre klaren, einfachen Züge erst einmal, damals auf dem Flugplatz, über Eudoras Schulter hinweg zu Gesicht bekommen hatte: »Montag nach dem Lunch im Royal-Hotel.«

Anne gab sich der heißen Welle des Glücks, die sie durchflutete, innerlich jubelnd hin, und Leo und Ranchit wußten, daß es eine Botschaft von Unni war, die so plötzlich den Glanz auf ihr Gesicht gezaubert hatte. John, dessen Aufmerksamkeit dies alles entgangen war, gab Anne die Einladungskarten zurück mit dem bedeutungsvoll schleppend gemurmelten »Sehr interessant«, das er in Ermangelung eines geistreicheren Einfalls von sich zu geben pflegte, wenn er glaubte, eine Gesprächslücke füllen zu müssen.

Anne aber wandte sich in einem Ausbruch überquellender Laune an die gesamte Tischrunde: »Wie wäre es, wenn wir jetzt hineingingen zum Essen? Ich sterbe vor Hunger.« Mit strahlendem Lächeln hielt sie der Verwunderung stand, die ihr plötzlicher Stimmungsumschwung erregte.

»Aber nicht doch«, protestierte John. »François will gewiß noch etwas trinken vorher. Und Sie, General, sie nehmen doch sicher auch noch einen kleinen Drink mit uns?«

»Gerne, wenn es keine Milch ist«, erwiderte der General.

Als sie später bei Tisch saßen, brachte Ranchit das Gespräch wieder auf Mariette Valport. »Sie ist eine höchst interessante, faszinierende Frau«, sagte er, seinen dünnen Schnurrbart streichend. »Sie schreibt ein Buch mit dem Titel *Männer von fünf Kontinenten*. Es soll ein ernsthafter wissenschaftlicher Bericht über die Liebesgewohnheiten der Männer aller Länder werden, die sie besucht, und zwar erarbeitet aufgrund eigener Studien.«

»Menon wird ihr helfen, das Kapitel über Nepal zu schreiben«, witzelte John plump.

Doch niemand lachte, und der General murmelte, scheinbar beziehungslos und ohne jemanden anzusehen, vor sich hin: »Frauen dieser Art sind in letzter Zeit viele nach Katmandu gekommen, aber alle sind sie verwandelt von hier fortgegangen.«

»Entschuldigen Sie«, sagte Leo, »wie meinen Sie das?«

Doch der General ließ die Frage unbeantwortet, er wandte sich an Anne und sprach mit ihr leise über seine Tochter Lakshmi, über das Kind, das sie erwartete, ihre kurz bevorstehende Abreise in die Schweiz, wo sie sich von ihrem Husten erholen sollte, und war bald darauf in der ihm eigenen stillen Art verschwunden.

Am nächsten Tag zur gleichen Stunde war Anne wieder im Royal-Hotel, doch sie saß in der Halle, allein im Halbdunkel unter den Rhinozerosköpfen, und wartete auf Unni. In dem Lärm, der von der Terrasse herunterklang, unterschied sie die Stimmen von John, Ranchit, François und Leo. Aus Leos forcierter Lustigkeit sprach deutlich die klägliche Angst vor Kisha, zu der er sich Anne gegenüber soeben offen bekannt hatte. »Ja, Anne, morgen kommt sie. Sie können sich nicht vorstellen, wie gräßlich mir zumute ist. Wenn ich einmal mit einer Frau ins Bett gegangen bin, kann ich ihren Anblick einfach nicht mehr ertragen, und manchmal ist sie mir so zuwider, daß ich davonlaufen möchte.«

Anne hatte die Männer unter sich gelassen; sie war die Treppe hinuntergegangen und unbeobachtet und zugleich fürchtend, daß Unni sie hier verfehlen könnte, in die dämmrige Halle geschlüpft. Sie fragte sich, warum er einen so gefährlich exponierten Ort für ihr Zusammentreffen gewählt hatte, doch dann fiel ihr ein, daß im Institut ein Besucherschwarm von Missionaren angekommen war. Unni dachte an alles. Während sie jetzt hier auf ihn wartete, überlegte sie, ob auch für sie und Unni der Tag kommen würde, an dem sie einander mit Ekel und Haß betrachteten und sich nicht mehr sehen wollten. Ich werde es wissen, wenn es soweit ist. Ich werde es spüren. Sein Körper und der meine werden es uns sagen, bevor unser Verstand es erkannt hat.

Und dann war ihr, als werde sie von einem heißen Wind angeweht, der ihr Fleisch schmelzen und ihre Knie weich werden ließ, und sie fühlte es wieder, das flüssige Feuer unter der Haut und das schmerzlich-süße Prickeln, unter dem sich die Poren fröstelnd zusammenzogen, und sie wußte, warum sie erschauerte. Sie sah ihn, so unendlich vertraut und doch so unglaublich fremd, er kam auf sie zu, war schon ganz nahe, obwohl sie ihn nicht hatte kommen hören. Und jetzt stand er vor ihr, und sie war eingehüllt in die Wärme seines Körpers und den zarten Duft von Leder und Sandelholz. Dunkle Kühle, dachte sie, kühles Dunkel deiner Haut …

Er lächelte, und lächelnd sprach er: »Es ist ein neues Wunder, dich wiederzusehen. Hast du schon gegessen?«

»Nein. Ich bin nicht hungrig.«

»Du wirst es werden. Ich habe Sandwiches in meinem Jeep.«

»Du denkst an alles.«

Er sah sie an, und ihr war, als ob sie beide schwankten. »Ich denke an dich«, sagte er.

»Wohin fahren wir?« Sie war trunken vor Glück.

»Zum Flugplatz. Ich komme eben von Pokhra. Es ist dort ein neues Bauprojekt in Angriff genommen worden, und ich sollte es mir ansehen. Ich hatte eine Nachricht für dich hinterlassen. Hast du sie erhalten?«

»Ja, gestern. Der General hat sie mir beim Lunch gegeben.«

»Erst gestern? Du hättest sie schon am Samstag bekommen sollen.«

»Es war nicht schlimm. Ich habe mir keine Sorgen gemacht um dich. Ich wußte, daß du kommen würdest.« Und in diesem Augenblick wurde das wahr. Sie war überzeugt, daß sie es immer gewußt und nie daran gezweifelt hatte.

Sie verließen die Halle, hielten sich draußen dicht unter der Mauer der Terrasse. Sie bewegten sich beide mit der sicheren Lautlosigkeit in Liebe Verschworener.

»Ich nehme dich mit auf einen Flug nach Simra. Meinen Jeep habe ich abseits vom Hotel geparkt. Fahre du in deinem Jeep zum Flugplatz. Ich komme nach.« Und als ob er sich seiner Vorsicht schämte, fügte er hinzu: »Tut mir leid. Ich hasse so etwas.«

Sie erreichten fast gleichzeitig den Flughafen, parkten ihre Jeeps aber nicht unmittelbar nebeneinander. Doch Anne empfand schon ein geheimes Vergnügen darüber, daß ihre Wagen in der gleichen Reihe standen.

Der Pilot war ein schmächtiger, kränklich aussehender junger Inder mit einem kleinen Schnurrbart, der Begleitpilot ein Eurasier mit frischer Gesichtsfarbe, grünen Augen und braunem Haar, ein wenig stämmiger, aber ebenso groß wie Unni, breiter in Hüfte und Taille.

Sie kletterten in die Maschine, eine alte DC3. Raja, der Pilot unkte, es würde wolkig werden.

»Ab morgen habe ich fünf Tage frei. Ich bin heute schon sechsmal nach Patna, zweimal nach Pokhra geflogen, und jetzt geht es als Zugabe noch einmal nach Simra. Zum nächsten Termin kündige ich. Jedesmal, wenn ich nach Katmandu hineinfliege, kriege ich ein paar graue Haare mehr.«

»Es ist ziemlich gefährlich, besonders während eines Monsuns«, bemerkte der zweite Pilot.

Sie standen in der Kanzel, und ringsum schoben sich riesige, brodelnde Wolkenberge heran. »Dort ist die Straße«, rief Raja, nach unten deutend.

»Unsere Straße«, sagte Unni, den Mund nahe an Annes Ohr.

Zwischen den treibenden Wolken schimmerte das bunte Gewoge der Hügel, und das scheinbar willkürliche Zickzack der Straße wirkte aus der Höhe wie eine helle Narbe. Dann überflogen sie den grünen, sumpfigen Dschungelgürtel des Terai und gingen, dem Lauf des Flusses folgend, auf dem Flugplatz von Simra nieder.

Die Hitze der Ebene schlug ihnen schwer entgegen, als sie aus der Maschine stiegen. Der Himmel über ihnen sah aus wie billiges Porzellan. Raja warf einen Blick nach oben und spuckte aus.

»Ich glaube nicht, daß wir heute zurückfliegen können. Die Wolkendecke schließt sich.« Er war grau im Gesicht.

Die Startbahn war rauh und holprig und gerade groß genug, um zwei oder drei kleine Flugzeuge aufzunehmen. In der Nähe stand eine mit Stroh gedeckte Hütte, umgeben von einigen Schuppen aus Mattengeflecht. An dem einen schmalen Rand des kleinen Flugfeldes lagen mit Seilen zusammengebundene Teerfässer, die auf den Abtransport nach Katmandu warteten.

»Ich nehme nur eine Ladung an Bord«, sagte Raja. »Die andern kannst du fliegen, Smithson, wenn du Lust hast, dir für ein paar lumpige Rupien den Hals zu brechen.«

Er ging hinüber in den Schatten der Schuppen, ließ sich auf die harte Erde fallen und zündete sich eine neue Zigarette an.

Ein kleiner Mann, ein breites Lächeln im Gesicht, kam auf Unni zu. »Guten Morgen, Sar. Wir haben hier noch zwanzig Diener, die nach Katmandu gebracht werden sollen.«

»Zwanzig Diener? Sie müssen über die Paßstraße fahren«, erwiderte Unni. »Wir können sie nicht mitnehmen.«

»Aber Sar, ich habe Nachricht erhalten von Mr. Wassili ... Sie würden kommen, um sie abzuholen.«

»Mr. Wassili hat Nachricht erhalten, daß sie über die Straße kommen«, sagte Unni. »Ich bin nur hier, um einiges mit Ihrem Flugleiter zu besprechen, während die Teerfässer eingeladen werden, und fliege sofort zurück.«

Smithson trat zu ihnen, schüttelte den Kopf. »Kapitän Raja glaubt nicht, daß wir zurückfliegen können heute. Der Himmel sieht sehr böse aus, Sar. Kapitän Raja meint, zuviel Wolken unterwegs.«

»Ich denke, wir lassen Kapitän Raja eine Weile ausruhen und geben ihm etwas zu trinken und zu rauchen«, sagte Unni. »Er ist seit dem frühen Morgen im Dienst und schon mehrere Male nach Patna geflogen. So geht es seit Tagen. Auf die Dauer bringt das den besten Piloten um.«

»Ja, Sar. Sollen wir den Teer einladen, Sar?«

»Sie können zunächst einige Fässer an Bord schaffen. Es tut mir leid«, wandte er sich an Anne, »Raja ist überarbeitet. Alle Piloten der Luftbrücke nach Katmandu sind überarbeitet. Lassen wir ihm Zeit, sich zu beruhigen.«

»Vielleicht ist es ihm nicht recht, daß ich mitgekommen bin«, sagte Anne besorgt.

»Das glaube ich nicht. Unter normalen Umständen würde es ihm Spaß machen. Ich wußte nicht, daß es so schlimm um ihn steht. Aber er wird sich bald wieder besser fühlen.« Unni setzte sich auf ein Teerfaß, streckte seine langen Beine aus und begann, mit dem Verwalter des Flugplatzes zu sprechen, der inzwischen herangekommen war. Anne entfernte sich, ging langsam in die Ebene hinein.

Die Ebene erstreckte sich flach und kahl, bis auf ein paar Baumgruppen, so weit das Auge reichte. Einige hundert Meter vom Flugplatz entfernt lag eine Mauerruine, vermutlich der Rest eines zerfallenen Bauernhauses. Anne näherte sich ihr. Es war sehr heiß in der Sonne, und sie empfand die Hitze doppelt nach der Kühle des hochgelegenen Tales. Das Gras war hier in der frühen Trockenheit des Aprils bereits verdorrt, schimmerte braun und raschelte hart unter ihren Füßen. Von Zeit zu Zeit lief ein leichter Wind über die Ebene, jedes mal aus einer andern Richtung wehend, und ohne daß man hätte sagen können, woher er kam.

Sie hörte den Ruf eines Vogels. Sie konnte das Tier nicht entdecken, doch das Rufen – es war doch ein Vogel? – wurde immer stärker, während sie in Richtung auf das verlassene Bauernhaus weiterging. Etwa hundert Meter vor den fahlroten Mauertrümmern stand eine große Tamarinde, und sie setzte sich in ihren Schatten, wischte sich den Schweiß vom Gesicht ... Ja, es mußte ein Vogel sein, der rief, doch was für ein Vogel? ... Seine metallenrauhe, volltönende Stimme erklang in allernächster Nähe. Es waren Schreie wachsender Erregung, sie wurden immer lauter, länger, durchdringender. Und dann sah sie das Tier, die blauen Blitze seiner wild schlagenden Flügel blendeten sie. Nie hatte sie ein solches Blau gesehen, nie solche Vogellaute gehört.

Die Rufe folgten einander immer schneller, steigerten sich zu einem gellenden, vibrierenden Dauerton, der mit seinem Echo die Ebene bis zum Horizont zu erfüllen schien. Der Vogel war etwa so groß wie ein Häher, sein Gefieder funkelte in einem unwirklich leuchtenden, alle Phantasie überstrahlenden Saphirblau, und ebenso ungewöhnlich wie seine Erscheinung war sein Benehmen. Er umflatterte, sich in steilen Sturzflügen fallenlassend und in jähen Loopings wieder hochreißend, das Gemäuer, schoß im Gleitflug über das Gras hinweg, schwang sich wieder in die Luft und kam, einen großen Kreis beschreibend, zurück, um das seltsame Spiel von neuem zu beginnen, das er mit seinen ununterbrochenen, hallenden Rufen begleitete. Und dann erblickte Anne auch den anderen Vogel, dem dieses Rufen und Paradieren galt, denn jetzt erhob auch er sich, die gleichen unwahrscheinlich blauen Flügel von einem bläulich-braunen Leib lösend, in die Luft, doch nur, um sich nach einem kurzen Flug, wie eine Frau, die bequemer sitzen will, auf einem anderen Haufen zerbröckelter Steine niederzulassen.

»Sind sie nicht wundervoll? Es sind Nilkants«, sprach die Stimme Unnis hinter ihr. Er war ihr nachgegangen, trat jetzt neben sie und sagte, die beiden Vögel nicht aus den Augen lassend: »Ich glaube, in England heißen sie Blauhäher. Ich habe noch nie ein verliebtes Nilkant-Pärchen gesehen ... du? Der sich so furchtbar aufregt, ist natürlich das Männchen.«

Das Männchen hatte sich jetzt am Fuße des Steinhaufens, auf dem das Weibchen saß, ebenfalls auf dem Boden niedergelassen und vollführte, fast auf der Stelle, eine Reihe possierlicher Sprünge, drehte sich mit gekrümmtem Rücken und gesträubter Halskrause um sich selbst, immer wieder schrille ekstatische Schreie ausstoßend.

So zauberisch unwiderstehlich war das Schauspiel dieser sich in der dürren Ebene hemmungslos und verschwenderisch verströmenden Leidenschaft der Kreatur, daß die beiden Menschen, die seine Zeugen waren, sich überschwemmt und mitgerissen fühlten von der Lust des Vogels, die mit ihrem Echo die sonnendurchglühte Luft über der staubigen, braunen Ebene in flirrende Bewegung zu versetzen schien. Anne sah nach Unni, sie sah ihn versunken in den Anblick der Vögel, sie selbst scheinbar vergessend, doch dann spürte er ihren Blick, wandte den Kopf, und ihre Augen trafen sich, teilten einander die Freude mit, die sie getrennt erlebt, und mit dem Austausch ihres Staunens über das miterlebte Liebeswunder der Natur vollzog sich in ihnen das gleiche ewige Wunder, und aus dem Funken des Wissens um des anderen inneren Aufruhr, der von Auge zu Auge sprang, flammte ihre Begierde offen auf, lief züngelnd über ihre Leiber, brannte ihre Münder trocken, und sie schlossen aus Angst, geblendet zu werden, die Augen und überließen sich blind der inneren Schau des Feuers, das über ihnen zusammenschlug, sie einhüllte in seiner verzehrenden und neue Lust gebärenden Glut, und Unnis Hand legte sich auf Annes Schulter, und aus ihrer Kehle löste sich ein ohnmächtiges »Nein!« und erstarb in einem Stöhnen, und sie wandte das Gesicht zur Seite, mit der Verweigerung des eigenen Blicks und Anblicks ihr Einverständnis mit dem Unausweichlichen gebend, das sie schon selbst süß und heiß in ihren Lenden, Lippen und Brüsten spürte und, es wiedererkennend und neubegehrend, jubelnd willkommen hieß, und sie widersprach und widersetzte sich nicht, als sie Unnis Stimme über sich hörte: »Dein Körper sagt ja«, und seine starken Arme sie sanft niederzwangen, und in bejahender Verwunderung über sich selbst hielt sie ihre eigenen Hände nicht zurück, die in helfender und drängender Eile die Knöpfe ihrer Hemdbluse und den Gürtel ihres Rockes lösten, wetteifernd mit den andern Händen, nach deren Kühle ihr glühender Leib sich sehnte, und sie fühlte diesen Leib sich aufbäumen unter dem andern, der über sie kam und in sie eindrang, und sie hörte sich aufschreien, spürte ihre Zähne im Fleisch ihres Handrückens, der den Schrei erstickte, und dann war sie umlodert von den goldenen Blitzen und umbrandet vom Dröhnen der Kesselpauken des entfesselten Gewittersturmes, der sie davontrug in schwindelnde Höhen, wo der Lärm in Stille umschlug und das Licht in Dunkel, und sie glaubte sterben zu müssen und sagte zu sich selbst: »Jetzt sterbe ich ... ja, ich sterbe ... jetzt ...«, und dann fühlte sie sich eingeholt und wieder hinweggeschwemmt von dem Feuersturm, der sie selbst in Brand gesetzt hatte, und kurz bevor ihre in unerträglicher Spannung und lustvoller Dissonanz singenden Nerven zu zerreißen drohten, glitt ein dunkler Vorhang vor ihre Sinne, und sie selbst sank und ließ sich sinken in die wohltätige Ohnmacht der Erfüllung.

Als sie erwachte, spürte sie zuerst die harte Zuverlässigkeit der Erde unter sich und sah dann über sich die ewige, schirmende Glocke des Himmels, und um sie war das Schweigen ihrer eigenen Ermattung. Sie fühlte sich reingewaschen von der Flut, die sie fortgerissen, und geläutert wie entschlacktes Gold durch den Brand, der sie ausgeglüht hatte, und sie begrüßte mit einem tiefen Seufzer den Frieden der Unschuld, dem sie wiedergegeben war. Sie wußte, sie hatte die sanften Taubenfüße der Liebe, die die Welt regieren, gehört, war befreit von dem Stachel, der ihr Fleisch vergiftet hatte, hatte den Panzer ihrer alten Haut abgestreift und bot das junge Ich, das sich unter der neuen zart und ach so verwundbar regte, vertrauensvoll blinzelnd der Sonne dar, hingegeben der seligen Schwäche ihres Glücks.

»Mir war, als müßte ich sterben«, sagte sie, und sie hörte ihre Stimme wie aus weiter Ferne, schwach und farblos wie der weiße Himmel.

»Mir auch.« Seine Stimme klang verhalten, wie besorgt, etwas geheim Vollzogenes nicht durch zu viele Worte zu gefährden, doch sie brachte ihn zu ihr zurück, holte sie beide wieder zu sich aus der Einsamkeit ihrer Verzauberung. Er lag dicht neben ihr, die Augen geschlossen, den Kopf auf ihrem Arm. Der Arm begann sie zu schmerzen. Sie bewegte sich. Da bewegte auch er sich und rollte von ihr weg, zugleich ihre Kleider über ihre Blöße ziehend mit der anmutigen Keuschheit, die sie so sehr an ihm liebte; und als er sich aufsetzte, sah sie die schweißglänzende Haut im Ausschnitt seines offenen Hemdes, und sie streckte die Hand aus, ließ sie über seine nackte Brust und seine Arme gleiten, und in der spielerisch zärtlichen Berührung mit der weichen lebendigen Glätte erschloß sich ihr in bewußtem Nacherleben dessen, was mit ihr geschehen war, die Erkenntnis, daß die Urgewalt des Geschlechts allein das Tor zum Geheimnis des Lebens öffnen kann, daß die Liebe Anfang und Quell alles Seienden ist, dunkle Grenze der Schöpfung, hinter der die Wahrheit leuchtet, ewige Flamme, gehütet von den Wissenden, um weitergegeben zu werden an alle, die sich von ihr verzehren lassen wollen, um aus der Asche ihres verbrannten Ichs als Selbst zu erstehen. Und das, was sie unter ihrer Hand fühlte und begehrte, war mehr als nur Fleisch, war wie ihr eigener Leib demütiger, williger Diener und grausamer Herr dessen, dem er gehörte, war Gefäß der Seele, verachtet von jenen, die sich seiner schämten, gehaßt von denen, die ihm untertan, und Rächer jeder Entweihung und Erniedrigung, die ihm widerfuhr. Und sie wußte jetzt, daß der Leib sinnvolle Einheit und Ganzheit war in seiner widerspruchsvollen Vielgesichtigkeit und Veränderung, Hort des Friedens und Schlachtfeld des Zwiespalts, Herde und Hirt zugleich, Gefängnis der Sinne und Freiheit der Seele, selbst sterblich, doch Schlüssel zur Ewigkeit. Und sie erkannte auch in ihrer ganzen Tiefe die Tragik des Irrtums der Menschen, die einen Geist beschworen hatten, der in tyrannischer Hoffart den Leib von der Seele trennen sollte, um sich selbst zu adeln und das Fleisch zu ächten. Dies war das große Verbrechen gegen den wahren, allumfassenden Geist der Liebe. Denn Leib und Seele waren eins, unteilbar, sich selbst und einander verantwortlich, einer des andern Besitz und Besitzer, und wer sie trennt, verdirbt selbst und mordet die Liebe.

Er sah sie an, selbst bewegt von der Bewegung, die er in ihren Zügen las. Doch er schwieg. Und ihr gemeinsames Schweigen war Austausch ihres neuen Wissens, und der Raum zwischen ihnen war jetzt ein stärkeres Band als die Berührung ihrer Leiber. Sie küßten sich, stumm, zart, als wollten sie sich die Freiheit ihrer Bindung bestätigen, ließen ihre Körper einander in ihrer ganzen Länge spüren, um sich ohne Worte zu sagen, daß einer dem andern auch in der Freiheit verbunden war. Und dann gingen sie zurück zu dem Flugzeug.

Schnell nahm der Tag für sie wieder das gleiche Gesicht an, dem sie den Rücken gekehrt hatten, als beeilte sich die Zeit, die während der gestohlenen Stunden ihrer Liebe den Atem angehalten hatte, die Wirklichkeit wieder einzuholen. Und für sie war diese Wirklichkeit jetzt wieder der schimmernde Insektenrumpf des Flugzeugs, in dem inzwischen die zwanzig Diener und die Teerfässer verstaut worden waren, die Fässer in der Mitte, mit Stricken gesichert, die Diener schicksalsergeben in zwei Reihen an den Wänden hockend.

»Ich hoffe, die Fässer fangen nicht an zu rollen«, sagte Raja, der sich wieder erholt zu haben schien und eben seine letzte Zigarette vor dem Start rauchte.

Der Flugplatzverwalter kam über den Platz auf Unni zu, ein Bündel Papiere schwenkend. »Hier sind die Begleitscheine, Sir.«

»Wir müssen starten«, sagte Raja ungeduldig.

Sie kletterten in die Kanzel. Es war heiß in dem kleinen Raum. Anne und Unni zwängten sich in eine Ecke. Sie mußten stehen, während

Raja und sein Kollege in ihre Sitze turnten und die Kopfhörer anlegten.

»Ich mache einen kleinen Umweg, wenn Sie es wünschen«, wandte sich Raja liebenswürdig lächelnd an Anne. »Vielleicht macht es Ihnen Spaß, den Himalaja einmal aus der Nähe zu sehen.«

»O ja, sicher«, erwiderte Anne.

»Okay«, sagte Raja, als hätte er zu einem kleinen Rundflug über einem Flugplatz eingeladen.

Und dann sprang das Flugzeug über die holprige Bahn, schwang sich in das gleißende Licht des hohen Nachmittags, und die Ebene fiel unter ihnen weg in den wechselnden Mustern ihrer bräunlich-grünen Fläche, gezeichnet von den Adern kleiner Kanäle und betupft mit dem Dunkel von Baumgruppen und dem Hell von Tümpeln, an deren Rändern Wasserbüffel wie Spielzeug standen.

Doch bald waren sie wieder von Wolken umgeben, auf denen der Schatten des Flugzeugs, vor- und zurückspringend, seine Farbe wechselnd und sich verzerrend, neben ihnen herlief, und Rajas Blick verdüsterte sich wieder, er schüttelte den Kopf, sprach mit schmalen Lippen zu dem Begleitpiloten, und seine Hände umkrampften wütend den Steuerknüppel, als sie in eine Wolkenwand stießen. Die Maschine bohrte sich blind durch die graue Watte, und plötzlich schossen sie wieder hinein in das blendende Blau des Himmels, und geradeaus vor ihnen, ihnen den Weg versperrend, ragten die Gipfel des Himalaja, in langer Reihe den Horizont säumend und doch so nahe, daß man glaubte, nur die Hand durch das Kabinenfenster strecken zu müssen, um ihre schimmernden Flanken streicheln zu können. Das Azurblau des Himmels war von einer gespannten gläsernen Härte, die im nächsten Augenblick zu zerspringen drohte, und drohend war auch das dunkle Blau der Schatten, die das riesige, gezackte Massiv der Schneegipfelkette noch näher rückten. Und unter ihnen Wolken, nur Wolken, verräterische Decke über grausiger Tiefe.

Raja gab durch Zeichen zu verstehen, daß er umkehren wollte, und Anne wußte, daß sie umkehren mußten, wenn sie nicht am Fels zerschellen wollten, denn jetzt waren dicht vor ihnen neue Grate, Zacken und Riffe aus dem Wolkenmeer aufgetaucht, starrend wie Raubtierzähne des Himmels, lauernd wie schwarze, weißgeäderte Eisberge, und Kälte fiel sie an, und die Höhe nahm ihnen den Atem.

Unni kauerte hinter ihr, sie nicht berührend, und doch wußte sie, daß in ihm die gleiche Angst war, die sie selbst in sich aufsteigen fühlte und in den Gesichtern der beiden Piloten las, die vergeblich das Loch in den Wolken oder die Lücke zwischen den Gipfeln für den Abstieg ins Tal zu suchen schienen.

»Schau auf die Berge«, sagte Unni zu ihr, »und ich werde dich anschauen, um ihre Schönheit doppelt zu sehen in deinem Blick.« Er wollte, daß sie die ewigen Gipfel in heiterer Gelassenheit, frei von Furcht, und in Schönheit betrachtete. Und sie gehorchte.

Das Flugzeug fiel in ein Luftloch, es taumelte, die Motoren verstummten, doch ihr Dröhnen setzte sofort wieder ein, als Raja die Maschine abgefangen hatte.

»Wenn es uns jetzt treffen würde, geschähe es zur rechten Zeit.« Sie wußte, daß der Tod in diesem Augenblick greifbar nahe Möglichkeit war, doch das Wort erschien ihr leicht wie Luft, bar aller Bedeutung, obwohl sie von seiner Wirklichkeit umgeben waren.

Und dann zog Raja eine scharfe Kurve, und sie flogen parallel zu dem Zaun der schwarzen Riffe, und dann wendeten sie wieder und dann noch einmal, und jetzt erblickten sie einen grünen Spalt in den Wolken. Es war das Grün eines Hügelhanges. Auf Rajas Stirn perlten Schweißtropfen, und seine Backenmuskeln zuckten. Sie tauchten in das grüne Loch, und auch die Motoren schienen aufzuatmen, als sie das Tal, langgestreckt wie ein Schwert, unter sich liegen sahen und an seinem Ende, wie ein Edelstein an seinem Knauf, das leuchtende Katmandu. Raja setzte die Maschine hart auf, und als sie stand, blieb er bewegungslos sitzen.

»Kommen Sie mit uns auf einen Drink«, sagte Unni zu ihm, als die Motoren verstummt waren.

Doch Raja schüttelte den Kopf. Schweiß lief ihm in Bächen über das Gesicht, das grün war, als müßte er sich im nächsten Augenblick erbrechen. Ohne sie anzusehen, gab er ihnen mit einer unwilligen, wegwischenden Handbewegung zu verstehen, daß er allein sein wollte.

Sie zwängten sich hinter ihm aus der Kanzel. Der zweite Pilot folgte ihnen. Auch er war blaß. »Das war knapp«, sagte er, und seine Stimme zitterte, »Raja hatte alles auf eine Karte gesetzt. Er wird für eine Weile nicht mehr fliegen.«

Sie kletterten aus der Maschine. Raja schwankte, als er an ihnen vorbeiging und sich wortlos, fast feindselig von ihnen entfernte.

Am Rande des Flugfeldes drängte sich eine Mauer von Menschen, Zeitungsleute, Touristen, Neugierige. Anne sah mehrere bekannte Gesichter, doch nur wie durch einen Schleier. Und sie ging weiter, ohne Blicke und Grüße zu erwidern, sie konnte und wollte nicht denken, nicht sprechen.

»Laß deinen Jeep hier stehen«, sagte Unni. Es klang knapp wie ein Befehl. Es war, als hätte er sich plötzlich innerlich von ihr abgesetzt, er
sah sie nicht an, vermied es, sie zu berühren. Sein Gesicht war ernst,
fast finster, als er sie zu seinem eigenen Jeep führte. Wortlos schwang
er sich, nachdem sie eingestiegen war, hinter das Steuer, fuhr hart an
und schoß davon, fuhr zu schnell, und sie wußte, daß er sie wieder
begehrte und diesem Begehren gegenüber hilflos war wie sie
selbst.

Die vertrauten Gerüche, Bilder und Laute der Straßen und Häuser
huschten fremd an ihnen vorbei. Und während er fuhr, als fliehe er
sich selbst, packte er plötzlich ihre Hand und preßte sie und ließ sie
auch nicht los, als er wissen mußte, daß er ihr weh tat. Doch der
Schmerz war ihr willkommen, sie wollte, daß er ihr weh tat, ihr antat,
wonach ihn verlangte, sie wußte, daß kein Schmerz zuviel war für ihr
Glück. Der Jeep hielt vor dem Bungalow. Unni warf Regmi, der unge-
rufen über den Rasen herangelaufen kam, die Schlüssel des Wagens
zu, und Regmi sprang hinein und fuhr davon. Selbst jetzt vergaß Unni nicht das ihrer Liebe auferlegte Gebot der Vorsicht. Der Jeep würde
ihr Geheimnis nicht verraten.

»Geh' voraus«, sagte er fast brüsk und stieg dicht hinter ihr die Treppe hinauf.

Sie trat in die Mitte ihres Zimmers, hörte, wie er die Türe abschloß,
und wandte sich um, langsam, als fürchte sie seinen Anblick. Er stand
vor ihr, die Hände in den Taschen, das Gesicht unbewegt, und als ihre
Blicke sich trafen, warf er den Kopf mit einer herrischen Bewegung,
als wäre sie eine Sklavin, nach der Richtung, wo das Bett stand und
sah ihr nach, während sie gehorsam zu dem wartenden Bett hinüberging, im Stehen ihre Schuhe von den Füßen streifte und zögernd stehenblieb, als fürchte sie die Ernüchterung, die für eine Frau mit der
eigenhändigen Entkleidung verbunden ist, doch schon stand er neben
ihr, und sie hing in der Beuge seines linken Armes, während seine
kundige Rechte mit schnellen Griffen Hülle um Hülle von ihr streifte,
und sie ließ es geschehen und lag nackt und ertrug den Blick seiner
Augen und wehrte nicht seinen Händen, die suchendes Feuer waren
und wissendes Eis, bis die Einsamkeit ihrer Lust unerträglich wurde
und sie aufschrie und sich an ihn klammerte, um nicht allein zu ver-
sinken, und sie fielen vereint in den Abgrund ihrer entfesselten Leidenschaften, der ohne Zeit war und ohne Raum, und sie verloren im
Fallen das Wissen um den andern und das Bewußtsein des eigenen
Ichs und fanden in der Tiefe des saugenden Strudels, der die Trümmer

ihrer wortgeschaffenen Welt mit sich riß, ihr Selbst. Und die große Ruhe der Selbstverwirklichung und des Einsseins mit dem All und dem Ursprung kam über sie.

Und auf dem Grunde ihres Selbst fühlte Anne aus dem Chaos ihrer zerstörten Götzenbilder einen neuen Glanz aufblühen, den Glauben an die letzte Erfüllung in der Qual und Lust der körperlichen Vereinigung. Sie war unter der mitleidlosen Stimme Unnis, unter der Unerbittlichkeit seiner Augen und Hände und im Feuer seines Willens erstarrt, zerbrochen und zerschmolzen und war eine andere Anne geworden, eine neue Anne, eine ganze Anne, in der sich die vielgesichtigen, widerstreitenden und ihr selbst unverständlichen Ichs ihrer Vergangenheit zu klarer Einheit kristallisiert hatten, zu einem Prisma ohne Fehl, einer Formel ohne Widerspruch, einer Gleichung ohne Rest, zu dem großen, einfachen Ja zu ihrer Liebe, so einfach wie das »Ich liebe dich«, das Unni jetzt, neben ihr auf dem Rücken liegend, gegen die Decke sprach und das sie glaubte wie ein Wunder, das Alltag geworden war, und hinnahm wie ein Geschenk.

Denn er war es gewesen, der sie ganz gemacht hatte und neu, so wie sie ihn, seinen Stolz zerbrechend, ganz in sich aufgenommen und, mit ihr verschmolzen, ihm neu geschenkt hatte. Sie wußte es, ohne daß er es sagte, so wie sie gewußt hatte, daß er sie mit Leib und Seele begehrt hatte, als sein Verstand sie zu hassen schien, und sie sagte ihm auch nicht, daß sie es wußte, weil es unsagbar war und in Worte gefaßt verblassen würde wie ein Spiegel unter dem Atem dessen, der zu seinem Ebenbild spricht.

Auch Mita und Regmi störten nicht das Schweigen ihres stummen Einverständnisses durch angebotene Dienste oder verhaltene Schritte. Der Bungalow schlief wie eine verwunschene Welt, und er erwachte auch nicht, als sie aus ihren Träumen zurückkehrten in die Zauberwelt ihrer Liebe und schlief auch weiter, als sie, mit neuen Wundern der Wirklichkeit beschenkt, in neue Träume versanken, jeder geborgen in den Armen des andern, gebettet in die Gewißheit ihres Einsseins mit sich selbst und das Vertrauen ihrer Zusammengehörigkeit.

Anne hörte Stimmen, wankte, noch halb im Schlaf, zum Fenster und sah unten auf dem Rasen John und Fred Maltby, einer des andern Hals umklammernd, hin- und herschwanken und vorwärts und rückwärts taumeln. Das Bild wirkte so komisch in seiner Überraschung, daß sie anfing zu lachen. Was in aller Welt, dachte sie, tun die beiden

so früh am Morgen vor meinem Bungalow? Und dann wurde sie vollkommen wach, sah in ihrem Bett Unni sitzen, sie fragend anschauen
und auf die Stimmen unter dem Fenster lauschen, und dann trat er
hinter sie, warf einen kurzen Blick über ihre Schultern, wandte sich
wieder um, las seine Kleider auf, die verstreut am Boden lagen, und
begann sich anzuziehen.

»Was glaubst du, was das zu bedeuten hat?« sagte Anne, während sie
vor der Morgenkälte wieder zurück ins Bett flüchtete.

Er lächelte, weil sie so unbekümmert war, immun geworden gegen
die Wirklichkeit des Tages durch eine Nacht der Liebe. »Ich glaube,
dein Mann und der Doktor tragen einen Ringkampf aus.«

Wieder mußte Anne lachen. »Aber warum ausgerechnet hier und
jetzt?«

»Das möchte ich auch gerne wissen.«

»Und was wirst du jetzt tun, Unni?«

Er runzelte die Stirne, knöpfte weiter sein Hemd zu und erwiderte
dann mit gewichtigem Ernst: »Ich werde jetzt meine Schuhe anziehen«, und tat es. Anne brach erneut in Lachen aus, warf den Kopf zurück und rollte ihn auf dem Kissen hin und her. »Höre auf zu lachen«,
sagte Unni, halb lächelnd, halb drohend, »oder ich garantiere für
nichts. Du siehst zu verführerisch aus, wenn du so lachst am Morgen.«

»O, Liebster«, seufzte Anne und lag für einen Moment still. Dann
sagte sie: »Glaube mir, mir ist nicht zum Lachen zumute«, und dann
lachte sie weiter, und je mehr sie lachte, um so komischer erschien ihr
die Selbstverständlichkeit, mit der sie die Situation hinnahm. Und als
Unni einen Kamm aus der Tasche zog und sich kämmte, glaubte sie,
nie etwas Komischeres gesehen zu haben, und sie lachte, bis es ihr
weh tat. »Ich finde es unerhört, sich so zu benehmen, wenn man beim
Ehebruch ertappt wird«, gelang es ihr lachend und stöhnend zu stam-
meln.

Jetzt hörten sie John unten brüllen: »Ich schlage Ihnen den Schädel
ein«, hörten Freds unverständliche Stimme antworten, dazwischen
Mitas schrille Stimme in der Küche und dann Regmis tapsende
Schritte auf der Treppe. Unni ging zur Türe, öffnete sie einen kleinen
Spalt. Regmi sprach schnell, aufgeregt. Unni antwortete ihm gelas-
sen. Regmi eilte wieder hinunter.

Unni kam zum Bett, setzte sich auf den Rand, nahm Anne in die Arme
und küßte sie behutsam, verhalten. »So«, sagte er, »jetzt heißt es
handeln. Ziehe einen Morgenrock an und gehe hinunter. Bleibe zu-

nächst im Haus und frage durch die Türe hindurch, was draußen los ist. Regmi hat die Riegelstange vorgelegt. Nimm die Stange ab. Laß dir Zeit dazu. Dann gehe hinaus und bleibe auf der Schwelle stehen. Regmi wird die Türe hinter dir wieder verschließen, und du bleibst ungefähr fünf Minuten vor der Türe stehen und unterhältst dich mit den beiden, bevor du sie einläßt. Das wird mir Zeit geben zu verschwinden und Mita Gelegenheit, dein Zimmer in Ordnung zu bringen, für den Fall, daß es John einfällt, eine Hausdurchsuchung vorzunehmen. Doch laß ihn nicht weggehen. Halte ihn fest, und auch Fred.«

»Und dann?« fragte Anne.

»Dann«, erwiderte Unni, »werde ich wieder hier sein.«

»Du denkst wirklich an alles.«

»Mir scheint, nicht.«

Sie ging hinunter, sprach durch die Türe, wie er es ihr gesagt hatte, öffnete die Türe, trat hinaus, hörte hinter sich die Riegelstange wieder einschnappen. John fehlte nur der sprichwörtliche Schaum vor dem Mund, sonst verriet alles an ihm, daß er entschlossen war, sich dieses Mal in seiner Rolle als »wilder Mann« selbst zu übertreffen. Seine Lippen zitterten, die Augen drohten ihm aus dem Kopf zu fallen, während er, die Fäuste schüttelnd, vor Anne trat.

»Um Himmels willen, was ist denn los?« fragte sie und fühlte sich dem Lachen nahe.

»Was los ist?« brüllte John. »Du hast die Stirne, mich zu fragen, was los ist, wo ich deinen Liebhaber hier« – er zeigte mit theatralischer Geste auf Fred – »morgens um diese Zeit vor deinem Bungalow erwischt habe?«

»Um diese Zeit? Wieviel Uhr ist es denn?« fragte Anne.

Fred sah auf seine Uhr und sagte: »Kurz vor sieben.«

»Redet nicht miteinander«, schrie John. »Ich verbiete dir, mit ihm zu sprechen. Ich bin dein Mann, und du hast mir zu gehorchen.«

»Du irrst dich«, sagte Anne ruhig. »Fred ist nicht mein Liebhaber.«

»Versuche nicht, es abzuleugnen, du elende Dirne. Meine Geduld ist zu Ende. Fünf Wochen lang habe ich mich wie ein Hund behandeln lassen, ja, wie ein räudiger Hund. Doch ich habe es die ganze Zeit gewußt, daß ihr beide es miteinander treibt. Ich habe nur die Gelegenheit abgewartet, euch auf frischer Tat zu ertappen. Einmal habe ich dich nachts aus dem Zimmer dieses Menschen kommen sehen, und jetzt habe ich ihn hier vor deinem Bungalow erwischt. Und nun kommt die Abrechnung.«

Anne sah Fred an, der einige Schritte hinter John stand, und fragte ihn: »Warum sind Sie heute morgen hierher gekommen, Fred?«
Fred zog sein Hemd glatt und seine tibetanische Wolljacke und sagte: »Ich war auf meinem Morgenspaziergang und kam vorbei, um ... wegen der offiziellen Veranstaltung zur Krönung, heute morgen um neun. Ich wollte nicht allein hingehen, und – ich weiß, es war ein dummer Einfall – da wollte ich Sie fragen, ob Sie mich nicht begleiten wollen. Als Regmi mir sagte, daß Sie noch schliefen, wollte ich wieder gehen, und dann kam dieser Irre über den Rasen gerannt und hat mir das Hemd zerrissen.«
»Erzählen Sie das, wem Sie wollen, aber nicht mir«, höhnte John. »Ich habe sie gesehen. Ich habe sie aus dem Bungalow herauskommen sehen. Ich will meine Rache. Ich lasse mich nicht länger zum Narren halten von euch beiden. Ich werde euch alles heimzahlen, darauf könnt ihr euch verlassen. Besitzt ja nicht die Frechheit, zusammen zur Krönung oder sonst irgendwo hinzugehen. Ich werde eure Eintrittskarten ungültig machen lassen. Ich werde jetzt sofort zum Residenten gehen und ihm alles sagen, und dann werde ich gerichtliche Schritte gegen euch einleiten, heute noch. Jawohl, Dr. Frederic Maltby, ich werde sie aus Katmandu ausweisen lassen.«
»Ich kann mir nicht helfen, ich habe in meinem ganzen Leben noch nie etwas so Blödsinniges gehört«, sagte Fred kopfschüttelnd. »Wenn Sie nur einmal für zwei Minuten Vernunft annehmen wollen, dann erkläre ich Ihnen ...«
»Ich will keine Vernunft annehmen«, schrie John wie ein störrisches Kind. »Ich erwische Sie dabei, wie Sie morgens um diese Zeit aus dem Zimmer meiner Frau ... jawohl, aus dem Zimmer meiner Frau herauskommen, und Sie verlangen von mir, daß ich Vernunft annehmen soll ... Ich werde Ihnen zeigen, was ich tue, Sie ...«, und er rückte wieder gegen Fred vor, mit geballten Fäusten und mahlenden Kiefern.
Er war stämmiger und auch etwas größer als Fred, der einen Schritt zurückwich.
»Du benimmst dich wirklich wie ein Narr, John«, sagte Anne. »Fred hat Angst, seine Frau zu treffen, das ist alles, und nur deshalb kam er hierher. Und er hat den Bungalow nicht betreten. Du kannst nicht gesehen haben, daß er herauskam.«
»Willst du vielleicht behaupten, daß ich lüge?« wandte sich John in schrillem Diskant gegen Anne. »Ausgerechnet du nennst mich einen Lügner, mich, den du so elend betrogen hast, du ... du Dirne, du ...«

»Was ist das für ein Lärm hier?« sagte Isobel, die plötzlich hinter der Rosenlaube hervorgekommen war. John gab sich jetzt alle Mühe, ruhig zu erscheinen. Er fuhr sich mit der Hand über die schweißbedeckte Stirne und sagte mit fast normaler Stimme. »Guten Morgen, Isobel. Ich bedaure aufrichtig, daß dies geschehen mußte.«

»Was ist geschehen?« fragte Isobel. »Was hat Anne getan?«

»Was hat Anne getan?« wiederholte Anne, jetzt plötzlich ehrlich wütend.

»Isobel«, sagte Fred Maltby, »lassen Sie mich Ihnen erklären ...«

»Sie haben hier nichts zu erklären«, unterbrach ihn John mit schneidender, aber beherrschter Stimme. »Der einzige, der hier ein Recht hat, den Mund aufzutun, bin ich. Ich sehe Sie zu dieser höchst ungewöhnlichen, um nicht zu sagen eindeutigen Zeit aus dem Bungalow meiner Frau kommen, und da glauben Sie, noch Erklärungen abgeben zu können?«

»O, Dr. Maltby«, rief Isobel in tiefster Entrüstung aus.

»Aber das ist doch alles dummes Zeug«, sagte Anne kalt. »Fred hat das Haus überhaupt nicht betreten. Er kam hierher, um etwas mit mir zu besprechen, und als Regmi ihm sagte, daß ich noch schliefe, ging er wieder.«

»Um etwas zu besprechen ..., so früh am Morgen?« bemerkte Isobel spitz.

»Überhaupt nicht betreten?« höhnte John. »Ich habe ihn mit eigenen Augen hier aus diesem Bungalow ...«, er drehte sich um und deutete mit ausgestrecktem Arm auf die Türe, »aus dem Bungalow meiner Frau herauskommen und davonspazieren sehen, als wäre er hier zu Hause.«

»Isobel, höre nicht auf ihn« sagte Anne, John den Rücken kehrend, »er weiß nicht, was er redet. Das Ganze ist beinahe zu lächerlich, um darüber zu sprechen. Fred war nicht im Hause.«

Isobel antwortete nicht gleich.

Sie schlug die Hände vor das Gesicht, verharrte einen Moment in dramatischem Schweigen, nahm die Hände wieder herunter und sprach dann mit tremolierender Stimme:

»Das ist ein entsetzlicher Schlag für mich. Doch ich habe es kommen sehen. Aber es ist fürchterlich, daß es heute geschehen mußte, am Vortage der Krönung. Das ist der Ruin des Töchter-Instituts. Und Dr. Maltby, wie konnten Sie so etwas tun, wo Sie wußten, daß Ihre eigene Frau hier in Katmandu ist?«

In diesem Augenblick näherte sich hinter der Rosenlaube das jäh abgedrosselte Motorengeräusch eines Jeeps, der dann mit knirschenden Reifen auf dem Kiesweg hinter den Nußbäumen zum Stehen kam. Jemand rief mit fröhlicher Stimme: »Danke fürs Mitnehmen«, und der Kies raschelte unter munteren Schritten. Und hinter der Rosenlaube hervor und an dem Springbrunnen vorbei kam über den Rasen, in Farmerhosen und ihren großen Kulihut auf dem Kopf, ihnen entgegenlächelnd, Eudora.

»Guten Morgen«, sagte Eudora. »Ist das nicht ein wundervoller Morgen heute?«

Niemand antwortete. Sie starrten Eudora an wie ein Gespenst.

»Ja, ich bin's«, sagte Eudora unbefangen. »Nun, Anne, ist das Frühstück fertig, zu dem Sie mich eingeladen haben?«

»Frühstück …? Eingeladen …? Ach ja, natürlich«, sagte Anne und brach in Lachen aus.

»Guten Morgen, Fred. Guten Morgen, Miß Maupratt. Guten Morgen, John«, sagte Eudora, jedem einzeln zunickend.

»Guten Morgen«, antworteten die drei gemeinsam im gleichen betretenen Ton.

»Wie reizend, Sie alle hier versammelt zu sehen«, sagte Eudora strahlend. »Frühstücken Sie auch hier, Miß Maupratt? John? Und du, Fred?«

»Ja, Fred«, schaltete sich Anne ein, »darf ich Sie einladen?«

»Hm …« brummte Fred. Es wäre unmöglich gewesen wegzulaufen; er stand Eudora Auge in Auge gegenüber, und er stellte zu seiner eigenen Überraschung fest, daß von seiner früheren Angst vor ihr nichts mehr vorhanden war.

»Hast du deinen Morgenspaziergang genossen, Fred?« fragte Eudora ihren Mann in einem leichten Plauderton.

»Ja, o ja«, stammelte Fred.

»Einen Augenblick, Mrs. Maltby«, sagte John pathetisch, »da ist etwas, das Sie wissen müssen.«

»Etwas, das ich wissen muß? Nun, dann sagen Sie es mir.«

»Ich habe ihren Gatten heute morgen, vor einer halben Stunde, aus diesem Bungalow kommen sehen.«

»Wirklich? Das ist ja lustig. Ich habe Fred nämlich vor einer halben Stunde die Hauptstraße hinuntergehen sehen. Ich fuhr in einem Jeep, in Mr. Menons Jeep, genauer gesagt. Wir machten natürlich sofort kehrt«, fügte sie, etwas zu harmlos, hinzu. »Fred liebt es ja nicht, in seinen morgendlichen Meditationen gestört zu werden.«

»Nun«, schnarrte Isobel, »dann weiß ich wirklich nicht mehr, was ich sagen soll.«

»Dann sagen Sie am besten gar nichts«, erwiderte Eudora so boshaft, wie ihre Natur es zuließ. »Anne hat mich für heute morgen zum Frühstück eingeladen. Ich hoffe, Sie haben nichts dagegen.«

Isobel warf sich in die Brust. »Ihre privaten Angelegenheiten gehen mich nichts an, Mrs. Maltby. Doch ich hoffe, daß solche unwürdigen Vorkommnisse auf dem Gelände des Instituts sich nicht wiederholen, sonst muß ich entsprechende Schritte unternehmen.« Und ihr Blick heftete sich über Eudoras Kopf hinweg auf die Türe des Bungalows, als verberge sich etwas Schändliches hinter ihr.

»Unwürdig?« rief Eudora halb belustigt aus. »Sie machen mir Spaß, Miß Maupratt. Was ist denn Unwürdiges daran, wenn Fred und ich bei Anne frühstücken?«

»Mrs. Ford sollte überhaupt nicht hier wohnen«, entgegnete Isobel scharf. »Sie soll zu ihrem Gatten zurückgehen. Sie verletzt die Gesetze der Gastfreundschaft, wenn sie hierbleibt.«

Die Türe des Bungalows flog auf, und Regmi kam rückwärts heraus, einen Tisch und einige Stühle hinter sich herschleifend, und während er sie auf dem Rasen aufstellte, trat Mita auf die Schwelle und verschränkte die Arme, als wollte sie sagen: So, jetzt könnt ihr hereinkommen; ihr werdet nichts finden.

Aus der Küche drang der Duft von Toast und Kaffee ins Freie, und aller Hader schien verflogen.

»Nun, Anne, wie wär's, wenn du mich zum Frühstück einladen würdest, nachdem sich dieses dumme Mißverständnis aufgeklärt hat?« sagte John.

Anne sah ihn steinern an. »Bedaure«, sagte sie. »Wir sehen uns später. Bei der Reinigungszeremonie.«

»Oh, warum so streng?« versuchte John zu scherzen. »Tut mir leid, Dr. Maltby. Ich sehe jetzt ein, daß ich mich geirrt habe. Aber Sie müssen verstehen ... man hat mich sehr schlecht behandelt in der letzten Zeit, wirklich sehr schlecht. Verzeihen Sie mir, daß ich die Nerven verloren habe.«

»Schon gut«, sagte Fred.

»Es mag vielleicht altmodisch klingen«, fuhr John fort, »aber ich bin der Anschauung, daß eine Frau nicht das Recht hat, einfach davonzulaufen und ihren Mann allein zu lassen. Es gibt so etwas wie die Heiligkeit des Ehegelübdes. Ich finde, eine Frau, die sich nicht vollständig korrekt verhält, ist selbst schuld daran, wenn sie in falschen Verdacht gerät.«

»Und ich finde«, sagte Eudora, »je weniger wir jetzt darüber reden, um so besser ist es.« – »Mrs. Maltby«, erwiderte John hartnäckig, »ich habe Rechte als Ehegatte, auf die ich nicht verzichten kann, wenn ich meine Ehre nicht verlieren will.«

»Um Himmels willen«, stöhnte Eudora, »ich habe keine Lust, mich jetzt in eine Diskussion über Eherechte einzulassen. Ich habe Hunger und will frühstücken.«

»Bleiben Sie, Fred, und frühstücken Sie mit uns«, sagte Anne.

»Gerne«, erwiderte Fred.

Anne führte Eudora und Fred zu dem inzwischen gedeckten Tisch, und die drei nahmen Platz.

John und Isobel waren stehengeblieben, zögerten, als warteten sie darauf, eingeladen zu werden. Anne beachtete sie nicht. Langsam, verlegen entfernten sie sich, ohne miteinander zu sprechen. Anne begann den Kaffee einzuschenken.

Eudora plauderte unbefangen über die Reinigungszeremonie, die um neun Uhr stattfinden sollte. »Ich bin sehr neugierig auf die Musik, die sie dabei spielen werden. Es soll sich um sehr alte, höchst interessante hinduistische Weisen handeln. Es wird ein wundervolles Erlebnis für uns sein.« Daß sie zusammen zu der Feier gehen würden, war stumme Selbstverständlichkeit.

»Ich gehe jetzt nach Hause, um mich umzuziehen. Wir treffen uns dann am besten im Royal-Hotel«, sagte Fred, zu Anne gewandt, doch Eudora miteinschließend, da sie ja als einzige von ihnen im Royal-Hotel wohnte.

Eudora brach noch nicht auf. Sie wartete, bis Fred gegangen war und sagte dann zu Anne: »Ich muß jetzt auch gehen, sonst werde ich nicht fertig mit dem Umziehen.«

»Ich danke Ihnen, Eudora«, sagte Anne, während sie sich erhob.

»Ach, Sie Glückliche ...«, seufzte Eudora und umarmte Anne in plötzlichem Impuls. »Sie verdienen es, glücklich zu sein. Sie ... Sie ...«, stotterte sie und lief davon vor ihrer eigenen Rührung.

Kaum war Anne allein, dachte sie an Unni, und sie verfiel sofort jenem quälenden Gefühl hoffnungsloser Verlassenheit, das sich nach Stunden höchster Lust wie ein Schatten über die Erinnerung legt. Denn je mehr Begehren sich erfüllt, um so weiter rückt sein Ziel, sein Erlöschen in der vollkommenen Stillung. Nie war ihre Sehnsucht nach Unni, ihr Verlangen, ihn zu sehen, ihn zu fühlen, so groß gewesen wie jetzt, da sie ihm so nahe gewesen war wie nie zuvor. Doch zugleich fiel ein anderer Schatten auf ihre Liebe. Unni war zu schlau, zu listig in seinen Manövern, mit denen er diese Liebe schützen wollte. War es nicht beinahe teuflisch gewesen, Eudora herzubringen, sie wie einen Deus ex machina auf die Bühne zu schieben und durch ihr Erscheinen zwei Fliegen mit einer Klappe zu schlagen: Fred mit seiner Frau zu konfrontieren in einer Situation, wo er nicht davonlaufen konnte und John vollkommen zu entwaffnen, indem er ihn lächerlich machte?

Sie mußten John alles sagen. Sonst würde ihre Liebe vergiftet werden durch eine mit Lüge erkaufte Sicherheit. Sie mußten dieser ränkevollen Heimlichkeit ein Ende machen, die Konsequenzen ihrer Schuld gemeinsam auf sich nehmen. John hatte ihr leid getan, als er sich eben mit Isobel entfernte, hilflos in seiner Blindheit, unbeholfen in seinem guten Willen; daß er sie liebte, daran zweifelte sie nicht, doch alles, was er tat, ihr diese Liebe zu zeigen, machte ihn ihr nur noch verhaßter. Nein, sie wollte ihn nicht hassen, er war sich selbst Feind genug, ohne es zu wissen. Sie konnte ihn nur bemitleiden in seiner Dummheit, obwohl sie wußte, daß dieses Mitleid ihn vernichten würde.

Doch Unni war zu schlau, und für einen Augenblick fühlte sich Anne durch diese verschlagene Schlauheit ebenso überlistet, wie sie sich durch Johns plumpe Zudringlichkeit abgestoßen gefühlt hatte. Dann dachte sie an das Kind, und ihr Sinn wurde hart. Sie würde nie wieder zu John zurückgehen. Zuviel hatte sie ihm schon aus Großmut geopfert.

Zehntes Kapitel

Während der nächsten beiden Tage klammerten sich Eudora und Fred an Anne, bei der sie sich wiedergefunden hatten, als fürchteten sie, mit ihr auch sich selbst wieder zu verlieren. An diesem Morgen gingen sie zusammen zu dem alten Palast, in dem die Reinigungszeremonie stattfand. Am Tor erwartete sie John, aufdringlich reumütig, übereifrig hilfsbereit.

»Der Ehemann ist immer der letzte, der es erfährt.« Wenn je ein Ehemann, dann war John es, der alles tat, um dieses Sprichwort wahr zu machen. Annes Züge wurden hart, als er ihnen mit eingezogenen Schultern und unterwürfig lächelnd entgegenkam. Er hatte auf sie gewartet, erklärte er, um ihnen ihre Plätze zu zeigen. Sie würden nebeneinandersitzen während der Feier und hinterher zusammen essen.

Unter dem Zyklopenauge der Filmkamera geleitete John sie in den großen Hof des Alten Palastes. Und sofort wurden sie von einer Flut von Blicken überschwemmt, die ihnen aus den in Reihen geordneten Augenpaaren der Gäste und aus der Sperre der großen und kleinen Linsen der Photoreporter entgegenstarrten. Wieviele wissen Bescheid, fragte sich Anne, als sie mit John zu ihren numerierten Plätzen ging. John glühte vor Eifer und Ergebenheit, und aus den Bewegungen seiner Arme und Beine sprach der Stolz über seinen kläglichen Triumph. Es war, als wollte er zeigen, daß die Versöhnung der Maltbys sein Werk sei und ein Abbild seiner eigenen ehelichen Harmonie.

»Ich denke, dies hier ist dein Platz ... ja. Von hier aus wirst du alles ausgezeichnet sehen können. Ich habe besonders darauf geachtet, daß du nicht in der Sonne sitzt. Die Feier kann unter Umständen lange dauern und trotz allem vielleicht doch etwas ermüdend werden.«

Es waren auch Gäste anwesend, die keine Sitzplätze hatten und stehen mußten. Unter ihnen befanden sich Isobel, einige Amerikaner und auch der General, dem eine Uniform um die hageren Glieder schlotterte, ein geliehenes Stück, denn seine eigene Uniform hatte er seinem Neffen geliehen, der sie wiederum in Kalkutta im Leihhaus verpfändet hatte. Der König hatte den Ranas untersagt, bei der Krönung ihren juwelengeschmückten Kopfputz zu tragen, und sie waren mit Militärmützen oder einfachen, nur mit roten und gelben Federn verzierten Helmen erschienen. Die Beamten der nepalesischen Regierung trugen schwarze lange Jacken, weiße Jodhpurs und schwarze Seidenklappen, die indische Militärdelegation Uniformen britischen Stils, die Presseleute gewöhnliche Straßenanzüge.

Anne sah sich suchend um. Zuerst entdeckte sie François. Er stand in einer Ecke des Hofes hinter seiner Kamera, und als er sie erblickte, winkte er ihr unauffällig zu. Neben ihm stand, nervös mit dem Gesicht zuckend, Leo. Leo fühlte sich sicherer hier, sicherer vor Kisha. Kisha war, wie angedroht, eingetroffen. Gerade hatte am vergangenen Abend Leo zu François gesagt: »Die letzte Ladung Touristen ist angekommen, und sie war nicht dabei«, als eine Stimme hinter ihm ausrief: »Darling, Darling, da bist du ja!« Es war die Stimme Kishas gewesen, die, als er sich umgedreht hatte, keuchend, Schweißperlen auf der Oberlippe, vor ihm stand, umgeben von sechs beturbanten, bärtigen Männern, die sie ihm als ihre Sikh-Vettern vorstellte, sechs turmhohe, dräuende Gestalten, die aus einem Wald von Haaren auf ihn heruntergrinsten und ihm sechs riesige Pranken entgegenstreckten, als Kisha stolz auf ihn zeigte und sagte: »Mein Verlobter.« Leo hatte nicht gewagt zu widersprechen. Er wußte, daß die Sikhs großen Wert auf die Keuschheit ihrer Frauen legten und schnell waren mit ihren Dolchen. Die Vettern hatten ihre Bärte befingert und nicht aufgehört, grinsend ihre Raubtiergebisse zu zeigen. François hatte sie zu einem Drink eingeladen.

Später hatte Leo genügend Mut zusammengerafft, um Kisha und ihren Vettern klarzumachen, daß es für Kisha als eine Sikh doch schwierig sein dürfte, einen unwürdigen Ungläubigen zu heiraten. Die sechs Sikhs hatten gelacht und verneinend ihre Turbane geschüttelt, und einer von ihnen hatte diese Bedenken überlegen beiseitegeschoben:

»Verstehe, kann mir schon denken, wo Sie der Schuh drückt«, hatte er in einem reinen New Yorker Vorstadtdialekt geantwortet, »doch solange Baby Sie liebt, und Sie lieben Baby, ist alles okay für uns. Wir denken nämlich modern.«

Zum Glück hatte die Schicklichkeit es erfordert, daß Kisha die Nacht bei einer Tante verbrachte, und die Vettern waren mit ihr gegangen. Vorher hatte sie ihm leidenschaftlich zugeflüstert, sie würde sich davonstehlen, wenn die Tante eingeschlafen wäre. Leo hatte eine Nacht voller Angst und ohne Schlaf verbracht, doch Kisha war nicht aufgetaucht.

Kisha hatte keine Einlaßkarte zu der Reinigungszeremonie, und deshalb fühlte sich Leo hier in dem Hof des Palastes wenigstens für die nächsten Stunden sicher vor ihr.

»Ne vous en faites pas. Elle ne vous mangera pas«, sagte François zu ihm.

Auch Mariette war hier und in ihrem Schlepptau der kleine Schweizer, immer noch beladen mit ihrem Photogerät, so wie ihn Leo in das Flugzeug nach Pokhra hatte einsteigen sehen. Leo empfand jetzt Trost im Anblick Mariettes. Neben Kisha war sie immer noch das kleinere Übel, zu dem er schlimmstenfalls flüchten konnte. Dann sah er die Fords und die Maltbys und lauschte den Bemerkungen, die in seiner Nähe über die beiden Paare gemacht wurden.

»Ich dachte, sie sind verkracht.«

»Wer? Die Fords?«

»Nein. Die Maltbys.«

»Ach, *die* hatten sich geschnitten.«

»Sieh mal einer an.«

»Ich dachte, *sie* hätte etwas mit dem Doktor.«

»Man erlebt immer neue Wunder.«

Er hielt seinen Blick auf Anne gerichtet, hoffend, sie würde ihn erwidern.

»*Elle est très belle*«, hörte er die versonnene Stimme François' sagen, »ich bin sehr froh über ihr Glück.«

Anne lächelte, als sie die beiden sah, und dann glitten ihre Augen weiter über die Mauer von Gesichtern, die sie umgab. John folgte ihren Blicken, erkannte Leo und François, winkte ihnen lebhaft zu, wandte sich an Anne, sprach zu ihr. Sie sah ihn nicht an, und er schien wieder in sich zurückzufallen. Wie das auch ausgehen mag, der Mann kann einem leid tun, dachte Leo. John mußte einem leid tun, wenn man sah, wie hilflos abhängig er von Anne war.

Wie eine ferne, grelle Trompete klang die Stimme, mit der Mariette den kleinen Schweizer herumkommandierte. »*Mais mettez donc ça par terre, mon cher. Vrai, vous êtes un empêtré.*« Unni hatte den Hof betreten. Mit seinen durch Eifersucht geschärften Sinnen witterte Leo, sie zugleich schmerzlich anerkennend, die Macht des erotischen Zaubers, den dieser Mann ausstrahlte und dem auch Anne erlegen war, wußte, daß sie jetzt bei Unnis Anblick erschauern würde, sah andere Frauen sich mit den Ellenbogen anstoßen und ihre Lippen Unnis Namen formen. Verdammter Bulle, fluchte Leo innerlich, zugleich die bittere Ohnmacht seiner Wut empfindend.

Unni setzte sich und begann unauffällig suchend um sich zu schauen, wie Anne es getan hatte, und ebenso beiläufig wandte er seinen Blick wieder nach vorne, als er sie entdeckt hatte, um sich mit Mike Young zu unterhalten, der neben ihm saß, Anne, die mit Eudora sprach, jetzt ebenso wenig beachtend wie Anne ihn, nachdem sie ihn erblickt hatte.

»Lieber Freund, finden Sie es nicht auch amüsant, wie gewisse Leute versuchen, andern Sand in die Augen zu streuen«, hörte Leo Ranchit, der hinter ihm stand, zischeln. Leo tat, als habe er ihn nicht gehört.

An der einen Schmalseite des Hofes saßen auf Stühlen unter einer vorspringenden Galerie des Gebäudes die Angehörigen des diplomatischen Korps. Auf der gegenüberliegenden Seite des Hofes stand eine nach allen vier Seiten offene, aus grünenden Baumästen errichtete und mit Stroh gedeckte Hütte von quadratischem Grundriß, etwa zwei Metern Seitenlänge und drei Metern Höhe. Unter diesem Schutzdach hatten sich der König und die Königin im Lotussitz auf Teppichen niedergelassen, erhoben sich und setzten sich wieder, so wie der Ritus es vorschrieb, während die buddhistischen Priester, Gebete singend und Opfer darbringend, den König salbten. Unmittelbar neben der Hütte stand als Zeugin der Reinigungszeremonie eine kleine braune Kuh mit ihrem Kalb.

Ohne Rücksicht auf Andacht und Anstand umringten die Journalisten und Photographen die Hütte, schoben sich, einander beiseite drängend, bis auf Armeslänge an den König heran. Die Sitzreihen leerten sich allmählich, während die Gäste, ausgenommen die Diplomaten, sich unter die Presseleute mischten, um in die Hütte hineinsehen zu können. Unter ihnen war auch John, der sich mit gezückter Kamera bis in die vorderste Reihe vorgearbeitet hatte. Alle Etikette war bald illusorisch geworden, die Hütte von einer dichten Mauer kamerabewehrter Leiber umgeben. Mit unbewegtem Gesicht starrte der König durch seine dunkle Brille auf das Bild der aufgelösten Ordnung, während die in safrangelbe Seide gekleideten Priester Blütenblätter und das Wasser der sieben Seen auf ihn niederrieseln ließen. Manchmal schien er der Königin etwas zuzuflüstern. Vergeblich versuchten zwei Hofbeamte, den Ring der Zudringlichen zu sprengen, aber die Kameras surrten weiter, die Linsenverschlüsse klickten ununterbrochen, skandiert von dem »Bloff« der Blitzlichtlampen, und einige aus der entfesselten Reportermeute kletterten auf Stühle, um besser zum Schuß zu kommen.

Auch Eudora war näher herangetreten und lauschte verzückt dem Gesang der Priester, der von der Musik eines kleinen nepalesischen Orchesters begleitet wurde. Anne stand bei Fred, sah nur die Rücken der Priester und konnte nur ab und zu, wenn sie sich bewegten, einen kurzen Blick auf den ganz in Weiß gekleideten König und die in einen roten, mit silbernen Sternen besetzten Sari gehüllte Königin werfen. Anne zog sich zurück aus dem Gedränge und näherte sich der Kuh. Der Mann, der das verängstigte Tier abseits geführt hatte und an einem Strick festhielt, lächelte Anne freundlich zu, als sie das Kalb, das seine Mutter mit der Schnauze in die Seite stieß, streichelte. Von hier aus konnte sie Unni sehen, der seinen Stuhl nicht verlassen hatte und sie nun ebenfalls erblickte. Er stand auf und kam vor aller Augen auf sie zu. Sie erschrak und ging rasch zu ihrem Stuhl zurück. Ihre ganze Beherrschung war dahin, und sie fürchtete, ihre Knie würden nachgeben, wenn er sie ansprach, während sie stand.

»Darf ich mich zu Ihnen setzen?« fragte er.

Sie deutete mit einer Kopfbewegung auf Eudoras leeren Stuhl.

»Anne«, murmelte er zwischen zusammengebissenen Zähnen, ohne sie anzuschauen, sich der bösen Blicke bewußt, denen sie ausgesetzt waren, »ich ertrage es nicht ... dich zu sehen ... von mir getrennt durch die andern ... den Gleichgültigen zu spielen ... dich nicht berühren zu dürfen, während meine Haut nach dir brennt. Ich ertrage es nicht länger.«

»Ach, Liebster, mir geht es nicht besser.«

»War es sehr schlimm heute morgen?«

»Nein, es war nur häßlich.«

»Ich verstehe, du hältst es nicht für richtig, daß ich Eudora ins Spiel gebracht habe?«

»Es war mir zu raffiniert.«

»Ich mußte verhindern, daß John Fred den Schädel einschlägt, wie er gedroht hatte, obwohl ich bezweifle, daß er etwas Ähnliches getan hätte. John weiß, daß Fred nicht dein Liebhaber ist. Daß ich es bin, sieht er nicht, weil er es nicht sehen will.«

»Warum hast du Eudora eigentlich geholt?«

»Es erschien mir als das Gegebene. Ich wußte vorher nicht, daß ich es tun würde. Ich tat es aus Instinkt. Und ich finde, es hat seinen Zweck erfüllt.«

»Hast du es getan, um unsere Liebe vor der Entdeckung zu bewahren?«

»Für den Augenblick ... ja, doch nicht für immer. Wir sind schuldig und müssen zahlen, wenn die Zeit gekommen ist.«

»Wann wird das sein?«

»Bald, Liebling. Ich verspreche dir, daß ich nicht immer an alles denken werde.«

»Wir müssen es John sagen. Sofort nach der Krönungswoche. Er soll alles wissen.«

»Und was willst du genau, daß wir ihm sagen?« fragte Unni langsam.

»Daß du und ich ... einander gehören.«

»Glaubst du, er wird das verstehen?«

»Wie meinst du das?«

»Wenn ich zu ihm ginge und zu ihm sagen würde: ›John, ich liebe Ihre Frau, dann würde er mir ins Gesicht lachen. Oder meinst du, ich soll zu ihm sagen: ›Ich schlafe mit Ihrer Frau.‹ Nicht eher, als bis ich dich mitnehmen kann, wenn ich gehe.«

Sie hatte es vergessen. »Wohin?«

»Zurück zu meinem Damm, Anne. Und bald kommt der Monsun. Dann werde ich nicht mehr so oft nach Katmandu kommen können. Es wird schlimm sein für mich. Nie habe ich eine Frau so geliebt wie dich, so begehrt, mit Leib und Seele. Und jetzt kann ich dich noch nicht mitnehmen zum Damm. Es ist uns verboten, Frauen mitzubringen. Später kann ich es bestimmt möglich machen, wenn die Arbeit weiter fortgeschritten ist. Vorläufig muß ich dich hier in Katmandu lassen. Was kann ich zu John sagen, ohne dich ihm und Isobel auszuliefern, wenn ich gehe?«

»Wann gehst du? Nein, sprich es nicht aus«, sagte sie schnell. »Es tut zu weh.«

»So spät wie möglich. Und werde hier sein, sooft ich kommen kann, wann immer das Wetter klar genug ist zum Fliegen. Ich verspreche es dir, Anne. Bitte, glaube es mir.«

Er stand auf, denn John näherte sich. Während er eine förmliche Verbeugung vor ihr machte, flüsterte er: »Ich liebe dich.« Sie nickte kühl, und er entfernte sich.

»Was hat der Bursche dir zu sagen gehabt?« fragte John, als er sich neben ihr niederließ.

»Nichts Besonderes.«

Der König und die Königin traten jetzt vor die Hütte, wo inzwischen flache Körbe, Kokosschalen und Tabletts, gefüllt mit Getreidekörnern, Früchten und Blättern, den Gaben der Erde, bereitgestellt worden waren, um vom König gesegnet zu werden.

Die Reporter und Photographen folgten dem König in einem dichten Schwarm, als er den Hof des Palastes verließ, und jetzt tauchte Enoch P. auf, um John und Anne geräuschvoll zu begrüßen. Er sah verschwitzt, aber glücklich aus. Er hatte es, wie er stolz verkündete, doch noch erreicht, in der »Diplomatenloge« sitzen zu dürfen. Die »Diplomatenloge« lag am äußersten Ende des Hofes, und zwischen ihr und der Hütte, in der sich die Zeremonie abgespielt hatte, stand auf einer Plattform der Staatsthron, so daß es fast unmöglich gewesen war, den König zu sehen, doch er hatte unter den »prominenten Persönlichkeiten« gesessen und nur zwei Stühle entfernt von der Delegation der Chinesen. »Ich hätte alles hören können, was sie sagten.«

»Und was haben sie gesagt?« fragte John.

»Nichts. Diese Roten sind verdammt vorsichtig.«

Beim Lunch im Royal-Hotel saß Anne mit John, Fred und Eudora mehrere Tische weit von Unni entfernt, so daß sie sich nicht sehen konnten. Anne sah den Nachmittag mit seinen schleppenden Stunden kommen. In der Hoffnung, allein sein zu können, sagte sie, sie wolle nach Hause gehen, um sich auszuruhen; doch kaum war sie an ihrem Bungalow angekommen, als Leo erschien, auf der Flucht vor Kisha und ihren Vettern, begleitet von dem stoischen François. Sein

Mißgeschick bejammernd, warf er sich in gespielter Verzweiflung ins Gras, klagte Anne mit komischem Pathos an, ihn zu ihrem Sklaven gemacht zu haben. François machte Aufnahmen von ihm, die er mit »*Le lion prostré*« betiteln wollte, schlenderte zu den nahen Äckern hinüber, kam zurück mit zwei Weizenähren, legte sie in Annes Hand und sagte feierlich: »*Virgo, vous êtes Virgo, n'est-ce-pas?* Ich bin Wassermann. Ich gehöre wirklich in den Teich zu den Fischen. So sehe ich Sie, Anne, als *déesse des moissons*, als Göttin der Fruchtbarkeit, Jungfrau mit zwei Ähren, Zeichen der Ernte, doch Sie ernten nicht Weizen, sondern Worte.«

»Ich sehe nur Weizen«, sagte Anne lächelnd, die Ähren in ihrer Hand betrachtend.

»Sie können mich nicht täuschen, Anne«, erwiderte François ernst. »Sie haben schon angefangen Ihre Ernte einzuholen. Ich sehe die Worte sich in Ihrem Innern speichern. Schreiben Sie weiter, Anne. Ich beschwöre Sie, nutzen Sie den Wind der Gnade, solange er weht. Sehen Sie, er hat mich gehört.«

Ein sanfter Wind, von den Bergen kommend, wehte Anne das Haar ins Gesicht. Sie wehrte ihm nicht. Stumm verwundert hatte Leo zugehört. Noch nie hatte er François mit solcher Stimmung erlebt.

»Sie sind ja fast ein Mystiker, François.«

»*Un mystique sans y réfléchir*«, erwiderte François. Er tätschelte liebevoll seine Kamera, die auf seiner Brust hing. »Mein *témoin*, der Augenzeuge meiner kurzen Tage, wie jene sanfte Kuh im Palasthof der einzige unbestechliche und zugleich stumme Zeuge der Zeremonie war. Haben Sie die wundervollen erotischen Schnitzereien auf ihrem Kopfschmuck bemerkt? Welche Schätze inneren Reichtums besitzen diese Newaris, trotz ihrer entsetzlichen Armut!« Er hob seine Kamera, knipste Anne unvorbereitet. »Durch diesen meinen stummen Diener und Zeugen nehme ich nicht nur die Menschen wahr, sondern auch ihre Aura. Ihre Aura, Anne, ist golden. Jungfrau der Ernte im goldenen Licht der Sonne. In Kalkutta war Ihre Aura eine andere.«

»Ich bin eine andere.«

»Das nun wieder nicht. Sagen wir, Sie sind über sich selbst hinausgewachsen. *Mais ne soyez pas trop sage*. Haben Sie keine Angst, über Ihren eigenen Schatten zu springen.«

Und dann kamen John, Isobel und Erdkunde, Enoch P. und Pat über den Rasen und hinter ihnen, jetzt unzertrennlich, Fred und Eudora.

»Hallo!« rief Pat. »Wir dachten, wir schauen mal bei Ihnen vorbei. Es ist nichts los bis heute abend zum Gartenfest beim König. Ich wollte mal sehen, wie Sie hier hausen. Ein reizendes Plätzchen, ein richtiges kleines Paradies«, sagte sie.

»Ja, es ist die richtige Umgebung für einen Menschen, der schreiben will«, bemerkte John. Man konnte glauben, er habe die Landschaft speziell für Anne bestellt.

Darauf also will John hinaus, dachte Anne, sich hier heimisch machen, mit Isobel, Erdkunde und anderen hierher kommen zu jeder Zeit, wann es ihm beliebt, am Tage und, so hofft er, vielleicht auch bei Nacht.

Die Nachmittagshitze machte die Gemüter reizbar. Isobel und François gerieten plötzlich aneinander. Sie hatte eine abfällige Bemerkung über den »Unsinn« der Reinigungszeremonie des Vormittags gemacht. »Nicht unsinniger als mancher Unsinn, den wir uns im Namen Christi leisten«, hatte François geantwortet.

»Wie können Sie so etwas sagen?« entrüstete sich Isobel. »Ich weiß, wir haben unsere Gebrechen, menschliche Gebrechen, doch wir heben diese Menschen hier durch unsere Religion in jeder Beziehung auf ein höheres Niveau. Ich weiß nicht, wie wir diese Aufgabe ohne christliche Ideale vollbringen könnten. Denken Sie an die Hebung des Lebensstandards, die Förderung des Fortschritts …«

»Genau da liegt Ihr Trugschluß. Technischer Fortschritt, höherer Lebensstandard, Hygiene und Erziehung, alles, was Sie ihnen geben, sind Errungenschaften des Humanismus, nicht der Religion. Und um in der modernen Welt zu überleben, war die Religion gezwungen, sich an den Wagen des sozialen Fortschritts zu hängen, sonst wäre sie längst am Wege liegengeblieben, denn sie hat sich früher nur um die Seelen gekümmert, was sie in Katmandu auch heute noch tut. Es sind die Schulen, der öffentliche Gesundheitsdienst, die Straßen und Maschinen, welche die Tempel zerstören werden und nicht Ihre christlichen Predigten.«

»Wir dürfen hier das Christentum überhaupt nicht predigen«, erwiderte Isobel pikiert. »Aber wir zeigen ihnen durch unser Beispiel, ein um wieviel höheres und edleres Ideal unsere Religion darstellt als ihr gräßlicher Götzenkult.«

»Das ist es gerade, was ich an ihnen so liebe«, rief Eudora aus. »Ich finde es so ganz unverdorben, so rein, so spontan und natürlich, ohne diesen ganzen Ballast an sexuellen und anderen Schuldkomplexen. Sie denken einfach nicht daran …«

»Sie denken immer daran, sie denken an nichts anderes«, posaunte

Isobel so empört, daß ihre Stimme bebte, und die dunkle Röte, die ihr bereits ins Gesicht gestiegen war, breitete sich jetzt auch über ihren Hals und ihre Arme aus. »Sie sind moralisch vertiert, ihre Sittenlosigkeit schreit zum Himmel.«

»Religion und Moral sind nicht dasselbe«, parierte François mit der Logik des Franzosen.

»Oho, Monsieur«, schaltete sich John in einem Ton, der scherzhaft sein sollte, ein. »Das ist ja ein Widerspruch in sich selbst, was Sie da behaupten. Religion und Moral sind identisch, müssen Hand in Hand gehen. Ich bin der Anschauung, die vornehmste Eigenschaft der Persönlichkeit ist ihre Integrität.«

»Was heißt das?« fragte François. »Was ist eine integre Persönlichkeit?«

»Nun, ich will damit sagen, der Mensch als Person, als Individuum, muß immer zu dem stehen, was er glaubt, er muß konsequent handeln.«

»Was verstehen Sie unter einem Individuum?« bohrte François weiter. »Was ist eine Person? Ich für meinen Teil, ich weiß nie genau, wer ich gerade bin. Alle Künstler ringen mit diesem Problem, ihr eigenes Selbst zu suchen, oder richtiger, ihr wahres Ich zu erkennen. Selbst normale Menschen wie Sie, Monsieur, werden eine andere Person, wenn sie in andere Situationen kommen. Wir mögen einen *fond*, einen Grund, ein letztes fundamentales Ich besitzen, doch die Art, wie es sich äußert, variiert ständig. Ich ziehe es vor, mir eine menschliche Seele als ein Netz von Beziehungen vorzustellen, nicht als etwas Kompaktes, unveränderlich Stabiles, eher als ein System von energiegeladenen Elektronen, die sich in ewig wechselnden Bahnen umkreisen.«

»Erlauben Sie, ich halte mich immer noch für etwas durchaus Stabiles«, erwiderte John, jetzt fast persönlich beleidigt. »Ich bin immer noch ich selbst, Gott sei Dank.«

»Wie langweilig muß das sein«, sagte François. »Ich meine, Sie müssen sich selbst langweilig vorkommen.« Er zückte blitzschnell seine Kamera, knipste John. »Hiermit«, er schlug gegen seinen Apparat, »habe ich Sie schon dreimal eine andere Persönlichkeit werden sehen, je nachdem, auf wen Ihr Ich reagiert hat, ... auf Ihre Gattin, auf mich oder auf diese Dame ...«, er machte eine Verbeugung in Richtung auf Isobel, » ... und ich bin sicher, Madame ...«, er verbeugte sich vor Erdkunde, » ... könnte noch einen vierten John Ford aus Ihnen hervorlocken.«

»Oh, warum ich?« flötete Erdkunde, unter ihrer Mehlschicht errötend. »Ich finde, Sie sind ein rechter Spaßvogel.« – »Und ich finde, wir haben keine Zeit mehr, uns diese zweifelhaften Späße noch länger anzuhören«, sagte John mit einem Blick auf seine Uhr. »Es wird Zeit zum Umziehen für das Gartenfest. Kommst du mit, Anne?«

»Ich weiß noch nicht.«

»Soll ich auf dich warten?«

»Nein. Gehe nur voraus. Ich kann allein nachkommen. Ich habe meine eigene Karte.«

»Es würde aber besser aussehen, wenn du mit mir, deinem Gatten, gehen würdest«, sagte John mit erhobener Stimme.

»Ich weiß noch nicht, ob ich überhaupt hingehe.«

John wandte sich zu den andern und rief, in dem Versuch, seine Abfuhr zu ironisieren, aus: »Hat je ein Mann eine so kapriziöse Frau gehabt?«

Ein betretenes Schweigen war die Antwort.

Und dann trat, wie in einer Pantomime, hinter der Rosenlaube Kisha hervor, eskortiert von ihren sechs bartstrotzenden und turbangekrönten Sikh-Vettern.

»Die Motte und das Licht«, murmelte der Feldmarschall, »sie können es nicht lassen, einander zu suchen.«

Der Feldmarschall besaß die Gabe, selbst in einer dichten Menge, wie sie jetzt die Gärten des Königs bevölkerte, die Gesichter der Personen zu finden, die ihn besonders interessierten. Er stand unbeweglich am Rande des Gedränges, scheinbar unberührt, doch alles beobachtend. Pater MacCullough lachte in einem Fortissimo, in dem die Schadenfreude den Neid überdecken sollte, denn Enoch P. wurde schon zum dritten Mal an diesem Tage von Reportern umlagert, während er selbst nur einmal über die kulturelle Rückständigkeit Nepals interviewt worden war. Isobel führte ein einseitiges Gespräch mit dem Minister für Erziehung, und das rätselhafte Lotuslächeln des Ministers verriet dem Feldmarschall die moralisierende Penetranz von Isobels Beredsamkeit. Geschichte, vom Reporter des *Life* eines Interviews gewürdigt, war überwältigt von so viel Ehre. Erdkundes Augen hingen unter verschämt gesenkten Wimpern an John, der einer Gruppe schweigender nepalesischer Beamter seinen Standpunkt klarmachte. Mike Young war in den Anblick Rukminis versunken, um die sich eine Gruppe nepalesischer Frauen in züchtiger Verlegenheit tuschelnd und kichernd eng zusammendrängte. François schlängelte sich mit umgehängter Kamera und verstohlenen Späherblicken durch das Gewühl und hielt die Momente fest, in denen sich das Muskelspiel der Gesichter, das Feuerwerk der Augen, die hintergründige Spontaneität der Bewegungen für den Bruchteil von Sekunden zu entlarvenden Bildern verdichteten. Leo stand mit hängenden Schultern, durchgeschwitztem Kragen und verstörter Duldermiene neben einer aufgeregt plappernden, vor befriedigtem Weibchenstolz und ungestillter Sinnlichkeit glühenden Kisha, die eben ein Tablett mit Gläsern umgestoßen hatte, als sie ihren Sari in für ihren »vollkommenen« Körper vorteilhaftere Falten legen wollte. Mariette, in einem sehr schulterfreien Kleid, mit überlangen Handschuhen und einem Rosenbukett auf dem Balkon ihres *cul-de-Paris* – ein Anblick, der den Hindu-Dichter für die Dauer des Abends in ihr Kielwasser zu bannen schien –, bot Unni verzweifelt tiefe Einblicke in ihr freigelegtes Vorderpanorama. Unnis Blick glitt blind darüber hinweg, während er den Kopf, Annes Bild mit den Augen und der Seele suchend, unauffällig immer wieder von einer Seite zur andern wandte.

Die Gruppen lösten sich auf, neue bildeten sich. Auch Unni setzte sich in Bewegung, lotste Mariette zu Leo, manövrierte den Hindu-Dichter aus seiner kontemplativen Betrachtung der Rosen auf Mariettes Rükken in den Genuß ihrer frontalen Freigebigkeit, schob sich von der Seite an Pater MacCullough heran, zog ihn in ein Gespräch und steuerte ihn zu Anne, die sich mit Eudora und Wassili unterhielt, und jetzt standen sie nebeneinander, lachten, ohne sich anzusehen, über das, was Wassili sagte. Sie tranken, und hinter der Maske der Gläser trafen sich ihre Blicke.

Ranchit trat zu ihnen, sprach mit Anne, ohne Unni zu beachten. Anne entfernte sich mit Pater MacCullough, und Unni ging weiter, unterhielt sich kurz mit Oberst Jaganathan, verließ ihn, um François zu begrüßen, und zog, scheinbar ziellos von Gruppe zu Gruppe schlendernd, seine Kreise immer enger, bis er wieder bei Anne war.

Fred, verloren dreinschauend, stand bei dem Kurator, und Pater MacCullough, Anne Unni überlassend, führte ihm, von ihr dirigiert, Eudora zu.

Gut gespielt, dachte der Feldmarschall, gut gespielt, Eudora.

Ranchit hatte sich wieder an Anne herangemacht, spielte mit lüsternen Fingern an seinem kleinen Schnurrbart, stierte schamlos offen auf die Konturen ihrer Brüste, die sich unter ihrem Kleid abzeichneten. Und wenige Schritte neben ihnen lachte ein glücklicher Mike Young mit Rukmini.

Ein neuer Wirbel in dem Gewoge der Festteilnehmer schwemmte Fred vor den Feldmarschall, entführte Eudora in einem Schwarm von Amerikanern.

»Ein beängstigendes Gedränge«, bemerkte Fred.

»Eine faszinierende Mischung«, murmelte der Feldmarschall.

»Ich weiß nicht«, erwiderte Fred, »kommt mir unwirklich vor.«

Nach kurzem Schweigen sagte der Feldmarschall unvermittelt: »Gestatten Sie, daß ich Ihnen meine Bewunderung ausspreche für die Art, mit der Sie die Situation meistern. Ein Kabinettstück der Diplomatie, wirklich.«

Fred wollte protestieren, doch er fühlte sich geschmeichelt, obwohl er wußte, daß er das Kompliment nicht verdiente. In schwacher Abwehr sagte er: »Oh, Sie übertreiben«, doch seine Augen suchten Eudora. Sie sah nicht schlecht aus. Schmale Knochen, angenehm in der Unterhaltung. Sharma und der Hindu-Dichter verehrten sie. Der General schätzte sie sehr. Unni war ihr Freund. Sie verstand scheinbar eine ganze Menge von Musik. Und sie schien sich nicht an ihn hängen zu wollen, was unangenehm gewesen wäre. Sie bedrängte ihn nicht mit Erinnerungen, hatte nicht ein einziges Mal auf die Vergangenheit angespielt oder nachträglich Erklärungen gefordert oder geweint … nichts dergleichen.

Diese erstaunliche Eudora, so unähnlich dem Bild, an dem er so hartnäckig festgehalten hatte, verstärkte das Gefühl der Unwirklichkeit, das ihn seit der morgendlichen Raufszene mit John beherrschte. Es war ein Zustand innerer Schwerelosigkeit, körperlicher Entrücktheit, wie ihn die tibetanischen Lamas erleben mochten, die aus ihrem Körper traten und ihn von außen betrachteten, ähnlich der physischen Erschöpfung nach einer zermürbenden Operation, wenn man wie betrunken war vor Müdigkeit und im Stehen träumte.

Dieses Phänomen hatte Fred oft bei anderen Personen beobachtet. Er beurteilte die Menschen, wie jeder gute Arzt es tut, physisch und psychisch sowohl aufgrund seiner klinischen Feststellungen als auch seiner intuitiven Wahrnehmungen. Ihre Sprache, ihre Gesten, ihre Gesichtszüge, die entlarvenden Untertöne ihrer Stimmen hatten ihm nach zwanzig Jahren diagnostischer Praxis das menschliche Wesen als ein Ganzes enthüllt, ihn davon überzeugt, daß es nicht nur eine Montage von Organen war. So sah er auch John; John in der Frühe vor dem Bungalow, außer sich vor Wut, und nach wenigen Stunden John im Palasthof, gut gelaunt, und jetzt glücklicher, selbstbewußter Ehemann, so unähnlich dem rasenden Othello des Vormittags. Nur ein

Arzt, der die innere Widersprüchlichkeit der menschlichen Natur erkannt hatte, konnte verstehen, daß diese beiden so gegensätzlichen Johns nur einer waren. Fred vergegenwärtigte sich Johns schillernde Persönlichkeit in ihren schnellen, wechselnden Reaktionen innerhalb seiner kleinen Skala von Empfindungen, die so konventionell, so berechenbar waren, daß sie falsch sein mußten. Manche Menschen wurden erst sie selbst, wenn sie handelten, als ob sie das, was sie fühlen wollten, erst tun müßten, bevor sie empfinden konnten. Ein häufig benutzter Deckmantel für falsche Gefühle war die Gewalttätigkeit. Übertreibung war das Symptom der Unechtheit, so wie künstliche Blumen und Theaterkulissen bunter und reicher sind als die Wirklichkeit, die sie nachahmen. Vielleicht brauchten manche Menschen die Emphase und das Pathos, um sich als die Persönlichkeiten zu fühlen, die sie zu sein glaubten, aber nicht waren.

Freds Reaktion auf das Unechte war eine Empfindung von Unwirklichkeit. Während ihn John an diesem Morgen würgte, war seine Hauptsorge gewesen, daß sein Pullover nicht zerrissen würde. Und aus sich selbst heraustretend, betrachtete er, halb erstaunt, halb belustigt, die Marionette Dr. Maltby, an ihren Drähten bewegt von einem Fred, der nicht mehr vor Eudora davonlief, höflich belanglose Antworten gab, eine Zigarette rauchte, sich von einer Flut von Gesichtern, Stimmen, Gesten, Augen und Kameralinsen durch den Tag hatte tragen lassen, hier in dem Strudel des königlichen Gartenfestes verlorengegangen und neben dem Feldmarschall an Land geworfen worden war.

Und von hier aus beobachtete dieser Fred nun mit dem gleichen Blick wie der Feldmarschall die gesellschaftliche Massenpantomime und verfolgte das stumme Spiel ihrer menschlichen Nebenhandlungen. Er sah Anne und Unni, sah den Raum, der sie trennte, vibrieren von der Sehnsucht, die sie immer wieder zueinandertrieb. Er sah Rukmini und das stille Lächeln, das ihren Mund umspielte, während sie Mike Youngs Worten, ohne ihn anzusehen, aufmerksam lauschte, sah Sharma zu ihnen treten. »Beide lieben sie«, sagte er zu dem Feldmarschall.

»Young ist der wertvollere«, erwiderte der Feldmarschall. »Rukmini sollte sich von Ranchit scheiden lassen und diesen prachtvollen amerikanischen Jungen heiraten.«

»Ich wußte nicht, daß Sie so liberal denken«, sagte Fred erstaunt.

»Ich sehe nicht gerne hilflose Schönheit in der Gewalt des Lasters«, antwortete der Feldmarschall, »noch einen schönen Geist unter der

Tyrannei eines gefühllosen Dummkopfes.« Sein Blick, von magischem Instinkt gelenkt, fiel auf einen gutgelaunten John, der mit mehreren Personen in seinem Schlepptau durch das Gedränge auf Anne zusteuerte, offensichtlich, um ihr seine »wichtigen« neuen Bekannten vorzuführen. »Ich habe das Horoskop von Mrs. Ford gedeutet«, sagte der Feldmarschall. »Die Sterne haben gelächelt bei ihrer Geburt, wenn es auch nicht so scheinen mag. Die meisten Menschen glauben, daß der Mann für eine Frau alles sein, sie ausfüllen müsse. Doch es gibt Frauen, die mehr vom Leben verlangen. Für ihr Schicksal als Ehefrau und Mutter sind die Konstellationen ungünstig. Ihrem Charakter fehlt die hierzu erforderliche Passivität.«

»Ich hoffe, es wird gut enden«, sagte Fred. »Unni ist mein Freund, und Anne ist mir sehr ans Herz gewachsen.«

»Wie Sie sehen«, erwiderte der Feldmarschall mit weisem Lächeln, »nimmt es seinen unabwendbaren Lauf.«

»Ich werde wahnsinnig hier.« Unni sagte es zu Anne.

Sie standen einander hilflos gegenüber, belauert von den Augen und Ohren der Menge, die sie umflutete.

»Es ist eine Marter, schlimmer als Trennung, dich anschauen zu müssen, ohne dich berühren zu dürfen. Jede Sekunde ohne dich ist ein Jahrhundert an Höllenqualen. Und heute abend muß ich zu diesem Staatsbankett und dann noch zu der Theatervorstellung ... ich werde mich erst spät in der Nacht frei machen können, doch ich werde zu dir kommen, sobald ich kann.«

Miß Spockenweiler überfiel ihn. »Mr. Menon, wann steigt Ihr Vortrag im Kränzchen der Punkt-Vier-Damen? Sie haben ihn uns letztes Jahr versprochen.«

Sie suchten sich, mieden sich, verloren einander und fanden sich wieder wie Schwimmer in einer brandenden See.

Und nie war die Zeit mit so lähmender Langsamkeit an ihnen vorbeigeflossen.

Es war halb fünf Uhr morgens geworden, als er zu ihr kam, keuchend, als sei er gelaufen. Anne lag hellwach, sie streckte die Arme nach ihm aus und zog ihn dürstend an sich. Der Tag würde so früh beginnen, es war der Tag der Krönung.

Sie vergaßen ihre Qual, doch sie kam wieder mit der Ebbe der Lust, und er sagte zu ihr: »Glaube mir, Liebling, glaube mir, eines Tages werden wir für immer zusammen sein. Dann werde ich dich mitnehmen zu meinen Bergen.«

»Ich glaube dir«, erwiderte Anne und verschwieg, daß sie zweifelte, daß es ihr Schicksal war zu zweifeln, auch da, wo sie nichts sehnlicher wünschte, als glauben zu können.

Es war heller Tag, als er sie verließ, und er trat offen in das verräterische Licht der Sonne, ohne der Augen zu achten, die seinen Weg belauern mochten. Weder er noch Anne fürchteten länger die Entdeckung ihrer Liebe, sie wünschten sie herbei wie eine Erlösung.

Der Krönungstag begann mit dem allmorgendlichen Lärmkonzert der Krähen, doch bald wurde es übertönt von dem dumpfen Brodeln der Menschenmassen, die Katmandu überschwemmten. Langsam kam Ordnung in die Flut. Die Männer, eintönig grau in ihren Kitteln und Kappen aus selbstgewebten Stoffen, säumten in langen Reihen die Straßen. Die Frauen, zusammengeballt zu bunten Bataillonen, hatten die Ränge der Pagoden erobert und sie in schillernde, summende Pyramiden verwandelt. In ihren dunklen schweren Festtagsgewändern, behangen mit schimmernden Perlenschnüren, glänzende Kupfermünzen in Nasenflügeln und Ohrläppchen, leuchtenden, türkisbesetzten Goldschmuck im dunklen Haar, saßen oder standen sie unter ihren Sonnenschirmen zwischen den Göttern, selbst die Dächer waren unter ihren Trauben verschwunden.

Die Mitte der Straße wurde von Soldaten und Polizisten freigehalten, doch die Kinder schlüpften zwischen ihren Beinen hindurch auf die Fahrbahn, rannten fast unter die Räder der Jeeps, die sich in langsam vorrückenden Kolonnen, ständig hupend, auf den Hauptplatz zubewegten.

Wie die vorbereitende Reinigungszeremonie fand auch der Krönungsakt selbst in dem großen Mittelhof des Alten Palastes statt. Die Schar der zugelassenen Gäste war größer als am Tage zuvor. Die Diplomatenloge war zum Ersticken überfüllt. Eine ganze Armee von Generälen und uniformierten hohen Staatsbeamten schwitzte auf ihren Stühlen. Die Batterien der Kameras waren schußbereit. Geduldig warteten die Kuh und das Kälbchen an ihrem alten Platz. Neben der Hütte, in der sich die Reinigungszeremonie abgespielt hatte, beteten die Priester und sang eine Gruppe ländlich gekleideter Frauen. Und am Eingangstor zum Hof lauerte das Zyklopenauge der Kamera auf das Erscheinen des Königs.

Anne saß wieder bei Eudora, Fred und John. John trug heute eine Miene offenen Mißvergnügens zur Schau; Anne gegenüber umgab er sich mit einem Panzer betonter Gleichgültigkeit. Neben Anne saß

plötzlich, ungebeten, Ranchit; er sah mit frechem Blick zu Unni hinüber, als wollte er ihn herausfordern. John entfernte sich mit einigen Journalisten, die sich verzweifelt an ihn gewandt hatten, um eine einleuchtende Erklärung für die Anwesenheit der Kuh zu erhalten.
»John, bitte helfen Sie uns. Wir können beim besten Willen nicht verstehen, was dieser komische Cowboy uns erzählt.«
»Schöne Anne«, sagte Ranchit, »wie kann ein Mann es über sich bringen, von Ihrer Seite zu weichen?«
Anne wandte ihm den Rücken, blickte zu der Hütte hinüber, wo jetzt eine der Bäuerinnen, eine füllige Frau mit einem runden Gesicht und schwarzem Haar, ein Solo sang. »Das ist Suriyah«, sagte Ranchit, »eine Kurtisane, aber auch eine gute Sängerin. Alle Kasten und Berufe sind hier vertreten, sogar das älteste aller Gewerbe. Sehr sinnig … nicht wahr?«
»Sehr menschlich«, sagte Anne. Vielleicht war die Anwesenheit dieser Frau der Grund für Johns schlechte Laune. Vielleicht fürchtete er, sie würde Anstoß nehmen. Wie wenig kannte sie ihn!
John kam zurück. Er warf einen flüchtigen Blick auf Suriyah und unterhielt sich weiter mit Blumenfeld, der ihm gefolgt war, um sich von ihm erklären zu lassen, was er sah und nicht verstand.
»Was sind das für Frauen?« fragte Blumenfeld und deutete auf Suriyah und die anderen Frauen. »Sängerinnen«, sagte John.
Blumenfeld machte eine Aufnahme von der Gruppe.
»Die Krönung wird ein phantastischer Erfolg«, rief ihnen Enoch P. zu, der an ihnen vorbei auf die Diplomatenloge zusteuerte. »Wir haben sogar einen Reporter von Radio Island hier.«
Fanfaren schmetterten einen Militärmarsch. Eine Abteilung rotberockter Soldaten schwenkte in den Hof, gefolgt von einer Gruppe von Dienern, die große, aus Pfauenfedern gefertigte und mit kleinen Spiegeln besetzte Fächer trugen, und Priestern in gelben Seidengewändern. Der König und die Königin näherten sich auf einem Elefanten. Vor dem Tore kniete der Elefant nieder, um sie absteigen zu lassen. Und unter den roten, golddurchwirkten Sonnenschirmen, die über sie gehalten wurden, und umgeben von den Dienern, die mit ihren Pfauenfeder-Fächern wedelten, betrat das königliche Paar den Palasthof, jedoch um sofort im Innern des Palastes zu verschwinden, gefolgt von den Priestern und einigen hohen Würdenträgern. Inzwischen saßen die Ehrengäste wartend in dem von der Sonne durchglühten und der Musik zweier Orchester erfüllten Hof. Die rotberockte Militärkapelle schmetterte unverdrossen ihre Militärmärsche, während ein Orche

ster von Hörnern, Trommeln und schalmeienähnlichen Klarinetten gleichzeitig vedistische religiöse Weisen südindischer Herkunft spielte.

Nach einer Stunde kamen der König und die Königin wieder aus dem Innern des Palastes auf den Hof zurück und ließen sich im Lotussitz auf den Teppichen der strohgedeckten Hütte nieder, und die Zeremonie nahm ihren Fortgang, höchst eindrucksvoll in ihrer Feierlichkeit, doch unverständlich für die Mehrzahl der Zuschauer. Brahmanische Priester und buddhistische Mönche salbten singend den König, während sich wieder Reporter und Photographen dicht um die Hütte drängten und über sie hinweg die Megalorama ihre Aufnahmen schoß. Und um 10.33 Uhr, genau in der Minute, in der nach Feststellung der Astrologen die Sonne, der Mond und alle von den Priestern als günstig bezeichneten Planeten in die richtigen Konjunktionen gerückt waren, setzte der königliche Hohepriester auf das Haupt des Königs die Krone von Nepal, einen reich mit Edelsteinen und Perlen besetzten Helm, auf dem ein Paradiesvogel schillerte.

Dann setzten sich der König und die Königin auf den von einem Baldachin überdachten Doppel-Thron der Siebenköpfigen Schlange, der in der Mitte des Hofes auf einem Podium stand. Unter den Füßen des Thrones lagen die Häute eines Wasserbüffels, eines Hirsches, eines Elefanten, eines Löwen und eines Tigers. Die königlichen Familienangehörigen und Fürsten kamen von der Galerie im ersten Stock des Palastes, wo sie gesessen hatten, in den Hof herunter und huldigten dem König, indem sie vor ihm niederknieten und Münzen auf den Boden warfen. In langer Reihe defilierten nun das diplomatische Korps und die Sondergesandten zur Huldigung an dem König vorbei, gefolgt von den Vertretern der Ranas und den Delegationen aller Kasten, Berufe und Zünfte. Und in der Menge, die den Thron umflutete, trafen sich Anne und Unni, immer wieder zueinandergetrieben von dem Fieber ihrer Sehnsucht, das nach jeder Begegnung unerträglicher wurde in seiner Ohnmacht.

Das Mittagessen im Royal-Hotel war ein Alptraum für Anne. Bekannte Gesichter tauchten auf und verschwanden wie Gespenster. Blumenfeld sprach endlos über Vishnu. Leo, nur noch ein kläglicher Schatten seiner gallischen Munterkeit, schien Mordpläne auszubrüten gegen Kisha und ihre sechs Vettern, die sich an seinem Tisch breitmachten. Anne wußte nicht, was sie aß, hörte nicht, was Michael Toast ihr ins Ohr flüsterte. Unni war nicht da, würde nicht kommen. Mike Young kam herein mit Oberst Jaganathan. Wassili taufte die beiden »Tag und Nacht«. Mike Young war blond wie Stroh, Jagana-than noch dunkler als Unni. Mike sah Ranchit, und sofort suchten seine Augen Rukmini, doch sie war nicht hier. Dann tauchte Dearest, die Tochter des Rampoche, auf, leuchtend in roter und grüner Seide, plappernd wie die Gebetsmühlen ihres Vaters.

»Mrs. Ford ich bin so froh Sie zu sehen mein Vater möchte Sie einla-den und auch Mr. Ford und noch viele andere Leute zu einem einfa-chen tibetanischen Imbiß.«

»Was will sie?« fragte John. Anne stellte vor.

Dearest sah bekümmert drein. »Oh Sie müssen kommen alle mein Vater hat schon eine ganze Versammlung von Herren und Damen eingeladen und er läßt auch den indischen Botschafter holen und Mr. Bowers und einige Generäle und Mr. Menon …«

»Bedaure«, sagte John, »wir sind schon beim Essen.«

»Dann habe ich einen Brief für Sie von meinem Vater«, sagte Dearest und drückte Anne ein Kuvert in die Hand.

»Wer ist sie?« fragte John argwöhnisch.

»Eine von meinen Schülerinnen«, erwiderte Anne, den Brief in ihre Handtasche schiebend. Nach dem Essen zog sie sich in den Damen-waschraum zurück und las den Brief.

> Meine liebe Nichte,
>
> ich schreibe Ihnen dieses, um Ihnen zu sagen, daß ich gestern un-seren Mr. Unni Menon gefragt habe für die Verträge für Sand und Kalk, für die Mr. Menon aber nicht genug Interesse zeigt. Früher haben verschiedene Leute verschiedene Kontrakte von Mr. Menon bekommen. Meine liebe Nichte, wir müssen einer dem andern helfen. Ich betrachte Sie als meine Tochter, und deshalb werde ich nicht zögern, Ihnen Schwierigkeiten zu ma-chen. Wenn Sie das nicht wollen, versuchen Sie Ihr Äußerstes, die Kontrakte für Sand und Kalk zu besorgen. Der Mann, der sie braucht, ist mein intimer Freund. Er hat mich schon lange darum gequält. Ich habe ihm versprochen, ihm diese Kontrak-te zu besorgen, weil ich wußte, daß Sie mir helfen werden und Mr. Unni sagen werden, er soll diese Kontrakte geben. Bitte glauben Sie mir, daß ich Ihnen und Mr. Menon ewig dankbar sein werde für diese Freundlichkeit.
>
> Mehr, wenn wir uns wiedersehen.
>
> Ich verbleibe
>
> Ihr Ihnen zugetaner
> RAMPOCHE VON BONGSOR

Anne lächelte ungläubig, zerriß den Brief und warf die Schnitzel in den Papierkorb.

Für den Nachmittag war ein Durbar, eine öffentliche Huldigungsfeier, angesetzt, die auf einer großen offenen Wiese am Rande von Katmandu stattfinden sollte. Obwohl sie um zwei Uhr beginnen sollte, war es vier Uhr geworden, als die wartenden Gäste, die zum Schutz gegen die brennende Sonne unter Zeltdächern saßen, auf der Straße in einer Wolke von Staub die bemalten Elefanten wie wandelnde Pagoden herankommen sahen. Ihre Fußnägel waren vergoldet, ihre Ohren mit Blumengirlanden behangen, und auf ihren roten Schabracken trugen sie große Sänften. Maskierte Tänzer tanzten vor ihnen her. An einem Triumphbogen, der auf die Wiese führte, machten die Elefanten halt und knieten nieder. Die Diplomaten, die in den Sänften saßen, stiegen aus – der französische Botschafter, einen prächtigen Dreispitz auf dem Kopf, ließ sich gewandt über die Flanke seines Tieres hinabgleiten – und gingen über den langen roten Teppich zu dem großen Pavillon, von dem aus der König, auf einem Thron sitzend, die Krönungsrede halten sollte. Die Teppichstraße zu diesem Pavillon säumten zweihundert Götter und Göttinnen, über zwei Meter hohe Statuen mit vergoldeten Gesichtern unter juwelenfunkelndem Kopfputz, gekleidet in prächtige Gewänder, vor der Sonne geschützt durch rote Staatsschirme und ständig befächelt von ihrem eigenen Gefolge. Sie waren aus den Tempeln Bhadgaons, Patans und Kirtipurs eigens herangeschafft worden, um an der Durbar teilzunehmen. Um sie herum brodelte die mehr als tausend Köpfe zählende Menge der Gäste und Reporter, die sich bitter über das lange Warten in der Sonne beklagten und immer wieder zu den zwei kleinen Ständen flüchteten, an denen Orangensaft ausgeschenkt wurde. Auf der Straße näherte sich jetzt unter Fanfarenstößen der letzte der Elefanten, ein gewaltiges Tier mit mächtigen Stoßzähnen, bedeckt mit einer lang herabhängenden, goldbestickten Purpurschabracke. Auf seinem Rücken trug er in der von einem Baldachin überdachten Staatssänfte den König und die Königin. Vor ihm her fuhr, hoch auf einen Lastwagen montiert, die Kamera der Megalorama. Auch als das königliche Paar, das seine Krönungsgewänder und Krone und Tiara trug, über den roten Teppich auf den Pavillon zuging, rollte der Kameraturm zwischen dem Spalier der Götter, selbst ein Gott auf Rädern, ganz dicht vor ihm her.

»Hierher schauen, König! ... Nicht so schnell!« rief einer der Kameramänner, als der König seine Schritte beschleunigte. In dem blassen, ernsten Gesicht des jungen Königs war keine Bewegung zu erkennen, vielleicht war es nur die große dunkle Brille, die es so ausdruckslos erscheinen ließ. Im Schlepptau der Megalorama und dicht umschwirrt von der Traube der Reporter und Photographen erreichten der König und die Königin den Pavillon, stiegen die Stufen hinan und setzten sich auf den Thron.

»Ich fürchte, die Nepalesen sind innerlich empört über unser Benehmen«, sagte Eudora.

Doch die Nepalesen waren nicht empört. Sie betrachteten die Kamera als einen harmlosen Spaß oder als eine neue, besonders vorwitzige Gottheit, und diese belustigende Neugierde störte nicht ihren inneren Frieden. Und so blieb die Krönung trotz einiger operettenhafter Züge eine würdige Feier.

Die Lautsprecheranlage versagte nach den ersten Worten des Königs, niemand verstand den Rest seiner Rede, und das Durbar war plötzlich zu Ende.

Schwitzend kletterten die Diplomaten wieder auf ihre Elefanten. Paul Redworth, der Anne verzweifelte Blicke zuwarf, teilte den seinen mit dem Earl of Scarborough, dessen Gesicht grellrot glänzte über dem Schwarz seines schweren Samtmantels und dem Blau seines Ordenshalsbandes, und dem chinesischen Delegierten, der eine Arbeitermütze und eine Uniform aus leichter, schwarzer Seide trug. Eine Gurkhakapelle spielte einen Militärmarsch, und die Menge geriet in Bewegung, sammelte sich in Familien und begann, in Gruppen in die Stadt zurückzuwandern.

Später, als ihr Bewußtsein nicht mehr gelähmt war durch die Gegenwart Johns, die ihr – Anne konnte es nicht anders beschreiben – Augen und Ohren nahm, tauchten in ihrer Erinnerung auch die Polizisten auf, die mit Stöcken auf die vordrängende Menge eingeschlagen hatten, die Tontöpfe am Rande der Straße, in die der König Münzen werfen sollte, und eine Pyramide von Frauen unter schwarzen Schirmen, ähnlich einer riesigen Dohle mit gesträubten Federn.

Sie war gekommen mit Fred und Eudora, doch als sie jetzt zu dem in Staub gehüllten Parkplatz ging, um ihren Jeep zu holen, tauchte plötzlich Unni an ihrer Seite auf.

»Wir fahren zusammen in meinem Jeep.«

Die Zeit der Furcht und der Vorsicht war vorüber. Sie würde mit ihm gehen, wann und wohin er wollte. Sie fuhren in einer Schlange von Fahrzeugen langsam durch die Straßen Katmandus.

»Wir haben noch achtundvierzig Stunden für uns. Ich will keine davon verlieren.«

Und plötzlich glaubte sie, ihn hassen zu müssen und verwünschte die Übermacht der Umstände, die sie zwang, so zu empfinden, denn er besaß so viel Gewalt über sie, daß sie nicht mehr sich selbst gehörte; er brauchte sie nur anzuschauen, und schon war sie außer sich. Den ganzen Tag hatten sie nach einander gehungert, und jetzt war sie müde, zum Weinen müde.

Die Sonne versank hinter den Bergen. Der Abendwind wiegte das Gras unter den jungen Bäumen. Anne ließ sich auf den Rasen fallen und stöhnte: »Ich bin so müde, müde.«

»Lege deinen Kopf an meine Schulter«, sagte Unni. Er saß unter einem Baum, den Rücken gegen den Stamm gelehnt, und sie legte sich in die Beuge seines Armes. Sie fühlte ihren Körper, der sie schmerzte, als sei sie geprügelt worden, empfindungslos werden. Sie glaubte, im nächsten Augenblick einschlafen zu müssen. Und sie wußte dann nicht, ob Minuten oder Stunden vergangen waren, als sie spürte, daß die Schulter unter ihrem Kopf sich bewegte, und sie, die Augen öffnend, zuerst die Schuhe und dann die Hosenbeine und dann die Gesichter von Enoch P. und John erblickte.

Annes Herz setzte nur für einen einzigen Schlag aus, während sich in ihrem Bewußtsein die Schulter hinter ihrem Kopf und Johns Blick zu einem scharfen, glasklaren Gedanken kristallisierten, und dann kam eine große Ruhe über sie.

Sie hatte bisher nicht bemerkt, daß Enochs obere Zähne falsch waren, doch als sie jetzt an ihm hochsah, war es das erste, was ihr in seinem Gesicht auffiel.

»Hallo«, sagte Unni, und sie spürte durch das Tuch seines Anzuges die Resonanz seiner Stimme in seinem Körper. Die Schulter bewegte sich wieder. Wenn sie jetzt weggenommen wurde, war alles Lüge und er ein Feigling. Und während sie diese Worte dachte, wich die Schulter zurück, doch nur um Fingerbreite, bestimmt nicht mehr, denn sie spürte noch die Wärme der Schulter. Er war nicht aufgestanden, er saß noch hinter ihr, ihrem Blick entzogen, so daß sie nie wissen würde, ob er diese kaum wahrnehmbare Bewegung aus Angst gemacht hatte oder nur, um eine bequemere Stellung einzunehmen.

»Äh … hm«, räusperte sich Enoch P.

Johns Mund zuckte. O bitte, betete Anne, als sie seine Lippen schlaff werden sah und seine blauen Augen sich trüben unter dem Schleier eines stummen Schmerzes, der keine Antwort forderte, bitte, lieber Himmel, laß Unni jetzt nicht zu grausam sein. Denn in diesem Augenblick und auch in der blitzhaften Rückerinnerung an die Bewegung seiner Schulter war ihr in einem Augenblick die abgründige Verschlagenheit offenbar geworden, die hinter seiner Schlichtheit lauerte. Sie wußte, daß er, der an alles dachte, mit der Möglichkeit dieser Situation gerechnet, sie mit kühlem Kopf vorerlebt, Johns vermutliche Reaktion abgewägt und in sein eigenes Verhalten eingeplant hatte, und er würde sie jetzt, da sie eingetreten war, mit kaltblütiger Sachlichkeit handhaben wie einen geplatzten Autoreifen. Die Schnelligkeit und Sicherheit seiner Entschlüsse, die immer den Eindruck erweckten, als habe er die Ereignisse, von denen sie ausgelöst wurden, selbst herbeigeführt, war unheimlich, unerträglich. Er wird mit John spielen wie die Katze mit der Maus. Selbst wenn er nichts sagt und nichts tut, wird es sein Wille und nicht Zwang sein. Alles, was sie selbst jetzt tun konnte, war, auf Enochs falsche Zähne und auf Johns in echtem Schmerz verzerrten Mund starren und beten, daß Unni jetzt nichts tun möge, was sie zwingen würde, ihn zu verachten.

»Ich«, stotterte Enoch P., »wir … wir sind gekommen … Miß Maupratt sagte uns, daß … es ist wegen einer Party, die der Valley Club in zwei Tagen veranstalten will, und wir dachten …« Er warf einen verzweifelten Blick auf John.

Unni erhob sich. Er klopfte nicht seine Kleider ab, und er tat es sicher deshalb nicht, weil es den Eindruck erweckt hätte, als wollte er eine Verlegenheitspause ausfüllen. Er sah John an, ohne Enoch P. zu beachten.

Johns Gesicht versteinerte unter seinem Blick zu einer Maske ungläubigen Staunens.

»Guten Abend«, sagte Unni.

»Guten Abend«, erwiderte John, offensichtlich gegen seinen Willen, doch seine eigene Stimme weckte ihn aus seiner Erstarrung. Der Ausdruck des Schmerzes in seinem Gesicht verschwand, zurück blieb nur dumpfe Ungläubigkeit. »Wir sind gekommen, um mit Anne, um mit meiner Frau zu sprechen.« Die letzten Worte schienen in seinem Inneren ein Echo hervorgerufen zu haben. Er runzelte die Stirne, maß Unni herausfordernd von oben bis unten.

»Ja, Anne«, sagte Enoch schnell, »wir wollten Ihnen nur mitteilen, daß wir übermorgen im Royal-Hotel eine Party des Valley Clubs veranstalten. Alle Welt wird da sein. Wir halten es für gut, den Club jetzt zu starten, bevor die Krönungswoche zu Ende ist. John meinte, wir sollten bei Ihnen vorbeigehen, um Ihnen Bescheid zu sagen. Bei Isobel waren wir schon.« – »Danke«, antwortete Anne. »Ich will sehen, daß ich kommen kann.«

»Wunderbar«, rief Enoch aus. »Es wird ein großer Erfolg werden. Ich glaube, wir müssen gehen, John. Wir haben noch eine Reihe von Leuten zu verständigen, und der Tag war doch ziemlich anstrengend. Ich hoffe, Sie haben das prächtige Schauspiel der Zeremonien ebenso genossen wie wir, Anne.«

»Am besten haben mir die Elefanten gefallen.«

»O ja, die Elefanten, natürlich. Überhaupt phantastisch, dieser Festzug! Vielleicht sehen wir uns heute abend bei der Galavorstellung im Theater.«

Wütend, ohne ein Wort zu sagen, machte John auf dem Absatz kehrt. Sie lagen wieder im Gras, schwiegen lange. Dann sagte Unni: »John will nicht wissen, daß ich es bin. Solange er es sich nicht eingesteht, glaubt er, dich noch nicht verloren zu haben. Sobald ich weg bin, wird er dir eine Szene machen. Doch nicht vorher.«

Elftes Kapitel

Die Erregung der Krönungswoche verebbte in kleineren Veranstaltungen. An einem besonders heißen Nachmittag fand ein nationales Sportfest statt, bei dem Paul Redworth, der Oberbefehlshaber, der Außenminister und einige Ranageneräle großen Beifall ernteten, als sie bei einem musikalischen Gesellschaftsspiel, das sich »Die Reise nach Jerusalem« nannte, in der prallen Sonne um die Wette liefen. Während der nächtlichen Gartenparty der Redworths gingen plötzlich die von Unni besorgten Lampen aus, und für fünfzehn Minuten, während derer Unni nicht aufzufinden war, herrschte tiefste Finsternis unter den Bäumen. Eine Ausstellung des nepalesischen Kunsthandwerks war schlecht besucht. Man traf sich in immer kleinerem Kreis auf Tees, Cocktailparties und Banketten.

Jeder Abschied, ausgenommen der plötzlich erzwungene, beginnt mit dem Wissen um den Augenblick der Trennung, wirft seine Schatten aus der Zukunft zurück in die Gegenwart, und der vorweggenommene Schmerz des Auseinandergehens trübt die Freude der noch verbleibenden Stunden und Tage des Zusammenseins. In Unni und Anne verhinderte ein hohes Maß an Ehrlichkeit sich selbst gegenüber und an Offenheit gegeneinander, daß der Gedanke an Unnis Abreise zum bitteren Wermutstropfen in der Neige ihres Glücks wurde. Sie wußten um die Pein der Zukunft, doch sie opferten ihr nicht den Genuß des Augenblicks. Für Anne waren diese letzten Stunden überreife Früchte, doppelt süß in ihrer geizigen Bemessung, köstlicher werdend mit ihrer Seltenheit. Wenn sie zu Unni sprach, brauchte sie nicht nach Worten zu suchen und ihren Doppelsinn zu fürchten. Sie hatte entdeckt, daß er sie immer verstand, wenn sie nur aussprach, was sie fühlte, ohne es vorzudenken. Sie wußte jetzt, Liebe bedurfte, um sich zu verständigen, nicht der Augen und der Ohren, sie überwand in der gegenseitigen Erfüllung die Hindernisse der Sinne, und aus Sicht wurde Einsicht und aus Worten Atem der Seele.

»Es ist für mich eines der schönsten Geschenke unserer Liebe, Unni, daß ich mit dir sprechen kann.«

»Du sprichst nicht mit *mir*, du sprichst laut zu dir selbst, und ich höre zu.«

Die letzten Stunden wurden zum Quell neuen tiefen gegenseitigen Verstehens und reicherer Selbsterkenntnis. Sie tauschten das Geschenk ihrer Gegenwart, ohne Forderungen an die Zukunft zu stellen. Die Beschränkung in der Zeit, die ihrem Zusammensein eine Frist setzte, war nur ein Rahmen um ein karges Bruchstück ihres Glücks, von dem sie wußten, daß es eines Tages grenzenlos sein würde in der Einheit von Zeit und Raum.

»Manchmal kann ich es kaum mehr ertragen zu warten, daß du gehst. Dann wünsche ich, du wärst schon gegangen, damit ich dein Fortgehen hinter mir habe.«

»Liebling«, erwiderte er, »du wirst dich an jedes dieser Worte erinnern, wenn ich wirklich gegangen bin.«

Und weil sie, aus der Zukunft zurückschauend, ihre Trennung bereits erlebt hatten, wurde aus dem Frühling ihres Nochzusammenseins ein fruchtbarer Herbst, trächtig von neuer Verheißung.

Den Faden jeden Augenblickes festhaltend, die Fasern der Minuten zu Bändern der Erinnerung verwebend, erlebte Anne diese gezählten Stunden und Tage bewußt als eine neue Etappe auf ihrer Reise zu sich selbst.

Aus der Glimmerwand der Dämmerung sickerten die ersten Tropfen des Tages, sammelten sich und füllten das Tal mit dem ewig jungen Licht des neuen Morgens, und in die Frische seiner frühen Luft mischte sich köstlich Würze und Wärme von Kaffee und Toast. Dann kam der General über den Rasen, schwankend in seiner Hagerkeit, als finge sich die leichte Brise, die das Gras kaum kräuselte, an seiner hohen Gestalt in zerrenden Wirbeln, und neben ihm schritt, erdnahe, mit rollenden Hüften, die Maharani, den mächtigen Kopf stolz auf ihren stämmigen Schultern wiegend wie ein Krönungselefant, und hinter ihnen gingen Lakshmi, eingehüllt in die stille Erwartung ihrer Schwangerschaft, und Dipah, ein goldschimmernder Faun. Später spielte Unni – er war ohne Scheu barfuß und hemdsärmelig aus ihrem Schlafzimmer heruntergekommen – auf dem Rasen mit zwei kleineren Kindern, einem Mädchen von drei und einem Jungen von fünf Jahren, Nachkömmlingén des Generals.

»Es ist ein so wunderbarer Tag«, sagte der General. »Wir wollen nach Bhadgaon fahren. Ein bißchen Durchgerütteltwerden wird unserem Innenleben guttun.«

Als die Jeeps an dem Institutsgebäude vorbeifuhren, sah Anne zwei mehlbleiche Gesichter, die über hellen Sommerkleidern von der Terrasse herunterstarrten.

Bald waren sie in Bhadgaon, der alten Stadt auf einem bewaldeten Hügel, deren rote, geschweifte Dächer auf dem grünen Blättermeer der Bäume zu schwimmen schienen. Sie fuhren langsam durch die holprig gepflasterten Straßen, entlang dem Spalier der Tonkrüge, vorbei an Brunnen, an denen Frauen sich in züchtiger Offenheit wuschen, und kamen zu dem Marktplatz, dem Herzen Bhadgaons, dessen großes Viereck nach der Mitte zu abfiel, als hätte sich der Boden gesenkt unter dem Gewicht der riesigen fünfstöckigen Pagode, die dort in den blauen Himmel ragte wie ein Gebirge aufeinandergetürmter Dächer. Die breite Flucht der Treppen, die wie eine Lawine aus der Höhe herabzustürzen schien, war flankiert von Steinfiguren, Götter und Tiere darstellend, in der Rangfolge ihrer Heiligkeit und Macht von oben nach unten geordnet, und ganz unten, auf der tiefsten Stufe, war auf beiden Seiten dem Menschen ein Platz eingeräumt in Gestalt zweier Gaukler. Vor der Hauptfront der Pagode stand eine schweigende Menge und lauschte der Stimme eines Lautsprechers, die von der untersten Galerie her über den Platz hallte. Hinter dem Lautsprecher zeigte eine Gruppe junger Männer grimmig entschlossene Gesichter. Über ihnen flatterte und knatterte eine leuchtendrote Fahne mit Hammer und Sichel.

»Wir wollen sie in ihrem Eifer nicht stören«, sagte der General. Er stand im Schatten der Pagode, und in der adeligen Vornehmheit und Zurückhaltung seiner hohen eleganten Erscheinung schien sich das ehrwürdige Alter des Gebäudes widerzuspiegeln. Er deutete auf die

Pagode und sagte lächelnd: »Sie ist wie ein Christbaum nach Weihnachten, sehr schön, ein wenig lächerlich, aber sie steht noch.« Die Jeeps erregten die Aufmerksamkeit der Menge, lenkten sie ab von der Stimme aus dem Lautsprecher. Kinder und Frauen begannen sie zu umringen, und Unni fuhr weiter, indem er einen weiten Bogen um den Platz beschrieb.

»Wir wollen sie nicht stören«, wiederholte der General, »wenn sie auch nur leere Versprechungen machen, um hungrige Mägen zu füllen.«

Sie fuhren weiter durch enge Straßen, unter weit vorspringenden Erkern hindurch, deren geschnitzte Gitter Vögel und deren Friese Schlangen darstellten, vorbei an Haustüren, bemalt mit Sittichen und Augen, und kamen zu dem kleinen Tempel der Göttin Kala Durga, der schwarzen Dämonentöterin. Sie durchquerten einen dunklen Hof, der angefüllt war mit Gerümpel, kletterten eine baufällige Stiege hinauf, an der ein Halteseil das Geländer ersetzte, und betraten einen kleinen schmutzigen Raum, in dem vor dem dunklen Bild der Göttin die Flämmchen zinnerner und silberner Öllämpchen flackerten. An den Wänden hingen Reihen von wunderschön bemalten Masken, die von den Tänzern der Stadt bei den Herbsttänzen getragen wurden. Sie fuhren weiter, und plötzlich riß Unni das Steuer herum, um einem Stein auszuweichen, der weißgekalkt und rotbeschmiert aus dem Pflaster herausragte. »Ein Wächter Kala Durgas. Es gibt zehn von ihnen, je einen für die vier Himmelsrichtungen, vier, die dazwischen liegen, und je einen für den Himmel und den Mittelpunkt der Erde.« Mit den Rädern des Jeeps über diese Steine hinwegzufahren war Gotteslästerung. Anne erinnerte sich, daß sie an einer Straßenecke den Fuß auf einen solchen Stein gesetzt und ihn sofort wieder zurückgezogen hatte, als sie einen Aufschrei hinter sich hörte. Der erhabene Pflasterstein war ein Gott gewesen, und zwei Männer und eine Frau hatten sie so böse angesehen, wie ihre sanften Gesichter es erlaubten.

Als letztes, bevor sie die Stadt verließen, sahen sie die Säule mit der goldenen Statue eines Mallal-Königs. Er sah schön und hochmütig aus wie Ranchit und kniete mit gefalteten Händen vor dem goldenen Tor, das er vor Jahrhunderten der Stadt Bhadgaon geschenkt hatte. Und auf der Heimfahrt rief der General plötzlich entsetzt aus: »Sehen Sie ... da!«

Sie sahen am Wegrand einen großen, schweren Stier stehen. Er sah krank aus. Sein Schwanz war ein blutiger Stummel.

»Jemand hat ihm den Schwanz abgeschnitten«, schrie der General, bleich vor Wut. »Wer hat das getan?« Und Dipah zischte: »Wo ist der Verbrecher?« Vater und Sohn sprangen aus dem Jeep, gingen zu dem Tier und sprachen mit den Bäuerinnen, die bei ihm standen.

Lakshmi zitterte vor Empörung. »Sie werden den Verbrecher fangen und ihn zu Tode prügeln.«

Unni schwieg, er nahm die Hände nicht vom Steuer. Dann sagte er in einem ruhigen sachlichen Ton zu Anne: »Es wird noch viel Zeit erfordern, das zu ändern. Einen Menschen töten kostet nur tausend Rupien. Das zahlen wir, wenn ein Arbeiter beim Damm tödlich verunglückt. Doch eine Kuh töten ist Mord.«

»Sie werden das Ungeheuer fangen«, sagte der General, während er wieder auf seinen Sitz kletterte. »Sie werden ihn in Stücke zerhacken mit ihren Kukris.«

Sie fuhren weiter und sprachen nicht mehr über das Tier, das leidend in der prallen Sonne am Wegrand stehengeblieben war.

Regmi hatte die Vordertüre abgeschlossen, er kam jetzt hinter dem Bungalow hervor und erklärte, es hätten sich zuviele Leute herumgetrieben. Der Rampoche und seine Tochter seien hier gewesen, sagte er, und auch der weiße Mann, dessen Gesicht so viel Linien hat wie ein ausgetrocknetes Schlammfeld.

»Leo«, sagte Anne und lächelte über die Beschreibung. Sie mußte daran denken, Unni von dem Brief des Rampoche zu erzählen. Doch dann vergaß sie es wieder.

François kam über den Rasen mit Eudora, und er verfiel sofort, ohne zu stören, der verzauberten Stimmung, die sie unter dem schweren Blätterdach der Nußbäume vereint hatte.

»*C'est un Manet*«, sagte François zu Anne, überwältigt von der Landschaft, und war begeistert vom General: »*Quel homme épatant, qu'il est beau*«, und starrte fasziniert auf den weißen Haarschopf unter der zierlichen, flotten Kappe, auf die saloppe Unbekümmertheit der zu weiten Kleidung.

Eudora sagte zu Unni: »Ich werde bald abreisen. Was ist mit Fred?«

»Lassen Sie Fred Zeit. Er wird darüber nachdenken. Was von Wert ist, wächst schneller in der Trennung. Versuchen Sie es später wieder, vielleicht im Herbst.«

Und der General sagte: »Haben Sie Geduld, Madam. Der Tau fällt auf das Gras, wenn die Nacht am stillsten ist.«

Eudora lachte, und Anne fiel auf, daß ihr Lachen frei war von dem mädchenhaften Kichern, und dann seufzte Eudora und sagte ernst:

»Geduld und Geduld ist nicht das gleiche, General. Hier, wo die Zeit stillzustehen und die Welt immer jung zu sein scheint, hat Geduld einen Sinn, doch da, wohin ich zurückkehre, messen die Menschen die Zeit mit der Uhr und nach dem Kalender, und das macht sie sehr ungeduldig, und sie fürchten sich vor dem Alter, und ich habe Angst, mich auch wieder vor ihm fürchten zu müssen.«

»Sehr wahr, Madam, es gibt Orte, wo die Zeit ein übler Dieb ist«, erwiderte der General, »doch Sie sind jetzt gefeit gegen die Zeit, und ich bin sicher, Sie werden Sie besiegen.«

»Ach, General«, seufzte Eudora, »ja, wenn ich noch jünger wäre ...«

»Sie sind jung wie unsere Berge«, unterbrach sie der General galant. »Fragen Sie Unni. Er wird Ihnen sagen, daß der Himalaja nur eine Million Jahre alt ist.«

Das Mittagessen wurde gebracht, Pilawreis auf nepalesische Art, scharf, pikant gewürzt, von Kennern, wie der General bemerkte, nur mit den Fingern gegessen, weil das Metall von Löffel oder Gabel den reichen Geschmack schmälerte. Er beugte sich über die Schüssel, sog den Duft des Gerichts schnuppernd ein und nickte anerkennend, aß aber selbst nichts. »Mein Magen ist so delikat«, sagte er zu Anne, »er versagt sich jeder allzu festen Nahrung.« Er trank Whisky und ließ sich ein Glas Milch bringen.

Nach dem Essen wurde François, der durch die Verdauung beschwingte Franzose, gesprächig. »Hier finde ich zurück zum Herzen meiner selbst, Anne, wie Sie es getan haben. Ich wünschte, ich könnte immer hier bleiben, doch ich darf nicht. Draußen in der Welt weiß ich oft nicht, was ich vom Leben will, fühle mich tausend Wünschen ausgesetzt, hin- und hergerissen zwischen Haß und Liebe, Sehnsucht und Ekel, und das Leben wird mir zum narrenden Puzzlespiel, das nie aufgeht. Doch hier ist alles klar und wahr, und das Leben ist ein Ganzes, und ich werde ich selbst. Und nach nichts sehne ich mich mehr, als ganz und ich selbst, mein eigenes rundes Universum zu sein. Es ist ein großes Geschenk, zu wissen, was man will, seiner selbst so sicher zu sein wie ein Kind.«

Der General hatte zugehört und sagte: »Gott ist hier. Er ist in dem sanften Wind. Sehen Sie, das Gras winkt ihm zu.«

Und in der trunkenen Hitze und satten Schläfrigkeit der Stunde nach dem Essen wurde sich Anne plötzlich Unnis körperlicher Nähe wieder bewußt. Bald darauf erhob sich die Maharani, mahnte zum Aufbruch und entführte mit ihrer Familie, ohne geschwätzigen Abschied, auch François und Eudora. Als ob sie es gespürt hätte, dachte Anne, weder beschämt noch verlegen. Und dann nahm Unni ihre Hand und führte sie ohne Scheu, als wären sie ihr ganzes Leben Hand in Hand gegangen, über den Rasen zum Bungalow, und Anne befielen doch wieder Skrupel und Menschenfurcht, und sie sagte: »Und wenn jemand kommt? Was soll er denken?«

»Was kann er schon denken«, erwiderte Unni ernst, »außer daß wir ein Mann und eine Frau sind und tun, was die Natur von uns erwartet?«, und als er ihr entsetztes Gesicht sah, lachte er und sagte: »Komm, Anne, sei unbesorgt. Regmi wird sagen, du bist ausgegangen.«

Und in der bejahten Niederlage ihrer Körper siegte wieder die große innere Stille, erstickten seine Arme alle Zweifel, löste die leibliche Gewißheit seiner Gegenwart alle Fragen, erfüllte sich mit ihrem Begehren von neuem das Wunder schlackenlosen Selbstseins.

... Wunder der Liebe, wiedergefundenes verlorenes Paradies, Unschuld und Schönheit des Fleisches in Einklang mit dem Geist ... Schmerz der Wiedergeburt und wehe Erkenntnis, daß alle Worte wahr sind, die Liebespein dem Menschen je abgerungen ... Liebesworte, erregender und dauernder als Liebkosung der Hand oder Vermählung des Fleisches in Verschwendung und Geiz des Begehrens ... Und das Bangen, auch der Mann in ihren Armen möge erkennen, daß Liebe der Worte bedarf, um vollkommen zu sein ... möge sagen: Ich bete dich an mit meinem Leib auf so viele Weise! ... und es tun in Wort und Tat, wissend, daß Worte, früher leer und schal, in seinem Mund lebendige Wahrheit und süße Wonne für sie geworden ...

Und sie umfing ihn, und ihr Mund bettelte an seinem Ohr: »Nimm mich, halte mich, ich gehöre dir.«

Er erwiderte nur: »Und ich dir.«

Und es war für sie das Ja zum Bund ihres Lebens.

Als sie später erwachte, den Kopf auf seiner Schulter, ihn spürte und roch und ihr Geist nicht glauben wollte, was ihr Leib von neuem beglückend empfand, sprach sie: »Sag' es mir noch einmal, Unni, sage mir, daß ich dir gehöre.«

»Du bist mein Weib«, antwortete er. »Schon damals, im Tempel beim Shiva-Fest, wußte ich, daß wir einander gehören.«

War dies nicht genug? Sie hatte die Unschuld ihres Fleisches wiedergefunden, die Schönheit ihres Körpers im Spiegel seiner Augen entdeckt, ihr verdorrt geglaubter Leib war neu erblüht unter dem Hauch seiner Worte, ihr selbst, die ihn als Geißel und Fessel empfunden hatte, kostbar geworden als Gefäß und Quell ihrer Liebe. Sie hatten ein-

ander im Geiste erkannt und anerkannt in der bewußten Achtung des
eignen Wachstums des andern, wissend um die unvermeidbaren und
unverletzlichen Grenzen, die dem Willen zu völliger Hingabe gesetzt
sind. Und auch wenn sie sagten: »Ich gehöre dir«, schloß ihre beteuerte Bereitschaft zu vorbehaltlosem Geben und Nehmen das stumme
Einverständnis ein, daß es Dinge gab, die sie nicht teilen konnten und
eine Zukunft, über die sie keine Gewalt hatten.
Zum ersten Mal war sie sich ihrer Freiheit und Ganzheit bewußt. Ich
darf nicht zuviel verlangen, darf in dieser Liebe zu einem Mann nicht
den Willen eines Gottes sehen oder den Zwang eines Naturgesetzes,
darf von ihr nicht irdische Erlösung und paradiesische Seligkeit erwarten. Ich muß lieben mit mehr Klugheit und weniger Vernunft,
denn dieser Vogel hat sein Nest mit mir gebaut und teilt es mit mir.
Und um ihrem Glück, das selbst nur sterblich und unwiederholbar
war, die Weihe der Fruchtbarkeit zu geben, sagte sie:
»Unni, bitte, ich will ein Kind von dir.«

Die Gäste, die zur Krönungsfeier gekommen waren, verließen das
Tal. Und die Flut der Massen, die Katmandus Straßen überschwemmt
hatten, verlief sich, als Sherbas und Bhottyas, Tibetaner und Gurungs
in ihre eigenen Täler und Dörfer zurückkehrten. Wie der Schwanz
eines Salamanders wurde das Programm der Krönungswoche immer
dünner und blasser, je mehr sie sich ihrem Ende näherte.
»Sie geben einem wenigstens Zeit genug zu verschwinden, wenn
einem danach zumute ist«, sagte Wassili.
Ein Zapfenstreich im Sportstadion, in dem ein Teil der neuerrichteten
Ränge unter dem Gewicht seiner eigenen leeren Bänke zusammengebrochen war, hatte sich mit Hörnerblasen, Feuerwerksgeknatter und
anderen martialischen Demonstrationen bis spät in die Nacht hinge-
zogen.
Der nächste Morgen sah Leo, wieder sein eigenes fröhliches Selbst,
über den Rasen auf den Bungalow zugehen, vor dem Anne beim
Frühstück saß.
»Anne, wie wunderbar Sie wieder aussehen!« Sie trug ein weiches
Hemd und Jeans und sah jung und glücklich aus. »Kaffee? … Gerne!
Ich kann mir nicht helfen, es ist himmlisch hier. Dies ist wirklich das
schönste Fleckchen Erde, das ich kenne, das Beste an ganz Katmandu.
Auch Ihre Arbeit finde ich faszinierend, Sie Glückskind … einer Ban-
de von kleinen verheirateten Teenagern Englisch beizubringen.«
»Ich schätze, das werde ich aufgeben müssen.«

Leo blickte schnell auf. »Ich habe gehört, es hat Streit darüber gegeben, daß Sie hier wohnen. Isobel macht viel Aufhebens von der Angelegenheit.«

»Sie möchte, daß ich kündige. Sie hat es nicht gesagt, aber ich fühle es. Und außerdem erwarte ich jeden Augenblick, daß John auftaucht, um mir eine Szene zu machen.« Sie schenkte sich Kaffee ein.

»Warum?« sagte Leo. »Ich denke, er müßte sich inzwischen abgefunden haben mit dem *fait accompli*.«

»Das *fait accompli* kennt John, doch er braucht große Gesten und laute Worte, um seine Ehre zu retten. Aber dazu mußte er warten, bis Unni weg war. ›Sobald ich weg bin, wird er dir eine Szene machen. Doch nicht vorher‹, hat Unni zu mir gesagt.«

»Ich hasse Szenen«, sagte Leo. »Sie machen mich krank.«

»So geht es mir auch. Sie lähmen mich, und ich weiß nie, was ich sagen soll. Die Angst schnürt mir die Kehle zu. Doch sonderbar, nun, da ich darauf warte, und ich habe zwei zu erwarten, eine von John und später wahrscheinlich eine von Isobel, bin ich eher neugierig, wie ich jetzt reagieren werde, ob ich mich wirklich verändert habe.«

»Sie werden es ihm sagen müssen, Anne, es sei denn, Unni hat Ihnen diese Unannehmlichkeit erspart.«

»Das hat er nicht getan. Das würde nicht zu Unni passen, ich meine, vor John hinzutreten und zu ihm zu sagen: ›Ich liebe Ihre Frau, und Ihre Frau liebt mich.‹«

»Man sollte meinen«, erwiderte Leo, und seine Stimme klang sarkastisch, »dies wäre die einzige anständige Lösung gewesen für einen Mann, zumal wenn er – entschuldigen Sie – Sie so hoffnungslos kompromittiert hat.«

Anne lachte. »Bester Leo, es klingt komisch, wenn Sie solche abgedroschenen Redensarten in den Mund nehmen. Unni würde das Wort Liebe nie aussprechen vor einem Menschen, der, wie er sagt, nicht fähig ist, es zu begreifen. Er hat überhaupt nichts zu John gesagt.«

»Und er hat es Ihnen überlassen, die Suppe, die er Ihnen eingebrockt hat, auszulöffeln«, sagte Leo.

»Und hat es mir überlassen, meine eigene Suppe auszulöffeln, um bei dem Bild zu bleiben. Ich habe John nicht wegen Unni verlassen. Ich bin von John weggegangen um meiner selbst willen, zu meinem eigenen Besten. Unni war ein Anlaß, aber nicht der Grund. Auch wenn er nicht gewesen wäre, hätte ich mich früher oder später von John getrennt. Unni wird für uns beide sprechen, wenn die Zeit dafür gekommen ist.«

»Das klingt alles sehr kompliziert, vielleicht sehr idealistisch«, entgegnete Leo gereizt, »doch mir scheint, dieser Unni ist eher ein Opportunist und hat Glück damit.« Wie sie ihren Bändiger verteidigt, die schöne Katze, dachte Leo. Sein Jagdfieber, bei Kisha in Übersättigung und Langeweile erstickt, war wieder erwacht. Er hatte sich vorgenommen, durch unverbindliches Geplänkel den Kontakt mit dieser neuen Anne, die sprach und sich selbst preisgab, anstatt sich schweigend zu verschließen, für alle Fälle aufrechtzuerhalten. Wie gut erinnerte er sich des Tages in Kalkutta, an dem Anne gesagt hatte: »Ich bin so gut wie tot«, und wie lebendig war sie jetzt, aufgeblüht in der Höhenluft des Tales, vibrierend von wissender Sinnlichkeit.

»Nein, so ist er nicht, er ist klug wie eine Schlange und einfältig wie eine Taube«, sagte Anne. »Wie würde Isobel sich empören, wenn sie mich die Bibel zitieren hörte!« Sie warf sich lachend gegen die Rückenlehne ihres Sessels. Leo hatte sie nie so übermütig boshaft gesehen. Sie kann nicht sehr verliebt sein; er ist erst gestern abgeflogen, und sie sitzt hier und lacht.

»Aber im Ernst«, sagte er in dem Versuch, dem Gespräch einen gesetzten Charakter zu geben, »was soll denn werden? Was sind Ihre Pläne?«

»Ich habe keine.«

»Seien Sie doch nicht kindisch, Anne«, sagte Leo, und es klang sehr deutsch. »Sie können nicht ›keine Pläne haben‹. Sicher haben Sie sich entschlossen, sich von John scheiden zu lassen, wenn Sie nicht mehr zu ihm zurückgehen wollen.«

»Warum?«

»Warum? Weil das eine unmögliche Situation wäre, einfach unmöglich«, ereiferte sich Leo. »Sie dürfen dem armen John nicht zuviel zumuten, sonst fällt er über Unni und Sie her und wird vielleicht sehr häßlich dabei.«

»Glauben Sie, daß er das kann?«

»Ich kenne John nicht sehr gut. Doch ich glaube, wenn Sie ihn offen darum bitten, wird er vielleicht einwilligen, sich scheiden zu lassen. Oder Sie könnten versuchen, bei ihm einen Scheidungsgrund zu finden. Das wäre einfacher.«

»Oh, Sie meinen Suriyah, das Freudenmädchen«, sagte Anne. »Das zählt nicht. Wenigstens für mich nicht«

»Mein liebes Kind!« Leo wurde väterlich. »Ich kenne, ich würdige Ihre Haltung, doch überlegen Sie selbst; früher oder später *muß* etwas geschehen. Sie *müssen* sich scheiden lassen.«

»Wozu?«

Leo wurde so ärgerlich, daß er beinahe wieder »mein liebes Kind!« gesagt hätte.

»Wozu? Nun, Sie Kindskopf, weil jeder sich scheiden läßt, wenn er jemand anderen liebt als seinen Ehepartner, damit er frei wird und wieder heiraten kann.«

»Macht eine Scheidung wirklich frei?« sagte Anne. »Ich kann es mir nicht vorstellen.«

»Vielleicht ist es hier in Katmandu nicht so wichtig, ob Sie geschieden sind oder nicht, aber Sie werden nicht Ihr ganzes Leben hier bleiben. Wenn Sie woanders hingehen wollen, könnte es sehr unbequem werden, falls Sie es nicht sind, ich meine, juristisch.« Doch noch während er sprach, empfand er die klägliche Unehrlichkeit seiner moralisierenden Sachlichkeit, und er überließ sich einem Gefühl unbefangener Heiterkeit, das nicht gestört, sondern zu übermütiger Unbekümmertheit gesteigert wurde, als er gleichzeitig spürte, daß sein Hosenboden naß geworden war von dem Gras, in dem er zu Annes Füßen saß. Was scherte ihn sein nasser Hintern; die Sonne und der Wind würden ihn trocknen. Und wozu sollte er der schönen Anne ... *ma belle sœur Anne* ... das Leben schwer machen, und so sagte er: »Ach, lassen wir das. Der Tag ist viel zu schön, um über so leidige Dinge zu reden. Die Hauptsache, Sie sind glücklich. Und Sie sind glücklich, Anne, ich weiß es.«

»Warum sagt alle Welt, ich wäre glücklich? Und jeder zweite sagt: ›Der arme John!‹«

»Warum?« fragte Leo verwirrt. »Vielleicht weil Sie ... Sie sind stärker, intelligenter, Ihrer selbst sicherer ... ja, ich glaube, Sie können sehr hart werden, wenn Sie etwas durchsetzen wollen. Und doch sind Sie so leicht zu verletzen.«

»Auch das hat sich geändert bei mir. Ich bedaure mich nicht mehr selbst, wenn ich Schmerz empfinde, ich ziehe mich nicht mehr in mich selbst zurück, um mich selbst noch mehr zu quälen. Ich stehe zu meinem Leid, trage es mit Stolz und Genugtuung. Das macht es den andern schwerer zu verzeihen. Kennen Sie die Worte der Bibel ›Wenn ein Mann dich zwingt, eine Meile zu gehen, dann gehe mit ihm noch zwei weitere Meilen‹? ... Wenn man wirklich lebt, fühlt man so. Alles gereicht einem zum Glück, sogar der eigene Kummer. So wie Trennung zwar die schmerzliche Kehrseite des Zusammenseins ist, aber ebenso notwendig; denn sie läutert die Liebe. Wir brauchen manchmal die Einsamkeit.«

»Wünschen Sie, daß ich gehe?« fragte Leo scheu. »Möchten Sie allein sein?«

»Mein lieber Leo, aber nein!« rief Anne aus. »Entschuldigen Sie, ich bin so übervoll von mir, daß ich die anderen vergesse. Nein, bleiben Sie, ich liebe Ihre Gesellschaft ... und übrigens, Sie sehen weniger bedrückt aus als in den letzten Tagen. Ist Kisha abgereist?«

»Nein, aber ich bin sie los«, erwiderte Leo triumphierend. »Ich wollte es Ihnen ohnehin erzählen. Toast ist der Unglückliche. Wahrscheinlich verspeist sie ihn in diesem Augenblick zum Frühstück, die Unersättliche.«

»Und was ist aus den sechs Sikh-Vettern geworden?«

»Das weiß ich nicht«, sagte Leo grinsend, »doch wenn sie wieder auftauchen sollten, habe ich vor, sehr entrüstet zu sein über ihren schändlichen Verrat an mir.«

Er hatte die Nacht mit Mariette verbracht und festgestellt, daß sie Unni nicht getroffen hatte in Pokhra, wohl aber einen entfernten Verwandten des Königs, dessen Besorgtheit um ihr Wohlergehen sie veranlaßt hatte, ihren Aufenthalt in Katmandu um eine Woche zu verlängern.

»Und Sie selbst, Leo?«

»Ich, meine Teure?« Mit strahlendem Blick sah er um sich. Er war glücklich in diesem Augenblick, obwohl er mit einem nassen Hosenboden im nassen Gras saß. Er begehrte Anne nicht einmal mehr, und da für ihn physisches Begehren gleichbedeutend war mit Liebe, war er sicher, daß er seine hoffnungslose Leidenschaft für sie überwunden hatte. Denn seine Sicht war eindimensional, und um sich selbst und andere zu verstehen, verfuhr er genauso, als wenn er einen Bericht zu schreiben hatte. Gefühle ohne Worte existierten für ihn nicht, weil es keine Worte für sie gab. Wenn man nicht begehrte oder besitzen wollte, liebte man auch nicht. »Ich? Ich befinde mich fast im Zustande des Nirwana. Ich bin restlos glücklich in diesem Augenblick. Und wenn ich morgen von hier fortgehe, werde ich das wunderbare Bild dieses kleinen verschwiegenen Paradieses mit mir tragen ... mit dem Bungalow ... den Bäumen und darunter Sie, Anne, beim Frühstück, in freundlichem Gespräch mit mir.«

»Und wie im ersten Paradies fehlt auch hier nicht der Engel mit dem flammenden Schwert«, sagte Anne, indem sie sich erhob. »Guten Morgen, John. Ich habe dich erwartet.«

Zwölftes Kapitel

»Vielleicht ist es besser, wenn ich gehe«, sagte Leo hastig.

»Ja. Bitte.« Unverwandt sah Anne John entgegen, der allein, mit zielbewußten Schritten, über den Rasen auf sie zukam, die Schultern zu-
rückgenommen und die Brust vorgewölbt, in jener Haltung, die er
einnahm, um mit Luft aufzufüllen, was ihm an Mut fehlte. Und zu
ihrem Ärger spürte sie langsam, wachsend mit jedem Schritt, den er
näherkam, das alte kalte Entsetzen in sich aufsteigen, das nicht der
Furcht vor John entsprang, sondern dem Grauen vor dem Anblick
drohender menschlicher Gewalt, die ihr immer und in jeder Form, so
auch jetzt, plötzlich den Mund trocken werden und das Herz wild gegen die Rippen hämmern ließ, ein Zustand, der sie unfähig machen
würde, ihm mit Worten zu begegnen.

»Ich bin gekommen, um ein für allemal reinen Tisch mit dir zu machen. Kommst du zu mir zurück ... ja oder nein?«

Ich kann nicht ja sagen, dachte Anne, und ich bin zu entsetzt, nein zu
sagen. Sie zündete sich eine Zigarette an, um Zeit zu gewinnen, und
konzentrierte ihre ganze Willenskraft darauf, ihre Finger nicht zittern zu lassen.

»Das ist auch etwas, das ich nicht wünsche«, sagte John mit einem
vernichtenden Blick auf die Zigarette. »Von jetzt an entscheide ich,
was du tust oder nicht. Ich wünsche nicht, daß du rauchst. Leute, die
rauchen, sind mir zuwider. Rauchen ist eine ekelhafte Angewohn-
heit. Ich werde sie dir abgewöhnen. Von jetzt an bin ich der Herr im
Hause.« Er schlug ihr die Zigarette aus der Hand, zermahlte sie wütend unter der Sohle. Dann stampfte er vor ihr hin und her und sah sie
nicht an, während er weitersprach: »Ich habe mir das lange genug
mitangesehen. Jetzt ist Schluß damit, mit allem. Seit sechs Wochen
wohnst du hier allein, von mir getrennt, und empfängst Männerbesu-
che am laufenden Band, Tag und Nacht, wie eine Hure, ja, wie eine
richtige Hure.«

Und als habe seine Wut sich an dem letzten Wort erst richtig entfacht,
pflanzte er sich vor sie hin, reckte sein Gesicht nach vorne und bellte:
»Und was ist mit diesem Menon, diesem schwarzen Affen, der mit dir
hier vor aller Welt im Gras liegt und dich betatschelt mit seinen
schmutzigen, schwarzen Pfoten?«

»Was mit ihm ist?« sagte Anne, sich verachtend, weil sie nur seine
Frage wiederholte, doch unfähig war, etwas anderes zu sagen.

»Du freche Hure«, brüllte John, vor ihr im Grase hin- und herstampfend, »ich schlage dir ins Gesicht, du …« Es gibt Menschen, dachte Anne, die es einem unmöglich machen, ihnen die Wahrheit zu sagen. Sie zwingen einen selbst, sie durch Schweigen oder Ausflüchte zu belügen. Einem andern Menschen als John hätte sie ohne Beschönigung oder Einschränkung mit der nackten Wahrheit geantwortet und gesagt: »Unni ist mein Liebhaber«, doch sie hatte es mit John zu tun. Unni hatte es gewußt, er hatte gesagt: »John will nicht wissen, daß ich es bin. Er will seine Szene, aber er ist zu feige, sie zu machen.«

»Erzähle mir ja nicht, daß du allein sein willst, um zu schreiben.« John war wieder vor ihr stehengeblieben. »Ich weiß, was du willst. Einen Kerl im Bett, das willst du. Du hast alle moralischen Hemmungen verloren. Der erste war Fred Maltby, und als ich den verjagt hatte, hast du dich diesem schwarzen, syphilitischen Inder an den Hals geworfen. Lächle nicht. Ich verbiete dir zu lächeln. Alle Inder sind syphilitisch. Ich kenne sie. Ich habe zwanzig Jahre in Indien gelebt. Nicht genug, daß du überhaupt herumhurst, du mußt es auch mit diesem schwarzen Affen treiben. Doch das sage ich dir, das hört jetzt auf. Dafür werde ich sorgen. Ich werde nicht dulden, daß diese geilen Köter hier herumstreunen, wie dieser Bielfeld, den ich eben erwischt habe, oder bei dir im Gras liegen, wie dieses schwarze Stinktier Menon. Ja, er stinkt, er ist schwarz und stinkt. Wenn ich eine Frau wäre, ich müßte mich erbrechen, wenn ich ihn nur anschauen würde. Ich verbiete dir, daß er hierher kommt. Ich schlage ihn zusammen, wenn ich ihn noch einmal hier antreffe. Du wirst sehen, wie er in die Knie geht und anfängt zu winseln, dieser Feigling, wenn ich ihn zusammenschlage … so … so.« Er schlug vor ihrem Gesicht einige Hiebe in die Luft.

»Warum hast du ihn nicht zusammengeschlagen, als er hier vor dir stand?« sagte Anne.

John machte einen Schritt auf sie zu. Sie wich zurück. Doch er traf sie mit der geballten Faust an der Schläfe. Sie fiel ins Gras, und er stand über ihr und schrie: »Das wagst du zu mir zu sagen? Zu mir? Du, eine Hure, eine stinkige Hure?«

Sie erhob sich, sah ihn stumm an und ging langsam rückwärts, während er ihr nachrückte, als wollte er sie wieder schlagen. Jetzt war der Frühstückstisch zwischen ihnen. Johns Blick fiel auf den Toaster, die Kaffeekanne, die Tassen. Er griff nach der Kaffeekanne, warf sie nach ihr und tat das gleiche mit den Tassen und dem Toaster. Der heiße Kaffee lief ihr über ihren Hals, ihre Bluse. Sie sagte nur: »Du Rohling«, und begann, sich mechanisch abzuwischen, und dann ließ sich John plötzlich in einen Sessel fallen und schluchzte.

»Anne«, stöhnte er, »Anne … du liebst mich nicht. Du hast mich nie geliebt.«

Anne fuhr fort, sich abzuwischen. Er hatte sich verausgabt, und sie zitterte immer noch vor Angst. Beide hatten sie das entscheidende Wort nicht gesprochen. Vielleicht würden sie es nie aussprechen. Sie würden weiter aneinander vorbeireden, sich gegenseitig aufreiben in sinnlosen, zermürbenden Diskussionen und nie wagen, die Wahrheit zu sagen. Wie hätte Anne John klar machen sollen, daß es seine Worte, seine Gesten waren, die es ihr unmöglich machten, offen zu ihm zu sprechen. John war selbst sein schlimmster Feind, denn er war nie Herr seiner Gefühle, wütete gegen sich selbst, wenn er sie ausdrücken wollte. Und Anne fühlte wieder das Mitleid in sich aufsteigen, das sie immer für John empfunden hatte. Sie wußte, John hatte Angst vor ihr, hatte sich ihr immer unterlegen gefühlt, doch dieses Wissen befähigte sie nicht, so zu ihm zu sprechen, wie sie wünschte; es half ihr nicht, die bedingten Reflexe, deren Opfer sie beide waren, zu überwinden. Sie waren gefangen in dem Teufelskreis ihrer ungewollten Reaktionen, ihrer automatischen Gesten und Worte, sie reagierten auf das unechte äußere Bild des anderen, nicht auf sein inneres wahres Selbst. Sie würden fortfahren, einander wie in einem endlosen Ballspiel immer die gleichen ungerechten Bitterkeiten vorzuwerfen.

Der Unterschied zwischen ihnen war, daß sie genug Einsicht besaß, dies zu erkennen und ihn zu bemitleiden, doch nicht genug Großmut, es in Kauf zu nehmen und ihn dennoch zu lieben. Und da er wußte, daß sie ihn nicht lieben konnte, aber zu eitel war, die Torheit seiner Handlungsweise einzusehen und den Rausch der Macht, den seine Heftigkeit in ihm erregte, mehr liebte als Anne, wütete er weiter gegen sich selbst und Anne wie eine aufgeschreckte Fledermaus, die so lange immer wieder gegen die Decke eines Zimmers anfliegt, bis ihre Flügel zerbrechen. Ihre überlauten und leeren, quälenden und immer ergebnislosen Szenen würden sich endlos fortsetzen, für ihn eine trügerische Genugtuung, für sie eine Quelle sich steigernden Hasses, Szenen, die, wenn sie vorüber waren, ihr wie Alpträume vorkamen. Und die Tränen, die er jetzt vergoß, mit eingezogenen Schultern und hängendem Kopf, waren widerlich, aufreizend und ebenso falsch wie seine Zornesausbrüche. Es ist hoffnungslos, dachte Anne, grausam hoffnungslos. Es ist, als ob wir durch Welten voneinander getrennt wären. Ich kann ihn und er kann mich nicht erreichen. Wir sprechen nicht die gleiche Sprache.

»Anne« bettelte John, »komm her, komm hierher zu mir, Anne … bitte.«

Wenn er es bei diesen Worten belassen hätte, wäre sie vielleicht zu ihm hinübergegangen. Doch er konnte nicht anders, als sich wieder selbst alles verderben: Er hob sein tränennasses, gerötetes Gesicht und sagte wie ein eigensinnig schmollendes Kind:

»Du mußt kommen, ich bin dein Mann. Du mußt mir gehorchen, wenn ich dich rufe.«

Und dies zwang sie stehenzubleiben, wo sie stand.

Er sah sie an, mit offenem Mund, offen weinend.

»Wie kannst du nur so hart gegen mich sein«, schluchzte er, »so kalt. Ich war nie wirklich glücklich bei dir. Nicht ein einziges Mal warst du richtig zärtlich zu mir.«

»Ich kann mich nicht ändern. Ich bin keine zärtliche Natur.«

»Ja«, brauste er auf, »das bist du weiß Gott nicht. Du bist hartherzig, unnatürlich, grausam und rachsüchtig. Jede andere Frau hätte Mitleid mit mir, nur du nicht. Du bist keiner menschlichen Regung fähig, du hast kein Herz. Ich glaube, du bist überhaupt kein Mensch, keine Frau. Du bist unmenschlich, du bist eine Schlange, grausam, kalt und hinterlistig, und willst mich zugrunde richten, willst mein Leben zerstören. Es ist dir schon gelungen, mich finanziell zu ruinieren und mich gesellschaftlich zu kompromittieren, und du hast auch versucht, mich als Mann zu zerbrechen, mich impotent zu machen durch deine widernatürliche Kälte. Doch das ist dir nicht gelungen. Ich bin nicht impotent. Hörst du? Ich bin es nicht!!«

»Ich habe dich nie zugrunde richten wollen, das weißt du so gut wie ich«, sagte Anne ruhig.

»Doch, du hast es immer gewollt«, brüllte John in einem neuen Wutanfall, sprang auf und rannte, die Fäuste schüttelnd, hin und her. »Ich weiß es besser. Zuerst hast du versucht, mich impotent zu machen, und dann bist du davongelaufen. Mit mir konntest du dich nie unterhalten, aber mit jedem anderen hergelaufenen Subjekt hast du herumgeschmust, wenn es nur Hosen anhatte. Doch ich schwöre dir, von nun an werde ich mich wehren, ich werde zurückschlagen. Ich werde jetzt das Kommando in unserer Ehe übernehmen, und du wirst parieren. Und als erstes befehle ich dir, ins Royal-Hotel zurückzukommen. Ich dulde nicht, daß du hier wohnenbleibst.«

»Ich bleibe hier wohnen.«

»Das wollen wir doch einmal sehen. Ich werde dir zeigen, wer der Stärkere ist von uns beiden. He, du!« Er winkte Regmi, dessen entsetztes Gesicht hinter der Ecke des Bungalows aufgetaucht war. »Hole sofort sämtliche Sachen der Memsahib herunter. Sie geht mit mir zurück ins Royal-Hotel.« Regmis Kopf verschwand, und John rannte zum Bungalow, stieß die Türe auf und stürzte auf die Treppe zu.

»Wo willst du hin?« rief Anne und lief ihm nach. John war schon auf der Treppe. »John, komm zurück. Wage es nicht weiterzugehen.« Es war ihr ein unerträglicher Gedanke, daß John ihr Zimmer betreten sollte. Doch er war schon oben angekommen, und als sie ihn die Schwelle zu dem Zimmer mit den Sittichen überschreiten sah, sagte sie leise: »Jetzt ist alles aus. Du hast es selbst gewollt. Ich werde nie wieder zu dir zurückkommen. Nie, auch nicht, wenn du der letzte Mann auf Erden wärst.«

Sie hörte John Schubfächer herausziehen und wieder hineinstoßen, die Kleiderbügel hin- und herwerfen, im Zimmer herumrennen, und dann sah sie ihn wieder herauskommen, und in seiner Hand sah sie die *Gita*, die neben ihrer Schreibmaschine gelegen hatte. Ihr Tagebuch, ein Bündel Schreibmaschinenblätter in einer Mappe, die in einem Schubfach unter ihrer Wäsche lag, hatte er nicht entdeckt.

»Was ist das?« rief er hinunter, die *Gita* hochhaltend. Sie antwortete nicht. Er öffnete das Buch. Das Foto fiel heraus. Er hob es auf, zerriß es, schleuderte das Buch nach Anne, schrie hemmungslos: »Da hast du es. Du kannst dir den Hintern damit abwischen, wenn du willst.« Er lachte hysterisch.

»Du bist wahnsinnig«, rief Anne. »Wahnsinnig bist du.« Sie war dem Erbrechen nahe.

»Schreie nur«, höhnte er, »damit Isobel dich hört und herkommt und dich rausschmeißt.«

»Was geht hier vor?« Es war Leo, bleich vor Angst, aber entschlossen. Er war nicht weit gegangen. Hinter der Rosenlaube hatte er, beschämt über seine Feigheit, kehrtgemacht, sich wieder näher geschlichen und alles gehört und gesehen. Er zitterte, und Anne wußte, daß es nicht Empörung, sondern panische Angst war. Aber er ging die Treppe hinauf, trat vor John. »Ich bin erschüttert«, stieß er hervor, »zutiefst erschüttert über Ihr Benehmen.«

»Was geht Sie mein Benehmen an, Sie, Sie …«, brüllte John und ballte die Fäuste. »Scheren Sie sich zum Teufel, sonst schlage ich Sie zusammen …«

»John«, unterbrach ihn Leo zurückweichend, »kommen Sie doch zur

Vernunft. Denken Sie daran, daß Sie Sekretär des Valley Clubs sind, und hören Sie auf, sich wie ein Berserker zu benehmen.«

Anne las die *Gita* vom Boden auf. Mehrere Blätter hatten sich gelöst. Der Rücken war beschädigt und der vordere Deckel geknickt. Es tat ihr mehr weh als alles andere, das ihr widerfahren war in dieser Stunde. Sie preßte das Buch gegen die Brust, als John die Treppe herunterkam und an ihr vorbeiging. Sie sah ihm nach mit einem Blick, in dem nur noch Haß war, als er mit Leo, der laut auf ihn einredete, über den Rasen davonging.

Die Party im Royal-Hotel, durch die der Valley Club aus der Taufe gehoben werden sollte, wurde Geburtstagsfeier und Begräbnis zugleich. »Wir hätten sie einen Tag früher ansetzen sollen«, sagte Pat zu Eudora. Sie bildete mit John und Enoch P. das Empfangskomitee. In ihrer äußeren Erscheinung, schulterfreies schwarzes Seidenkleid, scharlachrot geschminkter Mund und hoch aufgestecktes Haar, erinnerte nur noch der plump falsche Schmuck, Halskette und Ohrringe, an ihre schlampige Vergangenheit. *Tout*-Katmandu war eingeladen, und Pat gab sich sichtlich zusätzliche Mühe zu gefallen, doch es war nicht Ranchit, an den sie dabei dachte.

Eudora, in einem leuchtenden Sari prangend, erwiderte ebenso würdevoll das würdevolle Lächeln, mit dem Pat sie begrüßt hatte. Würde war das, was alle Frauen an diesem Abend, jede auf ihre Weise, zu zeigen sich bemühten, denn Enoch P. hatte bedeutungsvoll verlautbart, man stünde an der Schwelle einer neuen Ära des gesellschaftlichen Lebens im Tal. Er selbst schüttelte die Hände der eintreffenden Gäste mit der Jovialität eines Präsidentschaftskandidaten, der am Vorabend seiner sicheren Wahl zu einem Empfang geladen hat.

Fred war mit Eudora gekommen, und niemanden schien das mehr zu überraschen. Allein wäre er nicht zu der Party gegangen, nur das Bedürfnis, Eudora zu sehen, hatte ihn hergeführt, obwohl er es sich selbst übelnahm, dem nachgegeben zu haben. »Es wäre angenehm, jetzt im Garten zu sitzen«, murmelte er, »hier drinnen erstickt man.«

»Ja, das finde ich auch«, erwiderte Eudora eifrig. »Wir können hinausgehen, sobald du es wünschst.«

»Oh, wir können hierbleiben, solange es dir gefällt. Mir macht es nichts aus«, entgegnete Fred großherzig.

Für den Augenblick hatten sie sich nichts mehr zu sagen und wandten sich erleichtert den Drinks zu, die eben gereicht wurden.

Wassili selbst hatte die Drinks gemixt, und sie waren stark und köstlich, Manhattans und Martinis, Bronxs und Sidecars. Bei Wassili stand der General, doch er trank seinen eigenen mitgebrachten Whisky. Viele der Korrespondenten hatten das Tal bereits verlassen, die übrigen reisten am nächsten Tag. Die Krönung war für sie erledigt, und sie sprachen über ihre neuen Anfänge, die sie zum Teil weit wegführten von Katmandu. Nur Blumenfeld, der ewige Außenseiter unter ihnen, der in Begleitung eines verstörten buddhistischen Priesters erschienen war, wies verächtlich alle Drinks zurück und bestellte Coca-Cola.

»Mit welcher Maschine fliegen Sie, Blumie? Mit der Acht-Uhr-dreißig oder mit der Acht-Uhr-fünfundvierzig?«

»Ich fliege um zehn.«

»Wir werden schwitzen in Kalkutta nach der kühlen Luft hier im Tal.«

Blumenfeld hatte sich inzwischen zu der nepalesischen Tracht bekehrt. Er trug Jodhpurs und eine Tunika, die auf der Brust mit gekreuzten Bändern verschnürt war. Er eröffnete Wassili, daß die Tunika in ihrem Ursprung chinesischen Stils und der Mode des zehnten Jahrhunderts nachgebildet sei.

»Andererseits«, bemerkte Wassili, »werden die Nepalesen Ihnen erzählen, daß die Chinesen ihnen den Stil abgeguckt haben. Es ist genau wie mit den Pagoden. Wir denken immer, sie wären etwas original Chinesisches. Sie wurden aber auch in China zuerst von nepalesischen Architekten gebaut. Drink gefällig?«

»Ich komme wieder hierher zurück«, erwiderte Blumenfeld, den Drink heroisch ablehnend. »Ich fühle, hier gibt es etwas, das wir im Westen nicht haben. Ja, Wassili, vielleicht ist es ein Fehler von mir, daß ich so starken inneren Anteil nehme an fremden Kulturen, aber ich habe das dringende Bedürfnis, nach Katmandu zurückzukommen, um Land und Leute gründlich zu studieren und vielleicht auch etwas mehr Ordnung in die Religion zu bringen. Ich finde mich nicht zurecht in diesem Durcheinander von Götternamen.«

»Wir lieben dieses Durcheinander«, sagte der General. »Was liegt am Namen?«

Leo tanzte mit Hilde einen Walzer auf den Steinfliesen des Gartenweges. Von Zeit zu Zeit blieb er stehen, und das Lächeln in seinem Gesicht erstarb, während er seinen Blick über die immer dichter werdende Schar der Gäste schweifen ließ.

»Warten Sie auf jemand, Leo?«

»Ob Anne kommen wird?« seufzte Leo, denn es war Hilde, die verständnisvolle Hilde, die ihn gefragt hatte. »Glauben Sie, daß sie kommt?« Wassili rührte in seinem Champagner und sah Hilde an, die ein braunes Seidenkleid mit goldenem Blumenmuster trug und die Flut ihrer langen Haare zu einem goldenen Wasserfall nach einer Seite gekämmt hatte.

»Ich hoffe es.«

»Madam Anne wird nicht kommen«, sagte der General. »Sie liegt in tiefem Schlaf.«

»Alles lauert darauf, ob sie erscheint«, sagte François. »Man ist entschlossen, sie in Stücke zu zerreißen, wenn sie es wagen sollte.«

»Sie wird nicht erscheinen«, sagte der General. »Sie ist glücklicher, wenn sie allein ist.«

»Wenn es so ist«, sagte François, »dann werde ich auf mein Zimmer gehen und ihr einen Brief schreiben.«

»He, Sie können doch nicht einfach weglaufen von der Party«, rief Wassili ihm nach.

Doch François ging und kam nicht zurück.

Der Garten, in den jetzt alle wegen der Hitze in den Innenräumen geflüchtet waren, füllte sich. Enoch stellte mit befriedigtem Kopfnicken fest, daß mehrere Ranas und sogar zwei Prinzen anwesend waren. »Eine sehr erlesene Gesellschaft«, murmelte er. Aber leider war der Feldmarschall nicht gekommen. »Ich fürchte, viele Freundschaften werden in Ihrem Club auseinandergehen«, hatte er mit trauriger Stimme zu Enoch P. gesagt, als dieser ihn zum Eintritt in den Club aufgefordert hatte.

»Aber bitte, Exzellenz, wie können Sie so etwas sagen? Im Gegenteil, unser Ziel ist, die traditionelle Freundschaft zwischen der freien Welt und Nepal zu festigen.«

»Lassen Sie sich von mir nicht stören in Ihrer löblichen Absicht«, hatte der Feldmarschall gesagt. »Ich selbst würde es als eine Strafe empfinden, die Menschen, die ich ohnehin fast jeden Tag sehe, auch noch im Club treffen zu müssen. Seine Freunde zu oft zu sehen, verdirbt die Freundschaft.«

Kisha, für die Leo jetzt Luft war, hing am Arm Michael Toasts und war wieder bewacht von ihren sechs beturbanten Riesenvettern, die man nur an der Farbe ihrer Turbane voneinander unterscheiden konnte. Sie waren rosarot, kanariengelb, zart lindgrün, grellweiß, türkisblau und zimtbraun.

»Armer Michael. Er hat einmal zu oft gesagt: ›Wie wär's, wenn wir zusammen ins Bett gingen?‹« flüsterte Leo Eudora triumphierend zu.

Michael erzählte eben jemanden, er habe sein Buch beinahe fertig und würde bald nach England gehen, wo sie es ihm »sicher aus der Hand reißen« würden.

»Mit mir!« rief Kisha. Sie sah sich schon als Star in Michaels Film.

Michael blickte zu den Sikhs hinauf, die alle zu ihm heruntergrinsten.

»Ich muß etwas zu trinken haben«, sagte er, und Wassili, bewegt von Mitleid, gab ihm einen extrastarken Paradies-Cocktail.

Mike tanzte einen langsamen Walzer mit Rukmini. Er hielt sie behutsam und züchtig weit von sich, doch seine glücklichen Augen straften seine Reserviertheit Lügen. Rukmini setzte sich, und Mike brachte ihr ein Glas Orangensaft. Ranchit, schon stark betrunken, beschäftigte sich hinter dem Magnolienstrauch mit dem Busen der blonden Journalistin.

Wassili entkorkte mit lautem Knall, dem ein einziger Aufschrei aus den Mündern von Geschichte und Erdkunde folgte, eine Champagnerflasche und lauschte dann wieder dem Klatsch, der wie Treibholz um ihn herumschwamm und ihm die letzten Sensationen der kleinen Welt Katmandus zutrug.

»Ja, das sind die Maltbys. Jahrelang getrennt gewesen ... seit kurzem wieder glücklich vereint.«

»Ich nehme an, sie wird hierbleiben.«

»Ich überlege, ob ich ihr nicht eine Einladung schicken soll für unser nächstes Kränzchen.«

»Vielleicht bekommt sie eine Stellung im Institut.«

»Zumal gerade jetzt.«

»Ja ... haben Sie auch gehört, was ich gehört habe?«

»Was haben Sie gehört?«

Geflüster ... und dann: »... ihr Gesicht ist so zugerichtet, daß sie sich nicht öffentlich zeigen kann.«

»Wer hat es Ihnen gesagt?«

»Miß Newell. Sie war dabei. Ungesehen natürlich.«

»Es muß furchtbar gewesen sein. Anscheinend war er auch die ganze Zeit dabei, natürlich versteckt, der Feigling. Er lief weg, als er ihn – Sie wissen ja, wen ich meine – kommen sah.«

»Der Doktor?«

»Nein, nein. Nicht der Doktor. Der Mann dort drüben. Leo Bielfeld. Er ist extra ihretwegen nach Katmandu gekommen.«

John und Leo näherten sich einander, unterhielten sich mit ernsten Gesichtern. *Tout*-Katmandu hielt den Atem an. Es geschah nichts. Leo schlenderte weiter, und John ging zu Erdkunde, plauderte angeregt, während sie ihn anhimmelte, und dann bat er das irische Mädchen um einen Tanz. Er schien mit sich selbst zufrieden und sehr glücklich zu sein.

Auch Isobel war nicht gekommen. »Sie hat furchtbare Migräne«, ließ Erdkunde auch ungefragt jeden wissen.

Mein Gott, dachte Wassili, neue Gläser füllend, diese Party ist ein Reinfall. Keine Stimmung. Er überlegte, was er tun könnte, um das Schlimmste zu verhüten. Alle schienen sich schnell, stumm und verbissen betrinken zu wollen. Trotz der Musik, der lauen Nachtluft und der weichen Beleuchtung war die Luft von Spannung und nervöser Erwartung erfüllt. Man stand in dichten Gruppen steif beieinander, unterhielt sich, ohne zu lächeln, wenn man nicht ins Leere stierte oder mit lauernden Blicken um sich sah. Wann man Lachen hörte, dann war es das rohe Wiehern Ranchits. Eine häßliche Atmosphäre für den Start eines Clubs, der ein totgeborenes Kind zu werden drohte. Eine dumpfe Gereiztheit lag in der Luft. Jedermann gab Gehässigkeiten von sich.

»Mein Gott, hören Sie nur«, empörte sich Eudora, »was sie alle für einen Unsinn reden über Anne und den armen John.«

Um elf war die Party in hoffnungsloser, kläglicher Auflösung begriffen. Ranchit und die Journalistin waren verschwunden, auch Mariette war gegangen, und der Hindu-Dichter erging sich in lautem lyrischem Weltschmerz. Rukmini saß abseits in stiller Lieblichkeit und wickelte versonnen, ein Bild heiterer Unschuld in der makabren Umgebung, ihre lange Rubinkette um die Finger, während Mike mit verzücktem Blick leise auf sie einsprach. Von Zeit zu Zeit hob sie ihre großen Augen, öffnete ihren schönen Mund und antwortete ihm. Dann lächelten sie beide.

Kurz vor Mitternacht klopfte Enoch P. an sein Glas und erhob eine feierliche Stimme. »Meine Damen und Herren, verehrte Gäste des Valley Clubs«, begann er pathetisch, »es ist mir eine große Freude, Sie in meinem und im Namen meiner Clubfreunde heute abend hier in Katmandu, der Perle des Himalaja, begrüßen zu dürfen.«

Enoch P. hatte seine Rede in Stichworten zu Papier gebracht und hielt einen kleinen Zettel in der Hand, den Wassili, der hinter ihm stand, mit einer hochgehaltenen Fackel beleuchtete, damit er ablesen konnte. Doch die finstere Mauer seiner Zuhörer, an der sein Enthusiasmus abzuprallen schien, ernüchterte ihn bald, und er begann zu schwimmen. Der Valley Club, stotterte er, sei ins Leben gerufen worden mit der Absicht, »die Freundschaft zwischen allen demokratischen Elementen in diesem am Rande der Welt gelegenen Tal zu fördern«. Er sprach in geschraubten Sätzen über die »hohe Aufgabe der kleinen Zahl Menschen, die aus der freien Welt in dieses ferne, sagenhafte Königreich gekommen waren«. Er flickte einen Satz ein, in dem er gewunden die Höhe des Mitgliedsbeitrages bekanntgab, der dreißig Rupien betragen sollte und »sicher von jedermann angesichts der guten Sache freudig gezahlt werden würde«. An dieser Stelle ging eine berechtigte Welle der Erregung durch die Reihen, denn da das Monatsgehalt der meisten unteren Beamten der nepalesischen Regierung sechzig Rupien nicht überstieg, waren sie von vornherein von der Mitgliedschaft ausgeschlossen, und Enochs Appell »an die wertvollsten demokratischen Elemente des Tales, sich im Valley Club zu sammeln«, galt somit stillschweigend nur für die reichen Ranas und die Ausländerkolonie Katmandus.

Zum Schluß holte Enoch P. mit neuem Schwung aus zu zwei Ankündigungen, die »zweifellos von allen Anwesenden mit rühriger Hand zur Kenntnis genommen werden dürften. Als erstes gebe ich bekannt«, rief er aus, »die Verlobung von Miß Kisha Kaur mit Mr. Michael Toast ...«, worauf Wassili die Hände rührte und so laut und so ausdauernd klatschte, daß jedermann gezwungen war, es ihm gleichzutun. Dann holte Enoch P. tief Luft und fuhr fort: »Und als zweites ...«, er stockte und versuchte, eine scheue Miene aufzusetzen, »als zweites, liebe Freunde, möchte ich Ihnen sagen, daß ich der glücklichste Mensch in Ihrer Mitte bin. Miß Pat Arbuckle, die Sie alle als unsere liebe Pat kennen, hat mir ihr Jawort gegeben.« Von seiner eigenen Rührung überwältigt, ließ er das wieder von Wassili dirigierte Beifallsrauschen über sich ergehen, Hand in Hand mit Pat, die vorgetreten war, um ihr Glück ebenfalls zur Schau zu stellen.

Als erster eilte John, schüchtern gefolgt von Geschichte und Erdkunde, zu persönlicher Gratulation auf die strahlenden Verlobten zu, die sich gerührt die Hände schütteln ließen und tapfer dem Schwall der Segenswünsche standhielten. John küßte Pat, und Enoch legte ihm feierlich beide Hände auf die Schultern, rüttelte ihn und sprach mit kehliger Stimme: »Ich danke Ihnen John. Und ich danke Ihnen auch für Ihre treue Mitarbeit, die es ermöglicht hat, das Debüt des Valley Clubs zu einem so grandiosen Erfolg zu gestalten.«

»Reden wir nicht davon, alter Junge«, erwiderte John großmütig in seinem Stolz. Seine Stimme klang vergnügt, sein Gesicht glänzte vor Zufriedenheit, er schien restlos glücklich zu sein, doch in Wirklichkeit war ihm elend zumute. Pat und Enoch, wie sie da beide Seite an

Seite vor ihm standen, erinnerten ihn an seine eigene Verlobung, seine Hochzeit mit Anne. Er hätte laut aufstöhnen mögen vor Schmerz. Statt dessen begann er, fast hysterisch zu lachen. Zum Teufel mit Anne! Er würde sich von ihr nicht auch noch diese Freude verderben lassen. Er schloß die Augen, die ihm brannten, und hob das Champagnerglas, um mit den anderen Gästen auf das Wohl von Michael und Kisha und Enoch und Pat zu trinken, auf die Wassili soeben einen Toast ausgebracht hatte.

Fred und Eudora hatten sich auf die Treppe zurückgezogen und beobachteten von hier aus in beschaulicher Ruhe das laute Treiben im Garten.

»Ich staune, wie tapfer John sich hält. Er sieht ganz normal aus.«

»Entweder weigert er sich noch unbewußt, die Wahrheit anzuerkennen, weil dann alles aus wäre für ihn, oder er glaubt, sich mit ihr abgefunden zu haben und sucht nun Trost bei den Menschen, die ihn bemitleiden und gemeinsam mit ihm über Anne herfallen. Aber in Wirklichkeit fürchtet er sich davor, Anne zu verlieren. Er kommt mir vor wie ein Tier, das sich in einem Zustand katatonischer Trance nicht mehr bewegen kann, sondern nur knurrt und die Zähne fletscht.«

»Das klingt furchtbar kompliziert«, meinte Eudora in weiblicher Einfalt.

»Ist es aber in Wirklichkeit nicht. Solange Anne bei ihm war, wenn auch innerlich getrennt von ihm, hatte er einen Halt. Jetzt fürchtet er, sie ganz zu verlieren, mit Seele und Leib. Und diesen Gedanken kann er nicht ertragen, weil sein Leben dann keinen Inhalt mehr hätte.«

»Deshalb sagen auch alle: ›Der arme John‹«, erwiderte Eudora. »Was wird Anne tun?«

»Wahrscheinlich nichts«, sagte Fred. »Das Nächstliegende wäre, ihn zu zwingen, die Wahrheit zu sehen. Aber man kann und soll niemanden zwingen, etwas zu sehen, das er nicht sehen will.«

»Warum nicht, wenn es die Wahrheit ist?«

»Weil manche Menschen die Lüge brauchen, um an sich selbst glauben zu können. Ich weiß nicht, was sie tun wird. Ich glaube, sie wird nichts anderes tun als dasitzen und abwarten, was geschieht. Es ist ihre große Stärke, die Dinge an sich herankommen zu lassen.«

Ich kenne auch jemanden, der darin Meister ist, dachte Eudora, sprach es aber nicht aus.

»Für Anne besteht das Problem nicht darin, eine klare Situation zu schaffen, sondern die Ereignisse zu beobachten und ihren Sinn zu erkennen«, sagte Fred. »Mit anderen Worten: Ihr liegt mehr daran zu verstehen, was mit ihr geschieht, als ihr Schicksal selbst zu gestalten. Sie fürchtet vielleicht, es in eine verkehrte Bahn zu lenken, wenn sie eingreift. Drücke ich mich klar genug aus?«

»Ja, sogar sehr poetisch«, erwiderte Eudora. »Es ist ungefähr so, wie wenn ich eine Melodie im Kopf habe und nicht wage, mich zu bewegen, weil ich fürchte, den Faden zu zerreißen.«

»Das ist ein sehr treffendes Bild«, sagte Fred.

Und wieder war Anne zum verbindenden Glied zwischen ihnen geworden, so wie es Anne auch gewesen war, die sie, wenn auch ungewollt, wieder zusammengeführt hatte. Indem sie über Anne sprachen, um sie zu verstehen, lernten sie einander selbst wieder kennen. Doch das Thema war zu heikel, um es zu Ende zu diskutieren.

»Ich glaube«, sagte Eudora, »es wird Zeit für mich schlafenzugehen. Ich muß morgen sehr früh aufstehen, um mein Flugzeug nicht zu verpassen.«

»Ich werde kommen und dich zum Flugplatz bringen«, sagte Fred, »wenn ich darf.«

»Das ist sehr lieb von dir, Fred.«

Sie standen einander gegenüber, hilflos befangen, hart am Rande offener Rührung. Dann sagte Eudora sehr leise: »Würde es dich freuen, wenn ich dir gelegentlich ein paar Zeilen schreibe ... ich meine, nur um in Verbindung zu bleiben?«

»Sicher«, antwortete Fred. »Es würde mich sehr freuen. Es ist nett von dir, daran zu denken.« Und er fügte hinzu: »Gegen Ende des Jahres habe ich ein paar Wochen Urlaub. Ich denke, da ich schon eine Ewigkeit nicht aus dem Tal herausgekommen bin, werde ich sie vielleicht benutzen, um eine Reise zu machen.«

»Ja, tu das«, sagte Eudora nur, aus Furcht zuviel zu sagen. »Es würde mich freuen, etwas über deine Pläne zu hören.«

Es war töricht, jetzt »Auf Wiedersehen« zu sagen. Sie sagte: »Auf morgen also.«

»Auf morgen«, murmelte er.

Sie wandte sich um, ging in aufrechter Haltung die Treppe hinauf, doch sobald sie sich unbeobachtet wußte, begann sie zu laufen, um ihr Zimmer zu erreichen, bevor sie in Tränen ausbrach.

»Anne!«

Anne spähte hinunter in die Dunkelheit, und ihr Herz schlug wild in der Hoffnung, daß es Unni wäre. »Wer ist da?«

»C'est moi, François«, antwortete der Schatten bescheiden.

»Ach Sie, François.« In ihrer Stimme klang eine leichte Enttäuschung mit, die François sehr weh tat. Er sah zu ihr hinauf. Das Licht hinter ihr war flüssiges Gold, wie Öl lag es auf ihren Schultern und ihrem Haar.

»*Anne au balcon*«, murmelte er. »*C'est très romantique, comme ça.*«

»Was führt sie zu mir, François?«

»Ich bin gekommen, Ihnen Lebewohl zu sagen, Anne. Ich fliege morgen.«

»Ach«, sagte sie, »alle verlassen Katmandu. Es ist die Jahreszeit des Abschieds.«

Sie ging hinunter, öffnete die Türe und ließ ihn ein. Sie trug einen Morgenrock aus einem mit Pfauen bestickten Goldstoff. François sah sie stumm an.

»Unni hat ihn mir geschenkt«, sagte sie und streichelte den schweren glänzenden Stoff.

Sie setzte sich an die Schreibmaschine, neben der ein ansehnlicher Stapel Manuskriptblätter lag. François ließ seinen Blick langsam durch den Raum schweifen. Es war, als atmeten seine Augen die Bilder ein, die sie sahen.

»*Que c'est beau. Comme j'aime ça.* Er flößt einem fast Angst ein, Anne, Ihr schöner goldener Turm.« Er ließ sich auf dem Fußboden nieder, streckte sich aus auf dem tibetanischen Teppich, dessen Farben, Blau und Scharlach, hell auf seinem mattgoldenen Untergrund leuchteten. »*C'est fou comme tout paraît beau ici*«, sagte François. »Ich muß wiederkommen, um sie wiederzuerleben, ganz zu verstehen und in mich aufzunehmen, die Vision dieses Augenblicks, für die der Preis eines Lebens nicht zu hoch wäre.«

Sie waren gemeinsam gefangen in der Verzauberung des Augenblicks, in der Schönheit des Lichtes, des Teppichs, ihres goldenen Gewandes, des stummen Lebens der bemalten Wände, und im Bewußtsein des Glücks, dies alles sehen zu dürfen, es festhalten zu können wie ein Stück Paradies. Und doch waren sie sich auch gleichzeitig der Selbstbeherrschung bewußt, die dieser Augenblick von ihnen forderte, der Zurückhaltung, die sie in jeder Sekunde und für immer üben mußten, so wie ein Pianist seine Finger täglich üben muß, um sich seine Kunst zu erhalten.

»Ich werde dies alles verlieren«, sagte François, »ich werde es verlieren, weil ich manchmal nicht ich selbst bin, tot und gestorben, so wie wir alle mehrere Male sterben vor unserem Tod, um neu geboren zu werden. Dann werde ich wiederkommen, um zu neuem Leben zu erwachen. Vielleicht ist es gut, daß wir nur von Zeit zu Zeit wirklich leben dürfen, wie ich jetzt, sonst müßten wir zuviel leiden.«

»Es sind die Menschen, die uns leiden oder glücklich machen«, sagte Anne. »Manche Menschen nehmen mir die Augen und die Ohren, und andere geben sie mir wieder zurück. Ich glaube, wahre Freiheit ist, die anderen zu sehen, ohne zuviel von ihnen zu verlangen.«

»Wir brauchen immer einen anderen«, sagte François.

»Das sagt auch Unni«, erwiderte Anne. »Er sagt: ›Wir brauchen ihn als Augenzeugen für das, was wir sehen.‹«

»Unni ist ein sehr bemerkenswerter Mensch«, sagte François.

»O nein«, antwortete Anne. »Unni ist sehr einfach. Doch er ist ganz er selbst, und deshalb kann er solche Dinge sagen, ohne sie vorher auszudenken. Er tut es wie ein Kind, das uns einen Kieselstein schenkt, weil er schön ist.«

»Und er vergißt ihn, und Sie, Anne, Sie nehmen ihn und machen aus ihm ein Denkmal; denn Sie lieben.«

»Liebe ich wirklich? Ich weiß es nicht.«

»Ich glaube, ja«, erwiderte François. »Es hängt natürlich davon ab, was Sie Liebe nennen.«

»Ich glaube eher, es hängt davon ab, für welche Liebe wir uns entscheiden«, sagte Anne.

»Die meisten Menschen kommen nie zur Entscheidung der Wahl. Sie müssen weitergehen. Oder sie glauben, etwas tun zu müssen, was wichtiger ist. Oder sie sind nicht fähig zur Hingabe. Oder sie gönnen sich selbst nicht die Zeit zur Wahl.«

»Unni nennt sie Gefühlskastraten«, sagte Anne, »sie fürchten das Leid und lassen sich nicht verstricken.«

»Ich habe etwas geschrieben, Anne«, sagte François mit scheuer Stimme. »Lachen Sie bitte nicht darüber. Ich habe es für Sie geschrieben.«

›J'aime la pierre qui fleurit
Sarabande érotique et sacrée, beauté dansant dans le bois, le bronze,
Les lions, les gryphons, les éléphants, les oiseaux,
Dorés sereins les rajas sur leurs hautes stèles
Priant devant leurs dons, leurs dieux,
Le délicieux arc-en-ciel des déesses en délire
Parmi les serpents phalliques.

J'en ai mal un peu partout, de ce bel amour.

Poser le pied sur l'herbe joyeuse, c'est beaucoup trop bouger.
Les enfants sont comme les moineaux, bien moins loquaces, même si gais,
Ils se bousculent pour voir ceux qui regardent.
Sur une joue des trous de la vérole, dans un visage des yeux de pierre
Lèvent quand même leurs paupières au soleil,
Divinement heureux.

Tout tourne autour de ce nombril merveilleux, centre du monde,
Poutre qui perce le ciel;
Tout danse autour de cet axe invisible, soleil en soi-même.
Les gens sont comme leurs peintures dans le cadre de leurs fenêtres ajourées,
Leurs yeux de lotus vivent sans se mouvoir,
Yeux des Newars artistes et rêveurs
Créateurs fantasques et indigents des dieux.

Ils vivent émerveillés
Sans connaître autre chose que la misère de l'homme.
A travers les trous de leurs haillons, les étoiles de leur rêves sont à l'aise,
Ils n'ont pas besoin de sens pour voir,
Entendre, sentir, toucher.
Ils aiment, et cela explique tous les miracles:
Ils aiment, et sont Dieu Lui-même.

Car sans amour toute pureté est sale, tout zèle et dévotion vérole,
Toute création néant.‹

Voilà«, sagte er, sich plötzlich erhebend. »Ich bin gekommen, um mich zu verabschieden, denn ich reise morgen ab.«
»Wir werden uns wiedersehen, François«, erwiderte Anne. »Kein menschliches Wesen verläßt den anderen für immer.«
»Vielleicht«, sagte François, mit einem Mal finster, wortkarg. Er nickte grüßend, sagte: »*Au revoir*«, und ging schnell hinaus.
Anne wußte, daß er litt, weil er sie begehrte, doch ihr eigenes Glück hing wie ein Schleier zwischen ihnen, es hüllte sie ein wie der goldene Stoff, den Unni ihr geschenkt hatte. François mußte gehen, und sie mußte bleiben, und es war gut so.

Nach und nach sind alle abgereist, die Korrespondenten und die Touristen. Die Krönung ist zu Ende. Der Frühling ist vorbei. Schon spricht der General mit prüfendem Blick auf den porzellanweißen Himmel vom Nahen des Sommermonsuns.

Mit einer einzigen Fahrt zum Flughafen habe ich mich meiner Verabschiedungspflichten entledigt: François und Leo reisen zusammen. François ist wortkarg; gestern abend hat er alles gesagt; jetzt schlendert er, auf das Flugzeug wartend, in der Weißglut herum; er ist schon fern, schon abgereist.

Anders der sprunghafte, unscharfsichtige Leo mit seiner schweifenden Phantasie und seinen immer wiederkehrenden kleinen Gelüsten. Leo kommt noch einmal auf unser letztes Zusammensein und Johns Koller zurück. Koller ist das einzige Wort, das hier zutrifft. Leo ist noch nicht abgereist, er verbreitet sich noch wortreich über die Landschaft (ich bin versucht, hier das Wort »Kulisse« zu gebrauchen, denn alles, was Leo umgibt, wird zur Kulisse), das Klima, die Aufregungen des Tals.

»Meine liebe Anne, wenn ich bedenke, daß Sie, Sie sich mit dergleichen abfinden müssen. Ich wäre am liebsten die Wände hinaufgeklettert. Sie wissen, daß ich hinterher noch den halben Tag mit Ihrem Mann verbrachte, um ihn zu der Einsicht zu bringen, daß er Sie freigeben müsse?«

»Ich danke Ihnen, Leo.«

»Am Abend damals, bei der Gesellschaft im Valley Club, schien er ganz normal. Es war mehr eine Leichenfeier als eine Abendgesellschaft, Anne, und ein Klatsch! Viele Leute, so schien es mir, warteten auf Ihr Erscheinen; in mancher Hinsicht bedaure ich, daß Sie nicht kamen.«

»Ich schrieb.«

Damit sage ich Leo beiläufig das Allerwichtigste über mich, aber er ist zerstreut, die Neuigkeit zuckt an seinem Ohr vorbei, der beschwingte Augenblick verflüchtigt sich unbemerkt. Unni würde verstanden haben, welch ein Geschenk ich Leo damit machte, daß ich ihm dies sagte. Aber Leo hat es nicht erfaßt. Unni wußte es, ohne daß es ihm mitgeteilt wurde.

»Ich denke, John wird jetzt nach unserem Gespräch doch vernünftiger sein«, sagt Leo. »Ich glaube, er wird sich nicht mehr in dieser Weise benehmen. Paul Redworth hat ebenfalls mit ihm gesprochen. Ich denke, er wird sich jetzt zusammennehmen.«

»Ich danke Ihnen, Leo.« Es fällt mir leichter, jemandem zu danken.

Der Flugplatz ist gesteckt voll. Blumenfeld, in der Tracht eines buddhistischen Mönchs, jedoch drei Kameras um den Hals hängend, und einige weitere Zeitungsleute sehen auf ihre Uhren, erkundigen sich nach dem Flugzeug, reden über die Hitze im Tiefland. Kisha und Michael Toast sind zur Verabschiedung der sechs Sikh-Vettern da. Wassili und Hilde winken einer schnatternden Touristenherde mit einem Berg von Gepäck zu.

Auch Oberst Jaganathan ist da, in Galauniform, aber merkwürdig kleinlaut. »Ich warte auf zwei Brigadegeneräle aus Delhi«, sagt er, »die zur Untersuchung eines leichten Notzuchtfalls ankommen.«

»Was?«

»Jawohl, meine nepalesischen Freunde frönen ihrem Lieblingszeitvertreib; anonyme Briefe. Man hat mich beim Hauptquartier wegen eines solchen Falles verklatscht.«

»Recht unangenehm« sagt Leo voll Mitgefühl.

»Zum Donnerwetter«, sagt der Oberst, »dabei habe ich seit Monaten keine Frau gehabt!«

Leo, wie immer gleich mit Lösungen bei der Hand, ruft aus: »Na, bei dem Überfluß an Touristinnen ohne Bindung, warum haben Sie nicht …«

»Lauter zum Fenster hinausgeworfenes Geld«, fährt Oberst Jaganathan in seinem Gedankengang fort, »zwei Brigadegeneräle vom Hauptquartier aus Delhi daher zu schicken! Die bleiben ein paar Tage hier, saufen mein Bier weg und hauen wieder ab. Das nächste Mal verlange ich Korpsgeneräle.«

»Passen Sie bloß auf, daß Ihre Brigadegeneräle nicht während ihres hiesigen Aufenthaltes selbst in einen ›leichten Notzuchtfall‹ verwickelt werden«, sagt Leo.

Das Flugzeug ist startbereit; in plötzlicher Hast strömen die Leute darauf zu. Leo faßt meine beiden Hände und schüttelt sie, Tränen in den Augen.

»Anne, meine Liebe, ich reise sehr ungern ab … Sie werden gut auf sich aufpassen, wie?«

»Natürlich, Leo.«

»Nicht den Mut verlieren, Anne, es kommt alles in die Reihe.«

»Es ist schon alles in der Reihe«, entgegne ich, erstaunt darüber, daß er meint, ich hätte den Mut verloren.

Ich sehe dem Flugzeug nach, suche den Himmel ab. Hinter den Vorbergen stehen Wolken, das Hochgebirge ist verhüllt.

Das Tal füllte sich mit grauer Schwüle. Die Berge verschwanden. Die Wolken, Dschungel des Himmels und Schrecken der Piloten, verhüllten die Schneegipfel, die Wohnungen der Götter. Zuerst rollte trockener Donner, schossen kalte Blitze aus den Fugen eines stählernen Himmels, dann begann es zu regnen, und es regnete Stricke, es war schwerer, harter Regen, der klatschend wie aus dem Himmel gefallene Menschenleiber auf die Straßen, die Paläste und Tempel fiel, Regen wie ausgegossen aus riesigen Himmelskübeln, eine stehende Wand von Regen, elefantengrau und erfüllt von den wütenden Trompetenstößen des unsichtbaren Windes. Der Schmutz quoll aus den Höfen auf die Straßen, der Schlamm in den Straßen rann knöchelhoch. Die Hügel saugten sich voll Wasser und quollen. Von ihren geborstenen Flanken rannen Bäche roten Schlamms über die neue Straße hinweg, gruben sich ein Bett quer durch das Bett der Straße. Und kleinere Hügel setzten sich plötzlich ohne warnende Vorzeichen in Bewegung, glitten ins Tal, Stützmauern und Bäume auf ihrem Rükken mit sich tragend.

In den Städten des Tales drängten sich die Newaris wie Vieh zusammen in den dampfenden, stickigen, kellerdunklen Räumen unter den geschnitzten Balkonen. Das Essen wurde noch weniger, und das Korn schimmelte in den Säcken.

In den Hügeln hockten die indischen Pionieroffiziere schwitzend unter ihren Zelten und machten Vorbilanz über das, was der Monsun der Straße antun werde. Manche Leute sagten, wenn der Monsun vorüber sei, wäre auch nichts mehr von der Straße da. Die Pioniere aber setzten ihre Ehre darein, die Straße offenzuhalten. Wenn der Himmel sich für einige Stunden aufklärte, fuhren sie mit ihren Bulldozern die Straße ab, und wenn sie zu einem Erdrutsch kamen, schoben sie die Schlammassen über den Straßenrand hinunter in die Schluchten, glätteten die Fahrbahn und befestigten sie notdürftig.

In den Bergen peitschten wütende Winde die Wolken wie eine meuternde See, die sich gegen die Gipfel erheben wollte. In dem riesigen Heer der Wolken, das über die Hänge rollte, gähnten Schlünde, brachen Schluchten auf und wirbelten Strudel. Ein mächtiger Westwind stürmte gegen den Everest an und zerbrach an ihm, und der aufgewirbelte Schnee hing als wallende Fahne an seinem Gipfel, zweihundert Meilen weit sichtbar.

Im Terai, dem Dschungelstreifen am Rande Nepals, wucherten im Dampf der Wolkenbrüche die Blutegel wie Pilze.

Die modernen Bulldozer, die von den Amerikanern eingeflogen worden waren, lagen halb vergraben im Schlamm der über die Ufer getretenen Flüsse. Der Fluß, der ruchlose Fluß, nie zufrieden in seinem seichten Bett, fraß sich über Nacht den Weg in eine andere Senke, zwanzig Meilen eines zerstörten Dammes und einhundertvierzig Meilen verwüsteten Ackers hinter sich lassend.

»Mein Gott, wie nötig brauchen wir diesen Damm«, sagte Pater MacCullough zu Anne. »Der Fluß muß gebändigt werden. Er ist der Ruin dieses Landes. Er bringt jedes Jahr neue Hungersnot über die Menschen hier.«

Es war alle Jahre das gleiche. Wie ein Pendel schwang sich der Bogen des Flusses zwischen den beiden Hügelketten, die achtzig Meilen weit voneinander entfernt waren, hin und her. Siebenmal in den letzten zehn Jahren hatte er seinen Lauf geändert, einmal nach Osten, dann nach Westen fließend. In Katmandu lagen die Bauern aus den überschwemmten Tälern im Schmutz der vom Regen aufgeweichten Straßen und bettelten um Essen, und die kupferbraunen Bäuche ihrer Kinder waren hoch aufgedunsen unter den zu Skeletten ausgemergelten Oberkörpern.

Der Monsun verwandelte die Landschaft in das immer gleiche Bild der undurchsichtigen Grauheit des Himmels, verschlammter Äcker, überschwemmter Täler und von gedunsenen Hügeln bedrohter Ortschaften.

»Auch in meinem Gehirn werden bald Schwämme wachsen«, sagte Pater MacCullough und zeigte mit säuerlicher Genugtuung auf den grünen Schimmel, der seine Schuhe, seine Bücher in den Regalen und die Statuen und Möbel seiner Schule bedeckte, die ebenfalls ein früherer Ranapalast war. »Dies ist die schlimmste Zeit des Jahres. Wenn sie im September den Regengott verjagt haben, wird das Wetter wieder sonnig und schön bis zum nächsten Monsun.« Er blickte wie ein Gefangener aus dem Fenster zum Himmel. »Heute wird kein Flugzeug kommen. Ich fühle mich wie von der Welt abgeschnitten, wenn ich ein paar Tage keine Post bekommen habe.«

Er begleitete Anne die Treppe hinunter, machte sie auf die Landkarten an den Wänden aufmerksam, in denen die Veränderungen des Flußlaufes während der letzten Jahre eingezeichnet waren, und sah ihr nach, während sie zu ihrem Jeep ging.

»Sie sollten sich einen Regenschirm kaufen«, rief er ihr nach.

»Ich kann Regenschirme nicht leiden.«

»Diese Künstler«, murmelte Pater MacCullough. Er selbst würde nicht ohne Regenschirm ausgehen, aber es schien Menschen zu geben, denen es Spaß machte, von den Wassern des Himmels bis auf die Haut durchnäßt zu werden. Unni zum Beispiel machte lange Spaziergänge im Regen, kam vollkommen durchweicht zurück, behielt die nassen Kleider an und fühlte sich wohl darin. »Wenn ich es nur gehört hätte, würde ich es nicht glauben.« Doch Pater MacCullough hatte es selbst erlebt, hatte es auch Anne erzählt. Er seufzte und ging zurück in sein Arbeitszimmer. Da stand ihre Tasse, und auf der Untertasse lag ihr mit Lippenstift beschmierter Zigarettenstummel. Er warf ihn in den Papierkorb. Ich darf nicht vergessen, für die beiden zu beten. Eine traurige, sehr traurige Sache war das. Unerbittlich sagte er sich wieder und wieder: Es ist Unzucht, was die beiden tun, es ist Todsünde. In den Augen Pater MacCulloughs war es kein Ehebruch, denn seine Kirche erkannte die protestantische Ehe nicht als gültig an. Es war aber Unzucht. Er müßte Anstoß nehmen, mehr als er es tat, doch in Wirklichkeit nahm Pater MacCullough keinen Anstoß. Wenn er das hätte tun wollen, wäre seines Bleibens in Katmandu nicht lange gewesen. Und außerdem bestand Nächstenliebe nicht darin, Anstoß zu nehmen. Doch er durfte nicht vergessen, für sie zu beten. Die Wege Gottes waren unerforschlich. Der Priester war ein großer Kenner des menschlichen Herzens, wie es alle Großen der heiligen Kirche waren, und selbst großherzig genug, um sich zu fragen, ob Gott diesen Seelen, die der Sünde ergeben waren, durch ihre sündige, aber auch schöne Leidenschaft nicht einen Weg zu seiner Gnade weisen wollte. Gottes Wege waren dunkel, aber wunderbar. Anne war viel aufgeschlossener geworden; sie kam jetzt des öfteren zu ihm, um eine Tasse Tee mit ihm zu trinken, was sie früher nie getan hatte.

Pater MacCullough gab sich einem Tagtraum hin, in dem Anne und Unni sich zum wahren Glauben bekehrten und heirateten, doch wußte er, daß es nur ein Traum war.

Auch Isobel träumte. Sie war allein in ihrem Wohnzimmer. Der Monsun hatte eine seltsame Wirkung auf sie. Es war wenig zu tun. Das Institut war geschlossen. Die Mädchen blieben zu Hause. Die Mehrzahl der verheirateten Schülerinnen war schwanger, und wenn der Unterricht wieder begann, würde es sein, als wären sie nie hier gewesen. Alle Mühe würde umsonst gewesen sein, sie würden sogar die Worte der Gebete vergessen haben.

Es kamen nur sehr wenig Touristen nach Katmandu während des Monsuns, Bergsteiger und Forschungsreisende überhaupt nicht. Jedermann war gereizt und müde, selbst Wassili klagte über seine Leber. Isobel klagte über ihr Herz. Sie hatte Anfälle von Atemnot und Weinkrämpfe. Die schwere dunstige Luft war Gift für sie. In der Ecke eines großen Schrankes standen hinter einem Haufen verschimmelter, nach nassen Hunden riechender Schuhe die Flaschen, die sie für diese Anfälle bereit hielt. Nur einen Schluck, einen kleinen, und dann noch einen. So hatte es vor Jahren begonnen. Ein Arzt hatte ihr geraten, ein Gläschen Brandy zu trinken, wenn sie an Atemnot litt, und sie litt seit ihrer Jugend an den Folgen eines rheumatischen Fiebers, das ihr Herz geschwächt hatte, und für schwache Herzen war Brandy die beste Medizin. Und der Brandy schenkte ihr Träume.

Als sie an diesem Nachmittag in ihrem Zimmer saß und eben wieder einen verstohlenen Blick auf den Kleiderschrank warf, hörte sie den Jeep, *den Jeep dieser Frau*. Sie trat auf die Veranda und sah Anne durch den hinteren Teil des Parkes zu ihrem Bungalow fahren. Das Wasser spritzte hoch auf unter den Rädern ihres Jeeps.

»Verdammtes Biest«, zischte Isobel, geschüttelt vor Wut. »Wie ich sie hasse, diese verdorbene, gemeine, arrogante Person. Und zu bedenken, daß ich es war, die sie hierher geholt hat! Ich habe ihr diese Stellung gegeben und den Bungalow.« Jetzt hielt Anne nicht einmal mehr an, wenn sie vorbeifuhr, kam auch am Nachmittag nicht mehr zu ihr, würde auch an diesem Monsunnachmittag mit seinem ewigen Regen nicht kommen, obwohl sie wußte, daß Isobel allein war, allein in ihrem Wohnzimmer, gebannt auf den Kleiderschrank starrend. Sie würde nicht die Treppe heraufkommen, anklopfen und kurz »guten Tag« sagen. Sie war vorbeigefahren zu ihrem Bungalow, als ob er ihr gehörte.

Isobel öffnete den Kleiderschrank.

»Die Hure von Babylon, die Ehebrecherin« saß jetzt sicher in ihrem Bungalow und lachte über Isobel; und sie würde auch nicht ausziehen, obwohl sie wußte, daß sie unerwünscht war. Sie blieb hier, und wenn es in den Nächten nicht zu stark regnete, konnte Isobel ihre Schreibmaschine klappern hören … klapp … klapp … klapp. Manchmal stand Isobel des Nachts, in einen Regenmantel gehüllt, in der Rosenlaube und lauschte dem Klappern.

Jetzt, nach dem Brandy, wuchs Isobels Selbstbewußtsein, und sie fand Trost in dem Tagtraum, der sie befiel. Sie sah sich aufstehen, sah sich auf dem Weg zum Erziehungsminister. Er würde sie empfangen …

ohne Zweifel. Hatte Isobel ihm nicht bei der königlichen Gartenparty einige kleine Wahrheiten über sein Land gesagt, und hatte er nicht in aller Höflichkeit zugegeben, daß sie mit allem recht hatte? Jetzt würde sie mit ihm über Anne sprechen.

Der Minister, groß, schlank, würde selbst die Türe öffnen, wäre entzückt, sie zu sehen. »Miß Maupratt! Kommen Sie herein, ich freue mich, Sie zu sehen. Wir wüßten nicht, was wir ohne Sie hier tun sollten. Das Töchter-Institut ist ein so ungemein wertvoller Beitrag zum Fortschritt in unserem Land.«

»Ich bedaure«, würde sie erwidern, »kommen zu müssen, um mit Ihnen über etwas sehr Peinliches zu sprechen. Es betrifft eine meiner Lehrerinnen ... Mrs. Ford.«

Des Ministers Brauen würden sich zusammenziehen. »Mrs. Ford?« würde er sagen. »Was ist mit ihr?«

Und Isobel würde zu ihm sagen: »Es ist mir höchst unangenehm. Sie hat sich von ihrem Mann getrennt und führt ein skandalöses Leben. Sie ist nicht länger würdig, Lehrerin zu sein.«

Und der Minister würde empört sein und sagen: »Vollkommen meine Meinung. Wissen Sie, wer die andere Person ist, die in diese schmachvolle Sache verwickelt ist?«

»Ja, es ist dieser Mensch Unni Menon.«

»Er wird innerhalb vierundzwanzig Stunden aus Nepal abtransportiert werden«, würde der Minister streng sagen, vielleicht nach der kleinen silbernen Glocke auf seinem Schreibtisch greifen.

Und dann würde Anne zu ihr kommen, weinend, bettelnd. Sie würde nicht mehr mit ihrem Jeep vorbeifahren, sondern anhalten, die Treppe heraufkommen, an die Türe klopfen und schluchzend rufen: »Isobel.«

Glühend und schwitzend im Fieber ihres Triumphes ließ sich Isobel von ihrem Traum, der jetzt nicht mehr Anne, sondern sie selbst zum Mittelpunkt hatte, zurücktragen in die Vergangenheit.

Ruhelos wie der Regen, drängend wie das nächtliche Klappern der Schreibmaschine Annes kehrte ihr Geist aus der Zukunft ihres Wunschtraumes zurück in die Zeit vor drei Jahren, da dies alles begonnen hatte. Wie in einem Film, der immer wieder in der Handlung zurückblendet, drängten sich ihr Szenen der Wirklichkeit ins Gedächtnis ...

... Dearest sitzt allein im Klassenzimmer. Die anderen Schülerinnen sind davongelaufen. »Sie machen Musik vor Unni Menons Haus«, sagt Dearest, die Musterschülerin, zu ihr, und sie geht zum Bunga-

low. Es ist Frühling. Es ist Morgen. Der Himmel ist glasklar. Hitze
tropft von den Blättern. Die Stille ist nur unterbrochen von dem
Knirschen ihrer Schuhe im Kies des Weges. Dann hört sie Lachen,
Singen, Musik, sieht tanzende Mädchen, Blumen im Haar, sieht Unni
im Gras sitzen, eine Trommel quer auf dem Schoß, und die langen
Finger seiner dunklen Hände schlagen den Takt auf den hellen gespannten Häuten an ihren beiden Enden, trommeln zärtlich, aufreizend ... und in ihrem Hirn flammt ein Kurzschluß, und sie spürt Galle im Mund, speit sie aus ... »Schande, Schande, Unzucht, geiler Ver-
führer, lüsterne Brut« ... sie schreit und schreit sich den Schmutz,
der die Lieblichkeit des Morgens verwüstet, von der Seele und geht
zurück in ihr Zimmer, und es wütet weiter in ihr, jagt sie auf und ab in
ihrem Zimmer, auf und ab, auf und ab ...
Ja, so war es gewesen, stundenlang auf und ab zwischen diesen Wänden, wo sie auch jetzt wieder, drei Jahre später, keuchend auf und ab
lief. Doch jetzt war der Himmel grau verhüllt, und der Regen, der wie
Annes Schreibmaschine und Unnis Hände trommelte, hielt sie gefangen in der Vergangenheit ...
... Es ist drei Uhr nachmittags des gleichen Tages. Sie geht wieder auf
den Bungalow zu, und wieder tropft die Hitze aus dem schmelzenden
Himmel, doch die Stille ist vollkommen. Sie geht, um die Sünde ein
für allemal auszurotten. Der Bungalow liegt schläfrig verlassen in der
Sonne. Das Gras hat sich wieder aufgerichtet an der Stelle, wo sich
heute morgen die sündigen Leiber wälzten. Die Türe ist nicht verschlossen. Sie geht hinein ... die Treppe hinauf ... Unni liegt nackt
auf dem Bett, das Gesicht nach unten ... ein langer, dunkler Körper,
glänzend im Schweiß der Lust, unter ihm ein heller Leib, eine Frau
mit blonden Haaren ... der Blick schnellt zurück von dem ungeheuerlichen Anblick, trifft schmerzlich das eigene Auge, das Herz, und ein
Stöhnen der Wut entringt sich dem Mund ... sie sieht die nackte weiße Brust der Frau, umschlossen von Unnis dunkler Hand, nur die ro-
sige Warze sichtbar zwischen langen Fingern ... gebrochene Knos-
pe ... Unnis Hand. Und dann Unnis harter Blick, und er zieht das Laken über den weißen Leib, sagt: »Es ist jemand hier. Bewege dich
nicht«, bückt sich nach einem Kleidungsstück, das am Boden liegt,
hält es vor seine Blöße, tritt zu ihr, packt sie beim Handgelenk, zieht
sie hinter sich her die Treppe hinunter ... Sie folgt ihm halb willig.
Der brutale Griff der Finger um ihr Handgelenk schmerzt sie nicht. Er
führt sie irgendwohin, und sie sträubt sich nicht. Sie betreten das untere Zimmer ... »Meine liebe Miß Maupratt, es ist unschicklich, ein-

zutreten, ohne anzuklopfen.« Sie antwortet heiser: »Es ist unerhört, eine Frau mit hierher zu bringen ... es ist Sünde ... es ist ... wer ist sie?« ... »›Das spielt keine Rolle. Sie hatten kein Recht zu spionieren. Das ist sehr unmissionarisch. Miß Maupratt. Sie werden jetzt hierbleiben, bis die Dame gegangen ist. Ich wünsche nicht, daß über sie gesprochen wird.« ... »Oh, Sie ... wie können Sie es wagen ... hier auf dem Grundstück des Töchter-Instituts ... am hellen Nachmittag!« ... »Ich liebe es, am Nachmittag mit einer Frau zu schlafen. Warten Sie in diesem Zimmer, bis ich Sie wieder herauslasse.« Er dreht sich um ... sie sieht seinen nackten Rücken ... die Türe schließt sich hinter ihm ... der Schlüssel dreht sich im Schloß, und sie wartet, wartet fiebernd, daß er zurückkomme ... hört die Schritte der Frau das Haus verlassen ... wartet weiter ... wieder Schritte ... die Türe öffnet sich, doch es ist Regmi ...

Es war Regmi gewesen, der gleiche Regmi, den er jetzt Anne ausgeliehen hat. Und sie hatte sich durch die Hitze in ihr Zimmer geschleppt, hatte stundenlang keuchend vor Wut und Atemnot auf dem Sofa gelegen, wo sie jetzt wieder lag und nach Luft rang, und in der Nacht hatte sie einen schweren Herzanfall gehabt. Und am nächsten Tag war Unni fort, ausgezogen, und als ob er ihre Gedanken gelesen hätte, war am gleichen Tag der General zu ihr gekommen und hatte ihr in seiner unpersönlichen Art, als ob er in die Luft spräche, gesagt, daß jeder Ausländer, der nepalesisches Eigentum zerstöre oder verunstalte, die Ausweisung zu gewärtigen habe. »Doch Tod durch Ertränken ist auch möglich«, hatte er hinzugefügt. Und so war der Bungalow unzerstört und unbewohnt geblieben ...

... O Schande, Schande, Schande ...

Unermüdlich schleuderte der Himmel seine nassen Speere gegen die Erde, zersplitterten wässrige Sterne am Boden. Jetzt war Isobel wieder in der Gegenwart angelangt. Die leere Flasche rollte über den Rand des Sofas, und ein neuer Traum wischte die unerträglichen Schattenbilder der Vergangenheit weg, und ihr Geist änderte sie, änderte den Nachmittag vor drei Jahren, gab ihm das für Isobel einzig richtige Ende ...

... Anne war es, die jetzt in Unnis Bett lag ... die blonden Haare waren dunkel geworden ... und Unni schob und stieß den verhaßten Leib zum Rand des Bettes, bis er dumpf auf dem Boden aufschlug. Und Unni sagte zu Anne: »Ich will dich nicht« und streckte seine Arme nach ihr, nach Isobel aus, und sie flog auf ihn zu, trat auf den Leib, den sich windenden Leib Annes ...

»Komm, komm, Geliebte!«

Und jetzt stand sie am Fenster in Unnis Zimmer, sah hinaus und sah Anne über den Rasen davonlaufen, und sie selbst lachte und stöhnte, denn hinter ihr stand Unni, und seine Hände umschlossen ihre Brüste, ihre, Isobels »süße Zwillingstauben«, und die rosigen Knospen zwischen Unnis langen, dunklen Fingern waren die ihren, und ihrer waren der Schmerz und die Lust, die brannten wie feuriges Wasser … Und draußen hämmerte der Regen, hämmerte wie ihr Herz. Und im Hause hämmerte etwas, hämmerte ganz nahe, gegen die Türe …

»Komm, komm!« rief sie keuchend. Ihr Leib bäumte sich auf und gehörte nicht mehr ihr. Jetzt, jetzt kam er, jetzt kam er wirklich, so wie sie ihn gesehen hatte, kam durch den Regen … und seine Hände …

Die Türe ging auf, und das Gesicht dessen, der geklopft hatte, schob sich herein … olivgrün, überrascht … das Gesicht des Verlobten von Suragamy McIntyre.

*

Anne schrieb:

Ich mache einen Teebesuch bei Pater MacCullough, worüber er, wie mir scheint, erfreut ist. Scheu und erregt zeigt er mir seine Bücher, seine Karten. Auf dem Tisch aus Tannenholz (die ganze Ausstattung hat einen klösterlichen Anstrich) liegt eine Nummer der »Mountain Peeks«.

»Sie bekommen doch die ›Mountain Peeks‹?« sagte der Brave.

»Nein«, sage ich und nehme dann, hypnotisiert von seinem offenbaren Wunsch, etwas darin zu lesen, das Exemplar zur Hand. Da steht:

»PATER MAC CULLOUGH SPRICHT ÜBER NEPAL. Bei der am Mittwoch vom Punkt-Vier-Damenkränzchen und der Kulturgruppe des Valley Clubs gemeinsam veranstalteten Teegesellschaft hatten wir die Ehre, Pater MacCullough, nachdem wir nicht ohne Mühe seine Einwilligung erlangt hatten, unseren versammelten Mitgliedern persönlich vorzustellen. Welch eine durchschlagende Kundgebung des Zusammenwirkens unserer freien Welt! Welch ein Sieg! Welch eine Spitzenleistung!

Pater MacCullough erhob sich, jedoch nicht ohne erst mit Tee und Sandwiches wohl versehen worden zu sein, die in reizender Weise von den Damen Spockenweiler, Potter sowie anderen Mitgliedern des PVDK und der KGVC herumgereicht wurden.

Das Thema des Vortrags von Pater MacCullough war die Geschichte

Nepals, und der Kernpunkt, daß Nepal schon immer ein großartiges Land gewesen und es noch sei.«

»Ach, Sie müssen nicht alles glauben, was da geschrieben steht.« Pater MacCullough ist ein bescheidener Mann.

Ich gebe mir die größte Mühe, etwas zu sagen, finde aber nur: »Schade, daß ich nicht dort war.«

»Ich mußte die … hm … eh schwerer … mitteilbaren Teile der Geschichte Nepals weglassen«, fügt er hinzu, wieder mit einer Bescheidenheit, die mir den Atem benimmt. Da die Geschichte Nepals eine einzige lange Reihe von Palastintrigen, Morden, Ehebrüchen und Greueltaten ist, die in jedes wichtige Ereignis hineinspielen, frage ich mich, wieviel davon, von Pater MacCullough stubenrein gemacht, übriggeblieben ist, um die Damen in Aufregung zu versetzen.

»Die Zuhörer verließen den Saal«, lese ich weiter, »voll einer so gesunden Wißbegierde, daß in ihnen der Vorsatz geweckt wurde, mehr über Nepal zu lesen und zu lernen.«

»Wirklich schade, daß ich nichts davon wußte«, sage ich.

»Nun ja, meines Erachtens sollten Sie mehr ausgehen und mit Menschen zusammen sein, in Verbindung mit Leuten bleiben«, sagt der Pater. »Ich bin überzeugt, die Punkt-Vier-Damen würden sich darüber freuen, höchlichst freuen. Es sind wirklich alles in allem sehr kultivierte Frauen. Zudem sind sie sich meines Erachtens ihrer Verantwortung bewußt. Jeder Amerikaner und jede Amerikanerin ist ein Punkt-Vier-Botschafter, das ist meine Devise. Vor einiger Zeit gab ich ihnen das zu bedenken.«

Vom Regen wie von einem dichten Vorhang umgeben, kommt Pater MacCullough auf die Überschwemmungen zu sprechen. Ich schließe die Augen und halb auch die Ohren. Um Unni irgendwie näher zu sein, fuhr ich gestern ins Gebirge und wurde von einem Ungewitter überrascht. Regenpflüge rissen Furchen in die Berge, verwarfen ihre Umrisse, der Fels, zu Brei zerdrückt, spritze umher, plötzlich taten sich tiefe Scharten in den festen Wänden auf, wälzten sich Sturzbäche von Erde und zerbröckelndem Gestein abwärts. Es war tief beängstigend zu erkennen, wie unfest der Grund, wie unwiderstehlich dagegen das Wasser war. Dann war es mit einmal vorbei; die bucklige Sonne funkelte in den Pfützen, und Regenbogen spannten sich von Kuppe zu Kuppe.

Pater MacCullough spricht natürlich von Unni. »Er marschiert immer im Regen. Voriges Jahr sah ich ihn einmal vollkommen durchweicht und triefend, es ist kaum zu glauben, durch den schlimmsten

Sturm, den ich je erlebt habe, daherkommen. In seinen triefenden Kleidern setzte er sich auf den Stuhl dort. Ich kann es heute noch nicht fassen, daß er sich keine tödliche Lungenentzündung geholt hat.«

Dies ist die Belohnung, die mir, wie einem braven Kind, dafür zuteil wird, daß ich Pater MacCullough einen Teebesuch gemacht und ihm geduldig zugehört habe. Und ich weiß, daß der Mann, gütig wie er ist, mir dies absichtlich erzählt hat. Deshalb komme ich ja zu ihm, deshalb gehe ich ins Royal-Hotel und setze mich zum General in seinen unsinnig weitläufigen Salon mit den Mammutmöbeln. Um sie von Unni sprechen zu hören. Und sie tun es immer. Sie wissen, daß mir das wohltut.

Die dumpfe, stumpfe Nacht zerreißt mit einemmal ein lautes Klopfen, das sich zuerst mit dem Geprassel des Regens vermischt, dann die Stimme Regmis und eine andere, die schreit: »Mrs. Ford, Mrs. Ford!«

»Wer ist da?« rufe ich.

»Ich bin's, Suragamy!«

So, Suragamy McIntyre. Regmi entriegelt die Haustür. Ein Sofa und zwei Lehnsessel haben den unteren Raum in etwas wie eine winzige Kopie des Salons beim General verwandelt. Aber warum soll ich auf »geschmackvoller« Ausstattung bestehen und mich so der Weisheit und des Witzes, der Liebenswürdigkeit und des Frohsinns derjenigen berauben, die mich besuchen und sich auf Plüschmöbeln mehr zu Hause fühlen?

Die Haare zerzaust, ringt Suragamy mir die Hände entgegen. »Mrs. Ford, Mrs. Ford, Sie müssen, Sie müssen mir helfen, sage ich Ihnen. Sie sind der einzige Mensch, der mir helfen kann.«

»Worum handelt es sich?«

»Um Mutti«, weint sie. »Er ist in Not, in furchtbarer Not, in furchtbarer Not.« Sie rollt die Augen und die R-Laute, ringt die Hände, verdreht den Hals auf den Schultern, und die Haare fliegen ihr über den Rücken.

»Mutti?«

»Um Mutti Aruvayachelivaramgapathy, meinen Bräutigam. Und Miß Maupratt. Sie ist ein schlechtes Frauenzimmer, ein schlechtes, hinterlistiges, heimtückisches Frauenzimmer. Der Doktor ist dort, auch die Polizei. Sie sagt, Mutti …« Sie schluchzt.

»Sie sagt, Mutti habe sie überfallen?«

»Das ist gelogen, das ist eine verfluchte, gemeine, große Lüge … Sie hat seit langem ein Auge auf Mutti geworfen«, zetert Suragamy völlig außer Rand und Band, »ich sage Ihnen, sie ist mannstoll.«

»Ach, gehen Sie doch«, sage ich.

»Das sagen Sie, weil Sie auch eine Weiße sind«, kreischt Suragamy. »Ihr haltet stets zusammen, ihr Weißen. Und man wird meinen Mutti Aruvayachelivaramgapathy ins Gefängnis stecken, jawohl, und erschießen oder aufhängen, weil er kein Weißer ist.«

»Ach, um Himmels willen, Sie sind um Jahre hinter der heutigen Zeit zurück, wissen Sie. Wir sind hier in Asien. Es ist viel wahrscheinlicher, daß Isobel morgen angeklagt wird, sie habe ihn vergewaltigen wollen.«

»Aber das hat sie ja auch gewollt!« schreit Suragamy McIntyre.

Das Bild, das sich im Institut bietet, entspricht Suragamys Aufregung.

Auf dem Korridor vor Isobels Zimmer drängt sich ein Grüppchen von Polizisten, von denen einer nach dem andern Auge und Ohr ans Schlüsselloch drückt. Suragamy und ich treten hinzu, sagen: »Entschuldigung«, und klopfen an. Ein anderer Diener des Gesetzes öffnet die Tür, zögert, uns einzulassen. Ich erhasche Freds Blick und winke ihm zu. Darauf werden wir eingelassen.

Mit Wolldecken zugedeckt, liegt Isobel auf dem Sofa. Ihr Atem geht röchelnd. Erdkunde fühlt ihren Puls. Geschichte gießt Tee ein. Fred, das Stethoskop um den Hals gehängt, steht dabei. Der General und die Maharani sitzen auf Lehnsesseln da wie im Theater. Zwei Detektive in Zivil, angetan mit Jodhpurs und europäischen Jacketts, drücken sich herum; an einem Tisch sitzt ein dicker Mann in Uniform und Reitstiefeln und schreibt. Ein bildhübscher Jüngling mit einer verwegenen Kappe und einer funkelnagelneuen Kamera schlängelt sich hinters Sofa, läßt seine Magnesiumbirne blitzen und nimmt uns alle auf. Jedem von uns steckt er eine Karte zu, auf der steht: »Chefreporter der ›Katmandu Times‹.«

»Isobel«, sage ich. Keine Antwort.

Geschichte sagt: »Sie leidet unter den Nachwirkungen eines Schocks.«

»Nicht anrühren«, warnt einer der Detektive.

»Fingerabdrücke«, zischt der andere.

Wieder knallt das Blitzlicht der Kamera.

Der Polizeichef (der Mann in Reitstiefeln) gibt einen Befehl in nepalesischer Sprache. Ganz sachte hebt einer der Detektive, nachdem er ein Taschentuch um seine Hand gewunden hat, die leere Cognacflasche vom Tisch hoch. Der Chef besichtigt sie genau, nickt dann und fängt wieder an zu schreiben. Eine andere Flasche wird vorgezeigt. Er riecht daran, nickt wieder.

»Dr. Maltby«, sagt Erdkunde, »ihr Puls wird schneller.«

»Sie kennen diese Dame seit längerer Zeit?« fragt mich der Polizeichef.

»Miß Maupratt? Ja, ich habe … wir gingen zusammen zur Schule.«

»Aha …« Er schreibt wieder. Dann: »Ist sie eine Dame von guten Sitten?«

»O ja«, sage ich, »von ausgezeichneten Sitten.«

»Aha, Vergewaltigung«, sagt er mit Nachdruck, »ein ganz abscheuliches Verbrechen, wenn es zur Ausführung gelangt.«

»Wie oft?« fragt der General.

»Das wissen wir noch nicht«, erwidert der Polizeichef. »Unsere Untersuchungen haben erst begonnen, Herr General. Sie werden bis ins Letzte durchgeführt werden.«

»Ah«, sagt der General bewundernd, »wie glücklich sich unsere Demokratie schätzen kann, Sie zu besitzen, Herr Polizeichef.«

»Mein unwürdiges Ich fühlt sich beschämt, Euer Exzellenz«, versetzt der Polizeichef aufstehend und sich verbeugend.

»Die Frage ist, wie ich annehme«, sagt der General, »wer wen vergewaltigt hat?«

»Selbstverständlich«, sagt der Polizeichef.

Suragamy McIntyre bricht wieder in heftiges Weinen aus.

»Ja, wahrlich, das ist hier die Frage«, fährt der Chef fort und legt den Kopf etwas auf die Seite.

»Wer kann aus solchen Verstrickungen zwischen einem Mann und einer Frau klug werden?«

»Jaja, wer?«

Der General und der Polizeichef, geborene Menschenkenner, werfen einander ernste Blicke zu. Fred, bloß Arzt im Augenblick, ist nicht bei der Sache.

»Ajaaaaaah, mein Mutti Aruvayachelivaramgapathy, ich sehe dich nie wieder«, wimmert Suragamy McIntyre.

»Aber natürlich sehen Sie ihn wieder«, sagt der Polizeichef. »Im Gefängnis. Alle drei Tage sind dort Besuchsstunden von fünf bis nachts zwölf für nahe Verwandte.«

Darauf bekommt Suragamy prompt einen hysterischen Anfall. Geschichte labt sie mit einer Tasse Tee. »Doktor«, sagt der Polizeichef, »ist die Dame transportfähig?«

»Ich glaube nicht. Sie … ist noch im Schockzustand«, sagt Fred und wirft einen besorgten Blick auf das kleine Gebirge Isobel, das auf dem Sofa unter den Decken schnarcht.

»In diesem Fall«, sagt der Polizeichef sehr ernst, »können wir warten. Während der Monsunzeit werden in Katmandu wenig Verbrechen begangen.«

»Notzucht kommt gemeinhin im Frühjahr und Herbst vor«, belehrt mich der General. »Dieser Fall ist unzeitgemäß.«

»Es kommen vielleicht noch andere Momente in Frage«, sagt der Polizeichef, stirnrunzelnd die Flaschen betrachtend. »Wir müssen den Inhalt analysieren lassen. Auf etwaige Aphrodisiaka. Oder Gift.«

Wiederum knallt das Blitzlicht der Kamera. Die Detektive glotzen ebenfalls auf die Flaschen. Der General nickt beifällig und erinnert daran, daß er einmal oberster Richter in Nepal war, »als unsere Methoden noch nicht so wissenschaftlich waren. Damals würden wir beide Parteien in den Teich der Gerechtigkeit getaucht haben. Eine unfehlbare Methode.«

Zwei Diener erscheinen auf einmal mit Tee für die Maharani, den Polizeichef, die Detektive und den Reporter. Der General sagt leise: »Whisky!«

Da wird die Türe aufgerissen, und Wassili, Hilde, Enoch P. Bowers und John treten ein.

»Isobel …«, ruft Wassili, stockt und verstummt jedoch. Dann fragt er Fred: »Ist sie schwer verletzt?«

»Nein, nein«, sagt Fred, »es ist bloß ein Schock. Hm … eh …«

Wassilis Blick fällt auf die Flaschen; er wendet ihn sofort wieder ab.

Der Polizeichef ist aufgestanden, spricht und scherzt jetzt mit Hilde. »Das war eine lustige Zeit, Madam, als Wassili in meinem Gefängnis saß.«

John ist zum Sofa getreten. »Isobel!« ruft er, und noch einmal in schmerzlichem Ton: »Isobel!« Dann zu Erdkunde: »Ist sie in Ordnung?«

»Natürlich«, sagt Erdkunde säuerlich. »Bloß so ein Schock, verstehen Sie.«

»Ach, da bin ich aber froh«, sagt John. Die Aufregung, die er mit hereingebracht hat, fällt in sich zusammen.

Enoch P. sagt: »Das ist schrecklich, ganz schrecklich.«

»Ach, bitte, bitte, Mr. Bowers«, sagt Suragamy, die Hände faltend,

»er war es nicht. Ich schwöre Ihnen, er war es nicht. Bei allen Göttern schwöre ich das.«

»Suragamy, vergessen Sie nicht, daß Sie Christin sind«, mahnt Geschichte entrüstet.

»Sie hat ihn vergewaltigt«, schreit Suragamy. »Sie hat ihn in Versuchung geführt. Er ist ein unschuldiger, keuscher Jüngling. Nie würde er dergleichen von sich aus tun, niemals, niemals.«

»Was geschieht nun, Herr Polizeichef?« fragt Wassili.

»Eine der Parteien habe ich bereits festgenommen«, sagt der Polizeichef ernsten Tones. »Ich warte nur, bis Miß Maupratt sich genügend erholt hat, um sie ebenfalls wegzubringen. Als ›Corpus delicti‹, würden Sie das wohl bezeichnen.«

»Wegbringen?« rufen Fred, John und Enoch zugleich aus. »Wohin?«

»Ins Gefängnis«, sagt der General. »Wir stecken immer beide Parteien ins Gefängnis.«

»Aber das dürfen Sie doch nicht tun«, rufen Enoch, John und die zwei Lehrerinnen unisono aus.

»Sie wird als Häftling erster Klasse behandelt wie Sie, Wassili«, sagt der Chef. »Ich werde das persönlich veranlassen.«

»Aber das ist ja furchtbar«, schreien die zwei Lehrerinnen wieder.

»Es ist ungeheuerlich«, sagt John. »Das muß dem Residenten gemeldet werden.«

»Herr Polizeichef«, sagt Enoch, »ich gebe Ihnen zu bedenken, daß Miß Maupratt Inhaberin eines britischen Passes ist. Sie ist eine *Europäerin*.«

Das ist ganz offenbar das Schlimmste, was er sagen konnte. Der Polizeichef bietet den Anblick einer Steinfigur. Er ist höchst erbost. Hilde macht Enoch und John Zeichen, sie sollen den Mund halten.

Suragamy ringt die Hände und kreischt: »Ich habe es ja gesagt, ich habe es ja gesagt, die Weißen setzen sich für sie ein, und mein Mutti muß sterben.«

»Unsinn«, sagt Wassili, »kein Mensch muß wegen Vergewaltigung sterben. Nur wegen Tötens von Kühen.«

»Aber er wird sein Stipendium verlieren, sein U.S.I.S.-Stipendium«, sagt Suragamy. »Das ist entsetzlich. Ach, Mr. Bowers«, fleht sie diesen an, »versprechen Sie mir, ihm zu helfen. Er ist ein keuscher, unschuldiger Jüngling.«

Enoch P. macht ein frostiges Gesicht.

Isobel stöhnt, dreht sich auf die andere Seite und schnarcht von neuem.

Fred, Hilde und Wassili treten an den zu Eis erstarrten Polizeichef heran und reden leise auf ihn ein. Schließlich lächelt Hilde. Er taut langsam auf. John läuft inzwischen, die Hände auf dem Rücken, im Zimmer hin und her, wie ein Ehemann, der ein Kind erwartet.

»Ich fürchte, das ist eine ernste, sehr ernste Angelegenheit«, sagt Enoch P. »Ich werde auch hinein verwickelt werden.« Enoch ist nämlich einer der beiden Befürworter des Amerikastipendiums für Suragamys Bräutigam. »Er erschien mir durchaus geeignet, höchst demokratisch gesinnt.« Aber er müsse doch einen schlechten Einschlag haben, »daß er eine schutzlose Frau überfiel.« Mit Muttis Stipendium ist es aus.

Der Polizeichef dreht sich um und gibt einen Befehl. Er hat sich dafür entschieden, Isobel angesichts ihres Gesundheitszustandes ins Krankenhaus bringen zu lassen, wo sie unter polizeilicher Bewachung zu bleiben habe. Wassili und Hilde danken ihm überströmend.

»Wie wär's mit einem Gläschen, Herr Chef?« fragt Wassili.

Die Whiskyflasche des Generals wird gebracht. Die Versammlung um die auf dem Sofa schnarchende Isobel scheint den Charakter eines fröhlichen Zusammenseins im Royal-Hotel annehmen zu wollen. Schon laufen die Diener mit Gläsern in den Händen herum. Doch Hilde zieht Wassili mit fester Hand weg, und nicht ohne Bedauern verlassen wir alle die Stätte.

Der Regen hat inzwischen sintflutartige Formen angenommen. Enoch holt Fred und mich ein und teilt uns mit, John werde heute nacht im Institut bleiben. »Die Damen sind in großer Angst«, sagt er. »Es ist ihnen wohler, wenn ein Mann in der Nähe ist. Ich müßte ihm wohl eigentlich Gesellschaft leisten«, meint er zögernd, »aber das würde Pat besorgt machen. Wassili läßt Johns Bettzeug und Decken im Jeep hinbringen.«

Der General lacht sich ins Fäustchen, reibt sich die Hände, sagt: »Notzucht außerhalb der Saison gibt viel zu denken, Madam«, und verschwindet mit der Maharani unter riesigen schwarzen Schirmen im Regen.

*

»Eine unangenehme Geschichte«, sagte Paul Redworth, »eine verteufelt unangenehme Geschichte.«

Anne, Fred und der General waren von Paul zu einer vertraulichen Besprechung in die Residenz gebeten worden. Es war eine Woche vergangen seit dem Vorfall, der in der Fremdenkolonie Katmandus verstohlen als »die Maupratt-Affäre« bezeichnet, in den Schlagzeilen der *Times of Katmandu* jedoch als DER SKANDAL IM TÖCHTER-INSTITUT angeprangert wurde.

Auf dem Sofa und auf dem Boden verstreut lagen, angeheftet an ihre Übersetzungen, Zeitungsausschnitte der nepalesischen Presse, dreier kleiner Blätter, die sonst ein kümmerliches Dasein führten, jetzt aber florierten dank dessen, was der General »eine unsaisonmäßige Paarung« nannte.

»Ich habe in diesen Tagen *A Passage to India* wiedergelesen«, sagte Paul. »Es ist unglaublich, wir sind dreißig Jahre weiter, und es ist genau umgekehrt wie damals.«

»Und ausgerechnet in Katmandu«, sagte Fred. »Als ob kein Nepalese je etwas von Sexualität gehört hätte.«

Der General sagte: »Da steckt etwas anderes dahinter. Ich habe so meinen Verdacht.«

Mit Ekel und einem wachsenden Gefühl der Furcht las Anne die Übersetzung eines Artikels. »WEISSE FRAUEN WAS TUT IHR HIER? Da sie ihre Lüste nicht befriedigen können mit ihren westlichen Eunuchen, kommen sie hierher, wo die Männer noch stark sind ...«

»Uff!« Anne legte das Papier behutsam auf den Teppich zurück, als ob es Dynamit wäre.

»Der Fall erinnert mich an den Tenzing-Skandal«, sagte Paul, »doch er ist weitaus übler.«

Fred hatte einen anderen Zeitungsausschnitt in der Hand. Er zeigte ein Bild zweier Flaschen, Isobels Brandyflaschen, und trug die Überschrift »Behälter des Liebestrankes, der Mutti Aruvayachelivaramgapathy zum Verhängnis wurde.«

»Mein Gott«, sagte Fred, »ich kann es nicht glauben, daß die Nepalesen das von sich aus gemacht haben. Das ist offensichtlich bestellte Arbeit.«

»Das macht die Sache vielleicht nur noch schlimmer«, sagte Paul. »Wir haben solche Hetzkampagnen schon öfter erlebt. Sie waren immer politisch inspiriert. Zum Beispiel gegen die Inder und ihre Pioniere, die die Straße über den Paß bauen, und gegen die Amerikaner und ihr Punkt-Vier-Programm.« Er wandte sich an Anne. »Erinnern Sie sich, Anne, wie wir über diese Dinge gelacht haben bei unserer Fahrt über die neue Straße?«

»Ja, ich erinnere mich.« Und wie komisch hatte sie den leichten Fall von Vergewaltigung gefunden, für den sich Oberst Jaganathan verantworten mußte. Doch dies war schmutzig, bösartig.

»Es ist nicht das Volk«, sagte der General, »es sind die Politiker, Menschen, die Nepal wieder von der Welt abschließen wollen. Wenige aus dem Volke können lesen, und wenn die Sache einen politischen Hintergrund hat, dann werden bald die Agitatoren auftauchen und Reden darüber halten. Glücklicherweise haben wir jetzt Regenzeit, und öffentliche Demonstrationen und Krawalle sind nicht so leicht zu inszenieren.« – »Mein Gott«, stöhnte Paul Redworth, »was wird das Foreign Office zu dieser Geschichte sagen?«

Anne hob einen anderen Zeitungsabschnitt auf: »Was tun alle diese sogenannten Freunde Nepals in unserem Land? Unter dem Deckmantel der Hilfe treiben sie Spionage, machen Photoaufnahmen, sprengen unsere Berge in die Luft, töten unsere Menschen und behandeln Nepal wie ein erobertes Land. Beamte in hohen Stellungen vergewaltigen unsere Frauen, und jetzt verführen ihre Frauen schamlos unsere Männer, Frauen, die gleichwohl die Lehrerinnen unserer tugendhaften Mädchen sind. Wir hoffen, in Bälde weitere Einzelheiten über die Orgien unter den Ausländern veröffentlichen zu können.«

»Ich weiß, daß die Regierung ihr Möglichstes tut, um dieser schmutzigen Hetze Einhalt zu gebieten«, sagte Paul. »Man hat mir versprochen, daß energische Schritte unternommen werden. Die Sache wird sich totlaufen, aber für den Augenblick ist sie sehr unangenehm, verteufelt unangenehm. Wir müssen sehr vorsichtig sein. Und überhaupt«, fügte er ärgerlich hinzu, »wer hat die Polizei geholt, ohne mich vorher zu informieren?«

»Ich weiß es nicht«, sagte Fred. »Mich haben Geschichte und Erdkunde gerufen. Sie waren entsetzlich aufgeregt. Ich fand Isobel ohnmächtig auf dem Sofa liegen. Sie war, offen gesagt, besinnungslos betrunken, und ihre Kleidung war in Unordnung, doch nicht so ... nicht genug, um auf eine Vergewaltigung schließen zu lassen.«

»Ich kann Ihnen erzählen, wie die Sache angefangen hat«, sagte der General, »obwohl ich nicht anwesend war. Die Diener haben es mir berichtet. Miß Maupratt war wieder einmal dabei, sich mit ihrem Lebenselixier zu trösten, als es an die Tür klopfte. Es war dieser junge Mann, dieser üble Halunke, den ich in früheren Zeiten hätte auspeitschen lassen für das, was ich von ihm weiß. Er war in Begleitung von zwei Freunden. Ihre Absicht war, von Miß Maupratt die Ermächtigung zu erbitten, für das Institut Lebensmittel einkaufen zu dürfen. Natürlich wollten sie die wenigen Nahrungsmittel, die es noch gibt, im Namen des Instituts aufkaufen, um sie auf ihre Rechnung teuer weiterzuverkaufen. Es herrscht große Knappheit, und viele Menschen hungern. Die beiden Freunde blieben draußen, während der Halunke zu Miß Maupratt ins Zimmer hineinging. Plötzlich hörten sie Jammern und Schreien, und dann kamen die beiden anderen englischen Fräuleins und die Inderin gelaufen. Das Schreien wurde immer schlimmer, und sie öffneten die Türe, und der junge Mann stürzte heraus. ›Ruft die Polizei! Ruft die Polizei!‹ kreischte Miß Maupratt. Die Fräuleins schrien nach der Polizei, und die Diener liefen und holten sie. Der junge Mann und seine Freunde bekamen es mit der Angst zu tun und gingen ebenfalls zur Polizei, denn in unserer Demokratie gewinnt derjenige den Prozeß, der als erster klagt. Das Unglück wollte es, daß der neue Polizeichef gerade auf der Polizeistation weilte, um sie zu inspizieren. Als er die vielen Leute in ihren Jeeps ankommen sah, war er gezwungen, etwas zu tun, anstatt die Angelegenheit zu ignorieren, was er unter normalen Umständen getan hätte. Er mußte den jungen Mann und seine Freunde verhaften und auch Miß Maupratt.«

»Man hätte mich als ersten rufen sollen«, sagte Paul. »Ich habe erst davon erfahren, als Wassili zu mir kam und es mir erzählte.«

»Ich glaube, Madam«, sagte der General zu Anne, »es ist gut, daß Ihr Name bis jetzt nicht erwähnt wurde. Alle anderen Damen des Instituts sind genannt worden, nur Sie nicht. Das ist ein großes Glück.«

»Das ist es wirklich«, sagte Paul. »Hoffen wir, daß es so bleibt.« Er sprach in schroffem Ton, doch er milderte diese Schroffheit durch ein Lächeln. »Es tut mir leid, meine liebe Anne, wenn meine Worte etwas hart klingen; das hat nichts mit Ihnen zu tun. Aber bei diesen … äh … unerfahrenen Richtern, die wir hier haben, ist es besser, wenn so wenig Personen wie möglich in den Fall verwickelt sind. Verstehen Sie mich?«

»Gewiß Paul«, erwiderte Anne. Sie wußte, woran er dachte. Es waren ihre eigenen Gedanken, es war die dumpfe Angst, daß auch aus ihrer Liebe zu Unni ein »Fall« werden könnte. Sie sah im Geist schon die Schlagzeilen der Zeitungen: »Nächtliche Orgien … eine weiße Frau … farbiger Mann« … ihre Gefühle für Unni in den Schmutz gezogen … doch dieses Mal im umgekehrten Sinne. Nicht von John, der sie beschimpfte, weil Unni schwarz war, sondern von Asiaten, von Menschen wie Unni, die sich an dem Begriff der Rassenschande ebenso sadistisch berauschten. Doch dies konnte nicht in Katmandu geschehen, nicht in diesem gesegneten, lieblichen Tal, in dem Menschen und Götter so weise waren … nein, hier war dies nicht möglich. Doch der Wahn konnte künstlich angefacht werden. Wie es auch anderwärts geschehen war und noch geschah. Der Begriff der Rassenschande war eine menschliche Erfindung, war geistige Perversität. Und überall in der Welt ließen sich die Menschen zu dieser Perversität verführen durch Lügen und eingehämmerte Vorurteile, ob es nun Johannisburg, Tennessee oder Katmandu war. Überall war es möglich, aus der Verschiedenheit der Hautfarbe in Verbindung mit dem Geschlecht eine Sünde wider die Natur, ein Verbrechen gegen die Gesellschaft zu machen. Durch nichts konnte der Rassenhaß mehr geschürt werden als durch die Anprangerung der Rassenschande. Die Liebe zwischen zwei Menschen mußte zum widernatürlichen Laster gestempelt werden, damit der Rassenwahn triumphieren konnte.

»Ich bin sicher, die ganze Sache wird im Sande verlaufen«, sagte Paul. »Doch ich fürchte, wir werden vorher eine Art Gerichtsverhandlung über uns ergehen lassen müssen, irgendeine offizielle Untersuchung, von der ich allerdings hoffe, daß die Regierung sie unter Ausschluß der Öffentlichkeit durchführen wird. Niemand ist sich im klaren über die juristische Seite der Angelegenheit. Es gibt noch keine einschlägigen Gesetze in der Verfassung. Aber jedenfalls stehen uns noch böse Tage bevor.«

»Das Wetter bessert sich«, sagte der General, als sie die Residenz verließen.

Anne sah zum Himmel. Die Sonne drang schwach durch die im Dampf aufgelösten Wolken.

»Der Monsun legt eine Pause ein. Wir werden ein paar klare Tage bekommen«, sagte Fred.

»Dann werden auch die Flugzeuge wieder das Tal anfliegen können«, sagte Paul. »Das schlechte Wetter hat sie seit Tagen daran gehindert.«

Sie warnten Anne. Gutes Wetter bedeutete, daß Unni kommen konnte. Es bestand die Gefahr, daß er in den »Fall Maupratt« hineingezogen wurde. Man würde die Vergangenheit aufwühlen, sich an Isobels Anklagen, an Johns Drohungen erinnern.

Als sie durch die Straßen nach Hause fuhr, glaubte sie schon das spöttische Lächeln der Newaris in ihrem Rücken zu spüren. Am Einfahrtstor des Instituts grüßte der Portier zwar ehrerbietig wie immer, doch seine Frau, die ihr jüngstes Kind am Fenster stillte, lachte laut, als der Jeep vorbeifuhr. Sie wußten von Unni. Alle wußten es. Und dann setzte ihr Herzschlag aus. Ein Jeep stand vor dem Bungalow, ein unbekannter Jeep. Vielleicht war es ein Bote mit einem Brief. Sie erhielt jedes Mal einen Brief, wenn das kleine Flugzeug von Bongsor nach Katmandu fliegen konnte.

Die Türe des Bungalows stand halb offen. Regmi und Mita waren nicht zu sehen. Sie eilte die Treppe hinauf.

»Unni?« rief sie zweifelnd, doch voller Hoffnung.

»Sie haben sich im Namen geirrt, doch in bin trotzdem glücklich, Sie zu sehen«, sagte eine Stimme, und das Gesicht Ranchits grinste ihr entgegen.

*

Ranchit hatte ich seit einem Monat nicht gesehen. In der Monsunzeit blüht die Geselligkeit mit Teegesellschaften und Cocktailparties; aber meine »Situation« enthebt mich vieler »Anlässe«, zu denen wir, John und ich, nicht gemeinsam eingeladen sind. Das ist sehr erfreulich, denn die Zeit zwischen dem Augenblick, da ich mich von der Schreibmaschine losreiße, um zu schlafen, bis zu dem am Tage darauf, in dem ich mich wieder an die Maschine setze, ist knapp.

»Was wollen Sie hier?«

»Welche Frage, Göttin! Ich will Sie besuchen. Sie müssen sich doch einsam fühlen ohne … John.«

John ist vor drei Tagen abgereist. Nach Delhi, zum Besuch eines Anwalts. Sein lediger Bruder ist gestorben, hat ihm Geld, die Wohnung in Kalkutta sowie eine Unmasse Papiere hinterlassen, die zu unterzeichnen waren. John ist etwas wie eine Heldenfigur geworden, nicht nur als Beschützer von Isobels Tugend – er hat zwei Nächte lang im Institut Wache bezogen –, sondern auch weil jetzt gemunkelt wird, er sei durch die Hinterlassenschaft seines Bruders, des Baronets, sowie einen Grundbesitz in Sussex ein fabelhaft reicher Mann geworden.

»Ich empfange Besuche gewöhnlich im Parterrezimmer«, sagt ich, auf die Tür zugehend. »Nicht hier.«

»Aber mir gefällt es hier. Hier«, er macht eine Handbewegung, »wo die Wände mit den Leistungen meiner geliebten Gattin bedeckt sind und wo auf diesem Bett die schöne Frau, von der ich träume, bei Nacht der Ruhe pflegt. Welch trauriger Gedanke, daß Schönheit wie die Ihre vernachlässigt wird, Göttin.«

»Sie werden beleidigend, Ranchit.«

»Beleidigend? Ich? Der ich komme, mich Ihnen zu weihen? Ich gedenke, Ihr Liebhaber zu werden«, fügt er ernst hinzu. – Ich würde am liebsten lachen, aber Lachen ist gefährlich. Ranchit schafft eine schwüle sinnliche Stimmung um uns. Und ich bin halb davon verzaubert. Seit Unni bin ich empfänglich geworden für Männer, habe ich ein Augenmerk und Neugierde auf sie. Im unterirdischen Bereich des Geschlechts bin ich jetzt wohlbewandert im verheißenden Blick, in der aufreizenden Gleichgültigkeit, im sachverständigen Fühlerausstrecken der Vorerfahrung, die einkreist, abschätzt, ausscheidet; Fertigkeit des Fährtensuchers im Dschungel, der an einem verbogenen Zweig, an einem schiefhängenden Blatt erkennt, daß und wohin ein Tier vorbeigelaufen ist. Dieses wache Bewußtsein, diese Aufnahmefähigkeit, die älter und tiefer ist als eine jede ethische und intellektuelle Erkenntnis, durchströmt mich; ihr zufolge weiß ich, daß Ranchit verwirrend, wenn auch unbestimmt ekelerregend, bannend und zugleich abstoßend ist. Und er weiß, daß ich das weiß. Er tritt vor, näher, doch nicht zu nahe, er hält den richtigen Abstand, der zwischen uns noch eine Bindung schafft wie der genau bemessene Zwischenraum von Magneten.

»Sagen Sie mir«, spricht er leise, träumerisch, »was macht Unni mit Ihnen? Welch ein Glückspilz er ist, Göttin …, daß er Sie, vereist im Grab der Sinne, in dem John Sie erstorben und reglos gefangenhielt, hervorholte, Sie zum Leben brachte … und sehen Sie nur, wie schön Sie jetzt sind. Glücklicher Unni. Aber ich vermag mehr. Ich kann Ihnen Genuß verschaffen, wie Sie keinen je gehabt haben. Ich kann Sie Dinge lehren, die zu tun Ihr einfältiger Unni nicht einmal träumen würde. Es reizt Sie, das weiß ich. Denn Sie sind neugierig, und Sie haben Phantasie. Ich habe Sie beobachtet, wie Sie versunken waren, tief in die Natur der Dinge eindrangen, Ihrer selbst nicht achtend. Diese Verzückung will ich auf Ihrem Gesicht sehen, wenn Sie in meinen Armen liegen. Wollen Sie es nicht versuchen, Göttin, wollen Sie mir nicht gestatten, Ihnen die großen Mysterien der Liebe zu zeigen?«

»Sie sprechen wie ein Handlungsreisender, Ranchit.«

Das schneidet ihm jäh die Anpreisung seiner erotischen Künste ab. »O pfui«, macht er ein bißchen affektiert. »Sie sind roh wie alle Ausländerinnen, Anne. Und ich hielt Sie für anders als die andern. Die Überzahl von ihnen ist so … grobschlächtig beim Liebesspiel. Das ist zuweilen ganz ergötzlich; aber ich meine, Sie könnten eine wahrhafte Künstlerin sein. Sie haben den verborgenen Zauber der großen Kurtisanen. Es ist ein Jammer, Ihre Gaben zu verleugnen wegen der blöden Bindung an einen einzigen Mann.«

Ich vermag nichts zu entgegnen. Denn seine Worte lassen mich an Unni denken, wie er in dem kurzen Rausch vor fünf Wochen war, als er von Bongsor zurückkam und sich geradewegs zu mir begab. Er war im Zustand jener vollkommenen Liebesraserei, die kein Nachdenken, keine Hemmung kennt. Wollust hat ihre eigene Unschuld, und mit Unni kann ich mich immer gänzlich geben, wie ich bin. Ich erzählte ihm von meiner Neugier gegenüber anderen Männern (worüber ich mit John nie hätte sprechen dürfen). Wie stets schenkte er mir ebenso restlose wie objektive Aufmerksamkeit. »Wie sonderbar«, sagte ich, »jetzt, da ich dich habe, fällt mir der Gedanke leichter, eine vorübergehende Beziehung mit einem anderen Mann anzuknüpfen, etwas, was mir früher überhaupt nicht eingefallen wäre.« – »Ich glaube nicht, daß du es tun würdest, wenn du es freilich auch könntest, denn das Liebesleben mit dir ist etwas Wunderschönes. Aber Frauen halten im allgemeinen gern einem einzigen Mann die Treue.«

Und nun ist Ranchit da. Halb anziehend, halb abstoßend. Ich weiß, ich müßte entrüstet, entsetzt sein, statt nur angereizt und neugierig. Ich bringe keine Antwort heraus, und Ranchit drängt weiter.

»Wie wär's, wenn Sie mir etwas zu trinken anböten?« sagt er munter. »Haben Sie keinen Whisky da?«

»Nein«, lüge ich. »Mita und Regmi … wo sind die übrigens?«

»Die habe ich in der Küche eingesperrt, meine Liebe. Damit sie unsere Unterhaltung nicht stören. Ich bin, wie Sie wissen, ein Rana, und wir genießen immer noch viel Ehrerbietung, sehr viel. Ich schicke meinen Burschen zum Royal-Hotel, um Whisky zu holen, soll ich? Natürlich mit Eis.«

Das ist mir denn doch zuviel. »Gehen Sie«, sage ich, »gehen Sie. Auf der Stelle. Oder ich schreie, daß die Wände einfallen.«

»Göttin, was haben Sie denn?« sagt Ranchit mit echtem Erstaunen.

»Hinaus mit Ihnen«, sage ich, »oder ich schreie.«

Er bricht in sein häßliches Falsettlachen aus. »*Sie* wollen um Hilfe rufen, Göttin? Wer wird denn kommen, wer wird Sie hören? Sie wollen weglaufen, zur Polizei vielleicht? Wollen Sie noch mehr Gerede über das Institut? Über Sie und die Männer, die Ihnen Besuche abstatten? Haben Sie sich nicht darüber gewundert, Anne, daß in den Zeitungen nur Ihr Name ausgelassen war? Das geht auf mich zurück, auf meinen Einfluß. Vergessen Sie nicht, ich bin ein Rana.«

»Also Sie stecken dahinter?« sage ich. »Warum denn? Warum tun Sie Isobel das an?«

»Ich habe niemandem etwas angetan«, sagt Ranchit. »Ich habe sie doch nicht vergewaltigt, wie? Aber die Monsunsaison ist so langweilig, Göttin. Doch jetzt«, er reckt und streckt sich wollüstig, »jetzt könnten die Zeitungen anfangen, sich zur Abwechslung mit Ihnen zu befassen. Alle wissen doch Bescheid über Unni ... Ich brauche bloß ein andeutendes Wörtchen fallenzulassen ... Also, meine Liebe, seien Sie vernünftig und gefällig. Erfreuen wir uns aneinander, genießen wir die gemeinsame Wonne, und ich verspreche Ihnen, daß nichts passiert. Weisen Sie mich ab und ... lesen Sie morgen die Zeitungen. Was darin über Sie steht und den Unterricht, den Sie den jungen Mädchen erteilen, und über Unni. Er verliert seine Stelle, das versichere ich Ihnen, wenn ich mit Ihnen und ihm fertig bin.«

»Sie hassen ihn«, sage ich. »Und wie hassen Sie ihn!«

»Allerdings«, sagt Ranchit. Seine Gesichtsfarbe ist bleiern geworden vor Haß. »Er hat mir Rukmini gestohlen. Er stiehlt alle Frauen mit seinem falschen Gehaben von Ritterlichkeit und Vornehmheit. Er ist ein Lügner, ein Dieb. Ich kann physisch mit ihr machen, was ich will; aber daß sie mir Verehrung entgegenbringt, das erreiche ich nicht. Er hat sie behext; er geht ihr nicht aus dem Sinn.«

»Er hat sie nicht angerührt«, sage ich.

»Das macht es nur noch ärger«, sagt Ranchit. »Sich einer Seele zu bemächtigen, ist schlimmer, als einen Körper zu nehmen. Sie wissen nicht, was das heißt, nur die Schale, die Hülle einer Frau in den Armen zu halten, darin kein Herz mehr ist, weil ein anderer es herausgeholt hat. Ein wenig habe ich mich freilich schon gerächt.« Er ließ den Blick über die Wände schweifen. »Das hier hat sie für ihn geschaffen ... sie wird keinen Bleistift mehr anrühren, dafür habe ich gesorgt. Und Unni werde ich vernichten. Eines Tages bringe ich ihn vor ihren Augen um, dann ...«

In seinen Augen funkelte Wahnsinn.

»Sie sind völlig außer Rand und Band, Ranchit. Wenn Sie nur Vernunft annehmen wollten! Unni tut nichts dazu, um Frauen anzulocken.«

Doch das ist zuviel für ihn. Er schreit auf vor Zorn – es hört sich merkwürdig weibisch an –, ballt die Fäuste, zerbeißt sich die Lippen, kurz, gebärdet sich wie ein Rasender.

Und wir würden wohl jetzt noch dastehen, jeder von uns auf die Stelle gebannt durch des anderen Gegenwart, wenn ich nicht durchs Fenster zwei Gestalten hätte herankommen sehen, zu deren Empfang wir zusammen ins Erdgeschoß hinuntergehen. Es sind Dearest und ihr Vater, der Rampoche von Bongsor.

»Aha, aha«, sagt der Rampoche, und seine Stimme geht in die Höhe, »und mit *Shri* Ranchit! Welche Freude!« Es liegt auf der Hand, was er sich dabei denkt.

»Mrs. Ford so lange nicht gesehen und jetzt sagt mein Daddy bei unserm Besuch in Katmandu müssen wir Sie begrüßen und ich höre Sie geben während der Monsunferien Privatunterricht was ich nötig habe und mein Daddy betrachtet Sie immer als ein Mitglied unserer Familie«, plappert Dearest daher.

»Ja, als eine Nichte«, sagt der Rampoche strahlend, »größere Sorge für Ihr Wohlergehen und Ihr Lebensglück könnte ich nicht hegen, liebe Mrs. Ford, wenn Sie die jüngste Tochter meines ältesten Bruders wären.«

»Mein Daddy möchte daß Sie für eine Woche oder zehn Tage nach Bongsor kämen das wäre ausgezeichnet für Ihre Gesundheit wahrhaftig Mrs. Ford einige wenige Freunde kommen alle Jahre wir veranstalten große Gesellschaft und dieses Jahr Mr. Bowers und Mrs. Bowers und die französische Dame Miß Valport und vielleicht noch andere wie Major Pemberton und Pater MacCullough und Professor Rimskow der fünf tibetanische Wörter kann aber alle falsch und wir hoffen Sie kommen ebenfalls Wetter wird sehr schön wenn Monsun vorbei ist.«

»Wir sind vorige Woche mit dem Flugzeug von Bongsor angekommen«, ergänzte ihr Vater. »Ach, der Regen war gar zu schlimm! Eine Katastrophe überall. Die Göttinnen sind erzürnt. Ich fürchte, ein großer Teil der Dammarbeiten ist weggewaschen. Die Berge sind erzürnt über all die Störungen. Unter den Arbeitern herrscht auch viel Furcht und Krankheit. Meines Erachtens kommt eine Seuche.«

»Das sollte mich nicht wundern«, sagt Ranchit, »mit all diesen dreckigen Arbeitern, die die Täler verschmutzen.«

(Dabei reden sie alle eigentlich von Unni.)

»Jawohl«, sagt das aufgeweckte Mädchen Dearest, »diese niederen Klassen sind sehr faul machen bloß Pfuscherei und wir müssen sie mitunter prügeln damit sie arbeiten.«

»Kommen Sie doch mit unserer Touristengesellschaft nach Bongsor, Mrs. Ford«, sagt der Rampoche. »Sie werden es nicht bereuen. Es wird Ihnen viel Anregung für Ihre literarische Arbeit geben. Wenn es auch am Damm drüber und drunter geht, in unserem Kloster herrscht Friede und Frömmigkeit.«

Die drei ziehen zusammen ab.

Ich gehe in die Küche, um Regmi und Mita freizulassen. Zerknirscht schluchzend kommen sie heraus, als sei es ihre Schuld gewesen, daß sie sich hatten einsperren lassen. Dann gehe ich so schnell ich kann, ohne ins Laufen zu verfallen, zum Heiteren Palast, um mit dem General und Fred zu sprechen.

Im großen Salon findet eine Besprechung statt. Auf dem Möbel mit den drei Sitzen der General, die Maharani und Lakshmi; Fred und der Feldmarschall in tiefen Clubsesseln.

»Einen Kopf kürzer machen«, sagt der General eben laut, als ich, von der tibetanischen Magd hereingeführt, den Salon betrete.

»Wir sprachen von dem Zeitungsredakteur, Madam, und seinem neuesten Halunkenstreich. Jetzt verlangt er die Schließung des Hospitals, weil die Schwestern dort verdorben würden.«

Fred verhält sich ganz still.

»Sie brauchen keine Angst zu haben, Doktor«, sagt der Feldmarschall. »Das ist eine Kabale, eine Intrige, weiter nichts. Lassen Sie sich Worte in Druckerschwärze nicht so zu Herzen gehen; Sie wissen doch, von welch zweifelhaftem Wert dergleichen ist. In einer Woche ist dieser ganze Anschlag in sich zusammengefallen. Ihre Patienten wird das gar nicht berühren«, fügt er mit einem Augenzwinkern hinzu, »denn die lesen ja keine Zeitungen.«

»Lesen tun die Leute nicht«; sagt der General, »aber etwas beunruhigt bin ich doch. Wenn alles in den Zeitungen aufhört, dann fangen die Gerüchte im Basar und anderwärts umzulaufen an, und eines schönen Tages, nach dem Monsun, gibt es dann Krach, zumal wenn das Volk zu sehr hungert.«

Der Artikel über Fred aus einem Nachmittagsblatt (weshalb wir ihn am Morgen beim Residenten nicht zu sehen bekamen) wird nun von der Maharani und Lakshmi gelesen, die ihn höchst ergötzlich zu finden scheinen, denn ein ums andere Mal brechen sie, das Gesicht abwechselnd verschleiernd und entschleiernd, in Lachen aus.

Ich berichte kurz, ohne auf Details einzugehen, von Ranchits Besuch. Es fällt schwer, ihn in richtigen Zusammenhang zu bringen. Der Feldmarschall blickt dauernd an mir vorbei und betrachtet den Teppich, woraus ich schließe, daß er alles weiß, was ich ungesagt lasse. Ich war in den letzten Wochen öfters bei ihm, um Bücher zu borgen, mit ihm über Lyrik, Philosophie, die Lebensform in Nepal und in der übrigen Welt zu sprechen. Wir vermieden jedoch alles Persönliche, weil gerade unsere gute Freundschaft es mir schwermacht, mit ihm über Unni zu sprechen.

Der General begleitet den Feldmarschall nach Hause. Die Weitläufigkeit des Salons, die gewissermaßen die Wände wegschiebt, scheidet Fred und mich von der übrigen Welt ab.

»Eine gräßliche Schweinerei, Anne.«

»Nehmen Sie sich die Sache nicht so zu Herzen, Fred. Ich glaube nicht, daß sie viel Schaden anrichtet.«

»Hoffentlich nicht. Isobel ist übrigens ganz aus dem Häuschen. Gehen Sie doch einmal zu ihr. Vielleicht kommt sie etwas zur Ruhe.«

»Wahrscheinlich wäre das Gegenteil der Fall.«

»So eine Schweinerei«, sagt Fred wieder. »Eigentlich geht es ja gar nicht gegen Isobel. Die Sache liegt tiefer. Sie wird sich ausbreiten. Wenn sie sich als politisch erweist, dann werden demnächst Leute aufs Korn genommen wie Unni und Mike Young und die Straßenbauingenieure ... kurz jeder, der etwas Neues schafft. Hierzulande macht sich noch entsetzlich viel Feudalwesen und Ignoranz geltend, und es ist ja leicht, Naturkatastrophen wie Überschwemmungen und schlechte Ernten als Folgen unserer unbefugten Eingriffe darzustellen ... Paul ist darüber recht besorgt.«

Nachdenklich zieht er an seiner Pfeife. Er möchte gar zu gern über Eudora sprechen. Sie fehlt ihm.

»Ich werde Eudora schreiben müssen, daß sie sich darüber keine Sorgen macht«, sagt er, »im Falle etwas durchsickert. Sie wissen, wie schwer es ist, etwas geheimzuhalten, wenn es einmal in der Zeitung gestanden hat. Und alles wird verdreht.«

»Am Damm soll nicht alles nach Wunsch gehen«, sage ich.

»Hat Unni Ihnen das gesagt?«

»Nein, der Rampoche von Bongsor.«

»Was der sagt, dem würde ich nicht allzuviel Glauben beimessen. Der gehört gerade zu der Sorte von Leuten, die mit Begeisterung Unruhen anstiften würden. Er befürchtet, seine Macht über das Volk von Bongsor zu verlieren. Man kann nicht einen Damm bauen, die Arbeiter anständig bezahlen, ein Krankenhaus, Latrinen sowie eine Schule und anständige Unterkünfte errichten, ohne eine kleine Revolution hervorzurufen. Der Damm kann für Seine Herrlichkeit das Ende bedeuten, jedenfalls das seiner Macht.«

»Das alles tut Unni?« sage ich stolz. »Er hat mir nie davon erzählt. Ich möchte das alles einmal sehen, Sie nicht, Fred?«

»Das schon«, sagt Fred. »Nun, wenn Unni nach dem Monsunregen wieder herkommt, nimmt er Sie wohl mit.«

Am nächsten Morgen ging ich Isobel besuchen, die sich jetzt im Krankenhaus befindet.

Mit einem Schlafrock bekleidet, die Arme über der Brust gekreuzt – ihre Lieblingspose – empfing sie mich auf dem Balkon.

Sie sieht gealtert aus. Sie hat anscheinend die Grenzlinie überschritten, die die noch saftig grünenden Jahre von dem unbestimmten, künstlich geröteten Bereich derjenigen scheidet, für die es keine Rückkehr zur Jugend mehr gibt. Es handelt sich dabei weniger um eine körperliche Veränderung als eine Ausstrahlung. In dem Blick, den sie mir zuwirft, liegt Erschöpfung und viel Verbitterung.

»Fred teilte mir mit, es gehe dir besser, Isobel.«

»Ich war überhaupt nicht krank«, sagt Isobel scharf. »Es war nur ein Schock. Ich habe jedoch die Empfindung, daß es nicht so weitergeht. Ich habe mich nach besten Kräften bemüht, aber dieses Land hier ist nun einmal leider dem Satan verfallen und …«

»Je nun«, sage ich, »dergleichen kommt vor, es ist gewiß furchtbar unerfreulich, aber das geht meines Erachtens vorüber …«

»Wenn du damit das meinst, was dieses Scheusal versuchte«, erwiderte Isobel, so ausgiebig errötend wie immer (selbst ihre Hände haben sich verfärbt), »das meine *ich* nicht. Ich meine das Ganze«, sie zieht mit der Hand einen Strich über die ganze Landschaft, »die Falschheit, die Niedertracht … «, sie schauert förmlich zusammen, dann sagt sie in tragischem Ton: »Mein Personal … mein eigenes Personal.«

»Suragamy«, fange ich an, sie fällt mir jedoch ins Wort:

»Und andere … Nicht nur Suragamy.«

Das zielt offenbar auf mich. Bin ich in Kampfstimmung? Keineswegs. Ich habe gar keine Lust, dabei mitzuhelfen, daß sie mittels eines künstlichen Gewitters ihren angestauten Haß über mein Haupt entladen kann. Die Hände in den Taschen meiner blauen Hosen, den Blick verschwommen wie Nebel den Gärten und Feldern zugewandt, mache ich mich flach und nachgiebig wie Wasser.

»All das wäre nicht passiert«, sagt Isobel mit bebender Stimme, »wenn gewisse Leute … wenn sie sich wie anständige Menschenwesen benommen hätten, statt …«

Sie will also Kampf. Nun, jetzt habe ich nichts dagegen, ich bin zu neugierig, um nicht fortzufahren. Isobel übt einen gewissen Reiz auf mich aus. Sie ist eine der Figuren, die in mir wachsen, innerhalb meiner zwiefachen Schwangerschaft. Denn neben dem menschlichen Samen, der jetzt in meinem Körper Wurzel geschlagen hat, macht sich auch der künstlerische Schaffensdrang geltend, der Drang, etwas mit Worten zu bilden, was ein ebenso lebensvolles Stück meiner selbst ist wie mein Kind, etwas, was ich mir aufgrund dieses Triebs, Leben noch in andere Formen zu gießen als die biologische Zelle, mit Schweiß abgerungen habe. Und dies, was vielleicht unsere einzige Daseinsberechtigung als Menschenwesen ist, kam zuerst, vor Unnis Kind.

»Statt was, Isobel?«

»Ach, du weißt schon.« Sie wirft den Kopf auf wie ein Pferd. »Nichts wäre vorgekommen, gar nichts, wenn nicht Verrat an mir geübt worden wäre ... wenn *du* nicht Vorteil gezogen hättest ...«

»Ich?«

»Du hast gehört, was ich gesagt habe.« Dabei wirft sie wieder den Kopf herum, als wolle sie unliebsame Erinnerungen abschütteln. »Du wirst ja wohl nicht auf mich hören, aber ich bin unbedingt der Ansicht, daß dich die Verantwortung für das Scheitern meines hiesigen Werkes trifft. Ich hoffe, du siehst eines Tages ein, welchen Schaden du gestiftet hast ... nicht für mich, auf mich kommt es nicht an ... allein es war das Werk Gottes, das wir hier zu vollbringen suchten, diesem Volk hier Hilfe zu bringen, und das ist nun alles dahin, alles dahin. Vollkommenes Fiasko.«

»Weshalb hast du mir dann den Posten gegeben? Weshalb hast du mir Unnis Zimmer gegeben?«

Damit sind wir wieder am Ausgangspunkt angelangt; wieder bei jenem Nachmittag, da *sie* mir die orangegoldene Welt erschloß, die Welt der verbotenen Frucht.

»Da haben wir's wieder«, sagt Isobel, »du suchst dich deiner Verantwortung zu entziehen. Immer hast du dich davor gedrückt, den Dingen ins Auge zu sehen. Ich kenne dich. Ja, es tut mir entsetzlich leid, daß ich dich je für diesen Posten empfohlen habe. Das war ja wohl nur menschlich von mir ... Ich meinte, du brauchtest dringend eine Stelle, weil du dich darum bewarbst.«

»Nein, Isobel. Das alles geht viel weiter zurück, bis zu unseren Schuljahren.«

»Nun, selbstverständlich«, sagt sie, »wir waren zusammen in der Schule. Eben deshalb habe ich dich ja empfohlen ... ach, welch ein Fehler das war!«

»Entsinnst du dich, Isobel, wie du und ein paar andere eines Nachts um mein Bett herumgetanzt seid und mich einen Bankert geheißen habt?«

»Ich? Um dein Bett herumgetanzt?« rief sie aus. »Das habe ich nie getan. Bist du sicher, daß du das nicht erfunden hast?« »Ganz sicher. Ich erinnere mich sehr gut daran.«

»Ich nicht«, sagt Isobel, »und ich würde mich auch nicht daran erinnern, wenn ich es getan hätte. Ich fürchte, das ist eine Einbildung von dir. Du bildest dir doch Sachen ein, das weißt du. Sachen, die es gar nicht gibt. Du hast schon immer deine Phantasie mit dir durchgehen lassen. Du kennst die Menschen überhaupt nicht, so gescheit du dir selber vorkommst. Ganz und gar nicht. Du begehst Irrtümer ... sei es nun, daß du betrogen wirst, sei es, daß du dich nur selbst betrügst, so ungern ich das sage. Ich will nicht persönlich werden; überhaupt geht mir das ganze Thema so furchtbar gegen den Strich – wie es das jedem rechtlich denkenden Menschen gehen muß –, aber ich hatte jedenfalls recht, als ich sagte, du rennest in dein Unglück. Es ist bereits eingetreten, und leider haben wir alle dafür zu büßen.«

»Es kommt darauf an, was man als Unglück bezeichnet«, sage ich. »Ich erachte die Heirat mit John als ein Unglück. Und ich kann nicht erkennen, wieso irgend etwas, was mir zugestoßen ist, dies herbeigeführt haben könnte.«

»Es ist aber doch so«, sagt Isobel, »wir alle haben um deinetwillen zu leiden.«

»Das ist nicht wahr.«

»Nicht wahr?« ruft sie aus. »Wenn du nicht so verblendet wärest, Anne, so berauscht von deinem wahnsinnigen, deinem ... deinem ... eh ... sündigen Lebenswandel, würdest du klar erkennen, was du angerichtet hast. Ich hoffe, der Herrgott wird dir vergeben, Anne.«

»Die Sache ist doch einfach die, daß du mit Unni schlafen willst. Deshalb haßest du mich; daß du nicht dort im Zimmer bist, in seinem Bett. Das ist der Grund für all das, was sich zugetragen hat.«

Isobel bekommt keinen roten Kopf. Sie holt nur einmal tief Atem. Während ich über meine Grausamkeit bestürzt bin, lächelt sie beinahe.

»Ich, nicht du ... du, nicht ich ... du bildest dir ein, darum schert er sich, du bildest dir ein, dich liebt er. Laß dir sagen, daß diesem Mann an keiner Frau etwas liegt. Außer an Rukmini. Er liebt Rukmini, nicht dich. Er ist Inder. Er nimmt die Dinge, wie sie kommen, auch die Frauen, wie sie kommen. Ich habe das mit eigenen Augen gesehen ... Ich sage dir, ich habe ihn dort gesehen, auf dem Bett, deinem Bett ... über einer Frau ... und er war in Schweiß gebadet. Du meinst, du seist die einzige ... na, droben beim Damm liegt er vermutlich in diesem Augenblick mit einem tibetanischen Dirnchen zusammen.«

»Es ist mir gleichgültig, ob er zwanzig Frauen hat, wenn ich nur eine von ihnen bin.«

Jetzt sind wir ganz auf der Erde angelangt, auf der untersten Stufe, beim primitiven, amoralischen, animalischen Weibchentum, das erbarmungsloser ist, als Männer je sein können.

Die Sonne brennt heiß, als ich heimkomme. Kein Windhauch bewegt den Rasen, an dessen Rand Regmi (immer noch ein bißchen gedrückt) einen Tisch und zwei Stühle zum Lunch in den Schatten rückt.

»Der Herr ist zurück«, sagt Regmi.

Unni ist also wieder da. Es ist fast wie in einem ehelichen Haushalt. So pflegte ich auf Johns Heimkehr zum Mittagessen zu warten.

Ich dusche mich, ziehe mich um und frisiere mich, um dann durchs Fenster Unni entgegenzusehen, der auf den Bungalow zukommt. Ich höre ihn mit Regmi sprechen; Regmi sagt ihm, ich sei oben. Dann sein Schritt, und er ist da; er wartet noch eine Sekunde, tritt dann glücklich lächelnd ein, sagt: »Ach, wie gut du riechst« und wird sofort zärtlich.

»Aber nicht doch, Unni, nicht vor dem Mittagessen.«

»Ich habe mehr Hunger auf dich als auf das Essen.«

Ich gebe nach. Aber es ist etwas über mich gekommen. Wir küssen uns, er voll Gier, ich erwidere die Küsse; aber es ist nur ein Teil von mir; ein anderes Ich, das klar denkt, allzu klar, kalt, ungerührt beobachtet; ich passe mich, soweit nötig, den Bewegungen seines Körpers, den Wandlungen seiner Stimmung an. Ich halte die Augen geschlossen, öffne sie jedoch von Zeit zu Zeit rasch einmal, um das Stadium abzuschätzen, das er erreicht hat. Ich finde seinen Ausdruck zuerst lieb, leidenschaftlich, dann mit der Vermehrung seiner Bemühungen, mir wohlzutun, ohne jedoch zum Ziel zu kommen, allmählich wechselnd. Ich empfinde überhaupt nichts. Es ist nicht unangenehm; nicht das übelkeiterregende, peinliche Sich-Abmühen wie bei John. Nur, ich habe nicht die allergeringste Empfindung. Eine Zeitlang denke ich, ich könnte mich wieder verstellen, könnte den Orgasmus vortäuschen, den ich, wie ich jetzt weiß, nicht erreichen werde … aber wenn ich das täte, würde er es merken und es mir nicht verzeihen.

»Liebste«, sagt er einhaltend, »was ist denn? Tue ich dir nicht gut?«

»Ich weiß nicht … ich bin müde.«

Scharf, glatt, lautlos bricht er ab, erhebt sich, zieht das Leintuch über mich, wie das seine Gewohnheit ist. Als er sich abkehrt, um sich anzuziehen, sehe ich seinen schweißglänzenden Rücken.

Er reicht mir eine Zigarette, zündet sie an und sagt: »Auf Wiedersehen also nachher unten zum Lunch.« Damit geht er. Auf dem Rasen drunten sehe ich ihn später, wie er, den Blick nach dem gegenüberliegenden Berg gerichtet, seinen Talisman in die Luft wirft und auffängt.

Das Mittagessen verläuft angenehm: ich greife herzhaft zu. Ich entdecke einen neuen Unni, oder besser: entdecke von neuem den alten, den Unni der ersten Tage, den distanzierten, unnahbaren, den höflichen Causeur. Welch ein bezaubernder Mann wäre er, wo immer er hinkäme. Ich sage es ihm. »Weißt du, Unni, du bist wirklich ein unendlich anziehender Mensch.«

Er lächelt, und wieder spüre ich die Anziehung, die von seiner Physis ausgeht.

Nach dem Essen weiß ich nicht, was ich anfangen soll. Es ist das erste Mal, daß wir einander nichts zu sagen haben. Unni raucht. Ich höre ihn geradezu denken. Aber ich kann nichts tun, ihm dabei zu helfen. Schließlich sagt er:

»Kannst du mir nicht sagen, was eigentlich los ist?«

»Ich weiß nicht, was es ist.«

»Habe ich dich in irgendeiner Weise verstimmt?«

»Nein, Unni … Ich … ich glaube, Isobel ist schuld. Aber ich kann nicht darüber sprechen.«

Er wirft einen Blick aufs Gebirge. Dunkle Wolken ziehen sich zusammen. Noch vor dem Abend wird es wohl wieder Regen geben, der die Hitze mildert.

»Was sagte sie?«

»Du weißt ja wohl, daß sie selbst dich begehrt?«

»Ja, das weiß ich. Das steht auch in den Zeitungen.«

»In den Zeitungen?«

»Ja. Ranchit hat seine Drohung gegen dich wahrgemacht. Eine halbe Seite über meine Missetaten im Institut. Das ganze Personal … Denk dir: Isobel, Erdkunde und Geschichte, Suragamy und … du.«

»Du wußtest also, daß Ranchit hier war?«

»Heute früh hat's der General mir erzählt, während du bei Isobel warst. Ich weiß jedoch nicht, was sie zu dir gesagt hat.«

»Es ist einfach grauenhaft; ich will nicht mehr daran denken.«

»Dann lassen wir das Thema fallen. Du mußt morgen früh zur Vernehmung.«

»Davon wußte ich nichts.«

»Ich weiß es aber. Ich war beim Polizeichef, während du dich mit Isobel herumschlugst. Und morgen früh werde ich mich mit Ranchit unterhalten.«

»Wie üblich hast du an alles gedacht.«

»Nicht an alles, da ich, wie es scheint, im Verlauf der Angelegenheiten etwas verloren habe.«

»Ach, sprich nicht so theatralisch«, sage ich scharf.

Ich weiß nicht, was es ist. Ich weiß nur, daß es wegen Isobel ist.

Wir fahren etwas spazieren, zuletzt ins Royal-Hotel, wo Hilde und Wassili Unni mit Freudengeschrei empfangen. »Unni, was höre ich«, ruft Wassili aus, »das ganze Personal des Töchter-Instituts? Das nenne ich einen Erfolg!«

Die Aufwärter schmunzeln bewundernd. Mariette Valport schlängelt sich an Unni heran. »Unni, ich freue mich so, Sie wiederzusehn. So lange Sie waren fort ... warum Sie mich gar nicht mehr besuchen, unartige Junge?« Dann umarmt sie mich. »Und Anne, Sie sehr gut aussehn ... ich darf doch Anne sagen? *Comme elle est jolie!* Kein Wunder, ich bei Ihnen nischt weit komme, Unni.«

Unni macht sich sanft los, gibt ihr einen Klaps auf die Kehrseite und sagt: »Geh weg, Mariette.«

»Sie hat starke Hüften bekommen«, sagt er vor sich hin als Antwort auf den Blick, den ich ihm zuwerfe. Ich bin beschämt, eifersüchtig und gekränkt, alles in einem.

Enoch Bowers nickt uns kühl zu. Pat erscheint, schneidet uns eisig, setzt sich zu Enoch, der sie überschwenglich begrüßt, ihr einen Stuhl heranrückt und an ihren Lippen zu hängen scheint.

»Immer wie die Turteltauben, die zwei«, sagt Hilde.

Wir nehmen das Abendessen ein, tanzen dann. Unni tanzt auch mit Mariette, ich mit Wassili. Wenn Unni andere Frauen in den Armen hält, dann begehre ich ihn furchtbar; aber wenn er bei mir sitzt, ist etwas Hartes, etwas wie ein Groll zwischen uns. Was ist es nur? Wir gehen zusammen heim, ins Bett; ich liege in seinen Armen, aber er nimmt mich nicht, und ich hasse ihn deswegen, aber wenn er mich nähme, würde ich ihn wegstoßen. In der dichten, fast greifbaren Finsternis atmet er regelmäßig, während er mich in der Armbeuge hält. Ich bin geborgen bei ihm, und doch weiß ich nicht, was er denkt, weiß ich nicht, was er sagen wird. Auch ich habe etwas verloren. Und alles nur wegen Isobel.

Vierzehntes Kapitel

Die Verhandlung fand am nächsten Tag statt, im großen Salon des Generals.

»Seien Sie unbesorgt, meine Liebe«, sagte Paul Redworth zu Anne, die vorher einen Besuch in der Residenz machte. »Unsere nepalesischen Freunde erledigen diese Angelegenheit auf eine wirklich vorbildliche Weise. Sie wünschen selbst, daß die Sache in aller Stille aus der Welt geschafft werde. Die Verhandlung wird nichts anderes sein als ein rein privates Plauderstündchen unter Freunden, und je weniger einer dabei spricht, um so besser wird es sein. Ich war einige Minuten bei Isobel und habe versucht, ihr klarzumachen, daß alles nur ein Mißverständnis war. Ich hoffe, sie hat mich verstanden und benimmt sich entsprechend.«

Zwei Schreiber saßen vor einer einzigen Feder an dem riesigen Marmorschreibtisch. An der Türe standen drei Polizisten, bewaffnet mit tropfenden Regenschirmen. Auf dem Sofa saßen Geschichte und Erdkunde, peinlichst bemüht, Suragamy McIntyre zu übersehen, die begleitet war von einem mageren jungen Mann – »mein Anwalt« – und einem Schwarm weiblicher Verwandter, die alle gleichzeitig sprachen und ausgerüstet waren mit Riechsalzen, Plastik-Handtaschen, Extra-Schals und Mänteln, Zigaretten, Blumenbuketts und mehreren jener in Cellophanpapier eingehüllten Blumenkränze, die in Indien und Nepal um die Hälse von Helden, Besuchern, Bräutigamen und auch um den des Ministerpräsidenten Nehru gehängt werden, wenn er einen Flug antritt oder beendet, wie auch um den aller Diplomaten, die aus irgendeinem Land der Erde in diese Länder kommen. Sie bildeten eine dicht geschlossene, sitzende Phalanx, in offen streitbarer Front aufmarschiert gegen Erdkunde und Geschichte. Sie schienen keinerlei feindselige Gefühle zu hegen gegenüber Anne, die von der Zungenfertigsten aus ihrer Mitte unterrichtet worden war, daß die Kränze und Sträuße für den Verlobten bestimmt waren, dessen »Tugend in diesem schändlichen Prozeß glorreich obsiegen wird über die Verderbtheit dieser Frau«.

Der General und der Feldmarschall betraten jetzt den Salon, gefolgt von einem kleinen rundlichen Mann, den der General als den Friedensrichter und seinen Neffen vorstellte. Er war mit diesem Amt betraut worden, wie der General Anne erklärte, weil er mit reichem Nachwuchs gesegnet war. Dann stolzierte erhobenen und brillantine-triefenden Hauptes der Verlobte herein, begleitet von drei jungen

Männern – »Anwälte, nach dem Geruch zu schließen«, sagte der Feldmarschall – und von seinen beiden Freunden. Regmi, den die Neugierde hergetrieben hatte, und andere Diener begannen, Stühle und Sofas und Sessel zu rücken, bis sich zwei Sitzreihen an den Längswänden des Raumes hinzogen. Hinter dem großen Tisch saßen auf zwei hochlehnigen, gotischen Armstühlen der Friedensrichter und der Polizeichef. Und nun erschienen, im Gänsemarsch hintereinander, Fred, Isobel, Dr. Korla, der kleine nepalesische Arzt und Freund Freds, der seine Patienten im Hof eines Tempels behandelte und operierte, Enoch Bowers und Wassili, der die Türe hinter sich schloß.

»Wo ist Unni? Kommt er nicht?« fragte der General.

»Er hat mich hergefahren, doch er hat etwas anderes zu erledigen«, erwiderte Anne.

Die Polizisten begannen, einige von Suragamys Freundinnen, die schnatternd dagegen protestierten, zur Türe hinauszudrängen. Eine von ihnen lief zurück und hängte dem Verlobten einen Kranz um den Hals, und alle andern klatschten Beifall.

»Sie können unten warten«, sagte der Friedensrichter. Er forderte den General und den Feldmarschall auf, als »unparteiische Schiedsrichter« an den beiden Schmalseiten des Tisches Platz zu nehmen, und dann begann das Verhör.

»Dies ist das seltsamste Gerichtsverfahren, das ich je erlebt habe«, sagte Anne zu Fred. »Warum fängt der Friedensrichter ausgerechnet mit Wassili an?«

»Um überhaupt anzufangen«, erwiderte Fred. »Es mag verrückt erscheinen, doch glauben Sie mir, diese Leute sind klug und weise auf ihre eigene Art. Wir dürfen das, was sie tun, nicht mit unseren starren Methoden vergleichen. Sie haben ihre eigene Prozeßordnung noch nicht ganz ausgearbeitet. Sie gehen die Linie des geringsten Widerstandes. Sie probieren noch aus, Sie experimentieren.«

»Mir ist, als höre ich Unni«, erwiderte Anne, »wenn Sie so etwas sagen.«

»Wir sind meistens zu intolerant gegenüber Menschen, die anders vorgehen als wir. Sie erreichen ihren Zweck ebenso schnell und sicher wie wir auf unsere Weise.«

Wassilis Zeugenaussage war sehr kurz. Er war, sagte er, von einem Diener zum Tatort gerufen worden, war herbeigeeilt mit seiner Frau, »die jetzt nicht mitkommen konnte, weil sie beschäftigt ist«, und hatte alles in besten Händen vorgefunden, nämlich in den »bewährten Händen Seiner Exzellenz, unseres verehrten Polizeichefs«.

Hoch befriedigt nickte der Polizeichef mit dem Kopf und ging zu dem nächsten Zeugen, dem General, über.

»Mein geschätzter Freund hat bereits alles gesagt, was ich zu sagen hätte«, erklärte der General. »Auch ich wurde gerufen und konnte nur feststellen, daß Seine Exzellenz der Polizeichef bereits an Ort und Stelle und Herr der Situation war.«

»Höchst lobenswert, diese Schnelligkeit«, sagte der Friedensrichter, und der Polizeichef stand auf und verbeugte sich.

In diesem Augenblick ging die Türe auf, und Paul Redworth stürzte herein, wischte sich die Stirne und entschuldigte sich für seine Verspätung. Der Polizeichef begrüßte ihn mit einem strahlenden Lächeln.

»Sie sind der nächste Zeuge«, eröffnete ihm der Friedensrichter mit liebenswürdiger Höflichkeit. »Sagen Sie uns bitte, was Sie gesehen haben.«

»Ich habe nichts gesehen«, antwortete Paul. »Als ich gerufen wurde, war alles bereits in den bewährten Händen unseres Polizeichefs.«

Die Dinge entwickelten sich nach Wunsch. Die Friedensrichter wakkelten mit dem Kopf und lächelten einander zu. Der Polizeichef rief dann Anne auf, die aussagte, sie sei von Suragamy zum Tatort geholt worden.

»Und was sahen Sie am Tatort?« – »Ich …«, begann Anne.

Ein verstohlenes Räuspern Pauls warnte sie.

»Seine Exzellenz war anwesend«, sagte sie, »und alles war bereits erledigt.«

Der Polizeichef rieb sich in offenem Vergnügen die Hände.

»Als nächste die medizinischen Sachverständigen«, rief der Friedensrichter.

Dr. Korla wurde gefragt, was seine Analyse des Inhalts der beiden Flaschen, die von einem der Schreiber auf den Tisch gestellt wurden, ergeben habe.

»Nach sorgfältiger Untersuchung und nach demütigem Gebet um Weisheit«, erwiderte er, sei er zu dem Schluß gekommen, daß es sich um ein »Herz-Stärkungsmittel« handele. »Ich habe die Dame gemeinsam mit meinem vortrefflichen Kollegen Dr. Maltby untersucht und festgestellt, daß sie an einer Herzkrankheit und an allgemeiner Schwäche leidet.«

Fred bestätigte, daß Isobel sich im Schockzustand befand, als er sie an jenem Tag untersuchte. »Ich habe dem, was mein geschätzter Kollege ausgesagt hat, nichts hinzuzufügen.«

Dr. Korla und Fred verbeugten sich voreinander und nahmen wieder Platz.

»O Fred«, sagte Anne, »das ist phantastisch.«

»Pst«, erwiderte Fred. »Die Kunst zu lügen ohne zu lügen, wird Pater MacCullough Ihnen erläutern, ist eine der größten Leistungen der Religion. Die Jesuiten sind Meister darin.«

»Warum haben sie Dr. Korla vernommen?«

»Unparteiisches Zeugnis eines Nepalesen. Wir sind alle Weiße, daß dürfen Sie nicht vergessen. Es ist nur natürlich, daß wir zusammenhalten und lügen, um einen der unseren zu retten. So ist es auch früher in Britisch-Indien gehandhabt worden. Die Nepalesen wissen es und richten sich danach. Sie tun es, um uns vor uns selbst zu retten.«

»Sie sind wundervolle Menschen«, sagte Anne.

»Als nächste Zeugin Madam Maupratt«, verkündete der Polizeichef. »Sie kann bei ihrer Aussage sitzenbleiben. Ich sehe, daß sie noch zu schwach ist, um aufzustehen.«

Die drei Anwälte, der Verlobte, seine beiden Freunde und Suragamy schnaubten hörbar und steckten die Köpfe zusammen.

Anne beugte wie alle andern den Kopf leicht vor, um Isobel antworten zu hören.

»Miß Maupratt«, sagte der Friedensrichter, nun wieder vom Polizeichef das Wort übernehmend, »haben Sie diesem Mann erlaubt, Lebensmittel für das Institut einzukaufen?«

»Nie«, erwiderte Isobel.

Suragamy MacIntyre brach in empörtes Geschnatter aus. »Das ist eine Lüge. Mein Mutti hat ihr geholfen, viele Dinge zu besorgen. Für die Krönungswoche hat mein Mutti ...«

»Aha«, rief der Polizeichef aus, »damit sind wir schon bei dem springenden Punkt angelangt. Wir haben hier eine von Mutti Aruvayachelivaramgapathie unterzeichnete Empfangsbestätigung über fünfhundert Gallonen Benzin, erhalten in den Monaten April und Mai zu unseren festgesetzten Höchstpreisen. Haben Sie fünfhundert Gallonen Benzin durch diesen jungen Mann besorgen lassen, Madam?«

»Nie und nimmer«, antwortete Isobel empört. »Ich habe ihn nur beauftragt, fünfzig Gallonen zu kaufen.«

»Aha«, riefen der Friedensrichter und der Polizeichef gleichzeitig aus und lächelten einander noch liebenswürdiger an, als wollten sie sagen: Was wir doch für kluge Leute sind.

»Aber Sar, aber Euer Gnaden …«, rief einer der Anwälte aus und sprang auf.

»Wir protestieren« sagten die beiden andern.

»Die Untersuchung ist abgeschlossen«, sagte der Friedensrichter.

»Mutti Aruvayachelivaramgapathie, Sie sind verhaftet wegen Fälschung und wegen Erschwindelung von fünfhundert Gallonen zu normalen Preisen für Ihren eigenen Bedarf und wegen tätlicher Beleidigung dieser ehrenwerten Dame, als sie sich weigerte, Ihnen die Ermächtigung zu geben, im Namen des Instituts für Ihre eigenen Zwecke Lebensmittel aufzukaufen, und wegen Verleumdung und Erhebung falscher Anschuldigungen gegen ihre Ehre. Ich denke, das ist alles«, fügte er hinzu, an den General und den Feldmarschall gewandt.

»Jawohl«, erwiderten der Feldmarschall und der General wie aus einem Mund und atmeten auf.

»Ich bin erstaunt«, wandte sich Geschichte an Erdkunde, »wir sind überhaupt nicht gefragt worden.«

»Ich dachte …«, murmelte Erdkunde enttäuscht, »ich dachte, es würde anders ausgehen.«

»Wie anders, Madam?« fragte sie der General.

»Oh … Sie wissen schon, was ich meine.«

»Allerdings, Madam«, erwiderte der General ernst, sah Geschichte und Erdkunde nacheinander in die mehlweißen Gesichter und fuhr fort, »doch Sie konnten nicht erwarten, daß ein Ehrenmann wie der ehrenwerte Chef unserer Polizei solch unehrenhafte Dinge wie sexuelle Gewalttätigkeit in Gegenwart von Jungfrauen wie Ihnen und Miß Maupratt zur Sprache bringt. Und außerdem«, fügte er hinzu, als er die beiden Damen noch blasser werden sah, »Notzucht ist sehr unzeitgemäß während des Monsuns.«

Die Wolken waren wieder schwer und dunkel geworden. Die Atempause des Monsuns war zu Ende.

Anne eilte zurück zum Bungalow. Ein Gefühl der Erleichterung durchströmte sie. Sie mußte Unni sehen, mußte ihm alles erzählen. Was für eine Närrin war sie doch gewesen …

»Unni!« rief sie, »Unni!«

Doch es war nur Mita, die ihr Zimmer aufräumte. »Master ist fortgegangen.«

»Ich werde auf ihn warten.«

Er würde später kommen, wie gestern, doch wie anders konnte sie ihn heute empfangen. Sie würde ihm alles sagen, was sich in ihr angestaut hatte … Sie fühlte sich plötzlich schwindelig, weich in den Knien und müde, seltsam müde. Es ging vorüber … Sie würde ihm den Stapel ihrer Manuskriptblätter zeigen, der langsam dicker wurde … ihr neues Buch. »Siehst du, Liebster, dir danke ich es, und dem Glück, das du mir schenkst, daß ich wieder schreiben kann.« Sie konnte wieder schreiben, wieder leben mit Leib und Seele … Neue Blüte ihres Fleisches und neue Blüte ihres Geistes … Sie würde ihm auch, behutsam und zärtlich, ihr wundervolles, süßes Geheimnis verraten, um ihn teilhaben zu lassen an dem Wunder des Lebens, das in ihr zu wachsen begonnen hatte. Und sie lächelte über sich selbst, weil ihr zumute war, als wäre sie die erste Frau, die ein Kind erwartete … Meine Seele lobet den Herrn … wie gut verstand sie jetzt diese Worte. Jede Mutter mußte so fühlen.

Und wieder erfaßte sie ein leichter Schwindel. Am Morgen, als sie aufstand, war sie für einige Augenblicke ohnmächtig geworden. Plötzlich war alles schwarz geworden um sie, doch nur für Sekunden, und sie hatte sich hinterher wieder vollkommen normal gefühlt. Es war das vierte Mal gewesen in den letzten zwei Tagen … Es ist das Kind … ich will mich etwas hinlegen … Wenn sie lag, fühlte sie sich seltsam leicht, und ihre Gedanken wurden klar und durchsichtig, wie sie es bisher nie erlebt hatte.

Ach Liebster, dachte sie, wie blind, wie dumm, wie egoistisch bin ich gewesen. Ich kam zu dir und habe dich gebeten, mir zu helfen, und du gabst mir Liebe, Zärtlichkeit, Wärme und Geborgenheit. Und wegen einiger Worte Isobels, wegen der Schatten einer von dummem Haß erfüllten Vergangenheit, mußte ich dir weh tun, wollte ich dir weh tun. Ich weiß nicht, wie es dazu kam. War es, weil Isobel sagte, sie hätte dich hier mit einer Frau gesehen? Doch damals gab es mich noch nicht in deinem Leben …, warum sollte es mich kümmern? Und selbst wenn jetzt jemand in deinem Leben wäre außer mir, ich glaube, ich würde es verstehen, ich würde versuchen, würde lernen, es zu verstehen und hinzunehmen … obwohl es hart wäre für mich, weil ich eine Frau bin und dich liebe. Doch ich würde mich selbst hassen, wenn ich versuchen würde, dich in deiner Freiheit zu beschränken, dich auf mein Maß herabzuzwingen, dich mir passend zu machen wie ein Kleidungsstück; denn du bist du selbst, und ich muß dich lieben, wie du bist. Ich muß erst lernen zu lieben, dachte sie, ich weiß noch nicht zu lieben, nicht wirklich zu lieben, wie Unni es weiß. Das ist unser Verhängnis, daß wir nicht wahrhaft lieben können … ich, Isobel, John, Leo, alle. Unni und Rukmini, sie können lieben, lieben in Großmut, in Achtung und Verzicht, ohne nach dem Morgen zu fragen, ohne etwas zu fordern … Ich muß es von ihnen lernen.

Da war sein Schritt, und da war er schon selbst, bevor sie sich erheben konnte.

»O Liebster«, rief sie, wund im Herzen und Tränen in den Augen vor Glück, und sie streckte ihm die Arme hilflos entgegen. »Paß auf mich auf, Liebster, bitte, und verzeih' mir … ich bin so dumm.«

»Du bist eine Frau mit wundervollen Gaben und immer du selbst, und ich bin glücklich und dankbar, daß du mich gewählt hast«, sagte er und streichelte ihr Haar.

»Du weißt nicht, Unni, du weißt nicht.«

»Oh, ich weiß, daß ich nicht alles weiß«, erwiderte er, »doch ich vertraue dir, und das ist genug.«

»Ich habe dir weh getan.«

»Nein«, sagte er, »wahrhaftig nicht, du hast mir nicht weh getan. Wie könntest du mir weh tun, da ich dich liebe, so wie du bist? Selbst wenn du mich jetzt fortschicken würdest und sagen: Ich bin fertig mit dir …, dann würde ich gehen, lächelnd und glücklich, daß dies gewesen war und mir nicht mehr genommen werden kann. Ich glaube, ich muß etwas Wundervolles vollbracht haben in einem früheren Leben, um dich verdient zu haben.«

»Wie kannst du mich lieben« sagte sie. »So viele andere Frauen sind schöner und begehrenswerter als ich.«

»Ich weiß es nicht. Doch ich weiß, daß ich noch nie wahrhaft geliebt habe bis jetzt, und dies ist die Wahrheit, und du mußt mir glauben.«

»Ich glaube es dir«, sagte sie.

»Glaube aber nicht, daß du mir nun die gleiche Liebe schuldest, mit der ich dich liebe«, fügte er hinzu und hielt sie von sich. »Du mußt mich mit *deiner* Liebe lieben, nicht weil ich dich liebe … aus Dankbarkeit, Schuldigkeit oder Verantwortungsgefühl.«

Sie lachte, hob den Kopf, richtete sich auf und fühlte wieder den Schwindel, fühlte ihn so stark, daß sie wieder glaubte, fallen zu müssen.

»Was ist dir?« sagte Unni. »Fühlst du dich nicht wohl?«

»Es ist nichts. Mir ist ein wenig schwindelig. Wahrscheinlich bin ich hungrig. Laß uns hinuntergehen, essen.«

Beim Lunch brachte sie keinen Bissen herunter, mußte gegen einen Brechreiz ankämpfen. »Ich glaube, ich werde mich wieder hinlegen«, sagte sie und schob den kostbaren Augenblick hinaus, da sie ihm von dem Kind sprechen würde.

Er kam um den Tisch herum, um ihren Stuhl zurückzuziehen, und sie bemerkte, daß seine Hand geschwollen und rot angelaufen war.

»Oh, was ist das, Unni?«

»Ich hatte eine Auseinandersetzung mit Ranchit heute morgen.«

»Oh, wie konnte ich es nur vergessen. Was für ein egoistischer Mensch ich bin«, rief sie aus. »Hat er dich verletzt?«

»Nein. Wir haben einander nur ein wenig geschlagen, obwohl ich versuchte, solange wie möglich höflich zu bleiben.«

Alles, was er sagte oder tat, erschien ihr komisch. Lachend begann sie die Treppe hinaufzugehen, und als sie den Fuß hob, spürte sie plötzlich einen jähen Stich im Leib, der sie zusammenknicken und aufschreien ließ. Er war sofort hinter ihr, hielt sie, sonst wäre sie gefallen. Der Schmerz war unerträglich. Sie konnte nicht sprechen.

»Was hast du?« fragte er. »Was hast du?«

»Ich möchte ... liegen«, hauchte sie, sich krümmend vor Pein.

Er trug sie die Treppe hinauf, legte sie auf das Bett. Sie hielt sich den Leib mit beiden Händen. Sie fühlte den Schmerz abebben, doch statt dessen spürte sie unter ihren Händen den langsamen Puls des Blutes, das ihren Leib füllte, und sie wußte, was es war. Sie legte ihre Hand an Unnis Gesicht, streichelte es sanft, ließ ihre Fingerspitzen über die Konturen seiner Stirne, seiner Wange, seines Mundes gleiten und sagte: »Liebster, es tut mir so leid. Du mußt Fred rufen. Ich bin innerlich gerissen. Ich fürchte, es war unser Kind.«

Schmerz zerrte an ihr wie steigende Flut. In einem Nebel erschien Erdkunde, eine Injektionsspritze in der Hand. Sie schloß die Augen, hörte Erdkunde wie eine sanfte Mutter zu ihr sprechen: »Es ist gleich vorbei«, und der Schmerz floh wie eine davoneilende Welle und überließ sie einem Schlaf, in dem Wohltat war und Angst.

Und später schwebte plötzlich über ihr die Vision einer schaukelnden roten Flasche, einer mit Blut gefüllten Flasche, und dann überfiel sie mit Übelkeit und neuem Schmerz die Helligkeit des Bewußtseins, und sie sah Fred in zerfließendem Weiß und hörte seine Stimme wie ein verzerrtes Echo: »So, jetzt werden Sie bald wieder auf den Beinen sein.«

»Fred, das Kind war in der anderen Muttertube, nicht wahr?«

»Ja, Anne. Noch sehr frühes Stadium. Innerer Riß.«

»Das bedeutet, daß ich jetzt kein Kind mehr haben kann ... eine Frau hat nur zwei Muttertuben.«

»Machen Sie sich jetzt hierüber keine Gedanken, Anne.«

»Wo ist Unni?«

»Er mußte zurück zu seinem Damm. Er ist gegangen, sobald er wußte, daß alles in Ordnung war mit Ihnen, gleich nach der Operation. Er wird zurückkommen, sobald er kann.«

Schweiß perlte auf ihrer Stirne. Die wenigen Worte hatten sie ermüdet wie eine schwere Arbeit. Sie schloß die Augen. Erdkundes Flüstern zog sie wieder in die Wirklichkeit zurück.

»Was ist mit John?«

»Er ist zurück. Er hat Blumen geschickt.«

»Weiß er …?«

»Nein. Wir haben gesagt, es war der Blinddarm.«

Wie verschieden voneinander waren Erdkunde, die Krankenschwester und Erdkunde, die Lehrerin. Anne sah ihr zu, wie sie mit gewandten Händen ihre Kissen zurechtklopfte, und dachte daran, was der Feldmarschall gesagt hatte: Die Götter sind Projektionen unser selbst, und jeder von uns ist eine Mehrzahl. Erdkunde, die Krankenschwester, war wundervoll. Ihre bleichen, fleckigen Hände waren geschickt und gütig und stark, spendeten Trost und Heilung.

»Ich hoffe, Ihre Füße schmerzen Sie heute nicht«, sagte Anne.

»Nein, mein Liebes«, erwiderte Erdkunde, denn für sie waren alle Patienten »lieb«, »woher wissen Sie, daß ich wehe Füße habe?«

»Von damals, als wir zu dem Picknick fuhren und das blinde Kind im Tempel sahen. Erinnern Sie sich noch?«

»Sie sind nie hierhergekommen mit dem Kind«, antwortete Erdkunde. »Es ist bestimmt inzwischen gestorben, das arme Wurm.«

Sie legte Anne sanft auf die hochgerichteten Kissen, nahm einen Kamm, frisierte sie, zupfte ihr Nachthemd glatt. Das Zimmer war voller Blumen.

»Sehen Sie, wie beliebt Sie sind«, sagte Erdkunde schelmisch.

»Mein Gott, welch liebliche Blumen, und so schwer zu bekommen in Katmandu.« Es war ein Strauß von Berglilien und kleinen weißen Margeriten dabei. »O je, da muß einer aber sehr hoch hinaufgestiegen sein, um die zu holen. Kein Name und keine Karte dran. Ich möchte wissen, von wem sie sind. Sie werden heute Besuch bekommen, denke ich. Der Doktor sagte, Sie können, wenn Sie wollen.«

»Wie geht es Isobel?« fragte Anne.

»Oh, es geht ihr ausgezeichnet«, erwiderte Erdkunde überschwenglich. Die Erwähnung Isobels veränderte sie sofort, ließ ihr anderes Selbst zur Wirkung kommen. »Die Zeitungen sind bestraft worden. Die ganze Sache ist verpufft. Dieser schreckliche Mensch ist aus Nepal ausgewiesen worden. Wir reorganisieren das Institut und eröffnen wieder im nächsten Monat. Isobel bemüht sich sehr, einen Ersatz für Suragamy zu finden. Da fällt mir ein, Ihr Gatte hat gefragt, ob er Sie besuchen dürfte. Ich hoffe, es ist Ihnen recht?«

»Gewiß«, erwiderte Anne. »Ich möchte mit John sprechen.«

Erdkunde sah plötzlich gereizt aus und verließ das Zimmer.

Anne betrachtete die Berglilien und die kleinen weißen Margeriten. Wer auch immer sie geschickt hatte, für Anne bedeuteten sie so vieles ... grüne Hügel, Schneegipfel, blauer Himmel, eisige Höhen ... sie mußte eingeschlafen sein, und als sie wieder aufwachte, glaubte sie noch zu träumen, da sie Unni erblickte, der an ihrem Bett stand und sie anschaute, und John, der gerade hereinkam.

Nur im wirklichen Leben, dachte Anne, kommt es zu Situationen wie dieser: Begegnung zwischen Gatte und Liebhaber am Krankenbett der Frau. Kein Romanschriftsteller würde es wagen, eine solche Szene zu schreiben, weil er fürchten müßte, daß niemand sie ihm glauben würde.

»Wie geht's?« fragte John.

»Danke, John. Und dir?«

»Ich komme eben zurück aus Delhi«, sagte John und kehrte Unni den Rücken. »Tut mir leid, hören zu müssen, daß du eine Blinddarmentzündung hattest. Ich finde, du hast dich schon wieder ganz gut erholt. Fred Maltby meint, du könntest bald wieder aufstehen. Freut mich, das zu hören.«

Jetzt oder nie.

»Es war nicht der Blinddarm«, sagte Anne. »Ich hatte eine Fehlgeburt ... wie damals ... eine ectopische Schwangerschaft.«

»Ach, rede dir doch nichts ein, Anne. Du träumst.«

»Nein, ich träume nicht.« Und schon war sie wieder vollkommen erschöpft durch die Anstrengung, John die Wahrheit sagen zu wollen, und wieder wehrlos gemacht durch die erneute Entdeckung, daß er für sie immer nur eine Mauer gewesen war, die ihr den Blick auf das wahre Leben versperrte, ihr den Weg blockierte zur abenteuerlichen Freiheit des Denkens, den Aufstieg zu den Höhenpfaden ihrer eigenen Phantasie. Schon immer hatte er durch seine bloße Existenz, durch sein Sosein, seine Art zu sprechen und zu denken dieses Gefühl hilfloser Wut in ihr geweckt ... Sie wandte sich zu Unni. Und ihre Augen sagten: Du mußt jetzt tun, was du für richtig hältst, richtig für uns beide. »John«, sagte Unni, »es war mein Kind, das wir, Anne und ich, verloren haben.«

»Quatsch«, höhnte John. »Was tut dieser Affe überhaupt hier?« fragte er Anne. »Sage ihm, er soll sich hinausscheren. Ich bin dein Mann. Nicht er.«

»Lassen Sie uns beide hinausgehen«, sagte Unni. »Anne ist krank. Wir können draußen miteinander reden.«

»Ich wünsche nicht hinauszugehen. Ich werde hierbleiben. Ich bin ihr Gatte, und als solcher habe ich das Recht dazu.«

»Quatsch« höhnte Anne, lachend vor Wut und Erschöpfung.

»Du magst mich für altmodisch halten«, sagte John, »doch ich erwarte von einer Frau, daß sie sich ihres Ehegelübdes bewußt bleibt. Lache über mich, so viel du willst, ich glaube an die Heiligkeit der Ehe.«

»Wieviele Prostituierte haben Sie in Delhi gehabt, John?« fragte Unni.

»Das ist eine schmutzige Lüge«, brauste John auf. »Was fällt Ihnen ein, so zu mir zu reden, Sie …? Ich schlage Ihnen …«

»Nanana!« Erdkunde war hereingeeilt, besorgt, betulich. »Was ist das für ein Lärm hier? Es tut mir leid, John, aber Sie dürfen nicht so laut sprechen. Anne ist noch sehr schwach. Ich denke, es ist besser, wenn Sie jetzt gehen … und Sie auch«, fügte sie mit einem feindseligen Blick auf Unni hinzu.

»Sie armes Ding«, sie beugte sich über Anne, »vollkommen in Schweiß gebadet. Soll ich Ihnen die Stirne mit Eau de Cologne abreiben, mein Liebes?«

»Ich wollte, John würde nicht so sprechen, wie er es tut«, sagte Anne, »es verursacht mir Brechreiz.«

»Oh, er ist nicht der Schlechteste, wenn man ihn richtig behandelt«, erwiderte Erdkunde.

*

»Ich möchte mit Ihnen sprechen«, sagte Unni, mit John Schritt haltend, der schnell die Treppe hinunterging.

»Und ich möchte nicht mit Ihnen sprechen«, antwortete John, seine Schritte noch mehr beschleunigend. »Zwischen uns gibt es nichts zu besprechen. Ich werde gerichtlich gegen Sie vorgehen. Ich werde an Ihre vorgesetzte Behörde, an die Leitung des Hilfsprogramms, schreiben und dafür sorgen, daß Sie fristlos entlassen werden.«

Unni streckte den Arm aus und packte John bei der Krawatte. »Wir sprechen miteinander, und zwar hier und sofort«, sagte er, »oder ich sorge dafür, daß Sie als Patient hier im Krankenhaus bleiben.«

John stieß nach Unni, und Unni wich zurück. John rückte ihm nach, und Unni holte aus zu einem Schlag, der an der Seite von Johns Kopf landete. John trat Unni in den Magen. Unni knickte zusammen, und John schlug ihm von unten ins linke Auge. Doch Unni hatte Johns Beine umklammert, riß sie hoch und brachte John zu Fall. Dann setzte er ein Knie auf Johns Brust, packte ihn bei beiden Ohren und schlug seinen Kopf zweimal hart gegen den steinernen Fußboden.

»Wollen Sie jetzt mit mir sprechen?« sagte er.

»Sie Vieh«, schrie John, »Sie Vieh!« Er hob die Fäuste und trommelte Unni gegen den Magen.

Unni stand auf und trat ihm zweimal gegen die Rippen.

»O mein Gott«, ächzte John und rollte auf die Seite.

»Wollen Sie mit mir sprechen, oder wollen Sie noch mehr Prügel?«

»Sie Vieh«, stieß John, nach Atem ringend, hervor, »nach einem Gegner zu treten, der am Boden liegt!«

»Entweder wir sprechen, oder ich trete Ihnen die Zähne ein.«

Um sie herum hatte sich in respektvoller Entfernung ein Kreis von Patienten und Krankenhausangestellten gebildet, die, begeistert über das Schauspiel, in die Hände klatschten und riefen: »Weiter, weiter!«

John stand auf, krümmte sich vor Schmerz. »Ich habe eine Rippe gebrochen«, stöhnte er.

»Das wird uns nicht daran hindern, miteinander zu sprechen.«

»Einen Gegner zu treten, der am Boden liegt ...«

»Hier hinein. Das Zimmer ist frei.« Unni schob John in einen Raum, der ähnlich eingerichtet war wie Annes Zimmer. Eine Krankenschwester lief herbei und protestierte. »Ich brauche das Zimmer für eine kurze Unterhaltung«, sagte Unni.

»Es ist aber ein Zimmer für Privatpatienten.«

»Vielleicht bleibt ein Patient zurück, wenn wir unsere Unterhaltung beendet haben.«

Die nepalesische Krankenschwester brach in Lachen aus, während die gehfähigen Patienten aus dem Gebäude strömten und den Balkon umstellten, der sich an das Zimmer anschloß, in der Hoffnung auf eine Fortsetzung der Schlägerei.

John ließ sich in einen Sessel fallen.

Unni setzte sich rittlings auf einen Stuhl, stützte die Arme auf die John zugewandte Rückenlehne.

»Ich liebe Anne, und ich bin ihr Liebhaber. Das Kind war von mir. Wollen Sie in eine Scheidung einwilligen?«

»Nicht um mein Leben«, antwortete John. »Ich werde sie vernichten, und Sie auch. Die Gottlosen müssen vernichtet werden. Sie ist gottlos und verrucht. Sie muß bestraft werden.«

»Wenn ich Sie noch einmal schlage«, sagte Unni, »werde ich Sie wahrscheinlich töten. Ihr letztes Wort! Wollen Sie die Scheidungsklage gegen Anne einreichen und mich als Scheidungsgrund angeben?«

»Das könnte Ihnen so passen, Sie schmutziger Nigger, damit Sie herumlaufen können und Ihren lausigen Freunden erzählen, Sie haben einen weißen Mann gehörnt und ihm seine Frau weggenommen.«

Unni stand auf. »Gehen Sie«, sagte er und öffnete die Türe, »bevor ich Sie umbringe.«

John lachte höhnisch, jetzt, da er sich sicher fühlte. »Menon«, sagte er, »diese Sache ist nicht erledigt. Sie werden teuer zahlen hierfür. Warten Sie nur.«

Fred war in Annes Zimmer, als Unni wieder nach oben kam.

»O weh«, sagte Anne, als sie Unnis geschwollenes Gesicht erblickte. Sie lachte mühsam.

»Ich hatte eine kleine Meinungsverschiedenheit mit John.«

»Sie scheinen aus den Meinungsverschiedenheiten nicht herauszukommen in der letzten Zeit«, sagte Fred. »Vor einigen Tagen mußte ich Ranchit behandeln, weil er anderer Ansicht war als Sie. Er ist nach Kalkutta geflogen, um sich einige neue Zähne einsetzen zu lassen, erzählt man sich. Was haben Sie mit John angestellt?«

»Ich habe nach ihm getreten, als er am Boden lag. Er meinte, das wäre sehr unsportlich gewesen von mir.«

»Glauben Sie, daß er mich brauchen wird? Ich habe heute nachmittag Sprechstunde für ambulante Patienten.«

»Er sagt, ich hätte ihm eine Rippe gebrochen.«

»Jedenfalls«, sagte Fred, »haben die Patienten und das Personal eine kleine Abwechslung gehabt. Für Sie, liebe Anne, sind solche Aufregungen nicht gerade das Richtige. Schonen Sie sich.«

»Was hat John gesagt?« fragte Anne, als Fred gegangen war.

»Er hat von der Heiligkeit und Unauflösbarkeit der Ehe gesprochen. Er fühlt sich durch die Bande der Ehe für ewig mit dir verbunden und will dich nicht freigeben.« – »Der arme Kerl«, sagte Anne. »Es ist ja auch gleichgültig. Ich gehöre dir und nicht ihm.«

»Es wäre nicht gleichgültig, wenn du eine Menge Kinder hättest und finanziell abhängig wärst von ihm und wenn ich entlassen würde. Das will er nämlich durchsetzen, hat er mir angedroht. Doch es wird ihm nicht gelingen. Ich werde höchstens etwas Ärger haben. Natürlich werden uns einige Leute schneiden, was uns aber nicht sehr weh tun wird, glaube ich.«

»Ich nehme an, daß ich meine Stellung aufgeben muß.«

»Ist es dir unangenehm«, fragte Unni, »daß wir nicht werden heiraten können?«

»Nein«, erwiderte Anne. »Du wolltest es ja ohnehin nicht.«

»Nur weil ich dachte, es sei nicht richtig, dir von neuem Ehefesseln anzulegen. Doch jetzt werde ich dich heiraten, sobald es möglich ist. Jetzt will ich es. Und ich verspreche dir, dich niemals diese Fesseln spüren zu lassen.«

Anne sagte leise: »Ich hätte unser Kind gerne behalten, verheiratet oder nicht. Und jetzt werde ich nie mehr Kinder bekommen können. Nie. Ich bin nicht verzweifelt darüber, noch nicht. Doch wie ist es mit dir? Alle Männer Asiens wollen Söhne. So ist es doch?«

»Tja«, sagte Unni, »das ist wieder einmal etwas, woran ich schon vorher gedacht habe. Ich habe bereits zwei Söhne.«

Anne setzte sich so plötzlich auf, daß sie mit einem Ächzen wieder zurückfiel. Sie hatte ihre Schmerzen vergessen. »Du hast mir nie etwas davon gesagt.«

»Ich habe so wenig zu verheimlichen, daß ich dir einiges verschweigen mußte, damit du meiner nicht zu schnell überdrüssig wirst, wenn du alles von mir weißt. Ich habe geheiratet mit sechzehn und bin mit achtzehn Witwer geworden. Sie war fast noch ein Kind. Meine Familie hatte sie für mich ausgesucht. Ich habe sie getötet durch zuviel Liebe und zwei Kinder in zwei Jahren. Sie hatte einen Herzfehler, und niemand wußte es, am allerwenigsten ihr junger und ungeduldiger Ehemann.«

»Du darfst dir deshalb keine Gewissensbisse machen«, sagte Anne. »Es war nicht deine Schuld.«

»Ich fühle mich auch nicht schuldig. Unsere Religion wälzt einen großen Teil unserer persönlichen Schuld ab auf die Bestimmung, auf das Rad der Wiedergeburt, und deshalb verlangen wir auch weniger von unserem Schicksal und werden mehr dazu erzogen hinzunehmen, was uns widerfährt. Wir fühlen uns für nichts anderes verantwortlich als dafür, daß wir uns selbst treu bleiben. Doch diese Heirat und ihr frühes Ende hat mich davon abgehalten, wieder wirklich zu lieben … bis ich dich traf. Du siehst, es ist eine einfache, kurze Geschichte«, sagte Unni. »Bitte, nimm sie so hin, wie sie ist.«

»Ich nehme sie so, wie du sie mir erzählt hast.«

»Ich liebe dich, Anne, und meine Liebe zu dir wächst immer noch weiter in mir. Ich fühle es. Mögen die Götter mir helfen, selbstlos zu bleiben in dieser Liebe. Das ist alles, worum ich bete.«

»Kurz bevor mir dieses geschah«, sagte Anne, »habe ich über dich und die Liebe nachgedacht. Ich hatte mir vorgenommen, zu dir zu sagen: Lehre mich zu lieben. Ich fange erst an zu verstehen, was Liebe ist. Oder richtiger, ich bin dabei, eine neue Provinz in diesem unermeßlichen Reich zu entdecken. Immer, wenn ich zu mir sage: das ist die echte Liebe, das ist die wahre Ehe, finde ich neue Wahrheiten, sehe ich klarer, und mir ist, als müßte ich erst lernen zu sehen, es von dir lernen, Unni.«

»Aber mir geht es nicht besser als dir«, erwiderte Unni. »Jeder Tag enthüllt mir neue Seiten unserer Liebe. Vom ersten Tage an, da ich dir begegnete, hatte ich das Gefühl, daß wir eine gemeinsame Reise antreten würden. Ich fragte nicht, ob sie lang oder kurz sein würde, und wußte auch nicht, wie weit wir miteinander gehen würden, doch ich wußte, daß ich nicht müde werden würde unterwegs und wünschte mir auch keinen anderen Reisegefährten als dich. Ich verlangte nicht, daß unsere Liebe dauern sollte bis zum Tod. Ich war zufrieden, dich gefunden zu haben, mit dir gehen zu dürfen, eine kurze Strecke oder einen langen Weg, und mein ganzes Leben lang würde ich dich lieben für das Glück, ein Stück mit dir zusammen gewesen zu sein.

In der Nacht, als wir vor dem Tempel standen, sagte ich zu dem Wächter: Sie ist meine Frau. Damals wußte ich noch nicht, daß ich die Wahrheit sprach, doch es war schon damals wahr, soweit Menschendinge wahr sein können innerhalb der Grenzen ihrer bedingten Wirklichkeit. Du warst meine Frau, meine Geliebte, meine Gefährtin, und selbst wenn du nie in meinen Armen geschlafen oder mich nie geliebt hättest, wäre mein Leben verwandelt gewesen durch die bloße Tatsache deiner Existenz. In jener Nacht im Tempel hast du mir dein wahres Wesen offenbart in der Versunkenheit deines Gesichtes, im Widerschein der inneren Schau, der auf ihm lag und von dem unsere Dichter sagen, daß er das Stigma der Selbstverwirklichung im Selbstvergessen ist. Damals erkannte und liebte ich deinen Geist, deinen Geist, der in selbstgewählter Einsamkeit in sich hineinlauschte in suchender Geduld. Ich besitze nicht dein empfindsames Gemüt. Ich habe nicht die Gabe des Wortes. Und mich verlangte danach, mich dir zu schenken, damit du dich in mir erkennen, unsere gegenseitige Erfüllung in die Sprache deiner Worte kleiden und mir mit deiner Stimme mein eigenes Glück verkünden solltest. Ich selbst vermag nicht, über meine Liebe zu sprechen, doch ich liebe es zuzuhören, wenn du es tust. Und dann kamst du zu mir und batest mich, dir zu helfen.«

»Warum hast du damals zu mir gesagt: › ... ich soll mich also gefangen geben, mich fesseln lassen ... mit Ihnen den unvermeidlichen Umweg über das Spiel unserer Körper gehen‹ ... Warum hattest du Angst vor unserer Liebe?« fragte Anne.

»Wer fürchtet sich nicht vor der Liebe?« sagte Unni. »Ich hatte Angst vor dem Übermaß meines Begehrens. Denn mit der Begierde wächst das Besitzenwollen, das die Liebe zum Tyrannen macht und zur gemeinen Gier. Für uns ist Freiheit im Begehren die höchste Tugend der Liebe, und der Schmerz der Liebe ist die Strafe für ihre Habgier, für die Sucht, besitzen und behalten zu wollen, was uns nur geschenkt worden ist. Ich fürchtete mich davor, die Blume, die mir in die Hand gegeben war, zu zerdrücken und zu beschmutzen durch den geizigen Griff meiner Finger. Und immer noch bete ich um die Kraft, dich nicht besitzen zu wollen, sondern an dir zu wachsen, mich in dir zu erfüllen, indem ich mich dir schenke.«

»Und jetzt fürchtest du dich nicht mehr vor unserer Liebe?«

»Ich glaube nicht«, sagte Unni. »Dich zu lieben, mit Leib und Seele, ist für mich zum Gebet geworden. Und jene Liebe, die mit der Hingabe des Körpers begann, wird weiter wachsen und unser Bewußtsein und all unser Handeln durchdringen, bis sie etwas geworden ist, das größer ist als unser Selbst. Wenigstens«, fügte er bescheiden hinzu, »möchte ich glauben, daß es so ist.«

»Sprich weiter«, sagte Anne, »sprich es aus. Ich will alles hören, was du denkst.«

»Ich glaube, es war einer euer christlichen Heiligen, die heilige Theresa – du siehst, wie ich, weil ich dich kenne, gezwungen werde, meinen Horizont zu erweitern ... ich habe begonnen, eure Dichter und eure Heiligen zu lesen – ja, es war die heilige Theresa, die gesagt hat, daß es vier Arten des Gebetes gibt. Die erste ist ein ermüdendes äußeres Bemühen ohne inneren Widerhall, die zweite ein inneres Gebet, ähnlich einem Baum, der Knospen treibt, die dritte, die Liebe zu Gott, befähigt uns, mit Gott selbst von Angesicht zu Angesicht zu sprechen, ähnlich einem blühenden Baum, der sich der Sonne darbietet. Die vierte Art des Gebetes jedoch kann nicht mit Worten beschrieben werden. In ihr ist keine Mühe, kein Wechsel der Jahreszeiten mehr, sondern ewige Blüte und Ernte, und die Seele jubiliert in unbezweifelter Sicherheit, und das Herz liebt, ohne zu wissen, daß es liebt. Als ich dies las, dachte ich an dich und an den beschwerlichen Weg nach oben, den alle Dichter und Sucher gehen, gleichgültig, ob sie unterwegs abstürzen oder ob sie den Gipfel erreichen. Ich dachte mir, daß es auch viele Stufen der Liebe geben muß. Zunächst die nackte Lust, das direkte Begehren des Augenblicks, mit dem ein Mann eine Frau nimmt, um sie und seine Lust sofort wieder zu vergessen. Dann der Wille zu besitzen, oft als Leidenschaft mißverstanden, das vampirhafte Sich-Anklammern an das Opfer, sanktioniert durch Sakramente und Gesetze, der Grabstein über der Leiche der Liebe. Dann jene Liebe, die Geist und Körper nährt, eine leibseelische Ganzheit, die äußerlich fruchtbarste Form der menschlichen Liebe zwischen Mann und Frau. Und dann, eine weitere Stufe höher, eine tiefe Zärtlichkeit, ein selbstloser Wille, andere zu verstehen, an ihrem Leben Anteil zu nehmen, ohne teilhaben zu wollen, helfen zu wollen ohne Lohn, die Liebe der Heiligen zur Menschheit. Und dann vielleicht, höher als alle diese, die vollkommene Glückseligkeit, der unerreichbare, seit je vom Menschen erstrebte Gipfel, der das einzige Ziel, das seinem Leben Sinn und Halt zu geben verspricht und die Quelle all seiner Mythen, Glauben und Religionen ist, das Ziel seines ganzen Suchens in sich selbst und der Welt. Was diese letzte und höchste Form der Liebe ist, weiß ich nicht, und wir sind gewiß noch nicht reif für sie ... noch nicht.«

Und Anne sagte: »In meinem Land und nicht wenigen anderen Ländern des Westens sind wir dabei, aus der Liebe einen Kult der Langeweile und des Zynismus zu machen. Wir leiden an Liebesüberdruß oder kranken an Liebesunfähigkeit, wir betreiben die Liebe als Kunst, als Sport oder als Geschäft, machen Obszönität oder eine Wissenschaft aus ihr. Je mehr wir die physischen Prozesse und die geistigen Begleiterscheinungen dessen analysieren und beschreiben, was wir Liebe nennen, um so weniger Freude haben wir an der natürlichen Liebe, um so langweiliger und verächtlicher kommen wir uns vor, daß wir lieben müssen, schämen uns unseres Geschlechts und fürchten uns davor, uns ›zu ernst zu nehmen in der Liebe‹. Es geschieht natürlich immer noch, daß Menschen sich in einander verlieben, doch dann wollen wir diese Liebe sofort verewigen, sie einbalsamieren oder sie kühlschrankfrisch erhalten. Wir fürchten so sehr den Verfall unserer Gefühle, daß wir sie mumifizieren. Wir sperren unsere Liebe in unsere Häuser ein, schließen Fenster und Türen, und halten sie fern von dem Friedensstörer Leben, bis sie den Tod des Erstickens stirbt. Und nun fürchte ich, Angst davor zu haben, daß mehr von uns verlangt werden könnte, als ich bereit bin zu geben. Ich bin so glücklich, daß auch ich dieses Glück festhalten will.«

Und Unni, ohne auf ihre unausgesprochene Frage zu antworten, erwiderte: »Ich liebe dich so, wie ein Mann eine Frau liebt, und es ist nicht leicht, nicht besitzen zu wollen, denn ich bin nur ein Mensch.«
Sie sahen einander an und lächelten, und Anne begriff, welch großes Geschenk ihr mit diesem Manne gemacht worden war. Sie fühlte seine Gegenwart, sah seine Gestalt und sein Antlitz, vergänglich und doch unsterblich für sie. Sie forderten keine Dauer für ihre Liebe, die jedem von ihnen bereits den Stempel der Ewigkeit aufgedrückt hatte. Sie war ihnen widerfahren, und das war genug. Anne wußte jetzt, daß die Götter nicht grausam waren, als sie ihr das Kind nahmen, sondern nur ihr Schicksal erfüllten, das Schicksal jener Gesegneten, die das Leben unabhängig und frei macht durch Leid und Vision, durch Demütigung des Fleisches und Wachstum des Geistes, damit sie nicht an ein niederes Glück gefesselt würden. Sie konnte sagen: »Am Fuße wohne ich in meiner Höhe: Wie hoch meine Gipfel sind? Niemand sagte es mir noch. Aber gut kenne ich meine Täler.«
»Ich bin so glücklich, Unni, daß du Söhne hast.«
»Sie sind gesund und intelligent. Ihnen gehört die Zukunft. Sie gehören nicht mir, und deshalb lieben wir einander. Du wirst sie kennenlernen, Anne. Bald. Vielleicht während der Winterferien, wenn sie nach Nepal kommen.«
Anne lächelte. Der Wunsch, zum Damm zu gehen, wurde immer stärker in ihr. Sie würde nicht bei Unni bleiben können, doch sie konnte, wenn sie wieder bei Kräften war, für einige Tage hingehen mit einer der Reisegesellschaften, die der Rampoche organisierte. Als Unni sie verließ – er flog am gleichen Tag zu seinem Damm zurück, würde aber, wenn es möglich war, in zwei Wochen wiederkommen –, dachte sie: Sobald ich gesund bin, werde ich ihn überraschen. Ich werde nach Bongsor fliegen.

Rekonvaleszenz ist ein Erlebnis besonderer Art. Annes Besucher erschienen ihr mit einmal alle liebenswert und ungewöhnlich interessant und gleichzeitig unwiderstehlich erheiternd. Sie sah sie plötzlich mit den naiven Augen eines Kindes.
Es begann mit Pater MacCullough und seinem Buch *Wie helfe ich meinem Manne erfolgreich sein.* Anne gelang es, unter Lachen und Stöhnen ein »Danke« zu hauchen. Jedesmal, wenn sie lachen mußte, glaubte sie gleichzeitig schreien zu müssen vor Schmerzen.
Pater MacCullough hatte einen halben Liter Blut für Anne gespendet, und das machte sie ihm noch teurer. »Wie geht es meiner Blutsver-

wandten?« rief er ihr schon von der Türe aus zu. Und dann fragte er in schüchterner Besorgtheit: »Wie geht es John?«

»Er hat eine gebrochene Rippe«, erwiderte Anne, lachend und hustend.

»Schlimm, schlimm«, sagte Pater MacCullough, der alles wußte. »Obwohl ich sagen muß, eine Aussprache ist immer einen Versuch wert.«

Isobel kam, um ihrer Anstandspflicht zu genügen, und teilte ihr mit, daß der Unterricht im Institut in Kürze wieder beginnen werde.

»Ich beabsichtige zu kündigen«, sagte Anne.

»Ich nehme an, du wirst nicht in Katmandu bleiben wollen«, antwortete Isobel.

Fred zog die Fäden. Er hatte sich bemüht, entlang der alten Narbe zu schneiden. Der neue Schnitt war glatt und sauber. »Es heilt wunderbar ab. Er wird kaum zu sehen sein.«

»Mich stört er nicht …, wenn es Unni nichts ausmacht.«

Von ihrer Offenheit entwaffnet, erwiderte Fred verlegen: »Oh …, ich glaube, er wird es überhaupt nicht bemerken«, und errötete.

Hilde und Wassili brachten ihr einen Korb wundervoller Schwertlilien und Kamelien.

»Ich habe gehört, John ist die Treppe heruntergefallen, als er Sie besuchte, und hat sich eine Rippe gebrochen«, sagte Wassili.

»Warum schwindeln Sie?« erwiderte Anne. »Sie wissen genau, daß Unni ihm einen Fußtritt versetzt hat.«

»Verzeihen Sie, Anne«, sagte Wassili, »ich …«

»Schon gut, Wassili«, unterbrach ihn Anne.

»Mein Beileid wegen des Kindes«, sagte Hilde.

»Oh, darüber bin ich nicht traurig«, sagte Anne. »Es ist eher komisch, wie wenig es mir ausmacht.«

Sie sprachen über Isobel.

»Ich wünschte, ich könnte etwas für sie tun. Man müßte einen Bullen von Mann für sie finden. Dann würde vielleicht eine normale Frau aus ihr.«

»Ganz gewiß«, sagte Hilde. »Die Bergluft wirkt verheerend auf das Gemüt. Katmandu ist Gift für Isobel. Wenn jetzt der Monsun vorüber ist, werden die Menschen wieder alle liebestoll werden.«

»Sie haben nicht aufgehört, es zu sein«, sagte Wassili. »Liebe ist immer Trumpf in Katmandu.«

Michael Toast erschien überraschend zu einem Abschiedsbesuch und mit der Eröffnung, daß Kisha durchgebrannt war mit einem Amerikaner. »Ein Ölprotz aus Texas. Er hat ihr versprochen, einen Star aus ihr zu machen. Sie hat sich schon auf Hollywood-Diät gesetzt.« Er schien nicht sehr unglücklich zu sein und fügte hinzu, er selbst hätte beängstigend viel an Gewicht verloren, nehme aber schon wieder zu. Er würde nach Hause zurückkehren, um ein neues Buch über Nepal zu schreiben, in dem Kisha einen breiten Raum einnehmen sollte.

Pat kam herein und sagte: »Hallo, Anne.«

»Hallo, Pat«, erwiderte Anne. »Nett von Ihnen, mich zu besuchen.«

»Ich war bei Fred, um mich untersuchen zu lassen, und dachte, da könnte ich eben mal bei Ihnen reinschauen. Was macht das Bäuchlein?«

»Es geht ihm ausgezeichnet.«

»Ulkige Sache mit diesen Blinddärmen. Ich habe meinen verloren, als ich neun war. Damals gab es noch keine Sulphonamide oder wie das Zeug heißt. Ich mußte eine Ewigkeit eine Röhre in mir herumtragen. Deshalb kann ich auch nie Kinder kriegen, denke ich. Allerdings, mein Leben wäre weniger interessant geworden, wenn ich welche gehabt hätte. Sagen Sie, darf ich Sie etwas fragen?«

»Schießen Sie los.«

»Nun, es ist vielleicht reichlich indiskret, aber … sind Sie von John weggegangen, weil etwas Bestimmtes nicht geklappt hat zwischen Ihnen? Ich weiß, es ist furchtbar von mir zu fragen, aber …«

»Ja«, erwiderte Anne, »das ist der Grund. Ich kann nicht mit ihm schlafen. Ich habe es versucht, aber ich kann nicht. Und ich werde es nie wieder versuchen.«

»Seltsam, wie es einem damit ergehen kann … Lag es daran, daß er … nicht …«

»Sie meinen, daß er impotent war? Nein. Es lag an mir. Ich konnte es nicht ertragen. Es war mir zuwider. Ich bekam Krämpfe, und es tat weh. Ich redete mir natürlich ein, das sei normal, weil ich älter wurde und kälter. Sie wissen ja, wie schnell Frauen bei der Hand sind mit solchen Entschuldigungen. Und die Männer, die Ehemänner, sind zufrieden, wenn sie sagen können, daß es an der Frau liegt, weil sie anomal ist oder frigide oder sonst irgendeinen Defekt hat … als ob es ein Gewinn für sie wäre, eine Garantie für die Keuschheit ihrer Ehefrauen. Doch das ist es keineswegs.«

»Sie sind also gar nicht frigide, wie Sie geglaubt haben?«

»Nein. Im Gegenteil. Mit Unni schlafen ist für mich der Himmel auf Erden«, sagte Anne, und sie begrüßte das leise, süße Brennen tief in ihrem Innern.

»So war es für mich auch bei Ranchit. Doch mit Enoch ist es die Hölle für mich. Ich kann es … ich kann es nicht ertragen. Es ist grauenvoll.« Sie brach in Tränen aus. »Ich fühle mich wie eine Matratze bei ihm«, schluchzte sie.

»Aber warum haben Sie ihn dann geheiratet, Pat? Entschuldigen Sie, Pat, … aber warum?«

»Was soll eine Frau machen? Ich werde nicht jünger, und man braucht einen Menschen um sich … Sie kennen Ranchit. Die Sache mit ihm hatte keine Zukunft. Ich mochte Enoch. Er war reizend zu mir … Er schien mir der richtige Mann zu sein, der für mich sorgt und selbst keine Dummheiten mehr macht. Er hat eine gute Stellung. Ich wußte natürlich, daß mich keine großen Sensationen in der Liebe erwarteten, aber ich ahnte nicht, daß ich zum Eisblock erstarren würde in seinem Bett.«

»Waren Sie deshalb bei Fred?«

Sie errötete, als ob sie sich erst jetzt ihres Geständnisses schämte. »Ja, ich dachte, Fred könnte mir vielleicht helfen … Ich hatte von einer Operation gehört, die man in solchen Fällen macht … aber Fred sagte, man sei davon abgekommen. Mir bliebe nichts anderes übrig, meinte er, als in viktorianischer Resignation und in der Religion Trost zu suchen oder den Partner zu wechseln. Versuchen Sie, sich mit Enoch auszusprechen, sagte er. Doch das ist unmöglich. Ich bringe es einfach nicht über mich, über diese Dinge mit ihm zu sprechen. Ich kann doch Enoch nicht ins Gesicht sagen, daß ich seinen Körpergeruch nicht ertrage. Denn das ist schlimmer als alles andere, sein Geruch. Ich habe ihn früher nie bemerkt.«

Am nächsten Tage kam John herein, bleich, an einem Stock humpelnd, und ließ sich, mehrere Male zurückzuckend, in den Sessel nieder, der in ihrem Zimmer stand.

»Aaah!« ächzte er unter Grimassen.

»Tut es immer noch weh?«

»Dieser gemeine Schuft hat mir in die Rippen getreten, während ich am Boden lag. Ich habe eine Rippenfraktur, Gott sei Dank keine komplizierte.« Er hatte den Kopf zurückgelegt, die Augen geschlossen und atmete schwer. »Ich bin gekommen«, sprach er keuchend, »um mich zu entschuldigen, daß ich die Beherrschung verloren habe an deinem Krankenbett. Ich hätte dir viel zu sagen gehabt, wenn dieser Bursche nicht hier gewesen wäre. Er hat mich in Wut gebracht. Ich werde ihm eine gründliche Lektion erteilen müssen.«

»O komm, John. Bei mir kannst du dir diese Komödie ersparen.«

»Ich spiele nicht Komödie. Ich meine es ernst wie immer. Du wirfst mir immer noch vor, ich spiele Theater. Du bist es, die Theater spielt, du, nicht ich. Du warst schon immer so überspannt, und jetzt bildest du dir ein, du seist in diesen Kerl verliebt und er in dich. Nun, laß dir von mir sagen, du bist es nicht. Und er wird dich prompt sitzenlassen, nachdem er dich in diese elende Patsche gebracht hat.«

»Diese elende Patsche«, erwiderte Anne, wütend und zugleich verzweifelt, sich wieder einmal mehr in das hoffnungslose Duell sinnloser Beschuldigungen verstrickt zu sehen, »diese elende Patsche, wie du es nennst, ist Himmel, ist Paradies für mich im Vergleich mit der Hölle, die das Leben mit dir für mich war. Unni *wollte* wenigstens ein Kind. Wir *beide* wünschten es uns. Er hat mir nicht gedroht, daß er es mir aus dem Leib schlagen würde, wie du es getan hast vor sechs Jahren.«

»Ich ...?« rief John ungläubig aus, »ich sollte das getan haben ...? Meine arme, liebe Anne, das ist wieder so etwas, was du dir einbildest. Ich habe nie etwas Derartiges gesagt.«

Seine Stimme bebte im Brustton ehrlicher Überzeugung, und Anne stellte fest, daß bei ihm, genauso wie es bei Isobel der Fall gewesen war, der Automatismus des moralischen Selbsterhaltungstriebes prompt funktioniert und die unangenehme Erinnerung ausgelöscht hatte. Er hatte wirklich die Szene von damals vergessen, wie auch Isobel es getan hatte, und Anne war allein mit der nutzlosen Last ihres Gedächtnisses. Ich allein bin verurteilt, daran zu denken. Sie haben es vergessen. Für sie ist es nie geschehen.

»Warum bist du überhaupt gekommen? Um mich zu quälen? Um eine neue Szene vom Zaun zu brechen? Um mir deine gebrochene Rippe zu zeigen? Ich will dich nicht mehr sehen, John, ich will dich niemals mehr wiedersehen! Ich werde niemals wieder mit dir zusammenleben. Was soll also dieses ganze Gerede noch?«

»Das sieht dir wieder einmal ähnlich«, sagte John in gespielter Bitterkeit, »einfach davonlaufen, wenn's dir nicht mehr paßt. Ich fürchte, Isobel hat recht, wenn sie sagt, du hättest einen labilen Charakter.«

»Oh, der Teufel hole Isobel. Heirate sie doch. Ihr paßt wunderbar zusammen.«

»Werde nicht beleidigend«, entrüstete sich John. »Nur weil Isobel eine anständige und zartfühlende Frau ist, kannst du sie nicht leiden. Doch ich fürchte, sie hat recht mit ihrem Urteil über dich. Genauso, wie ich recht hatte, als ich sagte, daß etwas nicht stimmt mit deinen inneren Organen. Es hat sich nunmehr als wahr herausgestellt.«

»Du bist kein Mann, John, du bist ein altes Weib.«

Mit Tränen hilfloser Erschöpfung sank sie zurück in die Kissen. Es wird nie ein Ende nehmen, nie. Ich habe kein Mittel, John zum Gehen zu zwingen. Es ist leicht, zu einer Frau zu sagen: Warum sagen Sie ihm nicht, daß er gehen soll? Wieviele Frauen müssen dieses Gefängnis ohne Gitter ertragen? Nur brutale physische Gewalt könnte John aus diesem Zimmer entfernen, in das er, der brave Ehemann, gekommen ist, um seine kranke Frau zu quälen. Es hilft mir nicht, mich mit dem Gedanken an all die anderen Frauen zu trösten, die in der ganzen Welt das gleiche und ein noch schlimmeres Schicksal erleiden müssen, wehrlos die erstickende Gegenwart des andern ertragen müssen, an den sie durch die Ehe gefesselt sind. Solange in dem Verhältnis zwischen Mann und Frau, zwischen Gatte und Gattin, die Vorstellung von der physischen Überlegenheit des Mannes uns Frauen beherrscht, werde ich es nie wagen, John mit meinen Fäusten zu verjagen, wenn er zu mir kommt, um mich zu peinigen. Dies ist ein natürliches Faktum, das aus unserer Gesellschaftsordnung trotz aller Rechte und der Gleichberechtigung der Frau nicht wegzudenken ist. Ich möchte wissen, wieviel Frauen es gibt, die nur durch Angst oder physisches Unvermögen davon abgehalten werden, ihre Männer aus dem Bett, aus dem Haus zu stoßen. Wieviele Frauen würden es tun, wenn sie könnten? Zusammengeschweißt durch Haß, sitzen wir hier, John und ich, und zanken sinnlos, werden beide gemein und häßlich, verbittern uns gegenseitig das Leben. Und ich habe nicht die Kraft, ihn hinauszuwerfen.

Fünfzehntes Kapitel

Der Feldmarschall verließ nur selten seinen Palast, in dem er sich bei seinen Büchern und seiner Maharani, der schönsten Frau der Erde, eng genug verbunden fühlte mit dem aufgeregten Treiben der Welt. Doch als Anne zehn Tage nach ihrer Operation, in ihren Bungalow zurückgekehrt war, machte ihr der Feldmarschall, begleitet von Sharma, einen Besuch. Sie saßen unter den Nußbäumen mit dem Blick auf den Mount Phulchoah, die Wohnstätte der Schutzgöttin der Spinnerinnen, der, in zarten blauen Nebel gehüllt, sich dem Auge darbot wie eine jener unvergleichlichen chinesischen Landschaftsmalereien.

»Ich glaube«, sagte Sharma, »ein Maler würde nie müde werden, dieses Bild bewundernd zu betrachten. Es ist vollkommen in seiner

Schönheit ... die Felder, die kleinen Bauernhäuser, der Berg ...«
»Gott ist der größte Künstler«, sagte der Feldmarschall, »wenn wir
die wundervolle Harmonie zu erkennen vermögen, die in allem
herrscht, was ist und lebt. Alles Leben kann ein Kunstwerk sein. Eine
Binsenwahrheit wie alles, was wir so gut wissen, daß wir es vergessen.«
»Es ist nicht schwer, die Schönheit der Welt zu erkennen«, sagte
Sharma, »wenn man ohne Furcht anerkennt, was ist.«
»Es ist schwer, die Wirklichkeit zu erkennen«, sagte der Feldmarschall, »denn es ist das ewige Problem des Seins, das jeder von uns für
sich selbst lösen muß ... zu wissen, was wir tun sollen, wann und wie
wir es tun sollen, um wir selbst zu werden. Dieses Problem hat alle
Philosophen beschäftigt, seit der Mensch die Sprache erfunden hat,
um sich selbst in Zeit und Raum zu verewigen. Konfuzius hat vor
zwei Jahrtausenden die Regeln des gerechten und harmonischen Lebens aufgeschrieben. Für die Chinesen war der Ausgangs- und End-
punkt allen Denkens immer das Problem des Verhältnisses zu anderen Menschen. Vielleicht konnte deshalb der Gruppengeist und der
Gedanke des Gemeinschaftswohls so schnell zum gesellschaftlichen
Ideal werden bei ihnen. Für die Europäer des Mittelalters war, wie es
für uns Nepalesen noch heute ist, das Verhältnis zu den Göttlichen,
die geistige Suche, das Grundthema aller Existenz. Die Renaissance
jedoch hat diese Tendenz abgeschwächt und gelähmt und sie ersetzt
durch eine radikale Hinwendung zu den Erscheinungen der äußeren
Welt. Die Natur, die Menschen, alles wurde Materie, die verstanden
und erklärt werden konnte, wenn man sie in ihre Bestandteile zerlegte. Die mechanischen Bewegungen des so auseinandergenommenen
Lebens konnten durch Maschinen nachgeahmt werden, durch Maschinen, die ein Werkzeug des Menschen waren. Diese Macht ließ
den weißen Menschen seiner selbst so sicher werden, daß er andere
unterjochen mußte, um sich in seiner geistigen Arroganz zu bestätigen. Und dann wurde die Welt plötzlich unwirklich und gefährlich
für ihn, denn es blieb bei allem, was er erdachte und tat, immer ein
Rest, der sich seinem Versteher und seiner Gewalt entzog, und er
spürte, daß seine Welt der Maschinen auf Sand gebaut war. Doch ich
glaube, daß Europa und auch Amerika wieder zurückgeführt werden
auf den Weg zu Gott, auf den Pfad der inneren Suche nach der Wahrheit, nach dem Selbst.«
»Aber«, sagte Sharma, »solange in Asien Armut und Hunger herrschen, haben wir Asiaten kein Recht, uns selbstsüchtig in die Suche

nach Gott zu versenken. Wir müssen durch das Maschinenzeitalter und die industrielle Revolution hindurchgehen, so wie Europa es getan hat. Wir dürfen nicht Selbstverwirklichung um der Kunst willen üben, wenn es selbstisch und unmenschlich ist ... wenn um uns Menschen, Menschen wir wir selbst, dazu verdammt sind, ihre Lebenskraft der Suche nach Brot zu opfern. Mit anderen Worten, wir haben kein Recht, vom Reich Gottes auf Erden zu sprechen, bevor wir nicht das irdische Königreich des Menschen errichtet haben. Wir müssen zuerst Materialisten werden, bevor wir echte Idealisten sein können.«

»Diese Ansicht ehrt Sie, mein Freund«, sagte der Feldmarschall. »Sie sind ein Dichter, und deshalb wird Sie die Unmenschlichkeit des Menschen gegenüber dem Menschen immer empören. Sind Sie nicht froh darüber, daß in unseren Tagen die Menschen der ganzen Welt sich der Notwendigkeit sozialer Gerechtigkeit bewußt sind? Ich bin ein alter Mann und bekannt für meine konservative Gesinnung, doch ich fürchte mich nicht vor dem Kommunismus oder dem Sozialismus, denn mir scheint, sie sind in Asien wenn auch drastische, so doch notwendige Schritte auf dem Wege zur Vernichtung der Armut, die uns umgibt. Doch alle politischen Fanatismen sind Zeichen dafür, daß wir in unserer Menschlichkeit versagt haben. Wenn wir alle der Not unserer Brüder immer eingedenk wären und danach handelten, wären sie nicht notwendig. Doch da wir Egoisten sind und ohne Seelenadel und nur an unseren niederen Vorteil denken und unsere Nächsten morden um echten oder eingebildeten Gewinnes willen, müssen wir durch den Schmelztiegel dieser Dogmen gehen, um wieder zu lernen, daß die Menschlichkeit gegenüber dem Leib der erste Schritt zur Göttlichkeit der Seele ist.«

Doch mit dem letzten Satz des Feldmarschalls war Sharma nicht einverstanden. »Was uns in Nepal lähmt und rückständig macht«, rief er mit flammenden Augen aus, »das ist ja gerade dieser Glauben an die Göttlichkeit, die Religion und ihre sinnlosen und grausamen Vorurteile, ihr Aberglauben und ihre Dummheit. Wenn wir den Fortschritt wollen, dann müssen wir uns ihrer entledigen, sie radikal ausrotten.«

»Ich glaube, ihre schädlichen Auswüchse werden von selbst absterben«, erwiderte der Feldmarschall mit ruhiger und beruhigender Stimme, »denn es werden Fabriken gebaut werden und Schulen und Straßen und so wundervolle Dinge wie der Damm von Bongsor, und sie werden unser Land ändern, wie nichts zuvor es je getan hat. Die industrielle Revolution wird auch eine geistige Revolution im Gefolge haben.«

»Sie haben wieder Schwierigkeiten beim Damm«, sagte Sharma düster.

»Ich wußte es nicht«, sagte Anne. »Unni hat mir nichts davon erzählt.«

»Oh … es ist nichts Ernstes«, sagte Sharma, jetzt bedauernd, daß er davon gesprochen hatte. »Nur lokale Vorurteile. Religiöser Aberglaube, sonst nichts. Es ist auch nur ein Gerücht. Bestimmt auch übertrieben.«

»Bitte, sagen Sie mir die Wahrheit«, erwiderte Anne, gegen ihre Angst ankämpfend, »sonst mache ich mir erst recht Sorgen.«

»Die Quelle der Unruhe ist der Hunger«, sagte der Feldmarschall. »Die Täler sind überflutet. Es herrscht Hungersnot wie immer in dieser Jahreszeit. Und je mehr Hunger die Menschen haben, um so weniger Vernunft haben sie.«

»Wie gesagt, es ist nichts Ernstes«, wiederholte Sharma. »Nur ein paar Demonstrationen. Die Leute brauchen einen Sündenbock. Agitatoren haben der Bevölkerung von Bongsor erzählt, die Gottheiten seien erzürnt über den Damm. Das ist natürlich Unsinn. Aber die Menschen sind nun einmal unvernünftig und verlassen sich lieber auf ihre Vorurteile und Leidenschaften als auf ihren gesunden Verstand.«

»Die Arbeiten am Damm werden weitergehen«, sagte der Feldmarschall. »Dies ist nicht das erste Mal, daß die Arbeiter demonstrieren, und Unni ist noch jedesmal ohne Blutvergießen mit den Aufrührern fertig geworden. Er ist sehr geschickt im Umgang mit Menschen wie mit Maschinen.«

»Ich mache mir wirklich keine Gedanken. Ich bin Ihnen dankbar, daß Sie es mir gesagt haben«, erwiderte Anne, doch innere Angst ließ ihre Stimme zittern.

Sharma sprach darüber, wie schwierig es sei, in Nepal einen Brief zu verschicken. »Post von und nach Ländern außerhalb Nepals wird vom indischen Postdienst befördert. Innerhalb des Landes haben wir eine eigene Postverwaltung, doch sie verkauft keine Briefmarken, und Dr. Korla ist unterwegs, um Perlen und Berghonig zu sammeln für den Swami von Bidahari, der seinen Tod in einem der Höfe von Pashupatinath erwartet. Es gibt keine Briefträger, weil seit zwei Jahren niemand sie bezahlt. Ich schicke meine Briefe durch Boten.«

»Was hat Dr. Korla mit den Briefmarken zu tun?« fragte Anne überrascht.

»Er hat das Monopol für ihren Verkauf. Die Postverwaltung fand es zu schwierig, die Briefmarken weiterhin selbst zu verkaufen, denn es verschwanden zu viele, sie wurden gestohlen. Sie verkauften das Monopol an Dr. Korla. Er ist einer der kommenden Männer unserer Demokratie«, sagte Sharma mit bitterem Humor.

»Es gibt große Ungerechtigkeiten in unserem Lande, Bestechung, Korruption, alle Übel mißverstandener Demokratie«, murmelte der Feldmarschall. »Wenn es so weitergeht, werden auch wir unsere Revolution haben.«

»Wir sind schon mitten drin«, sagte Sharma. »In den Tälern brodelt die Unzufriedenheit. Wir importieren Lebensmittel aus Indien in dieses Tal, das eines der fruchtbarsten der ganzen Welt ist. Ich setze meine Hoffnung auf den Damm, auf die Fabriken und nicht auf die Götter und die Tugenden der Menschen. Unsere Zeit braucht keine geistigen Gipfelstürmer. Was wir brauchen, das sind Pickel und Schaufeln, Bulldozer und Serumspritzen, um die Berge der Armut, der Ungerechtigkeit und der Seuchen abzutragen.«

Sharma ging. Der Feldmarschall blieb bei Anne sitzen, sah gedankenverloren auf die Berge.

»Ich fühle mich überflüssig in Gegenwart dieses jungen Mannes«, murmelte er.

»Ich habe Angst«, sagte Anne, »… um Unni.«

»Sie brauchen keine Angst zu haben«, sagte der Feldmarschall. »Unni wird nichts geschehen. Mein Gefühl sagt es mir.«

»Ich möchte hingehen«, erwiderte Anne, »um mich selbst davon zu überzeugen. Ich möchte diesen Damm sehen und diesen unruhigen Berg, die Mana Mani … erinnern Sie sich? Unni hat von ihr gesprochen.«

»Alle Berge sind unruhige Wesen«, sagte der Feldmarschall, »besonders die des Himalaja, denn sie sind jung, übermütig und boshaft. Doch im Augenblick ist nicht Mana Mani der Unruhestifter. Aber auch mit ihm wird Unni fertig werden, genauso wie er die anderen Schwierigkeiten meistern wird.«

»Ich möchte hingehen«, sagte Anne wieder.

»Ich kann Ihnen jetzt keinen Rat mehr geben«, sagte der Feldmarschall. »Zu gehen mag unklug sein, doch nicht zu gehen ist vielleicht feige. Ich weiß es nicht.«

»Unni sagt, Frauen seien nicht geduldet beim Damm.«

»Es ist eine Vorsichtsmaßnahme. Die Arbeit ist gefährlich, und auch aus psychologischen Gründen. Frauen sind immer eine Quelle der Ablenkung und der Unruhe«, erwiderte der Feldmarschall lächelnd,

»und besonders in den Bergen, wo die Menschen leicht erregbar sind. Die Arbeiter und die Menschen, die dort wohnen, haben ihre Familien bei sich, doch nicht die leitenden Ingenieure. Ich fühle, daß Sie gehen wollen. Der Rampoche veranstaltet im Herbst, nach dem Monsun, Gesellschaftsreisen nach Bongsor. Warum sollten Sie nicht für einige Tage als Tourist nach Bongsor gehen? Das ist erlaubt.«

Anne dachte an den Brief, den ihr der Rampoche wegen der Lieferungsverträge für Steine geschrieben hatte, und sagte: »Ich würde es gerne tun, ... doch ich möchte Unni damit nicht schaden. Der Rampoche ist ein sehr geschäftstüchtiger Mann, nicht wahr?«

»Gewiß. Alle tibetanischen Lamas und Priester sind tüchtige Geschäftsleute«, erwiderte der Feldmarschall. »Und der Damm gräbt dem Rampoche das Wasser seiner Einkünfte ab. Er verändert das Denken der Menschen, die bisher einhundertundfünfzig Tage Fronarbeit für den Rampoche leisteten, jetzt aber gegen guten Lohn beim Damm arbeiten. Der Rampoche liebt Unni nicht, aber ich glaube nicht, daß er es wagen würde, Ihnen etwas anzutun. Es würde ihm schlecht bekommen.«

Anne fühlte sich wieder beruhigt. Sollte sie Unni schreiben, um sich anzumelden? Vielleicht war es besser, noch einige Tage zu warten. Unni hatte gesagt, daß er bald zurück wäre. Er konnte schon mit der nächsten Maschine ankommen. »Vielleicht kann ich mit Unni zusammen nach Bongsor gehen. Ich muß schnell wieder gesund werden.«

Zwei Tage später hörte Anne plötzlich einen ungewöhnlichen Lärm in den Straßen, und dann sah sie Scharen von Frauen, die Blumen in den Haaren, ihren Goldschmuck an Nase und Ohren und Bündel sauberer Kleider unter dem Arm trugen.

Mita erschien nicht. Es war Regmi, der Anne mit respektvoll niedergeschlagenen Augen das Frühstück ans Bett brachte. Er trug an der Mütze einen Hibiskuszweig, der ihm in die Stirne baumelte.

»Wo ist Mita?« fragte Anne. »Ist sie krank?«

»O nein, sie ist sehr wohl, Memsahib, doch heute ist Frauentag«, erwiderte Regmi. Nepal, klärte er Anne auf, habe viele solcher Festtage. Da war im Frühling der Tag der Tiere, an dem Kühe, Ziegen und Hunde mit Blumen geschmückt und besonders gut gefüttert werden. Der Tag der Bilder, an dem die Familien Photoaufnahmen, Ölbilder und Drucke an die Wände hängten und sie ehrten. Vatertag und Tag des Kindes. Heute war der Tag der Frau, und während seiner vierundzwanzig Stunden brauchten die Frauen nicht zu arbeiten. Sie gingen zum heiligen Fluß, um zu baden und sich zu »reinigen«, zogen neue Kleider an, steckten sich Blumen ins Haar und sangen und tanzten in den Tempeln. Um die Frauen zu ehren, trugen die Männer Hibiskus, die Blume der Liebe, an ihren Mützen. »Denn es ist gut, sich zu freuen, Memsahib«, sagte Regmi, »wenn das Leben so schön ist.«

Anne bewegte sich soviel wie möglich, um wieder bei Kräften zu sein, wenn Unni zurückkam. Ich will, daß er mich dann wieder in seine Arme nimmt, dachte sie und hörte ihr Blut rauschen. Dann wird alles wieder gut sein. Er wird mir sagen, ob ich für ein paar Tage mit ihm nach Bongsor gehen kann. Und plötzlich haßte sie das Institut, und ihr graute vor Isobel und vor John. Mit diesem Teil meines Lebens muß es zu Ende sein, sagte sie sich, ich darf nicht wieder schwach werden, darf keine Kompromisse mehr schließen. Und der Haß muß mir helfen, stark zu bleiben.

Sie beschloß auszufahren, nahm aber den Chauffeur mit. »Fahre zunächst zum General«, sagte sie zu ihm, »vielleicht nehme ich jemanden mit.«

Am Tor des Heiteren Palastes traf sie den General selbst an. Er war im Gespräch mit seinem Hausmeister, der in ehrerbietig gebeugter Haltung und mit in Kelchform zum Mund erhobenen Händen vor ihm stand. Der General erblickte Anne, und sie hatte das Gefühl, daß er, anstatt sich wie sonst über ihr Erscheinen zu freuen, leicht zurückschreckte; doch schon lächelte er, wenn auch etwas gezwungen.

»Oh, Madam Anne, ich bin erfreut, Sie zu sehen. Wünschen Sie, meine Frau zu besuchen?«

»Ja, General«, erwiderte Anne, überrascht über diesen seltsamen Empfang. »Ich habe gehört, es ist Frauentag heute. Kann ich die Maharani begleiten, wenn sie zum heiligen Fluß geht, um zu baden?«

»Gewiß«, erwiderte der General. »Meine Damen sind alle im großen Salon. Einige von ihnen kämmen wohl noch ihr Haar. Heute«, sagte der General, »zählen wir Männer nicht und müssen uns bescheiden im Hintergrund halten.«

In diesem Augenblick sah Anne Fred mit Mike Young und Oberst Jaganathan auf dem Kiesweg herankommen.

»Guten Morgen«, rief Anne, erfreut sie zu sehen. Fred winkte ihr zu. Sie kamen näher. Bildete sie es sich nur ein, oder sahen die drei wirklich so finster drein? Mike machte den Eindruck eines Fieberkranken. Seine Augenlider waren gerötet und sein Gesicht eingefallen. Fred hatte tiefe Falten in der Stirne. Nur Oberst Jaganathan sah aus wie immer, doch das mag daher rühren, dachte Anne, weil er so dunkel ist und ich es nicht verstehe, Gefühle in Gesichtern zu erkennen, die dunkler sind als das meine.

»Guten Morgen, Anne. Welch guter Wind weht Sie hierher?« sagte Fred.

Doch wie künstlich klang das … wie grauenvoll unecht, … dachte Anne. Panische Angst befiel sie. Irgend etwas Gräßliches mußte geschehen sein. Das war nicht Freds Art zu sprechen. Er versuchte, durch seine gezwungene Heiterkeit etwas zu verdecken. Doch was? Es konnte nur eins sein, und das war das Schlimmste, was es geben konnte auf dieser Welt.

»Was haben Sie? Was ist geschehen?« stammelte sie mit erstickter Stimme. »Ist Unni etwas zugestoßen?«

Fred starrte sie an und sagte dann: »Aber, aber!«

»Es ist ihm etwas zugestoßen«, rief sie. »Irgend etwas ist geschehen, und Sie wollen es mir nicht sagen …« Ihre Stimme wurde zu einem Schreien. Sie sprang aus dem Jeep, trat dicht vor die drei Männer hin, als ob das sie der Wahrheit näherbringen würde. »Sagen Sie es mir«, bettelte sie, »sagen Sie es mir.«

»Ruhig, ruhig«, sagte Oberst Jaganathan, und seine großen Hände schlossen sich um ihre Schultern und hielten sie fest, denn sie schwankte. »Sie sind noch nicht ganz gesund. Beruhigen Sie sich. Unni ist nichts geschehen. Ich schwöre es Ihnen.«

»Ist das wahr, Fred?«

»Selbstverständlich ist es wahr. Anne, Sie sind noch schwach. Lassen Sie sich nicht gehen. Es gibt überhaupt keinen Grund, sich Unnis wegen aufzuregen.«

Sie zitterte am ganzen Leib. »Entschuldigen Sie«, sagte sie. »Ich bin wieder ganz in Ordnung. Es war nur, weil Sie so bedrückt aussahen.«

»Madam«, sagte der General, »ich will meiner Maharani sagen, daß sie hierher zu Ihnen herunterkommen soll. Unsere Treppen sind sehr steil und anstrengend.«

»O nein«, sagte sie, »bitte, machen Sie keine Umstände.«

Doch er war schon gegangen, ließ Anne zurück bei den drei Männern, die in verlegenem Schweigen vor ihr standen.

»Es tut mir leid«, sagte Anne. »Ich bin eine Plage.«

»Anne, bitte, hören Sie auf, so zu reden«, sagte Fred mit warmer Stimme. »Sie sollten sich nicht zuviel zumuten. Es ist besser, wenn Sie nach Hause gehen und sich hinlegen. Sie sind noch nicht ganz wiederhergestellt.«

Doch sie schüttelte energisch den Kopf. »Nein. Ich fühle mich vollkommen wohl. Ich war nur etwas aufgeregt, weil ich gehört hatte, daß es Schwierigkeiten gegeben hat am Damm, und ich dachte ...«

»Unsinn«, sagte Mike Young. »Natürlich, es gibt immer wieder einmal Schwierigkeiten mit den Arbeitern, aber das ist vollkommen normal. Unni wird damit fertig werden. Er hat schon schlimmere Situationen gemeistert.«

Er sprach mit solcher Überzeugung, daß Anne begann, sich Vorwürfe zu machen.

»Es ist schrecklich«, sagte sie. »Jetzt schäme ich mich selbst, daß ich mich so habe gehenlassen. Ich bin so willenlos.«

»Ich finde, Sie sind eine hundertprozentige Frau«, rief der General begeistert aus. »Wir lieben solche Frauen, wir Asiaten.«

»Hier kommt die heiterste Frau der Welt«, sagte Mike mit einem Versuch, selbst heiter zu erscheinen. »Guten Morgen Maharani.«

Die Maharani, ein Bündel Kleider unter dem Arm, kam majestätisch schaukelnd wie eine Galeasse auf sie zugeschritten. Sie trat lachend vor Anne, umfaßte ihre Hand mit ihren beiden Händen und sah sie aus ihren großen dunklen Augen an mit einem Blick herzlicher Zuneigung.

»Sie wird Sie mitnehmen zum Tempel, Madam Anne«, sagte der General. »Dort können Sie die Frauen baden sehen, ein höchst erquikkender Anblick.«

»Er ist ein wundervoller Brauch, dieser Frauentag«, sagte Fred. »Eudora hätte es Freude gemacht, ihn mitzuerleben. Ich habe gerade einen Brief von ihr erhalten«, fügte er scheu hinzu.

»Fein«, sagte Anne.

Inzwischen hatte die Maharani lebhaft und scheinbar vorwurfsvoll auf Oberst Jaganathan eingeredet, der jetzt in lautes Lachen ausbrach und sich dann energisch zu verteidigen schien.

Er rief: »*Nai, nai*«, das indische Wort für »nein«, und schüttelte lachend den Kopf.

Der General lächelte kläglich. »Ja, so ist es immer«, sagte er auf englisch. »Die Guten müssen leiden unter den Schlechten.«

»Muß Jag leiden?« fragte Mike Young lachend. »Er sieht nicht so aus.«

»Der Oberst ist ein Kind der fröhlichen Götter«, sagte der General, »und fühlt sich nicht traurig, selbst wenn er Grund dazu hätte. Notzucht aber ist ein Wort, das einen nicht fröhlich stimmen sollte, finde ich.«

»Wie? Schon wieder Notzucht?« fragte Anne.

»Nicht schon wieder, Madam, immer noch der gleiche Fall«, sagte der General. »Jener Schurke, der die Erde mit seinen schändlichen Taten unsicher macht, ein entfernter Neffe von mir – zu meiner Schande –, hat, wie Sie wissen, unsern Oberst erzwungener Fleischeslust mit seiner Maharani beschuldigt, was natürlich eine feige Lüge ist. Meine Maharani und ich, wir haben ihn inzwischen dazu überredet, der Wahrheit die Ehre zu geben, indem die Maharani sich auf seine Brust setzte, bis er einen Widerruf von sich gab. Ich selbst«, fügte er träumerisch hinzu, »habe ihm dabei etwas geholfen durch zehn wohlgezielte Fußtritte.«

»Das war wohlgetan«, sagte Fred. »Ich hoffe, Sie bestehen auf dem Widerruf, Oberst.«

»Ach«, rief der General aus, hingerissen durch die Erinnerung, »ein richtiger Fußtritt ist doch etwas Wunderbares! Und die richtige Stelle zu treffen, ist eine Kunst. Eine Kunst, die, wie Sie sicher wissen, Madam, von den siamesischen Boxern mit Genuß gepflegt wird. Und sie ist ein wunderbares Mittel, der Demokratie auf die Beine zu helfen, wenn sie strauchelt. Ich erinnere mich«, fuhr er fort und schwang sich auf den Jeep, als ob an diesem Morgen die ganze Welt ihm gehörte, »an einen Boxkampf, den ich in meinen jungen Tagen ausgetragen habe, nachdem ich die Feinheiten dieser siamesischen Kunst erlernt hatte. Es war ein Hochgenuß, obwohl ich verlor und vom Kampfplatz weg ins Krankenhaus getragen werden mußte; aber mein Gegner war für viele Wochen kein Mann mehr, was ihm das Leben zur Hölle machte bei seinen unbefriedigten Frauen. Ja, es war das Schlimmste, was ich ihm antun konnte.«

»In meinem Land«, bemerkte Mike, taktlos, ohne es zu wissen, denn er hatte offenbar nichts von Johns gebrochener Rippe gehört, »tritt man einen Menschen nicht, wenn er am Boden liegt.«

»Warum nicht?« fragte der General erstaunt. »Wann sollte es bequemer sein, als wenn er unten liegt?«

»Sie bekommen von mir zehn Flaschen Whisky, General, für jeden Tritt eine«, sagte der Oberst grinsend.

»Danke«, erwiderte der General. »Jedoch ich denke, Sie sollten das Mädchen nehmen, das meine Maharani für Sie ausgesucht hat. Sie vergeht vor Liebe nach Ihnen, und alle Diplomaten und selbst einige der Amerikaner und Inder, die das Unglück haben, in unserem Tal leben zu müssen, nehmen diese süße Medizin, um das aufregende Klima besser ertragen zu können.«

Doch der Oberst schüttelte weiter lachend den Kopf, und Anne sah, daß er ein schüchterner Mann war, denn er errötete, oder richtiger gesagt, das Ebenholzschwarz seines Gesichtes erglühte von innen. Der General aber ging kopfschüttelnd davon, nachdem er ihm gesagt hatte, Keuschheit sei eine undankbare Tugend ... »Sie bekommen den Stachel und die andern den Honig.«

Anne stieg mit der Maharani in ihren Jeep, und sie fuhren ab, während die Männer ihnen nachwinkten. Was für eine Närrin bin ich doch, dachte Anne. Es ist nichts passiert, und ich rege mich auf. Es sind meine Nerven ... die Schwäche nach der Operation. Ich bilde mir Dinge ein, die nicht sind. Die Maharani saß neben ihr und strahlte Mütterlichkeit und heitere Ruhe aus. Bald waren sie beim Tempel von Pashupatinath angelangt.

Auf den Ghats, den breiten Steintreppen, die der zwischen dem Haupttempel und dem heiligen Hügel der Lingams hindurchfließende Strom bespülte, saßen und standen Hunderte von Frauen und schütteten sich mit den Händen Wasser über das Gesicht, die Haare und den Körper.

»Dreihundertundsechzigmal«, sagte die Maharani, »einmal für jeden Tag des Jahres, waschen wir uns hier.«

Flink, ohne ihre Kleider abzulegen, lief sie die Stufen hinunter, stand zwischen einer sehr alten Frau und einem jungen Mädchen, das seine langen Haare flocht, im Strom, und ihre großen Brüste wölbten sich schwer unter ihrem nassen Sari.

Dreihundertsechzigmal bewarf sich die Maharani mit Wasser, damit sie von allen Sünden des Jahres gereinigt würde. Triefend kam sie dann wieder zu Anne herauf, trocknete sich ab und vertauschte ihre nassen Kleider mit den mitgebrachten trockenen, ohne auch nur einen Quadratzentimeter ihrer Haut mehr zu entblößen als ihre Arme und ihren Hals. Und immer mehr Frauen kamen, stiegen hinunter in den Fluß, bewarfen sich mit Wasser, tauchten unter und kamen wieder herauf, um ihre Kleider auf die gleiche züchtige und geschickte Weise zu wechseln.

Anne und die Maharani fuhren zurück und kamen vorbei an Gruppen und Prozessionen von singenden und tanzenden Frauen, alle mit glänzendnassem Haar und geschmückt mit Hibiskus- und Kamelienblüten und anderen roten, rosafarbenen und gelben Blumen und behangen mit funkelndem und klingendem Messingschmuck.

An den Rändern der engen Straßen und auf dem Marktplatz, auf den steinernen Treppen der Tempel saßen Newari-Frauen, ihre schweren Faltenröcke hochgerafft und in der Hüfte festgesteckt, so daß sich große Taschen bildeten, aus denen Hühner und manchmal auch ein kleines Lamm herausragten, und verkauften Armreifen. Und wie wundervoll waren diese Armreifen! Rote und grüne, gold- und rosafarbene, Reihen und Reihen von Reifen, verwirrend in ihrer Buntheit. Und vor ihnen ließen sich die Kundinnen ebenfalls in den Lotussitz nieder und streckten die Arme aus, und die Verkäuferinnen der Reifen preßten ihnen die Hände ganz schmal zusammen und schoben die Reifen, ein Dutzend und noch mehr, einen nach dem andern, die Knochen immer wieder zusammendrückend, über die Gelenke, bis sie sie auf den Unterarm streifen konnten. Überall wurden an Ständen Blumen feilgeboten, Kamelien, Hibiskusblüten, wilde Rosen und Berglilien. Die Straßen waren von dem Glitzern, Leuchten und Lachen der Frauen erfüllt wie von einem heiteren Fluß, und in ihm trieben vereinzelt, unbeachtet, die grauen Schatten von Männern.

Da Feiertag war und kein Geflügel oder Tier in ihrem Hause geschlachtet werden durfte, konnte die Maharani Anne nicht zum Essen einladen, und Anne, von plötzlichem Verlangen nach Gesellschaft befallen, fuhr zum Royal-Hotel. Ihr ganzer Körper schmerzte sie, sie fühlte sich noch immer krank, doch mehr als der physische Schmerz quälte sie der Hunger und der Durst nach einem Wort, einer Zeile von Unni, da er nun einmal selbst nicht hier war. Sein Schweigen wurde ihr immer unheimlicher. Doch heute nachmittag mußte eine Maschine von Bongsor eintreffen. Vielleicht kam Unni selbst. Er hatte es versprochen. Inzwischen schöpfte sie menschlichen Trost aus der Gegenwart Hildes, die sich zu ihr auf die Terrasse gesetzt hatte; und auch der Anblick des Irren, der die Touristen anstarrte, um sich plötzlich höflich lächelnd vor ihnen zu verbeugen, war zerstreuend und beruhigend. John erschien nicht. Anne wußte, daß sie, wenn er gekommen wäre, die Kraft besessen hätte, ihn nicht zu beachten. Nie wieder würde sie ihm gegenübersitzen und Appetit heucheln.

Doch selbst in der ausgelassenen Gesellschaft Wassilis und Hildes, mit denen sie später ein *Soufflé Merveille* aß und Balkan-Brandy trank, konnte sie das Gefühl des Unbehagens nicht abschütteln.

»Wann öffnet das Institut wieder seine keuschen Pforten?« fragte Wassili.

»Ich denke, bald, doch ich habe gekündigt«, erwiderte Anne.

»Das tut mir leid«, sagte Hilde.

»Mir auch«, sagte Anne. »Ich mochte die Mädchen sehr.«

»Wenn Sie in Katmandu bleiben«, sagte Wassili, »werden sie bei Ihnen Privatunterricht nehmen.«

»Das wäre schön, doch ich würde es nicht tun um Isobels willen. Sie hat genug Kummer.«

»Sie wird so schnell keine Lehrerin für Englisch finden«, meinte Wassili.

»Wie steht es mit Ihren Finanzen?« Hilde war eine sehr praktische Frau. »Ich nehme kaum an, daß John Ihnen etwas gibt.«

»Oh, ich komme schon durch«, erwiderte Anne. »Ich habe ein bißchen Erspartes.«

»Das Leben ist nicht billig in Katmandu«, warnte Wassili.

»Ich weiß«, sagte Anne. Sie wollte nicht sagen: Ich lebe doch von all dem, ich lebe davon und schreibe, ich muß dies alles durchstehen, Leben aufspeichern, überreiches Leben, um es in Worten zu verschwenden. »Sobald ich mich besser fühle, werde ich mir überlegen, wie ich Geld verdienen kann.«

Nach dem Essen fühlte sie sich vollkommen erschöpft, fuhr zurück zum Bungalow, legte sich nieder und lauschte dem fernen Singen der Frauen und dem Klang der kleinen Trommeln und Flöten, die aus der Stadt herüberwehten.

Vielleicht bin ich wirklich willenlos, dachte sie. Wenn sie ihr Leben rückblickend überschaute, dann hatte sie im Grunde nie etwas Positives, Spontanes getan ... ausgenommen, verbesserte sie sich, das eine Mal, als sie sich entschloß, nach Katmandu zu gehen. Sonst erschienen ihr die vergangenen Jahre als ein Dahindämmern in einem Zustand halber Wachheit. Sie war eine passive Natur, Treibholz auf dem Strom der Ereignisse, und dennoch ... vielleicht sollte es so sein.

Wider alle Logik fühlte sie tief in ihrem Innern, daß diese Passivität zu ihrem Wesen gehörte und ihr bewußtes Erleben eine Vorbereitung war, ähnlich einer Schwangerschaft, während der man beides, Beobachter und Beteiligter, ist bei etwas, das in einem geschieht, das man jedoch nicht mehr beeinflussen kann, wenn es einmal begonnen hat. Schwangerschaft ... sie hatte sie gesucht, hatte die Saat des Geliebten in sich aufgenommen, doch damit war es nun für immer vorbei, nie wieder würde es geschehen können, und plötzlich empfand sie die ganze tragische Wucht dessen, was ihr widerfahren war. Ich bin steril, unfruchtbar für immer. Sie war zu schwach, um weinen zu können, und schloß die Augen, ließ den wilden Schmerz über sich ergehen. Und als er verebbt war, fühlte sie sich nicht so unglücklich, wie sie sich hätte fühlen sollen. Vielleicht lerne ich es, mein Schicksal hinzunehmen. Inzwischen mußte sie weiter in diesem Zustand haltloser Passivität verharren, ohne Sicherheit, doch diese Unsicherheit hin-

nehmend gegen alle Logik, gegen alle Vernunft. Hinnahme ... Sie griff nach der *Gita*, die neben ihr auf dem Tisch lag. Trotz aller Bemühungen des kleinen nepalesischen Handwerkers, der den wundervollen, mit Juwelen besetzten Vorderdeckel mit aller Sorgfalt wieder in seine alte Form gehämmert hatte, war ein kleiner Buckel zurückgeblieben, den sie unter Aufgebot ihrer ganzen Willenskraft übersehen mußte, um nicht von ohnmächtigem Haß erfüllt zu werden. Sie las:
»Und es sprach Krishna, der Herr: So siehe denn, o Sohn der Erde, Mich als den Einen in der Vielheit der Gestalten. Erblicke als ein einheitliches Ganzes die Welt mit allen ihren Formen.
Denn ich bin der Dinge Anfang, Mitte und ihr Ende, der Sonnenglanz im Himmelsonnenchor, der Sturmgott, wenn im Raum die Winde brausen, der helle Mond im mächt'gen Sternenheer, der Himalaja unter den Gebirgen, unter den Gewässern der Ozean, der alle Fluten trinkt. Ich bin die Liebe der Liebenden, die keine Grenzen hat, der Allerschaffer und Allernährer, und auch der Tod, das Ende jedes Dinges, und Richter unter denen, die da richten in aller Zeitenmessung-Ewigkeit. Ich bin der Weisen Weisheit, der Rede Sinn, die Stärke der Starken.
Nichts, was da lebt, lebt anders als durch Mich, und Meines Daseins Fülle hat kein Ende, denn ich bin das Leben.«
Gestärkt durch Schlaf und getrieben von der Einsamkeit – kein Unni, kein Brief von ihm, nach dessen Anblick und Nähe sie hungerte und fieberte –, fuhr Anne am Abend in ihrem Jeep noch einmal zu dem Tempel Pashupatinath.
Unterwegs fand sie die Straßen von dem gleichen lodernden goldenen Fackelschein erfüllt wie bei dem Shiva-Fest im Frühling, doch die Menge, die sich in ihnen drängend und schiebend bewegte, bestand in der Mehrzahl aus lachenden und singenden Frauen.
Auf einem grasbewachsenen freien Platz trugen eine Gruppe von Männern und eine Gruppe von Frauen, auf dem Rasen sitzend, einen Wettstreit im Liebesgesang aus. Jede der beiden Gruppen hatte einen Protagonisten gewählt, und die beiden saßen vor den Reihen ihrer Anhänger und sangen einander an mit witzigen Stegreifliedern über die Liebe.
Der Mann sang:
»Aiii, ich wartete auf dich am Brunnen im Schatten des Peepulbaumes,
ich wartete auf dich in der Hitze des Mittags und wurde verbrannt von der Sonne,

ich wartete auf dich in der Nacht und wurde gebleicht durch den
Mond,
doch ich wartete vergeblich, vergeblich,
denn du bist nicht erschienen, und mein Honig,
der liebliche, goldene Honig, den für dich zu holen ich auf die Hügel stieg,
der goldene Honig für deinen Gaumen bestimmt,
den fraßen die Ameisen ...«
Und die Frau sang:
»Aiii, warum sollte ich mich von der Sonne verbrennen lassen
und zum Brunnen gehen, um dich zu sehen?
Warum sollte ich meine Knochen vom Mond bleichen lassen,
um unter dem Peepulbaum nach dir Ausschau zu halten?
Habe ich nicht genug Wasser vom Brunnen in den Krügen meines
Hauses?
Und wozu brauche ich deinen Honig,
habe ich doch genug an meinem,
und von dem deinen kriege ich am Ende noch
Bauchschmerzen ...«

Schallendes Gelächter der Frauen und der Umstehenden. Einige der
Männer umringten ihren Sänger, flüsterten auf ihn ein. Die Frauen
taten das gleiche, scharten sich um ihre Sängerin, und Anne sah, daß
es Suriyah, die Prostituierte, war, die da, behangen mit reichem
Schmuck, wie eine goldene Göttin im flackernden Schein der Fackeln
auf dem Rasen saß. Am Tag der Frau gab es weder Klasse noch Kaste.
Prostituierte und Maharani badeten gemeinsam, beteten gemeinsam
im Tempel. Heute waren alle rein von Sünden.
Suriyahs Gegner war nicht sehr schlagfertig. Hilflos lauschte er dem
Geflüster seiner Freunde, überlegte angestrengt; doch es fiel ihm
nichts ein, und schließlich riefen die Frauen: »Genug! Genug!«, ver-
spotteten die Männer und klatschten der siegreichen Suriyah Beifall.
Dann erhoben sich die Gruppen und gingen weiter zum Tempel Pashupatinath.
Im inneren Hof des Tempelbezirkes wandelten die Frauen zu Tausenden im Kreise und alle in der Uhrzeigerrichtung um das Hauptgebäude herum, das den riesigen Lingam Shivas barg, jetzt aber geschlossen
war. Auf den Stufen der Treppen und auf den Galerien lagen oder saßen Frauen, schliefen oder sangen oder unterhielten sich. Andere
umtanzten in Gruppen das Standbild des Stieres und die Schreine.
Der Boden war mit einer Schicht zertretener Blütenblätter bedeckt.

Anne spürte, daß jemand sie am Ärmel zupfte. »Mrs. Ford«, sagte eine Stimme, »Mrs. Ford.«

Zuerst erkannte sie das junge Mädchen nicht, das jetzt vor sie trat.

»Devi«, sagte das Mädchen. »Devi, Rukminis Schwester.«

»O Devi«, sagte Anne, »wie du gewachsen bist. Wie geht es dir und Rukmini?«

»Ich möchte mit Ihnen sprechen«, sagte Devi. »Lassen Sie uns zu Ihrem Haus fahren.«

Anne nickte. Sie fühlte plötzlich, daß sie am Ende war mit ihren Kräften. Sie zwang sich zu einer letzten Anstrengung, bemühte sich, ihren Körper nicht zu beugen, denn die Wunde schmerzte wieder, und sie hatte das Gefühl, daß sie aufbrechen müßte, wenn sie nicht bald ihre Muskeln entspannen konnte. Langsam verließ sie mit Devi den Tempelbezirk, bestieg mühsam den Jeep, gab dem Chauffeur mit müder Hand ein Zeichen, nach Hause zu fahren.

»Meine Familie sucht mich vielleicht später. Sie sind alle im Tempel«, sagte Devi. »Können Sie mich wieder zurückbringen?«

»Natürlich, Devi«, sagte Anne.

Devi fürchtete sich, allein mit dem Chauffeur, einem Mann, zurückzufahren. Ihr Ruf würde darunter leiden. Sie sah dauernd ängstlich um sich. »Meine Schwestern beten«, sagte sie.

»Ist Rukmini auch dort?«

»Nein, Rukmini nicht ... Ich muß mit Ihnen über Rukmini sprechen ... Sie müssen ihr helfen.«

»Gewiß, Devi, wenn ich kann.«

Devi begann zu weinen.

Es war eine Qual für Anne, sich die Treppe zu ihrem Zimmer hinaufzuschleppen, und sie ließ sich vollkommen erschöpft auf ihr Bett sinken. »Entschuldige«, sagte sie zu Devi, »ich bin noch nicht sehr kräftig.«

Devi setzte sich auf einen Stuhl. Wie hübsch sie geworden ist, dachte Anne. Doch ihre Züge waren nicht so zart wie die Rukminis. Devi war erdnaher, weniger ätherisch in ihrer Erscheinung als ihre Schwester. Der goldene Schein der Lampe, unter der sie saß, umgab sie mit einer lieblichen Aura. Ihr Haar war zu Zöpfen geflochten. Sie war noch immer ein Kind, doch bald würde sie reif sein zur Heirat mit ihren knapp dreizehn Jahren.

»Möchtest du etwas trinken, Tee oder Kaffee?« fragte Anne.

»Nein«, erwiderte Devi. Sie rang die Hände. »Mein Vater wünscht nicht, daß ich darüber spreche«, begann sie stockend, »die andern

auch nicht, sie wollen es Ihnen nicht sagen, aber ich habe Angst … ich
habe Angst, daß Ranchit sehr zornig wird. Er wird sehr grausam zu
ihr sein.«

»Warum? Was hat Rukmini getan?« fragte Anne.

»Rukmini ist fortgegangen. Sie ist nach Bongsor gegangen, um Unni
zu sehen.«

Im Institut hatte sich Isobel in ein großes Frühlings-Reinemachen gestürzt. Die Straße nach Indien war inzwischen freigegeben worden
für den allgemeinen Verkehr, und über sie kamen immer mehr Waren nach Nepal herein, und die Preise sanken. Gefährlich hoch bela-
dene nepalesische Lastwagen brachten Salz, Baumwollballen, Lebensmittel, Getreide, Möbel und Maschinen von der Grenze über den
Paß ins Tal. Isobel ließ einige der bisher unbenutzten Räume öffnen,
doch nur um sie sofort wieder verschließen zu lassen, da die Kosten
für eine Instandsetzung und Möblierung sich als unerschwinglich
hoch erwiesen. Nur zwei neue Badezimmer wurden installiert. Eine
Armee von Dienern schrubbte, bohnerte und polierte unter Aufsicht
der neuen Gymnastiklehrerin, einer Anglo-Inderin mit Rehaugen,
doch sonst von erschreckender Häßlichkeit. Isobel behauptete, das Institut müsse sich auf einen verstärkten Zustrom von Schülerinnen
während des Herbstes und des Winters vorbereiten, und sie war täglich mit ihrem Jeep unterwegs, um die vornehmen Familien zu besuchen und sie mit den Vorzügen der Erziehung bekannt zu machen, die
sie ihren Töchtern angedeihen lassen würde.

Doch trotz aller äußerlichen Geschäftigkeit und scheinbaren Zielbe-
wußtheit ging Isobels innerer Zerfall ständig weiter. Auch in ihrem
gebieterischen Auftreten hatte sich noch nichts geändert. Beim Frühstück präsidierte sie über Geschichte, Erdkunde und die verschüchter-
te Gymnastiklehrerin mit der gewohnten würdevollen Strenge, die
jetzt noch hypnotisch unterstützt wurde durch die orangefarbenen
Papierblumen in den Vasen, ein Geschenk der kriecherischen Eurasierin. »Wie geschmacklos«, hatte Geschichte Erdkunde zugeflüstert.
Die beiden planten für die Winterferien eine Reise nach Delhi, gemeinsam mit den Bowers und möglicherweise auch mit John.

»Ich finde, er müßte sich allmählich aufraffen und eine Entscheidung
treffen«, bemerkte Geschichte vorsichtig.

»Ich bin sicher, er hat sie schon getroffen.«

»Eine Reise nach Delhi würde ihm guttun.«

»Das bedarf keiner Erwähnung. Andernfalls hätte ich sie ihm nicht vorgeschlagen.« Sie beobachteten Isobel verstohlen, prüften ihre jeweilige Stimmung durch vorsichtig angeknüpfte Gespräche. Eine rauhe Dumpfheit lag seit einigen Wochen über dem Wesen Isobels. Ihre Haare und ihre Haut schienen vor innen her auszutrocknen, spröde zu werden.

Erdkunde beschlich eine vage Unruhe. Der Gedanke kam ihr, daß sich in Isobel etwas Unheimliches vorbereitete ... doch der Frühstückstisch sah aus wie immer, das vertraute Klappern der Tassen und der Kaffeekanne hatte sich nicht geändert, und draußen fiel ein sanfter Nieselregen, ein sicheres Anzeichen für das Ende des gräßlichen Monsuns. »Das Wetter scheint freundlicher zu werden«, sagte sie strahlend, flüchtete wieder in ihr anderes Selbst, in dem sie sich sicher fühlte und nützlich und nichts vermißte, ganz gewiß nicht einen Mann. Männer waren eine überflüssige Plage auf dieser Welt.

Isobel nickte. »Ja«, sagte sie. »Wir müssen dieses Mal auf einer ganz neuen Grundlage beginnen.«

Und die andern tranken ihren Kaffee in scheuer Geräuschlosigkeit, überwältigt von dem Ernst, der in Isobels sachlicher Antwort auf Erdkundes Bemerkung über das Wetter lag.

Nach dem Frühstück ging Isobel zurück in ihr Wohnzimmer und schlug ihre Geschäftsbücher auf. Doch es war nichts zu erledigen bis auf den Brief, den sie an den Verwaltungsrat des Instituts schreiben mußte, um ihm Annes Kündigung mitzuteilen und um Einstellung einer neuen Lehrerin für Englisch zu ersuchen. Annes Kündigungsbrief lag in ihrer Schublade, und sie fügte ihn erleichtert ihrem Schreiben bei. »Gut, daß wir sie los sind«, sagte sie laut. Nachdem sie der Eurasierin noch einige Anweisungen gegeben und einen inspizierenden Blick auf die gekrümmten Rücken der Arbeiter geworfen hatte, die den Schimmel von den Steinfliesen kratzten, fuhr sie wieder in ihrem Jeep in die Stadt, um weiteren mächtigen Gönnern des Instituts einen Besuch abzustatten.

Alles was sie tat, tat sie mit einer seltsamen inneren Hohlheit. Aller Eifer, alle Vorsätze zerplatzten nach kurzem wie Luftballons, schrumpften zusammen zu leerer Nichtigkeit. Was habe ich eigentlich gestern getan? War es nicht etwas sehr Wichtiges gewesen? Nichts hatte mehr einen Sinn für sie, alles zerbröckelte in ihren Händen zu Staub. Das Institut, sonst der Inhalt ihres Lebens, wurde ihr zum Alpdruck. Es war ihr ein Greuel, am Frühstückstisch zu sitzen, die öden, unterwürfigen Gesichter Geschichtes und Erdkundes anschauen, ihr Backfischlachen und ihr Altjungferngeschwätz anhören zu müssen. Sie mußte sich zwingen, sie zu ertragen, Anweisungen zu geben und so zu tun, als wüßte sie, was sie tat und warum sie es tat, während sie nur in automatischer Sinnlosigkeit handelte. Und dieses Gefühl chaotischer Auflösung begann sich nun auch auf die Vergangenheit auszudehnen. In ihrem Leben war nichts gewesen, woran sie sich jetzt halten konnte, alle Erinnerungen zerfielen vor ihren rückblickenden Augen zu Asche. Ein Geschmack von kalter Asche füllte ihren Mund. Sie war ausgebrannt, hatte sich selbst verzehrt.

In der letzten Zeit litt sie unter rasenden Kopfschmerzen, und dann lief sie in ihrem Zimmer stundenlang auf und ab ... auf und ab ... und kämpfte in kalter Wut gegen die Leere in ihrem Innern und das Hämmern in ihrem Kopf. Doch was schlimmer war ..., mit den Kopfschmerzen befiel sie ein unwiderstehliches Verlangen, gemeine, zotige Worte hinauszuschreien, Worte, die sie bisher nicht gekannt und nie ausgesprochen hatte, die sich aber jetzt von selbst in ihrem Mund formten und deren wüster Geschmack ihr Wollust war, ihren Speichelfluß anregte und sie ihre eigenen Lippen ablecken ließ. Selbst in Gegenwart des stellvertretenden Erziehungsministers, den sie aufgesucht hatte, um ihm die Kündigung Annes mitzuteilen – »und wir sind nicht betrübt darüber, Exzellenz, denn diese Frau war ein Unglück für uns« –, hatte sie plötzlich einen solchen Anfall, glaubte, einen Schwall unflätiger Schimpfworte von sich geben zu müssen. Bis zum Ersticken hatte sie gegen diesen Drang angekämpft, war rot im Gesicht geworden, hatte immer lauter und lauter gesprochen, die innere Stimme zu übertönen, während sie erklärte, sie habe keine Unterstützung vom Erziehungsministerium, »genösse nicht die Beachtung, die sie verdiente«. Der hohe Beamte hatte wie immer honigsüß gelächelt, ständig mit dem Kopf genickt, und seine ausweichenden Antworten hatten Isobel verwirrt und noch hilfloser gemacht. Er hatte allem, was sie vorbrachte, vage zugestimmt, dann aber zum Schluß wie geistesabwesend, mit einer träumerischen Handbewegung alles wegwischend, was er bis jetzt gesagt oder nicht gesagt hatte, Isobels Anschuldigungen gegen Anne pariert mit den Worten: »Meine Frau schätzt Mrs. Ford sehr. Wir werden sie vielleicht bitten, unsern Töchtern Privatunterricht in Englisch zu geben«, und Isobel mit tiefen Verbeugungen hinausgeleitet.

Nach der Verhandlung und während Annes Krankenhausaufenthalts, hatte Isobel begonnen, alle ihre Bekannten aufzusuchen, im Royal-Hotel, in der Residenz, im Punkt-Vier-Palast, und ihnen in einem hemmungslosen Redestrom alles, was geschehen war, unter

Entstellungen, Übertreibungen und Anschuldigungen zu erklären. »Es hätte nirgendwo anders passieren können als hier.« Überall blieb sie Stunden und Stunden sitzen, schöpfte Trost und Linderung aus der Tatsache, daß ihre schweigsamen, aber höflichen Gesprächspartner ihr zuhörten. Doch dies war ein Bemühen, das sie ständig wiederholen mußte, und allmählich wurde sie gewahr, daß viele nur aus Neugierde oder aus Höflichkeit zuhörten oder sie gar innerlich belächelten, weil sie bereits ihre eigene Meinung über »diese empörende Angelegenheit« hatten. Gesunder menschlicher Instinkt arbeitete dieses Mal schneller als der Klatsch, der ausnahmsweise nur sehr schwach blühte in Katmandu.

Trotz Erdkundes angeborenem Hang zur Weiterverbreitung von Neuigkeiten war sie in diesem Falle von einer bewundernswerten Standhaftigkeit. Als Krankenschwester war sie unbestechlich, auch ihrem andern Selbst gegenüber. Ihre Version der Geschichte war, daß Anne eine Blinddarmentzündung gehabt hatte, und selbst Geschichte konnte nichts anderes aus ihr herausholen. Doch ungeachtet Erdkundes heroischer Verschwiegenheit, der sie sich mit verkniffenem Mund befleißigte, wußte ganz Katmandu, ohne daß es jemand laut sagte, daß Anne eine Fehlgeburt gehabt hatte, daß das Kind von Unni gewesen war, daß Isobel raste, weil sie selbst Unni in ihrem Bett haben wollte, daß John, der geduldige Gatte, so vernarrt war in Anne, daß er nichts unternehmen werde, obwohl Unni ihm in höchst unsportlicher Weise die Rippen eingetreten hatte, während er im Krankenhausflur am Boden lag, und daß Isobel mannstoll war und »jeden Augenblick« explodieren konnte.

Isobel aber verschloß sich der Wirklichkeit mit der Verbissenheit ihres kranken Gemütes. Und von ihm immer weitergetrieben, bestieg sie an diesem Morgen ihren Jeep und fuhr zum Museum, um, wie sie selbst glaubte, dem Kurator offiziell mitzuteilen, daß das Institut bald wiedereröffnet würde und ihn um seine Unterstützung zu bitten.

Der Kurator erwies sich als der gefälligste Zuhörer, den sie je gehabt hatte. Sein Arbeitszimmer war ein kleiner Raum, überladen mit alten nepalesischen Büchern, handgeschrieben auf feinstem Pergament, und tibetanischen Gebetbüchern mit Blättern aus gehämmertem Gold. Isobels Stimme rasselte ununterbrochen, wurde zwischen den Wänden hin- und hergeworfen, überschwemmte und berauschte sie selbst, während der Kurator, das viereckige mongolische Gesicht in liebenswürdigem Lächeln erfroren und im Lotussitz erstarrt wie ein Buddha, zuhörte. Isobel wurde immer trunkener von ihren eigenen

Worten und genoß tief die Genugtuung, unwidersprochen angehört zu werden, während sie sich über die sittliche Verkommenheit Annes und Unnis ereiferte. Und ihre eigene Empörung entzündete sich von neuem und steigerte sich, als sie dem Kurator erzählte, wie sie Unni mit einer Frau im Bett gefunden habe, beide nackt, am Nachmittag, im hellen Tageslicht, und daß zu allen Tages- und Nachtzeiten Männer aus Annes Bungalow kämen, wie sehr der Ruf des Instituts darunter gelitten hätte, daß aber jetzt, Gott sei Dank, diese Frau gehen würde. Und sie beschwor den Kurator, ihr zu helfen, alle von bösen Zungen verbreiteten Gerüchte Lügen zu strafen, denn dies, was sie ihm gesagt hatte, sei die Wahrheit …

Als sie geendet hatte, erschöpft nach Atem ringend, wiegte der Kurator den Kopf hin und her und erhob sich. »Eine faszinierende Geschichte, teure Dame. Ich bedaure, daß die Finanzen des Museums es uns noch nicht erlaubt haben, ein Tonaufnahmegerät anzuschaffen. Wir hoffen, daß wir nächstes Jahr eines haben werden. Darf ich Ihnen eine Tasse Tee anbieten?«

Isobel schlug den Tee aus. »Ich muß gehen«, sagte sie mit einem Blick auf ihre Uhr, jetzt weniger erregt, aber geladen mit neuer Energie.

»Nicht bevor Sie einen Blick in unser Museum getan haben«, sagte der Kurator mit verdoppelter Liebenswürdigkeit. »Wir haben einige neue Skulpturen und Malereien erworben. Sie stammen aus Tibet. Sie wissen, welch vorzügliche Schmuggler diese Lamas sind. Die Chinesen erlauben ihnen nicht, wertvolle Kunstwerke aus Tibet auszuführen, sie tun es aber dennoch, wenn sie Bargeld brauchen. Es ist natürlich eine große Sünde.«

Er führte sie zu den Schauräumen, wies mit einer vagen Handbewegung auf eine Türe hin, entschuldigte sich »für einen kurzen Augenblick« und verschwand.

Isobel war noch nie in diesem Teil des Museums gewesen. Sie zitterte noch in der abklingenden Erregung, in die sie sich beim Sprechen hineingesteigert hatte. Ihr Puls schlug rasch. Sie fühlte sich beschwingt. Sie betrat den Raum, den der Kurator bezeichnet hatte, und befand sich in jenem Bezirk, den Pater MacCullough bei seinen Führungen sorgfältig mied.

Hier hingen in einer Reihe die neuerworbenen tibetanischen Malereien. Sie stellten alle die gleiche Szene dar: Umgeben von paradiesischen Blumen, Dämonen und Flammen stand die dunkle Gestalt eines vielarmigen Gottes und vor ihm, im Akt der Paarung an ihn geschmiegt, stand seine göttliche Partnerin, sich auf einem Bein hochreckend, das andere um den Leib des Gottes schlingend. »Oh!« ächzte Isobel. »Oh! Oh!«

Der Anblick löste einen gewaltigen stummen Schrei in ihrem Innern aus. Erschreckt sah sie um sich, ob niemand sie gehört hatte. Doch sie war allein. Mit schleichenden Schritten und gierigen Augen ging sie näher, starrte gebannt auf die ungeheuerlichen Bilder. Dann bewegte sie sich langsam, wie magisch angezogen, auf einen jener plastischen Stiergötter zu, von denen sie in Andeutungen und mit Empörung gehört, die sie aber nie gesehen hatte. Die Figur war etwa einen halben Meter hoch, hatte drei Köpfe, zahlreiche Arme, die sie wie ein Strahlenkranz umflatterten, und einen ragenden Phallus, handlang und realistisch bemalt. Und auf sie zu schob sich, sitzend, mit geöffneten Armen und gespreizten Beinen, den Kopf verzückt in den Nacken geworfen, die Gestalt einer Göttin.

Wie lange Isobel hier stand, wußte niemand außer dem Kurator. Als er glaubte, daß es lange genug sei, hörte sie sein diskretes Husten. Erschreckt drehte sie den Kopf und betrachtete angelegentlich die Figur eines heiter lächelnden Buddhas, der neben dem Stiergott betend auf einem Lotus saß.

»Höchst interessant, Madam, nicht wahr? Beachten Sie die meisterliche Naturtreue, wahrlich ein Triumph echter religiöser Kunst, das Heilige und das Profane Seite an Seite, in Harmonie vereint. Denn ohne den Akt der Vereinigung, der die Quintessenz alles Seins ist, sind wir ohne Wissen von uns selbst, sind gespaltene Atome, zusammenhanglose Fragmente … empfinden Sie nicht auch so beim Anblick dieser Kunstwerke?«

»Ich … das sind keine Kunstwerke«, stieß Isobel hervor. »Das sind gottlose Schweinereien«, schrie sie, und der Kurator sah sie hinausrennen, als ob die Götter und die Dämonen es sich hätten einfallen lassen, ihren Liebesakt zu unterbrechen und sie zu verfolgen. Ihr Gesicht, ihr Hals und ihre Arme waren ziegelrot geworden.

»Arme Dame«, seufzte der Kurator, während er ihr nachschaute. Isobel war zu ihm gekommen, verzehrt von Wut und Haß, in den Augen den gierigen Ausdruck quälenden Unbefriedigtseins. Ich habe versucht, ihr zu helfen, dachte der Kurator. Vielleicht habe ich es verkehrt angefangen. Wie sagt der *Gesang Gottes?* »An mir ist es zu handeln, doch die Früchte meiner Taten sind nicht die meinen, sie gehören dem Gott.« Getröstet ging er zurück in sein Arbeitszimmer, um zu beten, denn die Stunde war gekommen, den Geist in den Geist des Einen zu versenken. Im Gegensatz zu Pater MacCullough würde sich der Kurator bei seinem Gott weder für Isobel noch für irgend jemand anderen verwenden. Daran hinderte ihn Demut. Doch er wußte, daß niemand ungestraft in das Leben eines anderen eingriff, eines anderen Menschen Schicksalsweg zu kreuzen versuchte. Er fühlte sich frei von dieser Schuld. Isobel war aus eigenem Antrieb zu ihm gekommen. Er hatte gebetet, während sie sprach, und dann hatte er getan, was er für richtig hielt, hatte ihr die Wahl gelassen, hinzuschauen oder nicht hinzuschauen. Der Rest war Gottes Sache.

Doch es war John, der Isobels endgültigen Zusammenbruch herbeiführte, oder richtiger gesagt, die Katastrophe auslöste, auf die ihr Schicksal unausweichlich zudrängte und die von ihr unbewußt bereits als vorbestimmtes, erlösendes Ende ihrer Qual herbeigesehnt wurde. John kam zum Tee ins Institut. Erdkunde, Isobel und Geschichte erwarteten ihn in wohl einstudierter Haltung. Er setzte sich, nur noch wenig ächzend. Er hatte keine Schmerzen mehr, und er mußte sich selbst daran erinnern, von Zeit zu Zeit aufzustöhnen. »Fred hat soeben den Gipsverband abgenommen. Das Schlimmste scheint überstanden. Drei gebrochene Rippen ... keine Kleinigkeit. Doch ich bin ja Gott sei Dank ziemlich zäh. Bei mir heilt alles schnell.«

»Aber ...«, begann Erdkunde, doch sie sprach ihren Satz nicht zu Ende. Die Röntgenaufnahme hatte nur den zweifelhaften Bruch einer einzigen Rippe gezeigt.

»Tut mir leid, ich bin kein Arzt. Mich dünkt, Fred sprach von drei«, fügte er leicht beleidigt hinzu. Und Erdkunde widersprach ihm nicht.

»Was bedeutet diese Aufregung in den Straßen?« fragte Isobel. Ihre Kopfschmerzen waren qualvoll, doch sie reichte die Teetassen in vollendeter Manier.

»Ach, Sie wissen es nicht? Natürlich ... Sie sind ja erst spät aufgestanden heute morgen«, erwiderte Erdkunde kühn. »Es ist Frauentag heute. Alle Frauen sind auf der Straße und singen und tanzen.«

»Sie tauchen sich in den Fluß, um ihre Sünden vom vergangenen Jahr abzuwaschen«, sagte Geschichte. »Spaßig, an so etwas zu glauben.«

»Ich schätze, es ist für sie so etwas wie eine Taufe«, bemerkte John wohlwollend.

»Die Taufe ist etwas vollkommen anderes«, sagte Geschichte fast scharf. »Ich meine ... sie sind doch nur Heiden, und infolgedessen dürfte das Wasser wohl kaum ihre Sünden abwaschen.«

»Das befürchte ich auch«, sagte Isobel. »Doch dies ist immerhin besser als andere Dinge, die sie tun. Es ist zum mindesten ein Bad.« Alle lachten über diesen Scherz. »Noch ein Sandwich, John?«

»Vielen Dank«, erwiderte John. »Wann wird das Institut wiedereröffnet werden?« Er ließ einen Blick herablassenden Wohlwollens über die Frauen gleiten. Wie sie an ihm hingen. Welch vorbildliche Frauen sie doch waren. Er fühlte sich in ihrer Gegenwart so männlich, seiner selbst so sicher. Sie bewunderten ihn.

»Nach dem Fest des Regengottes, in ungefähr zehn Tagen«, sagte Isobel. »Hier folgt ein Fest dem andern. Heute ist Frauentag, dann kommt der Vatertag und dann noch ein anderer – ich habe vergessen, was da gefeiert wird – und schließlich die Woche des Regengottes. Wir sind knapp mit dem Lehrpersonal zur Zeit.« Sie hatte es mit Bedacht gesagt, doch sie biß sich auf die Lippen, als wäre es ihr entschlüpft. »Anne hat gekündigt, wie Sie wohl gehört haben werden.«

»Nein, ich wußte es nicht«, erwiderte John. »Mir sagt ja nie jemand etwas.« Er sagte es mit weicher, trauriger Stimme. »Ich wünschte manchmal, Anne wäre etwas … vertrauensvoller.«

»Ich frage mich, was sie tun wird«, sagte Isobel.

»Ich weiß es nicht«, sagte John in dem gleichen sanften, bekümmerten Ton. »Ich fürchte sehr, daß sie, wenn niemand sie zurückhält, in ihr Unglück rennt.«

Erdkunde und Geschichte lauschten mit angehaltenem Atem und seufzten in zustimmender Gemeinsamkeit.

»Es ist eine Tragödie«, sagte Isobel, »doch Sie selbst können sie nicht verhindern. Sie haben bereits Ihr Möglichstes, ja, mehr als das getan.« Für einen Augenblick war sie wieder die autoritäre, selbstbewußte Isobel. »Sie ist wahrscheinlich mit einem Charakterfehler auf die Welt gekommen, den nichts heilen kann.«

»Sie ist fürchterlich gestraft«, sagte Geschichte, feierlich mit dem Kopf nickend, »fürchterlich.«

Erdkunde sah John in verschämt bewunderndem Mitleid an und seufzte noch einmal zusätzlich für sich allein.

»Nun«, sagte Isobel mit herber Stimme und setzte ihre Tasse klirrend nieder, »das Wichtigste ist ja schließlich, John, was Sie jetzt tun werden. Sie können nicht Ihr ganzes Leben damit verbringen, auf sie aufzupassen. Sie müssen an sich selbst denken. Sie haben das Recht auf ein wenig Glück, denke ich.«

Die spontane Zustimmung des restlichen Lehrkörpers klang wie der Refrain eines Hymnus.

John sah sie alle drei an mit einem Blick beredten Selbstbedauerns.

»Das ist sehr nett von Ihnen. Wirklich sehr nett. Nur wenige Menschen scheinen sich Gedanken um mich zu machen. Es ist wahr, ich bin nicht glücklich gewesen. Alle meine ... Gefühle, Hoffnungen ... nun, das, was ein Durchschnittsmann von seiner Ehe erwartet, alles das ist in Stücke gegangen ... schon vor Jahren ...« Er starrte unbewegten Auges über ihre scheu gesenkten Köpfe in die Vergangenheit. Erdkunde hustete heiser.

Isobel hob eine beschwichtigende Hand. »Kopf hoch, John. Sie dürfen nicht zurück, Sie müssen nach vorne schauen, Pläne machen, Entschlüsse fassen für die Zukunft. Sie können das Gewesene nicht ewig wie eine Last mit sich herumschleppen. Sie müssen einen klaren Schnitt machen, finde ich.«

»Ein neues Leben beginnen«, murmelte Erdkunde.

»Ja«, sagte John träumerisch. »Ich habe darüber nachgedacht. Wenn Sie wüßten, wie sehr ich mit mir gerungen habe. Ich weiß, was jeder andere Mann an meiner Stelle tun würde ... sich von Anne scheiden lassen. Ich hätte Gründe genug. Ja, ich weiß, das ist es, was dieser schwarze Halunke von mir erwartet, damit er sie auf sein Niveau herabzerren kann ... doch mein Entschluß ist gefaßt.« Seine Stimme wurde fest, er setzte sich aufrecht. Bis jetzt hatte er in jener Haltung im Sessel gelegen, die er sich in der letzten Zeit angewöhnt hatte, mit ausgestreckten und gespreizten Beinen, vorquellendem Leib und breitem Gesäß, eine Pose der Niedergeschlagenheit, die ihn knochenlos, quallig erscheinen ließ. Er hatte seit kurzem stark an Gewicht zugenommen, und auch sein Kopf schien größer geworden zu sein, weil er ihn ständig nach vorne reckte, eher aus Gewohnheit als aus Streitsucht. »Was sie mir auch angetan hat, sie ist immer noch meine Frau. Ich werde nicht versagen in meiner Pflicht, wenn sie mich auch noch so sehr enttäuscht hat. Ich mag altmodisch sein, doch ebenso wie ich der Meinung bin, daß eine Frau ihrem Ehegelübde treu bleiben soll, glaube ich auch, daß ein Mann zu seiner Frau stehen und sie beschützen soll, in guten und in bösen Tagen. Ich werde mich nicht von Anne scheiden lassen. Ich weiß, sie wird ihr Leben zerstören und auch das meine. Sie rennt in ihr Unglück. Alles, was ich tun kann, ist warten, bis sie wieder zu Sinnen kommt, das ist alles.«

Im Geiste sah er Anne zu ihm zurückkehren, arm, zerlumpt, weiße Strähnen im Haar, und ihn anflehen und beschwören, sie wieder aufzunehmen. Und so würde sie ihn am Ende doch noch lieben, ihn allein und nichts anderes als ihn würde es auf der Welt für sie geben. Sie würde nicht mehr wie früher neben ihm herleben, versunken in den Anblick von Bäumen und fremden Menschen, oder an ihrer Schreibmaschine sitzen, geistesabwesend, als hätte sie seine Existenz vergessen … Er hob den Blick, um die Wirkung seiner Worte in den Gesichtern der drei Frauen zu lesen. Isobel sah ihn an mit einer geradezu beängstigenden Starrheit und kaute nervös auf ihrer Unterlippe. Verwirrt hörte er Erdkundes Stimme in falscher Gleichgültigkeit sagen: »Martha Redworth hat mich gebeten, ihr ein wenig im Garten zu helfen. Ich denke, ich muß aufbrechen, sonst wird es zu spät.«

Als John das Institut verließ, fragte er sich halb verwundert, halb gekränkt, was er verkehrt gemacht haben konnte. Die Damen hatten sich äußerst seltsam benommen. Entweder wußten sie seinen Edelmut nicht zu schätzen oder sie waren von ihm überwältigt. Isobels Hand jedenfalls hatte gezittert. Prachtvolle Frau, wenn sie auch etwas zuviel zu trinken schien in der letzten Zeit. Ihre Gesichtsfarbe gefiel ihm nicht. Der Brandy half nicht, wenn sie sich auch nie vorbeibenahm. Sie konnte eben nichts vertragen, das war alles. Wenn er mehr Interesse an ihr hätte, würde er es ihr schon abgewöhnen. Er warf sich in die Schultern, bahnte sich durch das Gedränge der Frauen einen Weg zum Royal-Hotel. Tag der Frau, … nett, diese bunten Blumen und blitzenden Armreifen an den tanzenden, singenden und lachenden Frauen. Ein Mädchen warf neckend eine Blume nach ihm. Er lächelte geschmeichelt. Der arme Ranchit war noch nicht zurück, saß noch immer an den Fleischtöpfen Delhis, um seine Zähne reparieren zu lassen. Mußte jetzt ziemlich heiß sein dort unten. Hier oben war das Wetter Gott sei Dank wieder vernünftig geworden. Na, er hatte sich auch nicht schlecht amüsiert in Delhi, während er wartete, daß der Rechtsanwalt seine Papiere in Ordnung brachte … diese indischen Mädchen hatten immer so angenehm üppige Busen, wenn sie auch sonst noch so zart gebaut waren.

Paul verabschiedete eben am Portal der Residenz Mike Young, als Erdkunde eiligen Schrittes über den Kiesweg herankam.

»Guten Abend«, sagte Paul und winkte mit seiner Pfeife. »Wollen Sie zu Martha? Sie ist hinten im Garten bei ihren Chrysanthemen. Wie wär's mit einer Tasse Tee vorher?«

»Nein, danke«, erwiderte Erdkunde, nur mit Mühe ihre Erregung beherrschend. »Ich habe eben Tee getrunken.«

Eine Stunde später, die Dämmerung war schon hereingebrochen, kam Martha zu Paul, der lesend in seinem Arbeitszimmer saß. Über den Rand seiner Brille sah er sie fragend an. »Nun, nett unterhalten mit Erdkunde?«

»Es war furchtbar«, erwiderte Martha erschöpft. »Der Monsun ist kaum vorbei, und schon werden sie alle wieder liebeskrank. Das arme Mädel hat sich die Augen aus dem Kopf geweint bei mir. Und dazu noch wegen John Ford. Sie redet sich ein, sie sei in ihn verliebt.«

»Die Wunder nehmen kein Ende«, sagte Paul. »Ich dachte, Erdkunde sei ein vernünftiges Frauenzimmer.«

»Natürlich spricht sie es nicht offen aus. Sie fing damit an, was für ein wundervoller edler Charakter er sei, wie sehr sie ihn bewundere und zugleich Mitleid mit ihm habe, weil er sich selbst opfere. Es scheint, er weigert sich, sich von Anne scheiden zu lassen, sagt, er liebe sie noch immer und warte darauf, daß sie wieder zu ihm zurückkehre.«

Ein in den Räumen der Residenz ungewöhnlicher Ausruf entfuhr Pauls Mund gemeinsam mit einer zerstiebenden Wolke von Tabaksqualm.

Der Teufel hole seinen Edelmut. Alles nur Theater. Keinen Funken von echtem Gefühl hat der Mann im Leibe. Er will sich nicht von Anne scheiden lassen? … So ein Monstrum an Selbstsucht. Er will sie quälen, sonst nichts. Der Mann ist ein Blutegel. Ich konnte ihn nie riechen.«

»Vielleicht liebt er sie«, sagte Martha.

»Das ist keine Liebe, das ist Sadismus«, entgegnete Paul. »Er will sie nicht freigeben, um sich an ihr zu rächen. Das ist gemein und niedrig. Und ich glaube, er bildet sich dabei noch ein, er sei ein edler Charakter, genauso wie der Bursche in dem Buch, der seiner Frau auch die Scheidung verweigert … wie hieß das Buch noch?«

»*Anna Karenina*«, erwiderte Martha. »Du gabst es mir kurz nach unserer Hochzeit, erinnerst du dich noch? Meine Mutter war schokkiert.«

»Ich auch … über mich«, sagte Paul lächelnd. »Wie kann man nur seiner jungen Frau ein solches Buch schenken …« Er wurde wieder ernst. »Auch ich habe Neuigkeiten, Martha, sehr schlechte. Mike Young war soeben bei mir. Der arme Junge ist außer sich. Du weißt doch, daß er in Rukmini, Ranchits Frau, verliebt ist.«

»Das weiß jeder in Katmandu, Tiddlywinks. Auch Sharma ist in sie verliebt.«

»Gewiß, doch bei Mike ist es ernst. Also … Rukmini ist Ranchit davongelaufen. Letzte Woche ging sie aus dem Hause, angeblich um eine Verwandte in einem nahen Tal zu besuchen. Aber dort ist sie nie eingetroffen. Statt dessen flog sie nach Bongsor, wo Unni ist. Du weißt, was sie für ihn empfindet. Wenn Ranchit es erfährt, ist die Hölle los im Tal. Ich habe Mike Young geraten, heimlich nach Bongsor zu fliegen und zu versuchen, sie unauffällig zurückzubringen, und es nicht Anne zu sagen. Anne darf nichts davon erfahren. Es wäre der letzte Schlag für sie.«

»Ich kann es nicht glauben«, sagte Martha, »daß Unni davon gewußt hat …«

»Selbstverständlich nicht. Aber wird Ranchit es glauben? Und die andern? Sie werden nur zu froh sein, Unni etwas anhängen zu können. Ach, diese Weiber«, stöhnte Paul, »diese Weiber. Sie können nie ihre Nasen aus anderer Leute Angelegenheiten lassen. Aber halten wir um Gottes willen Anne aus dieser Sache heraus. Sie hat genug durchgemacht.«

»Heute nachmittag lag sie zu Hause in ihrem Bungalow im Bett. Erdkunde sagte es mir. Ich werde sie morgen früh besuchen«, erwiderte Martha.

Doch als Martha am nächsten Morgen zum Bungalow kam, berichtete ihr Regmi, daß in der Frühe, noch vor Morgengrauen, der Rampoche und seine Tochter in ihrem Jeep vorgefahren seien und Anne mitgenommen hätten zum Flugplatz nach Bongsor.

Es war Annes Jeep, der sich in der Aberddämmerung entfernt hatte und nun, mit seinem verhaßten Tuckern den wohltätigen Schleier einer dumpfen Benommenheit zerreißend, zurückkam.

»Oooooooh«, stöhnte Isobel in der Dunkelheit ihres Zimmers, »oooooooooooh!«

Sofort, nachdem John sie verlassen hatte, war sie zu dem Kleiderschrank geflüchtet.

Sie hörte noch das Glucksen des Brandys und fragte sich jetzt verwundert, warum sie überhaupt wieder Trost bei ihm gesucht hatte; denn sie hatte sich auf seltsame Art frei gefühlt von allen Schmerzen, inneren und äußeren. Ihr war gewesen, als habe in ihr etwas nachgegeben und sei wie ein vermodertes Haus zusammengebrochen, und sie betrachtete nun in Gelassenheit die staubenden Trümmer ihres Lebens.

»Isobel Maupratt, Miß Maupratt, die Erwählte des Herrn.« Sie kicherte. Und dem Kichern folgte willig die Flut des Unflats, Worte, von denen sie nicht wußte, daß sie sie kannte. Entsetzen packte sie, und sie schrie: »O Herr, warum hast du mich geschlagen?«, und dann lästerte sie den, den sie angerufen hatte.

Der Diener, der kam, um sie zum Abendessen zu rufen, floh. In Erinnerung an eine ähnliche Szene und ihre Folgen verlor er über das Gehörte kein Wort zu Geschichte, Erdkunde und der Anglo-Inderin, die schon angefangen hatten, ihre Tomatensuppe zu essen. Sie wollten zusammen zum Hymnussingen gehen.

»Wo ist die große Memsahib?« fragte Geschichte den Diener zwischen zwei Löffeln.

»Große Memsahib nicht hungrig«, erwiderte der Diener.

Der Lehrkörper aß schweigend weiter.

Und jetzt verließ Isobel ihr Zimmer, doch über die Terrasse, und verließ auch das Haus durch die Hintertüre und ging über den knirschenden Kiesweg auf den Bungalow, wieder auf den Bungalow zu, in dem Licht war und das Geräusch von Stimmen, die aber nur leise, unverständliche Worte sprachen.

Und wieder stand Isobel in der Finsternis der Rosenlaube und starrte über den Rasen hinweg auf das golden schimmernde Viereck des Fensters.

So war es immer gewesen, all die andern Male, da sie hier gestanden hatte. Es war ungerecht, schreiend ungerecht. Gott war ungerecht, ungerecht zu seiner Tochter.

»Mein Gott, mein Gott, warum hast du mich verlassen?«

Immer wartete sie und starrte, starrte und wartete auf etwas, und nichts geschah, nichts wollte geschehen, und wenn es schien, als ob es geschehen sollte, dann schwand es bald wieder dahin in kalter Mißachtung oder albernem Nichtverstehen und ließ sie zurück in der Sinnlosigkeit und Verzweiflung ihres verfehlten Lebens.

›Ungerechter Gott, ich fluche dir. Ihr hast du alles gegeben, alles. Sie lachte dir ins Gesicht, und du hast ihr noch mehr gegeben. Selbst zu leiden hast du ihr gegeben. Sie darf leiden, während mir nichts widerfährt … sie hält still und leidet, und das Glück kommt von selbst zu ihr. Männer kommen zu ihr, das Leben kommt zu ihr, mit dem Glanz der Schönheit und der Süße des Schmerzes, ohne daß sie den Mund öffnet, es herbeizurufen, ohne einen Finger zu rühren, es zu verdienen. Sie ist verderbt und voller Wollust, liebt nur sich und hat kein Herz für die andern. Und ich, Herr? Ich habe alle deine Gebote gehalten, habe mein Leben geopfert zum Ruhme deines Namens, und siehe, was du mir jetzt antust.‹

Sie stand im Dunkeln und hob ein vor Wut und Gier flammendes Gesicht stumm zum Himmel.

Dann hörte sie die Stimmen über die Treppe nach unten gehen.

Ein Lichtschein fiel aus der geöffneten Türe auf den Jeep, und in seinen Kegel trat jetzt Anne, ein schlanker Frauenleib in Männerhosen, ein stolzer Kopf auf schmalen Schultern, und Isobel ächzte in eingestandenem Neid. Und da war noch eine zweite Frauengestalt, ein Mädchen, ein Kind in einem Sari ...

Ha! Jetzt auch noch Frauen, Mädchen ... nicht nur Männer ...

Wohin gingen sie, zu dieser Stunde, in der weichen Nacht? Die Lichter des Jeeps flammten auf, ihre Kegel stachen in die Dunkelheit. Der Motor durchschnitt die Stille wie ein Messer. Isobel kauerte sich tief hinter den Rosenbusch. Wenn sie mich sehen, schlage ich sie, kratze ich ihnen die Augen aus.

Sie sahen sie nicht. Sie fuhren vorbei, ohne sie zu sehen. Keiner sah sie je, keiner hielt an ihretwegen, keiner

»Sie hat alles bekommen«, schrie Isobel zu den Sternen hinauf. »Sie hat Unni bekommen und John. Ich zähle nicht für John, nur sie, und sie hat ihn behandelt wie Dreck, wie Dreck.«

Jetzt lief sie, keuchend, immer schneller, zum Tor des Institutsparkes hinaus, vorbei an dem Pförtner, der ihr, entsetzt und belustigt zugleich, nachstarrte. Jetzt war sie auf der Straße, rannte in eine Gruppe Frauen, die sich im Tanz, kleine Trommeln und Tamburine schlagend, um sich selbst drehten.

Isobel spürte den Anprall ihres Körpers und Gesichts gegen Stoff, Blumen, Haare, Fleisch. Die Frauen fielen aufschreiend gegeneinander, lachten dann, hielten Isobel, die zu fallen drohte, fest, stellten sie auf die Beine, entschuldigten sich lächelnd, weil sie glaubten, sie hätten die weiße Frau in der Blindheit ihres Tanzes umgerannt. Und Isobel erwiderte ihr Lächeln, fühlte sich Frau unter Frauen, angesteckt von dem Rausch des Tanzes und der weichen Heiterkeit der Nacht, dem Bewußtsein, Frau zu sein.

Sie umringten, umarmten Isobel, nannten sie Schwester, Schwesterlein. Und sie ging mit ihnen, die weitertanzten, paßte sich den Schritten der Frauen an, die, flatternde Hände und sich schlängelnde Arme über den Kopf haltend, ihre schweren Röcke wie Glocken um sich wirbelten.

Und sie überquerten tanzend und singend den Marktplatz, tanzten an den erleuchteten Tempeln vorbei, an den Liebespaaren, die von den Dächern herunterlächelten, vorbei an Mahadeo, der amberfarbenen Inkarnation Vishnus, dessen Arm die hochbrüstige, grüne Parvati umschlang, vorbei an dem zähnefletschenden Riesenkopf der Bhairab, an der schwarzen, blutdürstigen Kala Durga, die auf den Leichen der gemordeten Dämonen tanzte, und gelangten hinaus auf die freien Felder. Jetzt liefen sie, rannten sie nur noch. Ihr Gesang war zu einem

Schreien geworden, und Isobel schrie mit ihnen. Sie holten eine andere rasende Prozession ein, einen Menschenklumpen, der eine wan-
dernde Pagode zu umringen schien. Das ragende Gebilde, das lange
Schatten auf die Bäume warf, war ein Tragsessel, in dem eine schwarze, mit Blumen bekränzte Göttin saß. Die Tragstangen der Sänfte
wurden vorne von Frauen gehalten, hinten von Männern, und die
einen zerrten den Sessel mit der Göttin nach der einen Seite, die andern stießen ihn nach der andern, so daß sich der Stuhl, auf- und nie-
dertauchend und schwankend, um sich selbst drehte in einer Wolke
von Staub, Schweiß und dem Dunst des aus Honig und Korn ge-
brannten Talschnapses.
Jetzt stampften sie in langen Reihen über Feldwege, vermieden dabei,
da sie Bäuerinnen waren, das Getreide niederzutrampeln, dessen volle Ähren sie mit ihren schweren Röcken streiften. Der Pfad führte in
Windungen auf einen kleinen Hügel, auf dem unter Bäumen ein dreidachiger erleuchteter, von einer Traube von Frauen umdrängter kleiner Tempel stand.
Aus ihm heraus dröhnte ununterbrochen dumpfes Trommelschla-
gen, und in ihn hinein gingen singend und wild schreiend in langer
dunkler Reihe die Frauen. Im Innern führten steile Stufen nach unten, und auch Isobel stieg hinab in die viereckige Grube, die tiefer war
als ein Mann hoch, zwei Meter maß im Geviert und durch Fackeln erleuchtet wurde.
Der Boden der Grube war nackte schwarze Erde, von nackten Füßen
zu weichem, federndem Schlamm zermahlen. An drei Wänden der
engen Grube standen die Steinfiguren von Göttinnen und Dämonin-
nen, jede mit ihrer bösen und ihrer guten Inkarnation in unzertrenn-
barer verzückter Einheit verbunden. In der Mitte des Vierecks saßen
zwei Priester, die soeben einen jungen Hammel getötet hatten, ihm
jetzt die Kehle durchschnitten, sein Blut über die schwarzen Steinfiguren fließen ließen und sie mit Federn und Blumen und Eiern und
Milch bestreuten und berieselten. Entlang der vierten Wand warteten
weitere junge Hammel kahlgeschoren, weiß und zitternd darauf, geopfert zu werden.
»Aaaaaaiiiiah!« riefen die Frauen, »aaaaaaiiiiah!«
Sie wandten sich und verdrehten ihre Leiber wie die Göttinnen an den
Wänden. Die Priester besprengten Isobel mit dem Blut des Lammes.
Isobel schrie mit im Chor der anderen Frauen. Eine von ihnen stieß
ihr einen Tonbecher in die Hand, und sie trank. Und trank wieder und
wieder.

Jetzt waren sie wieder draußen, tanzten im Schein eines sehr kleinen Mondes den Hügelhang hinunter und schrien verzückt.

»Das Blut des Lammes«, schrie Isobel, »das Blut des Lammes ist über mich gekommen. Ich bin rein, rein, rein.«

Sie zerrte an ihrer Bluse. Sie riß leicht. Die Frauen um sie herum lachten, klatschten in die Hände, riefen ihr ermunternd zu. Sie hörte das Reißen des Stoffes, hörte mit Wollust das Zischen der fliegenden Fetzen. Die Frauen umdrängten sie dicht. Die Trommeln schlugen weiter.

Vierter Teil
BERG

»Der Erhabene sprach:
Außer dem Opfer steckt die Welt
ganz in den Fesseln ihres Tuns;
Darum vollbring du solche Tat,
doch ohne daran zu hangen je.«
(BHAGAVADGITA · DRITTER GESANG)

Erstes Kapitel

Anne schrieb:

Am Meer, in der Ebene, im Tal unten sprechen die Menschen vom
Gebirge, heben die Köpfe, um nach dem Gebirge auszuschauen, ohne
etwas von den ungeheuren Schicksalsvorgängen zu ahnen, die die
Berge am Horizont bedeuten. Hier in den Bergen selbst gibt es kein
Entrinnen vor der Übergewalt, der Erhabenheit, der Unterjochung,
die von ihnen ausgeht. Man fühlt sich verloren in seiner Kleinheit
unter dem schwankenden Himmel. Die eigentlichen Himalajaberge,
die kilometerhoch über dem Meeresspiegel aufsteigen, liegen noch
immer in den Wehen der Schöpfung. Die Berge sind jung, sehr jung,
halbwüchsige Dinosaurier, fürchterlich in ihrer mitleidlosen Jugend-
lichkeit.

Hier bietet sich ein Anblick, der dem Menschen den Aufruhr bei der
Umbildung der Erde zeigt, da ihre Kruste sich faltete und krümmte
und diese Weltgegend, das mittelasiatische Hochland mit Tibet und
Nepal, hochschob zum Himmel empor. Am Maß dieses riesenhaften,
in die Wolken geschleuderten Felsaufwurfs gemessen, werden wir alle klein und gering. Wind und Wasser, Eis und Schnee und Sonnen-
glut haben ihre allmählichen Einwirkungen in die Gestalten gegra-
ben, die wir sehen und die wie entwicklungsgeschichtliche Mammut-
rassen Äonen langsamen Kreißens überdauern, bevor sie, sich in neue
Formen wandelnd, verschwinden.

Die Schwingen eines Himalajasturms haben unser Flugzeug gepackt;
es wird so herumgeschleudert, daß wir nichts anderes mehr erhoffen
als einen möglichst raschen, möglichst gnädigen Absturz. Vom sicheren Tod überzeugt, doch ohne eigentliche Angst, ist meine Neugierde
im letzten Moment noch so groß, daß ich, während der Rampoche zu-
sammengekauert mit offenem, aber stummem Mund seinen Rosenkranz abhaspelt (die Worte des inmitten des Wirbelsturms von Lärm
herausgeschrienen Gebets vermochte niemand zu hören), mich an die
eisbeschlagene Fensterscheibe drücke, neugierig darauf, ob unser Leben im Schnee, auf nacktem Gestein oder im gischtenden Flußwasser
enden werde. Dearest wird es so schlecht, daß sie in Ohnmacht fällt.
Auch Mike Young ist fahl vor Elend, und Professor Rimskow hat mit
dem Schicksal abgeschlossen. Ich meinerseits blicke mich noch einmal um, falle dann aber neben Dearest auf den Boden.

Doch auf einmal sind wir da, wir kommen an. Heftiger Einbruch von Stille, als wären wir schon tot. Wir gehen nieder, zu scharf und rasch, um uns zum Aufatmen kommen zu lassen; während wir durch Nebelgeriesel tauchen, läßt der Wind um uns mehr und mehr nach. Der erste, der aus dem Flugzeug heraustaumelt, ist der Rampoche. In trübseligem Zug folgen wir ihm: Dearest, ich selbst, Professor Rimskow, zuletzt Mike Young. Der Rampoche sieht zu, wie wir die Leiter herunterklettern, und obwohl er selbst wie von einer komischen Grünspanfarbe überzogen aussieht und noch nicht fest auf seinen kurzen Beinen steht, reicht er jedem von uns, der auf dem Boden angelangt ist, feierlich die Hand und sagt: »Willkommen in Bongsor. Alles, was ich habe, gehört Ihnen.«

Ich bin jetzt an diesen raschen Persönlichkeitswechsel, nicht nur beim Rampoche, sondern bei jedermann sonst auch, gewöhnt. Der Mensch schafft die Götter nach seinem Bilde, und es ist nur logisch, daß der Rampoche über eine Vielfalt von Persönlichkeiten verfügt, von denen eine jede von der andern in glücklicher Weise geschieden ist. Ich weiß jetzt, daß Schizophrenie der Normalzustand des Menschen ist.

Der Flugplatz von Bongsor ist winzig, eine windüberwehte, braune viereckige Fläche, kaum größer als ein Handtuch; er ist jetzt ganz von Bodennebel umgeben; die schrägen Wände der niederen Bergzüge lassen sich jedoch ahnen. Professor Rimskow sagt: »Wir sind hier dreitausend Meter hoch. Diese Hochebene ist ein ehemaliger, jetzt ausgetrockneter Gletscher, der zuviel Schutt und Schlamm mitführte, so daß er sich selbst eine Schranke schuf; aber dann wühlte er sich in einiger Entfernung einen Ausweg. Sie werden das Gebirge sehen, sobald der Nebel hochsteigt; es ist phantastisch, phan-taastisch!« Er zieht das Wort in die Länge, um es stärker wirken zu lassen. »Bongsor liegt nun etwa sechs Kilometer in der Luftlinie über dem Bergrücken drüben im nächsten Tal.«

Durch das feine Nebelgeriesel taucht eine bedrohlich wirkende Schar von Männergestalten auf, in Ziegenfellgewändern bis zum Knie, Kukris im Hüftstrick, Gewehre in den Händen und taubeneiergroße runde Türkise oder Achate in den Ohrläppchen.

Der Rampoche klatscht in die Hände. »Meine Diener.«

Sie umringen uns mit einschüchternder Freundlichkeit, die Gewehre vorstreckend, tun aber nichts, als daß sie uns das Handgepäck abnehmen. Einige andere klettern ins Flugzeug hinein. Es erscheinen auch zwei Jeeps, ein jeder mit einer wehenden Standarte aus dunkelorangegelber Seide, der Flagge des Rampoche von Bongsor.

»Die Jeeps habe ich voriges Frühjahr mittels Flugzeug kommen lassen«, sagt der Rampoche. »Es kostete mich zuviel Geld, beim Zeus. «
Aus dem Innern des Flugzeugs werden jetzt gewisse Gegenstände ausgeladen, die mir unbestimmt bekannt vorkommen; sie sind in Stroh und Papier verpackt, mit Bindfaden verschnürt, glatte weiße Porzellanränder und -wölbungen treten hervor. Leicht zu erraten, um was es sich bei dieser Fracht handelt; die Insignien der westlichen Zivilisation, vom fortschrittsfreudigen Rampoche bestellte sanitäre Einrichtungen; wie er uns versichert, nicht für das Kloster, sondern für das von ihm in Bongsor geplante Hotel. »Das Hotel einer Aktiengesellschaft«, sagt er. »Ich werde es ›Hotel Dammblick‹ nennen. Vielleicht ein bißchen zu früh, meinen Sie?«
Ein anderer feldgrau gestrichener Jeep mit zwei Männern darin fährt an uns vorbei. Mike Youngs Augen leuchten auf.
»Das ist der Jeep der Hilfskommission beim Damm, Anne«, sagt er aufgeregt. »Ich werde den Leuten eine Botschaft für Unni mitgeben, soll ich? Ich werde ihn bitten, sich mit uns in Verbindung zu setzen. «
Da schlägt der Rampoche auf seine Kopfbedeckung (eine Tweed-Mütze zu seinem Swingboy-Anzug) und stöhnt wie in tiefer Seelenqual auf. Dann kreischt er, sich krümmend: »Ach, ach, ach, wie entsetzlich, wie gräßlich! Der Brief! Ich könnte mir den Bauch aufschlitzen, meine liebe Nichte« – das bin ich – »der Brief von unserm heißgeliebten Ingenieur, Mr. Menon; der Pilot übergab ihn mir, und ich vergaß, ihn an Sie abzuliefern, als wir in Katmandu waren. Hier ist er wohl« (er stöbert hastig seine Taschen durch), »nein, da ist er nicht. Er muß beim Gepäck sein. Beim Zeus, demnächst werde ich noch meinen eigenen Namen vergessen. «
Was soll ich tun? Es hat nicht einmal Sinn, meiner Entrüstung über dieses Schelmenstückchen in Worten Ausdruck zu geben. Die Jeeps setzen sich schütternd in Bewegung, keuchen bergauf. Mir ist ein Streich gespielt worden. Vom Rampoche. Weshalb, das weiß ich nicht. Vielleicht, wenn ich am gestrigen Abend noch den Brief gelesen hätte, wäre ich nicht mitgefahren. Allein Rukmini ist ja hier. Ihre Schwester Devi hat mich gebeten, sie aufzusuchen. Und neben mir sitzt, ingrimmig und jung, aber Sicherheit einflößend, Mike Young, so daß ich mich nicht ohne Schutz fühle. Solange Unni nichts zustößt … was kann sich sonst Schlimmes ereignen?
Während der sechs Kilometer langen Fahrt auf einem Weg (der nichts als ein etwas verbreiteter Saumpfad ist) vom Flugplatz zur Stadt (oder ist es ein Dorf?) Bongsor, über zwei Bergrücken, mit Zickzack- und

Haarnadelkehren, immer das langgezogene, musikalische Donnern des Flußes unter uns, falle ich in fiebriges Träumen. Inmitten der Unwirklichkeit der beunruhigenden Umgebung und körperlicher Unzuträglichkeit steigen die Erlebnisse des gestrigen Abends wieder vor mir auf ...

Devi saß in meinem Zimmer. Ich lag flach auf dem Rücken, hörte mich sagen: »Rukmini ist in Bongsor?« Meine Stimme war matt, leblos.

»Ja, vor zwölf Tagen ist sie mit dem Flugzeug abgereist. Sie waren damals im Krankenhaus.«

Das kann dasselbe Flugzeug gewesen sein, das Unni zur Rückkehr nach Bongsor benutzt hat, als er mich vor zwölf Tagen im Krankenbett zurückließ.

»Bitte«, sagte Devi, »könnten Sie nicht nach Bongsor reisen und sie heimbringen?«

»Ich, Devi?«

»Ja, Sie. Niemand anders kann das«, sagte Devi.

Natürlich mußte ich es tun. Nichts anderes konnte ich tun. »Wann geht das nächste Flugzeug?«

»Das weiß ich nicht«, sagte Devi. »Das weiß nur ein Mensch, der Rampoche. Er ist vor zwei Tagen zurückgekommen; er fliegt sehr oft geschäftlich hin und her.«

Vor zwei Tagen war also ein Flugzeug angekommen, ohne Unni, aber auch anscheinend ohne einen Brief von ihm. Er war nicht gekommen und hatte mir nicht geschrieben. Alles verzerrende Verzweiflung bemächtigte sich meiner jählings, entsetzlichste Hilflosigkeit überfiel mich, steigerte sich rasch, wurde übergewaltig, erschreckend gleich den dunklen Ungewittern, die hier wüten, Himmel und Erde auslöschen. »Ich gehe gleich zum Rampoche und erkundige mich nach dem Flugzeug.«

Devi stand, mich ruhig anblickend, auf. »Wenn Sie Unni sehen, bitten Sie ihn, zu meiner Schwester Rukmini gut zu sein.«

»Ich nehme nicht an, daß Unni Rukmini auch nur das geringste Leid antun wird.« Ich glaubte nichts von dem, was ich sagte. Aber der Himmel fiel deshalb nicht ein. Das tut er ja nie. Die Menschen sind nicht so wichtig, wie sie meinen.

»Für Rukmini ist Unni Gott, Krishna selbst. Aber Unni hält sie für ein Kind, hält uns beide für Kinder. Sagen Sie ihm: ... Rukmini und Devi sind keine Kinder; sie sind Frauen.«

Ich brachte Devi zum Tempel zurück und ließ mich dann zum Haus des Rampoche fahren. Es war dunkel, still hier, nach den Straßen voller Gesang. Vielleicht war niemand anwesend, vielleicht war das Flugzeug mit dem Rampoche schon fort (wie alle in diesen fälschlich primitiv genannten Ländern springt er so frischfröhlich in ein Flugzeug, wie der Londoner in einen Bus steigt), ich würde also tagelang auf das nächste zu warten haben.

Doch der Diener, der die mit schweren Nägeln beschlagene Tür öffnete, sagte, die Familie sei zugegen, und als ich steif die enge Treppe hinaufging, fiel ich fast auf Dearest, deren Gesicht mit weißem Lehm bedeckt war (eine Maske zur Verschönerung des Teints).

»Mrs. Ford, welche Freude nein welch ein Vergnügen mein Daddy wird entzückt sein wahrhaftig wollen Sie in den Salon treten bitte mein Daddy ist gleich mit dem Gebet zu Ende.«

Der Rampoche saß in der Stellung der Selbstbeschau, die Beine mit den an den Füßen nach oben gekehrten Sohlen gekreuzt, auf den Oberschenkeln ruhend, auf einem Bett mit gelben Seidenvorhängen; seine auf dem Knie liegende Hand ließ glatte Kugeln zwischen Daumen und Zeigefinger gleiten. Sein Gesicht war heiter und hatte einen Goldschimmer. Hinter ihm auf dem reinlichen Bett lagen seine Steppdecken aufgetürmt, die oberste kunstvoll zu pyramidenförmigen Wellen gefaltet. Auf einem Tischchen stand eine etwa dreißig Zentimeter hohe Buddhafigur aus Gold, vor der vier Butterlampen brannten.

Ich schickte mich an, wieder fortzugehen, indem ich etwas von Nicht-Störenwollen murmelte, aber da schrie Dearest in den höchsten Freudentönen auf: »Wenn mein Daddy in Andacht versunken ist, stört ihn nichts«, und so setzte ich mich auf einen niederen Stuhl, schlürfte Tee aus einer silbernen Tasse, während der Rampoche sein Gebet beendigte, dann ein Glöckchen läutete, um die Wandlung aus einem geistigen Ich zu vollziehen, sich, mit der Stirn die Tischkante berührend, vor dem Buddha verneigte, schließlich geschmolzene Butter auf die Lampen nachgoß, worauf er sich mir zuwandte. Sein Gesicht, bisher so glatt und ruhig wie das einer Statue, wurde jetzt überlebendig, um die Augen legte sich die Haut in lächelnde Falten, und aus seinem Mund kam ausgiebiges Gelächter.

»Meine liebe Nichte«, rief er, »wie erfreulich, Sie wieder so wohl zu sehen.« Er klatschte in die Hände und befahl laut, Essen zu bringen. »Ich hoffe, Sie werden an unserem bescheidenen, frugalen Mahl teilnehmen«, sagte er.

Vergeblich lehnte ich ab mit der Begründung, daß ich schon gegessen hätte, die Tischchen wurden gebracht; Silberteller mit Huhn, Wachteln, Brot, Brotfrüchten und Rettichen und dem, was Dearest »Himalaja-Kräuter zur Förderung kräftiger Gesundheit und strahlenden Verstandes« nannte, wurden aufgetragen. Aber ein Schwindelanfall kam mir zupaß, und ich wurde auf ein niedriges Ruhebett, das an der einen Seite der Wand entlanglief, gelegt.

»Mir ist noch nicht ganz gut«, sagte ich, als ich nach ein paar Minuten wieder zu mir kam. »Ich darf nur zweimal am Tag essen.«

»Meine liebe, liebe Nichte!« rief der Rampoche und zog aus seinem Ärmel ein winziges Silberdöschen hervor, das eine stark nach Pfefferminz riechende grüne Salbe enthielt; mit dieser rieb er mir die Schläfen ein. »Das ist der berühmte chinesische Tigerbalsam«, sagte er ernst und gewichtig. »Ohne ihn gehe ich nie auf Reisen.«

Dearest hatte inzwischen ein rotes Pulver herbeigebracht, ein tibetanisches Arzneimittel, das ich mit einem Schluck Tee einnehmen mußte.

Zum Abendessen zu bleiben, konnte ich nicht ablehnen. Ich erkundigte mich dann beim Rampoche nach dem Flugzeug nach Bongsor. Da wurden seine Augen auf einmal wie kleine Austern in den Muscheln, die dunkle Pupille ganz vom Weiß umrändert. In seinem Blick war verstellte Überraschung, ein bißchen Triumphgefühl, aber auch allerhand schlaue Berechnung zu lesen. Er wußte, warum ich nach Bongsor wollte, überschlug sofort die Wirkung und die Möglichkeiten meiner Ankunft dort.

»Ei, das ist ja eine großartige Idee«, rief er aus, »ja, wahrhaftig. Jawohl, in der reinen Luft von Bongsor werden Sie in der halben Zeit stark und jung werden. Ich selbst fühle mich immer ganz krank, wenn ich ins Tal komme. Ich bin ein Gebirgsmensch, der die reine Höhenluft atmen muß. Dort, meine liebe Nichte, ist die Verbindung mit dem Göttlichen da, ist es mit Händen zu greifen, während hier, im Schmutz der Großstadt …«, er machte eine verächtliche Gebärde wie ein Apostel, der den Staub der zuchtlosen Städte von seinen Sandalen schüttelt.

»Wann geht das nächste Flugzeug?« fragte ich noch einmal hartnäckkig.

»Ei, morgen früh«, sagte der Rampoche mit breitem Lachen. »Morgen, ganz früh, meine liebe Nichte. Sie werden gerade noch recht zu unsern Feierlichkeiten zu Ehren des Regengottes kommen. Das sind die Tage, in denen gescheite Leute nach Bongsor kommen. Denn un-

sere Festlichkeiten sind viel schöner als in Katmandu. Es ist ein bißchen früh, wenn Sie jetzt schon kommen, aber Sie müssen ja wohl
morgen hin«, sagte er und tat, als schicke er sich ins Unvermeidliche.
»Ja, ich möchte gern einen Platz im morgigen Flugzeug belegen.«
»Gern«, sagte der Rampoche. »Der bescheidene Preis beträgt nur
achtzig Rupien, und die Reise nimmt lediglich vierzig Minuten bis
eine Stunde (je nach dem Wetter) von hier aus in Anspruch. Ach,
meine liebe Nichte, wir werden wahrlich für Ihre Gesundheit Sorge
tragen.« Er strahlte. »Für mein bescheidenes Anwesen wird Ihr Besuch eine Ehre sein. Und viele Herzen werden jauchzen.«
Nach dieser zweideutigen, hinterhältigen Bemerkung verabschiedete
ich mich vom Rampoche, ging heim und packte mit Hilfe von Mita
und Regmi vor allem meine wärmsten Kleider, aber auch Schreibmaschine und Papier. Das war am gestrigen Abend. Bei Morgengrauen
holten Dearest und der Rampoche mich zum Flugplatz ab. Dort wartete auch Mike Young mit dem gleichen Vorhaben auf das Flugzeug.
Wir brauchten kein Wort zu sprechen. Er faßte meine Hand und half
mir die Leiter hinaufzusteigen. Ich ließ niemandem eine schriftliche
Nachricht zurück. Alle würden schon früh genug im Bilde sein.

»The Himalayan Drugs and Potions Company Limited« (Himalaja-
Aktiengesellschaft für feste und flüssige Heilmittel), »The Mountain
Fur and Wood (Yaks, Goats and other Useful Animals) Company Limited« (Aktiengesellschaft für Bergholz und Felle [Yaks, Ziegen und
andere Nutztiere]), »The Ever Restcure and Happy Drinks Corpora-
tion Unlimited« (Liege- und Trinkkur-Gesellschaft mit unbeschränk-
ter Haftung). An der abschüssigen Hauptstraße (einem holprigen
Sammelsurium aus Bildstöcken, Schlaglöchern, Stupas, Steinhütten
und Yakmist, das sich steil an einem dunkelbraunen Hang hinauf-
zieht) begrüßten uns diese Zeichen des Fortschritts. Alle diese halb-
embryonalen Gesellschaften mit ihren überdimensionierten Firmen-
schildern in englischer und – wie ich annehme – nepalesischer und tibetanischer Sprache gehören dem Rampoche von Bongsor.
»Mein Daddy ist manchmal so fortschrittlich wenn er auch dann wieder ganz vorsintflutlich ist wie Sie sehen Mrs. Ford und zu schade daß
so ein Nebel ist sonst könnten Sie viel mehr sehen aber bald wird alles
klar werden und das Gebirge uns nahe sein.«
Das Gebirge ist verhüllt; aber Bongsor mit seinen braunen Berglehn-
nen, seinen an den Steilhängen übereinander getürmten schwarzwei-
ßen tibetanischen Häusern mit den schmalen Fenstern umgibt uns.

Der Wind fährt peitschend daher. Felsblöcke liegen überall zerstreut, das Ganze bietet ein Bild rauher, erbarmungsloser Naturgewalt. Wir sind an mageren Gersten- und Maisfeldern, lohfarben wie die mottenzerfressenen Leopardenfelle in den Ranapalästen zu Katmandu, vorbeigekommen. Die Straße windet sich etwa in halber Höhe über den Feldern, während in der Schlucht darunter ein schäumender Wildbach braust, dessen Geräusch uns nach und nach so betäubt, daß wir es gar nicht mehr hören. Ein Zug Yaks kommt in der diesen Tieren eigenen langsamen Gangart an uns vorbei; sie sind mit Tee und Borax beladen, ihren langen verfilzten Haaren entströmt ein scharfer Geruch; langhaarige Ziegen sind auf steinigen, kahlen, eingefriedeten kleinen Bodenstreifen neben den Häusern angebunden. Die Frauen haben flache, viereckige, wie polierte Gesichter; sie tragen gestreifte Schürzen und über ihren in dicke Zöpfe geflochtenen Haaren Schals. In den Gürtelstricken der Männer stecken zahlreiche Waffen, aber die Leute kommen aus den Häusern, um sich mit gefalteten Händen vor dem Rampoche zu verneigen, der sie vom Jeep aus segnet.

Am oberen Ende der ansteigenden Straße, über den Häusern von Bongsor, liegt das Kloster, ein massiver Festungsbau mit überhängenden, zinnengekrönten Mauern, schweren Holz- und Eisentoren, vier Ecktürmen und einem hochgeschichteten Steingebilde, einer Potala en miniature. Denn wir befinden uns zwar noch auf nepalesischem Gebiet, jedoch nahe der tibetanischen Grenze, und Lhasa liegt geistig näher als Katmandu.

Das Klostertor steht offen und wird dann rasselnd hinter uns zugeschlagen; Bewaffnete, Leibwächter des Rampoche, stehen um das Tor herum. Wir sind in ein großes gepflastertes Innengeviert eingefahren, zu dessen beiden Seiten Galerien laufen, auf die Zimmertüren hinausgehen. Es stehen gesattelte Ponies herum, in einer Ecke brennt ein kleines Feuer, an dem teetrinkende Mönche hocken; dann weitere Bewaffnete, Knaben mit kahlgeschorenen Schädeln und schmutzigen Mänteln, in der Ausbildung begriffene Lamas. Es sind das die Stallungen und die Unterkünfte für die Dienerschaft und die nicht besonderer Ehrung würdigen Gäste des Rampoche. Wir fahren darauf in einen zweiten Binnenhof, wo wir anhalten. Hier ist ein Schuppen, der drei Autos als Garage dienen kann, weitere um die Mauerwälle sich reihende Zimmer sowie ein frischgeweißtes tibetanisches Haus, das mit der Rückwand an die Wälle angebaut ist und dessen eingefaßte Fenster auf den Hof hinausgehen.

»Dies ist unser neues Hotel für willkommene Touristen«, sagt Dearest stolz. Hinter diesem Hof befindet sich noch ein kleinerer, von dem aus auf Stufen, wie denen der St.-Pauls-Kathedrale pyramidenförmige Steinbauten sich erheben. Dies ist das eigentliche Kloster, der Wohnsitz des Rampoche und seiner Gottheiten, seiner Lamas, Schüler, Anhänger und Krieger; hier befinden sich auch seine Kornspeicher, Waffenlager und Schatzkammern. Eine mittelalterliche Feste, die, in die Kuppe, auf der sie steht, hineingebaut, die Stadt Bongsor zu ihren Füßen beherrscht.

Ehe wir aus dem Jeep steigen, gelingt es mir noch, Dearest zuzuflüstern:

»Ich möchte so bald wie möglich Rukmini sehen, bitte.«

»Gewiß«, sagt Dearest keineswegs erstaunt. »Mein Daddy kann das bestimmt arrangieren sie war unser Gast wie Sie wissen obwohl mein Daddy ihr zu verstehen gegeben hat daß hier das Klima zu rauh ist für sie aber Rukmini lebt ja hinter einem Schleier verzaubert und verzückt mit ständigen Gebeten für Unni Menons Heil und da ist ja mein Daddy jetzt mit dem Brief den er wie er meint gestern abend Ihnen zu geben vergessen hat.«

Der Rampoche steigt aus dem Jeep, und nachdem er eine ganze Menge Lamas in höchst verschmuddelten und verfleckten Mänteln gesegnet hat, die aus den Mauerlöchern (Türen wäre ein zu großartiges Wort dafür) der Festung herausgetreten sind, kommt er zu mir heran und überreicht mir, endlich, Unnis Brief.

Mike, Professor Rimskow und ich betreten darauf das Hotel, wo unsere Zimmer uns erwarten. Jedes Zimmer wirkt wie aus dem Gestein herausgehauen; schmale, mit hölzernen Läden versehene Fenster gehen auf den Hof hinaus, und man überblickt von ihnen aus die übrigen Klosterbauten. Aussicht auf die Landschaft gibt es nicht (weshalb der Rampoche mit dem sarkastischen Humor der Tibetaner den Namen »Dammblick« gewählt hat). Der Steinboden ist mit harten Teppichen aus Yak- und Ziegenhaar bedeckt. Dearest ist mitgekommen, um uns voller Stolz die Badezimmer auf der andern Seite des Korridors zu zeigen; sie bestehen aus steinernen Wannen mit Blecheimern daneben. Die Toiletten tragen die Aufschrift »Herren« und »Damen«; es sind solche zur Benutzung in Hockstellung, die zwar leicht zu reinigen, aber für ihrer ungewohnte Gliedmaßen etwas anstrengend sind. Ein Eimer Wasser mit einem blechernen Schöpflöffel zum Nachspülen ist vorhanden. Alles ist beinahe modern und jedenfalls außerordentlich sauber.

»Jetzt müssen sich alle waschen und ausruhen«, sagt Dearest heiter,

»und dann läutet der Gong zum Lunch aber am Abend sind Sie heute von meinem Daddy zum Essen eingeladen.«

Wir sind allein; allmählich befällt uns eine sonderbare Empfindung von Gefangenschaft, Gelähmtheit, fast etwas wie ein Starrkrampf. Die dicken Mauern, die Finsternis, die Verborgenheit des Hauses zwischen Wällen innerhalb der Klosterfestung, der auf den Hof beschränkte Ausblick, die großen rasselnden Tore, die Gruppen von Bewaffneten, die an plötzliche nächtliche Überfälle denken lassen, an mittelalterliche Beutezüge und Fehden, der sich fast düster am Hang hinter uns auftürmende Pyramidenbau mit den Fensterschlitzen, an denen man sich drohende Bogen und Pfeile, Flintenläufe, Zuber mit siedendem Öl vorstellt …

Mike Young und ich stehen im Korridor und wagen einander nicht anzusehen aus Angst, unsere Angst zu verraten; wir beide spüren die gleiche Beklommenheit (und da wir uns ja höher befinden als im Katmandutal, keuchen wir etwas nach dem Treppensteigen und Herumlaufen), eine sowohl seelische wie leibliche Atemnot. Von diesem Unbehagen erlöst uns die Fistelstimme des glatzköpfigen Professors Rimskow, der jetzt über den ganzen Schädel strahlt: denn hier ist er der Sachverständige. Nach Besichtigung seines Zimmers kommt er händereibend heraus und sagt:

»Aha, Mrs. Ford … Mr. Young. Gefällt Ihnen Ihre Unterkunft? Gar nicht so übel, wie?« Er macht den zielbewußten, glücklichen Eindruck eines Mannes, der sich zu Hause fühlt. »Ich möchte mir nur gestatten, ein paar dienstbare Geister herbeizurufen; das tut man, indem man ihnen in den Hof hinunter zuruft … Ich nehme an, jeder von Ihnen hätte gern einen Diener … aber man muß sie mieten, zum Hotel gehören keine.«

Professor Rimskow spricht ein Gemisch aus Tibetanisch – immerhin mehr als »fünf Worte und alle falsch«, wie Dearest ihm unterstellte – und dem Lokaldialekt von Bongsor, und so erscheinen denn im Handumdrehen drei grimmig bewaffnete Zwerge, jeder mit einem Zuber heißen Wassers für uns drei.

»Zuerst einmal ein schönes heißes Bad, dann essen wir zu Mittag, und wenn Sie Lust haben, führe ich Sie ein bißchen herum.«

»Ich möchte eine Freundin von mir aufsuchen, die sich hier befindet.«

»Ganz zu Ihren Diensten, Mrs. Ford. Ich kenne mich in dem Kloster hier aus; wenn Ihre Freundin da ist, werden wir sie schon finden.«

Das heiße Wasser wirkt beruhigend, es wäscht Müdigkeit und Niedergeschlagenheit weg. Das kleine Zimmer scheint eine sichere Zuflucht. Ich ziehe mich wieder an, lege mich zur Ruhe nieder; die Anstrengung auf mehr als dreitausend Metern Höhe hat bei mir Gedankenflucht und Atemnot hervorgerufen. Nach einer halben Stunde in waagerechter Lage ist mir viel besser. Da kommt die Empfindung des Eingesperrtseins wieder über mich, und, von neuem unruhig, stehe ich auf. Es klopft an die Tür. Es ist wiederum Professor Rimskow. Ich bin darüber gar nicht ärgerlich, sondern glücklich. Er ist ja unentbehrlich. In der ausgestreckten Hand hält er einen großen Topf Cold Cream.

»Für Sie, gegen Sonnenbrand. Haben Sie sicher vergessen; daran denken die Touristen nie. Ich reise nie ohne das. In Tibet verwandte ich Butter. Sie werden das hier brauchen, sonst geht, verzeihen Sie, Ihre Haut zum Teufel. Und nun«, nachdem er zu seiner großen Befriedigung gesehen hat, daß ich etwas Creme aufgetragen habe (er weist mich an, sie gut auf die Nase, an den Mund und um die Augen zu schmieren), »löst die Sonne den Nebel auf. Wir wollen aufs Dach gehen und uns die Berge ansehen.«

Das Gebäude hat ein flaches Dach; wir erreichen es, indem wir eine hölzerne Leiter hinaufsteigen und eine Falltür hochstoßen, worauf wir in das grelle, blendende Sonnenlicht hinauskommen. Eine Sekunde lang muß ich noch blinzeln, kann nichts sehen, dann aber blicke ich mich rundum.

Ich sehe ein riesenhaftes Hufeisen von Schneegipfeln, die einen fern, die andern näher, umwallt von einem Kreis tierartiger brauner und grüner Hänge, die steil zu dem brodelnden, brausenden, milchiggrün schäumenden Wildbach in der Tiefe abfallen. Alles scheint so nahe: die weißen Gipfel, der blaue Schimmer des Eises auf den Gletschern, die von Schatten erfüllten Spalten und Senken, die Schneefahne, die sie dauernd wie Rauch umweht, all das auf dem Hintergrund des dunkelsaphirblauen Himmels, die Unermeßlichkeit des Bildes, die das Gefühl unserer Bedeutungslosigkeit verstärkt, aber uns zugleich auch mit einer Gehobenheit erfüllt, wie nichts anderes auf der Welt das vermag.

Professor Rimskows Fistelstimme wird vor Gemütsbewegung fast zärtlich: »Ist das nicht unglaublich? Deshalb kann ich nicht fort von hier. Deshalb hält man mich für närrisch. Ich bin es auch. Ich bin vernarrt in die Himalajakette, denn es gibt auf der Welt nichts, was ihr gleicht ... höchstens vielleicht die Antarktis oder der Mond. Meines Erachtens ist die Erschütterung, die der Anblick dieser Berge auf uns ausübt, unüberbietbar ... sie versetzen einem einen Schlag von so

unerhörter Wucht, daß man sich davon vielleicht nie mehr erholt ...
Gewaltiger als die Frau, gewaltiger als die Liebe, gewaltiger denn alles, was es gibt. Ich vermag nirgendwo anders mehr hinzugehen. Können Sie das verstehen?«

»Welcher davon ist Mana Mani?« frage ich.

In fast hysterischem Ton antwortet Professor Rimskow: »>La Belle Dame sans Merci‹. Der gerade hinter Ihnen.«

Da mein Blick nach Norden zu dem gewaltigen Halbkreis von Bergen hin gerichtet gewesen war, hatte ich mich nicht umgedreht, weil ich auch gemeint hatte, hinter mir sei nur der Klosterbau zu sehen. Nun aber wandte ich den Kopf und – schaute. Da war sie ... hinter dem Kloster, das auf dem Hügel hier hockte, jenseits des braunen, wirren, wie ein struppiges Wolfsfell aussehenden Hügelkamms, jäh aufsteigend in den Himmel, da war sie: Mana Mani, eine hohe weiße Nadel, ein unmöglicher Berg, so herrlich, so unwahrscheinlich, von so schlankem Bau und so gewagtem Zuschnitt, daß man bei längerem Hinsehen meinte, er müsse plötzlich überkippen und auf uns herabstürzen.

»Mana Mani, der Sitz von Bongsors Schutzgöttin«, sagte Professor Rimskow. »Aber wenn man die Leute hier fragt, sind es in Wirklichkeit fünf Göttinnen. Sie gehören zu einer uralten Religion, die weit älter ist als Buddhismus und Hinduismus. Man stößt auf ihren Kult auch in der Mongolei, in Tibet, in Katmandu ebenfalls, in dessen ländlicher Umgebung Heiligtümer stehen, wo nächtlicherweile gebetet und geopfert wird. Fünf Göttinnen, eine jede mit zwei Namen und zwei Persönlichkeiten, einer guten und einer bösen. Doch ihre Namen sind so entsetzenerregend, daß es verboten ist, sie auszusprechen, und so hat es sich nach und nach ergeben, daß mit Mana Mani die Göttinnen und nicht nur der Berg bezeichnet werden.«

Ich starrte Mana Mani weiter an. Der Anblick war schlechthin atemberaubend. Kein Wunder, daß der Berg für Unni ein Alpdruck, daß er von ihm wie besessen war. »Mana Mani hat dies getan und jenes getan ... sie hat die halbe Straße in die Tiefe gerissen.«

»Gutmütig sieht sie nicht aus, wie?«

»Das sind Göttinnen nie. Blutdürstig sind sie; sie begehren Blut, frisches, kräftiges Blut männlicher Geschöpfe.«

Da wird irgendwo ein Messinggong angeschlagen. Der Professor bricht ab und sagt eifrig: »Lunch, ich fürchte, es wird hier sehr schlecht zu Mittag gegessen; das Abendessen ist besser, weil der Rampoche mitißt.«

Plötzlich hat er Hunger bekommen, am Berg hat er kein Interesse mehr; wie der berühmte Pawlowsche Hund reagiert er auf den Gongton.

»Ich komme gleich«, sage ich. Er steigt zuerst durch die Falltüre hinunter. Ich bleibe stehen und schaue weiter Mana Mani an, und je mehr ich schaue, desto verwirrter, ängstlicher, trostloser wird mir zumute. Der Berg wirkt gnadenlos, beklemmend grausam. *La Belle Dame sans Merci*, Unnis *Belle Dame*. Unni ... Rukmini. Ich ziehe noch einmal Unnis Brief aus der Tasche und sehe die paar Zeilen an. Ich habe ihn bereits mindestens viermal gelesen, gerade deshalb, weil er so wenig enthält:

»Anne, ich kann mit diesem Flugzeug nicht kommen. Bitte warte auf mich. Ich komme, sobald ich kann, zu dir «

Das ist alles. Nicht ein Wort mehr, soviel ich auch darauf starre. Hätte ich diesen Brief in Katmandu bekommen, wäre ich dann nach Bongsor geflogen? Selbst auf die Bitte Devis hin? Ich weiß, daß ich es getan hätte. Ich falte das Blatt zusammen, schaue es gleich darauf wieder an, scharf, prüfend, in der Hoffnung auf ein Wunder, ein Liebeswort. Aber nichts dergleichen: kein Wort der Liebe für mich, kein Wort über Rukmini. Rukmini muß jedoch dagewesen sein, als dieser Brief geschrieben wurde. Unni muß es gewußt haben. Sie muß im gleichen Flugzeug gewesen sein. Er erwähnt nichts davon. Selbstverständlich war immer der Damm da; beim Damm hatte es Schwierigkeiten gegeben; das hatte Unni verhindert, wieder zu mir zu kommen; das, nicht Rukmini. Darum nur diese mitleidlose, herzlose Zeile auf blauem Papier, das ich immer zwischen den Fingern drehe.

Ich schaue wieder Mana Mani an. Der Berg sieht mich ebenfalls an. Unter seiner eisigen Feindseligkeit fühle ich meine Gedanken auseinanderfallen, ein anderes Ich sich enthüllen, ein Ich, das ebenso erbarmungslos ist wie Mana Mani. Da läutet der Gong wieder; ich begebe mich hinunter zum Lunch, von vornherein wissend, daß ich keinen Bissen essen werde.

Professor Rimskow verzehrt eine gelblich-braune Suppe, ein merkwürdig riechendes Haché (aus Büffel-, Ziegen- oder Yakfleisch) und eine klebrige, über und über von Fliegen beschmutzte Süßspeise. Er ißt mit hörbarem Genuß, mehr um zu zeigen, daß er gegen Bergkrankheit immun und in tibetanischem Milieu zu Hause ist, als aus wirklichem Appetit. Er ißt auch unsere beiden Desserts mit Begeisterung auf und verlangt dann gebutterten Tee nach tibetanischer Manier.

»Wenn das Gebiet auch zu Nepal gehört, so ist es doch eine echt tibetanische Gegend«, sagt er. »Man braucht ein paar Tage, um sich zu akklimatisieren. Diese Schlucht hier liegt mindestens zwölfhundert Meter höher als Katmandu. Sie bildet einen der niedrigsten Pässe nach Tibet.«

Er schwatzt weiter drauflos, während ich mir überlege, wohin Mike verschwunden sein mag. Sein Essen ist aufgetragen, aber kein Mike weit und breit zu sehen. Und wieder befällt mich Furcht, die drohende Gewißheit von Vereinsamung und bevorstehender Gefahr. Ich möchte über meine Schulter wegschielen, um nachzusehen, ob Mana Mani hinter mir ist, mich beobachtet; denn irgendwie ist meine Unruhe mit dieser hochmütigen, feindseligen Spitze, die in ihrer Weiße über uns emporragt, verknüpft.

Wir trinken Tee (ich gewöhnlichen), da hallt auf einmal das Hotel von Lärm, einem erschreckenden Gedröhn, das immer weiter tönt und seinen Schall an und zwischen die widerhallenden Bergwände wirft.

»Ach, du meine Güte«, ruft Rimskow, »die großen Trommeln des Klosters. Warum aber?«

Darauf folgen ganz unheimliche Töne, wie heulende Sirenen, die grell und wild, schauerlich süß, immerzu, immerfort, einander zukreischen.

»Die Widderhörner werden geblasen«, sagt der Professor aufgeregt. »Sie rufen zum Gebet gegen großes Unheil.«

Was auch immer der Grund sein mag, der jetzt einsetzende Aufruhr ist unverkennbar. Rufe und Schreie sind zu hören, die zu einem Höllenlärm anschwellen. Der Hof ist voller laufender Menschen, rennender Ziegen und wiehernder Ponies. Ein endlos scheinender Wirrwarr, über den hinweg man jedoch auf einmal eine laute, schreiende Stimme vernimmt, die eines Lamas in bernsteingelbem Gewand, der die Arme über seinem kahlgeschorenen Schädel schwenkt.

»Was sagt er?« frage ich Rimskow.

»Ich verstehe ihn nicht aus dieser Entfernung«, sagt der Professor. Er lauscht, versteht aber sichtlich nichts. Die Menge brüllt wieder, verfällt wieder, hin- und herwogend, in Raserei. Der Lama wendet sich dem Kloster zu, seine Arme fliegen hoch, alle tun es ihm nach, wenden die Köpfe, strecken die Arme hoch und schreien. Auf den Mauerzinnen stehen, Mana Mani zugewandt, die bewaffneten Leibwächter und stoßen in lange Trompeten.

»Es handelt sich wohl um ein Gebet zu den Göttinnen«, sagt der Professor, »aber weswegen, das weiß ich nicht.«

Schließlich sehe ich Mike Young, der sich durch die Menschenmenge durchschlägt; es werden ihm allerhand Spottworte nachgerufen, aber niemand versucht, ihn aufzuhalten. Er stellt sich zu uns vor das Hotel Dammblick, betrachtet das Gedränge im Hof und die Trompetenbläser auf den mittelalterlichen Mauern.

»Ist das nicht phantastisch?« sagt er. »Das übersteigt doch alles.«

»Wo waren Sie denn, Mike?«

»Habe mich mal tüchtig umgeschaut. Hatte keinen großen Hunger. Alles scheint vom Erdboden verschwunden. Kein Rampoche da, keine Dearest, niemand. Bin auch unten im Dorf gewesen. Dachte, ich könnte dort etwas in Erfahrung bringen. Aber: nichts, keinen Schimmer. Das hier ist eine völlig närrische Gegend. Wozu machen denn die Leute so einen Lärm? Ich hoffe, Unri taucht bald auf. Habe versucht, auf eigene Faust eine Fahrgelegenheit zum Damm zu kriegen, war aber Essig damit. Es scheint, die Jeeps werden heute alle zur Herbeförderung der Flugzeugfracht gebraucht.«

Ich schaue wieder nach Mana Mani hin. Der untere Teil der Nadel ist von Gewölk umgeben, die Wolken sind wie Hände, die etwas umfassen. Angst zieht mir die Kehle zu, zugleich aber fühle ich mich merkwürdig gelöst. Gleich einem tibetanischen Lama schwebe ich um meinen Körper herum, statt mich in ihm zu befinden. Eine schreckenerregende Losgelöstheit, als wenn man sich am Rande eines Abgrunds befände und in Versuchung wäre, den gemeinen Körper hinunterzustürzen.

Der Hof leert sich jetzt, regellos schlendern die Männer hinaus, die Frauen mit den Kindern an ihren Schürzenzipfeln, alle trotten sie zum Tor hinaus, und bald geht überhaupt nichts mehr vor.

»Wir können hier nicht den ganzen Tag stehenbleiben«, sagt Mike. »Was sollen wir denn tun?«

»Ach, ihr Amerikaner«, schreit der Professor, »immer wollt ihr etwas tun. Hier ist das Beste, zu *sein*, über das *Sein* nachzudenken. Kommen Sie, ich führe Sie im Kloster herum; es gibt da höchst interessante Dinge zu sehen.«

»Habe ich schon gemacht«, sagt Mike. »Bin schon durch das ganze Gebäude gegangen.« Aber er schließt sich uns trotzdem an.

Wir überqueren den Hof und betreten das wuchtige Hauptgebäude. Die Türen sind schmal, aus schwerem Holz, mit Eisenbändern, Riegeln und Stangen verstärkt. Ein dreifacher Wallgürtel mit Mauern und Toren ist um das innere Kloster gezogen. Irgendwo darin haust der Rampoche. Irgendwo muß da auch Rukmini sein.

Plötzlich packt Mike die Wut, eine jämmerliche, jugendliche Wut; er schlägt die eine Faust in die andere Handfläche. »Ich wollte, ich könnte den ganzen Krempel da in die Luft sprengen! Bestimmt halten sie etwas versteckt. Ich wollte, ich könnte Seine Herrlichkeit zwischen die Finger kriegen.« Vor lauter Zorn redet er zusammenhangloses Zeug. Natürlich handelt es sich um Rukmini, aber er gibt das nicht zu.

»Mike«, sage ich, »Rukmini ist aus freien Stücken hierhergekommen. Sie ist eine Freundin von Dearest. Es ist doch sinnlos, daß der Rampoche sie gefangenhält. Vielleicht will *sie* uns nicht sehen.«

»Freilich, das kann sein«, sagt Mike. Er macht ein so unglückseliges Gesicht, daß ich meinen Arm unter den seinen schiebe. Er wirft mir rasch einen dankbaren Blick zu und drückt meinen Arm. »Ach, Anne«, sagt er, »ich liebe sie ja so sehr; eines Tages im vorigen Frühling dachte ich, fing ich an zu denken ... sie könnte mich mit der Zeit auch ein bißchen lieb gewinnen.« – »Ich weiß, Mike.«

»Sie sind doch der Meinung, Rukmini sei in Unni verliebt, nicht?«

»Ich weiß es nicht. So einfach ist das nicht.«

»Ich weiß«, sagt er jetzt. »Sie hält ihn für einen Gott. Es ist wortwörtlich Vergötterung, was sie treibt. Sie ist eben noch sehr jung«, sagt Mike. Mein Herz krampft sich vor Mitleid zusammen. »Und ihr Ehemann ... je weniger man von ihm spricht, desto besser. Ich hatte gedacht, es könnte sich etwas Hoffnung für mich ergeben. Ich würde versuchen, sie glücklich zu machen, ihr alles zu geben, was sie will ... Unni ist ein großartiger Kerl. Aber als ich merkte, er mache sich nichts aus ihr, sondern liebe Sie, Anne, meinte ich, es bestünde vielleicht eine Aussicht für mich.«

Ich gebe keine Antwort. Was kann ich ihm sagen? Was für einen Unterschied macht es in Rukminis Gefühlen für ihn oder in seinen für sie – falls er solche hat –, daß Unni mich liebt? Ich gehe eilig weiter, denn Professor Rimskow wartet ungeduldig auf den Treppenstufen, die wie bei einem Dom zu den massiven Pyramiden hinaufführen, deren Zusammenhäufung so abstoßend wirkt. Diese Aufschichtungen von Mauerwerk und Stein sind meistenteils vierstöckig; jedes Stockwerk ist kleiner als das, auf dem es aufsitzt, und um jedes läuft eine mit einer Brustwehr versehene Terrasse. Die Fenster sind nur Schlitze; die Rückseite der Festung ist von der Masse des Bergs selbst geschützt. Kein Wunder, daß der Vater des Generals, der mit seinen Truppen einen Angriff auf diese mittelalterliche Trutzburg unternahm, nichts erzielte als ein fürchterliches Gemetzel.

Wir dringen nun ins Innere des Baues vor, wo es nach ranziger Butter und Moschus riecht und viele blakende Lämpchen tanzende Groteskgestalten in Bewegung setzen. Wir gehen von Raum zu Raum, etwas verwirrt in einem Nebel von Weihrauchschwaden, wechselnder Beleuchtung und leise auftretenden betenden Lamas. Die Architektur im Innern des Baus scheint ungewöhnlich willkürlich: steinerne Korridore führen zu pfeilergetragenen Alkoven, worin auf Altartischen die Götter des Tantra-Lamaismus stehen; viele von ihnen stellen das furchtbare Paar, Allvater und Allmutter, in symbolischer Umschlingung, dem Ursprung des Alls, dar. Sie sind bekränzt mit Schädeln, und der Bronzeguß ihrer Leidenschaft erhebt sich inmitten eines Strahlenkranzes von Armen. Andere sind heitere, beschauliche Nachbildungen des Buddha, die Hände in der Gebärde des Lehrens oder Betens, Verneinung und Bejahung des Seins, so wie die Umarmung zugleich Gipfel und Ende der Erregung der Sinne ist, Erfüllung und Leere.

Mit dem glühenden Eifer dessen, der keine Unterbrechung befürchtet, hält Professor Rimskow uns einen Vortrag: »Wie Sie sehen, wird hier eine verderbte Form des Buddhismus geübt, vermengt mit Tantrismus, der seinerseits ein Gemisch aus Zauberkult, Shivaverehrung und primitivem Animismus ist. In Katmandu, zumal in dessen ländlicher Umgebung, finden sich noch viele Tantraheiligtümer, wo Riten zelebriert werden, die an die Schwarzen Messen, den Hexensabbat in Europa und die Bacchanale im antiken Griechenland erinnern. Das Hauptmerkmal des Tantrismus besteht in der Einführung weiblicher Gottheiten, des *weiblichen* Prinzips überhaupt anstelle des männlichen. Das gesamte Gebiet hier ist Göttinnen geweiht, eine jede die Inkarnation jeder anderen, Materialisierungen in zwei Formen, einer gutartigen und einer bösartigen. Als ich in Tibet war«, und dabei dreht er mechanisch an einer übermannshohen kupfernen Gebetsmühle, die in einer Ecke des Raumes steht, »versuchte ich immer wieder, die Namen der bösartigen Formen zu erfahren, die mir jedoch niemand sagen wollte. Nur die gutartigen Namen werden ausgesprochen oder geschrieben, denn wenn die bösartigen geäußert würden, so würde dem Bösen Wesen verliehen, würde es Gestalt, Form und Leben annehmen. Auf der ganzen Welt finden Sie das«, erläutert Professor Rimskow, während er uns weiter durch das Labyrinth geleitet, an Hunderten von Gebetsmühlen vorbei, die mit der Formel beschrieben sind, die angeblich die Welt vor der Vernichtung durch das All-Böse bewahrt: *Om Mani Padme Hum*, »diese Furcht davor, daß Worte nicht nur die Dinge bedeuten, die sie darstellen, sondern *sind*. ›Im Anfang war das Wort, und das Wort war bei Gott, und Gott war das Wort. Und das Wort wurde Fleisch‹, so steht es im Johannes-Evangelium. Der Apostel kam dem Buddhismus nahe, als er dies sagte. Daß das Wort Fleisch wird, … davor hat ein jeder Angst. Die schöpferische Kraft des Wortes, in unserem Geist Wirklichkeit anzunehmen … Deshalb die Wiederholung des Gebets, der Worte, die in jeder Religion der Ansammlung von Verdienst in der jenseitigen Welt dient.«

»Und die Anrufung des Namens Gottes vertreibt die Teufel«, werfe ich ein.

»Richtig«, sagt Professor Rimskow strahlend. »Meines Erachtens gehört dies zu den grundlegenden menschlichen Wesenszügen, die geradezu magische Empfindung der Achtung und Ehrerbietung gegenüber Worten und deren Macht. Darum hat man oft das Gefühl, dichterische Begabung sei eine Monstrosität.« Er lächelt mir verschmitzt zu.

»Das ist eine uralte Empfindung, diese Empfindung hinsichtlich der Sprache. Was einmal ausgesprochen ist, ist vorhanden; was nicht ausgesprochen oder geschrieben ist, ist nicht vorhanden … glauben wir das nicht alle in Wirklichkeit?«

Wie in einen Bann gezwungen, folgen Mike und ich dem Professor. Ich bemerke die vorbeihuschenden Gestalten von Altardienern und Lamas in ihren schmutzigen braunen Mänteln und ihren hohen Filzstiefeln, die mit vom Rauch nachgedunkelten Fresken bemalten Wände, die auf- und abführenden Stufen, die verschlungenen geschnitzten Friese über den Türen sowie da und dort auf Kissen aus geflochtenen Yakhaaren betende Männer und Frauen, andere, die zerlassene Butter in die kleinen Behälter der dargebrachten Lampen gießen, manche von ihnen gutgekleidet, andere in Lumpen. Und überall, immerzu, wie das Gesumm in einem großen Bienenstock, das endlos wiederholte »Om Mani Padme Hum; Om Mani Padme Hum«.

»Was mir nicht in den Kopf geht«, sagt Mike, plötzlich seinen Benommenheitszustand abschüttelnd, »ist, daß der Rampoche, der ein solcher Gauner ist, gleichzeitig so viel daherredet von Entsagung, Seligkeit und Nirwana. Ich habe gehört, wie er vom Eingehen in die Seligkeit redete und zehn Sekunden darauf gesehen, wie er irgendeinem Kerl, mit dem er ein Geschäft machen wollte, ein Schmiergeld oder ein Mädchen anbot.«

Professor Rimskow lacht sein wie Hühnergegacker klingendes Lachen, während er behende über eine Schwelle und ein paar Stufen hinunterhüpft, um dann einen kleinen Hof zu überqueren, in dem es stark nach Urin riecht, und zu einer unter die Erde hinabführenden Treppe vorangeht. »Alles ist Sinnestäuschung«, sagt er. »Für den Rampoche hat weder Geld noch Frauen, überhaupt kein materielles Ding, Wirklichkeit. Sie gehören zu seinem stofflichen Ich, das zur Vernichtung verdammt ist, zu jenem Ich, das mit den Täuschungen des Fleisches umgeht und das durch eine Willensanstrengung, eine Konzentration auf das Eine oder durch die Wiederholung von ›Om Mani Padme Hum‹, die Worte, welche die Substanz des Guten *schaffen*, beseitigt werden kann. Das ist die Kasuistik der Lamas, aufgrund deren sie das Beste aus beiden Welten haben können.«

Wir stehen jetzt vor einem dunkelroten Vorhang mit einem Kreuzmuster darauf. Professor Rimskow hebt den Vorhang hoch. Im Gegensatz zu den anderen Räumen, wo nur wenige Lampen die Düsternis etwas erhellen, brennt hier eine Überfülle von Lampen: Hunderte von kleinen Glas- und Zinngefäßen, in Reihen auf dem Altartisch, in Mauernischen; ihr Schein spielt auf zwei riesigen, auf Gestellen stehenden Trommeln, auf übermannslangen Trompeten, deren offenes Ende auf dem Boden ruht, und den mächtigen gekrümmten und gewundenen Widderhörnern, die vom Gebrauch glänzend geworden sind, und deren silbernen Mundstücken. Auf dem Altar steht eine phantastische Figur, das Weiblich-Vielfach-Eine, Teufelin und Göttin mit einer Pyramide von Köpfen und einem alpdruckbereitenden Wirbel von Armen, die Füße auf einer Welt von Menschen und Tieren.

»Das ist Mana Mani, oder richtiger: Es sind die Mana-Mani-Göttinnen, die Fünf-in-Einer oder besser: Zehn-in-Einer«, sagt Professor Rimskow. »Beachten Sie die zehn übereinandergeschichteten Köpfe. Der Name der Gottheit ist heilig, daher wird der Name des Bergs zu ihrer Bezeichnung gebraucht. Sonderbarerweise ein Hindi-Name für eine Tantra-Gottheit.«

In dem hellerleuchteten Raum macht sich eine feindselige Stimmung geltend, vielleicht weil die Hörner, die Trommeln, wiewohl sie jetzt stumm sind, uns an den plötzlichen Aufruhr, die herzbeklemmende Angst erinnern, die erst vorhin die Festung befallen hat. In dem phantastischen Lichtschein rührt sich und tanzt die vielfältige Figur, wiegen sich und schütteln sich die Köpfe. Um den Hals trägt sie eine Girlande aus Schädeln.

Da schreit Mike plötzlich auf:

»Rukmini … Rukmini!«

Mit den Augen der Liebe hat Mike sie zuerst erkannt, und der Klang seiner Stimme, der das feindselige Schweigen um uns zerreißt, läßt uns aus unserer Halbbetäubtheit, aus der angstvollen und beängstigenden Lethargie hochfahren, die uns gefesselt hat wie in einem wüsten Alptraum, der die Füße lähmt und keine Flucht erlaubt.

Rukmini gießt aus einem Zinnkrug, den sie in der Hand hält, zerlassene Butter auf die Lampen um das Götterbild. Sie ist hinter dem Altar hervorgekommen; zumindest sieht die Gestalt aus wie Rukmini, in einen kleinen Lamaknaben verwandelt (ist es ein Knabe? – unter dem Schmutz des Gesichts, dem bauschigen Mantel, den Filzstiefeln vermute ich einen Mädchenkörper), der ein Tragbrett mit Lampen hält, jede Lampe mittels der Flamme eines Fidibus entzündet, sie dann mit flehentlicher Gebärde zu Mana Mani hochhebt und schließlich auf den Altar stellt. Es ist Rukmini, doch sie schenkt dem Anruf keine Beachtung.

Mike springt zu ihr hin, sieht sie an, sagt: »Rukmini«, überwältigt von ihrem völlig abwesenden Verzückungszustand, ihrem Versunkensein in ein anderes All, eine gottumgebene Verkümmerung des Ich. Selbst Mike mit seinem kraftvollen amerikanischen Individualismus traut sich nicht, sie anzurühren. Immer wieder sagt er: »Rukmini … du bist hier … bitte, hör mich an … bitte, Liebste, sieh mich an, sieh mich doch nur an.«

Er hat wohl noch nie so gelitten wie nun, da sie ihm ihr liebliches Gesicht, traumbefangen, verzaubert, zuwendet. Sie trägt einen langen, gestreiften, vorne flachen Rock, dazu einen ärmellosen, geknöpften tibetanischen Kittel, aus dem die blassen Ärmel eines Untergewandes zum Vorschein kommen, im Haar keinerlei Schmuck. Bei jeder Bewegung klirren die Armreifen leise mit jenem bezaubernden Goldklang, der wie ein feines, dauerhaftes Parfüm eng verbunden ist mit der Gegenwart einer Frau. »Ist mein Herr gekommen«, fragt sie, »ist mein Herr gekommen, mich endlich zu holen?«

»Ach«, entfährt es Professor Rimskow mit nervösem Auflachen, in dem keinerlei Heiterkeit, sondern nur Mitleid und Grauen schwingt.

Mike ist ein junger Mensch mit durch und durch westlichen Reaktionen, jedem Mystizismus abhold. Ich sehe seinen nächsten Zug voraus. In meinem eigenen Zustand der Lähmung sehe ich ihn im Geist kehrtmachen, wegstürzen, die Worte für bare Münze nehmen, ohne nach dem Sinn zu forschen.

Allein da Mike Rukmini liebt und Liebe Einsicht und Verständnis über und jenseits aller Selbstsucht verleiht, weil auch er die Hölle des am Angelhaken hilf- und hoffnungsloser Liebe zappelnden Liebhabers durchlebt hat und sich unter seiner vergnügt grinsenden Miene und seinem fröhlichen Lachen ein Schatz von unverbrauchter Hingabefähigkeit verbirgt, begreift er auf der Stelle. In der kurzen Spanne weniger Sekunden sehe ich ihn zu einer Selbstlosigkeit emporwachsen, wie nur Liebe sie hervorzubringen vermag.

»Noch nicht, mein Liebstes«, sagt er, »noch nicht; aber er wird kommen. Sehr bald.«

»Du bringst ihn mir, Mike«, sagt sie, verträumt eine weitere Lampe vor die Göttin hinstellend. »Denn du liebst mich, nicht wahr?« fügt sie mit unbekümmerter Grausamkeit hinzu.

»Ja, Rukmini«, sagt Mike, »ich liebe dich.«

Mit verzücktem Blick schaut sie lächelnd durch ihn hindurch. »Am Abend heute sehn wir uns vielleicht beim Essen«, sagt sie, »wenn mein Herr kommt« – und geht davon.

Schließlich entringt sich Mike dem Liebestaumel, dem Augenblick der Hingerissenheit, der Verzückung, dem Augenblick, der hinweghebt über irdische Gier und Begierde, einen Augenblick, der die Verderbnis einer ganzen Welt aufwiegt. Er ist wieder »er selbst«. »Herrgott«, ruft er aus, »bin ich durstig! Hier ist's ja zum Ersticken; machen wir, daß wir hier wegkommen!«

Selbst Professor Rimskow war die Lust vergangen, den Fremdenführer zu spielen, so heftig hatte er Mikes Schmerz mitgelitten; gleich Mike wollte er so schnell wie möglich davon loskommen. Wir gingen in den sonnenüberströmten Hof hinaus; unser Mißvergnügen blieb und verfolgte uns; es war wie eine innere Verfinsterung. Ich war müde, abgespannt, taumelig, aber alles, was ich tat, tat ich wie meiner selbst enthoben, so daß mir später alles vorschwebte als ein auf einen Berggipfel versetzter Traum, doch ein Traum, den ich ständig mit mir herumschleppte …

Wir traten aus dem Kloster auf die bucklig abwärts gehende Straße von Bongsor hinaus, um uns, von einem Spatzenschwarm zerlumpter Kinder gefolgt, zu dem Etablissement »Ever Restcure and Happy Drinks Unlimited« zu begeben, was sich als ein düsteres, aus dem Felsen herausgehauenes Kellerlokal erwies, an dessen baufälligen Tischen und auf dessen ebenso wackeligen Stühlen kein Mensch saß. Unter dem großmächtigen neuen Namensschild, das ich vom Jeep aus gesehen hatte, war folgende verlockende Erläuterung zu lesen:

GENIESSEN SIE UNSEREN
BERÜHMTEN ROSENLIKÖR? NEPALESISCHEN BRANDY
UND WHISKY UND UNSERE ANDEREN SPEZIALITÄTEN
IN DIESEM KAFFEE!

Eine der Wände des Lokals war geschmückt mit Plakaten eines indischen Films, die eine Schar vollbusiger Tänzerinnen zeigten und mit dem folgenden weitschweifigen Text versehen waren:

GRANDIOSE GALAVORSTELLUNG –
IN GLANZVOLLEM TECHNICOLOR
Ein sensationeller Film für alle Massen und Klassen
Herzbewegende Liebesgeschichte mit grandioser Schlagermusik
sich abspielend unter einer unaufhörlichen Folge von
WEINEN UND LACHEN

»Ich möchte wissen, wie das Plakat hierher gekommen ist.«

»Ach, haha«, lachte Professor Rimskow, heftig mit den Augen zwinkernd, »das erzähle ich Ihnen später.«

Später erzählte er mir: bei Nacht sei das Lokal ein Bordell, und das Plakat stelle den höchsten Grad bildlicher Pornographie dar, der außerhalb des Klosters erlaubt sei (innerhalb der Klostermauern gebe es natürlich keine Pornographie, sondern nur Mystik).

Unser Eintreten bewirkte, daß der Besitzer hinter einem Vorhang herauskam. Er war eine reizende Fleischkugel, so rund und fettig, daß man auf die Vermutung kam, er wickle sich nachts in eine Decke aus zerlassener Butter.

Er war im vergangenen Jahr mit Professor Rimskow bekannt geworden; das Wiedersehen der beiden ging unter freudigen Ausrufen vonstatten.

»Mein Freund Tenzin Lama«, stellte Professor Rimskow vor.

»Kuschog Rimskow« (»Kuschog« ist das tibetanische Wort für »edler Herr«), »wahrlich ein festlicher Tag ist dies, da Sie mein armseliges Haus besuchen«, rief Tenzin Lama. Er klatschte in die Hände, worauf drei sehr blasse, mürrische Mädchen mit dicken Kröpfen und von Schmutz starrenden und steifabstehenden Zöpfchen hinter dem Vorhang hervorkamen und mit Bestellungen von Whisky und Bier betraut wurden.

»Sie sind aus dem Nachbartal«, erklärte der Lama. »Vor der furchtbaren Überschwemmung hierher geflüchtet. Es sind deren viele hier. Ich gebe ihnen zu essen und behandle sie wie meine eigenen Nichten.« Er begleitete die Worte mit einem munter tuenden Lachen, um die Stellung der Mädchen in seinem Betrieb genauer zu kennzeichnen, und wiegte zugleich den Kopf hin und her, um seinen Kummer über die Überschwemmungen darzutun. »Derartige Katastrophen hatten wir bisher nie, Kuschog. Haben Sie das Erdbeben am Nachmittag heute gespürt?«

»Erdbeben? Es war heute kein Erdbeben.«

»O ja, o ja, es war eines«, sagte Tenzin Lama tiefernst. »Viele Leute haben es verspürt.«

»Sie auch?« fragte Mike.

»Ich habe geschlafen«, erwiderte Tenzin Lama. »Und ich bin nicht heilig genug, um mit meinem Körper alles zu empfinden, was die Göttinnen meinen, wenn sie im Zorn die Erde erschüttern. Aber andere Leute haben es empfunden. Warum sollten sonst die großen Trommeln geschlagen und die großen Hörner geblasen worden sein? Ach, ach, das ist schlimm, die Göttinnen sind in großer Wut. Wir werden Seuchen bekommen ebenso wie Wasser- und Hungersnot, und all das nur wegen des Dammes.«

»Aha«, rief Mike und hieb mit der Faust auf den schweren Tisch, »da liegt der Hase im Pfeffer. Dagegen sind sie alle eingestellt. Gegen den Damm.«

»Hören Sie mal, Tenzin Lama«, sagte Professor Rimskow, »Sie sind doch ein gebildeter Mann. Sie haben anderwärts schon Dämme und Straßen gesehen. Ihr habt hier Überschwemmungen erlebt, ehe an den Damm auch nur gedacht wurde. Wie können Sie sagen, das alles komme von dem Damm?«

Tenzin schaute verlegen drein. »Das sage ich nicht, Kuschog«, meinte er. »Freilich bin ich gereist ... ich war selbst früher Soldat bei den Gurkhas. Ich bin auch in Singapur gewesen, wo ich Türkise und Achate verkauft habe. Ich habe etwas von der Welt gesehen. Aber hier im Gebirge liegen die Dinge anders. Sie wissen, hier ist das Land der Götter und Göttinnen, und deren Wünsche nehmen die erste Stelle ein. Mana Mani ist erzürnt. Es gibt Leute«, setzte er in unmerklich behutsamer gewordenem Ton hinzu, »die behaupten, die Göttinnen seien aufsässig geworden, weil sie einen Mann wollen, einen neuen Ehemann.«

»Sie wollen damit sagen: ein Menschenopfer?«

»Ich sage nur, was mir zu Ohren kommt«, beharrte Tenzin. »Jedermann weiß, daß die Göttinnen gleich irdischen Frauen Stunden des Begehrens haben. Und da sie nun einmal Weiber sind, nach was kann ihnen sonst der Sinn stehen als nach Männerblut und -samen, Kuschog? Einen schönen, jungen Mann wollen sie, so behaupten man-

che Leute. In unserem Tal sind schon früher solche Opfer dargebracht
worden, und die Göttinnen waren zufriedengestellt.«

»Ich hätte gedacht«, sagte Mike, »weiblich wie sie sind, hätten sie zur
Abwechslung gern mal eine kleingehackte Frau.«

»O Sahib, bitte«, rief Tenzin zutiefst erschrocken aus, »sagen Sie so
etwas nicht, das ist ja fürchterlich.« Dabei fuhr er, am ganzen Körper
zitternd, mit der Hand in seinen Mantel hinein, dessen gebauschter
Stoff einen vom Gürtel begrenzten großen Brustbeutel bildete, und
holte einen Rosenkranz aus Bernsteinkugeln heraus, die er mit ge-
murmelten Gebeten durch die Finger gleiten ließ, um dem durch
Mikes Worte erregten Einfluß des Bösen entgegenzuwirken. »Nicht
eine Frau«, sagte er, »niemand darf in diesem Tal einem weiblichen
Wesen oder auch nur einem Tierweibchen etwas zuleide tun. Die
Göttinnen haben wohl acht auf die Ihren, Kuschog. Doch daß Weiber
Blut mögen, das Blut von jungen Männern, das ist allbekannt. Die
Götter sind nicht grausam«, lachte er, »sie wollen nur Blumen,
Früchte und Korn. Doch Mana Mani ist sehr grausam«, schrie er auf,
und unter seiner fettigen Hülle von Butter und Frohsinn wurde ihm
unheimlich zumute vor Grauen.

Der Anstieg den Hang hinauf verschlug uns wieder den Atem; wir
gingen vorüber an den Bewaffneten im äußeren Geviert, wohl wissend, daß uns aus den Gemächern zu beiden Seiten Gesichter nach-
spähten; wir fühlten uns wieder gefangen innerhalb der den Himmel
über uns einschließenden hohen Wälle, unter dem Würgegriff von
Argwohn, Feindseligkeit und diesem unheimlichen, ungewissen
Grauen, das alle andern Gefühle und Wünsche in nichts zergehen und
uns vor uns selbst so unwirklich werden ließ, daß wir schließlich
kaum mehr wußten, weswegen wir nach Bongsor gekommen waren.

»Mir scheint, ich fange an zu begreifen, was da gespielt wird«, keuchte Mike. »Die versuchen eine Schiebung. Sie haben Angst vor dem
Damm, deshalb regt der Rampoche das Volk mittels erfundener Erdbeben und dergleichen auf.«

»Mike«, sagte ich, »was sollen wir tun?«

»Meines Erachtens können wir gar nichts tun, bevor Unni hier ist.«

»Meinen Sie, Unni werde kommen?«

»Sicher«, sagte Mike. »Er muß ja. Sobald er kann. Ich schätze, noch
am heutigen Abend. Wenn ich bloß einen Jeep auftreiben könnte,
würde ich zum Damm fahren. Es sind nur acht Meilen von hier, aber
immer bergauf. Wenn er nicht erscheint, dann werde ich wohl morgen früh versuchen müssen hinzugelangen. Wenn ich erst einmal die

Atemnot los bin, kann ich zu Fuß gehen.« – »Vielleicht leiht uns der Rampoche einen Jeep?«

»Ich habe es versucht. Heute war nichts zu machen.«

»Dann vielleicht morgen, falls Unni nicht kommt«, sagte ich.

»Er muß kommen«, sagte Mike schlicht. »Wenn er meine Botschaft erhalten hat, dann weiß er, daß Sie hier sind.«

Da rief uns Professor Rimskow zu, wir sollten uns noch einmal Mana Mani ansehen. Wir stiegen auf das Flachdach hinauf. Das Kloster lag bereits im Dunkel, doch Mana Mani dahinter erstrahlte, übergossen vom Gold der untergehenden Sonne; das Rund der Berge war ein einziger Glanz rosigen und goldenen Eises vor dem blutroten Himmel, den dunkle Keile, die Schatten der über ihnen aufragenden Bergspitzen, durchschnitten. In all ihrer Schönheit umstanden uns die Berge. Den Blick von ihnen ab- und zum Hof hinunterwendend, sahen wir kleine Feuer, in der Kälte zusammengekauerte Menschen darum, die gierig den Duft von siedendem Fleisch und den beizenden Rauch von brennendem Mist einsogen; wir hörten in der Ferne verworrenes Gesinge, Glockengebimmel, gedämpften Trommelklang, kunterbunte, zufällige, ineinanderfließende Geräusche, die auf Verrichtungen des Tageslebens und der Andacht schließen ließen. In dem Tal, aus dem wir kamen, waren derartige Geräusche unendlich tröstlich gewesen; man ging in sie ein, gehörte zu ihnen; aber hier im Hochgebirge, auf diesem Berg war all das befremdlich und trostlos, böse und gespenstisch, Einzelerscheinungen eines Grauens, eines Bannes, der auf uns lag.

»Es kommt alles in die Reihe, wenn Unni da ist«, sagte Mike noch einmal.

Da wurde auf einmal die fröhliche Stimme von Dearest hörbar, die die Welt wieder ordentlich und alltäglich machte. »Mrs. Ford Mrs. Ford«, rief sie, den Kopf durch die Falltüre gesteckt, eingemummelt in ein dickwattiertes Gewand. »Ach es ist nachts so kalt Mrs. Ford und Sie haben *natürlich* keine warmen Kleider und deshalb habe ich Ihnen ein paar gebracht es sind meine eigenen aber wir haben ja die gleiche Größe und mein Daddy ist jetzt mit dem Beten fertig und da können wir zum Essen gehen ich bin ja wirklich so erfreut daß Sie gekommen sind Mrs. Ford.« Aufrichtig beglückt und höchst liebevoll tätschelte sie meinen Arm. »Ich hoffe Sie bleiben viele Tage daß ich mich im Englischen üben kann und auch Rukmini obschon sie jetzt hinter einem Schleier ist weil ihre Seele in Verzückung lebt aber wenn Unni Menon kommt wird sie wieder zwanzigstes Jahrhundert werden.«

Ich war so abgespannt, so sterbensmüde, daß ich hätte weinen mögen, wie ich da stand und mich anschreien ließ wie ein kleines Kind. Rukmini, Unni, ich. Ich, Unni, Rukmini. Etwas stimmte nicht, etwas war schiefgegangen. Etwas was ich, ich allein vielleicht, in Worte fassen konnte, aber nicht wollte. In Worten würde das Nichtvorhandene Wirklichkeit annehmen, meine Worte würden ihm Gestalt und Leben verleihen.

Als ich mit Dearest durch die Falltür nach unten stieg, war ich zum Weinen müde, von einer mehr als körperlichen Zerschlagenheit; aber woher sie kam, das wollte ich nicht einmal mir selbst gestehen.

Der Rampoche führte große Reden. In einem pelzgefütterten Mantel saß er auf einem weitläufigen, mit Teppichen bedeckten chinesischen Diwan, drängte uns duftenden, grünen chinesischen Tee auf, der, wie er behauptete, das Fett in den Speisen auflöse, und sprach frei von der Leber weg, ruhmredig, mit der plötzlichen Offenherzigkeit, die gerade sehr durchtriebene, abgefeimte Menschen zuweilen befällt, wenn sie nicht mehr an sich halten können, sondern einen unbezähmbaren Drang verspüren, sich vor Untergebenen oder Leuten, die ihnen nicht schaden können, wichtig zu machen, selbst wenn sie dadurch ihre mit allen Wassern gewaschene Niedertracht und Raubgier enthüllen.

So stolz der Rampoche auf seine chinesischen Ahnen war, hatte er doch eine starke Beimischung von tibetanischem Blut und war daher ungestümer und prahlerischer veranlagt als ein echter Sohn jener ängstlich besonnenen und bescheidenen Rasse. Er trank auch gern »Chang«, das tibetanische Bier, statt des chinesischen Tees, den er seinen Gästen vorsetzte. Der Geruch dieses Biers erdrückte fast den feinen, zarten Duft des Tees in dem hermetisch abgeschlossenen, mit dicken Teppichen belegten Gemach, aber sein Genuß machte den Rampoche redselig.

»Seit vielen Jahren, seit Jahrhunderten, besaßen wir viel Land, ja alles Land hier und noch jenseits der Pässe im Norden. Ich habe sowohl in Tibet wie in Nepal großen Grundbesitz. Das Kloster hat stets für unsere Gebirgsbevölkerung gesorgt. Gefügige, fromme Menschen bis auf den heutigen Tag.«

Er nahm wieder einen großen Zug Bier zu sich. »Die Zeiten sind leider anders geworden. Die Frömmigkeit schwindet aus den Herzen; es wird viel Ärgernis geben, viel Wirrnis. Die Menschen haben nichts mehr übrig für diejenigen, die sie beschützen, und die Geister sind erzürnt.«

»Ich glaube das allerdings auch schon bemerkt zu haben«, sagte Professor Rimskow mit einem verschmitzten Blick (er hatte sich in den Abendanzug geworfen und sah höchst preußisch korrekt aus). »Auf den Altären standen viel weniger Butterlampen als voriges Jahr.«

»Haha«, lachte der Rampoche heiser auf, und die Stimme, mit der er fortfuhr, klang vor Zorn (ich merkte mit einmal, welch bedrohliche Gewalttätigkeit in dem sich so munter gebenden kleinen Mann verborgen lag). »Das haben Sie bemerkt, hochzuverehrender Herr ... Ich freue mich, daß Sie das bemerkt haben.« Er trank wieder einen großen Schluck von seinem tibetanischen Bier; er hatte einen noch röteren Kopf bekommen. Dumpfer Haß erfüllte ihn. Dearest kicherte. Sie saß neben Professor Rimskow; Mike, Rukmini und ich saßen ihnen gegenüber, während der Rampoche obenan die Schmalseite des Raumes einnahm. Jeder von uns hatte ein Tischchen mit Speisen vor sich. Die Mitte des Raumes, da, wo in den westlichen Ländern der Tisch gestanden hätte, war leer bis auf einen den Boden bedeckenden schönen Teppich.

»Weniger Butterlampen und viel weniger Butter in den Lampen. Ach ja, es ist schlimm, sehr schlimm«, rief der Rampoche aus. »Statt die Butter von ihrem Vieh herzubringen, behalten die Leute sie für sich. Ich bekomme niemanden, der mein Holz hackt; niemand kümmert sich um die Ziegen des Klosters; unsere Äcker werden vernachlässigt. Die Menschen sind jetzt erfüllt von der gemeinen Gier nach Geld; sie arbeiten lieber für Geld als für die Göttinnen und mich.« Er schüttelte den Kopf und gab ein murrendes Stöhnen von sich. »Die Strafe wird sie ereilen«, verkündete er prophetisch, »ach ja, ach ja.«

»Das geschieht Ihnen ganz recht, Rampoche«, sagte Mike. »Kein Mensch soll Sklave sein und gezwungen, hundertfünfzig Tage im Jahr für einen andern zu arbeiten, nicht einmal für eine Gottheit.« Und er hob seine Teetasse.

»Ach, Mr. Mike«, sagte Dearest, »regen Sie meinen Daddy nicht auf er ist schon so gereizt weil alle jetzt Geld wollen und es werden jetzt wohl bald Gewerkschaften hier eingeführt.«

»Es ist der Damm«, sagte der Rampoche, anfänglich ganz ruhig, aber nach und nach verstärkte sich seine Stimme immer mehr, bis er brüllte und donnerte. »Ich habe Geduld bewiesen, große Geduld hinsichtlich dieses Dammes. Zuerst dachte ich: Es stimmt, was die sagen, er ist vorteilhaft für das Volk. Ich versuchte sogar, mit Verträgen das Werk zu fördern.« (Mir fiel der Brief ein, den er mir während der Krönungstage geschrieben hatte, um durch mich einen Vertrag mit Unni abschließen zu können.) »Ich, jawohl, ich sagte den Leuten hier:

Geht nur, geht hin und arbeitet für den hochzuverehrenden Herrn Ingenieur am Damm; ja, das sagte ich zu ihnen. Ich bemühte mich auch, mit Proviantlieferung behilflich zu sein. Ich ermahnte die Straßenräuber und Diebe: Macht keine Überfälle auf die Provianttransporte zum Damm. Ich ermahnte die Leute aus dem Volk: Verhaltet euch anständig, werdet nicht zu Straßenräubern und Banditen, plündert die Proviantzüge nicht. Ich habe es nie abgelehnt, etwas, was dringend gebraucht wurde, in meinem eigenen Flugzeug zu befördern. Und jetzt haben sie sich bei der Regierung beschwert, ich rechne zuviel Spesen und organisiere Diebesbanden, die die Geleitzüge anhalten. Aber der Damm ist nicht das Rechte. Er ist schlecht geplant. Er stört das Gleichgewicht des Gebirges. Er ist gefährlich, unwissenschaftlich entworfen. Sie sehn ja, so viele Erdbeben hat es früher nie gegeben. Am Nachmittag heute war erst eines.«

»Ach, Quatsch«, rief Mike ungezogen aus. Ein paar Meter nur von ihm entfernt saß, bildschön und geistesabwesend, Rukmini. Mike starrte zu ihr hin; seine Fingerknöchel wurden weiß. »Es war kein Erdbeben, Rampoche«, fuhr Mike fort. »Nur ein Getöse von Trommelwirbeln, aber keinerlei Erdbeben. Mir scheint, da hat jemand dem Volk ein Erdbeben suggerieren wollen, weiter nichts.«

»Ei, ei«, rief Dearest vergnügt, »und Sie wollen meinen Daddy psychoanalysieren, wie, Mister Mike?«

Der Rampoche warf Mike einen Blick zu, in dem Zorn, Abneigung, aber auch Berechnung lag. Er schwieg eine kleine Weile, während der nur das Ticken einer Uhr zu hören war, dann fuhr er langsam, nachdrücklich fort: »Die Göttin ist erzürnt wegen des Dammes. Sie, die Sie jetzt lachen, Sie werden noch traurig sein und blutige Tränen weinen. Die Göttin wird nicht erlauben, daß ihre Berge und Flüsse durch den Damm beschmutzt werden. Schon zweimal ist ein Landrutsch eingetreten und hat die ganzen Arbeiten weggefegt. Die Leute werden jetzt die Arbeit verweigern, wenn nicht …«, er stockte und ließ einen tückisch-brennenden Blick über uns alle hingehen, »… wenn nicht ein Menschenopfer gebracht wird. Ein Mann muß sterben. Ich habe versucht, es zu verhindern. Ich habe Unni Menon gewarnt. Jetzt ist es zu spät. Der Oberzauberer hat heute das Horoskop gestellt. In diesem Tal wird jemand sterben. Bald. Und dann werden wir alle Tränen vergießen.«

So melodramatisch und unerfreulich sich das anhörte, in dem stickigen Raum mit der schummrigen Beleuchtung wirkte es grauenhaft zwingend. Niemand sprach ein Wort. Und dann mit einmal hörten wir, wie langsam, bedächtig, die Trommeln einsetzten, mit langsamem, dumpfweichem Dröhnen gleich den gewaltigen Schritten eines ruhevoll einherschreitenden Riesen. Der Rampoche blickte auf. Buum, bu-um, brausten, gar nicht laut, die Trommeln. Dann hörten wir, wie mit leisem, langem, melodiösem Rauschen, einer nach dem andern, die Torflügel geöffnet wurden.

»Ein Gast«, sagte Dearest.

Dann wurde Stimmengewirr vom Fuß der hohen Treppe zu dem Raum, in dem wir saßen, vernehmbar.

Mike und ich richteten den Blick zur Türe hin, wir hörten Schritte heraufkommen, Schritte, die ich erkannte, seine Schritte, und zum ersten Male wurde mir bange zumute, bange um Unni, erfaßte mich die Angst, es sei falsch von mir gewesen, nach Bongsor zu kommen, die Angst, etwas Entsetzliches werde sich ereignen, weil ich gekommen war.

»Haha!« rief der Rampoche lachend. »Kuschog, sind Sie endlich doch gekommen!« Mit spöttischer Miene sah er Rukmini und mich an und sagte in höhnischem Ton zu uns: »Ihr hoher Herr ist gekommen. Wahrlich eine Ehre für mich.«

Ja, es war Unni; das Herz hüpfte mir in der Brust bei seinem Anblick, wie er groß, ruhig im Türrahmen stand. Und plötzlich war alle Besorgnis, alle Furcht vergangen. Unni war da: Ich war in Sicherheit. Vor einigen Wochen wäre ich wohl freudig, seinen Namen ausrufend, auf ihn zugegangen. Aber ich hatte inzwischen viel gelernt, hatte gelernt, daß Asiaten wie Unni solche die eigenen Gefühle zum Mittelpunkt machenden Kundgebungen nicht schätzten. An einer Frau liebten sie Zurückhaltung, von so fesselloser Leidenschaft sie auch unter vier Augen sein mochte. Sonst wurden diese Männer verlegen, und so wäre auch Unni verlegen geworden angesichts einer Zurschaustellung dessen, was unangetastet, verschwiegen, geheim zu bleiben hatte. Zumal vor den Augen eines Feindes, wie es der Rampoche war. So blieb ich einfach auf meinem Platz (obschon wir uns alle, wie es die Höflichkeit verlangt, erhoben hatten), natürlich Rukmini ebenfalls, und so standen wir zwei da, während uns der Rampoche verhöhnte, indem er Unni unsern hohen Herrn nannte; ich wußte, ohne es zu sehen, daß Rukminis Gesicht jetzt strahlte; ich hörte sie vor Seligkeit leise, aber schneller atmen. Sie mußte wohl so aussehen wie damals bei der Hochzeitsfeier, da Hilde allein auf uns zukam, als Rukmini über meine Schulter hinweg Unni entdeckt hatte, den ich noch nie gesehen und der damals für mich überhaupt keine Bedeutung hatte ... Ich hatte nur Hilde eintreten sehen, Rukmini aber hatte Unni gesehen ...

Wenn Unni ein Amerikaner wie Mike gewesen wäre, so wäre er dem Brauch entsprechend nun zuerst auf mich zugekommen um vor aller Öffentlichkeit seine Gefühle für mich kundzutun. Doch hierzulande wäre dies für mich eine Beleidigung gewesen, denn nur von Frauen aus öffentlichen Häusern nimmt man öffentlich Notiz. Unni sah uns also nicht an, weder mich noch Rukmini. Er blickte, die Hände zur indischen Begrüßungsgebärde gefaltet, den Rampoche an. Dieser watschelte, plötzlich überschwenglich, unterwürfig, betulich geworden, auf ihn zu und legte beide Hände segnend und ein Gebet murmelnd auf Unnis Haupt.

Darauf machte Unni eine Wendung (mein Herz machte jede seiner Bewegungen mit, mein ganzes Wesen hing an seiner kleinsten Gebärde), begrüßte die Frau des Rampoche, die mit ihm gekommen war und ihn nun, die Hände unter der gestreiften tibetanischen Schürze, mit unbeirrbarem Entzücken in seiner ganzen männlichen Schönheit betrachtete. Er begrüßte Dearest, gab Professor Rimskow die Hand, sagte: »Hello, Mike, sehr erfreut, Sie zu sehen«, worauf er sich uns zuwandte und, die Hände gefaltet, sich verneigte; wir taten desgleichen.

»Bringt einen Sitz herbei«, rief der Rampoche laut.

Dann setzte sich Unni, seine langen Beine von sich streckend, dem Rampoche gegenüber nieder, so daß das Rechteck, das wir bildeten, jetzt zu geometrischem Gleichgewicht geschlossen war. Seine Herrlichkeit war jetzt nicht mehr der grausame, großmächtige Tyrann, sondern ein übers ganze Gesicht lächelndes plapperndes Männchen. Denn mit Unnis großem Wuchs und leichten Gebärden war eine neue Macht aufgetreten, eine zwar geschmeidige, schwerelose, aber doch eine Macht, der man Beachtung schenken mußte. Vor ihr wirkte das sich aufplusternde Getue des Rampoche platt und unerheblich. Bei Mike hatte die Spannung nachgelassen, er lachte, da er sich jetzt mit einem Gefährten zusammen wußte, einem Mann wie er selber, an dem nichts war, was er nicht begriff oder was ihn unsicher machte.

»Ja, ich freue mich auch, Sie wiederzusehen, Unni. Ich dachte schon, Sie kämen nicht mehr.«

»Ich kam so früh, wie ich konnte, Mike.«

»Davon bin ich überzeugt.«

Der Rampoche lachte mit ebenso lauter wie verlogener Fröhlichkeit.

»Unser edler Herr Ingenieur ist stets stark beschäftigt«, verkündete er. »Wahrlich, es lastet eine schwere Verantwortung auf ihm: die Sorge um die vielen Seelen am Damm.«

»Sie wäre nicht so furchtbar schwer, wenn Sie aufhörten, uns Scherereien machen zu wollen, Eure Herrlichkeit«, sagte Unni in einfachem Plauderton, seine Teeschale zum Munde führend.

»Ich mache Scherereien!« rief der Rampoche aus. »Hochgeehrter Herr, das ist wahrhaft ungerecht. Wie oft habe ich Sie gebeten, mich mit Ihrem Besuch zu beehren, damit wir die Dinge besprechen und kleine Mißhelligkeiten ausgleichen könnten? Vertrauen ist eine schöne Tugend«, sagte der Rampoche. »Sehen Sie mich an. Mir vertrauen die Menschen, weil sie wissen, daß ich gütig und freundlich bin und ihnen helfen will.«

Unni nahm wieder einen Schluck Tee. Und plötzlich merkte ich, daß er mich über den Rand der Schale hinweg ansah. Doch als er die Schale hinstellte, ging sein Blick wieder nach dem Rampoche.

»Ich hoffe, daß ich eines Tages auch noch Vertrauen zu Ihnen fassen kann.«

»Hoho, haha«, machte der Rampoche. »Sie beleidigen mich, mein Freund.«

Unni lächelte gutmütig. »Sie wissen sehr wohl, Euer Herrlichkeit, daß Sie mir gerade heute so viel Scherereien gemacht haben, daß ich damit eine Woche zu tun habe. Einen recht niedlichen Aufruhr haben Sie am Nachmittag anzetteln wollen, Rampoche.«

Der Rampoche stieß einen Seufzer aus, in dem ich jedoch einen Beiklang von Genugtuung und Eitelkeit heraushören konnte. Dann schüttelte der Rampoche kummervoll das Haupt und sagte: »Sie sind wirklich das Opfer täuschender Vorstellungen. Am heutigen Nachmittag tat ich mein Möglichstes, um die Leute nach dem Erdstoß zu beruhigen.«

»Jaja, eine ganz kolossale Erderschütterung war das«, entgegnete Unni mit gewichtigem Ernst. »Passen Sie nur auf, Rampoche, daß Sie nicht in Selbstbetrug verfallen. Wenn das Volk plötzlich Amok läuft und tatsächlich ein Menschenopfer für Mana Mani fordert, dann wird das nicht sehr glücklich für Sie ausgehen.«

»Wie man mich verkennt!« rief der Rampoche. »Aber es ist ja immer so: Guten Absichten wird Mißtrauen entgegengebracht. Worüber ich mich beklage, das ist, daß Sie mir alle Arbeitskräfte wegnehmen. Habe ich Sie nicht selbst mit Arbeitern versorgt? Aber die sind jetzt hochmütig geworden und wollen nicht mehr für mich arbeiten, wie es Überlieferung ist. Und so werden die Göttinnen und deren Felder und

Herden vernachlässigt; kein Mensch will die kleinste Bauarbeit umsonst für mich ausführen, wie es Gesetz und Überlieferung vorschreiben, oder mir gestoßene Butter für die Altarlampen abliefern. Ich muß dafür bezahlen!« schrie der Rampoche höchst entrüstet, »bezahlen muß ich, um Wasser, Brennholz, um irgend etwas getan zu bekommen!«

»Lassen Sie es gut sein, Euer Herrlichkeit. Bedenken Sie, wie reich Sie werden, wenn der Damm gebaut ist«, sagte Unni. »Sie können dann Ihr Geld in vielen andern Dingen anlegen, wenn wir elektrische Kraft haben und Bongsor eine Stadt wird. Es ist ganz töricht von Ihnen, im Namen der Gottheit derartige Unruhen anzustiften. Dadurch bekommen Sie kein Gramm Butter mehr für Ihre Lampen.«

»Sie behandeln die Arbeiter nicht gut«, seufzte der Rampoche. »Sie haben die Kantine schließen lassen.«

»Nur weil Sie die Leute dort übervorteilt haben. Wenn Sie gute Lebensmittel verkaufen, überlassen wir Ihnen die Kantine wieder.«

Da sagte der Rampoche lächelnd zu Mike Young: »Meines Erachtens ist dieser Mr. Menon ein Kommunist. So viele, so rasche Veränderungen, das ist unnatürlich, das tut nicht gut. Veränderungen müssen langsam geschehen, sonst werden die Menschen gottlos. Kommunisten wie drüben über der Grenze.«

»Meiner Ansicht nach gäbe es weniger Kommunisten, wenn es mehr Menschen wie Unni gäbe«, erwiderte ihm Mike.

»Ach«, machte der Rampoche, »wiederum Täuschungen. Mein Freund, eines Tages werden Sie einsehen, wie sehr ich mich bemüht habe, Hilfe zu leisten, Hindernisse zu beseitigen und die Überlieferungen zu wahren … ach!«

»Eieiei« kicherte Dearest, »Daddy spielt sich heute furchtbar auf den Feudalherrn hinaus.«

Da der Rampoche ihnen durch eine Gebärde freistellte, jetzt aufzubrechen, erhoben sie sich.

»Übernachten Sie doch hier«, sagte er liebenswürdig zu Unni. »In meinem Hotel ist Platz. Sie wissen, ich habe es ›Dammblick‹ genannt, als gutes Omen für kommende Zeiten.«

»Sehr freundlich von Ihnen«, sagte Unni. »Wenn der Damm fertiggestellt ist, Euer Herrlichkeit, wohne ich bei Ihnen.«

»Haha«, lachte der Rampoche wieder, als könne er sich der Heiterkeit nicht erwehren, »das wird vielleicht in zehn Jahren einmal der Fall sein. Ich meinte jedoch, Sie würden vielleicht dieses eine Mal hier die Nacht verbringen wollen, nicht um meinetwillen, sondern um Ihrer

Freunde willen.« Er zuckte dabei nicht mit der Wimper, aber die Anspielung war nicht mißzuverstehen.

»Ich möchte etwas mit Frau Rukmini besprechen«, sagte Unni.

»Gewiß, gern«, sagte der Rampoche hastig, ernst werdend. »Aber gewiß doch. Hier in diesem Zimmer, wenn Sie wollen.«

»Mike«, sagte Unni, »wollen Sie auch dableiben?«

»Sie wollen doch wohl, daß ich bleibe?« sagte Mike, der sehr bleich geworden war.

»Ja.«

Der Rampoche ging mit seiner Familie aus dem Zimmer und die Treppe hinunter; Professor Rimskow und ich folgten ihnen. Das war ja Unnis Wunsch, und ich gehorchte, weil ich jetzt sicher war und nichts da war als eine große Klarheit, als säße ich still unter einem Baum, nachdem mir plötzlich eine Erleuchtung zuteil geworden war. Jetzt würde er also mit Rukmini sprechen. Und ich wußte, wie das Gespräch verlaufen würde.

Die Kälte vor dem Haus wirkte wie ein Peitschenhieb gegen unsere Gesichter. Keuchend vor Anstrengung und von unserm in der eisigen Luft dampfenden Atem umwirbelt, flüchteten wir schleunigst wieder ins Hotel. Die Zimmer waren warm; die tibetanischen Dienstboten hatten kleine Feuerroste mit Holz hereingestellt. Ich legte neue Cold Cream auf und wischte sie dann wieder ab. Ich frisierte mich frisch. Wenn er mit Rukmini gesprochen hatte, kam er gewiß zu mir. Ich legte mich aufs Bett und wartete. Alle meine Knochen taten mir weh; ich war sehr müde.

Ich merkte nicht, daß er das Zimmer betreten hatte; plötzlich wachte ich auf und sah ihn über mich gebeugt.

»Ach, Unni«, sagte ich, »ich bin eingeschlafen.«

Er antwortete nicht. Er blieb stehen und schaute nieder auf mich.

»Bitte, setze dich, Unni.«

Er setzte sich auf den Bettrand. Dann reichte er mir eine Zigarette; ich sah seine Hände, seine so sehr geliebten Hände, deren Anblick schon mich in Erregung versetzte, sich um das Flämmchen vor meinem Gesicht schließen; darauf zündete er seine Zigarette an. Ich sah ihn an, sah mich satt, beseligt allein vom Sehen

Über uns selbst war im Augenblick nichts zu sagen. Was hätten wir sagen können? Ich war hergekommen, ich war da. Rukmini war da. Und weil ich nun wußte, daß Rukmini immer da, immer bei uns sein, immer zu uns gehören würde, was hätte ich sagen können?

Schließlich fragte ich nur: »Was meint Mike dazu?«

»Nichts. Glücklicherweise begreift er nicht ganz«, antwortete Unni. Dann merkte ich, wie mager Unni geworden war. Magerer als vor zwei Wochen bei seinem letzten Aufenthalt im Tal. Er sah von Sorgen verzehrt aus. Es überkam mich eine solche Rührung, daß ich mich danach sehnte, mich in seine Arme zu stürzen, statt hier liegen zu bleiben und mich vor Müdigkeit nicht einmal aufrichten zu können.

»Ach, Unni«, sagte ich kläglich, »ich verstehe nur zu gut.«

Er legte sich nun aufs Bett zu mir, die Arme um mich geschlungen und sein Gesicht so fest an mich gedrückt, daß es schmerzte. Ich legte ebenfalls die Arme um ihn; ich wußte ja, daß er sich unglücklich fühlte, daß er Trost brauchte. Zum ersten Mal, seit wir uns kannten, war er es, der Zärtlichkeit, Zuspruch, Beschwichtigung brauchte, nicht ich.

»Ich kam nicht her, um sie zu sehen. Bis zum heutigen Abend habe ich sie nicht gesehen. Das weißt du, Anne.«

»Ich weiß, das macht es nur stärker, Unni. Dein Gefühl, meine ich, deine Liebe zu Rukmini.«

Er hatte mich dazu gezwungen, gezwungen in Worte zu fassen, was zwischen uns lag, was stets zwischen uns gewesen war, stets zu unserm Wissen voneinander gehört hatte, und hatte mich damit gezwungen, für ihn selbst wie für mich ins Licht zu rücken, was er von sich nicht gewußt hatte. Hatte dadurch auch mich dazu veranlaßt, mich selbst zu erforschen hinsichtlich dessen, was es für mich bedeutete, dieses neue Wissen, was ich damit tun, ob es uns etwas *tun* würde, dem Wir, das weder Unni war noch ich, sondern dieses Gefühl zusammen. Liebe, so hieß es. Es hatte mich zum Leben geweckt. Würde ich nun darauf verzichten müssen? Wegen Rukmini? Oder eher deswegen, weil ich nun erkannte und auch Unni erkannte, was zwar immer vorhanden gewesen war, jedoch geheim, verborgen, unbekannt, bis es durch meine Worte zum Leben gerufen worden war?

Ach, ich bin töricht, Unni, rief ich mir selbst erbittert zu, daß ich immer alles in Worte fasse und ihm so Leben verleihe. Das Fleisch gewordene Wort ... ja, das war es. Rukmini. Unni liebte sie, hatte sie stets geliebt, und nun wußte nicht nur ich es, sondern auch er, und zwar durch mich. Ohne mich, ohne mein Auftreten hätte er es nie erfahren. Und nun hatten meine Worte ihm das letzte Siegel aufgeprägt. Diese Liebe lebt nun. Ist zu Wissen geworden, nicht nur für diese Nacht, nicht nur, da Rukmini anwesend ist, sondern für immer und ewig, bis zum Ende unserer Tage.

Und so, seine Hände in meinen Haaren, das Gewicht seines Körpers auf mir, so stumm, so stark und doch so tief verwundet, jetzt so verletzlich, empfindsamer, als eine Frau je sein konnte, mußte ich mir endlich die Frage vorlegen, für welche Liebe ich mich entscheiden wollte. Bis jetzt hatte ich mich damit begnügt zu nehmen, was Unni gegeben hatte, mich zufriedengegeben mit der seelischen Sicherheit, der körperlichen Erfüllung, meine Liebe in seiner Verbindung mit mir Gestalt werden sehen. Ich hatte von ihm genommen, immerzu genommen, von seiner Ruhe und seinem Verständnis, seiner Leidenschaft, seiner Zurückhaltung und Langmut, nun aber mußte ich geben.

In diesem tibetanischen Zimmer, darin ich das Gefühl des Abgeschlossen-, des Beieinander- und Alleinseins und engerer seelischer Nähe mehr denn je hatte – umgeben von der eisigen Gebirgsnacht und der Feindseligkeit des Rampoche sowie bestürmt aus nächster Nähe, zwar jenseits der für unsere Sinne dumpfen und dichten, doch für unsere Gefühle durchsichtigen Wände, von dem greifbaren Leid Mikes, so sehr, daß wir uns schutzsuchend eng aneinander klammerten –, hier mußte ich lernen, Unni Liebe zu geben, weil er deren bedurfte.

»Du hast mich nicht gefragt«, setzte ich vorsichtig ein, »weshalb ich hierher gekommen bin.«

»Mike hat es mir mitgeteilt.«

»Bist du böse, daß ich gekommen bin?«

»Nein. Du mußtest kommen.«

»Glaubst du, ich sei gekommen, weil ich … auf Rukmini eifersüchtig bin?«

»Nein, das habe ich nie geglaubt.«

»Habe ich keinen Grund, eifersüchtig zu sein?«

»Anne, du weißt, du hast allen Grund.«

»Ja. Du hast dich selbst betrogen, Unni, als du sagtest: Ich bin nicht hergekommen, um sie zu sehen. Ich habe sie bis zum heutigen Abend nicht gesehen. Das weißt du, nicht wahr?«

»Ja«, sagte er schlicht. »Aber ich wußte es selbst nicht. Ich meine, ich wußte nicht, daß ich Rukmini auch liebte, bis ich dich und sie zusammen sah. Du hast es mir eben jetzt gesagt, und ich glaube dir. Sieh«, sprach er weiter, und plötzlich hatte ich wieder an Ausmaß eingebüßt, war ich nicht mehr die »mater consolatrix«, sondern eine Frau, seine Frau, mit der er schlafen würde, wenn er den Wunsch dazu hatte, sobald er mit Reden fertig war, »sieh, Rukmini ist so jung, daß ich es nicht glauben konnte.« – »Sie ist halb so alt wie ich«, sagte ich unbarmherzig. »Aber sie ist kein Kind. Devi wollte, ich solle dir dies sagen. ›Sage Unni‹, waren ihre Worte, ›daß wir keine Kinder mehr sind, Rukmini und ich, sondern Frauen.‹«

Er seufzte, stand auf und legte ein Scheit auf den Feuerrost. Er fand sich bereits mit den Gefühlstatsachen ab, erwog sie, den kleinen Talisman hochwerfend und auffangend, im Geist. Dann kam er wieder zu mir und zog seine Lederjacke aus; darunter trug er einen handgestrickten Pullover.

»Hübsche Arbeit«, sagte ich, darauf weisend.

Er nickte.

»Wo hast du den her?«

»Eine Frau hat ihn mir gestrickt.«

Es blieb ein kurzes Schweigen. Was hätte ich sagen können? Es war die Wahrheit, und er war ebenso unbarmherzig wie ich. So würden wir immer sein, unfähig, uns unserer eigenen Gescheitheit wie unserer eigenen Gemeinheit zu entschlagen. Früher hätte ich vermocht, mich selbst zu belügen, aber jetzt, nach Unni, gab es kein Lügen mehr.

»War Rukmini in dem Flugzeug, mit dem du herkamst?«

»Jawohl.«

»Was wirst du nun tun?«

»Das weiß ich nicht, Anne. Das hängt von dir ab. Ich liebe dich wahrhaft.«

»Das glaube ich unbedingt.«

»Mein Herz und mein Fleisch bedürfen deiner«, sagte er. »Ich kann mit Rukmini nicht sprechen wie mit dir. Aber ich bin von ihr besessen; sie gehört zu mir; sie ist hilflos, und alles, was männlich an mir ist, drängt sich dazu, sie zu beschützen und für sie zu sorgen. Ich kann mir selbst nicht Einhalt tun.«

Und nun küßte er mich, und es kam die süße, sengende Überwältigung, die wir nicht hintanhalten konnten; wie stets kannte er meinen Körper besser als ich selbst; er wußte, daß ich müde war und Schmerzen hatte, aber doch auch sehnsüchtig und ein wenig ängstlich war. Und so war er leidenschaftlich, doch sanft; herrisch, doch geduldig, bis keine Schranke mehr zwischen uns und ich über die letzte Entrückung hinausgelangt war, um mich immer noch fest von seinen Armen umschlungen zu finden. Nie noch war Liebe so wonnevoll, so restlos gewesen, und ich konnte mich später, zwischen Schlaf und Wachen, des Gedankens nicht erwehren, daß das durch Rukmini gekommen sei. Ich hatte sie in ihm hingenommen und so alles, was an Verdrängtem hätte da sein können, gelöst und ausgetrieben. In der Dunkelheit, da er leise, ruhig atmend, dalag, nachdem die Leidenschaft verströmt war (und er bald wieder aufstehen wollte, um zum Damm zurückzukehren, da er, wie er sagte, keine Lust hatte, bei Tagesanbruch noch vom Rampoche gefunden zu werden), dünkte es mich seltsam, daß die Erfüllung des einen das Leid des andern sein muß. »Deiner, Anne, bedarf mein Herz und mein Fleisch.« Mehr darf ich nicht verlangen. Ich durfte Unni nichts wegnehmen, was ihm gehörte; ihn um etwas berauben, hieße *uns* berauben. Es gab keinen andern Ausweg als völliges Hinnehmen. Ein Vers nagte mir dabei im Gedächtnis: »Denn der Irrtum, der steckt im Gebein: geliebt zu werden allein.« Nun, im polygamen Asien stimmte das wohl nicht. Viel Liebe, vielerlei Liebe, dachte ich im Halbschlaf in seinen Armen, es war ja wohl schwierig, von jemandem zu verlangen, er solle einen allein lieben, jederzeit.

Galt das nicht auch für mich? Hatte ich Unnis Seele und Gefühl nichts genommen, hatte ich nicht von ihm verlangt, daß er auf jene andere Liebe von mir, die Liebe zu Worten, Rücksicht nehme, sich mit ihr abfinde, jenem anspruchsvollen Dämon, der mich von ihm entfernte, der selbst in der ersten Glut der Entdeckung mich veranlaßt hatte, mich gegen ihn zu stellen und zu sagen: Geh, ich will diese Nacht allein sein; eine Leidenschaft, die mich zu geheimen, mit ihm nicht geteilten Gefühlen, abseits von ihm, verdammte?

Dies somit hieß wahrhaft lieben, sich nicht einzumauern und zu vergraben in Selbstsucht, sondern dem geliebten Menschen Erfüllung und Erlösung zu sein, ihm keinen Kerker, sondern die Freiheit der weiten Welt zu geben. Unni war mir ganz und gar geschenkt, weil ich es hingenommen hatte, ihn aufzugeben. Er würde Rukmini lieben, schuldlos, zärtlich.

Und was würde dann geschehen? Ich war nicht imstande, mir darüber allzuviele Sorgen zu machen, denn für diese Nacht gehörte Unni mir, war er bei mir.

Ich schlief ein, und im Schlaf trat die Verwandlung ein. Als ich aufwachte, war ich nicht mehr die Liebevoll-Gütige, sondern eine von Groll gepeinigte Teufelin. Unni war fort.

Mit dem Fortschreiten der Nacht ließ mein Edelmut nach; das kaum mehr menschliche Darüberstehen, die heitere Gefaßtheit, sie verflüchtigten sich. In diesen frühen Stunden vor Tagesanbruch, in denen die Menschen am häufigsten sterben, während derer die Menschen in trostloser Stimmung erwachen und das Leben nur noch als ein langwieriges Warten auf den Tod empfinden, wachte ich auf, allein, verlassen, überwältigt von Eifersucht, Wut und Schmerz, gemartet von den Dämonen des Hasses, ein bösartiges Geschöpf, das sich verabscheute, jenes Ich, das sich als großzügig aufgespielt hatte, dieses Ich als unwirklich empfand, weil es nicht mehr vorhanden war. Zeit und Schlaf hatten es ausgelöscht und seine verbrauchte (und jetzt lächerlich gewordene) Sentimentalität durch ein starkes, heimtückisches, durch seinen Haß und seine Gier furchterweckendes Tier ersetzt. Im Augenblick nannte ich es freilich nicht Gier. Ich hatte meine eigene Hölle betreten, fand es jedoch natürlich und richtig um diese tote Stunde der Finsternis, in dieser stillstehenden Ebbezeit der Seele. Nur ich war noch da, ich, und mir war tödliches Unrecht zugefügt worden. Selbst jetzt noch, da ich dies schreibe, jetzt, da der Berg nicht mehr bei mir ist, da ich, fehlbar und erfahren, darauf warte, daß die Liebe wiederkehre, erinnere ich mich, wie recht und richtig es wirkte, wie gerechtfertigt ich mir vorkam angesichts des großen Unrechts, das mir durch Unni und Rukmini angetan worden war.

Ich verkroch mich in das leere Bett, legte meinen Körper auf das Laken, auf dem er gelegen hatte, umströmt noch von seiner Wärme; es war mir, als hörte ich seine Stimme, diese die Sinne aufrührende Stimme, die mich noch in der Rückerinnerung besessen machte vor Verlangen. Neben mir lag ein verblichenes Gespenst der Liebe, dem mein Körper entgegenstrebte, und doch erstickte ich schier in Haß und Eifersucht: »Er gehört mir. Es ist zu viel, von mir zu verlangen, daß ich auf ihn verzichte, ihn mit jemandem teile. Ich will ihn, will ihn ganz. Du hast mir schon mein Kind genommen, unser Kind. Du hast mir alles genommen. Du wirst Unni nicht bekommen.«

Und nach und nach ging es über zum aufwühlenden Zwiegespräch mit mir selber.

»Nehmen heißt Entbehren, Geben heißt Empfangen.«

Ich will nicht, ich tue es nicht. Das ist alles Unsinn. Es ist nicht wirklich. Wirklich ist nur dies: Unni liebt mich, und ich liebe ihn. Rukmini … ein Traum, eine Vorstellung. Morgen, am Tag, muß er vergessen, wird er vergessen.

Doch in der Nacht, wenn er neben dir liegt, wird er sich wieder erinnern.

Nein, denn ich habe die Erinnerung an Rukmini schon brachgelegt, habe Rukmini einbalsamiert durch mein gescheites Verhalten in der heutigen Nacht, den schönen Zug von Großmut, die nicht zu mir gehört, nie zu mir gehört hat, sondern zu einem Ich, das von etwas besessen ist, was ich nicht will. Von einer törichten Entsagung, die mich jetzt erschauern läßt. Es war Heuchelei. Das war nicht ich. Ich habe genug Hunger des Leibes und der Seele durchgemacht. Ich bin jetzt gewitzigt, aufgeklärt. Ich will mein Teil Lebensglück, ich will meine Lust und meine Liebe. Ich habe ein Anrecht darauf. Ich habe gelitten; ich will glücklich, ich will schön und jung sein, nicht wieder vertrocknen. Ich will lieben. Ich habe ein Recht auf all diese großen Allerweltsgefühle, die Triebfedern, die jeder von uns jedesmal wiederentdecken muß. Das ist das Wahre. Rukmini ist nicht das Wahre. Sie ist ein kleines Mädchen, das »Gott und Göttin« spielt; Verzückung spielt. Maria zu Füßen des Herrn. Aber ich will nicht über mich hinaus. Ich bin Martha, vielleicht; aber Martha war keine Heuchlerin. Ich stehe mit den Füßen auf der Erde. Ich verzichte nicht auf ihn.

Liebe sinnt nicht auf Einkerkerung des Geliebten, sondern auf seine stärkere Freizügigkeit.

Unsinn. Er hat es ja selbst gesagt, sein Herz und sein Fleisch bedürfen meiner. Ich kann ihm geben, was niemand sonst ihm geben kann. Was kann Rukmini ihm geben? Ein solches Dingelchen, eine Vorspiegelung, ein kurzer Traum von einem verzückten, von einem Gott träumenden Kind, das werde ich nicht zwischen uns treten lassen. Unni nimmt das Ganze viel zu ernst. Er ist ein Mann; sie ist schön und sanft, sie weckt seinen Beschützertrieb. Er kann nicht sie und mich zugleich lieben. Das ist unmöglich. Kein Mann kann zwei Frauen zugleich lieben.

Aber es kommt doch immer wieder, allenthalben vor.

Ich verstummte vor Schreck, daß es wahr sein könne.

»Du benimmst dich jetzt Unni gegenüber, wie sich John gegen dich benahm. Legst die Läden vor das Haus des Lebens, hältst das Einbrecherleben fern von deinem ordentlichen, aufgeräumten Haus, hältst ihn unter Verschluß. Er gehört *dir*. Ist dein Eigentum. Paß auf!

Nun schon«, sagte ich. »Ich werde die Großzügige spielen. Jedenfalls geht dann alles besser vonstatten. Aber du weißt, daß es unwahr ist. Du weißt, ich kann das nicht, ich kann ihn nicht aufgeben. Du weißt, daß ich Folterqualen, Höllenqualen leiden werde, die Pein einer selbstgeschaffenen Hölle, aber gleichwohl einer Hölle, von jetzt an und auf wie lange?«

Ich merkte, wie ich verschlagen wurde, eine rücksichtslose Ränkeschmiedin, hinterlistig wie der Rampoche, doch weit geschickter. Ich fand keine Ruhe, und so stieg ich aufs Dach hinauf, um Luft zu schnappen, denn ich erstickte in dem Zimmer. Ich wollte auch Mana Mani wiedersehen, Unnis bösartige Bergspitze. Wie gut verstand ich sie nun, die Göttin, das eifersüchtige, boshafte Weib, voll Heimtücke und Hinterlist, um die Berge und den Fluß für sich zu behalten, die Göttin, die ein Menschenopfer forderte, das Blut eines Mannes, frisches, kräftiges Blut begehrte. Selbstverständlich. So erhielt sie sich ihre Jugend; so blieb sie jung.

Es war so. Ungläubigkeit war hier am Platze. Verzückungen, Gesichte. Daß die Luft voller Dämonen und Teufel sei, das war nicht nur möglich, ich glaubte voll und ganz daran. War ich in der Nacht einer Täuschung unterlegen? Jetzt war ich ich selbst.

In rosafarbenen Glanz gehüllt, trat Mana Mani in den neuen Tag. Sie war erhabener und hochmütiger denn je. Sehr bald wogte die Sonne in goldener Flut an ihren steilen Wänden herab, während das Kloster noch in veilchenfarbener Dunkelheit lag. Da wo Bongsor sich in jähem Sturz zum Tal hinunter ergoß, verdeckte dichter Bodennebel den Fluß, dessen unaufhörliches leises Rauschen eine andere Form von Stille war. Es war nun etwas wie Blutsverwandtschaft zwischen uns beiden, dem Berg und mir, denn wir hatten einen geheimen Pakt geschlossen.

Mana Mani ... Unni sprach von ihr in liebevollem, vergnügtem Ton. Jahrelang lebte er mit der Bergspitze vor Augen, ihre Macht anerkennend. Als was für ein lächerliches kleines Ding mußte der Damm wirken vor der hinter ihm aufragenden Mana Mani, der Damm, der ihr unter ihrem hochmütigen Blick langsam, scheinbar unmerklich, den Fluß wegnahm. Ameisenarbeit. Menschenwerk. Ein kriechendes Gewimmel, das jedoch am Ende siegreich blieb. »Ich zähme sie schon noch.« Hatte Unni je den Versuch gemacht, sie zu besteigen? Das muß ich ihn einmal fragen. Aber ich wußte, wie die Antwort lauten würde: »Wenn der Damm fertig ist, vorher nicht.«

Und Rukmini betete zu ihr, sagte Dearest, betete für Unnis Sicherheit. Ich mußte fast lachen. Ich wußte, daß der Berg Rukmini nicht liebte, sie war zu sanft, zu gutmütig ...

Das Kloster wachte auf: ein Rühren, ein Gähnen, Trommelschlag, Gesang, verschwommenes Glockendröhnen. Dann sieghafte Verkündung: langer, tiefer, schwerer Trompetenstoß. Sie standen wieder auf den Dächern, die Bläser, auf dem Kopf die spitzen Hauben mit den großen Ohrklappen. Dann das Gegluckse des Wassers in den halbvollen Eimern, Rufe, das Surren von Gebetsmühlen, geschäftige Mesnerbuben mit schwarzen Eisentöpfen. Rauchgeruch von Feuerstellen und dann auf einmal schlurfender Schritt von Lamas mit hohen Stiefeln, in Reih und Glied wie eine Soldatentruppe, die laut singend aus dem Kloster heraus in den Hof einschwenkten.

»*Om Mani Padme Hum; Om Mani Padme Hum.*« Unter unserm Hotel wurde der Zauberspruch geschrien, der die Welt im ewigen Kreislauf der Täuschung bestehen läßt. Und was war Liebe anderes als ein Spruch, eine Formel, Worte mit einer scharfumrissenen, schmerzlichen, grauenvollen Wirklichkeit, ein tiefer Hieb in Herz und Hirn; um das Leben zu beschwören, es gegen die drohende Nacht des Nichts zu beschirmen, der einzige Schutz des Menschen vor der Nichtwirklichkeit des Todes, Beweis der Wirklichkeit des Daseins, doch auch zu Tode verwundend.

Da sah ich auf einmal Rukmini aus einem jener Gänge herauskommen, die anscheinend durch die Mauern auf den Hof hinaus führen. Rukmini in einem weichen nepalesischen Schal, eine biblische Figur, doch nichtsdestoweniger Rukmini. Ich meinte, ihre Armreifen klirren zu hören. Vielleicht hatte sie wieder zur Göttin gebetet.

Ich folgte mit den Blicken der braunumhüllten Gestalt, die über den Hof aus dem Kloster hinausglitt. Gegen diese Bezauberung, die das Mark aus den Knochen saugte, gab es keinen Widerstand.

Ich warf einen Blick auf Mana Mani, die überhebliche Bergspitze. Ich gebe mir den Tod, wenn Unnis Liebe zu Ende ist. Ich muß ihn wiedersehen. Er wird wählen müssen. Mit der Zähigkeit eines Vampirs verbiß ich mich in das Wort Liebe: Ich war nicht willens, auf ihn zu verzichten.

*

Entgegen allen meinen Erwartungen machte Mike beim Frühstück einen geradezu frohlockenden Eindruck. Und er war sehr gesprächig, während wir aus dem noch immer in kaltes Violett getauchten Hotel und dem viereckigen Komplex hinausgingen und uns dafür entschieden, den Berghang hinter dem Kloster hinaufzusteigen. Es war ein schwerer, steiler Anstieg zwischen den kleinen buddhistischen Bildstöcken, die willkürlich an Straßen und zwischen Felsblöcken aufgestellt sind. Der aufgestaute körperliche Schmerz war schon quälend genug, aber das seelische Weh war noch unerträglicher, sein Wüten trieb mich weiter.

»Ich bin wirklich sehr froh. Unni ist ein großartiger Kerl.«

»Was hat er denn so Wunderbares getan?«

»Rukmini hat versprochen, nach Katmandu zurückzukehren. Sobald ein Flugzeug geht. Und am Vormittag heute um zehn Uhr will sie mit mir spazierengehen. Es ist schrecklich früh; ich nehme an, sie schläft noch, und ich weiß nicht, wo sie wohnt. Vermutlich bei Dearest. Entsetzlich lange noch bis zehn Uhr.«

Ich keuchte, mit Mühe schleppte ich meine schmerzenden Beine, ich mußte manchmal stehenbleiben, um Atem zu schöpfen. Die immer dünner werdende kalte Luft drang in die Lungen wie geeister Alkohol. Zwischen den Bildstöcken auf der Halde grasten Ziegen und Maultiere. Am Fuß der Wälle, die sich den Hang hinaufwanden, gingen Männer und Frauen immer dem Uhrzeiger nach um das Kloster herum, »Om Mani Padme Hum« singend und Gebetsmühlen drehend.

Mike blieb stehen. »Setzen wir uns hier hin«, sagte er. Wir setzten uns, an einen der größeren Bildstöcke gelehnt, der vom Ruß frommer Feuer geschwärzt, also wahrscheinlich ein Leichenstein war. »Gestern war ich nicht sehr glücklich, scheint mir. Ich weiß, daß Unni Rukmini nicht liebt, es sei denn wie eine unmündige Schwester, aber Rukmini liebt ihn, und darum war ich nicht sehr glücklich.«

Mit einfachen Worten, nach denen er suchen mußte und die stockend herauskamen, zwar aufrichtig waren, aber nicht zu schildern vermochten, ließ er den Schauplatz und den Vorgang wieder erstehen. In dem mit Teppichen belegten, vom Dunst tibetanischen Biers, chinesischen Tees und fettiger Speisen erfüllten Raum hatten sich die drei gestern am Abend noch zusammengefunden.

Ich sah es vor mir, nicht nur, wie Mike es beschrieb, sondern so wie ich es mir vorzustellen vermochte, samt den Färbungen und den Gefühlsstimmungen, mit all den einander bestürmenden, bestürzenden Widersprüchen, die dort aneinandergerieten. Unni und Rukmini, einander endlich Auge in Auge gegenüber. Hier an der Berglehne sitzend, zerstreut die Hand hebend, wie um die schrägen Strahlen der Morgensonne einzufangen, indes mein Herz schmerzhaft gegen die Rippen schlug, wußte ich, wie Unni sie angesehen, sich sattgesehen hatte für all die Jahre des Wegsehens, doch mit einem Blick, der rücksichtsvoll, beherrscht den Mann in Schranken hielt und ebenso die Erinnerung an mich. Selbst in meiner blinden Wut, jetzt hier neben Mike sitzend, wußte ich, wie Unni in jenem Moment gelitten haben mußte. Sah er da mit kühlen und scharfen Augen die Bilder der Vergangenheit vor sich: jene Frühlingsmorgen auf dem Rasen, da er mit seinen geschickten schlankfingrigen Händen die Trommel schlug? Und da wurde ich beinahe wahnsinnig vor Eifersucht. Mit einmal begriff ich, warum auch Isobel ihn haßte, die Gefühle haßte, die sie überkamen, wenn sie ihn sah. Und Unni mußte begriffen haben, wenn er, vor Rukmini stehend, sich an das sorglose Gelächter erinnerte, an die in seinem Zimmer gemalten Sittiche und Sonnenblumen, an die plötzliche Trennung, an die Hochzeit, an mich …

»Sie ist schon rund zwölf Tage da, aber Unni ist nicht hergekommen, um sie zu besuchen. Er wollte nicht, daß über sie geredet würde.«

»Ich verstehe«, sagte ich und ließ die Sonnenstrahlen durch meine Finger fallen. Die eine Seite der Hand war warm, die andere kalt. (Ich verstehe, Mike, ich verstehe, was du nicht verstehst. Ich verstehe, daß er sie so sehr liebt, daß er nicht kommen will, sie zu besuchen. Er ist zwölf Kilometer weit von ihr weg, am Damm, und er will, er kann es nicht ertragen, zu ihr zu kommen. Er hat solche Angst vor dieser Liebe, daß er hinter dir Schutz suchen muß, Mike, hinter deiner Gegenwart, wenn er mit ihr spricht.)

»Ich verstehe«, sagte ich noch einmal laut. »Unni kam nicht zum Kloster. Vielleicht wußte er nicht, daß sie hier war?«

»O ja. Sie reisten doch im gleichen Flugzeug. Das ist mir in Katmandu erzählt worden. Aber ich weiß«, sagte er halsstarrig, »daß das nur Zufall war. Unni ist doch verliebt in Sie. Er kam gerade von dem Besuch im Hospital bei Ihnen.«

(Das wußte also jedermann in Katmandu. Und niemand sagte es mir, niemand.)

»Nicht alle wußten es«, sagte Mike, als wenn er meinen Gedanken gelesen hätte. »Nur ein paar Leute. Und die behielten es für sich. Natürlich wußten alle um Rukminis kindliche Verehrung. Sie hat ihn immer für einen Gott gehalten. Aber es ist rein platonisch, vollkommen keusch«, sagte Mike, in diesem Augenblick der typische, unverdorben keusche Amerikaner, der Keuschheit auf ein Piedestal stellt und sich nicht beirren läßt von den tausend Gesichtern der Liebe, solange sie nicht auch die Maske des Begehrens trägt. »Ich weiß, es klingt nach Unreife, wenn man in Unni einen wiedergeborenen Gott sieht, aber ich bin in dieser Hinsicht objektiv. Das ist nun einmal ihr kulturelles Milieu«, sagte Mike.

»Das ist nicht Unreife«, erwiderte ich. Unni hatte sie bei der Hochzeit nicht angesehen. Welch tiefe, starke Wurzeln hatte dieser Verzicht entstehen lassen, diese Enthaltung, die nach innen gärte und sich zersetzte, bis sie nun hier zum Ausbruch gekommen war. »Die ganzen Jahre über bin ich vor ihr geflohen.« Es war eine Flucht der Sinne vor Kraft und Saft des Mannes. Eine Flucht zu mir. Und nun war jedes Wort zu mir bitter, unheilbar schwanger, von Heuchelei erfüllt. »Glaube mir, glaube mir.« Oh, wie sehr er wollte, daß ich glaube, nur um seinen eigenen Glauben daran zu bestärken, daß Rukmini nichts bedeute, nur ein Kind sei, sonst nichts. Er war ein Lügner, ein Dieb, wie Ranchit gesagt hatte. Unni, Lügner und Dieb.

»Unni sagte also zu ihr: ›Rukmini, ich bitte dich, zum Tal zurückzukehren.‹ Und sie sagte: ›Mein hoher Herr, was immer du mir zu tun befiehlst, das tue ich.‹ Er sagte zu ihr: ›Rukmini, denk daran: Ich bin kein Gott, ich bin ein Mensch.‹ Und sie sagte: ›Ja, das weiß ich jetzt. Jetzt, da ich dich sehe, weiß ich es.‹ Ich weiß, daß mich das hätte furchtbar elend machen müssen«, sagte Mike, »aber das war nicht der Fall. Keineswegs. Es war, als ob die beiden einander ansängen und rund um uns alles sänge, die Welt ein einziger Gesang wäre und noch so vieles, was ich nicht in Worte fassen kann … und ich hätte doch erbost sein sollen, erzürnt und unglücklich … aber dem war nicht so.«

»Nein«, sagte ich. »Natürlich nicht.«

»Es war so schön«, sagte Mike andächtig. »Wie eine strahlende Herrlichkeit … wenn die Welt plötzlich so wundervoll ist, daß darin zu leben einem wehtut vor Liebreiz.«

»Ja.« Staub im Sonnenschein, Erinnerung in den Ecken.

»Er sagte zu ihr: ›Maharani, vergib mir.‹ Und sie erwiderte: ›Möge dein Pfad friedlich sein, ich werde dich nur noch einmal sehen.‹ Dann wandte sie sich zum Gehen; zu mir aber sagte sie noch, ehe sie entschwand: ›Mike, bitte nehmen Sie sich nun meiner an. Auf Wiedersehen morgen vormittag um zehn Uhr.‹«

»Ich sehe schon.« Nichts sah ich als meine Hand, die hell, kalt, starr war und auf den Todeswind wartete, der mit der Sonne weht.

Mike raffte sich auf, um weiterzusteigen.

»Ich sagte ihr, es würde mich sehr glücklich machen, mein ganzes Leben lang für sie zu sorgen, und sie sagte: Ja«, sagte Mike stockend, mit rotem Kopf und Blicke um sich werfend, »sie sagte: ›Ja, Sie werden für mich sorgen, Mike.‹ Ich verdiene das nicht«, sagte Mike. »Ich bin so glücklich. Dies ist der wunderbarste Tag meines Lebens.«

Und gleichsam zur Bestätigung, um den Becher seines Glücks voll zu machen bis zum Rand, schrie er, da wir gerade um einen Felsblock herumbogen, in den *Om Mani Padme Hum* und verwitterte Bilder des Lichtgottes gemeißelt waren, schrie er, von Jubel und Freude hingerissen auf: »Rukmini!« Denn Rukmini war da, einem dunklen Baum gleich hob sie sich ab von dem herrlichen Sonnenlicht, ein verklärtes Abbild ihrer selbst, hinter ihr der Berg mit den blendend herabstürzenden weißen Eiswogen seiner Gletscher.

Ach, war für Mike die Welt herrlich, der Morgen entfaltet in Fülle, da nun Rukmini, von Dearest begleitet, auf ihn zukam. Närrisch vor Wonne, da er sie so fröhlich sah, blieb er stehen. So standen wir vier auf der obersten Kuppe, über uns die prachtvollen Gipfel, unter uns die braunen Buckel der niedrigeren Rücken zu einer Herde gesellt, die grünlich schäumende Milch des gerade zum Wildbach werdenden Gletscherwassers; das Kloster, dessen flache Dächer nur vom Sonnenlicht berührt wurden, und das Tal von Bongsor mit seinem brodelnden, brausenden Fluß.

»Ach Mrs. Ford hocherfreut Sie zu sehen schauen Sie all das hier an es gibt nichts dergleichen in andern Ländern man kommt sich wie eine Ameise vor in leidenschaftliches Sinnen versunken«, plapperte Dearest, eine Dichterin auf Bergeshöhen. »Hier ist die Luft so rein hier entspringen Quellen und Brunnen des Geistes sagte einmal ein Freund der zu Besuch zu uns kam freilich war er zwar ein Dichter aber kein netter Mensch beschwerte sich immer über das Essen mißbrauchte unsere Gastfreundschaft und reiste ab ohne die geringste Dankesbezeugung nicht einmal eine Momentaufnahme.«

»Sehen Sie dahinüber«, sagte Mike zu Rukmini, »da drüben ist der Damm. Es ist erst mit dem Bau begonnen worden, man kann noch nicht viel sehen; die meiste Arbeit wird während des Winters und Vorfrühlings geleistet, natürlich, wenn der Fluß niedrig ist. Sehen Sie da die zwei braunen Buckel mit Mana Mani dicht dahinter ...«

»Ja«, sagte Rukmini gefügig. Sie wußte selbstverständlich, wo der Damm war. Sie war ja alltäglich hier heraufgestiegen, um nach ihm hinzusehen.

Allein für die Herrlichkeit der Erde, die um mich lag, waren meine Augen blind und meine Ohren taub, denn ich war von Trostlosigkeit und Zorn erfüllt, eine gefangene Ameise, in leidenschaftliches Sinnen versunken, aber nicht über den »Sang Gottes«, sondern über die Bosheit. Und ich klammerte mich an die Trösterin Bosheit, denn sie jetzt zu verlieren, das hieß, den schweren, mißtrauischen aber sicheren Schild meines Selbst fallenzulassen, ein unwirkliches Ich zu werden, was ich nicht wollte. Es hätte bedeutet, Unni der Welt zu überlassen, allem und allen, jedwedem, der auch nur einen Finger zu heben Lust hatte. Es hätte dauernde Unsicherheit, Verzicht bedeutet. Doch ich wollte nicht verzichten. Ich wollte Unni, den Lügner, den Dieb.

Ich mußte ihn sehen, sprechen. Mußte ihm diese Worte ins Gesicht schleudern. Mußte hassen. Mußte. Ich mußte zu ihm gehen, irgendwie zu ihm gelangen, noch an diesem Morgen. Ich hatte ihm so viel zu sagen. In der vorigen Nacht ... Ich konnte mich nicht mehr entsinnen, welche Torheiten, Sinnlosigkeiten in der vorigen Nacht geäußert worden waren. Ich mußte Unni sprechen, jetzt, jetzt gleich.

In dem Schuppen, wo der Rampoche seine Fahrzeuge abstellte, befand sich ein Jeep. Er war ziemlich verbraucht und verbeult, aber Tenzin Lama, der Geschäftsführer des »Liege- und Trinkkur«-Lokals, der im Hof herumlungerte, sagte, der Wagen stehe Touristen zur Verfügung, »um zehn Rupien die Stunde«.

Der Karrenweg drehte und wand sich hoch über dem Tal an Steilhängen entlang, an denen gefährlich Steinhäuser und magere, schwankende Gerstenäcker klebten. Die Sonne brannte auf den Felsblöcken mit einer sengenden Grellheit, als wenn sie durch ein Brennglas fiele, aber im Schatten war es kalt, und mit unzuträglicher Raschheit wechselte man von Kälte zu Hitze und umgekehrt, so daß ich mich davor fürchtete, um eine Schleife dieses verwahrlosten Weges mit den locker über mir hängenden Felsen herumzuschwenken; dabei flößten mir die Gipfel ein Schwindelgefühl, eine Verlockung zu Wagnis und Verhängnis ein, gegen die ich ankämpfen mußte. Schleife nach Schleife, Kehre um Kehre, dieser Pfad hatte neun Leben wie eine Katze und mehr Knäuel als ein ganzes Nest von Schlangen. Noch immer stieg er an; plötzlich war ich mitten im Winter, der seine Frostzähne fest ins Erdreich geschlagen hatte; ich mußte anhalten und meine Sonnenbrille aufsetzen, so nah und grell war der blendende Schnee; dann bog ich in die nächste Schleife ein, und – vor mir war Mana Mani und der Damm mit seinen Erbauern.

Ein Ameisenstaat, ein Ameisenheerlager, an die Felswand geklebt, kunterbunt nach dem Arbeitsbedürfnis hingekippt, mit Bohrtürmen, Hebekranen und Erdbaggern, großen, aus dem braunen Berg herausgeschaufelten, unebenen Rampen, Scherben- und Aschenhaufen, grau wie struppige Wolfsfelle am Hang, der ganze wirrsälige, schmutzige Betrieb menschlicher Arbeit, der uns am Morgen durch die Windungen der ineinander verzahnten Gebirgszüge unsichtbar geblieben war.

Dies war Menschenwerk, Arbeit des Menschen, zerstörend, zersetzend, planmäßig betrieben in dieser von ihm zwischen den Bergzügen ausgeschachteten Scharte, eine Ebene fast, die sich jedoch wieder verengte, wo einige sinnlos scheinende Gegenstände gleich Säulen mit Gräben darum zu sehen waren, der Anfang des Dammes, der sich vor den Horizont hindrängte und sich dem lärmenden Sturz der grünweiß schäumenden Wassermassen in den Weg legte. Hinter diesem wimmelnden Wirrwarr der Geschäftigkeit konnte man das nächste Tal sehen, das bald ein See sein würde, ein Staubecken für das Wasser. Ein klein wenig seitlich stand alles überblickend, mit den wie ausgemeißelten, eckigen, rasiermesserscharfen Felsen in die Tiefe starrend, Mana Mani, der unmögliche Berg mit seinen lotrecht abfallenden, kahlen, vom Wind bis zu blendendem Glänzen glattgeschliffenen Granitwänden, von hier, im Abstand eines Katzensprungs von kaum mehr als zwölf Kilometern, noch furchtbarer anzusehen als vom Kloster aus.

Überall an den Seiten des ausgeschachteten Stückes Land Reihen von wellblechgedeckten Hütten aus Heeresbeständen. Da der Boden jetzt eben war, fuhr ich rascher, an immer größeren Menschenhaufen und -gruppen, an großen flachen Stellen vorbei, auf denen weitere Reihen der halbrunden Wellblechhütten standen. Je weiter ich kam, desto mehr fiel mir eine merkwürdige Stille auf. Es waren viele Menschen da, aber keiner von ihnen arbeitete. Nur immer wieder dichte Gruppen, die auf etwas zu warten schienen und meinen Jeep angafften. Ich merkte nun, daß ich auf eine Art aus der Felswand herausgehauenes Amphitheater zufuhr, das vollgepfropft war mit Menschen, mindestens drei- bis viertausend, die Lammfellwesten mit dem Pelz nach innen trugen, Decken um sich geschlungen, Ringe in den Ohren hatten; sie starrten meinen Jeep an, traten aber zurück, um ihn durchzulassen.

Dann sah ich den Jeep der Hilfskommission, dem wir gestern auf dem Weg zum Flugplatz begegnet waren, auf mich zukommen. Darin waren drei Männer, zwei davon mit Gewehren; der dritte stand aufrecht im Wagen und schrie mir mit zornrotem Kopf zu:

»Was wollen Sie denn hier, Madam, zum Donnerwetter? Entfernen Sie sich bitte, fahren Sie heim.«

»Ich möchte Mr. Menon sprechen.«

»Sie können Mr. Menon nicht sprechen. Er hat zu tun. Wollen Sie bitte augenblicklich umdrehen und heimfahren.«

»Dort ist ja Mr. Menon«, rief ich. »Ich sehe ihn.«

»Bitte, gehn Sie!« schrie der Mann wieder, der den Eindruck machte, als werde er gleich platzen. »Hier findet eine Demonstration statt. Es ist gefährlich.«

Ich hatte jedoch Unni gesehen, der aus einer etwas höher als die übrigen unter einen Felsvorsprung gebauten Hüttenreihe hervorgetreten war und nun die Lehne herunterkam.

»Sieh einer an«, sagte der Mann, der so böse gegen mich geworden war, »jetzt will er noch einmal zu der Menge da sprechen.«

»Logan kommt ihm nach mit einem Gewehr.«

»Nicht doch, das ist ein Lautsprecher, was er da trägt.«

Hinter Unni kamen zwei Leute, die die heute bei Massenansammlungen wohl üblichsten und nötigsten Utensilien trugen, eine Batterie, einen Lautsprecher und ein Mikrophon.

»Sie müssen unbedingt hier weg, Madam«, sagte der Mann abermals. »Es ist gefährlich. Die Arbeiter streiken. Es gibt eine Demonstration.«

Doch schon schallte die vom Lautsprecher verstärkte Stimme Unnis über uns hin. Die Worte vermochte ich nicht zu verstehen; ich vernahm nur den Klang, die besonders tiefen und leisen Schwingungen mit ihrer so merkwürdig beruhigenden Wirkung, so entspannt, so vernünftig, daß man sich in einen Sessel zurücklehnen, die Augen wie unter einem grünen Schirm schließen und sich von dieser leidenschaftslosen, ruhevollen Stimme einlullen lassen mochte. Glücklicher Mann, dachte ich, erbittert und belustigt zugleich, glücklich, mit dieser Stimme und diesem Körper geboren zu sein. Ein Mann, dem man vertraut …

Um mich herum lief Gelächter. Unni sagte noch einige Sätze, wieder erfolgte Lachen, doch zögernd, fast widerwillig. Vornehmlich lachten die Frauen, die sich dabei die Ärmel vor den Mund hielten. Auch der erboste Mann im Jeep lachte. »Dieser Bursche«, rief er aus, »dieser Bursche! Eine Zunge hat er … wie Honig.«

»Was sagt er denn?«

»Er will die Leute zur Wiederaufnahme der Arbeit überreden, Madam. In der letzten Zeit gab es hier ziemlich viel Krach. Gestern gab es einen Aufruhr, bei dem zwei unserer Leute verprügelt wurden. Sie haben sich inzwischen wieder beruhigt, aber heute früh fing es wieder an.« Auf einmal war er geradezu geschwätzig geworden. »Gestern ließ der Hilfsingenieur Schußwaffen an uns ausgeben; aber Mr. Menon sagt, er könne die Leute herumkriegen, indem er zu ihnen spricht. Er hält nichts von Gewehren; er hält mehr von gutem Zureden.«

»Aber warum streiken die Leute denn?«

»Das wissen sie selbst nicht recht«, sagte der erboste Mann, die Augen immer noch auf die Menge gerichtet und verlegen den Körper hin- und herwiegend. »Alles in allem haben wir hier rund zwölftausend Mann. Banditen hatten unsere Nahrungsmitteltransporte überfallen, dann wurde auch allerhand Sabotage getrieben durch Entwendung von Maschinenteilen, aber das Schlimmste ist die Göttin da drüben, Mana Mani.« Er warf den Kopf hoch in Richtung des Berges. »Die Arbeiter sind abergläubisch.«

Wieder lief Lachen durch die Menschenmenge. Unni hatte wieder zu sprechen angefangen. Ich versuchte, zugleich auf ihn und auf den Mann zu hören, der sagte:

»Hören Sie, wie sie jetzt lachen, wie die Kinder, bloß weil er spricht und ihnen Geschichten über sie selbst erzählt. Der Rampoche und andere Großgrundbesitzer in der Gegend hier sind gegen den Damm. Aus verschiedenen Gründen, namentlich aber wegen der sogenannten *tola*, der unbezahlten Arbeit. Früher nämlich war jeder Mann und jede Frau im Tal verpflichtet, hundertfünfzig Tage im Jahr ohne Entgelt für das Kloster zu arbeiten: Bauen, Brennholzsammeln, Butterstoßen, Steinebrechen, Lastentragen für den Rampoche. Aber Geld unterwühlt jede Überlieferung. Wenn man den Leuten für ihre Arbeit einen festen Tagelohn zahlt, wie es jetzt geschieht, dann ändert sich ihre Einstellung. Jetzt wollen sie nicht mehr umsonst arbeiten, und deshalb macht ihnen der Rampoche Angst mit Seuchen und Hungersnot. Ich möchte wetten, hinter den Raubüberfällen auf unsere Transporte steckt er auch.«

»Es kommt noch anderes hinzu«, sagte einer der jungen Leute, die die Gewehre trugen. »Die Göttin der Blattern zum Beispiel. Vor vier Jahren setzten wir es zunächst einmal bei den Frauen durch, daß wir sie und ihre kleinen Töchter impfen konnten; denn die Männer weigerten sich, weil die Impfung, wie sie sagten, impotent mache (das ist das Schlimmste, was einem Gebirgler zustoßen könnte). Jetzt aber haben wir die Vorschrift ausgegeben: ohne Impfung keine Arbeit (was nicht schwierig ist, weil infolge der Überschwemmungen nur allzuviel darbende Männer vorhanden sind, die bei uns um Arbeit nachsuchen). Daher bekam die Göttin dieses Jahr keinerlei Opfer, weil kein Mensch die Blattern hat, und das bedeutet einen Einnahmeausfall für den Rampoche.«

Daß ich mich eigentlich entfernen sollte, daran dachten die drei gar nicht mehr. Sie gafften mich mit unverhohlener, unablässiger Bewunderung an. Ich begriff jetzt die Vorschrift, daß keine Frauen an den Damm herangelassen wurden. Einer von den Männern sagte: »Es kommen sehr selten Damen zu Besuch hierher, Madam. Nur ab und zu einmal mit einer Touristengesellschaft.«

»Aber auch das wird anders werden«, sagte der erboste Mann. »Nächstes Jahr bekommen wir eine Ärztin hierher, eine Missionarin.« Nach einem kaum merklichen Seufzer fuhr er fort: »Und wir sind hoffentlich bald imstande, gelegentlich einmal eine Freundin hierherzubringen, statt jedesmal für die Hin- und Rückreise nach Katmandu im Flugzeug hundertsechzig Rupien ausgeben zu müssen.«

Das Lachen, das darauf erfolgte, war vielsagend, aber nicht bloß so obenhin. Ich stimmte ohne falsche Ziererei mit ein. Die Männer waren offenherzig. Sie gingen nach Katmandu, sobald sie eine Frau brauchten ... genau so wie das Unni immer getan hatte und wie er es jetzt mit mir tat.

Unni hatte übrigens wieder zu sprechen angefangen. Eine kleine Gruppe von Männern schrie etwas offenbar Drohendes, versuchte ihn niederzuschreien.

»Es handelt sich um das Erdbeben«, sagte einer der jungen Leute, nahm wieder sein Gewehr zur Hand, und in sein Gesicht kam ein gespannter Zug.

»Es war gar kein Erdbeben.«

»Das wissen wir alle, aber der Rampoche scheint ein paar von den Arbeitern überzeugt zu haben, daß es ein Erdbeben war ... und ein Erdbeben, das bedeutet ein Menschenopfer zur Versöhnung der Göttin.«

»Da kommt Unni. Er scheint Sie gesehen zu haben«, sagte der erboste Mann.

Unni ging vom Lautsprecher weg auf uns zu. Er trug noch dasselbe Hemd und den ihm von einer Frau verehrten Pullover wie am Abend vorher. Er kam dahergeschlendert, als hätte er nicht den geringsten Grund zu irgendeiner Besorgnis, und ich merkte, wie die Menge überrascht, vor Erstaunen einfach reglos war. Ich wußte nicht, ob er ärgerlich oder erfreut war; das konnte man bei ihm nie sagen infolge der ihm eigenen beherrschten Ruhe, die mir die Empfindung gab, jedesmal, wenn ich ihn wiedersah, an einem Neubeginn zu stehen. Er pochte niemals auf die Vergangenheit, um sich zur Geltung zu bringen, so daß nichts je als selbstverständlich erachtet werden konnte. Als er – langsam wegen der ihn umdrängenden Menschen – auf mich zukam, spürte ich wieder das Weh in der Brust wie stets, wenn er auf mich zukam; ich war wehr- und willenlos und erwartete mit fast freudiger Unterwürfigkeit den Ausdruck seines Wollens. Vielleicht ist es richtig, was der General sagte, daß die Frau, wenn der Mann männlich genug ist, Freude am Gehorsam hat, weil es Lust und auch etwas wie Verzichtleistung auf Herrschaft ist, aus reiner Liebe zu gehorchen.

Als er nun auf mich zukam, verflüchtigte sich mein Zorn wie durch Zauberschlag. Ich darf ihn nicht in Fesseln schlagen, an ihm nagen mit meinen Zweifeln und meinen Schmerzen. Rukmini ist vor mir dagewesen; ich war zu Unni gegangen und hatte gesagt: Hilf mir, hilf mir. Jetzt sah ich einen anderen Unni, den schaffenden Mann inmitten seines Werkes. Und in diesem Werk, seiner andern Liebe, war ich nicht vorhanden. Doch ich hatte mich auch damit abzufinden, mit dem Damm und allen seinen Folgen: der Trennung, der Gefahr, der Tage ohne ihn, die kamen und gingen wie grünes Wasser, wie Wasser hinliefen, unaufhaltsam …

Er war nun beim Jeep angelangt; er reichte mir die Hand; ich stieg aus.

»Gehe gerade vorwärts, lächle nicht zu sehr, blicke nicht ängstlich drein. Du mußt mir jetzt helfen.«

Nebeneinander schritten wir durch die Menschenmenge. In höflichem gleichgültigem Ton, als wenn er sich mit einem zu Besuch angekommenen Touristen unterhielte, sprach er von dem Damm, so daß die Arbeiter es hören konnten.

»Wie Sie sehen, haben wir einen Anfang gemacht. Das hier ist einer der Hauptzuflüsse des Flusses, der von den Gletschern gespeist wird, vor allem einem vom Mana Man her, der schönen Bergspitze, die Sie da drüben sehen – nicht mit der Hand hindeuten, das ist unehrerbietig –, das ist eine hochmütige Schwesternschaft von Göttinnen, die uns beschützen, allem Anschein nach. Wenn der Damm gebaut ist, dann wird dies ganze Gebiet jenseits ein großer See mit zwei kleineren Seen in zwei angrenzenden Schluchten sein. Dadurch werden wir imstande sein, mindestens ein Drittel des Wassers zu regulieren, das sich in den Hauptfluß ergießt … es sind noch mehrere Zuflüsse vorhanden, mit denen wir uns im Lauf der Zeit ebenfalls beschäftigen werden. Jetzt wollen wir aber zu meiner Unterkunft auf dem Vorsprung dort hinaufgehen. Langsam, sonst kommen Sie außer Atem.«

Er drehte sich noch einmal um, um den Leuten Befehle zu geben, ordnete mit einer kurzen Handbewegung an, den Lautsprecher wegzunehmen und führte mich dann, ohne noch einen Blick auf die verdutzte Menschenmenge zu tun, die mit Holz verstärkten Stufen hinauf. Oben angekommen, hielt er mir die Tür einer der dort stehenden

Hütten auf und sagte: »Tritt ein, bitte. Hier wohne ich.« Die Hütte war behaglich, halb als Schlafzimmer, halb als Arbeitsraum eingerichtet. Ein mit Papieren übersäter Schreibtisch, zwei Sturmlampen, Ölzeug, viele grobe tibetanische Teppiche und ein Tigerfell auf dem Fußboden; eine hölzerne tibetanische Sitzbank mit Pelzen darauf an der Wand. Er deutete mit der Hand darauf, daß ich mich hinsetze. Ich merkte, daß seine Stimmung dicht an Zorn grenzte. Und zwar merkte ich das an der Art und Weise, wie er sich eine Zigarette anzündete.

Ich schämte mich, ich war zu stolz, mich aufs Bitten zu verlegen, ihn zu Zärtlichkeiten anzureizen. Dem was kommen mußte, konnte ich nicht ausweichen.

»Darf ich fragen, warum du gekommen bist?«

»Ich war sehr unglücklich. Darum bin ich gekommen.«

»Und warum warst du unglücklich?«

»Wegen Rukmini.«

Er blickte zu Boden.

»Unni, ich will versuchen, es dir zu erklären. Heute früh konnte ich es nicht ertragen …« Und dann war ich auf einmal mitten im Zug, ihm alles zu erzählen, peinlich genau, mit allen Einzelheiten, jeder Schattierung und Veränderung meiner Gefühle, wie ich von Wut und Verzweiflung erfüllt aufgewacht, wie gräßlich mir zumute war, wie ich mit Mike die Anhöhe hinaufstieg, was er gesagt hatte … alles, alles, schonungslos.

»Es hat keinen Sinn, Unni. Ich weiß, es ist unrecht. Ach, es ist nicht das Fleisch, der Geist ist schwach und eifersüchtig. Verzeih mir, ich bin egoistisch, und obschon ich mir bewußt bin, daß ich nur ein Gefängnis für uns beide errichte, einen Kerker, in dem ich – ganz zu Recht – einsamer und verlassener sein werde denn je, kann ich nicht anders denken und fühlen, als ich es nun einmal tue. Ich mußte es dir sagen. Deshalb kam ich her … Und hier sah ich dich, sah ich ein anderes Du, das Du, das ich nicht kannte. Irgendwie schäme ich mich über meine niedrige Gesinnung, aber ich weiß, ich werde wieder in sie verfallen. Ich kann nicht anders.«

»Anne«, sagte er, »sich zu schämen liegt kein Grund vor. Ich ahnte, daß es sich um Rukmini handeln könnte.«

Der Tonfall, in dem er den Namen aussprach, erboste und erbitterte mich wieder so, daß ich hämisch sagte: »Ach, du hast *geahnt*, es könne sich um Rukmini handeln. Oder vielleicht auch um unser Kind. Wie gut, daß ich es verloren habe. Oder vielleicht auch um deine häufige Forderung, dir zu glauben. Ja ja, es konnte sich um etwas x-Beliebiges handeln.«

»Anne«, sagte er darauf in mehr denn je gedämpftem Ton, »was tust du uns an?«

»Uns? Hat dieses ›Wir‹ je bestanden? Wie, Unni? Sage mir, war es die hundertsechzig Rupien für den jedesmaligen Hin- und Rückflug nach Katmandu wert, wie? Ach«, sagte ich, »warum tue ich das?«

»Darling«, sagte er, »verzeih mir.«

»Was verzeihen? Ich bat dich, mir zu helfen. Ich warf mich ja dir an den Hals.«

»Verzeihen, daß ich der bin, der ich bin«, sagte er. »Anderes gibt es nichts zu verzeihen.«

»Der du bist ... Ach, Unni ...«

Aber das war ja gerade das, womit ich mich nicht abfinden konnte, dem Gesamtwesen des Mannes. Es würgte mich im Hals. Dies ließen wir ja immer außer acht in unserer Sucht nach Aufstellung einfacher Hypothesen auf Kosten der komplizierten Gegebenheiten: daß er war, wie er war, mit all den Jahren und dem Reichtum, den die Jahre ihm gegeben hatten, und daß ich war, keines von uns gänzlich durch den andern gestaltet, sondern gebend und nehmend, Fremde auf der Landstraße, auf einer Reise, die einander unterstützen.

»Hast du dich mit meinem ganzen Wesen abgefunden, Unni?«

»Ja. Erinnerst du dich an die Nacht nach der Gesellschaft bei Eudora, als du mich batest wegzugehen, weil du schreiben wolltest? Ich mußte mich mit allem abfinden. Natürlich kränkte es mich auch. Es ist schwer, auf ein Besitzrecht zu verzichten.«

»Ich bin wirklich eine engherzige Törin.«

»Meines Erachtens«, erwiderte er, wie stets mit einer Antwort, die über die von mir aufgeworfene Frage hinausging, »meines Erachtens müssen wir jetzt für eine schöne lange Zeitspanne zusammen leben. Wir haben einander so viel zu geben. Ich werde das in die Wege leiten. Sobald diese albernen Krawalle vorbei sind.«

»Albern ...?«

»Ja. Die Arbeiter sind schon halb dafür, die Arbeit wieder aufzunehmen, sie machen bloß noch weiter aus Spaß an der Sache selber. Auch deine Ankunft habe ich mir zunutze gemacht. Zu gescheit« – er ahmte meinen Tonfall nach – »nicht wahr, Liebste, das ist doch das Tragische bei mir, immer zu gescheit zu sein? Aber auch ich kann in dieser Hinsicht nicht anders, denn ich muß den Damm bauen mit allem, was ich bin und zu tun vermag. Ich habe aus dir Nutzen gezogen. Ich konnte die Leute mit deiner Ankunft verblüffen, und ich führte es aus. Wenn sie wirklich entschlossen wären, uns umzubringen, so könnten wir kaum etwas dagegen tun. Mit Schußwaffen gegen sie vorgehen? Wenn wir einen von ihnen totschießen, arbeitet keiner mehr für uns. Ich kann sie nur in Schach halten, indem ich sie als vernünftige, ehrenwerte Männer behandle. Indem ich sie durch meine zur Schau getragene Furchtlosigkeit in Bann schlage. Als ich dich im Jeep sah … Ja, zuerst war ich sogar böse auf dich, denn allein herzukommen, war sehr gewagt; die Straße ist schlecht, und es konnten sich vom Rampoche besoldete Banditen herumtreiben.«

»Aber gerade du hast mich doch gelehrt, Unni, auf solch einem ungebahnten Gebirgsweg einen Jeep zu steuern«, rief ich.

Da sprang er vom Stuhl auf und warf sich, erfüllt von jenem ihm eigenen Gemisch aus glutvoller Leidenschaft und völlig schamfreier Sinnlichkeit gegen mich, über mich, rief »Ja, so war es, Anne«, lachte schallend, küßte mich; ich lachte auch; wir konnten nicht aufhören zu lachen, und – ich wünschte mir auch wahrlich nichts Besseres.

*

Um drei Uhr nachmittags fuhr Unni mich zurück. Ich entsinne mich genau der Stunde, weil Unni bis dahin gewartet hatte, falls der Rampoche wieder ein »Erdbeben« anstiften wollte. Es sollte von den Bergbewohnern, die ihre an den Hängen weidenden Herden beaufsichtigten, sofort gemeldet werden, indem sie einander von Berg zu Berg zuriefen und die Kunde so binnen einer halben Stunde zum Damm gelangte.

Aber es ereignete sich nichts; nur während wir scharfen Curry-Reis zu Mittag verzehrten (und zwar in Gesellschaft der übrigen am Damm beschäftigten Ingenieure, rund ein halbes Dutzend, Leute aus allen möglichen Ländern, die Unni mir vorstellen wollte), vernahmen wir auf einmal den Lärm von Flugzeugmotoren.

»Aeroplan«, sagte der Däne, den Kopf hebend.

»Komisch«, sagte der erboste Mann, der ein Amerikaner aus Arkansas war.

»Wir erwarten doch nichts, oder?« fragte der Jüngste am Tisch, ein Waliser.

»Ich werde der Sache nachgehen, wenn ich Anne zurückbringe«, versetzte Unni.

Und so wand sich nun vor uns der Pfad mit den Jeepgeleisen durch den goldenen Himalajaseptember, darin die bereits herbstlich verfärbten Espen standen wie Streifen eines Tigerfells. Abwechselnd fuhren wir durch eisige Schattenschauer und sengende Sonnenhitze. Die langen Schattenbilder, die die Bäume warfen, wirkten düsterer als sie selber; wie Polsterkissen lagen die Wolken um die Schneegipfel herum, bis sie, anscheinend wie von selbst ins Schweben geraten, vom Wind weitergetrieben wurden. Der Himmel leuchtete in makelloser Türkisfarbe. Schlank erhob sich hinter uns, weder freundlich noch feindlich gesinnt, Mana Mani.

An der Wegbiegung, wo die Sonne die Bergnase voll traf, hielt Unni an. »Legen wir uns ein bißchen in die Sonne«, sagte er.

Die in der Sonne bratenden Steinblöcke waren sengend heiß, doch auf ihrer Schattenseite nisteten blau und feucht Flechten und Moose. Es war eine unbeschreibliche, unerklärliche Lust, mit den Händen beide Oberflächen zu betasten, es war Fleisch nicht von meinem Fleisch, anderes Inkarnat, andere Materie, andere Substanz, herrlich zu berühren ohne jeden Drang des Geistes, jede Not der Seele, lediglich um ihrer selbst willen. Nie bisher wurde je Tätigkeit der Seele bei Fehlen eines Leiblichen festgestellt; und war diese Hitze, die meinen Handflächen so angenehm war, unstofflicher, weniger geistig als die Gedanken meines Hirns?

Als ich aus der Versunkenheit in das Wesen des Steins erwachte, merkte ich, daß Unni mich betrachtete. Er hatte sich an meiner Seite ausgestreckt, seine lange schlanke Männerschönheit eine Augenweide für mich, ein Reiz ähnlich dem, den der Felsblock meinem Tastsinn gegeben hatte. Fleisch, Stoff, Lust. Lustvolles Entzücken um uns, in schönem Gleichgewicht der schwebende Augenblick, hinfällig und vergänglich. Nicht die Verzückung des Heiligen, sondern die Sinnenlust des leidenschaftlichen Menschenwesens, das Augen hat zu sehen und Ohren zu hören.

»Ich habe dich so gern, wenn du weit fort bist, ganz von mir entfernt, gelöst, mich ganz vergessen hast und frei dahinschwebst auf den Schwingen der Phantasie.«

»Welch ein Dichter du zuweilen bist, Unni.«

»Wenn es den Dichter ausmacht, daß er die Kunst des Lebens beherrscht, dann bin ich vielleicht einer, wenn auch ein schlechter.«

»Dichter sind Menschen ohne Schalen, Embryonen ohne Schutzhülle; ihr Fleisch liegt zutage, ihr Geist sickert von ihnen fort nach außen. Sie sind leicht zu verletzen.«

»Wir sagen, ein Dichter sei ein Mann, der sein Geheimnis von Gott nicht im Herzen bewahrt und der, indem er sein Leid und seine Angst, seine Hoffnungen und Erinnerungen besingt, sie reinigt und läutert von aller Lüge. Seine Sänge sind deine, sind meine Sänge.«

»Aber um dies zu können, muß er Leid und Angst erleben, muß er gebunden sein. Er vermag nicht, ein Heiliger zu sein, den nur die Liebe Gottes erfüllt und der sich nur in ihr erfüllt. Er muß unvollkommen sein.«

»Ja«, sagte Unni, »so ist es. Er muß entbehren, um ein Dichter zu sein.«

Der Widerstand gegen den dauernden Wind hatte das Gras grob und steif gemacht. Das langgezogene Rauschen des dahinschießenden Flusses übertönte das abendliche Singen der Vögel. All dies war Erde, herrliche Erde, unserer Liebe gleich, schuldhaft, menschlich, nicht immer restlos schön.

Unser war nicht der Gipfel der Verzückung; dort herrschte Seligkeit, doch nicht Gesang; Verklärung der Seele, doch nicht die Verzauberung ihres unberechenbaren Gefährten aus Fleisch und Blut, des Leibes; schwerwiegender Verzicht, doch nicht die Hinnahme von Freud und Leid. Unser war das Kämpfen und Wanken, Irren und Zweifeln, der Schmutz und der Glanz, das Entsetzen, das hinter dem Alltäglichen lauerte, die Qual der Liebe, die Widrigkeit des Hasses, die Herrlichkeit des Schaffens und die Sinnlosigkeit des Grolls. Denn auch der Leib war Schöpfer, Lust und Leid schaffend, und alle unsere Eigenschaften entsprangen den Leidenschaften des Leibes in der uralten, immer verleugneten Wirklichkeit von Gut und Böse. Unser waren die vollkommenen vergänglichen Augenblicke, mit denen wir dem Tod ein Schnippchen schlugen. So wie dieser jetzt.

»Wie du am Leben hängst«, sagte er. »Welche Gier zu leben du hast, meine Geliebte.«

»Und du?«

»Nicht so sehr wie du. Der Damm gestaltet nunmehr mein Schicksal. Aber deine Lebensgier ist so groß, daß sie dich sprengt, aus dir herausschäumt. Ich liebe deine dämonische Unersättlichkeit mit meinem höchst unwirklichen Ich – wie der Rampoche sagen würde«, setzte er leise hinzu, denn Unni verlor nie die Fühlung mit der Erde, und wenn es auch nur mit einer Fingerspitze war.

»Und Rukmini?« Ohne Erregung vermochte ich jetzt den Namen auszusprechen.

»Wenn Schönheit in Zukunft noch irgendeine Rolle für uns spielen wird, so wird die ihre darin eingegangen sein.«

Denn Rukmini wurde, von Engelsflügeln getragen, ohne weiteres der wahre Gipfel, der Berg, sofort zuteil. Doch nicht uns. Wir hatten einen schweren Weg zurückzulegen auf den Pfaden der Menschen und zwischen ihren Selbsttäuschungen. Rukmini vermochte zu lieben, ohne darum zu wissen, und Unni hatte recht daran getan, ihr zu zeigen, daß er sie liebte, denn selbst sie, die völlig Entrückte, bedurfte der Bestätigung, bevor sie des höchsten Augenblicks teilhaftig geworden war, der Bestätigung durch einen andern Menschen. Wir alle brauchten ihn, den andern, den Menschen unsresgleichen, den Zeugen, den Widerhall, damit wir über uns selbst hinausgelangten. Nur durch andere Menschen konnten wir zur Erfüllung unser selbst gelangen. Nur in der Verbindung mit andern Menschen ward uns Gott erschaffen; sein Lied wäre ungesungen geblieben ohne die Worte des Menschen.

Unser Teil aber war der Kampf, der Kampf gegen Ungewißheit und Unvollkommenheit, gegen Not und Schmerz, gegen Enttäuschung und die unaufhaltsame Abstumpfung des Vergessens. Unser wartete Arbeit, Mühsal im Dunkel, gleich den Gebirgen, die noch immer um die Gestalt ihrer Landschaft ringen.

Bongsor lag ganz in violettem Schatten und Rauch, als wir die Hauptstraße hinauffuhren.

Tenzin Lama stand vor seinem Lokal. Unni hielt an und begrüßte ihn.

»Ist am heutigen Nachmittag ein Flugzeug von Katmandu eingetroffen?«

»Was weiß ich von Flugzeugen, Kuschog?« sagte der Lama mürrisch, drehte uns den Rücken zu und verschwand in seinem Keller.

Das Tor stand offen. Mir kam vor, als zaudere Unni einen Augenblick, bevor er hindurchfuhr. »Eine höchst unerfreuliche Stimmung«, sagte er.

»Die ist hier immer so, Unni.«

»Sie scheint aber heute noch ärger als sonst.«

Als wir uns im zweiten Binnenhof befanden, hörte ich das unverkennbare Gerassel der sich schließenden Torflügel.

»Ach, Unni ... sieh doch, sieh, sie haben das Tor geschlossen.«

»Jawohl«, sagte er. Doch er hatte sich nicht gleich mir umgedreht, sondern schaute geradeaus.

Auf der Treppe des Hotels stand in hohen Stiefeln und kurzem Gehpelz, einen Kukri im Gürtel und in der Hand, wie eine schwarze Schlange, eine große, kräftige Peitsche, Ranchit, in einer so theatralischen Pose, daß man laut hätte lachen müssen, wäre sein böses, grau-

sames Gesicht nicht gewesen, in dem der Mund, zu einem furchtein-
flößenden Grinsen verzerrt, unter der hochgezogenen Oberlippe zwei
besonders weiße Zähne entblößte.

»Aha, Menon. Und Sie auch, Göttin. Gerade zur rechten Zeit. Sie habe ich erwartet.«

Natürlich ging es nicht ohne Widerstand ab: ein jähes kurzes Getümmel, dumpfe Schläge, keuchende Atemstöße, wahnwitziges, sinnloses Gedresche mit Armen und Beinen, in das ich auch hineingeriet,
indem ich einen Hieb bekam und zu Boden fiel; wo ich getroffen wurde, weiß ich jedoch bis zum heutigen Tag nicht, da ich den Schlag
überhaupt nicht gespürt hatte.

Doch auch das ging zu Ende, kam zu einem Ende, das keines war, sondern ein grotesker Alptraumschluß, wie er in den Märchenbüchern
steht: ich meiner Sinne und Glieder nicht mehr mächtig, und Unni,
von den vier Männern, die sich auf ihn gestürzt und ihn wehrlos gemacht hatten (es fällt schwer, sie, jetzt da es vorüber ist, nicht als eine
ganze Horde zu sehen, ihre Zahl, wenn auch noch so leicht, nicht zu
übertreiben) mit gebundenen Händen und Füßen zu einem Bündel
zusammengeschnürt, auf der Erde liegend und, die Wange auf die
Steine gedrückt, versuchend, sich mit der Schulter hochzustemmen,
woran ihn Ranchit immer wieder durch Fußtritte hinderte.

»Unni«, schrie ich, »Unni …«

Ich hörte meine Stimme, sie klang wie die einer fremden Person, so
voller Staunen und so meilenfern. Jemand hielt mich fest, erbittert
kämpfte ich gegen den Unbekannten an, ihn gar nicht sehend, überhaupt kein Gesicht erkennend, aber ich mochte mich krümmen und
drehen, soviel ich wollte, ich konnte nicht zu Unni hin.

Nun erschien auch, feierlich-förmlich, umgeben von einer Schar
ängstlicher, widerstrebend aus ihrer Steinpyramide hervorkommen-
der Lamas, der Rampoche und sagte, während seine Hände wie
Schmetterlinge in der Luft herumflatterten: »Aber Shri Ranchit …
nicht … ich flehe Sie an, Shri Ranchit …« Schlurfend und scharrend
sammelten sich die Lamas, ein Gewimmel von braunen Gewändern,
butterglänzenden Gesichtern und kahlen Köpfen, die Wächter und
Diener, das ganze männliche und weibliche Klostergesinde um uns.

»Ranchit«, schrie ich, »Ranchit!«

Er schaute zu mir her, einen Augenblick lang von seinem verzückten
Starren auf Unni abgelenkt, der sich dauernd abmühte aufzustehen
und immer wieder zurückfiel; daran, wie Ranchit mit seinen bestie-
felten Beinen ganz überlegen nach den Stellen an Unnis Körper zielte,

wo es am meisten schmerzen mußte – Magen und Weichen –, erkannte ich, daß er unbezähmbar wahnsinnig war. Doch dann meinte ich auf einmal, ich sei ebenfalls wahnsinnig, denn ich sah gleich neben dem Rampoche, wunderschön in ihrem hellen gestreiften Gewand, regungslos Rukmini dastehen, erst auf Unni hinab, dann nach mir hin schauen, mit ruhevollem, gleich Seide oder Perlmutter leuchtendem Gesicht.

»Rukmini«, schrie ich ihr zu, »Rukmini, tu ihm Einhalt!«

Doch Rukmini schaute nur weiter still zu und zog ihren gewebten Schal mit ruhiger Bewegung über die Schultern.

Ranchit lachte auf, brachte seinen Kopf sehr nahe an meinen heran, ich konnte nicht verhindern, daß sein Atem mich streifte, daß sein Gesicht dicht an meines kam, seine Hand mich streichelte, daß mir das halbirre Gekreisch im höchsten Falsett seiner Fistelstimme in die Ohren gellte.

»Aha, Göttin, Göttin, jetzt sehn Sie, wer der Stärkere ist …«

»Rukmini«, schrie ich wieder, »bitte … bitte …«

Allein sie hörte nicht, sie sprach nicht; wie erstarrt in einem wunderlichen Traum lächelte sie fast. Ich sah, wie ihre kleinen Kinderhände ruhig an ihren beiden Seiten herunterhingen. Ranchit warf einen Blick auf sie, lachte wieder auf und sagte:

»Sie sehen, ich bin der Stärkere. Heute nacht, Göttin, werde ich mit Ihnen schlafen und Ihnen allerhand beibringen.«

Die Lippen des Rampoche begannen zu zittern. Ihr Schluchzen unterdrückend, wollte Dearest auf mich zugehen, doch ihr vorsichtiger Vater hielt sie zurück.

»Jetzt sehen Sie«, sagte Ranchit immer wieder, »jetzt sehen Sie … Bringt die andern heraus!« brüllte er dann.

Sie vor sich her schiebend und stoßend, brachten Leute des Rampoche Mike Young und Professor Rimskow aus dem Haus. Mit dünnen Stricken waren sie samt ihren unordentlich herumhängenden Kleidern zu Bündeln zusammengeschnürt. Der Professor plapperte dauernd vor sich hin: »Aber … aber … aber …«, und Mike stieß aus zusammengebissenen Zähnen hervor, als er Unni liegen sah: »Herrgott, Ranchit, dafür werden Sie büßen.«

Gleichzeitig stammelte der Rampoche: »Na, na, na … Shri Ranchit, ich bitte Sie … ich … bei Zeus, ich meine …«

Schließlich lachte Unni auf. Das Lachen war kurz, aber erstaunlich, ungewöhnlich, denn da er dabei auf dem Gesicht lag, mischte sich ein schmerzliches Stöhnen hinein.

»Sie werden sehen, sehen«, sagte Ranchit. Die schwarze Peitschen-
schnur knallte erst in der Luft, fiel dann mit dumpfem Schlag auf den
Lachenden. »Jetzt werden Sie sehen ... Sie werden sehen ... Ich bin
ein Rana ... ich peitsche ihn aus wie einen Sklaven, diesen gemeinen
Kerl aus niedriger Kaste ...«

Immer wieder, immer wieder ... Ich hörte jemand schreien, aber es
war nicht Unni, sondern ich, auch Mike schrie, und Dearest schluchzte bei jedem Peitschenhieb lauter auf. Ich sah die Peitsche hoch- und
niedersausen, hörte Ranchit, der fast Schaum vor dem Munde hatte,
bei jedem Schlag stöhnen, aufstöhnen: »Ho ... hoh ...«, bis er nicht
mehr konnte vor Müdigkeit, die Peitsche wegwarf und sich, laut keuchend, umblickte.

»Sie sehen«, japste er, »Sie ... sehen ... jetzt sehen Sie, wer der Stärkere ist.«

»Sie Feigling«, schrie ich ihm zu, »Sie Feigling!«

»Und jetzt wird er entmannt!« sagte Ranchit.

»Rukmini«, kreischte ich, »Ranchit ist wahnsinnig, bitte halt ihn zurück.«

Rukmini drehte ihr Gesicht dem Kloster zu. Ihr Blick ging nach oben,
ich folgte ihr mit dem meinen, zum Gebirge hin, zu Mana Mani hinauf, die völlig vom Gold der sinkenden Sonne überströmt war.

»Nein, nein«, schrie der Rampoche. »Das ist verboten, Shri Ranchit.«
Da lachte Ranchit wieder laut krächzend heraus.

»Alter Narr, wenn ich es täte, würde das ganze Tal glauben, er habe
mir Hörner aufgesetzt.«

»Ja, ja«, stammelte der Rampoche, »ich meine, nein, nein, nein, Shri
Ranchit, er hat die Maharani nicht berührt.«

»Das weiß ich. Schade; es wäre ergötzlich gewesen, aber ein Rana
entehrt sich nicht selbst. Sie brauchen ein Opfer für die Göttin, Rampoche. Sie will einen Mann haben; ich komme stets den Wünschen
von Frauen nach.«

»Aber, hören Sie, doch keinen Ingenieur«, schrie der Rampoche, von
unbeschreiblichem Entsetzen gepackt, »Shri Ranchit, bedenken Sie
doch, bitte, die Regierung ... der Damm ... ich meinte nicht den Ingenieur ...«

»Anne«, sagte Ranchit zu mir, »Ihres Liebhabers Kopf wird heute
abend zusehen, wenn wir einander umarmen.«

»Ach nein nein nicht doch nicht doch nein«, kreischte Dearest.

»Maharani«, sagte Ranchit zu seiner Frau, »sieh zu, wie dein Gott
verendet gleich einem Sklaven.«

Zwei der vier Männer, die Unni überwältigt hatten, packten ihn nun, der eine ergriff ihn bei den Haaren, zerrte den Kopf zu sich heran, so daß der Hals sich dehnte, der andere riß ihm die Arme in den straffgezogenen Stricken nach hinten. Ranchit zückte den Kukri, wog die schwere Waffe einmal in der Hand, stellte sich dann im richtigen Abstand auf, ließ die Waffe noch einmal wie zur Probe durch die Luft sausen, darauf sagte er: »Nun ... schaut her«, und schwang die Klinge hoch.

Ein Schrei erscholl. Hatte ich ihn ausgestoßen? Ich weiß es nicht, werde es nie wissen, denn ich sank schlaff in die Arme derer, die mich festhielten, und gleich darauf war ich auf das Steinpflaster gefallen. Die zupackenden Hände, die mich von Unni zurückgerissen hatten, hatten mich fallenlassen. O mein Gott, dachte ich, jetzt bringe ich Ranchit um. Und stand auf.

Doch das Schreien scholl immer weiter, ein lautes, unablässiges, gellendes Schreien, aus allen Kehlen auf einmal, entsetzt, entsetzenerregend, ein Schreien, das grauenvoll anzuhören war, weil alle Lamas zugleich schrien wie ein Mann.

Dann schwang sich hell und hoch die Stimme von Dearest über die andern: »Rukmini Rukmini Rukmini!«

Ich war aufgestanden.

Am Boden lag, die Augen noch aufgeschlagen, mit einem verzerrten traurigen Lächeln zum Himmel emporblickend, Rukmini. Um sie herum, mich, uns alle bespritzend, sickerte ihr helles Blut über das Pflaster des Hofs.

Fünfter Teil
RÜCKKEHR

Wenn Ihr jemand liebt, dann liebt Ihr ihn nicht
zu jeder Zeit und in jedem Augenblick auf die gleiche
Weise. Dies ist unmöglich. Wer behauptet, es zu tun,
lügt. Und doch ist es gerade das, was die meisten
von uns fordern. Wir haben so wenig Vertrauen
in den Wechsel von Ebbe und Flut des Lebens,
der Liebe und unseren Beziehungen zu den andern.
ANNE MORROW LINDBERGH

»Unglaublich«, sagte Enoch P.

»Irgend etwas ist faul an der Sache«, sagte Pat, ihre Hände krampfhaft verschränkend.

»Und wie geht es *ihr?*« fragte Enoch, fast ehrfurchtsvoll.

»Anne? Oh, ihr geht es gut«, erwiderte Paul Redworth. »Natürlich ein bißchen mitgenommen von dem, was geschehen ist. Es war etwas viel auf einmal. Außerdem muß sie Pläne machen für die Zukunft, aber sonst geht es ihr ausgezeichnet.«

»Seltsam«, sagte Enoch, den Kopf langsam hin- und herbewegend, »ich hätte gedacht, nachdem sie entdeckt hat ...«

»Was entdeckt hat?« Paul sah ihn hart an.

»Nun, manche Leute hier sagen, die andere wäre dorthin gegangen, um jemand Bestimmten zu treffen.«

Paul lehnte sich zurück, in den Augen das mißmutige Zwinkern, das ihm von seiten seiner Frau den Beinamen Tiddlywinks eingetragen hatte. »Ich denke – vor allem um des Clubs willen –, je weniger darüber gesprochen wird, um so besser. Ranchit war eines Ihrer einflußreichsten Mitglieder.«

»Das denke ich auch«, sagte Pat mit tonloser Stimme. Ihre Finger, die sie ruhelos ineinander verschlang und wieder löste, zeigten nach kurzlebiger Gepflegtheit wieder die vorehelichen dunklen Nagelränder. »Ich fühle mich nicht sehr wohl, Liebster. Ich werde an die frische Luft gehen und ein bißchen malen.«

»Ja, tu das, Liebling.« Enoch zeigte plötzlich große Besorgtheit, stand auf und öffnete Pat die Türe. »Ich bin froh, daß Pat wieder malt«, sagte er in andächtiger Bewunderung zu Paul. »Ich selbst bin leider zu sehr beschäftigt, um viel Zeit zu finden für künstlerische Dinge. Ich bin froh, daß Sharma sich ein bißchen um sie kümmert ... sie macht ein Porträt von ihm.« Seine Augen glänzten vor Rührung über seine Liebe zu Pat.

Als Enoch nach Hause kam, lag Pat im verdunkelten Schlafzimmer auf dem Bett.

»Fühlst du dich besser, Liebling?«

»Ja, danke.«

»Hast du ein bißchen gemalt?«

»Nein. Ich dachte, es ist besser, ich lege mich etwas hin.«

»Recht hast du. Tu das nur.« Er schwieg nachdenklich, sagte dann:
»Ich überlegte eben, ob man seine … seine sterblichen Überreste später hierher bringen wird … und ob unser Club nicht eine Art Gedenkfeier abhalten sollte, ich meine … er war eins unserer einflußreichsten Mitglieder. Ein großartiger Bursche. Wir werden ihn alle vermissen.«
Pat vergrub ihr Gesicht im Kissen und antwortete nicht.

Pater MacCullough hatte Anne und Fred aufgefordert, mit ihm zur Feier des Regengottes zu gehen. Es mochte nicht alles in Ordnung sein mit Anne, doch ein Priester soll nicht vorschnell verurteilen. Es würde alles wieder in Ordnung kommen nach der Zeitrechnung des Herrn. Daß Anne in seinem Jeep zu den Zeremonien der Regengott-Feier fahren sollte, hatte für ihn symbolische Bedeutung. Er hätte nicht sagen können, welcher Art diese Symbolik war, doch er fühlte, daß Gott, der die Menschen unsichtbar lenkt, es so wollte, und seine Pläne waren von weiter Sicht. Inzwischen mochten sich die Klatschbasen von Katmandu die Mäuler zerreißen. Sie würden um Meilen an der Wahrheit vorbeireden.
Annes, Mike Youngs und Professor Rimskows Rückkehr von Bongsor hatte dramatische Erregung im Tal ausgelöst. Die Nachricht von der Tragödie, eine für die Öffentlichkeit frisierte und die Tatsachen vollkommen entstellende Darstellung, die niemanden befriedigte, hatte sich bereits eine Stunde nach der Ankunft ihres Flugzeuges wie ein Lauffeuer in der Stadt verbreitet. Doch weder Anne noch Mike noch der Professor, der unmittelbar nach der Landung einen Nervenzusammenbruch erlitten hatte, und jetzt von Fred im Krankenhaus gepflegt wurde, hatten ein einziges Wort auf die neugierigen Fragen, mit denen sie bestürmt worden waren, erwidert, und so konnten Klatsch und Bosheit weiter ihre wilden Blüten treiben.
Am Tag nach ihrer Rückkehr hatte Pater MacCullough Mike Young im Punkt-Vier-Palast aufgesucht. Mike war beim Packen. Er wollte noch am gleichen Tag zurückfahren in die Berge, zu seiner Arbeit an der amerikanischen Paßstraße.
»Wir müssen das Stück ganz neu bauen, das uns der Fluß weggefressen hat. Wir hoffen aber, diesen Winter eine gute Strecke weiterzukommen mit der Straße. Vielleicht erreichen wir den Damm doch noch in den nächsten zwei Jahren …« Mike sprach mit tonloser Stimme, wie ein Automat, über seine Arbeit, von der er sich Vergessen erhoffte.

»Ja«, sagte Pater MacCullough, »es ist eine wundervolle Leistung, die Sie da vollbringen, Mike, ein Segen für dieses Land.«

»So ... meinen Sie?« sagte Mike, schloß seinen Koffer ab und betrachtete verloren den Schlüssel in seiner Hand.

Und Pater MacCullough, plötzlich errötend, sagte: »Vielleicht interessiert es Sie, Mike ... ich lese einige Messen ... für sie. Sie war ein Engel, Mike, ein Engel in den Augen des Herrn.«

»Pater«, erwiderte Mike mit zusammengebissenen Zähnen, »bitte, sprechen Sie nicht von ihr ... bitte.«

»Gut, mein Sohn. Gott segne Sie«, sagte Pater MacCullough mit heiserer Stimme und machte das Zeichen des Kreuzes über ihn.

Mike schüttelte den Kopf. Als der Priester gegangen war, saß er lange und starrte in die Nacht hinaus, die erfüllt war vom weichen Licht naher Sterne. Rukmini, Rukmini, Rukmini. Ihr Name sang unerbittlich in seinen Ohren, drängte sich ihm unwiderstehlich auf die Lippen, und er wünschte zu sterben. Er weinte lange, allein, ohne sich vor sich selbst zu schämen. Er hatte nichts Greifbares, was ihn an sie erinnern konnte, außer einer kleinen verwelkten Ringelblume, mit der ihre Hände bei der Party des Valley Clubs im Garten des Royal-Hotels ... vor langer, langer Zeit ... im späten Frühling ... gespielt hatten. Zwischen ihren zarten Fingern hatte sie die Blume am Stiel in drehende Bewegung versetzt, versonnen mit ihr gespielt, wie sie immer mit den Reifen spielte, die über ihrem Handgelenk hingen. Sie hatte lächelnd zu ihm aufgeschaut, und der rote, runde Fleck auf ihrer Stirne hatte im Licht aufgeleuchtet wie ein Rubin ... sie hatte die Blume fallenlassen, und er hatte sie aufgehoben, hoffend, daß niemand ihn sah ... und jetzt war die Blüte verdorrt und zerfiel zu Staub in dem Umschlag, in dem er sie aufbewahrte als einziges sinnfälliges Andenken an ihre Hände, an ihr Lächeln, neben den Erinnerungen, an die sein Geist sich klammerte in der Furcht vor dem Tag, da sie beginnen würden zu verblassen, Erinnerungen an einen Tag voll Glück, oben in den Bergen von Bongsor, an einen Tag, erfüllt von dem Lächeln ihres Gesichtes, an einen strahlenden Morgen, an dem er, berauscht von Seligkeit und Höhenluft, von einem Leben mit Rukmini geträumt hatte. Immer noch hörte er ihre Stimme: »Sie werden auf mich aufpassen, Mike, nicht wahr« ... Oh, er wußte von ihrer Liebe zu Unni, er hatte immer von ihr gewußt, doch sie tat ihm nicht weh, sie war ein hingenommener Teil von ihr gewesen. Und mit der Zeit hätte sie ihn vielleicht geliebt, denn er hätte ihr alles gegeben, hätte alles getan, ihr zu gefallen. Doch es wäre zuviel des Glücks gewesen, und deshalb hatte es nicht sein können. Und dann war so plötzlich der Umschwung ins Grauen, zum blutigen Ende, hereingebrochen, einem Ende, an dessen Wirklichkeit er auch jetzt kaum glauben konnte, obwohl ihr letzter Schrei ihm noch in den Ohren gellte und er sie verbrennen und ihre Asche, begleitet von Blumen, den Fluß hatte hinabschwimmen sehen, in dem auch das Klingeln ihrer Armreifen und das Glitzern ihres Goldschmucks versunken waren. Er würde es nie vergessen, sein ganzes Leben lang würde er sich zwingen, daran zu denken. Der eine Tag des Glücks, der so entsetzlich geendet hatte, mußte ausreichen, sein ganzes Leben zu füllen. Er wußte, daß diese Erinnerung zugleich ewigen Schmerz für ihn bedeuten würde, doch er wünschte sich diesen Schmerz, war bereit, sich mit ihm die Dauer der Erinnerung selbst zu erkaufen, mit deren Sterben er sie, der sie galt, ein zweites Mal zu verlieren fürchtete ...

Als Anne zwischen Pater MacCullough und Fred, wie von einer Leibwache flankiert, zum Marktplatz fuhr, fühlte sie sich bar jeden Willens, aller Tatkraft entleert und angefüllt mit einem wirren, vom Staub der Angst bedeckten Trümmerhaufen zerbrochener Bilder. Der Brandgeruch des Schmerzes lagerte über der verwüsteten Landschaft ihrer Seele, doch tief in ihrem Boden spürte sie den Strom des inneren Losgelöstseins von den Ereignissen, jenes Gefühls ohnmächtigen Zusehenmüssens und Nichteingreifenkönnens, unter dem sie litt und das sie gleichzeitig unverwundbar machte, dessen sie sich in der Erschöpfung ihres Geistes dumpf bewußt war wie der Berg der Silberader, die sein totes Gestein durchzog. Was geschehen und ihr widerfahren war, was sie erlebt und erduldet hatte, wurde jetzt in der fruchtbaren Stille nach dem Sturm vom schöpferischen Dämon ihres inneren Gesichts gesiebt, gesichtet, erschlossen und umgeschmolzen in die Formen bleibender Sicht. Sie spürte in sich die geheimnisvollen Kräfte am Werk, die ihr geschenkt waren, dem Chaos scheinbaren Zufallsgeschehens Form und Sinn zu geben, das erschreckend Unbegreifliche in die erlösende Begrifflichkeit klarer Wortgebilde umzuformen. Und sie wußte jetzt, daß die Lava von Lust und Schmerz, die sich in ihre Seele ergossen hatte, nur Rohmaterial gewesen war für einen Schöpfungsvorgang, der sich jetzt in ihrem Unterbewußtsein wie in der Stille einer Schwangerschaft vollzog, um neues Leben zu gebären aus dem Schutt einer unverstandenen Vergangenheit, und daß ihr eines Tages alles, was sie jetzt noch in der Betäubung beginnender Wehen als schicksalswidrige Tragödie, als sinnlose Häufung von Schrecken, als zusammenhanglose Kette von Leid empfand, im Licht der in ihr keimenden Erkenntnis als unvermeidbares, erhabenes Geschehen einer höheren Ordnung und tieferen Kausalität erscheinen würde.

An sieben Abenden wurden auf dem Durbarplatz von Katmandu zur Verabschiedung des Regengottes religiöse Tänze veranstaltet. Von Fackeln beleuchtet, schwebte das goldene Gesicht der schrecklichen Bhairab über dem menschenüberfüllten Geviert, ein aus Kupfer getriebenes vergoldetes riesiges Gebilde, zwei Meter messend von der Kinnspitze bis zum Haaransatz, gekrönt von einer Krone aus Schlangenleibern und Totenschädeln, unter der wie ein drittes Stirn-Auge das Gesicht Yamas, des Herrn des Todes, aufgemalt war. Ihre Augen flackerten wild, ihre bleckenden Zähne schimmerten grausam, und ihre rote Zunge züngelte gierig im Schein der Fackeln, während sie mit Blumen, wohlriechenden Kräutern, Milch und Wasser gefüttert und getränkt wurde. Die Newaris streckten ihre zur Schale geformten Hände aus, um Tropfen des magischen Wassers aufzufangen, das durch ein Kupferrohr aus ihrem Mund heransträufelte. Die Maskentänzer von Bhadgaon tanzten die ganze Nacht hindurch den Tanz der Bhairab, des Schutzengels von Katmandu, der Dämonenschlächterin, die das Blut ihrer Opfer ihrem Gefolge und den niederen Göttern zu trinken gab. Die Tänzer trugen Ketten von kleinen Silberglocken um Handgelenke, Fesseln und Hals.

»Hier sind drei Feste in einem vereint«, erläuterte der kenntnisreiche Pater MacCullough, »das der dämonenmordenden Bhairab, ein alter religiöser Brauch aus primitiver Vorzeit, und zwei Feiern buddhistischen und hinduistischen Charakters. Früher wurden auch Wasserbüffel geopfert, doch heute ist es als zu grausam verboten.«

Vor dem Kopf der Bhairab war ein hoher Pfahl aufgestellt worden, ein Maibaum, an der Spitze von einem Blumenkranz gekrönt, von dem lange, mit Gebeten beschriebene Bänder herabhingen. Es war der Baumstamm, der das Dach der Welt durchstoßen sollte, der ragende Phallus, Zeichen der Zeugungskraft wie die Schlange auf der Stirne des Pharao und der Salamander des Feuerkults, der Ur-Lingam, Symbol vergänglicher Lust und zugleich des Strebens nach Vergöttlichung des Geschlechts, nach der Sublimierung des Liebesaktes und seiner Vergeistigung zum Gebet, das den Himmel beschwört in der Hingabe von Leib und Seele an das All, verkörpert im Partner, der Teil und zugleich Ganzes ist. So sehr es hier auch vermenschlicht und verniedlicht war, dachte Anne, dies war es, das ewige Urprinzip des

Lebens, das schaurige und erhabene Zeichen des Priapus, Geißel und Wünschelrute des Menschengeschlechts. *Tout tourne autor de ce nombril merveilleux ...* alles dreht sich um sie, *poutre qui perce le ciel*, hatte François Luneville in seinem Gedicht geschrieben. Und auch dies erhielt jetzt seinen Sinn, wurde erfüllt von der Wirklichkeit, die alle selbstgeschaffenen Konventionen sprengte und alle Enttäuschungen menschlichen Irrens überwand. Das Leben war so einfach und so widerspruchsvoll wie diese ragende Wurzel, die in den Himmel wuchs.

Der Jeep hielt, und Anne mischte sich in das Gedränge, um allein zu sein, während Pater MacCullough in heiliger Einfalt den blumengekrönten und bebänderten Baum photographierte.

Die festlich gekleidete Menge wogte heiter lärmend auf und ab. Die Frauen verbargen wieder unter den Reihen ihrer zu Pyramiden aufgetürmten Leiber die Gesichter der Pagoden, hielten die schwarzen Schirme über ihre Köpfe zum Schutze gegen die noch stechende September-Abendsonne. Am Rande des Platzes warteten drei Triumphwagen mit großen Scheibenrädern, auf denen Augen aufgemalt waren, auf die drei Kinder-Götter, die, auf mit Seide bezogenen und mit vergoldetem Kupfer überdachten Sesseln sitzend, von fünfzig Priestern rund um die Stadt Katmandu gezogen werden sollten.

Vor den Prunkwagen opferten die Priester jetzt ein Zicklein, besprengten die Räder, die Deichseln und das Gesicht der Bhairab, das mit heraushängender roter Zunge den Bug der Wagenrümpfe bildete, mit seinem Blut. Das Zicklein lag zuckend am Boden, und aus seiner klaffenden Kehle tropfte das Blut auf das graue Kopfsteinpflaster.

Anne wandte sich schnell ab. Es würde lange dauern, bis sie den Anblick von Blut wieder ohne die Furcht vor grausamen Erinnerungen würde ertragen können.

»Ei, ei«, sagten zwei spitze, überraschte Stimmen. Sie gehörten Geschichte und Erdkunde, die sich, bewehrt mit Sonnenbrillen und Kameras und entschlossene Unternehmungslust ausstrahlend, Anne in den Weg stellten.

»Na, wir haben Sie ja eine Ewigkeit nicht mehr gesehen.«

»Wann sind Sie denn zurückgekommen von dort, wo Sie waren?«

»Es muß fürchterlich gewesen sein«, sagte Geschichte. »Welch entsetzliche Tragödie. Arme, arme Rukmini. Und Ranchit auch.«

»Ja, das Ganze ist sehr traurig«, sagte Erdkunde kühl. Sie ließ das Thema fallen. »Das Institut wird jetzt bald wieder mit dem Unterricht beginnen. Wir bekommen eine neue Lehrerin, das heißt, zwei. Ich denke, ich werde mich demnächst auch verändern.« Sie seufzte bedeutungsvoll.

»Miß Potter geht nach Bongsor, als Krankenschwester in ein kleines Krankenhaus, das dort eingerichtet wird«, sagte Geschichte. »Ist das nicht aufregend?«

»Seltsam«, sagte Erdkunde, »ich hätte nie gedacht, daß ich so nahe an Tibet herankommen würde. Die Leute vom Hilfsprogramm haben Stellen für einen Arzt und für eine Krankenschwester am Damm ausgeschrieben. Ich habe gehört, es war Mr. Menons Idee, auch eine Ärztin einzustellen und ein paar Krankenschwestern.« Sie sprach Unnis Namen ohne anzügliche Betonung aus, beobachtete aber Annes Gesicht mit Sperberblicken. »Ich dachte, eine Veränderung würde mir guttun. Wechsel erhält jung, sage ich mir immer.«

»Es wird Ihnen dort gefallen«, erwiderte Anne harmlos, darauf bedacht, nicht anders denn als harmlos zu erscheinen.

»Oh, sicher wird es mir gefallen«, sagte Erdkunde zuversichtlich. »Ich freue mich darauf.«

In lauernder Liebenswürdigkeit wollten sie sich Anne anschließen, wohl in der Hoffnung, daß Anne im Laufe der Unterhaltung ein unbedachtes Wort, ein Schlüssel zur Wahrheit über die Tragödie von Bongsor, entschlüpfen würde. Doch bald war Anne von ihnen getrennt, hatte sich von der wogenden Menge entführen lassen.

Trompetentöne und plötzliches Rufen hallten wie ein Windstoß, der in ein Ährenfeld einfällt, über die Köpfe der Menge, als die Kindergötter, ein kleines Mädchen von vier und zwei Knaben von acht und elf Jahren, reich mit Juwelen geschmückt, mit ummalten Augen und goldenem Kopfputz, den befremdend feierlichen Ernst von Gottheiten in den kindlichen Zügen, auf den Schultern der Priester zu ihren Triumphwagen getragen wurden.

»*Kumar! Kumar!*« Die Jungfrau, die Jungfrau. Das Rufen der Menge war Jubel, doch es war die Stimme der Masse, zu ähnlich jenen Lauten, die ihr noch in den Ohren klangen, dem Wolfsgeheul der braunen Lamas, das vor ihrem geistigen Auge noch einmal die Szene in dem eisigen, von drohenden Zinnen eingeschlossenen Burghof lebendig werden ließ: der im Diskant kreischende Rampoche ... Ranchits aufgerissene Augen, die hinunter auf Rukmini starrten und auf den stummen Strom des leuchtenden Blutes, der sich aus ihrem Körper auf die Steinfliesen ergoß ... und ringsum und über allem, wie das Gebrüll eines vielköpfigen rasenden Ungeheuers, das Wutgeschrei der braunen Meute der Lamas, die Ranchit drohend umringten.

»Unrein! Unrein! Unrein!« Wie ein Sturm umbrandete das Geheul der Lamas von Bongsor Anne, die im warmen Licht der Nachmittagssonne auf dem Marktplatz von Katmandu stand, versteinert und entrückt aus Zeit und Raum unter dem Würgegriff der Erinnerung.

»Kumar! Kumar!« rief die Menge um Anne auf dem Marktplatz von Katmandu mit selig verzückten Gesichtern den göttlichen Kindern zu, die von den singenden Priestern an ihr vorbeigetragen wurden, doch Anne hörte sie nicht.

»Aaaaaaaaaaah!« schwoll der Schrei des Rampoche und schwoll, mit ihm er selbst, in heiliger Empörung zu gewaltiger Größe. »Verflucht seist du, Ranchit! Verflucht!«

Einer der Krieger des Rampoche schnitt Unnis Fesseln durch, und Mike, Rukmini in den Armen, rief: »Rukmini, Rukmini«, als wollte er sie durch sein Rufen wieder zum Leben erwecken, doch ihr schlaffer Körper bewegte sich nur noch unter dem verzweifelten Schütteln seiner Hände, und dennoch konnte er nicht glauben, daß sie tot war, obwohl er und Unni von Kopf bis Fuß von ihrem Blut bespritzt waren, das in hohem Strahl aus ihrer klaffenden Schulter geschossen war. Unni stand unbewegt und sah mit leerem Blick hinunter auf Rukmini und Mike, der neben ihr kniete, sein blondes Haar rot von ihrem Blut. Die Lamas machten nicht auf der Stelle ein Ende mit Ranchit, denn die Todesangst hatte ihn wie ein Wirbelwind aus dem Burghof geweht. Sie jagten ihn durch das Labyrinth des Klosters, durch die winkligen Gänge, die verschachtelten Höfe und düsteren Hallen. Die Flämmchen der Butterlampen flackerten im Wind ihrer Jagd, die in der Verrenkung erstarrten Göttinnen sahen sie Haken schlagend zwischen ihren Altären hindurchhuschen, hörten sie um die aufgeregt schwirrenden Gebetsmühlen trampeln. Sie verfolgten ihn, eine entfesselte Horde blutdürstender, barbarischer Wildheit, bis hinauf zu dem höchsten Flachdach, auf dem die Reihen der in goldenen Spitzen auslaufenden Urnen mit der Asche früherer Rampoches standen. Hier kamen sie über ihn, ein gnadenloses Rudel rachedurstiger Fanatiker. Was sie mit ihm taten, geschah schnell, und niemand erfuhr es je, denn es blieb nichts von Ranchit übrig, das ins Tal hätte zurückgeschickt werden können, nichts, was bei einem standesgemäßen Begräbnis hätte verbrannt werden können als verbliebener Rest seiner ruchlosen Männerschönheit. Und auch dies wurde unverstanden hingenommen, denn niemand sprach je wieder über das Rätsel seines Todes, obwohl er ein Rana der A-Klasse war.

Vor Annes Augen wurden die Kindergötter auf ihre Wagen gehoben.

Ein Dutzend Priester brachten ihre Hände, Arme und Beine in die vorgeschriebene Haltung, gaben ihren Gewändern die richtigen Falten. Große vergoldete Platten mit Früchten, Getreidekörnern, Brot und Blumen wurden um die kleinen Baldachine gruppiert, auf denen die Götter saßen, und das prächtige und gefährlich hohe Fahrzeug mit seinen schweren primitiven Scheibenrädern, die mit starrenden Augen bemalt waren, setzte sich in Bewegung, gezogen von den Männern, die das Amt und die Ehre, die Götterwagen zu ziehen, von ihren Vätern geerbt hatten.

Jeder von ihnen hatte seinen angestammten Platz an der Deichsel. Sie trugen schwarze Seidenjäckchen mit Silberknöpfen, Nachbildungen von Fischen und Vögeln. An der Spitze des Zuges rollte der Wagen der Kumar, des vier Jahre alten Mädchens, das unbeweglich wie eine goldene Statue auf seinem Thronsessel saß und auch keine menschliche Regung verriet, als das riesige Gefährt mit zu scharfem Ruck anrollte und ohne Kontrolle in die Menge weiterrollte, so daß selbst die Männer an der Deichsel zur Seite sprangen, um nicht von den Rädern zermalmt zu werden.

Anne wurde von der plötzlich zurückweichenden Menge mitgerissen, zwei lachende Newarifrauen wurden wie vom Wind verwehte Schmetterlinge gegen sie geworfen, und dann fiel ihr, ebenfalls aus dem Gleichgewicht gebracht, Mariette Valport rücklings, weich und schwer, in die Arme, glühend vor Begeisterung und gesunder Sinnlichkeit.

»Ma chère, ah, mais c'est Anne, mais c'est bien vous.« Und ihre Arme schlossen sich um Anne, die ergeben stillhielt. »Permettez.« Mariette knipste sie. Sie vergaß nie, eine Aufnahme zu machen. »Et comment ça va? Et ce cher Unni? Wie geht es ihm? Ich 'abe ge'ört über das Tragödie, un drame, un véritable drame, Sie müssen es niederschreiben, oh, ich wünsche, ich wäre gewesen dabei ... ce beau Ranchit, cette belle petite Rukmini ...«

Vielleicht hatte Mariette nur die idiotische, von dem Rampoche erfundene, von den Behörden Katmandus sanktionierte und doch von niemandem geglaubte Fassung der Geschichte gehört, nach der Rukmini mit dem Kukri ihres Gatten gespielt und sich tödlich verletzt hatte ... und Ranchit, wahnsinnig geworden vor Schmerz, in den Fluß gesprungen sei, der ihn nicht wieder herausgegeben habe ...

»Natürlich«, sagte Mariette, »böse Ssunger sagen, Ranchit 'at sie getötet, weil sie ... wie sagt man? ... durchgebrannt ist mit ... Mike Young.«

Doch es war ein anderer Name, an den sie dachte, nicht der, den sie aussprach.

»Ach«, seufzte Mariette und ging mit bedauerndem Achselzucken und gefühlvollem Augenaufschlag von der Tragödie, an der sie nicht beteiligt gewesen war, zu jener über, in der sie ungewollt die Hauptrolle gespielt hatte und über die sie nun mit runden, erstaunten Augen und glühend in pathetischer Erinnerung berichtete: »Auch ich 'abe mein Drama ge'abt, wie Sie vielleicht wissen. *Une histoire stupide et épouvantable.* Oh, wie soll ich Ihnen erklären? Sie 'aben doch sicher gekannt den kleinen Schweizer, mein Freund? Oh, Sie erinnern nicht …? Der immer 'at getragen meine Kameras …«

In Annes Gedächtnis tauchte wie aus dem Nebel eines erinnerten Traumes das unwirklich blasse Bild eines kleinen, dicklichen Mannes auf, der, beladen mit ihren Photoapparaten, verzückt zu Mariette aufschaute.

»Ja, auch er ist tot, er ist auch gestorben«, rief Mariette dramatisch aus, »und wissen Sie, wie? Er 'at genommen achtundvierzig Schlaftabletten, achtundvierzig auf einmal, so.« Und mit ihrem rundlichen Arm machte sie eine Bewegung, als gieße sie sich achtundvierzig aufgelöste Schlaftabletten zwischen die roten, schwellenden Lippen. Sie sah Anne bewunderungsheischend an. »Schrecklich, nisch' wahr? Und wissen Sie, warum? *C'est trop rigolo* ssu komisch … Aus Liebe!« rief Mariette aus, laut lachend in ehrlicher Ungläubigkeit. »Aus Liebe ssu mich. Er 'at ssurückgelassen ein Brief, um es mir ssu sagen. Ich kann es nicht nehmen ernst. Er war ein so spaßiger kleiner Mann … und dann so … *vlan*, mit die Tabletten. Stellen Sie sich vor, in sswansssigsten Jahrhundert es gibt noch Menschen, die Liebe noch nehmen ernst«, sprudelte sie lachend hervor. »Nein, so etwas tut man nicht, *c'est cocasse*, sich selbst umbringen wegen Liebe, *voyons*.«

Doch in Wirklichkeit war sie selbst das Opfer dieses Dramas, in das sie auf den unerklärlichen Umwegen des Schicksals verstrickt worden war, um schuldig zu werden in dem frivolen Gefallen an der verzweifelten Besessenheit des kleinen Schweizers, in der selbstgefälligen Vorstellung, sich noch begehrt zu fühlen, lange nachdem der Mann, der sie begehrt hatte, schon zu Staub zerfallen war. Eines Tages würde vielleicht von den Abenteuern ihrer routinierten Liebeskunst wirklich nichts anderes übriggeblieben sein als die Erinnerung an den kleinen Schweizer mit dem für sein prosaisches, unsentimentales Geburtsland so ungewöhnlich empfindsamen Herzen; sein Gesicht würde für sie vielleicht die Züge täppischer Anbetung annehmen, aber er

würde da sein als stummer Vorwurf für den Rest ihres Lebens ...
wenn auch Mariette jetzt noch versuchte, seinen Geist abzuschütteln.
»Oh, se'en Sie, se'en Sie«, rief Mariette in sprunghafter Begeisterung, »die vielen Blumen, *comme un nuage,* wie ein Wolke.«
Von den drei Wagen, die jetzt langsam mit knirschenden Achsen
durch die dichte Menge weiterrollten, warfen die Priester mit vollen
Händen Blütenblätter, die wie schwirrende Vögel durch die Luft se-
gelten, sich auf Kleidern, Mützen und Haaren der Newaris niederlie-
ßen, die übereinanderstolpernd neben den großen Rädern herliefen,
um sich ihrem bunten Schauer auszusetzen.
Auch für Rukmini hatten die Blumen geregnet. Man hatte sie, die
steif und starr in dem offenen schmalen Sarg lag, aus dem Flugzeug
gehoben und auf eine prächtige, mit weißer Seide ausgeschlagene
Bahre gelegt. Sie war von Kopf bis Fuß eingehüllt in einen von Dearests besten Saris, und es war schwer zu glauben, daß sie nicht mehr
lebte. Man hatte sie unter Hügeln von Blumen begraben, von Kamelien und weißem Jasmin, Amaranthen und Rosen, und sie so, Blume
unter Blumen, zum Tempel von Pashupatinath gebracht, wo auf der
Flußterrasse der Scheiterhaufen für ihre Verbrennung errichtet worden war. Und als alles vorüber war, glitten Blumen und qualmendes
Holz und das, was einst Rukmini gewesen, zusammen in den Fluß
und schwammen auf der schnellen Strömung davon, während die
Melodie des Klageliedes und der Rauch des erloschenen Feuers, langsam in die weiche Luft des Nachmittags aufsteigend, zurückblieben.
Ihre Familie hatte auf dem Heimweg in vornehm verhaltener Trauer
von ihrer nächsten Inkarnation gesprochen. »*Nun wird ihr Geist ein
anderer werden und vollkommener, losgelöst von allen Fesseln des
Wunsches. Möge sie, ohne ihrer zu begehren, die ewige Wonne der
unendlichen Seligkeit erlangen und in ihr wohnen.*« Auch Mike
Young war dabei gewesen, versteinert im Schmerz, schmerzerregend
in seinem stummen Jammer, und Devi, verschleiert und Rukmini,
ach, so ähnlich. So war Rukminis Schönheit den Wassern anvertraut
worden wie fallender Regen und den Winden wie treibende Blätter.
Die Wagen verschwanden in einer Wolke von Blüten und Staub, und
die Menge strömte vom Platz in die Straßen mit der steten Bewegung
einer Menschenmasse, die von ihrer eigenen Flut davongetragen
wird. Und in den dünner werdenden Reihen der zurückbleibenden
Zuschauer tauchten jetzt Pater MacCullough und Fred wieder auf. Sie
hatten auf Anne gewartet, und bei ihnen stand jetzt auch der allge-
genwärtige Enoch P.

»Glänzend aufgezogen, diese Show, das muß man sagen. Das Publikum spielt mit wie einstudiert. Beinahe wie bei uns zu Hause.«

Jetzt setzten sich auch hupend und stockend die Jeeps und die anderen Autos in Bewegung, in denen der Monarch, die Regierungsmitglieder, Beamten und Diplomaten und offiziellen Gäste den Platz verließen, nachdem sie den Aufbruch der Prunkwagen von der Terrasse der Durbar Hall aus beobachtet hatten. In einem der Jeeps erblickte Anne John neben der Irin, die keinen Champagner vertragen konnte. Er sah sorgloser aus, als sie ihn je erlebt hatte. Pater MacCullough allein verriet Unbehagen beim Anblick Johns, versuchte verstohlen, sie zum Wegsehen zu veranlassen ... als ob, dachte Anne, noch irgendeine Bindung zwischen John und mir existierte. Natürlich gab es in den Augen des Paters noch etwas, das sie äußerlich verband, verbesserte sie sich, das Sakrament der Ehe, ein Bund, der rechtsgültig war und es vielleicht für immer bleiben würde, doch in einer anderen Sphäre, in der sie selbst sich jetzt nicht mehr gebunden fühlte, denn in dem Bereich der Werte, zu denen sie sich durchgerungen hatte, wußte sie sich frei von allen Gefühlen gegenüber John, frei von Mitleid oder Groll, Furcht oder Haß; sie hatte auf neuem Boden neue Wurzeln geschlagen, trieb frische Schößlinge, die welken abgefallenen Blätter zu ersetzen.

Fred trat zu ihr. »Wollen Sie mit mir nach Hause kommen, Anne, auf eine Tasse Tee?«

Sie nahm dankbar an, froh über seine Gesellschaft. Es war schneidender Schmerz gewesen, in das goldene Zimmer zurückzugehen, in ihr Zimmer, in Unnis Zimmer, Rukminis Zimmer, wo sie von allen Wänden Rukmini ansah und die von ihr gemalten Bilder ihren Namen flüsterten, sangen und seufzten, wo sie und Unni nur bleiche flüchtige Gäste waren im goldenen Glanz der ihre Erinnerung spiegelnden Sonnenblumen und Vögel. Und dennoch war Anne sofort dorthin zurückgegangen, nachdem Rukminis Asche im Fluß versunken war. »Ich muß jetzt und für immer lernen, hinzunehmen, zu verstehen und zu bejahen.«

Und obwohl es für sie Linderung bedeutete, mit Fred zusammen zu sein, so erwarteten sie bei ihm andere Stacheln der Vergangenheit ... ein Feldbett, unbenutzt in die Ecke geschoben, sichtbar, doch unbegreiflich leer, nicht Begehren weckend, sondern den leisen, süßen Schmerz der Sehnsucht, der die Sinne in lähmender Schwebe hält und alle Wahrnehmung mit dem Schleier der Schwermut behängt. Sie saß mit gelösten Gliedern und verträumtem Gesicht und überließ sich diesem seltsam wunschlosen Gefühl zärtlicher Erwartung, das ihrer Liebe zu Unni eine neue stille Blüte schenkte.

Fred sprach in ehrlicher Unbefangenheit über John. Pater MacCulloughs seltsam unbehagliche Reaktion beim Auftauchen Johns, erklärte er Anne, hänge zusammen mit Johns neuestem Seelenabenteuer, mit seiner Absicht zu konvertieren. Er nähme auf Betreiben der frommen und energischen Irin Katechismusunterricht bei dem Priester. »Sie ist ein gutherziges, kluges Frauenzimmer und gäbe eine wunderbare Mutter ab für ihn. Das Dumme ist nur, daß er vorläufig noch in seiner Pose beharrt, sich nie scheiden lassen zu wollen und für sich selbst kein Glück zu verlangen. Sie bringt ihn vielleicht dazu, seine Meinung zu ändern; aber andererseits ist er wohl doch zu selbstherrlich für sie. Sie würde ihm wahrscheinlich eine runterhauen, wenn er seinen Koller bekäme, und er wäre noch schlimmer dran als bei Ihnen.«

Die Türe des Bungalows stand offen, und sie beobachteten, wie der Abend die Farben der Bäume und des Grases auslöschte. Der General erschien, um ihnen Gesellschaft zu leisten. Er hatte seine Whiskydienerin mitgebracht und begann sofort mit unverblümter Schadenfreude über seinen lieben Feind, den Rampoche von Bongsor, zu sprechen. »Jetzt ist Seine Herrlichkeit zerknirscht und niedergeschlagen, all seine Macht ist zerschmettert.« Der General sah so teuflisch vergnügt aus, wie sein Heiligengesicht es zuließ.

Das Kloster von Bongsor war befleckt mit Schande, erklärte er Anne und Fred mit großem Genuß, verunreinigt durch Rukminis Blut, das Blut einer Frau, denn in allen Tälern war das weibliche Blut heilig, während das männliche ungestraft vergossen werden konnte. Und der Fluch dieser Befleckung würde mindestens einhundertundneunundvierzig Tage dauern. Für lange Zeit würden keine Feierlichkeiten irgendwelcher Art in Bongsor abgehalten werden dürfen. Der Rampoche verbrannte jetzt Tonnen von Butter in den Versöhnungslampen. Die Lamas wuschen und schrubbten die Steinfließen des Hofes und die Urnen siebenmal am Tage, und alle brannten Bußfeuer, brachten Sühneopfer dar, und sämtliche Gebetsmühlen rasselten unaufhörlich in einem Taifun von Gebeten, um die über den Tod Rukminis erzürnten Göttinnen zu besänftigen.

»Die Götter sind wahrlich kluge Leute. Der Rampoche stand ohnehin schon vor dem Ruin«, sagte der General mit Behagen, »und jetzt muß er auch noch die Leute bezahlen, die die Gebetsmühlen drehen. Sie wollen es nicht mehr tun ohne Geld.«

Um Unni aber hatte sich die Aura des Göttlichen gelegt wie ein himmlischer Mantel.

»Wahrlich, es ist so«, sagte der General, »Unni ist jetzt ein Gott. Er wird von nun an keine Schwierigkeiten mehr haben beim Damm, eher zuviele Gläubige. Schon breitet sich die Legende seiner Göttlichkeit aus von Hügel zu Hügel, die Legende von Unnis Auserwähltsein durch die Göttinnen. Sie hat zur Stunde schon den Bazar von Katmandu erreicht und ist für viele Menschen leibhaftige Wahrheit und heilige Wirklichkeit geworden. Sie sagen, das Leben des Mannes Unni ist gefeit, und er muß der wiedergeborene Lord Krishna sein, da die Göttinnen ihn lieben und nicht zulassen, daß ihm Leid geschieht. Ist nicht eine Göttin in einem Jeep zum Damm gekommen, um ihn vor der Gefahr zu warnen? Als seine Feinde versuchten ihn zu töten, hat sich da nicht eine Göttin in Gestalt einer Frau unter die Kukri geworfen? Gewiß, sie schien zu sterben, wie der Mörder zu morden schien, und das schnelle grausame Blut schien auf die Steine zu spritzen und fordert Sühne, aber das alles war nur eine Laune der unsterblichen Göttinnen und ein Wunder. Und jetzt weint der Rampoche, und die Lamas wehklagen wie kranke Vögel, aber die Menschen von Bongsor gehen zum Damm, um den neuen Lord zu sehen, und kehren glücklich nach Hause zurück, fühlen sich gesegnet wie nach einer Pilgerfahrt.«

»Ein Ingenieur wird ein Gott«, sagte Fred. »Das erscheint mir ziemlich anachronistisch.«

»Lieber Freund«, erwiderte der General, »Sie sind zu konservativ in Ihren Ideen. Warum soll in unserer Demokratie ein Gott nicht ein Ingenieur sein können, wenn er in früheren Zeiten ein Hirte, ein Prinz oder ein Zimmermann war? Unni ist sehr klug darin, alles zu nützen mit seinem kühlen Kopf über seinem verstehenden Herzen. Er wird der Legende nicht widersprechen, denn er will vor allem den Damm bauen. Und jetzt wird der Damm mit Triumph zu Ende gebaut werden.«

»Ja, Unni ist sehr klug«, wiederholte Anne gedankenvoll. Auch dies war etwas, das hingenommen werden mußte, sein ungewöhnliches Schicksal, seine verschlagene Klugheit, die im Grunde nichts anderes war als eine ständige Wachsamkeit und Selbstkontrolle, ähnlich der des Künstlers, der beobachtet, auch während er leidet oder genießt.

Als der General gegangen war, empfand Anne das Bedürfnis, Fred gegenüber jene Wahrheit auszusprechen, die sie auch Unni nicht vorenthalten wollte, wenn sie sich wiedertreffen würden, denn sie wußte, daß sie sich wiedertreffen würden, wenn sie auch jetzt nur auf ihn warten konnte, ohne zu wissen, wann er kam.

»Ich glaube nicht, daß ich hätte tun können, was Rukmini getan hat, auch nicht für Unni.«

»Wer weiß?« sagte Fred, »wer weiß? Hätte ich es tun können für Eudora? Hätte Unni es für Sie getan? Rukmini war, denke ich, in einem Zustand des Entrücktseins, nach dem, was Sie mir erzählt haben; für sie war die Wand zwischen dem Materiellen und dem Übernatürlichen wahrscheinlich bereits durchbrochen, und ihr Ende kam schnell. Wir, die wir lebend zurückgeblieben sind, wir müssen unser Schicksal weitertragen, müssen Alter und Verfall, Enttäuschungen der Liebe und eigenes Versagen auf uns nehmen. Wir, Anne, die nicht auf dem Gipfel des Berges zu sterben wußten, wir müssen den Abstieg ins Tal antreten und weiterleben mit dem Wissen, daß wir nicht fähig waren, die große Geste zu tun.«

Einen letzten Schlag, dumpf geahnt und längst befürchtet, hielt das Schicksal noch für Anne bereit. Als sie unter einem gleißenden Mond, der groß wie das Rad einer Gebetsmühle im fleckenlosen Himmel stand, über den Rasen zu ihrem Bungalow ging, sah sie hinter dem Rosenbusch die weiß schimmernde, niedergekauerte Gestalt, und ihr Blick begegnete den irren Augen Isobels.

»Isobel? … Du hast ja nichts an!«

Keuchend standen sie einander gegenüber. Ächzend in tödlichem Haß fiel Isobel Anne an, griff mit gekrallten Fingern nach ihrem Hals, schlug nach ihren Augen. In hilflosem Entsetzen hielt Anne die Rasende von sich ab, versuchte zu schreien, doch die Scheu vor Isobels Nacktheit erstickte ihre Hilferufe, lähmte ihre Widerstandskraft.

Doch um Isobels Schicksal zu erfüllen und auch die letzte Quelle ihrer verdorrten Seele ins Leere verlaufen zu lassen, erreichte ihr Schnaufen Regmis Ohr, und er war zur Stelle im gleichen Augenblick, da Annes Geist vor einem neuen Ansturm ihrer Wut in eine Ohnmacht flüchten wollte. Ihn brachte Isobels Nacktheit nicht aus der Fassung, in fast spielerischer Geistesgegenwart stellte er ihr ein Bein, brachte sie plumpsend zu Fall und hielt die Geifernde mühelos nieder, bis sie schluchzend aufgab.

Als Anne aus ihrer Bewußtlosigkeit erwachte, sah sie Freds Gesicht über sich, und ihre Verwunderung, daß sie wieder einmal in letzter Sekunde gerettet worden war, wandelte sich schnell in Bitterkeit über die Ungerechtigkeit des Schicksals, das nie etwas geschehen ließ, um

Isobel zu helfen. Sie schloß die Augen vor dieser grausamen Erkenntnis und wünschte von ganzem Herzen, daß es nicht so wäre, daß Isobel nicht von dem gleichen Geschick, das ihr, Anne, Glück brachte, tiefer hinabgestoßen würde in ein unverschuldetes, sinnloses Unglück.

»Ich dachte mir immer, daß sie einmal überschnappen würde … doch daß sie gewalttätig werden könnte, das hätte ich nicht geglaubt«, murmelte Fred in dem Versuch, das Geschehene zu entschuldigen und Annes Gewissen zu entlasten. Doch Anne bedurfte eines solchen Zuspruchs nicht. Und später, als sie wieder allein war und hörte, wie man die Jammernde wegführte, wurde ihr die Ungerechtigkeit, die das Leben Isobel angetan hatte, noch einmal in ihrer ganzen Ungeheuerlichkeit und Hoffnungslosigkeit bewußt.

Isobels Geist würde weitertaumeln durch das Dickicht ihres sinnlosen Leidens, weiterwüten gegen die Mauern ihres Gefängnisses, in das sie von Anbeginn unbarmherzig verdammt worden war. »Siehe, Herr, ich habe alle deine Gebote gehalten«, hatte sie geschrien in ehrlicher Bestürzung über den Verrat, der an ihr verübt worden war. Von allem, an was sie geglaubt hatte, war sie verraten worden, von ihrem eigenen Willen zur Güte, von ihrem Eifer im Dienst am Nächsten, von ihren Tugenden, die sie so verzweifelt zu wahren suchte gegen alle Anfechtungen, daß sie in ihr zu schwären begannen. Isobel war einem unausweichlichen Verhängnis blind entgegengegangen, doch wirklich schuldig waren alle die, die sie, fahrlässig oder brutal, in die Katastrophe hineingestoßen hatten .. Unni, der sie bewußt in die Falle seiner männlichen Sinnlichkeit gehen und dann mitansehen ließ, wie er andern Frauen gab, was er ihr verweigerte … Fred, der sie zurückgeworfen hatte in ihre Einsamkeit, als er ihr die Teilnahme an seinen Spaziergängen nicht gönnte .. und sie selbst, Anne, die Isobels Geschenk, das goldene Zimmer, kaltblütig hinnahm und es zynisch für einen Zweck gebrauchte, der zwar ihrem eigenen Schicksal diente, aber auch Isobels Verderben beschleunigte … und schließlich John, vielleicht am wenigsten von allen zu tadeln, der, indem er sich selbst betrog, den Anstoß zu ihrem endgültigen Zusammenbruch gab … alle, alle hatten sie ihr Teil beigetragen zu Isobels Untergang. So hatte die starke, lebenshungrige Frau sich im Irrgarten ihrer Rechtschaffenheit verloren, und jetzt hielt Wahnsinn ihren stolzen Geist nutzlos gefangen. Welch trostlose Verschwendung an Willen und Leid, welch qualvolles Opfer ohne Sinn und Zukunft. Oh, um wieviel gnädiger war das Schicksal Rukmini gewesen. Rukmini hatte in der Verzückung ihrer Liebe gelebt und war in ihr gestorben. Sie hatte nur kurze Zeit in der Sonne geblüht, war aber unter dem raschen Messer gefallen, ohne die Bitterkeit des Welkens erfahren zu haben. Ihr war nicht dieser langsame Tod bei lebendigem Leibe, dieses sinnlose Siechtum der Seele beschieden gewesen.

»Arme Isobel. Paul wird sich ihrer annehmen. Unverzüglicher Rücktransport in die Heimat ist das einzige, was wir für sie tun können.« Freds Worte klangen fern und verloren wie eine Grabrede.

Die Zeit würde auch diesem Schmerz seinen Stachel nehmen, doch jetzt weinte Anne über Isobels Unglück, wie sie noch um keinen andern Menschen geweint hatte, denn sie wußte, daß kein Unglück größer war als das untragisch sinnlose.

Und dann – der Oktober ging zu Ende und die wohltätige Kühle des nordindischen Herbstes begann – war Anne wieder in Agra, und bei ihr war Fred, der mitgekommen war, um sich mit Eudora zu treffen.

»Es ist wirklich nur ein Experiment«, hatte Fred sich immer wieder einzureden versucht. Zeit und Trennung hatten unmerklich sein uneingestandenes Bedürfnis nach der Nähe Eudoras so gesteigert, daß es ihn aus seinem geliebten Tal in die einst so gehaßte Ebene hinabtrieb, um Eudora selbst in einem Rahmen wiederzusehen, der ihrer Begegnung einen unübersehbaren Anstrich hintergründiger Komik geben mußte. Fred war sich der kitschigen Pathetik des Ortes bewußt, den Eudora für ihr Wiedersehen gewählt hatte … Agra, die Stadt des Taj Mahal, die Stadt, deren Namen verknüpft war mit dem weißen Grabmal einer Frau, an deren Züge sich niemand mehr erinnert, mit einem Denkmal, das die Versteinerung der Liebe beschwört, eine Warnung an alle Liebenden, daß der Marmor eines Grabes noch lange unversehrt bleibt, nachdem das Gesicht des geliebten Wesens zu Staub zerfallen ist.

Fred hatte Anne nicht darum gebeten, ihn zu begleiten, doch er brauchte sie so offensichtlich für den Fall, daß dieses »Experiment« schiefgehen, daß der erste Blick, das erste Wort seine Erwartung hoffnungslos enttäuschen würde, daß Anne gesagt hatte: »Darf ich mitkommen, Fred? Ich würde Agra gerne einmal wiedersehen.«

So glücklich Fred hierüber war, so vorsichtig war er auch, es zu zeigen. »O Anne, das wäre sehr nett, aber sind Sie sicher, daß Sie mitkommen können? Ich glaube allerdings, Eudora würde sich sehr darüber freuen.«

Niemand wagte es, Anne Fragen zu stellen, niemand sagte zu ihr:

»Was ist mit Unni? Was werden Sie beide jetzt tun?« Niemand wagte es, nicht einmal Fred.

Anne wiederholte nur: »Ich würde wirklich gerne Agra wiedersehen.«

Für Anne war dies die Abstattung einer Dankesschuld, nicht an Fred, sondern an die schicksalhafte Verknüpfung ihrer Existenzen, die gewollt hatte, daß Fred sie auf dem heiligen Hügel von Pashupatinath umgerannt und zum Tee in seinen Bungalow eingeladen hatte, wo sie den General kennenlernte, der sie zu einer Hochzeit einlud ... und auf dieser Hochzeit stand neben dem Flügel ein Mann, der sich nach ihr umwandte ... der Atem stockte ihr im Schauer der Erinnerung. Eine Kette von Zufällen, jeder trivial in sich selbst, doch sich schicksalhaft aneinanderfügend, bis es auch ihr vergönnt wurde, ein Glied hinzuzufügen, das Fred und Eudora wieder zusammenführte.

Sie verließen Katmandu am Morgen in der guten, alten DC 3, um zunächst nach Patna zu fliegen, und die Stadt mit ihren roten Straßen und goldenen Dächern drehte sich unter ihnen im Kreise, während die Maschine sich in die Höhe schraubte. Und je mehr sie an Höhe gewannen, um so enger schob sich das herbstliche, braungolden gestreifte Tal zusammen, bis es wie ein junger Leopard zwischen den Hügeln zu liegen schien. Und dann waren sie plötzlich über den Kämmen, und Fred sagte bewegt: »Sehen Sie, Anne, dort sind sie, die Schneefürsten.« Und Anne ließ sie nicht aus dem Auge, bis sie hinter dem Horizont versanken.

Sie hatten das Tal verlassen, in dem die Götter, die auf den Höhen wohnten, mit den Menschen in Frieden und Eintracht zusammenlebten. In ihren Sitz zurückgelehnt und ihren Gedanken hingegeben, glaubte Anne zu entdecken, daß alle Götter einen unwiderstehlichen Hang zum Menschlichen, zu den Tälern der Sterblichen zeigten. Alles Göttliche verlangte danach, Mensch zu werden, sich zu verkörpern im schwachen, anfälligen Fleisch. Es mußte eine tiefe Faszination in der menschlichen Gebrechlichkeit liegen, daß die ferne, hohe Majestät der übermenschlich Allmächtigen sich zu ihr hinabgezogen fühlte. Doch war es im Grunde nicht der Mensch, der Schöpfer ihrer Bilder, der sie entdeckt, ihnen Gestalt und Größe gegeben hatte?

Geborgen in der Weltabgeschlossenheit der Flugzeugkabine und von der Vergangenheit getrennt durch die immer weiter zurückweichende Wand des Gebirges, konnte Anne mit überlegenem und von heiterer Ironie gefärbtem Gleichmut an die wunderliche Tatsache von Unnis Erhebung zur Gottheit denken. Wer weiß, vielleicht würde Unni eines Tages, in Holz geschnitzt und in Stein gehauen, als legendäre Gestalt von sagenhafter Schönheit und Allmacht das Tal und die Berge beherrschen. Unni, der Dammbauer, würde er genannt werden, der Bezwinger der Fluten. Bis jetzt hatte sie sein Bild auf Armeslänge von sich gehalten, aller drängenden Erinnerung an ihn vor den Pforten ihres Bewußtseins Halt geboten, noch nicht bereit, sich Rechenschaft zu geben über die gewandelte Wirklichkeit ihrer Liebe. Jetzt konnte sie auch dieses Blatt der Vergangenheit ohne Scheu in die Hand nehmen, das leicht war wie welkes Herbstlaub und raschelnd willig Antwort gab, während sie es um- und umwendete, und der Schmerz der Trennung war gemildert durch ein Gefühl innerer Distanz, das eines Tages vielleicht zur Gleichgültigkeit werden würde. Doch auch dies mußte sie als Möglichkeit anerkennen und hinnehmen, denn nichts war gefeit gegen die Zeit, den Wechsel und den Zerfall. Die Zeit brachte alles zur Reife, die zugleich Vergehen war; sie war der letzte Sieger in aller Liebe und allem Weh, ließ allen Schmerz verebben und alle Freude verblassen, bis sich das Muster des Unausweichlichen und letztlich Hinzunehmenden zeigte, durchsichtig klar und ungebrochen wie die unsichtbare Haut des Wassers, nachdem sich aller Niederschlag auf dem Grunde gesetzt hat.

Die Angestellten des Hotels in Agra, in dem sie mit John und Leo im Frühling gewohnt hatte, begrüßten Anne in freundlicher Rückerinnerung. Anne kannte kein anderes Hotel, und sie war neugierig, die Terrasse mit den Topfpalmen, den Schlangenbeschwörern und Wahrsagern jetzt, da sie sich gewandelt fühlte, wiederzusehen. Sie sah sich um nach dem Wahrsager, der ihr aus der Hand gelesen hatte, aber sie entdeckte ihn nicht.

Eudora erwartete sie, doch ihr Kichern, das sie sich wieder angewöhnt hatte, brachte einen Mißton in das Wiedersehen, so daß sie während der ersten halben Stunde ihres Zusammenseins einander in quälender Befangenheit gegenübersaßen, aus der sie dann der Zufall erlöste, daß aus dem Lautsprecher die Musik zum *Tanz des Gottes Shiva* ertönte. Eudoras Augen leuchteten in ehrlicher Begeisterung und schimmerten feucht in glücklicher Erinnerung, und auch Fred war gerührt, taute auf, und die beiden fanden sich wieder auf dem banalen Umweg über die Wellen von Radio Indien. Später gingen sie beide allein aus, um das Rote Fort zu besichtigen, und Anne freute sich über die Geduld ihrer wachsenden Zuneigung.

Eine Woche später tauchte auch Leo Bielfeld in Agra auf. Er kam von Phnompenh und aus den Armen einer »süßen, kleinen« kambodschanischen Tänzerin, die »genauso aussah wie die Kmer-Skulpturen in Angkor Vat«. »Ich bin froh, Anne, daß Sie mir über ihr Hiersein berichteten. Natürlich macht es mir nichts aus, einige Wochen hier zu bleiben.« Er lachte selbstbewußt. »Ich habe eine neue Meßtechnik erfunden, eine Einheit von ›Wirkungs-Goodwill‹, als Verbesserung meiner bisherigen, mehr theoretischen, einfachen Goodwill-Maßeinheit. Ich muß mich eine Weile erholen von den Anstrengungen meiner Studien in Kambodscha.« Alle seine Aufwendungen wurden ihm von den Vereinten Nationen erstattet, und er würde so lange bleiben, wie Anne es wünschte.

Ihr Zusammensein zu vieren war angenehm langweilig, unbeschwert keusch, wohltätig einschläfernd. Anne schlief viel und tief in den Morgen hinein, wie ein Tier, das den Winterschlaf sucht. Und als der November anbrach mit der herben Frische des indischen Winters und die Touristen anfingen, von Weihnachten zu sprechen, erwachte Anne eines Morgens von ihrer eigenen Stimme, die Unnis Namen rief, und sie begehrte ihn wieder leibhaftig, seinen langen, schlanken, drahtigen Körper, seinen starken Geist, sein tiefes Lachen. Und seine Stimme klang in ihren Ohren während aller Stunden dieses Tages.

»Unni ... Unni.« Als ob sie ihn mit seinem Namen selbst herbeibeschwören könnte. Die Tage vergingen, doch ihre Sehnsucht blieb und nahm all ihr Denken gefangen.

Mit Leo beobachtete sie die goldene Bahn der hinter dem Taj Mahal versinkenden Sonne. Der rasch dahinströmende Fluß überspülte jetzt fast die Marmorterrasse. Sein Wasser war so niedrig und fast tot gewesen im Frühling, jetzt war es ungestüm angeschwollen durch die Sommerregen. Anne war wieder schweigsam geworden, unerreichbar in ihren Gedanken, und Leo erinnerte sich ihres Lachens in dem verzauberten Mai wie eines verlorenen, köstlichen Kleinods. Obwohl sie schöner und begehrenswerter war denn je, versuchte er nicht, sich in die Rolle des Liebhabers hineinzuspielen, sondern harrte aus in stiller Bewunderung, als ob auch er auf etwas warte, und unterhielt Anne mit leichtem Geplauder, weil ihm dies als die einzige Möglichkeit erschien, die Verbindung zu ihr nicht ganz zu verlieren.

»Lassen Sie mich Ihnen eine Geschichte über das Taj Mahal erzählen, Anne, eine sehr romantische Geschichte, die bestimmt zu Ihrer Stimmung paßt. Sie handelt von Schah Jehan, dem Kaiser, der dieses Denkmal makelloser Reinheit für seine große Liebe Nur Mahal errichten ließ. Sie muß sehr begehrenswert gewesen sein, denn sie gebar ihm dreizehn Kinder trotz der vielen anderen Frauen des kaiserlichen Harems. Was mich fasziniert, ist nicht die weiße Pracht dieses vorhandenen Bauwerks, sondern der andere Taj, der auf der gegenüberliegenden Seite des Flusses stehen sollte, aber nie gebaut wurde. Als nach zwanzig Jahren Bauzeit dieser Taj errichtet war, war die Leidenschaft des Kaisers für architektonische Schaustellung seiner Gefühle noch nicht versiegt, und als er die weiße Vollkommenheit seines vollendeten Werkes betrachtete, fiel der Blick des rheumatischen alten Mannes auf das leere gegenüberliegende Flußufer, und er gebar die Idee zu einem zweiten Bauwerk, das Stein für Stein das gleiche sein sollte wie dieses, nur ausgeführt in reinstem Schwarz, bestimmt, sein eigenes Grabmal zu werden. Sofort mußten die Arbeiter mit der Ausschachtung der Fundamente beginnen; doch die Schatzkammer war leer, die Provinzen rebellierten, und sein Sohn Arungzeb machte dem ruinösen Spleen seines Vaters ein Ende, indem er ihn für die restlichen sieben Jahre seines Lebens im Roten Fort einsperrte. Dieser Taj, nachtschwarz, dunkel wie das Haar der Nur Mahal, ist es, der meine Gedanken beschäftigt, der unerfüllte Traum, faszinierender und geheimnisvoller als die steinerne Schönheit dieses weißen Grabes, zu dessen Füßen wir jetzt sitzen.«

Anne sah ihn an mit einem rätselhaften, forschenden Blick und gab ihm keine Antwort. Und Leo wußte, daß es Zeit für ihn war zu gehen, Anne und Agra zu verlassen. Er würde Anne nie wiedersehen. Er schwor sich, sie nie wiedersehen zu wollen. Sie konnte ihn nur unglücklich machen, würde für ihn immer unerreichbar bleiben. Und er zürnte ihr, denn sie hatte ihn gebeten, hierher zu kommen, obwohl sie wußte, daß ihr Zusammensein unfruchtbar für sie und hoffnungslos für ihn sein würde.

»Wie sind Ihre Pläne?«

»Hier zu warten.«

»Auf Unni? Werden Sie heiraten?«

»Ich weiß nicht.«

»Hat er Ihnen geschrieben?«

»Nein, das braucht er nicht.«

»Es ist unglaublich, Anne«, rief Leo verzweifelt aus, »wie Sie diesem Unni verfallen sind. Sagen Sie mir, was hat er getan, um Sie so willenlos zu machen?«

»Ich weiß es nicht«, erwiderte Anne. »Um Ihre Frage dennoch zu beantworten, ... ich nehme an, weil er mir auf einer unfertigen Bergstraße das Steuer seines Jeeps anvertraut hat. Es war glatter Wahnsinn, es zu tun. Dann bat ich ihn, mir zu helfen. Denn damals war

ich, bildlich gesprochen, am Ende meines Lateins. Und er half mir.«
»Und mit Erfolg.« Leos Stimme klang ironisch. »Und deshalb warten
Sie jetzt hier? Woher wissen Sie, daß er kommen wird?«
»Er wird kommen, ... wenn es Zeit ist für uns beide.«
»Wie wird er es erraten, daß es Zeit ist, unbegreifliche Anne?«
»Er wird es wissen«, sagte Anne schlicht, »so wie ich es wissen werde.
Inzwischen ...«

Sie hielt inne. Früher einmal, im Tal, hatte sie Leo erzählt, daß sie
wieder angefangen hatte zu schreiben, und er hatte nicht zugehört.
Jetzt würde sie ihm nichts erzählen von der Vision, die sich in ihrem
Innern zu einem Werk gestaltete, von dem Wunder, das sich in ihr
vollzog, für das ein Künstler manchmal sein Leben hingeben muß, für
das ein Leben oft zu kurz war. Sie würde ihm nicht erklären, daß dieses Wunder nur in der Einsamkeit geschehen konnte und nur dem
Einsamen die Gnade des inneren Gesichtes zuteil wurde, nach der alle
schöpferischen Menschen sich sehnen ... und daß dies der Grund
war, weshalb sie hier in Agra saß, allein, wunschlos und ohne sich zu
rühren, ganz der Vollendung dessen hingegeben, was in ihr entstand.
Einige Tage später sagte Fred beim Abendessen behutsam: »Ich habe
soeben einen Brief vom General erhalten. Ein wundervolles Englisch
schreibt der alte Herr. Im Tal ist alles in Ordnung. Es sind Bestrebun-
gen im Gange, Eudora die Leitung des Töchter-Instituts anzutragen,
da die arme Isobel nach England zurückgegangen ist.« Er sah Eudora
an. Sie war still und glücklich, so wie sie ihm gefiel. Kein Hindernis
bestand mehr zwischen ihnen. Er hatte den Wunsch, ihre Hand zu
drücken, doch er war zu scheu dazu. Es war wunderbar, in seine eigene Frau verliebt zu sein. Was für ein glücklicher Mann er war! Und zu
denken, daß er vor ihr davongelaufen war ... doch damals hatten sie
einander nicht gekannt und hatten einander keine Chance gegeben,
sich kennenzulernen ...
Und jetzt wollte Fred Anne und Unni helfen, so wie Menschen einen
Raum in Ordnung bringen wollen, bevor sie ihn verlassen, denn bald
war es Zeit für ihn und Eudora, nach Katmandu zurückzugehen. Er
fügte hinzu: »Der General schreibt: ›Unni ist soeben zurück von
Bongsor auf Urlaub.‹ Das muß gewesen sein vor ... lassen Sie mich
nachsehen ... vor drei Tagen. Der Brief hat nur drei Tage gebraucht
von Katmandu.« Er prüfte angelegentlich das Datum des Poststem-
pels auf dem Umschlag.
»Ich denke, Unni wird bald hier sein«, sagte Eudora mutig. »Denken
Sie nicht auch, Anne?«

»Doch«, sagte Anne, »ich denke, er wird kommen.«

*

Wie war es gewesen, als wir das letzte Mal auseinandergingen. Unni und ich?

Niemand in Bongsor schlief in jener Nacht. Die Lamas hatten ihre Rache vollzogen; die ganze Nacht hindurch kündeten Trompeten, Trommeln und Klagechöre von der Entweihung des Klosters, und die ganze Nacht hindurch lief der Rampoche jammernd auf und ab, trieb die Mönche an, die Gebetsmühlen so schnell wie möglich zu drehen, und sagte ergeben: »Jawohl, Shri Menon«, als Unni den Schlüssel seiner geheimen Waffenkammer von ihm forderte, und widersprach nicht, als seine Gefolgsleute entwaffnet wurden. Jetzt würden wohl die Überfälle auf die Transporte am Damm aufhören!

Dearest und ich hielten nächtliche Totenwache bei Rukmini. Wir hatten sie gewaschen und in einer von Dearests besten Saris gehüllt. »Sie war viel schöner als ich je werden kann Mrs. Ford sie soll ihn haben.« Gegen Morgen trat Unni zu uns ins Totenzimmer, sprach einige Worte zu Dearest, die sofort aufstand und hinausging.

»Ich habe Dearest um etwas tibetanischen Wundbalsam gebeten. Willst du mir den Rücken damit einreiben?«

Es war töricht von mir zu fragen, ob er Schmerzen habe. Er mußte Höllenqualen ausgestanden haben. Sein Rücken war bedeckt mit dunklen Striemen. Dearest gab laute Töne des Mitleids und des Bedauerns von sich. Ich trug den Balsam auf, und Dearest brachte ein frisches Hemd ihres Vaters.

Vom Hof herauf klang Hämmern. Eine schmale Holzkiste wurde zusammengezimmert, um Rukmini ins Tal zurückzubringen. Niemand wehrte Mike Young das Vorrecht, die Tote hineinzulegen. Unni befestigte den Deckel, und er und Mike luden den Sarg auf einen Jeep. Mike steuerte den Jeep mit dem Sarg. In einem zweiten Jeep folgten Unni und ich, in einem dritten der Rampoche, Dearest und Professor Rimskow. Dies war Rukminis Totengeleit vom Kloster Bongsor zum Flugplatz.

Was Unni durch den Kopf ging, während wir Rukminis Leiche folgten, werde ich wohl nie erfahren. Sie mußte auf seinem Rücken zusammengebrochen sein, nachdem sie sich unter Ranchits Kukri geworfen hatte ...

Es war strahlender Sonnenschein, als wir auf dem Flugplatz eintrafen. Unni sagte: »Ich komme zu dir, Anna, später. Willst du auf mich warten?«

»Ja, Unni.«

Ich wußte, daß er kommen würde. Er wollte sich und mir die Zeit geben, die wir nach allem, was geschehen war, brauchten, um, jeder für sich, seine eigene Welt wiederaufzubauen, eine Welt, frei von erzwungenen Schicksalsbindungen.

Jede Stunde kann er hier in Agra sein, ist vielleicht schon unterwegs. Vielleicht finde ich ihn, wenn ich von einem verträumten Spaziergang unter den Goldmohurbäumen ins Hotel zurückkehre, im Gespräch mit Fred oder Leo, wenn sie dann noch hier sind, oder allein, mit seinem Talisman spielend, auf der Veranda sitzen und auf mich warten, so wie er damals an jenem Frühlingstag im Tal unter den Kastanienbäumen auf mich wartete. Ich werde ihn begrüßen wie einen vertrauten Bekannten, und dennoch wird er mir fremd sein wie am ersten Tag. Doch so muß es sein, wenn unser zukünftiges Verhältnis so werden soll, wie wir beide es immer gewünscht haben, nicht ein gegenseitiges Verhaftetsein in Unterwerfung und Beherrschung und erstickender Ausschließlichkeit, sondern ein Zusammenleben in lebendiger Freiheit voneinander. Und so bete ich jetzt, wie auch Unni gebetet haben mag, daß uns eine Liebe zuteil werde, die uns in klarer Einfachheit ebenso bindet, wie sie uns freigibt, die erfüllt ist von gegenseitiger Achtung des Geistes und Höflichkeit des Herzens, die nicht verlangt, sondern nur gibt, und nicht mehr gibt, als der andere fordert, die jedem seine eigene Welt beläßt.

Wie alle Menschenwesen sind auch wir beide, Unni und ich, im Grunde nur Einsiedler auf dieser Erde. Und wir wissen dies und nehmen es hin, während die meisten Menschen es nicht wahrhaben wollen, denn sie fürchten sich vor der Einsamkeit. Doch nur im Alleinsein kann der Mensch sich selbst erkennen, kann er lernen, mit der Unausweichlichkeit seiner Einsamkeit fertig zu werden. Und auch die Liebe zweier Wesen füreinander kann nichts anderes erreichen, als daß sie ihre Einsamkeit erkennen, anerkennen und einander zu beschützen und zu trösten suchen.

Unni wird kommen; wenn nicht heute, so morgen, heute ist beinahe vorbei, aber andere Heute regen sich trächtig im Worte »morgen«, viele andere Heute, wenn dieses der Vergangenheit anheimgefallen ist. Und da ich an Unni denke, indem ich seinen Namen in diesem immerdar wiederkehrenden Heute anrufe, ist er für mich bereits hier.

Nachwort

Da nicht nur der Schauplatz dieses Buches, Katmandu am Fuße des Himalaja, für die meisten meiner Leser geographisch »am Rande der Welt« liegt, sondern sein ungewöhnliches Anliegen einige meiner Leser auch thematisch befremden mag, erscheint es angebracht, der Handlung einige erläuternde Sätze über die Rolle der Erotik im Lebensbereich des Hinduismus anzufügen.

In der hinduistischen Religion, wie sie im Königreich Nepal und von ihren dreihundert Millionen Gläubigen in Indien gelebt wird, ist die geschlechtliche Liebe nicht das, was sie in den westlichen Kulturländern unter dem zwielichtigen, zugleich sachlichen und lüsternen Begriff des »Sex« für viele Menschen geworden ist. Für den Hindu ist der körperliche Liebesakt ein Akt göttlicher Verehrung. Der Lingam ist für ihn Symbol einer Urkraft, die in der Vereinigung mit einem anderen menschlichen Wesen die Ergänzung des eigenen Ich sucht, und er ist auch Sinnbild jenes Strebens nach Göttlichkeit, das den Menschen vom Tier unterscheidet.

Die Menschen, die sich den Erkenntnissen der modernen Psychologie nicht verschließen, wissen, welch tiefe, oft tragisch verkannte Rolle dieser Urtrieb, den wir in fast allen westlichen Kultursprachen mit der Standard-Vokabel »Sex« seines Mysteriums beraubt haben, in unseren Einzelexistenzen und in unserem Zusammenleben spielt. Die psychosomatische Forschung hat uns gelehrt, wie stark der Körper beeinflußt wird durch unser Denken und Fühlen und wie sehr umgekehrt unsere Gedanken und Gefühle abhängen von unserem körperlichen Befinden.

Christentum und abendländische Tradition versuchen, in uns die Vorstellung einer Dualität von Leib und Seele lebendig zu erhalten und behaupten, daß es möglich sei, selbst in unseren intimsten Handlungen und unbewußten Reaktionen unsere Seele von dem zu emanzipieren, was unser Körper tut und erlebt. Ich habe versucht darzulegen, daß eine solche Auffassung ein durch Erfahrung widerlegter Trugschluß ist. Nur die Annahme einer wechselseitigen Abhängigkeit und Beeinflussung von Leib und Seele, von Körper und Geist, ermöglicht es uns, uns selbst als Einheit und Ganzheit zu begreifen und zu verwirklichen.

Eine weitere westliche Anschauung, die aus dieser dualistischen Einstellung resultiert und die ich als spezifisch amerikanisch bezeichnen möchte, ist der unterschiedliche Maßstab in der Beurteilung der Geschlechter. Besonders das Bild der Frau wird im Westen verzerrt durch den Versuch, das »Niedrige« vom »Hohen«, das »Böse« vom »Guten« zu scheiden. Immer noch gibt es das Vorurteil des absoluten Gegensatzes zwischen »reinen« und »unmoralischen« Frauen, und jede Frau wird dazu erzogen, sich für eine sogenannte »anständige« Frau zu halten. Dies hat zur Folge, daß nach westlicher Anschauung nur der Mann zum Schurken werden kann. Eine Frau mag vergewaltigt und entehrt werden oder auch selbst der Versuchung des Mannes unterliegen, sie bleibt auch nach dem Fall eine »Heilige«.

Nichtsdestoweniger hat auch die westliche Literatur ihre Emma Bovarys und Anna Kareninas, und selbst Lady Chatterley ist, wenn auch im Grunde gut und edel, nicht gefeit gegen die Leidenschaft.

Anne Ford, die Heldin dieses Buches, ist gewiß nicht besonders bewunderungswürdig; ich habe versucht, in ihr eine Frau darzustellen, die sich selbst sucht und findet. Ob ihre Handlungsweise »gut« oder »böse« ist, muß der Meinung des Lesers überlassen werden.

Einige meiner Leser mögen das Empfinden haben, daß sexuelle Probleme einen zu breiten Raum einnehmen in diesem Buch. Doch dies wird nur denen so erscheinen, die alles Sexuelle als etwas Unanständiges und Animalisches betrachten, das nur wissenschaftlich oder pornographisch dargestellt werden kann.

Im Hinduismus ist die Welt des Geschlechtlichen ein untrennbarer Bestandteil der Religion, und ihr Erlebnis führt den Menschen zur tieferen Erkenntnis seines Selbst und seiner Abgründe und schließlich auf den Weg zur Überwindung seiner Begierden und zur Vereinigung mit dem göttlichen Wesen. Das göttliche Wesen aber ist die Liebe selbst.

Schließlich möchte ich meinen Lesern versichern, daß Handlung und Personen dieses Romanes frei erfunden sind. Dagegen habe ich mich bemüht, den lokalen Hintergrund der Geschehnisse so echt wie möglich zu gestalten.

Pearl S. Buck

Vier der erfolgreichsten Romane von
P. S. Buck in der preiswerten Sonderreihe

Langen Müller

GROSSE FRAUENROMANE

Sandra Paretti
Laura Lumati
9565

Judith Krantz
Ich will Manhattan
9300

Danielle Steel
Das Haus hinter dem Wind
9412

Susanne Scheibler
Und wasche meine Hände
in Unschuld   9639

Erica Jong
Serenissima
9180

Sally Beauman
Diamanten der Nacht
9591

GOLDMANN

Große Frauenromane

Sandra Paretti
Der Winter, der ein Sommer war 9201

Sandra Paretti
Die Pächter der Erde 9249

Karleen Koen
Wie in einem dunklen Spiegel 9305

Charlotte Link
Verbotene Wege
9286

Charlotte Link
Die Sterne von Marmalon
9776

Nancy Cato
Der ewige Baum
9637

GOLDMANN

C.C. BERGIUS

GOLDMANN

M. M. Kaye

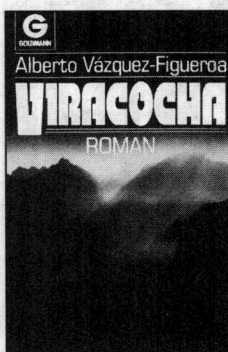

Wilbur Smith

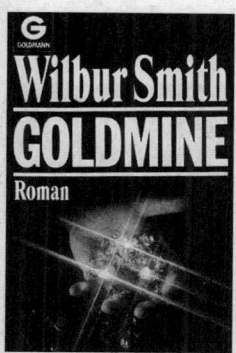

Goldmine
9312

Der Sturz des Sperlings
9319

Der Stolz des Löwen
9316

Glühender Himmel
9315

Wenn Engel weinen
9317

Schwarze Sonne
9332

Das Schwert der Macht
9313

GOLDMANN

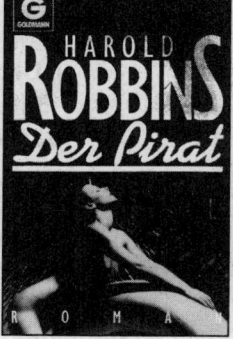
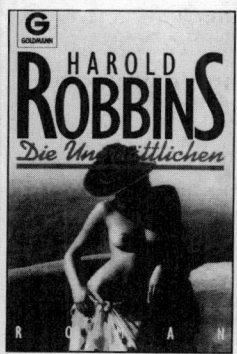

Goldmann
Taschenbücher

Allgemeine Reihe
Unterhaltung und Literatur
Blitz · Jubelbände · Cartoon
Bücher zu Film und Fernsehen
Großschriftreihe
Ausgewählte Texte
Meisterwerke der Weltliteratur
Klassiker mit Erläuterungen
Werkausgaben
Goldmann Classics (in englischer Sprache)
Rote Krimi
Meisterwerke der Kriminalliteratur
Fantasy · Science Fiction
Ratgeber
Psychologie · Gesundheit · Ernährung · Astrologie
Farbige Ratgeber
Sachbuch
Politik und Gesellschaft
Esoterik · Kulturkritik · New Age

Goldmann Verlag · Neumarkter Str. 18 · 8000 München 80

Bitte
senden Sie
mir das neue
Gesamtverzeichnis.

Name: _____

Straße: _____

PLZ/Ort: _____